目　录

葛　郯 …………………………………………………………（1）
玉蝴蝶　忆昨苕溪，惯弄五亭月笛，四水烟蓑 ……………（1）
念奴娇　冯夷微怒，被鲛人水府，织成绡縠 ………………（2）
念奴娇　阳关西路，看垂杨客舍，嫩浮波縠 ………………（2）
洞仙歌　纳凉　璚楼十二，无限神仙侣……………………（3）
洞仙歌　藐姑仙子，天外谁为侣 ……………………………（4）
满庭霜　红叶飞时，青山缺处，云横秋影斜阳 ……………（4）
满庭霜　归去来兮，苕溪深处，上有苍翠千峰 ……………（5）
满庭霜　归去来兮，家林不远，梦魂飞绕烟峰 ……………（5）
满庭霜　归去来兮，心空无物，乱山不鬥眉峰 ……………（6）
满江红　家住苕西，小池映、青山一曲………………………（6）
满江红　卷尽珠帘，楚天迥、阑干几曲………………………（7）
满江红　郢客高歌，犹未睹、阳春一曲………………………（8）
念奴娇　年来衰懒，渐无心赏遍，目前佳趣 ………………（8）
念奴娇　蓬莱一岛，卧长烟千柳，西溪幽趣 ………………（9）
江神子　亭亭鹤羽戏芝田 ……………………………………（10）
江神子　粼粼白水护青田 ……………………………………（10）
鹧鸪天　千树家园锁旧津，谁移数点在孤村 ………………（10）
鹧鸪天　万木家园雾暗津，不须踏影下前村 ………………（11）
洞仙歌　风摇丹髻，叶翦西岩树 ……………………………（11）
洞仙歌　橹声伊轧，影转云间树 ……………………………（11）
洞仙歌　丹青明灭，霜著谁家树 ……………………………（12）
水调歌头　年来惯行役，楚尾又吴头 ………………………（12）

水调歌头 帆腹饱天际，树鬓渺云头 ……………………（13）
水调歌头 青铜昏水面，乌帽裹山头 ……………………（14）
兰陵王 乱烟簇，帘外青山渐肃 ……………………（14）
柳梢青 谢家池阁 ……………………（15）
柳梢青 空中雨阁 ……………………（15）
朝中措 双鞬锦领出山西，戎幕护旌旗……………………（16）
感皇恩 风雨半摧残，一园花老，绿遍池塘夜来草 ……………………（16）
感皇恩 花似镜中人，不堪衰老 ……………………（16）
姚述尧 ……………………（18）
太平欢 蕤宾奏律，正太平无事，欢娱时节 ……………………（18）
满庭芳 酒泛恩波，香凝瑞彩，笙歌鼎沸华堂 ……………………（19）
念奴娇 山城秋早，听画角吟风，晓来声咽 ……………………（19）
念奴娇 霜风初过，正仙吏微吟、诗喉清咽 ……………………（20）
念奴娇 山城秋好，正西风淅淅，登高时候 ……………………（20）
念奴娇 江山清绝，正箫台花县，霜秋时候 ……………………（21）
念奴娇 芸堂春早，正芳苞紫萼，笼烟调雨 ……………………（22）
念奴娇 早春时候，占百花头上，天香芳馥 ……………………（22）
水调歌头 碧落暮云卷，玉宇静无尘 ……………………（23）
水调歌头 三五半圆夜，二七素秋天 ……………………（23）
水调歌头 上苑暮春好，烟雨正溟濛 ……………………（24）
水调歌头 泽国正秋杪，微雨洒江滨 ……………………（25）
洞仙歌 金风玉露，正清秋初霁，天上星郎夜游戏……………………（25）
南歌子 素节秋强半，嘉名久最宜 ……………………（26）
南歌子 天宇霜风净，雷封露气寒 ……………………（26）
南歌子 人在烟云里，山横碧落旁……………………（27）
南歌子 瑞彩迎朝日，柔枝绕庆云 ……………………（27）
南歌子 咳唾琼珠璀，精神冰玉寒 ……………………（28）
南歌子 宾宴亲尧日，薰弦动舜风 ……………………（28）
南歌子 罗盖轻翻翠，冰姿巧弄红……………………（29）
南歌子 金谷貂蝉侣，东山锦绣丛 ……………………（29）

南歌子 误入红莲幕，来依玉树丛 ……………………………(30)
南歌子 雨过云峰净，天高水镜平 ……………………………(30)
临江仙 山县登高真胜事，满筵当代英奇 ……………………(30)
临江仙 佳节喜逢长久日，翩翩凫舄朋来 ……………………(31)
临江仙 云度岩扉风振谷，迅雷惊起蛟龙 ……………………(32)
临江仙 万石家声夸第一，清材更美姿容 ……………………(32)
临江仙 材刃纵横森武库，箫台旧日梅仙 ……………………(32)
临江仙 橘绿橙黄秋正好，霜飙洗尽炎威 ……………………(33)
临江仙 一去吴山三改火，我来两见寒梅 ……………………(34)
临江仙 忆昨曾将明使指，轺车踏遍东城 ……………………(34)
浣溪沙 乳酒初颁菊正黄，去年高宴近清光 …………………(35)
浣溪沙 与客相从谒谢公，芝田绛节拥仙翁 …………………(35)
浣溪沙 两到蟾宫折桂枝，经文纬武拟康时 …………………(36)
浣溪沙 短棹翩翩绿一莎，碧潭深处几风波 …………………(36)
鹧鸪天 玉宇无尘露气清，凭高极目万山横 …………………(36)
鹧鸪天 昨夜东风到海涯，繁红簇簇吐胭脂 …………………(37)
鹧鸪天 几阵萧萧弄雨风，片云微破月朦胧 …………………(37)
鹧鸪天 凤阙朝回晓色分，彩霞轻拂绛衣新 …………………(38)
瑞鹧鸪 司花着意惜春光，桃杏飘零此独芳 …………………(38)
西江月 红叶漫随风舞，黄花不畏霜凋…………………………(39)
西江月 嫩绿烟笼碎玉，繁红日护香绡…………………………(39)
减字木兰花 井梧飞早，一雁横空天更好 ……………………(39)
减字木兰花 烟收云敛，极目遥岑三四点 ……………………(40)
减字木兰花 暗香清绝，不比寻常枝上雪 ……………………(40)
减字木兰花 霜天奇绝，江上寒英重缀雪 ……………………(41)
减字木兰花 飞龙利见，前夜君王方锡宴 ……………………(41)
减字木兰花 天寒人静，啸倚胡床闲昼永 ……………………(41)
减字木兰花 薰风解愠，手握乾符躬揖逊 ……………………(42)
减字木兰花 琴堂无事，满酌金罍承帝祉 ……………………(42)
如梦令 绰约冰姿无语，高步广寒深处…………………………(43)

如梦令　雅淡轻盈如语，碧玉枝头娇处 ……………………（43）
如梦令　龙焙初分丹阙，玉果轻翻琼屑 ……………………（44）
点绛唇　潇洒寒林，玉丛遥映竹篁底 ……………………（44）
点绛唇　金碧交辉，江陵千树天然富 ……………………（44）
点绛唇　夜桂飘香，西风淅淅寒窗悄 ……………………（45）
点绛唇　玉叶金英，倩谁移下蟾宫树 ……………………（45）
行香子　抹利花　天赋仙姿，玉骨冰肌 ……………………（46）
朝中措　满城风雨近重阳，小院更凄凉 ……………………（46）
南乡子　秋水莹精神，靖节先生太逼真 ……………………（47）
忆秦娥　珠帘深，玉人天上传清音 ……………………（47）
丑奴儿　山城寂寞浑无绪，兀坐黄昏，多谢东君，先遣司花来报春 ……………………（48）
丑奴儿　晓来佳气穿帘幕，郁郁葱葱，宝鸭烟浓，戏彩庭前玉树丛 ……………………（48）
醉落魄　春回海角，望中佳气连云幕 ……………………（49）
阮郎归　江村昨夜一枝梅，先传春信回 ……………………（49）
归国谣　初夏好，雨过池塘荷盖小 ……………………（49）
归国谣　春已去，墙外榴花红半吐 ……………………（50）
好事近　水阁弄清风，黯黯满园肥绿 ……………………（50）
好事近　梅子欲黄时，霖雨晚来初歇 ……………………（50）
石敦夫 ……………………（51）
临江仙　窥檐蟾影白，照坐烛花红 ……………………（51）
甄龙友 ……………………（52）
水调歌头　西风新叶堕，南国九秋初 ……………………（52）
南乡子　十月小阳春，放榜梅花作状元 ……………………（52）
贺新郎　思远楼前路 ……………………（53）
霜天晓角　峨眉仙客，四海文章伯 ……………………（54）
范端臣 ……………………（55）
念奴娇　寻常三五，问今夕何夕，婵娟都胜 ……………………（55）
念奴娇　玉楼绛气，卷霞绡云浪，飞空蟾魄 ……………………（56）

韦能谦 …………………………………………………… (57)
　　虞美人　风清日晚溪桥路,绿暗摇残雨 ……………… (57)
耿时举 …………………………………………………… (58)
　　浣溪沙　露压蔷薇金井栏,辘轳声断碧丝乾 ………… (58)
　　浣溪沙　独鹤山前步药苗,青山只隔过溪桥 ………… (58)
　　满江红　问月杯空,谪仙去、无人重举 ……………… (58)
　　喜迁莺　暮春清昼 …………………………………… (59)
管　鉴 …………………………………………………… (61)
　　念奴娇　登高作赋,叹老来笔力,都非年少 ………… (61)
　　念奴娇　楚山万叠,怅高情、不比当年嵩少 ………… (61)
　　念奴娇　寒梢冰破,问何人远寄、江南春色 ………… (62)
　　念奴娇　两鬟娇小,向尊前、未省修蛾攒碧 ………… (63)
　　水龙吟　小舟横截西江,晓来风静无尘起 …………… (63)
　　水龙吟　晓来密雪如筛,望中莹彻还如洗 …………… (64)
　　水调歌头　平生五湖兴,梦想白蘋洲 ………………… (64)
　　水调歌头　凉意在何许,高柳荫汀洲 ………………… (65)
　　水调歌头　秋色浩无际,风露洗晴空 ………………… (65)
　　水调歌头　一雨洗烦溽,天气爽如秋 ………………… (66)
　　水调歌头　南雪不到地,今雪瑞非常 ………………… (66)
　　水调歌头　举俗爱重九,秋至不须悲 ………………… (67)
　　水调歌头　举俗爱重九,我辈更钟情 ………………… (67)
　　满江红　百罚深杯,都不记、归来时节 ……………… (68)
　　满江红　去岁兹辰,记称寿、曾陪燕席 ……………… (68)
　　满江红　十日狂风,都断送、杏花红去 ……………… (69)
　　洞仙歌　悠然堂上,山色浑如画 ……………………… (69)
　　洞仙歌　化工妙手,惯与花为主 ……………………… (70)
　　蓦山溪　潜藩报政,玉座勤深眷 ……………………… (70)
　　蓦山溪　老来生日,渐觉心情懒 ……………………… (71)
　　蝶恋花　楼倚云屏江泻镜 …………………………… (72)
　　定风波　秋入华堂一味清,四山环碧眼双明 ………… (72)

鹧鸪天　杨柳梢头月未残，杏花开尽却春寒 ……………………（73）
鹧鸪天　山色初晴翠拂云，画桥流水碧粼粼 ……………………（73）
鹧鸪天　前日新冬举寿觞，今朝喜色又非常 ……………………（73）
鹧鸪天　富贵楼台玉琢成，更移玉节下西清 ……………………（74）
鹧鸪天　燕寝香中锦帐郎，二年和气蔼蒸湘 ……………………（74）
朝中措　十年班缀近彤庭，一笑下霓旌 …………………………（75）
朝中措　暖风帘幕卷春阴，歌吹画堂深 …………………………（75）
朝中措　清江绕舍竹成阴，科日共登临 …………………………（76）
朝中措　一年春事到酴醾，何处更花开 …………………………（76）
柳梢青　神仙堕谪，天为赋与，经纶才识 ………………………（76）
柳梢青　澹云微月，又是一年，新秋佳节 ………………………（77）
好事近　风扫暮云空，依旧四山环碧 ……………………………（77）
好事近　列炬照梅花，仰看满空春雪 ……………………………（77）
好事近　鸳瓦晓霜浓，酒力渐消寒力 ……………………………（78）
好事近　楚观落成初，还是诏书催发 ……………………………（78）
桃源忆故人　寿芽初长香英嫩，拾翠芳洲春近 ………………（79）
桃源忆故人　小园日日狂风雨，几阵桃花红去 ………………（79）
菩萨蛮　今日云山堂上客，明朝真个云山隔 ……………………（79）
浣溪沙　金殿晨趋玉佩苍，君才久合侍龙章，
花砖学士紫薇郎 ……………………………………………………（80）
浣溪沙　秾李花开雪满空，缟裙香袂俨春容 ……………………（80）
浣溪沙　十里狂风特地晴，天工著意送行人 ……………………（80）
浣溪沙　小小梅花巧耐寒，曛曛晴日醉醒间 ……………………（81）
醉落魄　春阴漠漠，海棠花底东风恶 ……………………………（81）
醉落魄　春愁无力，酴醾娇软难禁摘 ……………………………（81）
醉落魄　寒欺酒力，一番风雨花如摘 ……………………………（82）
醉落魄　碧云暮合，不教预赏中秋月 ……………………………（82）
生查子　天教百媚生，赋得多情怨 ………………………………（82）
虞美人　一枝繁杏千红蕊，酴笑东风里 …………………………（83）
虞美人　海棠花下春风里，曾拚千场醉 …………………………（83）

临江仙　昨日武陵溪上雪，今朝特地开晴 ……………………（83）
临江仙　三月更当三十日，留春不住春归 ……………………（84）
清平乐　未春先暖，天与梅花便 ………………………………（84）
点绛唇　酒困诗慵，一春拚被花枝恼 …………………………（84）
点绛唇　去岁今朝，海棠桃杏开都遍 …………………………（84）
酒泉子　春色十分，付与海棠枝上满 …………………………（85）
酒泉子　清夜将分，有酒为谁花下满 …………………………（85）
青玉案　相逢何处梅花好，深院宇、笙歌绕 …………………（86）
阮郎归　浅寒天气雨催冬，梅梢糁嫩红 ………………………（86）
木兰花　乱花飞絮，却是一年春好处 …………………………（87）
西江月　夜雨落花满地，晓风飞絮连天 ………………………（87）
西江月　好个今年生日，满堂儿女团栾…………………………（87）
鹊桥仙　中秋重九，等闲虚过，多病全疏酒盏 ………………（88）
鹊桥仙　东皋圃隐，木犀开后，香遍江东十里 ………………（88）
鹊桥仙　中秋过了，重阳将近，正是一年佳处 ………………（88）
南乡子　檐外雪纷纷，雾阁云窗气自温 ………………………（89）
玉连环　江上青山无数，绿阴深处 ……………………………（89）
吴　儆 ……………………………………………………………（90）
念奴娇　凉生秋早，正梧桐院落，风清月白 …………………（90）
蓦山溪　清晨早起，小阁遥山翠 ………………………………（91）
满庭芳　宿雨滋兰，轻风飐柳，新来随处和融 ………………（91）
满庭芳　水满池塘，莺啼杨柳，燕忙知为泥融 ………………（92）
虞美人　银屏一夜金风细，便作中秋意…………………………（92）
虞美人　飞桥驾鹊天津阔，云驭看看发…………………………（93）
虞美人　双眸剪水团香雪，云际看新月 ………………………（93）
西江月　竹里全无暑气，溪边长有清风…………………………（93）
浣溪沙　十里青山泝碧流，夕阳沙晚片帆收 …………………（94）
浣溪沙　歙浦钱塘一水通，闲云如幕碧重重 …………………（94）
浣溪沙　画楯朱栏绕碧山，平湖徙倚水云宽 …………………（95）
浣溪沙　寒日孤城特地红，瘦藤扶我上西风 …………………（95）

钗头凤 红酥手,黄縢酒,满城春色宫墙柳 ……………………(130)
清商怨 江头日暮痛饮,乍雪晴犹凛 ……………………………(131)
水龙吟 樽前花底寻春处,堪叹心情全减 ………………………(131)
秋波媚 秋到边城角声哀,烽火照高台 …………………………(132)
秋波媚 曾散天花蕊珠宫,一念堕尘中 …………………………(133)
采桑子 宝钗楼上妆梳晚,懒上秋千,闲拨沉烟,
金缕衣宽睡髻偏 ………………………………………………(133)
卜算子 驿外断桥边,寂寞开无主 ………………………………(134)
沁园春 粉破梅梢,绿动萱丛,春意已深 ………………………(135)
沁园春 一别秦楼,转眼新春,又近放灯 ………………………(135)
沁园春 孤鹤归飞,再过辽天,换尽旧人 ………………………(136)
忆秦娥 玉花骢,晚街金辔声璁珑 ………………………………(137)
汉宫春 浪迹人间,喜闻猿楚峡,学剑秦川 ……………………(137)
汉宫春 羽箭雕弓,忆呼鹰古垒,截虎平川 ……………………(138)
月上海棠 斜阳废苑朱门闭 ………………………………………(139)
月上海棠 兰房绣户厌厌病 ………………………………………(140)
乌夜啼 金鸭馀香尚暖,绿窗斜日偏明 …………………………(140)
乌夜啼 檐角楠阴转日,楼前荔子吹花 …………………………(140)
乌夜啼 我校丹台玉字,君书蕊殿云篇 …………………………(141)
乌夜啼 世事从来惯见,吾生更欲何之 …………………………(141)
乌夜啼 素意幽栖物外,尘缘浪走天涯 …………………………(142)
乌夜啼 园馆青林翠樾,衣巾细葛轻纨 …………………………(142)
乌夜啼 从宦元知漫浪,还家更觉清真 …………………………(143)
乌夜啼 纨扇婵娟素月,纱巾缥缈轻烟 …………………………(143)
真珠帘 山村水馆参差路 …………………………………………(143)
好事近 混迹寄人间,夜夜画楼银烛 ……………………………(144)
柳梢青 锦里繁华 …………………………………………………(145)
柳梢青 十载江湖,行歌沽酒,不到京华 ………………………(146)
夜游宫 雪晓清笳乱起,梦游处,不知何地 ……………………(146)
夜游宫 独夜寒侵翠被,奈幽梦、不成还起 ……………………(147)

安公子 风雨初经社,子规声里春光谢 ……………………(147)
玉蝴蝶 倦客平生行处,坠鞭京洛,解佩潇湘 ……………(148)
木兰花慢 阅邯郸梦境,叹绿鬓、早霜侵……………………(149)
苏武慢 淡霭空濛,轻阴清润,绮陌细尘初静 ……………(150)
齐天乐 角残钟晚关山路,行人乍依孤店 ………………(151)
齐天乐 客中随处闲消闷,来寻啸台龙岫 ………………(151)
望 梅 寿非金石 ………………………………………(152)
洞庭春色 壮岁文章,暮年勋业,自昔误人………………(153)
渔家傲 东望山阴何处是,往来一万三千里 ……………(154)
绣停针 叹半纪,幻跨万里秦吴,顿觉衰谢………………(154)
桃源忆故人 斜阳寂历柴门闭,一点炊烟时起 …………(155)
桃源忆故人 栏干几曲高斋路,正在重云深处 …………(156)
桃源忆故人 一弹指顷浮生过,堕甑元知当破 …………(156)
桃源忆故人 城南载酒行歌路,冶叶倡条无数 …………(157)
桃源忆故人 中原当日三川震,关辅回头煨烬 …………(157)
极相思 江头疏雨轻烟,寒食落花天 ……………………(158)
一丛花 尊前凝伫漫魂迷,犹恨负幽期 …………………(158)
一丛花 仙姝天上自无双,玉面翠娥长 …………………(159)
隔浦莲近拍 飞花如趁燕子,直度帘栊里 ………………(159)
隔浦莲近拍 骑鲸云路倒景,醉面风吹醒 ………………(159)
昭君怨 昼永蝉声庭院,人倦懒摇团扇 …………………(160)
双头莲 华鬓星星,惊壮志成虚,此身如寄 ……………(160)
南歌子 异县相逢晚,中年作别难 ………………………(161)
豆叶黄 春风楼上柳腰肢,初试花前金缕衣 ……………(162)
豆叶黄 一春常是雨和风,风雨晴时春已空 ……………(162)
醉落魄 江湖醉客,投杯起舞遗乌帻 ……………………(162)
鹊桥仙 华灯纵博,雕鞍驰射,谁记当年豪举 …………(163)
鹊桥仙 一竿风月,一蓑烟雨,家在钓台西住 …………(164)
鹊桥仙 茅檐人静,篷窗灯暗,春晚连江风雨 …………(164)
长相思 云千重,水千重 …………………………………(165)

长相思 桥如虹，水如空 ……………………………………（165）
长相思 面苍然，鬓皤然 ……………………………………（166）
长相思 暮山青，暮霞明 ……………………………………（166）
长相思 悟浮生，厌浮名 ……………………………………（167）
菩萨蛮 江天淡碧云如扫，蘋花零落莼丝老 ………………（167）
菩萨蛮 小院蚕眠春欲老，新巢燕乳花如扫 ………………（167）
诉衷情 当年万里觅封侯，匹马戍梁州 ……………………（168）
诉衷情 青衫初入九重城，结友尽豪英 ……………………（168）
生查子 还山荷主恩，聊试扶犁手 …………………………（169）
生查子 梁空燕委巢，院静鸠催雨 …………………………（170）
破阵子 仕至千钟良易，年过七十常稀 ……………………（170）
破阵子 看破空花世界，放轻昨梦浮名 ……………………（171）
上西楼 江头绿暗红稀，燕交飞 ……………………………（171）
点绛唇 采药归来，独寻茅店沽新酿 ………………………（172）
谢池春 壮岁从戎，曾是气吞残虏 …………………………（172）
谢池春 贺监湖边，初系放翁归棹 …………………………（173）
谢池春 七十衰翁，不减少年豪气 …………………………（173）
一落索 满路游丝飞絮，韶光将暮 …………………………（173）
一落索 识破浮生虚妄，从人讥谤 …………………………（174）
杏花天 老来驹隙骎骎度 ……………………………………（174）
大平时 竹里房栊一径深，静愔愔 …………………………（174）
恋绣衾 不惜貂裘换钓篷 ……………………………………（175）
恋绣衾 无方能驻脸上红 ……………………………………（175）
风入松 十年裘马锦江滨，酒隐红尘 ………………………（176）
真珠帘 灯前月下嬉游处，向笙歌、锦绣丛中相遇 ………（177）
风流子 佳人多命薄，初心慕、德耀嫁梁鸿 ………………（178）
双头莲 风卷征尘，堪叹处、青骢正摇金辔 ………………（178）
鹧鸪天 杖屦寻春苦未迟，洛城樱笋正当时 ………………（179）
蝶恋花 禹庙兰亭今古路 ……………………………………（180）
渔　父 石帆山下雨空濛，三扇香新翠箬篷 ………………（180）

渔　父　晴山滴翠水接蓝，聚散渔舟两复三 …………………（180）
渔　父　镜湖俯仰两青天，万顷玻璃一叶船 …………………（180）
渔　父　湘湖烟雨长莼丝，菰米新炊滑上匙 …………………（181）
渔　父　长安拜免几公卿，渔父横眠醉未醒 …………………（181）
恋绣衾　雨断西山晚照明，悄无人、幽梦自惊 ………………（182）
采桑子　三山山下闲居士，巾履萧然，小醉闲眠，
　风引飞花落钓船 ………………………………………………（182）
水龙吟　摩诃池上追游路，红绿参差春晚 ……………………（183）
月照梨花　霁景风软，烟江春涨…………………………………（184）
月照梨花　闷已萦损，那堪多病…………………………………（184）
夜游宫　宴罢珠帘半卷 …………………………………………（185）
如梦令　独倚博山峰小，翠雾满身飞绕 ………………………（185）
失调名　飞上锦茵红绉 …………………………………………（186）
解连环　泪掩妆薄 ………………………………………………（186）
大圣乐　电转雷惊，自叹浮生，四十二年 ……………………（187）
存目词 ……………………………………………………………（188）
江月晃重山　芳草洲前道路，夕阳楼上阑干 …………………（188）
唐　婉 …………………………………………………………（189）
钗头凤　世情薄，人情恶 ………………………………………（189）
陆游妾某氏 ……………………………………………………（190）
生查子　只知愁上眉，不识愁来路 ……………………………（190）
王　嵎 …………………………………………………………（192）
祝英台近　柳烟浓，花露重，合是醉时候………………………（192）
夜行船　曲水溅裙三月二 ………………………………………（192）
贾逸祖 …………………………………………………………（193）
朝中措　青山隐隐水斜斜，修竹两三家 ………………………（193）
蜀　妓 …………………………………………………………（194）
鹊桥仙　说盟说誓，说情说意，动便春愁满纸 ………………（194）
姜特立 …………………………………………………………（195）
画堂春　故园二月正芳菲，红紫团枝 …………………………（195）

浣溪沙 节序回环已献裘，不堪风叶夜鸣秋 ……………… (195)
菩萨蛮 日长庭院无人到，琅玕翠影摇寒甃 ……………… (196)
菩萨蛮 蓬山学士文章伯，尊前风味谁能敌 ……………… (196)
菩萨蛮 镜天良月皆佳节，休恨今宵姡皎洁 ……………… (196)
霜天晓角 欢娱电掣，何况轻离别 ……………… (197)
阮郎归 绿阴庭院记年时，家人捧寿卮 ……………… (197)
浪淘沙 春事有来期，且喜春归 ……………… (197)
朝中措 芳林曲径锦玲珑，腻白借微红 ……………… (198)
朝中措 十分天赋好精神，宫样小腰身 ……………… (198)
朝中措 如山堂上翠横空，山影浪花中 ……………… (199)
蝶恋花 飘粉吹香三月暮 ……………… (199)
声声慢 云迷越岫，枫冷吴江，天香忽到人寰 ……………… (200)
卜算子 丹桂一枝芳，陡觉秋容静 ……………… (200)
西江月 富贵从来自有，人生最羡长年 ……………… (201)
满江红 听说梅山，一邱内、深藏曲折 ……………… (202)
念奴娇 宦途巇崄，问急流勇退，几人闻早 ……………… (202)
满江红 小小华堂，朱阑外、乱山如簇 ……………… (203)
临江仙 桃李飞花春渐老，海棠次第芬芳 ……………… (203)
感皇恩 儿女沸欢声，生朝来到 ……………… (204)
满庭芳【补辑】 丹染吴枫，青环越岫，镜天霁色凝鲜 ……………… (205)
周必大 ……………… (206)
朝中措 乘成台上晓书云，黄色映天庭 ……………… (206)
满庭芳 天壤茫茫，人心殊观，未免因欠思馀 ……………… (207)
谒金门 梅乍吐，趁寿席、香风度 ……………… (208)
点绛唇 报答风光，满倾琼液休思睡 ……………… (208)
点绛唇 醉上兰舟，羡他沙暖鸳鸯睡 ……………… (208)
点绛唇 踏白江梅，大都玉斲酥凝就 ……………… (209)
点绛唇 秋夜乘槎，客星容到天孙渚 ……………… (209)
朝中措 月眉新画露珠圆，今夕正相鲜 ……………… (210)
朝中措 九重深念朔庭空，良弼梦时中 ……………… (211)

醉落魄　山川迥别 ……………………………………………… (211)
醉落魄　才高句杰，飞黄却应鸾和节 ………………………… (212)
西江月　三月群贤毕集，二天五马生光 ……………………… (213)
西江月　藉甚新除刺史，岿然鲁殿灵光 ……………………… (213)
加上太上皇帝太上皇后尊号册宝乐章　乾道六年
重华真主，晨夕奉庭闱 ……………………………………… (214)
加上太上皇帝太上皇后尊号册宝乐章　淳熙二年
奉上册宝导引曲　新阳初应，乐事起彤庭 ………………… (214)
明堂大礼乐章　淳熙六年　明堂大礼鼓吹无射宫导引旧黄钟宫
合宫亲飨，青女肃长空 ……………………………………… (215)
合宫歌　圣明朝，旷典乘秋举 ……………………………… (215)
存目词 ……………………………………………………………… (216)
周　煇 ……………………………………………………………… (217)
失调名　卷帘试约东君，问花信风来第几番 ……………… (217)
失调名　生怕冻损蜂房，胆瓶汤浸，且与温存著 ………… (217)
范成大 ……………………………………………………………… (218)
满江红　寒谷春生，熏叶气、玉箫吹縠 …………………… (218)
满江红　竹里行厨，来问讯、诸侯宾老 …………………… (218)
满江红　柳外轻雷，催几阵、雨丝飞急 …………………… (219)
满江红　罨画溪山，行欲遍、风蒲还举 …………………… (219)
千秋岁　北城南埭，玉水方流汇 …………………………… (220)
浣溪沙　倾坐东风百媚生，万红无语笑逢迎 ……………… (221)
浣溪沙　催下珠帘护绮丛，花枝红里烛枝红 ……………… (221)
浣溪沙　送尽残春更出游，风前踪迹似沙鸥 ……………… (221)
浣溪沙　歙浦钱塘一水通，闲云如幕碧重重 ……………… (222)
浣溪沙　宝髻双双出绮丛，妆光梅影各春风 ……………… (222)
浣溪沙　红锦障泥杏叶鞯，解鞍呼渡忆当年 ……………… (223)
浣溪沙　白玉堂前绿绮疏，烛残歌罢困相扶 ……………… (223)
朝中措　东风半夜度关山，和雪到阑干 …………………… (223)
朝中措　身闲身健是生涯，何况好年华 …………………… (224)

朝中措　系船沽酒碧帘坊，酒满胜鹅黄 ……………………（224）
朝中措　海棠如雪殿春馀，禽弄晚晴初 ……………………（225）
朝中措　天容云意写秋光，木叶半青黄 ……………………（225）
蝶恋花　春涨一篙添水面 ……………………………………（225）
南柯子　槁项诗馀瘦，愁肠酒后柔 …………………………（226）
南柯子　怅望梅花驿，凝情杜若洲 …………………………（226）
南柯子　银渚盈盈渡，金风缓缓吹 …………………………（227）
水调歌头　细数十年事，十处过中秋 ………………………（227）
水调歌头　万里汉家使，双节照清秋 ………………………（228）
西江月　十月谁云春小，一年两见风娇 ……………………（228）
西江月　北客开眉乐岁，东君著意华年 ……………………（229）
鹊桥仙　双星良夜，耕慵织懒，应被群仙相妒 ……………（229）
宜男草　篱菊滩芦被霜后，袅长风、万重高柳 ……………（229）
宜男草　舍北烟霏舍南浪，雪倾篱、雨荒薇涨 ……………（230）
秦楼月　窗纱薄，日穿红幔催梳掠 …………………………（230）
秦楼月　珠帘狭，卷帘春院花围合 …………………………（231）
秦楼月　香罗薄，带围宽尽无人觉 …………………………（231）
秦楼月　楼阴缺，阑干影卧东厢月 …………………………（231）
秦楼月　浮云集，轻雷隐隐初惊蛰 …………………………（232）
念奴娇　双峰叠障，过天风海雨，无边空碧 ………………（232）
念奴娇　十年旧事，醉京花蜀酒，万葩千萼 ………………（233）
念奴娇　吴波浮动，看中流翻月，半江金碧 ………………（233）
念奴桥　水乡霜落，望西山一寸，修眉横碧 ………………（234）
念奴娇　湖山如画，系孤蓬柳岸，莫惊鱼鸟 ………………（234）
惜分飞　易散浮云难再聚，遮莫相随百步 …………………（235）
梦玉人引　送行人去，犹追路、再相觅 ……………………（235）
梦玉人引　共登临处，飘风袂、倚空碧 ……………………（236）
如梦令　罨画屏中客住，水色山光无数 ……………………（236）
如梦令　两两莺啼何许，寻遍绿阴浓处 ……………………（236）
菩萨蛮　小轩今日开窗了，揉蓝染碧缘阶草 ………………（237）

菩萨蛮　雪林一夜收寒了，东风恰向灯前到　……………… (237)
菩萨蛮　黄梅时节春萧索，越罗香润吴纱薄　……………… (237)
临江仙　羽扇纶巾风袅袅，东厢月到蔷薇　…………………… (238)
临江仙　万事灰心犹薄宦，尘埃未免劳形　…………………… (238)
减字木兰花　玉烟浮动，银阙三山连海冻　…………………… (239)
减字木兰花　折残金菊，枨子香时新酒热　…………………… (239)
减字木兰花　波娇鬓袅，中隐堂前人意好　…………………… (240)
减字木兰花　枕书睡熟，珍重月明相伴宿　…………………… (240)
减字木兰花　腊前三白，春到西园还见雪　…………………… (240)
鹧鸪天　休舞银貂小契丹，满堂宾客尽关山　……………… (241)
鹧鸪天　荡漾西湖采绿蘋，扬鞭南埭衮红尘　……………… (241)
鹧鸪天　嫩绿重重看得成，曲阑幽槛小红英　……………… (242)
鹧鸪天　压蕊拈须粉作团，疏香辛苦颤朝寒　……………… (242)
好事近　云暮暗千山，肠断玉楼金阙　…………………… (242)
好事近　昨夜报春来，的皪岭梅开雪　…………………… (243)
卜算子　凉夜竹堂虚，小睡匆匆醒　……………………… (243)
卜算子　云压小桥深，月到重门静　……………………… (243)
三登乐　一碧鳞鳞，横万里、天垂吴楚…………………… (244)
三登乐　路转横塘，风卷地、水肥帆饱…………………… (244)
三登乐　今夕何朝，披岫幌、云关重启…………………… (245)
三登乐　方帽冲寒，重检校、旧时农圃…………………… (245)
浪淘沙　黯淡养花天，小雨能悭 …………………………… (246)
虞美人　霜馀好探梅消息，日日溪桥侧　………………… (246)
虞美人　落梅时节冰轮满，何似中秋看　………………… (246)
虞美人　玉箫惊报同云重，仍怪金瓶冻　………………… (247)
虞美人　谁将击碎珊瑚玉，装上交枝栗　………………… (247)
醉落魄　春城胜绝，暮林风舞催花发　…………………… (247)
白玉楼步虚词六首　……………………………………… (248)
（一）珠霄境，却似化人宫 ………………………………… (248)
（二）浮黎路，依约太微间　……………………………… (249)

（三）罡风起，背负玉虚廷 …………………………………（249）
（四）流铃响，龙驭�云来 …………………………………（249）
（五）钧天奏，流韵满空明 …………………………………（249）
（六）楼阑外，辇道插非烟 …………………………………（249）
玉楼春　佳人无对甘幽独，竹雨松风相澡浴 …………………（250）
霜天晓角　晚晴风歇，一夜春威折…………………………（250）
玉楼春　云横水绕芳尘陌，一万重花春拍拍 …………………（251）
醉落魄　马蹄尘扑，春风得意笙歌逐 …………………………（251）
菩萨蛮　冰明玉润天然色，凄凉拚作西风客 …………………（252）
眼儿媚　酣酣日脚紫烟浮，妍暖破轻裘 ………………………（252）
惜分飞　画戟锦车皆雅故，箫鼓留连客住 ……………………（253）
菩萨蛮　客行忽到湘东驿，明朝真是潇湘客 …………………（254）
满江红　千古东流，声卷地、云涛如屋…………………………（254）
谒金门　塘水碧，仍带麹尘颜色………………………………（255）
秦楼月　湘江碧，故人同作湘中客 …………………………（255）
醉落魄　雪晴风作，松梢片片轻鸥落 …………………………（256）
霜天晓角　少年豪纵，袍锦团花凤…………………………（256）
菩萨蛮　彤楼鼓密催金钥，沉沉青琐重重幕 …………………（257）
水调歌头　万里汉都护……………………………………（257）
水调歌头　万里桥边客……………………………………（257）
水调歌头　万里吴船泊，归访菊篱秋 …………………………（258）
醉落魄　栖乌飞绝，绛河绿雾星明灭 …………………………（258）
朝中措　长年心事寄林扃，尘鬓已星星 ………………………（259）
水龙吟　仙翁家在丛霄，五云八景米尘表 ……………………（259）
满江红　山绕西湖，曾同泛、一篙春绿…………………………（260）
水调歌　元日至人日，未有不阴时 …………………………（261）
浣溪沙　十里西畴熟稻香，槿花篱落竹丝长 …………………（261）
破阵子　漂泊天隅佳节，追随花下群贤 ………………………（262）
鹧鸪天　楼观青红倚快晴，惊看陆地涌蓬瀛 …………………（262）
酹江月　浮生有几，叹欢娱常少，忧愁相属 …………………（263）

水调歌头 万里筹边处,形胜压坤维 …………………………(263)
木兰花慢 古人吾不见,君莫是、郑当时…………………………(264)
鹧鸪天【补辑】 仗下仪客笔下文,天风驾鹤住仙真 ………(265)
洞仙歌【补辑】 碧城风物,有湖中天地 ……………………(265)
西江月【补辑】 樱笋园林绿暗,槐榆院落清和 ……………(266)
临江仙【补辑】 功行三千宜五福,长生何假金丹 …………(266)
鹧鸪天【补辑】 绣户当年瑞气充,紫阳驾鹤下天风 ………(267)
满江红【补辑】 天气新晴,寻昨梦,池塘春早 ………………(267)
清平乐【补辑】 降嵩储昴,仙驭来尘表 ……………………(268)
清平乐【补辑】 何须轻举,上界多官府 ……………………(268)
存目词 ……………………………………………………………(269)
游次公 …………………………………………………………(270)
贺新郎 暖霭浮晴薢………………………………………………(270)
卜算子 风雨送人来,风雨留人住 ……………………………(271)
满江红 云接苍梧,山莽莽、春浮泽国…………………………(271)
贺新郎 斗柄回秋律………………………………………………(272)
满江红 一舸归来,何太晚、鬓丝如织…………………………(272)
赵磻老 …………………………………………………………(274)
满江红 见说春时,新波涨、二川溶溢…………………………(274)
满江红 西郭园林,湖光净、暮寒清溢…………………………(274)
满江红 潇洒星郎,吹绿鬓、胜游霞举…………………………(275)
念奴娇 冰蟾驾月,荡寒光、不见层波层碧 …………………(275)
水调歌头 梅仙了无讼,拄笏看西山 …………………………(276)
永遇乐 香雪堆梅,绣丝襞柳,仙馆春到 ……………………(277)
醉蓬莱 听都人歌咏,便启金瓯,再登元老 …………………(277)
醉蓬莱 记青蛇感异,后日扶颠,太平人瑞 …………………(278)
鹧鸪天 堂上年时见烛花 ………………………………………(279)
鹧鸪天 白日青天一旦明,旧时勋业此时情 …………………(279)
生查子 章甫不如人,翠绾垂杨缕 ……………………………(280)
生查子 朝路进贤归,厌听歌金缕 ……………………………(280)

生查子 金门一免时，离绪纷如缕 ……………………（281）
生查子 斜日下平川，楼角销霞缕 ……………………（281）
南柯子 世上渊明酒，人间陆羽茶 ……………………（282）
南柯子 体质娟娟静，花纹细细装 ……………………（282）
浣溪沙 懒画娥眉倦整冠，笋苞来点镜中鬟 ……………（283）
浣溪沙 刘氏风流设此冠，今谁将去伴珠鬟 ……………（283）
尤 袤 ……………………………………………………（284）
瑞鹧鸪 梁溪西畔小桥东，落叶纷纷水映空 ……………（284）
瑞鹧鸪 两行芳蕊傍溪阴，一笑嫣然抵万金 ……………（284）
赵 眘 ……………………………………………………（286）
阮郎归 留连春意晚花稠，云疏雨未收 ………………（286）
存目词 …………………………………………………（286）
谢 懋 ……………………………………………………（287）
忆少年 池塘绿遍，王孙芳草，依依斜日 ………………（287）
石州引 日脚斜明，秋色半阴，人意凄楚 ………………（287）
洞仙歌 愁边雨细，漠漠天如醉 …………………………（288）
杏花天 海棠枝上东风软 …………………………………（288）
画堂春 西风庭院雨垂垂，黄花秋闰迟 …………………（289）
武陵春 门掩东风人去后，愁损燕莺心 …………………（289）
霜天晓角 绿云剪叶，低护黄金屑 ………………………（290）
风流子 少年多行乐，方豪健、何处不嬉游 ……………（290）
念奴娇 霁天湛碧，正新凉风露，冰壶清彻 ……………（291）
鹊桥仙 钩帘借月，染云为幌，花面玉枝交映 …………（291）
解连环 雁空辽邈 …………………………………………（292）
蓦山溪 厌厌睡起，无限春情绪 …………………………（293）
风入松 老年常忆少年狂，宿粉栖香 ……………………（293）
浪淘沙 黄道雨初干，霁霭空蟠 …………………………（294）
存目词 …………………………………………………（294）
王 质 ……………………………………………………（295）
相见欢 霜花零落全稀，不成飞 …………………………（295）

长相思　红疏疏，紫疏疏 …………………………………（295）
长相思　山青青，水青青 …………………………………（296）
生查子　见汝小溪湾，修竹连疏影 ………………………（296）
杨柳枝　惯得娇云赶不开，去还来 ………………………（296）
浣溪沙　何药能医肠九回，榴莲不似蜀当归 ……………（297）
浣溪沙　梦到江南梦却回，梦归何处得身归 ……………（297）
浣溪沙　征雁年来得几回，春风无雁带书归 ……………（297）
浣溪沙　细雨萧萧变作秋，晚风杨柳冷飕飕 ……………（298）
清平乐　江沙带湿，莎露和烟泣 …………………………（298）
清平乐　断桥流水，香满扶疏里 …………………………（298）
清平乐　从来清瘦，更被春僝僽 …………………………（299）
眼儿媚　雨润梨花雪未干，犹自有春寒 …………………（299）
西江月　月斧修成腻玉，风斤琢碎轻冰 …………………（299）
西江月　轻蜡细凝蜂蜜，薄罗深压鹅黄 …………………（300）
西江月　褼褼红中烟润，梢梢翠尾风斜 …………………（300）
西江月　壁水桥边此客，金銮坡上何人 …………………（301）
滴滴金　阴阴湿雾霜无计，江气逼、树声滴 ……………（301）
燕归梁　拂拂春风入马蹄，□驻绿杨堤 …………………（302）
青门引　寻遍江南麓，只有斑斑野菊 ……………………（302）
鹧鸪天　空响萧萧似见呼，溪昏树暗觉神孤 ……………（302）
鹧鸪天　一只船儿任意飞，眼前不管是和非 ……………（303）
一斛珠　风流太守，未春先试回春手 ……………………（303）
一斛珠　寒江凝碧，是谁翦作梨花出 ……………………（303）
一斛珠　平塘玉立，薄罗飞起层层碧 ……………………（304）
怨春郎　芦花已老，蓼花已老……………………………（304）
虞美人　绿阴夹岸人家住，桥上人来去 …………………（304）
虞美人　翠阴融尽毵毵雪，惨淡花明灭 …………………（305）
临江仙　缥缈青霄云一握，太清群玉光中 ………………（305）
临江仙　千顷翠围遮绿净，菱花影落波中 ………………（306）
临江仙　曲水流觞修禊事，祓除洗净春愁 ………………（306）

临江仙 八字山头来较晚，彩云未散南楼 …………………（307）
定风波 曲曲阑干曲曲池，万红缭绕锦相围 ………………（307）
定风波 问讯山东窦长卿，苍苍云外且垂纶 ………………（307）
定风波 白璧黄金爵上卿，紫宸殿下拜丝纶 ………………（308）
苏幕遮 水风轻，吹不皱 ……………………………………（308）
苏幕遮 驿尘飞，天意紧 ……………………………………（309）
□□□ 眼将穿，肠欲裂 ……………………………………（309）
□□□ 夜茫茫，春寂寂 ……………………………………（310）
青玉案 中央自有仙风度，散入千林去 ……………………（310）
青玉案 浮萍不碍鱼行路，细数鱼来去 ……………………（311）
江城子 细风微揭碧鳞鳞 ……………………………………（311）
江城子 细风吹起翠田田 ……………………………………（311）
江城子 柳梢无雪受风吹 ……………………………………（312）
蓦山溪 枯林荒陌，矮树敷鲜叶 ……………………………（312）
满江红 方丈维摩，蒙衲被、都齐不省……………………（313）
满江红 整顿乾坤，恨舞袖、回旋不足……………………（313）
满江红 惨淡轻阴，都养就、朱朱白白……………………（314）
满江红 生縠平铺，吹不起、轻风无力……………………（314）
满江红 莽莽云平，都不辨、近山远水……………………（315）
满江红 落尽斜阳，尚有些、断霞残影……………………（315）
满江红 纸帐梅花，有丛桂、又有修竹……………………（316）
水调歌头 江水去无极，无地有青天 ………………………（316）
水调歌头 细数十年梦，十处过中秋 ………………………（317）
水调歌头 晚嶂倚斜日，秋树战悲风 ………………………（317）
水调歌头 草蔓已多露，松竹总含风 ………………………（318）
水调歌头 云巘在空碧，天宇共高明 ………………………（319）
水调歌头 花上插苍碧，花下走清湍 ………………………（319）
水调歌头 淮海一星出，分野到梁州 ………………………（320）
水调歌头 河汉湛秋碧，玉露暖瑶空 ………………………（320）
八声甘州 海茫茫、天北与天南，吾友定安归 ……………（321）

八声甘州　事茫茫、赤壁半帆风，四海忽三分 …………………（321）
八声甘州　过隆中、桑柘倚斜阳，禾黍战悲风 …………………（322）
八声甘州　气佳哉、烟紫石头城，云碧雨花台 …………………（323）
倦寻芳　冰壶秋月，去了潘郎，传到梁老 ………………………（324）
倦寻芳　断崖树老，侧岸槎枯，倒倚斜插 ………………………（325）
万年欢　一轮明月，古人心万年，更寸心存 ……………………（325）
真珠帘　翠虬夭矫擎苍玉 …………………………………………（326）
沁园春　二百年间，十二时中，悲欢往来 ………………………（326）
红窗怨　欲寄意，都无有 …………………………………………（327）
红窗怨　帘不卷，人难见 …………………………………………（327）
凤时春　标格风流前辈 ……………………………………………（327）
泛兰舟　萧萧乌帽黄衫，烟水拍云岩 ……………………………（328）
无月不登楼　池塘生春草，梦中共、水仙相识 …………………（328）
别素质　一个茅庵，三间七架 ……………………………………（329）
笛家弄　凌乱败荷，既似沙莞，又如淝水 ………………………（330）
沈　瀛 ………………………………………………………………（331）
念奴娇　郊原浩荡，正夺目花光，动人春色 ……………………（331）
念奴娇　梧桐响雨，忆空江寒浪，渔舟冲雪 ……………………（331）
念奴娇　春来腊去，一番新风景，为君开设 ……………………（332）
念奴娇　赏心佳处，登临地、千古人人都说 ……………………（333）
念奴娇　阳春布暖，又还见、光景如梭催逼 ……………………（333）
念奴娇　万般照破，无一点闲愁，萦系心目 ……………………（334）
念奴娇　光阴转毂，况生死事大，无常迅速 ……………………（334）
满江红　姑孰名邦，黄山畔、古台巍立 …………………………（335）
满江红　半世飘蓬，今何幸、得归乡曲 …………………………（336）
水调歌头　潇洒云中鹤，容与水边鸥 ……………………………（336）
水调歌头　岁月如奔箭，屈指又中秋 ……………………………（337）
水调歌头　门外可罗雀，长者肯来寻 ……………………………（337）
满庭芳　画戟霜匀，谯门风动，满城和气氤氲 …………………（338）
满庭芳　春锁琼台，花藏瑶圃，彩云片片来归 …………………（338）

满庭芳　裘带功名，袴襦歌颂，世间谁似公贤 ……………… (339)
满庭芳　柳外山光，林间塔影，一溪横泻清流 ……………… (340)
朝中措　论兵齿颊带霜寒，清似碧琅玕 ……………… (340)
朝中措　东风吹上小桃枝 ……………… (341)
西江月　五马人生最贵，金陵自古繁华 ……………… (341)
醉落魄　野庵鼓吹，翻腾似与寻常异 ……………… (341)
醉落魄　时光盛逼，杯盘渐渐来收拾 ……………… (342)
醉落魄　致知格物，初学工夫参圣域 ……………… (342)
醉落魄　致知格物，孔颜学问从兹出 ……………… (342)
柳梢青　相逢今夕 ……………… (343)
行香子　野叟愚痴，一向昏迷 ……………… (343)
行香子　野叟归欤，朋友来无 ……………… (344)
行香子　野叟长年，一室萧然 ……………… (344)
卜算子　睡觉五更钟，正好深提省 ……………… (345)
卜算子　那里是闲时，这里何曾定 ……………… (345)
卜算子　只管要参禅，又被禅萦绕 ……………… (345)
如梦令　才听笛声三弄，关捩一时都动 ……………… (346)
捣练子　神欲出，便收来 ……………… (346)
捣练子　神欲出，便收来 ……………… (346)
捣练子　放下著，须弥山 ……………… (347)
捣练子　放下著，须弥山 ……………… (347)
捣练子　放下著，须弥山 ……………… (347)
浣溪沙　雨点真珠水上鸣，更将青盖一时倾 ……………… (348)
画堂春　荷花含笑调薰风，两情著意尤浓 ……………… (348)
减字木兰花　乘流坎止，住个斋儿无愠喜 ……………… (348)
减字木兰花　蓬门居止，竹见宾来先啸喜 ……………… (349)
减字木兰花　停杯且止，斋里百无为客喜 ……………… (349)
减字木兰花　或行或止，难得人间相聚喜 ……………… (349)
减字木兰花　渊明酒止，莫信渠言心妄喜 ……………… (350)
减字木兰花　老而不止，三岁发蒙心已喜 ……………… (350)

减字木兰花 不能者止，百念灰心无所喜 …………………… (351)
减字木兰花 且安汝止，快活心中惟法喜 …………………… (351)
减字木兰花 不如知止，看尽世间无可喜 …………………… (351)
减字木兰花 动而思止，止即患生徒自喜 …………………… (352)
减字木兰花 贪而忘止，贪即生瞋逢饱喜 …………………… (352)
减字木兰花 人无常止，暮四朝三时怒喜 …………………… (353)
减字木兰花 心如皎止，何必佯痴藏暗喜 …………………… (353)
减字木兰花 纠缠弗止，成是败非生戚喜 …………………… (354)
减字木兰花 贪荣肯止，结绶弹冠王贡喜 …………………… (354)
减字木兰花 瞻乌爰止，不是檐前闻鹊喜 …………………… (355)
减字木兰花 未行先止，鱼上竹竿人噪喜 …………………… (355)
减字木兰花 圣经五止，止句丘隅黄鸟喜 …………………… (356)
减字木兰花 定而后止，善到止时心地喜 …………………… (356)
减字木兰花 朱幡归止，却返烟霞寻旧喜 …………………… (357)
减字木兰花 气升气止，引得丹元童子喜 …………………… (357)
减字木兰花 琴心和止，姹女与君相对喜 …………………… (358)
减字木兰花 工夫莫止，脱得壳儿方是喜 …………………… (358)
减字木兰花 擎拳仰止，不是凡人名尹喜 …………………… (358)
减字木兰花 雨难禁止，恼得蓑翁浑没喜 …………………… (359)
减字木兰花 寿诗且止，设席肆筵谁助喜 …………………… (359)
减字木兰花 玉人来止，见说冰翁心甚喜 …………………… (360)
减字木兰花 谁来贲止，千里得朋方切喜 …………………… (360)
减字木兰花 凌波不止，少小拍浮荷女喜 …………………… (361)
减字木兰花 渴心先止，惟有杨家梅可喜 …………………… (361)
减字木兰花 必恭敬止，老了甚为桑梓喜 …………………… (361)
减字木兰花 锦囊送止，折看篇篇珠玉喜 …………………… (362)
减字木兰花 竹斋陋止，坐客无毡为客喜 …………………… (362)
减字木兰花 荷公临止，宾客惯看儿亦喜 …………………… (363)
减字木兰花 棋枰响止，胜负岂能全两喜 …………………… (363)
减字木兰花 酒巡未止，先说一些儿事喜 …………………… (364)

减字木兰花　酒巡未止，听说二疏归可喜 …………………… (364)
减字木兰花　酒巡未止，更号三般杨氏喜 …………………… (365)
减字木兰花　酒巡未止，说著四并须著喜 …………………… (365)
减字木兰花　酒巡未止，更说五行人听喜 …………………… (365)
减字木兰花　酒巡未止，鼓吹六经为公喜 …………………… (366)
减字木兰花　酒巡未止，且听七言馀韵喜 …………………… (367)
减字木兰花　八巡将止，八节四时人贺喜 …………………… (367)
减字木兰花　九巡将止，留读九歌章句喜 …………………… (367)
减字木兰花　十巡今止，乐事要须防极喜 …………………… (368)
减字木兰花　陋人居止，旬一集真终日喜 …………………… (368)
减字木兰花　鸡鸣弗止，弗到天明心弗喜 …………………… (369)
减字木兰花　适然萃止，不待灯花先报喜 …………………… (369)
野庵曲　野叟最昏迷 …………………………………………… (370)
醉乡曲　说与贤瞒，这躯壳、安能久仗凭 ………………… (371)
驻马听　人人都道四者难并，也由在人心 ………………… (371)
风入松　金榜初登，绮阁朱楼对娉婷 ……………………… (372)
杨万里 ………………………………………………………… (373)
归去来兮引　侬家贫甚诉长饥，幼稚满庭闹 ……………… (373)
念奴娇　老夫归去，有三径、足可长拖衫袖 ……………… (376)
好事近　月未到诚斋，先到万花川谷 ……………………… (377)
昭君怨　偶听松梢扑鹿，知是沙鸥来宿 …………………… (377)
昭君怨　午梦扁舟花底，香满西湖烟水 …………………… (378)
武陵春　长铗归乎逾十暑，不著鵕鸃冠 …………………… (378)
水调歌头　玉树映阶秀，玉节逐年新 ……………………… (378)
忆秦娥　新春早，春前十日春归了 ………………………… (379)
某教授 ………………………………………………………… (380)
眼儿媚　鬓边一点似飞鸦，莫把翠钿遮 …………………… (380)
陈居仁 ………………………………………………………… (381)
水调歌头　重过钓台路，风物故依然 ……………………… (381)

李 洪 …………………………………………………………… (382)
满庭芳 香满千岩,芳传丛桂,小山曾咏幽菲 ………… (382)
满江红 梅雨成霖,倦永昼、暑行岩曲…………………… (382)
南乡子 挂席泛安流,细雨斜风到渡头 ………………… (383)
鹧鸪天 十月南闽未有霜,蕉林蔗圃郁相望 …………… (383)
西江月 渺渺长汀远壑,萧萧雨叶风枝 ………………… (384)
菩萨蛮 寒山横抹修眉绿,楼前溪瀑锵鸣玉 …………… (384)
浣溪沙 夭矫翔鸾豁上峰,飘萧雪霰打船篷 …………… (384)
浣溪沙 碧涧苍崖玉四围,东君翦水散明玑 …………… (385)
浣溪沙 扫地烧香绝点尘,缘阶绿草又残春 …………… (385)
念奴娇 丽谯吹角,惭疏星明澹,帘筛残月 …………… (385)
卜算子 南国小春时,常是寒威浅 ……………………… (386)
存目词 ………………………………………………………… (387)
李 漳 …………………………………………………………… (388)
鹊桥仙 迢迢郎意,盈盈妾恨,今夕鹊桥欲度 ………… (388)
桃源忆故人 小楼帘卷栏干外,花下朱门半启 ……… (388)
满江红 雨歇前林,薰风度、琴声清淑…………………… (389)
鹧鸪天 淑德由来孟母名,方瞳鹤髮莹精神 …………… (389)
生查子 家承阀阅高,人擅闺房秀 ……………………… (390)
南歌子 小子何时见,高秋此日生 ……………………… (390)
存目词 ………………………………………………………… (390)
李 泳 …………………………………………………………… (391)
水调歌头 危楼云雨上,其下水扶天 …………………… (391)
贺新郎 门掩长安道……………………………………… (391)
定风波 点点行人趁落晖,摇摇烟艇出渔扉 …………… (392)
存目词 ………………………………………………………… (392)
李 洤 …………………………………………………………… (393)
满庭芳 麦秀连云,桑枝重绿,史君佳政流传 ………… (393)
西江月 可是江梅开晚,从教蜡雪来迟 ………………… (393)

李　澍 ……………………………………………………（395）
踏莎行　红药香残，绿筠粉嫩……………………………（395）
满庭芳　油幕新开，骍旌前导，暂归梓里春容 …………（395）
千秋岁　郧峰凝瑞，鄞水浮佳气…………………………（396）
存目词 ……………………………………………………（397）
朱　熹 ……………………………………………………（398）
浣溪沙　压架年来雪作堆，珍丛也是近移栽 ……………（398）
菩萨蛮　晚红飞尽春寒浅，浅寒春尽飞红晚 ……………（398）
菩萨蛮　暮江寒碧萦长路，路长萦碧寒江暮 ……………（399）
好事近　春色欲来时，先散满天风雪 ……………………（399）
西江月　睡处林风瑟瑟，觉来山月团团 …………………（399）
西江月　堂下水浮新绿，门前树长交枝 …………………（400）
鹧鸪天　暮雨朝云不自怜，放教春涨绿浮天 ……………（400）
鹧鸪天　已分江湖寄此生，长蓑短笠任阴晴 ……………（401）
鹧鸪天　脱却儒冠著羽衣 …………………………………（401）
南乡子　落日照楼船，稳过澄江一片天 …………………（402）
满江红　秀野诗翁，念故山、十年乖隔……………………（402）
水调歌头　富贵有馀乐，贫贱不堪忧 ……………………（402）
水调歌头　长记与君别，丹凤九重城 ……………………（403）
水调歌头　江水浸云影，鸿雁欲南飞 ……………………（404）
念奴娇　临风一笑，问群芳谁是，真香纯白 ……………（405）
水调歌头　雪月两相映，水石互悲鸣 ……………………（405）
忆秦娥　云垂幕，阴风惨淡天花落 ………………………（406）
忆秦娥　梅花发，寒梢挂著瑶台月 ………………………（406）
水调歌头　不见严夫子，寂寞富春山 ……………………（407）
存目词 ……………………………………………………（408）
青玉案　雪消春水东风猛，帘半卷、犹嫌冷 ……………（408）
黄　铢 ……………………………………………………（409）
江神子　秋风袅袅夕阳红，晚烟浓，暮云重 ……………（409）
菩萨蛮　海上翠叠青螺浅，暮云散尽天容远 ……………（409）

渔家傲　永日离忧千万绪，雪舟远泛清漳浦 …………………（410）
高宣教 ……………………………………………………………（411）
卜算子　去又如何去，住又如何住 ………………………………（411）
严　蕊 ……………………………………………………………（412）
卜算子　不是爱风尘，似被前身误 ………………………………（412）
如梦令　道是梨花不是，道是杏花不是 …………………………（412）
鹊桥仙　碧梧初出，桂花才吐，池上水花微谢 …………………（413）
晦　庵 ……………………………………………………………（414）
满江红　胶扰劳生，待足后、何时是足 …………………………（414）
徐　逸 ……………………………………………………………（415）
清平乐　风韶雨秀，春已平分后 …………………………………（415）
沈端节 ……………………………………………………………（416）
五福降中天　月胧烟澹霜蹊滑，孤宿暮林荒驿 …………………（416）
卜算子　愁极强登临，毕竟愁难避 ………………………………（416）
卜算子　冷蕊伴疏枝，一笑何时共 ………………………………（416）
卜算子　踏雪探孤芳，只有诗人共 ………………………………（417）
卜算子　客里见梅花，独赏无人共 ………………………………（417）
卜算子　烘手熨笙簧，呵冻匀酥面 ………………………………（417）
忆秦娥　凭阑独，南山影蘸杯心绿 ………………………………（418）
惜分飞　喜入眉心黄点莹，珠珮玲珑透影 ………………………（418）
南歌子　远树昏鸦闹，衰芦睡鸭双 ………………………………（418）
鹊桥仙　怀人意思，悲秋情绪，长是文园病后 …………………（418）
醉落魄　红娇翠弱，春寒睡起慵匀掠 ……………………………（419）
太常引　三三五五短长亭，都只解、送人行 ……………………（419）
谒金门　真个忆，花下雨声初息 …………………………………（420）
谒金门　春欲去，人瘦不胜金缕 …………………………………（421）
谒金门　寻胜去，湖色净涵疏树 …………………………………（421）
菩萨蛮　春山千里供行色，客愁浓似春山碧 ……………………（421）
菩萨蛮　愁人道酒能消解，元来酒是愁人害 ……………………（421）
浣溪沙　灯夜香甘动绮筵，明珠颗颗泛瓯圆 ……………………（422）

行香子 烟淡回塘，月浸疏篁……（422）
喜迁莺 暮云千里 ……（422）
菩萨蛮 楚山千叠伤心碧，伤心只有遥相忆 ……（423）
朝中措 天遥野阔雁书空，山远暮云中 ……（423）
念奴娇 灯宵渐近，更兵尘初息，韶华偏早 ……（423）
念奴娇 重阳恁好，正秋清天色，水容如泻 ……（424）
青玉案 史君标韵如徐庚 ……（424）
洞仙歌 雪肌花貌，见了千千万 ……（425）
洞仙歌 夜来惊怪，冷逼流苏帐……（425）
洞仙歌 重阳近也，渐秋光凄劲 ……（425）
虞美人 去年寒食初相见，花上双飞燕 ……（426）
虞美人 卧红堆碧纷无数，春事知何许 ……（426）
虞美人 暮云衰草连天远，不记离人怨 ……（427）
探春令 旧家元夜，追随风月，连宵欢宴 ……（427）
如梦令 雨后轻寒天气，玉酒中人小醉 ……（427）
薄　幸 桂轮香满，送寒色、轻风剪剪……（427）
江城子 秋声昨夜入梧桐 ……（428）
满庭芳 雾薄阴轻，林深烟暖，海棠特地开迟 ……（428）
采桑子 昔年曾记寻芳处，短帽冲寒，竹外江干，
玉面皮儿月下观 ……（429）
西江月 一枕香消睡恼，十年漂泊江湖 ……（429）
喜迁莺 冰池轻皱，喜寒律乍回，微阳初透 ……（429）
西江月 幸自心肠稳审，怎禁眼脑迷奚 ……（429）
念奴娇 嫩凉清晓，淡秋容、横写鲛绡十幅 ……（430）
念奴娇 洛妃汉女，护春寒、不惜鲛绡重叠 ……（430）
念奴娇 湖山照影，正日长娇困，不烦匀扫 ……（431）
念奴娇 寻幽览胜，凭危栏、极目风烟平楚 ……（431）
感皇恩 和气霭微宵，黄云飘转……（432）
张孝祥 ……（433）
六州歌头 长淮望断，关塞莽然平……（433）

水调歌头　隆中三顾客，圯上一编书 …………………… (434)
水调歌头　猩鬼啸篁竹，玉帐夜分弓 …………………… (435)
水调歌头　濯足夜滩急，晞发北风凉 …………………… (436)
水调歌头　江山自雄丽，风露与高寒 …………………… (436)
水调歌头　淮楚襟带地，云梦泽南州 …………………… (437)
水调歌头　青嶂度云气，幽壑舞回风 …………………… (438)
水调歌头　五岭皆炎热，宜人独桂林 …………………… (439)
水调歌头　今夕复何夕，此地过中秋 …………………… (439)
水调歌头　雪洗虏尘静，风约楚云留 …………………… (440)
水调歌头　云海漾空阔，风露凛高寒 …………………… (441)
水调歌头　紫橐论思旧，碧落拜除新 …………………… (441)
水调歌头　舣棹太湖岸，天与水相连 …………………… (442)
水调歌头　蟄禁辍颇牧，熊轼赖龚黄 …………………… (442)
多　丽　景萧疏，楚江那更高秋 ………………………… (443)
木兰花慢　送归云去雁，澹寒采、满溪楼 ……………… (443)
木兰花慢　紫箫吹散后，恨燕子、只空楼 ……………… (444)
水龙吟　竹舆晓入青阳，细风凉月天如洗 ……………… (445)
水龙吟　平生只说浯溪，斜阳唤我归船系 ……………… (446)
念奴骄　洞庭青草，近中秋、更无一点风色 …………… (446)
念奴骄　弓刀陌上，净蛮烟瘴雨，朔云边雪 …………… (447)
念奴骄　朔风吹雨，送凄凉天气，垂垂欲雪 …………… (448)
念奴骄　绣衣使者，度郢中绝唱，阳春白雪 …………… (449)
念奴骄　星沙初下，望重湖远水，长云漠漠 …………… (449)
醉蓬莱　问人间荣事、海内高名 ………………………… (450)
雨中花慢　一叶凌波，十里驭风，烟鬟雾鬓萧萧 ……… (450)
二郎神　坐中客　………………………………………… (451)
转调二郎神　闷来无那，暗数尽、残更不寐 …………… (451)
满江红　秋满蘅皋，烟芜外、吴山历历 ………………… (452)
满江红　千古凄凉，兴亡事、但悲陈迹 ………………… (452)
满江红　秋满漓源，瘴云净、晓山如簇 ………………… (453)

青玉案　红尘冉冉长安路，看风度、凝然去 …………………（454）
蓦山溪　清都绛阙，我自经行惯 ……………………………（454）
蝶恋花　漠漠飞来双属玉 ……………………………………（455）
蝶恋花　恰则杏花红一树 ……………………………………（455）
蝶恋花　画戟旂闲刀入鞘 ……………………………………（455）
蝶恋花　君泛仙槎银海去 ……………………………………（456）
鹧鸪天　咏彻琼章夜向阑，天移星斗下人间 ………………（456）
鹧鸪天　子夜封章扣紫清，五霞光里珮环声 ………………（457）
鹧鸪天　忆昔追游翰墨场，武夷仙伯较文章 ………………（457）
鹧鸪天　月地云阶欢意阑，仙姿不合住人间 ………………（457）
鹧鸪天　去日清霜菊满丛，归来高柳絮缠空 ………………（458）
鹧鸪天　阿母蟠桃不记春，长沙星里寿星明 ………………（458）
鹧鸪天　舞凤飞龙五百年，尽将锦绣裹山川 ………………（458）
鹧鸪天　浴殿西头白玉堂，湘江东畔碧油幢 ………………（459）
鹧鸪天　昼得游嬉夜得眠，农桑欲遍楚山川 ………………（459）
鹧鸪天　割镫难留乘马东，花枝争看袅长红 ………………（460）
鹧鸪天　楚楚吾家千里驹，老人心事正关渠 ………………（460）
鹧鸪天　又向荆州住半年，西风催放五湖船 ………………（461）
鹧鸪天　忆昔彤庭望日华，匆匆枯笔梦生花 ………………（461）
鹧鸪天　瞻跸门前识个人，柳眉桃脸不胜春 ………………（461）
虞美人　卢敖夫妇骖鸾侣，相敬如宾主 ……………………（462）
虞美人　雪花一尺江南北，薪尽炊无粟 ……………………（462）
虞美人　雪消烟涨清江浦，碧草春无数 ……………………（462）
虞美人　溪西竹榭溪东路，溪上山无数 ……………………（463）
虞美人　柳梢梅萼春全未，谁会伤春意 ……………………（463）
虞美人　罗衣怯雨轻寒透，陡做伤春瘦 ……………………（463）
鹊桥仙　北窗凉透，南窗月上，浴罢满怀风露 ……………（463）
鹊桥仙　吹香成阵，飞花如雪，不那朝来风雨 ……………（464）
鹊桥仙　横波滴素，遥山蹙翠，江北江南肠断 ……………（464）
鹊桥仙　湘江东畔，去年今日，堂上簪缨罗绮 ……………（464）

鹊桥仙　南州名酒,北园珍果,都与黄香为寿 …………………… (465)
鹊桥仙　明珠盈斗,黄金作屋,占了湘中秋色 …………………… (465)
鹊桥仙　黄陵庙下,送君归去,上水船儿一只 …………………… (465)
鹊桥仙　东明大士,吾家老子,是一元知非二 …………………… (466)
南乡子　江上送归船,风雨排空浪拍天 ………………………… (466)
画堂春　蟠桃一熟九千年,仙家春色无边 ……………………… (467)
柳梢青　重阳时节,满城风雨,更催行色 ………………………… (467)
柳梢青　今年元夕,探尽江梅,都无消息 ………………………… (468)
柳梢青　溪南溪北,玉时消尽,翠娇无力 ………………………… (468)
踏莎行　杨柳东风,海棠春雨,清愁冉冉无来处 ………………… (468)
踏莎行　洛下根株,江南栽种,天香国色千金重 ………………… (469)
踏莎行　旋葺荒园,初开小径,物华还与东风竞 ………………… (470)
踏莎行　万里扁舟,五年三至,故人相见尤堪喜 ………………… (470)
踏莎行　藕叶池塘,榕阴庭院,年时好月今宵见 ………………… (470)
踏莎行　古屋丛祠,孤舟野渡,长年与客分携处 ………………… (471)
踏莎行　时雨初晴,诏书随至,邦人父老为君喜 ………………… (471)
踏莎行　桂岭南边,湘江东畔,三年两见生申旦 ………………… (472)
丑奴儿　年年有个人生日,谁似君家,谁似君家,
八十慈亲发未华 ……………………………………………… (472)
丑奴儿　伯鸾德耀贤夫妇,见说宜家,见说宜家,
庭砌森森长玉华 ……………………………………………… (472)
丑奴儿　十年闻说查山好,何日追游,木落霜秋,
梦想云溪不那愁 ……………………………………………… (473)
丑奴儿　十分济楚邦之媛,此日追游,雨霁云收,
梦入潇湘不那愁 ……………………………………………… (473)
丑奴儿　珠灯璧月年时节,纤手同携,今夕谁知,
自捻梅花劝一卮 ……………………………………………… (474)
丑奴儿　无双谁似黄郎子,自郐无讥,月满星稀,
想见歌场夜打围 ……………………………………………… (474)
浣溪沙　卷旗直入蔡州城,只倚精忠不要兵 …………………… (474)

浣溪沙 玉节珠幢出翰林，诗书谋帅眷方深 ……………… (475)
浣溪沙 绝代佳人淑且真，雪为肌骨月为神 ……………… (475)
浣溪沙 妙手何人为写真，只难传处是精神 ……………… (475)
浣溪沙 蜡后春前别一般，梅花枯淡水仙寒 ……………… (476)
浣溪沙 宝蜡烧春夜影红，梅花枝傍锦薰笼 ……………… (476)
浣溪沙 六客西来共一舟，吴儿踏浪剪轻鸥 ……………… (477)
浣溪沙 已是人间不系舟，此心元自不惊鸥 ……………… (477)
浣溪沙 冉冉幽香解钿囊，兰桡烟雨暗春江 ……………… (477)
浣溪沙 楼下西流水拍堤，楼头日日望春归 ……………… (477)
浣溪沙 方舡载酒下江东，箫鼓喧天浪拍空 ……………… (478)
浣溪沙 罗袜生尘洛浦东，美人春梦琐牕空 ……………… (478)
浣溪沙 一片西飞一片东，高情已逐落花空 ……………… (479)
浣溪沙 鳷鹊楼高晚雪融，鸳鸯池暖暗潮通 ……………… (479)
浣溪沙 妒妇滩头十八姨，颠狂无赖占佳期 ……………… (479)
浣溪沙 行尽潇湘到洞庭，楚天阔处数峰青 ……………… (480)
浣溪沙 同是瀛洲册府仙，只今聊结社中莲 ……………… (480)
浣溪沙 细仗春风簇翠筵，烂银袍拂禁炉烟 ……………… (480)
浣溪沙 只说闽山锦绣帏，忽从团扇得生枝 ……………… (481)
浣溪沙 滟滟湖光绿一围，修林断处白鸥飞 ……………… (481)
浣溪沙 晚雨潇潇急做秋，西风掠鬓已飕飕 ……………… (482)
浣溪沙 稳泛仙舟上锦帆，桃花春浪舞清湾 ……………… (482)
浣溪沙 北苑春风小凤团，炎州沈水胜龙涎 ……………… (482)
浣溪沙 霜日晴霄水蘸空，鸣鞘声里绣旗红 ……………… (483)
浣溪沙 宫柳垂垂碧照空，九门深处五云红 ……………… (483)
浣溪沙 日暖帘帏春昼长，纤纤玉指动抨床 ……………… (483)
浣溪沙 射策金门记昔年，又交藩翰入陶甄 ……………… (484)
浪淘沙 琪树间瑶林，春意深深 ……………………………… (484)
浪淘沙 溪练写寒林，云重烟深 ……………………………… (484)
定风波 铃索声乾夜未央，曲阑花影步凄凉 ……………… (485)
望江南 谈子醉，独立睨东风 ……………………………… (485)

望江南　朝元去，深殿扣瑶钟 …………………………… (485)
醉落魄　轻黄澹绿，可人风韵闲装束 …………………… (486)
桃源忆故人　朔风弄月吹银霰，帘幕低垂三面 ……………… (486)
临江仙　试问梅花何处好，与君藉草携壶 ………………… (487)
临江仙　试问宜楼楼下竹，年来应长新篁 ………………… (487)
如梦令　花叶相遮相映，雨过翠明金润 ………………… (487)
菩萨蛮　丝金缕翠幡儿小，裁罗捻线花枝袅 ……………… (488)
菩萨蛮　庭叶翻翻秋向晚，凉砧敲月催金剪 ……………… (488)
菩萨蛮　恰则春来春又去，凭谁说与春教住 ……………… (488)
菩萨蛮　东风约略吹罗幕，一檐细雨春阴薄 ……………… (489)
菩萨蛮　琢成红玉纤纤指，十三弦上调新水 ……………… (489)
菩萨蛮　玉龙细点三更月，庭花影下馀残雪 ……………… (489)
菩萨蛮　江山佳处留行客，醉馀老眼迷空碧 ……………… (490)
菩萨蛮　雪消墙角收灯后，野梅官柳春全透 ……………… (490)
菩萨蛮　溶溶花月天如水，阑干小倚东风里 ……………… (490)
菩萨蛮　暗潮清涨蒲塘晚，断云不隔东归眼 ……………… (491)
菩萨蛮　缥缈飞来双彩凤，雨疏云澹撩清梦 ……………… (491)
菩萨蛮　蘼芜白芷愁烟渚，曲琼细卷江南雨 ……………… (491)
菩萨蛮　十年长作江头客，樯竿又挂西风席 ……………… (492)
菩萨蛮　乳瓶属国归来早，知君胆大身犹小 ……………… (492)
菩萨蛮　胭脂浅染双珠树，东风到处娇无数 ……………… (492)
菩萨蛮　吴波细卷东风急，斜阳半落苍烟湿 ……………… (493)
菩萨蛮　冥濛秋夕刬清露，玉绳耿耿银潢注 ……………… (493)
西江月　问讯湖边春色，重来又是三年 ………………… (493)
西江月　风定滩声未已，雨来篷底先知 ………………… (494)
西江月　冉冉寒生碧树，盈盈露湿黄花 ………………… (494)
西江月　诸老何烦荐口，先生自简渊衷 ………………… (494)
西江月　慈母行封大国，老仙早上蓬山 ………………… (495)
西江月　不识平原太守，向来水北山人 ………………… (495)
西江月　楼外疏星印水，楼头画烛烘帘 ………………… (496)

西江月 满载一船秋色，平铺十里湖光 ……………………（496）
西江月 窗户青红尚湿，主人已作归期 ……………………（496）
西江月 汉铸九金神鼎，隋书小字莲经 ……………………（497）
西江月 落日熔金万顷，晴岚洗剑双峰 ……………………（497）
西江月 畴昔通家事契，只今两镇交承 ……………………（498）
减字木兰花 佳人绝妙，不惜千金频买笑 …………………（498）
减字木兰花 一尊留夜，宝蜡烘帘光激射 …………………（498）
减字木兰花 爱而不见，立马章台空便面 …………………（499）
减字木兰花 阿谁曾见，马上墙阴通半面 …………………（499）
减字木兰花 江头送客，枫叶荻花秋索索 …………………（499）
减字木兰花 春如有意，未接年华春已至 …………………（500）
减字木兰花 慈闱生日，见说今年年九十 …………………（500）
减字木兰花 吹箫泛月，往事悠悠休更说 …………………（501）
减字木兰花 人间奇绝，只有梅花枝上雪 …………………（501）
减字木兰花 枷花搦柳，知道东君留意久 …………………（501）
清平乐 光尘扑扑，宫柳低迷绿……………………………（502）
清平乐 油幢画戟，玉铉调春色……………………………（502）
清平乐 吹香嚼蕊，独立东风里……………………………（502）
清平乐 英姿慷慨，独立风尘外……………………………（503）
清平乐 向来省户，谋国参伊吕……………………………（503）
点绛唇 四到蕲州，今年更是逢重九 ……………………（504）
点绛唇 绮燕高张，玉潭月丽玻璃满 ……………………（504）
点绛唇 萱草榴花，画堂永昼风清暑 ……………………（504）
卜算子 雪月最相宜，梅雪都清绝…………………………（505）
诉衷情 晚烟斜日思悠悠，西北有高楼 …………………（505）
诉衷情 乱红深紫过群芳，初欲减春光 …………………（505）
好事近 一朵木犀花，珍重玉纤新摘 ……………………（505）
好事近 万瓦雪花浮，应是化工融结 ……………………（506）
南歌子 曾到蕲州不，人人说使君…………………………（506）
南歌子 人物羲皇上，诗名沈谢间…………………………（506）

霜天晓角　柳丝无力，冉冉萦愁碧 …………………… (507)
生查子　远山眉黛横，媚柳开青眼 …………………… (507)
长相思　小楼重，下帘栊 …………………… (507)
忆秦娥　元宵节，凤楼相对鳌山结 …………………… (508)
苍梧谣　归 …………………… (508)
苍梧谣　归 …………………… (508)
苍梧谣　归 …………………… (508)
水调歌头　天上掌纶手，阃外折冲才 …………………… (509)
水调歌头　客里送行客，常苦不胜情 …………………… (509)
木兰花　拥貔貅万骑，聚千里、铁衣寒 …………………… (510)
雨中花　一舸凌风，斗酒酹江，翩然乘兴东游 …………………… (510)
鹧鸪天　可意黄花人不知，黄花标格世间稀 …………………… (511)
眼儿媚　晓来江上荻花秋，做弄个离愁 …………………… (511)
虞美人　清宫初入韶华管，宫叶秋声满 …………………… (512)
菩萨蛮　史君家枕吴波碧，朱门铺手摇双戟 …………………… (512)
临江仙　罨画楼前初立马，隔帘笑语相亲 …………………… (512)
浣溪沙　我是临川旧史君，而今欲作岭南人 …………………… (513)
浣溪沙　康乐亭前种此君，重来风月苦留人 …………………… (513)
西江月　十里轻红自笑，两山浓翠相呼 …………………… (513)
忆秦娥　天一角，南枝向我情如昨 …………………… (514)
浣溪沙　湓浦从君已十年，京江仍许借归船 …………………… (514)
柳梢青　碧云风月无多，莫被名缰利锁 …………………… (514)
卜算子　万里去担簦，谁识新丰旅 …………………… (515)
柳梢青　草底蛩吟 …………………… (515)
瑞鹧鸪　香珮潜分紫绣囊，野塘波急折鸳鸯 …………………… (515)
青玉案　相春堂上闻莺语 …………………… (516)
念奴娇　海云四敛，太清楼、极目一天秋色 …………………… (516)
念奴娇　风帆更起，望一天秋色，离愁无数 …………………… (517)
蓦山溪　雄风豪雨，时节清明近 …………………… (517)
拾翠羽　春入园林，花信总诸迟速 …………………… (518)

蝶恋花 烂烂明霞红日暮 ……………………………………… (518)
渔家傲 红白莲房生一处，雪肌霞艳难为喻 ………………… (519)
夜游宫 听话危亭句景 …………………………………………… (519)
鹧鸪天 桃换肌肤菊换妆，只疑春色到重阳 ………………… (520)
鹧鸪天 人物风流册府仙，谁教落魄到穷边 ………………… (520)
菩萨蛮 落霞残照横西阁，阁西横霞残霞落 ………………… (521)
菩萨蛮 渚莲红乱风翻雨，雨翻风乱红莲渚 ………………… (521)
菩萨蛮 晚花残雨风帘卷，卷帘风雨残花晚 ………………… (521)
菩萨蛮 白头人笑花间客，客间花笑人头白 ………………… (521)
南歌子 路尽湘江水，人行瘴雾间 …………………………… (522)
燕归梁 风柳摇丝花缠枝，满目韶辉 ………………………… (522)
卜算子 风生杜若洲，日暮垂杨浦 …………………………… (522)
点绛唇 秩秩宾筵，玉潭春涨玻璃满 ………………………… (523)
水调歌头 湖海倦游客，江汉有归舟 ………………………… (523)
锦园春 醉痕潮玉 ………………………………………………… (523)
天仙子 三月灞桥烟共雨，拂拂依依飞到处 ………………… (524)
鹧鸪天 日日青楼醉梦中，不知楼外已春浓 ………………… (524)
风入松 玉妃孤艳照冰霜，初试道家妆 ……………………… (525)
南歌子【补辑】 俭德仁诸族，阴功格上清 ………………… (525)
存目词 ……………………………………………………………… (526)
多　丽【补辑】 小庭阶，帘栊婀娜蓬莱 …………………… (527)
临江仙【补辑】 误入蓬莱仙境，松风十里凄凉 …………… (527)
杨柳枝【补辑】 碧玉簪冠金缕衣，雪如肌 ………………… (528)
鹧鸪天【补辑】 脱却麻衣换绣裙，仙凡从此两俱分 ……… (528)
西江月【补辑】 半旧鞋儿着稳，重糊纸扇多风 …………… (528)
高伯达【补辑】 ………………………………………………… (529)
汉宫春 降阙朝元 ………………………………………………… (529)
千秋岁 影摇波动，晓日浮华栋 ……………………………… (529)
鹧鸪天 海上蟠桃月样圆，从头屈指几千年 ………………… (529)

郭世模 …………………………………………………… (531)
瑞鹧鸪 倾城一笑得人留，舞罢娇娥敛黛愁 ………………… (531)
瑞鹤仙 云阶连月地…………………………………………… (531)
朝中措 青灯听雨夜荒凉，归梦苦难长 ……………………… (532)
南歌子 玉醆浮琼蚁，金奁吐翠虬…………………………… (532)
念奴娇 光风转蕙，泛崇兰、漠漠满城飞絮 ………………… (532)
浣溪沙 几点胭脂印指红，一双蛾绿敛眉浓 ………………… (533)
黄仁荣 …………………………………………………… (534)
木兰花 监郡风流欢洽………………………………………… (534)
许左之 …………………………………………………… (535)
失调名 谁知花有主，误入花深处…………………………… (535)
失调名 忆你当初，惜我不去………………………………… (535)
黄 谈 …………………………………………………… (536)
念奴娇 午风清暑，过西湖隐约，曾游堤路 ………………… (536)
卫时敏【补辑】 ………………………………………… (537)
水调歌头 骑鲸紫霞客，来作世耆英 ……………………… (537)
念奴娇 春风桃李，问耐寒何似，霜松雪柏 ………………… (537)
张 栻 …………………………………………………… (539)
水调歌头 雪月两映，水石互悲鸣 ………………………… (539)
存目词 ……………………………………………………… (539)
阎苍舒 …………………………………………………… (540)
水龙吟 少年闻说京华，上元景色烘晴昼 …………………… (540)
存目词 ……………………………………………………… (540)
念奴娇 疏眉香目，向尊前、依旧宣和妆束………………… (541)
崔敦礼 …………………………………………………… (542)
柳梢青 惊世文章，门户照人，外家衣钵…………………… (542)
西江月 暖日江南梅柳，春风堂上笙歌 ……………………… (542)
鹧鸪天 本是瑶台月里仙，笑麾鸾鹤住人间 ………………… (543)
鹧鸪天 王母瑶池景物鲜，蟠桃华实不知年 ………………… (543)
念奴娇 吴松江畔，对烟波浩渺，相忘鸥鸟 ………………… (543)

水调歌头 倚棹太湖畔，踏月上垂虹 ……………………………… (544)
江城子 吴王台上雨初晴 …………………………………………… (545)
陈 造 ……………………………………………………………… (546)
诉衷情 今朝人自藕州来，花意尚迟回 ……………………………… (546)
蝶恋花 山立翠屏开几面 …………………………………………… (546)
洞仙歌 蝶狂风闹，不到凝香地 …………………………………… (547)
水调歌头 胜日探梅去，邂逅得奇观 ……………………………… (547)
菩萨蛮 冰花的皪冰蟾下，松烟竹雾谿桥夜 ……………………… (548)
虞美人 凝香仙伯莺花主，雅意怜羁旅 …………………………… (548)
鹧鸪天 闲去街头赏大花，翟帷珠幰护豪华 ……………………… (548)
鹧鸪天 遍赏扬州百种花，因循忘却鬓苍华 ……………………… (549)
鹧鸪天 醉阅东风百种花，醒来长悔误随车 ……………………… (549)
江神子 歌筵当日小蓬瀛 …………………………………………… (549)
黄 定 ……………………………………………………………… (550)
鹧鸪天 间世文章万选钱 …………………………………………… (550)
王自中 ……………………………………………………………… (551)
念奴娇 扁舟夜泛，向子陵台下，偃帆收橹 ……………………… (551)
李处全 ……………………………………………………………… (552)
水调歌头 金节照南国，画戟壮陪都 ……………………………… (552)
水调歌头 上马趣携酒，送客古朱方 ……………………………… (552)
水调歌头 明月浸瑶碧，河汉水交流 ……………………………… (553)
水调歌头 落日暝云合，客子意如何 ……………………………… (554)
水调歌头 春事已如许，柳眼早依依 ……………………………… (554)
水调歌头 微雨眼明处，春信著南枝 ……………………………… (555)
水调歌头 飞雪已传信，端叶未分枝 ……………………………… (555)
水调歌头 今夕定何夕，今夕岁还除 ……………………………… (556)
水调歌头 楼观数南国，烟雨压东州 ……………………………… (556)
满江红 清晓高堂，春晚处、旧红新绿 …………………………… (557)
临江仙 畴昔方壶游戏地，群仙步履相从 ………………………… (557)
念奴娇 一天春意，趁东皇幽赏，重飞端叶 ……………………… (557)

满庭芳　乳燕将雏，啼莺求友，江南梅子黄时 ……………… (558)
鹧鸪天　烟雨溟溟趁落成，只应天欲称佳名 ……………… (558)
鹧鸪天　缥缈危数百尺雄，淡烟疏雨暗帘栊 ……………… (559)
柳梢青　九天圆月 ……………… (559)
柳梢青　馀甘齿颊 ……………… (560)
朝中措　晦庵四至似天宽，生计有心田 ……………… (560)
朝中措　薰风庭院燕双飞，园柳啭黄鹂 ……………… (561)
菩萨蛮　杜鹃只管催归去，知渠教我归何处 ……………… (561)
菩萨蛮　晦庵老子修行久，问禅金粟曾回首 ……………… (561)
菩萨蛮　四时皆有司花女，杪秋犹见花如许 ……………… (562)
浣溪沙　宋玉应当久断肠，满城风雨近重阳 ……………… (562)
西江月　窗午风薰端午，楼台月满中秋 ……………… (563)
西江月　婥婥妆楼红袖，亭亭将阃青油 ……………… (563)
西江月　南国一分春色，东窗八面风光 ……………… (564)
生查子　庭户晓光中，帘幕秋光里 ……………… (564)
生查子　温柔属东南，和冷经三五 ……………… (564)
减字木兰花　今年菊早，想到重阳花正好 ……………… (565)
减字木兰花　谁将翡翠，闲屑黄金摅巧思 ……………… (565)
减字木兰花　更生观尽，双璧蒹葭那敢并 ……………… (565)
相见欢　新凉襟袂泠然 ……………… (566)
江城子　一番风雨一番凉 ……………… (566)
阮郎归　佳人偏爱菊花天，玉钗金附蝉 ……………… (567)
忆秦娥　春山寂，佳人凝笑山南陌 ……………… (567)
忆秦娥　莺花寂，为渠游冶长安陌 ……………… (567)
好事近　香雪弄春妍，柳外黄昏池阁 ……………… (567)
蓦山溪　梨花过雨，已是春强半 ……………… (568)
卜算子　春事忆松江，江上花无数 ……………… (568)
卜算子　芍药门新妆，杨柳飞轻雪 ……………… (569)
诉衷情　疏烟明淡雨膏如，青入烧痕初 ……………… (569)
醉蓬莱　政馀春眷眷，首夏骎骎，清和时候 ……………… (569)

贺新郎　秋意生何许……………………………………………………（570）
贺新郎　心事知谁许……………………………………………………（570）
四和春　香雪新苞偏胜韵,领袖催花信 ……………………………（571）
玉楼春　年光箭脱无留计,才过立春还守岁 …………………………（571）
南乡子　和气作春妍,已作寒归塞地天 ……………………………（572）
韩仙姑 ……………………………………………………………………（573）
苏幕遮　不忧贫,不恋富 ……………………………………………（573）
周　颉 ……………………………………………………………………（574）
朝中措　郧城清胜压湖湘,人物镇相望 ……………………………（574）
王彭年 ……………………………………………………………………（575）
朝中措　人才七泽盛三湘,前辈敢追望 ……………………………（575）
李伯虎 ……………………………………………………………………（576）
朝中措　史君清德比清湘,妙政古相望 ……………………………（576）
丘　崈 ……………………………………………………………………（577）
水调歌头　一雁破空碧,秋满荻花洲 ………………………………（577）
水调歌头　人物冠江左,正始有遗音 ………………………………（578）
水调歌头　小队拥龙节,三度过鲈乡 ………………………………（579）
水调歌头　一叶下林表,秋色满蘅皋 ………………………………（579）
水调歌头　彩舰驾飞鹢,帆影漾江乡 ………………………………（580）
满江红　驻马江头,聊自放、尘劳踪迹………………………………（580）
满江红　玉宇无尘,斜阳外、江楼伫立………………………………（581）
满江红　十载重游,愧好在、吴中父老………………………………（581）
满江红　冠盖吴中,美来往、风流二老………………………………（582）
满江红　楚甸云收,歌舞地、依然江渚………………………………（582）
满江红　平楚苍然,烟霭外、飞鸿冥灭………………………………（583）
洞仙歌　一番好景,近莺花时候 ……………………………………（584）
洞仙歌　江城梅柳,惯得春先处 ……………………………………（584）
洞仙歌　□□春□,□昼□□处 ……………………………………（585）
洞仙歌　花中尤物,欲赋无佳句 ……………………………………（585）
洞仙歌　半肌腻体,雅澹仍娇贵 ……………………………………（586）

沁园春 雨趣轻寒,风作秋声,燕归雁来 …………………… (586)
沁园春 匏系弥年,江北江南,羡君去来 …………………… (587)
千秋岁 梅妆竹外,未洗唇红退 …………………… (588)
千秋岁 征鸿天外,风急惊飞退 …………………… (588)
千秋岁 窥檐窗外,酒力冲寒退 …………………… (588)
汉宫春 横笛吹梅,记南楼夜月,疏蕊纤枝 …………………… (589)
汉宫春 闻说瓢泉,占烟霏空翠,中著精庐 …………………… (589)
水龙吟 蕊珠仙籍标名,绛纱覆玉云霞里 …………………… (590)
念奴娇 烛花渐暗,似梦来非梦,今夕何夕 …………………… (591)
扑蝴蝶 鸣鸠乳燕,春在梨花院 …………………… (591)
祝英台 聚春工,开绝艳,天巧信无比 …………………… (592)
江城梅花引 轻煤一曲染霜纨 …………………… (592)
西 河 清似水,不了眼中供泪 …………………… (593)
夜合花 雨过凉生,风来香远,柳塘池馆清幽 …………………… (593)
垂丝钓 夕烽戍鼓,悲凉江岸淮浦 …………………… (594)
黄河清 彭角清雄占云祲 …………………… (594)
蓦山溪 风传芳信,晓色便清霁 …………………… (595)
鹧鸪天 怀抱瓌奇懒叩阍,朝阳独赋远人村 …………………… (595)
鹧鸪天 陆海蓬壶自有山,光风霁月未应悭 …………………… (596)
鹧鸪天 准拟关门度一秋,强扶衰病起相酬 …………………… (596)
鹧鸪天 两两维舟近柳堤,菱歌迤逦过前溪 …………………… (597)
鹧鸪天 玳瑁筵中见绿珠,淡然高韵胜施朱 …………………… (597)
夜行船 水满平湖香满路,绕重城、藕花无数 …………………… (597)
夜行船 一舸鸱夷云水路,贪游戏、悄忘尘数 …………………… (598)
夜行船 飞舄朝天云作路,长安近、更无程数 …………………… (598)
夜行船 万柄荷花红绕路,锦连空、望无层数 …………………… (599)
临江仙 天上玉卮称万寿,人间湛露初匀 …………………… (599)
感皇恩 时节近中秋,桂花天气 …………………… (600)
蝶恋花 梅子著花当献寿 …………………… (600)
蝶恋花 鼓吹东方天欲晓 …………………… (601)

蝶恋花 逼砌筠窗围小院 ……………………………… (601)
一剪梅 潇洒佳人淡淡妆 ……………………………… (601)
天仙子 畏暑只嫌秋较晚，不道玉楼人渐远 ……………… (602)
朝中措 晚风斜日折梅花，楼外卷残霞 ………………… (602)
朝中措 几回相与叹高才，忽报驭风来 ………………… (603)
朝中措 尊前宾主角多才，亦许我同来 ………………… (603)
菩萨蛮 壶边击断歌无节，山川一带伤情切 …………… (604)
菩萨蛮 秋声夜到秋香院，重帘试卷都开遍 …………… (604)
菩萨蛮 云林带水山横阁，故人去尽添萧索 …………… (604)
西江月 恰好轻篷短棹，绝胜锦缆牙樯 ………………… (605)
西江月 明日又还重九，黄昏小雨疏风 ………………… (605)
梅弄影 雨晴风定，一任春寒逞 ……………………… (605)
诉衷情 东风罨岸进船难，酒醒篆香残 ………………… (606)
诉衷情 素衣苍狗不成妍，何意妒婵娟 ………………… (606)
诉衷情 芙蓉深径小肩舆，相并语徐徐 ………………… (607)
诉衷情 十分风味似诗人，有些子太清生 ……………… (607)
锦帐春 翠竹如屏，浅山如画，小池面、危桥一跨 ……… (607)
谒金门 风又雨，吹面落花红舞 ……………………… (608)
谒金门 槐阴绿，帘卷翠屏山曲 ……………………… (608)
谒金门 罗袖薄，玉臂镂花金约 ……………………… (608)
谒金门 花雨润，烟锁玉炉香韵 ……………………… (609)
好事近 空涧落鸣泉，千骑雨霖衣铁 ………………… (609)
好事近 整整一冬晴，雨后不论朝夕 ………………… (610)
浣溪沙 铁锁星桥永夜通，万家帘幕度香风 …………… (610)
浣溪沙 胜子幡儿袅鬓云，钗头绝唱旧曾闻 …………… (610)
浪淘沙 潇洒五湖仙，踏遍尘寰 ……………………… (611)
定风波 月殿移根入帝乡，风流犹是旧时妆 …………… (611)
卜算子 翠被怯轻寒，花气撩幽梦 …………………… (612)
柳梢青 风佩珊珊，云屏曲曲，愁绝春悭 ……………… (612)
点绛唇 花落花开，等闲不管流年度 ………………… (613)

醉花阴　碧玉槎枒金粟小，山路惊秋老 …………………… (613)
愁倚阑　风雨骤，妒花黄，忽斜阳 ………………………… (613)
如梦令　门外绮罗如绣，堂上华灯如昼 …………………… (614)
如梦令　小小峰峦对起，芳树重重相倚 …………………… (614)
太常引　僧人虎豹守天关，(并)嗟蜀道、十分难 ………… (614)
存目词 ………………………………………………………… (615)
朱晞颜 ………………………………………………………… (616)
南歌子　影落三秋月，寒生六月霜 ………………………… (616)
吕胜己 ………………………………………………………… (617)
沁园春　月晃虚窗，风掀斗帐，晓来梦回 ………………… (617)
醉桃源　山翁可是爱登台，看云日几回 …………………… (618)
醉桃源　马蹄西路赏春妍，重来十五年 …………………… (618)
醉桃源　去年手种十株梅，而今犹未开 …………………… (618)
蝶恋花　墙角栽梅分两下 …………………………………… (619)
蝶恋花　天际行云红一缕 …………………………………… (619)
蝶恋花　姑射真仙蓬海会 …………………………………… (620)
蝶恋花　屈指瓜期犹渺渺 …………………………………… (620)
蝶恋花　眼约心期常未足 …………………………………… (620)
蝶恋花　天色沉沉云色赭 …………………………………… (621)
长相思　体夭夭，步飘飘，绶带金泥缕绛绡，珑璁趁步摇 …… (621)
长相思　展颦蛾，抹流波，并插玲珑碧玉梭，松分两髻螺 …… (621)
长相思　冒寒吹，访琼姬，行到青山遇玉肌，凝情欲待谁 …… (622)
浣溪沙　浅著铅华素净妆，翩跹翠袖拂云裳 ……………… (622)
浣溪沙　直系腰围鹤间霞，双垂项帕凤穿花 ……………… (622)
清平乐　红尘久住，仙驭凌波去 …………………………… (623)
清平乐　灵心暗属，髻坠黄金粟 …………………………… (623)
促拍满路花　名花无影迹，寒气日凄凉 …………………… (623)
谒金门　花满树，两个黄鹂相语 …………………………… (624)
谒金门　嗟久客，又见他乡寒食 …………………………… (624)
谒金门　芳思切，旧事不堪重说 …………………………… (624)

谒金门 春又过，那更雨摧风挫……………………（624）
谒金门 秋夜静，屋上狂风初定……………………（625）
谒金门 芳信拆，漏泄东君消息……………………（625）
谒金门 天气暖，开了荼蘼一半……………………（625）
谒金门 歌罢奏，敛步拂开罗袖……………………（626）
南乡子 斗笠棹扁舟，碧水湾头放自流 ……………（626）
南乡子 纵棹越溪船，破浪冲涛到碧湾 ……………（626）
减字木兰花 烟云变化，面面青山如展画 …………（626）
瑞鹤仙 南州春又到……………………………………（627）
瑞鹤仙 倚阑观四远……………………………………（627）
瑞鹤仙 人生如意少……………………………………（628）
瑞鹤仙 金枝联玉叶……………………………………（628）
瑞鹤仙 残梅飘簌簌……………………………………（629）
满江红 往事千端，都笑道、衰翁宦拙………………（629）
满江红 屈指重阳，有半月、犹零九日………………（630）
满江红 小立危亭，风惨淡、斜阳满目………………（630）
满江红 忆昔西来，春已暮、馀寒犹力………………（631）
满江红 物理分明，人事巧、元来是拙………………（631）
满江红 拍碎红牙，一声上、梁尘暗落………………（632）
满江红 檀板频催，双捻袖、飞来趁拍………………（632）
满江红 墙下松筠，并手种、花窠尽著………………（633）
满江红 雪压山颓，谁撒下、琼花玉蕊………………（633）
满江红 惨惨枯梢，初疑似、真酥点滴………………（634）
江城子 年年腊后见冰姑 ……………………………（634）
江城子 一钩新月下庭西 ……………………………（634）
满庭芳 丹雘浮空，琉璃耀日，上云楼阁眈眈 ……（635）
卜算子 人事几时穷，我性偏宜静 …………………（635）
卜算子 梅蕾破香时，雪月交光夜 …………………（635）
瑞鹧鸪 与君蹑足共凭阑，俯视周回四面山 ………（636）
瑞鹧鸪 几时芟棘翦蒿蓬，付我天然地一弓 ………（636）

感皇恩　秋意满江湖，雨轻风熟 ……………………………（636）
临江仙　忽忆裴公台上去，远空秋气棱棱 ……………………（637）
好事近　风景好樵川，郭外三洲烟渚 ………………………（637）
好事近　宿面浅匀妆，梅粉旋生春色 ………………………（638）
鹊侨仙　银花千里，玉阶三尺，远近高低一色 ………………（638）
木兰花慢　残红吹尽了，换新绿、染疏林……………………（638）
木兰花慢　无言凭燕几，爱香袅、博山炉……………………（639）
木兰花慢　对轩辕古镜，照华鬓、短刁骚……………………（640）
木兰花慢　朝天门外路，路坦坦、走瑶京……………………（640）
木兰花慢　平生花恨少，又那得、酒中愁……………………（641）
柳梢青　叶下云行，亭皋风静，凉雨丝丝 ……………………（641）
鹧鸪天　竹树萧萧屋数椽，平湖漫漫纳通川 …………………（642）
鹧鸪天　记得追游故老家，红莲幕府在长沙 …………………（642）
鹧鸪天　一夜春寒透锦帏，满庭花露起多时 …………………（642）
鹧鸪天　日日楼心与画眉，松分蝉翅黛云低 …………………（643）
鹧鸪天　纸帐虚明好醉眠，博山轻袅水沉烟 …………………（643）
点绛唇　满路梅花，为谁开遍春风萼 …………………………（644）
点绛唇　日月无根，循环常共天难老 …………………………（644）
点绛唇　一叶扁舟，浮家来向江边住 …………………………（644）
点绛唇　桂子飘香，江南秋老霜风作 …………………………（645）
点绛唇　瑞气盈门，神仙谪下看看到 …………………………（645）
鱼游春水　林梢听布谷，郭外舒怀仍快目 ……………………（645）
霜天晓角　晓来风作，病怯春衫薄 ……………………………（646）
虞美人　疏风摆撼芙蓉沼，垅上梅英小 ………………………（646）
虞美人　年年冬后心情快，常是留宾醉 ………………………（647）
虞美人　横波清翦西湖水，黛拂吴山翠 ………………………（647）
菩萨蛮　遥山几叠天边碧，故教遮断天涯客 …………………（647）
菩萨蛮　岭猿啸罢千山碧，小庵虚室团团白 …………………（648）
南歌子　湛露凉亭馆，香风散芰荷 ……………………………（648）
八声甘州　自秋来、多病意无聊，不作渭川游 ………………（648）

如梦令 花上娇莺哑咤，著色江南图画 ……………………（649）
如梦令 王谢堂前旧燕，毕竟情高意远 ……………………（649）
如梦令 梅雪渐当时候，访问全无消耗 ……………………（649）
西江月 日日齐眉举案，年年劝酒持觥 ……………………（650）
渔家傲 长忆浔阳江上宴，庾公楼上凭阑遍 ………………（650）
渔家傲 闻道西洲梅已放，几时乘兴同寻访 ………………（650）
渔家傲 特为梅花来渭水，有人折得横梢至 ………………（651）
杏花天 当年悔我抛生计，趁升斗、蛮乡远地 ……………（651）
唐致政 ……………………………………………………（652）
感皇恩 君欲问予年，八十有七 …………………………（652）
楼 锷 ……………………………………………………（653）
南唐浣溪沙 夏半阳乌景最长，小池不断藕花香 …………（653）
林 外 ……………………………………………………（654）
洞仙歌 飞梁压水，虹影澄清晓 …………………………（654）
存目词【补辑】 ………………………………………………（655）
梁安世 ……………………………………………………（656）
西江月 南国秋光过二，宾鸿未带初寒 …………………（656）
黄岩叟 ……………………………………………………（657）
望海潮 梅天雨歇，柳堤风定，江浮画鹢纵横 ……………（657）
富 掳 ……………………………………………………（658）
多 丽 淡云收、晓来春满湘中 …………………………（658）
邵怀英 ……………………………………………………（659）
水调歌头 香衬紫荷陌，和气满长沙 ……………………（659）
赵长卿 ……………………………………………………（660）
春 景 ………………………………………………………（660）
水龙吟 韶华迤逦三春暮，飞尽繁红无数 ………………（660）
念奴娇 小春时候，见早梅吐玉，裁琼妆白 ………………（660）
满庭芳 爆竹声飞，屠苏香细，华堂歌舞催春 ……………（661）
花心动 风软寒轻，暗香飘、扑面无限清楚 ………………（661）
踏莎行 柳暗披风，桑柔宿雨……………………………（662）

南歌子　春色烘衣暖，宫梅破鼻香 ……………………（662）
蝶恋花　宿雨新晴天色好 ……………………（663）
鹧鸪天　镂玉裁琼莫比香，娉婷枝上殢春光 ……………………（663）
鹧鸪天　蜂蜜酿成花已飞，海棠次第雨胭脂 ……………………（663）
江神子　年年长见傲寒林，压群英，有馀清 ……………………（664）
南歌子　春思浓如酒，离心乱似绵 ……………………（664）
临江仙　忆昔去年花下饮，团栾争看酴醾 ……………………（664）
一丛花　柳莺啼晓梦初惊，香雾入帘清 ……………………（665）
青玉案　天涯目断江南路，见芳草、迷风絮 ……………………（665）
醉蓬莱　是三春已暮，浪蕊凋残，牡丹零落 ……………………（666）
雨中花慢　宿霭凝阴，天气未晴，峭寒勒住群葩 ……………………（666）
蓦山溪　晓来雨霁，弱柳摇新翠 ……………………（666）
蝶恋花　芍药开残春已尽 ……………………（667）
虞美人　江梅虽是孤芳早，争似酴醾好 ……………………（667）
虞美人　冰塘浅绿生芳草，枝上青梅小 ……………………（668）
江神子　小溪清浅照孤芳 ……………………（668）
醉蓬莱　是平分春色，梦草池塘，暖风帘幕 ……………………（669）
临江仙　春事犹馀十日，吴蚕早已三眠 ……………………（669）
青玉案　去年社日东风里，向三径、开桃李 ……………………（669）
南歌子　枝上红飞尽，梢头绿已匀 ……………………（670）
醉落魄　麦畦匀绿，枝头屑屑飞梅玉 ……………………（670）
点绛唇　密雨随风，昨来一夜檐声溜 ……………………（670）
点绛唇　春到垂杨，嫩黄染就金丝软 ……………………（671）
点绛唇　轻暖轻寒，赏花天气春将半 ……………………（671）
点绛唇　夜雨如倾，满溪添涨桃花水 ……………………（671）
点绛唇　啼鸟喃喃，恨春归去春谁管 ……………………（672）
鹧鸪天
（一）弱质纤姿俪素妆，水沉山麝郁幽香 ……………………（672）
鹧鸪天
（二）玉容应不羡梅妆，檀心特地赛炉香 ……………………（672）

鹧鸪天
（三）洗尽铅华不著妆，一般真色自生香 ……………… （673）
鹧鸪天
（四）镂玉裁琼学靓妆，不须沉水自然香 ……………… （673）
鹧鸪天
（五）绰约肌肤巧样妆，风流元自有清香 ……………… （674）
探春令 去年元夜，正钱塘，看天街灯烛 ……………… （674）
小重山 清晚窗前杜宇啼 ……………… （674）
小重山 绿树阴阴春已休 ……………… （675）
菩萨蛮 梅花有意舒香粉，舒香已得先春信 ……………… （675）
菩萨蛮 梅花枝上东风软，朝来吹散真香远 ……………… （676）
水龙吟 烟姿玉骨尘埃外，看自有神仙格 ……………… （676）
水龙吟 苇绡开得仙花，就中最有佳人似 ……………… （677）
水龙吟 天教占得如簧，巧声乍啭娇媚 ……………… （677）
水龙吟 淡烟轻霭濛濛，望中乍歇凝晴昼 ……………… （678）
胜胜慢 浓芳满地，秀色连天，和烟带雨萋萋 ……………… （678）
胜胜慢 金垂烟重，雪飏风轻，东风惯得多娇 ……………… （679）
南歌子 黯霭阴云覆，滂沱急雨飞 ……………… （679）
浣溪沙 寒食风霜最可人，梨花榆火一时新 ……………… （680）
浣溪沙 柳老抛绵春已深，夹衣初试晓寒轻 ……………… （680）
浣溪沙 不愤江梅喷暗香，春前腊后正凄凉 ……………… （680）
朝中措 别来无事不思量，霜日最凄凉 ……………… （681）
昭君怨 隔叶乳鸦声软，啼断日斜影转 ……………… （681）
桃源忆故人 夜来一夜东风暖，春到桃腮柳眼 ……………… （681）
长相思 花飞飞，柳依依，帘卷东风日正迟，社前双燕归 …… （682）
感皇恩 景物一番新，熙熙时候 ……………… （682）
探春令 笙歌间错华筵启，喜新春新岁 ……………… （682）
菩萨蛮 赤栏干外桃花雨，飞花已觉春归去 ……………… （683）
丑奴儿 牡丹已过酴醿谢，飞尽繁花，浓翠啼鸦 ……………… （683）
浣溪沙 帘卷轻风怜小春，荷枯菊悴正愁人 ……………… （684）

清平乐　楚梅娇小，好是霜天晓……………………………（684）
清平乐　绮疏新晓，学语雏莺巧……………………………（684）
更漏子　日彤彤，风荡荡，帘外柳花飞飏…………………（685）
诉衷情　檀心刻玉几千重，开处对房栊　…………………（685）
小重山　枝上杨花糁玉尘　…………………………………（685）
蝶恋花　绿尽烧痕芳草遍　…………………………………（686）
鹧鸪天　梁上双双海燕归，故人应不寄新诗　……………（686）
鹧鸪天　谡谡东风作雨寒，无言独自凭栏干　……………（686）
探春令　新元才过，渐融和气，先到帘帏…………………（687）
探春令　数声回雁，几番疏雨，东风回暖…………………（687）
探春令　赏　梅（一）　冰檐垂箸，雪花飞絮，时方严肃…………（687）
探春令　赏　梅（二）　而今风韵，旧时标致，总皆奇绝…………（688）
探春令　赏　梅（三）　彫墙风定，绮窗烛灺，沉吟独坐…………（688）
探春令　赏　梅（四）　龟纱隔雾，绣帘钩月，那时曾见…………（688）
探春令　赏　梅（五）　疏篱横出，绿枝斜露，笑盈盈地…………（689）
探春令　赏　梅（六）　冰澌池面，柳摇金线，春光无限…………（689）
探春令　赏　梅（七）　溪桥山路，竹篱茅舍，凄凉风雨…………（690）
探春令　赏　梅（八）　雨孱风瘦，雪欺霜妒，时光牢落…………（690）
探春令　赏　梅（九）　楼头月满，栏干风度，有人肠断…………（690）
探春令　赏　梅（十）　清江平淡，暗香潇洒，满林风露…………（691）
宝鼎现　嚣尘尽扫，碧落辉腾，元宵三五…………………（691）
青玉案　梅黄又见纤纤雨，客里情怀两眉聚　……………（691）
烛影摇红　梅雪飘香，杏花开艳燃春昼　…………………（692）
念奴娇　银蟾光满，弄馀辉、冷浸江梅无力　……………（692）
念奴娇　玉龙声杳，正瑶台曲舞，香山初彻　……………（693）
阮郎归　和风暖日小层楼，人闲春事幽　…………………（693）
虞美人　东风卷尽辛夷雪，逆旅清明节　…………………（694）
念奴娇　兰枯菊槁，是返魂香入，江南春早　……………（694）
玉楼春　江村百六春强半，拍拍池塘春水满　……………（695）
谒金门　风又雨，满地残红无数……………………………（695）

菩萨蛮 杨花飞尽莺声涩，杜鹃唤得春归急 …………………（695）
画堂春 小亭烟柳水溶溶，野花白白红红 …………………（696）
画堂春 夜来暖趁海棠时，脸边匀透胭脂 …………………（696）
卜算子 春水满江南，三月多芳草 ……………………………（697）
念奴娇 水边篱落独横枝，冉冉风烟岑寂 …………………（697）
菩萨蛮 肩舆晓踏江头月，月华冷浸消残雪 ………………（697）
点绛唇 开尽梅花，雪残庭户春来早 …………………………（698）
鹧鸪天 手种梅花三四株，要看冰霜照清臞 ………………（698）
鹧鸪天 只惯娇痴不惯愁，离情浑不挂眉头 ………………（698）
瑞鹤仙 海棠花半落………………………………………………（699）
临江仙 过尽征鸿来尽燕，故园消息茫然 …………………（699）
一丛花 阶前春草乱愁芽，尘暗绿窗纱 ……………………（700）
柳梢青 桃杏舒红，迟迟暖日，媚景芳浓 …………………（700）
夏 景 ……………………………………………………………………（700）
花心动 绿水平湖，浸芙渠烂锦，艳胜倾国 ………………（700）
鼓笛慢 暑风吹雨仙源过，深院静，凉于水 ………………（701）
念奴娇 晚妆才罢，见栊丝匀玉，一团娇秀 ………………（701）
满庭芳 竹飐斜梢，荷倾馀沥，晚风初到南池 ……………（702）
满庭芳 红藕洲塘，黄葵庭院，渚风时动清飔 ……………（702）
好事近 山路乱蝉吟，声隐茂林修竹 …………………………（703）
虞美人 二乔姊妹新妆了，照水盈盈笑 ……………………（703）
醉蓬莱 正火山槐夏，黛叶缃枝，荔子新摘 ………………（704）
醉蓬莱 见浴兰才罢，拂掠新妆，巧梳云髻 ………………（704）
踏莎行 树影将圆，林梢不动……………………………………（705）
醉落魄 淡妆浓抹，西湖人面两奇绝 …………………………（705）
阮郎归 东城沙软马蹄轻，清和雨乍晴 ……………………（705）
蝶恋花 乱叠青钱荷叶小 ………………………………………（706）
鹧鸪天 新晴水暖藕花红，烘人暑意晚来浓 ………………（706）
江神子 彩云飞尽楚天空 ………………………………………（706）
新荷叶 冷彻蓬壶，翠幢鼎鼎生香 …………………………（707）

临江仙 帘幕清风洒洒，园林绿荫垂垂 ……………… (707)
朝中措 荷钱浮翠点前溪，梅雨日长时 ……………… (707)
减字木兰花 柳丝摇翠，翠幄笼阴无限意 ……………… (708)
卜算子 执手送行人，水满荷花浦 ……………… (708)
临江仙 柳上斜阳红万缕，烘人满院荷香 ……………… (709)
雨中花令 绿锁窗纱梧叶底 ……………… (709)
画堂春 湖光乘雨碧连天 ……………… (709)
浣溪沙 露挹新荷扑鼻香，恼人更漏响浪浪 ……………… (710)
西江月 水满平塘过雨，洗妆红褪芙蕖 ……………… (710)
卜算子 闲路踏花来，闲逐清和去 ……………… (710)
清平乐 水乡清楚，襟袖销袢暑 ……………… (711)
清平乐 清和时候，底事休交瘦 ……………… (711)
浣溪沙 雾透龟纱月映栏，麦秋天气怯衣单 ……………… (711)
浣溪沙 薄雾轻阴酿晓寒，起来宿酒尚酡颜 ……………… (712)
鹧鸪天 牙领番腾一线红，花儿新样喜相逢 ……………… (712)
菩萨蛮 方池新涨蒲萄绿，晓来雨过花如浴 ……………… (713)
西江月 稳唱巧翻新曲，灵犀密意潜通 ……………… (713)
浣溪沙 睡起风帘一派垂，失巢燕子傍人飞 ……………… (713)
蝶恋花 忆昔临平山下过，无数荷花，照水无纤翳 ……………… (714)
浣溪沙 密叶阴阴翠幄深，梅黄弄雨正频频 ……………… (714)
浣溪沙 雨过西湖绿涨平，环湖密柳暗藏莺 ……………… (715)
青玉案 结堂雄占云烟表，万象争呈巧 ……………… (715)
青玉案 恍如辽鹤归华表，阅尽人间巧 ……………… (715)
谒金门 今夜雨，扫尽一番袢暑 ……………… (716)
秋 景 ……………… (716)
念奴娇 江城向晓，被西风揉碎，一天丝雨 ……………… (716)
念奴娇 花王有意，念三秋寂寞，凄凉天气 ……………… (717)
声声慢 金风玉露，绿橘黄橙，商秋爽气飘逸 ……………… (717)
瑞鹤仙 西风蘋末起，动院落清秋，新凉如水 ……………… (718)
满庭芳 雨洗长空，风清云路，又还准备佳期 ……………… (719)

水调歌头　今夕知何夕，秋色正平分 …………………… (719)
蓦山溪　满城风雨，又是重阳近 …………………… (720)
洞仙歌　芰荷已老，菊与芙蓉未 …………………… (720)
虞美人　西风明月临台榭，准拟中秋夜 …………………… (721)
醉蓬莱　正金风无露，玉宇生凉，楚郊无暑 …………………… (721)
洞仙歌　黄花满地，庭院重阳后 …………………… (722)
夏云峰　露华清 …………………… (722)
感皇恩　碧水浸芙容，秋风楚岸 …………………… (723)
瑞鹤仙　败荷擎沼面，红叶舞林梢，光阴何速 …………………… (723)
临江仙　万里西风吹去旆，满城无奈离情 …………………… (724)
临江仙　枫叶白蘋秋未老，晚风吹泛轻艎 …………………… (724)
鹧鸪天　亭树萧萧生暮凉，安排清梦到胡床 …………………… (725)
蓦山溪　木犀开了，还是生辰到 …………………… (725)
醉落魄　伤离恨别，愁肠又似丁香结 …………………… (726)
好事近　初过菊花天，饯送月宫仙客 …………………… (726)
菩萨蛮　绮楼小小穿针女，秋光点点蛛丝雨 …………………… (726)
卜算子　凉夜竹堂空，小睡匆匆醒 …………………… (727)
点绛唇　蓼岸西风，小舟江上渔歌唱 …………………… (727)
好事近　淅淅蓼花风，怪道晓来凄恻 …………………… (727)
品　令　情难托 …………………… (728)
小重山　一夜西风响翠条 …………………… (728)
采桑子　去年岩桂花香里，著意非常 …………………… (729)
朝中措　柳林幂幂暮烟斜，秋水浅平沙 …………………… (729)
朝中措　征帆一缕转弯斜，惊鹭起汀沙 …………………… (729)
洞仙歌　广寒宫殿，不在人间世 …………………… (730)
似娘儿　橘绿与橙黄 …………………… (730)
蝶恋花　一梦十年劳忆记 …………………… (731)
夜行船　泪眼江头看锦树，别离又还秋暮 …………………… (731)
清平乐　鸿来燕去，又是秋光暮 …………………… (731)
清平乐　秋容眼界，随寓浑堪爱 …………………… (732)

一剪梅　霁霭迷空晓未收 ……………………………… (732)
南歌子　此日知何日,他乡忆故乡 ……………………… (733)
醉花阴　老去悲秋人转瘦,更异乡重九 ………………… (733)
菩萨蛮　西风转梅蒹葭浦,客愁生怕秋阑雨 …………… (733)
菩萨蛮　炊烟一点孤村迥,娇云敛尽天容净 …………… (734)
浣溪沙　雨滴梧桐点点愁,冷催秋色上帘钩 …………… (734)
冬　景 ………………………………………………… (734)
满庭芳　晚色沉沉,雨声寂寞,夜寒初冻云头 ………… (734)
御街行　晚来无奈伤心处 ……………………………… (735)
有有令　前山减翠 ……………………………………… (735)
摊破丑奴儿　树头红叶飞都尽,景物凄凉,秀出群芳,
又见江梅浅淡妆 ………………………………………… (736)
临江仙　日欲低时江景好,暮山紫翠重重 ……………… (736)
南歌子　霜结凝寒夜,星辉识晓晴 ……………………… (736)
永遇乐　宵露珠零,溅冰花薄,凝瑞偏早 ……………… (737)
玉蝴蝶　片片空中剪水,巧妆春色,照耀江湖 ………… (737)
潇湘夜雨　斜点银缸,高擎莲炬,夜寒不奈微风 ……… (738)
念奴娇　据炉肃坐,听瓶笙、别有天然宫徵 …………… (738)
摊破丑奴儿　又是两分携 ……………………………… (739)
柳梢青　云暗天低 ……………………………………… (739)
祝英台近　记临歧,销黯处,离恨惨歌舞 ……………… (740)
点绛唇　瓦湿鸳鸯,夜深霜重江风冷 …………………… (740)
点绛唇　当日相逢,枕衾清夜纱窗冷 …………………… (740)
点绛唇　雪霁山横,翠涛拥起千重恨 …………………… (741)
柳梢青　千林落叶声声悲,听凄惨、江皋雁飞 ………… (741)
西江月　背日犹馀残雪,向阳初绽红梅 ………………… (741)
眼儿媚　一钩新月照西楼,清夜思悠悠 ………………… (742)
别　怨　娇马频嘶,晓霜浓、寒色侵衣 ………………… (742)
减字木兰花　小春天气,未唱阳关心已醉 ……………… (742)
好事近　去路马蹄轻,正是小春时节 …………………… (743)

霜天晓角　闷儿幽静处，围炉面小窗 ……………… (743)
鹧鸪天　宝篆龙煤烧欲残，细听铜漏已更阑 ……………… (744)
蓦山溪　玉妃整佩，绛节参差御 ……………… (744)
浣溪沙　雪压前村曲径迷，万山寒立玉参差 ……………… (744)
浣溪沙　风卷霜林叶叶飞，雁横寒影一行低 ……………… (745)
浣溪沙　忆为梅花醉不醒，断桥流水去无声 ……………… (745)
点绛唇　离绪千重，角声偏著羁人枕 ……………… (746)
鹧鸪天　门外寒江泊小船，月明留客小窗前 ……………… (746)
望江南　山又水，云岫插峰峦 ……………… (746)
菩萨蛮　枫林飒飒凋寒叶，汀蘋败蓼遥相接 ……………… (747)
菩萨蛮　霜风飒飒溪山碧，寒波一望伤行色 ……………… (747)
菩萨蛮　败荷倒尽芙蓉老，寒光黯淡迷衰草 ……………… (747)
阮郎归　年年为客遍天涯，梦迟归路赊 ……………… (748)
霜天晓角　香来不歇，谁把南枝折 ……………… (748)
霜天晓角　雪花飞歇，好向前村折 ……………… (748)
菩萨蛮　客帆卸尽风初定，夜空霜落吴江冷 ……………… (749)
忆秦娥　寒萧索，征鸿过尽离怀恶 ……………… (749)
如梦令　何处一声鸣橹，惊起满川寒鹭 ……………… (749)
总　词 ……………… (750)
水龙吟　危楼横枕清江上，两岸碧山如画 ……………… (750)
水调歌头　离愁晚如织，托酒与消磨 ……………… (751)
水龙吟　酒潮匀颊双眸溜 ……………… (751)
念奴娇　夕阳低尽，望楚天空阔，稀星帘幕 ……………… (752)
水调歌头　贪痴无了日，人事没休期 ……………… (752)
水龙吟　瞰曾著意斟量过，天下事、无穷尽 ……………… (753)
蓦山溪　壶天冰雪，消尽虚堂暑 ……………… (753)
念奴娇　精神俊雅，更那堪、天与风流标格 ……………… (754)
瑞鹤仙　无言屈指也 ……………… (754)
蓦山溪　无非无是，好个闲居士 ……………… (755)
青玉案　东门杨柳空盈路，系得征鞍能驻不 ……………… (755)

虞美人　雨声破晓催行桨,拍拍溪流长　……………………（756）
虞美人　灯前忍见啼红面,别酒频斟劝　……………………（756）
临江仙　十里春风杨柳路,年年带雨披云　…………………（757）
渔家傲　客里情怀谁可表,凄凉举目知多少　………………（757）
江神子　当时得意两心齐　……………………………………（758）
御街行　香熏斗帐相逢乍,正宫漏、沉沉夜　………………（758）
一丛花　当歌临酒恨难穷　……………………………………（758）
天仙子　眼色媚人娇欲度,行尽巫阳云又雨　………………（759）
瑞鹧鸪　宝奁常见晓妆时,面药香融傅口脂　………………（759）
瑞鹧鸪　结丝千绪不胜愁,莫怪安仁鬓早秋　………………（760）
行香子　骄马花骢,柳陌经从……………………………………（760）
夜行船　龟甲炉烟轻袅,帘栊静、乳莺啼晓…………………（761）
采桑子　疏帘乍卷孜孜看,冰玉精神,体白停匀,
端的于人不薄情　……………………………………………（761）
蝶恋花　闲上西楼供远望,一曲新声,巧媚谁家唱　………（761）
蝶恋花　天净姮娥初整驾,桂魄蟾辉,来趁清和夜　………（762）
蝶恋花　叶底蜂衙催日晚,向晚匀妆,巧画宫眉浅　………（762）
鹧鸪天　睡觉扶头听晓钟,隔帘花雾湿香红　………………（762）
鹧鸪天　宝篆烟消香已残,婵娟月色浸栏干　………………（763）
鹧鸪天　绿水澄江得胜游,浪平风软称轻舟　………………（763）
鹧鸪天　一曲清歌金缕衣,巧佼心事有谁知　………………（764）
眼儿媚
（一）人随社节去匆匆,此恨几时穷　………………………（764）
眼儿媚
（二）槐阴密处啭黄鹂,午日正长时　………………………（764）
眼儿媚
（三）当年策马过钱塘,曲径小平康　………………………（765）
临江仙　蕊嫩花房无限好,东风一样春工　…………………（765）
临江仙　破靥盈盈巧笑,举杯滟滟迎逢　……………………（766）
临江仙　夜久笙箫吹彻,更深星斗还稀　……………………（766）

惜奴娇　洛浦娇魂，恐得到、人间少 ……………………（766）
水龙吟　无情风掠芭蕉响，还是重门已闭 ……………………（767）
水调歌头　把酒相劳苦，月色耀天章 ……………………（767）
水龙吟　先来天与精神，更因丽景添殊态 ……………………（768）
诉衷情　花前月下会鸳鸯，分散两情伤 ……………………（768）
满江红　懊恼平生，奈天赋、恩情太薄 ……………………（769）
贺新郎　负你千行泪 ……………………（769）
眼儿媚　连沧危观暮江前，几醉使君筵 ……………………（770）
簇　水　长忆当初，是他见我心先有 ……………………（770）
摊破丑奴儿　最苦是离愁 ……………………（770）
更漏子　烛消红，窗送白，冷落一衾寒色 ……………………（771）
浣溪沙　一味风流一味香，十分浓艳十分妆 ……………………（771）
浣溪沙　恻恻笙竽万籁风，阳关叠遍酒尊空 ……………………（771）
汉宫春　讲柳谈花，我从来口快，忺说他家 ……………………（772）
雨中花慢　帕子分香，罗巾拭泪，别来时、未觅凄惶 ……………………（772）
柳梢青　小窗闲适 ……………………（773）
南歌子　梅萼和霜晓，梨花带雪春 ……………………（773）
临江仙　人在梦云楼上别，残灯影里迟留 ……………………（773）
浣溪沙　画角声沉卷暮霞，寒生促索锦屏遮 ……………………（774）
浪淘沙　帘卷露花容，几度相逢 ……………………（774）
如梦令　竹外半窥娇面，真个出尘体段 ……………………（774）
浣溪沙　闲理丝簧听好音，西楼剪烛夜深深 ……………………（774）
减字木兰花　阳关唱彻，断尽离肠声哽咽 ……………………（775）
减字木兰花　半窗斜月，茅店萧条灯已灭 ……………………（775）
夜行船　短棹轻舟排办了，歌声断、晚霞残照 ……………………（775）
眼儿媚　玉楼初见念奴娇，无处不妖饶 ……………………（776）
品　令　黄昏时候，诮不语、心如醉 ……………………（776）
柳梢青　甜言软语 ……………………（776）
浣溪沙　金兽喷香瑞霭氛，夜凉如水酒醺醺 ……………………（777）
浣溪沙　坐看销金暖帐中，羔儿酒美兽煤红 ……………………（777）

浣溪沙　堆枕冠儿翡翠钗,蒙金领子满絣鞋 ……………… (777)
临江仙　天外浓云云外雨,雨声初上檐牙 ………………… (778)
夜行船　绿盖红幢笼碧水 ………………………………… (778)
浪淘沙　窈窕绣帏深,窈窕娉婷 ………………………… (778)
如梦令　居士年来懒散,凡事只从宽简 ………………… (779)
卜算子　十载仰高明,一见心相许 ……………………… (779)
眼儿媚　先来客路足伤悲,那更话别离 ………………… (779)
南乡子　楚楚窄衣裳,腰身占却,多少风光 …………… (779)
南乡子　月转水晶盘,楼上初闻一鼓残 ………………… (780)
谒金门　灯乍灭,忽见一天明月 ………………………… (780)
点绛唇　云辫宫鬟,淡黄衫子轻香透 …………………… (780)
菩萨蛮　春山已蹙眉峰绿,春心骀荡难拘束 …………… (781)
画堂春　当时巧笑记相逢,玉梅枝上玲珑 ……………… (781)
如梦令　居士年来病酒,肉食百不宜口 ………………… (781)
如梦令　别恨眉尖无数,后夜王孙何处 ………………… (782)
菩萨蛮　隔江一带春山好,平林新绿春光老 …………… (782)
长相思　敛愁眉,恨依依,肠断关情怨别离,云中过雁悲 …… (782)
柳梢青　潇洒仙源 ………………………………………… (782)
贺生辰 ……………………………………………………… (783)
好事近　不羡八千椿,不羡三偷桃客 …………………… (783)
朝中措　南楼风物一番新,春暮畀斯民 ………………… (783)
朝中措　文章学业继家声,名誉压群英 ………………… (784)
朝中措　先生德行冠南丰,锦绣作心胸 ………………… (784)
念奴娇　桂华蟾魄,到中秋、只有人闻一六 …………… (785)
好事近　江上一江楼,楼上远山横翠 …………………… (785)
好事近　剑水霭欢声,喜庆间生人杰 …………………… (786)
柳长春　梅喜先春,雁惊未腊,于门瑞气浮周匝 ……… (786)
武陵春　又是新逢三五夜,瑞气霭氤氲 ………………… (787)
临江仙　天祐炎图生国瑞,蓝田暂屈英僚 ……………… (787)
喜迁莺　商飙轻透 ………………………………………… (788)

鹊桥仙 云峰初敛，秋容如洗，庭院金风初扇 ……………… (788)
拾 遗 …………………………………………………… (789)
柳梢青 晴雪楼台，试灯帘幕，适是元宵 …………………… (789)
贺新郎 世谛人多错 ………………………………………… (789)
东坡引 茅斋无客至，冰砚冻寒泚 …………………………… (790)
满庭芳 风力驱寒，云容呈瑞，晓来到处花飞 ………………… (790)
杏花天 乍凉淅淅风生幕，人独在、朱栏翠阁 ………………… (790)
临江仙 远岫螺头湿翠，流霞赪尾疏明 ……………………… (791)
辊绣球 流水奏鸣琴，风月净、天无星斗 …………………… (791)
眼儿媚 南枝消息杳然间，寂寞倚雕栏 ……………………… (792)
菩萨蛮 日高犹恋珊瑚枕，羞红不忿花如锦 ………………… (792)
鹧鸪天 落魄东吴二十春，风流诗句得清新 ………………… (792)
浪淘沙 绿树转鸣禽，已是春深 …………………………… (793)
谒金门 春睡足，帘卷翠屏山曲 …………………………… (793)
侍香金童 一种春光，占断东君惜 ………………………… (793)
菩萨蛮 新晴庭户春阴薄，东风不度重帘幕 ………………… (794)
清平乐 紫箫声断，窗底春愁乱 …………………………… (794)
好事近 齿颊带馀香，謦咳总成珠玉 ………………………… (794)
品 令 好事客 …………………………………………… (795)
武陵春 落了丹枫残了菊，秋色苦无多 ……………………… (795)
存目词 …………………………………………………… (796)
罗 愿 …………………………………………………… (798)
水调歌头 秋宇净如水，月镜不安台 ……………………… (798)
失调名 九月江南秋色，黄雀雨，鲤鱼风 …………………… (798)
楼 钥 …………………………………………………… (799)
醉翁操 茫茫，苍苍 ……………………………………… (799)
醉翁操 泠然，清圆 ……………………………………… (800)
孝宗皇帝虞主自浙江还重华宫鼓吹导引曲 孝宗纯孝，
前圣更何加 ……………………………………………… (800)

孝宗皇帝神主自重华宫至太庙祔庙鼓吹导引曲　吾皇尽孝，宗庙务崇尊 …………（801）
张良臣 …………（802）
失调名　昨日豆花篱下过，忽然迎面好风吹 …………（802）
西江月　四壁空围恨玉，十香浅捻啼绡 …………（802）
采桑子　佳人满劝金蕉叶，夜玉春温 …………（803）
舒邦佐 …………（804）
水调歌头　问讯金华伯，自是地行仙 …………（804）
张孝忠 …………（805）
杏花天　爱寻水竹添情况 …………（805）
杏花天　看花随柳湖边去，似邂逅、水晶宫住 …………（805）
破阵子　占气中涵清淑，征诗古富篇章 …………（806）
玉楼春　绿波春早青烟暮，翠幕船如天上去 …………（806）
鹧鸪天　豆蔻梢头春意浓，薄罗衫子柳腰风 …………（807）
菩萨蛮　娇红隐映花稍雾，金莲容与歌声度 …………（807）
西江月　堂上簪缨交错，花间帘幕高张 …………（807）
霜天晓角　楚山浮碧，江汉无终极 …………（808）
方有开 …………（809）
点绛唇　七里滩边，江光漠漠山如戟 …………（809）
满江红　跳出红尘，都不顾、是非荣辱 …………（809）
存目词 …………（810）
许及之 …………（811）
贺新郎　旧俗传荆楚 …………（811）
傅大询 …………（812）
水调歌头　草草三间屋，爱竹旋添栽 …………（812）
锦堂春　梅要疏开，雪教迟下，怕他寒入江天 …………（812）
柳梢青　春到江南，今年寒少，早有疏梅 …………（813）
念奴娇　江梅破腊，把一枝来报，□春消息 …………（813）
行香子　玉佩簪缨，罗袜生尘 …………（814）
存目词 …………（814）

刘德秀 …………………………………………………………… (815)
贺新郎 雨沐秋容薄……………………………………………… (815)
吴 镒 …………………………………………………………… (816)
水调歌头 澄彻北湖水,圆镜莹青铜 …………………………… (816)
水调歌头 三楚上游地,五岭翠眉横 …………………………… (816)
林 淳 …………………………………………………………… (818)
水调歌头 潇洒东湖上,夜雨洗清秋 …………………………… (818)
鹧鸪天 天近袄知雨露浓,湖山无日不春风 ……………………… (818)
柳梢青 富贵园林,清虚清馆,随意登临 ………………………… (819)
浣溪沙 却忆西湖烂漫游,水涵山影翠光浮 ……………………… (819)
水调歌头 湖波涨新绿,环绕越王山 …………………………… (819)
水调歌头 疏水绕城郭,农利遍三山 …………………………… (820)
水调歌头 螺水亘千古,鳌顶冠三山 …………………………… (820)
菩萨蛮 鹅溪净称烟笼月,澄心白称光浮雪 ……………………… (821)
减字木兰花 嫣然笑粲,醉靥融滋春意烂 ……………………… (821)
减字木兰花 烛花呈灿,瑞气满筵春欲烂 ……………………… (821)
浣溪沙 冒雪休寻访戴船,红炉剩爇宝香然 ……………………… (822)
存目词 ……………………………………………………………… (822)
廖行之 …………………………………………………………… (823)
洞仙歌 虞弦挥按,甫奏薰风曲………………………………… (823)
念奴娇 薰风庭院,报槐阴拥翠,池波凝绿 ……………………… (824)
贺新郎 玉宇□蓬户……………………………………………… (824)
贺新郎 修月三千户……………………………………………… (825)
水调歌头 林梢挂弦月,江路粲寒梅 …………………………… (825)
水调歌头 天下伟人物,荆楚号名流 …………………………… (826)
水调歌头 祥起玉龙甲,庆衍紫枢垣 …………………………… (827)
水调歌头 黄色起犀表,紫绶照金章 …………………………… (827)
水调歌头 凉吹起空阔,疏雨敛轻阴 …………………………… (828)
水调歌头 苍立箨龙秀,青压雨梅肥 …………………………… (828)
水调歌头 韩国武中令,公望乃云孙 …………………………… (829)

沁园春　直下承当，本来能解，莫遣干休 …………………… (830)
千秋岁　腊馀时候，天意收寒早 …………………………… (830)
青玉案　片帆稳送扁舟去，又还踏、江湖路 ………………… (831)
青玉案　家山此去无多路，久没个、音书去 ………………… (831)
满庭芳　五甲科名，半生蹭蹬，胸中可谓忘奇 ……………… (832)
凤栖梧　吾母慈祥膺上寿 ………………………………… (832)
凤栖梧　破腊先春梅有意 ………………………………… (833)
临江仙　春意茫茫春色里，又还几度花期 ………………… (833)
西江月　绀滑一篙春水，云横几里江山 …………………… (833)
西江月　试数阶蓂有几，昨朝看到今朝 …………………… (834)
鹧鸪天　飞尽林花绿叶丝，十分春色在荼蘼 ……………… (834)
鹧鸪天　腊月今朝恰一旬，梅花开遍陇头春 ……………… (834)
鹧鸪天　细数元正隔两朝，眼看杨柳又新条 ……………… (835)
鹧鸪天　送了春归雨未收，雨肥梅子满枝头 ……………… (835)
鹧鸪天　曾宴瑶池万玉宫，鸾骖此日自从容 ……………… (835)
鹧鸪天　兰谷清香入岭梅，多根应尔暖先回 ……………… (836)
鹧鸪天　畴昔君王庆诞辰，欢传金母下瑶城 ……………… (836)
卜算子　云破露新晴，月上输清气 ………………………… (837)
点绛唇　屈指家山，匆匆又数今朝过 ……………………… (837)
点绛唇　秋兴连天，又还不分秋光老 ……………………… (837)
点绛唇　音信西来，匆匆思作东归计 ……………………… (838)
点绛唇　年少清新，襟裾那受红尘污 ……………………… (838)
点绛唇　此去何之，骈阗车马朝来起 ……………………… (838)
点绛唇　玳席华筵，嘉宾环集三千履 ……………………… (839)
点绛唇　玉树芝兰，冰清况有闺房秀 ……………………… (839)
丑奴儿　一春底事多佳气，非雾非云，郁郁氲氲，
端为君家诞阿兴 ………………………………………… (840)
如梦令　雨歇凉生枕簟，不梦大槐宫殿 …………………… (840)
如梦令　应是南枝向暖，那更青春未晚 …………………… (840)
鹧鸪天　九日东篱已泛觞，陇头犹待返魂香 ……………… (840)

减字木兰花 相从归去，行尽江吴到湘楚 ……………………（841）
京 镗 ……………………………………………………（842）
醉落魄 芳尘休扑，名花唤我相追逐 ………………………（842）
好事近 急雨逐骄阳，洗出长空新月 ………………………（842）
好事近 杰阁耸层霄，几度晓风残月 ………………………（843）
定风波 何必穿针上彩楼，剖瓜插竹诉穷愁 ………………（843）
定风波 休卧元龙百尺楼，眼高照破古今愁 ………………（844）
水调歌头 杨卢万人杰，见我眼俱青 ………………………（844）
满江红 乘兴西来，问谁是、平生相识……………………（845）
满江红 喜见中秋，急载酒、登楼邀月……………………（845）
满江红 才近重阳，喜风露、酝成爽气……………………（846）
木兰花慢 算秋来景物，皆胜赏、况重阳…………………（846）
绛都春 升平似旧 ……………………………………………（847）
满江红 锦里先生，草堂筑、浣花溪上……………………（847）
念奴娇 扪参历井，恰匆匆三见，西州七夕 ………………（848）
水调歌头 明月四时好，何事喜中秋 ………………………（849）
洞仙歌 三年锦里，见重阳药市……………………………（849）
水龙吟 夜来井络参躔，使星一点明如昼 …………………（850）
汉宫春 看透尘寰 ……………………………………………（850）
汉宫春 暖律初回 ……………………………………………（851）
洞仙歌 东皇著意，妙出妆春手……………………………（851）
念奴娇 锦城城北，有平湖、仿佛西湖西畔 ………………（852）
满江红 雨后晴初，觉春在、桤村柳陌……………………（852）
念奴娇 郎闱夙望，问何因袖手，双流溪畔 ………………（853）
水调歌头 百堞龟城北，江势远连空 ………………………（853）
念奴娇 绣天锦地，浣花溪风物，尤为奇绝 ………………（854）
洞庭春色 命驾访嵇，泛舟思戴，此兴甚浓 ………………（854）
满江红 雨洗新秋，遣凉意、驱除残暑……………………（855）
贺新郎 试与姮娥语…………………………………………（855）
雨中花 玉局祠前，铜壶阁畔，锦城药市争奇 ……………（856）

雨中花 跨鹤仙姿,掣鲸老手,从来眼赤腰黄 ……………………(856)
瑞鹤仙 鸳行旧俦侣…………………………………………………(857)
水调歌头 身去日华远,举首望长安 ………………………………(858)
水龙吟 四年留蜀惭无补,好是求归得去 …………………………(858)
满江红 外省抡才,诏书下、芝泥犹湿……………………………(859)
念奴娇 文章太守,问何事、犹带天庭黄色 ………………………(859)
水调歌头 衮衮长江水,策策晓霜风………………………………(860)
水龙吟 推移随牒红尘里,试问几时肩息 …………………………(860)
酹江月 蟆颐江畔,问收拾多少,山光水色 ………………………(861)
水调歌头 与蜀有缘法,见我眼俱青………………………………(861)
水调歌头 雪岭倚空白,霜柏傲寒青 ………………………………(862)
水调歌头 数月已办去,今日始成行 ………………………………(862)
满江红 道骨仙风,合答风、鞭鸾归去……………………………(863)
水调歌头 四载分蜀阃,万里下吴樯 ………………………………(863)
水调歌头 挺挺祖风烈,再岁滞偏州 ………………………………(864)
张 震 ………………………………………………………………(865)
蝶恋花 梅子初青春已暮 …………………………………………(865)
鹧鸪天 宽尽香罗金缕衣,心情不似旧家时 ………………………(865)
鹧鸪天 横素桥边景最佳,绿波清浅见琼沙 ………………………(866)
蓦山溪 青梅如豆,断送春归去……………………………………(866)
蓦山溪 春光如许,春到江南路……………………………………(866)
张 颀 ………………………………………………………………(868)
水调歌头 雨后烟景绿,春水涨桃花………………………………(868)
王 炎 ………………………………………………………………(869)
蝶恋花 纤手行杯红玉润 …………………………………………(869)
蝶恋花 柳暗西湖春欲暮 …………………………………………(869)
点绛唇 雨湿东风,谁家燕子穿庭户 ………………………………(870)
水调歌头 江月冷如水,江水碧于空 ………………………………(870)
水调歌头 千里倦游客,老眼厌尘烟 ………………………………(870)
念奴娇 小妆朱槛,护秋英千点,金钿如簇 ………………………(871)

鹧鸪天 淡淡疏疏不惹尘，暗香一点静中闻 ……………… (871)
阮郎归 落花时节近清明，南园芳草青 ……………… (872)
青玉案 深红数点吹花絮，又燕子、飞来语 ……………… (872)
浪淘沙令 流水绕孤村，杨柳当门 ……………… (872)
木兰花慢 缃桃花树下，记罗袜、昔经行 ……………… (873)
清平乐 呢喃燕语，共诉春归去 ……………… (873)
清平乐 儿曹耳语，借问何处去 ……………… (873)
浪淘沙 月色十分圆，风露娟娟 ……………… (874)
卜算子 渡口唤扁舟，雨后青绡皱 ……………… (874)
卜算子 散策问芳菲，春半花犹未 ……………… (874)
江城子 清波渺渺日晖晖 ……………… (875)
虞美人 镜中失画双青鬟，懒更占花信 ……………… (875)
南乡子 云淡日昽明，久雨潺潺乍得晴 ……………… (875)
忆秦娥 胭脂点，海棠落尽青春晚 ……………… (876)
临江仙 欲近上元人意好，月如人意团圆 ……………… (876)
好事近 时节近元宵，天意人情都好 ……………… (876)
水调歌头 爱日护轻暖，酝造小春时 ……………… (877)
念奴娇 晓来雨过，正海棠枝上，胭脂如滴 ……………… (877)
浪淘沙令 秋色满东篱，露滴风吹 ……………… (878)
采桑子 一番飞次春风巧，细看工夫 ……………… (878)
好事近 玉颊映红绡，搀报东风消息 ……………… (878)
临江仙 雪片幻成肌骨，月华借与精神 ……………… (879)
卜算子 腻玉染深红，艳丽难常好 ……………… (879)
木兰花慢 博山香雾冷，新雨过、怯单衣 ……………… (879)
小重山 日脚才添一线长 ……………… (880)
阮郎归 几回幽梦绕家山，怯闻梅弄残 ……………… (880)
临江仙 试问休官林下去，何人得似高年 ……………… (881)
临江仙 思忆故园花又发，等闲过了流年 ……………… (881)
水调歌头 新涨鸭头绿，春满白蘋洲 ……………… (882)
南柯子 天末家何许，津头客未归 ……………… (882)

好事近　闲日似年长，又在他乡春暮 …………………… (882)
朝中措　杜鹃声断日曈昽，过雨湿残红 ………………… (883)
南柯子　对镜鸾休舞，求凰凤自飞 ……………………… (883)
朝中措　蔷薇露染玉肌肤，欲试缕金衣 ………………… (884)
西江月　簌簌落红都尽，依然见此清姝 ………………… (884)
柳梢青　葭管风微，菉衣香软，歌凤将雏 ……………… (884)
踏莎行　木落天寒，年华又暮，老来多病须调护 ……… (885)
清平乐　一杯椒醑，惜饮难成醉 ………………………… (885)
南柯子　山冥云阴重，天寒雨意浓 ……………………… (885)
夜行船　淡饭粗衣随分过，新成就、庵寮一个 ………… (886)
临江仙　鶗鴂一声春事了，不知苦劝谁归 ……………… (886)
蓦山溪　莺啼花谢，断送春归去 ………………………… (887)
忆秦娥　头如雪，尘缘滚滚无休歇 ……………………… (887)
满江红　宦海浮沉，名与字、不能彰彻 ………………… (887)
玉楼春　往年餬口谋升斗，朱墨尘埃黏两袖 ………… (888)
玉楼春　大都四绪阴晴半，天上油云舒又卷 ………… (888)
杨冠卿 ……………………………………………………… (889)
如梦令　满院落花春寂，风絮一帘斜日 ………………… (889)
生查子　娇莺恰恰啼，过水翻回去 ……………………… (889)
生查子　消瘦不胜寒，独立江南路 ……………………… (889)
生查子　潇湘日暮时，倚棹蒹葭浦 ……………………… (890)
浣溪沙　洞口春深长薜萝，幽栖地僻少经过 ………… (890)
浣溪沙　银叶香销暑簟清，枕鸳醉倚玉钗横 ………… (890)
霜天晓角　渔舟簇簇，西塞山前宿 ……………………… (891)
卜算子　苍生喘未苏，贾笔论孤愤 ……………………… (891)
垂丝钓　翠帘昼卷，庭花日影初转 ……………………… (892)
菩萨蛮　飞云障碧江天暮，杏花帘幕黄昏雨 ………… (892)
菩萨蛮　春山愁对修眉绿，春衫谁为裁冰縠 ………… (893)
菩萨蛮　冰肌玉衬香绡薄，无言独倚阑干角 ………… (893)
菩萨蛮　玉妃夜宴瑶池冷，翩然飞下霓旌影 ………… (893)

好事近　晚起倦梳妆，斜压翠鬟云鬓 ……………………… (893)
好事近　细雨落檐花，帘卷金泥红湿 ……………………… (894)
谒金门　伤漂泊，负了花前期约 …………………………… (894)
忆秦娥　东风恶，雪花乱舞穿帘幕 ………………………… (894)
忆秦娥　云垂幕，江天雪似杨花落 ………………………… (895)
清平乐　翠团嘉树，杜宇呼春去 …………………………… (895)
柳梢青　红药翻阶 …………………………………………… (895)
柳梢青　金蕊飘残，江城秋晚，月冷霜寒 ………………… (896)
柳梢青　归梦迢迢 …………………………………………… (896)
西江月　妙墨龙蛇飞动，新词雪月交光 …………………… (896)
西江月　罗袜浪传仙子，宫梅休写华光 …………………… (897)
西江月　昨梦钧天帝所，曾陪奏赋明光 …………………… (897)
东坡引　绿波芳草路 ………………………………………… (898)
鹧鸪天　岁月如驰乌兔飞，情怀著酒强支持 ……………… (898)
小重山　一笑回眸百媚生 …………………………………… (899)
蝶恋花　舞处曾看花满面 …………………………………… (899)
蝶恋花　月冷花寒宫漏促，人在虚檐，玉体温无粟 ……… (899)
水调歌头　春涨一篙绿，江阔暮涛寒 ……………………… (900)
水调歌头　形胜访淮楚，骑鹤到扬州 ……………………… (900)
水调歌头　年少青云客，怀抱百忧宽 ……………………… (901)
水调歌头　曳杖罗浮去，辽鹤正南翔 ……………………… (901)
水龙吟　渡江天马龙飞，翠华小驻兴王地 ………………… (902)
贺新郎　薄暮垂虹去 ………………………………………… (903)
崔敦诗 ……………………………………………………… (904)
六　州　商秋吉，嘉会协中辛 ……………………………… (904)
十二时　勋华并、天胙昌期 ………………………………… (904)
赵汝愚 ……………………………………………………… (906)
柳梢青　水月光中，烟霞影里，涌出楼台 ………………… (906)
辛弃疾 ……………………………………………………… (907)
摸鱼儿　更能消、几番风雨，匆匆春又归去 ……………… (907)

摸鱼儿 望飞来、半空鸥鹭,须臾动地鼙鼓 …………………（909）
沁园春 三径初成,鹤怨猿惊,稼轩未来 …………………（911）
沁园春 伫立潇湘,黄鹄高飞,望君不来 …………………（912）
水龙吟 渡江天马南来,几人真是经纶手 …………………（913）
水龙吟 玉皇殿阁微凉,看公重试薰风手 …………………（915）
水龙吟 楚天千里清秋,水随天去秋无际 …………………（916）
满江红 笳鼓归来,举鞭问、何如诸葛…………………（917）
满江红 瘴雨蛮烟,十年梦、尊前休说…………………（919）
满江红 蜀道登天,一杯送、绣衣行客…………………（920）
满江红 快上西楼,怕天放、浮云遮月…………………（921）
满江红 鹏翼垂空,笑人世、苍然无物…………………（922）
满江红 落日苍茫,风才定、片帆无力…………………（923）
满江红 过眼溪山,怪都似、旧时曾识…………………（924）
满江红 湖海平生,算不负、苍髯如戟…………………（925）
满江红 笑拍洪崖,问千丈、翠岩谁削…………………（926）
满江红 曲几蒲团,方丈里、君来问疾…………………（927）
水调歌头 带湖吾甚爱,千丈翠奁开 …………………（927）
水调歌头 白日射金阙,虎豹九关开 …………………（928）
水调歌头 折尽武昌柳,挂席上潇湘 …………………（929）
水调歌头 今日复何日,黄菊为谁开 …………………（930）
水调歌头 君莫赋幽愤,一语试相开 …………………（931）
水调歌头 造物故豪纵,千里玉鸾飞 …………………（932）
水调歌头 落日塞尘起,胡骑猎清秋 …………………（934）
水调歌头 万事到白发,日月几西东 …………………（935）
水调歌头 上古八千岁,才是一春秋 …………………（936）
贺新郎 云卧衣裳冷…………………（937）
念奴娇 兔园旧赏,怅遗踪、飞鸟千山都绝 …………………（938）
念奴娇 对花何似,似吴宫初教,翠围红阵 …………………（939）
念奴娇 我来吊古,上危楼、赢得闲愁千斛 …………………（940）
念奴娇 野棠花落,又匆匆、过了清明时节 …………………（941）

念奴娇 晚风吹雨，战新荷、声乱明珠苍璧 …………… (943)
念奴娇 近来何处有吾愁，何处还知吾乐 …………… (944)
新荷叶 人已归来，杜鹃欲劝谁归 …………… (944)
新荷叶 春色如愁，行云带雨才归 …………… (945)
最高楼 长安道，投老倦游归 …………… (946)
最高楼 西园买，谁载万金归 …………… (946)
洞仙歌 江头父老，说新来朝野 …………… (947)
洞仙歌 飞流万壑，共千岩争秀 …………… (948)
八声甘州 把江山好处付公来，金陵帝王州 …………… (948)
声声慢 开元盛日，天上栽花，月殿桂影重重 …………… (949)
江神子 梅梅柳柳闘纤秾 …………… (950)
江神子 玉箫声远忆骖鸾 …………… (950)
江神子 一川松竹任横斜 …………… (951)
江神子 剩云残日弄阴晴 …………… (951)
六么令 酒群花队，攀得短辕折 …………… (952)
六么令 倒冠一笑，华发玉簪折 …………… (953)
满庭芳 急管哀弦，长歌慢舞，连娟十样宫眉 …………… (954)
满庭芳 柳外寻春，花边得句，怪公喜气轩眉 …………… (955)
鹧鸪天 一榻清风殿影凉，涓涓流水响回廊 …………… (956)
鹧鸪天 晚日寒鸦一片愁，柳塘新绿却温柔 …………… (956)
鹧鸪天 翠竹千寻上薜萝，东湖经雨又增波 …………… (957)
鹧鸪天 唱彻阳关泪未干，功名馀事且加餐 …………… (957)
鹧鸪天 扑面征尘去路遥，香篝渐觉水沉销 …………… (958)
鹧鸪天 枕簟溪堂冷欲秋，断云依水晚来收 …………… (958)
丑奴儿近 千峰云起，骤雨一霎时价 …………… (959)
蝶恋花 衰草残阳三万顷 …………… (960)
蝶恋花 点检笙歌多酿酒 …………… (960)
蝶恋花 九畹芳菲兰佩好 …………… (961)
蝶恋花 小小华年才月半 …………… (961)
定风波 少日春怀似酒浓，插花走马醉千钟 …………… (962)

临江仙　老去惜花心已懒,爱梅犹绕江村 ……………………(962)
临江仙　莫向空山吹玉笛,壮怀酒醒心惊 ……………………(963)
临江仙　钟鼎山林都是梦,人间宠辱休惊 ……………………(963)
菩萨蛮　稼轩日向儿童说,带湖买得新风月 …………………(964)
菩萨蛮　郁孤台下清江水,中间多少行人泪 …………………(964)
菩萨蛮　无情最是江头柳,长条折尽还依旧 …………………(966)
菩萨蛮　青山欲共高人语,联翩万马来无数 …………………(966)
菩萨蛮　香浮乳酪玻璃碗,年年醉里尝新惯 …………………(967)
西　河　西江水,道是西风人泪……………………………(967)
木兰花慢　汉中开汉业,问此地、是耶非…………………(968)
木兰花慢　老来情味减,对别酒、怯流年…………………(969)
朝中措　绿萍池沼絮飞忙,花入蜜脾香 ……………………(970)
朝中措　篮舆袅袅破重冈,玉笛两红妆 ……………………(971)
祝英台近　宝钗分,桃叶渡,烟柳暗南浦…………………(971)
乌夜啼　江头醉倒山公,月明中……………………………(973)
乌夜啼　人言我不如公,酒频中……………………………(973)
鹊桥仙　朱颜晕酒,方瞳点膝,闲傍松边倚杖 ……………(974)
太常引　君王著意履声间,便令押、紫宸班………………(974)
昭君怨　长记潇湘秋晚,歌舞橘洲人散 ……………………(975)
丑奴儿　烟迷露麦荒池柳,洗雨烘晴,洗雨烘晴,
一样春风几样青……………………………………………(976)
杏花天　病来自是于春懒,但别院、笙歌一片 ……………(976)
踏　歌　攧厥…………………………………………………(976)
一络索　羞见鉴鸾孤却,倩人梳掠…………………………(977)
千秋岁　塞垣秋草,又报平安好……………………………(977)
感皇恩　春事到清明,十分花柳……………………………(979)
青玉案　东风夜放花千树,更吹落、星如雨………………(979)
霜天晓角　吴头楚尾,一棹人千里…………………………(980)
南乡子　敧枕舻声边,贪听咿哑聒醉眠 ……………………(981)
阮郎归　山前风雨欲黄昏,山头来去云 ……………………(981)

南歌子　万万千千恨，前前后后山，傍人道我轿儿宽 ……… (982)
小重山　倩得薰风染绿衣 ……… (982)
小重山　旋制离歌唱未成 ……… (983)
西江月　千丈悬崖削翠，一川落日熔金 ……… (983)
减字木兰花　盈盈泪眼，往日青楼天样远 ……… (984)
清平乐　柳边飞鞚，露湿征衣重 ……… (984)
清平乐　茅檐低小，溪上青青草 ……… (985)
清平乐　断岸修竹，竹里藏冰玉 ……… (985)
清平乐　绕床饥鼠，蝙蝠翻灯舞 ……… (986)
清平乐　连云松竹，万事从今足 ……… (986)
生查子　昨宵醉里行，山吐三更月 ……… (987)
生查子　谁倾沧海珠，簸弄千明月 ……… (987)
山鬼谣　问何年、此山来此，西风落日无语 ……… (988)
声声慢　征埃成阵，行客相逢，都道幻出层楼 ……… (988)
满江红　直节堂堂，看夹道、冠缨拱立 ……… (989)
满江红　照影溪梅，怅绝代、幽人独立 ……… (990)
满江红　可恨东君，把春去春来无迹 ……… (991)
满江红　尘土西风，便无限、凄凉行色 ……… (991)
满江红　天上飞琼，毕竟向、人间情薄 ……… (992)
满江红　折尽荼蘼，尚留得、一分春色 ……… (993)
满江红　天与文章，看万斛、龙文笔力 ……… (993)
满江红　绝代佳人，曾一笑、倾城倾国 ……… (994)
满江红　敲碎离愁，纱窗外、风摇翠竹 ……… (995)
满江红　倦客新丰，貂裘敝、征尘满目 ……… (996)
满江红　家住江南，又过了、清明寒食 ……… (997)
贺新郎　把酒长亭说 ……… (997)
贺新郎　老大犹堪说 ……… (998)
贺新郎　细把君诗说 ……… (1000)
贺新郎　凤尾龙香拨 ……… (1000)
贺新郎　柳暗清波路 ……… (1002)

水调歌头　寄我五云字，恰向酒边来 ……………………（1003）
水调歌头　酒罢且勿起，重挽史君须 ……………………（1004）
水调歌头　我饮不须劝，正怕酒尊空 ……………………（1005）
水调歌头　寒食不小住，千骑拥春衫 ……………………（1006）
水调歌头　头白齿牙缺，君勿笑衰翁 ……………………（1007）
水调歌头　上界足官府，公是地行仙 ……………………（1008）
念奴娇　少年握槊，气凭陵、酒圣诗豪馀事 ……………（1009）
念奴娇　倘来轩冕，问还是、今古人间何物 ……………（1010）
念奴娇　道人元是，道家风，来作烟霞中物 ……………（1011）
念奴娇　江南尽处，堕玉京仙子，绝尘英秀 ……………（1012）
念奴娇　疏疏淡淡，问阿谁、堪比天真颜色 ……………（1013）
水龙吟　断崖千丈孤松，挂冠更在松高处 ……………（1013）
水龙吟　倚栏看碧成朱，等闲褪了香袍粉 ……………（1014）
水龙吟　补陀大士虚空，翠岩谁记飞来处 ……………（1016）
水龙吟　稼轩何必长贫，放泉檐外琼珠泻 ……………（1017）
水龙吟　听兮清佩琼瑶些，明兮镜秋毫些 ……………（1018）
最高楼　相思苦，君与我同心 ……………………………（1019）
最高楼　吾衰矣，须富贵何时 ……………………………（1020）
最高楼　花好处，不趁绿衣郎 ……………………………（1020）
最高楼　金闺老，眉寿正如川 ……………………………（1021）
瑞鹤仙　黄金堆到斗 ……………………………………（1022）
汉宫春　行李溪头，有钓车茶具，曲几团蒲 ……………（1023）
沁园春　有酒忘杯，有笔忘诗，弄溪奈何 ………………（1024）
沁园春　一水西来，千丈晴虹，十里翠屏 ………………（1025）
归朝欢　我笑共工缘底怒，触断峨峨天一柱 ……………（1026）
水龙吟　举头西北浮云，倚天万里须长剑 ……………（1027）
水龙吟　只愁风雨重阳，思君不见令人老 ……………（1028）
卜算子　百郡怯登年，千里输流马 ………………………（1028）
江神子　梨花著雨晚来晴 ………………………………（1029）
江神子　宝钗飞凤鬓惊鸾 ………………………………（1029）

鹧鸪天　著意寻春懒便回，何如信步两三杯 …………………（1030）
鹧鸪天　水底明霞十顷光 ……………………………………（1031）
鹧鸪天　漠漠轻云拨不开，江南细雨熟黄梅 …………………（1031）
鹧鸪天　有甚闲愁可皱眉，老怀无绪自伤悲 …………………（1032）
鹧鸪天　山上飞泉万斛珠，悬崖千丈落鼪鼯 …………………（1032）
鹧鸪天　莫避春阴上马迟，春来未有不阴时 …………………（1033）
鹧鸪天　白苎新袍入嫩凉，春蚕食叶响回廊 …………………（1033）
鹧鸪天　莫上扁舟向剡溪，浅斟低唱正相宜 …………………（1034）
鹧鸪天　千丈阴崖百丈溪，孤桐枝上凤偏宜 …………………（1034）
鹧鸪天　陌上柔桑破嫩芽，东邻蚕种已生些 …………………（1035）
鹧鸪天　春日平原荠菜花，新耕雨后落群鸦 …………………（1036）
鹧鸪天　千丈清溪百步雷，柴门都向水边开 …………………（1036）
鹧鸪天　攲枕婆娑两鬓霜，起听檐溜碎喧江 …………………（1037）
西江月　明月别枝惊鹊，清风半夜鸣蝉……………………（1037）
菩萨蛮　淡黄弓样鞋儿小，腰肢只怕风吹倒 …………………（1038）
菩萨蛮　锦书谁寄相思语，天边数遍飞鸿数 …………………（1038）
菩萨蛮　阮琴斜挂香罗绶，玉纤初试琵琶手 …………………（1038）
朝中措　年年金蕊艳西风，人与菊花同……………………（1039）
鹊桥仙　小窗风雨，从今便忆，中夜笑谈清软 ………………（1039）
鹊桥仙　松冈避暑，茅檐避雨，闲去闲来几度 ………………（1040）
临江仙　风雨催春寒食近，平原一片丹青 ……………………（1040）
临江仙　住世都无菩萨行，仙家风骨精神……………………（1041）
定风波　山路风来草木香，雨馀凉意到胡床 …………………（1041）
定风波　听我尊前醉后歌，人生亡奈别离何 …………………（1042）
定风波　仄月高寒水石乡，倚空青碧对禅床 …………………（1042）
定风波　昨夜山公倒载归，儿童应笑醉如泥 …………………（1043）
定风波　春到蓬壶特地晴，神仙队里相公行 …………………（1044）
定风波　百紫千红过了春，杜鹃声苦不堪闻 …………………（1044）
浣溪沙　侬是嵚崎可笑人，不妨开口笑时频 …………………（1045）
浣溪沙　梅子熟时到几回，桃花开后不须猜 …………………（1045）

浣溪沙 百世孤芳肯自媒,直须诗句与推排 ……………… (1046)
浣溪沙 未到山前骑马回,风吹雨打已无梅 ……………… (1046)
杏花天 牡丹比得谁颜色,似宫中、太真第一 ……………… (1046)
鹊桥仙 风流标格,惺忪言语,真个十分奇绝 ……………… (1047)
鹊桥仙 八旬庆会,人间盛事,齐劝一杯春酿 ……………… (1047)
鹊桥仙 豸冠风采,绣衣声价,曾把经纶少试 ……………… (1048)
鹊桥仙 轿儿排了,担儿装了,杜宇一声催起 ……………… (1048)
虞美人 一杯莫落吾人后,富贵功名寿……………… (1049)
虞美人 翠屏罗幕遮前后,舞袖翻长寿……………… (1049)
虞美人 夜深困倚屏风后,试请毛延寿……………… (1050)
虞美人 群花泣尽朝来露,争奈春归去……………… (1050)
蝶恋花 意态憨生元自好 ……………… (1051)
蝶恋花 谁向椒盘簪彩胜 ……………… (1051)
蝶恋花 老去怕寻年少伴 ……………… (1052)
蝶恋花 莫向城头听漏点 ……………… (1053)
感皇恩 七十古来稀,人人都道 ……………… (1053)
一枝花 千丈擎天手,万卷悬河口 ……………… (1054)
永遇乐 紫陌长安,看花年少,无限歌舞 ……………… (1054)
御街行 山城甲子冥冥雨,门外青泥路……………… (1055)
御街行 阑干四面山无数,供望眼、朝与暮 ……………… (1056)
生查子 溪边照影行,天在清溪底 ……………… (1056)
渔家傲 道德文章传几世,到君合上三台位……………… (1057)
好事近 彩胜鬥华灯,平地东风吹却 ……………… (1057)
好事近 和泪唱阳关,依旧字娇声稳 ……………… (1058)
行香子 归去来兮 ……………… (1058)
南歌子 玄入参同契,禅依不二门 ……………… (1059)
南歌子 世事从头减,秋怀彻底清 ……………… (1059)
清平乐 此身长健,还却功名愿 ……………… (1060)
清平乐 诗书万卷,合上明光殿 ……………… (1060)
清平乐 清溪奔快,不管青山碍 ……………… (1060)

浪淘沙 金玉旧情怀，风月追陪 ……………………（1061）
浪淘沙 不肯过江东，玉帐匆匆 ……………………（1061）
虞美人 当年得意如芳草，日日春风好……………………（1062）
新荷叶 物盛还衰，眼看春叶秋萁 ……………………（1063）
生查子 青山非不佳，未解留侬住 ……………………（1064）
西江月 宫粉厌涂娇额，浓妆要压秋花……………………（1064）
糖多令 淑景鬥清明，和风拂面轻 ……………………（1064）
王孙信 有得许多泪，又闲却、许多鸳被 ……………………（1065）
一剪梅 记得同烧此夜香 ……………………（1066）
一剪梅 独立苍茫醉不归 ……………………（1066）
玉楼春 往年宠炊堂前路 ……………………（1067）
玉楼春 山行日日妨风雨，风雨晴时君不去 ……………………（1067）
玉楼春 人间反覆成云雨，凫雁江湖来又去 ……………………（1068）
南乡子 好个主人家，不问因由便去嗏……………………（1068）
南乡子 隔户语春莺，才挂帘儿敛袂行……………………（1069）
忆王孙 登山临水送将归，悲莫悲兮生别离 ……………………（1069）
柳梢青 姚魏名流 ……………………（1070）
惜分飞 翡翠楼前芳草路，宝马坠鞭曾驻 ……………………（1070）
六州歌头 西湖万顷，楼观矗千门 ……………………（1070）
六州歌头 晨来问疾，有鹤止庭隅 ……………………（1072）
满江红 宿酒醒时，算只有、清愁而已 ……………………（1073）
满江红 几个轻鸥，来点破、一泓澄绿 ……………………（1074）
永遇乐 投老空山，万松手种，政尔堪叹 ……………………（1075）
兰陵王 一丘壑，老子风流占却 ……………………（1075）
蓦山溪 饭蔬饮水，客莫嘲吾拙 ……………………（1077）
蓦山溪 小桥流水，欲下前溪去 ……………………（1077）
满庭芳 倾国无媒，入宫见妒，古来颦损蛾眉 ……………………（1078）
满庭芳 西崦斜阳，东江流水，物华不为人留 ……………………（1079）
最高楼 花知否，花一似何郎 ……………………（1080）
最高楼 君听取，尺布尚堪缝 ……………………（1080）

江神子　乱云扰扰水潺潺 …………………………（1081）
木兰花慢　路傍人怪问，此隐者，姓陶不 ………………（1082）
木兰花慢　旧时楼上客，爱把酒、向南山 ………………（1083）
木兰花慢　可怜今夕月，向何处、去悠悠 ………………（1083）
声声慢　停云霭霭，八表同昏 …………………………（1084）
八声甘州　故将军、饮罢夜归来，长亭解雕鞍 …………（1085）
水调歌头　相公倦台鼎，要伴赤松游 ……………………（1086）
水调歌头　长恨复长恨，裁作短歌行 ……………………（1087）
水调歌头　我亦卜居者，岁晚望三闾 ……………………（1088）
水调歌头　四坐且勿语，听我醉中吟 ……………………（1089）
水龙吟　昔时曾有佳人，翩然绝世而独立 ………………（1089）
贺新郎　翠浪吞平野 …………………………………（1090）
贺新郎　觅句如东野 …………………………………（1092）
贺新郎　绿树听鹈鴂 …………………………………（1093）
贺新郎　甚矣吾衰矣 …………………………………（1095）
沁园春　我见君来，顿赏吾庐，溪山美哉 ………………（1097）
沁园春　杯汝来前，老子今朝，点检形骸 ………………（1098）
沁园春　杯汝知乎，酒泉罢侯，鸱夷乞骸 ………………（1099）
哨　遍　蜗角鬥争，左触右蛮，一战连千里 ……………（1100）
哨　遍　一壑自专，五柳笑人，晚乃归田里 ……………（1102）
念奴娇　未须草草，赋梅花，多少骚人词客 ……………（1103）
念奴娇　为沽美酒，过溪来、谁道幽人难致 ……………（1104）
感皇恩　富贵不须论，公应自有 ………………………（1105）
感皇恩　案上数编书，非庄即老 ………………………（1105）
感皇恩　七十古来稀，未为稀有 ………………………（1106）
南乡子　无处著春光，天上飞来诏十行 …………………（1106）
小重山　绿涨连云翠拂空，十分风月处，著衰翁 ………（1107）
婆罗门引　落花时节，杜鹃声里送君归 …………………（1108）
婆罗门引　绿阴啼鸣，阳关未彻早催归 …………………（1108）
婆罗门引　落星万点，一天宝焰下层霄 …………………（1109）

行香子 好雨当春，要趁归耕 ……………………………… (1110)
行香子 白露园蔬，碧水溪鱼 ……………………………… (1110)
行香子 云岫如簪，野涨挼蓝 ……………………………… (1111)
粉蝶儿 昨日春如、十三女儿学绣 ………………………… (1112)
锦帐春 春色难留，酒杯常浅 ……………………………… (1112)
夜游宫 几个相知可喜 ……………………………………… (1113)
浪淘沙 身世酒杯中，万事皆空 …………………………… (1113)
唐河传 春水，千里 ………………………………………… (1114)
西江月 人道偏宜歌舞，天教只入丹青 …………………… (1114)
西江月 万事云烟忽过，一身蒲柳先衰 …………………… (1115)
丑奴儿 少年不识愁滋味，爱上层楼，爱上层楼 ………… (1115)
破阵子 少日春风满眼，而今秋叶辞柯 …………………… (1115)
破阵子 宿麦畦中雉鷕，柔桑陌上蚕生 …………………… (1116)
定风波 少日犹堪话别离，老来怕作送行诗 ……………… (1117)
定风波 莫望中州叹黍离，元和圣德要君诗 ……………… (1117)
踏莎行 进退存亡，行藏用舍 ……………………………… (1118)
汉宫春 春已归来，看美人头上，袅袅春幡 ……………… (1119)
归朝欢 山下千林花太俗，山上一枝看不足 ……………… (1120)
玉蝴蝶 古道行人来去，香红满树，风雨残花 …………… (1121)
雨中花慢 旧雨常来，今雨不来，佳人偃蹇谁留 ………… (1121)
临江仙 一自酒情诗兴懒，舞裙歌扇阑珊 ………………… (1122)
临江仙 鼓子花开春烂漫，荒园无限思量 ………………… (1123)
玉楼春 三三两两谁家女，听取鸣禽枝上语 ……………… (1124)
南歌子 散髮披襟处，浮瓜沉李杯 ………………………… (1124)
品　令 更休说，便是个、住世观音菩萨 ………………… (1125)
武陵春 桃李风前多妩媚，杨柳更温柔 …………………… (1125)
鹧鸪天 聚散匆匆不偶然，二年遍历楚山川 ……………… (1125)
鹧鸪天 翰墨诸君久擅场 …………………………………… (1126)
鹧鸪天 万事纷纷一笑中 …………………………………… (1126)
鹧鸪天 点尽苍苔色欲空，竹篱茅舍要诗翁 ……………… (1127)

鹧鸪天　病绕梅花酒不空，齿牙牢在莫欺翁 ……………… (1127)
鹧鸪天　句里春风正剪裁，溪山一片画图开 ……………… (1128)
鹧鸪天　石壁虚云积渐高，溪声绕屋几周遭 ……………… (1128)
鹧鸪天　自古高人最可嗟，只因疏懒取名多 ……………… (1129)
鹧鸪天　掩鼻人间臭腐场，古来惟有酒偏香 ……………… (1129)
鹧鸪天　谁共春光管日华，朱朱纷纷野蒿花 ……………… (1130)
鹧鸪天　占断雕栏只一株，春风费尽几工夫 ……………… (1130)
鹧鸪天　翠盖牙签几百株，杨家姊妹夜游初 ……………… (1130)
鹧鸪天　浓紫深红一画图，中间更著玉盘盂 ……………… (1131)
鹧鸪天　老病那堪岁月侵，霎时光景值千金 ……………… (1131)
鹧鸪天　鸡鸭成群晚不收，桑麻长过屋山头 ……………… (1132)
鹧鸪天　不向长安路上行，却教山寺厌逢迎 ……………… (1132)
鹧鸪天　是处移花是处开，古今兴废几池台 ……………… (1133)
浣溪沙　寸步人间百尺楼，孤城春水一沙鸥 ……………… (1133)
浣溪沙　细听春山杜宇啼，一声声是送行诗 ……………… (1133)
浣溪沙　草木于人也作疏，秋来咫尺共荣枯 ……………… (1134)
浣溪沙　艳杏夭桃两行排，莫携歌舞去相催 ……………… (1134)
浣溪沙　酒面低迷翠被重，黄昏院落月朦胧 ……………… (1135)
浣溪沙　强欲加餐竟未佳，只宜长伴病僧斋 ……………… (1135)
浣溪沙　新葺茅檐次第成，青山恰对小窗横 ……………… (1136)
浣溪沙　花向今朝粉面匀，柳因何事翠眉颦 ……………… (1136)
浣溪沙　台倚崩崖玉灭瘢，青山却作捧心颦 ……………… (1137)
浣溪沙　总把平生入醉乡，大都三万六千场 ……………… (1137)
浣溪沙　北陇田高踏水频，西溪禾早已尝新 ……………… (1138)
新荷叶　曲水流觞，赏心乐事良辰 ……………… (1138)
生查子　漫天春雪来，才抵梅花半 ……………… (1139)
生查子　去年燕子来，帘幕深深处 ……………… (1139)
昭君怨　人面不如花面，花到开时重见 ……………… (1139)
乌夜啼　晚花露叶风条，燕飞高 ……………… (1140)
朝中措　年年团扇怨秋风，愁绝宝杯空 ……………… (1140)

朝中措　夜深残月过山房，睡觉北窗凉 ……………………（1141）
河渎神　芳草绿萋萋，断肠绝浦相思 ……………………（1141）
太常引　一轮秋影转金波，飞镜又重磨 ……………………（1141）
清平乐　少年痛饮，忆向吴江醒 ……………………（1142）
清平乐　东园向晓，阵阵西风好 ……………………（1142）
清平乐　春宵睡重，梦里还相送 ……………………（1143）
菩萨蛮　旌旗依旧长亭路，尊前试点莺花数 ……………………（1143）
菩萨蛮　画楼影蘸清溪水，歌声响彻行云里 ……………………（1143）
菩萨蛮　万金不换囊中术，上医元自能医国 ……………………（1144）
菩萨蛮　看灯元是菩提叶，依然会说菩提法 ……………………（1144）
菩萨蛮　游人占却岩中屋，白云只向檐头宿 ……………………（1145）
菩萨蛮　葛巾自向沧浪濯，朝来漉酒那堪著 ……………………（1145）
柳梢青　莫炼丹难 ……………………（1146）
贺新郎　濮上看垂钓 ……………………（1147）
贺新郎　下马东山路 ……………………（1148）
贺新郎　逸气轩眉宇 ……………………（1149）
贺新郎　路入门前柳 ……………………（1151）
贺新郎　曾与东山约 ……………………（1152）
贺新郎　拄杖重来约 ……………………（1153）
贺新郎　听我三章约 ……………………（1153）
贺新郎　高阁临江渚 ……………………（1154）
水龙吟　老来曾识渊明，梦中一见参差是 ……………………（1155）
水龙吟　被公惊倒瓢泉，倒流三峡词源泻 ……………………（1156）
水调歌头　木末翠楼出，诗眼巧安排 ……………………（1157）
水调歌头　万事几时足，日月自西东 ……………………（1158）
水调歌头　唤起子陆子，经德问何如 ……………………（1159）
水调歌头　十里深窈窕，万瓦碧参差 ……………………（1160）
水调歌头　高马勿捶面，千里事难量 ……………………（1161）
水调歌头　我志在寥阔，畴昔梦登天 ……………………（1162）
念奴娇　看公风骨，似长松磊落，多生奇节 ……………………（1163）

念奴娇　龙山何处，记当年高会，重阳佳节 …………（1164）
念奴娇　君诗好处，似邹鲁儒家，还有奇节 …………（1165）
新荷叶　曲水流觞，赏心乐事良辰 …………（1165）
新荷叶　种豆南山，零落一顷为萁 …………（1166）
婆罗门引　龙泉佳处，种花满县却东归 …………（1166）
行香子　少日尝闻，富不如贫 …………（1167）
江神子　簟铺湘竹帐垂纱 …………（1168）
江神子　两轮屋角走如梭 …………（1168）
沁园春　叠嶂西驰，万马回旋，众山欲东 …………（1169）
沁园春　甲子相高，亥首曾疑，绛县老人 …………（1170）
喜迁莺　暑风凉月，爱亭亭无数 …………（1171）
永遇乐　怪底寒梅，一枝雪里，直恁愁绝 …………（1171）
永遇乐　烈日秋霜，忠肝义胆，千载家谱 …………（1172）
归朝欢　万里康成西走蜀，药市船归书满屋 …………（1173）
瑞鹤仙　片帆何太急 …………（1174）
玉蝴蝶　贵贱偶然，浑似随风帘幌，篱落飞花 …………（1175）
满江红　我对君侯，长怪见、两眉阴德 …………（1176）
雨中花慢　马上三年，醉帽吟鞭，锦囊诗卷长留 …………（1176）
洞仙歌　婆娑欲舞，怪青山欢喜 …………（1177）
洞仙歌　旧交贫贱，太半成新贵 …………（1178）
洞仙歌　松关桂岭，望青葱无路 …………（1179）
鹧鸪天　欲上高楼去避愁，愁还随我上高楼 …………（1179）
鹧鸪天　一片归心拟乱云，春来谙尽恶黄昏 …………（1180）
卜算子　修竹翠罗寒，迟日江山暮 …………（1180）
卜算子　欲行且起行，欲坐重来坐 …………（1180）
卜算子　红粉靓梳妆，翠盖低风雨 …………（1181）
点绛唇　身后功名，古来不换生前醉 …………（1181）
谒金门　遮素月，云外金蛇明灭 …………（1182）
谒金门　山吐月，画烛从教风灭 …………（1182）
东坡引　玉纤弹旧怨，还敲绣屏面 …………（1182）

醉花阴　黄花谩说年年好，也趁秋光老 ………………（1183）
清平乐　清词索笑，莫厌银杯小 ………………（1183）
清平乐　灵皇醮罢，福禄都来也 ………………（1184）
清平乐　月明秋晓，翠盖团团好 ………………（1184）
醉翁操　长松，之风，如公 ………………（1184）
西江月　秀骨青松不老，新词玉佩相磨 ………………（1186）
丑奴儿　鹅湖山下长亭路，明月临关，明月临关，
几阵西风落叶干 ………………（1187）
破阵子　掷地刘郎玉斗，挂帆西子扁舟 ………………（1187）
破阵子　醉里挑灯看剑，梦回吹角连营 ………………（1188）
千年调　左手把青霓，右手挟明月 ………………（1189）
祝英台近　水纵横，山远近 ………………（1190）
祝英台近　绿杨堤，青草渡，花片水流去 ………………（1191）
江神子　看君人物汉西都 ………………（1191）
清平乐　云烟草树，山北山南雨 ………………（1191）
临江仙　莫笑吾家苍壁小，棱层势欲摩空 ………………（1192）
临江仙　记取年年为寿客，只今明月相随 ………………（1192）
临江仙　忆醉三山芳树下，几曾风韵忘怀 ………………（1193）
临江仙　夜语南堂新瓦响，三更急雨珊珊 ………………（1194）
南乡子　日日老莱衣，更解风流蜡凤嬉 ………………（1195）
玉楼春　有无一理谁差别，乐令区区犹未达 ………………（1195）
玉楼春　客来底事逢迎晚，竹里鸣禽寻未见 ………………（1196）
玉楼春　何人半夜推山去，四面浮云猜是汝 ………………（1197）
玉楼春　青山不会乘云去，怕有愚公惊著汝 ………………（1197）
玉楼春　少年才把笙歌盏，夏日非长秋夜短 ………………（1198）
玉楼春　君如九酝台黏盏，我似茅柴风味短 ………………（1198）
玉楼春　狂歌击碎村醪盏，欲舞还怜衫袖短 ………………（1198）
鹧鸪天　趁得东风汗漫游，见他歌后怎生愁 ………………（1199）
鹧鸪天　叹息频年廪未高，新词空贺此丘遭 ………………（1199）
鹧鸪天　戏马台前秋雁飞，管弦歌舞更旌旗 ………………（1200）

鹧鸪天 水荇参差动绿波,一池蛇影噤群蛙 ……………… (1200)
鹧鸪天 出处从来自不齐,后车方载太公归 ……………… (1201)
鹧鸪天 秋水长廊水石间,有谁来共听潺湲 ……………… (1201)
鹧鸪天 壮岁旌旗拥万夫,锦襜突骑渡江初 ……………… (1202)
鹧鸪天 上巳风光好放怀,故人犹未看花回 ……………… (1203)
鹧鸪天 去岁君家把酒杯,雪中曾见牡丹开 ……………… (1204)
鹊桥仙 溪边白鹭,来吾告汝 …………………………… (1204)
西江月 画栋新垂帘幕,华灯未放笙歌…………………… (1204)
西江月 风月亭危致爽,管弦声脆休催…………………… (1205)
西江月 贪数明朝重九,不知过了中秋…………………… (1206)
西江月 醉里且贪欢笑,要愁那得工夫…………………… (1206)
西江月 一柱中擎远碧,两峰旁倚高寒…………………… (1206)
西江月 堂上谋臣帷幄,边头猛将干戈…………………… (1207)
生查子 青山招不来,偃蹇谁怜汝 ……………………… (1207)
生查子 高人千丈崖,太古储冰雪 ……………………… (1208)
卜算子 盗跖倘名丘,孔子还名跖 ……………………… (1208)
卜算子 一个去学仙,一个去学佛 ……………………… (1208)
卜算子 一饮动连宵,一醉长三日 ……………………… (1209)
卜算子 刚者不坚牢,柔者难摧挫 ……………………… (1209)
卜算子 一以我为牛,一以吾为马 ……………………… (1210)
卜算子 夜雨醉瓜庐,春水行秧马 ……………………… (1210)
卜算子 珠玉作泥沙,山谷量牛马 ……………………… (1211)
卜算子 千古李将军,夺得胡儿马 ……………………… (1211)
哨 遍 池上主人,人适忘鱼,鱼适还忘水 …………… (1212)
兰陵王 恨之极,恨极销磨不得 ………………………… (1213)
贺新郎 著厌霓裳素 ……………………………………… (1215)
贺新郎 碧海成桑野 ……………………………………… (1215)
贺新郎 鸟倦飞还矣 ……………………………………… (1216)
贺新郎 肘后俄生柳 ……………………………………… (1217)
念奴娇 风狂雨横,是邀勒园林,几多桃李 …………… (1218)

念奴娇　洞庭春晚，旧传恐是，人间尤物 ……………………（1219）
念奴娇　是谁调护，岁寒枝、都把苍苔封了 ……………………（1219）
沁园春　老子平生，笑尽人间，儿女怨恩 ……………………（1220）
沁园春　有美人兮，玉佩琼琚，吾梦见之 ……………………（1221）
沁园春　我试评君，君定何如，玉川似之 ……………………（1222）
沁园春　我醉狂吟，君作新声，倚歌和之 ……………………（1222）
水调歌头　落日古城角，把酒劝君留 ……………………（1223）
水调歌头　官事未易了，且向酒边来 ……………………（1224）
水调歌头　千里渥洼种，名动帝王家 ……………………（1225）
水调歌头　千古老蟾口，云洞插天开 ……………………（1226）
水调歌头　文字觑天巧，亭榭定风流 ……………………（1227）
水调歌头　日月如磨蚁，万事且浮休 ……………………（1228）
水调歌头　说与西湖客，观水更观山 ……………………（1229）
水调歌头　万事一杯酒，长叹复长歌 ……………………（1229）
水调歌头　岁岁有黄菊，千载一东篱 ……………………（1230）
水调歌头　渊明最爱菊，三径也栽松 ……………………（1231）
满江红　美景良辰，算只是、可人风月 ……………………（1231）
满江红　点火樱桃，照一架、荼蘼如雪 ……………………（1232）
满江红　汉水东流，都洗尽、髭胡膏血 ……………………（1232）
满江红　风卷庭梧，黄叶坠、新凉如洗 ……………………（1233）
满江红　紫陌飞尘，望十里、雕鞍绣毂 ……………………（1234）
满江红　汉节东南，看驷马、光华周道 ……………………（1234）
满江红　半山佳句，最好是、吹香隔屋 ……………………（1235）
满江红　老子平生，原自有、金盘华屋 ……………………（1236）
满江红　两峡崭岩，问谁占、清风旧筑 ……………………（1236）
永遇乐　千古江山，英雄无觅，孙仲谋处 ……………………（1237）
归朝欢　见说岷峨千古雪，都作岷峨山上石 ……………………（1239）
瑞鹤仙　雁霜寒透幕 ……………………（1240）
声声慢　东南形胜，人物风流，白头见君恨晚 ……………………（1241）
汉宫春　秦望山头，看乱云急雨，倒立江湖 ……………………（1241）

汉宫春 亭上秋风,记去年袅袅,曾到吾庐 ……………………(1242)
汉宫春 心似孤僧,更茂林修竹,山上精庐 ……………………(1243)
汉宫春 达则青云,便玉堂金马,穷则茅庐 ……………………(1244)
洞仙歌 冰姿玉骨,自是清凉□ ……………………………(1245)
洞仙歌 贤愚相去,算其间能几 ……………………………(1245)
上西平 九衢中,杯逐马,带随车 …………………………(1246)
上西平 恨如新,新恨了,又重新 …………………………(1247)
婆罗门引 不堪鶗鴂,早教百草放春归 ……………………(1247)
千年调 卮酒向人时,和气先倾倒 …………………………(1248)
江神子 暗香横路雪垂垂 …………………………………(1249)
江神子 五云高处望西清 …………………………………(1249)
一剪梅 忆对中秋丹桂丛 …………………………………(1250)
踏莎行 夜月楼台,秋香院宇,笑吟吟地人来去…………(1250)
踏莎行 弄影阑干,吹香岩谷,枝枝点点黄金粟…………(1251)
踏莎行 吾道悠悠,忧心悄悄,最无聊处秋光到…………(1251)
定风波 金印累累佩陆离,河梁更赋断肠诗 ……………(1252)
定风波 野草闲花不当春,杜鹃却是旧知闻 ……………(1253)
破阵子 菩萨丛中惠眼,硕人诗里娥眉……………………(1253)
临江仙 小靥人怜都恶瘦,曲眉天与长颦…………………(1254)
临江仙 逗晓莺啼声昵昵,掩关高树冥冥…………………(1254)
临江仙 春色饶君白发了,不妨倚绿偎红…………………(1254)
临江仙 金谷无烟宫树绿,嫩寒生怕春风…………………(1255)
临江仙 手种门前乌桕树,而今千尺苍苍…………………(1255)
临江仙 手捻黄花无意绪,等闲行尽回廊…………………(1256)
临江仙 冷雁寒云渠有恨,春风自满余怀…………………(1256)
临江仙 六十三年无限事,从头悔恨难追…………………(1256)
临江仙 窄样金杯教换了,房栊试听珊珊…………………(1257)
临江仙 醉帽吟鞭花不住,却招花共商量…………………(1257)
临江仙 只恐牡丹留不住,与春约束分明…………………(1258)
临江仙 老去浑身无著处,天教只住山林…………………(1258)

临江仙　偶向停云堂上坐，晓猿夜鹤惊猜 …………………（1259）
蝶恋花　泪眼送君倾似雨 …………………………………（1259）
蝶恋花　燕语莺啼人乍远 …………………………………（1260）
蝶恋花　洗尽机心随法喜 …………………………………（1260）
蝶恋花　何物能令公怒喜 …………………………………（1261）
南乡子　何处望神州，满眼风光北固楼 …………………（1261）
鹧鸪天　别恨妆成白发新，空教儿女笑陈人 ……………（1262）
鹧鸪天　樽俎风流有几人，当年未遇已心亲 ……………（1262）
鹧鸪天　指点斋尊特地开，风帆莫引酒船回 ……………（1263）
鹧鸪天　困不成眠奈夜何，情知归未转愁多 ……………（1263）
鹧鸪天　梦断京华故倦游，只今芳草替人愁 ……………（1263）
鹧鸪天　一夜清霜变鬓丝，怕愁刚把酒禁持 ……………（1264）
鹧鸪天　木落山高一夜霜，北风驱雁又离行 ……………（1265）
鹧鸪天　抛却山中诗酒窠，却来官府听笙歌 ……………（1265）
鹧鸪天　桃李漫山过眼空，也宜恼损杜陵翁 ……………（1265）
鹧鸪天　晚岁躬耕不怨贫，只鸡斗酒聚比邻 ……………（1266）
鹧鸪天　鬓底青青无限春，落红飞雪谩纷纷 ……………（1267）
鹧鸪天　老退何曾说著官，今朝放罪上恩宽 ……………（1267）
鹧鸪天　绿鬓都无白发侵，醉时拈笔越精神 ……………（1268）
鹧鸪天　泉上长吟我独清，喜君来共雪争明 ……………（1268）
鹧鸪天　莫殢春光花下游，便须准备落花愁 ……………（1269）
瑞鹧鸪　暮年不赋短长词，和得渊明数首诗 ……………（1269）
瑞鹧鸪　声名少日畏人知，老去行藏与愿违 ……………（1269）
瑞鹧鸪　胶胶扰扰几时休，一出山来不自由 ……………（1271）
瑞鹧鸪　江头日日打头风，憔悴归来邴曼容 ……………（1271）
瑞鹧鸪　期思溪上日千回，樟木桥边酒数杯 ……………（1272）
玉楼春　无心云自来还去，元共青山相尔汝 ……………（1273）
玉楼春　瘦筇倦作登高去，却怕黄花相尔汝 ……………（1273）
玉楼春　风前欲劝春光住，春在城南芳草路 ……………（1274）
玉楼春　悠悠莫向文山去，要把襟裾牛马汝 ……………（1274）

玉楼春 琵琶亭畔多芳草，时对香炉峰一笑 ……………… (1275)
玉楼春 江头一带斜阳树，总是六朝人住处 ……………… (1275)
鹊桥仙 少年风月，少年歌舞，老去方知堪羡 ……………… (1276)
西江月 且对东君痛饮，莫教华发空催 ……………… (1276)
西江月 剩欲读书已懒，只因多病长闲 ……………… (1277)
西江月 金粟如来出世，蕊宫仙子乘风 ……………… (1277)
西江月 八万四千偈后，更谁妙语披襟 ……………… (1278)
西江月 粉面都成醉梦，霜髯能几春秋 ……………… (1278)
朝中措 年年黄菊滟秋风，更有拒霜红 ……………… (1279)
清平乐 溪回沙浅，红杏都开遍 ……………… (1279)
好事近 明月到今宵，长是不如人约 ……………… (1280)
好事近 云气上林梢，毕竟非空非色 ……………… (1280)
菩萨蛮 江摇病眼昏如雾，送愁直到津头路 ……………… (1281)
菩萨蛮 西风都是行人恨，马头渐喜归期近 ……………… (1281)
菩萨蛮 功名饱听儿童说，看公两眼明如月 ……………… (1281)
菩萨蛮 送君直上金銮殿，情知不久须相见 ……………… (1282)
菩萨蛮 人间岁月堂堂去，劝君快上青云路 ……………… (1282)
菩萨蛮 红牙签上群仙格，翠罗盖底倾城色 ……………… (1283)
菩萨蛮 君家玉雪花如屋，未应山下成三宿 ……………… (1283)
卜算子 万里籋浮云，一喷空凡马 ……………… (1284)
丑奴儿 晚来云淡秋光薄，落日晴天，落日晴天，
堂上风斜画烛烟 ……………… (1284)
丑奴儿 寻常中酒扶头后，歌舞支持，歌舞支持，
谁把新词唤住伊 ……………… (1284)
丑奴儿 此生自断天休问，独倚危楼，独倚危楼，
不信人间别有愁 ……………… (1285)
丑奴儿 近来愁似天来大，谁解相怜，谁解相怜，
又把愁来做个天 ……………… (1285)
丑奴儿 年年索尽梅花笑，疏影黄昏，疏影黄昏，
香满东风月一痕 ……………… (1285)

浣溪沙 寿酒同斟喜有馀，朱颜却对白髭鬚 ……………… (1286)
浣溪沙 歌串如珠个个匀，被花勾引笑和颦 ……………… (1286)
浣溪沙 父老争言雨水匀，眉头不似去年颦 ……………… (1286)
浣溪沙 这里裁诗话别离，那边应是望归期 ……………… (1287)
浣溪沙 妙手都无斧凿瘢，饱参佳处却成颦 ……………… (1287)
添字浣溪沙 句里明珠字字排，多情应也被春催 ………… (1288)
添字浣溪沙 记得瓢泉快活时，长年耽酒更吟诗 ………… (1288)
添字浣溪沙 日日闲看燕子飞，旧巢新垒画帘低 ………… (1289)
添字浣溪沙 杨柳温柔是故乡，纷纷蜂蝶去年场 ………… (1289)
减字木兰花 僧窗夜雨，茶鼎熏炉宜小住 ………………… (1289)
减字木兰花 昨朝官告，一百五年村父老 ………………… (1290)
醉太平 态浓意远，眉颦笑浅 ……………………………… (1290)
太常引 仙机似欲织纤罗，仿佛度金梭……………………… (1291)
太常引 论公耆德旧宗英，吴季子，百馀龄 ……………… (1291)
东坡引 君如梁上燕，妾如手中扇 ………………………… (1292)
东坡引 花梢红未足，条破惊新绿 ………………………… (1292)
恋绣衾 长夜偏冷添被儿，枕头儿、移了又移 …………… (1293)
杏花天 牡丹昨夜方开遍，毕竟是、今年春晚 …………… (1293)
柳梢青 白鸟相迎，相怜相笑，满面尘埃 ………………… (1293)
武陵春 走去走来三百里，五日以为期……………………… (1294)
谒金门 归去未，风雨送春行李 …………………………… (1294)
酒泉子 流水无情，潮到空城头尽白 ……………………… (1295)
霜天晓角 暮山层碧，掠岸西风急 ………………………… (1295)
点绛唇 隐隐轻雷，雨声不受春回护 ……………………… (1296)
生查子 梅子褪花时，直与黄梅接 ………………………… (1296)
生查子 悠悠万世功，矻矻当年苦 ………………………… (1296)
昭君怨 夜雨剪残春韭，明日重斟别酒……………………… (1297)
一落索 锦帐如云处，高不知重数 ………………………… (1297)
如梦令 燕子几曾归去，只在翠岩深处……………………… (1298)
生查子 一天霜月明，几处砧声起 ………………………… (1298)

满江红 老子当年，饱经惯、花期酒约 …………………… (1298)
菩萨蛮 与君欲赴西楼约，西楼风急征衫薄 ……………… (1299)
一剪梅 尘洒衣裾客路长 ………………………………… (1299)
一剪梅 歌罢尊空月坠西 ………………………………… (1299)
念奴娇 西真姊妹，料凡心忽起，共辞瑶阙 …………… (1300)
念奴娇 论心论相，便择术满眼，纷纷何物 …………… (1300)
念奴娇 妙龄秀发，湛灵台一点，天然奇绝 …………… (1301)
江城子 留仙初试砑罗裙 ………………………………… (1302)
惜奴娇 风骨萧然，称独立、群仙首 …………………… (1302)
眼儿媚 烟花丛里不宜他，绝似好人家………………… (1303)
如梦令 韵胜仙风缥缈，的皪娇波宜笑………………… (1303)
鹧鸪天 剪烛西窗夜未阑，酒豪诗兴两联绵 ………… (1304)
踏莎行 萱草齐阶，芭蕉弄叶，乱红点点团香蝶……… (1304)
出　塞 莺未老，花谢东风扫 …………………………… (1304)
谒金门 山共水，美满一千馀里 ………………………… (1305)
好事近 春动酒旗风，野店芳醪留客 …………………… (1305)
好事近 花月赏心天，抬举多情诗客 …………………… (1305)
好事近 春意满西湖，湖上柳黄时节 …………………… (1306)
水调歌头 客子久不到，好景为君留 …………………… (1306)
水调歌头 泰岳倚空碧，汶水卷云寒 …………………… (1307)
贺新郎 世路风波恶 ……………………………………… (1307)
渔家傲 风月小斋模画舫，绿窗朱户江湖样 ………… (1308)
霜天晓角 雪堂迁客，不得文章力 ……………………… (1309)
苏武慢 帐暖金丝，杯干云液，战退夜□飋飀 ……… (1309)
绿头鸭 叹飘零，离多会少堪惊 ………………………… (1310)
乌夜啼 江头三月清明，柳风轻 ………………………… (1311)
品　令 迢迢征路，又小舸、金陵去 …………………… (1311)
好事近 医者索酬劳，那得许多钱物 …………………… (1311)
金菊对芙蓉 远水生光，遥山耸翠，霁烟深锁梧桐 ……… (1312)
贺新郎 瑞气笼清晓 ……………………………………… (1312)

好事近 日日过西湖,冷浸一天寒玉 ……………………（1313）
生查子 百花头上开,冰雪寒中见 ……………………（1313）
水调歌头【补辑】 簪履竞晴昼,画戟插层霄 ……………（1314）
感皇恩【补辑】 露染武夷秋,千峦耸翠 ………………（1315）
蓦山溪【补辑】 画堂帘卷,驾燕双双语 ………………（1315）
存目词 ……………………………………………………（1316）

葛 郯

葛郯（？—1181），字谦问，归安（今浙江吴兴）人，葛仲胜之孙葛立方之侄。绍兴二十四年（1154）举进士第。乾道七年（1171），官常州通判。后为临川守。有《信斋词》一卷。

玉蝴蝶

和维扬晁侍郎寄伯强①

忆昨苕溪②，惯弄五亭月笛，四水烟蓑。何事毗檀门外③，马驻长坡。野花中、乱红杳霭④，小桥外、叠翠嵯峨⑤。且颜酡⑥。但存长袖⑦，舞倒婆娑⑧。　云何。主盟惠政，春行五马⑨，月皎千波。赢得宾僚，听隔墙、无事高歌。帐烟寒、瑞麟影堕，帘雾细、宝鸭香多⑩。试蹉跎⑪，一枰落日，又送樵柯⑫。

［注释］

①维扬：扬州。　晁侍郎：未详。　②苕溪：在浙江北部，有东西二源，东苕溪出自天目山南，西苕溪出自天目山北。　③毗檀：佛寺。　④杳霭：深远。　⑤嵯峨：高峻貌。　⑥颜酡：饮酒脸红。　⑦唐氏按："存"字原空格，从鲍校本《信斋词》。　⑧婆娑：停留。　⑨五马：古代太守出车，用五马。　⑩宝鸭：鸭形香炉。　⑪蹉跎：时间白白过去。　⑫"一枰"二句：传说晋时王质伐木至石室山，见童子数人下棋，童子以一物与质，质不觉饥。俄顷，童子曰："何不去？"质起视，斧柯尽烂。见南朝梁任昉《述异记》。

念奴娇

和　人

冯夷微怒[①]，被鲛人水府[②]，织成绡縠[③]。何处飞来双白鹭，点破一溪寒玉[④]。岸柳烟迷，海棠酒困，赢得春眠足。凭栏搔首，为谁消遣愁目。　遥想居士床头[⑤]，竹渠新雨，溜瓮中春醁[⑥]。不惜千钟为客寿，倒卧南山新绿[⑦]。晚月催归，春风留住，费尽纱笼烛，恍疑仙洞，梦游天柱林屋[⑧]。

[注释]

①冯夷：神话中水仙，即河伯。　②鲛人："南海外有鲛人，水居如鱼，不废鲛织，其眼能泣珠。"见晋张华《博物志·异人》。　③绡縠：生丝织成的薄绸。此处谓鲛绡。"南海出鲛绡纱，泉室（指鲛人）潜织，一名龙纱。其价百馀金。以为服，入水不濡。"见南朝梁任昉《述异记》。　④寒玉：清澈的水。　⑤居士：古称有才德而隐居的人。　⑥春醁：美酒。　⑦南山：庐山。"采菊东篱下，悠然见南山。"见晋陶渊明《饮酒》其四。　⑧天柱林屋：犹言昆仑仙境。"昆仑之山，有铜柱焉，其高入天，所谓天柱焉。"见汉东方朔《神异经·中荒经》。

念奴娇

和　人

阳关西路[①]，看垂杨客舍[②]，嫩浮波縠。宝马嘶风人渐远，隐隐歌声戛玉[③]。踏遍春山，归来高卧，笑濯沧浪足[④]。孤鸿天际，断霞摇曳心目。　香露飞入壶中[⑤]，仙家九酝[⑥]，酿百花醽醁[⑦]。一朵巫阳休怅望[⑧]，且看家山眉绿。歌罢风生，舞馀花颤，凤髓飘红烛。瑶台月冷[⑨]，夜归斗挂银屋[⑩]。

[注释]

①阳关:故址在甘肃敦煌西南。 ②垂杨客舍:"客舍青青柳色新。"见王维《送元二使安西》。 ③戛玉:形容声音清脆动听。 ④"笑濯"句:"沧浪之水浊兮,可以濯我足。"见《孟子·离娄上》。 ⑤壶中:"费长房者,汝南人也,曾为市掾。市中有老翁卖药……乃与俱入壶中,唯见玉堂严丽,旨酒甘肴,盈衍其中,共饮毕而出。"见《后汉书·方术传·费长房》。 ⑥九酝:"汉制,宗庙八月饮酎,用九酝太牢,皇帝侍祠。以正月旦作酒,八月成,名曰酎。一曰九酝,一曰醇酎。"见《西京杂记》卷一。 ⑦醽醁:美酒名。 ⑧一朵巫阳:谓巫山云。巫山女辞别楚王时曰:"妾在巫山之阳,高山之阻,旦为朝云,暮为行雨,朝朝暮暮,阳台之下。"见战国楚宋玉《高唐赋序》。 ⑨瑶台:神仙居处。 ⑩斗:谓北斗星。

洞仙歌

壬辰六月十二日纳凉[①]

璚楼十二[②],无限神仙侣。紫绂丹麾彩鸾驭[③]。步虚声杳霭[④],碧落天高,微云淡,点破瑶阶白露。 暗香来水阁,冰簟纱厨[⑤]。一枕风轻自无暑。更上水精帘,斗挂阑干,银河浅、天孙将渡[⑥]。终不如、归去在苕川[⑦],看千顷菰蒲,乱鸣秋雨。

[注释]

①壬辰:宋孝宗乾道八年(1172)。 ②璚楼十二:"昆仑山城上安金台五所,玉楼十二所。"见汉东方朔《海内十洲记》。璚,同"琼"。 ③彩鸾:"太和末,有书生文箫入(游帷)观,睹一姝甚丽,吟曰:'若能相伴陟仙坛,应得文箫驾彩鸾。'"见唐裴铏《传奇》。 ④步虚声:"却到瑶坛上头宿,应闻空里步虚声。"见唐张籍《送吴炼师归王屋》。 ⑤纱厨:纱帐。 ⑥天孙:"织女者,天女孙也。"见《史记·天官书》。 ⑦苕川:即苕溪,见《玉蝴蝶·和维扬晁侍郎寄伯强》。

洞仙歌

十三夜再赏月用前韵

藐姑仙子[①]，天外谁为侣。八极浮游气为驭[②]。看朝餐沆瀣[③]，暮饮醍醐[④]，瑶台冷[⑤]，吹落天九天风露。
翠空云幕净，宝鉴无尘，碧树秋来暗消暑。残夜水明楼，影落寒溪，行人起、沙头唤渡。任角声、吹落小梅花[⑥]，梦不到渔翁，一蓑烟雨。

[注释]

①藐姑仙子："藐姑射之山，有神人居焉。肌肤若冰雪，淖约若处子，不食五谷，吸风饮露。"见《庄子·逍遥游》。　②八极："八纮之外乃有八极。"见《淮南子·地形训》。　③沆瀣："飡六气而饮沆瀣。"见战国楚屈原《远游》。　④醍醐："从乳出酪，从酪出生酥，从生酥出熟酥，熟酥出醍醐，醍醐最上。"见《涅槃经·圣行品》。　⑤瑶台冷："瑶台月冷。"见《念奴娇·和人》。　⑥小梅花：指《落梅花》笛曲。"黄鹤楼中吹玉笛，江城五月落梅花。"见唐李白《与史郎中钦听黄鹤楼上吹笛》。

满庭霜

宴黄仲秉镇江守[①]

红叶飞时，青山缺处，云横秋影斜阳[②]。凤凰旌节，何事到吾乡。要见大江东去[③]，寒光静，水与天长。人争看，恩袍焕锦，新惹御炉香。　满城，夸盛事，两邦鼓吹，几部笙簧。看万红千翠，簇拥云裳。况是重阳近也，萸露紫、菊吐轻黄。休辞醉，明朝一枕，歌韵尚悠扬。

[注释]

①黄仲秉：未详。　②唐氏按："云"，吴昌绶校本引董本作"云"，原

作"泻"。　③大江东去:"大江东去,浪淘尽,千古风流人物。"见宋苏轼《念奴娇》。

满庭霜

述　怀

归去来兮[1],苕溪深处[2],上有苍翠千峰[3]。月桥烟墅,家在五湖东[4]。试觅桃花流水[5],鸡犬静、人迹才通。沙汀晚,一天云锦,飞下水精宫[6]。　两年,官事少,江梅雾暗,多稼云丰。把毗坛清梦[7],尽入诗筒。只欠芦花夜宿,金溪上、一苇秋风。蓑衣在,不辞重整。来作钓鱼翁。

[注释]

①归去来兮:"归去来兮,田园将芜胡不归。"见晋陶渊明《归去来兮辞》。　②苕溪:在浙江北部,有东西二源,东苕溪出自天目山南,西苕溪出自天目山北。　③唐氏按:"翠",从吴校。原空格。　④五湖:今太湖一带湖泊。　⑤桃花流水:"桃花流水鳜鱼肥。"见唐张志和《渔歌子》。　⑥水精宫:又作水晶宫,指四面环水的屋宇。　⑦毗坛:佛坛,佛寺。

满庭霜

和　前

归去来兮,家林不远,梦魂飞绕烟峰。洞房花木,只在小池东。谁道云深无路,小桥外、一径相通。功名小,从教群蚁,鏖战大槐宫[1]。　故人,书夜到,秫田百亩,已兆年丰。把乌程烂醉,不数郫筒[2]。醉后村歌社舞,团圞坐、一笑春风[3]。洪崖伴[4],定驱鸾鹤,时一访衰翁。

[注释]

①“从教”二句：传说淳于棼“梦醒，见槐树下有大蚁穴，内有城郭台殿之状，二大蚁及众多蚂蚁在其中，即槐安郡国”。见唐李公佐《南柯记》。此处以群蚁喻人世不值一顾。 ②“秫田”四句：“春秫作美酒，酒熟吾自斟。”见晋陶渊明《和郭主簿》诗。秫，稷之黏者。乌程：“吴兴乌程县酒有名。”见《吴地理志》。 郫筒：“酒忆郫筒不胜沽。”见唐杜甫《将赴成都草堂》。 ③团圞：团圆。 ④洪崖：传说中古代仙人，此处谓洪崖井。

满庭霜

再 和

归去来兮，心空无物，乱山不鬥眉峰。夜禅久坐，窗晓日升东。已绝乘槎妄想[1]，沧溪迴，不与河通。维摩室，从教花雨，飞舞下天空[2]。 何人，开宴豆，楚羹莼嫩，吴脍盘丰。看一声欸乃[3]，落日收筒。应笑红尘陌上，津亭暮、十里斜风。从今去，青鞋黄帽[4]，分付紫髯翁[5]。

[注释]

①乘槎：“旧说天河与海通，近世有人居海渚者，年年八月有浮槎去来，不失期。”见晋张华《博物志》。 ②“维摩”三句：“时维摩诘室有一天女，见诸大人，闻所说法，便现其身，即以天花散诸菩萨大弟子上。”见《维摩诘经·观众生品》。唐氏按：“飞舞”，原空格，从吴校。“空”，原作“宫”，从吴校。 ③欸乃：“欸乃一声山水绿。”见唐柳宗元《渔翁》诗。 ④青鞋黄帽：山野之人所穿戴。 ⑤紫髯翁：原指吴主孙权，有文才武略，此处自喻。

满江红

和吕居仁酬芮国瑞提刑[1]

家住苕西[2]，小池映、青山一曲。翠深里、猿呼鹤应，短墙低屋。麦影离离翻翠浪，泉声漉漉敲寒玉。怪夜来，有蚁出糟床[3]，篘新绿[4]。　和月种，南阳菊[5]。饶云买，淇园竹[6]。任蛮争触战[7]，世间荣辱。两目未消凭远恨，一筇费尽登山足。便棹舟、炊火荻花中，鲈鱼熟。

[注释]

①吕居仁:吕本中，字居仁，寿州(今安徽凤台)人，学者称为东莱先生。　②苕:苕溪。　③蚁:酒滓。　④篘:用竹篾编成的漉酒器。此处谓用篘漉酒。　⑤南阳菊:南阳郦县有甘谷，上有大菊菜，谷水得其滋液，饮此水者上寿百二三十。见《太平御览·风俗通》。　⑥淇园竹:"卫有淇园，出竹，在淇水之上。"见梁任昉《述异记》。淇园，故址在今河南淇县。　⑦蛮争触战:"有国于蜗之左角者曰触氏，有国于蜗之右角者曰蛮氏，时相与争地而战，伏尸数万，逐北，旬有五日而后返。"见《庄子·则阳》。

满江红

卷尽珠帘，楚天迥、阑干几曲[1]。最好是、瑶台归路[2]，月翻银屋。深院数杯风入座，高楼一喷云横玉[3]。看橘林、霜浅未全黄，犹悬绿。　悠然意，渊明菊[4]。真如指[5]，国师竹[6]。者是非识破[7]，都无荣辱。不管浮生如蝶梦[8]，从教万事添蛇足[9]。坐西昆、一笑八千秋，蟠桃熟[10]。

[注释]

①楚天:泛指南方天空。　②瑶台:华美的楼台。　③玉:玉笛。　④"悠然"二句:"采菊东篱下，悠然见南山。"见晋陶渊明《饮酒》其四。　⑤真如:"勿谓虚幻，故说为实。理非妄倒，故名真如。不同馀宗，离色心等。有实常法，名曰真如。"见《成唯识论》二。佛教指永恒常在的实体、实性。　⑥国师:高僧法常。北齐曾以法常为国师。　⑦者:这。　⑧蝶梦:"昔者庄周梦为蝴蝶，栩栩然蝴蝶也。……俄然觉，则蘧蘧然周也。不

知周之梦为蝴蝶，蝴蝶之梦为周与？”见《庄子·齐物论》。 ⑨添蛇足：楚舍人画地为蛇，一人蛇先成，曰：“吾能为之足。”见《战国策·齐策》。 ⑩“坐西昆”二句：西昆为神仙西王母住处，所植蟠桃，三千年一开花，三千年一结果。

满江红

郢客高歌，犹未睹、阳春一曲①。多应是，连城有价②，闷藏华屋。但使章台无异意，何妨一见邯郸玉③。料锦囊、随客泛东溪④，凌波绿。　难独唱，篱边菊⑤。谁与咏，阶前竹。想秋光不久，又成虚辱。过雁不知蛩有恨，行夔应笑蚿无足⑥。愿为予、落笔走盘珠，争圆熟。

[注释]

①“郢客”二句：“客有歌于郢中者，其始曰《下里》、《巴人》，国中属和者数千人。……其为《阳春》、《白雪》，国中属和者不过数十人。”见战国楚宋玉《对楚王问》。 ②连城有价：“赵惠文王时，得楚和氏璧。秦昭王闻之，使人遗赵王书，愿以十五城请易璧。”见《史记·廉颇蔺相如列传》。 ③“但使”二句：“秦王坐章台见相如，相如奉璧见秦王。”见《史记·廉颇蔺相如列传》。 章台：秦宫殿。 邯郸玉：谓和氏璧。 邯郸：赵国都。 ④锦囊：“（李贺）每旦日出，与诸公游，恒从小奚奴骑距驴，背一古破锦囊，遇有所得，即书投囊中。”见唐李商隐《李贺小传》。此处喻富有才情者。 ⑤篱边菊：“采菊东篱下，悠然见南山。”见陶渊明《饮酒》其四。 ⑥“行夔”句：“夔怜蚿，蚿怜蛇。”见《庄子·秋水》。 夔：古代传说中如龙而一足的动物。 蚿：马蚿，一名马陆，百足。

念奴娇

年来衰懒，渐无心赏遍，目前佳趣。寂寂墙阴春荠老，不到先生鼎俎①。诗卷寻医，禅林结局，酒入昏田务。

山头云气，为谁来往朝暮。　犹有筇杖多情，扪萝踏石，堕半岩花雨。更向葭丛摇短艇，惊起飞鸿烟渚。横玉凄清[2]，焦桐古淡[3]，一笑忘千虑。更阑人静[4]，此声今在何处。

[注释]

①鼎俎：指烹煮和切割的用具。　②横玉：横笛。　③焦桐：谓焦尾琴。蔡邕所制。　④唐氏按："阑"，原作"闲"，从吴校引董本。

念奴娇

再和咏杜庵高君忻聚画屏[1]

蓬莱一岛[2]，卧长烟千柳，西溪幽趣。苜蓿盘中初日上[3]，不把胾臑充俎[4]。和月栽松，饶云买石，只此为家务。倚楹清啸[5]，断霞斜倚天暮。　闻道块磊浇胸[6]，槎枒肝肺[7]，动笔端风雨。壁上潇湘秋一帧[8]，影落荻花洲渚。暗浦潮生，寒砚雪化，无复风尘虑[9]。此时渔父，短蓑合在何处。

[注释]

①杜庵高君忻：未详。　②蓬莱一岛：喻仙境。　③"苜蓿"句：形容清苦生活。苜蓿，多年生草本。"朝旭上团团，照见先生盘。盘中何所有，苜蓿长阑干。"见《唐摭言》。　④胾：大块肉。　臑：猪前肢。　⑤清啸："(阮)籍尝于苏门山遇孙登，与商略终古及栖神导气之术，登皆不应，籍因长啸而退。至半岭，闻有声若鸾凤之音，响乎岩谷，乃登之啸也。"见《晋书·阮籍传》。此处谓隐士高雅情怀。　⑥块磊浇胸："王孝伯问王大：'阮籍何如司马相如？'王大曰：'阮籍胸中磊块，故须酒浇之。'"见《世说新语·任诞》。　⑦槎枒肝肺：五脏六腑布满槎枒，谓心中郁勃不平。　⑧壁上潇湘：谓画屏，乃潇湘秋色图。　⑨唐氏按："风"，原空格，从吴校。

江神子

亭亭鹤羽戏芝田[①]。看群仙，起青涟。绿盖红幢，千乘去朝天。留得瑶姬清夜舞[②]，人与月，鬥婵娟[③]。　凭阑有恨不堪言。倩谁传，曲声圆。写尽清愁，香弄晚风妍，不羡山头窥玉井[④]，花十丈，藕如船。

[注释]

①芝田：传说中仙人种芝草之地。"尔乃税驾乎蘅皋，秣驷芝田。"见三国魏曹植《洛神赋》。　②瑶姬：神话中巫山之女。　③婵娟：美好的样子。　④玉井："太华峰头玉井莲，花开十丈藕如船。"见韩愈《古意》诗。

江神子

粼粼白水护青田。想真仙，弄清涟。十里香风，吹下碧云天。月在草堂人未寝，松竹暗，水涓涓。　夜阑何事悄无言。怨空传，事难圆。欲借寒光，谁与伴清妍。待得凌波人肯住[①]，呼玉笛，劝金船[②]。

[注释]

①凌波人：谓美女。"凌波微步，罗袜生尘。"见三国魏曹植《洛神赋》。　②金船：大盛酒器。

鹧鸪天

咏野梅

千树家园锁旧津，谁移数点在孤村。海仙探蕊禽留影，楚客穿花蝶舞魂。　桥断港，水横门。残霞零落晚烟昏。只因留住三更月，暗里香来别是春。

鹧鸪天

万木家园雾暗津，不须踏影下前村。须知苕霅水云窟[1]，自有罗浮冰雪魂[2]。　横水馆，倚楼门。参旗有约共黄昏[3]。此中有句无人见，谁在樽前领略春。

[注释]

①苕霅：苕溪和霅溪。　②罗浮：谓梅花。相传隋时赵师雄迁罗浮，日暮，于松林酒肆中见一美人，因与至酒家共饮，醉寝。比醒，乃在梅花树下。见唐柳宗元《龙城录》。　③参旗：参，星名。参旗即天旗星。

洞仙歌

风摇丹髻，叶翦西岩树。岁律峥嵘又如许[1]。看千峰倒影，浮动觥船[2]，纱窗外，万幅鲛绡閛舞[3]。　五弦弹不尽[4]，碧落天高[5]，隐隐孤鸿向云度。送斜红敛尽，催上蟾钩[6]，金风细，点破瑶阶白露[7]。任笛声、吹残一帘秋，看人□栏□，暮云高处。

[注释]

①岁律：时序。　②觥船：大的盛酒器。　③鲛绡：相传为鲛人所织的薄纱。此处喻轻雾。　④五弦：琵琶。　⑤碧落天高："步虚声杳霭，碧落天高。"见《洞仙歌·壬辰六月十二日纳凉》。　⑥蟾钩：缺月。　⑦"点破"句："微云淡，点破瑶阶白露。"见《洞仙歌·壬辰六月十二日纳凉》。

洞仙歌

橹声伊轧[1]，影转云间树。试问扁舟在何许。正溪堂波动，沙渚蘋轻，渔翁醉，隔岸蓑衣对舞。　归来无一事，尊酒相逢，莫把光阴更虚度。看歌云杳霭[2]，香雾轻盈，银河转，笑浥芙蓉晓露。纵西风，黄叶满庭秋，也不碍凝眸，乱山多处。

[注释]

①伊轧:摇橹声。 ②杳霭:深远貌。

洞仙歌

丹青明灭[1]，霜著谁家树。满眼风光向谁许。送寒鸦万点，流水孤村[2]，归来晚，月影三人夜舞[3]。 金英秋已老，蜡缀寒葩[4]，空里时闻暗香度[5]。任一枝瓶小，数点钗寒，佳人笑，饮尽床头玉露。看纱窗、红日上三竿，把蝶影捎空，在花深处。

[注释]

①丹青:画图。 ②"送寒鸦"二句:"斜阳外、寒鸦万点，流水绕孤村。"见宋秦观《满庭芳》词。 ③"月影"句:"花间一壶酒，独酌无相亲。举杯邀明月，对影成三人。"见唐李白《月下独酌》。 ④蜡缀寒葩:谓桂花。 ⑤"空里"句:"竹影横斜水清浅，桂香浮动月黄昏。"见五代江为残句。

水调歌头

送唯斋之官回舟松江赋[1]

年来惯行役，楚尾又吴头[2]。餐霞吸露，何事佳处辄迟留。云听渔舟夜唱，花落牧童横笛，占尽五湖秋[3]。胡床兴不浅，人在庾公楼[4]。 绣帘卷，曲阑暝，翠鬟愁。森罗万象[5]，与渠诗里一时收。天设四桥风月，地会三洲山水，邀我伴沙鸥。明朝起归梦，一枕过蘋洲。

[注释]

①唯斋：未详。　②楚尾又吴头："豫章之地为楚尾吴头。"见宋祝穆《方舆胜览》。　③五湖：指太湖一带湖泊。　④"胡床"二句："亮在武昌，诸佐吏殷浩之徒，乘秋夜往共登南楼，俄而不觉亮至，诸人将起避之。亮徐曰：'诸君少住，老子于此处兴复不浅。'便据胡床与浩等谈咏竟坐。"见《晋书·庾亮传》。　⑤森罗万象："投子吃茶饮，谓师曰：'森罗万象，总在遮一碗里。'师便覆却茶曰：'森罗万象在什么处？'"见《景德传灯录》卷二十。

水调歌头

舟回平望，久之过乌戍，值雨少憩，向晚复晴，再用韵赋二首①

帆腹饱天际，树鬓渺云头。翠光千顷，为谁来去为谁留。疑是吴宫西子②，淡扫修眉一抹，妆罢玉奁秋。中流送行客，却立望层楼。　风色变，堤草乱，浪花愁。跳珠翻墨③，轰雷掣电几时收。应是阳侯薄相④，催我胸中锦绣⑤，清唱和鸣鸥。残霞似相贷，一缕媚汀洲。

[注释]

①平望：在江苏吴江西南四十五里，南与浙江嘉兴接界，为江浙两省水上往来之要冲。　乌戍：即桐庐之乌镇。　②西子：西施，为越国苎萝采薪者女，由越王勾践献与吴王夫差，为吴王夫差宠妃。　③跳珠翻墨："黑云翻墨未遮山，白雨跳珠乱入船。"见宋苏轼《六月二十七日望湖楼醉书》。　④阳侯：古代神话中波涛之神。　薄相：即白相、孛相，犹言游戏。参况周颐《蕙风词话续编》卷一。　⑤锦绣：形容文思之美。"兄心肝五藏，皆锦绣耶，不然何开口成文，挥翰雾散。"见唐李白《冬日于龙门送从弟京兆参军令问之淮南觐省序》。

水调歌头

青铜昏水面[①]，乌帽裹山头[②]。风涛如此，天公作意巧相留。常记垂虹晚渡，卧看菰蒲烟雨，屈指十三秋。恍若华胥梦[③]，无语下西楼[④]。　翠翻空，寒入座，不禁愁。五弦弹尽[⑤]，隐隐天末暮虹收。欲伴渔翁钓艇，欸乃一声江上[⑥]，寒碧点轻鸥。无人阻归兴，直欲迈长洲[⑦]。

［注释］

①青铜：青铜镜。此处喻水面。　②乌帽：黑帽。此处喻乌云。　③华胥梦："（黄帝）昼寝而梦，游于华胥氏之国。"见《列子·黄帝》。　④"无语"句："无言独上西楼，月如钩。"见南唐李煜《乌夜啼》词。　⑤五弦弹尽："五弦弹不尽。"见《洞仙歌》（风摇丹髻）。　⑥"欸乃"句："看一声欸乃，落日收筒。"见《满庭霜·再和》。　⑦长洲：今苏州。

兰陵王

和吴宣卿[①]

乱烟簇，帘外青山渐肃。莲房静，荷盖半残，欲放清涟媚溪绿。凭高送远目。飞起沧洲雁鹜[②]，寒窗静，茶碗未深，一枕胡床昼眠足[③]。　闲行问松菊[④]。今□雨谁家，空对银烛。箫声忽下瑶台曲[⑤]。看鹤舞风动，乌啼云起，何须舟内怨女哭。抱琴写幽独。　情触，会相续。况节近中元[⑥]，月浪翻屋[⑦]。长鲸愁晓寒蟾促。要百柁倾□，万花流玉。山肴倒尽，又空腹，鲙野蔌。

［注释］

①吴宣卿：未详。　②沧洲：滨水之地。　③胡床：一种可以折叠的轻便坐具。　④松菊："三径就荒，松菊犹存。"见晋陶渊明《归去来兮

辞》。　⑤瑶台曲:谓曲调优美,仿佛来自仙界。　⑥中元:农历七月十五日,为中元节。　⑦月浪翻屋:“最好是、瑶台归路,月翻银屋。”见《满江红》(卷尽珠帘)。

柳梢青

和　人

谢家池阁[①]。翠桁香浓[②],琐纱窗薄[③]。夜雨灯前,秋风笔下,与谁同乐。　主人许我清狂,奈酒量、从来最弱。颠倒冠巾,淋漓衣袂,醒时方觉。

［注释］

①谢家池阁:谢灵运“修营别业,傍山带江,尽幽居之美”。见《宋书·谢灵运传》。此处谓贵族园林。　②翠桁:彩绘之屋梁桁条。　③琐纱:绘有连环形花纹的窗纱。

柳梢青

空中雨阁。一段轻阴,翠铺林薄[①]。橘内仙翁[②],棋边公子[③],共成清乐。　主人有井留车[④],看席上、云轻柳弱[⑤]。斗转檐头[⑥],鸡鸣窗外,无人知觉。

［注释］

①林薄:草木丛生。　②橘内仙翁:传说有巴邛人收二橘,“剖开,每橘有二老叟,鬓眉皤然,肌体红润,皆相对象戏”。见唐牛僧孺《玄怪录·巴邛人》。　③棋边公子:“(谢)安遂命驾出山墅,亲朋毕集,方与(谢)玄围棋赌别墅。”见《晋书·谢安传》。　④井:汉陈遵好客。每将客人车辖投井中,不让离去。见《汉书·陈遵传》。　⑤云轻柳弱:喻歌女舞态之美。　⑥斗:北斗星。

朝中措

送蔡定夫[①]

双鞬锦领出山西[②]，戎幕护旌旗。横槊春风百咏，临淮夜月千卮[③]。　风流樽俎，琼花破艳[④]，红药攒枝[⑤]。赏尽竹西歌吹[⑥]，珠帘十里香迷[⑦]。

［注释］

①蔡定夫：蔡戡，仙游人，累官宝谟阁直学士。　②“双鞬”句：“秦汉已来，山东出相，山西出将。”见《汉书·赵充国辛庆忌传》。　双鞬锦领：武将装束。　③卮：酒杯。　④琼花：花名，叶柔而莹泽，花色微黄而有香。　⑤红药：即芍药。　⑥竹西歌吹：“谁知竹西路，歌吹是扬州。”见唐杜牧《题扬州禅智寺》诗。　⑦珠帘十里：“春风十里扬州路，卷上珠帘总不如。”见唐杜牧《赠别》诗。

感皇恩

风雨半摧残，一园花老，绿遍池塘夜来草。看花何处，莫被此花相恼。世间多少事，邯郸道[①]。　凭远下临，暗尘飞绕。数点烟中树、水村小。斜阳且住，为我花间留照[②]。从教红满地，何须扫。

［注释］

①邯郸道：此用邯郸道中黄粱梦之典，言人生虚幻。　②“斜阳”二句：“为君持酒劝斜阳，且向花间留晚照。”见宋祁《玉楼春》词。

感皇恩

花似镜中人，不堪衰老。空羡青青岸边草[①]。多情消瘦,更被无情相恼[②]。近来无限事,凭谁道。　　蝴蝶满园,丛边空绕。睡起流莺过、语声小。琐窗危坐,更被玉蟾相照[③]。夜阑梅影瘦,凭谁扫。

（以上吴讷《唐宋名贤百家词》本《信斋词》）

[注释]

①“青青”句:“青青河畔草,郁郁园中柳。”见《古诗十九首》。　②“多情”二句:“笑渐不闻声渐悄,多情却被无情恼。”见宋苏轼《蝶恋花》词。　③玉蟾:月光。

姚述尧

姚述尧，生卒不详，字进道，钱塘（今浙江杭州）人。绍兴二十四年（1154）登进士第。乾道四年（1168），知乐清县事。乾道九年（1173），权发遣处州。淳熙九年（1182），知鄂州，放罢。十五年（1188），被命知信州，旋改主管亳州明道宫。有《箫台公馀词》一卷。

太平欢

圣节赐宴[1]

蕤宾奏律[2]，正太平无事，欢娱时节。翘首箫台南望处[3]，两两寿星明彻[4]。和满乾坤，春回草木，瑞霭凝金阙[5]。钧天齐奏[6]，嵩呼隐隐三发[7]。　遥想帝里繁华[8]，庆父尧子舜[9]，赓歌胥悦[10]。黻座传觞仙仗里[11]，拜舞两阶英杰。愠解薰风[12]，恩覃湛露[13]，玉陛笙镛咽。溥天同庆[14]，年年沉醉花月。

［注释］

①圣节：皇帝生日。此处指宋孝宗生日。　②蕤宾：十二律中的第七律。　③箫台：箫台山，一名玉箫峰，在浙江乐清城西。　④寿星：即老人星，旧时此星象征长寿。　⑤金阙：皇宫。　⑥钧天：天上的音乐。　⑦嵩呼：旧时臣下祝颂皇帝，高呼万岁。　⑧帝里：京都。此处指行在临安。　⑨父尧子舜：比宋高宗赵构为唐尧，比宋孝宗赵昚为虞舜。　⑩赓歌胥悦：颂歌相悦。　⑪黻座：帝座。　⑫愠解薰风："南风之薰兮，可以解吾民之愠兮。"见《史记·乐书》集解。　⑬恩覃：恩泽广布。　湛露："湛露，天子燕诸侯也。"见《诗经·小雅·湛露》。　⑭溥天：普天。

满庭芳

赐坐再赋

酒泛恩波，香凝瑞彩，笙歌鼎沸华堂。簪缨济济[①]，拜手祝君王。好是重华盛世[②]，康衢里、争颂陶唐[③]。古今少，圣明相继，交劝万年觞。　　升平，无外事，穷天极地，俱沐恩光。更宫花齐戴，锦绣成行。愿捧蟠桃为寿[④]，对瑶宴、一曲山香[⑤]。尧天近[⑥]，葵倾心切[⑦]，相约共梯航[⑧]。

［注释］

①簪缨：谓达官贵人。　②重华：虞舜名，借指孝宗。　③"康衢"句：相传尧治天下五十年，微服游于康衢，闻儿童颂德之谣，喜。见《列子·仲尼》。　陶唐：即陶唐氏，传说中远古部落名，尧乃其领袖。　④蟠桃：神话中仙桃，三千年一开花，三千年一结果。　⑤瑶宴：盛宴。　山香：古代曲名，即《舞山香》。　⑥尧天：理想中太平盛世。　⑦葵倾：如葵花向日而倾。　⑧梯航：梯山航海，跋涉而来。

念奴娇

次刘周翰韵[①]

山城秋早，听画角吟风，晓来声咽。梦断华胥人乍起[②]，冷浸一天霜月。灏气参横[③]，尘埃洗尽，玉管濡冰雪[④]，兴来吟咏，灵均谁谓今绝[⑤]。　　闻道潇洒王孙，对黄花清赏[⑥]，喜延佳客。一坐簪缨谭笑处[⑦]，全胜东篱山色[⑧]。酒兴云浓，诗肠雷隐[⑨]，饮罢须臾设。醉归凝伫，此怀还与谁说。

[注释]

①刘周翰：未详。　②华胥："（黄帝）昼寝而梦，游于华胥氏之国。"见《列子·黄帝》。　③灏气参横：浩气如参星横斜。　④玉管：谓毛笔。　⑤灵均：屈原字，指代诗人。　⑥黄花：菊花。　⑦簪缨：谓达官贵人。　谭笑：谈笑。　⑧东篱山色："采菊东篱下，悠然见南山。"见晋陶渊明《饮酒》其二。　⑨雷隐：雷声隐隐传来，形容诗才超卓。

念奴娇

冬日赏菊次前韵

霜风初过，正仙吏微吟、诗喉清咽。静对南山真赏处[①]，秋后一亭花月。翠簇香茵，光摇金胜[②]，玉女肌凝雪[③]。寒城无伴，烂然还自奇绝。　况有凫舄朋来[④]，拚金钱都罄，晚酣留客。应笑陶潜孤负了，多少傲霜馀色[⑤]。鲸饮方豪[⑥]，龙吟未已[⑦]，更著雕胡设[⑧]。清欢无限，醉归犹记前说。

[注释]

①南山：谓庐山，在江西。　②金胜：妇女首饰。　③玉女：喻菊。原注：花有黄白相间。　④凫舄："王乔者，河东人也。显宗世，为叶令。乔有神术，每月朔望，常自县诣台朝。帝怪其来数，而不见车骑，密令太史伺望之。言其临至，辄有双凫从东南飞来。于是候凫至举罗张之，但得一只舄焉。"见《后汉书·方术传·王乔》。朋，双。　⑤陶潜：陶渊明。傲霜馀色：即菊花。　⑥鲸饮："饮如长鲸吸百川。"见唐杜甫《饮中八仙歌》。　⑦龙吟：笙笛之声。　⑧雕胡：菰米饭。

念奴娇

九日作[①]

山城秋好，正西风淅淅[②]，登高时候。杖倚徘徊凝望处，翠叠万山如绣。云绕禾场，烽沉戎马，田野欢声凑。琴堂无事[3]，何妨同泛香溜。 况有庭下黄花，遍河阳、尽把金钱铺就[4]。一坐簪缨谭笑里[5]，尘脱风生清昼。饮罢龙山[6]，诗成彭泽[7]，灏气森星斗[8]。醉归凝伫[9]，美人时炷金兽[10]。

［注释］

①九日：农历九月初九日，为重阳节。 ②风淅淅："秋风淅淅吹我衣。"见唐杜甫《秋风》诗。 ③琴堂："宓子贱治单父，弹鸣琴，身不下堂而单父治。"见《吕氏春秋·开春论》。 ④河阳：县名，治所在今河南孟州西。 ⑤"一坐"句："一坐簪缨谈笑处。"见《念奴娇》（山城秋早）。 ⑥龙山："九月九日，（桓）温宴龙山，僚佐毕集。"见《晋书·孟嘉传》。 ⑦彭泽：陶渊明曾为彭泽令。 ⑧灏气森星斗："灏气参横。"见《念奴娇·次刘周翰韵》。 ⑨醉归凝伫："醉归凝伫，此怀还与谁说。"见《念奴娇·次刘周翰韵》。 ⑩金兽：兽形金属香炉。 原注：老杜九日诗，"万国皆戎马，酣歌泪欲垂。"

念奴娇

重九前二日登西塔观县治，用前韵[1]

江山清绝，正箫台花县[2]，霜秋时候。寻胜登高环望处，碧瓦参差铺绣。五岫藏云，两溪吞月[3]，古市渔盐凑。青帘斜飐，家家香泛丹溜。 况是东鲁风流[4]，看儒冠济济，垂天赋就[5]。陶令从容官事了，把菊高吟闲昼[6]。草鞠圜扉[7]，香凝燕寝，豪饮挥金斗[8]。公庭无事，珍祥休问驯兽[9]。

［注释］

①西塔：疑在乐清。 ②箫台：箫台山，一名玉箫峰，在浙江乐清城

西。 ③五岫、两溪：疑在乐清。 ④东鲁：春秋鲁国。此处借指乐清。 ⑤原注："时科举后邑中预荐者四人。" ⑥"陶令"二句：陶渊明辞彭泽令后，"尝九月九日无酒，摘菊盈把，坐其侧久。"见南朝宋檀道鸾《续晋阳秋》。 ⑦草鞠：以草人审讯囚犯，以圆木为狱户。喻为政宽松。 ⑧金斗：金勺，用以酌酒。 ⑨驯兽：原注，"鲁恭驯雉也。"

念奴娇

瑞 香

芸堂春早[1]，正芳苞紫萼，笼烟调雨。隐隐朝阳歌宴罢，拥出三千宫女。醉面匀红，香囊暗惹，鹊尾烟频炷[2]。庐山佳致，依然都在庭宇[3]。 因念一种天香，当年岩谷下，想难俦侣。一旦呈祥都占断，阆苑琼林歌舞[4]。瑞彩扶疏，锦笼绰约，兰蕙应羞妒。明朝胜赏，有谁同唱金缕[5]。

[注释]

①芸堂：书堂。 ②鹊尾：鹊尾炉。 ③庐山：一名匡山，在江西北部，耸立于鄱阳湖畔、长江之滨。 庭宇：庭院。 ④阆苑琼林：均指王家宫苑。 ⑤金缕：《金缕曲》。

念奴娇

梅词，厉主簿为梅溪先生寿[1]

早春时候，占百花头上，天香芳馥。寥廓寒分和气到，知是花神全毓[2]。独步前林，挽回春色，素节辉冰玉[3]。翛然一笑[4]，便应扫尽粗俗。 最爱潇洒溪头，孤标凛凛[5]，不与凡华逐。自是玉堂深处客[6]，聊寄疏篱茅屋。已报君王，为调金鼎[7]，直与人间足。更看难老，岁寒长友松竹[8]。

[注释]

①厉主簿:厉汪,东阳人,授永嘉主簿。 梅溪:王十朋号。王十朋,字龟龄,乐清人。 ②全毓:保全生育。 ③素节:清白的操守、气节。 ④翛然:自在貌。 ⑤孤标:清峻突出。 ⑥玉堂:仙人所居处。 ⑦调金鼎:“若作和羹,尔惟盐梅。”见《尚书·说命下》。 ⑧“岁寒”句:“岁寒独友松篁。”见曹冠《汉宫春·梅》。梅花耐寒开放,与经冬不雕之松、竹具有相同品格,故云。

水调歌头

中 秋

碧落暮云卷[1],玉宇静无尘[2]。宝阶露滴仙掌[3],秋气正平分。冷浸银河清澈,光射珠躔明灭[4],素女拥冰轮[5]。今夕桂华满[6],疑是别乾坤。 对清影,凌灏气,沃芳尊。凭高凝望,万里城阙尽铺银。偏照长门离恨[7],更搅西园诗思[8],何处不关情。此景年年好,莫惜醉归频。

[注释]

①碧落:高空。 ②玉宇:此处谓月中宫殿。 ③仙掌:即金掌。汉武帝“作柏梁铜柱,承露仙人掌之属”。见《史记·封禅书》。 ④珠躔:明星的轨迹。 ⑤素女:谓嫦娥。 冰轮:月亮。 ⑥桂华:谓月光。 ⑦长门离恨:“孝武皇帝陈皇后时得幸,颇妒,别在长门宫,愁闷悲思。”见汉司马相如《长门赋序》。 ⑧西园诗思:“公子敬爱客,终宴不知疲。清夜游西园,飞盖相追随。”见三国魏曹植《公宴》诗。西园在魏邺都,为魏文帝集文学侍从游宴、赏月之所。

水调歌头

七 夕[1]

三五半圆夜[2],二七素秋天[3]。银河耿耿,中渡绛节会星軿[4]。宝鹊喜传佳信[5]，丹凤欢迎仙仗，瑞彩映珠躔。此意天长久，不比在人间。　多情客，捧香饵，洁宾筵。殷勤拜舞，乞寿乞富乞团圆。宜与人人愿足，更看家家欢洽，喜气满江山。今夕莫辞醉，后会是来年。

[注释]

①七夕：农历七月初七夜。　②三五：十五日。"播五行于四时，和而后月生也，是以三五而盈，三五而阙。"见《礼记·礼运》。　③二七：十四日。"素秋二七，天汉指隅。"见刘桢《鲁都赋》。　④绛节：使者所持的红色符节。　星軿：使者的车。　⑤宝鹊："织女七夕当渡河，使鹊为桥。"见唐韩鄂《岁华纪丽》卷三引《风俗通》三。

水调歌头

酴　醾[1]

上苑暮春好[2]，烟雨正溟濛[3]。桃蹊冷落无语[4]，嫩绿翳残红。好是翠帡乍展[5]，喜见玉英初坼，裁剪费春工。绰约更娇软，轻飏万条风。　散轻馥，翻素艳，照晴空。佳人羞妒，竞把粉质鬥芳容。无限恼人风味，别有留春情韵[6]，都付酒杯中[7]。极目凭阑久，月影在墙东。

[注释]

①酴醾：荼醾。　②上苑：供帝王玩赏、打猎的园林。　③溟濛：迷濛。　④"桃蹊"句："桃李无言，下自成蹊。"见《史记·李将军列传》。　⑤翠帡：饰以翠羽的帐幕。　⑥原注："张商英《酴醾诗》云，'红雨万花供扫迹，玉英一笑独留春。'"　⑦原注："唐制，寒食日内宴群臣，赐酴醾酒。"

水调歌头

秩满告归，曾使君饯别，席间奉呈①

泽国正秋杪②，微雨洒江滨。凭高一望，万里多稼总如云。芳野壤歌鼎沸③，古市欢声辐凑④，尽是泰平人⑤。铃阁尽无事⑥，桃李满公门⑦。　恨瓜戍⑧，趣征驭，惜芳辰。高情耿耿，重别中夜沃清尊。不为兰亭感慨⑨，莫作楚狂醉倒⑩，谈笑自生春。明日送行处，忍顾翠眉颦。

[注释]

①秩满：任期已满。　曾使君：未详。　②秋杪：深秋。　③壤歌：击壤歌，太平颂歌。见晋皇甫谧《帝王世纪》。　④辐凑：集中。　⑤泰平：星相家以为天有三阶，谓之泰阶。三阶平，则阴阳和，风雨时。　⑥铃阁：谓州郡长官或将帅办公之地。　⑦桃李：喻贤士。　⑧瓜戍：指将士出外驻守。　⑨兰亭感慨："及其所至既倦，情随事迁，感慨系之矣。"见晋王羲之《兰亭集序》。　⑩楚狂："楚狂接舆歌而过孔子曰：'凤兮凤兮，何德之衰？……今之从政者殆而。'"见《论语·微子》。

洞仙歌

七　夕

金风玉露①，正清秋初霁，天上星郎夜游戏②。喜鹊儿、向织女报佳期③，停机杼④，草草便谐欢会。　情深悄无寤，云雨须臾⑤，刚被鸡人早惊起⑥。念岁岁年年，今夕之前，两下里、千山万水。到今夕、相逢又匆匆，愿地久天长，永无抛弃。

[注释]

①金风玉露：秋日风露。"由来碧落银河畔，可要金风玉露时。"见唐

李商隐《辛未七夕》诗。“金风玉露一相逢，便胜却人间无数。”见宋秦观《鹊桥仙》词。 ②星郎：谓牛郎星。 ③“喜鹊儿”句：“宝鹊喜传佳信。”见《水调歌头·七夕》。 ④停机杼：“迢迢牵牛星，皎皎河汉女。纤纤出素手，札札弄机杼。”见《古诗十九首》。 ⑤云雨：指男女欢爱。 ⑥鸡人：古代报晓之官。

南歌子

九日会黄子升、何诚夫、宋仲远、丁景之、熙叔、刘方叔、何伯明、戴子强、二赵主管及诸同舍席间作①

素节秋强半②，嘉名久最宜。霜风簌簌下天涯。幸有佳朋何惜、共登危。 月窟诸仙子③，天宫两白眉④。相逢不醉定无归。笑问黄花重约、是何时⑤。

[注释]

①黄子升：曾任州府判官。 何诚夫：名伯谨，官终国子司业。刘方叔，即刘镇。其他不详。 ②素节：秋令时节。“金风扇素节。”见晋张协《杂记》。 ③诸仙子：喻席间歌伎。 ④白眉：“马氏五常，白眉最良。”见《三国志·蜀书·马良传》。原指兄弟中才俊特出者。此处指席间富有才情者。 ⑤“笑问”句：“待到重阳日，还来就菊花。”见唐孟浩然《过故人庄》。

南歌子

呈府判删定黄子升

天宇霜风净①，雷封露气寒②。群贤高宴胜龙山③。中有仙翁绿鬓、更朱颜。 北阙心犹壮，④东篱兴未阑⑤。年年身健足清欢。后会不妨重约、醉长安⑥。

[注释]

①天宇:高空。 ②雷封:未详何地。 ③龙山:“九月九日,(桓)温宴龙山,僚佐毕集。”见《晋书·孟嘉传》。 ④唐氏按:老杜九日诗云,“北阙心长恋,西江首独回”。 ⑤“东篱”句:“采菊东篱下,悠然见南山。”见晋陶渊明《饮酒》其二。 ⑥长安:借指行在临安。

南歌子

九日次赵季益韵[1]

人在烟云里,山横碧落旁[2]。望中缥缈是仙乡,幸有佳朋何惜、醉斜阳[3]。 公子传杯速,骚人炼句忙。悠然此兴未能忘,似觉庭花、全胜去年黄。

[注释]

①赵季益:未详。 ②碧落:碧空。 ③“幸有”句:“幸有佳朋何惜、共登危。”见《南歌子·九日会黄子升等》。

南歌子

赵德全会同舍小集,屏间置山丹花红黄二枝,即席索词[1]

瑞彩迎朝日,柔枝绕庆云。谁将仙种下天阍[2],却笑葵杯榴火、俗纷纷[3]。 色映蔷薇水[4],光浮琥珀尊[5]。美人浴罢近黄昏[6],总把淡妆浓抹、鬥芳芬[7]。

[注释]

①赵德全:未详。 ②天阍:天帝的宫门。 ③葵杯榴火:葵花榴花。 ④蔷薇水:香水名,一名花露水。 ⑤琥珀尊:琥珀色玉杯。 ⑥美人浴罢:形容山丹花风姿。“春寒赐浴华清池,温泉水滑洗凝脂。侍儿扶起娇无力,始是新承恩泽时。”见唐白居易《长恨歌》。 ⑦淡妆浓抹:“欲把西湖比西子,淡妆浓抹总相宜。”见宋苏轼《饮湖上初晴后雨》诗。

南歌子

赠赵顺道[①]

咳唾琼珠璀，精神冰玉寒。不求名利不谈玄，明月清风相对、自怡然。　　潇洒真仙隐，繁华小洞天[②]。薰风飒飒度虞弦[③]，更拥姬姜何惜、醉华年[④]。

[注释]

①赵顺道：未详。　②洞天：洞中别有天地，谓仙境。　③薰风："南风之薰兮，可以解吾民之愠兮。"见《史记·乐书》集解。　虞弦：谓琴。"昔者（虞）舜作五弦之琴以歌《南风》。"见《礼记·乐记》。　④姬姜：贵族妇女。此处谓有身份之歌伎。

南歌子

圣节前三日小集于尉厅[①]

宾宴亲尧日，薰弦动舜风[②]。公馀无事乐年丰，多谢歌姬流盼、更情浓。　　气逼云天外，毫濡雪碗中。百篇斗酒兴何穷[③]，却笑东山无语、醉花丛[④]。

[注释]

①圣节：当今皇帝（宋孝宗）生日。　②薰弦动舜风："薰风飒飒度虞弦。"见《南歌子·赠赵顺道》。　③百篇斗酒："李白斗酒诗百篇，长安市上酒家眠。"见唐杜甫《饮中八仙歌》。　④东山无语："（谢）安家于会稽上虞县，优游山林六七年，闻征召不至。"见晋孙盛《晋阳秋》。

南歌子

王清叔会同舍赏莲花,席间命官奴索词[①]

罗盖轻翻翠[②],冰姿巧弄红。晚来习习度香风,疑是华山仙子、下珠宫[③]。　柳外神仙侣,花间锦绣丛。竞将玉质比芳容,笑指壶天何惜、醉千钟[④]。

[注释]

①王清叔:号星斋,开封人。官至太府卿。②罗盖:喻荷叶。③华山仙子:"西岳莲花山,迢迢见明星。素手把芙蓉,虚步蹑太清。"见唐李白《古风第十九》。④壶天:"(施存)学大丹之道……后遇张申为云台治官,常悬一壶如五升器大,变化为天地,中有日月如世间。"见《云笈七签·二十八治》。

南歌子

户掾陈宋鼒、法曹郑颉约新隆兴倅木蕴之同游西山,小饮于净社僧舍,席间作[①]

金谷貂蝉侣[②],东山锦绣丛[③]。管弦丝竹醉东风,漫逐流莺飞舞、乱红中。　清赏吾人事,诗情我辈钟。藤萝欲上更搘筇,笑指壶天烟绕、斗城东[④]。

[注释]

①陈宋鼎、郑颉等:未详。②金谷:金谷园,晋石崇别馆,在今河南洛阳西北。　貂蝉:指代达官贵人。③东山:晋谢安隐居之地,在今浙江上虞。　锦绣:指富贵者。④斗城:原注,"永嘉城名也。"

南歌子

时方自佥厅会议催科，事罢即作此游

误入红莲幕[①]，来依玉树丛[②]。也将尘迹寄东风，忙里偷闲同到、此山中。　迥野韶华丽[③]，晴岚秀色钟。凭高凝望倦扶筇，喜见今年和气、满南东[④]。

[注释]

①红莲幕："庾杲之出为王俭卫将军长史，时人呼俭府为芙蓉池。"见《南齐书·庾杲之传》。此处泛指幕府。　②玉树丛：谢安问子侄"何预人事"，谢玄曰："譬如芝兰玉树，欲使生于阶庭。"见晋裴启《语林》。此处指优秀人才会聚之地。　③迥野：远野。　韶华：春光。　④南东：原注，"诗云，'南东其亩。'时山间见麦禾方秀，故云。"

南歌子

雨过云峰净，天高水镜平。望中寸碧远山横，潇洒何郎相对、挹金觥[①]。　朱李沉寒碧，新瓜破玉英。浩然谈笑有馀情，醉舞何妨颓玉，倚飞琼[②]。

[注释]

①何郎："何平叔美姿仪，面至白，魏明帝疑其傅粉。正夏月，与热汤饼，既啖，大汗出，以朱衣自拭，色转皎然。"见《世说新语·容止》。此处指对饮者。　金觥：酒杯。　②颓玉："嵇叔夜之为人也，岩岩若孤松独立；其醉也，傀俄若玉山之将崩。"见《世说新语·容止》。　飞琼：相传为西王母侍女，此处指歌伎。

临江仙

山县登高真胜事，满筵当代英奇。黄花无语笑东篱[1]。龙山真鼠辈[2],巴岭漫羁栖[3]。　醉后风流情更好,笑谈落落珠玑。莫将乌帽任风吹[4]。动容皆是舞,出语总成诗。

[注释]

①“黄花”句:“全胜东篱山色。”见《念奴娇·次韵刘周翰》。　②龙山:“九月九日,(桓)温宴龙山,僚佐毕集。”见《晋书·孟嘉传》。　③“巴岭”句:“卧向巴山落月时,两乡千里梦相思。”见唐严武《九日巴岭答杜二见忆》诗。　④乌帽任风吹:“九月九日,(桓)温宴龙山……有风至,吹(孟)嘉帽堕地,嘉不觉之。”见《晋书·孟嘉传》。

临江仙

呈湘川使君丁郎中仲京[1]

佳节喜逢长久日[2],翩翩凫舄朋来[3]。霜清天宇绝纤埃[4]。遥怜巴岭月[5],拟上曲江台[6]。　怀县从容留客宴[7],追欢正好传杯。使君归骑莫相催。更拚明日醉,未放菊花开。

[注释]

①丁仲京:未详。　②“佳节”句:原注,“魏文帝与钟繇书曰:‘九月九日为阳数,而日月并应。俗嘉其名,以为宜于长久,故以享宴高会。是月律中无射,言群木庶草无有射地而生,惟菊纷然独荣。非夫含乾坤之淳和,体芬芳之淑气,孰能如此。故屈平悲冉冉之将老,思食秋菊之落英。辅体延年,莫斯之贵。谨奉一束,以助彭祖之术。’”　③“翩翩”句:“况有凫舄朋来。”见《念奴娇·冬日赏菊次前韵》。　④“霜清”句:原注,“老杜《九日》诗曰:天宇清霜净,公堂宿雾披。”　⑤“遥怜”句:原注,“严武有《九日巴岭答杜二见忆》诗云:‘卧向巴山落月时,两乡千里梦相思。’”　⑥“拟上”句:原注,“老杜有《九日曲江》诗云:‘重阳独酌杯中酒,抱病起登江上台。’”　⑦“怀县”句:原注,“见老杜《九日杨奉先会白水崔明府》诗。”

临江仙

雨中观瀑泉于白鹤僧舍

云度岩扉风振谷[①]，迅雷惊起蛟龙[②]。天威汹汹变晴空。搅翻银汉水，倾入宝莲宫。　雪浪奔冲凌翠麓，陇头低挂双虹。人间热恼尽消融。此流长不断，万折竟朝东。

［注释］

①岩扉：岩壁。　②蛟龙：神话中能发洪水的独角龙。此处喻湍急的瀑布。

临江仙

中秋夜雨次石敦夫韵[①]

万石家声夸第一[②]，清材更美姿容。笑谈落落与谁同[③]。烟分丹篆碧，香泛小槽红[④]。　准拟中秋圆月好，暮云忽翳晴空。共将清致敌西风。举头连玉兔[⑤]，乘兴沃金钟[⑥]。

［注释］

①石敦夫：石同福，字敦夫，吴县（今属江苏）人。原作仅存残句。　②万石：指高官厚禄之家。　③落落：豁达貌。　④“烟分”二句：原注，“石云：‘窥檐蟾影白，照坐烛花红。’”　⑤玉兔：谓月。　⑥金钟：盛酒器。

临江仙

前县尉吕次新自台城来访，酌酒为劝[①]

材刃纵横森武库，箫台旧日梅仙[②]。累陪簪盍醉花前。吴门归去后[3],一别动经年。　曾到赤城真隐处[4],飘飘风举龙蟠[5]。勒回俗驾向长安。好将医国手[6],从此活人间。

[注释]

①吕次新:未详。 ②箫台:箫台山。 梅仙:谓梅福,字子真,汉九江寿春人。传说王莽专政后为隐士,后成仙。 ③吴门归去:传说梅福隐居后,有人遇于会稽,已变姓名为吴市门卒。吕次新曾官县尉,梅福亦尝为南昌尉,故作如此联想。 ④赤城:赤城山,在今浙江天台。 ⑤风举龙蟠:形容矫健身姿。 ⑥医国手:"上医医国。"见《国语·晋语八》。

临江仙

九　日

橘绿橙黄秋正好[1],霜飙洗尽炎威[2]。园林木落望中奇。俊游方得意[3],楚客为谁悲[4]。　况有风流文字饮,何妨同醉东篱[5]。狂歌犹记少陵诗[6]。地偏初衣夹,山拥更登危。

[注释]

①"橘绿橙黄"句:"一年好景君须记,最是橙黄橘绿时。"见宋苏轼《赠刘景文》诗。 ②霜飙:秋风。原注:"江南多秋热,至九日后凉。" ③俊游:胜游。 ④"楚客"句:"悲哉秋之为气也,萧瑟兮草木摇落而变衰。"见战国楚宋玉《九辩》。 ⑤醉东篱:"陶潜尝九月九日无酒,(出)宅边菊丛中,摘菊盈把,坐其侧久。望白衣至,乃王弘送酒也。即便就酌,醉而后归。"见《宋书·陶潜传》。 ⑥狂歌:杜甫曾作《饮中八仙歌》。 少陵:杜甫自号少陵野老。

临江仙

乡人王元行调永嘉盐仓，到官一岁有奇，余继至。更再冬，王先受代，过乐清，置酒为别，席间作①

一去吴山三改火②，我来两见寒梅。君今先向斗城回③。尊前方重别，征骑莫相催。　　堪笑人生如逆旅，明年我亦言归。羡君平步到天涯。吴侬如有问④，为我说归期。

[注释]

①王元行：未详。　永嘉：温州之古称。　②吴山：一名胥山，在杭州西湖东南。　改火：时节改易。　③斗城：谓永嘉城，在浙江。　④吴侬：吴人代称。姚述尧为钱塘人，故云。

临江仙

送使君刘显谟归三衢①

忆昨曾将明使指，轺车踏遍东城②。重来游戏拥双旌。江山皆故部，英俊尽门生③。　　杖策翩然归去也，送行满坐簪缨④。尊前雨泪不胜情。曲终人散后，江上数峰青⑤。

[注释]

①刘显谟：未详。　三衢：浙江衢州。　②轺车：一马驾驶的轻便车。　③“英俊”句：原注，“时坐客预门生者六。”　④簪缨：指代达官贵人。　⑤“曲终”二句：“曲终人不见，江上数峰青。”见唐钱起《省试湘灵鼓瑟》。

浣溪沙

呈潮阳使君宋台簿敦书[①]

乳酒初颁菊正黄[②]，去年高宴近清光[③]。朝回犹带御炉香。　暂向花封陪客醉[④]，已闻芝检促归装[⑤]。昌黎宁许到潮阳[⑥]。

[注释]

①宋敦书：未详。　②"乳酒"句：原注，"羌人作马乳酒兼蒲萄压之，晋献帝时九日来献，因遍赐百僚。"　③清光：美好的风采。　④花封：花间。　封：畦陇。　⑤芝检：以芝泥钤印的朝廷文书。　⑥"昌黎"句："一封朝奏九重天，夕贬潮阳路八千。"见唐韩愈《左迁至蓝关示侄孙湘》诗。　昌黎：韩氏郡望。　潮阳：今广东潮安。

浣溪沙

青田赵宰席间作[①]

与客相从谒谢公[②]，芝田绛节拥仙翁[③]。数枝桃杏鬥香红。　醉眼斜拖春水绿，黛眉抵拂远山浓。此情都在酒杯中。

[注释]

①青田：县名，在浙江东南部，瓯江上游。　赵宰：未详。　②谢公：谓谢灵运，尝为永嘉太守，曾游青田石门。此处指代赵宰。　③芝田：古代神话中种芝草之地，此处指代青田。　绛节：古代使者所持红色节符。

[集评]

况周颐云："《浣溪沙·青田赵宰席间作》云：'醉眼斜拖春水绿，黛眉低拂远山浓。此情都在酒杯中。'……亦能为绮语、情语。"（《蕙风词话》卷二）

浣溪沙

赠王清叔县尉

两到蟾宫折桂枝[①]，经文纬武拟康时[②]。箫台仙隐漫游嬉[③]。 气宇棱棱吞梦泽[④]，笑谈落落璀珠玑[⑤]。何妨相对沃金卮[⑥]。

[注释]

①蟾宫折桂枝：郤诜曾云，“臣举贤良对策，为天下第一，犹桂林之一枝、昆山之片玉。”见《晋书·郤诜传》。此处谓应举及第。 ②经文纬武：谓文治武功。 ③箫台：箫台山。 ④梦泽：云梦泽，古大泽。 ⑤“笑谈”句：“笑谈落落与谁同。”见《临江仙·中秋夜雨次石敦夫韵》。 ⑥金卮：酒杯。

浣溪沙

渔父词

短棹翩翩绿一莎，碧潭深处几风波。晚来风定却高歌。 千尺丝纶随卷放，数声玉笛足清和。蝇头名利奈伊何[①]。

[注释]

①蝇头名利：“蜗角虚名，蝇头微利，算来着甚干忙。”见宋苏轼《满庭芳》词。

鹧鸪天

呈鄱阳使君何郎中伯谨[①]

玉宇无尘露气清[②]，凭高极目万山横。霜前白雁初传信[3],篱下黄花独有情[4]。　乌帽侧[5],紫萸馨。尊前醉舞拥飞琼[6]。明年此会知何处,不是鄱江是帝城[7]。

[注释]

①鄱阳:郡名,治所在江西鄱阳(今波阳)。　②"玉宇"句:"玉宇静无尘。"见《水调歌头·中秋》。　③"霜前"句:原注,"《笔谈》云:北方白雁似雁而小,秋深则来。白雁至则霜降,北人谓之霜信。老杜《九日》诗云:'殊方日落玄猿哭,旧国霜前白雁来。'"　④黄花:菊花。　⑤乌帽:闲居者所戴帽。　⑥飞琼:神话中西王母侍女,此处指代歌伎。　⑦唐氏按:一作"便合抟扶上玉京"。

鹧鸪天

王清叔具草酌赏梅棠,为作二绝句。清叔击节,隐括以《鹧鸪天》歌之

昨夜东风到海涯,繁红簇簇吐胭脂。恍疑仙子朝天罢,醉面匀霞韵更宜[1]。　欢未足,困相依。羞将兰麝污天姿。少陵可是风情薄,却为无香不作诗[2]。

[注释]

①原注:"《类说》云,花以海名者,皆自海外来。"　②"少陵"二句:杜甫集中无海棠诗。少陵,杜甫号少陵野老。

鹧鸪天

渴　雨

几阵萧萧弄雨风,片云微破月朦胧。田家侧耳听鸣鹳,寰海倾心想卧龙[1]。　尧日近,舜云浓[2]。圣仁天覆忍民穷。会看膏泽随车下[3],只恐诗人句未工。

[注释]

①卧龙：三国时诸葛亮号，此处谓才能杰出者。 ②“尧日”二句：谓太平盛世。尧，唐尧；舜，虞舜。传说中古代两位贤明君主。 ③膏泽：恩泽。

鹧鸪天

县有花名日日红，高仲坚席间作[①]

凤阙朝回晓色分，彩霞轻拂绛衣新[②]。炎乌影里年年好[③]，碧玉枝头日日春。 携翠斝[④]，对芳尊。东君著意属诗人[⑤]。夜深莫放西风入，频遣司花护锦茵。

[注释]

①高仲坚：未详。 ②“凤阙”二句：形容日日红的高贵气派。 ③炎乌：太阳。 ④翠斝：绿色酒器。 ⑤东君：春神。

瑞鹧鸪

王清叔赏海棠。翌日，赵顺道再翦数枝约同舍小集。且云：春已过半，桃杏皆飘零，惟此花独芳，尤不可孤。因索再赋

司花着意惜春光，桃杏飘零此独芳。一抹霞红匀醉脸，恼人情处不须香。 王孙好客成巢饮[①]，故翦繁枝簇画堂。后夜更将银烛照[②]，美人敛衽怯残妆。

[注释]

①原注：山谷《南昌集》云，“徐俭乐道隐于药肆中，家有海棠数窠，结巢其上，时引客巢饮于其间。” ②“后夜”句：“客散酒醒深夜后，更持红烛赏残花。”见唐李商隐《花下醉》。“只恐夜深花睡去，故烧高烛照红妆。”见宋苏轼《海棠》诗。

[集评]

况周颐云:"《瑞鹧鸪·赏海棠》云:'一抹霞红匀醉脸,恼人情处不须香。'……亦能为绮语、情语。"(《蕙风词话》卷二)

西江月

次蔡仲明韵[①]

红叶漫随风舞,黄花不畏霜凋。诗人把酒竞招招,更欲移尊藉草。　　醉里谪仙兴逸[②],夜深归骑声呶。孟公投辖未相饶[③],不放秋光便老。

[注释]

①蔡仲明:未详。　②谪仙:"太子宾客贺公于长安紫极宫一见余,呼余为谪仙人。因解金龟换酒为乐。"见李白《对酒忆贺监二首序》。　③投辖:"(陈)遵嗜酒,每大饮,宾客满堂。辄关门,取宾客车辖投井中。"见《汉书·陈遵传》。孟公,陈遵之字。

西江月

嫩绿烟笼碎玉,繁红日护香绡。故人去后恨迢迢,独倚危楼情悄。　　脉脉望穷云杪[①],看看月上花梢。懒添金鸭任烟消[②],杜宇一声春晓[③]。

[注释]

①脉脉:相视含情貌。　云杪:云端。　②金鸭:鸭形金属香炉。　③杜宇:子规鸟。

减字木兰花

井梧飞早,一雁横空天更好。才子寻幽,争把新诗断送秋。　浮生瞬没，莫为尘劳轻度日。倒载何妨[①]，唱彻凉州月在旁[②]。

[注释]

①倒载：山简每出游，多至池上，置酒辄醉。时有儿歌曰："山公出何许？往至高阳池。日夕倒载归，酩酊无所知。"见《晋书·山简传》。　②凉州：《凉州曲》。

减字木兰花

烟收云敛，极目遥岑三四点[①]。过了重阳，篱下残花未褪黄[②]。　郑庄好客[③]，故遣红妆飞大白[④]。月满回廊，饮散歌阑已断肠。

[注释]

①遥岑：遥望中的山，显得小而尖。　②篱下残花：谓菊花。　③郑庄：郑当时，字庄。"常置驿马长安诸郊，存诸故人，请谢宾客，夜以继日，至其明旦，常恐不遍。"见《史记·郑当时列传》。　④大白：大酒杯。

减字木兰花

千叶梅

暗香清绝，不比寻常枝上雪。细叠冰绡[①]，多谢天公快翦刀。　仙姿楚楚[②]，轻曳霓裳来帝所[③]。淡拂宫妆，瑞脑重铺片片香[④]。

[注释]

①冰绡：细洁雪白的丝织品。此处喻梅花。　②楚楚：鲜明整洁貌。　③霓裳："青云衣兮白霓裳。"见战国楚屈原《九歌·东君》。　④瑞脑：龙脑香。

减字木兰花

再用前韵

霜天奇绝，江上寒英重缀雪。簌簌轻绡，应是司花巧奏刀[①]。　东君清楚[②]，故把疏枝来酒所[③]。点点新妆，冷浸冰壶别有香[④]。

[注释]

①司花：司花女。　②东君：春神。　③原注："出西汉。"　④冰壶："直如朱丝绳，清如玉冰壶。"见南朝宋鲍照《白头吟》。

减字木兰花

厉万顷生日，时久旱得雨[①]

飞龙利见[②]，前夜君王方锡宴[③]。今日相逢，却向南阳起卧龙[④]。　果为霖雨，洗尽苍生炎夏苦。喜气匆匆，好向尊前醉晚风。

[注释]

①厉万顷：厉注，东阳人，授永嘉簿，迁知乐清县。　②飞龙利见："九五，飞龙在天，利见大人。"见《易经·乾》。飞龙指皇上。　③原注："时天申圣节宴后二日。"　④徐庶谓先帝刘备曰："诸葛孔明者，卧龙也，将军岂愿见之乎？"刘备曰："君与俱来。"徐庶曰："此人可就见，不可屈致也，将军宜枉驾顾之。"见《三国志·蜀书·诸葛亮传》。

减字木兰花

县斋见梅

天寒人静，啸倚胡床闲昼永[①]。春信初回，报道南枝昨夜开[②]。　　沉沉庭院[③]，独坐黄昏谁是伴。风过南墙，似觉天宫暗递香[④]。

[注释]

①胡床：可以折叠的轻便坐具。　②南枝："庾岭上梅花，南枝已落，北枝方开，寒暖之候异也。"见《六帖》。　③沉沉：深深。　④天宫：神话中天帝居处。

减字木兰花

圣节鼓子词

薰风解愠[①]，手握乾符躬揖逊[②]。廊庙无为[③]，天子亲传万寿卮。　　恩覃湛露[④]，和气欢声均海宇。嵩岳三呼[⑤]。父子唐虞今古无[⑥]。

[注释]

①薰风解愠："南风之薰兮，可以解吾民之愠兮。"见《史记·乐书》集解。　②乾符：符瑞，旧时指帝王受命于天的吉祥征兆。　③廊庙：指朝廷。　④恩覃湛露："愠解薰风，恩覃湛露，玉陛笙镛咽。"见《太平欢·圣节赐宴》。　⑤嵩岳三呼："嵩呼隐隐三发。"见《太平欢·圣节赐宴》。　⑥父子唐虞："遥想帝里繁华，庆父尧子舜，赓歌胥悦。"见《太平欢·圣节赐宴》。

减字木兰花

琴堂无事[①]，满酌金罍承帝祉[②]。乐奏箫韶[③]，更与封人共祝尧[④]。　　君王万岁，岁岁今朝歌既醉。主圣臣贤，从此鸿图万万年。

[注释]

①琴堂无事：县官之衙堂。　②金罍：酒杯。　帝祉：皇上福分。"既

受帝址,施于孙子。”见《诗经·大雅·皇矣》。 ③箫韶:相传舜时乐名。 ④封人:谓典守封疆之官。

如梦令

水 仙 用雪堂韵[①]

绰约冰姿无语[②],高步广寒深处[③]。香露浥檀心[④],拟到素娥云路[⑤]。仙去,仙去,莫学朝云暮雨[⑥]。

[注释]

①雪堂:苏轼在黄州所筑屋。原韵为《如梦令·有寄》。 ②绰约:柔美貌。 ③广寒:广寒宫,神话中月宫。 ④檀心:浅红色花心。 ⑤素娥:嫦娥。 ⑥朝云暮雨:指巫山神女。“旦为朝云,暮为行雨,朝朝暮暮,阳台之下。”见战国楚宋玉《高唐赋序》。

如梦令

雅淡轻盈如语,碧玉枝头娇处[①]。钩月衬凌波[②],仿佛湘江烟路[③]。凝伫,凝伫,不似梨花带雨[④]。

[注释]

①碧玉枝头:“碧玉枝头日日春。”见《鹧鸪天·县有花名日日红,高仲坚席间作》。 ②凌波:“凌波微步,罗袜生尘。”见三国魏曹植《洛神赋》。此处喻水仙为洛神。 ③湘江烟路:喻水仙为湘水之神。即湘夫人。 ④梨花带雨:“玉容寂寞泪阑干,梨花一枝春带雨。”见唐白居易《长恨歌》。

[集评]

况周颐云:“《如梦令·水仙用雪堂韵》云:‘钩月衬凌波,仿佛湘江烟路。’……亦能为绮语、情语。”(《蕙风词话》卷二)

如梦令

寿　茶

龙焙初分丹阙①，玉果轻翻琼屑②。彩仗挹香风③，搅起一瓯春雪④。清绝，清绝，更把兽烟频爇⑤。

[注释]

①龙焙：疑指福建产的龙团茶，由微火焙烘而成。　丹阙：宫禁内庭。　②玉果：未详。　琼屑：喻茶末。　③彩仗：喻匕匙一类食具，舀物和搅拌用。　④春雪：喻煮茶时浮起的白沫。　⑤兽烟："兽炉凝冷艳，罗幕蔽晴烟。"见唐杜牧《春思》诗。

点绛唇

兰　花

潇洒寒林，玉丛遥映竹篁底。凤簪斜倚，笑傲东风里。　一种幽芳，自有先春意。香风细，国人争媚，不数桃和李。

点绛唇

双柑扇

金碧交辉，江陵千树天然富①。寒林争秀，独向霜风后。　写入冰纨②，两两情何厚。同携久，凉生清昼，香满佳人手。

[注释]

①"江陵"句："（李）衡每欲治家，妻辄不听。后密遣客十人，于武陵龙阳泛州上作宅，种甘橘千株。临死，敕其子曰：'汝母恶吾治家，故穷如是。然吾州里有千头木奴，不责汝衣食。岁上一区绢，亦可是用耳。'"见

《三国志·吴书·孙休传》裴松之注引《襄阳记》。 ②冰纨:细洁雪白的丝织品,此处谓扇面。

点绛唇

月夜独坐赏岩桂

夜桂飘香,西风淅淅寒窗悄①。素娥相照②,倍觉秋光好。 花本无情,刚被诗情恼③。知音少④,为花歌笑,醉向花前倒。

[注释]

①西风淅淅:西风萧瑟。 ②素娥:指代月亮。 ③刚被诗情恼:"清赏吾人事,诗情我辈钟。"见《南歌子》(金谷貂蝉侣)。 ④知音:"伯牙鼓琴,钟子期听之。方鼓琴而志在太山,钟子期曰:'善哉乎鼓琴,巍巍乎若太山!'少选之间,而志在流水,钟子其又曰:'善哉乎鼓琴,汤汤乎若流水!'钟子期死,伯牙破琴绝弦,终身不复鼓琴,以为世无足复为鼓琴者。"见《吕氏春秋·本味》。

点绛唇

玉叶金英,倩谁移下蟾宫树①。香风飘度,满院飞黄雨②。 独倚寒林,搜尽高人句。关情处,素娥无语③,的皪枝头露④。

[注释]

①蟾宫树:"旧言月中有桂,有蟾蜍。故异书言月桂高五百丈,下有一人常斫之,树创随合。"见唐段成式《酉阳杂俎·天咫》。 ②黄雨:即"金英",喻桂花。 ③素娥:谓嫦娥。 ④的皪:光亮鲜明貌。

行香子

抹利花[①]

天赋仙姿，玉骨冰肌[②]。向炎威、独逞芳菲。轻盈雅淡[③]，初出香闺。是水宫仙，月宫子，汉宫妃。　清夸薝蔔[④]，韵胜酴醾。笑江梅、雪里开迟。香风轻度，翠叶柔枝。与玉郎摘，美人戴，总相宜。

[注释]

①抹利花：即茉莉花。　②玉骨冰肌：形容女子肌肤洁白清润。此处喻花。　③轻盈雅淡："雅淡轻盈如语。"见《如梦令·水仙用雪堂韵其二》。　④薝蔔：郁金花。

[集评]

况周颐云："《行香子·抹利花》云：'香风轻度，翠叶柔枝。与玉郎摘，美人戴，总相宜。'……亦能为绮语、情语。"（《蕙风词话》卷二）

朝中措

满城风雨近重阳[①]，小院更凄凉。遥想东篱山色，今年花为谁黄[②]。　何况载酒，登高落帽[③]，物外徜徉。都把渊明诗思，消磨□□□□。

[注释]

①"满城"句："谢无逸尝从潘邠老求近作，邠老答曰：'秋来景物，件件是佳句，恨为俗气所蔽。昨日清卧，闻搅林风声，欣然起，题其壁曰：满城风雨近重阳。忽催租人至，遂败意，止此一句奉寄。"见宋费衮《梁溪漫志·潘邠老重阳句》。　②"遥想"二句："全胜东篱山色。"见《念奴娇·次刘周翰韵》。"篱下黄花独有情。"见《鹧鸪天·呈鄱阳使君何郎中伯谨》。　③登高落帽：用孟嘉龙山落帽典。

南乡子

九日黄删定再索席间作[1]

秋水莹精神，靖节先生太逼真[2]。谈麈生风霏玉屑[3]，津津。爽气泠然欲浸人。　一坐尽生春，满引琼觞已半醺[4]。更把黄花寿彭祖[5]，盈盈。数阕新声又遏云[6]。

[注释]

①黄删定：似是黄子升。“素节秋强半”。见《南歌子》。　②靖节先生：陶渊明死后友朋所赠谥号。　③谈麈生风：“每来促谈麈，风生麈竹枝。”见宋黄庭坚《次韵奉送定公》诗。谈麈，古人讲谈时所执麈尾。　霏玉屑：如碎玉飞散。　④琼觞：玉杯。　⑤原注：“事出魏文帝书。”按，即三国魏曹丕《与钟繇书》，内有“谨奉一束，以助彭祖之术”之语。　⑥遏云：形容歌声嘹亮。“抚节悲歌，声振林木，响遏行云。”见《列子·汤问》。

忆秦娥

曹季明休沐日，会同舍小酌，命爱女奏琴于帘间，索词。醉中口占[1]

珠帘深，玉人天上传清音[2]。传清音，云横新雁，梅落寒林[3]。　□□□□□□□□□，□□□□□□□。□□□。谢家庭院[4]，寿酒频斟。

[注释]

①曹季明：未详。琴(qín)：弦乐器，如筝，有七弦。　②玉人：美人，指曹季明爱女。　③原注：“琴声奏梅花词。”　④谢家庭院：“别梦依稀到谢家，小廊回合曲阑斜。多情只有春庭月，犹为离人照落花。”见唐张泌《寄人》诗。

丑奴儿

王清叔赠梅花见索

山城寂寞浑无绪，兀坐黄昏[①]，多谢东君[②]，先遣司花来报春[③]。　清标自是蓬莱客[④]，冰玉精神[⑤]，独步前村，分付仙翁作主人。

［注释］

①兀坐：独自端坐。　②东君：春神。　③司花：司花女。　④蓬莱客：比梅花为仙人。　⑤冰玉精神："冰肌玉骨，自清凉无汗。"见宋苏轼《洞仙歌》。

丑奴儿

寿　词

晓来佳气穿帘幕，郁郁葱葱，宝鸭烟浓[①]，戏彩庭前玉树丛[②]。　肌肤绰约真仙子[③]，王母宫中[④]，欢会曾同，笑问蟠桃几度红[⑤]。

［注释］

①宝鸭：鸭形香炉。　②戏彩："老莱子者，楚人。行年七十，父母俱存，至孝蒸蒸。尝着五色斑斓衣，为亲取饮上堂，脚跌，恐伤父母之心，因僵仆为婴儿啼。"见《太平御览》卷四一三引师觉授《孝子传》。　玉树丛：谢玄回答叔父谢安曰："譬如芝兰玉树，欲使其生于庭阶耳。"见《晋书·谢安传》。　③"肌肤"句："藐姑射之山，有神人居焉。肌肤若冰雪，淖约若处子。"见《庄子·逍遥游》。　④王母：西王母，神话中仙人，以貌美长寿著称。　⑤蟠桃：神话中仙桃，三千年一开花，三千年一结果。

醉落魄

前 题

春回海角,望中佳气连云幕。晓来隐隐闻天乐,玉女金童[1],来奉瑶池约[2]。　　东风已破蟠桃萼,霞觞荐寿更酬酢[3]。香山舞罢宫花落[4],步辇安舆[5],岁岁同行乐。

[注释]

①玉女金童:道家谓供仙人服役的童男童女。　②瑶池约:"吉日甲子,(穆)天子宾于西王母。……已丑,天子觞西王母于瑶池之山。"见《穆天子传》。　瑶池:西王母居处。　③霞觞:精美的酒杯。　酬酢:主客相互敬酒。　④"香山"句:唐会昌五年夏,李元爽及僧如满等告老回洛阳,在香山举行九老尚齿之会。见《唐诗纪事》。香山在河南洛阳龙门山之东。　⑤步辇安舆:即安车,老人所乘。

阮郎归

前 题

江村昨夜一枝梅,先传春信回。非烟非雾下瑶台[1],香风拂面来。　　云幕卷,日华开,祥光映上台。安舆从此步天街[2],君王赐寿杯。

[注释]

①瑶台:白玉砌成的台,想象中神仙居处。　②天街:京城街道。

归国谣

初夏好,雨过池塘荷盖小。绿阴庭院莺声悄,朱帘隐隐笙歌早。沉烟袅,玉人笑拥金尊倒。

归国谣

春已去，墙外榴花红半吐。薰风习习生庭户，美人浴罢黄昏暮。愁无绪，阑干倚遍凭谁诉。

好事近

赠王清叔

水阁弄清风，黯黯满园肥绿。茶罢竹间携手，有佳人如玉。　渊明三径已催归[①]，名利几时足。遥想五云多处[②]，奏南风一曲[③]。

[注释]

①渊明三径："三径就荒，松菊犹存。"见陶渊明《归去来兮辞》。　②五云：五色祥云。　③南风："舜弹五弦之琴，歌《南风》诗而天下治。"见《礼记·乐记》。

好事近

重午前三日[①]

梅子欲黄时，霖雨晚来初歇。谁在绿窗深处，把彩丝双结[②]。　浅斟低唱笑相偎[③]，映一团香雪。□指墙头榴火，倩玉郎轻折[④]。　（以上《彊村丛书》本《箫台公馀词》）

[注释]

①重午：农历五月五日，为端午节。　②彩丝双结："五月五日以五彩丝系臂者辟鬼及兵。"见汉应劭《风俗通》。　③浅斟低唱："忍把浮名，换了浅斟低唱。"见柳永《鹤冲天》词。　④玉郎：称美所爱之男子。

石敦夫

石同福,字敦夫,吴县(今属江苏)人。与姚述尧同时。

临江仙

窥檐蟾影白,照坐烛花红。 (《箫台公馀词·临江仙》词注)

甄龙友

甄龙友，字云卿，永嘉（今浙江温州）人。绍兴二十四年（1154）举进士第。官国子监簿。

水调歌头

西风新叶堕，南国九秋初。周天三百六十五度、片云无[1]。上有迢迢河汉，下有滔滔江水，横截洞庭湖[2]。一叶放流去，人在浑仪图[3]。　满虚空，张宝盖，缀明珠。玻璃为地[4]，游戏乾象驾坤舆[5]。烂醉蓬莱方丈[6]，遍入华严法界[7]，试问夜何如。北斗转魁柄[8]，东海欲飞乌[9]。

（《阳春白雪外集》）

[注释]

①"周天"句："凡二十八宿及诸星皆循天左行，一日一夜一周天。"见《礼记·月令》。我国古代把周天分为365.25度。　②洞庭湖：在湖南北部、长江南岸。昔日号称八百里洞庭。　③浑仪：也称浑天仪，我国古代测定天体位置的一种仪器。　④玻璃：指天然水晶石一类物质。此处形容洞庭湖水。　⑤乾象：天象。　坤舆：大地。　⑥蓬莱、方丈：古代神话中二座神山。　⑦华严法界：华严宗，又名法界宗，为我国古代佛教宗派名。此宗以《华严经》为法典。　⑧北斗：北斗星，在北天排列成斗形的七颗亮星，斗身为魁。　⑨乌：太阳。古代神话谓日中有三足乌，故称。

南乡子

寿木状元，十月廿二[1]

十月小阳春[2]，放榜梅花作状元。重庆礼成三日后，生贤。第一龙飞不偶然[3]。　劝酒自弹弦，更著班衣寿老仙[④]。见说海坛沙涨也[⑤],明年。此夜休嗔我近前。

[注释]

①唐氏按:按调名原误作《瑞鹤仙》。《翰墨大全》丁集卷四载此首,不著撰人姓氏。 木状元:木待问,字蕴之。孝宗隆庆元年(1163)进士第一。 ②小阳春:"十月多暖,有桃李生华者,俗称之小阳春。"见明谢肇淛《五杂俎》。 ③龙飞:喻中状元。 ④班衣:相传老莱子行年七十,"尝着五色斑斓衣,为亲取饮上堂"。见《太平御览》卷四十三。 ⑤"见说"句:原注,"《温经》云:海坛沙涨,温州出相。"

贺新郎[①]

思远楼前路。望平堤、十里湖光,画船无数。绿盖盈盈红粉面,叶底荷花解语。鬥巧结、同心双缕[②]。尚有经年离别恨,一丝丝、总是相思处。相见也,又重午[③]。
清江旧事传荆楚[④]。叹人情、千载如新,尚沉菰黍[⑤]。且尽尊前今日醉,谁肯独醒吊古[⑥]。泛几盏、菖蒲绿醑[⑦]。两两龙舟争竞渡,奈珠帘、暮卷西山雨[⑧]。看未足,怎归去。

[注释]

①唐氏按:此首原见《草堂诗馀后集》卷上,无撰人姓氏。《齐东野语》卷十三引其首句作甄龙友词,今从之。此首别误作刘克庄词,见《类编草堂诗馀》卷四。 ②"鬥巧"句:"如今绾作同心结,将赠行人知不知?"见唐刘禹锡《杨柳枝》词。 ③重午:农历五月五日,为端午节。 ④清江旧事:指屈原于重午日自沉于汨罗江事。 ⑤菰黍:角黍。即粽子。 ⑥独醒:屈原既放,游于江潭。渔父见而问之,屈原答曰:"举世皆浊我独清,众人皆醉我独醒,是以见放。"见《楚辞·渔父》。 ⑦菖蒲绿醑:用菖蒲叶浸制的药酒。"端午节以菖蒲一寸九节者,泛酒以辟瘟气。"见梁宗懔《荆楚岁时记》。 ⑧"奈珠帘"句:"画栋朝飞南浦云,珠帘暮卷西山雨。"见唐王勃《滕王阁诗》。

[集评]

周密云："永嘉甄云卿，字龙友。少有俊声，词华奇丽。……（端午）竞渡日，着彩衣立龙首，自歌所作'思远楼前'之词，旁若无人。然于性理解悟，凡禅衲机锋，皆莫能达。"（《齐东野语》卷十三）

霜天晓角

题赤壁①

峨眉仙客②，四海文章伯。来向东坡游戏③，人间世、著不得。　去国谁爱惜，在天何处觅。但见尊前人唱，前赤壁、后赤壁④。

（《庶斋老学丛谈》卷中之下）

[注释]

①赤壁：赤壁山，在湖北蒲圻县，长江南岸，北岸为乌林。为三国时周瑜大破曹操处。此为黄冈赤壁。　②峨眉仙客：谓苏轼。苏轼为眉州眉山人。　③东坡：在湖北黄冈县东。宋元丰间苏轼贬官为黄州团练副使，筑室于此。　④前赤壁、后赤壁：指苏轼在黄州写的《前赤壁赋》和《后赤壁赋》。

范端臣

范端臣,生卒不详,字元卿,兰溪(今属浙江)人。绍兴二十四年(1154)举进士第。隆兴二年(1164),太学录。召试馆职,授秘书省校书郎。淳熙四年(1177),礼部员外郎。五年,起居舍人。又曾为中书舍人,韶州守。

念奴娇[1]

寻常三五[2],问今夕何夕[3],婵娟都胜[4]。天豁云收崩浪净,深碧琉璃千顷[5]。银汉无声[6],冰轮直上[7],桂湿扶疏影[8]。纶巾玉麈[9],庾楼无限清兴[10]。　谁念江海飘零,不堪回首,惊鹊南枝冷[11]。万点苍山何处是,修竹吾庐三径[12]。香雾云鬟,清辉玉臂[13],醉了愁重醒。参横斗转[14],辘轳声断金井[15]。　(《宝真斋法书赞》卷二十七)

[注释]

①唐氏按:此首别误作朱敦儒词,见明安肃荆聚本《草堂诗馀后集》卷上。　②三五:此指农历八月十五日。　③今夕何夕:"今夕何夕,见此良人。"见《诗经·唐风·绸缪》。　④婵娟:此处指月色。　都胜:美盛。　⑤琉璃:美而有光的宝石。此处喻水波。　⑥银汉:银河。　⑦冰轮:月。　⑧桂:"旧言月中有桂,……高五百丈,有一人斫之,树创随合。"见唐段成式《酉阳杂俎》。　⑨纶巾:配有青丝带的头巾。　玉麈:玉柄麈尾,古人清谈时用。　⑩"庾楼"句:"(庾)亮在武昌,诸佐吏殷浩之徒,乘秋夜往共登南楼,俄而不觉亮至,诸人将起避之。亮徐曰:'诸君少住,老子于此处兴复不浅。'便据胡床与浩等谈咏竟坐。"见《晋书·庾亮传》。　⑪"惊鹊"句:"月明星稀,乌鹊南飞。绕树三匝,何枝可依。"见三国魏曹操《短歌行》。　⑫三径:"三径就荒,松菊犹存。"见晋陶渊明《归去来兮辞》。　⑬"香雾"二句:"香雾云鬟湿,清辉玉臂寒。"见唐杜甫《月夜》。　⑭参横斗转:参星斜横,北斗转柄。指天将明。　⑮辘轳:提取井水的起重装置。金井:施有雕栏之井。

[集评]

岳珂云："右淳熙右史范端臣元卿《中秋词帖》真迹一卷。予旧传此词于乐府，实为月夕绝唱。今观笔妙，斯亦秩矣。"（《宝真斋法书赞》卷二十七《范元卿中秋词帖》）

念奴娇[1]

上太守月词

玉楼绛气[1]，卷霞绡云浪，飞空蟾魄[2]。人世江山惊照耀，烟霭鳌峰千尺[3]。陆海蓬壶[4]，银葩星晕[5]，点破琉璃碧[6]。有人吟笑，紫荷香满晴陌。　况是东府君侯[7]，西清别骑[8]，尊俎开华席[9]。迤逦飞轮催杖履，入对青藜仙客[10]。襦袴歌谣[11]，升平风露，拚取金莲侧[12]。梅花吹动[13]，满城依旧春色。

（《草堂诗馀后集》卷上）

[注释]

①玉楼：神话中神仙居处。　②蟾魄：谓月。　③鳌峰：神话谓海中仙山，有巨鳌托出。此处谓元宵夜，放花灯庆祝，堆叠彩灯之山。　④陆海蓬壶：谓陆上鳌山和海中蓬壶。蓬壶乃神话中两座神山。　⑤银葩星晕：银花星光，指灯光。　⑥"点破"句："深碧琉璃千顷。"见《念奴娇》（寻常三五）。　⑦东府：为宰相及中书所居。　⑧西清："青龙蚴蟉于东箱，象舆婉蝉于西清。"见汉司马相如《上林赋》。　⑨尊俎：古代盛酒肉的器皿。　⑩青藜仙客：相传刘向校书于天禄阁，"夜有老人着青黄衣，植青藜杖，登阁而进，见向暗中独坐诵读，老父乃吹杖端烟燃，因以见向。……向请问姓名，云：是太乙之精。"见晋王嘉《拾遗记》。　⑪襦袴歌谣：汉建中初，廉范迁蜀郡太守，与民为便。民与歌曰："廉叔度，来何暮。不禁火，民安作。平生无襦今五袴。"见《后汉书·廉范传》。　⑫金莲："上将命令狐绹为相……方许归学士院，乃赐金莲花烛送之。"见唐裴廷裕《东观奏记》。　⑬梅花：指《梅花落》笛曲。

韦能谦

韦能谦，生卒不详，馀杭（今属浙江）人。元丰八年（1085）进士，曾监四安税。

虞美人[①]

风清日晚溪桥路，绿暗摇残雨。闲亭小立望溪山，画出明湖深秀、水云间。　漫郎疏懒非真吏[②]，欲去无深计。功名英隽满凌烟[③]，省事应须速上、五湖船[④]。

（张氏《拙轩集》卷五）

［注释］

①唐氏按：本书（今按：指《全宋词》）初版卷二百零四此首误作韦寿隆词。　②漫郎：元结"后家瀼滨，乃自称浪士。及有官，人以为浪者漫为官乎？呼为漫郎"。见《新唐书·元结传》。　③凌烟：凌烟阁。"贞观十七年，太宗图画太原倡义，及秦府功臣赵公长孙无忌……等二十四人于凌烟阁。"见唐刘肃《大唐新语·褒赐》。　④五湖船："二十四年九月丁未，范蠡辞于王……乃乘扁舟出三江，入五湖，人莫知其所适。"见东汉赵晔《吴越春秋》卷十《勾践伐吴外传》。

耿时举

耿时举，生卒不详，字元鼎，一字德基，平江（今江苏苏州）人。居太学，以恩科得文学，为岳庙官。

浣溪沙

露压蔷薇金井栏[①]，辘轳声断碧丝乾[②]。辽阳无信带围宽[③]。　花落池塘春梦静，月生帘幕夜香寒。闲愁无力凭阑干。

（《阳春白雪》卷二）

［注释］

①金井：施有雕栏之井。　②辘轳：提取井水的起重装置。　③辽阳：泛指边塞。此闺怨思征人之意。

浣溪沙

独鹤山前步药苗[①]，青山只隔过溪桥。洞宫深处白云飘[②]。　碧井卧花人寂寞，画廊鸣叶雨潇潇。漫题诗句满芭蕉。

（《阳春白雪》卷三）

［注释］

①独鹤山：在广东恩平县东。　②洞宫：疑为洞宫山，在福建政和东南，为道家所称之第二十七福地。

满江红

中秋泛月太湖[①]

问月杯空[②]，谪仙去、无人重举[③]。兰台旧、扁舟乘兴，处留奇语[④]。洞府初疑仙骨瘦[⑤]，樽前尚爱纶巾舞[⑥]。信前身、太白尚何疑[7],词高古。　　盟后会,偕真侣。黄叶渡,丹枫渚。道五湖烟浪[8],胜游湓浦[9]。念我身闲鸥样度,似海山共去君应许。但只愁、岳牧要人□[10],□撑住[11]。　（《永乐大典》卷二千二百六十“湖”字韵引耿元鼎词）

[注释]

①太湖:在江苏南部,为长江和钱塘江下游泥沙堰塞古海湾而成。　②“问月”句:“青天明月来几时,我今停杯一问之。”见唐李白《把酒问月》诗。　③谪仙:天宝初,李白至长安,往见贺知章,贺知章见其文叹曰:“子,谪仙人也。”见《新唐书·李白传》。　④兰台:指御史台。扁舟乘兴,“王子猷居山阴,夜大雪。……忽忆戴安道,时戴在剡,即便夜乘小船就之,经宿方至。造门不前而返。人问其故,王曰:‘吾本乘兴而行。兴尽而返,何必见戴?’”见《世说新语·任诞》。　⑤洞府:道家谓神仙居处。　⑥纶巾:配有青丝带的头巾,儒者所服。　⑦太白:李白字。　⑧五湖:今太湖一带湖泊。范蠡佐越王勾践灭吴复国,“乃乘扁舟出三江,入五湖,人莫知其所适”。见汉赵晔《吴越春秋》。　⑨湓浦:湓浦口,在九江西湓水入长江处。白居易于元和十一年秋,“送客湓浦口,闻舟中夜弹琵琶者,……因为长句。……命曰《琵琶行》”。见唐白居易《琵琶行序》。　⑩岳牧:谓封疆大吏。　⑪唐氏按:原无空格,据律补。

喜迁莺

送阜卿显谟知镇江府[1]

暮春清昼。政莺啭夏林,棠阴初秀。鼓角谨雄,旌旗明灭,宝马又还西骤。山水六朝堪画[2],宫阙千门如绣。印悬斗。盛元戎小队[3],花间迎候。　　芳酎,为公寿。带雨梨花[4],未用啼红袖。玉帐风前[5],胡床月下[6],谈笑要清群丑[7]。桃叶渡船应在[8],太白酒楼依旧。暂回首。看槐班爰立[9],沙堤成就[10]。

（《永乐大典》卷一万零九百九十九“送”字韵引耿元鼎词）

[注释]

①皋卿:疑指陈之茂,字皋卿。何时知镇江不明。 ②六朝:谓建都建康的吴、东晋、宋、齐、梁、陈六个朝代。 ③元戎小队:“元戎小队出郊坰,问柳寻花到野亭。”见唐杜甫《严中丞枉驾见过》诗。此处指陈之茂的车驾仪仗。 ④带雨梨花:“玉容寂寞泪阑干,梨花一枝春带雨。”见唐白居易《长恨歌》。此处喻美女。 ⑤玉帐:主将所居的军帐。 ⑥胡床:一种可以折叠的轻便坐具。 ⑦“谈笑”句:“但用东山谢安石,为君谈笑静胡沙。”见唐李白《永王东巡歌》。 群丑:指女真入侵者。 ⑧桃叶渡:在南京秦淮河畔,相传因王献之于此送其妾桃叶而得名。 ⑨槐班:指三公之位。 ⑩沙堤:“凡拜相,礼绝班行,府县载沙填路,自私邸至子城东街,名曰沙堤。”见唐李肇《国史补》卷下。

管　鉴

管鉴,生卒不详,字明仲,龙泉(今属浙江)人,随父宦,始居临川(今属江西)。官至广东提刑、权知广州经略安抚使。有《养拙堂词》一卷。

念奴娇

癸巳重九,同陈汉卿、张叔信、王任道登金石台作[1]

登高作赋,叹老来笔力,都非年少。古观重游秋色里,冷怯西风吹帽[2]。千里江山,一时人物,迥出尘埃表。危阑同凭,皎然玉树相照[3]。　惆怅紫菊红萸,年年簪髮、应笑人空老。北阙西江君赐远[4],难得一枝来到。莫话升沉,且乘闲暇,赢得清尊倒。饮酣归暮,浩歌声振林杪[5]。

[注释]

①癸巳:宋孝宗乾道九年(1173)。　陈汉卿:字师黯,阆中人。　张叔信、王任道:未详。　金石台:在今江西抚州市北。　②西风吹帽:"九月九日,(桓)温宴龙山,僚佐毕集。时佐吏并着戎服,有风至,吹(孟)嘉帽堕地,嘉不觉之。"见《晋书·孟嘉传》。　③玉树:传说中的仙树,此处借喻优异人才。"魏明帝使后弟毛曾与夏侯玄共坐,时人谓蒹葭倚玉树。"见《世说新语·容止》。　④北阙:指朝廷。　西江:珠江干流,在广东西部。　⑤林杪:林端。

念奴娇

夷陵九日忆去岁金石之游,用旧韵寄汉卿、叔信。盖尝归饮任道家,故有徐娘及悲欢之句[1]

楚山万叠,怅高情、不比当年嵩少[2]。官况全如秋淡薄，枉却尘侵乌帽[3]。菊蕊犹青，茱萸未紫，节意凭谁表。故园何处，暮云低尽残照。　　追念往昔佳辰，尊前绝唱，未觉徐娘老[4]。聚散悲欢回首异，今岁古台谁到。藉甚声名，难忘风味[5]，何日重倾倒。交情好在，雁书频寄云杪[6]。

[注释]

①夷陵：郡名，治所在今湖北宜昌西北。　②嵩少：嵩山，因西为少室，故名。　③乌帽：闲居时所戴帽。　④徐娘："徐娘虽老，犹尚多情。"见《南史·后妃下》。　⑤唐氏按："难"原作"谁"，从吴讷《唐宋名贤百家词》本。　⑥云杪：云端。

念奴娇

丙申十二月六日赏梅[1]，闻岑守得祠[2]、下政将赴[3]，代归有日，喜见于辞

寒梢冰破，问何人远寄、江南春色[4]。似是天怜为客久，报我春归消息。茅舍疏篱，故园开处，两岁关山隔。天涯重见，向人风味如昔。　　谁念月底风前，当时青鬓、渐与花颜白。不恨一番花阴早[5]，恨把年华虚掷。嚼蕊含香，攀条觅句，拚醉禁愁得。酒醒还是，梦魂数遍归驿。

[注释]

①丙申：宋孝宗淳熙三年（1176）。　②岑守：未详。　得祠：离职出任提举祠观的闲差。　③唐氏按："赴"原作"起"，从吴讷本。　④"问何人"句："折梅逢驿使，寄与陇头人。江南无所有，聊赠一枝春。"见南朝宋陆凯《赠范晔》诗。　⑤唐氏按："阴"，别作"落"。

念奴娇

移节岭表，宋子渊置酒后堂饯别，出词付二姬歌以侑觞，席间和[①]

两鬟娇小，向尊前、未省修蛾攒碧。唱得主人英妙句，气压三江七泽[②]。病怯遐征[③]，老添离抱，我是愁堆积。故园归梦，等闲吹堕南国。　况是耐久交情，经年方幸，接从容辞色。告别匆匆聊共醉，惜此分阴如璧。锦瑟华堂，明朝回望，暮霭迷空隙。相思何处，风林月挂纤魄[④]。

[注释]

①岭表：即岭南，五岭以南地区。　宋子渊：名若水，成都人，作者同僚。　②三江七泽：指吴江、钱塘江、浦阳江及以云梦泽为首的古楚地湖泊。　③遐征：远行。　④纤魄：暗弱的月光。

水龙吟

携家游甘泉寺，歌坡仙"小舟横截春江"之词，用韵。壮观、通幽、吸江，皆亭名[①]

小舟横截西江，晓来风静无尘起。霜馀日暖，东君见效[②]，梅梢春醉。壮观亭高，通幽径远，吸江临水。任全抛簿领[③]，携家访古，清泉畔、疏阴里。　楚蜀江山分处，望神京、三千馀里[④]。才高命偶，功名休羡，纷纷馀子。强健身心，团栾尊酒[⑤]，此游须记。便他年富贵，园林钟鼓，只如今是。

[注释]

①甘泉寺：在今湖北宜昌西南。　②东君：春神。　见效：显示造化之活力。　③簿领：登记的文簿。　④神京：帝都，此处指行在临安。　⑤团

栾:团聚。

水龙吟

夷陵雪作

晓来密雪如筛，望中莹彻还如洗。梅花过了，东风未放[1]，满城桃李。碎剪琼英[2]，高林低树，巧装匀缀。更江山秀发，田畴清润，满眼是，丰年意。　谁念危楼独倚。共飘零、茫茫天外，毫端句涩，杯中酒减，欢情难寄。天为凄凉，暂时遮尽，黄茅白苇。但神州目断[3]，珠宫玉阙[4]，缈三千里[5]。

[注释]

①唐氏按:"风未"，别作"君又"。　②琼英:喻雪花。　③神州:"以为儒者所谓中国者，于天下乃八十一分居其一分耳。中国名曰赤县神州。"见《史记·孟子荀卿列传》。　④珠宫玉阙:谓京都，即行在临安。　⑤唐氏按:"缈"，别作"隔"。

水调歌头

同张子仪诸公泛舟北渚，席间用子仪韵[1]

平生五湖兴[2]，梦想白蘋洲[3]。只今何处，卷帘波影漾风钩。况值晚天新霁，菱叶荷花如拭，香翠拥行舟。却为湖山好，牵思绕皇州[4]。　柳边堤，竹里阁，旧曾游。恍然重到，不知身世此淹留。且对碧梧修竹，领略好风凉月，大白与重浮[5]。欲和凌云赋[6]，佳思苦难酬。

[注释]

①张子仪:名抑，晋陵人，曾官大理寺丞。　②五湖:今太湖一带湖

泊。 ③白蘋洲:在湖州城东南。见唐白居易《白蘋洲五亭记》。 ④皇州:指帝都,即行在临安。 ⑤大白:大酒杯。 ⑥凌云赋:即汉司马相如所奏《大人赋》。

水调歌头

后十日,子仪相招游仓司后圃,舣舟堤岸,醉中再赋

凉意在何许,高柳荫汀洲。移船藕花深处,待得月如钩。一抹晚山残照,十顷醉红香绿,百桅列琼舟。浩歌激苍莽,豪气溢神州。　泛芙蓉,依绿水,并英游。明年此会,可怜独是贾胡留[①]。赖有瀛洲仙子[②],少驻云霄高步,相与慰沉浮。富贵倘来尔,有酒且相酬。

[注释]

①贾胡:域外之商贾。 ②原注:"能应尝为国子录。" 笃文按:"能应"似为子仪别号。

水调歌头

同子仪、韦之登舟青阁,用韦之韵

秋色浩无际,风露洗晴空。登临江山胜处,楼倚最高峰。好是夕阳低后,四野暮云齐敛,遮尽远山重。城郭参差里,烟树有无中。　坐间客,才论斗,气如虹。挥毫万字,举双白眼送飞鸿[①]。莫问梅仙丹灶[②],休觅山灵蕙帐[③],追忆采芝翁[④]。便草凌云赋,归奏大明宫[⑤]。

[注释]

①白眼:"(阮)籍又能为青白眼,见礼俗之士,以白眼对之。"见《晋书·阮籍传》。 送飞鸿:"目送归鸿,手挥五弦,俯仰自得,游心太玄。"见

晋嵇康《兄秀才公穆入军赠诗十九首》。 ②梅仙：谓梅福。"为郡文学，补南昌尉。……王莽专政，福一朝弃妻子去九江，至今传以为仙。"见《汉书·梅福传》。 丹灶：炼丹炉。 ③山灵蕙帐："蕙帐空兮夜鹤怨，山人去兮晓猿惊。"见南朝齐孔稚圭《北山移文》。 山灵：即山人。 ④采芝翁：指商山四皓，相传四皓曾咏《采芝歌》避世隐居。 ⑤大明宫：唐代宫名。此处泛指。

水调歌头

龙守沈商卿，三十年故交也，经过，为留五日。临行，以词为别，次韵以谢[①]

一雨洗烦溽，天气爽如秋。江山佳处，眼明重见旧交游。去国三千馀里，俯视朝宗一水[②]，共笑此生浮。幸我扁舟具，归欲问菟裘[③]。 叹君才，方进用，岂容休。銮坡凤沼[④]，情知不为蜀人留。便恐升沉各异，后日相逢无处，别语易成愁[⑤]。记取平安使，时访荻花洲。

[注释]

①龙守：龙州知州。四川江油古称龙州。 沈商卿：未详。 ②朝宗一水：谓长江。 ③菟裘："使营菟裘，吾将老焉。"见《左传·隐公十一年》。 ④銮坡：翰林院的别称。 凤沼：指中书省。 ⑤唐氏按："语"原作"话"，从吴讷本。

水调歌头

大雪登望京楼[①]

南雪不到地，今雪瑞非常。堆檐平砌，晚来风定转飞扬。浩荡乾坤无际[②]，洗尽蛮烟瘴雾[③]，和气遍遐荒[④]。满眼丰年意，民共乐时康[⑤]。 倚琼楼，临玉树，举瑶觞[⑥]。

高吟低唱，从他减尽少年狂。且趁明年春好，整顿雨犁风箬，归去老农桑。唤起江南梦，先到水云乡。

［注释］

①望京楼：未详。作者曾任广州安抚使，其楼疑在岭南。　②乾坤：天地。　③蛮烟瘴雾：南方弥漫的雾气。　④遐荒：荒凉的边地。　⑤唐氏按："时"原作"安"，从吴讷本。　⑥瑶觞：玉杯。

水调歌头

夷陵九日[1]

举俗爱重九，秋至不须悲。登临昔贤胜地，空愧主人谁。滚滚长江不尽[2]，叠叠青山无数，千载揖高姿。况有贤宾客，同醉此佳时。　　坐间菊，青作袂，玉为肌。香英泛酒，风流绝胜酌酴醾[3]。莫话龙山高会[4]，只作东篱幽想[5]，应有故人思。北望江南路，回首暮云披。

［注释］

①九日：农历九月九日，即重九，又称重阳。　②"滚滚"句："无边落木萧萧下，不尽长江滚滚来。"见唐杜甫《登高》诗。　③酴醾：酒名。　④龙山高会："九月九日，(桓)温宴龙山，僚佐毕集。"见《晋书·孟嘉传》。　⑤东篱幽想："采菊东篱下，悠然见南山。"见晋陶渊明《饮酒》其二。

水调歌头

举俗爱重九，我辈更钟情。良辰好景，赏心乐事古难并[1]。正是朝廷闲暇，四序均调玉烛[2]，一路庆丰登。况值循良守，酒与政俱成。　　倚危亭，持玉斝[3]，泛金英[4]。风高日淡，一天秋色共澄清。指点云间岳镇，寿与两宫齐久[⑤]，天地永成平。岁岁同民乐，持此报君恩。

[注释]

①"良辰"二句："天下良辰、美景、赏心、乐事，四者难并。"见南朝宋谢灵运《拟魏太子邺中集诗序》。 ②"四序"句：古时称四序气候调和为玉烛，谓四时清和乃人君德美所致。 ③玉斝：古代酒器。 ④金英：菊花酒。 ⑤两宫：谓皇帝和皇后。

满江红

北岩寺饯别张子仪，醉归口占[①]

百罚深杯，都不记、归来时节。仿佛听、重城更鼓，催成离缺[②]。江上愁心山敛翠，津头夜色沙如雪。渐中年、怀抱更深交，难为别。 歌声缓，行云歇[③]。尊酒散，香尘灭。想来宵何处，乱山明月。得意春风群玉府[④]，第名早晚黄金阙[⑤]。但相思、莫遣雁来时，音书绝。

[注释]

①北岩寺：未详。 ②唐氏按："缺"，别作"阕"。 ③"歌声"二句："抚节悲歌，声振林木，响遏行云。"见《列子·汤问》。 ④群玉府：群贤毕集之官府。 ⑤黄金阙：此指朝堂。

满江红

寄寿宋子渊，宋生朝先余一日

去岁兹辰，记称寿、曾陪燕席。明朝更、屈公扶醉，相过为客。间世生贤元自异，偶然先后欢连日。怅如今、五岭望三湘[①]，云霄隔。 松鹤算，珪璋德[②]。廊庙器[③]，神仙格。想尊前仍唱，雪中晴色[④]。公上清都调鼎鼐[⑤]，我归旧隐寻泉石。愿年年、东阁燕嘉宾[6],常相忆。

[注释]

①五岭:世称大庾、骑田、都庞、萌渚、越城为五岭。　三湘:湘江的三条支流,即潇湘、烝湘、沅湘。　②珪璋:珪和璋为古代朝会所执玉器,此处喻美德。　③廊庙器:能为朝廷担当重任的人才。　④原注:"去岁尝有词云:要知(唐氏按:二字原缺,从吴讷本补。)他日调元手,看取今朝雪里松。"　⑤清都:京都,即行在临安。　调鼎鼐:比喻治理国家。　⑥东阁:称宰相招贤之所。

满江红

清明前三日登清晖作

十日狂风,都断送、杏花红去。却是有、海棠枝上,一分春住。桃叶桃根浑未觉,樱桃杨柳成轻负。强尊前、抖擞旧精神,谁能许。　　时不再,欢难屡。心未老,杯频举。尚不妨领略,登临佳处。山接武陵馀胜气[1],江吞大别仍东注[2]。叹圣贤、功业与江山,无今古。

[注释]

①武陵:武陵山脉,分布于贵州、湖南、湖北三省边界地区。　②大别:大别山,即武昌龟山,前枕长江,北连汉水。

洞仙歌

访郑德兴郎中留饮[1]

悠然堂上,山色浑如画。堂下梅花未多谢。向小亭、留客处,晴雪初飞,香四面,不比茅檐低亚[2]。　　绿窗帘尽卷,吹到眉心,点缀新妆称闲雅。缓歌喉、馀舞态,云遏风回，须信道、欲买青春无价。任匆匆、归去酒醒时，镇梦绕琼梢，月寒清夜。

[注释]

①郑德兴：未详。 ②低亚：低垂，低掩。

洞仙歌

夜宴梁季全大卿赏牡丹作[①]

化工妙手[②]，惯与花为主。忍便摧残任风雨。剪姚黄、移魏紫[③]，齐集梁园[④]，春艳艳，何必尊前解语。 绣屏深照影，帘密收香，夜久寒生费调护。宝杯翻、银烛烂，客醉忘归，共惜此、芳菲难遇。看明年、紫禁绕莺花[⑤]，谩相望，春风五云深处[⑥]。

[注释]

①梁季全：未详。 ②化工：自然的创造力。 ③姚黄、魏紫："姚黄者，千叶黄花，出于民姚氏家。魏家花者，千叶肉红花，出于魏相仁溥家。"见宋欧阳修《洛阳牡丹记》。 ④梁园：即兔园，汉梁孝王刘武所建，故址在今河南开封东。此处借指梁季全花园。 ⑤紫禁：禁中。 ⑥五云：五色祥云，喻朝廷宫阙。

蓦山溪

饯沈公雅移漕江东[①]

潜藩报政[②]，玉座勤深眷[③]。假节上青霄[④]，正霜风、轻寒剪剪[⑤]。天香怀袖，凝燕得从容[⑥]，占喜色，送新声，潋滟金荷满[⑦]。 趣装入相，盛事应重见。尽待苦留连[⑧]，怕九重、兴思见晚[⑨]。休文未老，金带称围腰[⑩]，丹禁密[⑪]，凤池深[12]，不但长安远。

[注释]

①沈公雅：沈度，武康人，累官兵部尚书。　②潜藩：指帝王未正皇储名位以前的所在封地。　③玉座：皇帝的御座。　④假节：古代使臣出行，持节作为凭证。　⑤唐氏按："霜"，原空格，从吴讷本补。　⑥凝燕：盛宴。　⑦金荷：酒杯。　⑧唐氏按："苦"原作"若"，从吴讷本。　⑨九重：谓宫禁。　⑩"休文"二句："多病休文都瘦损，不堪金带垂腰。"见宋苏轼《临江仙》词。休文，沈约字。　⑪丹禁：帝王所居的禁城。　⑫凤池：指中书省。

蓦山溪

甲辰生日醉书示儿辈[1]

老来生日，渐觉心情懒。卯酒带春酲[2]，更昨来、东风已转。衰颜易改，不用看传神[3]，欢意浅，酒肠悭，孤负深深劝[4]。　浮云富贵[5]，本自无心羡。金带便围腰，也应似、休文瘦减[6]。君恩未报，何日赋归欤[7]，三径乐[8]，五湖游[9]，趁取身强健。

[注释]

①甲辰：宋孝宗淳熙十一年(1184)。　②卯酒：清晨饮的酒。　③传神：肖像画，亦叫传真、写照、写真。　④孤负：辜负。　⑤浮云富贵："不义而富且贵，于我如浮云。"见《论语·述而》。　⑥"金带"二句："休文未老，金带称围腰。"见《蓦山溪·饯沈公雅移漕江东》。　⑦归欤："余家贫……心惮远役，彭泽去家百里，公田之利，足以为酒，故便求之。及少日，眷然有归欤之情。"见晋陶渊明《归去来兮辞》。　⑧三径："蒋翊(汉衮州刺史)归乡里，荆棘塞门，舍中有三径，不出，唯求仲、羊仲从之游。"见汉赵岐《三辅决录·逃名》。　⑨五湖游：指范蠡功成身退，乘舟远逝事。见汉赵晔《吴越春秋》。五湖，今太湖一带湖泊。

蝶恋花

辛卯重九[1]，余在试闱[2]，闻张子仪、文元益诸公登舟青阁分韵作词。既出院，方见所赋，以"玉山高并两峰寒"为韵，尚馀并字，因为足之

楼倚云屏江泻镜。尊俎风流[3]，地与人俱胜。酒力易消风力劲，归时城郭烟生暝。　幕府俊游常许并。可惜佳辰，独阻登临兴。妙语流传空叹咏，一时珠玉交相映。

[注释]

①辛卯：宋孝宗乾道七年（1171）。　试闱：考场。　②唐氏按："闱"原作"围"，从吴讷本。　②尊俎：古代盛酒肉的器皿。此处指代宴会。

定风波

张子仪将赴南宫，同官移会饯别。有举"耳边听唱状元声"调子仪侍儿，子仪命足成词，戏作[1]

秋入华堂一味清，四山环碧眼双明。欲送主人天上去，无绪。一尊已带别离情。　洞府桃花常许见[2]，□□。为谁特地惜娉婷[3]。衹待明年春醉里，偎倚。耳边听唤状元声。

[注释]

①南宫：指礼部。　②洞府：谓仙境。　③原注："时子仪侍儿久不肯出。"

鹧鸪天

席上赠别

杨柳梢头月未残，杏花开尽却春寒。宾鸿社燕寻常别[①]，渭北江东别更难[②]。　尊欲尽，夜将阑。明朝马首便长安。恳知不作人间住，归去春风玉笋班[③]。

[注释]

①宾鸿社燕：鸿雁如客，每年秋分后飞往南方，次年春分后飞往北方。燕亦同样，每年春社来，秋社去，故曰。　②“渭北”句：“渭北春天树，江东日暮云。”见唐杜甫《春日忆李白》诗。　③玉笋班：“唐末朝士中有人物者，时号玉笋班。”见宋孙光宪《北梦琐言》。

鹧鸪天

山色初晴翠拂云，画桥流水碧粼粼。一尊不尽登临兴，归及西湖二月春[①]。　班缀旧，诏除新。稳看腾踏上星辰[②]。回头却望尘凡处，应记尘凡有故人。

[注释]

①西湖：在今浙江杭州。　②腾踏：“飞黄腾踏去，不能顾蟾蜍。”见唐韩愈《符读书城南》诗。

鹧鸪天

为妻寿

前日新冬举寿觞，今朝喜色又非常。一阳生后逢生日[①]，日渐舒长寿更长。　移晚宴，庆新堂。堂前高竹早梅芳。年年一为梅花醉，醉到千回鬓未霜。

[注释]

①一阳生：谓冬至。"日冬至则一阴下藏，一阳上舒。"见《史记·律书》。"复谓反本，静为动本，冬至一阳生，是阳动用而阴复于静也。"见《周易》孔颖达疏。

鹧鸪天

宋子渊生日

富贵楼台玉琢成，更移玉节下西清①。才高不数梅花赋，笑捻琼苞泛寿觥②。　莲幕静③，宝香凝。春风和气自然生。要知他日调元手④，看取今朝雪里情。

[注释]

①玉节：玉做的符节，古代用作凭信。　西清：犹西掖，中书省所在地。泛指清华机要之地。　②琼苞：琼花。　寿觥："称彼兕觥，万寿无疆。"见《诗经·豳风·七月》。　③莲幕：幕府的美称。　④调元：调和阴阳，指宰相执掌政柄。

鹧鸪天

为薛子昭寿①

燕寝香中锦帐郎②，二年和气蔼蒸湘③。鬓间不减当年绿，眉上新添一点黄④。　徽诏近，寿筵长。乍晴人意喜非常。燕莺休苦留春住，归趁薰风殿阁凉⑤。

[注释]

①薛子昭：未详。　②燕寝：周制王有六寝，一是正寝，馀五寝在后，通名燕寝。　③蒸湘：即烝湘，湘江的三条支流之一，在湖南。　④"眉上"句："城上赤云呈胜气，眉间黄色见归期。"见唐韩愈《赠马侍郎冯李二员外》诗。古人以为眉间有黄气是回朝的预兆。　⑤薰风：和风。

朝中措

为文倅元益寿。元益,陈鲁公之婿[①]

十年班缀近彤庭[②],一笑下霓旌。好是平分风月,新秋特地凉生。 华堂燕喜,流霞觞满[③],彩戏衣轻[④]。要识他年荣贵,从来玉润冰清[⑤]。

[注释]

①文元益:作者诗友,时为州之通判。 陈鲁公:陈康伯,绍兴末宰相。 ②班缀:序列朝班。 彤庭:皇宫。 ③流霞:仙酒名。 ④彩戏:老莱子行年七十,“尝着五色斑斓衣,为亲取饮上堂,脚跌,恐伤父母之心,因僵仆为婴儿啼”。见《太平御览》卷四一三。 ⑤玉润冰清:丈人冰清,女婿玉润,赞美翁婿俱高。见《晋书·卫玠传》。

朝中措

以海错为唐守寿[①]

暖风帘幕卷春阴,歌吹画堂深。云袖纤纤捧玉,霞觞滟滟浮金。 佳辰恨我,空传善颂,阻缀朋簪[②]。莫笑海滨乡味,尊前会有知音[③]。

[注释]

①海错:种类繁多的海味。 ②朋簪:双簪。 ③知音:“伯牙鼓琴,钟子期听之。方鼓琴而志在太山。钟子期曰:‘善哉乎鼓琴,巍巍乎若太山。’少选之间,而志在流水。钟子期又曰:‘善哉乎鼓琴,汤汤乎若流水。’钟子期死,伯牙破琴绝弦,终身不复鼓琴,以为世无足复为鼓琴者。”见《吕氏春秋·本味》。

朝中措

游王沅州山亭[1]

清江绕舍竹成阴，科日共登临。地与主人俱胜，情如酒盏方深。　故园何处，时因望眼，聊寄归心。抖擞一襟凉韵[2]，不教簿领尘侵[3]。

[注释]

①王沅州：未详。沅州，在今湖南芷江。其人时为知州。　②抖擞：振作。　③簿领：登记的文簿。

朝中措

立夏日观酴醾作

一年春事到酴醾，何处更花开。莫趁垂杨飞絮，且随红药翻阶。　倦游老矣，肯因名宦，孤负衔杯。寄语故园桃李，明年留待归来。

柳梢青

次韵赵德庄[1]

神仙堕谪，天为赋与，经纶才识[2]。盖代声名，宗英惟向，翰林颂白[3]。　黄堂一笑留客[4]。算此处、淹留未得。且对清尊，高谈风月，厌厌今夕[5]。

[注释]

①赵德庄：赵彦端，鄱阳人，宋之宗室。原词为《柳梢青》（衰翁自谪）。　②经纶：筹划国家大事。　③翰林：犹言文苑。　④黄堂：州郡长官办事的厅堂。　⑤厌厌：和悦貌。

柳梢青

七夕诸公祖席[①]

澹云微月，又是一年，新秋佳节。天上欢期，人间何事，翻成离别。　　清尊欲醉还歇。怕饮散、匆匆话别。若是经年[②]，得回相见，甘心愁绝。

[注释]

①七夕：农历七月七日夜。古代神话，七夕牛郎织女在天河相会。　②经年：年复一年。

好事近

张子仪席上

风扫暮云空，依旧四山环碧[①]。珍重主人清意[②]，放梅梢春色。　　艳妆清唱两无尘[③]，莲步绣鞋窄[④]。莫怪十分沉醉，为教人消得。

[注释]

①"依旧"句："四山环碧眼双明。"见《定风波·张子仪将赴南宫》。②唐氏按："清"，别作"情"。　③艳妆：华美的妆饰。　④莲步：本指潘妃行走在贴有莲花金箔的地面，此处形容美人的脚步。

好事近

列炬照梅花，仰看满空春雪。翠幕沉沉天净，挂一钩新月。　　微风不动暖光融，金杯堕琼屑[①]。仿佛暗香吹梦，醉广寒宫阙[②]。

［注释］

①琼屑：谓梅瓣。　②广寒宫阙：传说叶天师作术，唐玄宗"游月中，过一大门，在玉光中飞浮宫殿，往来无定，寒气逼人，露濡衣袖皆湿。顷见一大宫府，榜曰：'广寒清虚之府'"。见唐柳宗元《龙城录》。

好事近

为妻寿

鸳瓦晓霜浓，酒力渐消寒力。好是一堂和气，胜十分春色。　鬓翁笑领彩衣郎[1]，同祝寿千百。看取明年欢宴，更强如今日。

［注释］

①彩衣郎：谓儿子孝顺，用老莱子彩衣娱亲之典。

好事近

七月十八日，移具宪司，为楚观落成，潘德鄜举前岁私第方毕工有湖北之召[1]

楚观落成初，还是诏书催发。却似爱山堂上，拜新除时节[2]。　要知君自栋梁材，开藩暂南越[3]。早建明堂一柱[4]，去扶持天阙[5]。

［注释］

①移具宪司：指除官广东提点刑狱公事。具，指任职文书。　②除：拜官授职。　③南越：今广东、广西一带。　④明堂：古代皇帝宣明政教之地。　⑤天阙：指朝廷。

桃源忆故人

郑德舆饯别元益，余亦预席。醉中诸姬索词，为赋一阕

寿芽初长香英嫩，拾翠芳洲春近。倩笑脸霞羞褪[①]，真个都风韵。　　垂鬟小舞么歌趁[②]，莺语绿杨娇困。多少旧愁新恨，一醉浑消尽。

[注释]

①原注："寿、英、翠、倩，皆公家侍儿名。"　②唐氏按："垂"原作"叶"，从吴讷本。

桃源忆故人

小园日日狂风雨[①]，几阵桃花红去。惟有绿窗朱户，春色常如许。　　歌声屡唤飞云驻，销得行人且住。倒尽玉壶春露[②]，醉到无愁处。

[注释]

①唐氏按："日日"，别作"十日"。　②春露：酒名。

菩萨蛮

德舆饯别坐间作

今日云山堂上客，明朝真个云山隔。人不似行云，相随长短亭。　　堂空歌韵响，清切缘云上。留住莫教飞，怕如人别离。

浣溪沙

饯别陈汉卿于张叔信后堂，席上用叔信韵

金殿晨趋玉佩苍，君才久合侍龙章[①]，花砖学士紫薇郎[②]。　小试一麾行促诏，暂留千骑且飞觞。夜堂歌暖借春光。

[注释]

①龙章：龙形图纹，此处指代君王。　②花砖："御史故事，大朝会则监察押班。……紫宸最近，用六品，殿中得立五花砖。"见唐李肇《国史补》。学士入值，立于五花砖之处。　紫薇：中书舍人代称。

浣溪沙

秾李花开雪满空，缟裙香袂俨春容。艳妆一笑喜相逢。　拟倩清歌留白日[①]，且扶残醉殢东风[②]。好迟留处却匆匆。

[注释]

①倩：请。　②殢（tì）：滞留。

浣溪沙

十里狂风特地晴[①]，天工著意送行人。负他桃李十分春。　杜宇已催归思乱，啼莺休惹客愁新。晚风溪路净无尘。

[注释]

①唐氏按："里"，别作"日"。

浣溪沙

寿程将[①]

小小梅花巧耐寒，曛曛晴日醉醒间[②]。茶瓯金缕鹧鸪斑[③]。　　三寿作朋须共醉[④]，一杯留客未应悭。酒肠如海寿如山。

[注释]

①程将：未详。　②曛曛：和暖。　③鹧鸪斑：有鹧鸪斑点的茶盏。　④三寿作朋："三寿作朋，如冈如陵。"见《诗经·鲁颂·閟宫》。上寿一百二十，中寿一百，下寿八十。此为三寿。

醉落魄

正月二十日张园赏梅棠作

春阴漠漠[①]，海棠花底东风恶。人情不似春情薄。守定花枝，不放花零落。　　绿尊细细供春酌[②]，酒醒无奈愁如昨。殷勤待与东风约。莫苦吹花，何似吹愁却。

[注释]

①漠漠：迷濛貌。　②细细：缓缓。

醉落魄

三月十日赏酴醾，时坐客沈、赵与余将终更[①]，花干复议归蜀，醉中口占

春愁无力，酴醾娇软难禁摘。风流彻骨无敌。积玉团珠，明月夜同色。　　花时易失欢难得，尊前半是将行客。为花一醉何须惜。明岁花时，何处谩相忆。

[注释]

①终更：任满离职。 花干：未详何人。

醉落魄

后两日，再拉同官，席上用前韵

寒欺酒力，一番风雨花如摘。酴醾不与群花敌。笑吐清香，独自殿春色。 春愁惟酒消除得，何况常满座中客。因花更把光阴惜。莫待春归，空对花梢忆。

醉落魄

中秋前一日，饯潘德鄘于花光，用德鄘韵[①]

碧云暮合，不教预赏中秋月。凉生楚观风初歇。山影沉沉，相对两奇绝。 湘人怅望黄金节[②]，只愁酒散仙舟发。凭谁为与姮娥说[③]。明夜虽圆，空照人离别。

[注释]

①潘德鄘：作者同僚，将移任湖北。 ②黄金节：谓中秋节。 ③姮娥：嫦娥。

生查子

天教百媚生[①]，赋得多情怨。背整玉搔头[②]，宽了黄金钏[③]。 情随歌意深，故故回娇眄[④]。不是不相知，只为难相见。

[注释]

①百媚生："回眸一笑百媚生。"见唐白居易《长恨歌》。 ②玉搔头：

即玉簪。　③钏:腕环,俗称手镯。　④故故:常常。

虞美人

送杏花与陆仲虚[1]

一枝繁杏千红蕊,酡笑东风里[2]。恰如歌院晓妆迟。簇簇娇娆同步、出深闺。　风流莲幕莺花主[3],持送花深处。花多莫便著情偏,一一淡匀深注、总堪怜。

[注释]

①陆仲虚:未详。　②酡笑:浓笑,畅笑。　③莲幕:幕府。

虞美人

与客赏海棠,忆去岁临川所赋,怅然有远宦之叹。晚过楚塞作

海棠花下春风里,曾拚千场醉。如今老去谩情多,步绕芳丛无力、奈春何。　蜀乡不远长安远,相向空肠断。不如携客过西楼,却是江山如画、可消忧。

临江仙

十一月二十六日,雪霁,行武陵道中,江山莹彻,不类人世[1]

昨日武陵溪上雪,今朝特地开晴。故留佳景付行人。琼田千顷熟[2],琪树万株春[3]。　好是长松飘坠屑,天花时下缤纷。桃源何处更寻真[4]。腰悬明月佩,直访玉华君[5]。

[注释]

①武陵：今湖南常德。 ②琼田：玉田。 ③琪树：玉树。 ④桃源：桃花源，喻仙境。 ⑤玉华君：雪花的总管。

临江仙

三月更当三十日，留春不住春归。问春还有再来时。腊前梅蕊破，相见未为迟。　　不似人生无定据，匆匆聚散难期。水遥山远谩相思。情知难舍弃，何似莫分飞。

清平乐

未春先暖，天与梅花便。点检枝头开已遍，一一檀心粉面①。　　巡檐索笑题诗，老怀不似当时。犹有惜花心在，等闲羌管休吹②。

[注释]

①檀心：浅红色花心。 ②羌管：谓笛。笛曲有《梅花落》。

点绛唇

拉同官赏海棠

酒困诗慵，一春拚被花枝恼。艳妆浓笑，那更花中好。　　不著清尊，持底宽愁抱。须颠倒，晚风如扫，忍见枝头少。

点绛唇

去岁今朝，海棠桃杏开都遍。今年花晚，不恨春情浅。　旋旋花开，图得春长远。且留恋，爱花心眼，常与花为伴。

酒泉子

唐德兴为海棠赋酒泉子词，而尊前无能歌者，即席用韵[①]

春色十分，付与海棠枝上满。清尊我亦十分倾，未忘情。　阳春一曲唤愁醒[②]。可惜无人歌此曲，须君别院恼春酲，绕梁声[③]。

[注释]

①唐德兴：未详。　②阳春：古乐曲名。"客有歌于郢中者，其始曰《下里》、《巴人》，国中属而和者数千人；……其为《阳春》、《白雪》，国中属而和者不过数十人。"见战国楚宋玉《对楚王问》。　③绕梁："昔韩娥东之齐，匮粮。过雍门，鬻歌假食。既去，而馀音绕梁欐，三日不绝。"见《列子·汤问》。

酒泉子

清夜将分，有酒为谁花下满。相逢轩盖暂时倾[①]，故人情。　海棠欲睡照教醒[②]。烛影花光浑似锦[③]，伴君佳句解人酲，恨无声。

[注释]

①"相逢"句："语曰：'白头如新，倾盖如故。'"见汉邹阳《狱中上梁王书》。　②"海棠"句："只恐夜深花睡去，故烧高烛照红妆。"见宋苏轼《海棠》诗。　③唐氏按："似"原作"如"，从吴讷本。

青玉案

永春夜宴张叔信后堂,席上用韵[①]

相逢何处梅花好,深院宇、笙歌绕。春入侯门长不老。罗帏绣幕,护香藏粉,却许行人到。　遏云清唱倾城笑[②],玉面花光互相照[③]。银烛频更尊屡倒。明年应是,对花相忆,君已班清要[④]。

[注释]

①永春:县名,在福建。　②遏云:"抚节悲歌,声振林木,响遏行云。"见《列子·汤问》。　③唐氏按:"面",别作"貌"。　④清要:谓职位清贵,掌握枢要。

阮郎归

以红酒为马倅寿[①]

浅寒天气雨催冬,梅梢糁嫩红。天教来寿黑头公[②],和羹信已通[③]。　斟滟滟,劝重重。新笃琥珀浓[④]。他年赐酒拆黄封[⑤],还思此会同。

[注释]

①马倅:马姓通判。馀未详。　②黑头公:指少年高位。"(诸葛)恢弱冠知名,……(王)导尝谓曰:'明府当为黑头公。'"见《晋书·诸葛恢传》。　③和羹:"若作和羹,尔惟盐梅。"见《尚书·说命》。指出任相位。　④新笃:刚漉的酒。　⑤拆黄封:"为我取黄封,亲拆官泥赤。"见宋苏轼《歧亭》诗。黄封,宋时官家名酒。

木兰花

唐守生日

乱花飞絮,却是一年春好处。留住韶光[1],共醉蓬莱日月长[2]。　翻阶红药[3],天上东风传近约。绿遍庭槐[4],看取除书一并来[5]。

[注释]

①韶光:美好时光。　②蓬莱:蓬莱山,神话中海上三座神山之一,此处喻仙境。　③翻阶红药:“红药当阶翻,苍苔依砌上。”见南朝齐谢朓《直中书省》。　红药:芍药。　④庭槐:“面三槐,三公位焉。”见《周礼·秋官·朝士》。　⑤除书:授官的诏令。

西江月

夜雨落花满地,晓风飞絮连天。苦无春恨可萦牵,只数年华暗换。　生意惟添白髮,化工不染朱颜[1]。老来愈觉欠清闲,梦想故园春晚。

[注释]

①化工:“天地为炉兮,造化为工。”见汉贾谊《鹏鸟赋》。指自然创造力。

西江月

为细君寿[1]

好个今年生日,满堂儿女团栾[2]。歌声不似笑声喧,满捧金杯争劝。　富贵功名任运,佳辰乐事随缘[3]。白头相守愿年年,只恁尊前长健[4]。

[注释]

①细君：指妻子。 ②团栾：团聚。 ③佳辰乐事："天下良辰、美景、赏心、乐事，四者难并。"见南朝宋谢灵运《拟魏太子邺中集诗序》。 ④恁：如此。

鹊桥仙

中秋重九，等闲虚过，多病全疏酒盏。初寒时候试新醅，正好为、霜螯持满[①]。 诗情未减，酒肠宽在，且趁尊前强健。百年三万六千场，试屈指、如今过半。

[注释]

①霜螯：霜降前后的河蟹。

鹊桥仙

重九前一日游向氏江东二园

东皋圃隐，木犀开后，香遍江东十里。因香招我渡江来，悄不记、重阳青蕊[①]。 人生行乐，宜游佳处，闲健莫辞清醉。不寒不暖不阴晴，正是好、登临天气。

[注释]

①青蕊：青菊。

鹊桥仙

八月二十八日寿唐子才[①]

中秋过了，重阳将近，正是一年佳处[②]。橙黄橘绿总寻常[③]，看丹桂、馀香再吐。 胸中星斗，笔端风雨[④]，定约蟾宫高步[⑤]。赐袍归带御炉熏[⑥]，共岁岁、斑衣戏舞。

[注释]

①唐氏按:调名原作《步蟾宫》,据律改。　②佳处:美好时节。　③"橙黄"句:"一年好景君须记,正是橙黄橘绿时。"见宋苏轼《赠刘景文》。　④"胸中"二句:喻才情满怀,笔端淋漓。　⑤蟾宫高步:喻登科夺魁。　⑥唐氏按:"归",别作"赐";"御",别作"玉"。

南乡子

张子仪席上作

檐外雪纷纷,雾阁云窗气自温。谩道使台霜样峻[1],情亲。引到壶中别有春[2]。　尊酒负殷勤,病减杯中量几分。十五年间无限事,休论。说与梅花解笑人。

[注释]

①使台:御使台。　②壶中:费长房尝为市掾,遇卖药老翁市罢跳入壶,异焉。"翁知长房之意其神也,谓之曰:'子明日可更来。'长房旦日复诣翁,翁乃与俱入壶中。唯见玉堂严丽,旨酒甘肴,盈衍其中,共饮毕而出。"见《后汉书·方术传·费长房》。

玉连环

泊英州钟石铺[1]

江上青山无数,绿阴深处。夕阳犹在系扁舟,为佳景、留人住。　已办一蓑归去,江南烟雨。有情鸥鹭莫惊飞,便相约、长为侣。　(以上《四印斋所刻词》本《养拙堂词》)

[注释]

①英州:县名,故治在今广东英德东。

吴 儆

吴儆(1125—1183)，休宁(今属安徽)人。绍兴二十七年(1157)举进士第，授明州鄞县尉，历官奉议郎。淳熙初，通判邕州，后擢知州事，兼广南西路安抚都监，以朝散郎致仕。有《竹洲集》。

念奴娇

寿程致政①

凉生秋早，正梧桐院落，风清月白②。帘卷香凝人笑喜，应是瀛洲仙谪③。云绕画梁，花明彩服，中有人华发。恩袍蓝绿④，高年况已逾百。　最是有子宜家⑤，兰阶方竞⑥，珠履延佳客⑦。好唤凌波来洛浦⑧，醉促霓裳仙拍⑨。玉井开莲⑩，金茎承露⑪，莫惜金尊侧。试占弧兆⑫，祥光已映南极⑬。

[注释]

①程致政：未详。　②风清月白："有客无酒，有酒无肴，月白风清，如此良夜何。"见宋苏轼《后赤壁赋》。　③瀛洲仙谪：从瀛洲神山上贬谪下来的仙人。　④恩袍：皇帝所赐冠袍。　⑤宜家："之子于归，宜其室家。"见《诗经·周南·桃夭》。谓家庭安顺，夫妻和睦。　⑥兰阶方竞：喻子弟优秀。　⑦珠履：喻上客贵宾。　⑧"好唤"句：谓歌伎有如洛神。　凌波："凌波微步，罗袜生尘。"见三国魏曹植《洛神赋》。　洛浦：洛水之滨。　⑨霓裳仙拍：霓裳羽衣舞曲。"《唐逸史》曰，罗公远多秘术。尝与玄宗至月宫，仙女数百，皆素练霓衣，舞于广庭。问其曲，曰《霓裳羽衣》。帝默记其音调而还。明日召乐工，依其音调作《霓裳羽衣曲》。"见宋郭茂倩《乐府诗集》。　⑩玉井：华山顶上有玉井，开千叶莲花。　⑪金茎：即金茎承露盘。武帝所建。　⑫弧兆：弧星所显示征兆。　⑬南极：

又名南极老人,星名。“狼北地有大星曰南极老人,老人见治安。”见《史记·天官书》。

蓦山溪

效樵歌体①

清晨早起,小阁遥山翠。颒面整冠巾②,问寝罢、安排菽水③。随家丰俭,不羡五侯鲭④,软煮肉,熟炊粳,适意为甘旨。 中庭散步,一盏云涛细⑤。迤逦竹洲中,坐息与、行歌随意。逡巡酒熟⑥,呼唤社中人,花下石,水边亭,醉便颓然睡。

[注释]

①唐氏按:此下原有《蓦山溪·园林何有》一首,题作老人和,乃儆父舜选和作,另编。 ②颒(huì)面:洗脸。 ③菽水:粗茶淡饮。 菽:豆类。 ④五侯鲭:极珍贵的佳肴。 ⑤云涛:此处谓新煮的茶。 ⑥逡巡:顷刻。

满庭芳

寄叶蔚宗①

宿雨滋兰②,轻风飐柳,新来随处和融。幽兰曲径,花气巧相通。燕子才飞又语,带芹泥、时点芳丛。微中酒③,日长睡起,心事在眉峰。 年年,春好处,联镳荡桨④,拾翠挼红。任金貂醉脱,不放杯空⑤。谁信风流一别,当时事、已逐飞鸿。云山晚,阑干罢倚,烟寺起疏钟。

[注释]

①叶蔚宗:未详。 ②宿雨:昨夜之雨。 ③中酒:酒酣。 ④联镳:

并马而行。 ⑤"金貂醉脱"二句:"(阮孚)迁黄门侍郎、散骑常侍,尝以金貂换酒。"见《晋书·阮孚传》。

满庭芳

用前韵并寄

水满池塘,莺啼杨柳,燕忙知为泥融。桃花流水[①],竹外小桥通。又是一春憔悴,摘残英,绕遍芳丛。长安远,平芜尽处[②],叠叠但云峰。　西湖,行乐处,牙樯漾鹢[③],锦帐翻红。想年时桃李,应已成空。欲写相思寄与,云天阔、难觅征鸿。空凝想,时时残梦,依约上阳钟[④]。

[注释]

①桃花流水:"桃花流水鳜鱼肥。"见唐张志和《渔歌子》词。 ②平芜:长满杂草的原野。 ③牙樯:饰以象牙的帆樯。 鹢:船头画有鹢鸟的大船。 ④上阳:唐宫名,此处泛指。

虞美人

送兄益章赴会试[①]

银屏一夜金风细,便作中秋意。碧天如水月如眉,已有征鸿摩月、向南飞。　金尊满酌蟾宫客[②],莫促阳关拍[③]。须知丹桂擅秋天[④],千里婵娟指日、十分圆[⑤]。

[注释]

①益章:吴益章,为其兄长。 ②蟾宫客:"蟾宫须展志,渔艇莫牵心。"见南唐李中《送黄秀才》。喻科举考试中试。 ③阳关:《阳关曲》,即唐王维《送元二使安西》诗。 ④丹桂擅秋天:晋郤诜曾谓"臣举贤良对策,为天下第一,犹桂林之一枝"。见《晋书·郤诜传》。 丹桂:神话

中月里桂树。 ⑤千里婵娟:“但愿人长久,千里共婵娟。”见宋苏轼《水调歌头·丙辰中秋》词。 婵娟:此处谓月。

虞美人

七 夕[1]

飞桥驾鹊天津阔[2],云驭看看发。相思惟恨不相逢,及至相逢还是,去匆匆。 垂丝插竹真堪笑,欲乞天孙巧[3]。天孙多巧漫多愁,巧得千般争解、劝郎留。

[注释]

①七夕:农历七月七日夜,古代神话,七夕牛郎织女在天河相会。 ②飞桥驾鹊:“织女七夕当渡河,使鹊为桥。”见唐韩鄂《岁华纪丽》卷三引《风俗通》三。 天津:银河。 ③天孙:“河鼓大星……其北织女。织女者,天女孙也。”见《史记·天官书》。

虞美人

双眸剪水团香雪,云际看新月。生绡笼粉倚窗纱,全似瑶池疏影、浸梅花[1]。 金翘翠靥双蛾浅[2],敛袂低歌扇。羞红腻脸语声低,想见流苏帐掩、烛明时[3]。

[注释]

①瑶池:古代神话中神仙居处。 ②金翘:状如鸟雀翘尾的金钗。 翠靥:妇女颊辅上青绿色妆饰。 双蛾:双眉。 ③流苏帐:以五彩羽毛或丝线为穗子的蚊帐。

西江月

竹里全无暑气,溪边长有清风。荷花落日照酣红,雨过遥山翠重。　老作宫祠散汉[①]，本来田舍村翁[②]。腰缠三万禄千钟[③]，也是一场春梦。

［注释］

①宫祠散汉：宋制，大臣罢职，令管理道教宫观，无职事，故称。　②田舍村翁："孝武大明中，坏上所居阴室，于其处起玉烛殿，与群臣观之。床头有土鄣，壁上挂葛灯笼，麻绳拂。侍中袁颢盛称上俭素之德。孝武不答。独曰：'田舍公得此，以为过矣。'"见《宋书·武帝纪下》。　③腰缠："或愿多资财，或愿骑鹤上升。其一人曰：'腰缠十万贯，骑鹤上扬州。'"见《殷芸小说》。

浣溪沙

题星洲寺[①]

十里青山泝碧流，夕阳沙晚片帆收。重重烟树出层楼。　人去人来芳草渡，鸥飞鸥没白蘋洲[②]。碧梧翠竹记曾游。

［注释］

①星洲寺：未详。　②白蘋洲："湖州城东南百步，抵霅溪，连汀洲，洲一名白蘋。"见唐白居易《白蘋洲五亭记》。

浣溪沙

次范石湖韵[①]

歙浦钱塘一水通[②]，闲云如幕碧重重。吴山应在碧云东[③]。　无力海棠风淡漾，困眠宫柳日葱茏。眼前春色为谁浓。

[注释]

①范石湖:范成大号。 唐氏按:此首别作范成大词,见《石湖词》,陈三聘有和范词。 ②歙浦:在今安徽歙县东南,为新安江与练江溪会合处。 钱塘:钱塘江,在浙江,上通新安江。 ③吴山:一名胥山,在浙江杭州西湖东南。

浣溪沙

题馀干传舍[1]

画楯朱栏绕碧山,[2]平湖徙倚水云宽。人家杨柳带汀湾。 目力已随飞鸟尽,机心还逐白鸥闲[3]。萧萧微雨晚来寒。

[注释]

①馀干:县名,在江西。 传舍:古代供来往行人休止住宿的处所。 ②画楯朱栏:彩绘的栏干。 ③机心:"有机械者必有机事,有机事者必有机心。机心存于心中则纯白不备。"见《庄子·天地》。此处谓竞争之心。

浣溪沙

登镇远楼

寒日孤城特地红,瘦藤扶我上西风。一川平远画图中。 江海一身真客燕,云天万里看归鸿。吴山应在白云东。

浣溪沙

竹洲七夕[1]

秋到郊原日夜凉，黍禾高下已垂黄。荷花犹有晚来香。　天上佳期称七夕，人间好景是秋光。竹洲有月可徜徉。

[注释]

①竹洲：在作者故乡休宁。

浣溪沙

风入枯藜衣袂凉[1]，江枫园柳半青黄。洗车飞雨带天香[2]。　世事一场真大梦，宦情都薄似秋光。竹洲有酒可徜徉。

[注释]

①枯藜：藜杖。　②天香：此指桂花。

浣溪沙

和前镇远楼韵

斜阳波底湿微红[1]，朱栏翠袖倚轻风。平平山色有无中[2]。　俯首微官真自缚，高飞远举羡冥鸿[3]。何时一艇大江东。

[注释]

①"斜阳"句："柳岸晚来船集，波底斜阳红湿。"见赵彦端《谒金门》（休相忆）词。"归鸟急，照水斜阳红湿。"见袁去华《谒金门》（归鸟急）

词。 ②“平平”句:“江流天地外,山色有无中。”见唐王维《汉江临泛》诗。 ③冥鸿:高飞之鸿“治则见,乱则隐。鸿飞冥冥,弋人何慕焉”。见汉扬雄《法言·问明》。

浣溪沙

咏 梅

茅舍疏篱出素英,临风照水眩精神。娟娟新月又黄昏[①]。 削约寒枝香未透[②],细看频嗅独消魂。为谁消瘦不禁春。

[注释]

①娟娟:美好貌。 ②削约:细瘦貌。

减字木兰花

中秋独与静之饮[①]

碧梧秋老,满地琅玕纷不扫[②]。门掩黄昏,惟有年时月照人。 凄凉满眼,肯作六年灯火伴。莫说凄凉,来岁如今天一方。

[注释]

①静之:未详。 ②琅玕:竹。此处谓竹影。

减字木兰花

朱子渊见和,次韵为谢[①]

思君欲老[②],一榻尘生谁与扫。禄仰晨昏,同是迟迟去鲁人[③]。 行当洗眼,看子青藜来夜伴[④]。莫变炎凉,斩马还须请上方[⑤]。

[注释]

①朱子渊：未详。　②思君欲老："思君令人老，岁月忽已晚。"见《古诗十九首·行行重行行》。　③"迟迟"句："孔子之去齐，接淅而行。去鲁，曰："迟迟吾行也。"见《孟子·万章下》。　④青藜："（刘向）校书天禄阁，专精覃思。夜有老人着黄衣，植青藜杖，登阁而进。见向暗中独坐诵读，老父乃吹杖端烟然，因以见向。"见晋王嘉《拾遗记》。　⑤"斩马"句："安得尚方断马剑，斩取朱门公子头。"见唐王翰《飞燕篇》。

减字木兰花

少陵未老[①]，曾把千人军独扫。髮白眵昏[②]，却作天涯流落人。　只堪合眼，夜直谁能潜入伴[③]。斗酒西凉[④]。何似卑栖且远方。

[注释]

①少陵："少陵野老吞声哭，春日潜行曲江曲。"见唐杜甫《哀江头》诗。少陵野老，杜甫自号。　②髮白眵昏："两目眵昏头雪白。"见唐韩愈《短灯檠歌》。　③"夜直"句："看子青藜来夜伴。"见《减字木兰花·朱子渊见和》。　夜直：官吏夜间值班。　④斗酒西凉："灵帝时中常侍张让专朝权，……（孟达之父孟化）又以蒲桃酒一斛遗让，即拜凉州刺史。"见《三国志·魏书·明帝纪》裴松之注引《三辅决录》。　西凉：古甘肃武威。

减字木兰花

此身已老，三径都荒长却扫[①]。面目尘昏，怕著朝章揖贵人[②]。　难瞒明眼，只有青山堪作伴。触事心凉，无病何劳更觅方。

[注释]

①三径:"三径就荒,松菊犹存。"见晋陶渊明《归去来兮辞》。 ②朝章:朝服。

念奴娇

寿陈尚书母夫人①

东风着意,正群芳未放,蟠桃初缀②。王母当年亲手种③,来作人间上瑞。婺女星躔④,金华福地⑤,聊驻千千岁。恰才八十,百分未及一二。 况是间生英贤,名高日月,未说文昌贵⑥。今日凝香称寿斝⑦,来岁衮衣当发⑧。黄贴天香⑨,太白珍膳⑩,押赐传中旨⑪。戏拈金果,宫娥应是争取。

[注释]

①陈尚书:未详。 ②蟠桃:神话中仙桃,三千年一开花,三千年一结果。 ③王母:西王母,神话中美丽而长寿的仙人。 ④婺女星:二十八宿之一,金华在婺女星分野。 ⑤金华福地:浙江金华市北金华山有金华洞,为道家三十六洞天之一。 ⑥文昌:尚书省别称。 ⑦称寿斝:举寿杯。 ⑧衮衣:古代三公绣龙的礼服。 ⑨天香:"元旦侵晨,禁中景阳钟罢,主上精虔炷天香。"见宋吴自牧《梦粱录》。 ⑩太白珍膳:"(玄宗)赐食,亲为调羹,有诏供奉翰林。"见《新唐书·李白传》。太白,李白字。 ⑪中旨:皇帝的旨意。

念奴娇

寿吴宰①

延州积庆②,到如今千载,芳传遗绪。世袭簪缨来旧治③,依约棠阴如故④。百里休声⑤,三年遗爱,若迹高今古。邑人尽道，郎君福过渠父。　州县岂久徒劳，汉家密令[6]，须作三公去[7]。今入花城称寿处，他日荣归禁路。黄贴天有，上尊名酒，押赐传天语[8]。朱颜绿鬓，腰黄紬蹙金缕。

[注释]

①吴宰：未详。　②延州：即延陵，在今常州附近。吴季札封地。　③簪缨：指显贵的官位。　④棠阴："召伯听男女之讼，不重劳百姓，止舍小棠之下而听断焉。国人被其德，说其化，思其人，敬其树。"见《诗经·召南·甘棠》郑玄笺。　⑤休声：美善之声。　⑥汉家：此处代宋。　⑦三公：辅佐国君掌握军政大权的最高官员。　⑧天语：皇帝的诏谕。

念奴娇

相逢恨晚，人谁道、早有轻离轻折。不是无情，都只为、离合因缘难测。秋去云鸿，春深花絮，风雨随南北。絮飞鸿散，问谁解舀得得[1]。　君自举远高飞，知他此去，萍梗何时息。雅阁幽窗欢笑处，回首翻成陈迹。小楷缄题，细行针线，一一重收拾。风花雪月[2]，此生长是思忆。

[注释]

①得得：自然。　②风花雪月："虽死生荣辱，转战于前，曾未入于胸中，则何异四时花雪月一过乎眼也。"见宋邵雍《伊川击壤集序》。

西江月

山色不随春老，竹枝长向人新。桃蹊李径已成阴[1]，深院莺啼人静。　尘世白驹过隙[2]，人情苍狗浮云[3]。不须计较谩劳神，且恁随缘任运[4]。

[注释]

①桃蹊李径:"谚曰:'桃李不言,下自成蹊。'此言虽小,可以喻大也。"见《史记·李将军列传》。　②白驹过隙:"人生天地之间,若白驹之过隙,忽然而已。"见《庄子·知北游》。　③苍狗浮云:"天上浮云如白衣,斯须改变如苍狗。古往今来共一时,人生万事无不有。"见唐杜甫《可叹》诗。　④随缘任运:听任命运摆布。

浣溪沙

春题别墅

暖日和风并马蹄[①],畦秧陇麦绿新齐[②]。人家桑柘午阴迷。　山色解随春意远,残阳还傍远山低。晚风归路杜鹃啼。

[注释]

①唐氏按:"马蹄"原作"鸟啼",不可解,且与末句韵重,据《新安文献志甲集》卷六十改。　②唐氏按:"秧"原作"英",据《新安文献志》改。

浣溪沙

和前次范石湖韵

帘额风微紫燕通,楼头柳暗碧云重。玉人争劝玉西东[①]。　醉拥雕鞍金蹀躞[②],夜归花院玉葱茏。归心何事与山浓。

[注释]

①玉人:美人。　争劝玉西东:"祝我剩周花甲子,谢人深劝玉西东。"见范成大《丙午新正书怀》。　玉西东:玉酒杯。　②金蹀躞:鞍鞯上佩戴的饰物。

浣溪沙

代 作

已是青春欲暮天，酒愁离恨不禁添。尊前休说见郎难。　别后要知还有意，生前莫道便无缘。雁来频寄小蛮笺[①]。

[注释]

①蛮笺：蜀地所产彩色花纸。此处指代书信。

浣溪沙

戏陈子长[①]

汗褪香红雪莹肌，装馀静丽雾裁衣。晚凉新浴倚栏时。　帘卷轻风斜虿髪[②]。杯深新月堕蛾眉。此时风味许谁知。

[注释]

①陈子长：未详。　②虿（chài）髪：古代妇女的一种髪型，髪末梢卷曲上卷如虿。

朝中措

代宋仲温上德操[①]

文章声价擅南州，人物更风流。岂久徒劳州县，看看催上瀛洲[②]。　朱颜绿鬓，画堂标王[③]，宝带垂镠[④]。睡起八砖影转[⑤]，归来双烛光浮。

（以上见明万历本《吴文肃公文集》卷二十）

[注释]

①宋仲温:未详。　②僱上瀛洲:唐武德四年,太子李世民于宫城西作文学馆,收聘贤士,"预入馆者,时所倾慕,谓之'登瀛州'"。见《旧唐书·褚亮传》。　③唐氏按:"王",疑误。　笃文按:或为"玉"字之讹。　④镠:纯金。　⑤八砖影转:唐李程为翰林学士,性懒,每待日影至阶前八砖方入朝,时人称为"八砖学士"。此处谓仕途得意。

陆 游

陆游（1125—1210），字务观，号放翁，山阴（今浙江绍兴）人。以荫补登仕郎。孝宗即位，赐进士出身。除镇江通判。乾道六年入蜀，通判夔州，权四川宣抚使司干办公事兼检法官，权通判蜀州，摄知嘉州、荣州。范成大帅蜀，为参议官。淳熙五年别蜀东归，提举江南西路常平茶盐公事，权知严州，除军器少监、礼部郎中。嘉泰二年，诏同修国史兼秘书监，升宝谟阁待制。《宋史》有传。有《渭南词》。

赤壁词

招韩无咎游金山①

禁门钟晓②，忆君来朝路，初翔鸾鹄。西府中台推独步③，行对金莲宫烛④。蹙绣华鞯⑤，仙葩宝带⑥，看即飞腾速。人生难料，一尊此地相属⑦。　回首紫陌青门⑧，西湖闲院⑨，锁千梢修竹。素壁栖鸦应好在⑩，残梦不堪重续⑪。岁月惊心，功名看镜⑫，短鬓无多绿。一欢休惜，与君同醉浮玉⑬。

[注释]

①作于乾道元年（1165）正月，时任镇江通判。　赤壁词：汲古阁本作《念奴娇》。韩元吉有《念奴娇》“次韵陆务观见贻《念奴娇》韵”。　韩无咎，韩元吉字，时省母京口，旋以考功郎征入朝。　金山：在镇江西北长江中。　②禁门：宫门。　③西府：宋时以中书门下为东府，枢密院为西府。　中台：指尚书省。　④金莲宫烛：谓受皇帝恩宠。“上将命令狐绹为相……乃赐金莲花烛送之。”见唐裴廷裕《东观奏记》。　⑤蹙绣华鞯：鞯为衬托马鞍之垫子，唐宋时执政赐以绣盘龙花鞯。　⑥仙葩宝带：宋时六曹尚书、翰林学士、御史中丞皆赐御花仙带。　⑦相属：斟酒相劝。

属，注。　⑧紫陌青门：此处指行在临安（今杭州）。　⑨西湖：指杭州西湖。　⑩栖鸦：喻草书。　⑪“残梦”句：“马上续残梦，马嘶时复惊。”见唐刘驾《早行》诗。　⑫功名看镜：“勋业频看镜，行藏独倚楼。”见唐杜甫《江上》诗。　⑬浮玉：即金山。“此山大江环绕，每风涛四起，势欲飞动，故南朝谓之浮玉。”见宋周必大《二老堂杂记·记镇江府金山》。

［集评］

俞陛云云：“前八句皆言无咎趋朝时驰驱皇路，转眼腾霄，接以‘人生难料’二句，一折到题，笔力健劲。转头处追忆旧游，别开一境，功名易老，惟有及时行乐，一醉方休耳。下阕之感叹，本上文‘人生难料’句，‘一尊’、‘同醉’，前后之结句相呼应，章法周密。无咎殆康衢误蹶，放翁特招其漫游。观‘岁月’‘功名’三句，言春梦易醒，而慰藉之意自见。”（《唐五代两宋词选释》）

浣沙溪[1]

和无咎韵

懒向沙头醉玉瓶[2]，唤君同赏小窗明[3]。夕阳吹角最关情。　忙日苦多闲日少[4]，新愁常续旧愁生。客中无伴怕君行。

［注释］

①作于乾道元年（1165）正月，时无咎将赴行在。　浣沙溪：汲古阁本作《浣溪沙》。　唐氏按：此首误入王之望《汉滨诗馀》。　②玉瓶：盛酒之瓷瓶。“酒尽沙头双玉瓶。”见唐杜甫《醉歌行》诗。　③“唤君”句：“夕阳如有意，长傍小窗明。”见唐方棫《失题》诗。　④苦：甚，偏。

［集评］

俞陛云云：“首二句秀婉有致。‘夕阳’句于闲处写情，意境并到。‘忙日’、‘新愁’二句真率有唐人诗格。结句乃客中送客，人人意中所难堪者，作者独能道出之，殆无咎将有远行也。”（《唐五代两宋词选释》）

浣溪沙

南郑席上[①]

浴罢华清第二汤[②]，红绵扑粉玉肌凉。娉婷初试藕丝裳[③]。　凤尺裁成猩血色[④]，螭奁熏透麝脐香[⑤]。水亭幽处捧霞觞。

[注释]

①作于乾道八年（1172）夏，时于四川宣抚司任干办公事兼检法官。　南郑：今陕西汉中，时为四川宣抚司治所。　②华清：唐代华清宫温泉，在陕西临潼骊山下。　第二汤：谓南郑温泉仅次于华清。　③藕丝：纯白的丝。　④猩血：红色。　⑤螭（chī）奁：螭形为饰的熏香铜匣。　脐香：麝香，雄麝腹部腺分泌物，为名贵香料。

[集评]

俞陛云云："通首由出浴后次第写妆饰之丽，其人之妍妙自见。末句仅以捧觞作结，含情在无言处见。"（《唐五代两宋词选释》）

青玉案

与朱景参会北岭[①]

西风挟雨声翻浪。恰洗尽、黄茅瘴[②]。老惯人间齐得丧。千岩高卧[③]，五湖归棹[④]，替却凌烟像[⑤]。　故人小驻平戎帐，白羽腰间气何壮[⑥]。我老渔樵君将相。小槽红酒[⑦]，晚香丹荔[⑧]，记取蛮江上[⑨]。

[注释]

①作于绍兴二十九年(1159)福州决曹任上。　朱景参：朱孝闻，青田人，绍兴二十四年张孝祥榜进士，时为宁德县尉。　北岭："在福州，予少

时与友人朱景参会岭下僧舍。"见《剑南诗稿》卷六五《道院杂兴》自注。　②黄茅瘴:南方六、七月间芒茅黄枯时瘴气大发,土人呼为黄茅瘴。"会须一洗黄茅瘴。"见苏轼《赠清凉寺和长老》诗。　③千岩:"顾长康从会稽还,人问山川之美。顾云:'千岩竞秀,万壑争流,草木蒙笼其上,若云兴霞蔚。'"见《世说新语·言语》。"微官行矣闽山去,又寄千岩梦想中。"见《诗稿》卷十《归云门》。　④五湖:太湖及其周围湖泊。"(范蠡)遂乘轻舟以浮于五湖,莫知其所终。"见《国语·越语》。　⑤凌烟像:"(唐)贞观十七年,太宗图画太原倡义及秦府功臣……二十四人于凌烟阁,太宗亲为之赞。"见唐刘肃《大唐新语·褒赐》。　⑥白羽:白羽箭。　⑦小槽红酒:"小槽酒滴真珠红。"见唐李贺《将进酒》诗。　⑧晚香丹荔:"北岭空思擘晚红。"见《诗稿》卷六五《道院杂兴》。　⑨蛮江:谓闽江。

[集评]

卓人月云:"'替'字妙。"(《古今词统》卷十)

陈廷焯云:"辛陆并称豪放,然陆之视辛,奚啻瓦缶之竞黄钟也。择其遒劲者数章尚可观,其抱负去稼轩则万里矣。爽朗。"(《词则·放歌集》)

张德瀛云:"张安国词云:'昏昏西北度严关,天外一簪,初见岭南山。'陆放翁词云:'小槽红酒,晚香丹荔,记取蛮江上。'张初至粤地而作,陆追忆粤游而作,其志趣迥尔不同。"(《词徵》卷五)

水调歌头

多景楼[①]

江左占形胜[②],最数古徐州[③]。连山如画,佳处缥缈著危楼[④]。鼓角临风悲壮[⑤],烽火连空明灭,往事忆孙刘[⑥]。千里曜戈甲,万灶宿貔貅[⑦]。　露沾草,风落木,岁方秋。使君宏放[⑧],谈笑洗尽古今愁。不见襄阳登览[⑨],磨灭游人无数,遗恨黯难收。叔子独千载[⑩],名与汉江流[⑪]。

[注释]

①作于隆兴二年(1164)十月镇江通判任上。　多景楼:在镇江北固山甘露寺内,宋郡守陈天麟建。取李德裕《题临江亭》“多景悬窗牖”之句以命名。“甘露多景楼,天下胜处,废以为优婆塞之居,不知几年。桐庐方公尹京口,政成暇日,领客来游,慨然太息。寺僧识公意,阅月楼成,陆务观赋《水调》歌之,张安国书而刻之崖石。”见张孝祥《题陆务观多景楼长句》。毛开有和韵。　②江左:江东。　③古徐州:东晋南渡,置侨州侨郡,曾以徐州治镇江,故镇江又称古徐州或南徐州。　④缥缈著危楼:“独立缥缈之飞楼。”见唐杜甫《白帝城最高楼》诗。　⑤“鼓角”句:“五更鼓角声悲壮。”见唐杜甫《阁夜》诗。　⑥孙刘:谓孙权、刘备。“(甘露寺)有狠石,世传以为汉昭烈、吴大帝尝据此石共谋曹氏。”见《渭南文集》卷四十三《入蜀记》。　⑦貔貅(pí xiū):猛兽,喻勇猛战士。“野宿貔貅万灶烟。”见苏轼《次韵穆父尚书》诗。　⑧使君:谓方滋,时知镇江府事。　⑨襄阳登览:晋羊祜登岘山,曾谓从事邹湛等曰:“自有宇宙,便有此山。由来贤达胜士,登此远望,如我与卿者多矣。皆湮没无闻,使人悲伤。”见《晋书·羊祜传》。东汉置襄阳郡,治所在襄阳(今湖北襄樊)。岘山在襄阳南。　⑩叔子:羊祜字。　⑪汉江:汉水,流经襄阳。

浪淘沙

丹阳浮玉亭席上作①

绿树暗长亭②,几把离尊。阳关常恨不堪闻③。何况今朝秋色里,身是行人。　　清泪浥罗巾,各自消魂。一江离恨恰平分。安得千寻横铁锁④,截断烟津。

[注释]

①作于乾道元年(1165)七月离别镇江时。　丹阳:古郡名,代指镇江。　浮玉亭:在府治西五里需亭北。　②长亭:古时设在官道旁亭舍,为饯别之地。此处指浮玉亭。　③阳关:《阳关曲》,即王维《送元二使安西》诗,末句为“西出阳关无故人”。　④“千寻”句:“吴人于江险碛要害之处,并以铁锁横截之。”见《晋书·王濬传》。此处表留客之意。

[集评]

卓人月云:“(‘安得’二句)想头愈奇愈新。”(《古今词统》卷七)

俞陛云云:“长亭把酒,自古伤离。身是行人,谁能堪此!下阕言居者、行者,同是江水量愁。铁锁横江,本以断东下之师,今以断愁来之路。句新与情挚兼之,与永叔之陌上寻人倩他燕子,玉田之相思一点寄与孤鸿,皆词人幽邃之思。”(《唐五代两宋词选释》)

定风波

进贤道上见梅赠王伯寿①

敧帽垂鞭送客回②,小桥流水一枝梅。衰病逢春都不记,谁谓。幽香却解逐人来。　安得身闲频置酒,携手。与君看到十分开。少壮相从今雪鬓,因甚。流年羁恨两相催。

[注释]

①作于乾道元年(1165)冬赴隆兴途中。　进贤:今江西进贤。　王伯寿:未详。　②敧帽垂鞭:“信在秦州,尝因猎日暮驰入城,其帽微侧。诘旦而吏民有戴帽者,咸慕信而侧帽焉。”见《周书·独孤信传》。“花时万人乐处,敧帽垂鞭。”见《汉宫春》(羽箭雕弓)。

南乡子①

归梦寄吴樯②,水驿江程去路长。想见芳洲初系缆③,斜阳。烟树参差认武昌④。　愁鬓点新霜,曾是朝衣染御香⑤。重到故乡交旧少,凄凉。却恐它乡胜故乡⑥。

[注释]

①作于淳熙五年(1178)初秋出蜀东归江行途中。　②吴樯:驶向长江下游船只。“吴樯楚舵牵百丈。”见唐杜甫《秋风》诗。　③芳洲:鹦鹉

洲，在武昌东北长江中。“芳草萋萋鹦鹉洲。”见唐崔颢《黄鹤楼》诗。④武昌：今湖北鄂城。⑤染御香：作者入蜀前曾在朝任枢密院编修官。“衣冠身惹御炉香。”见唐贾至《早朝大明宫》诗。⑥它乡胜故乡：“乱后谁归得，他乡胜故乡。”见唐杜甫《得舍弟消息》诗。

[集评]

卓人月云：“可见放翁重朋友为性命。”（《古今词统》卷八）

许昂霄云：“南渡后，唯放翁为诗家大宗。词亦扫尽纤淫，超然拔俗。”（《词综偶评》）

俞陛云云：“入手处仅写舟行，已含有客中愁思。二句秀逸入画。继言满拟以还乡之乐偿恋阙之怀，而门巷依然，故交零落，转不若寂寞他乡，尚无睹物怀人之感，乃透进一层写法。”（《唐五代两宋词选释》）

南乡子[①]

早岁入皇州[②]，尊酒相逢尽胜流[③]。三十年来真一梦，堪愁。客路萧萧两鬓秋。　蓬峤偶重游[④]，不待人嘲我自羞。看镜倚楼俱已矣[⑤]，扁舟。月笛烟蓑万事休。

[注释]

①作于淳熙十六年（1189）。②“早岁”句：陆游于绍兴三十年（1160）除敕令所删定官，次年迁大理司直兼宗正簿，第三年除枢密院编修官兼编类圣政所检讨官。皇州：指行在。③胜流：名流，指同时在朝之闻人滋、周必大、曾季狸、郑樵、林栗、刘仪凤、邹柼、范成大、韩元吉等人。④蓬峤：谓学士院。陆游于淳熙十六年七月以礼部郎中兼实录院检讨官，上距绍兴三十二年为枢密院编修官兼编类圣政所检讨官已三十五年，故有此叹。⑤看镜倚楼：“勋业频看镜，行藏独倚楼。”见唐杜甫《江上》诗。

满江红[①]

危堞朱栏，登览处、一江秋色。人正似、征鸿社燕，几番轻别[②]。缱绻难忘当日语，凄凉又作它乡客。问鬓边、都有几多丝，真堪织[③]。　杨柳院，秋千陌。无限事，成虚掷。如今何处也，梦魂难觅。金鸭微温香缥缈[④]，锦茵初展情萧瑟[⑤]。料也应、红泪难伴秋霖，灯前滴[⑥]。

［注释］

①作于乾道元年（1165）镇江通判任上，韩元吉有和韵。　②"人正似"二句："有如社燕与秋鸿，相逢未稳还相送。"见苏轼《送陈睦知潭州》诗。　③"问鬓边"二句："鬓边虽有丝，不堪织寒衣。"见唐贾岛《客喜》诗。　④金鸭：鸭形之金属香炉。　⑤锦茵：锦制垫褥。　⑥"料也"二句："枕前泪共阶前雨，隔个窗儿滴到明。"见宋聂胜琼《鹧鸪天》词。

满江红

夔州催王伯礼侍御寻梅之集[①]

疏蕊幽香，禁不过、晚寒愁绝。那更是、巴东江上，楚山千叠。欹帽闲寻西瀼路[②]，亸鞭笑向南枝说[③]。恐使君、归去上銮坡[④]，孤风月。　清镜里，悲华发。山驿外，溪桥侧。凄然回首处，凤凰城阙。憔悴如今谁领略？飘零已是无颜色。问行厨、何日唤宾僚，犹堪折[⑤]。

［注释］

①作于乾道六年（1170）冬夔州通判任上。　夔州：今四川奉节。陆游于乾道五年十二月六日，得报差通判夔州。乾道六年闰五月十八日，离山阴赴任，十二月十七日到达夔州。　王伯礼：王伯庠，字伯礼，鄞人，绍兴二年进士，时知夔州兼本路安抚。　②西瀼："（夔州）在瀼之西，故一曰瀼西。土人谓山间之流通江者曰瀼云。"见《入蜀记》。　③亸（duǒ）：垂。　④銮坡："俗称翰林学士为坡，盖唐德宗时尝移学士金銮坡上，故亦銮坡。"见宋叶梦得《石林燕语》。　⑤犹堪折："有花堪折直须折，莫待无花空折枝。"见唐杜秋娘《金缕词》。

感皇恩

伯礼立春日生日[①]

春色到人间，彩幡初戴[②]。正好春盘细生菜[③]。一般日月，只有仙家偏耐。雪霜从点鬓，朱颜在。　温诏鼎来[④]，延英催对[⑤]。凤阁鸾台看除拜[⑥]。对衣裁稳[⑦]，恰称毬纹新带[⑧]。个时方旋了、功名债[⑨]。

[注释]

①作于乾道六年(1170)冬夔州通判任上。　②彩幡初戴：旧俗立春日用彩色绢、纸剪成小幡，插于髮上，称为春幡、春胜。　幡(fān)：长方而下垂的旗子。　③春盘细生菜：旧俗立春日食生菜，取迎新之意，谓春盘。“春日春盘细生菜。”见唐杜甫《立春》诗。　④温诏：情词恳切之诏命。　鼎：当，方。　⑤延英：延英殿。“上元中，长安东内始置延英殿。每侍臣赐对，则左右悉去。故直言谠议，尽得上达。”见宋钱易《南部新书》甲。　⑥凤阁鸾台：中书省称凤阁，门下省称鸾台。　除拜：授官。　⑦对衣：宋时召见大臣，常赐以对衣鞍马。　⑧毬纹新带：服饰之一种，宋时专赐三府执政之佩戴。　⑨个时：那时。　旋：还。

感皇恩[①]

小阁倚秋空，下临江渚[②]。漠漠孤云未成雨。数声新雁，回首杜陵何处[③]。壮心空万里，人谁许[④]？　黄阁紫枢[⑤]，筑坛开府[⑥]。莫怕功名欠人做。如今熟计，只有故乡归路。石帆山脚下[⑦]，菱三亩。

[注释]

①作于蜀中。　②“小阁”句：“小阁倚晴空。”见宋周邦彦《感皇恩》词。　③杜陵：在长安东南，秦时为杜县，因有汉宣帝陵，称杜陵。“为问寒沙新到雁，来时为下杜陵无。”见唐杜牧《秋浦道中》诗。“忽闻凉雁至，

如有杜陵秋。"唐于邺《秋夕闻雁》诗。　④谁许:何许,何处。　⑤黄阁:汉时丞相听事阁曰黄阁。此处指中书、门下省。　紫枢:谓枢密院。黄阁紫枢指二府。　⑥筑坛:汉刘邦设坛场拜韩信为大将。见《史记·淮阴侯列传》。　开府:开建府署。汉制,三公得开府,置官属。　⑦石帆山:在绍兴市东南十五里,石壁高数十丈,状如张帆临水。

[集评]

程洪云:"《感皇恩》(小阁倚秋空),其人胸中有故,出语自不同。当与'酒徒一半取封侯,独去作,江边渔父'合看。"(《词洁辑评》)

好事近

寄张真甫[①]

羁雁未成归,肠断宝筝零落[②]。那更冻醪无力[③],似故人情薄。　　瘴云蛮雨暗孤城[④],身在楚山角。烦问剑南消息[⑤],怕还成疏索[⑥]。

[注释]

①作于淳熙元年(1174)冬荣州任上。　张真甫:张震,字真甫,广汉人,绍兴二十一年进士。历中书舍人,知夔州。时知成都。　②"羁雁"二句:"钿蝉金雁皆零落。"见唐温庭筠《赠弹筝人》。按筝柱斜列如雁行,故云。　③冻醪(lǎo):冬天酿造的酒。　④瘴云蛮雨:"瘴烟蛮雨,夜郎江畔。"见《水龙吟》(尊前花底)词。　⑤剑南:唐贞观元年置剑南道,以在剑阁之南得名。此处谓成都。　⑥疏索:疏远。"近来音信两疏索。"见唐温庭筠《酒泉子》词。

好事近

风露九霄寒[①],侍宴玉华宫阙[②]。亲向紫皇香案[③],见金芝千叶[④]。　　碧壶仙露酝初成,香味两奇绝。醉后却骑丹凤，看蓬莱春色[⑤]。

[注释]

①九霄：天空最高处，为仙人所居。 ②玉华宫阙：唐代有玉华宫，此处为想象中神仙所住宫阙。 ③紫皇：道家传说太清宫有太皇、紫皇、玉皇。 ④金芝：仙草名。 ⑤蓬莱：神话中海上三神山之一。

好事近

次宇文卷臣韵[①]

客路苦思归，愁似茧丝千绪。梦里镜湖烟雨[②]，看山无重数。 尊前消尽少年狂，慵著送春语。花落燕飞庭户，叹年光如许。

[注释]

①宇文卷臣：宇文绍奕，字卷臣，一作衮臣，成都双流人，以承议郎通判剑州，守临邛、广汉，以谤黜。与陆游交至厚。此词作于陆游东归前。 ②镜湖：在今浙江绍兴，东西横贯全县。"乾道丙戌(1166)，始卜居镜湖之三山。"见《诗稿》卷三十二《幽栖》自注。"予故山在镜湖之南。"见《诗稿》卷八《夜登小南门城上》自注。

好事近[①]

岁晚喜东归，扫尽市朝陈迹。拣得乱山环处[②]，钓一潭澄碧[③]。 卖鱼沽酒醉还醒，心事付横笛。家在万重云外，有沙鸥相识。

[注释]

①作于淳熙五年(1178)东归时。《中兴以来绝妙词选》卷二调下题作"东归书事"。 ②乱山环处：指云门。"万里归来值岁丰，解装乡墅乐

无穷。”见《诗稿》卷十《归云门》。　③潭:指孤潭,在云门寺前。

好事近[①]

华表又千年,谁记驾云孤鹤。回首旧曾游处,但山川城郭[②]。　纷纷车马满人间,尘土污芒屩[③]。且访葛仙丹井[④],看岩花开落。

[注释]

①作于淳熙五年(1178)东归后。　②“华表”四句:“丁令威,本辽东人,学道于灵虚山。后化鹤归辽,集城门华表柱。时有少年举弓欲射之,鹤乃飞,徘徊空中而言曰:‘有鸟有鸟丁令威,去家千年今始归。城郭如故人民非,何不学仙冢累累。’遂高上冲天。”见晋陶潜《搜神后记》卷一。华表:城门前具有装饰性能的巨大石柱。　③芒屩:草鞋。“道家有青芒屦。”见《诗稿》卷五十一《溪上》自注。　④葛仙丹井:葛玄炼丹井。《诗稿》卷十九有《故山葛仙翁丹井有偃松覆其上夭娇可爱寄题》诗,当在云门山。

[集评]

俞陛云云:“此调凡十二首,皆官待制后致仕归来所作。其中类似游仙者四首。此词用丁令威事,直以身化鹤,如庄子之以身化蝶,在空际着想,下视山川城郭,皆在尘土中,所谓不见长安,只见尘雾也。高想入云,有昌黎‘举瓢酌天浆’之意。”(《唐五代两宋词选释》)

好事近[①]

挥袖别人间,飞蹑峭崖苍壁。寻见古仙丹灶[②],有白云成积。　心如潭水静无风,一坐数千息[③]。夜半忽惊奇事,有鲸波暾日[④]。

[注释]

①此亦游仙词，当与“风露九霄寒”、“华表又千年”同作。 ②古仙丹灶：即葛仙丹井。 ③“一坐”句：“岂知得此地，一坐数千息。”见陈与义《又赋》诗。 ④“夜半”二句：“要知壮观非尘世，半夜鲸波浴日红。”见《诗稿》卷二十三《梦海山壁间诗，不能尽记，以其意追补》。

[集评]

卓人月云：“英雄感慨无聊，必借神仙荒忽之语以自释。此远游篇之意也。”（《古今词统》卷五）

好事近[①]

湓口放船归[②]，薄暮散花洲宿[③]。两岸白苹红蓼[④]，映一蓑新绿。　　有沽酒处便为家，菱芡四时足。明日又乘风去，任江南江北。

[注释]

①作于淳熙五年（1178）秋东归江行途中。 ②湓口：即湓浦，在今江西九江西，湓水经湓口流入长江。 ③散花洲：“（乾道六年八月十六日）抛舟泊散花洲，洲与西塞（山）相直。”见《入蜀记》。 ④白苹红蓼：“白苹红蓼，又寻湓浦庐山。”见黄庭坚《促拍满路花》词。红蓼，俗呼水红，又称火蓼。

好事近

登梅仙山绝顶望海[①]

挥袖上西峰，孤绝去天无尺。拄杖下临鲸海，数烟帆历历。　　贪看云气舞青鸾，归路已将夕。多谢半山松吹，解殷勤留客。

[注释]

①梅仙山:梅山,在绍兴东北八里,传说梅福曾隐居于此。　海:今杭州湾,乡人呼为后海。

好事近

小倦带馀酲,澹澹数棂斜日。驱退睡魔十万,有双龙苍壁[①]。　少年莫笑老人衰,风味似平昔。扶杖冻云深处[②],探溪梅消息。

[注释]

①"驱退"二句:谓饮茶提神。"建茶三十片,不审味如何。奉赠包居士,僧房战睡魔。"见苏轼《赠包安静先生三首》(其二)。　双龙苍璧:茶名。"外家新赐苍龙璧。"见黄庭坚《谢公择舅分赐茶》诗。　②冻云:下雪前积聚之乌云。

好事近

觅个有缘人,分付玉壶灵药[①]。谁向市尘深处,识辽天孤鹤[②]。　月中吹笛下巴陵[③],条华赴前约[④]。今古废兴何限,叹山川如昨。

[注释]

①分付:付与。　②辽天孤鹤:"丁令威,本辽东人,学道于灵虚山。后化鹤归辽,集城门华表柱。时有少年举弓欲射之,鹤乃飞,徘徊空中而言曰:'有鸟有鸟丁令威,去家千年今始归。城郭如故人民非,何不学仙冢累累。'遂高上冲天。"见晋陶潜《搜神后记》卷一。　华表:城门前具有装饰性能的巨大石柱。　③巴陵:今湖南岳阳。　④条华:中条山和华山,中条山在山西永济东南,华山在陕西东部。"昔予常有卜居条华意。"见《诗稿》卷六十九《书几试笔》自注。

好事近[①]

平旦出秦关[②]，雪色驾车双鹿[③]。借问此行安往。赏清伊修竹[④]。　汉家宫殿劫灰中[⑤]，春草几回绿？君看变迁如许，况纷纷荣辱。

[注释]

①此亦游仙词，当与“风露九霄寒”诸词同作。　②秦关：即函谷关，战国时秦置。故址在今河南灵宝西南。　③“雪色”句：“忆尔腰下铁丝箭，射杀林中雪色鹿。”见唐杜甫《久雨期王将军不至》诗。　④清伊修竹：“水南卜筑吾岂敢，试向伊川买修竹。”见宋苏轼《别子由三首兼别迟》诗。“何时道路平如砥，却就清伊整幅巾。”见《诗稿》卷三十六《杂题》。　清伊：伊水，在河南西部。《山海经·中山经》：“蔓渠之山，其上多金玉，其下多竹箭，伊水出焉。”　⑤劫灰：佛教所谓“劫火”之馀灰。此指兵火残迹。

[集评]

俞陛云云：“关中为古帝王州，凡策马秦原者，黄叶汉宫，绿芜秦苑，每有怀古苍凉之慨。放翁感遗殿之消沉，思帝王之烜赫，尚结局如斯，区区一身荣辱，安足论耶？此调游览之词凡五首，惟此首发思古之幽情，笔亦有俊爽气。”（《唐五代两宋词选释》）

好事近[①]

秋晓上莲峰[②]，高蹑倚天青壁。谁与放翁为伴，有天坛轻策[③]。　铿然忽变赤龙飞[④]，雷雨四山黑。谈笑做成丰岁，笑禅龛榔栗[⑤]。

[注释]

①此亦游仙词之一。　②莲峰：莲花峰，为陕西华山之中峰。“西上莲花峰。”见李白《古风》（十九）。　③天坛：王屋山绝顶，相传为古仙灵

朝会之所,唐司马祯修道于此。　轻策:指藤杖。“手扶万里天坛杖。”见《诗稿》卷二十八《系舟》。　④“铿然”句:传说费长房得壶公一竹杖,骑而辞去,忽忽如睡,待觉,已到家,弃杖陂中,乃为青龙。见《后汉书·方术传·费长房》。　⑤禅龛(kān):供佛小阁。　楖(jì)栗:手杖。

鹧鸪天

送叶梦锡①

家住东吴近帝乡②,平生豪举少年场③。十千沽酒青楼上④,百万呼卢锦瑟傍⑤。　身易老,恨难忘,尊前赢得是凄凉⑥。君归为报京城旧,一事无成两鬓霜。

[注释]

①作于乾道九年(1173)秋,送叶梦锡自都府移知建康府。　叶梦锡:叶衡,字梦锡,婺州金华(今浙江金华)人,知荆南、成都、建康府,拜右丞相兼枢密使。《宋史》有传。　②家住东吴:“某吴人,凡吴之陆皆同谱。”见《答王樵秀才书》。此就陆氏郡望而言,实指山阴。　③“平生”句:“自笑平生醉后狂,千钟使气少年场。”见《诗稿》卷二《自笑》。　④十千沽酒:“归来宴平乐,美酒斗十千。”见三国魏曹植《名都篇》。　⑤百万呼卢:古人赌博,削木为五子,每子一面涂黑画牛犊,一面涂白画雉,五子俱黑者胜。掷子时高声喊“卢”,故称呼卢。见《晋书·刘毅传》。　⑥“尊前”句:“光景旋消惆怅在,一生赢得是凄凉。”见唐韩偓《五更》诗。

[集评]

陈廷焯云:“未尝不轩爽,而气魄苦不大,益叹稼轩天人不可及也。”(《词则·放歌集》卷三)

鹧鸪天

葭萌驿作①

看尽巴山看蜀山②,子规上江过春残③。惯眠古驿常安枕，熟听阳关不惨颜[4]。　慵服气，懒烧丹[5]，不妨青鬓戏人间。秘传一字神仙诀，说与君知只是顽[6]。

[注释]

①作于乾道八年（1172）三月自夔州赴南郑途中。　葭萌驿："（葭萌）县（故治在今四川广元西南）北百八十里施店驿，即古葭萌驿，驿即古县址也。"见明曹学佺《蜀中名胜记》卷二十四引《本志》。"乱山落日葭萌驿，古渡悲风橘柏江。"见《诗稿》卷五十二《有怀梁益旧游》。"清梦不知身万里，只言今夜宿葭萌。"见《诗稿》卷五十五《梦行小益道中》。　②巴：今四川东部。　蜀：今四川中西部。　③子规："江左曰子规，蜀右曰杜宇，瓯越曰怨鸟，一曰杜鹃。"见《禽经》。　④阳关：《阳关曲》，即唐王维《送元二使安西》诗。　⑤服气：即所谓吐纳。道家修养之法。　烧丹：烧炼金石药物成丹，道家以为服之可以长生。"服气烧丹总不能。"见《诗稿》卷三十一《赠道友》。　⑥"秘传"句："古言忍字似而非，独有痴顽二字奇。"见《诗稿》卷五十五《杂感》。

[集评]

卓人月云："宁为顽仙，胜作才鬼。"（《古今词统》卷七）

鹧鸪天

梳髮金盘剩一窝，画眉鸾镜晕双娥[1]。人间何处无春到，只有伊家独占多。　微步处，奈娇何，春衫初换麴尘罗[2]。东邻鬥草归来晚[3]，忘却新传子夜歌[4]。

[注释]

①鸾镜：饰有鸾鸟图案之铜镜。　②麴尘：喻淡黄色。　③鬥草："五月五日，四民并踏百草，又有鬥百草之戏。"见梁宗懔《荆楚岁时记》。　④子夜歌：晋吴声歌曲有《子夜歌》，相传为女子子夜所作。

［集评］

贺裳云："《鹧鸪天》最多佳辞。《草堂》所载，无一善者。如陆放翁'东邻鬥草归来晚，忘却新传子夜歌'，赵德麟'须知月色撩人眼，数夜春寒不下阶'；姜白石《元夕不出》'芙蓉影暗三更后，卧听邻娃笑语归'，骎骎有诗人之致，选不之及，何也？"(《皱水轩词筌》)

鹧鸪天[①]

家住苍烟落照间[②]，丝毫尘事不相关。斟残玉瀣行穿竹[③]，卷罢黄庭卧看山[④]。　贪啸傲[⑤]，任衰残，不妨随处一开颜。元知造物心肠别[⑥]，老却英雄似等闲。

［注释］

①作于乾道二年(1166)隆兴罢归、卜筑三山时。　②"苍烟"句："三山别业面临浩瀚镜湖。　③玉瀣：酒名，传说隋炀帝造。见明冯时化《酒史》卷上。"鹦䴉螺斟玉瀣香。"见《诗稿》卷三十五《秋兴》。　④黄庭：经名。《云笈七签》有《黄庭内景经》、《黄庭外景经》和《黄庭遁缘身经》。"手把黄庭两卷经。"见《诗稿》卷十五《道室即事》。　⑤啸傲："啸傲东轩下，聊复得此生。"见陶渊明《饮酒》诗。　⑥造物：上天。

鹧鸪天[①]

插脚红尘已是颠，更求平地上青天。新来有个生涯别，买断烟波不用钱[②]。　沽酒市，采菱船，醉听风雨拥蓑眠。三山老子真堪笑[③]，见事迟来四十年[④]。

［注释］

①与前首"家住苍烟落照间"同时作。　②"买断"句："买断秋光不用钱。"见《诗稿》卷二十八《出游》。　买断：买尽。　③三山：在绍兴西九里镜湖边，自东而西为石堰山、韩家山、行宫山三座孤立小山，陆游别业

在行宫山脚，地名西村。 ④见事迟："穰侯智士而见事迟。"见《史记·范睢蔡泽列传》。 四十年：陆游时年四十二，言四十，举其成数。

鹧鸪天[①]

懒向青门学种瓜[②]，只将渔钓送年华。双双新燕飞春岸，片片轻鸥落晚沙[③]。 歌缥缈，橹呕哑，酒如清露鲊如花。逢人问道归何处，笑指船儿此是家。

[注释]

①与前"家住苍烟落照间"、"插脚红尘已是颠"二首同时作。 ②"懒向"句：秦东陵侯召平秦亡后种瓜东门（长安东门）外。见《三辅黄图》卷一。 ③片片轻鸥："片片轻鸥落闲幔。"见唐杜甫《小寒食舟中作》。

[集评]

卓人月云："绝妙渔歌，亦灵均之寓言于沧浪也。"（《古今词统》）

俞陛云云："此作虽笔少回旋，而襟怀闲适，纵笔写来，有清空之气。'新燕'、'轻鸥'二句，言心无挂碍，如鸥、燕之去住无心，即景以见意也。"（《唐五代两宋词选释》

鹧鸪天

薛公肃家席上作[①]

南浦舟中两玉人[②]，谁知重见楚江滨。凭教后苑红牙版[③]，引上西川绿锦茵[④]。 才浅笑，却轻嚬，淡黄杨柳又催春。情知言语难传恨[⑤]，不似琵琶道得真。

[注释]

①作于蜀中。 薛公肃：乾道四年为简州判。王质《雪山集》卷十五、李石《方舟集》卷五均有《题公肃西湖问梅图》。 唐氏按：《永乐大典》卷

二万零三百五十三“席”字韵此首误作丘密词。　②“南浦”句：“子交手兮东行，送美人兮南浦。”见《楚辞·河伯》。　玉人：指歌舞伎。　③红牙板：拍板。“东坡在玉堂日，有幕士善歌，因问：‘我词何如柳七？’对曰：‘柳郎中词，只合十七八女郎，执红牙板，歌“杨柳岸晓风残月”。’”　④锦茵：丝织地毯。　⑤情知：明知。

[集评]

俞陛云云：“此在薛公肃席上逢旧时歌伎而作。质言之，不过云英重见，未免有情耳。结句乃藉琵琶传意，以纡回之笔写之，盖一落言诠，便无馀味，不若空中传恨，见声音之感人。故白香山之悲商妇琵琶，不在整衣自言之际，而在急弦转拨之时、为之青衫泪湿也。”（《唐五代两宋词选释》）

蓦山溪

送伯礼[①]

元戎十乘[②]，出次高唐馆[③]。归去旧鹓行[④]，更何人、齐飞霄汉。瞿塘水落[⑤]，惟是泪波深，催叠鼓[⑥]，起牙樯[⑦]，难锁长江断。　春深鳌禁[⑧]，红日宫砖暖。何处望音尘，暗消魂，层城飞观。人情见惯，不敢恨相忘，梅驿外，蓼滩边，只待除书看[⑨]。

[注释]

①作于乾道七年（1171）夔州通判任上。　伯礼：王伯庠字。王伯庠于乾道五年知夔州兼本路安抚使，乾道七年移知温州。陆游以词送行。　②元戎十乘：“元戎十乘，以启先行。”见《诗经·小雅·六月》。③高唐馆：楚国台馆名。　④鹓行：朝班。　⑤瞿唐：瞿唐峡，在夔州东一里，古称西陵峡。　⑥叠鼓：小击鼓。　⑦牙樯：饰以象牙之桅杆。⑧鳌禁：谓学士院。宋人以翰苑清贵，比其为神仙所居之鳌山，又以其在禁中，故称。　⑨除书：授官之诏令。

蓦山溪

游三荣龙洞[①]

穷山孤垒，腊尽春初破。寂寞掩空斋，好一个、无聊底我。啸台龙岫[②]，随分有云山[③]，临浅濑，荫长松，闲据胡床坐[④]。　三杯径醉，不觉纱巾堕[⑤]。画角唤人归，落梅村、篮舆夜过[⑥]。城门渐近，几点妓衣红，官驿外，酒垆前[⑦]，也有闲灯火。

[注释]

①作于淳熙元年（1174）冬荣州任上。　三荣：即荣州，因境内有荣黎山、荣隐山、荣德山得名。州治在今四川荣县。　龙洞：在荣州东南一里许，深七十三步，广半之。岩穴峭深，洞左石壁奇峰，巨柏老苍。宋苏元老有《龙洞记》，见王象之《舆地纪胜·大安军》。　②啸台：在龙洞右。“啸台载酒云生屦。”自注：“啸台在富义门外一里，号孙登啸台。”见《诗稿》卷六《别荣州》。　③随分：随处。　④胡床：一种可以折叠的轻便坐具。　⑤不觉纱巾堕：“（桓）温燕龙山，僚佐毕集。时佐吏并着戎服，有风至，吹（孟）嘉帽堕，嘉不之觉。”见《晋书·孟嘉传》。　⑥篮舆：竹轿。　⑦酒垆：酒肆安放酒瓮之土台。

[集评]

卓人月云：“亦取李易安句耶？”（《古今词统》卷十一）

木兰花

立春日作[①]

三年流落巴山道[②]，破尽青衫尘满帽[③]。身如西瀼渡头云[④]，愁抵瞿唐关上草[⑤]。　春盘春酒年年好，试戴银幡判醉倒[⑥]。今朝一岁大家添，不是人间偏我老。

［注释］

①作于乾道七年(1171)冬立春日夔州通判任上。　②"三年"句:陆游于乾道六年十月二十七日到达夔州,过立春即入第三年。　③青衫:指官职低微。唐时八品官服青。　④西瀼:西瀼水,在夔州城西。　⑤瞿唐关:在夔州东瞿唐峡上。　⑥银幡:银色幡胜,立春日插鬓,取吉庆之意。　判:拚。

［集评］

卓人月云:"此老倔强如此。"(《古今词统》卷七)

朝中措

梅

幽姿不入少年场,无语只凄凉。一个飘零身世,十分冷淡心肠。　江头月底,新诗旧梦,孤恨清香。任是东风不管,也曾先识东皇[①]。

［注释］

①东皇:"春为东皇,又为青帝。"见《尚书纬》。

［集评］

潘游龙云:"全是借梅写照,前叠妙无可赞。"(《古今诗馀醉》卷十三)

刘体仁云:"咏物至词,更难于诗。即'昭君不惯风沙远,但暗忆江南江北',亦费解。放翁'一个飘零身世,十分冷淡心肠',全首比兴,乃更遒逸。"(《七颂堂词绎》)

俞陛云云:"首二句咏花而见本意,馀皆借梅自喻,飘零孤恨,其冷淡绝似寒梅。但梅花虽未逮秾春,而东皇先识,胜于百花。尽有江上芙蓉,一生未见春风者。放翁受知于孝宗,褒其多闻力学,授枢密编修。虽出知外州,书生遭际,胜于槁项牖下多矣。故其结句自伤亦自慰也。"(《唐五代两宋词选释》)

朝中措

代谭德称作[1]

怕歌愁舞懒逢迎，妆晚托春酲。总是向人深处[2]，当时枉道无情。　关心近日，啼红密诉，剪绿深盟。杏馆花阴恨浅，画堂银烛嫌明。

[注释]

①在成都作。　谭德称：名季壬，西蜀名士，时为成都府学教授。　②向人：爱人，犹云爱我，见张相《诗词曲语辞汇释》卷三。

[集评]

黄苏云："放翁秾纤得中，精粹不少。南宋善学少游者惟陆。"（《蓼园词选》）

俞陛云云："一片凄怨之意，写景在迷离之际，含思在幽渺之中，复以妍辞出之。杨升庵谓其'纤丽处似淮海'，殆谓《采桑子》及此调也。"（《唐五代两宋词选释》）

朝中措

冬冬傩鼓饯流年[1]，烛焰动金船[2]。彩燕难寻前梦[3]，酥花空点春妍[4]。　文园谢病[5]，兰成久旅[6]，回首凄然。明月梅山笛夜，和风禹庙莺天[7]。

[注释]

①傩（nuó）鼓：古人岁腊前一日击鼓驱疫曰傩，见《吕氏春秋·季冬纪》高诱注。　②金船：酒器。　③彩燕：古俗立春日剪彩为燕戴之，见梁宗懔《荆楚岁时记》。　④酥花：宋时立春日肆筵设滴酥花。　⑤文园谢病："文园多病后。"见唐杜甫《赠李秘书别三十韵》。司马相如拜为孝文园令，后病免。见《史记·司马相如列传》。　⑥兰成久旅：庾信自北周入

西魏,留仕不返。见《北史·庾信传》。兰成,庾信小字。　⑦梅山:在绍兴西北八里,相传梅福曾隐居于此。　禹庙:在绍兴东南十二里。“红蕖绿芰梅山下,白塔朱楼禹庙边。”见《诗稿》卷一《上巳临川道中》。

临江仙

离果州作①

鸠雨催成新绿②,燕泥收尽残红。春光还与美人同。论心空眷眷③,分袂却匆匆。　只道真情易写,那知怨句难工。水流云散各西东。半廊花院月,一帽柳桥风④。

[注释]

①作于乾道八年(1172)二月夔州赴南郑途中。《中兴以来绝妙词选》卷二调下题作“晚春”。　果州:今四川南充。　②鸠雨:“(鸠鸟)阴则屏逐其匹,晴则呼之。语曰:‘天将雨,鸠逐妇’是也。”见陆玑《毛诗草木鸟兽虫鱼疏》卷下。“雨来鸠有语。”见《诗稿》卷一《秋阴》。　③眷眷:依恋貌。　④柳桥风:“记取晴明果州路,半天高柳小青楼。”见《诗稿》卷三《柳林酒家小楼》。

[集评]

黄昇云:“杨诚斋尝称陆放翁之诗敷腴,尤梁溪复称其诗俊逸,余观放翁之词,尤其敷腴俊逸者也。……如《临江仙》云……皆思致精妙,超出近世乐府。”(《中兴词话》)

卓人月云:“昌黎云:‘欢娱之词难工,愁楚之音易好。’岂深于愁者哉。”(《古今词统》卷九)

程洪云:“陆游《临江仙》(鸠雨催成新绿)以末二语不能割弃。”(《词洁辑评》卷二)

蝶恋花

离小益作[①]

陌上箫声寒食近[②]，雨过园林，花气浮芳润。千里斜阳钟欲暝，凭高望断南楼信。　海角天涯行略尽。三十年间，无处无遗恨。天若有情终欲问[③]，忍教霜点相思鬓。

[注释]

①作于乾道八年(1172)三月夔州赴南郑途中。　小益：益昌，今四川广元。时人呼为小益，与成都称为大益相对。　②寒食："去冬节一百五日，即有疾风甚雨，谓之寒食，禁火三日。"见梁宗懔《荆楚岁时记》。　③天若有情："天若有情天亦老。"见唐李贺《金铜仙人辞汉歌》。

[集评]

俞陛云云："前半首写景，略见怀远之意。清丽而兼倜傥，颇类《六一词》。后半首写怀，浪迹天涯，历三十年之久，而皆留遗恨，其平生潦倒可知。而天公仍不见怜，任其秋霜满鬓。集中《鹧鸪天》词所谓'原知造物心肠别，老却英雄似等闲'，秋肃春温，天意本视同平等，则此老呵壁问天，果何益耶？"(《唐五代两宋词选释》)

蝶恋花[①]

桐叶晨飘蛩夜语，旅思秋光，黯黯长安路[②]。忽记横戈盘马处[③]，散关清渭应如故[④]。　江海轻舟今已具[⑤]。一卷兵书[⑥]，叹息无人付。早信此生终不遇，当年悔草长杨赋[⑦]。

[注释]

①作于淳熙五年(1178)秋东归抵行在时。　②长安：指行在临

安。　③横戈盘马："貂裘宝马梁州日，盘槊横戈一世雄。"见《诗稿》卷十一《忆山南》。　④"散关"句："散关摩云府贼垒，清渭如带陈军容。"见《诗稿》卷十四《夜观秦蜀地图》。散关故址在今陕西宝鸡西南大散岭上，为宋金交界处。渭水源出甘肃渭源，流经长安。　⑤"江海"句："小舟从此逝，江海寄馀生。"见苏轼《临江仙》。　⑥一卷兵书：汉张良曾于下邳圯上得一老父赠《太公兵法》一编，后佐刘邦成就帝业。见《史记·留侯世家》。　⑦长杨赋：汉成帝游幸长杨宫，纵胡人大猎，扬雄作《长杨赋》以谏。

［集评］

陈廷焯云："放翁《蝶恋花》云：'早信此生终不遇，当年悔草长杨赋。'情见乎词，更无一毫含蓄处。稼轩《鹧鸪天》云：'却将万字平戎策，换得东家种树书。'亦即放翁之意，而气格迥乎不同。彼浅而直，此郁而厚也。"(《白雨斋词话》卷八)

蝶恋花[①]

水漾萍根风卷絮，倩笑娇颦，忍记逢迎处。只有梦魂能再遇，堪嗟梦不由人做。　　梦若由人何处去，短帽轻衫，夜夜眉州路[②]。不怕银缸深绣户，只愁风断青衣渡[③]。

［注释］

①《中兴以来绝妙词选》卷二调下题作"怀别"。　②眉州：今四川眉山。乾道九年，陆游自成都赴嘉州，路经眉州。淳熙元年，摄知荣州，再过眉州。淳熙四年，范成大还朝，陆游送行，复至眉州。　③青衣渡：青衣江，在四川中部，流经眉州。

［集评］

沈雄云："陆放翁云：'只有梦魂能再遇，堪嗟梦不由人做。'……此则陡健圆转之榜样也。"(《古今词话·词品》下卷)

钗头凤[1]

红酥手，黄縢酒[2]，满城春色宫墙柳。东风恶[3]，欢情薄，一怀愁绪，几年离索[4]。错错错。　春如旧，人空瘦，泪痕红浥鲛绡透[5]。桃花落，闲池阁，山盟虽在，锦书难托[6]。莫莫莫[7]。

[注释]

①《中兴以来绝妙词选》卷二调下题作“闺思”。　②黄縢酒：即黄封酒，宋时官酒。“一壶花露拆黄縢。”见《诗稿》卷八《病中偶得名酒》。　③东风恶：“但只愁锦绣闹妆时，东风恶。”见宋张先《满江红》词。“海棠花底东风恶。”见宋管鉴《醉落魄》词。　④离索：离散。　⑤鲛绡：丝织手帕，相传为鲛人所织。见梁任昉《述异记》卷上。　⑥锦书：前秦窦滔妻苏蕙织锦回文旋图诗以寄离思。见《晋书·列女列传·窦滔妻苏氏》。　⑦莫莫莫：错莫为连绵词，意犹落寞。错错错，莫莫莫，疑为错莫一词之分用。

[集评]

陈鹄云：“余弱冠客会稽，游许氏园，见壁间有陆放翁题词……笔势飘逸，书于沈氏园。辛未三月题。放翁先室内琴瑟甚和，然不当母夫人意，因出之。夫妇之情，实不忍离。后适南班士名某，家有园馆之胜。务观一日至园中，去妇闻之，遣遗黄封酒果馔，通殷勤。公感其情，为赋此词。其妇见而和之，有‘世情薄，人情恶’之句，惜不得其全阕。未几，怏怏而卒。闻者为之怆然。此园后更许氏。淳熙间，其壁犹存，好事者以竹木来护之。今不复有矣。”（《耆旧续闻》卷十）

周密云：“陆务观初娶唐氏，闳之女也，于其母夫人为姑侄；伉俪相得，而弗获于其姑。既出，而未忍绝之，则为别馆，时时往焉。姑知而掩之，虽先知挈去，然事不得隐，竟绝之。亦人伦之变也。唐后改适同郡宗子士程。尝以春日出游，相遇于禹迹寺南之沈氏园。唐以语赵，遣致酒肴。翁怅然久之，为赋《钗头凤》一词题园壁间……实绍兴乙亥岁也。”（《齐东野语》卷一）

刘克庄云：“放翁少时，二亲督教甚严。初婚某氏，伉俪相得。二亲恐其惰于学也，数谴放翁。不敢逆尊者意，与妇诀。某氏改适某官，与陆氏有中外，一日，通家于沈园，坐间目成而已。”（《后村先生大全集》卷一七八《诗话续集》）

吴骞云：“陆放翁前室改适赵某事，载《后村诗话》及《齐东野语》，殆好事者因其诗词而傅会之。《野语》所叙岁月，先后尤多参错。且玩诗词中语意，陆或别有所属，未必曾为伉俪者，正如‘玉阶蟋蟀闹清夜’四句本七律，明载《剑南集》；而《随隐漫录》剪去前四句，以为驿卒女题壁，放翁见之，遂纳为妾云云，皆不足信。”（《拜经楼诗话》卷三）

吴衡照云：“吾乡许蒿芦先生昂霄，尝疑放翁室唐氏改适某事，为出于傅会，说见《带经堂诗话·校勘类附识》。《拜经楼诗话》亦以《齐东野语》所叙岁月，先后参错，不足信，与蒿芦说合。则当时仲卿新妇之厄，翁子故妻之情，殆好事有从而为之辞与？唐氏答词，语极俚浅。然因知《钗头凤》有换平韵者，红友《词律》又疏也。”（《莲子居词话》卷一）

清商怨

葭萌驿作[①]

江头日暮痛饮，乍雪晴犹凛。山驿凄凉，灯昏人独寝。 鸳机新寄断锦[②]。叹往事、不堪重省。梦破南楼，绿云堆一枕[③]。

[注释]

①作于乾道八年（1172）十一月自汉中赴成都途中。 ②断锦：用前秦窦滔妻苏氏织锦回文旋图诗之典。 ③绿云：谓女子髮。“绿云扰扰，梳晓鬟也。”见唐杜牧《阿房宫赋》。

水龙吟

荣南作[①]

樽前花底寻春处，堪叹心情全减。一身萍寄，酒徒云散，佳人天远。那更今年，瘴烟蛮雨，夜郎江畔[②]。漫倚楼横笛，临窗看镜，时挥涕、惊流转。　　花落月明庭院。悄无言、魂消肠断。凭肩携手，当时曾效，画梁栖燕。见说新来，网萦尘暗，舞衫歌扇。料也羞憔悴，慵行芳径，怕啼莺见。

［注释］

①淳熙二年(1175)春在荣州作。　②夜郎："荣州和义郡……古夜郎国。"见《太平寰宇记》。"渺然孤城天一方，传者或曰古夜郎。"见《诗稿》卷六《入荣州境》。

［集评］

俞陛云云："上阕'酒徒云散'三句以三层意叠用之，便觉气厚而情深。亦有于三句用侧笔，以见纡回之致者，皆词家之句法也。若絮飞春尽，天远书沉，日长人倦，则三句写六层意，更为精粹。放翁诗集中有'酒徒云散无消息，水榭凭栏泪数行'句，即此上阕之意。其后'凭肩携手'三句承上之'佳人天远'而言。芳尘凝榭，深锁画楼，观'栖燕'、'啼莺'句，殆恐旧日啼莺，曾见其梁燕双栖。今芳径重来，燕双而人独也。"(《唐五代两宋词选释》)

秋波媚

七月十六日晚登高兴亭望长安南山[①]

秋到边城角声哀，烽火照高台[②]。悲歌击筑[③]，凭高酹酒，此兴悠哉。　　多情谁似南山月[④]，特地暮云开。灞桥烟柳[⑤]，曲江池馆[⑥]，应待人来。

［注释］

①乾道八年(1172)七月十六日在南郑作。　高兴亭：在南郑子城西北，正对南山。　②"烽火"句："予从戎日，尝大雪中登兴元城上高兴亭，待

平安火至。”见《诗稿》卷十三《辛丑正月三日作》自注。“平安火自南山来，至山南城下。”见《诗稿》卷三十七《感旧》自注。　③悲歌击筑：“既祖，取道，高渐离击筑，荆轲和而歌，为变徵之声。”见《史记·刺客列传》。　④南山：终南山，横亘陕西南部，主峰在长安西南。　⑤灞桥：在长安东灞水上，唐人送客至此，折柳赠别。　⑥曲江：在长安东南，开元中疏凿，烟水明媚，花卉环周，为长安游览胜景。

秋波媚

曾散天花蕊珠宫[①]，一念堕尘中[②]。铅华洗尽，珠玑不御[③]，道骨仙风[④]。　　东游我醉骑鲸去，君谈驾素鸾从[⑤]。垂虹看月[⑥]，天台采药[⑦]，更与谁同？

[注释]

①蕊珠宫：仙界宫阙名，见《黄庭内景经·上清章第一》。　②“一念”句：“由此一念，又不得居此，复堕下界。”见唐陈鸿《长恨歌传》。“华山敷水本闲人，一念无端堕世尘。”见《诗稿》卷六十一《梦中作》。　③“铅华”二句：“芳泽无加，铅华弗御。”见三国魏曹植《洛神赋》。“疑净洗铅华，无限佳丽。”见宋周邦彦《花犯》词。　④道骨仙风：道家追求的神采风度。　⑤骑鲸、驾鸾：道家游仙设想。“驾鹤上汉，骖鸾腾天。”见江淹《别赋》。李白自署“海上骑鲸客”。　⑥垂虹：垂虹亭，在吴江长桥上。“弄月过垂虹，万顷一片玉。”见《诗稿》卷五《月夕》。　⑦天台：天台山，在浙江天台北，道家胜地。“明年采药天台去。”见苏轼《秀州报本禅院乡僧文长老方丈》诗。“亦尝携长镵，采药玉霄峰。”见《诗稿》卷七十六《幽居记今昔事十首》(第三)。

采桑子

宝钗楼上妆梳晚[①]，懒上秋千，闲拨沉烟[②]，金缕衣宽睡髻偏[③]。　　鳞鸿不寄辽东信[④]，又是经年，弹泪花前，愁入春风十四弦[5]。

[注释]

①宝钗楼：宋时咸阳著名酒楼。"予尝秋日饯客咸阳宝钗楼上。"见邵博《邵氏闻见后录》卷一九。"宝钗楼，咸阳旗亭也。"见《诗稿》卷十二《对酒》自注。此处泛指妓楼。　②沉烟：沉水香。　③金缕衣：饰以金丝之舞衣。"琼筵玉笥金缕衣。"见刘孝威《拟古应教》。　④鳞鸿：鱼雁，古人以为鱼雁能传书。　⑤十四弦：箜篌。"春入箜篌十四弦。"见《诗稿》卷十二《长歌行》。

[集评]

许昂霄云："《采桑子》（陆游）体格仿佛《花间》，但味较薄耳。南宋小令佳者，大抵皆然。"（《词综偶评》）

陈廷焯云："放翁词疾在一泻无馀，似此婉雅闲丽而不可多得也。"（《词则·大雅集》）

俞陛云云："放翁词多放笔为直干。此词独顿挫含蓄，从彼美一面着想，不涉欢愁迹象，而含凄无限，结句尤馀韵悠然，集中所希有也。"（《唐五代两宋词选释》）

卜算子

咏　梅

驿外断桥边，寂寞开无主。已是黄昏独自愁，更著风和雨。　　无意苦争春，一任群芳妒。零落成泥碾作尘，只有香如故。

[集评]

刘永济云："此亦作者身世之感，但借梅抒出之。上半阕写所遇之世，如此堪愁。下半阕写其生平，不慕荣华而品质坚贞，如梅之耐寒，虽'零落成泥'而香不灭也。"（《唐五代两宋词简析》）

沁园春

三荣横溪阁小宴[①]

粉破梅梢，绿动萱丛，春意已深。渐珠帘低卷，筇枝微步[②]，冰开跃鲤，林暖鸣禽。荔子扶疏，竹枝哀怨[③]，浊酒一尊和泪斟。凭栏久，叹山川冉冉，岁月骎骎[④]。　当时岂料如今，漫一事无成霜鬓侵。看故人强半，沙堤黄阁[⑤]，鱼悬带玉[⑥]，貂映蝉金[⑦]。许国虽坚[⑧]，朝天无路，万里凄凉谁寄音。东风里，有灞桥烟柳[⑨]，知我归心。

[注释]

①作于淳熙二年(1175)正月荣州任上。　三荣：即荣州，因境内有荣黎山、荣隐山、荣德山得名。州治在今四川荣县。　横溪阁：在荣州城北。"横溪阁者，跨于双溪之上也。一自西来，其水浊；一自东来，其水清。二水合流于城下，为阁以俯之。"见《蜀中名胜记》卷十一引陆游此词叙。②筇枝：筇竹杖，以坚韧细瘦，九节而直者为上品。　③竹枝：竹枝词。④骎骎：迅疾貌。　⑤沙堤黄阁：唐代拜相，府县载沙填路，自私邸至子城东街，名曰沙堤。见唐李肇《国史补》卷下。汉代丞相厅事阁称黄阁。见卫宏《汉官旧仪》。　⑥鱼悬带玉：唐代三品以上服玉带佩鱼袋。"玉带悬金鱼。"见韩愈《示儿》诗。宋因之。见《宋史·舆服五》。　⑦貂映蝉金：宋时三公、亲王服貂蝉冠，插貂尾，缀玳瑁蝉。见《宋史·舆服四》。⑧"许国"句："许国虽坚鬓已斑，山南经岁望南山。"见《诗稿》卷五《观长安城图》。　⑨灞桥烟柳：灞桥，在长安东灞水上，唐人送客至此，折柳赠别。

沁园春[①]

一别秦楼[②]，转眼新春，又近放灯[③]。忆盈盈倩笑，纤纤柔握，玉香花语，雪暖酥凝。念远愁肠，伤春病思，自怪平生殊未曾。君知否，渐香消蜀锦，泪渍吴绫。　难求系日长绳[④]，况倦客飘零少旧朋。但江郊雁起，渔村笛怨，寒釭委烬，孤砚生冰。水绕山围，烟昏云惨，纵有高台常怯登。消魂处，是鱼笺不到，兰梦无凭。

［注释］

①《中兴以来绝妙词选》卷二调下题作“别恨”。　②秦楼：秦楼楚馆，皆谓妓院。　③放灯：宋俗上元日京城放灯三夕。　④“难求”句：“岁暮景迈群光绝，安得长绳系白日。”见傅玄《九曲歌》。

［集评］

卓人月云：“雪曰‘香’，玉曰‘暖’，啜腴搴芳。押‘曾’字妙。”（《古今词统》卷十五）

沁园春[①]

孤鹤归飞，再过辽天，换尽旧人[②]。念累累枯冢，茫茫梦境，王侯蝼蚁[③]，毕竟成尘。载酒园林，寻花巷陌，当日何曾轻负春。流年改，叹围腰带剩[④]，点鬓霜新。　交亲，散落如云。又岂料、如今馀此身。幸眼明身健，茶甘饭软[⑤]，非惟我老，更有人贫。躲尽危机，消残壮志，短艇湖中闲采莼[⑥]。吾何恨，有渔翁共醉，溪友为邻。

［注释］

①淳熙五年（1178）出蜀东归后作于三山。　②“孤鹤”三句：“丁令威，本辽东人，学道于灵虚山。后化鹤归辽，集城门华表柱。时有少年举弓欲射之，鹤乃飞，徘徊空中而言曰：‘有鸟有鸟丁令威，去家千年今始归。城郭如故人民非，何不学仙冢累累。’遂高上冲天。”见晋陶潜《搜神后记》卷一。　③王侯蝼蚁：“王侯与蝼蚁，同尽随丘墟。”见唐杜甫《谒文公上方》诗。　④围腰带剩：“（约）言已老病，百日数旬，革带常应移孔。”见《南史·沈约传》。　⑤“幸眼明”二句：“眼明身健残年足，饭软茶甘万事

忘。"见《诗稿》卷二十九《新辟小园》。"眼明身健何妨老,饭白茶甘不觉贫。"见《诗稿》卷四十《书喜》。　⑥"短艇"句:"天公何日与一饱,短艇湘湖自采莼。"自注:"湘湖在萧山县,产莼绝美。"见《诗稿》卷十九《寒夜移疾》。

忆秦娥[①]

玉花骢[②],晚街金辔声璁珑[③]。声璁珑,闲敧乌帽[④],又过城东。　富春巷陌花重重,千金沽酒酬春风。酬春风,笙歌围里,锦绣丛中。

[注释]

①忆秦娥:汲古阁本作《秦楼月》。　②玉花骢:骏马名。　③金辔:饰金马缰。　璁珑:本玉石碰击声,此处状马蹄声。　④乌帽:闲居所戴帽。

汉宫春

张园赏海棠作,园故蜀燕王宫也[①]

浪迹人间,喜闻猿楚峡[②],学剑秦川[③]。虚舟泛然不系[④],万里江天。朱颜绿鬓,作红尘、无事神仙。何妨在,莺花海里,行歌闲送流年。　休笑放慵狂眼,看闲坊深院,多少婵娟[⑤]。燕宫海棠夜宴[⑥],花覆金船[⑦]。如椽画烛[⑧],酒阑时、百炬吹烟。凭寄语,京华旧侣,幅巾莫换貂蝉[⑨]。

[注释]

①淳熙间作于成都。　张园:"成都故蜀燕王宫,今属张氏,海棠为一城之冠。"见《诗稿》卷十三《忽忽》自注。"故蜀燕王宫,今为张氏海棠

园。”又卷十四《琵琶》自注。　燕王：五代时后蜀孟贻邺，封燕王。　②闻猿楚峡：“巴东三峡巫峡长，猿鸣三声泪沾裳。”见北魏郦道元《水经注·江水注》。　③学剑秦川：指参南郑军幕事。秦川，指今陕西中部地区。　④“虚舟”句：“无能者无所求，饱食而敖游，泛若不系之舟。”见《庄子·列御寇》。“我似人间不系舟，好风好月亦闲游。”见《诗稿》卷三十一《泛舟湖山间有感》。　⑤婵娟：美女。　⑥“燕宫”句：“列炬燕宫夜。”见《诗稿》卷十三《忽忽》。“绣筵银烛燕宫夜。”又卷十四《琵琶》。　⑦金船：酒器。　⑧如椽画烛：“画烛如椽为发挥。”见《诗稿》卷六《花时遍游诸家园》。　⑨幅巾：以绢一幅束髮，不戴冠。　貂蝉：宋时王公贵胄所戴之冠。

汉宫春

初自南郑来成都作[①]

羽箭雕弓，忆呼鹰古垒[②]，截虎平川[③]。吹笳暮归，野帐雪压青毡。淋漓醉墨，看龙蛇、飞落蛮笺[④]。人误许，诗情将略，一时才气超然。　何事又作南来，看重阳药市[⑤]，元夕灯山[⑥]。花时万人乐处，敧帽垂鞭。闻歌感旧，尚时时、流涕尊前。君记取，封侯事在[⑦]，功名不信由天。

[注释]

①乾道九年(1173)自南郑至成都作。　南郑：今陕西汉中。　②呼鹰：“呼鹰古庙秋。”自注，“南郑汉高帝庙，予从戎时，多猎其下。”见《诗稿》卷十三《忽忽》。　③截虎：“去年射虎南山秋，夜归急雪满貂裘。”见《诗稿》卷三《三月十七日夜中作》。“挺剑刺乳虎，血溅貂裘殷。”见《诗稿》卷二十八《怀昔》。　④龙蛇：形容笔势飘逸之书法。　蛮笺：益州所产彩色笺纸。　⑤重阳药市：“成都九月九日为药市。”见《岁时广记》卷三十六引《四川记》。　⑥元夕灯山：古俗农历正月十五日夜张灯结彩。“成都府灯山，或过于阙前。”见《岁时广记》卷十引《岁时杂记》。　⑦封侯事：“大丈夫无它志略，犹当效傅介子、张骞立功异域，以取封侯。安能久事笔砚间乎？”见《后汉书·班超传》。

[集评]

卓人月云:“写出脑后风生、鼻端火出之状。”(《古今词统》卷十二)

俞陛云云:“人当少年气满,视青紫如拾芥,几经挫折,便颓废自甘。放翁独老犹作健,当其上马打围,下马草檄,何等豪气!迨漫游蜀郡,人乐而我悲,怆然怀旧,而封侯夙志,尚欲以人定胜天,可谓壮矣。此词奋笔挥洒,其才气与东坡、稼轩相似。汲古阁刻其词集,谓‘超爽处更似稼轩耳’。”(《唐五代两宋词选释》)

月上海棠

成都城南有蜀王旧苑,尤多梅,皆二百馀年古木①

斜阳废苑朱门闭。吊兴亡、遗恨泪痕里。淡淡宫梅,也依然,点酥剪水②。凝愁处,似忆宣华旧事③。　行人别有凄凉意。折幽香、谁与寄千里④。伫立江皋,杳难逢、陇头归骑。音尘远,楚天危楼独倚。

[注释]

①淳熙间在成都作。　蜀王旧苑:在成都西南十五六里,时称合江园。　②点酥:“天公点酥作梅花。”见苏轼《腊梅一首赠赵景贶》。　③宣华:陆游自注:“故蜀苑名。”“(乾德三年)五月,宣华苑成,延袤十里。”见张唐英《蜀梼杌》。　④“折幽香”句:“陆凯与范晔为友,在江南寄梅花一枝,诣长安与晔,并赠诗云:折花奉秦使,寄与陇头人。江南无所有,聊寄一枝春。”见《太平御览》卷十九《荆州记》。

[集评]

俞陛云云:“词为成都蜀王旧苑而作。中有古梅二百馀本。不言过客之凭吊兴亡,而凝愁忆旧,托诸宫梅,词境便觉灵秀。下阕因梅花而忆远人,与本题怀古,全不相属。故转头处用‘别有凄凉意’之句以申明之,以下即畅发己意矣。蜀王故苑,放翁入蜀时,老木颓垣,尚存残状。余于光绪间入蜀,过成都城外昭觉寺,即词中宣华苑故址。摩诃之池,迎仙之观,及古梅百本,遗迹全消,所馀者惟柱础轮囷,散卧于茂林芳草间。词中所谓凭吊朱门斜日，已隔悠悠千载矣。蜀中燕王故宫，海棠极盛，为成都第一。放翁犹及见之，赋《柳梢青》一首，不及此词之佳。”（《唐五代两宋词选释》）

月上海棠

兰房绣户厌厌病。叹春酲、和闷甚时醒？燕子空归，几曾传、玉关边信[1]。伤心处，独展团窠瑞锦[2]。 熏笼消歇沉烟冷。泪痕深深、展转看花影。漫拥馀香，怎禁他，峭寒孤枕。西窗晓，几声银瓶玉井[3]。

［注释］

①玉关：玉门关，在今甘肃玉门县东。此处泛指边地。 ②团窠瑞锦：蜀锦名。“闲将西蜀团窠锦，自背南唐落墨花。”见《诗稿》卷三十二《斋中杂题》。 ③银瓶：汲水器。“银瓶欲上丝绳绝。”见唐白居易《井底引银瓶》。

乌夜啼

金鸭馀香尚暖[1]，绿窗斜日偏明。兰膏香染云鬟腻，钗坠滑无声[2]。 冷落秋千伴侣，阑珊打马心情[3]。绣屏惊断潇湘梦，花外一声莺。

［注释］

①金鸭：鸭形金属香炉。 ②“钗坠”句：“玉钗落处无声腻。”见唐李贺《美人梳头歌》诗。 ③打马：宋时闺房戏具，有关西马、依经马、宣和马等。见李宋清照《打马图经自序》。

乌夜啼[1]

檐角楠阴转日，楼前荔子吹花[2]。鹧鸪声里霜天晚，叠鼓已催衙[3]。 乡梦时来枕上，京书不到天涯。邦人讼少文移省[④]，闲院自煎茶[⑤]。

[注释]

①作于乾道九年(1173)夏嘉州任上。 ②"楼前"句：嘉州有荔枝楼，《诗稿》卷三有《荔枝楼小酌》、《登荔枝楼》、《再赋荔枝楼》诸诗。 ③"叠鼓"句："暗树五更鸡招晓，晚庭三叠鼓催衙。"见宋张耒《县斋》诗。 ④文移：公文。 ⑤"闲院"句："一州佳处尽裴回，惟有东丁院未来。身是江南老桑苎，诸君小住共茶杯。"见《诗稿》卷四《同何元立蔡肩吾至东丁院汲泉煮茶》。

乌夜啼[①]

我校丹台玉字[②]，君书蕊殿云篇[③]。锦官城里重相遇[④]，心事两依然。 携酒何妨处处，寻梅共约年年。细思上界多官府，且作地行仙[⑤]。

[注释]

①淳熙间作于成都。 ②丹台：道家谓神仙住所有丹台石室，见《列仙传》。 ③蕊殿：蕊珠殿，道家谓仙界宫阙名，见《黄庭内景经·上清章第一》。 云篇：道家所作云篆之书。 ④锦官城：成都一名锦城，又名锦官城。 重相遇：《诗稿》卷七有《与青城道人饮酒作》、《待青城道人不至》二诗，作于淳熙三年，此词乃赠道冠作，似即此青城道人，盖陆游初访青城山丈人观时相识者也。 ⑤"细思"二句："番阳仙人王遥琴子高言：'下界功满方超上界，上界多官府，不如地仙快活。'"见唐顾况《五源诀》。"裘马清狂遍两川，十年身是地行仙。"见《诗稿》卷十七《病中久废游览怅然有感》。

乌夜啼

世事从来惯见，吾生更欲何之。镜湖西畔秋千顷[①]，鸥鹭共忘机[2]。　一枕蘋风午醉，二升菰米晨炊。故人莫讶音书绝，钓侣是新知。

[注释]

①镜湖西畔：陆游三山别业所在。“风露万顷秋渺然。”见《诗稿》卷十四《八月十四夜湖上观月》。　②“鸥鹭”句：“门下烟波三百里，此心惟与白鸥亲。”见《诗稿》卷十四《壬寅新春》。

[集评]

卓人月云：“（‘故人’二句）语殊蕴藉，觉叔夜《绝交》不免出恶声矣。”（《古今词统》卷六）

乌夜啼

素意幽栖物外[1]，尘缘浪走天涯。归来犹幸身强健，随分作山家[2]。　已趁馀寒泥酒[3]，还乘小雨移花。柴门尽日无人到，一径傍谿斜。

[注释]

①素意：本心。　②随分：随遇。　③泥酒：沉迷于酒。

乌夜啼

园馆青林翠樾[1]，衣巾细葛轻纨。好风吹散霏微雨，沙路喜新干。　小燕双飞水际，流莺百啭林端。投壶声断弹棋罢[2]，闲展道书看。

[注释]

①樾：树荫。　②投壶：古代宴会上游戏，设特制之壶，宾主依次投矢其中，多者胜，负者饮。　弹棋：汉时博戏，两人对局，白黑棋各六枚。魏

改为十六枚,唐增至二十四枚。见《后汉书·梁冀传》注。

乌夜啼

从官元知漫浪[①],还家更觉清真[②]。兰亭道上多修竹[③],随处岸纶巾[④]。　泉洌偏宜雪茗,粳香雅称丝莼。翛然一饱西窗下,天地有闲人。

[注释]

①漫浪:"(元结)天宝中始在商馀之山,称元子。逃难入猗玕山,或称浪士。渔者呼为聱叟,酒徒呼为漫叟。乃为官,呼为漫郎。"见唐李肇《国史补》卷上。　②清真:"山公(涛)举阮咸为吏部郎,目曰:'清真寡欲,深识清浊,万物不能移也。'"见《世说新语·赏誉》。　③"兰亭"句:"此地有崇山峻岭,茂林修竹。"见晋王羲之《兰亭集序》。　④岸纶巾:巾本覆额,露其额曰岸纶巾。"我亦岸纶巾,寄傲万物表。"见《诗稿》卷二十《晓兴》。

乌夜啼

纨扇婵娟素月[①],纱巾缥缈轻烟。高槐叶长阴初合,清润雨馀天。　弄笔斜行小草[②],钩帘浅醉闲眠。更无一点尘埃到,枕上听新蝉。

[注释]

①"纨扇"句:"新裂齐纨素,鲜洁如霜雪。裁为合欢扇,团圆似明月。"见《古乐府·怨歌行》。　②"弄笔"句:"矮纸斜行闲作草。"见《诗稿》卷十七《临安春雨初霁》。

真珠帘

山村水馆参差路。感羁游、正似残春风絮。掠地穿帘，知是竟归何处。镜里新霜空自悯，问几时、鸾台鳌署[①]。迟暮。谩凭高怀远，书空独语[②]。　　自古，儒冠多误[③]。悔当年、早不扁舟归去。醉下白蘋洲，看夕阳鸥鹭。菰菜鲈鱼都弃了[④]，只换得、青衫尘土。休顾。早收身江上，一蓑烟雨[⑤]。

[注释]

①鸾台：谓门下省。　鳌署：谓学士院。　②书空：“浩虽被黜放，口无怨言，夷神委命，谈咏不辍，虽家人不见其有流放之感。但终日书空，作‘咄咄怪事’四字而已。”见《晋书·殷浩传》。　③儒冠多误：“纨绔不饿死，儒冠多误身。”见唐杜甫《奉赠韦左丞丈二十二韵》。“久矣儒冠误此身。”见《诗稿》卷六《成都大阅》。　④菰菜鲈鱼：“翰因见秋风起，乃思吴中菰菜莼羹鲈鱼脍，曰：‘人生贵得适志，何能羁宦数千里，以要名爵乎？’遂命驾而归，著《首丘赋》。”见《晋书·张翰传》。　⑤一蓑烟雨：“一蓑烟雨任平生。”见宋苏轼《定风波》词。

[集评]

陈廷焯云：“怀乡恋阙有杜陵之忠爱，惜少稼轩之魄力耳。数语于放浪中见沈郁，自是高境。”（《词则·放歌集》）

俞陛云云：“通首大意不过言羁旅无聊，亟思归去耳。以放翁之才气，不难奋笔疾书，乃上阕以身世托诸风絮，下阕‘蘋州’三句以隐居之绝好风景，设想在抗世走俗之前，复归到一蓑烟雨，知词境之顿挫胜于率直也。放翁生平，初无谪逐之事，而词中深感羁旅，殆在任夔、严二州时所作。唐宋人之官京朝者，出知外郡，便嗟论谪，香山、东坡皆同此感也。”（《唐宋五代两宋词选释》）

好事近[①]

混迹寄人间，夜夜画楼银烛。谁见五云丹灶[②]，养黄芽初熟[③]。　　春风归从紫皇游[④]，东海宴暘谷[⑤]。进罢碧桃花赋[6]，赐玉尘千斛[7]。

（以上双照楼影宋本《渭南文集》卷四十九）

[注释]

①此亦游仙词，当与“风露九霄寒”诸词同作。　②五云：五色祥云。　丹灶：道家炼丹炉。　③黄芽：道家指银铅炼出的精华。　④紫皇：道家传说太清宫有太皇、紫皇、玉皇。　⑤晹谷：神话中日出处。“日出于晹谷。”见《淮南子·天文训》。　⑥碧桃：道家谓仙桃。“老子西游省太真王母，共食碧桃紫梨。”见《尹喜内传》。　⑦玉尘千斛：橘中四叟决赌，输瀛洲玉尘九斛。见《太平广记》卷四十引《玄怪录·巴邛人》。“定知谪堕不容久，万斛玉尘来聘归。”见《诗稿》卷十四《雪后寻梅偶得绝句十首》。

柳梢青

故蜀燕王宫海棠之盛，为成都第一，今属张氏[1]

锦里繁华[2]。环宫故邸[3]，叠萼奇花。俊客妖姬，争飞金勒，齐驻香车[4]。　何须幕障帏遮。宝杯浸，红云瑞霞。银烛光中，清歌声里，休恨天涯。

[注释]

①淳熙间在成都作。　燕王宫：“成都故蜀燕王宫，今属张氏，海棠为一城之冠。”见《诗稿》卷十三《忽忽》自注。“故蜀燕王宫，今为张氏海棠园。”又卷十四《琵琶》自注。　燕王：五代时后蜀孟贻邺，封燕王。　②锦里：成都一名锦里。　③环宫：即燕宫。　④香车：“京师承平时，宗室戚里岁时入禁中，妇女上犊车，皆用二小鬟持香毬在旁，而袖中又自持两小香毬。车驰过，香烟如云，数里不绝，尘土皆香。”见《老学庵笔记》卷一。“成都诸名族妇女，出入皆乘犊车。”见《老学庵笔纪》卷二。

柳梢青

乙巳二月西兴赠别[①]

十载江湖，行歌沽酒，不到京华[②]。底事翩然，长亭烟草，衰鬓风沙。　　凭高目断天涯。细雨外、楼台万家。只恐明朝，一时不见，人共梅花。

[注释]

①乙巳：淳熙十二年（1185）。　西兴：在今浙江萧山西北。为钱塘江渡口。　②不到京华：淳熙五年（1178），陆游出蜀东归，孝宗召见，至写诗时，未曾到过行在临安。

夜游宫

记梦寄师伯浑[①]

雪晓清笳乱起，梦游处，不知何地。铁骑无声望似水。想关河，雁门西[②]，青海际[③]。　　睡觉寒灯里，漏声断、月斜窗纸。自许封侯在万里[④]。有谁知，鬓虽残，心未死。

[注释]

①师伯浑：字浑甫，蜀中隐士。乾道九年夏，陆游始识师伯浑于眉山。淳熙元年春，陆游离嘉州，伯浑饯之青衣江上。后四年，伯浑卒。此词乃二人别后寄怀之作。　②雁门：雁门关，在山西代县西北。　③青海：青海湖，在青海省东部。　④封侯："大丈夫无它志略，犹当效傅介子、张骞立功异域，以取封侯。安能久事笔砚间乎？"见《后汉书·班超传》。

夜游宫

宫　词

独夜寒侵翠被，奈幽梦、不成还起。欲写新愁泪溅纸。忆承恩[①]，叹馀生，今至此。　　蔌蔌灯花坠，问此际、报人何事。咫尺长门过万里[②]。恨君心，似危栏，难久倚。

[注释]

①承恩：蒙受君主恩泽。　②咫尺长门："孝武皇帝陈皇后，时得幸，颇妒，别在长门宫。"见汉司马相如《长门赋序》。"君不见咫尺长门闭阿娇，人生失意无南北。"见宋王安石《明妃曲》。

安公子

风雨初经社[①]，子规声里春光谢。最是无情，零落尽、蔷薇一架。况我今年，憔悴幽窗下。人尽怪、诗酒消声价。向药炉经卷[②]，忘却莺窗柳榭。　　万事收心也，粉痕犹在香罗帕。恨月愁花，争信道、如今都罢。空忆前身，便面章台马[③]。因自来，禁得心肠怕[④]。纵遇歌逢酒，但说京都旧话。

[注释]

①社：指春社，祭祀土地，以祈丰收，为立春后第五个戊日。　②药炉经卷："经卷药炉新活计，舞衫歌扇旧因缘。"见宋苏轼《朝云诗》。　③"便面"句："敞无威仪，时罢朝会过，走马章台街，使御史驱，自以便面拊马。"见《汉书·张敞传》。颜师古注："便面，所以障面，扇之类也。"　④禁得：牵缠。

玉蝴蝶

王忠州家席上作①

倦客平生行处，坠鞭京洛②，解佩潇湘③。此夕何年④，来赋宋玉高唐⑤。绣帘开、香尘乍起，莲步稳、银烛分行⑥。暗端相。燕羞莺妒，蝶绕蜂忙。　难忘。芳樽频劝，峭寒新退，玉漏犹长。几许幽情，只愁歌罢月侵廊。欲归时、司空笑问⑦，微近处、丞相嗔狂⑧。断人肠。假饶相送，上马何妨。

[注释]

①淳熙五年（1178）四月东归时作于忠州。忠州，今四川忠县。　王忠州：疑王从周（镐），吉州永丰人，仕至忠州守。　②坠鞭京洛："坠鞭不用忆京华。"见《诗稿》卷三《阆中作》。　京洛：借指行在临安。　③解佩潇湘：郑交甫游江汉之湄，遇江妃二女，求身上所佩，怀于中心，后视佩顾女，倏忽不见。见汉刘向《列仙传》卷上。　④"此夕"句："今夕何夕，见此良人。"见《诗经·唐风·绸缪》。　⑤宋玉高唐："楚襄王与宋玉游于云梦之浦，使玉赋高唐之事。"见宋玉《高唐赋序》。高唐事指楚襄王梦中与高唐神女幽会事，见宋玉《高唐赋序》。　⑥莲步："又凿金为莲华以贴地，令潘妃行其上，曰：'此步步生莲华也。'"见《南史·齐废帝东昏侯记》。　⑦司空笑问：李司空罢镇在京，慕刘禹锡名，邀第设宴。刘即席赋诗："鬖髻梳头宫样妆，春风一曲杜韦娘。司空见惯浑闲事，断尽江南刺史肠。"李以妓赠之。见孟棨《本事诗·情感第一》。　⑧丞相嗔狂："慎莫近前丞相嗔。"见唐杜甫《丽人行》。

[集评]

杨慎云："放翁词纤丽处似淮海，雄慨处似东坡……其'坠鞭京洛，解佩潇湘。欲归时，司空笑问；微近处，丞相嗔狂'，真不减少游。"（《词品》卷五）

贺裳云："陆务观王忠州席上作曰：'欲归时司空见问，微近处丞相嗔狂。'笑啼不敢之致，描勒殆尽。较东坡'司空见惯，应谓寻常。座中有狂

客，恼乱柔肠'，岂惟出蓝，几于点铁矣。升庵以为不减少游，此几于以乐令方伯仁也。"(《皱水轩词筌》)

王弈清云："范致能帅蜀，陆务观在慕府，主宾酬唱，人争传诵之。……又在王忠州席上作《玉蝴蝶》云……"(《历代词话》卷七引《词苑》)

叶申芗云："放翁在王忠州席上，赋《玉蝴蝶》云……其描写处，曲尽情态，令人诵之如见其声容焉。"(《本事词》卷下)

木兰花慢

夜登青城山玉华楼①

阅邯郸梦境②，叹绿鬓、早霜侵。奈华岳烧丹③，青溪看鹤④，尚负初心。年来向浊世里，悟真诠秘诀绝幽深⑤。养就金芝九畹⑥，种成琪树千林⑦。　星坛夜学步虚吟⑧，露冷透瑶簪。对翠凤披云，青鸾溯月，宫阙萧森⑨。琅函一封奏罢⑩，自钧天帝所有知音⑪。却过蓬壶啸傲⑫，世间岁月骎骎⑬。

[注释]

①淳熙元年(1174)冬登青城山作。　青城山：一名青都山，在四川灌县西南，相传东汉张道陵修道于此，为道家第五洞天。　玉华楼：在青城山丈人观真君殿前，翚飞轮奂，极土木之胜。　②邯郸梦：即黄粱梦。传说卢生于邯郸道邸舍遇道士吕翁，就其枕而入梦。梦中出将入相，荣华富贵。醒后主人蒸黍未熟。见唐沈既济《枕中记》。　③华岳：西岳华山。④青溪：在湖北远安东南，相传为鬼谷子栖隐之地，多道士精舍。　⑤真诠：犹云真解、真理。　秘诀：谓道家养生的诀窍。参《老学庵笔记》卷一。　⑥金芝：仙草。　⑦琪树：神话中玉树。　⑧步虚吟："陈思王游山，忽闻空里诵经声，清音遒亮，解音者则而写之为神仙声，道士效之，作步虚声也。"见刘敬叔《异苑》卷五。　⑨宫阙：此谓玉帝住处。　⑩琅函：谓道书。　⑪钧天：天之中央。赵简子曾梦至帝所，与百神游于钧天，广乐九奏

万舞。见《史记 · 赵世家》。　⑫蓬壶：即蓬莱、方壶，神话中海上三神山之二。　⑬骎骎：迅疾貌。

苏武慢

唐安西湖①

淡霭空濛，轻阴清润，绮陌细尘初静。平桥系马，画阁移舟，湖水倒空如镜。掠岸飞花，傍檐新燕，都似学人无定。叹连年戎帐，经春边垒②，暗凋颜鬓。　空记忆、杜曲池台③，新丰歌管④，怎得故人音信？羁怀易感，老伴无多，谈麈久闲犀柄⑤。惟有翛然，笔床茶灶⑥，自适笋舆烟艇⑦。待绿荷遮岸，红蕖浮水，更乘幽兴。

[注释]

①作于淳熙元年(1174)春蜀州通判任上。　唐安：即蜀州，治今四川崇庆。　西湖：在唐安郡圃，水域广袤，修竹古木，景物甚野，夏日荷花极盛。　②"叹连年"二句：乾道八年陆游至南郑参王炎军幕，嗣后任成都府安抚使参议官。　③杜曲：在今长安南，唐时贵家池馆多在此。　④新丰：在今陕西临潼东，唐时酒肆歌吹甚盛。　⑤谈麈：六朝人清谈，必用麈尾，因于谈玄用之，故称。　⑥笔床茶灶：唐陆龟蒙时乘小舟，设茶灶、笔床、钓具及棹船郎。见《甫里先生传》。　⑦笋舆：竹轿。　烟艇：游船。陆游后名所寓屋为"烟艇"，作《烟艇记》。

[集评]

俞陛云云："首六句写临水风物，清丽如绘。'飞花'、'新燕'三句寓情于景，咏物而人在其中，顿有情致。'戎帐'句盖时正参成都戎幕也。此下因伤老而及怀友，人生知己，能有几人？当中年以后，世事变迁，故交零落，欲依依话旧，而素心人远，放翁深有此感。'柄'字韵语尤隽婉。以后六句惟有自适其乐，以遣有涯之生耳。其中'杜曲'、'新丰'句怀人而兼恋阙，寄慨尤深。"(《唐五代两宋词选释》)

齐天乐

左绵道中[①]

角残钟晚关山路，行人乍依孤店。塞月征尘，鞭丝帽影，常把流年虚占。藏鸦柳暗[②]。叹轻负莺花，谩劳书剑。事往关情，悄然频动壮游念。　孤怀谁与强遣，市垆沽酒，酒薄怎当愁酽[③]？倚瑟妍词，调铅妙笔，那写柔情芳艳。征途自厌。况烟敛芜痕，雨稀萍点[④]。最是眠时，枕寒门半掩。

[注释]

①作于乾道八年(1172)自汉中赴成都途中。　左绵：今四川绵阳，因在涪江之左。故称左绵。　②藏鸦柳暗："暂出白门前，杨柳可藏乌。"见《读曲歌》。　③酽：浓。　④雨稀萍点："气凉先动竹，雨细未开萍。"见唐李商隐《细雨》。

齐天乐

三荣人日游龙洞作[①]

客中随处闲消闷，来寻啸台龙岫[②]。路敛春泥，山开翠雾，行乐年年依旧。天工妙手。放轻绿萱牙[③]，淡黄杨柳。笑问东君[④]，为人能染鬓丝否。　西州催去近也[⑤]，帽檐风软，且看市楼沽酒。宛转巴歌[⑥]，凄凉塞管，携客何妨频奏。征尘暗袖。漫禁得梅花，伴人疏瘦。几日东归，画船平放溜。

[注释]

①淳熙二年(1175)正月初七日，在荣州游龙洞作。　三荣：即荣州，因境内有荣黎山、荣隐山、荣德山得名。州治在今四川荣县。　龙

洞:在荣州东南一里许,深七十三步,广半之。岩穴峭深,洞左石壁奇峰,巨柏老苍。宋苏元老有《龙洞记》,见王象之《舆地纪胜·大安军》。人日:旧俗以农历正月初七日为人日。 ②啸台:"在富义门外一里,号孙登啸台。"见《诗稿》卷六《别荣州》自注。 ③萱:萱草,俗称忘忧草。④东君:谓春神。 ⑤西州:指成都。陆游于淳熙元年除夕,得制司檄,催赴成都任四川制置使参议官。淳熙二年十月十日离荣州。 ⑥巴歌:蜀中民歌。"巴歌闻罢更凄然。"见《诗稿》卷三《荔枝楼小酌》。

[集评]

卓人月云:"('笑问'二句)惆怅激枭。"(《古今词统》卷十四)

望 梅[①]

寿非金石[②]。恨天教老向,水程山驿。似梦里、来到南柯[③],这些子光阴,更堪轻掷。戍火边尘,又过了、一年春色。叹名姬骏马,尽付杜陵[④],苑路豪客。 长绳漫劳系日[⑤]。看人间俯仰,俱是陈迹[⑥]。纵自倚、英气凌云,奈回尽鹏程,铩残鸾翮[⑦]。终日凭高,诮不见、江东消息[⑧]。算沙边、也有断鸿,倩谁问得[⑨]。

[注释]

①作于乾道八年(1172)春夏间南郑军幕,故有"戍火边尘,又过了、一年春色"诸语。 ②寿非金石:"人生非金石,岂能长寿考。"见《古诗》。 ③南柯:传说淳于棼醉酒后,梦至大槐安国,招为驸马,出任南柯太守,居官数十年,郡中大理。后公主卒,罢郡还国。因威福日盛,遭疑还家。梦醒,见槐树下一蚁穴,即大槐安国,南枝又一蚁穴,即南柯郡。见唐李公佐《南柯太守传》。 ④杜陵:在长安东南,秦时为杜县,因有汉宣帝陵,称杜陵。"为问寒沙新到雁,来时为下杜陵无。"见唐杜牧《秋浦道中》诗。"忽闻凉雁至,如有杜陵秋。"唐于邺《秋夕闻雁》诗。 ⑤"长绳"句:"岁暮景迈群光绝,安得长绳系白日?"见晋傅玄《九曲歌》。 ⑥"看人间"二句:"向之所欣,俯仰之间,已为陈迹。"见晋王羲之《兰亭集序》。 ⑦铩残鸾翮:"鸾翮

有时铩。”见颜延年《五君咏》。 ⑧江东：安徽芜湖以下长江下游南岸地区。此处指故乡。 ⑨“算沙边”二句：“故人万里无消息，便拟江头问断鸿。”见《诗稿》卷三十五《秋夜》。

洞庭春色

壮岁文章，暮年勋业，自昔误人。算英雄成败，轩裳得失[1]，难如人意，空丧天真[2]。请看邯郸当日梦，待炊罢黄粱徐欠伸[3]。方知道，许多时富贵，何处关身。 人间定无可意，怎换得、玉鲙丝莼。且钓竿渔艇，笔床茶灶[4]，闲听荷雨[5]，一洗衣尘。洛水秦关千古后，尚棘暗铜驼空怆神[6]。何须更，慕封侯定远[7]，图像麒麟[8]。

[注释]

①轩裳：指官位爵禄。“俄轩冕，杂衣裳。”见《汉书·扬雄传》。 ②丧天真：“雕虫丧天真。”见唐李白《古风》（第三十五）。 ③“请看”二句：即黄粱梦。传说卢生于邯郸道邸舍遇道士吕翁，就其枕而入梦。梦中出将入相，荣华富贵。醒后主人蒸黍未熟。见唐沈既济《枕中记》。 ④笔床茶灶：唐陆龟蒙时乘小舟，设茶灶、笔床、钓具及棹船郎。见《甫里先生传》。 ⑤闲听荷雨：“留得枯荷听雨声。”见唐李商隐《宿骆氏亭》。 ⑥棘暗铜驼：“靖有先识远量，知天下将乱，指洛阳宫门铜驼叹曰：会见汝在荆棘中耳。”见《晋书·索靖传》。 ⑦封侯定远：“封超为定远侯，邑千户。”见《后汉书·班超传》。 ⑧图像麒麟：“上思股肱之美，乃图画其人于麒麟阁。”见《汉书·苏武传》。麒麟阁在汉未央宫中。

[集评]

俞陛云云：“放翁早年为秦桧所忌，后受知于孝宗，敭历中外，以宝章阁待制致仕。故起笔有‘壮岁’、‘暮年’二语。久涉仕途，深尝甘苦，至卢生梦醒，始欠伸而起，自悔而兼自悟，‘欠伸’句洵传神之笔。下阕盱衡今古，铜驼荆棘，帝室且然，又何论封侯事业。深知富贵之不如闲放，宜其以放翁自号也。”（《唐五代两宋词选释》）

渔家傲

寄仲高[1]

东望山阴何处是[2]，往来一万三千里。写得家书空满纸。流清泪，书回已是明年事。　寄语红桥桥下水[3]，扁舟何日寻兄弟。行遍天涯真老矣。愁无寐，鬓丝几缕茶烟里[4]。

[注释]

①仲高：陆升之，字仲高，陆游从兄，长陆游十二岁。案陆升之卒于淳熙二年，此词当淳熙二年前在蜀中作。　②山阴：今浙江绍兴。　③红桥：一作虹桥。"在县西七里迎恩门外。"见《嘉泰会稽志》卷十一。　④"鬓丝"句："今日鬓丝禅榻畔，茶烟轻飏落花风。"见唐杜牧《题禅院》。

[集评]

陈廷焯云："轩豁是放翁本色。"（《词则·放歌集》卷二）

绣停针[1]

叹半纪，幻跨万里秦吴，顿觉衰谢[2]。回首鹓行[3]，英俊并游[4]，咫尺玉堂金马[5]。气凌嵩华[6]。负壮略、纵横王霸[7]。梦经洛浦梁园[8]，觉来泪流如泻[9]。　山林定去也。却自恐说著，少年时话。静院焚香，闲倚素屏，今古总成虚假。趁时婚嫁[10]。幸自有、湖边茅舍[11]。燕归应笑、客中又还过社[12]。

[注释]

①淳熙五年（1178）东归后作。　②"叹半纪"三句："万里秦吴税驾迟，还乡已叹鬓成丝。"见《诗稿》卷二十七《戏咏山阴风物》。十二年曰

纪,陆游自乾道六年入蜀,淳熙五年东归,往返共历九年,实过半纪。③鹓行:指朝班。④英俊并游:“与英俊并游,得其所好。”见《汉书·枚乘传》。⑤玉堂金马:“与群贤同行,历金门、上玉堂有日矣。”见《汉书·扬雄传》。⑥嵩华:嵩山、华山。⑦王霸:王业和霸业,治国之道。⑧洛浦梁园:代指中原。梁园为汉梁孝王所营兔园,故址在今河南开封东。汉时司马相如、枚乘、邹阳等皆曾为梁园宾客。⑨觉:梦醒。⑩婚嫁:指子女之男婚女嫁。“建武中,男女娶婚既毕,敕断家事勿相关。”见《后汉书·向长传》。⑪湖边茅舍:谓镜湖边三山别业。“葺得湖边屋数椽,茅斋低小竹窗妍。”见《诗稿》卷十《题斋壁》。⑫社:指春社。

桃源忆故人

并　序

三荣郡治之西,因子城作楼观,曰高斋。下临山村,萧然如世外。予留七十日,被命参成都戎幕而去。临行,徙倚竟日,作桃源忆故人一首①

斜阳寂历柴门闭,一点炊烟时起。鸡犬往来林外,俱有萧然意②。　衰翁老去疏荣利,绝爱山城无事③。临去画楼频倚,何日重来此。

［注释］

①淳熙二年(1175)正月十日别荣州作。子城:内城。高斋:《诗稿》卷六有《高斋小饮戏作》诗。“被命”句:“除夕,得制司檄,催赴官。”见《诗稿》卷六《乙未元日》自注。②“斜阳”四句:“登城望西崦,数家斜照中。柴门昼亦闭,乃有太古风。惨淡起炊烟,寂历下钓筒。土瘦麦苗短,霜重桑枝空。恐是种桃人,或有采芝翁。何当宿楼上,月明照夜舂。”见《诗稿》卷六《登城望西崦》。③“衰翁”二句:“浮生岁岁俱是梦,一枕轻安亦可人。偶落山城无事处,暂还老子自由身。”见《诗稿》卷六《别荣州》。

桃源忆故人

应灵道中①

栏干几曲高斋路②，正在重云深处。丹碧未干人去，高栋空留句③。　离离芳草长亭暮，无奈征车不住。惟有断鸿烟渚，知我频回顾。

[注释]

①应灵：荣州属县，故治在今四川荣县西南一百五十里。此词乃别荣州后经应灵所作。故有"栏干几曲高斋路，正在重云深处"之句。　②高斋：在荣州西城子城上。　③留句：指《桃源忆故人》（斜阳寂历）词。

桃源忆故人

一弹指顷浮生过①，堕甑元知当破②。去去醉吟高卧③，独唱何须和④。　残年还我从来我，万里江湖烟舸。脱尽利名缰锁⑤，世界元来大⑥。

[注释]

①一弹指顷："一弹指顷去来今。"见苏轼《过永乐文长老已卒》。二十念为一瞬，二十瞬为一弹指。　②堕甑："（孟敏）客居太原，荷甑堕地，不顾而去。林宗见而问其意，对曰：'甑已破矣，视之何益？'"见《后汉书·郭泰传》。　③醉吟：白居易有《醉吟先生传》，自谓宦游三十载，退居洛下，自吟《咏怀》诗，吟罢"揭瓮拨醅，又引数杯，兀然而醉。既而醉复醒，醒复吟，吟复饮，饮复醉，醉吟相仍，若循环然"。　高卧："尝言夏月虚闲，高卧北窗之下，清风飒至，自谓羲皇上人。"见《晋书·陶潜传》。　④"独唱"句："斯人清唱何人和？"见唐杜牧《沈下贤》。"独唱无人和。"见宋苏轼《馈岁》。　⑤"脱尽"句："向此免名缰利锁。"见宋柳永《夏云峰》词。　⑥世界：佛教以世为迁流，界为方位。上下八方为界，过去、未来、现在为世。

桃源忆故人

城南载酒行歌路，冶叶倡条无数[①]。一朵鞓红凝露[②]，最是关心处。　　莺声无赖催春去[③]，那更兼旬风雨。试问岁华何许，芳草连天暮。

[注释]

①冶叶倡条：枝叶茂密多姿。“冶叶倡条遍相识。”见唐李商隐《燕台诗四首》。　②鞓红：“鞓红者，单叶深红，花出青州，亦名青州红。其色类腰带鞓，故谓之鞓红。”见欧阳修《洛阳牡丹谱》。　③无赖：无奈。

桃源忆故人

题华山图[①]

中原当日三川震[②]，关辅回头煨烬[③]。泪尽两河征镇[④]，日望中兴运。　　秋风霜满青青鬓，老却新丰英俊[⑤]。云外华山千仞，依旧无人问[⑥]。

[注释]

①华山图：“一篇旧草天台赋，六幅新传太华图。”见《诗稿》卷七十二《秋思》。　②三川震：“幽王二年，西周三川皆震。”见《国语·周语上》。三川指泾水、渭水和洛水。　③关辅：关，关中。辅，三辅，汉时以京兆尹、左冯翊、右扶风共治长安城，称三辅。　④两河：谓黄河南北。　征镇：汉魏有东、南、西、北四征将军及镇将军，置以当方面之任，合称征镇。　⑤新丰英俊：唐马周未遇时，舍于新丰逆旅。后上当世所切二十事，太宗不次擢用。见《新唐书·马周传》。　新丰：在陕西临潼东北。　⑥“云外”二句：“三万里河东入海，五千仞岳上摩天。遗民泪尽胡尘里，南望王师又一年。”见《诗稿》卷二十五《秋夜将晓出篱门迎凉有感》。

极相思

江头疏雨轻烟，寒食落花天[①]。翻红坠素，残霞暗锦，一段凄然。　　惆怅东君堪恨处[②]，也不念、冷落尊前。那堪更看，漫空相趁[③]，柳絮榆钱。

[注释]

①寒食：清明前一日或二日。　②东君：春神。　③趁：逐。

一丛花

尊前凝伫漫魂迷[①]，犹恨负幽期。从来不惯伤春泪，为伊后、滴满罗衣。那堪更是，吹箫池馆，青子绿阴时[②]。

回廊帘影昼参差，偏共睡相宜。朝云梦断何处[③]，倩双燕、说与相思。从今判了[④]，十分憔悴，图要个人知[⑤]。

[注释]

①凝伫：发怔，出神。　②"青子"句："自是寻芳去校迟，不须惆怅怨芳时。狂风落尽深红色，绿叶成阴子满枝。"见唐杜牧《叹花》。　③朝云："昔者先王尝游高唐，怠而昼寝，梦见一妇人曰：'妾巫山之女也，为高唐之客，闻君游高唐，愿荐枕席。'王因幸之。去而辞曰：'妾在巫山之阳，高丘之阻。旦为朝云，暮为行雨。朝朝暮暮，阳台之下。'旦朝视之，如言。故为立庙，号曰朝云。"见宋玉《高唐赋序》。　④判：拚。　⑤个人：那人。

[集评]

贺裳云："词家用意极浅，然愈翻则愈妙……至陆放翁《一丛花》则云：'从今判了，十分憔悴，图要个人知。'其情加切矣。"（《皱水轩词筌》）

沈雄云："至陆放翁《一丛花》云：'从今拚了，十分憔悴，图遣个人知。'情滋戚矣。（《古今词话·词品》下卷）

一丛花

仙姝天上自无双，玉面翠娥长。黄庭读罢心如水①，闭朱户、愁近丝簧。窗明几净，闲临唐帖②，深炷宝奁香③。

人间无药驻流光④，风雨又催凉。相逢共话清都旧⑤，叹尘劫、生死茫茫⑥。何如伴我，绿蓑青箬⑦，秋晚钓潇湘。

［注释］

①黄庭：经名。《云笈七签》有《黄庭内景经》、《黄庭外景经》和《黄庭遁缘身经》。“手把黄庭两卷经。”见《诗稿》卷十五《道室即事》。 ②帖：书法帖，名家书法范本。 唐帖：指唐时名家墨迹。 ③炷：燃。 ④药：指道家服食以求长生之丹。 ⑤清都：神话中天帝所居。 ⑥尘劫：佛教称一世为一劫，无量无边劫为尘劫。 ⑦绿蓑青箬：“青箬笠，绿蓑衣，斜风细雨不须归。”见唐张志和《渔歌子》。

隔浦莲近拍

飞花如趁燕子，直度帘栊里。帐掩香云暖，金笼鹦鹉惊起。凝恨慵梳洗，妆台畔，蘸粉纤纤指，宝钗坠。

才醒又困，厌厌中酒滋味①。墙头柳暗，过尽一年春事，罨画高楼怕独倚②。千里，孤舟何处烟水。

［注释］

①厌厌：精神不振貌。 中酒：饮酒半酣时。 ②罨画高楼：犹云画楼。 罨画：彩画。

隔浦莲近拍

骑鲸云路倒景①，醉面风吹醒。笑把浮丘袂②，寥然非复尘境。震泽秋万顷[3]，烟霏散，水面飞金镜[4]，露华冷。湘妃睡起[5]，鬟倾钗坠慵整。临江舞处，零乱塞鸿清影。河汉横斜夜漏永[6]。人静，吹箫同过缑岭[7]。

[注释]

①倒景：倒影。 ②浮丘：传说中黄帝时仙人。"左挹浮丘袖，右拍洪岩肩。"见郭璞《游仙诗》。 ③震泽：太湖古名震泽。 ④金镜："月下飞金镜。"见唐李白《渡荆门》诗。 ⑤湘妃：传说中帝舜之二妃，曰娥皇、女英，死于湘水，俗谓之湘君。 ⑥河汉：银河。 ⑦"吹箫"句："王子乔者，周灵王太子晋也。好吹笙，作凤凰鸣。游伊洛之间，道士浮丘公接以上嵩高山。三十馀年后，求之于山上，见柏良曰：'告我家七月七日待我于缑氏山巅。'至时果乘白鹤，驻山头。望之不得到，举手谢时人，数日而去。"见汉刘向《列仙传》。

昭君怨

昼永蝉声庭院，人倦懒摇团扇。小景写潇湘[1]，自生凉。 帘外蹴花双燕[2]，帘下有人同见。宝篆拆官黄[3]，炷熏香。

[注释]

①"小景"句：宋迪作《八景图》，皆为平淡山水。其七为"潇湘夜雨"，乃宋迪得意之笔，人多传之。见宋沈括《梦溪笔谈》卷十七。 ②蹴花双燕："鱼吹细浪摇歌扇，燕蹴飞花落舞筵。"见唐杜甫《城西陂泛舟》。 ③宝篆：制成篆文形状的熏香。

双头莲

呈范至能待制[1]

华鬓星星[2]，惊壮志成虚，此身如寄。萧条病骥。向暗里,消尽当年豪气。梦断故国山川[3],隔重重烟水。身万里。旧社凋零[4],青门俊游谁记[5]。 尽道锦里繁华[6],叹官闲昼永,柴荆添睡。清愁自醉。念此际、付与何人心事。纵有楚柁吴樯[7],知何时东逝。空怅望,鲙美菰香,秋风又起[8]。

[注释]

①淳熙二年六月,范成大知成都府,四年六月还朝,词即作于此期间。范至能:范成大字,时知成都府权四川制置使。 ②星星:形容鬓发花白。 ③故国:故乡。 ④社:社友。 ⑤青门:长安东门,此处代指行在临安。 ⑥锦里:成都一名锦里。 ⑦楚柁吴樯:"吴樯楚柁牵百丈。"见杜甫《秋风二首》。"吴樯楚柁动归思。"见《诗稿》卷五《秋思》。 ⑧"鲙美"二句:"翰因见秋风起,乃思吴中菰菜莼羹鲈鱼脍,曰:'人生贵得适志,何能羁宦数千里,以要名爵乎?'遂命驾而归,著《首丘赋》。"见《晋书·张翰传》。

[集评]

王弈清云:"放翁《呈吴范至能待制双头别莲》,末句云:'空怅望,鲙美菰香,秋风又起。'……去国怀乡之感,触绪纷来,读之令人於邑。"(《历代词话》卷七引《古今词统》)

南歌子

送周机宜之益昌[1]

异县相逢晚,中年作别难[2]。暮秋风雨客衣寒。又向朝天门外、话悲欢[3]。 瘦马行霜栈[4],轻舟下雪滩。乌奴山下一林丹[5]。为说三年常寄、梦魂间。

[注释]

①淳熙二年(1175)秋在成都作。 周机宜:周姓而任机宜文字者,馀

未详。 益昌：治今广元。 ②“中年”句：“谢太傅语王右军曰：‘中年伤于哀乐，与亲友别，辄作数日恶。’”见《世说新语·言语》。 ③朝天门：成都北门。 ④栈：栈道，于山路险峨处，架木以通行路。益昌北为栈阁道，为行程所必经。 ⑤乌奴山：一名乌龙山，在广元西二里嘉陵江岸，因昔乌奴于此修寺而得名。“暮雪乌奴停醉帽，秋风白帝送归船。”见《诗稿》卷三《赴成都泛舟自三泉至益昌》。

豆叶黄[①]

春风楼上柳腰肢，初试花前金缕衣[②]。袅袅娉娉不自持[③]。晓妆迟，画得娥眉胜旧时。

[注释]

①唐氏按：此首别误作莫将词，见《花草粹编》卷一。 ②金缕衣：饰以金缕之舞衣。 ③袅袅娉娉：轻盈柔美貌。

豆叶黄

一春常是雨和风，风雨晴时春已空。谁惜泥沙万点红。恨难穷，恰似衰翁一世中。

醉落魄

江湖醉客，投杯起舞遗乌帻[①]。三更冷翠沾衣湿[②]。袅袅菱歌，催落半川月。 空花昨梦休寻觅[③]，云台麟阁俱陈迹[④]。元来只有闲难得。青史功名，天却无心惜。

[注释]

①帻：头巾。 ②冷翠沾衣：“山路元无雨，空翠湿人衣。”见唐王维《山中》诗。 ③空花：“妄认四大为自身，六尘缘影为自心相，譬如彼病

目见空中花。”“用此思惟,辨于佛境。犹如空华。复结空果。”见《圆觉经》。④云台:“永平中,显宗追感前世功臣,乃图画二十八将于南宫云台。”见《后汉书·马武传》。麟阁:“甘露三年,单于始入朝,上思股肱之美,乃图画其人于麒麟阁。”见《汉书·苏武传》。“因君更作长闲想,麟阁云台竟是非。”见《诗稿》卷十六《赠石帆老人》。

鹊桥仙①

华灯纵博②,雕鞍驰射,谁记当年豪举③。酒徒一一取封侯④,独去作、江边渔父。　轻舟八尺,低篷三扇,占断蘋洲烟雨⑤。镜湖元自属闲人,又何必、君恩赐与⑥。

[注释]

①《中兴以来绝妙词选》卷二调下题作“感旧”。②华灯纵博:“华灯纵博声满楼,宝钗艳舞光照席。”见《诗稿》卷二十五《九月一日夜读诗稿有感走笔作歌》。博,博弈。③当年豪举:指乾道八年从军南郑的生活经历。④酒徒:“吾高阳酒徒也,非儒人也。”见《史记·郦生陆贾列传》。⑤占断:占尽,⑥“镜湖”二句:“(贺知章)乃请为道士,还乡里。诏许之,以宅为千秋观而居。又求周宫湖数顷为放生池。有诏赐镜湖剡川一曲。”见《新唐书·贺知章传》。

[集评]

杨慎云:“放翁词纤丽处似淮海,雄慨处似东坡。其感旧《鹊桥仙》一首……英气可掬,流落亦可惜矣。”(《词品》卷五)

程洪云:“陆游《鹊桥仙》(华灯纵博),词之初起,事不出于闺帷、时序。其后有赠送、有写怀、有咏物,其途遂宽。即宋人亦各竞所长,不主一辙。而今之治词者,惟以鄙秽亵媟为极,抑何谬与。”(《词洁辑评》)卷二)

许昂霄云:“《鹊桥仙》:‘酒徒一半取封侯,独去作、江边渔父。’感愤语妙,以蕴藉出之。结句翻用贺知章事,而感慨意即寓其中。”(《词综偶评》)

鹊桥仙[①]

一竿风月，一蓑烟雨，家在钓台西住[②]。卖鱼生怕近城门，况肯到、红尘深处。　潮生理棹，潮平系缆，潮落浩歌归去。时人错把严光比[③]，我自是、无名渔父[④]！

［注释］

①唐氏按：此首别误作无名氏词，见《草堂诗馀新集》卷二。别又误作杨继盛词，见《古今别肠词选》卷二。　②钓台：严子陵钓台，在浙江桐庐西七里泷。　③严光：字子陵，会稽馀姚人。少与汉光武帝刘秀同学。光武即位，隐于富春山，后人名其钓处为严陵濑。见《后汉书·隐逸传》。　④渔父：渔父语屈原曰，"夫圣人者，不凝滞于物，而能与世推移。举世混浊，何不随其流而扬其波？众人皆醉，何不馎其糟而啜其醨？"见《史记·屈原贾生列传》。

［集评］

沈雄云："《词综》载'一竿风月……'《梅苑》所载宋无名氏词。疑放翁所作，而集中不载。细味卒章，真是高隐之笔。"（《古今词话·词辨》上卷）

俞陛云云："首三句如题之量。'怕近城门'二句未必实有其事，而可见托想之高，愤世疾俗者，每有此想。'潮生'三句描写江海浮家之情事，句法累如贯珠。'无名渔父'四字尤妙，觉烟波钓徒之号，犹着色相也。《渔父》词以张志和数首为最著，此作可夺席矣。"（《唐五代两宋词选释》）

鹊桥仙

夜闻杜鹃

茅檐人静，篷窗灯暗，春晚连江风雨。林莺巢燕总无声，但月夜、常啼杜宇[①]。　催成清泪，惊残孤梦，又拣深枝飞去。故山犹自不堪听，况半世、飘然羁旅[②]。

[注释]

①杜宇:即杜鹃,一名子规,相传为古代蜀帝杜宇灵魂所化,啼声宛如"不如归去",十分凄切。　②半世:陆游出蜀时年已五十,此词当在蜀闻杜鹃而作。　羁旅:客居异地。

[集评]

冯金伯云:"放翁呈范至能待制《双头莲》末句云:'空怅望,鲙美菰香,秋风又起。'又夜闻杜鹃《鹊桥仙》末句云:'故山犹自不堪听,况半世,飘然羁旅。'去国怀乡之感,触绪纷来,读之令人於邑。"(《词苑萃编》卷五《品藻》引《古今词统》)

陈廷焯云:"放翁词惟《鹊桥仙》(夜闻杜鹃)一章,借物寓言,较他作为合乎古。然以东坡《卜算子》(雁)较之,相去殆不可道里计矣。"(《白雨斋词话》卷一)

许昂霄云:"《鹊桥仙》(故山犹自不堪听)衬垫一句,不唯句法曲折,而意亦更深。"(《词综偶评》)

梁启超云:"陆游《鹊桥仙》(茅檐人静),麦丈云:当有所刺。"(《饮冰室评词》)

长相思

云千重,水千重[①]。身在千重云水中,月明收钓筒。
头未童[②],耳未聋。得酒犹能双脸红,一尊谁与同。

[注释]

①水千重:"门外烟波三百里,此心惟与白鸥亲。"自注:"镜湖三百里。"见《诗稿》卷十四《壬寅新春》。　②头未童:髪未曾全脱。"头童齿豁。"见韩愈《进学解》。

长相思

桥如虹[①],水如空。一叶飘然烟雨中,天教称放翁[②]。

侧船篷，使江风。蟹舍参差渔市东[③]，到时闻暮钟。

[注释]

①桥如虹：指虹桥，又称红桥。 ②称放翁：陆游于淳熙三年自号放翁。“范成大帅蜀，游为参议官，以文字交，不拘礼法。人讥其颓放，因自号放翁。”见《宋史》本传。“门前剥啄谁相觅，贺我今年号放翁？”见《诗稿》卷七《和范待制秋兴》。 ③蟹舍：渔家。“松江蟹舍主人欢，菰饭莼羹亦共餐。”见唐张志和《渔歌子》。

[集评]

冯金伯云：“陆务观，农师之孙，有诗名，恃酒颓放，因自号称翁，作词云：‘桥如虹，水如空………’晚年和平粹美，有中原承平时气象，朱文公称美之。”（《词苑萃编》卷五《品藻》引《鹤林玉露》）

长相思

面苍然，鬓皤然。满腹诗书不值钱，官闲常昼眠。
画凌烟[①]，上甘泉[②]。自古功名属少年[③]，知心惟杜鹃。

[注释]

①画凌烟：“（唐）贞观十七年，太宗图画太原倡义及秦府功臣……二十四人于凌烟阁，太宗亲为之赞。”见唐刘肃《大唐新语·褒赐》。 ②上甘泉：“孝成帝时，客有荐雄文似相如者。上方郊祀甘泉、泰畤、汾阴、后土，以求继嗣，召雄待诏承明之庭。正月，从上甘泉。还，奏《甘泉赋》以风。”见《汉书·扬雄传》。 ③“自古”句：“长安卿相多少年，富贵应须致身早。”见唐杜甫《乾元中寓居同谷县作歌七首》。

长相思

暮山青，暮霞明。梦笔桥头艇子横[①]，蘋风吹酒醒。

看潮生，看潮平。小住西陵莫较程[2]，莼丝初可烹。

[注释]

①梦笔桥：梁江淹梦神赐笔，遂以文章显。浦城县西有梦笔山，又萧山有梦笔驿，在觉苑寺旁，世传寺为江淹旧居。　②西陵：今称西兴，在萧山西北钱塘江南岸，与杭州隔江相望，为古钱塘江边最早渡口。

长相思

悟浮生，厌浮名。回视千钟一髮轻[1]，从今心太平[2]。

爱松声，爱泉声。写向孤桐谁解听[3]，空江秋月明。

[注释]

①千钟："季成子食采千钟。"见汉刘向《说苑》。钟，古容量单位，受六斛四斗，十釜为一钟。　②心太平："少年妄起功名念，岂信身闲心太平。"自注："《黄庭经》：闲暇无事心太平。"见《诗稿》卷一《独学》。"余取《黄庭》语，名所寓室。"见《诗稿》卷九《心太平庵》自注。　③孤桐：谓琴。

菩萨蛮

江天淡碧云如扫，蘋花零落莼丝老。细细晚波平，月从波面生。　　渔家真个好，悔不归来早。经岁洛阳城[1]，鬓丝添几茎。

[注释]

①洛阳城：代指行在临安。

菩萨蛮

小院蚕眠春欲老，新巢燕乳花如扫。幽梦锦城西[1]，海棠如旧时[②]。 当年真草草[③]，一棹还吴早[④]。题罢惜春诗，镜中添鬓丝。

[注释]

①锦城：成都一名锦城。 ②"海棠"句："尚想锦官城，花时乐事稠。"见《诗稿》卷十四《海棠》。"走马碧鸡坊里去，市人唤作海棠颠。"见《诗稿》卷六《花时遍游诸家园》。 ③当年：指乾道末、淳熙初在成都的一段经历。 ④还吴：陆游于淳熙五年出蜀东归。

诉衷情

当年万里觅封侯[①]，匹马戍梁州[②]。关河梦断何处，尘暗旧貂裘[③]。 胡未灭，鬓先秋，泪空流。此生谁料，心在天山[④]，身老沧州[⑤]。

[注释]

①"当年"句：指乾道八年（1172）在南郑军幕的一段经历。 觅封侯："大丈夫无它志略，犹当效傅介子、张骞立功异域，以取封侯。安能久事笔砚间乎？"见《后汉书·班超传》。 ②梁州：指南郑。 ③"尘暗"句："（苏秦）说秦王书十上，而说不行。黑貂之裘敝，黄金百斤尽，资用乏绝，去秦而归。"见《战国策·秦策一》。 ④天山：唐薛仁贵西征，军中歌曰："将军三箭定天山，壮士长歌入汉关。"见《新唐书·薛仁贵传》。"犹绕天山古战场。"见《诗稿》卷二十三《秋思》。天山即祁连山。 ⑤沧洲：犹言江湖，喻高士隐遁之地。

诉衷情

青衫初入九重城[①]，结友尽豪英[②]。蜡封夜半传檄[③]，驰骑谕幽并[④]。 时易失，志难成，鬓丝生。平章风月[⑤]，弹压江山[⑥]，别是功名。

[注释]

①“青衫”句:指绍兴三十年(1160)至隆兴元年(1163)在行在供职。　九重城:指行在临安。　②“结友”句:“少时酒隐东海滨,结交尽是英豪人。”见《诗稿》卷七《夏夜大醉醒后有感》。“三十年前客帝京,城南结骑尽豪英。”见《诗稿》卷二十一《马上作》。　③“蜡封”句:指隆兴元年正月为二府(中书省、枢密院)起草《与夏国书》和二月为二府撰写《蜡弹省札》事。“草檄北征今二纪,山城仍是老书生。”见《诗稿》卷十八《燕堂春夜》。　④幽并:幽州和并州。此处泛指中原地区。　⑤平章风月:“扁舟又向镜中行,小草清诗取次成。放逐尚非余子比,清风明月入台评。”“绿蔬丹果荐瓢尊,身寄城南禹会村。连坐频年到风月,固应无客叩吾门。”见《诗稿》卷二十一《予十年间两坐斥,罪虽擢髪莫数,而诗为首,谓之嘲咏风月。既还山,遂以风月名小轩,且作绝句》。　⑥弹压江山:“牢笼天地,弹压山川。”见《淮南子·本经训》。“逢迎风月麯生事,弹压江山毛颖功。”见《诗稿》卷十九《读范文正潇洒桐庐郡诗戏书》。

[集评]

俞陛云云:“集中感怀身世之作凡数见。此调仅四十馀字,而豪气霜横,逸情云上。‘风月’、‘江山’三语,尤峭劲有味,杨升庵评其词,谓‘雄慨处似东坡’,此作颇近之。”(《唐五代两宋词选释》)

生查子[1]

还山荷主恩,聊试扶犁手[2]。新结小茅茨,恰占清江口。　风尘不化衣,邻曲常持酒。那似宦游时,折尽长亭柳。

[注释]

①词有“新结小茅茨,恰当清江口”语,当作于乾道二年(1166)卜筑镜湖三山时。　②扶犁手:“玉堂不着扶犁手,霜鬓偏宜画鹿辐。”见宋苏轼《次韵答钱穆父》诗。

生查子

梁空燕委巢[①]，院静鸠催雨[②]。香润上朝衣，客少闲谈麈[③]。 鬓边千缕丝，不是吴蚕吐。孤梦泛潇湘[④]，月落闻柔橹。

[注释]

①"梁空"句："暗牖悬珠网，空梁落燕泥。"见隋薛道衡《昔昔盐》诗。 ②鸠催雨："（鸠鸟）阴则屏逐其匹，晴则呼之。语曰：'天将雨，鸠逐妇'是也。"见陆玑《毛诗草木鸟兽虫鱼疏》卷下。"雨来鸠有语。"见《诗稿》卷一《秋阴》。 ③谈麈：六朝人清谈，必用麈尾，因于谈玄用之，故称。 ④潇湘：二水名，在湖南省。

破阵子[①]

仕至千钟良易[②]，年过七十常稀[③]。眼底荣华元是梦，身后声名不自知[④]。营营端为谁。 幸有旗亭沽酒，何妨茧纸题诗[⑤]。幽谷云萝朝采药，静院轩窗夕对棋。不归真个痴。

[注释]

①词当作于淳熙八年（1181）至淳熙十二年（1185）退归山阴时。 ②千钟："季成子食采千钟。"见汉刘向《说苑》。钟，古容量单位，受六斛四斗，十釜为一钟。 ③"年过"句："酒债寻常行处有，人生七十古来稀。"见杜甫《曲江》。 ④"身后"句：用张翰典。人问张翰："独不为身后名邪？"答曰："使我有身后名，不如即时一杯酒。"见《晋书·张翰传》。 ⑤茧纸：蚕茧制造之纸。相传王羲之用蚕茧纸、鼠须笔写兰亭诗序。见何延之《兰亭记》。

[集评]

李调元云:“放翁词似诗,然较诗浓缛,所欠一醒字,而《破阵子》词却甚工。词云……此不但句醒,且唤醒世间多少人。”(《雨村诗话》卷二)

破阵子

看破空花世界①,放轻昨梦浮名。蜡屐登山真率饮②,筇杖穿竹自在行。身闲心太平③。 料峭馀寒犹力,帘纤细雨初晴④。苔纸闲题谿上句⑤,菱唱遥闻烟外声。与君同醉醒。

[注释]

①空花:“妄认四大为自身,六尘缘影为自心相,譬如彼病目见空中花。”见《圆觉经》。 ②蜡屐登山:阮孚尝自吹火腊屐(给木屐上腊),见《世说新语·雅量》。谢灵运“登蹑常着木屐,上山则去其前齿,下山去其后齿”。见《南史·谢灵运传》。 真率饮:“司马光有真率会,以为俭则易供,简则易继。”见吴曾《能改斋漫录》。 ③心太平:“少年妄起功名念,岂信身闲心太平。”自注:“《黄庭经》:闲暇无事心太平。”见《诗稿》卷一《独学》。“余取《黄庭》语,名所寓室。”见《诗稿》卷九《心太平庵》自注。 ④廉纤细雨:“廉纤晚雨不能晴。”见韩愈《晚雨》。廉纤,细雨貌。 ⑤苔纸:海苔制造之纸,见王嘉《拾遗记》。“归来写苔纸,老惫无杰句。”见《诗稿》卷二十二《予所居南并镜湖》。

上西楼①

江头绿暗红稀②,燕交飞。忽到当年行处、恨依依。
洒清泪,叹人事,与心违。满酌玉壶花露③,送春归。

[注释]

①上西楼:一名《相见欢》。 ②绿暗红稀:“绿暗红稀出凤城,暮云

楼阁古今情。”见韩琮《暮春浐水送别》。　③花露：酒名。酒以花露称，见《野客丛谈》。放翁亦用之入诗，见沈青士《星匏馆随笔》。“一壶花露拆黄滕，醉梦酣酣唤不应。”见《诗稿》卷十八《病中偶得名酒小作此篇，是夕极寒》。“红螺杯小倾花露，紫玉池深贮麝煤。”见《诗稿》卷六十七《林间书意》。

点绛唇

采药归来，独寻茅店沽新酿。暮烟千嶂，处处闻渔唱。　醉弄扁舟，不怕黏天浪。江湖上，遮回疏放[①]，作个闲人样。

[注释]

①遮回：这回。　疏放：行为散诞，随便。“从教俗眼憎疏放，行矣桐江酹客星。”见《诗稿》卷十七《遣兴》。

谢池春

壮岁从戎[①]，曾是气吞残虏。阵云高、狼烟夜举[②]。朱颜青鬓，拥雕戈西戍。笑儒冠、自来多误[③]。　功名梦断，却泛扁舟吴楚。漫悲歌、伤怀吊古。烟波无际，望秦关何处[④]。叹流年、又成虚度。

[注释]

①壮岁从戎：指乾道八年(1172)三月至十一月在南郑参王炎军幕事。“壮岁从戎不忆家，梁州裘马斗豪华。”见《诗稿》卷三十三《春晚怀山南》。　②狼烟：峰火。　③“笑儒冠”句：“纨绔不饿死，儒冠多误身。”见唐杜甫《奉赠韦左丞丈二十二韵》。“久矣儒冠误此身。”见《诗稿》卷六《成都大阅》。　④秦关：指秦地关塞。“洛水秦关千古后，尚棘暗铜驼空怆神。”见《洞庭春色》(壮岁文章)。

谢池春

贺监湖边[①],初系放翁归棹。小园林、时时醉倒。春眠惊起,听啼莺催晓。叹功名、误人堪笑。　朱桥翠径[②],不许京尘飞到。挂朝衣、东归欠早[③]。连宵风雨,卷残红如扫。恨樽前、送春人老。

[注释]

①贺监湖:即镜湖。　②朱桥:指红桥,一作虹桥。"在县西七里迎恩门外。"见《嘉泰会稽志》卷十一。　③挂朝衣:"永明十年,脱朝衣挂神虎门,上表辞禄。"见《南史·陶弘景传》。

谢池春[①]

七十衰翁,不减少年豪气[②]。似天山、凄凉病骥。铜驼荆棘,洒临风清泪。甚情怀、伴人儿戏。　如今何幸,作个故谿归计。鹤飞来、晴岚暖翠。玉壶春酒,约群仙同醉。洞天寒、露桃开未。

[注释]

①绍熙五年,陆游七十岁。词有"七十衰翁"语,当七十前后之作。　②"七十二句":"自惊七十犹强健。"见《诗稿》卷二十一《野兴》。"放翁七十饮千钟。"见《醉书秦皇山石壁》。

一落索[①]

满路游丝飞絮,韶光将暮。此时谁与说新愁,有百啭、黄莺语。　俯仰人间今古,神仙何处。花前须判醉扶归,酒不到、刘伶墓[②]。

[注释]

①汲古阁本作《洛阳春》。　②“花前”二句：意谓及时饮酒行乐。“（刘伶）常乘鹿车，携一壶酒，使人荷锸随之，谓曰：‘死便埋我。’其遗形骸如此。”见《晋书·刘伶传》。“劝君终日酩酊醉，酒不到刘伶坟上土。”见李贺《将进酒》。

一落索

识破浮生虚妄，从人讥谤。此身恰似弄潮儿[①]，曾过了、千重浪。　且喜归来无恙，一壶春酿。雨蓑烟笠傍渔矶[②]，应不是、封侯相。

[注释]

①弄潮儿：“吴儿善泅者数百，皆披髮文身，手持十幅大彩旗，争先鼓勇，溯迎而上，出没于鲸波万仞中，腾身百变，而旗尾略不沾湿，以此夸能。”见宋周密《武陵旧事·观潮》。　②“雨蓑”句：“烟蓑雪笠家风在，送老湖边一钓矶。”见《诗稿》卷十二《书感》。

杏花天

老来驹隙骎骎度[①]。算只合、狂歌醉舞。金杯到手君休诉[②]，看著春光又暮。　谁为倩、柳条系住[③]。且莫遣、城笳催去。残红转眼无寻处，尽属蜂房燕户。

[注释]

①驹隙：“人生天地之间，若白驹之过隙，忽然而已。”见《庄子·知北游》。　骎骎：迅疾貌。　②诉：辞酒曰诉。　③倩：请。

大平时

竹里房栊一径深，静愔愔[①]。乱红飞尽绿成阴，有鸣禽。　　临罢兰亭无一事②，自修琴。铜炉袅袅海南沉③，洗尘襟。

[注释]

①愔愔：静寂无声。　②临罢句："嫩白半瓯尝日铸，硬黄一卷学兰亭。"见《诗稿》卷十七《山居戏题》。　兰亭：指王羲之《兰亭集序》，又名《兰亭宴集序》、《临河序》、《禊序》、《禊帖》。《文集》二十八有《跋兰亭乐毅论并赵岐王帖》、《跋毛仲益所藏兰亭》，卷二十九有《跋兰亭序》，卷三十一有《跋陈伯予所藏兰亭帖》。《诗稿》卷四十九有《跋冯氏兰亭》。　③海南沉：沉香之上品，出海南黎峒。

恋绣衾

不惜貂裘换钓篷。嗟时人、谁识放翁①。归棹借、樵风稳②，数声闻、林外暮钟。　　幽栖莫笑蜗庐小③，有云山、烟水万重。半世向、丹青看，喜如今、身在画中。

[注释]

①放翁：陆游于淳熙三年自号放翁。"范成大帅蜀，游为参议官，以文字交，不拘礼法。人讥其颓放，因自号放翁。"见《宋史》本传。"门前剥啄谁相觅，贺我今年号放翁？"见《诗稿》卷七《和范待制秋兴》。　②樵风：会稽东南十五里有樵风泾，相传汉郑宏少时采薪，遇仙人，问宏所欲，宏曰："常患若耶溪载薪为难，愿朝南风，暮北风。"后果然。见《舆地纪胜》卷十。"今年方展南湖面，朝借樵风暮可还。"见《诗稿》卷四十九《书喜》。　③蜗庐：犹云陋室。汉末焦先等作圜舍，形如蜗牛蔽，故谓之蜗牛庐。"髮已凋零齿已疏，忍饥白首卧蜗庐。"见《诗稿》卷十六《夜中起读书戏作》。"小葺蜗庐便着家，槿篱莎径任敧斜。"见《诗稿》卷二十一《蜗庐》。

恋绣衾

无方能驻脸上红。笑浮生、扰扰梦中①。平地是、冲霄路，又何劳、千日用功。　　飘然再过莲峰下[②]，乱云深、吹下暮钟。访旧隐、依然在，但鹤巢、时有堕松。

[注释]

①"笑浮生"句："浮生岁岁俱是梦。"见《诗稿》卷六《别荣州》。　②莲峰：华山莲花峰，华山三峰之一，山顶有池，生千叶莲花。

风入松

十年裘马锦江滨[①]，酒隐红尘[②]。万金选胜莺花海，倚疏狂、驱使青春。吹笛鱼龙尽出[③]，题诗风月俱新。
自怜华髮满纱巾，犹是官身。凤楼常记当年语，问浮名、何似身亲[④]。欲寄吴笺说与，这回真个闲人[⑤]。

[注释]

①"十年"句：陆游于乾道六年闰五月赴蜀，至淳熙五年秋返里，历时九年馀。"裘马清狂锦水滨，最繁华地作闲人。"见《诗稿》卷八《醉题》。"裘马清狂遍两川，十年身是地行仙。"又卷十七《病中久废游览，怅然有感》。　②酒隐红尘："悲歌流涕遣谁听？酒隐人间已半生。"见《诗稿》卷七《野外剧饮示坐中》。　③"吹笛"句：传说江叟受仙师玉笛，三年得其音律，后之岳阳，时大旱，叟吹笛于洞庭之渚，龙飞而出降。见《太平广记》卷四一六引《传奇·江叟》。"醉后吹横笛，鱼龙亦出听。"见《诗稿》卷一《海中醉题》。　④"问浮名"句："名与身孰亲。"见《老子》。"悠然自适君知否？身与浮名若个亲？"见《诗稿》卷八《醉题》。　⑤"这回"句："不如归去，作个闲人。"见宋苏轼《行香子》。

[集评]

冯金伯云："陆放翁在蜀日，曾有所盼。尝赋诗曰：'碧玉当年未破瓜，学成歌舞入侯家。如今憔悴蓬窗底，飞上青天妒落花。'出蜀后，每怀旧游，多见之题咏。有曰：'金鞭珠弹忆佳游，万里桥西罨画楼。梦倩晚风吹不断，书凭归雁寄无由。镜中颜髮今如此，席上宾朋好在否。箧在吴笺三百个，拟将细字写春愁。'又云：'裘马清狂锦水滨，最繁华地作闲人。金壶投箭销长日，翠袖传杯领好春。幽鸟语随歌处拍，落花铺作舞时茵。悠然自适君知否，身与浮名孰是亲。'仍以前诗隐括作《风入松》云……"（《词苑丛编》卷十三《纪事》）

叶申芗云："放翁在蜀日，尝有所盼，每寄之吟咏。有云：'碧玉当年未破瓜，学成歌舞入侯家。'又云：'箧有吴笺三百个，拟将细字写春愁。'又云：'裘马清狂锦水滨，最繁华地作闲人。'及'悠然自适君知否，身与浮名孰重轻。'迨归里后，复以诗意赋《风入松》云……亦可谓善言情矣。"（《本事词》卷下）

真珠帘

灯前月下嬉游处，向笙歌、锦绣丛中相遇。彼此知名，才见便论心素[①]。浅黛娇蝉风调别[②]，最动人，时时偷顾。归去。想闲窗深院，调弦促柱[③]。　乐府翻新谱。漫裁红点翠，闲题金缕[④]。燕子入帘时，又一番春暮。侧帽燕脂坡下过[⑤]，料也记、前年崔护[⑥]。休诉。待从今须与，好花为主。

［**注释**］

①心素：内心情愫。"披心腹，见情素。"见《汉书·邹阳传》。　②风调：风度。　③调弦促柱："辟窗开幌弄秦筝，调弦促柱多哀声。"见南朝宋谢灵运《燕歌行》。　④金缕：《金缕曲》。　⑤燕脂坡："不学长安闾里侠，貂裘夜走胭脂坡。"见宋苏轼《百步洪》诗。"胭脂坡在开封府城西北，朝暮斜晖照之如胭脂，俗呼为红沙冈。"见明李濂《汴京遗迹志》。　⑥崔护：唐博陵人，清明游城南，遇一女独倚桃立，意属殊厚。次年清明再访，不见其人，因题诗曰："去年今日此门中，人面桃花相映红。人面不知何处去，桃花依旧笑春风。"见孟棨《本事诗》。

风流子

一名内家娇

佳人多命薄[①]，初心慕、德耀嫁梁鸿[②]。记绿窗睡起，静吟闲咏，句翻离合[③]，格变玲珑。更乘兴，素纨留戏墨[④]，纤玉抚孤桐[⑤]。蟾滴夜寒，水浮微冻[⑥]，凤笺春雨[⑦]，花研轻红[⑧]。　人生谁能料，堪悲处、身落柳陌花丛。空羡画堂鹦鹉，深闭金笼。向宝镜鸾钗，临妆常晚，绣茵牙版，催舞还慵。肠断市桥月笛，灯院霜钟。

[注释]

①“佳人”句：“红颜胜人多薄命，莫怨春风当自嗟。”见宋欧阳修《再和明妃曲》。　②德耀嫁梁鸿：“同县孟氏有女，状肥丑而黑……曰：‘欲得贤如梁伯鸾者。’鸿闻而聘之……字之曰德曜孟光。”见《后汉书·梁鸿传》。　③离合：古诗有离合体，始于孔融，字相拆合成文。如孔融作《四言离合诗》。离合“鲁国孔融文举”六字，前四句云：“渔父屈节，水潜匿方。与时进止，出寺驰张。”第一句渔字，第二句水字，渔犯水字而去水，存为鱼字。第三句有时字，第四句有寺字。时犯寺字而去寺，则存者为日字，离鱼与日而合之，则为鲁字。见宋叶梦得《石林诗话》卷中。　④素纨：白绢。　⑤纤玉：谓手指。孤桐：谓琴。　⑥“蟾滴”二句：“水冷砚蟾初薄冻，火残香鸭尚微烟。”见《诗稿》卷十四《不睡》。蟾滴，蟾状砚滴。　⑦凤笺：凤尾笺。　⑧花研：有光泽纸。

[集评]

陈廷焯云：“陆务观《风流子》云……盖放翁伤其妻作也。词不必高，而情极哀怨。选本皆不登此篇，惟《阳春白雪》载之。”（《白雨斋词话》卷七）

双头莲

风卷征尘，堪叹处、青骢正摇金辔。客襟贮泪。漫万点如血,凭谁持寄。伫想艳态幽情,压江南佳丽[①]。春正媚。怎忍长亭,匆匆顿分连理[②]。 目断淡日平芜,望烟浓树远,微茫如荠[③]。悲欢梦里。奈倦客、又是关河千里。最苦唱彻骊歌[④],重迟留无计。何限事。待与丁宁,行时已醉。

[注释]

①江南佳丽:"江南佳丽地,金陵帝王州。"见南朝齐谢朓《入朝曲》。 ②连理:连理枝,喻相爱之深。"在天愿作比翼鸟,在地愿为连理枝。"见唐白居易《长恨歌》。 ③"望烟浓"二句:"天边树若荠,江畔洲如月。"见唐孟浩然《秋登万山寄张五》诗。 ④骊歌:即《骊驹歌》,古代告别之歌。其辞曰:"骊驹在门,仆夫具存。骊驹在路,仆夫整驾。"见《汉书·王式传》注。

鹧鸪天

杖屦寻春苦未迟,洛城樱笋正当时[①]。三千界外归初到[②],五百年前事总知[③]。 吹玉笛,渡清伊。相逢休问姓名谁。小车处士深衣叟,曾是天津共赋诗。

[注释]

①樱笋:秦中以三月为樱笋时。见《岁时广记》卷二引唐韩偓《樱桃》诗注。 ②三千界:"积一千国名'小千世界';积千个小界名'中千世界';积一千中千世界,名'大千世界'。以三积千,故名三千大千世界。"见《释氏要览》。 ③"五百"句:传说蓟子训卖药会稽,正始中,有人见于长安东霸城,与一老公共摩挲铜人,相谓曰:"适见铸此,已近五百岁矣。"见《搜神记》卷一。 ④"小车"二句:小车处士指邵雍,深衣叟指司马光。二人同居洛阳,乘小车往来。"草软波清沙径微,手持笻竹着深衣。"见司马光《独步至洛滨》诗。深衣是古代上衣下裳相连缀的一种服装,见《礼记·深衣》。天津桥在洛阳县西南洛水之上,桥南有邵雍宅。

蝶恋花

禹庙兰亭今古路[①]。一夜清霜，染尽湖边树[②]。鹦鹉杯深君莫诉[③]，他时相遇知何处。　冉冉年华留不住。镜里朱颜，毕竟消磨去。一句丁宁君记取，神仙须是闲人做。

（以上双照楼影宋本《渭南文集》卷五十）

[注释]

①禹庙句："家居禹庙兰亭路，诗在林逋魏野间。"见《诗稿》卷四十九《书喜》。禹庙在绍兴东南十二里，距三山二十里。兰亭在绍兴西南二十六里，距三山二十里。　②湖：谓镜湖。　③鹦鹉杯："颅鹚杓，鹦鹉杯，百年三万六千日，一日须饮三百杯。"见唐李白《襄阳歌》。

渔　父[①]

灯下读玄真子渔歌，因怀山阴故隐，追拟

石帆山下雨空濛[②]，三扇香新翠箬篷。蘋叶绿，蓼花红[③]，回首功名一梦中。

渔　父

晴山滴翠水挼蓝，聚散渔舟两复三。横埭北[④]，断桥南，侧起船篷便作帆。

渔　父

镜湖俯仰两青天，万顷玻璃一叶船。拈棹舞，拥蓑眠，不作天仙作水仙[⑤]。

渔　父

湘湖烟雨长莼丝[⑥],菰米新炊滑上匙[⑦]。云散后,月斜时,潮落舟横醉不知。

渔　父

长安拜免几公卿[⑧],渔父横眠醉未醒。烟艇小,钓车腥[⑨],遥指梅山一点青[⑩]。　(以上《剑南诗稿》卷十九)

[注释]

①此五首见于《剑南诗稿》卷十九,作于淳熙十四年(1187)冬严州任上。　玄真子:张志和,自号玄真子,有《渔歌子》五首。　②石帆山:在今绍兴东南十五里,石壁高数十丈,状如张帆临水。　③"蘋叶"二句:"梦回菱曲渔歌里,身寄蘋洲蓼浦中。"见《诗稿》卷十七《题斋壁》。　④埭:指扶桑埭,在今绍兴西十里三山不远处,通湖塘、新塘。"烟月茫茫十里堤,数声渔唱埭东西。"见《诗稿》卷十四《新塘夜归》。　⑤水仙:"在天曰天仙,在地曰地仙,在水曰水仙。"见唐司马承祯《天隐子·神解》。"自制三舟……逢奇遇兴,则穷其景物,兴尽而行……吴越之士,号为水仙。"见袁郊《甘泽谣·陶岘》。"烟波四万八千顷,造物推排作水仙。"见《诗稿》卷六十三《舟中作》。"湖桥酒美能来醉,一棹何妨作水仙。"又卷七十六《书兴》。　⑥"湘湖"句:"湘湖在萧山县,莼菜绝奇。"见《诗稿》卷十七《雨中排闷》自注。　⑦菰米:一名雕胡米,菱白所结子。"二升菰米晨炊饮,一碗松灯夜读书。"见《诗稿》卷三《题斋壁》。　⑧"长安"句:"红树青山只如昨,长安拜免几公卿。"见《诗稿》卷二十七《秋晚闲步》。　⑨钓车:用轮子牵动钓丝的钓具。　⑩梅山:梅山,在今绍兴东北八里,传说梅福曾隐居于此。隆兴元年(1163)陆游在梅山寄居住过一段时间。

[集评]

唐圭璋云:"放翁词有豪放与闲适两面。此特其闲适一面,颇令人有翛然出世之想。"(《读词札记》)

恋绣衾[①]

雨断西山晚照明，悄无人、幽梦自惊。说道去、多时也，到如今、真个是行。　　远山已是无心画[②]，小楼空，斜掩绣屏。你嚎早、收心呵，趁刘郎、双鬓未星[③]。

［注释］

①宋陈鹄《西塘集·耆旧续闻》卷十谓陆游“官南昌日，代还，有赠别词云……。”按乾道二年(1166)，陆游在隆兴通判任，因言者所论免归。归词当本年离南昌时作。　②远山：远山眉，用黛画眉如远山。“文君姣好，眉色如望远山。”见晋葛洪《西京杂记》卷二。　③刘郎：情郎代称。《太平广记·神仙记》记晋刘晨、阮肇入天台山采药遇仙故事。后世词曲据此以刘郎代称情郎。

采桑子[①]

三山山下闲居士[②]，巾履萧然，小醉闲眠，风引飞花落钓船。

（以上《耆旧续闻》卷十）

［注释］

①陈鹄《西塘集·耆旧续闻》卷十谓陆游“闲居三山日，方务德帅绍兴，携妓访公，公有词云……”帅绍兴为乾道八年二月，九年五月移知平江府，时陆游正在夔州。陈鹄所记疑有误。　②三山：在今绍兴西九里镜湖边，自东而西为石堰山、韩家山、行宫山三座孤立小山，陆游别业在行宫山脚，地名西村。　居士：处士，有才德而隐居者。

［集评］

许昂霄云：“体格仿佛花间，但味较薄耳。南宋小令佳者，大抵皆然。”(《词综偶评》)

水龙吟

春日游摩诃池[1]

摩诃池上追游路，红绿参差春晚。韶光妍媚，海棠如醉，桃花欲暖。挑菜初闲[2]，禁烟将近[3]，一城丝管[4]。看金鞍争道，香车飞盖，争先占、新亭馆。　惆怅年华暗换[5]。黯销魂、雨收云散[6]。镜奁掩月，钗梁拆凤[7]，秦筝斜雁[8]。身在天涯，乱山孤垒，危楼飞观。叹春来只有，杨花和恨，向东风满。

［注释］

①在成都作。　摩诃池：在成都城内。“蜀宫中旧泛舟入此池，曲折十馀里，今府后门虽已为平陆，然犹号水门。”见《诗稿》卷三《摩诃池》自注。摩诃，梵语“大”的意思。　②挑菜：宋人以二月二日为挑菜节。　③禁烟：“去冬节一百五日，即有疾风甚雨，谓之寒食，禁火三日。”见宗懔《荆楚岁时记》。　④一城丝管：“锦城丝管日纷纷，半入江风半入云。”见杜甫《赠花卿》。　⑤“惆怅”句：“羁旅而无友生，惆怅兮私自怜。”见《楚辞·九辩》。“又不道流年暗中偷换。”见宋苏轼《洞仙歌》。　⑥黯销魂：“黯然销魂者，惟别而已矣。”见梁江淹《别赋》。　雨收云散：“心游目送三千里，雨收云散二十年。”见唐温庭筠《送崔郎中赴幕》。　⑦钗梁拆凤：“始皇以金银作凤头，以玳瑁为脚，号曰凤钗。”见马缟《中华古今注》卷中。　⑧秦筝斜雁：“二八月轮蟾影破，十三弦柱雁行斜。”见唐李商隐《昨日》。秦筝，十三弦，筝柱斜列如雁行。

［集评］

黄昇云：“杨诚斋尝称陆放翁之诗敷腴，尤梁溪复称其诗俊逸，余观放翁之词，尤其敷腴俊逸者也。如《水龙吟》云：‘韶光妍媚，海棠如醉，桃花欲暖。挑菜初闲，一城丝管。’……”（《中兴词话》）

王弈清云：“范致能帅蜀，陆务观在幕府，主宾酬倡，人争诵之。陆尝春日游摩诃池上作《水龙吟》云……”（《历代词话》卷七引《词苑》）

黄苏云："陆务观《水龙吟》(摩诃池上追游)放翁一生忧国之心，触处流出，无非一腔忠爱。此词辞虽含蓄，而意极沉痛。盖南渡国步日蹙，而上下安于逸乐，所谓'一城丝管'争占亭馆也。次阕，自叹年华已晚，身安废弃，流落天涯，不能为力也。结句'恨向东风满'，饶有沉雄郁勃之致，跃跃纸上。"(《蓼园词评》)

月照梨花

闺 思

霁景风软，烟江春涨。小阁无人，绣帘半上。花外姊妹相呼，约樗蒲[①]。　修蛾忘了章台样[②]。细思一饷[③]，感事添惆怅。胸酥臂玉消减，拟觅双鱼[④]，倩传书。

[注释]

①樗蒲：古代博戏，博法详见唐李肇《唐国史补》卷下。　②"修蛾"句："敞无威仪，时罢朝会过，走马章台街，使御史驱，自以便面拊马。又为妇画眉，长安城中传张敞京兆眉妩。"见《汉书·张敞传》。　③一饷：许久。　④双鱼："客从远方来，遗我双鲤鱼。呼儿烹鲤鱼，中有尺素书。"见汉乐府《饮马长城窟行》。

[集评]

黄昇云："此篇杂之唐人《花间集》中，虽具眼未知鸟之雌雄也。"(《中兴词话》)

月照梨花

闺 思

闷已萦损[①]，那堪多病。几曲屏山，伴人昼静。梁燕催起犹慵，换熏笼[②]。　新愁旧恨何时尽，渐凋绿鬓。小雨知花信。芳笺寄与何处，绣阁珠栊，柳阴中。

[注释]

①闷已萦损："闷损人，天不管。"见宋秦观《河传》。 ②熏笼：罩于熏炉之笼，作熏香及烘衣用。

夜游宫

宴 席

宴罢珠帘半卷。画檐外、蜡香人散[①]。翠雾霏霏漏声断。倚香肩，看中庭，花影乱。 宛是高唐馆[②]。宝奁炷、麝烟初暖。璧月何妨夜夜满[③]。拥芳衾，恨今年，寒尚浅。

[注释]

①蜡：谓蜡梅。 ②高唐馆：战国时楚国台馆名。"昔者楚襄王与宋玉游于云梦之台，望高唐之观。"见宋玉《高唐赋序》。 ③"璧月"句："后主每引宾客对贵妃等游宴……其曲有《玉树后庭花》、《临春乐》等。其略云：'璧月夜夜满，琼树朝朝新。'大抵所归，皆美张贵妃、孔贵妃之容色。"见《南史·陈张贵妃传》。

[集评]

黄昇云："杨诚斋尝称陆放翁之诗敷腴，尤梁溪复称其诗俊逸。余观放翁之词，尤其敷腴俊逸者也。如《夜游宫》云：'璧月何妨夜夜满。拥芳柔，恨今年、寒尚浅。'……"（《中兴词话》）

贺裳云："词虽宜于艳冶，亦不可流于秽亵。吾极喜康与之《满庭芳》（寒夜）一阕，真所谓乐而不淫。且虽填辞小技，亦兼词令、议论、叙事三者之妙。……放翁有句云：'璧月何妨夜夜满。拥芳柔，恨今年、寒尚浅。'此生差堪相匹。"（《皱水轩词筌》）

如梦令

闺 思

独倚博山峰小[①]，翠雾满身飞绕[②]。只恐学行云，去作阳台春晓[3]。春晓，春晓，满院绿杨芳草。

（以上五首见《中兴以来绝妙词选》卷二）

［注释］

①博山：博山香炉，形状像海中博山，故名。 ②翠雾：沉香、麝香等点燃中升腾之烟。 ③"只恐"二句："昔者先王尝游高唐，怠而昼寝，梦见一妇人曰：'妾巫山之女也，为高唐之客，闻君游高唐，愿荐枕席。'王因幸之。去而辞曰：'妾在巫山之阳，高丘之阻。旦为朝云，暮为行雨。朝朝暮暮，阳台之下。'旦朝视之，如言。故为立庙，号曰朝云。"见宋玉《高唐赋序》。

失调名[1]

飞上锦茵红绉。 （《四朝闻见录》乙集）

［注释］

①《四朝闻见录》："放翁致仕后，韩侂胄固欲其出，公勉应之。侂胄喜附己。至出所爱四夫人擘阮起舞，索公为词，有'飞上锦裀红绉'之语。今放翁集无此词。四夫人，侂胄新进之妾，亦见《四朝闻见录》。《词林纪事》引《续资治通鉴》张、谭、王、陈四人皆知郡夫人者，误也。"见吴衡照《莲子居词话》卷一。

解连环

泪掩妆薄。背东风伫立，柳绵池阁。漫细字、书满芳笺，恨钗燕筝鸿[1]，总难凭托。风雨无情，又颠倒、绿苔红萼。仗香醪破闷，怎禁夜阑，酒醒萧索。 刘郎已忘故约[2]。奈重门静院，光景如昨。尽做它、别有留心，便不念当时，雨意初著。京兆眉残[3]，怎忍为、新人梳掠。尽今生、拚了为伊，任人道错。

（《阳春白雪》卷三）

［注释］

①钗燕："元鼎（汉武帝年号）元年起招灵阁，有神女留一玉钗与帝，帝以赐赵婕妤。至昭帝元凤中，宫人犹见此钗，共谋欲碎之。明旦视之匣，唯憔见白燕直升天去。故宫人作玉钗，因改为玉燕钗，言其吉祥。"见《太平御览》卷七一八《服用部·钗》引《洞冥记》。　筝鸿：在成都城内。"蜀宫中旧泛舟入此池，曲折十馀里，今府后门虽已为平陆，然犹号水门。"②刘郎：见前《恋绣衾》（雨断西山）注。　③京兆眉：古代博戏，博法详见唐李肇《唐国史补》卷下。

大圣乐[1]

电转雷惊[2]，自叹浮生，四十二年。试思量往事，虚无似梦，悲欢万状，合散如烟。苦海无边[3]，爱河无底[4]，流浪看成百漏船。何人解，向无常火里[5]，铁打身坚。　须臾便是华颠。好收拾、形体归自然。又何须着意，求田问舍[6]，生须宦达，死要名传。寿夭穷通，是非荣辱，此事由来都在天[7]。从今去，任东西南北，作个飞仙。

（《珊瑚法书题跋》卷七）

［注释］

①唐氏按：词律调名当作《沁园春》。　词有"自叹浮生，四十二年"句，当作于乾道二年居镜湖三山时。　唐氏按：此首乃陆游所书，不见于本集。是否即其自作，俟考。姑附于此。　②电转雷惊：喻时光之速。"雪飐霜翻看不分，雷惊电激语难闻。"见唐韩愈《郴口又赠二首》。　③苦海："我见诸众生，没在于苦海。"见《法华经·寿量品》。　④爱河："爱河干枯，令汝解脱。"见《楞严经》。　⑤无常："是身无常，念念不住，犹如电光、暴水、幻炎。"见《涅槃经》。　⑥求田问舍："许汜与刘备并在荆州牧刘表坐……备曰：'君有国士之名，今天下大乱，帝王失所，望君忧国忘家，有救世之意。而君求田问舍，言无可采，是元龙所讳也，何缘当与君语……'"见《三国志·魏书·陈登传》。　⑦"寿夭"三句："子夏曰：'商闻之矣，死生有命，富贵在天。'"见《论语·颜渊》。

[集评]

陈深云:“词乃《大圣乐》,亦辛稼轩之流也。……词稿真迹……细究详玩,备见句法清真,笔势圆熟,信一代之名迹也。”(《六研斋笔记》)

存目词

调名	首句	出处	附注
江月晃重山	芳草洲前道路	《词林万选》卷二	刘秉忠词,见《藏春乐府》,词录附于后
恋绣衾	长夜冷添被儿	《花草粹编》卷五	辛弃疾作,见《稼轩长短句》卷十二
恋绣衾	病来自是于春懒	同上	辛弃疾作,见《稼轩词甲集》
南乡子	泊雁小汀洲	《词的》卷二	蒋捷作,见《竹山词》
浣溪沙	花市东风卷笑声	《草堂诗馀续集》卷上	毛滂作,见《东堂词》
玉井莲	谁道秋期远	《记红集》卷三	无名氏作,见《翰墨大全》丁集卷三

江月晃重山　雪

芳草洲前道路,夕阳楼上阑干。碧云何处望归鞍。从军客,耽乐不思还。　洞里仙人种玉,江边楚客滋兰。鸳鸯沙暖鹡鸰寒。菱花晚,不奈鬓毛斑。

唐　婉

陆游前妻。为婆母所逼，与陆游离异。改适宗子赵士程，不久怏怏而卒。

钗头凤[1]

世情薄，人情恶。雨送黄昏花易落。晓风干，泪痕残。欲笺心事，独语斜阑[2]。难难难。　人成各，今非昨[3]。病魂尝似秋千索。角声寒，夜阑珊[4]。怕人寻问，咽泪装欢。瞒瞒瞒。　（《古今词统》卷十）

［注释］

①陈鹄《耆旧续闻》卷十记陆游与前妻离异后，“一日至（沈）园中，去妇闻之，遣黄封酒果馔，通殷勤。公感其情，为赋此词。其妇见而和之，有‘世情薄，人情恶’之句，惜不得其全阕。”此词初见于明卓人月《古今词统》卷十及清沈辰垣《御选历代诗馀》卷一一八引奈娥斋主人说。　②阑：栏干。　③“人成各”二句：“花似旧，人非昨。”见侯寘《满江红》（困顿春眠）。　④阑珊：将尽。

［集评］

况周颐云：“放翁出妻为作《钗头凤》者，姓唐名琬。和放翁《钗头凤》词，见《御选历代诗馀词话》及《林下词选》。前段俱转平韵，与放翁词不同。”（《蕙风词话续集》卷二）

陆游妾某氏

陆游妾，传说为驿卒女。能诗，陆游于途中纳之，方馀半载，夫人逐之。

生查子[①]

只知愁上眉，不识愁来路。窗外有芭蕉，阵阵黄昏雨[②]。　逗晓理残妆[③]，整顿教愁去。不合画春山[④]，依旧留连住。（《阳春白雪》卷三）

［注释］

①宋陈世崇《随隐漫录》卷五调名误为《卜算子》。　②"窗外"二句："更闻帘外雨潇潇，滴芭蕉。"见五代蜀顾敻《杨柳枝》。　③逗晓：临晓。　④春山：春山眉。"眉学春山样。"见牛峤《酒泉子》。

［集评］

沈雄云："陆放翁《题驿壁》云：'玉阶蟋蟀闹清夜，金井梧桐辞故枝。一枕凄凉眠不得，呼灯起作感秋诗。'询知驿女之作，爰纳为妾。后妻妒又出之，遂赋《生查子》云……"（《古今词话·词辨》上卷）

陈廷焯云："'山盟虽在，锦书难托。莫莫莫。'放翁伤其妻之作也。'不合画春山，依旧留愁住。'放翁妾别放翁词也。前则迫于其母而出其妻。后又迫于后妻而不能庇一妾。何所遭之不偶也。至两词皆不免于怨，而情自可哀。"（《白雨斋词话》卷六）

宋长白云："务观前妻，见逐于其母，此妾又见逐于其妻。钗头双凤，大小一揆。庐江吏、冯敬通，殆合而为一乎？"（《词林纪事》转引《柳亭诗话》）

王士祯云："'玉阶蟋蟀闹清夜……'小说载此为蜀某驿卒女诗，放翁见之，纳以为妾，为夫人所逐。又有《卜算子》词'不合画春山，依旧留春住'云云。按《剑南集》，此诗乃放翁在蜀时所作，前四句云：'西风繁杵捣征衣，客子关情正此时。万事从初聊复尔，百年强半欲何之？'……后人稍

事窜易数字，辄傅会，或收入闺秀诗，可笑也。”（《池北偶谈》）

张宗棣云：“观此（按，指上述《池北偶谈》记述），则《随隐漫录》、《柳亭诗话》两条，俱不足信。又按，《卜算子》误，当作《生查子》。”（《词林纪事》卷十九）

王　嵎

王嵎（？—1182），字秀夷，号贵英，北海（今山东潍坊）人，寓居吴兴。与陆游交厚。有《北海集》，今不传。

祝英台近

柳烟浓，花露重，合是醉时候。楼倚花梢，长记小垂手[①]。谁教钗燕轻分[②]，镜鸾慵舞[③]，是孤负、几番春昼。　自别后。闻道花底花前，多是雨眉皱。又说新来，比似旧时瘦。须知两意长存，相逢终有。莫谩被、春光僝僽[④]。

[注释]

①小垂手：原为舞名，后为乐府杂曲歌辞。　②钗燕：即燕钗，燕形的钗。旧时常以"分钗断带"喻夫妻生离死别。　③镜鸾：喻失偶。《北堂书钞》一三六引南朝宋范泰《鸾鸟诗序》："昔罽宾王得鸾鸟甚爱之，欲其鸣而不能致。夫人曰：'闻鸟得类而后鸣，何不悬镜以映之？'王从其言。鸾鸟睹影而鸣，一奋而绝。"　④僝僽：折磨。

夜行船

曲水溅裙三月二[①]。马如龙、钿车如水。风飏游丝，日烘晴昼，人共海棠俱醉。　客里光阴难可意。扫芳尘、旧游谁记。午梦醒来，小窗人静，春在卖花声里。

（以上二首见《阳春白雪》卷二）

[注释]

①曲水：我国古代习俗，以农历三月上旬巳日，于水滨宴乐，以袚除不祥，称"曲水流觞"。

贾逸祖

贾逸祖,字元放,生卒年不详,邯郸人。好古博学,曾应宏词科,官兴化(在今江苏中部)令。有半隐斋,陆游曾为之记。

朝中措

青山隐隐水斜斜,修竹两三家。又是水寒山瘦,依然行客遍天涯。　　天教流落,东西南北,不恨年华。只恨夜来风雨,投明月[①]、老却梅花。　　(《同治铅山县志》卷三十九)

[注释]

①投明月:抛却明月。

蜀 妓

姓名与生平不详，陆游自蜀携归者。

鹊桥仙

说盟说誓，说情说意，动便春愁满纸。多应念得脱空经[①]，是那个、先生教底。　不茶不饭，不言不语，一味供他憔悴[②]。相思已是不曾闲，又那得、工夫咒你。

（《齐东野语》卷十）

［注释］

①脱空经：指通篇皆为虚言假语。　脱空：宋人俗语，指说话不实在、弄虚作假。　②供他：为他。

姜特立

姜特立(1125—?),字邦杰,浙江丽水人。其父绶于靖康中金再犯京师时应募乞援殉职,补承信郎。淳熙中,迁阁门舍人,充太子左右春坊。光宗即位,除知阁门事,恃恩纵恣为时人所非,劾罢。宁宗时拜庆远军节度使。有《梅山续稿》。

画堂春

故园二月正芳菲,红紫团枝。一番草绿谢郎池[1],人醉如泥。　　底事江乡风物[2],年年独殿芳时。无情燕子背人飞,似愧春迟。

[注释]

①草绿谢郎池:"池塘生春草,园柳变鸣禽。"见南朝宋谢灵运《登池上楼》。谢郎,指谢灵运。　②底事:因何,为什么。

浣溪沙

节序回环已献裘[1],不堪风叶夜鸣秋。寒螿吟露月阶幽。　　蜗角虚名真误我[2],蝇头细字不禁愁。班超何日定封侯[3]。

[注释]

①献裘:指已入秋。《周礼·天官·司裘》:"中秋,献良裘……季秋,献功裘,以待颁赐。"　②蜗角:蜗牛之角,喻其极小。《庄子·则阳》:"有国于蜗之左角者,曰触氏;有国于蜗之右角者,曰蛮氏。时相争地而战,伏尸数万,逐北旬有五日而后反。"后因以指为细微利害相争。蜗角虚名,即指微不足道的浮名。　③班超何日定封侯:班超家贫,为官府钞书以养

母。一日投笔而叹："大丈夫无它志略，当效傅介子、张骞立功异域以取封侯，安能久事笔砚乎？"事见《后汉书·班超传》。

菩萨蛮

日长庭院无人到[①]，琅玕翠影摇寒甃[②]。困卧北窗凉[③]，好风吹梦长。　　壁月升东岭，冷浸扶疏影。苗叶万珠明，露华圆更清。

［注释］

①日长：指已入夏。　②琅玕：指竹。　甃：指井。　③困卧北窗：化用晋陶渊明《与子俨等疏》，"少学琴书，偶爱闲静。开卷有得，便欣然忘食。见树木交荫，时鸟变声，亦复欢然有喜。常言五六月中，北窗下卧，遇凉风暂至，自谓是羲皇上人。"

菩萨蛮

蓬山学士文章伯[①]，尊前风味谁能敌。新觅似花人，添成小院春[②]。　　玉纤呵翠袖[③]，满劝金杯酒。寿酒莫辞斟，酒深人意深。

［注释］

①蓬山学士文章伯：赞誉才学卓异，文章出众，蓬山学士，谓才学非人世所有，是蓬莱仙境中人。文章伯，文章之宗伯，是对著名文士的敬称。　②"添成"句：使小院增添了一派春意。　③玉纤：指女子纤纤素手。

菩萨蛮

中秋不见月

镜天良月皆佳节，休恨今宵妨皎洁。玉锁闷蟾宫[①]，姮娥意自通[②]。　　终有开时节[③]，莫放笙歌歇。来夕尚婵娟，何妨把酒看。

[注释]

①"玉锁"句：指云气蔽日。闷，闭也。蟾宫，指月宫，传说月宫有蟾兔。　②姮娥：月中女神，传为后羿之妻。姮，本作恒，汉时避文帝刘恒讳，改称常娥，通作嫦娥。　③开：指云开月露。

霜天晓角

为夜游湖作

欢娱电掣，何况轻离别。料得两情无奈，思量尽、总难说。　　酒热，凄兴发。共寻波底月。长结西湖心愿，水有尽、情无歇。

阮郎归

寄　人

绿阴庭院记年时，家人捧寿卮。乐声催拍送腰支，香风匝地衣[①]。　　清梦断，彩云飞。刘郎今鬓丝[②]。强将杯酒破愁眉，如今触事非[③]。

[注释]

①地衣：地毯。　②刘郎：偶入天台桃源洞遇仙的刘晨，事详南朝宋刘义庆《幽明录》。　鬓丝：鬓边白发。　③触事非：境遇与前迥别。触，遇。

浪淘沙

春事有来期，且喜春归。问春何似去年时。报道今年春意好，随分开眉[①]。　　往事莫伤悲，光景如飞。十分潘鬓已成丝[②]。幸是风流犹未减，且醉芳菲。

［注释］

①随分开眉：尽情欢笑。随分，随意、随便。开眉，谓笑。　②潘鬓："余春秋三十有二，始见二毛。"见晋潘安仁《秋兴赋序》。后因以"潘鬓"为中年鬓发初白的代词。"十分潘鬓已成丝"则指鬓发全白。

朝中措

应令锦林檎[①]

芳林曲径锦玲珑，腻白借微红[②]。元是海棠标格[③]，司花点化东风[④]。　　端相浑似，玉真未醉[⑤]，春思先慵。留取浅颦低笑，夜深翠幄轻笼。

［注释］

①林檎：果名，即花红，也称沙果、来禽、文林郎果。　②"腻白"句：花红于春夏开花，花在花蕾时呈红色，开后色褪而带红晕，因称。　③海棠标格：春天海棠的风范。标格，风范、风度。　④点化：变化。　⑤玉真：谓仙子。

朝中措

送　人

十分天赋好精神，宫样小腰身。迷却阳城下蔡[①]，未饶宋玉东邻。　　不堪回首，高唐去梦，楚峡归云[②]。从此好寻夫婿，有书频寄鸿鳞[③]。

[注释]

①“迷却”二句:“天下之佳人,莫若楚国;楚国之丽者,莫若臣里;臣里之美者,莫若臣东家之子。东家之子,增之一分则太长,减之一分则太短;著粉则太白,施朱则太赤;眉如翠羽,肌如白雪;腰如束素,齿如含贝;嫣然一笑,惑阳城,迷下蔡。”见宋玉《登徒子好色赋》。阳城、下蔡,皆楚国贵族封邑,借指显贵子弟。 ②“高唐”二句:宋玉《高唐赋序》记曾与楚襄王游云梦台观,望高唐宫观,襄王云先王(怀王)梦与巫山女神相会,临别之时,神女说:“妾在巫山之阳,高丘之阻。旦为行云,暮为行雨。朝朝暮暮,阳台之下。”去梦与归云,指好事不就。 ③鸿鳞:指雁和鱼。相传鱼雁曾为人传书信,故有所谓鱼书雁足之说。

朝中措

和欧阳公韵①

如山堂上翠横空②,山影浪花中。夜夜林间明月,时时柳外清风。 如今到此,翛然万事③,无处情钟。唯有尊前一笑,分明好个山翁。

[注释]

①欧阳公:指北宋欧阳修。欧阳有《朝中措·送刘仲甫出守维阳》词,姜特立即用此词韵。 ②如山堂:欧词首句为“平山阑槛倚晴空”,姜词“如山堂”疑即平山堂。欧阳修守维阳,曾于江都县(在今扬州)五里蜀冈上筑堂。《舆地纪胜》称“负堂而望,江南诸山,拱列檐下,故名”。 ③翛然:悠然。

蝶恋花

送 妓

飘粉吹香三月暮。病酒情怀,愁绪浑无数。有个人人来又去,归期有恨难留驻。 明日尊前无觅处。咿轧篮舆[①]，只向双溪路。我辈情钟君谩与[②]，为云为雨应难据[③]。

[注释]

①咿轧：象声词，篮舆行动之声。 篮舆：竹轿，俗称滑杆。 双溪：水名，在今浙江金华，唐宋时为文人吟咏之风景区。 ②谩与：即漫与，指任意打发。 ③难据：难于依靠，难于相信。

声声慢

岩 桂[①]

云迷越岫，枫冷吴江[②]，天香忽到人寰。满额涂黄[③]，别更一种施丹。天教素秋独步，笑同时、霜菊秋兰。最好处，向水阶月地，把酒相看。 应有骚人雅韵[④]，将胆瓶�管[⑤]，簇向屏山。野店云房[⑥]，争待结屋中间。无奈猖狂老子[⑦]，架巢卧、风露清闲。待早晚，约姮娥、同住广寒[⑧]。

[注释]

①岩桂：即木犀，亦称桂花。 ②越岫、吴江：江浙一带的山山水水。岫，指山。 ③“满额”二句：岩桂之花，通体金黄，喻之美女，故称“满额涂黄”。施丹，绘画的技法。 ④雅韵：风雅的情致。 ⑤胆瓶：一种长颈大腹的花瓶，其形似悬胆，故称。 �管：指笔。 ⑥云房：僧道、隐士居所之通称。 ⑦猖狂老子：对自己的戏称。猖狂，指任意而行。 ⑧广寒：广寒宫，月中仙宫名，传说月中有仙桂。

卜算子

用坡仙韵[①]

丹桂一枝芳，陡觉秋容静。月里人间总一般，共此扶

疏影。　　枕畔忽闻香,夜半还思省。争奈姮娥不嫁人,寂寞孤衾冷。

[注释]

①坡仙:指宋苏轼。苏轼号东坡居士,因其才华卓异不群,后人遂以“坡仙”称之。

西江月

戊午生朝①

富贵从来自有,人生最美长年。骎骎八秩未华颠②,更喜此身强健。　　金印新来如斗③,丝纶御墨犹鲜④。枣如瓜大藕如船⑤,莫惜尊前满劝。

[注释]

①戊午:姜特立生于宣和七年(1125),词中提到“骎骎八秩”,可见“戊午”当指宁宗戊午,即公元1198年,时姜年七十有四。　②骎骎:疾速、急迫貌。词中有很快(就届)之意。　八秩:“七十不俟朝,八十月告存,九十日有秩。”见《礼记·王制》。本指君王对老臣的优礼,后因称八十岁为“八秩”,九十岁为“九秩”。　华颠:白头。　③“金印”句:姜于光宗即位初被劾夺职,宁宗即位(1196)后迁和州防御使,“俄拜庆远军节度使”。见《宋史·姜特立传》。此词作于宁宗戊午,所称“金印新来如斗”当指新授庆远军节度使事。“金印如斗”事见《世说新语·尤悔》,其中记周顗曾说“今年杀诸贼奴,当取金印如斗大,系肘后”。后以此指官位显赫。④丝纶:“王言如丝,其出如纶。”见《礼记·缁衣》。后因以指君王诏书。御墨:君王亲书。　⑤枣如瓜:“(李)少君言上曰:‘臣尝游海上,见安期生食巨枣,大如瓜。’”见《史记·封禅书》。词中与如船之藕皆指仙果。

满江红

己未生朝[1]

听说梅山[2]，一邱内、深藏曲折。过醒心桥下，水光清彻。迤逦跻攀登翠岭，沈沈烟壑千峰列。更小亭、风露逼华堂，荷香发。　歌发动，云横阙。舞腰转，风回雪。正良辰美景，众宾欢悦。老子中间聊笑傲，酒行莫放觥筹歇。愿此生、长似钓璜公[3]，添华髮。

[注释]

①己未：宁宗己未，即公元1199年。　②梅山：全国梅山有多处。姜特立在宁宗即位后曾于1195年迁和州防御使。戊午（1198）生朝之《西江月》虽云“金印新来如斗”，但庚申（1100）生朝之《念奴娇》犹云“早晚玉节来临，君恩踵至，金印应如斗”，可见姜作此《满江红》时仍在和州，宋之和州，即今安徽和县、含山县一带，可见词中所说梅山，当指安徽含山之梅山，即俗传曹操行军望梅止渴处，醒心桥等皆为梅山景点。　③钓璜公：指姜尚。周姜尚曾隐居陕西宝鸡东南之磻溪垂钓，传曾钓得玉璜，姜尚因称钓璜公，磻溪也称璜溪。姜老来得志且长寿，因用此典。

念奴娇

庚申生朝[1]

宦途巇崄[2]，问急流勇退，几人闻早。自别修门今正是[3]，一纪生朝还到。绿野风光，平泉草木，争似梅山好。园林如画，芰荷香泛芳沼。　早晚玉节来临[4]，君恩踵至，金印应如斗。好是华堂开宴处，歌舞管弦声奏。海上蟠桃[5]，山中仙杏，共劝长生酒。莫辞沉醉，年年此会依旧。

[注释]

①庚申:宁宗庚申年(1200)。 ②巇崄:艰难,凶险。 ③修门:战国时楚国都郢南关三门之一,后常用以泛指都城。姜特立曾被劾夺职,光宗“念之,复除浙东马步军副总管”,事在1190年。见《宋史·姜特立传》,故称“自别修门”。姜于1190年出临安为浙东马步军副总管,至庚申年(1200),几十二年。 一纪:古人以十二年为一纪。 ④玉节:玉制的符节。《周礼·地官·常掌》:“守邦国者用玉节。”姜除节度使,因称。 ⑤海上蟠桃:海上神仙之仙桃,传说食之长寿。事详《太平御览》卷九六七。

满江红

辛酉生朝[1]

小小华堂,朱阑外、乱山如簇。更云中仙掌,一峰高矗。南极老人呈瑞处[2],丙丁躔次光相烛[3]。又谁知、堂上有闲人,无拘束。 宾朋至,须歌曲。风月好,纷丝竹,都不管、世间是非荣辱。屈指如今侪辈少,几人老后能知足。问此身、何地寄生涯,唯松菊。

[注释]

①辛酉:宁宗辛酉,即公元1201年。 ②南极老人:“狼比地有大星,曰南极老人。老人见,治安;不见,兵起。常以秋分时候之于南郊。”见《史记·天官书》。唐张守节《史记正义》:“老人一星,在孤南,一曰南极,为人主占寿命延长之应。 ③丙丁:“其日丙丁。”高诱注:“丙丁,火日也。”见《吕氏春秋·孟夏》。 躔次:指日月星辰运行的轨迹。 此句谓南极老人居丙丁时极其明亮。

临江仙

桃李飞花春渐老,海棠次第芬芳。庭前红药已成行。酴醾开未到[1],犹更有花王[2]。 从此便须排日醉[3],莫将闲事相妨。老来不是太疏狂。尊前君看取，潘鬓已成霜。

[注释]

①酴醾(tú mí)：花名，亦称“酴蘼”、“佛见笑”，属蔷薇科。开未到，指未到开花时。苏轼《杜沂游武昌，以酴花、菩萨泉见饷》：“酴醾不争春，寂寞开最晚。” ②花王：指牡丹。 ③排日：连日。

感皇恩

壬戌生朝①

儿女沸欢声，生朝来到。帘幕中间喷香兽②。京祠新任③，好事日边还又④。清闲无个事，君恩厚。 赢得乞食，歌姬一笑。旧衲云山伴红袖。蓬莱弱水⑤，试问神仙何有。近来饶落托⑥，贪杯酒。（以上四印斋所刻词本《梅山》词）

[注释]

①壬戌：宁宗壬戌，即公元1202年。 ②香兽：兽形香炉。宋洪刍《香谱》：“香兽，以涂金为狻猊、麒麟、凫鸭之状，空中以然香，使烟自口出，以为玩好。” ③京祠：指京官，与地方官员相对而言。 ④日边：喻帝王之左右。 ⑤蓬莱弱水：传说中蓬莱仙山，在东海中。弱水，本指水浅或地僻不通舟楫处，意谓水弱不胜载，后误传其水力不负芥或鸿毛不浮之说。旧题汉东方朔《十洲记》：“凤麟洲在西海之中央……洲四面有弱水绕之，鸿毛不浮，不可越也。” ⑥饶落托：很是放浪不羁。洛托，即落拓。

[集评]

《四库全书总目提要》云：“论其（特立）诗格，则意境特为超旷，往往自然流露，不事雕琢。同时韩元幹、陆游皆爱之，亦有由矣。”

【补　辑】

满庭芳

寿曾两府

丹染吴枫，青环越岫，镜天霁色凝鲜。华堂珊珮，非务拥神仙。天遣澄清海岳[①]，亲曾授黄石奇编[②]。兴王略，智名俱泯，功业妙难言。　翩翩。真迥立，香飘绣衮，色映貂蝉。有清诗千首，美酒如川。长与嫦娥共约，放冰轮[③]，今夕先圆。中秋月，从今屈指，更借一千年。

（见《诗渊》第二十五册，引自孔凡礼《全宋词补辑》）

［注释］

①澄清海岳：形容天下太平。　②黄石奇编：黄石传为神仙，曾授张良兵法。　③冰轮：指月亮。

周必大

周必大（1126—1104），字子充，一字洪道，自号平园老叟，庐陵（今江西吉安）人。绍兴二十一年（1151）进士，又中二十七年宏词科，授徽州司户参军。孝宗朝，官起居郎、权中书舍人、给事中，后因迕曾觌、龙大渊等，请祠去。不久又除秘书少监兼权直学士院，复罢去。又权兵部侍郎兼直学士院，除翰林学士、礼部尚书兼翰林学士、吏部尚书兼翰林学士承旨。淳熙七年（1180），除参知政事。九年，知枢密院事。十一年，除枢密使。十四年，转右丞相。十六年，转左丞相。光宗朝，转少保，封益国公。后以观文殿大学士出判潭州（今湖南长沙），改判隆兴府（今江西南昌）。宁宗初，以少傅致仕。坐伪学降为少保，寻复原职。卒年七十九岁，赠太师，谥文忠。有《玉堂类稿》、《二老堂诗话》。皆编入《平园集》，共二百卷，即《四库全书》所收之《文忠集》。

朝中措

乘成台上晓书云[①]，黄色映天庭。已谢浮名浮利，也知来应长生。　　边亭卧鼓[②]，馀粮栖亩[③]，朝野欢声。从此四时八节[④]，弟兄常醉金觥。

[注释]

①书云：古代于春分等节气之日，登观台瞻望云气物色，把所见天象，刻于简策，附会吉凶人事，谓之书云。黄色映天庭，谓黄气充溢天宇，古人认为黄乃中和之色。象征吉祥。　②边亭卧鼓：谓天下太平。卧鼓，息鼓，无战事。　③馀粮栖亩：谓五谷丰登，廪仓储存不了。　④四时八节：指春夏秋冬四季和立春、立冬等八个节气，即整年。

满庭芳

子中兄自安仁遗书云[1]:将以重九登高祝融峰[2]。且有“借琼佩霞裾”之语,戏往一阕以解嘲[3]

天壤茫茫,人心殊观[4],未免因欠思馀。太山邱垤[5],同载一方舆。那更长沙下湿[6],祝融峰、才比我庐。秋风冷,攀缘汗浃,应叹苦区区[7]。　　登高,聊尔耳,何须蜡屐[8],谁暇膏车。默存处[9],清都宛在须臾。笑约乘鸾羽客[10],窥倒景、拊掌崎岖[11]。归来把,萸囊菊盏[12],一为洗泥涂。

[注释]

①子中:周必正字子中,为周必大从兄。　安仁:县名,在今湖南东南部。宋时置县,明清时属衡州府。　②祝融峰:湖南衡山最高峰。　③解嘲:本指以言语或行动来掩护或粉饰被别人嘲笑的事情,此处有戏谑之意。　④殊观:奇观。　⑤太山邱垤:泰山与小土丘。太山,即泰山,古人心目中的高山。邱,丘。垤,蚁冢。　方舆:指大地。《易经》以地为坤,又为大舆,谓其容载万物,以故亦常称地为方舆。　⑥那更:何况更,兼之。下湿:低湿。　⑦区区:小也。　⑧蜡屐:以蜡涂屐。　膏车:以油脂涂车轮轴。蜡屐膏车都是为远行准备,以后也引申为事前作准备。　⑨默存处:神游时。　清都:天帝所居宫阙。宋苏轼《永和清都观道士……求此诗》:“攲枕未容春梦断,清都宛在默存中。”　⑩笑约乘鸾羽客:子中信中有云:“借琼佩霞裾”,故有此语。乘鸾,相传秦穆公女弄玉成仙,乘凤而去。鸾凤同类,遂以乘鸾指神仙。羽客,指道士、修炼士。　⑪倒景:倒影。　拊掌:拍手。　⑫萸囊:茱萸囊,传可辟邪。南朝梁吴均《续齐谐记·九日登高》:“汝南桓景随费长房游学累年。长房曰:‘九月九日汝家当有灾,宜急去,令家人各作绛囊,盛茱萸以系臂,登高饮菊花酒,此祸可除。’景如言,举家登山,夕还,见鸡犬牛羊一时暴死。”

谒金门

和从周宣教韵祝千岁寿[①]，请呼段、马二生歌之

梅乍吐，趁寿席、香风度。人与此花俱独步，风流天付与。　好在青云歧路[②]，愿共作、和羹侣[③]。归访赤松辞万户[④]，莺花犹是主。

［注释］

①宣教：宋代迪功郎的别称。　②青云歧路：指同在朝廷任不同职司。青云，喻高官。　③和羹侣：共辅国君的好友。和羹，本指用不同调味品配制羹汤，后常用以喻大臣辅佐君王，和心合力，治理国家。　④赤松：即赤松子，传说中的仙人。《史记·留侯世家》："愿弃人间事，欲从赤松子游耳。"　万户：万户侯，喻高官显要。

点绛唇

葛守坐上出此词[①]，道思归之意，走笔次其韵。

报答风光，满倾琼液休思睡。乱莺声碎，来往甘棠底。　闻道中和[②]，深简君王意。归舟起，到时应是，玉殿槐交翠[③]。

［注释］

①葛守：葛姓州官，事不详。　②中和：中正平和。　③玉殿槐交翠：在朝中官居显要。《周礼·秋官》："朝士，掌建邦外朝之法……面三槐，三公位焉，州长众庶在其后。"

点绛唇

醉上兰舟，羡他沙暖鸳鸯睡。月波金碎，愁海深无

底。　太守新词，解释无穷意。高歌起，浮云闲事[1]，浑付烟中翠。

[注释]

①浮云：以浮云喻事物，往往随文而异，词中喻不值得关心和重视的事情。

点绛唇

赴池阳郡会[1]，坐中见梅花赋　丁亥九月己丑[2]

踏白江梅，大都玉斲酥凝就。雨肥霜逗，痴了闺房秀。　莫待冬深，雪压风欺后。君知否，却嫌伊瘦，仍怕伊僝僽[3]。

[注释]

①赴池阳郡会："周必大平园，尝奉使过池阳。赵富文太守招宴，籍中有曹盼者，洁白静穆，或病其讷而少慧，周怜之，为赋梅以见意，云"踏白江梅……"见《本事词》卷下《周必大赠妓词》记。池阳，唐置池州，宋为池州池阳郡，郡治在今安徽贵池。　②丁亥：指孝宗乾道丁亥，即公元1167年。　③僝僽(chán zhòu)：词中指愁苦烦恼。

点绛唇

七夜[1]，赵富文出家姬小琼[2]，再赋，丁亥七月己丑

秋夜乘槎[3]，客星容到天孙渚。眼波微注，将谓牵牛渡。　见了还非，重理霓裳舞。都无误，几年一遇，莫讶周郎顾[4]。

[注释]

①七夜：指七夕。《蕙风词话》卷一《周必大近体乐府》云："七夜赵富

文出家姬小琼再赋，‘七夕’作‘七夜’，甚新。” ②赵富文：当时池阳太守。《本事词》卷下《周必大赠妓词》记：“周必大平园，尝奉使过池阳，赵富文太守招宴……”又云：“适届七夕，赵又开宴，出家姬小琼以侑觞，周又赋赠云：‘秋夜乘槎……’小琼，即范石湖所谓与韩无咎、晁伯如之家姬称为三杰者。” ③乘槎：《博物志》记天河通海，有居海隅者恒于八月见海上木筏来，遂登槎而达天河，见牛郎织女。后遂以“乘槎”为登天。天孙，即织女星。 ④周郎顾：“瑜少精意于音乐，三爵之后，其有阙误，瑜必知之，知之必顾，故时人谣曰：‘曲有误，周郎顾。’”见《三国志·吴书·周瑜传》。词中谓情有别属，曲时时误。

[集评]

先著云：“乘槎、天孙、牵牛三用，伤重且俗笔也。末三句精绝。”（《词洁辑评》卷一）

朝中措

贱生之日，蒙季怀示朝中措新词①。今借严韵以侑寿斝②，敬述雅志③，非泛泛祝词也。戊子④

月眉新画露珠圆，今夕正相鲜⑤。欲导唐家诞节，先生汉相韦贤⑥。　悬知此去⑦，莺迁春谷⑧，鹗在秋天。班首算来旬岁⑨，状头看取明年⑩。

[注释]

①季怀：胡季怀。事不详。 ②严韵：胡季怀词原韵。严，表示尊敬之词。 斝（jiǎ）：古代的一种铜酒器，似爵而略大，有三足二柱一鋬，圆口平底，商代常用之物。后泛指酒杯。 ③雅志：宿志，一向的志向。雅，平素。 ④戊子：孝宗乾道四年（1168）。 ⑤“今夕”句：原注“见杜诗”。唐杜甫《江边星月二首》其二：“客愁殊未已，他夕始相鲜。”词反其意而用之，鲜，指明亮。 ⑥汉相韦贤：韦贤，西汉邹人，字长儒，官至丞相。 ⑦悬知：料想，预知。 ⑧“莺迁”句：喻春风得意。莺迁，《诗经·小雅·伐木》：“伐木丁丁，鸟鸣嘤嘤。出自幽谷，迁于乔木。”后常以莺迁喻升擢。

鹗，雕类猛禽。鹗善搏击，亦喻飞升、飞黄腾达。 ⑨班首：一班人之首，即下文所谓“状头”，指高中第一名。 旬岁：满一年，指明年。 ⑩状头：唐人称进士试第一名为“状头”。

朝中措

胡秀怀以《朝中措》为寿。八月四日，复次其韵。季怀常以宰相自期，故每戏之。己丑[1]

九重深念朔庭空[2]，良弼梦时中[3]。擢第难遵常制[4]，筑岩直继高风。 明年东府[5]，金钗珠履，列鼎鸣钟。良酝倘分焦革[6]，早禾休浸曹公。季怀近送酒如醯，诘之，则云：秫名早禾酸。

[注释]

①己丑：乾道五年，即公元1169年。 ②九重：常指禁宫，词中指居禁宫之君王。 朔庭：北疆，泛指边塞地区。 时中：儒家以立身行事合乎时宜，没有过与不及为时中。词中指胡季怀，以其有时中堂也。原注：“季怀有时中堂。” ③擢第：登第。 筑岩：指如傅说筑版岩上，为苦力，殷高宗举以为相。 ④东府：宋初设三省，与枢密院各分班奏事，称为二府，东府为宰相及中书所居。 ⑤“金钗”二句：指显贵得意。珠履，缀珠的鞋。《史记·春申君列传》：“春申君客三千馀人，其上客皆蹑珠履以见赵使，赵使大惭。”词中指生活豪富。 列鼎鸣钟：列鼎而食，鸣钟而饮，也指豪贵的生活。 ⑥焦革、曹公二句：焦鬲：三焦与膈（鬲）下，中医学所说肺腑之地。朗酒酒力可达此地。 早禾：作者注云，秫名早禾酸，言其酒酸如醋，故以曹操望梅止渴典以嘲之。

醉落魄

次江西帅吴明可韵[1]，庚寅四月[2]

山川迥别。赤城自古雄东越[3]，钟英储秀簪绅列[4]。

何事黄扉[5]，殊未相黄髪。　如今衮职那容缺[6]，人心恰与天时合。看看孚号彤庭发[7]。初破天荒[8]，留与后来说[9]。

[注释]

①吴明可：吴芾字明可。芾南宋时台州仙居人。　②庚寅：孝宗乾道六年，即公元1170年。　③赤城：赤城山，在今浙江天台县北。　④钟英储秀：指孕育英才。　⑤"何事"二句：嗟叹年高而未列相位。黄扉，指宰相官署。黄髪，人老则髮白，白久则黄，因以指高寿，亦指老人。吴芾生崇宁三年（1104），时已六十六岁。　⑥衮职：三公之职，词中指相位。　⑦看看：眼看着，即将。　孚号：封号。孚，付、与。　彤庭：汉皇宫用朱色漆中庭，后遂以指称皇宫或朝廷。　⑧初破天荒：唐代荆州每岁解送举人，多不成名，号曰"天荒"。大中四年（850），刘蜕以荆解及第，刺史崔铉特给钱七十万贯为"破天荒"钱，蜕谢书有"五十年来，自是人废；一千里外，岂曰天荒。"后因以指前所未有、第一次。吴芾，天台人，曾云近世台人未入二府者，周词因有此语。　⑨原注："明可，台州人。自云：近世未有二府。"

醉落魄

才高句杰[1]，飞黄却应鸾和节[2]。新词聊卷波澜阔。泉玉淙琤。犹不比清切。　相逢未稳愁相别，南园烟草南楼月。阳关西出重吹彻[3]。垂柳新栽[4]，宁忍便攀折[5]。

[注释]

①句杰：文章出众。　②飞黄：传说中的神马。飞黄腾达，原意为神马飞驰，后常用以指很快高升，骤然得志。　鸾和节："凡驭路仪，以鸾和为节。"见《周礼·夏官·大驭》。鸾、和皆为车铃。古时常以大辂喻国家，则鸾和节即为相位。　③阳关西出：唐王维《送元二使安西》为唐声诗，后称《阳关三叠》，为有名送别曲，中有句云"西出阳关无故人"。

④垂柳新栽”二句:古人有折柳送别习俗,因南园所筑,故作此语。古人折柳之俗,事详《三辅黄图·桥》。 ⑤原注:“明可新创南园。”

西江月

暮春鲁氏坐上次胡邦衡韵[①]

三月群贤毕集,二天五马生光[②]。传觞击鼓底匆忙[③],画鹢将飞江上[④]。 鲁国方虚两社,齐人要复侵疆[⑤]。延英引对上东廊[⑥],应念幽人相望。

[注释]

①胡邦衡:胡铨字邦衡,力主严惩投降派,收复中原失地,是周必大极为敬重者。 ②“三月”二句:“暮春之初……群贤毕至,少长咸集。”见晋王羲之《兰亭集序》。序所记为三月上巳日修禊事。 二天:东汉时冀州刺史苏章巡视部下,宴请清河太守。清河太守自感不胜荣幸,欣然曰:“人皆有一天,我独有二天。”后就用以为感恩之辞。 五马:太守的别称。③传觞、击鼓:皆为古时饮宴侑酒之戏。修禊时,置觞于上流,任其顺流而下,停于人前则取饮赋诗,即为流觞。 底:甚、很。 ④画鹢:指船首画有鹢的江舟,后亦用以泛指船。 ⑤“鲁国”二句:喻国势危急。鲁,隐指宋。虚两社:隐喻失掉中原大片国土。齐,借指金。要复,又想要。 ⑥延英:引进英才。 引对:帝王召见臣属时的询问对答。 东廊:借指进入大内议政。见《北史·王晞传》。

西江月

再赋送行

藉甚新除刺史[①],岿然鲁殿灵光[②]。诏书催发棹讴忙[③],沙路从今稳上[④]。 有喜刊除戎索[⑤],无劳远抚闽疆。日高龙影转槐廊[⑥],想见清光注望。

(以上晨风阁本《益公大全集近体乐府》)

[注释]

①藉甚：指名声藉藉，名声大。 ②鲁殿：周必大是在鲁氏坐上再赋送行的，故称。 ③棹讴：即棹歌，船发时舟子鼓棹讴歌而行。 ④沙路：即沙道、沙堤。唐时宰相出行，载沙填路成为故事。词中借指宦途顺昌。⑤刊除：改任。刊，改定。 ⑥"日高"二句：言受宠幸。 槐廊：指槐省棘署，即三公重臣官署。清光，美好的风采。

加上太上皇帝太上皇后尊号册宝乐章① 乾道六年

奉上册宝导引曲

重华真主②，晨夕奉庭闱。禋祀庆成时③。乾元坤载同归美④，宝册两光辉。斑衣何似赭黄衣⑤，此事古今稀。都人欢乐嵩呼震，圣寿总天齐。

[注释]

①加上太上皇帝太上皇后尊号："乾道六年（1170），加上（高宗）光尧寿圣太上皇帝，寿圣太上皇后尊号曰寿圣明慈太上皇后。"见《宋史·孝宗本纪》。 册宝：册书和宝玺。 乾道六年：公元1170年。 ②重华：虞舜名重华。词中喻孝宗。 庭闱：双亲居所，后用以指父母。 ③禋祀：对天神之祭祀。 庆成：古代君王祭祀，封禅礼毕，庆贺成功。 ④乾元坤载：指天地。 ⑤斑衣：彩衣。传老莱子曾着彩衣为小儿戏以娱亲，后以为孝养父母的典故。 赭黄衣：帝王之衣，词中指孝宗。

加上太上皇帝太上皇后尊号册宝乐章① 淳熙二年

奉上册宝导引曲

新阳初应②，乐事起彤庭。和气满吴京③。帝家来庆东皇寿④，西母共长生。金书玉篆灿龙文，前导沸欢声。修龄无极名无尽，一岁一回增。

[注释]

①加上太上皇帝太上皇后尊号:“淳熙二年(1175),加上(高宗)尊号曰光尧寿圣宪天体道性仁诚德经武纬文太上皇帝。太上皇后尊号曰寿圣齐明广慈太上皇后。”见《宋史·孝宗本纪》。 ②新阳:春天。 ③吴京:指南宋国都临安(今浙江杭州)。江浙一带,古称三吴,临安因有此称。④东皇:天帝,此指太上皇高宗。 西母:西王母,为神话中西方女神,词中指太上皇后。

明堂大礼乐章[①] 淳熙六年

明堂大礼鼓吹无射宫导引旧黄钟宫

合宫亲飨,青女肃长空[②]。精意与天通。后皇临顾谁为侑[③],文祖暨神功。亟蒙祉福岁常丰。声教被华戎。两宫眉寿同荣乐,戬穀永来崇[④]。

[注释]

①明堂:古代帝王宣明政教之处,凡祭祀、庆赏、养老诸事大典,皆在此处进行。 ②青女:神话传说中的霜雪之神。 ③侑:辅佐。 文祖:有文德之祖,帝王对自己祖先的美称。 神功:天神才能建立的不朽功业。词中文祖神功皆为对高宗赵构的赞美之词。 ④戬穀:指福禄。

合宫歌

圣明朝,旷典乘秋举。大飨本仁祖。九室八牖四户[①],敕躬齐戒格堪舆[②]。盛牲实俎。并侑总稽古。玉露乍肃天宇[③],冰轮下照金铺[④]。燎烟嘘呼[⑤]。郁尊香,云门舞。仿佛翔坐,灵心咸嘉娱。众星俞美,光属照煩珠[⑥]。清晓御丹凤,湛恩遍浃率溥[⑦]。欢声雷动岳镇呼。徐命法驾,万骑花盈路。献胙慈极[⑧],寿同箕翼[⑨],事超唐虞[⑩]。

看平燕云，从此兴文偃武。待重会诸侯，依旧东都。⑪

（以上四首见《玉堂类稿》卷十九）

[注释]

①九室八牖四户：宋时明堂之制，指明堂。　②敕躬齐戒：即敕身齐戒。《汉书·礼乐志》："敕身齐戒，施教申申。"敕身，整饬自己。齐戒，即斋戒修身内省。　格：感通（天地）。　堪舆：指天地。　③玉露：晶莹的露水。天降玉露，时已入秋，天高气爽，故曰"乍肃天宇"。　④冰轮：指明月。　金铺：本指古代大门上用以衔环的兽形铜制环钮，词中代指人间。⑤燎烟：焚柴祭天地时的烟雾。燎，古祭名。本作"尞"。　⑥煴珠：黄色珍珠。见《汉书·礼乐志·郊祀歌》。　⑦湛恩：深恩。湛，深厚。　浃：沾润。　溥：分布。　⑧献胙：指祭献祈祝。　胙：祭祀用的肉。　慈极：指太上皇帝、皇后。　⑨箕翼：天区名。词借指，谓寿同天地。　《全宋词》注：以上八字《宋史》作"万姓齐祝，寿同天地"。　⑩唐虞：唐尧虞舜。⑪唐氏按：以上四首见《宋史·乐志》十六。第一第二首又见《宋会要辑稿》第九册《乐八》，并无撰人姓氏。

存目词

《蕙风词话续编》卷一载周必大《木兰花慢》："松间玄鹤舞翩翩。山鬼下苍烟。正闭户焚香，捩商泛角，非指非弦。"实元人刘时中作，见《中庵乐府》。

周　煇

周煇(1126—?),字昭礼,周邦之子。淳熙四年(1177),随叔祖周士褒使金。绍兴年间曾寓居临安之清波门。煇嗜学工文,与当时名士多所交游,有《清波杂志》十二卷、《清波别志》三卷。又有《北辕录》一种,收入《说郛》。

失调名[①]

和人春词

卷帘试约东君[②],问花信风来第几番[③]。

[注释]

①《宋诗纪事》卷五十一引此二句作诗,然韵味更近于词,录以备考。　②东君:传说中司春之神。　③花信风:古人认为,应花期而有风至,其风来花期,必有信,故称“花信风”。

失调名

和人蜡梅词

生怕冻损蜂房,胆瓶汤浸,且与温存著。

(以上《清波杂志》卷九)

范成大

范成大(1126—1193)，字致能，号石湖居士，吴郡(今江苏苏州)人。绍兴二十四年(1154)进士。历任处州知府，知静江府兼广南西道安抚使，四川制置使，参知政事。有《石湖集》。工诗，与陆游、杨万里、尤袤并称南宋“中兴四大诗人”。其词不事雕琢，与其诗俱有清新温润之妙。

满江红

冬　至

寒谷春生，熏叶气、玉筩吹縠[①]。新阳后、便占新岁，吉云清穆。休把心情关药裹[②]，但逢节序添诗轴。笑强颜、风物岂非痴，终非俗。　清昼永，佳眠熟。门外事，何时足。且团栾同社[③]，笑歌相属。著意调停云露酿，从头检举梅花曲[④]。纵不能、将醉作生涯，休拘束。

[注释]

①玉筩吹縠：不详。縠，疑当作“縠”，似有吹皱玉水意味。　②药裹：药袋。　③团栾：团聚。　④梅花曲：又名《梅花弄》、《梅花引》、《玉妃引》等，相传系据晋桓伊笛曲《三调》改编而成。全曲曲调反复三次，故又称《梅花三弄》。

满江红

始生之日，丘宗卿使君携具来为寿[①]，坐中赋词，次韵谢之

竹里行厨[②]，来问讯、诸侯宾老。春满座、弹丝未遍，挥毫先了。云避仁风收雨脚，日随和气薰林表。向尊前、来访白髯翁，衰何早。　志千里，功名兆。光万丈，文

章耀。洗冰壶胸次[3]，月秋霜晓。应念一堂尘网暗，故将百和香云绕[4]。算赏心、清话古来多，如今少。

[注释]

①丘宗卿：丘密（1135—1209），字宗卿，江苏人。隆兴元年（1163）进士，官至同知枢密院事。谥文定。有《文定公词》一卷。《宋史》有传。 ②行厨：行途中携带的临时烹饪设置。 ③冰壶：盛冰之玉壶。常以喻胸怀皎洁澄澈。南朝宋鲍照《白头吟》："直如朱丝绳，清如玉壶冰。" ④百和香：由多种香料配制而成。

满江红

雨后携家游西湖[1]，荷花盛开

柳外轻雷，催几阵、雨丝飞急。雷雨过、半川荷气，粉融香浥。弄蕊攀条春一笑，从教水溅罗衣湿。打梁州、箫鼓浪花中[2]，跳鱼立。　山倒影，云千叠。横浩荡，舟如叶。有采菱清些[3]，桃根双楫[4]。忘却天涯漂泊地，尊前不放闲愁入。任碧筩、十丈卷金波[5]，长鲸吸[6]。

[注释]

①西湖：在今浙江杭州。号游观胜地。 ②梁州：梁州令。本唐教坊曲名，即凉州令。宋以后改梁州令。 箫鼓：箫鼓之声。汉武帝《秋风辞》："横中流兮扬素波，箫鼓鸣兮发棹歌。" ③些（suò）：语末助词，无义。 ④桃根双楫：舟楫美称。桃根，相传晋王献之宠妾桃叶之妹名桃根。献之《桃叶》歌："桃叶复桃叶，渡江不用楫。"见《隋书·五行志》上。⑤碧筩：盛夏以荷叶所制之酒杯。 ⑥长鲸吸：喻豪饮。杜甫《饮中八仙歌》："饮如长鲸吸百川。"

满江红

罨画溪山[1]，行欲遍、风蒲还举。天渐远、水云初静，舵楼人语[②]。月色波光看不定，玉虹横卧金鳞舞。算五湖、今夜只扁舟[③]、追千古。　怀往事，渔樵侣。曾共醉，松江渚[④]。算今年依旧，一杯沧浦[⑤]。宇宙此身元是客，不须怅望家何许。但中秋、时节好溪山，皆吾土。

［注释］

①罨（yǎn）画：杂色彩画。　②舵（tuó）楼：船尾小篷。　③"算五湖"句：春秋时，范蠡佐越王勾践灭吴雪耻，因思勾践其人可与共患难而不可共安乐，可与履危不可与安，乃功成身退，驾扁舟一叶，出三江、泛五湖而去。五湖，即太湖。　④松江：即吴淞江。为太湖支流三江之一。　⑤沧浦：水滨。

千秋岁

重到桃花坞[①]

北城南埭[②]，玉水方流汇。青樾里[③]，红尘外。万桃春不老，双竹寒相对。回首处，满城明月曾同载。　分散西园盖[④]。消减东阳带[⑤]。人事改，花源在。神仙虽可学，功行无过醉。新酒好，就船况有鱼堪买。

［注释］

①桃花坞：地名，在今江苏苏州。　②南埭：堤名，在南京。李商隐《咏史》诗："北湖南埭水漫漫。"冯浩注："李雁湖注王荆公诗引《建康志》：南埭，今上水闸也，正对青溪闸。"　③青樾：绿树荫。　④西园盖："清夜游西园，飞盖相追随。"见三国魏曹植《公宴》诗。西园，指铜雀园，汉末曹操所建，在邺都。魏文帝曹丕每以月夜集文人才子共游于此。⑤东阳带：用"东阳消瘦"典。《梁书·沈约传》："（沈约）永明末，出守东阳……百日数旬，革带常应移孔。"

浣溪沙

烛下海棠

倾坐东风百媚生[①],万红无语笑逢迎。照妆醒睡蜡烟轻[②]。 采蛛横斜春不夜[③],绛霞浓淡月微明。梦中重到锦官城[④]。

[注释]

①百媚生:“回眸一笑百媚生,六宫粉黛无颜色。”见唐白居易《长恨歌》。 ②照妆:“只恐夜深花睡去,故烧高烛照红妆。”见宋苏轼《海棠》诗。 ③采蛛(dōng):即彩虹。 ④锦官城:成都之别称。杜甫《春夜喜雨》:“晓看红湿处,花重锦官城。” 唐氏按:“官”原作“宫”,此从《彊村丛书》本《石湖词》。

浣溪沙

催下珠帘护绮丛[①],花枝红里烛枝红。烛光花影夜葱茏。 锦地绣天香雾里,珠星璧月彩云中。人间别有几春风。

[注释]

①绮丛:指海棠。

浣溪沙

新安驿席上留别[①]

送尽残春更出游,风前踪迹似沙鸥[②]。浅斟低唱小淹留[③]。 月见西楼清夜醉,雨添南浦绿波愁[④]。有人无计恋行舟。

[注释]

①新安：郡名。故城在浙江淳安县西。 ②"风前"句："飘飘何所似？天地一沙鸥。"见杜甫《旅夜书怀》。 ③浅斟低唱："忍把浮名，换了浅斟低唱。"见宋柳永《鹤冲天》（黄金榜上）。 ④南浦：泛指送别之地。江淹《别赋》："春草碧色，春水渌波。送君南浦，伤如之何。"

浣溪沙[①]

歙浦钱塘一水通[②]，闲云如幕碧重重。吴山应在碧云东[③]。　　无力海棠风淡荡，半眠官柳日葱笼。眼前春色为谁浓。

[注释]

①唐氏按：此首又见吴儆《竹洲词》。 ②歙（xī）浦：在今安徽歙县东南，为新安江与练溪会合处。 钱塘：钱塘江，为浙江下游。 ③吴山：山名。在浙江杭州西湖东南，春秋时为吴南界，故名。

浣溪沙

元夕后三日王文明席上[①]

宝髻双双出绮丛，妆光梅影各春风[②]。收灯时候却相逢。　　鱼子笺中词宛转[③]，龙香拨上语玲珑[④]。明朝车马莫西东。

[注释]

①王文明：未详。 ②妆光梅影：指因着梅妆而容光焕发。南朝宋武帝时，寿阳公主于人日卧含章殿檐下，梅花落额，拂之不去，时人仿效，以为梅妆。 ③鱼子笺：纸名。唐时四川所产，面呈霜粒，如鱼子，故称。 ④龙香拨：以龙香木制成的拨子。指代琵琶。《唐诗纪事》郑嵎《津阳门》："玉奴琵琶龙香拨，倚歌促酒声娇悲。"

浣溪沙

红锦障泥杏叶鞯[①],解鞍呼渡忆当年[②]。马骄不肯上航船。　茅店竹篱开席市,绛裙青袂斸姜田[③]。临平风物故依然[④]。

[注释]

①障泥:垂于马腹两侧以遮挡尘土者,常以锦绘为之。杏叶鞯:即杏叶鞍,以其形如杏叶,故称。宋钱惟演《公子》诗:"歌翻南国桃根曲,马过章台杏叶鞯。" ②当年:当指乾道六年(1170)。成大于该年出使金国,交涉收复北宋陵寝及更改南宋皇帝向金使跪拜受书之礼事宜。堂堂正正,全节而归,赢得朝野一致称道。 ③斸(zhú):砍。 ④临平:地名。在浙江馀杭县内。

浣溪沙

白玉堂前绿绮疏,烛残歌罢困相扶。问人春思肯浓无。　梦里粉香浮枕簟,觉来烟月满琴书。个侬情分更何如[①]。

[注释]

①个侬:犹言彼人。

朝中措

丙午立春大雪,是岁十二月九日丑时立春

东风半夜度关山,和雪到阑干。怪见梅梢未暖,情知柳眼犹寒[①]。　青丝菜甲[②],银泥饼饵[③],随分杯盘。已把宜春缕胜[④],更将长命题幡[⑤]。

[注释]

①柳眼:初生柳叶,细长如人睡眼初展。 ②青丝菜甲:青丝菜,借指初生韭菜。陈师道《立春》诗:"高门肯送青丝菜,下里谁思白髮人。" ③银泥:此指白色饼类食物。 ④胜:即幡胜、彩胜,妇女插于鬓边的饰物。 ⑤长命幡:立春日饰物。同"宜春胜"。幡,即幡胜,也作幡胜。古俗绣彩丝结彩带以辟邪,求健康长命。

朝中措

身闲身健是生涯,何况好年华。看了十分秋月,重阳更插黄花[①]。　消磨景物,瓦盆社酿[②],石鼎山茶[③]。饱吃红莲香饭,侬家便是仙家[④]。

[注释]

①重阳:农历九月九日,又名重九。古俗于此日登高饮菊花酒,带茱萸囊以辟灾祸。见《续齐谐记》。 ②社酿:家酿米酒。 ③石鼎:古石制成煎烹之器。 ④侬家:我家。

朝中措

系船沽酒碧帘坊,酒满胜鹅黄[①]。醉后西园入梦,东风柳色花香。　水浮天处,夕阳如锦,恰似鲈乡[②]。中有忆人双泪,几时流到横塘[③]。

[注释]

①鹅黄:酒名。宋陆游《游汉州西湖》:"叹息风流今未泯,两川名酝避鹅黄。"自注:"鹅黄,汉中酒名,蜀中无能及者。" ②鲈乡:指故乡。晋时张翰,吴郡人氏,在洛阳为官,秋风起,因思故乡菰菜、莼羹、鲈鱼脍,乃辞官告归。见《晋书·张翰传》。 ③横塘:在江苏吴县西南。以分流东出,故名。

朝中措

海棠如雪殿春馀，禽弄晚晴初。倦客长惭杜宇[①]，佳辰且醉提壶。　　逍遥放浪，还他渔子，输与樵夫。一棹何时归去，扁舟终要江湖[②]。

[注释]

①杜宇：鸟名，又名杜鹃、子规。啼声凄恻有如"不如归去"，诗词中常用以寄托倦客思归之情。　②"一棹"二句：用范蠡典。见《满江红》（罨画溪山）注。

朝中措

天容云意写秋光，木叶半青黄。珍重西风袪暑，轻衫早怯新凉。　　故人情分，留连病客，孤负清觞。陌上千愁易散，尊前一笑难忘。

蝶恋花

春涨一篙添水面。芳草鹅儿[①]，绿满微风岸。画舫夷犹湾百转，横塘塔近依前远。　　江国多寒农事晚。村北村南，谷雨才耕遍[②]。秀麦连冈桑叶贱，看看尝面收新茧[③]。

[注释]

①鹅儿：指草色鹅黄。　②谷雨：农历二十四节气之一，在四月十九、二十或二十一日。　③尝面：尝试新麦磨的面食。

南柯子

槁项诗馀瘦[①]，愁肠酒后柔。晚凉团扇欲知秋。卧看明河银影、界天流。　鹤警人初静，虫吟夜更幽。佳辰只合算花筹[②]。除了一天风月、更何求。

[注释]

①槁项：颈项枯槁细瘦。　②花筹：以花枝作酒筹。

南柯子

怅望梅花驿[①]，凝情杜若洲[②]。香云低处有高楼。可惜高楼、不近木兰舟[③]。　缄素双鱼远[④]，题红片叶秋[⑤]，欲凭江水寄离愁。江已东流、那肯更西流。

[注释]

①梅花驿：南朝宋陆凯与范晔友善，自江南寄梅一枝至长安赠晔。有诗曰“折梅逢驿使，寄与陇头人。江南无所有，聊赠一枝春”。见《太平御览》九百七十南朝宋盛弘之《荆州记》。后遂以“梅花驿”喻驿站或驿使。　②杜若洲：“采芳洲兮杜若，将以遗兮下女。”见屈原《九歌·湘君》。　③木兰舟：船的美称。相传鲁班刻木兰树为舟。见《述异记》。　④缄素双鱼：谓书信。古乐府《饮马长城窟行》：“客从远方来，遗我双鲤鱼。呼儿烹鲤鱼，中有尺素书。”　⑤题红片叶：意谓书信传情。典出唐范摅《云溪友议》卷十。唐宣宗时，中书舍人卢渥于御沟拾得红叶一片，上题：“水流何太急，深宫尽日闲。殷勤谢红叶，好去到人间。”后卢渥于遣放宫女中择得一人为婚，恰是题诗女子。

[集评]

俞陛云云：“此与前首之‘两行低雁’，虽设想不同而皆从侧面极力渗发，本意遂显呈于言外矣。”（《唐五代两宋词选释》）

南柯子

七　夕[①]

银渚盈盈渡[②]，金风缓缓吹[③]。晚香浮动五云飞[④]。月姊妒人、颦尽一弯眉。　短夜难留处，斜河欲淡时，半愁半喜是佳期。一度相逢、添得两相思。

[注释]

①七夕：农历七月初七夜。传说牛郎织女此夜在天河鹊桥相会。妇女每陈瓜果于庭中，穿线乞巧，祈祷福寿，因谓“乞巧节”。　②银渚：银河，天河。　③金风：“曲来碧落银河畔，可要金风玉露时。”见唐李商隐《辛未七夕》。　④五云：五色祥云。

水调歌头[①]

细数十年事，十处过中秋。今年新梦，忽到黄鹤旧山头[②]。老子个中不浅[③]。此会天教重见，今古一南楼。星汉淡无色[④]，玉镜独空浮[⑤]。　敛秦烟，收楚雾，熨江流。关河离合、南北依旧照清愁。想见姮娥冷眼，应笑归来霜鬓，空敝黑貂裘[⑥]。酾酒问蟾兔，肯去伴沧洲[⑦]。

[注释]

①唐氏按：此首别误作王质词，见《雪山集》卷十六。　②黄鹤山：今武汉蛇山。西北二里有黄鹤矶，世传仙人子安乘黄鹤过此。有黄鹤楼在其上。唐崔颢《黄鹤楼》诗：“昔人已乘黄鹤去，此地空馀黄鹤楼。”③“老子”句：老子，作者自称。个中，此指吟赏烟霞之事。东晋庾亮镇守武昌，与僚属殷浩等人秋夜登南楼，说：“老子于此处兴复不浅。”见《世说新语·容止》。　④星汉：银河。　⑤玉镜：指月亮。月亮别有嫦娥、蟾兔等指称。　⑥“空敝”句：用苏秦故事。苏秦游说秦王，上书十次，未被采用，资用乏绝，所穿黑貂裘敝，离秦而归。见《战国策·秦策》。　⑦沧洲：

滨水之地。古称隐者所居。

水调歌头

燕山九日作①

万里汉家使，双节照清秋②。旧京行遍，中夜呼禹济黄流③。寥落桑榆西北④，无限太行紫翠⑤，相伴过芦沟⑥。岁晚客多病，风露冷貂裘。　对重九，须烂醉⑦，莫牢愁。黄花为我，一笑不管鬓霜羞。袖里天书咫尺⑧，眼底关河百二⑨，歌罢此生浮。惟有平安信，随雁到南州⑩。

[注释]

①燕山：自河北蓟县东南蜿蜒而东至海滨，绵延数百里。　②"万里"二句：西汉苏武出使匈奴，被留。单于迫其投降，武不屈，被徙至北海，啮雪吞毡，持汉节牧羊十九年，节旄尽落。见《汉书·苏武传》。　③"中夜"句：用大禹治水事。古史相传，夏禹用疏导的办法治理黄河，历十三年，三过家门而不入，水患悉平。　④桑榆：喻日暮。《太平御览》三引《淮南子》，"日西垂景在树端，谓之桑榆。"注："言其光在桑榆上。"　⑤太行：山名。绵延山西、河北、河南三省的大山脉。　⑥芦沟：即今永定河。源出山西洪涛山，东流经河北，称芦沟河。　⑦唐氏按："须"原作"颁"，从《彊村丛书》本。　⑧天书：帝王诏敕。　⑨关河百二：指大好河山。《史记·高祖本纪》："秦形胜之国，带河山之险，悬隔千里，持戟百万，秦得百二焉。"　⑩南洲：泛指南方地区。作者家住南方。因指代家乡。

西江月

十月谁云春小，一年两见风娇。云英此夕度蓝桥①，人意花枝都好。　百媚朝天淡粉②，六铢步月生绡③。人间霜叶满庭皋，别有东风不老。

[注释]

①蓝桥:在陕西蓝田东南蓝溪之上,传说其地有仙窟,唐裴航蓝桥遇云英,婚后双双成仙而去。 ②"百媚"句:"回头一笑百媚生,六宫粉黛无颜色。"见唐白居易《长恨歌》。 ③六铢:即六铢衣。衣重六铢,极言其轻薄。多指舞衣,此指着铢之人。

西江月

北客开眉乐岁,东君著意华年[①]。遮风藏雨晚云天,应怕杏梢红浅。 不惜灯前放夜[②],从教雪后留寒。水晶帘箔万花钿[③],听彻南楼晓箭[④]。

[注释]

①东君:司春之神。 ②放夜:此谓醒夜不眠。 ③万花钿:以金银、珠宝等制成的花朵状首饰。万花,言花朵繁复重叠。 ④晓箭:晓钟。箭,古时置漏壶之下用以标记时刻之物。

鹊桥仙

七 夕

双星良夜,耕慵织懒,应被群仙相妒。娟娟月姊满眉颦,更无奈、风姨吹雨[①]。 相逢草草,争如休见,重搅别离心绪。新欢不抵旧愁多,倒添了、新愁归去。

[注释]

①风姨:传说风神名十八姨。

宜男草

篱菊滩芦被霜后,袅长风、万重高柳。天为谁、展尽湖光渺渺，应为我、扁舟入手。　橘中曾醉洞庭酒，辗云涛、挂帆南斗[①]。追旧游、不减商山杳杳[②]，犹有人、能相记否。

[注释]

①南斗：南斗六星，斗宿。　②商山：在今陕西商县东。相传秦末汉初四皓（东园公、绮里季、夏黄公、角里先生，鬚眉皆白）曾在此隐居。

宜男草

舍北烟霏舍南浪，雪倾篱、雨荒薇涨[①]。问小桥、别后谁过[②]，惟有迷鸟羁雌来往[③]。　重寻山水问无恙。扫柴荆、土花尘网。留小桃、先试光风，从此芝草琅玕日长[④]。

[注释]

①此句《钦定词谱》作“雨倾盆、滩流微涨”。　②唐氏按：“问”原作“闲”，从《彊村丛书》本。　③迷鸟羁雌：“羁雌恋旧侣，迷鸟怀故林。”见南朝谢灵运《晚出西射堂》。羁雌，失群无伴的雌鸟。　④琅玕：竹子。

秦楼月

窗纱薄，日穿红幔催梳掠[①]。催梳掠，新晴天气，画檐闻鹊。　海棠逗晓都开却，小云先在阑干角。阑干角，杨花满地，夜来风恶。

[注释]

①梳掠：梳洗打扮。

秦楼月

珠帘狭，卷帘春院花围合。花围合，昼长人静，双双胡蝶。　　花前苦殢金蕉叶[①]，瞢腾午睡扶头怯[②]，扶头怯。闲愁无限，远山斜叠。

[注释]

①殢：殢酒。病酒，困酒。宋秦观《梦扬州》："殢酒困花，十载因谁淹留。"　金蕉：酒杯。宋辛弃疾《谒金门·山吐月》："一曲瑶琴才听彻，金蕉两三叶。"　②瞢(méng)腾：神志不清，朦胧迷糊。　扶头：扶头酒。易醉之酒。姚合《答友人招游》："沽酒自扶头。"

秦楼月

香罗薄，带围宽尽无人觉。无人觉，东风日暮，一帘花落。　　西园空锁鞦韆索[①]，帘垂帘卷闲池阁。闲池阁，黄昏香火，画楼吹角。

[注释]

①鞦韆：即"秋千"。

秦楼月

楼阴缺，阑干影卧东厢月。东厢月，一天风露，杏花如雪。　　隔烟催漏金虬咽[①]，罗帏暗淡灯花结。灯花结，片时春梦，江南天阔。

[注释]

①金虬(qiú)：即铜龙，装置在刻漏器上的饰物，以龙嘴吐水计时。

[集评]

俞陛云云:“上阕言室外之景,月斜花影,境极幽俏。下阕言室内之人,灯昏欹枕,梦更迷茫,善用空灵之笔,不言愁而愁随梦远矣。”(《唐五代两宋词选释》)

秦楼月

浮云集,轻雷隐隐初惊蛰[1]。初惊蛰,鹁鸠鸣怒[2],绿杨风急。　　玉炉烟重香罗浥[3],拂墙浓杏燕支湿。燕支湿,花梢缺处,画楼人立。

[注释]

①惊蛰:农历二十四节气之一,在公历3月5日或6日,此时气温上升,土地解冻,春雷始鸣,蛰伏一冬的虫兽起而活动,故名。　②鹁鸠(bó jiū):即鹁鸪鸟。因其将雨时鸣声急,俗亦称水勃鸪。　③浥:香气盛。

念奴娇

双峰叠障,过天风海雨,无边空碧。月姊年年应好在,玉阙琼宫愁寂。谁唤痴云[1],一杯未尽,夜气寒无色。碧城凝望[2],高楼缥缈西北[3]。　　肠断桂冷蟾孤[4],佳期如梦,又把阑干拍。雾鬓风鬟相借问[5],浮世几回今夕。圆缺晴阴[6],古今同恨,我更长为客[7]。婵娟明夜,尊前谁念南陌[8]。

[注释]

①痴云:停滞不动之云。　②碧城:仙人所居之城。《太平御览 · 上清经》:“元始(天尊)居紫云之阙,碧霞为城。”　③“高楼”句:用《古诗十九首》诗句“西北有高楼,上与浮云齐”。　④桂冷蟾孤:意谓月宫清冷。相传月宫中有桂枝、蟾蜍。　⑤雾鬓风鬟:形容髮髻散乱。宋李清照《永

遇乐》词:"如今憔悴,风鬟雾鬓,怕见夜间出去。" ⑥圆缺晴阴:本宋苏轼《水调歌头》词"人有悲欢离合,月有阴晴圆缺,此事古难全"。 ⑦唐氏按:"为"原作"长",从《彊村丛书》本。 ⑧南陌:本唐卢照邻《长安古意》"北堂夜夜人如月,南陌朝朝骑似云"。此指远方离人。

念奴娇

十年旧事[1],醉京花蜀酒,万葩千萼。一棹归来吴下看,俯仰心情今昨。强倚雕阑,羞簪雪鬓,老恐花枝觉。指摩愁眼,雾中相对依约。 闻道家燕团栾,光风转夜[2],月傍西楼落。打彻梁州春自远[3],不饮何时欢乐。沾惹天香,留连国艳[4],莫散灯前酌。袜尘生处,为君重赋河洛[5]。

[注释]

①十年旧事:从乾道元年(1165)至淳熙四年(1177)十三年间,范成大数次改官,曾供职京师,南到桂林,西到成都,漂泊迁徙,萍踪不定。 ②光风:天朗气清时的和风。 ③梁州:即凉州曲。唐天宝乐曲。唐杜牧《河湟》诗:"唯有凉州歌舞曲,流传天下乐闲人。" ④"沾惹"二句:意谓寻欢逐乐。相传太和中中书舍人李正封咏牡丹诗"天香夜染衣,国色朝酣酒",为唐文宗激赏。见李浚《摭异记》。后常以国艳天香喻指美人。 ⑤"袜尘生处"二句:本曹植《洛神赋》"凌波微步,罗袜生尘"。

念奴娇

吴波浮动[1],看中流翻月,半江金碧。醉舞空明三万顷,不管姮娥愁寂。指点琼楼,凭虚有路[2],鲸背横东极。水云飘荡,阑干千丈无力。 家世回首沧洲,烟波渔钓,有鸱夷仙迹[3]。一笑闲身游物外,来访扁舟消息。天上今宵，人间此地，我是风前客。涛生残夜，鱼龙惊听横笛。

[注释]

①吴波：指苏州河水。　②凭虚有路：虚空神人之路。司马相如《大人赋》："乘虚无而上遐。"　③鸱（chī）夷：春秋越国范蠡佐夫差成霸业后，功成身退，"浮江湖，变姓名。适齐，为鸱夷子皮"。见《汉书·货殖传·范蠡》。颜师古注："范蠡自号鸱夷子皮者，言若盛酒之鸱夷，多所容受而可卷怀，与时张弛也。"

念奴桥

水乡霜落，望西山一寸[①]，修眉横碧。南浦潮生帆影去，日落天青江白。万里浮云，被风吹散，又被风吹积。尊前歌罢，满空凝淡寒色。　人世会少离多，都来名利，似蝇头蝉翼[②]。赢得长亭车马路，千古羁愁如织。我辈情钟，匆匆相见，一笑真难得[③]。明年谁健，梦魂飘荡南北。

[注释]

①西山：在江西新建县以南，一名南昌山，古名散原山。　②"蝇头"句：极言微薄不足道。　③"一笑"句：本唐杜牧《九日齐山登高》诗"尘世难逢开口笑"。

念奴娇

和徐尉游石湖[①]

湖山如画，系孤篷柳岸，莫惊鱼鸟。料峭春寒花未遍，先共疏梅索笑。一梦三年，松风依旧，萝月何曾老[②]。邻家相问，这回真个归到。　绿鬓新点吴霜[③]，尊前强健，不怕衰翁号。赖有风流车马客，来觅香云花岛。似我粗豪，不通姓字，只要银瓶倒[4]。奔名逐利，乱帆谁在天表。

[注释]

①徐尉：不详。　石湖：在江苏苏州西南，风景优胜。西南通太湖，北连横塘，东入胥门运河，相传为范蠡入五湖之口。成大晚年居此，随地势高下，面湖筑亭榭，孝宗书“石湖”二字以赐，因自号石湖居士。　②萝月：萝藤间月色。唐卢照邻《悲昔游》：“萝月寡色，风泉罢声。”　③吴霜：喻白髮。李贺《还自会稽歌》：“吴霜点归鬓，身与蒲塘晚。”　④“似我”三句：用杜甫《少年行》“不通姓字粗豪甚，指点银瓶索酒尝”。银瓶，酒器。

惜分飞

易散浮云难再聚，遮莫相随百步。谁唤行人去，石湖烟浪渔樵侣。　重别西楼肠断否[1]，多少凄风苦雨。休梦江南路，路长梦短无寻处[2]。

[注释]

①西楼：本庾肩吾《奉和春夜应令》诗“天禽下北阁，织女入西楼”。常指情人所居。　②“路长”句：本李煜《清平乐》(别来春半)“路遥归梦难成”。

梦玉人引

送行人去，犹追路、再相觅。天末交情，长是合堂同席[1]。从此尊前，便顿然少个，江南羁客。不忍匆匆，少驻船梅驿。　酒斟虽满，尚少如、别泪万千滴。欲语吞声，结心相对呜咽[2]。灯火凄清，笙歌无颜色。从别后，尽相忘，算也难忘今夕。

[注释]

①合堂同席：谓亲密无间。　②结心：打同心结。表恩爱之意。

梦玉人引

共登临处，飘风袂、倚空碧。雨卷云飞，长有桂娥看客。箫鼓生春，遍锦城如画，雪山无色。一梦才成，恍天涯南北[①]。　舞馀歌罢，料宣华[②]、回首尽陈迹。万里秦吴，有情应问消息。我欲归耕，如何重来得。故人若望江南，且折梅花相忆[③]。

[注释]

①恍：模糊不清。　②宣华：同"喧哗"。　③"故人"二句：南朝宋陆凯与范晔友善，自江南寄梅一枝至长安赠晔。有诗曰："折梅逢驿使，寄与陇头人。江南无所有，聊赠一枝春。"见《太平御览》九百七十南朝宋盛弘之《荆州记》。后遂以"梅花驿"喻驿站或驿使。

如梦令

罨画屏中客住，水色山光无数。斜日满江声，何处撑来小渡。休去，休去。惊散一洲鸥鹭[①]。

[注释]

①"休去"三句：本宋李清照《如梦令》"归去，归去，惊散一滩鸥鹭"。

如梦令

两两莺啼何许，寻遍绿阴浓处。天气润罗衣、病起却忺微暑[①]。休雨，休雨。明日榴花端午[②]。

[注释]

①忺:适意,高兴。 ②端午:农历五月初五。时值石榴花开。唐韩愈《题张十一旅舍三咏》诗:“五月榴花照眼明,枝间时见子初成。”

菩萨蛮

小轩今日开窗了,揉蓝染碧缘阶草[①]。檐佩可怜风,杏梢烟雨红。 飘零欢事少,鬓点吴霜早。天色不愁人,眼前无限春。

[注释]

①揉蓝:浸揉蓝草作成的染料。此指蓝色。

菩萨蛮

元夕立春[①]

雪林一夜收寒了,东风恰向灯前到。今夕是何年[②],新春新月圆。 绮丛香雾隔,犹记疏狂客。留取缕金幡[③],夜蛾相并看[④]。

[注释]

①唐氏按:原无题,据《彊村丛书》本。 ②“今夕”句:本苏轼《水调歌头》(明月几时有)“不知天上宫阙,今夕是何年”。 ③缕金幡:缕金的幡胜,妇女戴于鬓边首饰。古俗常于立春日戴幡胜以辟邪消灾。 ④夜蛾:指元夕妇人头饰之“蛾儿”、“雪柳”、“黄金缕”等应时饰物。

菩萨蛮

黄梅时节春萧索,越罗香润吴纱薄[①]。丝雨日昽明,柳梢红未晴。　　多愁多病后，不识曾中酒[2]。愁病送春归，恰如中酒时。

[注释]

①越罗、吴纱：指江浙一带出产的绫罗绸纱。　②中（zhòng）酒：酒酣，醉酒。

临江仙

羽扇纶巾风袅袅[1]，东厢月到蔷薇。新声谁唤出罗帏。龙须将笛绕[2]，雁字入筝飞。　　陶写中年须个里[3]，留连月扇云衣[4]。周郎去后赏音稀[5]。为君持酒听，那肯带春归。

[注释]

①羽扇纶巾：状人之风雅闲散。苏轼《念奴娇·赤壁怀古》："遥想公瑾当年，小乔初嫁了，雄姿英发。羽扇纶巾，谈笑间、樯橹灰飞烟灭。"　②龙须：草名。茎可织席。　③陶写：陶冶性情，排遣忧闷。　个里：这里，其中。　④月扇：满月形团扇。　云衣：舞衣。指歌舞声乐。⑤周郎：周瑜，字公瑾。曾佐孙权与刘备合兵大败曹操于赤壁。精通音律，时有"曲有误，周郎顾"之语。见《三国志·吴书·周瑜传》。

临江仙

万事灰心犹薄宦[1]，尘埃未免劳形[2]。故人相见似河清。恰逢梅柳动，高兴逐春生。　　卜昼匆匆还卜夜[3]，仍须月堕河倾。明年我去白鸥盟[4]。金闺三玉树[5]，好问紫霄程[6]。

[注释]

①薄宦:位卑职小。 ②"尘埃"句:谓因世间俗中的牵累而使身心疲惫不堪。佛教谓世俗事务之烦恼为"尘劳"。 ③"卜昼"句:谓日夜宴饮。《左传 · 庄公二十二年》:"使(陈公子完)为工正。饮桓酒,乐。公曰:'以火继之。'辞曰:'臣卜其昼,未卜其夜。不敢。'" ④白鸥盟:无机心俗虑。据《列子 · 黄帝》载,有好鸥鸟者,日日至海滨从鸥鸟游,人鸟共处,相安无事,其父知之,嘱其取鸥回。此机心一起,鸥鸟避之,舞而不下也。 ⑤金闺:金马门别称,官宦署门。 三玉树:即"三株树",相传生于赤水之上,树如柏而叶为珠。后用指弟兄三人并美、或有才学之士。⑥紫霄程:仕宦之路。

减字木兰花

玉烟浮动,银阙三山连海冻[1]。翠袖阑干,不怕楼高酒力寒。 双松冻折,忽忆衰翁容易别。想见鸥边,压损年时小钓船。

[注释]

①三山:古神话中的三座神山,即方丈、蓬莱、瀛洲三岛。

减字木兰花

折残金菊,枨子香时新酒热[1]。谁伴芳尊,先问梅花借小春。 道人破戒,染酒题诗金凤带。愁病相关,不似年时酒量宽。

[注释]

①枨(chéng)子:橙子。

减字木兰花

波娇鬓袅，中隐堂前人意好[1]。不奈春何，拚却轻寒透薄罗。　翦梅新曲[2]，欲断还联三叠促[3]。围坐风流，饶我尊前第一筹。

[注释]

①中隐：隐于闲官。唐白居易《中隐》诗：“大隐住朝市，小隐入丘樊……不如作中隐，隐在留司官。”　②翦梅新曲：指新度词曲。一翦梅，词牌名。宋周邦彦词起句为“一翦梅花万样娇”，因以取名。　③三叠：三遍。

减字木兰花

枕书睡熟，珍重月明相伴宿。宝鸭金寒[1]，香满围屏宛转山。　鸡人声杳[2]，瑶井玉绳相对晓[3]。黯淡窗纱，却下风帘护烛花。

[注释]

①宝鸭：鸭形香炉。　②鸡人：报晓之官。　③瑶井玉绳：星名。南朝宋鲍照《歧阳守风》诗：“差池玉绳高，掩映瑶井没。”

减字木兰花

腊前三白[1]，春到西园还见雪。红紫花迟，借作东风万玉枝。　归田计决[2]，麦饭熟时应快活。身在高楼，心在山阴一叶舟。

[注释]

①三白:谓大雪三场。 ②归田计:弃官归隐的打算。东晋陶渊明不愿为五斗米而折腰,辞去彭泽令,归园田居。

鹧鸪天

休舞银貂小契丹[①],满堂宾客尽关山。从今袅袅盈盈处,谁复端端正正看。 模泪易,写愁难。潇湘江上竹枝斑[②]。碧云日暮无书寄,寥落烟中一雁寒。

[注释]

①银貂小契丹:着貂衣和着番乐起舞。小契丹,当指一种契丹族舞乐。成大《次韵宗传阅番乐》诗:"绣靴画鼓留花住,剩舞春风小契丹。" ②"潇湘"句:相传舜有娥皇女英二妃,舜出巡死于苍梧之野,二妃于湘江边痛哭哀悼,泪洒于竹,竹生泪斑。见晋张华《博物志》。

鹧鸪天

荡漾西湖采绿蘋,扬鞭南埭衮红尘。桃花暖日茸茸笑,杨柳光风浅浅颦。 章贡水,郁孤云[①]。多情争似桂江春[②]。崔徽卷轴瑶姬梦[③],纵有相逢不是真。

[注释]

①"章贡水"二句:江西赣江西源的章水从郁孤台下经过,与东源的贡水汇流而为赣江。郁孤台在今江西赣州西南。辛弃疾《菩萨蛮》词首句:"郁孤台下清江水,中间多少行人泪。" ②桂江:即广西境内漓江。为西江上源之一,入临桂县境名桂江。 ③崔徽:唐歌伎与裴敬中相恋。既别,托画家丘夏写肖像寄敬中,不久抱恨病死。见《全唐诗》元稹《崔徽歌并序》。 瑶姬:即巫山神女。楚怀王游高唐,昼寝,梦与神女遇,因幸之。见宋玉《高唐赋序》。

鹧鸪天

嫩绿重重看得成，曲阑幽槛小红英。酴醾架上蜂儿闹[1]，杨柳行间燕子轻。　　春婉娩[2]，客飘零。残花浅酒片时清。一杯且买明朝事，送了斜阳月又生。

[注释]

①酴醾（tú mí）：花名。开在春末。　②婉娩：天气清和。

鹧鸪天

雪　梅

压蕊拈须粉作团，疏香辛苦颤朝寒。须知风月寻常见，不信层层带雪看。　　春髻重，晓眉弯。一枝斜并缕金幡。酒红不解东风冻，惊怪钗头玉燕乾[1]。

[注释]

①玉燕：钗名。旧题汉郭宪《洞冥记》："神女留玉钗以赠（汉武）帝，帝以赐赵婕好。至昭帝元凤中……既发匣，有白燕飞升天。后宫人学作此钗，因名玉燕钗。"

好事近

云暮暗千山，肠断玉楼金阙。应是高唐小妇[1]，妒姮娥清绝。　　夜凉不放酒杯寒，醉眼渐生缬[2]。何待桂华相照，有人人如月[3]。

[注释]

①高唐小妇：即高唐神女。楚怀王游高唐，梦见神女侍寝，临别言其

住巫山之阳,“旦为朝云,暮为行雨,朝朝暮暮,阳台之下。”见宋玉《高唐赋序》。此借指多情女子。 ②缬(xié):细碎花纹。眼花,形容醉态。 ③人人:人儿。

好事近

昨夜报春来,的皪岭梅开雪[①]。携手玉人同赏,比看谁奇绝。 阑干倚遍忆多情,怕角声呜咽。与折一枝斜戴,衬鬟云梳月。

[注释]

①的皪(lì):光亮鲜明貌。

卜算子

凉夜竹堂虚,小睡匆匆醒。银漏无声月上阶[①],满地阑干影。 何处最知秋,风在梧桐井。不惜骖鸾弄玉箫[②],露湿衣裳冷。

[注释]

①银漏:银制漏壶,古时计器。 ②骖鸾弄玉箫:春秋时,萧史与秦穆公女弄玉皆善吹箫,能作鸾鸣凤响,二人结为夫妇。后弄玉凤台吹箫引凤。二人乘凤驾龙,双双升天而去。见汉刘向《列仙传·萧史》、《太平广记》卷四《神仙传》。

卜算子

云压小桥深,月到重门静。冷蕊疏枝半不禁[①],更著横窗影。 回首故园春,往事难重省。半夜清香入梦来，从此熏炉冷。

[注释]

①冷蕊疏枝：指梅花。

三登乐

一碧鳞鳞，横万里、天垂吴楚。四无人、橹声自语。向浮云、西下处，水村烟树。何处系船，暮涛涨浦。
正江南、摇落后，好山无数。尽乘流、兴来便去[1]。对青灯、独自叹，一生羁旅。敧枕梦寒[2]，又还夜雨。

[注释]

①“尽乘流”句：暗用“子猷乘兴”典。晋王徽之（子猷）居山阴，雪夜念及剡溪好友戴逵，遂驾船连夜逐流而去。次日到戴门，不见戴而返，人问，因说：“吾本乘兴而行，兴尽而返，何必见戴？”见《世说新语·任诞》。 ②敧枕：倾斜的枕头。

三登乐

路转横塘[1]，风卷地、水肥帆饱。眼双明、旷怀浩渺。问菟裘[2]、无恙否，天教重到。木落雾收，故山更好。
过溪门、休荡桨，恐惊鱼鸟。算年来、识翁者少。喜山林、踪迹在，何曾如扫。归鬓任霜，醉红未老。

[注释]

①横塘：在江苏吴县东南，以分流东出，故名。 ②菟裘：语出《左传·隐公十一年》“使菟裘，吾将老焉”。杜预注引服虔云：“菟裘，鲁邑也，营菟裘以作宫室，欲居之以终老也。”后以“菟裘”指告老的归隐之地。

此指故乡吴郡。

三登乐

今夕何朝，披岫幌、云关重启。引冰壶、素空似洗。卷帘中、攲枕上，月星浮水。天镜夜明，半窗万里。
盼庭柯、都老大，树犹如此[①]。六年前、转头未几。唤邻翁、来话旧，同篘新蚁[②]。秉烛夜阑，又疑梦里[③]。

[注释]

①树犹如此：嗟叹时光飞驰。晋桓温率师北伐，途经旧地金城，见前所手植柳树已大至十围，遂感叹："木犹如此，人何以堪。"见《世说新语·言语》。 ②篘（chóu）：用篾编成的漉酒具漉酒。 新蚁：新酒。③"秉烛"二句：用杜甫《羌村》三首之一"夜阑更秉烛，相对如梦寐"诗意。

三登乐

方帽冲寒[①]，重检校、旧时农圃。荒三径、不知何许[②]。但姑苏台下，有苍然平楚。人笑此翁，又来访古。 况五湖、元自有，扁舟祖武[③]。记沧洲、白鸥伴侣。叹年来、孤负了，一蓑烟雨。寂寞暮潮，唤回棹去。

[注释]

①方帽：儒生所戴之冠。 ②三径：指归隐者所居。西汉末，王莽专权，兖州刺史蒋诩辞官归隐，于居园中辟三径，唯与羊仲、求仲相往来。见汉赵岐《三辅决录·逃名》。又晋陶渊明《归去来辞》："三径就荒，松菊犹存。" ③祖武：先人之遗迹。 武：脚印。此指范蠡由五湖遁去。

浪淘沙

黯淡养花天，小雨能悭[①]。烟轻云薄有无间。官柳丝丝都绿遍，犹有春寒。　空翠湿征鞍，马首千山。多情若是肯俱还。别有玉杯承露冷[②]，留共君看。

[注释]

①能悭（qiān）：这样吝啬。　②玉杯：自注，“官舍中牡丹绝品也。”玉杯承露：汉武帝时祭太乙，开通天台以俟神灵。上有承露盘，仙人掌擎玉杯，以承云表之露。见《三辅皇图》五《台榭》引《汉武故事》。

虞美人

寄人觅梅

霜馀好探梅消息，日日溪桥侧。不如君有似梅人，歌里工颦妍笑、两眉春。　疏枝冷蕊风情少，却称衰翁老。从教来作静中邻，冷淡无言无笑、也无颦。

虞美人

落梅时节冰轮满[①]，何似中秋看。琼楼玉宇一般明，只为姮娥添了、万枝灯。　锦江城下杯残后[②]，还照鄞江酒[③]。天东相见说天西，除却衰翁和月、更谁知。

[注释]

①冰轮：月轮。　②锦江城：指四川成都。锦江，即蜀江。成大于淳熙二年至四年（1175—1177）任成都府路安抚制置使。　③鄞（yín）江：即甬江，在今浙江宁波。成大于淳熙七年（1180）二月知明州（今宁波）。

虞美人

玉箫惊报同云重[1]，仍怪金瓶冻。清明将近雪花翻，不道海棠消瘦、柳丝寒。　王孙沉醉狨毡幕[2]，谁怕罗衣薄。烛灯香雾两厌厌，仿佛有人愁损、上眉尖。

［注释］

①同云：云成一色，欲雪之兆。　②狨毡（róng zhān）幕：用狨皮做成的帷幕。狨，金丝猴。

虞美人

红木犀[1]

谁将击碎珊瑚玉[2]，装上交枝粟。恰如娇小万琼妃，涂罢额黄、嫌怕污燕支[3]。　夜深未觉清香绝[4]，风露溶溶月。满身花影弄凄凉，无限月和风露、一齐香。

［注释］

①红木犀：即丹桂。　②珊瑚：生于热带海中，形如树枝，枝格交错，无叶。　③额黄：施于额上的黄色涂饰。　④唐氏按："夜"原误"日"，从《彊村丛书》本。

醉落魄

元　夕

春城胜绝，暮林风舞催花发。垂云卷尽添空阔。吹上新年，美满十分月。　红蕖影下勾丝抹[1]，老来牵强随时节。无人知道心情别。惟有蛾儿，惊见鬓边雪。

（以上武进陶氏影印汲古阁抄本《石湖词》）

［注释］

①红蕖：红荷，指元宵花灯。欧阳修《蓦山溪·元夕》词："剪红莲满城开遍。"

白玉楼步虚词六首[①]

并 序

赵从善示余玉楼图[②]，其前玉阶一道，横跨绿霄中。琪树垂珠网[③]，夹阶两旁。绿霄之外，周以玉阑，阑外方是碧落[④]。阶所接亦玉池，中间涌起玉楼三重，千门万户，无非连璐重璧。屋覆金瓦，屋山缀红牙垂珰。四檐黄帘皆卷，楼中帝座，依约可望。红云自东来，云中虚皇乘玉辂[⑤]，驾两金龙。侍卫可见者：灵官法服骑而夹侍二人[⑥]，力士黄麾前导二人[⑦]，仪剑四人，金围子四人[⑧]，夹辂黄幡二人，五色戟带二人，珠幢二人，金龙旗四人，负纳陛而后从二人[⑨]。云头下垂，将至玉阶，楼前仙官冠帔出迎，方下阶，双舞鹤行前。云驾之旁，又有红云二：其一，仙官立幢节间[⑩]，其二，女乐并奏。玉楼之后，又有小玉楼六，其制如前，宝光祥云，前后蔽亏，或隐或现。小案之前，独为金地，亦有仙官自金地下迎。傍小楼最高处，有飞桥直瑶台[⑪]，仙人度桥登台以望。名数可纪者，大略如此。若其景趣高妙、碧落浮黎、青冥风露之境，则览者可以神会，不能述于笔端。此画运思超绝，必梦游帝所者仿佛得之，非世间俗史意匠可到。明窗净几，尽卷展玩，恍然便觉身在九霄三景之上，奇事不可以不识。简斋有水府法驾导引歌词[⑫]，乃倚其体，作步虚词六章，以遗从善。羽人有不俗者[⑬]，使歌之于清风明月之下，虽未得仙，亦足以豪矣。

（一）

珠霄境，却似化人宫[⑭]。梵气弥罗融万象[⑮]，玉楼十二倚清空。一片宝光中。

（二）

浮黎路，依约太微间。雪色宝阶千万丈，人间遥作白虹看。幢节度高寒。

（三）

罡风起[16]，背负玉虚廷。九素烟中寒一色，扶阑四面是青冥。环拱万珠星。

（四）

流铃响，龙驭笏云来[17]。夹道骞华笼彩仗[18]，红云扶辂辗天街。迎驾鹤毰毸[19]。

（五）

钧天奏[20]，流韵满空明。琪树玲珑珠网碎，仙风吹作步虚声。相和八鸾鸣[21]。

（六）

楼阑外，辇道插非烟。闲上郁萧台上看，空歌来自始青天。扬袂揖飞仙。　（以上见《石湖居士诗集》卷三十二）

［注释］

①白玉楼：相传为仙人住处。　步虚词：乐府杂曲歌辞。《乐府诗集》七十八引《乐府题解》："步虚词，道家曲也，备言众仙缥缈轻举之美。"②赵从善：赵师羼（yì）（1148—1217），字从善。宗室贵胄，曾任临安尹。《全宋词》存词一首。　③琪树：神话中的玉树，结子如珠。　④碧落：天

空。⑤虚皇：道教太虚之神。辂（hé）：天子之车。《文选·张衡〈东京赋〉》："龙辂充庭，云旗指霓。" ⑥灵官：道官名。法服：礼法规定的标准服。⑦力士：专管金鼓旗帜、随皇帝出入、守卫之官。⑧金围子：仪仗中执捧御卫之官。职能同执金吾。汉武帝太初元年，改中尉为执金吾，以掌管京师治安。⑨负纳陛：仪仗中背负纳陛者。纳陛，凿殿基为登升的陛级，纳之于檐下，不使露而升。⑩幢节：旗帜仪仗。⑪瑶台：神仙居地。见旧题晋王嘉《拾遗记·昆仑山》。⑫简斋：宋陈与义字去非，号简斋，诗宗江西派，有"一祖三宗"之说。⑬羽人：道人。⑭化人：会幻术之人。《列子·周穆王》："西极之图，有化人来。入水火，贯金石……千变万化，不可穷极。" ⑮梵气：宁寂清穆之气氛。弥罗：弥漫，广布。⑯罡（gāng）风：道家称天空极高处来风为罡风。⑰跜（niè）云：踏云。见《汉书·礼乐志·郊祀歌》。⑱骞华：飞动的华彩。⑲毰毸（péi sāi）：羽毛张开状。⑳钧天：天之中央。㉑八鸾：鸾通"銮"，结在马衔上的铃。一马二铃，系于马口镳之端。四马八铃，称八銮。

玉楼春

佳人无对甘幽独[①]，竹雨松风相澡浴。山深翠袖自生寒，夜久玉肌元不粟。　却寻千树烟江曲，道骨仙风终绝俗[②]。绛裙缟袂各朝元[③]，只有散仙名萼绿[④]。

[注释]

①"佳人"句：本杜甫《佳人》诗"绝代有佳人，幽居在空谷。……天寒翠袖薄，日暮倚修竹"。②道骨仙风：谓人神采风度不同凡俗。③绛裙缟袂：指代各色美女佳丽。朝元：阁名，传说道教玄元皇帝（老子）曾见于此阁。④散仙：道教称未授职务的仙人为散仙。也用来比喻放旷不羁的人。萼绿：即萼绿华，神话中仙女。自言乃九疑山中得道女罗郁。

霜天晓角

晚晴风歇，一夜春威折。脉脉花疏天淡，云来去、数枝雪。　　胜绝，愁亦绝。此情谁共说。惟有两行低雁，知人倚、画楼月。

（以上二首见《全芳备祖》前集卷一“梅花门”）

[集评]

俞陛云云：“此调末二句最为擅胜。若言倚楼人托孤愁于征雁，便落恒蹊。此从飞雁所见，写倚楼之人。语在可解不可解之间，词家之妙境。所谓如絮浮水，似沾非著也。”（《唐五代两宋词选释》）

玉楼春

云横水绕芳尘陌，一万重花春拍拍[①]。蓝桥仙路不崎岖，醉舞狂歌容倦客。　　真香解语人倾国[②]，知是紫云谁敢觅[③]。满蹊桃李不能言[④]，分付仙家君莫惜。

（《全芳备祖》前集卷二“牡丹门”）

[注释]

①拍拍：充满。　②“真香”句：唐杨贵妃有倾国倾城之貌，明皇喻之为解语花，以为太液池千叶百莲比之逊色。见王仁裕《开元天宝遗事·解语花》。　③紫云：喻美人。李愿家伎名。杜牧指名求见，赠诗云：“忽发狂言惊四座，两行红袖一时回。”　④“满蹊”句：本《史记·李将军列传》“谚曰：‘桃李不言，下自成蹊’”。

醉落魄

马蹄尘扑，春风得意笙歌逐[①]。款门不问谁家竹[②]。只拣红妆，高处烧银烛。　　碧鸡坊里花如屋[③]，燕王宫下花成谷。不须悔唱关山曲[④]。只为海棠，也合来西蜀。

（《全芳备祖》前集卷七“海棠门”）

[注释]

①“马蹄”二句:化用唐孟郊《登科后》诗句“春风得意马蹄疾”。 ②“款门”句:晋王子猷爱竹成痴。过吴中,闻一士大夫家有好竹,往,肩舆径造竹下,吟啸良久,遂直欲出门。见《世说新语·简傲》。 ③碧鸡坊:古成都有坊一百二十,第四曰碧鸡坊。陆游《病中久止酒有怀成都海棠之盛》:“碧鸡坊里海棠时,弥月兼旬醉不知。” ④关山曲:汉乐府横吹曲,多写边塞士兵久戍不归和家人互伤离别之情。

[集评]

杨长孺云:“此盖先生最得意者。长孺耳剽,恨未饱九鼎之珍也。”(《石湖词跋》)

菩萨蛮

冰明玉润天然色,凄凉拚作西风客。不肯嫁东风[①],殷勤霜露中。　绿窗梳洗晚,笑把玻璃盏[②]。斜日上妆台,酒红和困来。　(《全芳备祖》前集卷二十四“芙蓉花门”)

[注释]

①“不肯”句:宋贺铸《踏莎行》(杨柳回塘)咏荷有“当年不肯嫁春风,无端却被秋风误”之语。 ②把:把持。

眼儿媚[①]

萍乡道中乍晴[②],卧舆中,困甚,小憩柳塘

酣酣日脚紫烟浮,妍暖破轻裘。困人天色,醉人花气,午梦扶头。　春慵恰似春塘水,一片縠纹愁。溶溶泄泄,东风无力,欲皱还休。　(《诗人玉屑》卷二十一)

[注释]

①按:据范成大《骖鸾录》载,"乾道癸巳岁闰正月二十六日,宿萍乡县,泊萍实驿。"此词当作于乾道九年(1173)。 ②萍乡:县名,在江西。三国吴置,传以楚昭王渡江得萍实于此而名。

[集评]

黄昇云:"范石湖过萍乡,道中乍晴,卧舆中困甚,小憩柳塘侧,尝赋《眼儿媚》云(略)……词意清婉,咏味之如在画图中。然后段之意,盖本于严维'柳塘春水漫'之句云。"(魏庆之《诗人玉屑》卷二十一引黄昇《中兴词话》)

沈际飞云:"字字软温,着其气息即醉。"(《草堂诗馀别集》)

况周颐云:"词亦文之一体。昔人名作,亦有理脉可寻,所谓蛇灰蚓线之妙。如范石湖《眼儿媚·萍乡道中》云(略)。'春慵'紧接'困'字、'醉'字来,细极。"(《蕙风词话》卷二)

王闿运云:"自然移情,不可言说,绮语中仙语也,考上上。"(《湘绮楼评词》)

惜分飞

南浦舟中与江西帅漕酌别[①],夜后忽大雪

画戟锦车皆雅故[②],箫鼓留连客住。南浦春波暮,难忘罗袜生尘处[③]。 明日船旗应不驻,且唱断肠新句。卷尽珠帘雨,雪花一夜随人去。

[注释]

①南浦:地名,在江西南昌西南,章江至此分流。旧有南浦亭。 帅漕:宋代称安抚使为帅,转运使、转运副使、转运判官为漕。见《宋史·职官志》。 ②雅故:故旧,熟识。 ③罗袜生尘:语出三国魏曹植《洛神赋》"凌波微步,罗袜生尘"。

菩萨蛮

湘东驿

客行忽到湘东驿，明朝真是潇湘客[①]。晴碧万重云，几时逢故人。　江南如塞北，别后书难得。先自雁来稀，那堪春半时[②]。

[注释]

①潇湘：潇水与湘水之合称。又，古诗文中多称湘水为潇湘。　②"那堪"句：本南唐李煜《清平乐》首句"别来春半，触目愁肠断"。

满江红

清江风帆甚快[①]，作此，与客剧饮歌之

千古东流，声卷地、云涛如屋。横浩渺、樯竿十丈，不胜帆腹[②]。夜雨翻江春浦涨，船头鼓急风初熟[③]。似当年、呼禹乱黄川，飞梭速[④]。　击楫誓[⑤]，空惊俗。休拊髀，都生肉[⑥]。任炎天冰海，一杯相属。荻笋蒌芽新入馔[⑦]，鹍弦风吹能翻曲[⑧]。笑人间、何处似尊前，添银烛。

[注释]

①清江：江西赣江支流。此指赣江。　②帆腹：帆受风而张凸如腹状。苏轼《八月七日初入赣，过惶恐滩》："长风送客添帆腹。"　③风初熟：风乍起时方向不定，待风向稳定，谓之风熟。苏轼《金山梦中作》："放半潮来风又熟。"　④"似当年"三句：指乾道六年，作者北渡黄河出使金国，交涉收复北宋陵寝及更改南宋皇帝向金使跪拜受书之礼事宜。　⑤击楫誓：《晋书》载，东晋祖逖渡江北伐，中流击楫而誓："不能清中原而复济者，有如大江！"后用此典以表爱国热情和恢复之志。　⑥"休拊髀"二句：用三国刘备事。刘备寄栖刘表幕下，因久处安逸，远离鞍马，不觉大腿

肉生。一日入而见之,追怀往昔征鞍岁月,因叹日月若驰,老之将至,而功业不建,遂慨然流涕。见《三国志·蜀书·先主传》。拊(fǔ),抚摸。髀(bǐ),大腿。 ⑦荻笋蒌芽:芦芽和初生蒌蒿。可入菜。 ⑧鹍弦:指琵琶。唐段成式《酉阳杂俎》六《乐》:“古琵琶弦用鹍鸡筋。”风吹,指箫。

谒金门

宜春道中野塘春水可喜①,有怀旧隐

塘水碧,仍带麹尘颜色②。泥泥縠纹无气力③,东风如爱惜。 恰似越来溪侧④,也有一双鸂鶒⑤。只欠柳丝千百尺,系船春弄笛。

[注释]

①宜春:县名,属江西。因境内有温泉,景色长年明媚如春,出美酒,饮之宜人,故名。 ②麹尘:麹上所生菌,色淡黄如尘,因以称淡黄色。麹(qú),酒母。 ③泥(nǐ)泥:水波微漾貌。 ④越来溪:在江苏吴县东南与石湖通。越兵自此溪来入吴,故名。 ⑤鸂鶒(xī chì):类似鸳鸯的一种水鸟。

[集评]

杨慎云:“范成大行宜春道中,见野塘春水可喜,有怀旧隐,作《谒金门》词云(略)。成大出使回,每思石湖,故言之悒悒如此。”(《历代词话》卷七)

秦楼月

寒食日湖南提举胡元高家席上闻琴①

湘江碧,故人同作湘中客。湘中客,东风回雁②,杏花寒食。 温温月到蓝桥侧,醒心弦里春无极。春无极,明朝残梦,马嘶南陌。

(以上五阕见《中兴以来绝妙词选》卷二)

[注释]

①寒食：清明前一或二日为寒食节。相传春秋时，介之推辅佐重耳（晋文公）回国后，隐居山中。重耳烧山逼他出来，他抱木而死。为示悼念，晋文公下令于此日禁火寒食。 提举：宋时枢密院编修敕令所有提举，宰相兼；同提举，执政兼。又有提举常平仓、提举茶盐、提举水利等官。参阅《文献通考》六一《职官》十五《提举》。 ②回雁：湖南衡山有回雁峰，相传雁至此峰而止，遇春而回。

醉落魄

雪晴风作，松梢片片轻鸥落。玉楼天半褰珠箔[①]。一笛梅花，吹裂冻云幕。 去年小猎漓山脚[②]，弓刀湿遍犹横槊[③]。今年翻怕貂裘薄。寒似去年，人比去年觉。

（《阳春白雪》卷四）

[注释]

①褰（qiān）：撩起。 ②漓山：在广西桂林县南，位漓水之阳，因名。 ③槊（shuò）：长矛。

霜天晓角

少年豪纵，袍锦团花凤。曾是京城游子，驰宝马、飞金鞚[①]。 旧游浑似梦，鬓点吴霜重。多少燕情莺意[②]，都泻入、玻璃瓮[③]。

（《阳春白雪》卷七）

[注释]

①鞚（kòng）：指奔马。 ②燕情莺意：指男女相亲相爱的情怀。 ③瓮（wèng）：此指酒杯。

菩萨蛮

寓直晚对内殿[①]

彤楼鼓密催金钥，沉沉青琐重重幕[②]。宣唤晚朝天，五云笼暝烟[③]。　风急东华路[④]，暖扇遮微雨。香雾扑人衣，上林乌满枝[⑤]。　（《咸淳临安志》卷十五）

［注释］

①寓直：当直，值班。　②青琐：汉未央宫中宫门名。此指代宫门。　③五云：五色瑞云。常用来指帝王所在。　④东华路：通往仙境之路。《云笈七签》："东华者，仙真之州也。"此指皇宫之路。　⑤"上林"句：暗喻朝中官多宦众。典出唐刘悚《隋唐嘉话》："李义府始召见，太宗试令咏乌。其末句云：'上林许多树，不借一枝栖。'帝曰：'吾将全树借汝，岂惟一枝。'"

水调歌头

桂林九日作

万里汉都护。（下缺）

水调歌头

成都九日作

万里桥边客。（下缺）

水调歌头

淳熙己亥重九，与客自阊门泛舟，径横塘。宿雾一白，垂垂欲雨。至彩云桥，氛翳豁然，晴日满空，风景闲美，无不与人意会。四郊刈熟，露积如缭垣。田家妇子着新衣，略有节物。挂帆溯越来溪，潦收渊澄，如行玻璃地上。菱华虽瘦，尚可采。舣棹石湖，扳紫荆，坐千岩，观下菊丛中，大金钱一种已烂漫秾香，正午薰入酒杯，不待轰饮，已有醉意。其傍丹桂二亩，皆盛开，多栾枝，芳气尤不可耐。携壶度石梁，登姑苏后台，跻攀勇往，谢去巾舆筇杖，石棱草滑，皆若飞步。山顶正平，有坳堂藓石可列坐，相传为吴故宫闲台别馆所在。其前湖光接松陵，独见孤塔之尖。少北，墨点一螺为崑山。其后西山竞秀，萦青丛碧，与洞庭、林屋相宾。大约目力逾百里，具登高临远之胜。始余使虏，是日过燕山馆，赋水调，首句云："万里汉家使。"后每自和。桂林云："万里汉都护。"成都云："万里桥边客。"明年，徘徊药市，颇叹倦游，不复再赋。但有诗云："年来厌把三边酒，此去休哦万里词。"今年幸甚，获归故园，偕邻曲二三子，酶酢佳节于乡山之上，乃复用旧韵

万里吴船泊，归访菊篱秋。（下缺）

（以上见《澄怀录》卷下）

醉落魄

栖乌飞绝，绛河绿雾星明灭[①]。烧香曳簟眠清樾。花久影吹笙，满地淡黄月。　好风碎竹声如雪，昭华三弄临风咽[②]。鬓丝撩乱纶巾折。凉满北窗，休共软红说[③]。

［注释］

①绛河：银河。　②昭华：乐器名，玉管。此指笙。　③软红：都市繁华。宋苏轼《同韵蒋颖叔钱穆父从驾景灵宫》之一："半白不羞垂领发，软红犹恋属车尘。"自注："前辈戏语，有西湖风月，不如东华软红香土。"

［集评］

俞陛云云："'淡黄月'句已颇清新，更有吹笙人在花影中，风情绝妙。"(《唐五代两宋词选释》)

朝中措

长年心事寄林扃[①]，尘鬓已星星。芳意不如水远，归心欲与云平。　　留连一醉，花残日永，雨后山明。从此量船载酒，莫教闲却春情。（以上二首见《绝妙好词》卷一）

［注释］

①林扃：扃，误，当为坰。林坰，林野。

［集评］

俞陛云云："'芳意'二句较唐人'水流心不竞'、'云在意俱迟'句同就云水写怀，而别有意味。"(《唐五代两宋词选释》)

水龙吟

寿留守[①]

仙翁家在丛霄，五云八景来尘表[②]。黄扉紫闼[③]，化钧高妙[④]，风霆挥扫。漠北寒烟，峤南和气[⑤]，笑谈都了。自玉麟归去[⑥]，金牛再款[⑦]，却回首、人间少。　　天与丹台旧籍[⑧]，笑苍生、祝公难老[⑨]。春葩秋叶，暄寒易变，壶天长好[⑩]。物外新闻，凤歌鸾翥，龙蟠虎绕[⑪]。想如心高会，寒霜夜永，尽横参晓[⑫]。

（《截江网》卷四）

［注释］

①留守：古代帝王巡幸、出征时，以亲王或重臣镇守京师，得便宜行

事，称京城留守。其他行部、陪都亦有常设或间设留守者，多以地方官兼任。见《文献通考·职官·留守》。据孔凡礼《范成大年谱》此为他人寿范成大者。漠北、峤南皆范公经历，无他人可当。　②五云：五色祥云。北宋仁宗时，韩琦中进士，名列第二。唱韩琦名时，太史奏太阳观五色祥云，后琦任至宰相。参阅《宋史·韩琦传》。　景：同“影”。　③黄扉紫闼：宰相官府。　④化钧：天工造化。　⑤峤南：岭南。　⑥玉麟：喻国家重臣。典出《隋书·樊子盖传》：“隋文帝造玉麟符赐重臣樊子盖，使之可便宜行事。”　⑦金牛：谓祥瑞之器。《瑞应图》：“金牛，瑞器也。王者土地开辟，则金牛至。”　款：至。　⑧丹台：神仙居所。　⑨祝公：即祝鸡翁，传说中善养鸡的仙人。　⑩壶天：道家所称仙境。　⑪“凤歌”二句：言书法笔势飞舞回旋，宕荡多姿。《晋书·王羲之传·论》：“观其点曳之工，裁成之妙……凤翥龙蟠，势如斜而反直。”又《唐会要·书法》：“今见圣迹，兼绝二王，凤翥鸾回，实古今圣书。”　翥（zhū）：飞举。　⑫尽横参晓：言夜尽晓来。参横，参星已落，形容夜深。

满江红

山绕西湖，曾同泛、一篙春绿。重会面、未温往事，先翻新曲。劲柏乔松霜雪后，知心惟有孤生竹。对荒园、犹解两高歌，空惊俗。　　人更健，情逾熟。樱共柳，冰和玉[①]。恐相逢如梦，夜阑添烛[②]，别后书来空怅望，尊前酒到休拘束。笑箪瓢[③]、未足已能狂，那堪足。

（《永乐大典》卷二千二百六十六“湖”字韵引《范石湖大全集》）

［注释］

①“樱共柳”二句：樱、柳皆于春季发芽抽叶，冰、玉澄明洁净质亦相仿，谓其人脾性、襟怀相类，情趣相投。　②“恐相逢”二句：用杜甫《羌村》“夜阑更秉烛，相对如梦寐”诗意。　③箪瓢：喻生活清贫。《论语·雍也》：“子曰：‘贤哉，回也。一箪食，一瓢饮，在陋巷。人不堪其忧，回也不改其乐。’”

水调歌

人　日[①]

元日至人日，未有不阴时。新年叶气[②]，无处人物不熙熙。万岁声从天下，一札恩随春到，光采动天鸡[③]。寿域遍寰海，直过雪山西。　忆曾预，宣玉册[④]，捧金卮。如今万里，魂梦空绕五云飞。想见大庭宫馆[⑤]，重起三山楼观[⑥]，双指赭黄衣[⑦]。此会古无有，何止古来稀。

（《永乐大典》卷三千零零一"人"字韵引《石湖词》）

[注释]

①人日：农历正月初七。　②叶气：祥和之气。　③天鸡：传说中天上神鸡，晋郭璞《玄中记》："桃都山有大树曰桃都，枝相去三千里，上有天鸡。日出照木，天鸡即鸣，天下鸡皆鸣。"　④玉册：玉制之简册。宋皇帝以玉册用于封禅、祭告，也有册命亲王大臣之制。见《宋史·礼志》七、十四。　⑤大庭：朝庭。　⑥三山：此指皇宫。唐高宗建宫殿名蓬莱，后以"蓬莱"泛指帝王宫殿，并以"三山"通称。　⑦双指赭黄衣：言面圣。双指，即双引。此言己之身份。宋制学士以上有朱衣吏一人引马，至入两府（中书省、枢密院），由朱衣二人引马。见宋魏泰《东轩笔录》二。　赭黄衣：帝王之衣，指帝王。

浣溪沙

江村道中

十里西畴熟稻香，槿花篱落竹丝长[①]。垂垂山果挂青黄。　浓雾知秋晨气润，薄云遮日午阴凉。不须飞盖护戎装。

（《永乐大典》卷三千五百七十六"村"字韵引《范石湖大全集》）

［注释］

①槿花：即木槿花，朝开夕凋。木槿常植以为篱。

破阵子

祓　禊[1]

漂泊天隅佳节，追随花下群贤。只欠山阴修禊帖，却比兰亭有管弦[2]。舞裙香未湔[3]。　泪竹斑中宿雨，折桐雪里蛮烟。唤起杜陵饥客恨，人在长安曲水边[4]。碧云千叠山。

（《永乐大典》卷一万三千九百九十三“禊”字韵引《范石湖大全集》）

［注释］

①祓（fú）禊：古俗，三月上巳日至水滨濯去宿垢，祓除不祥。　②“只欠”二句：用晋王羲之兰亭修禊事。晋穆帝永和九年，王羲之与谢安诸名士聚会会稽山阴之兰亭，修祓禊之礼。羲之作《兰亭集序》：“虽无丝竹管弦之盛，一觞一咏，亦足以畅叙幽情。”　③湔（jiān）：洗涤。　④“人在”句：本杜甫《丽人行》“三月三日天气新，长安水边多丽人”。

鹧鸪天

席上作

楼观青红倚快晴，惊看陆地涌蓬瀛[1]。南园花影笙歌地，东岭松风鼓角声。　山绕水，水萦城。柳边沙外古今情[2]。坐中更有挥毫客，一段风流画不成。

（《永乐大典》卷二万零三百五十三“席”字韵引《范石湖词》）

［注释］

①蓬瀛：海上三神山。晋王嘉《拾遗记·高辛》：“三则海中三山也。

一曰方壶，则方丈也；二曰蓬壶，则蓬莱也；三曰瀛壶，则瀛洲也，形如壶器。”　②柳边沙外：本秦观《千秋岁》首句“水边沙外，城郭春寒退”。

酹江月

浮生有几，叹欢娱常少，忧愁相属。富贵功名皆由命，何必区区仆仆[①]。燕蝠尘中[②]，鸡虫影里[③]，见了还追逐。山间林下，几人真个幽独。　谁似当日严君[④]，故人龙衮，独抱羊裘宿。试把渔竿都掉了，百种千般拘束。两岸烟林，半溪山影，此处无荣辱。荒台遗像，至今嗟咏不足。

（《钓台集》卷六）

［注释］

①区区仆仆：烦猥貌。　②燕蝠尘中：用“燕蝠争”故事：燕以日出为旦，日入为夕。蝙蝠以日入为旦，日出为夕。争之不决，诉之百鸟之王凤凰。适逢凤凰渴睡，不得往逢。见宋朋九万《东坡乌云诗集·寄周颁诸诗》。燕蝠之争，比喻无意义的争扰纠纷。　③鸡虫影里：喻细微之得失。典出唐杜甫《杜工部诗史补遗·缚鸡行》：“小奴缚鸡向市卖，鸡被缚急相喧争。家中厌鸡食虫蚁，不知鸡卖还遭烹。虫鸡于人何厚薄，吾令奴人解其缚。鸡虫得失无了时，注目寒江倚山阁。”　④严君：严光，字子陵，会稽馀姚人。少与光武帝刘秀同学，有高名。秀称帝，光变姓名隐遁。秀派人觅访，后齐国上言有一男了披羊裘钓泽中，秀疑其光，遣使征召，授谏议大夫，终不受，隐于富春山。后人称其所居之地为严陵钓台。见《后汉书·逸民传》。

水调歌头

万里筹边处[①]，形胜压坤维[②]。恍然旧观重见，鸳瓦拂参旗[③]。夜夜东山衔月，日日西山横雪，白羽弄空晖[④]。人语半霄碧，惊倒路旁儿。　分弓了，看剑罢，倚阑时。

苍茫平楚无际，千古锁烟霏。野旷岷嶓江动[5]，天阔崤函云拥[6]，太白暝中低[7]。老矣汉都护[8]，却望玉关归。

（《全蜀艺文志》卷二十五）

［注释］

①筹边处：唐时李德裕曾于四川成都西郊建筹边楼，四壁画边地险要，日与治边事者筹画其上。宋淳熙中范成大重建。 ②坤维：大地之西南方，曰坤维。 ③鸳瓦：屋瓦，因一反一正两两相对故名鸳瓦。 ④白羽：指执白羽扇从容指挥的儒将风度。晋裴秀《语林》："诸葛武侯乘素舆，葛巾白羽扇，指挥三军。" ⑤岷嶓（bō）：岷江与嶓江在四川中部，源于岷山，至宜宾入长江。嶓江即西汉水，发源于甘肃嶓冢山。 ⑥崤函：关名，即函谷关，在今河南灵宝县。东自崤山，西至潼关，地势深险。张衡《西京赋》："左有崤函重险，桃林之塞。" ⑦太白：即金星，一名启明星。 ⑧汉都护：汉代称守边之将领。

木兰花慢

送郑伯昌[1]

古人吾不见，君莫是、郑当时[2]。更筑就山房，躬耕谷口，名动京师。诸公任他衮衮，与杜陵野老共襟期。有客至门先喜，得钱沽酒何疑[3]。 昔年连辔柳边归。陈迹恍难追。况种桃道士，看花才子[4]，回首皆非。相逢故人问讯，道刘郎去久无诗[5]。把做一场春梦，觉来莫要寻思。

（《古今图书集成·交谊典》卷七十七《饯别部》）

［注释］

①郑伯昌：未详。 ②郑当时：字庄，以任侠声闻梁楚间。汉武帝时为大农令。客至，无贵贱俱留之。《史记》、《汉书》皆有传。 ③"诸公"四句：用杜甫《醉时歌》诗意。 ④"况种桃"二句：喻人事沧桑。唐刘禹锡元和十年从贬地被召回京，游玄都观赋诗："玄都观里桃千树，尽是刘郎

去后栽。”见《元和十年由朗州承召至京,戏赠看花诸君子》。十四年后,旧地重游,再赋新诗:“种桃道士归何处,前度刘郎今又来。”见《再游玄都观》。 ⑤唐氏按:“去”字上下缺一字。

【补 辑】

鹧鸪天①

仗下仪客笔下文②,天风驾鹤住仙真③。榴花三日迎端午,蕉叶千春纪诞辰④。 经国志⑤,立朝身。暂烦高手活吴民。明朝莫遣书丹篆,怕引新符刻玉麟。

[注释]

①孔凡礼按:本词,《诗渊》谓为“宋范大成”作。查《诗渊》其他各册,引成大诗作,亦偶有署“宋范大成”作者,其诗作即见今《石湖诗集》。又,本词“暂烦高手活吴民”云云,似为成大寿平江守而作,以平江乃成大之乡郡也。“大成”疑为“成大”之误。下词《洞仙歌》,《诗渊》亦谓为“宋范大成”作。今均系于范成大之名下。自《西江月》以下各词,《诗渊》皆谓“宋范成大”作。 ②孔凡礼按:“客”当作“容”之误。 ③驾鹤:相传古仙人子安曾驾鹤过鄂州南楼,见《齐谐志》。 ④蕉叶:酒杯。 ⑤国:原作“圀”,乃古“国”字。

洞仙歌

碧城风物,有湖中天地。长笑羲娥不停轨①。记蟠桃枝上,金母嗔尝②,回首处,还又三千岁矣。 料仙人拊顶,曾授长生,名在云琼赐书里。懒上郁萧台,应厌高寒,飘然下,赤城游戏③。且山泽留连作臞仙④,不要管蓬莱海中尘起。

［注释］

①羲娥:古神话中羲和为日御,嫦娥为月御,后以羲娥指日月。 ②“记蟠桃”二句:用东方朔窃桃事。《汉武故事》:“西王母降,出桃七枚,自啖二枚,五枚与帝,帝留核欲种,母曰:‘此桃三千年一开花,三千年一结实。’指东方朔曰:‘此桃三熟,此儿已三偷。’” ③赤城:道教传说中山名。《初学记·登真隐诀》:“赤城山下有丹洞,在三十六洞天数,其山足丹。” ④臞(qú)仙:出《汉书·司马相如传》“相如以为列仙之儒居山泽间,形容甚臞”。臞,消瘦。

西江月

樱笋园林绿暗,槐榆院落清和。年年高会引笙歌,戏彩人随燕贺[①]。 一笑难逢身健,十分休惜颜酡[②]。还将瓜枣送金荷[③],遍照金章满座[④]。

［注释］

①戏彩:相传老莱子行年七十,父母犹存,常身着五色彩衣,卧地为小儿啼,嬉戏以娱双亲。后常以“斑衣戏彩”作孝养父母至老不衰之典。燕贺:犹宴贺。 ②颜酡(tuó):喻青春年少。 酡:红。 ③瓜枣:仙枣。用以祝颂长生不老。汉方士传说,海上仙人安期生,食枣大如瓜。见《史记·封禅书》。 金荷:即金荷叶。金制莲叶形的杯皿。 ④金章:金印。借指贵人。据《汉书·百官公卿表》,三公彻侯皆金印紫绶。

临江仙

功行三千宜五福,长生何假金丹。从教沧海又成田。琼枝春不老,璧月夜长妍。 上界从来官府满,何妨游戏人间。年年强健到樽前。莫辞杯潋滟,君是酒中仙[①]。

[注释]

①酒:《全宋词》作“饮”,疑误。

鹧鸪天[①]

绣户当年瑞气充,紫阳驾鹤下天风[②]。万山秀色浑钟尽,六月炎光一洗空。 蕉叶满,彩衣重。刻符持节尽人雄。坐中金母欣馀庆,劝醉周公劝鲁公[③]。

[注释]

①孔凡礼按:原调作《瑞鹧鸪》,误,今改。 ②紫阳:即紫阳真人,道家传说,汉周义山字季通,入蒙山遇羡门子,得长生要诀,乘云驾龙,白日升天。见《云笈七签·紫阳真人周君内传》。 ③周公:即周公旦,辅助武王灭纣。武王崩,周公摄政,东征平乱,灭国五十,奠定东南,遂定官制、创礼法。周之文物,因以大备。见《史记·鲁周公世家》。后世常以周公指代理想的君主、政治家。 鲁公:周公旦之子伯禽又称鲁公。

满江红

天气新晴,寻昨梦,池塘春早[①]。雨过湔裙,水上柳丝风袅。却忆去年今日,桃花人面依前好[②]。怪今年、酒量却添多,银杯小。 谁劝我,玉仙倒[③]。催细抹[④],翻新调,渐金狎压锦[⑤],喷首云绕。笼柏飞来双翠袖,弓弯内样人间少。为留连、春色伴山翁,都休老。

[注释]

①“池塘”句:脱意于谢灵运《登池上楼》“池塘生春草,园柳变鸣禽”。②“却忆”二句:唐崔护尝于清明游长安城南,见一女子依桃伫立,而意属殊厚。来岁清明,崔又往寻之,则门户无人,因题诗于扉:“去年今日此门中,人面桃花相映红。人面不知何处去,桃花依旧笑春风。”见唐孟棨《本

事诗·情感》。 ③玉仙倒:“仙”,疑为“山”。玉山倒,喻人之醉态。《世说新语·容止》:“嵇叔夜(康)之为人也,岩岩若孤松之独立。其醉也,傀俄若玉山之将崩。” ④细抹:轻按。 抹:奏弦乐的一种指法。唐白居易《琵琶行》:“轻拢慢捻抹复挑,初为霓裳后六幺。” ⑤金狎:“狎”疑误,当为“猊”。金猊:狻猊状香炉,燃香于腹中,香烟自口出。

清平乐

降嵩储昴[1],仙驭来尘表。身佩安危人不老,化国风光长好。　功名南北天涯,欢声蛮峤胡沙[2]。草木何□□露,小春桃李都花。

[注释]

①“降嵩”句:祝颂之词,表示生了有贤德才智的辅国大臣。 降嵩:典出《诗经·大雅·崧高》“崧高维岳,骏极于天。维岳降神,生甫及申”。毛传:“岳降神灵和气,以生申甫之大功。” 储昴:相传汉相萧何为昴星之精降生。 ②蛮峤胡沙:泛指华夏中原民族以外的少数民族。 峤:峤南,即岭南。

清平乐

何须轻举,上界多官府。身似灵光长镇鲁[1],俯仰人间今古。　雨馀帘卷江流,朱颜流映琼舟。不假岗陵□寿[2],西山低似西楼。

(以上八首俱见《诗渊》第二十五册,引自孔凡礼《全宋词补辑》)

[注释]

①“身似”句:“鲁灵光殿者,盖景帝程姬之子恭王余之所立也……遭汉中微,盗贼奔突,自西京未央,建亭之殿皆见隳坏,而灵光岿然独存。”见汉王延寿《鲁灵光殿赋序》。 ②孔凡礼按:“□”原缺,据律补。

存目词

调名	首句	出处	附注
菩萨蛮	春城办得红蕖了	《历代诗馀》卷九	陈三聘词,见和石湖词
朝中措	草堂春过一分馀	《历代诗馀》卷十七	同上

游次公

游次公，字子明，号西池，建安（今属福建）人。范成大帅桂林，次公以文章见知，参内幕。曾为安仁令。淳熙十四年（1187）通判汀州。

贺新郎[①]

宫　词

暖霭浮晴籞[②]。锁垂杨、笼池罩阁，万丝千缕。池上晓光分宿雾，日近群芳易吐。寻并蒂、阑干凝伫。不信钗头飞凤去[③]，但宝刀、被妾还留住。天一笑，万花妒[④]。
阿娇正好金屋贮[⑤]。甚西风、易得萧疏，扇鸾尘土[⑥]。一自昭阳扃玉户[⑦]，墙角土花无数[⑧]。况多病、情伤幽素。别殿时闻箫鼓奏[⑨]，望红云、冉冉知何处。天尺五，去无路。

（《后村先生大全集》卷一百七十四）

[注释]

①《词苑萃编》卷十三《游次公词》云："范石湖坐上，客有谭班婕妤事者，公与客约赋词。游次公子明倚《金缕曲》先成，公不复作，众亦敛手。"班婕妤，汉班况女，成帝选入后宫，大幸，为婕妤，后为赵飞燕所谗，自求供养太后于长信宫以避祸，作赋自伤，辞哀甚。　②籞（yù）：禁苑，指皇宫。　③钗头凤去：指分离。　宝刀：《南史·陈文帝纪》记文帝为临川王，曾梦梁文帝以宝刀相授，不久即为帝。词中喻君王。　④"天一笑"二句：隐喻得君王专宠，为众妃妒恨。天，喻君王。　⑤阿娇：汉武帝刘彻姑母长公主之女，陈姓。传武帝四岁时，封为胶东王，长公主抱置膝上，问曰："儿欲得妇否？"武帝答："欲得妇。"长公主又问："欲得阿娇否？"武帝答曰："若得阿娇作妇，当作金屋贮之。"　⑥扇鸾尘土：喻虚假。　⑦昭阳扃玉户：指赵飞燕专宠。昭阳，宫殿名。汉武帝后宫八区有昭阳殿，成帝时飞燕居此。　⑧"墙角"句：隐示失宠而门庭冷落。土花，青苔。　⑨别

殿:便殿,别于正殿而言,词中指昭阳殿。

卜算子

风雨送人来,风雨留人住。草草杯柈话别离[①],风雨催人去。　　泪眼不曾晴,眉黛愁还聚[②]。明日相思莫上楼,楼上多风雨。　　(《后村先生大全集》卷一百七十六)

[注释]

①杯柈:杯盘。柈,通"盘"。　②眉黛:指眉。古时女子多以黛画眉,故称。

满江红[①]

云接苍梧[②],山莽莽、春浮泽国。江水涨、洞庭相近,惭惊空阔。江燕飘飘身似梦[③],江花草草春如客[④]。望渔村、樵市隔平林,寒烟色。　　方寸乱[⑤],成丝结。离别近,先愁绝。便满篷风雨,橹声孤急。白髪论心湖海暮[⑥],清樽照影沧浪窄。看明年、天际下归舟,应先识[⑦]。

(《诗人玉屑》卷二十一)

[注释]

①据《中兴词话·游寒岩》,"寒岩游子明,送范制置成大入蜀,'云接苍梧……'其间词语精绝"。由上可知,此词当为送范成大入蜀之作。②苍梧:山名,又名九疑,相传舜死葬此,山在湖南宁远县南。　③飘飘:飘忽同,不定。　④草草:犹匆匆。　客:过客。　⑤方寸:指心。《三国志·蜀书·诸葛亮传》记曹操获徐庶母,庶辞刘备而指其心曰:"本欲与将军共图王霸之业者,以此方寸之地也。今已失老母,方寸乱矣,无益于事,请以此别。"　⑥白髪论心:晚年而成知交。　⑦"看明年"二句:本谢朓《之宣城郡出新林浦向板桥》"天际识归舟,云中辨江树"。

贺新郎

月　夜

斗柄回秋律[①]。素蟾飞、冰霜万里，满川金碧。得月偏多何处是，惟有桥南第一。正野迥、西风寒寂。丹桂婆娑疏影在，想微瑕、未累千金璧[②]。河汉远，澹无迹。

知君有句酬佳夕。尽高歌、胡床自倚[③]，露涛珠溢。坐到参横星欲暗[④]，隐隐天低似笠。但络纬、悲啼催织[⑤]。吟咏凄凉翻有恨，谅知音、人远空追忆。谁为置，郑庄驿[⑥]。

[注释]

①秋律：古人以十二音配十二月，秋律即秋季。　②微瑕：指圆月上的阴影。　千金璧：指明月。　③胡床：一种可以折叠的轻便坐具，也称交椅、交床、绳床。　④参横：参星调角，形容夜深。　⑤络纬：即莎鸡，俗称纺织娘。　⑥郑庄驿：郑当时，字庄。《汉书·郑当时传》记，郑庄孝景时，尝为太子舍人，每五日洗沐，常置驿马四郊，存问故人，唯恐不遍，为时人视为孟尝君一流人物。明人潘纬有《送友人北游》诗："经过郑庄驿，好问孟尝门。"

满江红

丹青阁[①]

一舸归来，何太晚、鬓丝如织。谩叹息、凄凉往事，尽成陈迹。山迫暮烟浮紫翠，溪摇寒浪翻金碧。看长虹、渴饮下青冥，危栏湿。　　谁可住，烟萝侧。俗士驾，当回勒[②]。伴岩扃，须是碧云仙客。风月已供无尽藏[③]，溪山更衍清凉国[④]。恨谪仙、苏二不曾来[⑤]，无人说。

（以上二首见《中兴以来绝妙好词选》卷四）

[注释]

①丹青阁:阁名,从词意看当在建康(今江苏南京)。 ②"俗士驾"二句:南朝齐孔稚珪《北山移文》讽刺周颙表面退隐山泉,实则趋名嗜利,训斥他为假隐士真俗客。其文结处写北山林石拒绝周颙过境:"请回俗士驾,为君谢逋客。" ③无尽藏:本为佛家语,意谓佛法广大无边,作用于万物,无穷无尽。后称用之无穷尽者为无尽藏。宋苏轼《前赤壁赋》:"惟江上之清风,与山间之明月,耳得之为声,目遇之而成色;取之无禁,用之不竭,是造物之无尽藏也。" ④"溪山"句:唐陆龟蒙残句有"溪山自是清凉国,松竹分封潇洒侯"。 ⑤谪仙:指唐李白。贺知章曾赞李白为"谪仙人"。 苏二:指宋苏轼。苏氏一家在文学上都极有成就,后人称苏洵为老苏,轼为大苏,辙为小苏,合称三苏。

赵磻老

赵磻老，生卒不详，字渭师，东平（今山东济宁、东平一带）人。绍兴三十年（1160）曾为宝应县主簿。乾道九年（1173）自尚书吏部员外郎除直秘阁知庐州。淳熙二年（1175）任两浙路转运副使。四年，工部侍郎知临安府，后放罢，送饶州居住。有《拙庵词》一卷。

满江红

见说春时，新波涨、二川溶溢。今底事、沙痕犹褪，石渠悭碧。人意不须长作解，兴来便向杯中觅。纵茂林修竹记山阴[1]，千年一。　　薰吹动[2]，春工毕。桥上景，壶中日。况梅肥笋嫩，雨微鱼出。只恐延英催入觐，不教绿野长均逸。任多情、胡蝶满园飞，狂纵踪。

[注释]

①茂林修竹记山阴：东晋永和九年（353）三月三日，王羲之偕其友人四十一人宴集会稽山阴之兰亭修禊，王作《兰亭集序》，中有“此地有崇山峻岭，茂林修竹”之句。　②薰风：和风，初夏时的东南风。

满江红

用前韵

西郭园林，湖光净、暮寒清溢。明月上，近环山翠，远摇天碧。粉泽兰膏违俗尚，岩花磴蔓从谁觅。问近来、铛脚许何人[1]，吾其一。　　欢乐事，休教毕。经后夜，思前日。想无心不竞，水流云出。物外烟霞供啸咏，个中鱼鸟同休逸。又何须、浮海访三山，寻仙迹。

[注释]

①铛脚:唐高祖时,薛大鼎迁浩州刺史,时郑德本为瀛州刺史,贾敬颐为冀州刺史,皆有治名,河北称"铛脚刺史"。铛,有三足之容器。

满江红

潇洒星郎,吹绿鬓、胜游霞举[①]。秋又半,月磨云翳,籁传风语。太一青藜光对射[②],中流荡漾莲舟舞。戏人间、今夜水精宫,前无古。　吾家是,蓬山侣。歌舞袖,蘋花渚。拟问津斜汉[③],乘槎南浦。谒帝通明今得便[④],素娥拍手心先许。笑画阑、三十六宫秋,花如土[⑤]。

[注释]

①"星郎"三句:"馆陶公主为子求郎,不许,而赐钱千万,谓群臣曰:'郎官上应列宿,出宰百里,有非其人,则民受其殃。'"见《后汉书·明帝纪》。后因称郎官为星郎。　霞举:喻山峰高耸,《水经注·涞水》:"方岭云廻,奇峰霞举。"　②"太一"句:"刘向于成帝之末,校书天禄阁,专精覃思。夜有老人,着黄衣,植青藜杖,登阁而进,见向暗中独坐诵书。老父乃吹杖端,烟然,因以见向,说开辟已前。向因受《洪范五行》之文,恐辞说繁广忘之,乃裂裳及绅,以记其言。至曙而去,向请问姓名,云:"我是太一之精,天帝闻金卯之子博学者,下而视焉。'"见《拾遗记》卷六。　太一青藜:词中指天上太一星。　③问津斜汉:询问天上银河的渡口。　④通明:通明殿,传说中天上的神殿。　⑤"笑画阑"二句:笑人生短促,变幻无常。唐李贺《金铜仙人辞汉歌》:"茂陵刘郎秋风客,夜闻马嘶晓无迹。画阑桂树悬秋香,三十六宫土花碧。"

念奴娇

中秋垂虹和韵[①]

冰蟾驾月,荡寒光、不见层波层碧。几岁中秋争得似，云卷秋声寂寂。多谢星郎，来陪贤令，快赏鳌峰极[2]。广寒宫近，素娥不靳馀力。　　夜久露落琼浆，神京归路，有云翘前迹。当日仙人曾驭气[3]，只学神交龟息[4]。今夜清尊，一齐分付，稳是乘槎客。天津重到，霓裳何似闻笛。

[注释]

①垂虹：江苏吴江县东有长桥，桥有七十二孔，其上有亭，名垂虹亭，桥名垂虹桥，为赏月佳处，宋时名士多有题咏之作。　②鳌峰：旧以鳌山为神仙所居，常以此指仙境翰苑。　③驭气：犹御风，《庄子·逍遥游》曾谓神仙列子“御风而行，泠然善也”。　④神交：犹神游，道家所谓精神或梦魂往游。　龟息：道家语，谓呼吸调息如龟，不饮不食而能长生。

水调歌头

和平湖

梅仙了无讼[1]，拄笏看西山。山涵秋晓，水光磨荡有无间。自是灵襟空洞，更望风云吞吐，浩渺白鸥闲。高诵远游赋[2]，独立桂香阑。　　谩常谈，如观水，要观澜。物情长在，人生何用苦求难。随我一觞一咏[3]，任彼非元非白[4]，唯放酒杯宽。富贵傥来事[5]，天道管知还。

[注释]

①唐氏按：“讼”，四印斋本作“语”。　②远游赋：《远游赋》旧题为屈原所作，内容带有浓厚的虚无求仙思想。　③一觞一咏：本东晋王羲之《兰亭集序》“虽无丝竹管弦之盛，一觞一咏，亦足以畅叙幽情”。　④非元非白：指贬斥之辞。元，同“玄”。　⑤傥来事：无意中得来的东西。

永遇乐

寿叶枢密[①]

香雪堆梅，绣丝蹙柳，仙馆春到。午夜华灯，烘春艳粉，月借今宵好。衮衣摇曳[②]，簪缨闲绕，共祝大椿难老。望台躔[③]、明星一点，冰壶表里相照。　诞弥令节[④]，欣欣物态，共喜重生周召。八鼎勋庸[⑤]，九夷姓字，策杖孤鸿杳。鸦啼鹊噪，兰馨松茂，把酒共春一笑。管如今、盐梅再梦[⑥]，夜铃命诏。

［**注释**］

①叶枢密：此词以及下列《醉蓬莱》几首都是为叶枢密祝寿致贺之作。从内容看，所称叶枢密当为叶衡。衡字梦锡，曾为参知政事、右丞相兼枢密使，曾被汤邦彦所谮罢相贬郴州，后汤邦彦得罪夺职，叶衡诏复原官。　②衮衣：帝王及上公绣龙的礼衣，词中的下句“簪缨”皆指名公大臣。　大椿：长寿之大树。《庄子·逍遥游》：“上古有大椿者，以八千岁为春，八千岁为秋。”　③台躔：指三台星。古以三台比三公。躔，本指日月五星运行的轨迹，词中指三台所在位置，喻指叶枢密。　冰壶：盛冰的玉壶，常以喻人品行玉洁冰清。　④诞弥令节：生日佳节。古时以生日满月为诞弥。　⑤八鼎勋庸：公卿的功绩。古祭礼，士用三鼎祭，大夫用五鼎。八鼎，极言地位之高。　⑥盐梅：盐和梅为调味品，常用以喻治理国家。《尚书·说命下》：“若作和羹，尔唯盐梅。”此原为殷高宗命傅说为相之辞，后常以此指宰相或职权相当于此之大臣。相传殷高宗因梦而得傅说，“再梦”即据此。

醉蓬莱

同　前

听都人歌咏，便启金瓯，再登元老[①]。山色溪声，与春风齐到。补衮工夫[②]，望梅心绪，见丹青重好。鹊噪晴空，灯迎诞节，槐堂欢笑。　正是元宵，满天和气，壁月流光，雪消寒峭。今夜今年，表千年同照。万象森罗，一奁清莹，影山河多少。玉烛调新[3]，彩眉常喜，寰瀛春晓。

[注释]

①"听都人歌咏"三句：颂叶枢密复职。金瓯：黄金所铸之瓯。唐李德裕《明皇十七事》："上命相，先以八分书姓名，以金瓯覆之。"后因称命相为"瓯卜"。"启金瓯"即正式公布任命。　②补衮：古时帝王衣衮龙之衣，故称补救、规谏帝王过失、辅佐国君为"补衮"。　望梅：与"补衮"相对，指希望得到贤人辅助。　③玉烛：四季气候调和称"玉烛"，意谓人君德美如玉，可致四时和气之祥。　彩眉：本《新论·命相》"尧眉八彩"。传尧寿一百十六岁，故常以彩眉颂长者。

醉蓬莱

同　前

记青蛇感异[1]，后日扶颠[2]，太平人瑞。壮岁弹冠[3]，有经邦高志。晚上文墀[4]，载严霜简[5]，便云龙交际。紫极旋枢[6]，金蝉映衮，乾坤开霁。　底事当时，饮江胡马，一望云旗，倒戈投贽[7]。此片丹心，几风声鹤唳[8]。烟息尘收，水明山丽，只五湖相记[9]。今夜华灯，火城信息[10]，千年荣贵。

[注释]

①青蛇感异：当指叶枢密诞生前的异兆，其事不详。　②扶颠：本《素书》"亲仁友直所以扶颠"。词中意为出任高官，辅佐国君。　③弹冠：本《汉书·王吉传》"吉与贡禹为友，世称'王阳在位，贡公弹冠'，言其取舍同也"。后常以此指准备出仕。　④文墀：指庙堂、朝庭。墀，殿上空地。⑤霜简：亦称"白简"，御史弹劾奏章，词中指任职御史台。　⑥旋枢：指除枢密院事。枢，枢府，指枢密院。　⑦"饮江"三句：谓叶枢密声威所及，南侵金兵望风披靡。　⑧风声鹤唳：指使敌人心慌意乱。淝水战败，苻坚仓

惶北逃,闻风声鹤唳,皆以为晋兵已至。事见《晋书·谢玄传》。 ⑨五湖:泛指江湖。 ⑩火城:朝会时的火炬仪仗。唐李肇《国史补》:“每元日、冬至立仗,大官皆备珂伞,列烛有至五六百炬者,谓之火城。宰相火城至,则众火皆扑灭以避之。

鹧鸪天

同 前

堂上年时见烛花[①]。青毡还入旧时家[②]。芝函瑞色回春早,绿野东风转岁华。 催召传,稳铺沙[③]。罍尊今日枣如瓜。诞辰更接传柑宴[④],莲炬通宵唤草麻[⑤]。

[注释]

①烛花:烛心结为穗形曰烛花,民间以为吉祥之兆。 ②青毡:用王献之典。《晋书·王羲之传附王献之》:“夜卧斋中,而有人入其室,盗物都尽。献之徐曰:‘偷儿,青毡我家旧物,可特置之。’群偷惊走。”后因以此指士宦人家旧物。词中当指官复原职。 ③铺沙:唐时拜相,府县令民载沙铺路,从宰相私邸铺到子城东街,成为故事。词中指拜相。 ④传柑:北宋时上元夜于宫中宴近臣,贵戚宫人得以黄柑相遗,谓之“传柑”。⑤草麻:起草诏书。 按:唐制用黄麻纸书诏,故有此称。

鹧鸪天

同 前

白日青天一旦明,旧时勋业此时情。延英再许裴公对[①],商鼎须调傅说羹[②]。 千万载,辅宗祊[③]。擎天八柱愈峥嵘。将军犁却龙庭后,岁傍鳌山奏太平。

[注释]

①裴公:指唐裴度。度初以功封晋国公,入知政事,功高持正,不为朝

臣所喜，曾数起数罢。词中借指叶衡罢而复职事。　②商鼎：武丁欲立傅说为相，曾说："若作和羹，尔唯盐梅。"谓治理国家如调鼎中之味，须使之协调。事见《尚书·说命下》。后因以"调鼎"喻称宰相职责。词中谓国家需要叶来协助治理。商鼎，禹铸九鼎，以象九州，成汤时迁于商邑，因称。九鼎象征国家政权，"商鼎"指商政权。　傅说：商王武丁之相，因得之傅岩，遂以傅为姓。　③宗祊（bēng）：宗庙，指国家。

生查子

答洪丞相谢送小冠①

章甫不如人②，翠绾垂杨缕。纤手送来时，罗帕缄香雾。　貂蝉懒上头③，渭水知何处④。风月共垂竿，脱帽须亲付。

[注释]

①洪丞相：指洪适。适于乾道元年（1165）五月迁翰林学士，仍兼中书舍人，后拜尚书右仆射同中书门下平章事，兼枢密使。　②章甫：礼帽，即缁布冠。　③貂蝉：貂蝉冠，古时王公显贵官冠上之饰物有貂尾蝉羽，因称。　④渭水：用吕望事。吕望未仕周前隐渭水垂钓。唐李白《上之回》："岂向渭川老，宁邀襄野童。"词指隐居处。

生查子

洪舍人用前韵索冠答谢，并以冠往

朝路进贤归，厌听歌金缕①。不恋玉堂花②，豹隐南山雾③。　漉酒未巾时④，暑槛披风处⑤。子夏不兼人⑥，并与诗筒付。

[注释]

①金缕：金缕衣，古曲调名。　②玉堂：常为宫殿的美称。唐以后，翰

林院也称“玉堂”,词中即指翰林院。 ③《列女传·陶答子妻》:“妾闻南山有文豹,雾雨七日而不下食者何也?欲以泽其毛而成文章也,故藏而远害。犬彘不择食以肥其身,生而须死耳。”后常以之指隐居,珍惜自身的品格,不为物欲所惑。词中即此意。 ④“漉酒”句:未到以巾漉酒时。梁萧统《陶渊明传》:“郡将常候之,值其酿熟,取头上葛巾漉酒,漉毕还复著之。” ⑤“暑槛”句:用晋陶渊明《与子俨等疏》“常言五六月中,北窗下卧,遇凉风暂至,自谓是羲皇上人”事,以示闲适恬澹的生活。 ⑥子夏:卜商字子夏,孔子学生,长于文学,相传曾讲学于西河,曾序《诗》传《易》。兼人:胜过人。

生查子

再和丞相

金门一免时①,离绪纷如缕。想像切云高,晓日罗昏雾②。 峨冠补衮人,不是无心处。欲效贡公弹③,衣钵知谁付④。

[注释]

①金门:金马门的省称。金马门本为宦者署门,后为官署的代称。免:词中指离职。 ②唐氏按:“罗昏”,别作“昏罗”。 ③贡公:指贡禹。禹为汉琅琊人,汉元帝时累官至御史大夫。禹与王吉为友,两人相知,吉字子阳,世称“王阳在位,贡禹弹冠”。弹:即弹冠,指出仕。 ④衣钵:佛教僧尼的袈裟和食器。中国禅宗初祖至五祖师徒间传授道法,常付衣钵以为信证,称为衣钵相传。后泛指师传的学问、技能等。

生查子

再和舍人

斜日下平川,楼角销霞缕。摆尽浊尘缨,画栋萦非雾①。 平生许子穷②,今到知音处③。约伴玉簪游④,

好梦从天付。

［注释］

①非雾：同“非烟”、“非雪”，指吉祥的云霞。 ②许子：指许由。由为上古高士，隐于箕山。相传尧欲让位于由，不受，遁耕于箕山之下。尧又召为九州长，由不欲闻，洗耳于颍水滨。 ③知音：《吕氏春秋·本味》记伯牙善鼓琴，钟子期善听琴，钟子期死，伯牙伤感莫名，破琴绝弦，终身不复鼓琴。后常以之指知己。 ④玉簪游：名山游。玉簪，形容山峦之美。唐韩愈《送桂林严大夫》：“江作青罗带，山如碧玉簪。”

南柯子

和洪丞相约赏荷花

世上渊明酒[①]，人间陆羽茶[②]。东山无妓有莲花。隐隐仙家鸡犬[③]、路非赊。　　积霭犹张幕，轻雷似卷车。要令长袖舞胡靴。须是檐头新霁，鹊查查。

［注释］

①渊明酒：晋陶渊明隐居田园，诗酒名世。传陶渊明自称：“我常得醉于酒足矣。” ②陆羽茶：唐陆羽以嗜茶出名，著《茶经》三篇，民间祀为茶神。 ③仙家鸡犬：指仙境。汉王充《论衡·道虚》：“……王（淮南王刘安）遂得道，举家升天。畜产皆仙，犬吠于天上，鸡鸣于云中。此言仙药有余，犬鸡食之，并随王而升天也”。

南柯子

和谢洪丞相送竹妆奁

体质娟娟静，花纹细细装。翠筠初得试新忙。睡起鬓云撩乱、趣泉汤。　　多病心常捧[①]，新词字带香。管教涂泽到云窗。办下谢君言语、巧如簧。

[注释]

①心常捧:旧时形容女子的病态美。《庄子·天运》:“故西施病心,而矉(颦)其里……”五代晋李瀚《蒙求上》:“西施捧心,孙寿折腰。”

浣溪沙

懒画娥眉倦整冠,笋苞来点镜中鬟①。承恩容易报恩难。　　鬒发未饶青蒻笠②,素鳞行簇水晶盘。流觞元自不相干。

[注释]

①笋苞:首饰用物。　②鬒发:稠美的黑发。

浣溪沙

和洪舍人

刘氏风流设此冠①,今谁将去伴珠鬟。君家兄弟二俱难②。　　驰去请观流汗马③,钓时休等烂银盘④。明朝吟咏有方干⑤。　　　　(以上《典雅词》本《拙庵词》十八首)

[注释]

①“刘氏”句:“高祖为亭长,常以竹皮为冠,令求盗之薛治之,时时冠之。及贵常冠,所谓‘刘氏冠’乃是也。”见《史记·高祖本纪》。刘氏冠也称鹊尾冠、斋冠。　②君家兄弟:指洪适弟兄。适与其弟迈、遵,当时俱以文名世,先后同中博学宏词科,时称“三洪”。　③流汗马:指建立的功勋。汗马,指战功。鏖战杀敌,战马疾驰而出汗,故云。　④烂银盘:银光灿烂之盘,喻富贵生活。　⑤方干:唐时浙江桐庐人,字雄飞,太中时举进士,以其貌丑兔唇,不第。后隐会稽镜湖,终身不出,以诗闻名江南。《唐才子传》有传。

尤 袤

尤袤（1127—1294），字延之，无锡人。绍兴十八年（1148）进士。淳熙五年（1178）知台州。八年，为江西运判，除直秘阁。十四年，除中书门下省检正诸房公事、太常少卿。十五年，为礼部侍郎、直学士院。绍熙三年（1192）为给事中。累官至正奉大夫、礼部尚书。卒谥文简。袤以诗名，与杨万里、范成大、陆游齐名，后人称南宋四大家。家宿藏书，有《遂初堂书目》传世。

瑞鹧鸪

落 梅[①]

梁溪西畔小桥东[②]，落叶纷纷水映空。五夜客愁花片里[③]，一年春事角声中。　　歌残玉树人何在[④]，舞破山香曲未终[⑤]。却忆孤山醉归路，马蹄香雪衬东风。

[注释]

①此词方回《瀛奎律髓》卷二十梅花类收作《落梅》七律。　②梁溪：在江苏无锡西，源出惠山，入太湖，溪极窄，梁时曾疏浚，故名。或传以东汉梁鸿居此而得名。　③五夜：一夜分甲、乙、丙、丁、戊五段，五夜亦即五更。词中指整夜。　④玉树：《玉树后庭花》，古曲名，传为陈后主所制，歌词绮艳，其音甚哀。　⑤山香：亦为古曲名。

瑞鹧鸪

海 棠

两行芳蕊傍溪阴，一笑嫣然抵万金[①]。火齐照林光灼灼[②]，彤霞射水影沉沉。　　晓妆无力胭脂重，春醉方酣酒晕深。定自格高难著句,不应工部总无心。

（以上二首见《万柳溪边旧语》）

[注释]

①一笑嫣然:本宋玉《登徒子好色赋》“嫣然一笑,惑阳城,迷下蔡”。词形容海棠花姿。 ②火齐:玫瑰珠石。晋刘渊林注左思《西都赋》“火齐之宝,骇鸡之珍”云,“《异物志》曰:‘火齐如云母,重沓而可开,色黄赤,似金,出日南。’”词中形容海棠花。

赵　昚

赵昚(1127—1194)，即孝宗，字元永，太祖七世孙。高宗无子，立为太皇子，受内禅，在位二七年，纪元三：隆兴、乾道、淳熙。

阮郎归

选德殿作和赵志忠①

留连春意晚花稠，云疏雨未收。新荷池面叶齐抽，凉天醉碧楼。　能达理，有何愁，心宽万事休。人生还似水中沤②，金樽尽更酬。　（《宝真斋法书赞》卷三）

［注释］

①选德殿："孝宗皇帝辟便殿于禁垣之东，名曰选德。"见宋王应麟《玉海》。　②沤：水中气泡。

存目词

沈雄《古今词话》卷上引《东皋杂录》载宋孝宗《浣溪沙》"珠箔乍开风正暖，雕阑斜倚燕交飞"两句，乃宋宁宗赵扩作，见贺裳《皱水轩词筌》。

谢 懋

谢懋（？—1186？），字勉仲，号静寄居士，洛师（今属河南）人。以词知名于时，有《静寄乐府》词七十五篇，或作《静寄居士乐章》二卷，不传，今仅有赵万里辑本。

忆少年

寒 食

池塘绿遍[①]，王孙芳草[②]，依依斜日[③]。游丝卷晴昼，系东风无力。　　蝶趁幽香蜂酿蜜。秋千外、卧红堆碧。心情费消遣，更梨花寒食。

［注释］

①池塘绿遍：本宋谢灵运《登池上楼》“池塘生春草，园柳变鸣禽”。　②王孙芳草：本汉淮南小山《招隐士》“王孙游兮不归，春草生兮萋萋”。　③依依斜日：本唐王维《渭川田家》“斜光照墟落，穷巷牛羊归。……田夫荷锄立，相见语依依”。

［集评］

卓人月云：“（‘游丝’二句）是‘游丝无计网春晖’稿子。缴出寒食，见章法。”（《古今词统》卷六）

石州引

别 恨

日脚斜明，秋色半阴，人意凄楚。飞云特地凝愁，做弄晚来微雨。谁家别院，舞困几叶霜红[①]，西风送客闻砧杵[②]。鞭马出都门，正潮平洲渚。　　无语。忽忽短棹，满载离愁，片帆高举。京洛红尘，因念几年羁旅。浅颦轻笑，旧时风月逢迎[3]，别来谁画双眉妩[4]。回首一销凝，望归鸿容与[5]。

［注释］

①几叶霜红：霜后红叶。　②砧杵：指捣衣声。南朝宋谢惠连《捣衣》："榈高砧响发，楹长杵声哀。"　③唐氏按："旧时"二字从《阳春白雪》补。　④谁画双眉妩："又为妇画眉，长安中传张京兆眉妩。"见《汉书·张敞传》。　⑤容与：安逸自得貌。

洞仙歌

春　雨

愁边雨细，漠漠天如醉。摇飏游丝晚风外。酿轻寒、和暝色，花柳难胜，春自老，谁管啼红敛翠。　关情潜入夜，斜湿帘栊，几处挑灯耿无寐。念阳台[1]、当日事，好伴云来，因个甚、不入襄王梦里。便添起、寒潮卷长江，又恐是离人、断肠清泪。

［注释］

①阳台：传说中台名。宋玉《高唐赋序》写神女与楚怀王遇合离去前自称："妾在巫山之阳，高丘之阻，旦为朝云，暮为行雨，朝朝暮暮，阳台之下。"

杏花天

春　思

海棠枝上东风软。荡霁色、烟光弄暖。双双燕子归来晚，零落红香过半。　琵琶泪揾青衫浅[1]，念事与、危肠易断[2]。馀酲未解扶头懒[3]，屏里潇湘梦远。

[注释]

①"琵琶"句:唐白居易《琵琶行》云闻琵琶而满座泣下,而"就中泣下谁最多,江州司马青衫湿"。揾,同"抆",揩拭。浅,肤浅,指"青衫湿"不足形容内心之悲。　②危肠:指极度忧虑的心肠。危,忧惧。　③"馀酲"句:馀酲,犹馀醉。酲,病酒也。扶头,扶头酒,是一种易醉之酒,常省称为"扶头"。

[集评]

王世贞云:"若'馀酲未解扶头懒,屏里潇湘梦远'亦的的佳句。"(《艺苑卮言》)

《织馀琐述》云:"《花庵词选》谢懋《杏花天》歇拍云:'馀酲未解扶头懒,屏里潇湘梦远。'昔人盛称之。不如其过拍云:'双双燕子归来晚,零落红香过半。'此二句不曾作态,恰妙造自然。蕙风论词之旨如此。"

画堂春

秋　思

西风庭院雨垂垂①,黄花秋闰迟②。已凉天气未寒时,才褪单衣。　　睡起枕痕犹在,鬓松钗压云低。玉奁重拂淡胭脂,情入双眉。

[注释]

①垂垂:下降貌。　②"黄花"句:指菊花开迟。　闰:剩馀。凡非正者谓闰。

武陵春

惜　别

门掩东风人去后,愁损燕莺心。一朵梅花淡有春,粉黛不忺匀①。　　我亦青楼成倦客②,风月强追寻。莫把恩情做弄成[3]，容易学行云。

[注释]

①忺（xiān）匀：十分均匀。忺，本为适意、高兴的意思。 ②“我亦”句：本唐杜牧《遣怀》“十年一觉扬州梦，赢得青楼薄幸名”。 ③做弄：故意做作、戏弄。

霜天晓角

桂花

绿云剪叶，低护黄金屑[1]。占断花中声誉[2]，香与韵、两清洁。 胜绝，君听说。是他来处别[3]。试看仙衣犹带，金庭露[4]、玉阶月。

[注释]

①黄金屑：指桂花。桂花色金黄，而其形细碎，故称。 ②占断：犹独占。 ③“是他”句：传说月中有仙桂玉兔，故有此语。 ④金庭：传说中仙人之所居，即仙界。

风流子

行乐

少年多行乐，方豪健、何处不嬉游。记情逐艳波，暖香斜径，醉摇鞭影，扑絮青楼。难忘是，笑歌偏婉娩[1]，乡号得温柔[2]。娇雨娱云，旋宽衣带，剩风残月，都在眉头。

一成憔悴损，人惊怪，空自引镜堪羞。谁念短封难托，征雁虚浮。念夜寒灯火，懒寻前梦，满窗风雨，供断闲愁。情到不堪言处，却悔风流。

[注释]

①婉娩:柔顺貌。 ②“乡号”句:温柔乡,比喻美色迷人之境。旧题汉伶玄《飞燕外传》:“是夜进合德,帝大悦,以辅属体,无所不靡,谓为温柔乡。”

[集评]

卓人月云:“凄艳可掩庾、鲍之长。”(《古今词统》卷十五)

念奴娇

中秋呈徐叔至

霁天湛碧,正新凉风露,冰壶清彻。河汉无声光练练[①],涌出银蟾孤绝。岩桂香飘,井梧影转,冷浸官袍洁。西厢往事[②],一帘轻梦凄切。 肠断楚峡云归,尊前无绪,知有愁如发。此夕常娥应也恨,冷落琼楼金阙。禁漏迢迢,边鸿杳杳,幽意凭谁决。阑干星斗,落梅三弄初阕[③]。

[注释]

①练练:洁白貌。 ②西厢往事:指男女爱情事。唐元稹《莺莺传》叙张生、崔莺莺西厢爱情故事,后遂以“西厢”喻男女爱情诸事。 ③落梅三弄:即梅花三弄,又称梅花引、梅花曲、玉妃引,为琴曲,最早见于《神奇秘谱》,据该谱称此曲系根据晋桓伊所作笛曲改编而成,内容写傲霜的梅花,因全曲主调出现三次,即取泛音三段,异徽同弦,称为“三弄”。

鹊桥仙

七 夕[①]

钩帘借月[②],染云为幌,花面玉枝交映。凉生河汉一天秋，问此会、今宵孰胜。　铜壶尚滴[3]，烛龙已驾[4]，泪浥西风不尽。明朝乌鹊到人间，试说向、青楼薄幸。

（以上十首见《中兴以来绝妙词选》卷四）

[注释]

①七夕：指农历七月初七，民间传说牛郎织女于此夕在天河鹊桥相会。　②借月：指引入月光。　幌：窗帘、帷幔。　③铜壶：亦称铜漏，古时滴水计时之器具。　④烛龙：传说中神名。《山海经·大荒北经》："西北海之外，赤水之北，有章尾山，有神人面蛇身而赤，直目正乘，其瞑乃晦，其视乃明……是烛九阴，是谓烛龙。"词中"烛龙已驾"谓天时已曙。　浥：沾湿。

[集评]

王世贞云："谢勉仲'染云为幌'……俱为险丽。"（《艺苑卮言》）

杨慎云："吴伯明（坦）称谢词蕴藉风流，为世所贵。并云'其七夕《鹊桥仙》一词入选（指入选《中兴以来绝妙词选》），"钩帘借月"是也。'"（《词品》）

沈雄云："王世贞曰：'谢勉仲"染云为幌"的是险丽矣'，觉斧痕犹在。"（《古今词话》）

黄苏云："沈际飞云：'借天上多情，破人间薄幸，题外意妙。'此词不贪写双星，惟从人间儿女落笔。首一阕专就瞻拜双星之人写入。第二阕起三句，言将曙时双星泣别，尚属有情。末二句扑到人间，回应前阕，思议清超。是能得避实击虚之法，故自不袭故常，豁人眉宇。"（《蓼园词评》）

解连环

雁空辽邈。衬鱼鳞浪浅[1]，护霜云薄。念故人、千里音尘，正山月朦胧，水村依约。见说瑶姬[2]，拥十二、碧峰如削[3]。倚孤芳澹伫，冷笑岁华，可堪寂寞。　情多为谁瘦弱。爱吹芗弄粉[4]，斜搴珠箔。自然林壑精神，想回

首东风，万花羞落。梦绕南楼，对皓月、忍思量著。但销凝、夜阑酒醒，数声画角。（《阳春白雪》卷三）

[注释]

①“衬鱼鳞”二句：写云淡。《农政全书·农事占候》：“冬天近晚，忽有老鲤斑云起，渐合成浓阴者，必无雨，名曰护霜天。”宋费衮《梁溪漫志·万言入诗》：“九月霜降而云，谓之护霜。竹坡周少隐有句云：‘雨细方淋露，云疏欲护霜。’” ②瑶姬：神女名。《文选·宋玉〈高唐赋序〉》：“妾巫山之女也。”注引《襄阳耆旧传》：“赤帝女姚姬，未行而卒，葬于巫山之阳，故曰巫山之女。” ③“拥十二”句：指巫山十二峰。巫山以上，群峰迭起，其尤著者有十二峰，其初本无确指，至元刘壎《隐居通议》始据《蜀江图》举其名为独秀、集仙等十二峰名。 ③芗：通“香”。

蓦山溪

厌厌睡起，无限春情绪。柳色借轻烟，尚瘦怯、东风倦舞。海棠红皱，不奈晚来寒，帘半卷，日西沈，寂寞闲庭户。

飞云无据，化作冥濛雨。愁里见春来，又只恐、愁催春去。惜花人老，芳草梦凄迷，题欲遍，琐窗纱，总是伤春句。

[集评]

沈雄云：“草窗所选《蓦山溪》、《风入松》，更推清丽。”（《古今词话·词评》上卷）

风入松

老年常忆少年狂，宿粉栖香。自怜独得东君意，有三年、窥宋东墙[①]。笑舞落花红影，醉眠芳草斜阳。 事随春梦去悠扬[②]，休去思量。近来眼底无姚魏[③]，有谁更、管领年芳。换得河阳衰鬓[④]，一帘烟雨梅黄。

[注释]

①"有三年"句:"臣里之美者,莫若臣东邻之子……然此女登墙窥臣三年,至今未许也。"见宋玉《登徒子好色赋》。　②悠扬:飞扬、飘忽起伏。　③姚魏:姚黄魏紫,本指牡丹佳品,词中喻美女。　④河阳衰鬓:晋潘岳曾任河阳令。有《秋兴赋序》云,"晋十有四年,余春秋三十有二,始见二毛"。

浪淘沙

黄道雨初干[1],霁霭空蟠。东风杨柳碧毵毵[2]。燕子不归花有恨,小院春寒。　倦客亦何堪,尘满征衫。明朝野水几重山。归梦已随芳草绿,先到江南[3]。

（以上三首见《绝妙好词》卷一）

（以上谢懋词十四首,用赵万里辑《静寄居士乐章》）

[注释]

①黄道:词中泛指道路。　②毵毵(sān sān):毛细长貌,常用以形容细长的枝叶。　③"归梦"二句:本宋王安石《泊船瓜洲》"春风又绿江南岸,明月何时照我还"。

[集评]

李佳云:"词家有作,往往未能竟体无疵。每首中,要亦不乏警句,摘而出之,遂觉片羽可珍。如……谢静寄云:'燕子不归花有恨,小院春深。'"(《左庵词话》)

存目词

《截江网》卷六有谢逸仲《鹧鸪天·太夫人》(戏彩堂前翠幕张)一首,乃向子諲作,见《酒边集》。

王 质

王质（1127—1189），字景文，号雪山，郓州（今属山东）人。寓居兴国军（今湖北阳新）。绍兴三十年（1160）进士。孝宗朝，为枢密院编修官，出判荆南府，后奉祠山居终。有《雪山集》。

相见欢

薄 霜

霜花零落全稀，不成飞。寒水溶溶漾漾[1]、软琉璃。红未涌，青已露，白都晞[2]。□□□□沙暖、戏凫鹥。

［注释］

①溶溶漾漾：波光流动的样子。 ②红：指初升的红日。 青：指日出前暗青色的天宇。 白：指白露。 晞：干。《诗经·秦风·蒹葭》："蒹葭凄凄，白露未晞。"

长相思

暮 春

红疏疏，紫疏疏[1]。可惜飘零著地铺，春残心转孤。
莺相呼，燕相呼。楼下垂杨遮得乌[2]，倚阑人已无。

［注释］

①红、紫：指春日的各种花草。 疏疏：稀落。 ②垂杨遮得乌：柳叶茂密，时已暮春。 乌：太阳。

长相思

渔 父

山青青，水青青。两岸萧萧芦荻林[1]，水深村又深。风泠泠，露泠泠。一叶扁舟深处横，垂杨鸥不惊。

[注释]

①芦荻：芦苇。荻，与芦同为禾本而异种，叶较芦苇稍宽且韧，常称“萑”。

生查子

见梅花

见汝小溪湾，修竹连疏影。林杪动风声[1]，惊下毵毵粉。　见汝大江郊，高浪摇枯本。飞雪密封枝，直到斜阳醒。

[注释]

①杪：树梢。

杨柳枝

淡 月

惯得娇云赶不开，去还来。淡光无可照楼台，且停杯。　薄雨疏疏时几点，洒浮埃。卖花未上担儿抬，听他催。

浣溪沙

和王通一韵简虞祖予[①]

何药能医肠九回，榴莲不似蜀当归[②]。却簪征帽解戎衣。　泪下猿声巴峡里[③]，眼荒鸥碛楚江涯。梦魂只傍故人飞。

[注释]

①王通一、虞祖予：当为王质先人，年里未详。　②榴莲：谐留恋、流连。　当归：暗含应归意。　③"泪下"句：本《川中渔者歌》"巴东三峡巫峡长，猿鸣三声泪沾裳"。

浣溪沙

梦到江南梦却回[①]，梦归何处得身归。故溪渌净看凫衣。　下到瞿塘春欲杪[②]，桃花香浪渺无涯[③]。三台回望五云飞[④]。

[注释]

①梦却回：梦断、梦醒。　②春欲杪：春欲尽。　③桃花：指桃花水。农历二三月桃花盛开时，冰化雨积，常有大水，俗称桃花水、桃花汛。④三台：星名，也称三阶。有上台、中台、下台六星，两两相比，起文昌，列抵太微。　五云：五色瑞云。

浣溪沙

征雁年来得几回，春风无雁带书归。故应春瘦减春衣。　花柳伤心经岁月，江湖无梦失津涯。到家无树不红飞。

浣溪沙

有 感

细雨萧萧变作秋，晚风杨柳冷飕飕。无言有泪洒西楼。　　眼共云山昏惨惨，心随烟水去悠悠。一蓑一笠任孤舟。

清平乐

感 怀

江沙带湿，莎露和烟泣[1]。落日欲低红未入，悄悄暮峰凝立。　　疏林秀色荒寒，频频驻骑回看。应是梧桐影下，秋风饔碎眉山[2]。

［注释］

①莎：草名，也称香附子。　②眉山：女子之眉。形容其如远山。

清平乐

断桥流水，香满扶疏里。忽见一枝明眼底，人在山腰水尾。　　梨花应梦纷纷，征鸿叫断行云。不见绿毛么凤[1]，一方明月中庭。

［注释］

①绿毛么凤：鸟名，体形较燕为小，羽毛五色，每至暮春，采集桐花，故又名桐花凤。也称收香倒挂、探花使。

清平乐

感　怀

从来清瘦，更被春僝僽。瘦得花身无可有，莫放隔帘风透。　一枝相映孤灯，灯明不似花明。细看横斜影下[①]，如闻溪水泠泠。

［注释］

①“细看”句：本宋林逋《山园小梅》“疏影横斜水清浅，暗香浮动月黄昏”。

眼儿媚

送　别

雨润梨花雪未干，犹自有春寒。不如且住、清明寒食，数日之间。　想君行尽嘉陵水，我已下江南。相看万里，时须片纸，各报平安。

西江月

借江梅蜡梅为意寿董守[①]

月斧修成腻玉，风斤琢碎轻冰[②]。主人无那寿杯深，倩取花来唤醒。　舞罢绣茵凤蹙，饮阑画阁香凝。试将花蕊数层层[③]，犹比长年不尽。[④]

［注释］

①董守：所指不明。守，指知州，太守。　②“月斧”二句：写江梅风韵。　月斧：修月斧，传说月为七宝合成，常有八万二千修月斧修之。事见唐段成式《酉阳杂俎》。　腻玉：滑泽的玉，形容花质润泽。　轻冰：形

容江梅纯洁晶莹。 ③“试将”句：言花枝上密密层层花蕊之数，犹不及董守之年寿。 ④词末原注：“江梅。”

［集评］

况周颐云：“宋王质《西江月》借江梅蜡梅为意，寿董守云：‘试将花蕊数层层，犹比长年不尽。’元李庭《水调歌头·史侯生朝》云：‘侧听称觞新语，一滴愿增一岁，门外酒如川’。并巧语不涉纤。”（《蕙风词话》卷二）

西江月

轻蜡细凝蜂蜜，薄罗深压鹅黄。玉容纵不似何郎[①]，也在百花头上。 试看眉间一点[②]，全如瓶里孤芳。明年此日趁鹓行[③]，记取今朝胜赏。[④]

［注释］

①何郎：指三国魏何晏。晏美姿容，面至白。因蜡梅色黄，故有“纵不似何郎”之语。 ②眉间一点：传南朝宋武帝女寿阳公主人日卧于含章殿檐下，梅花落于公主额上，成五出之花，拂之不去，从此之后，妇女之妆有所谓梅花妆者。 ③鹓（yuán）行：指朝班。 ④词末原注：“蜡梅。”

西江月

和王道一韵促画屏[①]

蹙蹙红中烟润[②]，梢梢翠尾风斜[③]。闲轩幽树少啼鸦，此处最宜君画。 望眼不知天阔，归心常恨山遮。见君江浦到芦花，意在琵琶亭下[④]。[⑤]

［注释］

①王道一：当为王质友，年里不详。 促画屏：催其作画。 ②蹙蹙：局促，不舒展。 红中：指石榴。 ③梢梢：风声。 翠尾：指芭蕉梢。

④琵琶亭：在江西德化县（今九江市）长江滨。唐白居易送客湓浦口，夜闻邻舟琵琶声，邀宴演奏，作《琵琶行》。后人附会此事，于此建亭，名琵琶亭。　⑤词末原注："轩外有石榴芭蕉。壁间有所画江浦芦雁。"

西江月

感杯

璧水桥边此客[①]，金銮坡上何人[②]。沙场老马事无成，泪湿青莹夹镜。　袖手烟霏小景，回头石岭空城[③]。乾坤遗恨渺难平，目断塞鸿孤影。

[注释]

①璧水：指太学，即"泮池"，也称"璧池"、"璧沼"。　②金銮坡：即金峦坡。唐大明宫紫宸殿北为蓬莱殿，其西曰还周殿，还周殿西北为金銮殿，殿旁坡即金峦坡。金銮殿与翰林院相接，故召见学士常在此殿，金峦坡常为学士经行处。　③石岭：石岭关。在山西阳曲县东北，北界忻县，为并、代、云、朔之要衔，地势险要。唐时突厥入晋阳，自石岭以北皆驻军戍守。宋太宗时，以郭进为太原石岭关都部署，断燕蓟援军。词中借指边防要塞。

滴滴金

晚眺

阴阴湿雾霜无计，江气逼、树声滴。荒林只见夕阳入，谁唤晚烟集。　渔翁犹把钓竿执，蓑共笠、时时葺。风刚浪猛早收拾，天外暮云黑。

燕归梁

送　别

拂拂春风入马蹄[1]，□驻绿杨堤。绿杨堤上乳莺啼，声声怨、怨春归。　　而今一似花流水，踪迹任东西。利成名遂在何时，早赢得、两分飞。

［注释］

①“拂拂”句：本唐孟郊《登科后》“春风得意马蹄疾，一日看尽长安花”。

青门引

寻　梅

寻遍江南麓，只有斑斑野菊。梅花不遇我心悲，一枝得见，便是一年足。　　微香来自横冈竹，飞度寒溪曲。落路寻人借问[1]，谢他指向深深谷。

［注释］

①落路：宋人语，即上路。

鹧鸪天

山　行

空响萧萧似见呼[1]，溪昏树暗觉神孤。微茫山路才通足，行到山深路亦无。　　寻草浅，拣林疏。虽疏无奈野藤粗。春衫不管藤挡碎[2]，可惜教花著地铺。

[注释]

①空响:指空山回声。 ②挡:本指束紧、拉紧,词中有“扯”的意思。

鹧鸪天

咏渔父

一只船儿任意飞,眼前不管是和非。鱼儿得了浑闲事,未得鱼儿未肯归。 全似懒,又如痴。这些快活有谁知。华堂只见灯花好,不见波平月上时。

一斛珠

十一月十日知郡宴吴府判坐中赋海棠

风流太守,未春先试回春手。天寒修竹斜阳后,翠袖中间,忽有人红袖[①]。 天香国色浓如酒,且教青女休僝僽。梅花元是群花首,细细商量[②],只怕梅花瘦。

[注释]

①红袖:拟人写法,形容海棠如倩女。 ②商量:商略裁决。

一斛珠

桃园赏雪

寒江凝碧,是谁翦作梨花出[①]。花心犹带江痕湿[②]。轻注香腮,却是桃花色。 飞来飞去何曾密,疏疏全似新相识。横吹小弄梅花笛[③],看你飘零,不似江南客。

[注释]

①梨花:指树上积雪团。唐岑参《白雪歌送武判官归京》:“忽如一夜

春风来，千树万树梨万花开。” ②“花心”二句：言雪里桃花。 ③“横吹”句：梅花落，汉横吹曲名，本笛中曲，词意为飘雪似落梅花。

一斛珠

有 寄

平塘玉立，薄罗飞起层层碧。人心不似花心密[1]，待要相逢，未必相逢得。 袜尘不动何曾湿，芙蓉桥上曾相识。橹声摇去江声急，西北高楼，回首浮云隔。

[注释]

①密：亲密、贴近。

怨春郎

宿池口[1]

芦花已老，蓼花已老[2]。江腹冲风，山头残照。暮烟不辨栖鸥，识归舟。 归舟照顾新洲阁，惊波恶，别拣深湾泊。南津北泺，水村总没人家，莽平沙。

[注释]

①池口：池口镇，在今安徽贵池县西北五里黄龙矶上。 ②蓼：植物名，草本，叶味辛香，花淡红或白色。

虞美人

即 事

绿阴夹岸人家住，桥上人来去。行舟远远唤相膺[1]，全似孤烟斜日、出阊门[2]。 浪花拂拂侵沙嘴[3]，直到垂杨底。吴江虽有晚潮回[4],未比合江亭下、水如飞[5]。

[注释]

①譍(yìng):通"应",答话。 ②阊门:城门名,词中指苏州城西门。 ③觜(zī):通"嘴"。 ④吴江:吴淞江的别称,太湖最大的支流,下流汇入黄浦江入海。 ⑤合江亭:在四川合江县长江与赤水会合处。

虞美人

李敷文席上

翠阴融尽毵毵雪,惨淡花明灭。嫩沙拂拂涨痕添,想见故溪、绿到草堂前[1]。 夕阳红透樱桃粒,掩映深沉碧。成都事事似江南,只是香衾、两处受春寒[2]。

[注释]

①草堂:在成都浣花溪畔,唐时杜甫曾筑草堂居此。 ②两处受春寒:暗寓人两相分离之苦。

临江仙

和徐守圣可

缥缈青霄云一握,太清群玉光中。钧天声里拂香风[1]。紫皇低接手[2],稳步上层空。 雀扇徐开鸾影转,日高舞动蛟龙。双瞻御座立昭容,回班趋复道,环佩响丁东。

[注释]

①钧天:天上的音乐。词中系对宴乐的美称。 ②紫皇:道家传说中的神仙。

临江仙

千顷翠围遮绿净，菱花影落波中。看看红锦漾清风，此时催入觐，烟浪拍云空。　伫见觚棱栖宝爵[①]，旌旗全仗飞龙[②]。赭黄一点现真容，御麻宣未毕[③]，云镜上天东。

[注释]

①觚棱：即觚稜。古时殿堂屋角的瓦脊成方角稜瓣之形，故名。汉班固《西都赋》："设璧门之凤阙，上觚稜而栖金爵。"　宝爵：即金爵，饰于屋上之铜凤。　②飞龙：借指君王。　③御麻：指君王的诏书。

临江仙

宴向守簇[①]

曲水流觞修禊事[②]，袚除洗净春愁。举尊再拜寿君侯。只今虚鼎足[③]，好去作班头[④]。　自古相门还出相，春旗小驻南州。云孙将绍祖风流[⑤]，他时如见忆，江汉一渔舟。

[注释]

①向守簇：向簇，向敏中远孙。敏中太平兴国进士，曾官右谏议大夫同知枢密院事，真宗时拜右仆射。簇事不详。　②曲水流觞：古时习俗于农历三月上巳日在水滨宴乐，以袚除不祥，称为"曲水"。后人仿行旧俗，于农历三月初三日在环曲的水渠旁宴集，在水上置酒杯，任杯顺水漂流，杯停人前，即取饮，称为流觞曲水。　修禊：即古人三月三日水滨戏游采兰，以袚除不祥事。　③鼎足：鼎，常被看作国家、政权的象征，所谓九鼎即此。鼎三足，鼎足也被看作维护、治理国家的三公等重臣。虚鼎足，即空缺着三公之位。　④班头：即班首，词中指群官之首。　⑤云孙：八代后之孙，泛指远孙。　绍：继承。

临江仙

南楼席上寿张守[1]

八字山头来较晚[2],彩云未散南楼。夕阳千丈映帘钩。君侯如欲老,江水莫教流。　　扇底清歌尘不动,胡床明月清秋。天浆为浪玉为舟[3]。酒阑君便起,归去立班头。

[注释]

①南楼:在湖北鄂城,原为南城门门楼,庾亮曾率众登临赏月吟咏。又,唐李白亦有南楼题咏之作,则在今湖北武昌,词中即指此。　②八字山:在今湖北武汉市之武昌。　③天浆:本指甘美的汁液,词中指美酒。玉为舟:精美的酒具。

定风波

夜赏海棠

曲曲阑干曲曲池,万红缭绕锦相围。花到黄昏思欲睡,休睡,眼前都是好相知。　　银烛转添花转好,人在,花深深处更相宜。似此好花须爱惜,休惜,鬓边消得两三枝。

定风波

赠　将

问讯山东窦长卿[1],苍苍云外且垂纶。流水落花都莫问,等取。榆林沙月静边尘[2]。　　江面不如杯面阔,卷起,五湖烟浪入清尊。醉倒投床君且睡,却怕,挑灯看剑忽伤神[3]。

[注释]

①窦长卿：此指窦姓将军，其他不详。 ②榆林：边塞名，秦长城所在。秦将蒙恬于此“累石为城，树榆为塞”，因而得名。词中泛指边境。 ③挑灯看剑：本宋辛弃疾《破阵子》“醉里挑灯看剑，梦回吹角连营……可怜白发生”。

定风波

白璧黄金爵上卿，紫宸殿下拜丝纶[①]。才出龙门开虎帐，但看，甲光如水夜无尘。 古古今今男子事，摇动，芙蓉旗影入金尊[②]。到得关河公事了，早去，白云堆里养精神。

[注释]

①丝纶：指国君诏书。 ②芙蓉旗：指芙蓉幕的旌旗。芙蓉幕是在指地方长官的幕府。唐杜甫《寄韩谏议》：“芙蓉旌旗烟雾乐，影动倒景摇潇湘。”

苏幕遮

守倅移厨[①]

孟夏上浣[②]，使君通守不以荒寒肯临[③]。老杜所谓“尽日淹留佳客坐，百年粗粝腐儒餐”者也[④]。两辞极道湖山云月之趣，因以记相与之意云

水风轻，吹不皱。上下浮光，两镜光相就。云锦摇香吹散酒。细听清谈，玉屑津津嗽。 明月前，斜阳后。竹露秋声，拂拂寒生袖。掇取湖山聊入手。紫阁黄扉[⑤]，到了终须有。

[注释]

①守倅:郡守及其佐贰官。　移厨:对守倅莅临赴宴的敬称。　②孟夏:入夏第一月,即四月。　上浣:即上旬。唐宋官员实行旬休,即公干九日,休一日,休息日多行浣洗,称上旬休日为上澣。　③肯临:来到。肯,许可、愿意。　④"老杜"句:见唐杜甫诗《有客》,一作《宾至》。　⑤紫阁:唐开元间改中书省为紫微省,中书令为紫微令,后因称宰相府为紫阁。黄扉:同"黄阁",亦指宰相官署。

苏幕遮

送张删定赴召[1]

驿尘飞,天意紧[2]。香雪芝封[3],犹带吴泥润。昨夜宝奁开玉镜。一点西风,便觉寒秋近。　白蘋洲,红蓼径。风露凄清,快促黄金镫。叠叠重重听好信。掷了碧油幢[4],更掷双堂印。

[注释]

①删定:删定官。负责修改审定律令之官员。　②"驿尘飞"二句:指国君召见,催得很紧。　③香雪:指脂粉。　芝:芝泥,指印泥。　④碧油幢:青绿色的油布车。南齐时公主用,唐以后御史及其他大臣多用之。

□□□

闻鹃啼

眼将穿,肠欲裂。声声似向春风说。春色飘零,自是人间客。　不成泪,都成血[1]。朝朝暮暮何曾歇。叫彻斜阳,又见空山月。

［注释］

①都成血:传说杜鹃啼声哀极,每至泣血。唐白居易《琵琶行》:“其间旦暮闻何物？杜鹃啼血猿哀鸣。”

□□□

夜茫茫,春寂寂。寒烟叫裂空山石。吸尽东风,化作垂红滴。　漏将阑,情转极。月明绕树声声急[①]。无数闲花,尽染啼痕湿。

［注释］

①“月明”句:本曹操《短歌行》“月明星稀,乌鹊南飞。绕树三匝,何枝可依”。词指杜鹃。

青玉案

木　樨[①]

中央自有仙风度,散入千林去。万点秋芳洒飞露。舜裳赭色[②],尧眉黄彩[③],化作花无数。　层层翠葆鸾旗舞,吹下天香偏瑶宇。万岁千秋奉明主。桂华月苑,蕊珠宝殿,长听黄金缕。

［注释］

①木樨:桂花的别称。　②舜裳赭色:与下句为形容桂花花色。　③尧眉:本《新论·命相》“尧眉八彩,舜目重瞳,禹耳三漏”。

青玉案

池　亭

浮萍不碍鱼行路,细数鱼来去。静倚溪阴深觅句。碧鲜清润,影摇香度,易觉阑干暮。　凫雏深傍蘋根住,浴罢红衣褪残缕。一寸江湖无可付。渚兰汀草,卧烟敧雨,荒了垂纶处。

江城子

席上赋

细风微揭碧鳞鳞。绣帏深,不闻声。时见推帘,笼袖玉轻轻。不似绮楼高卷幔,相指点,总分明。　斜湾丛柳暗阴阴。且消停[①],莫催行。只恨夕阳,虽好近黄昏[②]。得到钗梁容略住[③],无分做,小蜻蜓。

[注释]

①消停:宋人语,意即停留、停待。　②"只恨夕阳"二句:本唐李商隐《乐游原》"夕阳无限好,只是近黄昏"。　③钗梁:女子首饰。

[集评]

况周颐云:"王质《江城子》句云:'得到钗梁容略住,无分做,小晴蜓。'未经人语。"(《蕙风词话》卷一)

江城子

细风吹起翠田田[①]。雨和烟,入梅天[②]。鲜润繁阴,悄悄转清圆。十顷蒲萄深贮碧[③],鸥共鹭,各翩翩。　影摇香度小婵娟。竹林贤,总神仙。滴露飞霜,雪壑注冰泉[4]。伴了芙蓉城里客，无一事，北窗眠[5]。

[注释]

①翠田田：指荷叶浮水上之状。南朝乐府《江南可采莲》："江南可采莲，荷叶何田田。" ②梅天：黄梅天气。江南梅子黄熟时，常阴雨连绵，称"梅雨"，这一时期的天气则称"黄梅天"。 ③蒲蒻：词中指荷叶。 ④唐氏按："雪"，原作"云"，据《永乐大典》卷二万零三百五十三"席"字韵改。⑤北窗眠：形容逍遥自在，用晋陶渊明《与子俨疏》语。

江城子

宴守倅

柳梢无雪受风吹。绿垂垂，乳鸦啼。直下蒲蒻，春水未平堤。却似今年春气早，白团扇，已相宜。　红巾当日鸟衔飞[1]。曲江湄，暮春时。孔雀麒麟[2]，交蹙绣罗衣。何似野堂陪胜客，花影外，竹阴移。

[注释]

①"红巾"句：本杜甫《丽人行》"青鸟飞去衔红巾"。 红巾：仕女饰物。 ②孔雀麒麟：指罗衣上刺绣的图形。

蓦山溪

咏　茶

枯林荒陌，矮树敷鲜叶。不见雅风标[1]，十二分、山容野色。因何嫩茁，舞动小旗枪[2]，梅花后，杏花前[3]，色味香三绝。　含光隐耀，尘土埋豪杰。试看大粗疏，争知变、寒云飞雪。休说休说，世上只两名花，芍药相，牡丹王，未尽人间舌。

[注释]

①雅风标:高雅的风度仪表。 ②小旗枪:嫩茶,因叶展如旗,芽尖似枪,故称。 ③"梅花"二句:指谷雨前。雨前龙井,为茶中珍品。杏花,谷雨后开花。

满江红

幕府诸公郊外同集以病不去

方丈维摩[1],蒙衲被、都齐不省[2]。空怅望、锦裘绣帽,玉珂金镫。十月小春逢此日[3],一时胜事输公等。问短衣、匹马射南山[4],何人肯。 山暮紫、峰如笋。江寒碧,沙如粉。望塞鸿杳杳,水遥天永。饮罢不妨瓶屡卧,归来自有风吹醒。试断桥[5]、流水月明边,寻疏影。

[注释]

①方丈维摩:方丈,寺庙主持,其室广方丈、故云。维摩,即维摩诘,佛名。 ②衲被:经补缀过的被。 都齐:唐宋人语,完全、统统的意思。 ③十月小春:十月小阳春。农历十月多暖,有桃李生花者,俗谓小阳春。 ④"问短衣"句:用汉李广事,泛指射猎。 ⑤断桥:桥名,在杭州西湖白堤北端。

满江红

庆 寿

整顿乾坤,恨舞袖、回旋不足。须付与、腰金叠赤,面槐参绿[1]。功业岂无人可了,英豪自有心相伏。自孤窗、寒烛听经纶,常三复。 举大白[2],倾醽醁。为公起,歌此曲。曲中意惟有,斯贤堪属。萱草喜除烦恼障[3],莲花妙享清凉福。愿年年、团扇弄生绡,长如玉。

［注释］

①面槐参绿：指位极三公宰辅。周时，朝廷种三槐九棘，公卿大夫分坐其下，面三槐为三公之位。参绿，似指面对绿槐。 ②大白：大酒杯。醽醁（líng lù）：美酒名，亦称醁醽。 ③萱草：又名忘忧草。 烦恼障：佛家语，指身心为物欲所困惑而产生的精神状态。

满江红

春 日

惨淡轻阴，都养就、朱朱白白[①]。最好是、梨花带雨，海棠映日。暖雾烘成芳草色，娇风分与垂杨力。听红边、翠杪啭清圆[②]，曾相识。 春绪乱，还如织。春梦断，还堪觅。看青梅下有，游人啧啧。爱酒正香须满泛，怜花太嫩休轻摘。把领巾、收聚众香浓，凭风立。

［注释］

①朱朱白白：指红白各色花卉。 ②“红边”句：花边树梢黄莺圆转清亮的鸣声。

满江红

生縠平铺[①]，吹不起、轻风无力。西江上、斗牛相射，水天一色。二妙风流今代少[②]，一时光价何时息。更绛霄、白日下云軿[③]，芙蓉客。 整飞驭，成得得。寻前约，宽忆忆。正云飞雨卷，旧红新碧。茁茁抽长荷柄绿，毵毵吐净杨花白。渐衣篝[④]、香润入梅天，红绡湿。

［注释］

①生縠：形容风生水上吹漾皱纱般水纹。 ②二妙：以才艺俱名的二

人。如卫瓘、索靖善书,称一台二妙。 ③云軿:云车。軿,有盖的马车。 ④衣篝:熏衣用的竹制衣笼。

满江红

渔 舟

莽莽云平,都不辨、近山远水。尽徘徊、尚留波面,未归湾尾。浪猛深深鸥抱稳,波寒缩缩鱼沉底。恐狂风、颠雨岸多摧,舟难舣[①]。 船篷重,拖不起。蓑衣湿,森如洗。想杖头未足[②],杯中无计。渔网吹翻无把促,钩竿冻断成抛弃。到高歌、风表月明时,谁如你。

[注释]

①舣(yǐ):船拢岸。 ②杖头未足:言钱少。晋阮修以百钱挂杖头,至酒店便饮。

满江红

牧 童

落尽斜阳,尚有些、断霞残影。甚弯环、东溪西巷,南岩北岭。行熟更教羊引著,睡浓却被鸦惊醒。渐孤村、村暗颤山攲[①],霜风冷。 人世里,嫌他蠢。牛背上,输他稳。但芒鞋一緉[②],蓑衣一领。五脏荒陂蔬荐口[③],双髽幽崦花漫顶千。虽云乌、月黑路蒙笼,何曾窘。

[注释]

①攲:倾斜。 ②緉:双。凡鞋必成双,故以为计鞋单位。 ③五脏:指肠胃。 荐:供养。 ④髽(zhuā):梳在头两边的髮髻。

满江红

听　琴

纸帐梅花①，有丛桂、又有修竹。是何声、雪飘远渚，泉鸣幽谷。红蓼白蘋须拂袖，馀音尚带清香馥。挽素娥青女、问飞琼②，谁家曲。　　韩退之、欧永叔③。惚兮恍，恍兮惚。试侧耳，山常似黛，水常如玉。颜子操中何足怨，醉翁徽外无人续。正青天、明月上东南，芳时足。

[注释]

①纸帐：纸作的帐子。古时用滕皮蚕纸缠于木上，以索缠紧，勒作皱纹，不用糊，以线拆缝，以绨布为顶，取其透气。帐上常画梅花蝴蝶等为饰。　②素娥：月中女神，即嫦娥，因月色白而作此称呼。　青女：传说中之霜雪女神。　飞琼：许飞琼，能弹善舞之女仙，事见旧题班固《汉武内传》。　③韩退之：唐韩愈，字退之，诗有《听颖师弹琴》，又有《琴操》十首。　欧永叔：宋欧阳修，字永叔，有《醉翁亭记》。

水调歌头

京　口①

江水去无极，无地有青天。怒涛汹涌，卷浪成雪蔽长川。一望扬州苍莽，隐见烟竿双矗，何处卷珠帘。落日瓜洲渡②，鸿鹭满风前。　　古战场，皆白草，更苍烟。清平犹有遗恨，久矣在江边。北固山前三杰③，遥想当年意气，亹亹昵中原④。上马促归去，风堕接䍦翩⑤。

[注释]

①京口：城名，三国吴时称为京城，孙权曾自吴（今苏州）迁都至此，今为江苏镇江。　②瓜洲渡：在今江苏邗江县南，大运河入长江处，与镇

江隔江相对，宋高宗赵构曾于此南渡，南宋爱国将领曾在此与金鏖战。　③北固山：在今江苏镇江北，山上有亭，为镇江名胜。　三杰：历史上孙权、刘裕、萧衍都曾在此建都。孙权赤壁一战，大败曹操军，开始三分天下局面。刘裕生于京口，曾两次统军北伐，灭南燕、后秦，收复长安洛阳一带。梁武帝萧衍曾登北固山，谓可为京口壮观，因改称为“北顾”。南宋建炎四年(1130)，韩世忠也曾在此伏击金兀术。　④亹亹(wěi wěi)：勤勉不倦的样子。　昵：亲近，词中有热爱的意思。　⑤接䍦：古代一种头巾。

水调歌头

中秋饮南楼呈范宣抚[1]

细数十年梦，十处过中秋。今年清梦，还在黄鹤旧楼头。老子个中不浅[2]，此会天教重见，今古一南楼。星汉淡无色，玉锦倚空浮。　　带秦烟，萦楚雾，熨江流。关河离合南北，依旧照清愁。想见姮娥冷笑、笑我归来霜鬓，空敝黑貂裘[3]。把酒问清影，肯去伴沧州。

[注释]

①唐氏按：此首别作范成大作，见《石湖词》及《吴船录》。　南楼：亦称玩月楼，在今湖北鄂城，传庾太尉(亮)曾在此率众赏月吟咏。　范宣抚：指范成大。　②“老子”句：传庾亮登南楼赏月，其属殷浩等欲走避之。亮曰：“诸君少住，老子于此处兴复不浅。”因据胡床与众咏谑。事见《世说新语·容止》。　③“空敝”句：《战国策·秦策》记苏秦始将连横，说秦王书十上而说不行，“黑貂之裘敝，黄金百斤尽，资用乏绝，去秦而归”。

水调歌头

游银山寺和壁间张安国作[1]

晚嶂倚斜日，秋树战悲风。一泓绀紫澄碧[2]，中有睡蛟龙。散作清溪明玉，激上长松流水，雨电乱寒空，抛却红尘袂，飞入妙光宫[3]。　佛国大，天溥博[4]，地含洪。空岩乱謦递响，珠影动金容。万古碧潭空界，一点青霄明月，涝漉总无功[5]。云散殿突兀，风动铎丁东[6]。

[注释]

①银山寺：银山有多处，南宋抱残于江南一隅，江南银山，一在江苏丹阳，一在四川资中。江苏丹徒西江口之银山有山寺，疑词中"银山寺"即此。四川资中县东南也有银山，唐田游岩聚弟子居此，歌雅诗为乐，山有雅歌台遗址。张安国，指张孝祥，孝祥字安国。　②绀：天青色，深青透红之色。　③妙光宫：即须弥宫。须弥为传说中佛教神山，意译为妙光。传其山以四色宝光明各异，照世，故名妙光。　④溥博：周遍广远。　⑤"万古"三句：本《景德传灯录》"万古碧潭空界月，再三涝漉始应知"。涝漉，捉摸。　⑥铎：风铃。

水调歌头

草蔓已多露，松竹总含风。群山左顾右盼，如虎更如龙。时见渔灯三两，知在谁家浦溆，星斗烂垂空。万有付一扫，人世等天宫。　秋萧瑟，林脱叶，水归洪。江湖飘泊鸿雁，洲渚肯相容。要使群生安堵[1]，不听三更吠犬，此则是奇功。一任画麟阁[2]，吾自老墙东。

[注释]

①安堵：安居。　②麟阁：汉宣帝时有麒麟阁，为图画功臣之所，简称麟阁。

水调歌头

九　日

云巘在空碧，天宇共高明。重阳易得风雨，今日不胜晴[①]。天为两朝元老[②]，付与四时佳节，不动一丝尘。香霭洗金戟，飞雾洒霓旌。　　山鸣叶，江动石，总欢声。剑关玉垒千载，谁见此升平。细看尊前万蕊，相映眉间一点，黄气郁骎骎。江汉下淮海，都赖一长城。

[注释]

①不胜：非常。　②"天为"句：《楚辞·远游》"集重阳入帝宫兮，造旬始而观清都"注，"上为阳，清又为阳，故曰重阳"。天亦可称重阳，故戏称两朝元老。

水调歌头

饶风岭上见梅[①]

花上插苍碧，花下走清湍。浓霜深覆残雪，更有月相参。似我竹溪茅屋，欲晓未明天气，扶杖绕篱看。秦楚五千里，何处是江南。　　饶风下，人不断，马相连。颇尝见有此客，相属意惓惓[②]。欲为横吹出塞[③]，无处可寻羌管，短策叩征鞍。策断征鞍裂，惊堕玉毵毵。

[注释]

①饶风岭：在陕西石泉县西，南枕汉江，为秦楚蜀往来必由之路。南宋时与金邻接。　②惓惓：同"拳拳"。　③横吹：横吹曲，是马上演奏的一种军乐。

水调歌头

寿查郎中①

淮海一星出，分野到梁州②。玉京群帝朝斗，公在列仙流。尽扫欃枪格泽③，高拱紫微太乙，霞佩拂红裯。非雾非烟里，永侍绀云裘。　日南至，月既望，寿君侯。梅花满眼，一朵聊当一千秋。半夜玉堂承诏，翼旦路朝宣册，归去作班头。风净瞿唐峡，安稳放行舟。

［注释］

①查郎中：查籥，字元章，海陵人，历官户部郎中。　②"淮海"二句：从查郎中故乡说，意为淮海北接梁州。"一星出"也含赞颂之意。分野，古代天文学说，把十二星辰的位置跟地上州、国的位置相对应。就天文说，称分星；就地理说，称分野。　③欃枪：彗星别名，彗星俗称扫帚星，民间认为不吉利。　格泽：也是星名，一名鹤铎，也属凶星。

水调歌头

庆　寿

河汉湛秋碧，玉露暖瑶空。太清仙子，飘渺飞佩响玲珑。暂驭青鸾紫凤，来玩十洲三岛①，旌旆卷芙蓉。身在大江表②，名系绛霄宫。　两仙客，歌驻月，舞回风。宝薰轻度帘幕，香雾结重重。已觉长安近日，会看此星朝斗，千载庆云龙③。翠霭彤烟里，长侍衮衣红。

［注释］

①十洲三岛：传说中之海外神仙世界。十洲，指祖、瀛、玄、炎、长、元、流、生、凤麟、聚窟诸洲，传说都在八方大海中。三岛指蓬莱、方丈、瀛洲。　②大江表：长江以南地区。因从中原看，地在长江以外。　③云

龙:即龙。《易经·乾》:“云从龙,风从虎,圣人作而万物睹。”

八声甘州

怀张安国

海茫茫、天北与天南,吾友定安归。闻濡须江上[①],皖公山下[②],驾白云飞。莽苍空郊虚野,古路立斜晖。颜跖皆尘土[③],苦泪休挥。 一代锦肠绣肺[④],想英魂皎皎,健口霏霏。望寒空明月,无路寄相思。叹千古、兴亡成败,满乾坤、遗恨有谁知。今何在,一川烟惨,万壑风悲。[⑤]

[注释]

①濡须江:在安徽巢县南,一名石梁河,又名栅口水,亦名东关水、天河。 ②皖公山:在安徽潜山县西,又名皖山、潜山,为皖南皖北之界限。 ③颜跖:颜渊与盗跖,古人认为一为贤人,一为盗贼,为好恶之典型。 ④锦肠绣肺:指美好的才能、卓异的天禀。 ⑤原注:“安国死后,在淮南屡降,凭箕作诗词偈颂及结字,比生前愈奇伟。淮宁宰陆同得遗墨尤多。”

八声甘州

读周公瑾传

事茫茫、赤壁半帆风,四海忽三分。想苍烟金虎,碧云铜爵[①],恨满乾坤。郁郁秣陵王气,传到第三孙[②]。风虎云龙会,自有其人。 朱颜二十有四[③],正锦帏秋梦,玉帐春声。望吴江楚汉,明月伴英魂。浥浥小桥红浪湿,抚虚弦、何处得郎闻。雪堂老[④],千年一瞬,再击空明。

[注释]

①“苍烟金虎”二句：指奠祭周瑜的香火与食器。 金虎：喷着青烟的镂虎铜香炉。 碧云：本梁江淹《休上人怨别诗》“日暮碧云合，佳人殊未来”。后遂用以为别人之语，词中“碧云铜爵”指死别后的祭酒。 ②王气：旧指象征帝王运数的祥瑞之气。《太平御览》卷一百七十引《金陵图》云，“昔楚威王见此有王气，因埋金以镇之，故曰金陵。秦并天下，望气者言江东有天子气，凿地断连冈，因改金陵为秣陵。”辖境在今之南京一带。 传到第三孙：公元222年孙权建东吴，经孙亮、孙休至孙皓而亡，故有是语。 ③“朱颜”句：周瑜175年生，建安十三年（208）败曹操于赤壁，时正三十四岁。此言二十四，疑误。朱颜，犹青春。 ④雪堂老：指苏轼。轼在黄州时，寓居临皋亭，曾就东坡筑雪堂。苏词《念奴娇·赤壁怀古》有“大江东去，浪淘尽、千古风流人物”之句。

八声甘州

读诸葛武侯传①

过隆中、桑柘倚斜阳②，禾黍战悲风。世若无徐庶③，更无庞统④，沉了英雄⑤。本计东荆西益⑥，观变取奇功。转尽青天粟，无路能通⑦。 他日杂耕渭上⑧，忽一星飞堕⑨，万事成空。使一曹三马⑩，云雨动蛟龙。看璀灿、出师一表，照乾坤、牛斗气常冲。千年后，锦城相吊⑪，遇草堂翁。

[注释]

①诸葛武侯：指诸葛亮。蜀后主刘禅封诸葛亮为武乡侯，去世后谥忠武侯，故称。 ②隆中：山名，在湖北襄樊市西（有说在河南），汉末诸葛亮曾庐居于此，传刘备曾三顾草庐，即此。 柘：柘树，其叶亦可饲蚕。 ③徐庶：本名福，多智谋，刘备屯兵新野，庶事刘备，极受器重。后荐诸葛亮于刘备。 ④庞统：字士元，曾与诸葛亮同辅刘备，后随备入蜀取西川，中流矢而亡。 ⑤沉了英雄：埋没了英雄（诸葛亮）。 ⑥“本计”句：刘备访诸葛亮，询以天下之事。诸葛亮提出了东踞荆州，西取益州，如天下有变，

则命一上将,弃荆州之军直指宛洛,再由刘备亲率益州之众出于秦川,则霸业可成汉室可兴的谋策,事见《三国志·蜀书·诸葛亮传》。荆州辖境大致为今湖南湖北一带。益州辖境主要为今四川一带。　⑦转:转运。此二句写诸葛六出祁山,木牛流马,转输供给,以伐曹魏,而终于无功。⑧杂耕渭上:诸葛亮最后一次北伐时,据武功五丈原(今陕西岐山县南)与魏将司马懿接战,懿坚壁不出。亮即分兵屯田于渭水滨,与当地居民杂处而耕,以为久驻之计。词中"杂耕"即指此。　⑨一星飞堕:传说诸葛亮之死,夜有星赤色而芒角,自东北流向西南,投入其所居之营帐。事见《三国志·蜀书·诸葛亮传》裴注引《晋阳秋》。　⑩一曹三马:曹即"槽"。《晋书·宣帝纪》载曹操曾梦三马同食一槽。自魏齐王曹芳开始,司马懿与其子司马师、司马昭相继独揽军政大权,打击异己,孤立曹氏,至昭子司马炎而篡魏建晋。此事虽属荒诞,但后世诗文常用以为典实。　⑪锦城:指成都。蜀地以织锦闻名天下,汉时于成都设锦官管织绵事。后世因称成都为"锦官城",简称"锦城"。　草堂翁:指杜甫。杜甫曾居成都浣花溪畔草堂,有诗《蜀相》,吊诸葛亮。

八声甘州

读谢安石传①

气佳哉、烟紫石头城②,云碧雨花台③。想东山前后④,望春树绿,看晚潮回。自古英雄豪杰,无不待时来。拥鼻微吟处⑤,山静花开。　　商皓亦尝如此⑥,羡苍生皆有,瞻望之怀。但淝河洛涧⑦,此事偶然谐。疑是彼、八公草木⑧,得神明、相亮不相猜⑨。西州泪⑩,千年犹湿。回望兴哀。

[注释]

①谢安石:谢安(320—385),字安石,晋孝武帝时任中书监。录尚书事,相当于宰相。太元八年(383),苻坚攻晋,加安征讨大都督。安遣侄玄等大破苻坚军于淝水。　②石头城:亦称石首城,又称石城,故址在今江苏南京清凉山。　③雨花台:在今江苏南京。古称石子岗聚宝山,传梁武

帝时，有云光法师讲经于此，天花坠落如雨，故名。　④东山：即江苏江宁之土山。《晋书·谢安传》记安登台辅，曾于土山营楼馆，林竹甚盛。《建康志》也记安故居会稽东山，后入朝，乃于土山营筑以拟之。　⑤拥鼻微吟：《世说新语·雅量》"方作洛生咏讽"《注》引宋明帝《文章志》，"（谢）安能作洛下书生咏，而少有鼻疾，语音浊。后名流多教其咏弗能及，手掩鼻而吟焉。"事亦见《晋书·谢安传》。后指用雅音曼声吟咏。　⑥商皓：商山四皓，汉初四位隐士，名东园公、绮里季、夏黄公、角里先生。四人鬓眉皆白，故称四皓。汉高祖曾征召四人，不应。后汉高祖欲废太子，吕后用留侯计，迎四皓，使辅太子。一日四皓侍太子见高祖。高祖曰："羽翼成矣。"遂辍废太子之议。　⑦淝河洛涧：晋太元八年八月，前秦苻坚大举南侵，晋谢安遣谢石、谢玄迎击，先于洛涧破秦军前哨，进逼淝水，又彻底打败苻坚军。淝河，即淝水。洛涧，即洛河。　⑧八公：八公山，在安徽凤台县北，淝水之北。淝水战败，苻坚望见八公山上草木，皆以为晋兵。　⑨相亮：相助。亮，辅助。　⑩西州泪：西州，指建业西州城的城门。晋谢安卒前，扶病还都经此。安死后，其甥羊昙悲伤悼念，行不由西州路。尝大醉，不觉经此门，恸哭而去。西州泪即用此典。

倦寻芳

试　墨

冰壶秋月，去了潘郎，传到梁老[①]。骑马乘船，麾斥五湖三岛。任捎云，兼拂日，拽蛟龙、鳞鬣都推倒。向尘中，分付高人胜士，把云烟扫。　　乾坤巧。自苍筠无汗[②]，乌锥无刃[③]，此为至宝。第一君门通表，书囊谏草。第二文章扬事业，第三编简摅怀抱[④]。千百般，终久被他磨了。

[注释]

①潘郎、梁老：可看作泛指有名文士。谓自古以来，文士时时处处都离不开墨。　②苍筠无汗：青竹无汗。古代写字在竹简上，为着墨，必先用火炙竹令汗，干后再书写，称汗青、汗简。筠，坚韧的竹皮，引申为竹。　③乌锥无刃：指废锥刀而改用毛笔。古原无笔，记事则以刀刻竹简

为字。有笔以后,遂不复用锥。　④“第一”四句:谓墨的诸用途。　文章扬事业,本魏曹丕《典论·论文》“盖文章,经国之大业,不朽之盛事”。摅,发抒。

倦寻芳

渡口酒家

断崖树老,侧岸槎枯[①],倒倚斜插。脚面浅溪,掌样平洲重叠。著芒鞋,携竹杖,遇乱莎、幽涧萦纡涉。那人家,有竹笃瓦缶[②]。颇颇清冽[③]。　曾微呷。正斜阳淡淡,暮霭昏昏,晚风猎猎。转眼已成陈迹,不堪追蹑。试问旧醅还好在[④],暂停归影留时霎。待重来,细拈弄、水花山叶。

[注释]

①槎:竹木筏。　②竹笃:用竹编成的漉酒具。　③颇颇:很是。　④旧醅:未漉之酒。　瓦缶:瓦缸。

万年欢

有　感

一轮明月,古人心万年,更寸心存。沧海化为黄土,心不成尘[①]。杳杳兴亡成败,满乾坤、未见知音。抚阑干、欲唤英魂,沉沉又没人譍[②]。　无聊攲枕搔首,梦庐中坛上,一似平生。共挽长江为酒。相对同倾。不觉霜风敲竹,睡觉来[③]、海与愁深。拂袖去,塞北河西,红尘陌上寻人。

[注释]

①心不成尘:指心未灰、未死。　②譍:同“应”,读平声。　③睡觉

来：睡醒来。

真珠帘

裁　竹

翠虬夭矫擎苍玉。飞来到、吾庐溪弯山麓。一笑忽相逢，更解包投宿。北池之畔西墙曲，与主人、呼青吸绿。恨我，无天寒翠袖，共倚修竹。　每遇飞雪萧萧，更惊风摵摵[①]，清标可掬。更与月同来，无半点尘俗。冬有寒梅闲相伴，春亦有、幽兰相逐。香足。才露下霜飞，又有秋菊。

［注释］

①摵摵（shè shè）：象声词，风声。

沁园春

闲　居

二百年间[①]，十二时中[②]，悲欢往来。但盖头一把，容身方丈[③]，无多缘饰，莫遣尘埃。屈曲成幽[④]，萧条生净，野草闲花都妙哉。家无力，虽然咫尺，强作萦回。　竹斋。向背松斋[⑤]。须次第、春兰秋菊开。在竹篱虚处，密栽甘橘，荆桥斜畔，疏种香梅。山芋毛羹[⑥]，地黄酿粥，冬后春前皆可栽。门通水，荷汀蓼渚，足可徘徊。

［注释］

①二百年间：指宋开国以来。赵匡胤于公元960年建国，至词人写此词，正二百馀年。　②十二时中：十二时辰之中，即一天之中。　③“盖头”二句：指立身于世，占天地极小的地方。　④屈曲成幽：墙径屈曲而呈

现幽境。　萧条：指闲逸。　⑤向背：正面与背面。　⑥毛羹：用菜杂肉为羹。山芋毛羹，指用山芋杂肉为羹。

红窗怨

送邵倅

欲寄意，都无有。且须折赠、市桥官柳[①]。看君著上征衣，也寻思、榜舟楚江口[②]。　此会未知何时又。恨男儿、不长相守。苟富贵、毋相忘[③]，若相忘、有如此酒。[④]

[注释]

①折柳：折柳赠别，古人送别之习俗。　②榜舟楚江口：唐白居易《琵琶行》序云，"明年秋，送客湓浦口……"其诗云："浔阳江头夜送客……移船相近邀相见，添酒回灯重开宴。"　榜：桨。　③"苟富贵"句：《史记·陈涉世家》记陈涉曾佣耕垄上，谓其伙伴曰："苟富贵，无相忘。"毋，即无。　④唐氏按：此首别作蜀妓词，见《齐东野语》卷十。

红窗怨

即　事

帘不卷，人难见。缥缈歌声，暗随香转。记与三五少年，在杭州、曾听得几遍。　唱到生绡白团扇。晚凉初、桐阴满院。待要图入丹青，奈无缘识如花面。

凤时春

见残梅

标格风流前辈[①]。才瞥见春风，萧然无对。只有月娥心不退。依旧断桥，横在流水。　我亦共、月娥同意。

肯将情移在[2]、粗红俗翠。除丁香蔷薇酴醾外。便做花王，不是此辈。

[注释]

①“标格”句：对所咏残梅的戏称。　标格：风范，风度。　②肯：岂肯，哪肯。

泛兰舟

谯天授画像

萧萧乌帽黄衫，烟水拍云岩。风清月白，一双碧眼莹秋潭。四海九州，茫茫东北，渺渺西南，松霜杉露毵毵。

龙门隔如参井[1]，青城佳气与天参。蔽山充野，牡丹红外茯苓甘。鹤顶凝丹[2]，隙驹蹀躞，尽百年闲。乾坤云海风帆。[3]

[注释]

①参井：二十八宿中的参、井二星。参在东，井居南，二者不能相遇，喻各在一方。　②鹤顶凝丹：丹顶鹤头顶红，故称。　隙驹蹀躞：光阴渐渐逝去。隙驹，白驹过隙，常用于以喻光阴流逝迅速。蹀躞，小步貌。③原注：“谯名定，涪陵人。受道于伊川。后弃乡里，隐河洛。复归蜀，居青城之老人村，至今尚存。”　伊川：程颐（1033—1107），洛阳人，字正叔，世称伊川先生。北宋有名理学家，与程颢合称二程。

无月不登楼

种　花

池塘生春草[1]，梦中共、水仙相识[2]。细拨冰绡，低沉玉骨，搅动一池寒碧。吹尽杨花，糁毡消白。却有青钱，点点如积。渐成翠、亭亭如立。　　汉女江妃入杳室，擘破靓妆拥出。夜月明前，夕阳敧后，清妙世间标格。中贮琼瑶汁。才嚼破、露飞霜泣。何益。未转眼，度秋风，成陈迹[3]。

［注释］

①“池塘”句：示已入春，用宋谢灵运《登池上楼》句意。　②“梦中”句：因所种为荷花，故作此语。　③“未转眼”三句：荷在夏日而开花，入秋即成陈迹。

别素质

请浙江僧嗣宗住庵

一个茅庵，三间七架[1]。两畔更添两厦[2]。倒坐双亭平分[3]，扶阑两下。门前数十丘䆉稏[4]。塍外更百十株桑柘。一溪活水长流，馀波及、蔬畦菜把。　　便是招提与兰若[5]。时钞疏乡园[6]，看经村社。随分斗米相酬，镮钱相谢，便阙少亦堪借借。常收些、笋干蕨鲊[7]，好年岁，更无兵无火，快活杀也。

（以上《彊村丛书》本《雪山词》）

［注释］

①架：室内二柱之间为一架。　②厦：两厢、廊。　③倒座：四合院以北房为正房，称相对的南房为倒座。词中指庵南方。　④䆉稏（bà yà）：稻名。　⑤招提：梵语拓斗提奢，义为四方，后省称为“柘提”，误为“招提”。四方之僧称为招提僧，四方僧之住处称招提僧房，后也以为寺院的别称。词中指僧房。　兰若：阿兰若的省称，指寺院。　⑥钞疏：抄写经书，刻画符箓。　⑦蕨鲊：词中指腌制的蕨。

笛家弄[①]

水际闲行

凌乱败荷，既似沙莞[②]，又如淝水[③]。颠倒旌旗都靡。余花皾谢，又似乌江[④]，骓兮不逝。虞兮奈尔。凋柳萧骚，又如轵道[⑤]，故老何颜对。因缘断，时节转，自然如彼。自然如此。　　水边沙际，芦花援曳。唤住行人，蓼花妩媚。引翻游子。又似江都酣夜延秋[⑥]，建业望仙结绮[⑦]。月下心飞，风前骨醉。共蘋花得意。今看昔、后看今未[⑧]。一回头，已百弹指[⑨]。

（《永乐大典》卷八千六百二十八"行"字韵引王质《雪山集》）

[注释]

①弄：原误作"筭"。　②沙莞：疑为沙苑之误。沙苑在陕西大荔县南洛渭间，又名沙海、沙泽、沙阜，北魏高观在此处为西魏宇文泰击溃。③淝水：源出安徽合肥，晋太元八年八月，前秦苻坚兵为东晋谢石、谢玄击溃于此。　④乌江：项羽兵败垓下，败走乌江，曾赋诗云："力拔山兮气盖世，时不利兮骓不逝。骓不逝兮可奈何，虞兮虞兮奈若何?"虞，项羽爱姬名。　⑤轵道：亭名，在今陕西西安东北。秦末秦王子婴素车白马，系颈以组，封皇帝玺符节，在轵道旁降汉。　⑥"江都"句：隋炀帝曾定江都为行都，在此大筑宫苑，宴饮纵乐，不久隋亡。江都，古时郡名，治所在今扬州市。　⑦"建业"句：南朝陈都建业，后主曾在光昭阁前起临春、结绮、望仙三阁，高数十丈，并数十间，其窗牖等皆以沉香木为之，又饰以金石，间以珠翠，穷极奢华，不久陈亡。　⑧"今看昔"句：本晋王羲之《兰亭集序》"后之视今，亦犹今之视昔，悲夫"。　⑨弹指：一弹指，极言时间之短，唐司空图《司空表圣诗集·偶书》："平生多少事，弹指一时休。"词中"百弹指"指许许多多朝代兴废如一弹指。

沈 瀛

沈瀛,生卒年不详,号竹斋,归安(今浙江湖州)人,绍兴三十年(1160)进士。历知江州、江东安抚司参议。性嗜文学,有《竹斋词》。

念奴娇

郊原浩荡,正夺目花光,动人春色。白下长干佳丽最[①],寒食嬉游人物[②]。雾卷香轮,风嘶宝骑,云表歌声遏。归来灯火,不知斗柄西揭。 六代当日繁华[③],幕天席地,醉拍江流窄。游女人人争唱道,缓缓踏青阡陌。乐事何穷,赏心无限[④],惟惜年光迫。须臾聚散,人生真信如客。

[注释]

①白下:地名,故址在今江苏南京北。东晋咸和三年(328),陶侃讨苏峻,于此筑白石垒,后以为城。 长干:地名,在今南京秦淮河南。 ②寒食:节令名,在农历清明前一或二日。据传介之推辅重耳(晋文公)回国后不言禄,隐于山中,重耳烧山逼他出来,结果介之推抱树而死。重耳为悼念介之推,遂禁止在介之推去世之日生火煮食,只准冷食。后相沿成俗,称寒食节。 ③六代:三国时东吴,南朝东晋、宋、齐、梁、陈六朝。皆都金陵。 幕天席地:以天为幕,以地为席。晋刘伶《酒德颂》:"行无辙迹,居无室庐,幕天席地,纵意所如。" ④"乐事"二句:出南朝宋谢灵运《拟魏太子邺中集诗八首序》"天下良辰、美景、赏心、乐事,四者难并"。词反其意而言赏心乐事兼得,无穷无尽。

念奴娇

梧桐响雨[①],忆空江寒浪,渔舟冲雪。横卧云峰千叠嶂，风旆槽香新压[②]。网跃银刀，纶收钩线，倚棹清歌发。征鸿嘹亮，助予闲奏音节。　天上桂子阴成，月中香旧，几度人间别。玉斧匣中常夜吼[③]，可惜光阴虚设。唤下云梯，直攀金户，打透重门铁。姮娥念旧，料应重许人折。

[注释]

①梧桐响雨：本唐温庭筠《更漏子》“梧桐树，三更雨，不道离情正苦”。诗词中常以梧桐雨写秋日愁思、别离之苦。　②风旆（pèi）：风中飘扬的酒旗。　槽香新压：指新酒刚经榨滤，即新酒刚酿成。北宋穆修《和秀才江墅幽居好》：“酒酿新出榨，鱼活旋离钩。”　③玉斧：传说中的伐月斧，即修月斧。唐段成式《酉阳杂俎》前集卷一：“太和中，郑仁本表弟，不记姓名，尝与一王秀才游嵩山，……将暮，不知所之。徙倚间，忽觉丛中鼾睡声，披蓁视之，见一人布衣甚洁白，枕一袱物，方眠熟。即呼之，曰：‘某偶入此径，迷路，君知向官道否？’其人举首略视，不应，复寝。又再三呼之，乃起坐，顾曰：‘来此！’人因就之，且问其所自。其人笑曰：‘君知月乃七宝合成乎？月势如丸，其影，日烁其凸处也。常有八万二千户修之，予即一数。’因开袱，有斤凿数事、玉屑饭两裹，授予二人，曰：‘分食此，虽不足长生，可一生无疾耳。’乃起，与二人指一支径：‘但由此，自合官道矣。’言已不见。”

念奴娇

春来腊去[①]，一番新风景，为君开设。试忆前时花雨坠，只少梅花清绝。两个难逢[②]，一分才欠，巧杀终如拙。玉梅人唤，雪儿来对时节[③]。　应更付属楼头，丁宁笛伴，莫把声声彻。玉女行春娇渡马，休是鹊桥轻别。对我三人，与君一醉，醉了樽重设。清歌未放，更须天上呼月。

[注释]

①腊：指岁末。　②两个难逢：梅开之时，众芳未放；群芳盛开时，梅

讯已过,故曰。　③雪儿:隋末李密的爱姬名雪儿,善歌舞。密每见宾僚文章奇丽入意者,即付雪儿叶音律以歌之,称雪儿歌。后来也泛指家伎。

念奴娇

赏心佳处,登临地、千古人人都说。何况江天来雪望,添得十分奇绝。倚遍栏干,下窥寒镜,照我容颜拙。举头惊笑,问天今是何节。　天外矗矗琼山,溶溶银海,上下光相接。年去岁来频览为[1],何事今朝浑别。坐蹴云茵,横牵绡幕,玉女来铺设。公馀多暇,正堪同此风月。

[注释]

①频览为:即"频为览"之倒文,意同"频览"。

念奴娇

阳春布暖,又还见、光景如梭催逼。帝里皇都人共道,好个前时春色。默默暗沉,含颦不语,此意谁人识。何如索笑[1],放开说尽端的。　须信漏泄风光,百花头上,报一枝消息。多少园林应次第。迤逦排红骈白[2]。金鼎芳滋,玉堂璀璨,趁取佳时节。东君归后,绿阴依旧南陌。

[注释]

①索笑:求笑。端的:究竟,原委。　②排红骈白:犹红白花开放不断。　骈:并列。

念奴娇

万般照破，无一点闲愁，萦系心目。种柳栽花园数亩，不觉吾庐幽独。闲上高台，溪光山色，一洗襟尘俗。小庵深处，萧然无限修竹。　尽日闭却柴门，故人相问，扣户来车毂。相对围棋看胜负，更听弹琴一曲。尔汝忘形[①]，高谈剧论，莫遣人来促。村歌社舞，为予倒尽千斛[②]。

[注释]

①尔汝忘形：本唐杜甫《醉时歌赠广文馆学士郑虔》“忘形到尔汝，痛饮真我师”。　尔汝：朋友间关系极为亲密时相互间的称呼。　忘形：朋友相交脱略形迹。　剧论：激切的辩论。　②千斛：千盏之酒。斛，量器名，十斗为一斛。

念奴娇

光阴转毂[①]，况生死事大，无常迅速[②]。学道参禅、要识取，自家本来面目。闹里提撕[③]，静中打坐[④]，闲看传灯录[⑤]。话头记取，要须生处教熟。　一日十二时中[⑥]，莫教间断，念念来相续。唤作毛篦还则背[⑦]，不唤竹篦则触。斩却猫儿[⑧]，问他狗子，更去参尊宿。忽然瞥地，碧潭冷浸寒玉。

[注释]

①转毂：车轮转动，喻迅速。　②无常：佛教认为世界一切事物不能久住，都处于生灭成坏之中，故称无常。词中指生灭成坏诸变化。　③提撕：扯拉，提引。引申为提醒，振作，词中即此意。　④打坐：佛道盘腿闭目而坐，使心入定，称打坐。　⑤传灯录：《景德传灯录》的省称，宋释道原

撰,刊于景德年间。记佛教禅宗各家语录。词中"话头记取"诸语,皆出自此。⑥"一日"句:下片前几句皆见《传灯录》南泉禅师。南泉卷记:"僧却问投子:'急水上打球子,意旨如何?'子曰:'念念不停留。'问:'和尚姓甚么?'师曰:'常州。'有曰:'甲子多少?'师曰:'苏州。'有问:'十二时中如何用心?'师曰:'汝被十二时辰使,老僧使得十二时。'"词中"一日"三句谓整日都认真读经。 ⑦背:即"背触关"。宝觉禅师:举手示人曰:"唤作拳是触,不唤拳是背。"丛林谓之"触背关",见《冷斋夜话》。 ⑧斩却猫儿:即"南泉斩猫"。南泉禅师有一次见东、西两堂和尚争一猫儿,就抓了猫,手执利刃说:"道得即救猫儿,道不得即斩却也。"众无对,师即斩之。赵州自外归,师举前语示之。州乃脱履安头上而出。师曰:"子若在,即救得猫儿。""问他狗子",即向狗问佛。赵州曾向僧众说:"金佛不度炉,木佛不度火,泥佛不度水。真佛内里坐,菩萨涅槃,真如佛性,尽是贴体衣服,亦名烦恼……老僧见药山和尚道:'有人问著,但教合取狗口。'老僧亦教合取狗口。取我是垢,不取我是净。一似猎狗专欲得物吃。""斩却猫儿"二句,似含有一心只从经传求道的意思。南泉,指南泉普愿和尚,唐郑州新郑人。赵州,指赵州从谂,曹州人。

满江红

九日登凌歊台①

姑孰名邦②,黄山畔、古台巍立。秋渐老、重阳天气,郊原澄碧。隐隐西州增远望③,长江一带平如席。怅英雄、千古到如今,空遗迹。 吴太守,文章伯④。寻胜事,酬佳节。拥笙歌千骑,遍游南陌。襟带江城当一面⑤,折冲千里无强敌⑥。更行看、击楫溯中流⑦,妖氛息。

[注释]

①凌歊(xiāo)台:遗址在今安徽当涂。南朝宋刘裕南行,尝登此台,因于此筑行宫。歊,暑热之气。凌歊,即消除暑气之意。 ②姑孰:古城名,因南临姑孰溪而得名。晋时置城于此,太宁元年(323),王敦移镇姑

孰；隋开皇九年(589)韩擒虎自横江济采石，攻姑孰，即此。相当于今安徽当涂。③西州：晋宋间扬州刺史治事所，以治事在台城西，故名。④文章伯：对善写文章者之尊称。⑤襟带：指山川屏障环绕，如襟如带。比喻形势险要。⑥折冲：使敌人战车后撤，即击退敌人。冲，指战车。⑦击楫：敲打船桨。晋永兴以后，中原地区相次为胡族割据。祖逖渡江北伐，中流击楫而誓曰："祖逖不能清中原而复济者，有如大江。"楫，船桨。

满江红

半世飘蓬，今何幸、得归乡曲。却还似、重来燕子，认巢新屋。好是秋晴风日美，饭香云子炊如玉[1]。念蟹螯、满把欲黄时，篘新绿。　仍更有，初开菊。何妨更，重添竹。与此君相对，且无荣辱。待得吾庐三径就[2]，此生素愿都齐足。任三竿、红日上檐梢[3]，眠方熟。

[注释]

①云子：传说中神仙服食之饭，以后也以饭为云子。②三径：汉蒋诩隐居时，于舍前竹下开了三条小路，只与求仲、羊仲两人往来，后人遂以三径为隐士居所之称。晋陶渊明《归去来兮辞》："三径就荒，松菊犹存。"③三竿：形容太阳已升得很高，时已近午。

水调歌头

和李守

潇洒云中鹤，容与水边鸥。缑山仙客[1]，飘然曾约此中留。更有骑鲸公子[2]，相与翱翔八极，凛凛气横秋。明月楼头宴[3]，樽俎好诗流。　思往事，增逸兴，唤仙舟。谁能拘束，尘埃堆里蹙昏眸。拟附星槎直上，十二玉京绛阙[4]，高处且嬉游。回首视人世，天地一沙洲。

[注释]

①缑(gōu)山:亦称缑岭、缑氏山,在今河南偃师。道家传说,神仙王子乔语桓良于七月七日在缑氏岭相见,即指此山。词中所谓“仙客”事即本此。 ②骑鲸公子:骑鲸背以遨游海上的人,喻仙家、豪客。 ③明月楼:在今江苏江都东北。然词中似泛指。 ④玉京绛阙:指神仙世界。绛阙,神仙宫殿的门阙。

水调歌头

岁月如奔箭,屈指又中秋。去年江上行役,常动故乡愁。容与碧云亭畔,极目江山千里,隐隐是西州。日暮天容敛,鸥雁下汀洲。 回故棹,寻旧里,解客裘。功名前定,时到安得为淹留。幸有青编万轴[1],且又日长无事,莫恁做闲忧。花下常携酒,明月好登楼。

[注释]

①青编:本《南齐书·文惠太子传》“时襄阳有盗发古冢者,相传云是楚王冢,大获宝物玉屐、玉屏风、竹简书、青丝编”。后因以青编指古记事之书。

水调歌头

门外可罗雀,长者肯来寻。留君且住,听我一曲楚狂吟。枉了闲烦闲恼,莫管闲非闲是,说甚古和今。但看镜中影,双鬓已星星。 人生世,多聚散,似浮萍。适然相会[1],须索有酒且同倾[2]。说到人情真处[3],引入无何境界[4],惟酒是知音。况有好风月,相对且频斟。

[注释]

①适然：偶然。 ②须索：唐宋人语，即必须、须要。 ③真处：犹言本质。 ④无何：无何境界，即所谓四大皆空的境界。

满庭芳

立春生日

画戟霜匀[①]，谯门风动[②]，满城和气氤氲[③]。一年好事，今早属东君。歌管欢迎五马[④]，金章烂、花毂朱轮。班春了[⑤]，归来燕寝[⑥]，香重烛花轻。　盈盈。春酒暖，金幡彩胜，霞袂云旌。算重重佳庆，都聚今辰。且听雪儿歌罢，称寿处、兰玉诜诜[⑦]。新春暖，貂蝉象服[⑧]，同日感皇恩。

[注释]

①画戟：即戟，因加彩饰，故称。 ②谯门：建有望楼的城门。 ③氤氲（yīn yūn）：也作细缊、烟煴，指天地阴阳之气的聚合。词中指聚合、弥漫。 ④五马：太守的代称，以后也用以借称州郡之长。 ⑤班春：颁布春令促耕稼事。 ⑥燕寝：古代帝王休息安寝的所在，亦称内寝、小寝。词中借指内寝。 ⑦诜诜：众多貌。 ⑧象服：古王侯以及诸侯夫人画有图像的衣服。

满庭芳

春锁琼台，花藏瑶圃，彩云片片来归。任城仙子[①]，玉笈镇长移[②]。时会三元金母[③]，云璈奏、天上佳期[④]。嬉游处，飘然侍女，玉佩紫霞衣。　芙蓉帔欲去[⑤]，鸾音鹤驭，洞府应迷。向人间挥手，留语人知。此去何须怅望，蓬莱水、弹指依稀。还知否，刘安未老[⑥]，仙籍有津涯。

[注释]

①任城仙子:似指任公子,古传说中的一钓而得互鱼之人物,即任父。在古代诗文中,常用以指超世高士。 ②玉笈:以美玉为饰的书箱。移:官府文书。 ③三元金母:指西王母。三元,日、月、星。词中指上天。 ④云璈:弦乐器。旧题汉班固《汉武帝内传》:“上元夫人自弹云林之璈,鸣弦骇调,清音灵朗,玄风四起,乃歌《步玄》元曲。” ⑤芙蓉帔:以芙蓉所制以披肩。词中借指仙子。 ⑥刘安:汉武帝弟淮南厉王的长子,后袭封淮南王,曾招致宾客方术之士数千,编成《鸿烈》一书,即今所传之《淮南子》。传刘安学道,服食成仙后,举家飞升,畜产皆仙。

满庭芳

裘带功名[①],袴襦歌颂[②],世间谁似公贤。去年江上,谈笑息狼烟。多少宜民事了[③],芹宫内、华屋修椽[④]。邦人爱,频频借寇[⑤],飞诏下甘泉[⑥]。 开筵。春昼永,朱颜相对,三凤齐肩[⑦]。正鸾鸣丹桂[⑧],凤映红莲。人道名驹千里[⑨],他年事、能继青毡。休辞醉,三槐影里,岁岁捧金船[⑩]。

[注释]

①裘带功名:本《晋书·羊祜传》“(羊祜)在军常轻裘缓带,身不被甲,铃阁之下,侍卫者不过十数人”。喻建功立业倜傥雍容。 ②袴襦歌颂:即襦袴歌。东汉廉范任蜀郡太守,有政绩,百姓作歌颂之:“廉叔度,何来暮?不禁火,民安乐,平生无襦今五袴。”后因以“襦袴之歌”喻惠民之德政。 ③宜民事:合乎民意的举措。 ④芹宫:本《诗经·鲁颂·泮水》“思乐泮水,薄采其芹”。朱熹《集传》:“泮水,泮宫之水也。诸侯之学、乡射之宫,谓之泮宫。”后常以之指学宫、学校。 ⑤借寇:东汉寇恂曾为颍川太守。后随光武帝至颍川,百姓拦道曰:“愿从陛下复借寇君一年。”后以借寇为地方挽留官员的典实。词中指受地方拥戴,有德政于地方。 ⑥飞诏下甘泉:皇帝从甘泉宫下诏书催入见。 ⑦三凤:“元敬,隋选部侍

郎迈子也。有文学，少与收及收族兄德音齐名，时人谓之'河东三凤'。"见《旧唐书·薛元敬传》。词中称颂兄弟俱有才学。 ⑧"鸾鸣"句：喻俊贤之士，科场得意，意气风发。 ⑨名驹千里：《史记·鲁仲连邹阳列传》《正义》引《鲁连子》曰，"有徐劫者，其弟子曰鲁仲连，年十二，号千里驹"。《三国志·魏书·曹休传》："太祖谓左右曰：'此吾家千里驹也'。"词中借指有才华有作为的年轻人。 青毡：指祖业。 ⑩金船：酒器。宋叶廷珪《海录碎事·饮器门》："金船，酒器中大者。"

满庭芳

柳外山光，林间塔影，一溪横泻清流。四围洲渚，绿叶泼如油。荷盖亭亭照水，红蓼岸、芦荻萧飕。乘闲兴，溪云亭畔，终日看莲游。 修篁栽欲遍，青松相映，两径成丘。种桃杏，随时亦弄春柔。此是先生活计[1]，高卧处、无喜无忧[2]。门前事，人来问我，回首但摇头。

[注释]

①活计：犹生计。 ②高卧：高枕而卧，谓安闲无事，也常指隐居不仕。词中两重意思兼有。

朝中措

生日生双竹

论兵齿颊带霜寒，清似碧琅玕[1]。好是天然风韵，琳宫瑶馆清闲。 华筵初启，小蛮二八[2]，对影朱颜。便好添筹索笑，双枝原应双鬟。

[注释]

①琅玕：质次于玉的美石。碧琅玕，即碧玉。 ②小蛮二八：即二八小蛮，善歌舞者。唐孟棨《本事诗·事感》："白尚书家伎樊素善歌，家伎

小蛮善舞,尝为诗曰:'樱桃樊素口,杨柳小蛮腰。'"白尚书指白居易。

朝中措

东风吹上小桃枝。春色拥旌麾。昨夜三台星见[①],分明直照姑溪[②]。　皇都禁阙,天颜遥想,应待公归。此去再登黄阁[③],火城光映沙堤[④]。

[注释]

①三台星:也称三阶、泰阶,古以星辰象征人事,称三公为三台。　②姑溪:一名姑孰溪,在安徽当涂南。　③黄阁:汉代丞相听事阁及汉以后三公官署厅门涂黄色,故称丞相官署或三公署为黄阁。　④火城:朝会时的火炬仪仗。唐李肇《国史补》下:"每元日、冬至立仗,大官皆备珂伞,列烛有至五六百炬者,谓之火城。宰相火城将至,则众人皆扑灭以避之。"　沙堤:即沙路,唐时宰相出行,旧例以沙覆路以压尘。

西江月

五马人生最贵,金陵自古繁华。光悬相印拥朱牙[①]。况值边庭闲暇。　满劝东西碧玉[②],高烧丽烛红葩。诏黄新湿字如鸦[③],明日天庭飞下。

[注释]

①朱牙:指绯服与象牙笏。唐制,五品以上执象笏,四五品服绯。　②碧玉:指女婢。　③诏黄:用黄麻纸书写的诏书。

醉落魄

野庵鼓吹,翻腾似与寻常异。笙萧筝笛皆非是。今日头场,看取些儿戏。　心中无事无萦系。村歌数首新来制，参禅渐渐知滋味[①]。细语粗言，俱是第一义[②]。

[注释]

①参禅：佛教语。玄思冥想，深究真理。 ②第一义：佛教指最高深的妙理，亦名真谛。

醉落魄

时光盛逼[①]，杯盘渐渐来收拾。主人便欲留连客[②]。末后殷勤，一著怎生得。 来时便有归时刻，归时便是来时迹。世间万事曾经历。只看如今，无不散筵席。

[注释]

①盛逼：紧逼，急逼。盛，极点。 ②留连：词中意为挽留。

醉落魄

致知格物[①]，初学工夫参圣域。天高地远无穷极。欲造精微[②]，莫若守惟一。 纯全天理明如日，都缘人欲来相惑。且将持敬为先入[③]。若能持敬，真个是神力。

[注释]

①致知格物：致知，指获得知识。格物，推究事物的原理。《礼记·大学》："欲正其心者，先诚其意；欲诚其意者，先致其知。致知在格物。" ②造精微：达到精细隐微的境界。 ③持敬：保持一种专心致志的端肃的态度。

醉落魄

致知格物，孔颜学问从兹出[①]。圣言句句皆真实。涵养功深，将见自家得。　　毋意毋我毋固必[②]，视听言动非礼勿[③]。胜己之私之谓克。克尽私心，天理甚明白。

[注释]

①孔颜：孔子、颜渊，泛指孔儒。　②"毋意"句：本《论语·子罕》"子绝四，毋意，毋必，毋固，毋我"。毋，不。毋意，谓以道为度，故不任意。毋必，谓用之则行，舍之则藏，故无专必。毋固，谓无可无不可，故无固行。毋我，谓唯道是从，故不有其身。　③非礼勿：指非礼勿视，非礼勿听，非礼勿言，非礼勿动。语见《论语·颜渊》。

柳梢青

相逢今夕。故人相见，先谈踪迹。旧日书生，而今村叟，新来禅客。　　跳过世界三千[①]，特特地、人间九百[②]。自在狂歌，□□□□，一场杂剧。

[注释]

①世界三千：即三千大千世界，佛教语。谓以须弥山为中心，以铁围山为外郭，是一小世界。一千小世界合起来就是小千世界。一千个小千世界合起来，就是中千世界。一千个中千世界合起来，就是大千世界。总称三千大千世界。　②特特：特地，特为。　九百：宋人讥讽痴呆、精神不足之人为九百。词中当有故作疯呆的意思。

行香子

野叟愚痴，一向昏迷。笑呵呵、前事皆非。从前业债[①]，今尽拚离。也不能文，不能酒，不能诗。　　屏除人事，闭却门儿。于其中、别有儿戏。几般骨董[②]，衮过年时[③]。待参些禅，弹些曲，学些棋。

［注释］

①业债：犹孽债。业，梵语"羯磨"。佛教认为在六道中生死轮回，是由业决定的。业包括行动、语言、思想意识三个方面，分别称身业、口业（或语业）、意业。业有善有恶，一般偏指恶业，引申为罪孽。 ②骨董：指琐碎的事物。 ③衮：衮衮，相继不绝。

行香子

野叟归欤，朋友来无[①]。数无多、几个相于[②]。问谁姓字，在底中居。云陶靖节[③]，白居士[④]，邵尧夫[⑤]。 时时对语，一笑轩渠[⑥]。他行藏、是我规模[⑦]。朝朝暮暮，相唤相呼。愿今生世，长相守，作门徒。

［注释］

①来无：来否。 ②相于：相亲相厚。 ③陶靖节：晋陶渊明，谥靖节。 ④白居士：唐白居易，号香山居士。 ⑤邵尧夫：宋邵雍，字尧夫。陶弃官隐居；白信佛，亦官亦隐；邵好《易》，居洛三十年，自名其居安乐窝，自号安乐先生。程颢叹其内圣外王。 ⑥轩渠：悦乐貌。 ⑦行藏："子谓颜渊曰：'用之则行，舍之则藏，唯吾与尔有是夫！'"见《论语·述而》。谓出仕即行其所学之道，否则退隐藏道以待时。 规模：词中指榜样。

行香子

野叟长年，一室萧然。都齐收、万轴牙签[①]。只留三件[②]，三教都全。时看周易，读庄子，诵楞严[③]。 阙艇会得[④]，万语千言。得鱼儿、了后忘筌[⑤]。行行坐坐，相与周旋。待将此意，寻老孔，问金仙[⑥]。

［注释］

①牙签：象牙制的图书标签。词中指书册。 ②三件：指《易经》、

《庄子》、《楞严经》。下文“三教”指儒、道、佛三教。 ③楞严:佛经名,全称《大佛顶如来密因修证了义诸菩萨万行首楞严经》。 ④阙鮱会得:指大略懂得“三件”的精微含义。 ⑤“得鱼”句:即得鱼忘筌,谓达到目的后就忘记了原来的凭借。筌,捕鱼的竹器。 ⑥金仙:佛家谓如来之身金色微妙,因称。

卜算子

睡觉五更钟[1],正好深提省[2]。只看如今梦几般,觉后原无影。 明暗若从来,且道来从甚。不是空生不是根,认取真如性[3]。

[注释]

①觉:醒。 五更:旧时一夜分五段,为五更。五更钟,即天刚亮时。 ②提省:宋人语,意即提醒。 ③真如:佛教指永恒存在的实体、实性。宇宙全体,即是一心,不生不灭,故名为真。此真心,无名无相,故名为如。

卜算子

那里是闲时,这里何曾定。毕竟忙时恼杀人,到了还他静。 静处又如何,莫被顽空引。一道神光总现前,受用无穷尽。

卜算子

只管要参禅,又被禅萦绕。好笑西来老秃奴[1],赚了人多少。 你待更瞒咱,咱也今知晓。只这喃喃说底人,又被傍人笑。

[注释]

①西来老秃奴:戏称达摩。达摩天竺人,自西方来中原,传入释氏教义,影响极大,因有此语。

如梦令

才听笛声三弄,关捩一时都动[1]。收拾去来休,三脚驴儿相送[2]。珍重。珍重。归去好生做梦。

[注释]

①关捩:机轴,机关。词中当指人的各种情感。　②三脚驴儿:僧问如何是佛,方会禅师曰:"三脚驴子弄蹄行。"见《五灯会元》。

捣练子

存神词[1]

神欲出[2],便收来。神返心中气自回。换丹元[3],朝玉台[4]。　时运水,日搬柴。寸田一点是根荄[5]。这交梨,常种栽。

[注释]

①存神:保养精神。　②神:古人所谓的魂灵。　③丹元:道家所谓心之神。　④玉台:传说中天帝居住的地方。　⑤寸田:道家称心为心田,心位于胸中方寸之地,故称寸田。　根荄:植物的根。词中指人的根本。

捣练子

神欲出,便收来。神返心中气自回。返婴儿,成圣胎[1]。　灵液注，蕊珠开[2]。大丹炉里响如雷。忽飞升[3]，游九垓[4]。

[注释]

①圣胎：宗教语。修道所成的内功，为入圣的始基，如孕身之有胎，故名。　②蕊珠：即蕊珠宫，传说中仙人所居之宫。　③飞升：飞升极乐，指登仙或成佛。　④九垓：天空极高远处，犹九重天。

捣练子

放下著，须弥山[1]。分明北斗面南看。没丝毫，相阻拦。　休侊侗[2]，莫颟顸[3]。含元殿上问长安[4]。欲归家，行路难。

[注释]

①须弥：佛教传说中的宝山，也译苏迷卢、须弥楼，意译为妙高、妙光。　②侊侗：含糊、不分明，同“笼统”。　③颟顸（mān hān）：指漫不经心。　④含元殿：唐宫殿名，高宗时建，本名蓬莱宫。

捣练子

放下著，须弥山。百斛油麻水上摊。欲成团，真个难。除有累，去痴顽。无心犹是隔重关。到其中，方是安。

捣练子

放下著，须弥山。情人今日出阳关。看人间，天地宽。　徒缱绻[1]，枉汍澜[2]。别郎容易见郎难。且还家，重整冠。

［注释］

①缱绻：缠绵。 ②汍澜：泪流貌。

浣溪沙[1]

雨中荷花

雨点真珠水上鸣，更将青盖一时倾。总是江妃来堕珥[2]，访娉婷。 不为含愁啼粉泪，只因贪爱湿行云。惟有游鱼偏得意，许成群。

［注释］

①浣溪沙：末两句增三字，即《摊破浣溪沙》。 ②堕珥：喻雨。

画堂春

风中荷花

荷花含笑调薰风，两情著意尤浓。水精栏槛四玲珑，照见妆容。 醉里偷开盏面[1]，晓来暗坼香风[2]。不知何事苦匆匆，飘落残红。

［注释］

①盏面：饮酒后泛红的颜面，喻荷。盏，小酒杯。 ②坼：裂开，分开。词中指飘溢出。

减字木兰花

乘流坎止[1]，住个斋儿无愠喜。竹引清风，透入虚窗窍窍通。 仰天酌酒，万八千年盘古寿[2]。身在无何[3]，只这斋儿已自多。

[注释]

①乘流坎止：本汉贾谊《鹏鸟赋》“乘流则逝，得坎则止”。词中指任其自然，或行或止。　②“万八”句：“天地浑沌如鸡子，盘古生其中，一日九变，神于天，圣于地。天日高一丈，地日厚一丈，盘古日长一丈。”见《太平御览》二引三国吴徐整《三五历记》。　③无何：不久。

减字木兰花

蓬门居止，竹见宾来先啸喜。窗外敲风，果有宾朋姓字通。　莫嫌村酒，且祝佳宾千万寿。无用辞何，日出明朝事更多。

减字木兰花

停杯且止，斋里百无为客喜。冷淡文风，只有狂言数百通。　不须载酒[1]，粗有五车聊当寿[2]。莫笑予何，空恁贪多嚼不多。

[注释]

①载酒：《汉书·扬雄传》记，“（雄）家贫，嗜酒，人希至其门，时有好事者载酒肴从学焉”。后遂有载酒问字之典。　②五车：言书之多。学富五车，指学问渊博。

减字木兰花

或行或止[1]，难得人间相聚喜。一日分风[2]，千里如何信息通。　再倾寿酒，五福从来先说寿[3]。其次云何，直至三公未足多[4]。

[注释]

①或行或止：本《论语·述而》“用之则行，舍之则藏”。词中泛指行止。 ②分风：本谓神仙能把风分成两个方向，词中指分别。 ③五福：“五福，一曰寿，二曰富，三曰康宁，四曰攸好德，五曰考终命。”见《尚书·洪范》。 ④多：称赞，羡慕。

减字木兰花

渊明酒止，莫信渠言心妄喜[①]。达士高风，只说三杯大道通。 不如饮酒，人世岂能金石寿。无奈渠何，赢得樽前笑语多。

[注释]

①渠言：他的话（关于渊明酒止的话）。

减字木兰花

老而不止，三岁发蒙心已喜[①]。朴略其风[②]，裴楷王戎简要通[③]。 昏如醉酒，羞见总龟灵且寿[④]。笑杀常何，空有闲言长语多[⑤]。

[注释]

①发蒙：指儿童开始入学受教育。 ②朴略：谓质朴鄙野。 ③裴楷：晋河东闻喜人裴楷，字叔则，容仪俊爽，时称“玉人”。裴博涉群书，尤精老易，曾官至中书令。 王戎：晋凉州刺使王浑子，字浚冲。幼聪悟，神彩秀彻，裴楷称其眼烂烂如岩下电。 ④总龟：古代视龟为神物，因称博学多知者为总龟。 ⑤长语：多馀无聊之话。 按：《全宋词》“长”下衍一“仄”字，今删。

减字木兰花

不能者止[①],百念灰心无所喜。暖日和风,手把奇文诵数通。　　老来怯酒,欲保残生期养寿。少恕予何,近日衰翁病觉多。

[注释]

①不能者止:"孔子曰:'周任有言,陈力就列,不能者止。'"见《论语·季氏》。指不具备或不能施展出应有的才能,就不要去担此职位。

减字木兰花

且安汝止,快活心中惟法喜[①]。一处通风,万别千差处处通。　　腐肠是酒,伐性蛾眉徒损寿[②]。诗到阴何[③],划地乱丝头绪多。

[注释]

①法喜:谓闻佛法而喜。　②伐性:指危害身心。　蛾眉:指女色。③阴何:南朝梁有诗人阴铿和何逊,常合称"阴何"。

减字木兰花

不如知止[①],看尽世间无可喜。心热生风[②],王老门前问仲通[③]。　　六经如酒,一句中人仁者寿[④]。仁者伊何,要处还他静处多。

[注释]

①知止:"大学之道,在明明德,在亲民,在止于至善。知止,而后有定,定而后能静,静而后能安,安而后能虑,虑而后能得。"见《礼记·大

学》。又指适可而止。“知足不辱，知止不殆，可以长久。”见《老子》。②心热生风：心热生疯。风，即疯，指失去常智。③“王老”句：谓疯人疯语。王老，即王通。王通字仲淹，王勃之祖。④仁者寿：“子曰：‘知者乐水，仁者乐山；知者动，仁者静；知者乐，仁者寿。’”见《论语·雍也》。

减字木兰花

动而思止，止即患生徒自喜。试举幡风，未举之前说已通。　携瓶沽酒，却著衫来为我寿。者也之何，赚却阎浮世上多[1]。

［注释］

①阎浮：即阎浮檀，佛经中指称金子。《翻译名义·世界阎浮提》：“阎浮，树名。其林茂盛……林中有河，底有金砂，名阎浮檀金。”

减字木兰花

贪

贪而忘止，贪即生瞋逢饱喜。一逐贪风，恨不当初嫁邓通[1]。　残杯剩酒，食籍名中犹折寿。若使兼何[2]。他日阴司罪过多。

［注释］

①邓通：汉南安人，曾为文帝吮痈得宠，赐蜀严道铜山，可自铸钱，因之邓氏钱满天下，后世遂以邓通为钱的代称。词中即指钱。②原注：“安城食临汝范湛之美兼何孟，谓何勗，孟灵林。”

减字木兰花

嗔

人无常止，暮四朝三时怒喜。怪雨嫌风，高耳皇天下听通。　刚而使酒，骂坐灌夫忘客寿[1]。魋若予何[2]，夫子雍容语不多。

[注释]

①“刚而”二句：《史记·魏其武安侯列传》记汉灌夫颍阴人，字仲孺，为汉中郎将，后徙为燕相，为人刚直不阿，任侠，好使酒。与魏其侯窦婴相善。丞相田蚡娶燕王女为夫人，有太后诏，召列侯宗室皆往贺。席间，田蚡起为寿，坐皆避席状。魏其侯为寿，独故人避席。灌夫不悦，使酒骂座，为蚡所劾，以不敬罪族诛。使酒，因酒纵性使气，俗谓发酒疯。　②魋（tuī）：谓桓魋，宋国司马，欲杀孔子，而孔子从容应之。

减字木兰花

痴

心如皎止[1]，何必佯痴藏暗喜。聋不听风[2]，要得人情内外通。　半醨半酒[3]，痴黠恺之真短寿[4]。莫折随何[5]，宁可书痴胜彼多。

[注释]

①皎：光明澄澈。　②听风：一般都指听风听雨。相传龟兹国王与乐人，往大山间听风声水声，感兴而制乐。词中指不理会外界的反映。　③醨：薄酒，引申为淡薄。　④恺之：指晋顾恺之。恺之博学有才气，善画，当时有才绝、画绝、痴绝“三绝”之称。　⑤随何：汉初人，为汉王刘邦谒者，官至护军中尉。善于言辞，曾为刘邦说淮南王黥布归汉。　原注：“高祖折随何为腐儒。”

减字木兰花

成 败

纠缠弗止，成是败非生戚喜。既灭灾风，否极还须有泰通[①]。　　祸常因酒，酒亦令人能介寿。成也萧何，败也萧何更是多[②]。

[注释]

①"否（pǐ）极"句："否与泰本为《易》两卦名，否为天地不交，上下隔阂闭塞不通之象；泰为上下交通之象。旧时于命运的好坏、事情的顺逆，皆曰否泰。否极还须有通泰即否终则泰，谓闭塞到极点，则转向通泰。　②"成也"二句：汉萧何初荐韩信为大将，后又助吕后设计杀韩信，故宋时有"成也萧何，败也萧何"之俗语。

减字木兰花

荣 辱

贪荣肯止[①]，结绶弹冠王贡喜[②]。稍借天风，便说今年运大通。　　华亭别酒[③]，安得思如亭鹤寿。贵若从何[④]，只恐来生折本多。

[注释]

①肯：岂肯。　②"结绶"句：出《汉书·萧望之传附萧育传》，"少与陈咸、朱博为友，著闻当世。往者有王阳、贡公，故长安语曰：'萧朱结绶，王贡弹冠。'"言其相荐达也。结绶，系结印带，比喻出仕为官。　③华亭别酒：陆机在吴亡入洛以前，与弟陆云常游于华亭（在浙江嘉兴）墅中。《世说新语·尤悔》记，"陆平原（机）河桥败，为卢志所谗，被诛。临刑前叹曰：'欲闻华亭鹤唳可复得乎？'"　④原注："后周柱国太尉，赐姓从何。"

减字木兰花

好　恶

瞻乌爰止[①]，不是檐前闻鹊喜。上下鸣风[②]，以类相从自感通。　　嫌茶爱酒，恶彼芝焚夸柏寿[③]。说汝言何，一切人言口众多。

［注释］

①瞻乌爰止："瞻乌爰止，于谁之屋。"见《诗经·小雅·正月》。后常用以喻乱世流离失所之百姓。　②上下鸣风：原注，"《庄子》。"《庄子·天运》："虫，雄鸣于上风，雌应于下风而风化。类自为雌雄，故风化。"类，指同类。　③芝焚："信松茂而柏悦，嗟芝焚而蕙叹。"见晋陆机《叹逝赋》。

减字木兰花

迟　速

未行先止，鱼上竹竿人噪喜。九万鹏风，六月天池一息通[①]。　　邯郸鲁酒[②]，却笑行人陵柏寿[③]。笑彼迟何，不道能行失亦多。

［注释］

①"九万鹏风"二句："鹏之徙于南冥也，水击三千里，抟扶摇而上者九万里，去以六月息者也。"见《庄子·逍遥游》。又，"南冥者，天池也。"②邯郸鲁酒："鲁酒薄而邯郸围。"见《庄子·胠箧》。邯郸之围，说者各异。一说楚宣王朝诸侯，鲁恭公后至而酒薄，宣王怒，欲辱之。恭公不受命，后不辞而别。宣王乃发兵与齐攻鲁。梁惠王常欲击赵，而畏楚救，楚以鲁为事，故梁得以围邯郸。一说楚会诸侯，鲁赵俱献酒于楚王，鲁酒薄而赵酒厚，楚王主酒吏求酒于赵，赵不与，吏怒，乃以赵厚酒易鲁薄酒，奏之，楚王以赵酒薄，故围邯郸。词谓赵先至而酒厚，鲁后至而酒薄，结果却

是邯郸被围，可见迟速并不能决定得失祸福。 ③“却笑”句：原注，“寿陵余子。”《庄子·秋水》：“且子独不闻夫寿陵余子之学行于邯郸与？未得国能，又失其故行矣，直匍匐而归耳。”行，却步。寿陵，燕邑。邯郸，赵都。

减字木兰花

圣经五止[①]，止句丘隅黄鸟喜[②]。广大儒风，一贯三才万类通[③]。 太羹玄酒[④]，圣域能跻民域寿[⑤]。支派从何[⑥]，关内濂溪洛涧多[⑦]。

[注释]

①五止：“为人君止于仁，为人臣止于敬，为人子止于孝，为人父止于慈，与国人交止于信。”见《礼记·大学》。 ②“止句”句：“诗云：‘绵蛮黄鸟，止于丘隅。’子曰：‘于止，知其所止，可以人而不如鸟乎？’”见《礼记·大学》。谓鸟尚能择地而止，人能不如鸟，不知止吗。 ③贯：贯通。 三才：指天地人。 ④太羹：即大羹，亦作泰羹，古代祭祀时所用的带汁肉。玄酒：上古祭祀用的水。 ⑤圣域能跻：圣域能登。 民域寿：人寿。⑥支派：支流，指孔儒衍繁所生的学派。词中指宋理学。 ⑦濂溪：水名，在湖南道县安定山，宋周敦颐家居处，词中借指周敦颐。周为宋有名理学家。洛涧：水名，词中指洛阳程颢程颐，二程亦为宋有名理学家。

减字木兰花

定而后止[①]，善到止时心地喜。鱼跃鸢风，此理昭然上下通。 好如好酒，欲似人常心欲寿。若到兹何，治国治家用处多。

[注释]

①自注：“知止而后定。”语出《礼记·大学》“大学之道，在明明德，在

亲民,在止于至善。知止而后有定,定而后能静,静而后能安,安而后能虑,虑而后能得。物有本末,事有终始,知所先后,则近道矣"。

减字木兰花

赠刘烟霞[①]

朱幡归止,却返烟霞寻旧喜。羽帔香风,再拜天门直上通。　　青君赐酒[②],乞与长生无量寿[③]。更挟仙何[④],跨鹤凌云洞府多[⑤]。

[注释]

①刘烟霞:南宋道士,年里未详。　②青君:天帝名。　③原注:"《真诰》。"道家著作,南朝梁陶弘景撰。　④原注:"何仙姑。"传说中之女仙,八仙之一。传为零陵人,为吕洞宾度化成仙。　⑤跨鹤:《相鹤赋》称鹤为"仙人之骐骥"。跨鹤,指得道。

减字木兰花

同　前

气升气止,引得丹元童子喜[①]。耳里闻风[②],知是泥丸一窍通[③]。　　危楼宴酒[④],不觉黄芽生蕊寿[⑤]。芽长如何,只觉金花罩体多。

[注释]

①丹元:道家所谓心之神。《云笈七签·黄庭内景经》:"心神丹元字守灵。"词中丹元童子即指心。　②原注:"《真诰》。"　③泥丸:道家以人体为小天地,各部分皆赋以神名。脑神称为精根,字泥丸,后因称人头为泥丸宫。　④原注:"灵宝毕法。"　灵宝:道家谓长生之法。　⑤黄芽:道家炼丹所用铅华。有时也指肾中之元气,词即指此。

减字木兰花

同 前

琴心和止，姹女与君相对喜[1]。窗牖藏风，每唤其名应即通[2]。　玉英金酒[3]，更唤黄婆同饮寿[4]。莫讳人何，见说婴儿屋里多。

[注释]

①姹女：道家炼丹，称水银为姹女。铅为婴儿。　②原注："《黄庭》：不方不圆牖室门口，三呼我名神自通。"　③原注："吞玉英，漱金醴。"　④黄婆：道家称脾为黄婆。

减字木兰花

同 前

工夫莫止，脱得壳儿方是喜[1]。不识真风，只说双关夹脊通。　氤氲似酒[2]，元气本同天地寿。君可能何，一跃红楼好处多[3]。

[注释]

①脱得壳儿：道家所谓脱胎换骨。　②氤氲：本指天地间阴阳之气的聚合，词中指修炼得道时体内诸气交集。　③一跃红楼：指跳出名利物欲。　红楼：本指富贵之家。

减字木兰花

同 前

擎拳仰止[1]，不是凡人名尹喜[2]。道骨仙风，与帝神游结信通[3]。　献花跪酒，清彻云璈歌益寿[4]。所愿维何，愿得升平乐事多。

[注释]

①擎拳:拜跪之礼。《庄子·人世间》:“擎跽曲拳,人臣之礼也。” ②原注:“尹喜为关尹,识老子,及关从而问道。” ③原注:“《真诰》:结信通神交。” ④原注:“老子父为上御大夫,娶益寿氏女婴敷,生老子。《广记》。”

减字木兰花

雨难禁止,恼得蓑翁浑没喜。一夜南风,北望苕溪震泽通[①]。 只鸡斗酒[②],且为晚禾生日寿[③]。不奈之何,今岁田畴晚底多。

[注释]

①苕溪:水名,一名苕水,出浙江天目山,入太湖。 震泽:即太湖。原注:“北望苕溪转,遥怜震泽通。坡诗。” ②只鸡斗酒:古人吊祭亡友,携鸡酒至墓前为礼,后常用斗酒只鸡为悼友之辞。词中指微薄的祭品。 ③原注:“六月三日晚禾生日。”

减字木兰花

答恕斋问晚禾生日何人设寿席[①]

寿诗且止,设席肆筵谁助喜。抹月批风[②],先向天厨号令通。 满卮天酒[③],上与天田同日寿[④]。其应维何,寿及天民性命多[⑤]。

[注释]

①恕斋:即汪纲。淳熙中中铨试,外放有政声,曾知绍兴府。 ②抹月批风:以风月当菜肴,是文人表示家贫无可待客的戏言。 ③天酒:甘露,

露水。 ④天田：星名，天田九星，主畿内田亩之职。 ⑤天民：指百姓。

减字木兰花

简沈都仓

玉人来止[①]，见说冰翁心甚喜[②]。好个家风，举案齐眉胜敬通[③]。 华堂举酒，簇簇亲姻相祝寿，善颂言何，桂树莺鸣子姓多。

[注释]

①玉人：赞颂他人之词，夸奖对方容貌如玉之美。 ②冰翁：也作冰叟，指妻父。 ③举案齐眉：本《后汉书·梁鸿传》"每归，妻为具食，不敢于鸿前仰视，举案齐眉"。后常用以形容夫妻相敬有礼。

减字木兰花

赠樊子野[①]

谁来贲止[②]，千里得朋方切喜[③]。汪氏门风，大学中庸正脉通[④]。 不妨诗酒，请以还丹为荐寿[⑤]。已过羊何[⑥]，绍述韩门得趣多[⑦]。

[注释]

①樊子野：竹斋之友，年里未详。 ②贲：盛美。 ③"千里"句：本《论语·学而》"有朋自远方来，不亦说乎"。 ④大学中庸：皆为《礼记》篇名，词中借指儒家经典。 原注："公从汪端明学。" ⑤原注："唐人以及第为还丹。" ⑥羊何：南朝羊璿之、何长瑜。谢灵运尝与族弟惠连、荀雍、羊璿之、何长瑜共游山水，为文酒之会，时人谓之四友。后遂称一起游山作文赋诗的知己为羊何。 原注："太白诗。" ⑦原注："樊绍述宗师，韩门高弟，退之称其文不烦绳削而自合□□。"

减字木兰花

荷花没浸水中

凌波不止，少小拍浮荷女喜[①]。出没由风，安得灵犀与暗通。　龙池醉酒，应是太真羞见寿[②]。不晓谁何，却是浑身一半多[③]。

[注释]

①拍浮：漂浮，浮水。　②太真：仙女名。道教传说中有太真夫人，为王母小女。杨玉环亦曾为女冠，号太真。　③原注："义山《龙池》诗：'夜半宴归宫漏永，薛王沉醉寿王醒。'"

减字木兰花

杨 梅

渴心先止，惟有杨家梅可喜。争笑梅风[①]，空怨楼头角数通。　甜浆酿酒，紫气结成千日寿。不奈人何，化作飞星处处多。

[注释]

①原注："落梅风。"旧时谓农历五月有落梅风，江淮以为信风。杨梅初夏果熟，正于此时。

减字木兰花

谢人和词

必恭敬止，老了甚为桑梓喜[①]。骏马争风，诗卷人人数百通。　斗杓挹酒，齐说乡人箕翼寿[②]。天若言何[③]，更乞文星下照多。

[注释]

①“必恭敬止”二句：本《诗经·小雅·小弁》“惟桑与梓，必恭敬止”。桑与梓为古宅旁常栽之树木，后遂用以喻家乡。 ②“斗杓挹酒”二句：本《诗经·小雅·大东》“维南有箕，不可以播扬；维北有斗，不可以挹酒”。词反其意作豪语寿乡人。 ③原注：“天何言哉。”

减字木兰花

同 前

锦囊送止，拆看篇篇珠玉喜。大胜鱼风[①]，韶濩宫商角徵通[②]。 醉而强酒，有愧多闻张子寿[③]。其哂由何[④]，刻画无盐已甚多[⑤]。

[注释]

①大胜：地名，今江苏江宁东南，原名大城港镇。词中当为泛指。 ②韶濩：商汤乐名。也有以为是舜乐和汤乐者。濩，指汤乐。后常用以泛指庙堂音乐、古乐。宫商角徵通：指五音通。 ③原注：“九龄。”唐张九龄字子寿，开元中征拜同平章事中书令。玄宗生日，百僚多献珍异，九龄独献《千秋金鉴录》，具陈前古废兴之道。词中“多闻”当即指此。 ④其哂由何：《论语·先进》记子路等侍坐，各言其志，孔子哂子路。“（曾皙）曰：‘夫子何哂由（子路）也？’曰：‘为国以礼，其言不让。是故哂之。’”词中表示自愧不够谦逊。 ⑤刻画无盐：谓以丑妇比美人，不伦不类。传晋周伯仁为人自负，有人把他比乐广，伯仁说：“何乃刻画无盐，唐突西子也。”事见《世说新语·轻诋》。刻画，描摹。无盐，古传说中之丑妇。

减字木兰花

以下竹斋侑酒辞[①]

竹斋陋止，坐客无毡为客喜。壁不遮风，八达门窗更四通。 邻家觅酒，赤脚扶翁翁老寿[②]。子曰其何，除却渠侬没事多。

[注释]

①竹斋:词人自号竹斋。　②原注:"恶妾寿乃翁。"

减字木兰花

荷公临止,宾客惯看儿亦喜[①]。歌雅歌风,通鉴通书又史通[②]。　欲相酹酒,瓦缶田家羞出寿[③]。甚欲舟何,愧没瑶觞玉斝多[④]。

[注释]

①原注:"惯看宾客儿童喜。"唐杜甫《南邻》:"惯看宾客儿童喜,得食阶除鸟雀驯。"　②通鉴:《资治通鉴》。　通书:原注,"濂溪。"宋周敦颐撰,原名《易通》,为宋理学中理气之说所本。　史通:唐刘知几著。③原注:"莫笑田家老瓦盆。"杜甫《少年行》:"莫笑田家老瓦盆,自从盛酒长儿孙。"　④原注:"何以舟之,惟玉及瑶。"《诗经·大雅·公刘》句。斝(jiǎ):古代铜制酒器。舟,通"周",环绕、佩戴之意。

减字木兰花

棋枰响止,胜负岂能全两喜。不竞南风[①],忽尔三生六劫通[②]。　客方对酒,一片捷音来自寿[③]。甚快人何,大胜呼卢百万多[④]。

[注释]

①南风:即南风不竞,言战必败。见《左传·襄公十八年》。　②三生六劫:均为佛教语。前生、今生、来生(亦即过去世、现世、未来世)为三生。天地的形成至毁灭为一劫。　③原注:"淝水即寿春县。"此言弈棋可得胜算。　④呼卢:即呼卢喝雉,古时的一种赌博。李白《少年行》:"呼卢百

万终不惜，极雠千里如咫尺。”

减字木兰花

头　劝

酒巡未止[1]，先说一些儿事喜。别调吹风，佛曲由来自普通[2]。　长鲸吸酒[3]，面对沉香山刻寿[4]。吸尽如何，吸了西江说甚多。

[注释]

①巡：斟酒一周曰一巡。　②佛曲：佛寺讲经前后所唱的乐曲，咒、偈、吟、赞杂用，统称梵呗，用以宣传佛经的教义。　普通：原注，“梁武年号。”　③长鲸吸酒：喻豪饮。杜甫《饮中八仙歌》：“饮如长鲸吸百川，衔杯乐圣称世贤。”　④原注：“坡有寿子由沉香山子赋。”

减字木兰花

二　劝

酒巡未止，听说二疏归可喜[1]。随意乘风，拄杖深村狭巷通。　渊明漉酒[2]，更与庞公庞媪寿[3]。切莫讥何[4]，唤取同来作队多。

[注释]

①二疏：汉疏广为太子太傅，侄疏受为太子少傅，在职五年。一日疏广谓受曰：“知足不辱，知止不殆，今仕宦至二千石，名立。如此不去，惧有后悔，岂如父子相随出关，归老故乡，不亦善乎？”即日同时辞官。公卿大夫在东都门外盛会相送，一时以为美谈。晋陶渊明有《咏二疏》诗。　②渊明漉酒：传渊明酿酒熟，取头上葛巾漉酒，毕，还复着之。事见梁萧统《陶渊明传》等文。又，传江州刺史王宏欲召见渊明，不能致也，遂命渊明故人庞通之具酒食于半道栗里之间要之，共饮酌欢然。王宏伺机得见之。　③《后

汉书·逸民传》:“襄阳岘山庞公与其妻同居山中,相敬如宾。荆州刺史刘表数请不出。”　④原注:“何充与弟准崇佛,谢氏讥之曰:‘二何佞佛’。”

减字木兰花

三　劝

酒巡未止,更号三般杨氏喜[1]。上苑春风,宝带灵犀点点通[2]。　听歌侑酒,富贵两全添个寿。人少兼何,彭祖人言只寿多。

[注释]

①原注:“杨子拜司业,两子登科,号杨三喜。”　②原注:“通天犀带。”

减字木兰花

四　劝

酒巡未止,说著四并须著喜[1]。好月兼风,好个情怀命又通。　明朝醒酒,起看佳人妆学寿[2]。定问人何,昨夜何人饮最多。

[注释]

①原注:“良辰、美景、赏心、乐事。”　②原注:“寿阳妆。”即梅妆。《太平御览》卷三十引《杂五行书》:“宋武帝女寿阳公主人日卧含章殿檐下,梅花落公主额上,成五色花,拂之不去。皇后留之,看得几时。经三日,洗之乃落。宫女奇其异,竞效之,今梅花妆是也。”

减字木兰花

五　劝

酒巡未止,更说五行人听喜[1]。康节淳风,说道诸公运数通。　　乞浆得酒[②]，更检戊申前定寿[③]。亥子推何，申子生年四百多[④]。

［注释］

①五行：五种行为。《礼记·乡饮酒》："贵贱明，隆杀辨，和乐而不流，弟长而无遗，安燕而不乱，此五行者，足以正身安国矣。"又，古时以仁、义、礼、智、信为五常，亦即五行。　②乞浆得酒：喻所得超过所求。　原注："岁在申酉，乞浆得酒。"语见旧题唐张鷟《朝野佥载》。　③戊申：指《戊申录》，旧时指阴间记录人在世上所行善恶的簿册。　④《左传·襄公三十年》："绛县人或年长矣……'臣生之岁，正月甲子朔，四百有四十五甲子矣。'吏走问诸朝，师旷曰：'……七十三年矣。'史赵曰：'亥有二首六身，下二如身，是其日数也。'"

减字木兰花

六　劝

酒巡未止，鼓吹六经为公喜。也没回风，只有村中鼓数通。　　长须把酒[①]，自当长头杯捧寿[②]。问得穷何，一坐靴皮笑面多[③]。

［注释］

①长须：汉王褒《僮约》有须奴便了，后亦以之指男仆。　②原注："贾长头。"后汉贾逵、南朝范岫，皆博学多闻，人称长头，后遂以为博学者通称。　③"一坐"句：一座之人，笑声不绝。宋欧阳修《归田录》："田元均为人宽厚长者，其在三司，深厌干请者，虽不能从，然不欲峻拒之，每温颜强笑以遣之。尝谓人曰：'作三司使数年，强笑多矣，直笑得面似靴上皮（喻多皱纹）。'"

减字木兰花

七 劝

酒巡未止，且听七言馀韵喜。弹到悲风，醒酒风吹路必通。 休休避酒，末后茶仙来献寿。七碗休何，不独茶多酒亦多。

减字木兰花

八 劝

八巡将止，八节四时人贺喜[1]。汉俗成风，薛老之言贵尚通[2]。 妻儿设酒，更得比邻相庆寿。虚度时何，只恐妻儿怪汝多。

[注释]

①八节：八个节气，即立春、春分、立夏、夏至、立秋、秋分、立冬、冬至。四时：春夏秋冬四季。 ②原注："汉以至日休吏，张扶不肯休。薛宣曰：人道尚通，宜对妻子，设酒肴，请邻里相笑乐。"薛宣，东汉剡人，字赣君，累官至长安令，明于文法，补御史中丞，其所贬退举进，皆曰黑白分明。后代张禹为丞相，封高阳侯。

减字木兰花

九 劝

九巡将止，留读九歌章句喜。尽溘埃风[1]，发轫苍梧万里通[2]。 楚歌发酒，读到人生何所寿[3]。试问原何，尔独惺然枉了多[4]。

［注释］

①溘:原注,"渴合反。" ②原注:"见《离骚》。" 发轫:启行。轫,刹车之木,行车必先去轫。《离骚》:"朝发轫于苍梧兮,夕余至乎县圃。" ③原注:"《天问》:'延年不死,寿何所止'。" ④原注:"痛饮读《离骚》。"

减字木兰花

十　劝①

十巡今止,乐事要须防极喜②。烛影摇风,月落参横影子通。　　粗茶淡酒,五十狂歌供宴寿。敬谢来何,再得寻盟后日多。

［注释］

①唐氏按:以上十首《永乐大典》卷一万二千零四十三"酒"字韵误作李洲词。 ②原注:"淳于□□:'酒极则乱,乐极则悲'。"

减字木兰花

诸斋作真率会,又用前韵赋木兰花令三首①

陋人居止,旬一集真终日喜。先自薰风②,客目轮流次第通。　　昔贤置酒,十老半千年纪寿③。知彼由何,真处闲中日月多。④

［注释］

①真率会:宋司马光罢政后居洛阳,常与故旧邀集,相约酒不过五行,食不过五味,号真率会。 ②原注:"堂名。" ③十老:司马光洛中耆英会共集席汝言等十人诗,真率会则七人而已。 ④原注:"温公作真率会云:伯康与君从七十八岁,安之七十七岁,正叔七十四岁,不疑七十三岁,叔达

七十岁，温公六十五岁，合五百十五岁。口号云：'七人五百有馀岁，同醉花前今古稀。'又乐天九老诗：'九人五百七十岁。'"　温公：司马光去世后追封温国公。　伯康：当为伯寿，刘几字伯寿，洛阳人，官秘书监等。　君从：席汝言字君从，官尚书司封郎中。　正叔：建中字正叔，洛阳人，官中奉大夫，天章阁待制。　不疑：王谨言字不疑，官朝议大夫，司农少卿。　叔达：疑为肃之，冯行字肃之，官卫州防御使。

减字木兰花

鸡鸣弗止，弗到天明心弗喜。投辖成风[①]，壑谷吾公宜弗通[②]。　齐盟歃酒[③]，扬觯先听方饮寿[④]。盟载言何，卜昼三杯不用多。[⑤]

［注释］

①投辖：辖，古时车轴端的键，去辖则车不能行。《汉书·陈遵传》："遵嗜酒，每大饮，宾客满堂，辄关门，收宾客车辖投井中，虽有急，终不得去。"　②原注："伯有嗜酒，为窟室而夜饮，击钟焉。人问公焉在。曰：'吾公在壑谷'，即窟室也。"　③歃（shà）：饮，杀牲饮血以示隆重。　④扬觯（zhì）：举觯。觯，酒器。春秋晋大臣知悼子（荀盈）卒，未葬，师旷、李调侍晋平公饮酒，闻钟作乐。杜蒉以为大臣之葬，国君不应饮酒举乐，乃罚师旷、李调饮酒，以示规谏。晋平公亦自责，使杜蒉酌酒饮之，杜蒉遂洗而扬觯。事见《礼记·檀弓下》。本谓进酒以示罚，后用以为国君停乐之典。　⑤原注："温公真率，约肴馔不过五味，果实不过五品。真率诗曰：'日费须三爵，年支仰数缣。'"

减字木兰花

适然萃止，不待灯花先报喜。不速真风[①]，且免毛生不为通[②]。　诗歌棋酒，真正清欢真正寿。事事真何，更得真真真更多。

[注释]

①不速:不请自来,谓不速之客。　②原注:“名纸毛生不为通。”　名纸:似今之名片。　毛生:粗糙不敬之意。

野庵曲[①]

野叟最昏迷。叹世间、光阴奔走如驰。逢这闲时。忽寻忖、一生里事都非。从头到尾。都改了、重立根基。枕上披衣。浑无寐,时时摩挲行气。

才睡起,避户扉。爇一炷清香,烟气霏霏。膜拜更归依。冥心坐、看经念佛行持。消除秽恶,光洒洒、禅律威仪。佛力慈悲。愿今世,永没冤债相随。

食将慚愧,才饭了、一枕茶香美。迟迟日长,觅伴相对围棋。安排势子,相望相窥。闭心机。输赢成败,却似人居世。跳脱去、唤方帽杖藜。为伴侣、小桥那面一庵儿。登高望远输情思。叹物荣物枯,节换时移。

春到园中,见寒梅同春雪乱飞。冷艳冰肌。须臾李杏开遍,一日芳菲。和风骀荡,两岸细柳捻金丝。清明时候,景物尤韶媚。

春事退,叹万红狼藉飞满堤。水平池,风到卷涟漪。荷花一望如霞绮。对好些景物,敌去炎威。

秋景凄凄,长空明月正扬辉。蒹葭岸、浮云侧畔坐钓矶。正桂花香喷鼻。黄花满眼,风劲霜坠。做寒来天气。秋光老、草木一齐似洗。独修篁径,青松路、残岁方知。

日将斜,园里缓行归。听流水,明窗净几。调数徽。到妙处、古曲幽闲韵渐稀。徐徐弹了融心意,忽然惊起。外时闻车履,故人来相对。

瓮浮蚁[②],草草杯盘灯正辉。漏声迟,浮斝飞觞,言渐嘻嘻。轩渠一笑，高歌野庵新唱、劝些儿。人听村歌，一霎时，好娱戏。休笑颠狂，也是大奇。能赶气闷忧悲。自然沉醉。

客都去后，睡齁齁地[3]。一枕华胥惊又起[4]。晓鸡啼，重起着衣。心火烧脐，龙行虎驰，依前啰啰哩哩。

从头到尾今如此，若唱此曲没休时。保取长年到期颐[5]。

[注释]

①据近人胡忌考证，《野庵曲》与以下一首《醉乡曲》均为套曲。 ②浮蚁：本指浮在酒面上的泡沫，后作酒的代称，词中即指酒。 ③齁齁（hōu hōu）：鼾声。 ④华胥：寓言中的理想国。事见《列子》。 ⑤期颐：称百岁之人。

醉乡曲

说与贤瞒[1]，这躯壳、安能久仗凭。幸尊中有酒浇磊块[2]，先交神气平。醉乡道路无他径。任陶陶、现出真如性[3]。没闲恼、没闲争。

也能使情怀长似春，也能使飘然逸气如云。饶君万劫修功行，又争如、一盏乐天真。这些儿，休放过、且重斟。

[注释]

①贤瞒：犹你们。贤，对人的敬称；瞒，宋元时口语，犹“们”。 ②磊块：心中的郁积不平。 ③真如：佛教所谓永恒常在的实体、实性。

驻马听

人人都道四者难并，也由在人心。烦恼欢喜元无定，奸峭底自能称停。你待前面怎那，且随任咱分。　　自家有后自未奔，枉劳人方寸。眼前推辞怎，那知他人也心闷。

风入松

金榜初登，绮阁朱楼对娉婷。软红尘[1]、有人相等。归来寝立功名，油盖拥著一书生。开宴处、笙歌频奏声。眼前光景。人生如意享欢荣。得酒娱情。　　没事汉、清闲人。任自由、毁誉利害不上心。恣闲吟，登山玩水且闲行。来主他、风花雪月盟。相逢道友，握手闲语百事真。得酒忘情。

（紫芝漫抄本《竹斋词》）

[注释]

①软红尘：繁华的都市。宋苏轼《次韵蒋颖叔钱穆父从驾景灵宫》："半白不羞垂领髮，软红犹恋属车尘。"自注："前辈戏语，有西湖风月，不如东华软红香土。"

杨万里

杨万里(1127—1206),字廷秀,自号诚斋野客,吉州吉水(今属江西)人。绍兴二十四年(1154)进士。孝宗立,召为国子监博士。光宗朝,任秘书监。淳熙元年(1174)为金国贺正旦使接伴使,曾渡淮水。因多次上疏指摘朝政,又忤权相韩侂胄,乞祠家居。其诗初学江西派,后学王安石及晚唐诸家,终至师法自然而自成一体,时称"诚斋体",与陆游、范成大、尤袤并称四大家,有《诚斋集》。词作不多,而清新自然,活泼俊爽,有类其诗。

归去来兮引①

侬家贫甚诉长饥②,幼稚满庭闱。正坐瓶无储粟③,漫求为吏东西④。　偶然彭泽近邻圻,公秫滑流匙。葛巾劝我求为酒⑤,黄菊怨、冷落东篱⑥。五斗折腰,谁能许事,归去来兮⑦。

老圃半榛茨,山田欲蒺藜⑧。念心为形役又奚悲。独惆怅前迷⑨,不谏后方追⑩。觉今来是了,觉昨来非⑪。

扁舟轻飏破朝霏,风细漫吹衣⑫。试问征夫前路,晨光小,恨熹微⑬。　乃瞻衡宇载奔驰⑭,迎候满荆扉⑮。已荒三径存松菊⑯,喜诸幼、入室相携。有酒盈尊⑰,引觞自酌,庭树遣颜怡⑱。

容膝易安栖,南窗寄傲睨⑲。更小园日涉趣尤奇。尽虽设柴门,长是闭斜晖⑳。纵遐观矫首,短策扶持㉑。

浮云出岫岂心思,鸟倦亦归飞㉒。翳翳流光将入,孤松抚处凄其㉓。　息交绝友堑山溪,世与我相违。驾言复出何求者[24]，旷千载、今欲从谁。亲戚笑谈，琴书觞咏[25]，莫遣俗人知。

邂逅又春熙，农人欲载菑[26]。告西畴有事要耘耔[27]。容老子舟车，取意任委蛇。历崎岖窈窕，丘壑随宜[28]。

欣欣花木向荣滋，泉水始流澌[29]。万物得时如许，此生休笑吾衰[30]。　寓形宇内几何时[31]，岂问去留为。委心任运无多虑，顾皇皇、将欲何之[32]。大化中间，乘流归尽，喜惧莫随伊[33]。

富贵本危机，云乡不可期[34]。趁良辰、孤往恣游嬉[35]。独临水登山，舒啸更哦诗[36]。除乐天知命，了复奚疑[37]。

[注释]

①此词乃隐括陶渊明《归去来兮辞并序》而成。　②《归去来兮辞序》："余家贫，耕植不足以自给。"　③《归去来兮辞序》："幼稚盈室，瓶无储粟。"　④《归去来兮辞序》："亲故多劝余为长吏，脱然有怀，求之靡途。"　⑤"偶然"三句：彭泽，县名，在今江西湖口县东。秫（shǔ），稷（高粱）之黏者谓秫，可酿酒。葛巾，以葛布制成的头巾，尊卑共服。《宋史·陶潜传》："郡将候潜，值酒熟，取头上葛巾漉酒，毕，还复着之。"此三句脱意于《归去来兮辞序》"彭泽去家百里，公田之利，足以为酒，故便求之"云云。　⑥"黄菊怨"句：本陶渊明《饮酒》诗"采菊东篱下，悠然见南山"。⑦"五斗折腰"三句：见南朝梁萧统《陶渊明传》"岁终，会郡遣督邮至县，吏请曰：'应束带见之。'渊明曰：'我岂能为五斗米折腰向乡里小儿！'即日解绶去职，赋《归去来》。"　⑧"老圃"二句：言田圃已荒秽，须加清理。《归去来兮辞》："归去来兮，田园将芜胡不归！"　⑨"念心"二句：心为形役，渊明本心不愿为官，但不得不为生计而奔走，故谓之。《归去来兮辞》："既自以心为形役，奚惆怅而独悲。"　⑩《归去来兮辞》："悟已往之不谏，知来者之可追。"谓以往之错虽不可挽救，而未来之事尚可追补。语出《论语·微子》"往者不可谏，来者犹可追"。　⑪《归去来兮辞》："寔迷途其未远，觉今是而昨非。"　⑫《归去来兮辞》："舟遥遥以轻飏，风飘飘

而吹衣。” ⑬《归去来兮辞》:“问征夫以前路,恨晨光之熹微。” ⑭《归去来兮辞》:“乃瞻衡宇,载欣载奔。”衡宇,隐者所居横木为门的简陋居室,此指旧宅。《诗经·陈风·衡门》:“衡门之下,可以栖迟。”旧注以为写贤者安于贫贱,后诗文常以“衡门”、“衡宇”指贫贱者居处。 载:且,又。 ⑮《归去来兮辞》:“僮仆欢迎,稚子候门。” ⑯《归去来兮辞》:“三径就荒,松菊犹存。”三径,晋赵岐《三辅决录·逃名》:“蒋翊(汉兖州刺史)归乡里,荆棘塞门,舍中有三径,不出,唯求仲、羊仲从之游。”后以三径指隐者居所。 ⑰《归去来兮辞》:“携幼入室,有酒盈尊。” ⑱“《归去来兮辞》:“引壶觞以自酌,眄庭柯以怡颜。” ⑲《归去来兮辞》:“倚南窗以寄傲,审容膝之易安。”容膝,形容居处狭小。 ⑳《归去来兮辞》:“园日涉以成趣,门虽设而常关。” ㉑《归去来兮辞》:“策扶老以流憩,时矫首而遐观。”策,持。扶老,手杖。流憩,周游憩止。 ㉒《归去来兮辞》:“云无心以出岫,鸟倦飞而知还。”岫(xiù),山峰。 ㉓《归去来兮辞》:“景翳翳以将入,抚孤松而盘桓。”景,日光。 ㉔《归去来兮辞》:“请息交以绝游。世与我而相违,复驾言兮焉求。” ㉕《归去来兮辞》:“悦亲戚之情话,乐琴书以消忧。” ㉖菑(zī):耕地。 ㉗《归去来兮辞》:“农人告余以春及,将有事于西畴。” ㉘“容老子”四句:老子,作品主人公自指。《归去来兮辞》:“或命巾车,或棹孤舟。既窈窕以寻壑,亦崎岖而经丘。”巾车,有布篷之车。窈窕:山路幽深不平状。 ㉙《归去来兮辞》:“木欣欣以向荣,泉涓涓而始流。”澌(sī),解冻时流动的水。 ㉚《归去来兮辞》:“善万物之得时,感吾生之行休。”行休,行将结束,指死亡。 ㉛《归去来兮辞》:“寓形宇内复几时。”寓形宇内,寄寓形体于宇宙之内,犹言“人生在世”。 ㉜《归去来兮辞》:“曷不委心任去留,胡为乎皇皇兮欲何之?”委心,随心。去留,指死生。皇皇,同“遑遑”,急急忙忙、心神不定貌。 ㉝《归去来兮辞》:“聊乘化以归尽。”大化,大自然的运转变化。 ㉞《归去来兮辞》:“富贵非吾愿,帝乡不可期。”云乡,帝乡,谓仙乡。语出《庄子·天地》“千岁厌世,去而上仙,乘彼白云,至于帝乡”。 ㉟《归去来兮辞》:“怀良辰以孤往。” ㊱《归去来兮辞》:“登东皋以舒啸,临清流而赋诗。”舒啸,放声长啸。 ㊲《归去来兮辞》:“乐乎天命复奚疑。”

念奴娇

上章乞休致[①]，戏作念奴娇以自贺

老夫归去，有三径、足可长拖衫袖。一道官衔清彻骨，别有监临主守。主守清风，监临明月，兼管栽花柳。登山临水，作诗三首两首。　休说白日升天[②]，莫夸金印，斗大悬双肘[③]。且说庐陵传盛事[④]，三个闲人眉寿[⑤]。拣罢军员，归农押录，致政诚斋叟。只愁醉杀，螺江门外私酒[⑥]。

[注释]

①《宋史·儒林传》："引年乞休，进宝文阁待制致仕。"　②白日升天：成仙。《魏书·释老志》："其为教也，咸蠲去邪累，澡雪心神，积行树功，累德增善，乃至白日升天，长生世上。"　③"莫夸"二句：立大功取高位之意。《晋书·周𫖮传》载，周𫖮救王导甚力，但当着王导及众人面，却说："明年杀诸贼奴，取金印如斗大系肘。"使人误以为他垂涎高官厚禄。④庐陵：郡名，故城在今江西吉水。　⑤眉寿：长寿意。旧说或以眉长为寿征，故称。　⑥螺江：即指赣江。江西吉安县北十里有螺山，委宛如螺，故名。此山南临赣江。

[集评]

卓珂月云："辛稼轩有'而今何事最相宜，宜醉，宜游，宜睡。乃翁依旧管些儿，管竹，管山，管水。'杨诚斋有'一道官衔清彻骨，别有监临主守。主守清风，监临明月，兼管栽花柳。'辛杨相值时，当为倾倒。"（《古今词话·词话》上卷）

王迈人曰："《念奴娇》，先生上章乞休词也。'从此螺门江外路，吟诗日日醉春风。'恰适其意。"（《古今词话·词评》上卷）

好事近

七月十三日夜登万花川谷望月作[1]

月未到诚斋[2]，先到万花川谷。不是诚斋无月，隔一林修竹。　如今才是十三夜，月色已如玉。未是秋光奇绝，看十五十六。

[注释]

①万花川谷：作者在江西吉水老家的一座园林。花木繁多，景色佳丽，因名。其《万花川谷》诗："无数花枝略说些，万花两字即非夸。东山西畔南溪北，没尽溪山只有花。"　②诚斋：万里为零陵丞，时张浚谪居永州，万里力请始见。浚勉以正心诚意之学，他终身服其教，乃以"诚斋"名其书室。

[集评]

《续清言》云："诚斋不特诗有别才，即词亦有奇致。其《好事近》云：昔人谓东坡词是曲子中缚不住者，诚斋词又何多让，乃知有气节人，笔墨自然不同。"（张宗橚《词林纪事》卷十）

昭君怨

赋松上鸥　晚饮诚斋，忽有一鸥来泊松上，已而复去，感而赋之

偶听松梢扑鹿[1]，知是沙鸥来宿。稚子莫喧哗，恐惊他。　俄顷忽然飞去，飞去不知何处。我已乞归休，报沙鸥。

[注释]

①扑鹿：拟声词，形容鸟扇动翅膀时的声响。《冷斋夜话》引《龙女词》："数点雪花乱委，扑漉沙鸥惊起。"

昭君怨

咏荷上雨

午梦扁舟花底，香满西湖烟水①。急雨打篷声，梦初惊。　　却是池荷跳雨，散了真珠还聚。聚作水银窝，泻清波。

[注释]

①西湖：位于浙江杭州城西，湖周三十里，三面环山，风景秀丽，自唐以来号为游览胜地。

武陵春

老夫茗饮小过，遂得气疾，终夕越吟。而长孺子有书至，答以武陵春，因呈子西①

长铗归乎逾十暑②，不著鵕䴊冠③。道是今年胜去年，特地减清欢。　　旧赐龙团新作祟④，频啜得中寒。瘦骨如柴痛又酸，儿信问平安。

[注释]

①长孺子：指万里长子。　子西：晁公遡，字子西。　②长铗归乎：战国时，冯谖为孟尝君客，曾借口无鱼、无车、无以为家而三次弹铗而歌："长铗归来乎！"见《战国策·齐策四》，此借冯谖事表归家。　③鵕䴊（jùn yí）冠：鵕䴊，鸟名，以鵕䴊毛羽所饰之冠。《史记·佞幸列传》："故孝惠时郎、侍卫皆冠鵕䴊，贝带。"　④龙团：宋代贡茶名。

水调歌头

贺广东漕蔡定夫母生日①

玉树映阶秀，玉节逐年新。年年九月，好为阿母作生辰。涧底蒲芽九节[2],海底银涛万顷,酿作一杯春。泛以东篱菊[3],寿以漆园椿[4]。　对西风,吹鬓雪,炷香云。郎君入奏,又迎珠幰入修门[5]。看即金花紫诰[6],并举莆常两国,册命太夫人[7]。三点台星上[8],一点老人星。

（以上《诚斋集》卷九十七）

[注释]

①漕:宋时称转运使、转运判官为漕。　②晋嵇含《南方草木状》卷上:"番禺东有涧,涧中生菖蒲,皆一寸九节。安期生采服仙去。"　③东篱菊:本陶渊明《饮酒》诗"采菊东篱下,悠然见南山"。　④漆园椿:漆园,庄子为吏之处,后常用以为庄子代称。《庄子·逍遥游》:"上古有大椿者,以八千岁为春,八千岁为秋。"漆园椿,常用作祝寿之词。　⑤珠幰(xiǎn):指施有华丽帷幔的车子。幰,车前帷幔,有一定地位的官员坐车方能施之。《隋书·礼仪志》五:"今犊车通幰,自王公已下,至五品已上,并给乘之。……六品已下不给,任自乘犊车,弗许施幰。"　⑥金花紫诰:金花,宋洪迈《容斋续笔》:"唐进士登科有金花帖子。"紫诰,皇帝诏令。　⑦太夫人:汉制列侯之母称太夫人。　⑧三点台星:古时以三台星喻三公。

忆秦娥

初　春

新春早,春前十日春归了。春归了,落梅知雪,野桃红小。　老天不管春催老,只图烂醉花前倒。花前倒,儿扶归去,醒来窗晓。

（《诗人玉屑》卷二十一）

[集评]

黄昇云:"诚斋长短句殊少,此曲精绝,当为拈出,以告世之未知者。"（《中兴词话》）

某教授

眼儿媚[1]

鬓边一点似飞鸦，莫把翠钿遮。三年两载，千捆百就，今日生涯。　杨花又逐东风去，随分落谁家[2]。若还忘得，除非睡起，不照菱花[3]。（《贵耳集》卷上）

[注释]

①唐氏按：此首《山房随笔》作陈诜词，而陈诜亦为教授，疑传闻有误。此首又误入赵长卿《惜春乐府》卷八。　②随分：随便。　③菱花：铜镜，因其上有菱花饰纹，故称。

陈居仁

陈居仁(1127—1197),字安行,莆田人,绍兴二十一年(1151)进士。曾历守五郡,有政声。后仕至宝文阁直学士、提举太平兴国宫。卒谥文懿。有奏议制稿、诗文杂著,学者称菊坡先生。

水调歌头

重过钓台路①,风物故依然。羊裘轩上②,俯临清泚面孱颜③。仰见先生风节,更有两公名德,冰雪照人寒。龙野方驰逐④,鸿翼自孤骞⑤。　　酹壶觞,追往昔,笑华颠。别来三纪,推排曾戴侍臣冠。惭愧君恩难答,聊复守符重绾,敢叹客途艰。少报期年政,行泛五湖船。

(《钓台集》卷六)

[注释]

①钓台路:严子陵钓台,在桐庐富春江畔。　②羊裘:晋皇甫谧《高士传》记严光与汉光武同游学,及武即位,严光变易姓名,隐逝不见。光武物色求之,后齐国上言,有一男子,披羊裘钓泽中,疑即严光。光武遣使往聘,三反乃至,仍不愿为官,乃耕于富春山。　③清泚:清彻,明净。　孱颜:高峻貌。　④龙野:“龙战于野,其血玄黄。”见《易经·坤》。此言与金人战争激烈。　⑤孤骞:孤飞。骞,鸟飞。

李　洪

李洪(1129—?)，字子大，扬州人。曾知温州及藤州(今属广西)，与弟漳、泳、淦、淛有《李氏花萼集》，兄弟五人，皆知名词坛。洪又有《芸庵类稿》，皆不传，今仅存辑本。

满庭芳

木　犀

香满千岩，芳传丛桂，小山曾咏幽菲[①]。仙姿冷淡，不奈此香奇。翠葆层层障日，深爱惜、早被风吹。秋英嫩，夜来露浥，月底半离披。　　谁知。清品贵，带装金粟，韵透文犀。与降真为侣[②]，罗袖相宜。宝鸭休薰百濯，清芬在、常惹人衣。姮娥约，广寒宫殿，留折最高枝。

[注释]

①小山：淮南小山有咏桂辞，见《招隐士》。　②降真：天降真仙。

满江红

和盐田驿驹父留题[①]

梅雨成霖，倦永昼、暑行岩曲。爱云梢翠樾[②]，枕溪蓬屋。轻木凌波冲卷雪，飞泉奔壑鸣哀玉。羡渔翁、终岁老烟波，披蓑绿。　　嗟客宦，荒松菊。颓壮志，青编竹。更长年谙尽，是非荣辱。钟鼎无心时节异，山林有味箪瓢足[③]。感故人、于此赋归欤[④]，思之熟。

[注释]

①驹父:宋洪刍字驹父。刍,江西南昌人,绍圣进士,曾为谏议大夫,坐事贬沙门岛。 盐田驿:地名,李洪曾知温州、藤州,福建、广东均有盐田,福建盐田濒临霞浦港;广东盐田濒临深圳。从词看,当指广东盐田。 ②云梢:画有云彩的旗。 ③箪瓢足:典出《论语·雍也》,"一箪食,一瓢饮,在陋巷……回也不改其乐,贤哉回也。" ④归欤:本《论语·公冶长》"子在陈曰:'归欤,归欤。'"

南乡子

盐田渡

挂席泛安流[①],细雨斜风到渡头。万叠云鬟真似画,云州[②]。自古诗人几个游。 旌旆去悠悠,别驾无功愧食浮[③]。却忆五湖烟浪里,扁舟。第四桥南云水秋。

[注释]

①挂席:即扬帆。 ②云州:云县。在今云南。词中当泛指我国南部两广一带。 ③别驾:官名,宋时诸州通判称别驾,李洪曾仕温州、藤州,故以此自称。

鹧鸪天

送客至汤泉

十月南闽未有霜,蕉林蔗圃郁相望。压枝橄榄浑如画,透甲香橙半弄黄。 斟绿醑[①],泛沧浪。白沙翠竹近温汤。分明水墨山阴道[②],只欠冰谿雪月光。

[注释]

①绿醑:美酒。醑,美酒名。 ②山阴道:在会稽(今浙江绍兴),为会稽古有名风景区。

西江月

送客石岊亭[①]

渺渺长汀远壑，萧萧雨叶风枝。几回临水送将归，客里暗添憔悴。　　门枕数峰滴翠，舟横几度涟漪。绿秧深处鹭于飞，愈觉田园有味。

[注释]

①石岊(jié)亭：亭名。岊，山的转弯处。

菩萨蛮

寒山横抹修眉绿，楼前溪瀑锵鸣玉。车马各西东，行人如转蓬[①]。　　阑干成独倚，海阔天无际。云淡隔壶山，鸿飞杳霭间。

[注释]

①转蓬：在天空中飘飞不定的蓬草。喻行踪无定。

浣溪沙

梅菁山遇雪[①]

天矫翔鸾谿上峰，飘萧雪霰打船篷。天花凌乱水晶宫。　　飞透纸窗斜取势，吹回谿面舞因风。身游水墨画图中。

[注释]

①梅菁山：疑即梅精山，在今安徽贵池。

浣溪沙

山中清明后一日大雪

碧涧苍崖玉四围，东君翦水散明玑。半开桃杏不胜威。　疑是群仙游阆苑，歌云舞蝶鬥高飞。珠幢玉节送人归。

浣溪沙

暮　春

扫地烧香绝点尘，缘阶绿草又残春。略无闲事挠天真。　时落燕泥沾几席，乱黏飞絮上衣巾。西湖回柁少年人[1]。

（以上《芸庵类稿》卷五）

［注释］

①柁：船舵。回舵，掉转船头。

念奴娇

晓起观落梅

丽谯吹角[1]，惭疏星明澹，帘筛残月。袅袅霜飙欺翠袖，飞下一庭香雪。半面妆新[2]，回风舞困，此况真奇绝。桄榔林里，苏仙偏感华发。　休怨时暂飘零，玉堂清梦，不惹闲蜂蝶。好似王家丛竹畔[3]，乘兴山阴时节[4]。剪水无情，阆风归去，忍使芳心歇。和羹有待，恁时身到天阙。

（《中兴以来绝妙词选》卷五）

［注释］

①丽谯：壮丽的高楼。城楼一名谯。 ②半面妆：简称半妆。《南史·梁元帝徐妃传》："妃以帝眇一目，每知帝将至，必为半面妆以俟，帝见则大怒而出。"词中指庭梅半落。 ③王家丛竹畔："王子猷尝行过吴中，见一士大夫家极有好竹。主已知子猷当往，乃洒扫施设，在听事坐相待。王肩舆径造竹下，讽啸良久。主已失望，犹冀还当通。遂直欲出门。主人大不堪，便令左右闭门不听出。王更以此赏主人，乃留坐，尽欢而去。"见《世说新语·简傲》。后常以此形容名士雅兴高致。 ④乘兴山阴：《艺文类聚》卷二引晋裴启《语林》曰，"王子猷居山阴，大雪夜，眠觉，开室酌酒。四望皎然，因起彷徨，咏左思《招隐士》。忽忆戴安道，时戴在剡溪，即便夜乘轻船就戴。经宿方至，既造门，不前便返。人问其故，王曰：'吾本乘兴而行，兴尽而返，何必见戴？'"后常以此形容放达逸情。

卜算子

和宋子闲早梅①

南国小春时，常是寒威浅。玉缀香苞已有梅，疏影无人见。　　愁忆故园芳，梦断扬州远。不御铅华自出尘，赛过徐妃面②。

（《永乐大典》卷二千八百零八"梅"字韵引李子大词）

［注释］

①宋子闲：似为李洪之友，生平不详。 ②徐妃：前蜀王建后，徐耕女，有殊色，能诗。

存目词

调 名	首 句	出 处	附 注
木兰花慢	占西风早处	《芸庵类稿》卷五	李芸子词,见《中兴以来绝妙词选》卷十
浪淘沙	上苑又春残	《词综》卷十六	洪子大词,见《全芳备祖》后集卷九“樱桃门”

李 漳

李漳，生卒不详，字子清，李洪弟。

鹊桥仙

七 夕

迢迢郎意，盈盈妾恨[①]，今夕鹊桥欲度。世间儿女一何痴，鬥乞巧、纷纷无数。　　遥知此际，有人孤坐，心切天街云路。好因缘是恶因缘，梦魂远、阳台雨暮[②]。

[注释]

①"迢迢"二句："迢迢牵牛星，皎皎河汉女……河汉清且浅，相去复几许。盈盈一水间，脉脉不得语。"见《古诗十九首·迢迢牵牛星》。　②阳台雨暮：宋玉《高唐赋序》写神女与楚怀王遇合离去，自称住"高唐之阻"，"旦为行云，暮为行雨。朝朝暮暮，阳台之下"。

桃源忆故人

闺 情

小楼帘卷栏干外，花下朱门半启。中有倾城佳丽，一笑西风里。　　盈盈临水情难致，尽日相看如醉。乾鹊不知人意[①]，只管声声喜。　（以上二首见《中兴以来绝妙词选》卷五）

[注释]

①乾鹊：即喜鹊。鹊恶湿，晴则噪，故称乾鹊。

满江红

周监务生日，妻善鼓琴

雨歇前林，薰风度、琴声清淑。绮窗迥、张眉初扫[①]，弄弦鸣玉。三叠瑶池仙侣宴，九江鹤唳清江曲。政伯鸾[②]、此日梦维熊[③]，祥烟馥。　　金徽外[④]，音时续。雕筵上，听难足。且相将一醉，满倾醽醁。共祝遐龄何所似，水流不尽高山矗。算未应、归去抱琴书，云间宿。

（《截江网》卷五）

[注释]

①张眉初扫：张敞字子高，宣帝时为太中大夫、京北尹、冀州刺史，尝为妻画眉，一时盛传，后成为夫妻恩爱的典故。事详《汉书·张敞传》。初扫，即初画，初描。　②政伯鸾：政即正。汉梁鸿字伯鸾，娶妻孟光，每日为具食，举案齐眉，后常以此喻夫妻相敬知礼。　③梦维熊：本《诗经·小雅·斯干》"乃寝乃兴，乃占我梦。吉梦维何，维熊维罴"。后常用此指生男孩子。词中用以颂生日。　④金徽：金饰的琴徽。

鹧鸪天

寿友人母

淑德由来孟母名[①]，方瞳鹤髮莹精神[②]。天教遐算灵椿比[③]，亲见贤郎擢桂荣[④]。　　逢诞日，庆孙曾。金花纶诰又重新[⑤]。愿君学得司空母，管取年高寿太平。[⑥]

[注释]

①孟母：孟轲母。孟母为教子，曾三迁其居所，后以此指妇女贤德。　②方瞳：方形瞳孔，道家以为眼方者寿千岁。　鹤髮：白髮。鹤羽白，喻老人之白髮；传鹤为仙人骐骥，因常用以形容长寿。　③灵椿：本《庄子·逍遥游》"上古有大椿者，以八千岁为春，八千岁为秋"。后因以

此赞颂人长寿。 ④擢桂：犹折桂，指登科。 ⑤金花纶诰：即金花帖子，唐宋时科举考试之登第榜帖。 ⑥原注：“张司空齐贤母年八十馀，太宗面赐一诗曰：‘往日贫儒母，年高寿太平。’”

生查子

寿陈宰妻

家承阀阅高①，人擅闺房秀。嫁得伯鸾夫，直是齐眉偶。

榴花著子时②，萱草宜男候③。一笑捧觥船，共祝人长寿。

[注释]

①阀阅：指世家门第。 ②榴花著子：喻多子多福。 ③萱草宜男：萱草亦名宜男。萱草宜男候，颂其多生贵子。

南歌子

寿 子

小子何时见，高秋此日生。阶兰岩桂正欣荣。家比杜陵犹有、彩衣轻。 应诏须三载，传家有一经。齐禽刷羽早蜚鸣①。莫效老夫头白、好归耕②。

（以上三首见《截江网》卷六）

[注释]

①蜚鸣：飞鸣，意谓飞黄腾达。蜚，通“飞”。《史记·苏秦列传》：“毛羽未丰，不可以高蜚。” ②《全宋词》注：“夫”，原误作“天”，据《翰墨大全》丙集卷十四改。

存目词

《词综》卷十六有李潼《多丽》“好人人”一首，乃李子申词，见《花草粹编》卷十二。

李 泳

李泳，生卒未详，字子永，号兰泽，李洪弟。淳熙中曾任溧水令，又为阮冶司干官。约卒于淳熙末。

水调歌头

危楼云雨上，其下水扶天。群山四合，飞动寒翠落檐前。尽是秋清栏槛，一笑波翻涛怒，雪阵卷苍烟。炎暑去无迹，清驶久翩翩。　　夜将阑，人欲静，月初圆。素娥弄影，光射空际绿婵娟。不用濯缨垂钓[①]，唤取龙宫仙驾，耕此万琼田[②]。横笛望中起，吾意已超然。

（《夷坚三志》己卷八）

[注释]

①濯缨：洗涤冠缨。《孟子·离娄上》：“沧浪之水清兮，可以濯我缨。”常用比喻超脱尘俗、操守清高、归隐山林。　垂钓：传姜尚事文王前，曾垂钓磻溪。因而常以垂钓喻归隐。　②琼田：犹玉田，此指湖水。

贺新郎

门掩长安道。卷重帘、垂杨散暑，嫩凉生早[①]。午梦惊回庭阴翠，蝶舞莺吟未了。政露冷、芙蓉池沼。金雁尘昏么弦断[②]，理馀音、尚想腰支袅。欢渐远，思还绕。　　临皋望极沧江渺。晚潮平、湘烟万顷，断虹残照。彩舫凌波分飞后，别浦菱花自老[③]。问锦鲤、何时重到[④]。楼迥层城看不见，对潇潇、暮雨怜芳草。幽恨阔、楚天杳。

（《中兴以来绝妙词选》卷五）

[注释]

①嫩凉：微凉。 ②金雁：即金筝，弦柱。么弦：琵琶的第四弦，为琵琶四弦中最细一弦，因称。唐刘禹锡《澈上人文集》："……如么弦孤韵，瞥入人耳，非大乐之音。" ③别浦：犹南浦，泛指送别的地方。又，天上银河界隔牛郎织女，故亦称别浦。 ④锦鲤：本《文选·乐府古辞〈饮马长城窟行〉》"呼儿烹鲤鱼，中有尺素书"。后因常以鲤、锦鲤指书信。

定风波

感 旧

点点行人趁落晖，摇摇烟艇出渔扉。一路水香流不断，零乱。春潮绿浸野蔷薇。 南去北来愁几许，登临怀古欲沾衣。试问越王歌舞地，佳丽。只今惟有鹧鸪啼。

（《绝妙好词》卷二）

存目词

通行本《绝妙词》卷二有李泳《清平乐》"乱云将雨"二首，乃李鼐作，见《阳春白雪》卷四。汲古阁抄本《绝妙好词》未误。

李 洤

李洤,生卒不详,字子召,李洪弟。

满庭芳

送张守汉卿赴召①

麦秀连云,桑枝重绿,史君佳政流传。凤衔丹诏,来自九重天。千里欢腾祖帐②,棠阴外、多少攀辕③。津亭路,紞如五鼓④,难驻邓侯船⑤。　光华,家世事,门中列戟⑥,圯上遗编⑦。况建炎勋业,图画凌烟。此去朝端济美⑧,看早步、两两台躔。须知道,中兴盛治,主圣赖臣贤。

(《中兴以来绝妙词选》卷五)

[注释]

①张汉卿:李淦友,名廷杰,吴郡人,曾任州郡长官。　②祖帐:古时为出行者饯行所设的帐幕。　③棠阴:传说周召公奭巡行南国,在棠树下听讼断案,后人思念召公惠政,遂不忍伐其树。后因以喻惠政。词中代指州衙。　攀辕:攀辕卧辙,拦阻车行,挽留有德政的地方官。用东汉侯霸事。　④紞(dǎn):鼓声。《晋书·邓攸传》:"紞如打五鼓,鸡鸣天欲曙。"　⑤邓侯:指晋邓攸。攸在郡刑政清明,百姓欢悦,后称疾去职,郡尝有送迎钱数百万,攸去郡,不受一钱。百姓数千人留牵攸船,不得进。攸乃小停,夜中发去。　⑥门中列戟:即戟门。唐制,三品以上,门列棨戟,后因以指显贵之家。　⑦圯上遗编:《史记·留侯世家》记张良遇圯上老人,赠《太公兵法》,遂精通兵法和治国之术。词中指家传有经世济民、安邦定国之术。　⑧朝端:位居首席的朝臣,常指尚书省长官。

西江月

可是江梅开晚,从教蜡雪来迟。此花清绝胜南枝,挽过春风第一。　　蘸蜡女工鬥巧，涂黄汉额偏宜[①]。□腮相倚并开时[②]，认取东君深意。

（《永乐大典》卷二千八百十一“梅”字韵引李子召《花萼词》）

[注释]

①涂黄汉额：蜡梅花色微黄，故有此语。　②唐氏按：原无空格，据律补。

李　澍

李澍，生卒不详，字子秀，李洪弟，曾为新城邑丞、柯山别驾。

踏莎行

送新城交代李达善①

红药香残，绿筠粉嫩。春归何处寻春信。绣鞍初上马蹄轻，举头便觉长安近②。　　别酒无情，啼妆有恨。山城向晚斜阳褪。清江极目带寒烟，锦鳞去后凭谁问。

（《中兴以来绝妙词选》卷五）

［注释］

①新城：在湖北襄阳东南十里处。　交代：宋时官职名。　李达善：李澍之友，生卒年里不详。　②长安：汉唐时国都，词中借指都城临安。唐孟郊《登科后》："春风得意马蹄疾，一日看尽长安花。"

满庭芳

乡老众宾劝制置开府酒①

油幕新开②，骍旄前导③，暂归梓里春容④。致身槐府⑤，功在鼎彝中⑥。慨想东山故侣⑦，烟霞外，久阔仙踪。今何幸，相逢吐握⑧，谈笑一尊同。　　德星，占瑞处，旌麾五马，衮绣三公。对渭川遗老⑨，绛县仙翁⑩。厚意杯传绀玉⑪，那堪更，簏实囊红。拚沉醉，今宵盛事，复见古人风。⑫

[注释]

①制置:官职,掌本路诸州军马屯防捍御诸事。 开府:唐宋时以开府仪同三司为文散官第一阶。 ②油幕:涂有油的帐幕,供迎宾或歇息之用。将帅、地方长官常设之。 ③骍旄:赤色牛,重要会盟所用牲。词写劝制置、开府酒,故用之。 ④梓里:故乡。 春容:雍容畅达。 ⑤槐府:三公一类高官府衙。 ⑥鼎彝:古代烹饪器和宗庙礼器,常于上刻铭功纪德的文字。 ⑦东山故侣:本指谢安。《世说新语·排调》:"谢公(安)在东山,朝命屡降而不仕。后出为桓宣武(温)司马,将发新亭,朝士咸出瞻送。高灵时为中丞,亦往相祖。先时,多少饮酒,因倚如醉,戏曰:'卿累违朝旨,高卧东山,诸人相与言:"安石不肯出,将如苍生何?"今亦苍生将如卿何?'谢笑而不答。"词中借此指隐居时旧友。 ⑧吐握:吐哺握髮。相传周公敬贤,甚至一沐三握髮,一饭三吐哺,停下来接待来客。词中借指受殷勤接待。 ⑨渭川遗老:姜尚遇文王前,曾隐渭川,故称渭川老。姜尚以长寿称于后世,词中借指众乡老。 ⑩《左传·襄公三十年》:"晋悼夫人食舆人之城杞者。绛县人或年长矣,无子,而往与于食。有与疑年,使之年。曰:'臣小人也,不知纪年。臣生之岁,正月甲子朔,四百有四十五甲子矣,其季于今,三之一也。'吏走问诸朝。师旷曰:'……七十三年矣。'史赵曰:'亥有二首六身,下二如身,是其日数也。'"词中绛县仙人亦借指众乡老。 ⑪绀玉:深青带红色的美酒。 ⑫唐氏按:此词又见史浩《鄮峰真隐词曲》卷一。

千秋岁

四明赵制置、史开府劝乡老众宾酒

鄮峰凝瑞[1],鄞水浮佳气。晴景转,花光媚。碧幢森大纛[2],红旆纷千骑。相遇处,满城鹤髮群仙萃。 绮席张高会,鼍鼓笙箫沸。金兽袅,檀烟翠。玉山环回座[3],休惜今朝醉。觞再举,清歌共引千秋岁。

（以上二首《永乐大典》卷一万二千零四十三"酒"字韵引柯山别驾李澍词）

[注释]

①鄮(mào)峰:鄮山,在浙江鄞县东。 ②碧幢:碧油幢,即前一首所谓油幕者。大纛(dào):泛指大旗。 ③玉山:词中指品德仪容洵美之人,即众乡老。 环回座:疑为环四座之讹。

存目词

调 名	首 句	出 处	附 注
减字木兰花	酒巡未止	《永乐大典》卷一万二千零四十三“酒”字韵	沈瀛词,见《竹斋词》
减字木兰花	酒巡好止	同上	同上
减字木兰花	八巡将止	同上	同上
减字木兰花	九巡将止	同上	同上
减字木兰花	十巡将止	同上	同上

朱熹

朱熹(1130—1200)，字元晦，一字仲晦，号晦庵，徽州婺源(今江西婺源)人。生于南剑州尤溪(今属福建)。绍兴十八年(1148)进士。历知南康军，潭州兼荆湖南路安抚使。韩侂胄专政，行伪学、党禁，落职罢祠。著有《朱子大全》、《朱子语类》等。有《晦庵词》。

浣溪沙

次秀野酴醾韵①

压架年来雪作堆，珍丛也是近移栽。肯令容易放春回。　却恐阴晴无定度，从教红白一时开。多情蜂蝶早飞来。

［注释］

①秀野：刘韫，字仲固，号秀野，崇安人。见《宋诗纪事》卷四十六。

菩萨蛮

回　文

晚红飞尽春寒浅，浅寒春尽飞红晚。尊酒绿阴繁，繁阴绿酒尊。　老仙诗句好，好句诗仙老。长恨送年芳，芳年送恨长。

［集评］

邹祗谟云："词有隐括体、有回文体。回文之就句回者，自东坡、晦庵始也。"(《远志斋词衷》)

菩萨蛮

次圭父回文韵

暮江寒碧萦长路，路长萦碧寒江暮。花坞夕阳斜，斜阳夕坞花。　　客愁无胜集，集胜无愁客。醒似醉多情，情多醉似醒。

［集评］

卓人月云："公词十六首，道紧（学）气满纸。此二词饶有致。"（《古今词统》卷一）

好事近

春色欲来时，先散满天风雪。坐使七闽松竹[①]，变珠幢玉节[②]。　　中原佳气郁葱葱，河山壮宫阙。丞相功成千载，映黄流清澈。

［注释］

①七闽：福建别称。　②珠幢玉节：比喻指松竹着雪后，别一番风雅天地。幢节，原指旗帜仪仗。

西江月

睡处林风瑟瑟，觉来山月团团。身心无累久轻安，况有清池凉馆。　　句稳翻嫌白俗[①]，情高却笑郊寒[②]。兰膏元自少陵残，好处金章不换[③]。

［注释］

①白俗：白居易的诗通俗易懂，因称。　②郊寒：孟郊诗风清寒峭冷，

因谓。苏轼《祭柳子玉文》："元轻白俗，郊寒岛瘦。" ③金章：金印。谓高官显位。据《汉书·百官公卿表》，三公彻侯，皆金印紫绶。

西江月

堂下水浮新绿，门前树长交枝。晚凉快写一篇诗，不说人间忧喜。　身老心闲益壮，形臞道胜还肥。软轮加璧未应迟[①]，莫道前非今是[②]。

[注释]

①软轮加璧：汉明帝至辟雍，尊事三老，以安车软轮相迎。　加璧：赠之以璧，厚礼也。　②前非今是：本晋陶渊明《归去来兮辞》"寔迷途其未远，觉今是而昨非"。

鹧鸪天

江　槛

暮雨朝云不自怜[①]，放教春涨绿浮天。只令画阁临无地，宿昔新诗满系船[②]。　青鸟外[③]，白鸥前[④]。几生香火旧因缘。酒阑山月移雕槛，歌罢江风拂玳筵[⑤]。

[注释]

①暮雨朝云：语出宋玉《高唐赋序》，楚怀王游高唐，梦巫山神女自荐枕席，临别言："妾在巫山之阳，高丘之阻，旦为朝云，暮为行雨，朝朝暮暮，阳台之下。" ②宿昔：早晚。言时间之短。　③青鸟：传说中西王母之信使，传递王母欲来之消息。　④白鸥：用"鸥鹭忘机"典。昔人有好鸥鸟者，每日至海滨与白鸥游，人鸥两忘，相安相得。见《列子·黄帝》。　⑤玳筵：以玳瑁装饰坐具的筵席。指盛宴。

鹧鸪天

已分江湖寄此生，长蓑短笠任阴晴。鸣桡细雨沧洲远[①]，系舸斜阳画阁明。　奇绝处，未忘情。几时还得去寻盟[②]。江妃定许捐双珮[③]，渔父何劳笑独醒[④]。

[注释]

①沧洲:水滨。隐者所居。　②寻盟:盟，即白鸥盟。　③江妃:传说中仙女。旧题汉刘向《列仙传》载，江妃二女，游于江汉之滨，遇郑交甫，赠以佩珠。交甫行数十步，佩珠与仙女皆不见。　④"渔父"句:"屈原至于江滨，被髪行吟泽畔，颜色憔悴，形容枯槁。渔父见而问之曰:'子非三闾大夫欤？何故而至于此？'屈原曰:'举世混浊而我独清，众人皆醉而我独醒。是以见放。'渔父曰:'……举世混浊何不随其流而扬其波？众人皆醉何不餔其糟而啜其醨？何故怀瑾握瑜而自令见放为？'"见《史记·屈原贾生列传》。

鹧鸪天

叔怀尝梦飞仙[①]，为之赋此。归日以呈茂献侍郎，当发一笑。

脱却儒冠著羽衣[①]。青山绿水浩然归。看成鼎内真龙虎[②]，管甚人间闲是非。　生羽翼，上烟霏。回头只见冢累累。未寻跨凤吹箫侣[③]，且伴孤云独鹤飞。

[注释]

①叔怀:其人未详。　茂献:章颖字茂献，曾官兵部侍郎。　②羽衣:道士所着衣。　③龙虎:道家语。指金丹。　④跨凤吹箫侣:秦穆公女弄玉与其夫萧史皆善吹箫，能作凤鸣，引凤来止。穆公为作凤台。一日弄玉乘凤，萧史驾龙，双双仙去。见《太平广记》引《神仙传拾遗》。

南乡子

次张安国韵[①]

落日照楼船，稳过澄江一片天。珍重使君留客意，依然，风月从今别一川。　离绪悄危弦，永夜清霜透幕毡。明日回头江树远，怀贤，目断晴空雁字连。

[注释]

①张安国：即张孝祥，字安国。有《于湖词》一卷。

满江红

刘知郡生朝[①]

秀野诗翁，念故山、十年乖隔[②]。聊命驾、朱门旧隐，绿槐新陌。好雨初晴仍半暖，金缸玉斝开瑶席[③]。更流传、丽藻借江天[④]，留春色。　过里社，将儿侄。谈往事，悲陈迹。喜尊前现在，镜中如昔。两鬓全期烟树绿，方瞳好映寒潭碧[⑤]。但一年、一度一归来，欢何极。

[注释]

①刘知郡：未详。　②乖隔：别离。　③金缸：华美的灯盏。　玉斝（jiǎ）：玉制酒器。　瑶席：以玉饰席，状宴席之华贵。　④丽藻：华美的文辞。　⑤方瞳：方形瞳孔。道家言眼方者寿千岁，因以方瞳为仙人之征。

水调歌头

富贵有馀乐，贫贱不堪忧。谁知天路幽险，倚伏互相酬[①]。请看东门黄犬[②]，更听华亭清唳[③]，千古恨难收。何似鸱夷子，散髮弄扁舟[④]。　鸱夷子，成霸业，有馀谋。致身千乘卿相[⑤]，归把钓鱼钩。春昼五湖烟浪，秋夜一天云月，此外尽悠悠。永弃人间事，吾道付沧洲。

[注释]

①倚伏：本《老子》“祸兮福之所倚，福兮祸之所伏”。　②东门黄犬：用李斯事，喻达官显宦一旦失势而被夷戮之惨状。《史记·李斯列传》：“斯出狱，与其中子俱执，顾谓其中子曰：‘吾欲与若复牵黄犬，俱出上蔡东门逐狡兔，岂可得乎？’遂父子相哭，而夷三族。”　③华亭清唳：华亭，在今浙江嘉兴，有清泉茂林，南朝陆机兄弟曾游此十馀年。陆机河桥败，为卢志所谗，被诛。临刑叹曰：“欲闻华亭鹤唳，可复得乎？”见《世说新语·尤悔》。　④“何似”二句：用李白《古风》之十八句“何如鸱夷子，散髮棹扁舟”。鸱夷子，鸱夷子皮省称。春秋时越大夫范蠡辅佐越王勾践卒灭吴国，成就霸业，以勾践为人可与同患难，不能共安乐，遂功成身退，去越入齐，改名鸱夷子皮，乘扁舟浮于江湖。见《史记·越王勾践世家》、《史记·货殖列传》。又唐陆广微《吴地记》引《越绝书》佚文云：“西施亡吴国后，复归范蠡，同泛五湖而去。”　⑤千乘：兵车千辆。战国时诸侯国，小者称千乘，大者称万乘。

水调歌头

次袁仲机韵

长记与君别，丹凤九重城[①]。归来故里，愁思怅望渺难平。今夕不知何夕[②]，得共寒潭烟艇，一笑俯空明。有酒径须醉，无事莫关情。　寻梅去，疏竹外，一枝横。与君吟弄风月，端不负平生。何处车尘不到，有个江天如许，争肯换浮名。只恐买山隐[③]，却要炼丹成。

[注释]

①“丹凤”句：指京城。相传秦穆公女弄玉吹箫引凤，凤凰降于京城，

后因称京都为凤城。 ②“今夕”句：本杜甫《赠卫八处士》“今夕复何夕，共此灯烛光”。 ③买山隐：指归隐。《世说新语·排调》：“支道林因人就深公买印山。深公答曰：‘未闻巢、由买山而隐。’”

水调歌头[①]

隐括杜牧之齐山诗[②]

江水浸云影，鸿雁欲南飞[③]。携壶结客，何处空翠渺烟霏[④]。尘世难逢一笑[⑤]，况有紫萸黄菊，堪插满头归[⑥]。风景今朝是，身世昔人非。 酬佳节，须酩酊[⑦]，莫相违。人生如寄[⑧]，何事辛苦怨斜晖[⑨]。无尽今来古往[⑩]，多少春花秋月，那更有危机。与问牛山客，何必独沾衣[⑪]。

[注释]

①唐氏按：此首别误入赵长卿《惜香乐府》卷五。 ②齐山诗：原名《九日齐山登高》。 ③“江水”二句：本杜牧《九日齐山登高》“江涵秋影雁初飞”。 ④“携壶”二句：本杜牧《九日齐山登高》“与客携壶上翠微”。⑤“尘世”句：本杜牧《九日齐山登高》“尘世难逢开口笑”。 ⑥“况有”二句：本杜牧《九日齐山登高》“菊花须插满头归”。 ⑦“酬佳节”二句：本杜牧《九日齐山登高》“但将酩酊酬佳节”。 ⑧人生如寄：意谓人之生命短促，犹如暂时寄居世间。三国魏曹丕《善哉行》：“人生如寄，多忧何为。” ⑨“何事”句：本杜牧诗“不用登临恨落晖”。 ⑩“无尽”句：本杜牧诗“古往今来只如此”。 ⑪“与问”二句：本杜牧诗“牛山何必独沾衣”。据《晏子春秋·内篇》载，齐景公登牛山，北临其国而流涕曰：“若何滂滂去此而死乎？”艾孔、梁丘据皆从而泣。独晏子笑景公不懂得失存亡自然更替之理，徒发伤悲。

[集评]

王弈清云：“其隐括杜牧之《九日齐山登高》诗《水调歌头》一阕，气骨豪迈，则俯视辛、苏；音韵谐和，则仆命秦、柳。洗尽千古头巾俗态。”（《历

代词话》卷七引《读书续录》)

念奴娇

用傅安道和朱希真梅词韵[1]

临风一笑,问群芳谁是,真香纯白。独立无朋,算只有、姑射山头仙客[2]。绝艳谁怜,真心自保,邈与尘缘隔。天然殊胜,不关风露冰雪。　　应笑俗李粗桃[3],无言翻引得[4],狂蜂轻蝶。争似黄昏闲弄影,清浅一溪霜月[5]。画角吹残,瑶台梦断,直下成休歇。绿阴青子,莫教容易披折。

[注释]

①朱希真:即朱敦儒(约1080—1175),字希真,号岸壑老人,世称洛川先生。工词,多写颓放消极之情怀,南渡后,亦颇有描写离乱流离及故土之思之作。有词集《樵歌》。　②姑射山:仙山。《庄子·逍遥游》:"藐姑射之山,有神人居焉,肌肤若冰雪,淖约若处子。"　③俗李粗桃:本苏轼《寓居宝惠院之东,杂花满山,有海棠一株,土人不知贵也》"嫣然一笑竹篱间,桃李漫山总粗俗"。　④无言:本《史记·李将军列传》"谚曰:'桃李不言,下自成蹊。'"　⑤"争似"二句:化用宋林逋《山园小梅》"疏影横斜水清浅,暗香浮动月黄昏"。

水调歌头

联句问讯罗汉同张敬夫[1]

雪月两相映,水石互悲鸣。不知岩上枯木,今夜若为情。应见尘中胶扰,便道山间空旷,与么了平生。与么平生了,□水不流行。(熹)　　起披衣,瞻碧汉,露华清。寥寥千载,此事本分明。若向乾坤识易[2],便信行藏无间[3],

处处总圆成。记取渊冰语，莫错定盘星。（栻）

［注释］

①罗汉同，不详。 张敬夫：即张栻(1133—1180)，字敬夫，汉州绵竹(今属四川)人。张浚子。以荫入仕，累官直秘阁，终右文殿修撰。与朱熹友善。著有《南轩集》等。 ②乾坤：天地。《易经·说卦》：乾为天，坤为地。 易：天地阴阳变化之道。 ③行藏：出入进退。《论语·述而》："子谓颜渊曰：用之则行，舍之则藏，唯吾与尔有是夫。"

忆秦娥

雪、梅二阕怀张敬夫[①]

云垂幕，阴风惨淡天花落[②]。天花落，千林琼玖[③]，一空鸾鹤。 征车渺渺穿华薄，路迷迷路增离索。增离索，剡溪山水[④]，碧湘楼阁。

［注释］

①唐氏按：此二首《中兴以来绝妙好词选》卷二误作张安国词。 ②天花：雪花。 ③琼玖：玉名。喻雪后林木洁白如玉。 ④剡溪：溪名。在浙江嵊县南。

忆秦娥

梅花发，寒梢挂著瑶台月。瑶台月，和羹心事[①]，履霜时节。 野桥流水声呜咽，行人立马空愁绝。空愁绝，为谁凝伫，为谁攀折。（以上俱见《宋元十五家词》本《晦庵词》）

[注释]

①和羹心事:和羹,本《尚书·说命》"若作和羹,尔惟盐梅"。本谓盐多则咸,梅多则酸,盐梅适当,方成和羹。常以喻宰辅佐助帝王治理天下。亦用以咏梅。

水调歌头[①]

不见严夫子[②],寂寞富春山。空馀千丈危石,高插暮云端。想象羊裘披了,一笑两忘身世,来把钓鱼竿。不似林间翮,飞倦始知还。　　中兴主,功业就,鬓毛斑。驰驱一世豪杰,相与济时艰。独委狂奴心事,不羡痴儿鼎足[③],放去任疏顽。爽气动心斗,千古照林峦。

(《方舆胜览》卷四)

[注释]

①唐氏按:此首《钓台集》作朱熹词。亦见《晦庵题跋》卷三,然不云何人所作。江刻《晦庵词》无之。《渚山堂词话》卷一云:依旧本定为胡寅之作。又《坚瓠六集》记朱文公云:"顷年过七里滩,见壁间有胡明仲题词刻石,拈出子陵怀仁辅义之语,以励往年士大夫,为之摩挲太息。后舟过,石不复存,或有恶闻而毁之也。独一老僧能诵其词,为予道之,俾书之册。"据此,则非晦庵之作明甚。见唐圭璋《宋词四考·宋词互见考》。今姑照附于此。　②严夫子:即严光,字子陵,会稽馀姚人。少有高名,与光武帝刘秀同游学。秀即位,光变名姓隐遁,披羊裘垂钓于富春江。秀派人觅访,征召入京,授谏议大夫,终不受,隐遁于富春山。见《后汉书·逸民传》。　③"独委"二句:严光被召入京。司徒霸与光素旧,遣使奉书。光问使者:"君房(霸字)素痴,今为三公,宁小差否?"来使曰:"位已鼎足,不痴也。"光回书霸,有"怀仁辅义天下悦,阿谀顺旨要领绝"之言。霸得书,奏之帝,帝笑曰:"狂奴故态也。"见《后汉书·逸民传》。

存目词

调名	首句	出处	附注
生查子	庭户晓光中	《永乐大典》卷五百四十“蓉”字韵	李处全词，见《晦庵词》
青玉案	雪消春水东风猛	《古今别肠词选》卷三	似是明人作品，必非朱熹词。词附录于后
满江红	扰扰劳生	金绳武本《花草粹编》卷十七	僧晦庵作，见《鹤林玉露》卷四

青玉案

雪消春水东风猛，帘半卷、犹嫌冷。怪是春来常不醒。杨柳堤边，杏花村里，醉了重相请。　而今白髮羞垂领，静里时将旧游省。记得孤山山畔景。一湾流水，半痕新月，画作梅花影。

黄 铢

黄铢(1131—1195),字子厚,自号谷城翁。有《谷城集》,不传。

江神子

晚泊分水①

秋风袅袅夕阳红,晚烟浓,暮云重。万叠青山,山外叫孤鸿。独上高楼三百尺,凭玉楯②,睇层空。 人间日月去匆匆,碧梧桐。又西风。北去南来,销尽几英雄。掷下玉尊天外去,多少事,不言中。

[注释]

①分水:古县名,今属浙江桐庐。以桐庐水至此中分而名。 ②玉楯:栏杆的美称。

菩萨蛮

夜宿崇安县第三铺闻吹箫

海上翠叠青螺浅,暮云散尽天容远。匹马度江皋,北风生怒号。 解鞍栖倦翮①,皓月空庭白。何处小阑干,玉箫吹夜寒。

[注释]

①翮:常泛指鸟翼。词中倦翮指倦游之人,即长期羁旅之人。

渔家傲

朱晦翁示欧公鼓子词戏作一首[①]

永日离忧千万绪，雪舟远泛清漳浦[②]。珍重故人寒夜语。挥玉尘[③]，沉沉画阁凝香雾。　风砌落花留不住，红峰翠蝶闲飞舞。明日柳营江上路[④]。云起处，苍山万叠人归去。　　（以上三首见《中兴以来绝妙词选》卷四）

[注释]

①朱晦翁：朱熹自称晦翁。《历代词话·黄铢〈渔家傲〉》记："朱晦翁示黄铢以欧阳永叔鼓子词，盖所以讽之也。铢赋《渔家傲》。"　②雪舟：用王子猷雪夜乘舟访戴安道事，示思人之意。访戴事见《世说新语·任诞》。　③玉尘：指雪。　④柳营：水名，即九龙江下游，在今福建漳州市东。

高宣教

高宣教,佚名,唐仲友之戚,淳熙间人。

卜算子

去又如何去,住又如何住。但得山花插满头,何问奴归处。 (《朱文公全集》卷十九按唐仲友第四状)

严　蕊

严蕊，字幼芳，天台营妓，生平不详。

卜算子①

不是爱风尘，似被前身误。花落花开自有时，总是东君主。　　去也终须去，住也如何住。若得山花插满头，莫问奴归处。

（《夷坚支志》庚卷十）

[注释]

①《古今词话·词辨上卷》记："《青楼雅述》曰：唐仲友守台，命营妓严蕊作红白桃花《如梦令》，赏以双缣。后朱晦庵为节使，欲摭仲友罪，置蕊于狱。蕊曰：'身为贱妓，不敢妄言以污士大夫也。'岳霖为宪，怜蕊无辜，卒命作词，蕊口占《卜算子》云：'不是爱风尘……'立命出之。"其他词话亦多提及此事，唯王国维《人间词话删稿·宋人小说多不足信》条云："宋人小说，多不足信。如《雪舟脞语》谓：'台州知府唐仲友，眷官妓严蕊奴……蕊赋此《卜算子》词云：'住也如何住'云云。案此词系仲友戚高宣教作，使蕊歌以侑觞者，见朱子纠唐仲友奏牍。则《齐东野语》所记朱唐公案恐亦未可信也。"

如梦令①

道是梨花不是，道是杏花不是。白白与红红，别是东风情味。曾记，曾记，人在武陵微醉。

[注释]

①《古今词话·词辨上卷》、《词苑萃编》卷十四等皆云："天台营妓严蕊有才名。唐与正为守，尝命赋红白桃花，蕊作《忆仙姿》一阕云：'道是梨花不是……'与正赏之双缣。"

鹊桥仙[①]

碧梧初出,桂花才吐,池上水花微谢[②]。穿针人在合欢楼,正月露、玉盘高泻。　蛛忙鹊懒,耕慵织倦,空做古今佳话,人间刚道隔年期,指天上、方才隔夜。

(《齐东野语》卷二十)

[注释]

①《词苑萃编》卷十四:"天台伎严幼芳,尝七夕宴坐,有谢元卿者,豪士也,因命之赋词,以己姓为韵。酒方行,而成《鹊桥仙》云:'碧梧初出……'"　②水花:即荷花。

[集评]

《本事词》卷下:"天台营妓严蕊,字幼芳。色艺冠时,琴弈书画,靡不精妙。间作小词,亦复新颖可喜。"

晦　庵

晦庵,南宋僧人,生平不详。

满江红

胶扰劳生[①],待足后、何时是足。据见定、随家丰俭,便堪龟缩。得意浓时休进步,须知世事多翻覆。漫教人、白了少年头,徒碌碌。　谁不爱,黄金屋。谁不羡,千钟禄。奈五行不是[②],这般题目。枉费心神空计较,儿孙自有儿孙福。也不须、采药访神仙,惟寡欲。[③]

（《鹤林玉露》卷四）

[注释]

①胶扰:胶胶扰扰,动乱不安。　劳生:辛苦的生活。　②五行:原指木金水火土,古人认为是构成万物的基本元素。由五行也可测算人的命运。词中指人的命运。　③唐氏按:此词或传朱熹作,朱熹云非。见《鹤林玉露》卷四。

徐 逸

徐逸,生卒不详,字无竞,天台(今属浙江)人。少与朱熹为友,后号抱独子,自称汝阳被褐公。

清平乐

风韶雨秀[①],春已平分后[②]。陡顿故人疏把酒[③],闲恁画阑搔首[④]。 争须携手踏青,人生几度清明。待得燕慵莺懒,杨花点点浮萍。 (《阳春白雪》卷四)

[注释]

①风韶雨秀:春风和熙,春雨洵美。韶,和美。 ②“春已”句:指春分后。春分为农历二十四节气之一,在公历3月20日或21日,是日昼夜长短平均,又当春季九十天之半,故称。 ③陡顿:突然变化,又作“斗顿”。④闲恁:疑为“闲凭”之讹。

沈端节

沈端节，生卒不详，字约之，号克斋，吴兴（今属浙江）人，寓居溧阳（今属江苏）。曾为芜湖令。淳熙三年（1176），知衡州，提举江东茶盐。后仕至朝散大夫、江东提刑。有《克斋词》一卷。

五福降中天

梅

月胧烟澹霜蹊滑，孤宿暮林荒驿。绕树微吟，巡檐索笑，自分平生相得。冰池半释。正节物惊心[①]，泪痕沾臆。流水溅溅，照影古寺满春色。　沉叹今年未识。暗香微动处[②]，人〔□〕初寂。酷爱芳姿，最怜幽韵，来款禅房深密。他时恨〔□〕。怅却月凌风，信音难的。雪底幽期，为谁还露立。

[注释]

①节物：应时节的景物。　②暗香：本宋林逋《山园小梅》“疏影横斜水清浅，暗香浮动月黄昏”。

卜算子

愁极强登临，毕竟愁难避。千里江山黯淡中，总是悲秋意。　谁插菊花枝，谁带茱萸佩。独倚阑干醉不成，日暮西风起。

卜算子

梅

冷蕊伴疏枝，一笑何时共。江北江南两处愁，忍看花影动。　　旅泊怕逢春，卜睡都无梦[①]。岁暮何郎未得归[②]，手捻频呵冻。

[注释]

①卜：估量。　②何郎：指南朝梁何逊。何逊有《扬州法曹梅花盛开》（一作《咏早梅》）。据传何逊廨舍有梅一株，常日咏其下，后居洛思梅，再请其任，抵扬州，花方盛开，逊对花彷徨，终日不能去。词中“何郎未得归”，即据此化出。

卜算子

踏雪探孤芳，只有诗人共。守定南枝待得开，不觉冰轮动。　　却月与凌风，谩说扬州梦。想见雕阑曲沼边，残雪和烟冻。

卜算子

客里见梅花，独赏无人共。风度精神总是伊，又是归心动。　　把酒破忧端[①]，熏被寻佳梦。梦觉香残一味寒，有泪都成冻。

[注释]

①忧端：忧愁。

卜算子

烘手熨笙簧，呵冻匀酥面。闲向梅花树下行，拜月遥相见。　　何处托春心，乐府流深怨。却捻寒窗傍绮疏，恨极东风远。

忆秦娥

凭阑独，南山影蘸杯心绿[①]。悠然忽见，卧披横轴[②]。西风暗度钗梁玉，手香记得人簪菊。人簪菊，无穷幽韵，细看不足。

［注释］

①“南山”几句：用晋陶渊明《饮酒》其二“采菊东篱下，悠然见南山”诗意。 ②卧披横轴：当指似画的丛菊。

惜分飞

桂　花

喜入眉心黄点莹，珠珮玲珑透影。风露萧萧冷，梦回月窟香成阵。　　秋后情怀君莫问，拚了因他瘦损。不似寻常韵，细看没处安排闷。

南歌子

远树昏鸦闹，衰芦睡鸭双。雪篷烟棹炯寒光，疑是风林纤月、到船窗。　　时序惊心破，江山引梦长。思量也待不思量，泪染罗巾犹带、旧时香。

［集评］

冯煦云：“《南歌子》（远树昏鸦闹）一阕，尤为字字沉响，匪仅以婉约擅长也。”（《蒿庵论词·论沈端节词》）

鹊桥仙

怀人意思，悲秋情绪，长是文园病后[①]。蛛丝轻袅玉钗风，想花貌、参差依旧。　　无穷往事，一襟新恨，老泪淋浪卮酒。天涯相对话平生，怅南北、还如箕斗[2]。

[注释]

①文园：汉文帝的墓所。司马相如曾为文帝陵园令，后来诗文中常以文园指相如。《史记·司马相如列传》："相如口吃而善著书，常有消渴疾。与卓氏婚，饶于财。其进仕宦，未尝肯与公卿国家之事，称病闲居，不慕官爵。""相如拜为孝文园令。""相如既病免，家居茂陵。"后因此称"文园多病"，常用以称人抱病有疾。　②箕斗：二星宿名。《诗经·小雅·大东》："维南有箕，不可以播扬；维北有斗，不可以挹酒浆。"箕斗一南一北，不能相遇，遂以之喻人分离不能聚合。

醉落魄

红娇翠弱，春寒睡起慵匀掠。此儿心事谁能学。深院无人，时有燕穿幕。　　漏声滴尽莲花萼[1]，静香月转西阑角。世情一任浮云薄[2]。花与东君，却解慰流落。

[注释]

①"漏声"句：谓漏尽夜深，人不能寐。莲花萼，莲花漏，古代的计时器。晋释慧远居庐山，其弟子慧要以山中不知更漏，乃取铜叶制器，状如莲花，置盆水上，底孔漏水，半之则沉，每昼夜十二沉，虽冬夏短长，云阴月黑，皆无差错，其后不传。宋天圣中燕肃又曾作莲花漏。　②浮云：以浮云喻事物，常随文而异，词中喻小人人情的浇薄。

太常引

三三五五短长亭[1]，都只解、送人行。天远树冥冥，怅好梦、才成又惊。　　夜堂歌罢，小楼钟断，归路已闻莺。应是困瞢腾[2]，问心绪、而今怎生。

[注释]

①长亭：秦汉时凡十里置亭，谓之长亭。其后五里有短亭，为行人休息与亲友饯别之处。后因以为送别之典。　②瞢（méng）腾：谓神志不清，朦胧迷糊。

[集评]

郭麐云："《词综》之选，于南宋小家，真能披沙拣金。然尚有未尽者，如克斋词，惟选《虞美人》（去年寒食曾相见）一首，其又《太常引》云：'三三五五短长亭……'"芸窗词《青玉案》云：'少时贪看琼林绕……'二词皆工。"（《灵芬馆词话》卷一）

谒金门

真个忆，花下雨声初息。猛记乌衣曾旧识①，丁宁教去觅。　春半峭寒犹力，泪滴两襟成迹。独倚危阑清昼寂，草长流翠碧。

[注释]

①乌衣：乌衣巷。《景定建康志》十六云："乌衣巷在秦淮南。晋南渡，王、谢诸名族居此，时谓其子弟为乌衣诸郎。"唐刘禹锡《乌衣巷》："朱雀桥边野草花，乌衣巷口夕阳斜。旧时王谢堂前燕，飞入寻常百姓家。"后遂以此指显贵官宦门第及其子弟，或感慨前代兴废之事。词中借以泛称所牵记之人。

[集评]

况周颐云："宋词名句，多尚浑成。亦有以刻画见长者。沈约之《谒金门》云：'独倚危阑清昼寂，草长流翠碧。'……刻画不涉纤，所以为佳。"（《蕙风词话》卷二）

谒金门

春欲去，人瘦不胜金缕[①]。门巷阴阴飞絮舞，断肠双燕语。　孤坐晚窗闲处，月到花心亭午。寒色著人无意绪，竹鸣风似雨。

[注释]

①金缕：金缕衣，饰以金缕的舞衣。

谒金门

寻胜去，湖色净涵疏树。欸乃一声何处起，风铃相应语。　目断遥林修渚，画出江南烟雨。山水照人人楚楚，锦肠生秀句。

菩萨蛮

春山千里供行色，客愁浓似春山碧。幸自不思归，子规心上啼[①]。　芳意随人老，绿尽江南草。窈窕可人花，路长何处家。

[注释]

①子规：即杜鹃。杜鹃啼声哀切，向有泣血之说。

菩萨蛮

愁人道酒能消解，元来酒是愁人害。对酒越思量，醉来还断肠。　酒醒初梦破，梦破愁无那。干净不如休[①]，休时只恁愁。

[注释]

①干净：干脆。

浣溪沙

灯夜香甘动绮筵，明珠颗颗泛瓯圆。佳人巧意底难传。　喜见翻溪流细滑，却思信手弄轻纤。不知辛苦为谁甜。

行香子

烟淡回塘，月浸疏篁。一枝□、压尽群芳。翛然风度，玉质金章。有许多清，许多韵，许多香。　中酒情怀[①]，琢句心肠。倚屏山、子细端相。冰芽初试，柑子新尝。更绮窗前，冰壶畔，看匀妆。

[注释]

①中酒：酒酣。

喜迁莺

暮云千里。正小雨乍晴，霜风初起。芦荻江边，月昏人静，独处小船儿里。消魂几声新雁，合造愁人天气。怎奈何，少年时光景，一成抛弃[①]。　回首空肠断，尺素未传，应是无双鲤。闷酒孤斟，半醺还醒，干净不如不醉[②]。有得恁多烦恼，直是没些如意。受尽也，待今回厮见，从头说似[③]。

[注释]

①一成：一下。　②干净：干脆。　③说似：说与（他听）。

菩萨蛮

楚山千叠伤心碧，伤心只有遥相忆。解佩揖巫云[1]，愁生洛浦春。　　香波凝宿雾，梦断消魂处。空听水泠泠，如闻宝瑟声。

[注释]

①解佩："郑交甫遵彼汉皋台下，遇二女，与言曰：'愿请子之佩。'二女与交甫，交甫受而辞之，超然而去。"见《文选·郭璞〈江赋〉》"感交甫之丧佩"注引《韩诗内传》。后以此表示男女相爱，赠物传情。　巫云：指巫山神女，楚怀王的梦遇者。

朝中措

天遥野阔雁书空，山远暮云中。目断江南烟雨，□□攲枕春风。　　功名富贵，何须计较，烟际疏钟。解道浅妆浓抹[1]，从来惟有坡翁。

[注释]

①解道：懂得说。北宋苏轼有《饮湖上初晴后雨》，其结处曰"欲把西湖比西子，淡妆浓抹总相宜"。苏轼后贬黄州，筑室东坡，自号东坡居士。

念奴娇

灯宵渐近[1]，更兵尘初息，韶华偏早[2]。太守风流张宴乐，不管江城寒峭。髮底蜂儿，钗头梅蕊，一一夸新巧。笙歌鼎沸，万人争看标表[3]。　　应记革履雍容，天香满袖，侍宴游三岛。圣主中兴思用旧，尊礼先朝元老。烛赐金莲[4]，柑传罗帕，行即趋严道[5]。深杯休诉，任教银漏催晓。

［注释］

①灯宵：指元宵节。我国民俗，农历正月十五有灯会，古称上元节。　②韶华：美好的春光。　③标表：宋元人语，即风采、风度。　④金莲：金莲烛，古时宫廷用的蜡烛，烛台似莲花瓣，故称。　⑤严道：御路。

念奴娇

重阳恁好，正秋清天色，水容如泻。野阔风高香雾满，采菊无人同把。堪笑渊明，蓬头曳杖，吟赏东篱下。孤风远韵，至今犹作佳话。　　争似太守才贤，慈祥恺悌[①]，赋政多闲暇。千里江山供胜践，尊俎延登儒雅。只恐相将，吹花春宴，不许斯民借。花嘲便坐，尚怀方外司马。

［注释］

①恺悌：为人和乐简易。

青玉案

史君标韵如徐庾[①]。更名节、高千古。卧治姑溪才小驻[②]。闲云无定，阳春有脚，又作南昌去。　　兴来亭上清歌度。尽能唱、公诗句。记取诸生临别语。从容占对，天颜应喜，千万留王所[③]。

［注释］

①徐庾：南朝徐陵、庾信，当时齐名，均富文采。　②卧治：典出《史记·汲黯列传》，“上以为淮阳，楚地之郊，乃召拜（汲黯）为淮阳太守。黯伏谢不受印，诏数强予，然后奉诏……上曰：‘君薄淮阳邪？吾今召君矣。顾淮阳吏民不相得，吾徒得君之重，卧而治之’。……黯居郡故治，淮阳政清。”后因以此称扬地方官才干杰出，治政清简，地方太平。　姑溪：今安徽当涂，县有姑孰溪，又名姑溪。　③王所：此指朝廷。

洞仙歌

雪肌花貌，见了千千万。眼去眉来几曾管。被今回打住，没□施程，〔□〕捺地，却悔看承较晚。　琴心传密意[①]，唯有相如，失笑他满恁撩乱。抖下俏和娇，掩翠凌红，真个是、从前可见。据入马牢笼怎干休，但拈取真诚，试教人看。

［注释］

①"琴心"句：《史记·司马相如列传》记卓王孙有女文君新寡，好音，相如缪与令相重，而以琴心挑之，终谐连理。词即用此典。

洞仙歌

夜来惊怪，冷逼流苏帐。梦破初闻打窗响。向晓开帘，凌乱千里寒光。清兴发，鹤氅谁同纵赏[①]。　江南春意动，梅竹潜通，醉帽冲风自来往。慨念故人疏，便理扁舟，须信道、吾曹清旷。待石鼎煎茶洗馀醺，更依旧归来，浅斟低唱。

［注释］

①鹤氅：以鸟羽制裘作为外套，美称鹤氅。《世说新语·企羡》："孟昶未达时，家在京口，尝见王恭乘高舆，被鹤氅裘，于时微雪……"词中用此典表示赏雪之意。

洞仙歌

重阳近也，渐秋光凄劲。宿雨初收好风景。正干戈耆定[①]，禾黍丰登，人意乐，歌舞贤侯美政。　醉翁游历处[②]，胜概依然，木落淮南见山影[③]。有客共登临，醉里疏狂，攲乌帽、从嘲雪鬓[④]。但目送孤鸿傍危栏，笑问道，黄花似谁风韵。

[注释]

①干戈者定：战争停了下来，局面安定。者，达到。 ②"醉翁"句：指安徽滁县西南一带风景区。宋欧阳修为滁州太守，尝饮于此。修自号醉翁，在滁县山中筑醉翁亭以与民同乐。 ③淮南：淮水南，滁县在淮南，故作如此说。 ④攲乌帽：乌纱帽斜戴，状醉中狂态。

虞美人

去年寒食初相见，花上双飞燕。今年寒食又花开，垂下重帘不许、燕归来。　　隔帘听燕呢喃语，似说相思苦。东君都不管闲愁，一任落花飞絮、两悠悠。

虞美人

卧红堆碧纷无数，春事知何许。班班小雨裛梨花[①]，又是清明时候、不归家[②]。　　伤春减尽东阳带[③]，人道多情杀。青春留下许多愁，分付与君今夜、一齐休。

[注释]

①班班：形容繁密的样子。　裛(yè)：沾湿。 ②"又是"句：寓唐杜牧《清明》"清明时节雨纷纷，路上行人欲断魂"意。 ③东阳带：用沈约典。《梁书·沈约传》："遂以书陈情于勉曰：'百日数旬，革带常应移孔；以手握臂，率计月小半分。以此推算，岂能支久？'"后遂以此形容人多病清瘦，或困苦而瘦弱。沈约字休文，曾任东阳太守，故称东阳带。

虞美人

暮云衰草连天远,不记离人怨。可怜无处不关情,梦断孤鸿哀怨、两三声。　　恨眉醉眼何时见,夜夜相思遍。梧桐叶落候蛩秋[1],唯有一江烟雨、替人愁。

[注释]

①候蛩:秋虫,此指蟋蟀。

探春令

旧家元夜[1],追随风月,连宵欢宴。被那懑、引得滴流地[2],一似蛾儿转。　　而今百事心情懒,灯下几曾忺看[3]。算静中、唯有窗间梅影,合是幽人伴。

[注释]

①元夜:上元之夜,即元夕、元宵。　②那懑:那些,宋元方言。　③忺(xiān):适意、高兴。

如梦令

雨后轻寒天气,玉酒中人小醉。乍报一番秋,晚簟清凉如水。忺睡,忺睡,窗在芭蕉叶底。

[集评]

况周颐云:"《如梦令》云:忺睡,忺睡,窗在芭蕉叶底。……刻画而不涉纤,所以为佳。"(《蕙风词语》卷二)

薄　幸

桂轮香满,送寒色、轻风剪剪。又还是、幽窗人静,梅影参差初转。念少年孤负芳音，多时不见文君面。漫快泻琼舟①，浓熏宝鸭②，终是心情差懒。　　谩就枕，浑无寐，□听彻、天边飞雁。闲愁消万缕，如何消遣。绣衾□忆鸳鸯暖。细思量、遍倚屏山③，挑尽琴心，谁识相思怨。休文瘦损，陡觉频移带眼。

[注释]

①琼舟：玉酒杯。　②宝鸭：作成鸭形的香炉。　③屏山：小屏风。

江城子

秋声昨夜入梧桐。雨濛濛，洒窗风。短杵疏砧，将恨到帘栊。归梦未成心已远，云不断，水无穷。　　有人应念水之东。鬓如蓬，理妆慵。览镜沉吟，膏沐为谁容。多少相思多少事，都尽在，不言中。

满庭芳

雾薄阴轻，林深烟暖，海棠特地开迟。光风绝艳，独自殿芳时。须信东君注意，花神会、别有看持。群英外，嫣然一笑，富贵出天姿。　　日长，春睡足，粉香扑扑，酒晕微微。明皇当日①，称许最相宜。妃子扶来半醉，宫妆淡、不扫蛾眉，偏怜处，流莺惊绕，金弹拂丛飞。

[注释]

①明皇：唐明皇，曾称赞杨贵妃“岂是妃子醉耶，海棠睡未足也”。见《明皇杂录》。

采桑子

昔年曾记寻芳处，短帽冲寒，竹外江干，玉面皮儿月下观。　　而今老大风流减，百事心阑，谷底林间，坐对横枝只鼻酸。

西江月

一枕香消睡恼，十年漂泊江湖。空馀清梦绕康庐，记得林间风度。　　锦绣谷中旧客，襟怀未肯全疏。从今不要别人扶，醉拥紫云归去。

喜迁莺

冰池轻皱，喜寒律乍回，微阳初透。岁晚云黄，日晴烟暖，昼刻暗添宫漏。山色岸容都变，春意欲传官柳。最好处，正酥融粉薄，一枝梅瘦。　　行乐，春渐近，景胜欢长，幼眇丝簧奏[①]。鸣玉鹓行[②]，退朝花院，犹有御香沾袖。试问西邻虽富，何以东皋依旧。趁未老，便优游林壑，围棋把酒。

[注释]

①幼眇：微妙曲折。　②鹓行：指朝班。

西江月

幸自心肠稳审[①]，怎禁眼脑迷奚。招愁买恨带人疑，一味笑吟吟地。　　闲趁莺来日下，却随燕入乌衣。阿蛮风味有谁知[2]，认得乐天词意。

[注释]

①稳审：沉着慎重。 ②阿蛮："白尚书（居易）家伎樊素，善歌；家伎小蛮，善舞。尝为诗曰：'樱桃樊素口，杨柳小蛮腰。'年既高迈，而小蛮方丰艳，因以杨柳之词托意，曰：'一树春风万万枝，嫩于金色软于丝。永丰坊里东南角，尽日无人属阿谁？'"见唐孟棨《本事诗·事感》。

念奴娇

嫩凉清晓，淡秋容、横写鲛绡十幅。山水光中参意味，不管人间荣辱。藜杖棕鞋，纶巾鹤氅，宾主俱遗俗。倚阑舒啸，一樽花下相属。　　云际有药千年，琼瑶争秀发，龙蛇新斸[1]。富贵功名元自有，且乐无穷真福。莲社风流[2]，醉乡跌宕，时奏长生曲。月娥同听，好风徐韵松竹。

[注释]

①新斸（zhú）：新砍削而成。 ②莲社：东晋僧慧远居庐山东林寺，与刘遗、雷次宗等十八人同修净土，中有白莲池，号莲社。后"莲社"常用以指高人雅士聚会。

念奴娇

洛妃汉女[1]，护春寒、不惜鲛绡重叠。拾翠江边烟澹澹[2]，交影参差胧月。秦虢相将[3]，英娥接武[4]，同宴瑶池雪。层冰连璧，个中谁敢优劣。　　著意晕粉饶酥，韵多香剩，都与群花别。娟秀敷腴索笑处[5]，玉脸微生娇靥。羞损南枝，映翻绿萼，不数黄千叶[6]。形容不尽，细看一倍清绝。

[注释]

①洛妃:洛水女神宓妃。 汉女:传说中汉水女神。 ②拾翠江边:“既如秦女艳日兮凤鸣,又似洛妃拾翠兮惊鸿。”见唐宋之问《秋莲赋》。③秦虢:唐杨玉环得宠于明皇,为贵妃,三姊皆美劭,帝呼为姨,封韩、虢、秦三国夫人。 相将:相共、一起。 ④英娥:娥皇与女英,舜之二妃。接武:细步徐行,引申为人或事前后相接,指接着而来。 ⑤敷腴:神采焕发貌。 ⑥黄千叶:指牡丹。牡丹中绝品有姚黄者,为千叶黄花,出于民间姚氏家。

念奴娇

湖山照影,正日长娇困,不烦匀扫。絮满长洲春澹沲[1],开遍吴宫花草。嫩绿葱葱,轻红蔌蔌,渐觉枝头少。馀芳难并,破愁惟有馨醥[2]。 应是留得东君,海棠方待折,玉环娇小。雾薄阴轻初睡足,宝幄画屏香袅。醉态天真,半羞微敛,未肯都开了。嫣然一笑,此时风度尤好。

[注释]

①澹沲:即淡沲,形容春日春光明媚。 ②馨醥(piǎo):清香的酒。醥,清酒。

[集评]

况周颐云:“宋词名句,多尚浑成。亦有以刻画见长者。沈约之《谒金门》云:‘独倚危阑清昼寂。草长流翠碧。’前调云‘寒色著人无意绪,竹鸣风似雨。’《如梦令》云:‘忺睡,忺睡,窗在芭蕉叶底。’《念奴娇》(刻本无题,当是咏海棠)云:‘醉态天真,半羞微敛,未肯都开了。’刻画而不涉纤,所以为佳。”(《蕙风词话》卷二)

念奴娇

寻幽览胜,凭危栏、极目风烟平楚。自笑飘零惊岁晚，欲挂衣冠神武[1]。芳甸时巡，醉乡日化，庭实名花旅。阆风蓬顶，自来不见烽戍。　宴罢玉宇琼楼，醉中都忘却，瑶池归路。俯瞰尘寰千万落，渺渺峰端栖雾。群玉图书，广寒宫殿，一一经行处。相羊物外[2]，旷怀高视千古。

（以上校汲古阁本《克斋词》）

[注释]

①挂衣冠神武："（弘景）家贫，求宰县不遂。永明十年，脱朝服挂神武门，上表辞禄。"见《南史·陶弘景传》。后常以此指退隐。　②相羊：即徜徉，漫游、徘徊的意思。

感皇恩

和气霭微霄，黄云飘转。东阁观梅负诗眼[1]。满斟绿酒，唱个曲儿亲劝。愿从今日去，长相见，　宝幄欢浓，玉炉香软。彼此宜冬镇长健。绣床儿畔，渐渐日迟风暖。告他事事底，饶一线。

（张侃《拙轩集》卷五）

[注释]

①东阁观梅：指南朝梁何逊在扬州廨舍梅下日夕吟赋诗事。杜甫《和裴迪登蜀州东亭送客逢早梅相忆见寄》："东阁官梅动诗兴，还如何逊在扬州。"

[集评]

张侃云："用俗语而婉丽。"（《拙轩词话·沈端节词》）

张孝祥

张孝祥(1132—1169),字安国,号于湖居士,历阳乌江(今安徽和县)人。绍兴二十四年(1154)廷试第一。历任中书舍人、直学士院、领建康留守。力赞张浚抗金,为宰相汤恩退所忌罢职。后起知静江府,复罢。起知潭州。乾道六年卒。有《于湖词》一卷,见六十家词本。又《于湖居士乐府》四卷,有双照楼景刊宋、元、明本词。词作有潇散出尘之姿,自在如神之笔,迈往凌云之气。其哀时感事之作,淋漓痛快,笔饱墨酣。

六州歌头

长淮望断,关塞莽然平。征尘暗,霜风劲,悄边声。黯销凝。追想当年事,殆天数,非人力,洙泗上[①],弦歌地[②],亦膻腥。隔水毡乡,落日牛羊下[③],区脱纵横[④]。看名王宵猎[⑤],骑火一川明。笳鼓悲鸣。遣人惊。　念腰间箭,匣中剑,空埃蠹,竟何成。时易失,心徒壮,岁将零,渺神京。干羽方怀远[⑥],静烽燧,且休兵。冠盖使,纷驰骛,若为情。闻道中原遗老,常南望、羽葆霓旌[⑦]。使行人到此,忠愤气填膺,有泪如倾。

[注释]

①洙泗:洙水、泗水,孔子讲学之地。《礼记·檀弓》:"我与女事夫子于洙、泗之间。" ②弦歌地:孔子讲学之地。《史记·孔子世家》:"三百五篇,孔子皆弦歌之,以求合韶、武、雅、颂之音。"弦歌地引申为有文化教育之处。 ③落日牛羊下:本《诗经·王风·君子于役》"日之夕矣,羊牛下来"。 ④区脱:汉代匈奴人筑以守边之土室。 ⑤名王宵猎:金兵主将夜猎。 ⑥干羽:干,楯;羽,旗帜。《尚书·大禹谟》:"舞干羽于两

阶。”可见干羽皆舞者所执，喻以文化礼乐怀柔远方。 ⑦羽葆霓旌：羽葆，天子之旗。此处借指王师。

[集评]

毛晋云：“于湖《歌头》诸曲，骏发踔厉，寓以诗人句法者也。”（《于湖词跋》）

陈廷焯云：“张孝祥《六州歌头》一阕，淋漓痛快，笔饱墨酣，读之令人起舞。惟‘忠愤气填膺’一句提明，转浅、转显、转无馀味。或亦耸当途之听，出于不得已耶？”（《白雨斋词话》卷六）

刘熙载云：“张孝祥安国于建康留守席上赋《六州歌头》，致感重臣罢席。然则词之兴观群怨，岂下于诗哉！”（《艺概·词概》）

水调歌头

为总得居士寿[①]

隆中三顾客[②]，圯上一编书[③]。英雄当日感会，馀事了寰区。千载神交二子，一笑眇然兹世，却愿驾柴车[④]。长忆淮南岸[⑤]，耕钓混樵渔。 忽扁舟，凌骇浪，到三吴[⑥]。纶巾羽扇容与[⑦]，争看列仙儒。不为莼鲈笠泽[⑧]，便挂衣冠神武[⑨]，此兴渺江湖。举酒对明月[⑩]，高曳九霞裾[⑪]。

[注释]

①总得居士：张祁，字晋彦，历阳人。张孝祥之父。历任直秘阁、淮南转运通判。侦察金人意图，多次上报朝廷，还练兵检阅，严密防守。被人指责张皇生事，罢官。第二年金人果然南侵。张祁罢官后卜居芜湖，筑归去来堂，号总得翁。工诗文，有文集。 ②隆中三顾客：指诸葛亮。《三国志·蜀书》载诸葛亮《出师表》：“先帝不以臣卑鄙，猥自枉曲，三顾臣于草庐之中。”隆中，在今湖北襄阳，诸葛亮筑庐居于此。 ③圯上一编书：圯上，桥上。据《史记·留侯世家》载，汉代张良曾游下邳（今江苏宿迁）圯上，遇一老人，授《太公兵法》一册，曰：“读此则为王者师矣。”以上两句，

以诸葛亮、张良喻张祁。 ④柴车：简陋无饰之车子。“驽马柴车，可得而乘也。”见《韩诗外传》。《于湖居士文集》“愿”作“顾”，下句“长”作“常”。 ⑤淮南岸：张祁卜居芜湖，在淮河之南。 ⑥三吴：地名，说法不一，有以吴兴、吴郡、会稽为三吴；有以吴郡、吴兴、丹阳为三吴，有以苏州、润州、湖州为三吴。此处当为泛指。 ⑦纶巾羽扇：纶巾，古时用青丝带编的头巾，又名诸葛巾，相传为诸葛亮所创。苏轼《念奴娇》词有“羽扇纶巾，谈笑间，强虏灰飞烟灭”。 ⑧莼鲈笠泽：莼鲈，用晋张翰故事。张翰在洛阳为官，因见秋风起，乃思吴中菰菜、莼羹、鲈鱼脍，曰：“人生贵得适志，何能羁宦数千里以要名爵乎！”遂命驾而归。事见《晋书·张翰传》。笠泽，水名，即今吴淞江。唐代陆龟蒙隐居笠泽，撰讽世小品集《笠泽丛书》。 ⑨衣冠神武：陶弘景于永明十年(492)挂衣冠于神武门而归隐。见《南史·陶弘景传》。 ⑩举酒对明月：“青天有月来几时，我今停杯一问之。”见李白《把酒问月》诗。“明月几时有，把酒问青天。”见苏轼《水调歌头》。 ⑪九霞裾：道士之服，引为闲居之服。

水调歌头

凯歌上刘恭父①

猩鬼啸篁竹，玉帐夜分弓。少年荆楚剑客，突骑锦襜红②。千里风飞雷厉，四校星流彗扫③，萧斧剉春葱④。谈笑青油幕⑤，日奏捷书同。 诗书帅，黄阁老⑥，黑头公⑦。家传鸿宝秘略，小试不言功。闻道玺书频下，看即沙堤归去，帷幄且从容。君王自神武，一举朔庭空⑧。

[注释]

①刘恭父：刘珙(1122—1178)，字共父，亦作恭父、共甫。宋孝宗时任参知政事，行政建树良多，临终仍以未能雪国耻为恨。张孝祥应举，出其门下，出仕又先后交承。 ②锦襜红：襜，车帷。《后汉书·刘盆子传》：“乘轩车大马，赤屏泥，绛襜络。”谓锦绣制成之红色车帷。 ③四校：四面军营。 ④萧斧：刚利之斧。 ⑤青油幕：军营，以青绸为幕，供迎宾或休

息之用。 ⑥黄阁老：黄阁，汉代丞相听事阁，及以后三公官署厅门涂黄色，故称黄阁。唐时门下省也称黄阁，均指称政府最高行政机构。黄阁老云刘恭父在政府中地位崇高。刘珙任至参知政事，为丞相之位。 ⑦黑头公：谓少壮而居高位者，指刘珙，任参知政事时年不足五十。 ⑧朔庭：北方边境少数民族政权。此处指与南宋对峙的金人政权。刘珙临终，手书与张栻、朱熹诀别，以未能为国雪耻为恨。

水调歌头

泛湘江①

濯足夜滩急，晞髮北风凉。吴山楚泽行遍，只欠到潇湘。买得扁舟归去，此事天公付我，六月下沧浪。蝉蜕尘埃外②，蝶梦水云乡③。 制荷衣，纫兰佩，把琼芳。湘妃起舞一笑④，抚瑟奏清商。唤起九歌忠愤，拂拭三闾文字⑤，还与日争光。莫遣儿辈觉，此乐未渠央⑥。

［注释］

①《于湖先生长短句》作“过潇湘作”。 ②蝉蜕：喻解脱。“蝉蜕蛇解，游于太清。”见《淮南子》。 ③蝶梦：谓梦。“昔者庄周梦为蝴蝶，俄然觉，蘧蘧然周也。”见《庄子·齐物论》。后亦有梦幻非真之意。 ④湘妃：舜二妃娥皇、女英。传说二女死后成为湘水之神。 ⑤三闾：屈原，曾任战国时楚国三闾大夫。《九歌》为屈原本湘沅间祀神的民间乐曲所作组词。屈原《离骚》：“奏《九歌》而舞《韶》兮，聊假日以愉乐。” ⑥未渠央：未能停止。

水调歌头

金山观月①

江山自雄丽，风露与高寒。寄声月姊②，借我玉鉴此中看。幽壑鱼龙悲啸，倒影星辰摇动，海气夜漫漫。涌起白银阙，危驻紫金山。　　表独立，飞霞珮，切云冠。漱冰濯雪，眇视万里一毫端。回首三山何处[3]，闻道群仙笑我，要我欲俱还。挥手从此去，翳凤更骖鸾[4]。

[注释]

①唐氏按：《类编草堂诗馀》卷三此首误作韩驹词。　《于湖先生长短句》作“与喻子才同登金山，江平如席，月白如昼，安国赋此调”。喻子才即喻樗，字子才，建炎进士。赵鼎都督川、陕、荆、襄时，皆辟为属。与抗金名将张浚多所往来。喻樗与张孝祥父交游，亦以张孝祥为忘年交。事见《宋史·儒林传》。　②寄声：《于湖先生长短句》作“寄笺”。　③三山：江苏镇江长江边上之金山、焦山、北固山，合称三山。　④翳凤：彩色羽毛之凤。　骖鸾：驾鸾凤之车。韩愈《送桂州严大夫》诗：“远胜登仙去，飞鸾不暇骖。”喻游赏之乐。

水调歌头

汪德邵无尽藏[1]

淮楚襟带地，云梦泽南州。沧江翠壁佳处，突兀起红楼。凭仗使君胸次，与问老仙何在[2]，长啸俯清秋。试遣吹箫看，骑鹤恐来游。　　却乘风，凌万顷，泛扁舟。山高月小，霜露既降，凛凛不能留。一吊周郎羽扇[3]，尚想曹公横槊[4]，兴废两悠悠。此意无尽藏，分付水东流。

[注释]

①汪德邵无尽藏：《于湖先生长短句》作“汪德邵作无尽藏楼于栖霞之间，取玉局老仙遗意。张安国过为赋此词”。无尽藏，楼名，为黄州太

守德邵所建。苏轼曾任提举成都玉局观，故称玉局老仙。苏轼《前赤壁赋》："惟江上之清风，与山间之明月……是造物者之无尽藏也。" ②老仙：玉局老仙，苏轼。苏轼《水龙吟》词序："闾丘大夫孝终公显，尝守黄州，作栖霞楼，为郡中绝胜。" ③周郎羽扇：羽扇纶巾、儒将闲雅从容之风度。苏轼《念奴娇》词："遥想公瑾当年，小乔初嫁了，雄姿英发。羽扇纶巾，谈笑间、强虏灰飞烟灭。" ④曹公横槊：赤壁之战前，曹操率兵南下。苏轼《后赤壁赋》："舳舻千里，旌旗蔽空，酾酒临江，横槊赋诗，固一世之雄也。"

水调歌头

隐静山观雨[①]

青嶂度云气，幽壑舞回风。山神助我奇观，唤起碧霄龙。电掣金蛇千丈，雷震灵鼍万叠[②]，汹汹欲崩空。尽泻银潢水，倾入宝莲宫[③]。　　坐中客，凌积翠，看奔洪。人间应失匕箸[④]，此地独从容。洗了从来尘垢，润及无边焦槁，造物不言功。天宇忽开霁，日在五云东。

[注释]

①隐静山：在今安徽当涂，有隐静观。《于湖先生长短句》作"隐静山中大雨"。 ②灵鼍：扬子鳄，皮可作鼓。李商隐《隋宫守岁》诗："远闻鼍鼓欲惊雷。" ③宝莲宫：佛寺，指隐静观。 ④失匕箸：受惊跌落手中食具。刘备未发时，与曹操共食。曹操曰："天下英雄，惟使君与操耳。"刘备方食，失匕箸。事见《三国志》。

[集评]

卓人月云："观雨豪，听雨悲。……'洗了'三句，迂腐语化高奇。"（《古今词统》卷十二）

水调歌头

桂林集句①

五岭皆炎热，宜人独桂林。江南驿使未到②，梅蕊破春心。繁会九衢三市，缥缈层楼杰观，雪片一冬深③。自是清凉国，莫遣瘴烟侵。　　江山好，青罗带，碧玉篸。平沙细浪欲尽，陡起忽千寻。家种黄柑丹荔，户拾明珠翠羽，箫鼓夜沉沉。莫问骖鸾事④，有酒且频斟。

［注释］

①《于湖先生长短句》作"帅静江作"。静江，今广西桂林。乾道元年(1165)张孝祥知静江府，兼广南西路经略安抚使。　②"江南"句：南朝陆凯自江南寄梅花一枝至长安，赠范晔，并附诗："折梅逢驿使，寄与陇头人。江南无所有，聊赠一枝春。"事见《太平御览》引《荆州记》。　③"雪片"句：此句与开头两句，皆用杜甫《寄杨五桂州》诗，原诗为："五岭皆炎热，宜人独桂林。梅花万里外，雪片一冬深。闻此宽相忆，为邦复好音。江边送孙楚，远附白头吟。"　④"青罗带"数句：化用韩愈《送桂州严大夫》诗，原诗为："苍苍森八桂，兹地在湘南。江作青罗带，山如碧玉篸。户多输翠羽，家自种黄柑。远胜登仙去，飞鸾不暇骖。"

水调歌头

桂林中秋

今夕复何夕①，此地过中秋。赏心亭上唤客②，追忆去年游。千里江山如画，万井笙歌不夜，扶路看遨头③。玉界拥银阙，珠箔卷琼钩。　　驭风去，忽吹到，岭边州。去年明月依旧，还照我登楼。楼下水明沙静，楼外参楼斗转，搔首思悠悠。老子兴不浅④，聊复此淹留。

[注释]

①"今夕"句："今夕何夕兮，搴洲中流。"见《说苑》载《越人歌》。②赏心亭：路边游息之亭。 ③遨头：宋代成都自正月至四月浣花，太守出游，士女纵观，称太守为遨头。又泛指出游的太守。 ④"老子"句：晋殷浩等夜登武昌南楼吟咏，庾亮率从人十馀步至，殷浩等欲避之，庾亮云："诸君少住，老子于此处兴复不浅。"遂与诸人吟咏。事见《世说新语》。

水调歌头

和庞佑父[①]

雪洗虏尘静，风约楚云留。何人为写悲壮，吹角古城楼。湖海平生豪气，关塞如今风景，剪烛看吴钩。剩喜然犀处[②]，骇浪与天浮。　忆当年，周与谢[③]，富春秋。小乔初嫁，香囊未解[④]，勋业故优游。赤壁矶头落照，肥水桥边衰草，渺渺唤人愁。我欲乘风去[⑤]，击楫誓中流[⑥]。

[注释]

①庞佑父：庞谦孺，字佑父，一作佑甫。文士，与当时士宦往来于安徽宣城一带。词题《于湖先生长短句》作"闻采石战胜"。绍兴三十一年（1161），金兵大举南下。南宋虞允文率兵迎战，于采石矶（今安徽马鞍山市）大败金兵。当时张孝祥罢官，往来宣城、芜湖间。 ②然犀：相传晋时温峤至牛渚矶，闻水下音乐声，乃燃犀角照之，见水族奇形异状。牛渚矶即牛渚山，在今安徽马鞍山，长江边上。突出伸入长江处，即为采石矶。 ③周与谢：周瑜与谢玄。 ④香囊：谢玄少时好佩香囊。见《晋书·谢玄传》。 ⑤乘风："我欲乘风归去。"见苏轼《水调歌头》（明月几时有）。 ⑥击楫：晋祖逖渡江北伐，中流击楫曰："不能清中原而复济者，有如大江。"见《晋书·祖逖传》。引申为恢复故国之气节。

水调歌头

为时传之寿[1]

云海漾空阔，风露凛高寒。仙翁鹤驾，羽节缥缈下天端[2]。指点虚无征路，时见双凫飞舞[3]，挥斥隘尘寰。吹笛向何处，海上有三山[4]。 彩衣新，鱼服丽[5]，更朱颜。蟠桃未熟，千岁容与且人间。早晚金泥封诏[6]，归侍玉皇香案，踵武列仙班。玉骨自难老，未用九霞丹[7]。

[注释]

①时传之：时澂，字传之，崇德（今浙江嘉兴）人，知和州，为张孝祥之岳父。 ②羽节：仙人的旌节、仪仗。 ③双凫：一双鞋。用王乔飞凫之典，事见《汉书·王乔传》。 ④三山：神话中海上三座仙山：方壶、蓬莱、瀛洲。 ⑤鱼服：鱼皮兽皮制成的装箭器，引申为贵人服饰。此处指隐士服饰。 ⑥金泥封诏：汉代封禅，以水银金粉和为泥，用以书写玉检诏书等，引为玉皇对仙人的封册诏书。 ⑦九霞丹：道家传说服用可以长生升天之九种丹药。

水调歌头

为方务德侍郎寿[1]

紫橐论思旧[2]，碧落拜除新。内家敕使[3]，传诏亲付玉麒麟。千里江山增丽，是处旌旗改色，佳气郁轮囷[4]。看取连宵雪，借与万家春。 建崇牙[5]，开盛府[6]，是生辰。十州老稚，都向今日祝松椿。多少活人阴德，合享无边长算，唯有我知君。来岁更今日，一气转洪钧[7]。

[注释]

①方务德：方滋，字务德，历两浙转运副使户部侍郎，此时以直敷文阁知建康府。 ②紫橐：紫色之袋，为携带文具用。古时侍从大臣携之，为

皇帝草诏令旨，位极崇荣。　③敕使：皇帝之使者。　④轮囷：屈曲貌。枚乘《七发》："龙门之桐高百尺而无枝，中郁结之轮囷。"　⑤崇牙：旗帜之齿状妆饰，为将帅旗帜所用。　⑥开盛府：古时官封督抚，开建府衙，辟置僚属，称为开府。方滋时为建康知府。　⑦洪钧：天。因万物皆天所化育而成。杜甫《上韦左相二十韵》："八荒开寿域，一气转洪钧。"

水调歌头

垂虹亭①

舣棹太湖岸，天与水相连。垂虹亭上，五年不到故依然。洗我征尘三斗，快揖商飙千里②，鸥鹭亦翩翩。身在水晶阙，真作驭风仙。　望中秋，无五日，月还圆。倚栏清啸孤发，惊起蛰龙眠。欲酹鸱夷西子③，未办当年功业，空系五湖船④。不用知馀事，莼鲙正芳鲜。

［注释］

①垂虹亭：在江苏吴江长桥上。　②商飙：秋风。　③鸱夷西子：鸱夷，春秋时越范蠡，佐越王灭吴后，浮海出齐，自谓鸱夷子皮。事见《史记·越王勾践世家》。西子，西施，越国美人，佐越王灭吴后，随范蠡入太湖而隐去。事见《吴越春秋》等。　④五湖：太湖。

水调歌头

送刘恭父趋朝

鳌禁辍颇牧①，熊轼赖龚黄②。一时林莽千险，蜂午要驱攘③。金版六韬初试④，烟敛山空野迥，低草见牛羊⑤。旒纩释南顾⑥，戈甲濯银潢⑦。　玉书下，褒懿绩，促曹装⑧。帝宸天近，红旆东去带朝阳。归辅五云丹陛⑨，回首楚楼千里，遗爱满潇湘。应记依刘客⑩，曾此奉离觞。

[注释]

①鳌禁:掌文翰之官署。 颇牧:战国时赵国名将廉颇、李牧。 ②熊轼:作伏熊形之车前横轼,亦指公卿及地方长官。 龚黄:汉代循吏龚遂、黄霸,皆有政声。 ③蜂午:纷然并起。 ④金版六韬:古兵书名,见《庄子·徐无鬼》。 ⑤"低草"句:"风吹草低见牛羊",见《乐府诗集·敕勒歌》。 ⑥旒纩:帝王之代称。 释南顾:解除南方之忧虑。 ⑦银潢:银河。 ⑧曹装:曹参闻萧何卒,告舍人治装曰:"吾将入相。"见《史记·曹相国世家》。 ⑨五云丹陛:指帝皇所在。 ⑩依刘:汉末王粲曾往荆州投靠刘表,为幕僚,见《三国志·魏书·王粲传》。后因称投靠为幕皆曰依刘。张孝祥于乾道三年(1167)再任知潭州权荆湖南路提点刑狱公事,脱离闲居生活,不再为刘珙作幕。

多　丽

景萧疏,楚江那更高秋。远连天、茫茫都是,败芦枯蓼汀洲。认炊烟、几家蜗舍[①],映夕照、一簇渔舟。去国虽遥,宁亲渐近,数峰青处是吾州。便乘取、波平风静,荃棹且夷犹[②]。关情有,冥冥去雁,拍拍轻鸥。　忽追思、当年往事,惹起无限羁愁。拄笏朝来多爽气[③],秉烛夜永足清游。翠袖香寒,朱弦韵悄,无情江水只东流。柂楼晚,清商哀怨,还听隔船讴。无言久,馀霞散绮[④],烟际帆收。

[注释]

①蜗舍:矮小房舍。 ②夷犹:从容不迫。 ③拄笏:山名。笏,手版。王子猷以手版支颐而观山景,表示情致高雅。见《世说新语·简傲》。 ④馀霞散绮:"馀霞散成绮,澄江静如练。"见谢朓《晚登三山还望京邑》诗。

木兰花慢

送归云去雁,澹寒采、满溪楼。正佩解湘腰[①],钗孤楚鬓，鸾鉴分收。凝情望行处路，但疏烟远树织离忧。只有楼前溪水，伴人清泪长流。　　霜华夜永逼衾裯。唤谁护衣篝[②]。念粉馆重来，芳尘未扫，争见嬉游。情知闷来殢酒，奈回肠、不醉只添愁。脉脉无言竟日，断魂双鹜南州[③]。

[注释]

①“正佩”句：湘腰即舜二妃娥皇、女英之腰间佩物。“水弄湘娥珮，竹啼山露月。”见李贺诗。“闻琴解佩神仙侣，挽断罗衣留不住。”见欧阳修《玉楼春》词。皆云离别。　②衣篝：熏衣用之竹熏笼。　③双鹜：一对水鸟，此指情侣之别。　南州：泛指南方一带。秋雁南飞，应首句。

[集评]

杨慎云：“丽清之句，如‘佩解湘腰，钗孤楚鬓’，不可胜载。”（《词品》卷四）

宛敏灏云：“此中自有一段悲欢离合本事。约在避金渡江初期，孝祥与一来自桐城的李姓少女相恋，以至同居，生了长子同之。后以廷试第一及拒婚，父祁为秦桧、曹泳诬陷下狱。会桧死获释，但婚姻仍须慎重处理。于是决定让李氏回故乡浮山隐居学道，俾孝祥另娶仲舅之女时氏为正室。绍兴二十六年(1156)重九前，孝祥送李氏自建康登舟沿江西上。《念奴娇》和两首《木兰花慢》就是在这次生离无异死别的激情下写的。时氏旋殁于临安，孝祥对于李氏的怀念一直不衰，给此爱情悲剧留下很多动人词作。”（《张孝祥词笺校》）

木兰花慢

紫箫吹散后，恨燕子、只空楼[①]。念壁月长亏，玉簪中断，覆水难收。青鸾送碧云句[②]，道霞扃雾锁不堪忧。情与文梭共织，怨随宫叶同流。　　人间天上两悠悠。暗泪洒灯篝。记谷口园林[③]，当时驿舍，梦里曾游。银屏低闻笑语,但醉时冉冉醒时愁。拟把菱花一半[④],试寻高价皇州[⑤]。

[注释]

①“恨燕子”句:“燕子楼空,佳人何在,空锁楼中燕。”见苏轼《永遇乐》词。 ②“青鸾”句:青鸾,指车子。古诗:“日暮碧云合,佳人殊未来。” ③谷口:地名,故地在今陕西礼泉东北。 ④菱花:铜镜。南朝徐德言,娶乐昌公主。大乱,徐与妻破镜各执一半,约日后每年正月望日卖于都市,冀得相见。后妻果入杨素家。徐依期至京,见有苍头卖半镜,因引至其居,出半镜合之。杨素知其事,召徐还其妻。事见孟棨《本事诗》。 ⑤高价皇州:高价,珍宝之物,喻地位尊崇者,如乐昌公主。皇州,京城。

[集评]

贺裳云:“升庵极称张孝祥词,而佳者不载。如‘醉时冉冉梦时休。拟把菱花一半,试寻高价皇州。’此则压卷者也。”(《皱水轩词筌》)

水龙吟

望九华山作[①]

竹舆晓入青阳,细风凉月天如洗。峰回路转,云舒霞卷,了非人世。转就丹砂[②],铸成金鼎,碧光相倚。料天关虎守[③],箕畴龙负[④],开神秘、留兹地。 缥缈珠幢羽卫[⑤]。望蓬莱、初无弱水[⑥]。仙人拍手,山头笑我,尘埃满袂。春琐瑶房,雾迷芝圃,昔游都记。怅世缘未了,匆匆又去,空凝伫、烟霄里。

[注释]

①九华山:在安徽青阳县西南,佛、道两教之胜地,寺观甚多。 ②丹砂:炼丹之朱砂。 ③天关:天上的门,传说有虎豹守卫。 ④箕畴:《洪范九畴》一书,相传为箕子所述,记禹治理天下九类大法,故称箕畴。因其

极为宝贵，故使龙负之。 ⑤珠幢羽卫：珠玉装饰之旗帜作为仪仗。 ⑥弱水：连羽毛也不能浮起之河流。相传远古有凤麟洲，四面有弱水绕之，鸿毛不浮，不可越也。事见《十洲记》。

水龙吟

过浯溪[①]

平生只说浯溪，斜阳唤我归船系。月华未吐，波光不动，新凉如水。长啸一声，山鸣谷应，栖禽惊起。问元颜去后[②]，水流花谢，当年事、凭谁记。 须信两翁不死。驾飞车、时游兹地。漫郎宅里[③]，中兴碑下[④]，应留屐齿。酌我清尊，洗公孤愤，来同一醉。待相将把袂，清都归路[⑤]，骑鹤去、三千岁。

[注释]

①浯溪：在湖南祁阳西南。 ②元颜：元结、颜真卿。元结卸任道州刺史后，家于溪畔，并命曰浯溪。 ③漫郎：唐代诗人元结，号漫郎，曾任道州（今湖南道县）刺史。祁阳属道州。 ④中兴碑：全称《大唐中兴颂》，为元结请颜真卿楷书，刻于浯溪江边崖石上。 ⑤清都：帝王所居宫阙。

念奴娇

过洞庭

洞庭青草[①]，近中秋、更无一点风色。玉鉴琼田三万顷，著我扁舟一叶。素月分辉，明河共影，表里俱澄澈。悠然心会，妙处难与君说。 应念岭海经年[②]，孤光自照，肝肺皆冰雪。短髮萧骚襟袖冷，稳泛沧浪空阔。尽吸西江，细斟北斗[③]，万象为宾客。扣舷独笑，不知今夕何夕。④

[注释]

①青草:湖名,与洞庭湖相通。 ②岭海:五岭以南,广东广西一带地区。 ③细斟北斗:北斗七星,形状舀酒之斗。《楚辞·九歌·东君》:“援北斗兮酌桂浆。” ④唐氏按:此首清黄燮清《国朝词综续编》卷一误作清人荆搢词。

[集评]

叶绍翁云:“张于湖尝舟过洞庭,月照龙堆,金沙荡射。公得意命酒,唱歌所作词,呼群吏而酌之,曰:‘亦人子也。’其坦率皆类此。”(《四朝闻见录》)

魏了翁云:“张于湖有英姿奇气,著之湖湘间,未为不遇。洞庭所赋在集中最为杰特。方其吸江酌斗、宾客万象时,讵知世间有紫微青琐哉!”(《鹤山大全集》)

黄苏云:“写景不能绘情,必少佳致。此题咏洞庭,若只就洞庭落想,纵写得壮观,亦觉寡味。此词开首从洞庭说至‘玉界琼田三万顷’,题已说完,即引入扁舟一叶。以下从舟中人心迹与湖光映带写,隐现离合,不可端倪,镜花水月,是二是一。自尔神采高骞,兴会洋溢。”(《蓼园词选》)

王闿运云:“飘飘有凌云之气,觉东坡《水调》犹有尘心。”(《湘绮楼词选》)

念奴娇

张仲钦提刑行边①

弓刀陌上,净蛮烟瘴雨,朔云边雪。幕府横驱三万里,一把平安遥接。方丈三韩②,西山八诏③,慕义羞椎结④。梯航入贡⑤,路经头痛身热。 今代文武通人⑥,青霄不上,却把南州节。虏马秋肥雕力健,应看名王宵猎⑦。壮士长歌,故人一笑,趁得梅花月。王春奏计⑧,便须平步清切[⑨]。

［注释］

①张仲钦:张维,字仲钦。时任广西刑狱公事,后继张孝祥知静江府。乾道元年(1165),张仲钦按制巡视边境。 ②方丈三韩:汉代时朝鲜南部分为马韩、辰韩、弁辰三国,合称三韩,后即用作朝鲜代称。“方丈三韩外,昆仑万国西。”见杜甫诗《奉赠太常张卿均二十调》。 ③西山八诏:指南诏等西南地区闹独立的八国酋长。唐韦皋曾招抚西山八诏。见《旧唐书·韦皋传》。 ④椎结:即椎髻,头髮撮结,形状如椎。刘向《说苑》中说“西戎左衽而椎结”,是谓西北少数民族之髮式。 ⑤梯航:登山与航海,泛指入贡之边境部族。 ⑥通人:学识渊博之人。 ⑦名王:金兵主将。张孝祥另有《六州歌头》词:“看名王宵猎,骑火一川明。笳鼓悲鸣,遣人惊。” ⑧王春奏计:王春,周天子之正月,《春秋》写为“周王春正月”,表示天下大一统。此处指宋王朝定策以大一统中国。 ⑨平步清切:清切,接近皇帝的官职,一般比较重要。平步,轻易达到也。

念奴娇

欲雪呈朱漕元顺[①]

朔风吹雨,送凄凉天气,垂垂欲雪。万里南荒云雾满,弱水蓬莱相接。冻合龙冈[②],寒侵铜柱[③],碧海冰澌结。凭高一笑,问君何处炎热。　　家在楚尾吴头[④],归期犹未,对此惊时节。忆得年时貂帽暖,铁马千群观猎。狐兔成车,笙歌震地,归踏层城月[⑤]。持杯且醉,不须北望凄切。

［注释］

①朱漕元顺:朱元顺,不详。漕,宋称转运使、转运副使、转运判官为漕。 ②龙冈:地名,在今内蒙古自治区多伦县。 ③铜柱:汉马援到交趾,立铜柱,为汉之极界。引为边界。 ④楚尾吴头:江西南昌一带,为战

国时吴国越国交界处，故称楚尾吴头。 ⑤层城：传说昆仑山有层城，分三层，上层为天帝所居。后又泛指高大之城阙。

念奴娇

再 和

绣衣使者[①]，度郢中绝唱[②]，阳春白雪。人物应须天上去，一日君恩三接。粉省香浓[③]，宫床锦重[④]，更把丝绚结[⑤]。臣心如水，不教炙手成热。 还记岭海相从，长松千丈，映我秋竿节。忍冻推敲清兴满，风里乌巾猎猎[⑥]。只要东归，归心入梦，梦泛寒江月。不因莼鲙，白头亲望真切。

[注释]

①绣衣使者：又称绣衣直指。原来汉武帝初年，民间纷乱，武帝使光禄大夫范昆等衣绣衣，持斧仗节，兴兵镇压。后泛指奉旨率兵治理地方之重臣。 ②郢中绝唱：郢，地名，今湖北江陵县，战国时楚国都城。宋玉《对楚王问》："客有歌于郢中者，其始曰《下里》《巴人》，国中属而和者数千人……其为《阳春》、《白雪》，国中属而和者不过数十人。" ③粉省：又称粉署，为尚书省之别称。 ④宫床锦重：宫中织锦贵重。 ⑤丝绚：绚，古时鞋上装饰，可以穿结鞋带。以丝绸为之绚，示贵重也。 ⑥乌巾：黑头巾，古时隐者之服。

念奴娇

星沙初下，望重湖远水，长云漠漠。一叶扁舟谁念我，今日天涯飘泊。平楚南来，大江东去，处处风波恶。吴中何地，满怀惧是离索。 常记送我行时，绿波亭上，泣透青罗薄。樯燕低飞人去后，依旧湘城帘幕[①]。不尽山川，无穷烟浪，辜负秦楼约[2]。渔歌声断，为君双泪倾落。

［注释］

①湘城帘幕：犹湘帘，指斑竹编织之帘。　②秦楼：旧时城中游狎之地。

醉蓬莱

为老人寿[1]

问人间荣事、海内高名，似今谁比。脱屣归来，眇浮云富贵。致远钩深，乐天知命，且从容阅世。火候周天[2]，金文满义[3]，从来活计。　有酒一尊，有棋一局，少日亲朋，旧家邻里。世故纷纭，但蚊虻过耳。解愠薰风，做凉梅雨，又一般天气，曲几蒲团，纶巾羽扇，年年如是。

［注释］

①老人：此为寿父之词，作于乾道五年(1169)。　②火候周天：火候，道家谓练丹功夫之功候也。周天，周遍。　③金文满义：指佛家经卷皆能通晓。“金文暂启”见《大唐西域记》。

雨中花慢

一叶凌波，十里驭风，烟鬟雾鬓萧萧。认得兰皋琼珮，水馆冰绡[1]。秋霁明霞乍吐，曙凉宿霭初消。恨微颦不语，少进还收，伫立超遥。　神交冉冉，愁思盈盈，断魂欲遣谁招。犹自待，青鸾传信，乌鹊成桥。怅望胎仙琴叠[2]，忍看翡翠兰苕[3]。梦回人远，红云一片，天际笙箫。

[注释]

①冰绡:雪白色之纱绢。 ②胎仙:神名。《云笈七签》引《上清黄庭内景经》:"琴心三叠舞胎仙。" ③翡翠兰苕:翡翠,鸟名,毛色鲜艳。兰苕,兰茎。郭璞《游仙诗》:"翡翠戏兰苕,容色更相鲜。"

[集评]

杨慎云:"写景之妙,如'秋净明霞乍吐,曙凉宿霭初消。'"(《词品》卷四)

二郎神

七 夕[1]

坐中客。共千里、潇湘秋色。渐万宝西成农事了[2],罢稏看[3]、黄云阡陌。乔□橘洲风浪稳,岳镇耸、倚天青壁。追前事,兴亡相续,空与山川陈迹。 南国。都会繁盛,依然似昔。聚翠羽明珠三市满,楼观涌、参差金碧。乞巧处、家家追乐事,争要做、丰年七夕。愿明年强健,百姓欢娱,还如今日。

[注释]

①七夕:孝祥知潭州两逢七夕,此殆乾道三年(1167)。 ②万宝西成:秋季农事收成丰硕。 ③罢稏:稻名。

转调二郎神

闷来无那,暗数尽、残更不寐。念楚馆香车,吴溪兰棹,多少愁云恨水。阵阵回风吹雪霰,更旅雁、一声沙际。想静拥孤衾,频挑寒灺,数行珠泪。 凝睇。傍人笑我,终朝如醉。便锦织回鸾,素传双鲤,难写衷肠密意。绿鬓点霜,玉肌消雪,两处十分憔悴。争忍见,旧时娟娟

素月，照人千里。　　　　（以上《于湖居士文集》卷三十一）

[集评]

宛敏灏云："此词当为怀念情妇李氏而作。乾道三年（1167）冬在长沙。……孝祥次年八月赴荆州，不到周年即致仕殁于芜湖。在现存怀念李氏词中，这是最后一首了。"（《张孝祥词笺校》）

满江红

秋满蘅皋，烟芜外、吴山历历。风乍起、兰舟不住，浪花摇碧。离岸橹声惊渐远，盈襟泪颗凄犹滴。问此情、能有几人知，新相识。　追往事，欢连夕。经旧馆，人非昔。把轻颦浅笑，细思重忆。红叶题诗谁与寄[①]，青楼薄幸空遗迹[②]。但长洲、茂苑草萋萋，愁如织。

[注释]

①红叶题诗：宫女题诗于红叶上，随沟水流出，为士人所得，终成眷属的故事，在唐代事同人异颇多，见《云溪友议》、《青琐高议》、《本事诗》等。　②青楼薄幸："十年一觉扬州梦，赢得青楼薄幸名"，见杜牧《遣怀》诗。

满江红

于湖怀古[①]

千古凄凉，兴亡事、但悲陈迹。凝望眼、吴波不动，楚山丛碧。巴滇绿骏追风远[②]，武昌云旆连江赤[③]。笑老奸[④]、遗臭到如今，留空壁。　边书静，烽烟息。通轺传，销锋镝。仰太平天子，坐收长策。蹙踏扬州开帝里，渡江天马龙为匹[⑤]。看东南、佳气郁葱葱，传千亿。

[注释]

①于湖：地名，在今安徽当涂。词所吟咏，为东晋事。太宁二年(324)，王敦顺长江东下进兵建康，明帝乘骏马至于湖侦察王敦军垒。敦梦日绕城惊觉，遣骑追明帝。帝留七宝鞭与逆旅买食妪，嘱示追骑。追兵五骑至，把鞭传玩良久，明帝得脱归。事见《晋书·明帝纪》。 ②绿骏：良马。 ③武昌云旆：王敦军自武昌东下，旗帜如云。 ④老奸：指老奸巨滑之王敦。 ⑤渡江天马：写宋高宗赵构传说泥马渡江事。金人占汴京，赵构南逃，经扬州至浙江临安(今杭州)，建立南宋政权。传说赵构于崔府君庙得一白马，骑驰一日千里，而渡河后始发现，所骑乃一匹泥马。后民间即有赵构泥马渡江，当为真命天子之传说。

[集评]

《吴礼部词话》："于湖玩鞭亭，晋明帝觇王敦营垒处。自温庭筠诗后，张文潜又赋于湖曲，以正湖阴之误。词皆奇丽警拔，脍炙人口。……张安国赋《满江红》，虽间采温张语，而词气亦不在其下。尝见安国大书此词，后题云：乾道元年正月十日。笔势奇伟可爱。"

满江红

思归寄柳州

秋满漓源[①]，瘴云净、晓山如簇。动远思、空江小艇，高丘乔木。策策西风双鬓底，晖晖斜日朱栏曲。试侧身、回首望京华，迷南北。 思归梦，天边鹄[②]。游宦事，蕉中鹿[③]。想一年好处，砌红堆绿。罗帕分柑霜落齿，冰盘剥芡珠盈掬。倩春纤、缕鲙捣香齑，新篘熟。

[注释]

①漓：一本作"湘"。 ②天边鹄：天边之鹄，春北秋南而飞，不失其时。喻思归之诚挚。"今夫鸿鹄春北而秋南，而不失其时。"见《管子》。③蕉中鹿：郑人毙鹿，恐人见之，覆以蕉叶藏之。俄而遗其所藏之处，遂以

为梦。事见《列子》。后引喻人世真假杂陈，得失无常。

［集评］

卓人月云：“波擞似颜，音韵似杜，颜书杜诗，非夸语也。”（《古今词统》卷十二）

杨慎云：“其咏物之工，如‘罗帕分柑霜落齿，冰盘剥芡珠盈掬。’”（《词品》卷四）

青玉案

饯别刘恭父

红尘冉冉长安路，看风度、凝然去。唱彻阳关留不住。甘棠庭院[1]，芰荷香渚。尽是相思处。　　龟鱼从此谁为主？好记江湖断肠句。万斛离愁休更诉。洞庭烟棹，楚楼风露。去作为霖雨[2]。

［注释］

①甘棠：《诗经》有《甘棠》诗，传为时人称颂召伯政绩之作。后沿用为称颂官吏政绩之词。　②霖雨：恩泽。“霖雨生贤佐，丹青忆老臣。”见杜甫诗。

蓦山溪[1]

和清虚先生皇甫坦韵[2]

清都绛阙，我自经行惯。壁月带珠星，引钧天、笙箫不断。宝簪瑶珮，玉立拱清班[3]。天一笑，物皆春，结得清虚伴。　　还丹九转，凡骨亲曾换。携剑到人间，偶相逢、依然青眼。狂歌醉舞，心事有谁知，明月下，好风前，相对纶巾岸。

[注释]

①唐氏按:调名原误作《洞仙歌》。 ②皇甫坦:号清虚先生,夹江人,善医术,曾被高宗召见,为显仁太后治目疾,不受厚赐。习道术,主张心无为则身安。 ③清班:原指清贵的官位,此处指皇甫坦为高宗召见。

蝶恋花

行湘阴

漠漠飞来双属玉[1]。一片秋光,染就潇湘绿。雪转寒芦花簌簌,晚风细起波纹縠。 落日闲云归意促。小倚篷窗,写作思家曲。过尽碧湾三十六,扁舟只在滩头宿。

[注释]

①属玉:水鸟名。

蝶恋花

怀于湖

恰则杏花红一树。捻指来时,结子青无数。漠漠春阴缠柳絮,一天风雨将春去。 春到家山须小住。芍药樱桃,更是寻芳处。逸院碧莲三百亩,留春伴我春应许。

蝶恋花

送刘恭父

画戟旓闲刀入鞘[1]。安石榴花,影落红栏小。似劝先生须饮醻,枕中鸿宝微传妙[2]。 衮衮锋车还急诏[3]。满眼潇湘,总是恩波渺。归去槐庭思楚峤[4],舻棱月晓期分照[5]。

[注释]

①斿闲:斿,旌旗下的垂穗。 斿闲:静貌。 ②枕中鸿宝:汉淮南王刘安有道术书《枕中鸿宝》、《苑秘书》等篇,事见《汉书》。后泛指珍秘书籍。 ③锋车:急驰之快车。 ④槐庭:古时三公重臣理事处。 ⑤觚稜:殿堂屋角瓦脊方角之形,此指朝堂。

蝶恋花

送姚主管横州[①]

君泛仙槎银海去。后日相思,地角天涯路。草草杯盘深夜语,冥冥四月黄梅雨。 莫拾明珠并翠羽。但使邦人,爱我如慈母。待得政成民按堵,朝天衣袂翩翩举。

[注释]

①横州:今广西横县。

鹧鸪天

上元设醮

咏彻琼章夜向阑,天移星斗下人间。九光倒景腾青简[①],一气回春绕绛坛。 瞻北阙,祝南山。遥知仙仗簇清班。何人曾侍传柑宴[②],翡翠帘开识圣颜。

[注释]

①九光:道家谓九种色彩,斑斓耀目。 ②传柑宴:宋代宫中上元夜宴近臣,贵戚宫人以黄柑相遗,谓之传柑宴。

鹧鸪天

子夜封章扣紫清[①],五霞光里珮环声。驿传风火龙鸾舞,步入烟霄孔翠迎[②]。 瑶简重,羽衣轻。金童双引到通明[③]。三湘五筦同民乐[④],万岁千秋与帝龄。

[注释]

①紫清:应作紫青。紫府青都,皆是神仙所居。子夜时封送奏章至神仙所居宫阙也。 ②孔翠:孔雀与翠鸟。 ③双引:宋时学士入两府,朱衣二人引马,称双引。此处谓双金童引马。 ④五筦:筦同"管",管辖之地。三湘五筦,泛指湖南。

鹧鸪天

忆昔追游翰墨场,武夷仙伯较文章。琅函奏号银台省[①],毡笔书名御苑墙。 经十载,过三湘。横楣丽锦照传觞。醉馀吐出胸中墨,只吹彭宣到后堂[②]。

[注释]

①银台省:宋门下设银台司,掌国家奏状案牍。 ②彭宣:汉代人,字子佩,官至大司空,封长平侯,后以忤王莽归里。精于《易》学。

鹧鸪天

月地云阶欢意阑,仙姿不合住人间。骖鸾已恨车尘远,泣凤空馀烛影残。 情脉脉,泪珊珊。梅花音信隔关山。只应楚雨清留梦,不那吴霜绿易斑。

鹧鸪天

提刑仲钦行部万里[①]，阅四月而后来归，辄成，为太夫人寿

去日清霜菊满丛，归来高柳絮缠空。长驱万里山收瘴，径度层波海不风。　阴德遍，岭西东。天教兹母寿无穷。遥知今夕称觞处，衣彩还将衣绣同。

[注释]

①提刑仲钦：即张维时任广西提点刑狱公事。　行边：巡察边境。

鹧鸪天

为老母寿

阿母蟠桃不记春，长沙星里寿星明[①]。金花罗纸新裁诏，贝叶旁行别授经[②]。　同犬子，祝龟龄。天教二老鬓长青。明年今日称觞处，更有孙枝满谢庭[③]。

[注释]

①寿星：星名，即老人星，为老人长寿之征。长沙，又名星沙。　②贝叶：贝叶佛经。　旁行：字体横行为旁行。　③谢庭：谢姓门庭。晋时王、谢皆为大族，子弟居高位甚多。谢庭泛指名门望族。

鹧鸪天

赠钱横州子山[①]

舞凤飞龙五百年[②]，尽将锦绣裹山川[③]，王家券册诸孙嗣，主第笙歌故国传。　居玉铉[④]，拥金蝉[⑤]。祇今门户庆蝉联。君侯合侍明光殿[⑥]，且作横槎海上仙[⑦]。

[注释]

①子山:钱子山,吴越王钱镠后裔。横州,今广西横县。 ②"舞凤"句:"天目山垂两乳长,龙飞凤舞到钱塘。"世传郭璞之语,言钱塘有王气。宋初钱俶献地,朝廷铁券。 ③"尽将"句:钱镠宴故老,山林皆覆以锦,日衣锦山。 ④玉铉:铉为鼎之扛,于鼎最高处。后引指居高官之位。 ⑤金蝉:汉唐大臣冠饰,金蝉珥貂,金取坚刚,蝉取居高饮洁。引指居高位。 ⑥明光殿:汉有明光宫,为武帝所置。 ⑦横槎:传说有人以竹林编筏,浮海能上天。事见张华《博物志》。后引喻入朝任官。杜甫《奉赠萧二十使君》诗:"乘槎动要津。"

鹧鸪天

饯刘恭父

浴殿西头白玉堂,湘江东畔碧油幢[1]。北辰躔次瞻星象[2],南国山川解印章[3]。 随步武,谢恩光,送公归趣舍人装[4]。它年若肯传衣钵,今日应须酹寿觞。

[注释]

①碧油幢:青绿色的油布帷幕,为地方主管官员出行所用。 ②北辰:北极星。 躔次:星辰运行之轨迹。 ③解印章:解下印章,辞官。④舍人:官名。宋时有中书舍人,为皇帝掌制诰。

鹧鸪天

淮西为老人寿[1]

昼得游嬉夜得眠,农桑欲遍楚山川。问看百姓知公否,馀子纷纷定不然[2]。 思主眷,酌民言,与民称寿拜公前。只将心与天通处,合住人间五百年。

[注释]

①此为寿父之作。张祁时任淮西转运判官。 ②馀子纷纷：指平庸之人的不足取之议论。

鹧鸪天

饯刘恭父

割镫难留乘马东，花枝争看袅长红。衮衣空使斯民恋[1]，绿竹谁歌入相同[2]。 回武事，致年丰。几多遗爱在湘中。须知楚水枫林下，不似初闻长乐钟[3]。

[注释]

①衮衣：古时帝王大臣之礼服。 ②绿竹：《诗经·卫风·淇奥》有“瞻彼淇奥，绿竹猗猗”之句。《淇奥》，据诗序为“美武公之德也”。此处以武公喻刘恭父。 ③长乐钟：长乐，汉宫殿名。长乐钟，泛指朝廷礼仪之声响，犹参与朝政也。

鹧鸪天

平国弟生日

楚楚吾家千里驹，老人心事正关渠。风流合是阶除玉[1]，爱惜真成掌上珠。 纡彩绶，荐芳壶[2]，老人还醉弟兄扶。问将何物为儿寿，付与家传万卷书。

[注释]

①阶除玉：芝兰玉树生于庭阶，喻子弟优秀。见《晋书·谢安传》。 ②纡彩绶：佩戴彩色印绶，喻地位显贵。

鹧鸪天

荆州别同官

又向荆州住半年,西风催放五湖船。来时露菊团金颗,去日池荷叠绿钱。　　斟别酒,扣离弦。一时宾从最多贤。今宵拚醉花迷坐,后夜相思月满川。

鹧鸪天

忆昔彤庭望日华[1],匆匆枯笔梦生花[2]。郁轮袍曲惭新奏[3],风送银湾犯斗槎。　　追往事,甫新瓜。飞蓬何事及兰麻。一江湘水流馀润,十里河堤筑浅沙。

[注释]

①彤庭:朝堂。　②生花:唐李白梦所用笔生花,文思大进。事见《开元天宝遗事》。　③郁轮袍:古曲名。唐王维以善奏《郁轮袍》为安乐公主所重,得以登第。事见《集异记》。

鹧鸪天

瞻跸门前识个人,柳眉桃脸不胜春[1]。短襟衫子新来棹,四直冠儿内样新[2]。　　秋色净,晓妆匀。不知何事在风尘。主翁若也怜幽独,带取妖饶上玉宸[3]。

[注释]

①一本作"香车油壁照雕轮"。　②内样:宫内流行式样,巾子制顶皆方平。见《封氏闻见记》。　③玉宸:宫阙。

虞美人

赠卢坚叔[1]

卢敖夫妇骖鸾侣[2]，相敬如宾主。森然兰玉满尊前，举案齐眉乐事、看年年。　我家白髮双垂雪，已是经年别。今宵归梦楚江滨，也学君家儿子、寿吾亲。

[注释]

①卢坚叔：不详。　②卢敖：传说中的仙人。

虞美人

代季弟寿老人

雪花一尺江南北，薪尽炊无粟。老仙活国度刀圭，十万人家生意、与春回。　天公一笑酧阴德[1]，赐与长生籍。今朝雪霁寿尊前，看我双亲都是、地行仙。

[注释]

①酧：同“酬”。

虞美人

无为作[1]

雪消烟涨清江浦，碧草春无数。江南几树夕阳红，点点归帆吹尽、晚来风。　楼头自捩昭华管[2]。我已无肠断。断行双雁向人飞，织锦回文空在、寄它谁。

[注释]

①无为:今安徽无为。 ②抷昭华管:吹笛。昭华管,玉笛名。

虞美人

溪西竹榭溪东路,溪上山无数。小舟却在晚烟中,更看萧萧向雨、打疏篷[1]。 无聊情绪如中酒,此意君知否。年时曾向此中行,有个人人相对、坐调筝。

[注释]

①篷:一本作"逢"。

虞美人

柳梢梅萼春全未,谁会伤春意。一年好处是新春,柳底梅边只吹、那人人。 凭春约住梅和柳,略待些时候。锦帆风送彩舟来,却遣香苞娇叶、一齐开。

虞美人

罗衣怯雨轻寒透,陡做伤春瘦。个人无奈语佳期,徙倚黄昏池阁、等多时。 当初不似休来好,来后空烦恼。倩人传语更商量,只得千金一笑、也甘当。

鹊桥仙

邢少连送末利[1]

北窗凉透,南窗月上,浴罢满怀风露。不知何处有花来,但怪底、清香无数。 炎州珍产,吴儿未识,天与幽芳独步。冰肌玉骨岁寒时，倩间止、堂中留住[②]。

［注释］

①末利：今作茉莉，花名。邢少连为张孝祥在长沙的交友，事迹不详。 ②原注："间止，少连堂名。"

鹊桥仙

落 梅

吹香成阵，飞花如雪，不那朝来风雨。可怜无处避春寒，但玉立、仙衣数缕。 清愁万斛，柔肠千结，醉里一时分付。与君不用叹飘零，待结子、成阴归去。

鹊桥仙

横波滴素，遥山蹙翠，江北江南肠断。不知何处驭风来，云雾里、钗横鬓乱。 香罗叠恨，蛮笺写意，付与瑶台女伴。醉时言语醒时羞，道醒了、休教再看。

鹊桥仙

平国弟生日

湘江东畔，去年今日，堂上簪缨罗绮。弟兄同拜寿尊前，共一笑、欢欢喜喜。 渚宫风月[①]，边城鼓角，更好亲庭一醉。醉是重唱去年词，愿来岁、强如今岁。

［注释］

①渚宫：春秋时楚别宫名，在今湖北江陵。此外泛指楚地。

鹊桥仙

以酒果为黄子默寿①

南州名酒，北园珍果，都与黄香为寿②。风流文物是家传，睆血指③、旁观袖手。　东风消息，西山爽气，总聚君家户牖。旧时曾识玉堂仙，在帝所、频开荐口。

[注释]

①黄子默：黄谈，字子默，自号涧壑居士，江西分宁人，为黄庭坚侄孙。刘珙、张孝祥先后官湖南时，黄谈皆为属官，主管榷务。《全宋词》有其《涧壑诗馀》一首。　②黄香：汉代有名之孝子，湖北安陆人，事父至孝，官至尚书令。当时京师有谚云："天下无双，江夏黄香。"此喻黄谈。　③血指：不善斤斧者，伤指流血。见韩愈《祭柳子厚文》。

鹊桥仙

戏赠吴伯承侍儿①

明珠盈斗，黄金作屋，占了湘中秋色。金风玉露不胜情②，看天上、人间今夕。　枝头一点，琴心三叠，算有诗名消得。野堂从此不萧疏，问何日、尊前唤客。

[注释]

①吴伯承：名铨，字伯承，曾监潭州户部酒库。　②金风玉露：本秦观《鹊桥仙》"金风玉露一相逢，便胜却人间无数"。

鹊桥仙

别立之①

黄陵庙下②，送君归去，上水船儿一只。离歌声断酒杯空，容易里、东西南北。　　重湖风月，九秋天气，冉冉清愁如织。我家住在楚江滨，为频寄、双鱼素尺。

［注释］

①立之：张立之，原为张孝祥知静江府旧属，后改任临江军（江西清江）判官。　②黄陵庙：在湖南湘阴，祀舜及二妃。

鹊桥仙

为老人寿

东明大士[①]，吾家老子[②]，是一元知非二。共携甘雨趁生朝，做万里、丰年欢喜。　　司空山上[③]，长沙星里，乞与无边祥瑞。仙家日月镇常春，笑人说、长生久视。

［注释］

①东明大士：此指其父。大士，菩萨之泛称。　②老子：春秋时思想家，楚人，相传姓李。借指老人。　③司空山上：在攸县东北。

南乡子

送朱元晦行，张钦夫、邢少连同集[①]

江上送归船，风雨排空浪拍天。赖有清尊浇别恨，凄然。宝蜡烧花看吸川。　　楚舞对湘弦，暖响围春锦帐毡。坐上定知无俗客，俱贤。便是朱张与少连。

［注释］

①朱元晦：宋哲学家朱熹。乾道三年（1167）冬，朱熹游衡岳，与孝祥会于长沙，二人唱和。朱熹有《南歌子·次张安国韵》一阕。　张钦夫、邢

少连:皆为张孝祥旧属。

画堂春

上老母寿

蟠桃一熟九千年,仙家春色无边。画堂日暖卷非烟。昼永风妍。 看取疏封汤沐[1],何妨频棹觥船。方瞳绿髮对儒仙,岁岁尊前。

(以上《于湖居士文集》卷三十二)

[注释]

①疏封:皇家封赠其母之诰命。 汤沐:即食禄之色。

柳梢青

饯别蒋德施、粟子求诸公[1]

重阳时节,满城风雨,更催行色。陇树寒轻,海山秋老,清愁如织。 一杯莫惜留连,我亦是、天涯倦客。后夜相思,水长山远,东西南北。

[注释]

①蒋德施:名允济,广西兴安人。绍兴二年进士,历知州府凡四十年。 粟子求:事迹未详。《于湖先生长短句》词序作"蒋丈粟兄趋朝,钱丈如横槎,宗丈如古藤,孝祥置酒作别,赋此以侑尊"。据《于湖文集》卷三十《邕帅蒋公墓志铭》云"乾道元年,予守桂林,初识浔州守蒋君德施,是岁君趋朝",是知此词作于乾道元年(1165)。

柳梢青

元宵何高士说京师旧事[1]

今年元夕，探尽江梅，都无消息。草市梢头，柳庄深处，雪花如席。　　一尊邻里相过，也随分、移时换节。玉辇端门，红旗夜市[2]，凭君休说。

［注释］

①何高士：不详。京师指汴京（今河南开封）。　②"玉辇"二句：吴自牧《梦粱录》载，"正月十五日元夕节……汴京大内前缚山棚，对宣德楼，悉以彩结……上御宣德楼观灯，有牌曰：宣和与民同乐。百姓观瞻，皆称万岁。"

柳梢青

探　梅

溪南溪北，玉时消尽，翠娇无力。月淡黄昏[1]，烟横清晓，都无消息。　　无聊更绕空枝，断魂远、重招怎得。驿使归来，戍楼吹断，空成凄恻。

［注释］

①月淡黄昏：林逋《山园小梅》诗有句云"疏影横斜水清浅，暗香浮动月黄昏。霜禽欲下先偷眼，粉蝶如知合断魂"。

踏莎行

杨柳东风[1]，海棠春雨，清愁冉冉无来处。曲径惊飞蛱蝶丛，回塘冻湿鸳鸯侣。　　舞彻霓裳[2]，歌残金缕[3]，蘼芜白芷愁烟渚。不识阳台梦里云[4]，试听华表归来语[5]。

[注释]

①杨柳东风:本《诗经·小雅·采薇》“昔我往矣,杨柳依依。今我来思,雨雪霏霏”。 ②舞彻霓裳:本白居易《长恨歌》“渔阳鼙鼓动地来,惊破霓裳羽衣曲”。 ③歌残金缕:本唐杜秋娘诗《金缕曲》“花开堪折直须折,莫待无花空折枝”。 ④阳台:宋玉《高唐赋序》谓楚王梦见巫山神女,神女谓在“巫山之阳,高丘之阻,旦为朝云,暮为行雨,朝朝暮暮,阳台之下”。 ⑤华表归来语:陶潜《搜神后记》载,“丁令威,本辽东人,学道于灵虚山,后化鹤归辽,集城门华表柱。时有少年,举弓欲射之,鹤乃飞,徘徊空中而言曰:‘有鸟有鸟丁令威,去家千年今始归。城郭如故人民非,何不学仙冢累累?’”

踏莎行

长沙牡丹花极小,戏作此词,并以二枝为伯承、钦夫诸兄一觞之荐①

洛下根株,江南栽种,天香国色千金重。花边三阁建康春②,风前十里扬州梦③。 油壁轻车④,青丝短鞚,看花日日催宾从。而今何许定王城⑤,一枝具为邻翁送。

[注释]

①伯承、钦夫:皆为张孝祥旧属。 ②三阁:魏晋时国家藏书楼。建康:今江苏南京,东晋及南朝皆建都于此。 ③扬州梦:“十年一觉扬州梦,赢得青楼薄幸名。”见杜牧《遣怀》诗。 ④油壁轻车:《玉台新咏·钱塘苏小歌》云,“妾乘油壁车,郎骑青骢马。” ⑤定王城:亦作定王台,相传为汉景帝子长沙定王发为望其母唐姬墓而建,在今湖南长沙。亦作定王庙、定王冈。

踏莎行

荆南作

旋葺荒园，初开小径，物华还与东风竞。曲槛晖晖落照明，高城冉冉孤烟暝[①]。　柳色金寒，梅花雪静，道人随处成幽兴。一杯不惜小淹留，归期已理沧浪艇。

[注释]

①"高城"句："千嶂里，长烟落日孤城闭。"见范仲淹《渔家傲》。

踏莎行

万里扁舟，五年三至，故人相见尤堪喜。山阴乘兴不须回，毗耶问疾难为对[①]。　不药身轻，高谈心会，匆匆我又成归计。它时江海肯相寻，绿蓑青蒻看清贵[②]。

[注释]

①毗耶问疾：毗耶，古印度地名，维摩居士之居处。佛说法，维摩居士因病不赴会。佛遣弟子问疾，问其何等是菩萨入不二法门。时维摩默然无语。文殊师利叹曰，善哉善哉，乃至无有言语文字，是真入不二法门。事见《维摩诘经》。　②绿蓑青蒻：蒻当作篛（箬）。张志和《渔歌子》："青箬笠，绿蓑衣，斜风细雨不须归。"

踏莎行

五月十三日月甚佳

藕叶池塘，榕阴庭院，年时好月今宵见。云鬟玉臂共清寒[①]，冰绡雾縠谁裁剪。　扑粉□绵[②]，侵尘宝扇。遥知掩抑成凄怨。去程何许是归程[③]，离觞为我深深劝。

[注释]

①“云鬟”句:“香雾云鬟湿,清辉玉臂寒。”见杜甫《月夜》诗。 ②扑粉□绵:《于湖先生长短句》作“扑粉香绵”。 ③“去程”句:“何处是归程,长亭连短亭。”见李白《菩萨蛮》。

踏莎行

送别刘子思①

古屋丛祠,孤舟野渡,长年与客分携处。漠漠愁阴岭上云,萧萧别意溪边树。 我已北归,君方南去,天涯客里多歧路。须君早出瘴烟来,江南山色青无数。

[注释]

①刘子思:为张孝祥知静江府时旧友。《于湖文集》卷八有《送刘子思》诗。

踏莎行

寿黄坚叟并以送行①

时雨初晴,诏书随至,邦人父老为君喜。十年江海始归来,祥曦殿里搀班对。 日月开明,风云感会,切须稳上平戎计。天教慈母寿无穷,看君黄髮腰金贵。

[注释]

①黄坚叟:黄仁荣,字坚叟,邵武(今福建邵武)人,曾任永嘉太守。于绍兴三十年(1160)及隆兴二年(1164)两次任两浙转运副使知临安。

踏莎行

为朱漕寿[①]

桂岭南边，湘江东畔，三年两见生申旦[②]。知君心地与天通，天教仙骨年年换。　　趁此秋风，乘槎霄汉[③]，看看黄纸书来唤。但令丹鼎汞频添，莫辞酒盏春无算。

[注释]

①朱漕：朱元顺，张孝祥知静江府时属官。　②申旦：通宵达旦。　③乘槎霄汉：传说银河与海相通，有人乘木筏上银河，事见张华《博物志》。

丑奴儿

张仲钦母夫人寿

年年有个人生日，谁似君家，谁似君家，八十慈亲髮未华。　　棠阴阁上棠阴满[①]，满劝流霞，满劝流霞，来岁应添宰路沙[②]。

[注释]

①棠阴：喻惠政，见《诗经·召南·甘棠》。张维有阁名棠阴阁。②宰路沙：即沙堤路。升任宰辅者，以沙铺至私邸。

丑奴儿

张仲钦生日用前韵

伯鸾德耀贤夫妇[①]，见说宜家，见说宜家，庭砌森森长玉华。　　天公遣注长生籍，服日餐霞，服日餐霞，寿纪应须海算沙。

[注释]

①伯鸾德耀:伯鸾,梁鸿字。德耀,孟光字。梁鸿、孟光,后汉时夫妇。梁鸿博学家贫,与孟光入霸陵山中,以耕织为业,因事过京师,作《五噫歌》。汉章帝求之。不得已,夫妇易姓名流落江湖,于吴地大户皋伯通为佣。梁鸿每归,孟光为具食,举案齐眉,乃敬重安置之。梁鸿孟光后成为贤夫妻之代称。

丑奴儿

王公泽为予言查山之胜,戏赠[①]

十年闻说查山好,何日追游,木落霜秋,梦想云溪不那愁。　　主人好事长留客,尊酒夷犹,一笑登楼,兴在西峰上上头[②]。

[注释]

①王公泽:张孝祥知静江府时属官,生平不详。　②西峰:《于湖居士文集》卷十四《千山观记》云,"桂林山水之胜甲东南,据山水之会,尽得其胜,无如西峰"。

丑奴儿

十分济楚邦之媛[①],此日追游,雨霁云收,梦入潇湘不那愁。　　主人白玉堂中老[②],曾侍凝旒[③],满酌琼舟,即上虚皇香案头[④]。

[注释]

①济楚:整齐清洁。　邦之媛:本《诗经·鄘风·君子偕老》"展如之人兮,邦之媛也"。谓美女。　②白玉堂:宫廷。　③凝旒:冕旒,帝冠。④虚皇:道教太虚之神。

丑奴儿

珠灯璧月年时节，纤手同携，今夕谁知，自捻梅花劝一卮。　　逢人问道归来也，日日佳期，管有来时，趁得收灯也未迟。

丑奴儿

无双谁似黄郎子，自郐无讥[①]，月满星稀，想见歌场夜打围。　　画眉京兆风流甚[②]，应赋蛜蝛[③]，杨柳依依[④]，何日文箫共驾归[⑤]。

[注释]

①自郐无讥：吴公子季札观周乐，工每歌毕，皆有评语，自《郐》以下无讥焉。事见《左传》。此喻不值评议。　②画眉京兆：汉张敞为妻画眉，喻闺房之乐。　③蛜蝛：即伊威。《诗经·豳风·东山》："伊威在室，蟏蛸在户。"喻家庭之思。　④杨柳依依：本《诗经·小雅·采薇》"昔我往矣，杨柳依依"。　⑤文萧：传说唐书生遇仙女吴彩鸾，相恋成婚。吴赋诗："若能相伴陟仙坛，应得文箫驾彩鸾。"见《全唐诗》。

浣溪沙

刘恭父席上

卷旗直入蔡州城[①]，只倚精忠不要兵。贼营半夜落妖星。　　万旅云屯看整暇[②]，十眉环坐却娉婷，白麻早晚下天庭[③]。

[注释]

①"卷旗"句：用唐代李愬故事。李愬有谋略，善骑射。淮西节度使吴

元济反。李愬用计，雪夜袭蔡州，生擒吴元济，淮西平。李愬以功封凉国公。此处以李愬喻刘珙。 ②暇整：即整暇，好整以暇，喻胸有成竹，从容应对。 ③白麻：白麻纸。唐代立皇后太子、施赦、讨伐、除免三公将相，皆用白麻纸书写。

浣溪沙

玉节珠幢出翰林[①]，诗书谋帅眷方深。威声虎啸复龙吟。 我是先生门下士，相逢有酒且教斟。高山流水遇知音[②]。

［注释］

①出翰林：刘珙登进士乙科，绍兴中官礼部郎官。 ②高山流水：伯牙善鼓琴，钟子期善听。伯牙志在高山流水，钟子期必得之。事见《列子·汤问》。

浣溪沙

绝代佳人淑且真，雪为肌骨月为神[①]。烛前花底不胜春。 倚竹袖长寒卷翠[②]，凌波袜小暗生尘[③]。十分京洛旧家人。

［注释］

①雪为肌骨："冰肌玉骨，自清凉无汗。"见苏轼《洞仙歌》。"肌肤若冰雪。"见《庄子·逍遥游》。 ②"倚竹"句："天寒翠袖薄，日暮倚修竹。"见杜甫《佳人》。 ③"凌波"句："凌波微步，罗袜生尘。"见曹植《洛神赋》。

浣溪沙

妙手何人为写真，只难传处是精神。一枝占断洛城春。　　暮雨不堪巫峡梦[①]，西风莫障庾公尘[②]。扁舟湖海要诗人。

[注释]

①“暮雨”句：本宋玉《高唐赋序》“在巫山之阳，高丘之阻，旦为朝云，暮为行雨”。后喻男女交合。　②庾公尘：庾公，庾亮，东晋重臣。庾亮在石头城，王导在冶城。大风扬尘，王导以扇拂尘，曰：“元规（庾亮字）尘污人。”后以喻权贵势力。事见《世说新语》。

浣溪沙

瑞　香

蜡后春前别一般，梅花枯淡水仙寒。翠云裘著紫霞冠。　　仙品只今推第一，清香元不是人间。为君更试小龙团[①]。

[注释]

①小龙团：茶的一种。

浣溪沙

饯郑宪[①]

宝蜡烧春夜影红，梅花枝傍锦薰笼。曲琼低卷瑞香风。　　万里江山供燕几，一时宾主看谈锋。问君归计莫匆匆。

[注释]

①郑宪：字子礼，自湖南转运副使任荆湖南路提点刑狱，驻衡州，与张孝祥广西、湖南皆同官。

浣溪沙

亲旧蕲口相访[1]

六客西来共一舟，吴儿踏浪剪轻鸥。水光山色翠相浮。　　我欲吹箫明月下，略须停棹晚风头。从前五度到蕲州。

[注释]

①蕲州：今湖北蕲春。

浣溪沙

已是人间不系舟[1]，此心元自不惊鸥。卧看骇浪与天浮。　　对月只应频举酒，临风何必更搔头。暝烟多处是神州。

[注释]

①不系舟：本《庄子·列御寇》“饱食而敖游，泛若不系之舟，虚而敖游者也”。喻漂泊无定。

浣溪沙

冉冉幽香解钿囊，兰桡烟雨暗春江。十分清瘦为萧郎。　　遥忆牙樯收楚缆，应将玉箸点吴妆。有人萦断九回肠。

浣溪沙

楼下西流水拍堤，楼头日日望春归。雪晴风静燕来迟。　　留得梅花供半额[1]，要将杨叶画新眉。莫教辜负早春时。

[注释]

①半额：指寿阳公主梅花妆，又名额黄妆。

浣溪沙

去荆州

方舡载酒下江东，箫鼓喧天浪拍空。万山紫翠映云重。　　拟看岳阳楼上月，不禁石首岸头风[1]。作笺我欲问龙公。

[注释]

①石首：地名，今湖北石首。

浣溪沙

次韵戏马梦山与妓作别

罗袜生尘洛浦东，美人春梦琐牕空。眉山蹙恨几千重。　　海上蟠桃留结子[1]，渥洼天马去追风[2]。不须多怨主人公。

[注释]

①海上蟠桃：蟠桃为仙桃，传说长于东海上度索山。事见《山海经》。　②渥洼天马：渥洼，水名，在今甘肃安西。传说渥洼产神马，号称天马。事见《史记》。

浣溪沙

梦山未释然，再作

一片西飞一片东，高情已逐落花空。旧欢休问几时重。　　结习正如刀舔蜜，扫除须著絮因风。请君持此问庞公[1]。

[注释]

①庞公：庞居士，马祖高足。有好雪片片不落别处之机语。见《碧岩四十二则》。

浣溪沙

鸩鹊楼高晚雪融[1]，鸳鸯池暖暗潮通[2]。郁金黄染柳丝风。　　油壁不来春草绿，阑干倚遍夕阳红。江南山色有无中。

[注释]

①鸩鹊楼：在江苏南京。　②鸳鸯池：即浙江嘉兴南湖，称鸳鸯湖。传说南朝名妓苏小小为嘉兴人，故下文有油壁轻车之典故。

浣溪沙

妒妇滩头十八姨[1]，颠狂无赖占佳期。唤它滕六把春欺[2]。　　僝僽莺莺并燕燕，恓惶柳柳与梅梅。东君独自落便宜。

[注释]

①妒妇滩：即妒妇津，传说晋刘伯玉妻因妒自尽于此。后妇人渡津，

必坏衣毁妆，否则风波暴发。十八姨，谓风也。又称封姨，封十八姨。事见《酉阳杂俎》。　②滕六：雪神名。事见《幽怪录》。

浣溪沙

洞　庭

行尽潇湘到洞庭，楚天阔处数峰青。旗梢不动晚波平。　　红蓼一湾纹缬乱，白鱼双尾玉刀明。夜凉船影浸疏星。

浣溪沙

坐上十八客

同是瀛洲册府仙①，只今聊结社中莲②。胡笳按拍酒如川③。　　唤起封姨清晚景，更将荔子荐新圆。从今三夜看婵娟。

[注释]

①瀛洲：唐太宗设文学馆，以杜如晦等为十八学士，图像立册书府，时谓之登瀛州。　②社中莲：东晋僧慧远居庐山东林寺，与刘遗民等十八人共修净土，中有白莲池，号白莲社。此与坐上十八客数目相合。　③胡笳按拍：汉乐府有《胡笳十八拍》，亦与坐上十八客数目相合。

浣溪沙

用沈约之韵①

细仗春风簇翠筵，烂银袍拂禁炉烟②。旃书名字压宫垣。　　太学诸生推独步，玉堂学士合登仙③。乃翁种德满心田。

[注释]

①沈约之:名端节,吴兴人,寓居芜湖。历任朝散大夫、江东提刑,有《克斋词》。 ②烂银袍:白衣袍,指寒素之士。 ③玉堂学士:唐宋后称翰林院为玉堂。

浣溪沙

赋微之提刑绣扇[1]

只说闽山锦绣帏,忽从团扇得生枝。绉红衫子映丰肌。 春线应怜壶漏永,夜针频见烛花摧。尘飞一骑忆来时[2]。

[注释]

①微之:不详。 ②"尘飞"句:"一骑红尘妃子笑,无人知是荔枝来。"见杜牧《华清宫》诗。

浣溪沙

烟水亭蔡定夫置酒[1]

滟滟湖光绿一围,修林断处白鸥飞。天机云锦蘸空飞[2]。 乞我百弓真可老,为公一饮醉忘归。扁舟日日弄晴晖。

[注释]

①烟水亭:在今江西九江甘棠湖上。 蔡定夫:蔡戡字。蔡戡,乾道进士,累官至宝谟阁直学士,有政绩。有《定斋集》。 ②《全宋词》注:"《飞于湖先生长短句》作'霏'。"

浣溪沙

晚雨潇潇急做秋，西风掠鬓已飕飕。烛花明夜酒花浮。　醉眼定知非妙赏，□词端为□□留。想君泾渭不同流。

浣溪沙

母氏生辰，老者同在舟中

稳泛仙舟上锦帆，桃花春浪舞清湾。寿星相伴到人间。　黄石公传三百字[①]，西王母授九霞丹[②]。银潢有路接三山。

[注释]

①黄石公：秦时隐士，授张良《太公兵法》，助其功成。旧题黄帝撰《阴符经》三百八十四字，言虚无之道，修炼之术。　②西王母：传说中仙人。据《搜神记》，羿尝向西王母请不死药。

浣溪沙

以贡茶、沈水为杨齐伯寿[①]

北苑春风小凤团，炎州沈水胜龙涎。殷勤送与绣衣仙。　玉食乡来思苦口，芳名久合上凌烟。天教富贵出长年。

[注释]

①沈水：沉水，即芳香木类之沉香，脂膏凝结为块，入水能沉。　杨齐伯：孝祥集中有呈杨齐伯五言古诗。

浣溪沙[1]

霜日晴霄水蘸空，鸣鞘声里绣旗红。澹烟衰草有无中。　　万里中原烽火北，一尊浊酒戍楼东。酒阑挥泪向悲风。

[注释]

①胡云翼《宋词选》题作《荆州约马举先登城楼观塞》。

[集评]

陈廷焯云："此类皆慷慨激烈，髮欲上指。词境虽不高，然足以使懦夫有立志。"（《白雨斋词话》卷六）

浣溪沙

再用韵

宫柳垂垂碧照空，九门深处五云红[1]。朱衣只在殿当中。　　细捻丝梢龙尾北[2]，缓携纶旨凤池东[3]。阿婆三五笑春风[4]。

[注释]

①"九门"句：九门，皇帝居处。五云，五色瑞云，亦指皇帝居处。　②龙尾：龙尾道，皇宫内升殿的斜坡道。由龙尾道向北升殿，仕途升迁也。　③纶旨：皇帝诏书。　④阿婆三五：唐人有进士而坎坷仕途者，见新进士作句讽之曰："阿婆三五少年时，也曾东涂西抹来。"事见《本事诗》。

浣溪沙

日暖帘帏春昼长，纤纤玉指动抨床[1]。低头佯不顾檀郎。　豆蔻枝头双蛱蝶，芙蓉花下两鸳鸯。壁间闻得唾茸香。

[注释]

①抨床：拂床。

浣溪沙

侑刘恭父别酒

射策金门记昔年[①]，又交藩翰入陶甄[②]。不防衣钵再三传。　粉泪但能添楚竹，罗巾谁解系吴船。捧杯犹愿小留连。

[注释]

①射策：汉代取士之制，应试者自选预先拟就之试题作答，以评优劣。　②藩翰：重臣。　陶甄：陶冶玉成之意。"甄"字失韵。

浪淘沙

琪树间瑶林，春意深深。梅花还被晓寒禁。竹里一枝斜向我，欲诉芳心。　楼外卷重阴，玉界沉沉。何人低唱醉泥金。掠水飞来双翠碧，应寄归音。

浪淘沙

溪练写寒林，云重烟深。楼高风恶酒难禁。徙倚阑干谁共语，江上愁心。　清兴满山阴，鸿断鱼沉。一书何啻直千金[①]。独抚瑶徽弦欲断，凭寄知音。

［注释］

①"一书"句:"烽火连三月,家书抵万金。"见杜甫《春望》诗。

定风波

铃索声乾夜未央,曲阑花影步凄凉。莫道岭南冬更暖,君看。梅花如雪月如霜。　　见说墙西歌吹好,玉人扶坐劝飞觞。老子婆婆成独冷[1],谁省。自挑寒灺自添香。

［注释］

①婆婆:疑当作"婆娑",徘徊也。

望江南

赠谈献可[1]

谈子醉,独立睨东风。未试玉堂挥翰手,只今楚泽钓鱼翁,万事举杯空。　　谋一笑,一笑与君同。身老南山看射虎[2],眼高四海送飞鸿,赤岸晚潮通。

［注释］

①谈献可:蕲水(今属湖北)人。有《史警》一书,今佚。　②射虎:武艺高强。用李广射虎故事,事见《史记》。

望江南

南岳铨德观作[1]

朝元去,深殿扣瑶钟。天近月明黄道冷,参回斗转碧霄空。身在九光中[2]。　　风露下,环佩响丁东。玉案烧香萦翠凤，松坛移影动苍龙。归路海霞红。

[注释]

①南岳：湖南衡山。　铨德观：在紫霄峰上。　②九光：多彩光线。

醉落魄

轻黄澹绿，可人风韵闲装束。多情早是眉峰蹙。一点秋波，闲里觑人毒。　　桃花庭院光阴速，铜鞮谁唱大堤曲[①]。归时想是樱桃熟，不道秋千，谁伴那人蹴。

[注释]

①铜鞮：曲名。唐有《白铜鞮》曲。

[集评]

杨慎云："此词毒、蹴二字难下。"(《词品》卷四)

沈谦云："'唤起两眸清炯炯'；'闲里觑人毒'；'眼波才动被人猜，更无言语空相觑'，传神阿堵，已无剩美。"(《填词杂说》)

李调元云："毒字险而稳，人不敢下。"(《雨村词话》卷二)

桃源忆故人[①]

朔风弄月吹银霰，帘幕低垂三面。酒入玉肌香软，压得寒威敛。　　檀槽乍捻么丝慢，弹得相思一半。不道有人肠断，犹作声声颤。

[注释]

①《名家词》本有词题"冬饮"。

临江仙

试问梅花何处好，与君藉草携壶。西园清夜片尘无[①]，一天云破碎，两树玉扶疏。　谁擫昭华吹古怨[②]，散花便满衣裾。只疑幽梦在清都。星稀河影转，霜重月华孤。

[注释]

①西园：汉曹操在邺所建园囿，此为泛指。　②昭华：乐器名，玉管。

临江仙[①]

试问宜楼楼下竹[②]，年来应长新篁。使君五岭又三湘。旧游知好在，熟处更难忘。　尚念论心舒啸否，只今湖海相望。遥怜阴过酒尊凉。举觞须酹我，门外是清江。

[注释]

①《于湖居士文集》题作“问讯宜楼”。《于湖先生长短句》题作“帅长沙，寄静江三故人：张仲钦、朱漕、滕宪”。　②宜楼：在桂林。

如梦令

木　犀

花叶相遮相映，雨过翠明金润。折得一枝归，满路清香成阵。风韵，风韵，寄赠绮窗云鬓。

（以上见《于湖居士文集》卷三十三）

菩萨蛮

立　春

丝金缕翠幡儿小[1]，裁罗捻线花枝袅。明日是新春，春风生鬓云。　　吴霜看点点，愁里春来浅。只愿此花枝，年年长带伊。

[注释]

①“丝金”句：当时风俗，宰臣以下，皆赐金银幡胜，悬于幞头上，街市以花装栏，坐乘小春牛，及春幡春胜，各相献遗于贵家宅舍。事见吴自牧《梦粱录》。

菩萨蛮

诸客往赴东邻之集

庭叶翻翻秋向晚，凉砧敲月催金剪。楼上已清寒，不堪频倚栏。　　邻翁开社瓮，唤客情应重。不醉且无归，醉时归路迷。

菩萨蛮

恰则春来春又去，凭谁说与春教住[1]。与问坐中人，几回迎送春。　　明年春更好，只怕人先老。春去有来时，愿春长见伊。

[注释]

①“凭谁”句：“春且住，见说道、天涯芳草迷归路。”见辛弃疾《摸鱼儿》。

菩萨蛮[1]

东风约略吹罗幕，一檐细雨春阴薄。试把杏花看，湿红娇暮寒[2]。　　佳人双玉枕，烘醉鸳鸯锦。折得最繁枝，暖香生翠帏。[3]

[注释]

①《于湖先生长短句》题作“西斋为杏花寓言”。《花庵词选》题作“杏花”。《名家词》本从之，加注“或作春暮”。　②“一檐细雨”三句：温庭筠《菩萨蛮》词有“南园满地堆轻絮，愁闻一霎清明雨。雨后却斜阳，杏花零落香”。　③唐氏按：此首别误作辛弃疾词，见《历代诗馀》卷十。

[集评]

某氏云：“以‘湿红’而‘娇暮寒’，雨中杏花佳景。”（《类编笺释续选草堂诗馀》卷上）

况周颐云：“此词绵丽蓄艳，直逼花间。求之北宋人集中，未易多觏。”（《蕙风词话续编》卷一）

菩萨蛮

赠筝妓

琢成红玉纤纤指，十三弦上调新水[1]。一弄入云声，月明天更青。　　匆匆莺语啭，待寓昭君怨[2]。寄语莫重弹，有人愁倚栏。

[注释]

①新水：《新水令》，曲牌名。　②昭君怨：词牌名，又名《洛妃怨》。

菩萨蛮

玉龙细点三更月[1]，庭花影下馀残雪。寒色到书帏，有人清梦迷。　　墙西歌吹好，烛暖香闺小。多病怯杯觞，不禁冬夜长。

［注释］

①玉龙：飞雪。

菩萨蛮

登浮玉亭[1]

江山佳处留行客，醉馀老眼迷空碧。独倚最高楼，乾坤日夜浮[2]。　　微风吹笑语，白日鱼龙舞[3]。此意忽翩翩，凭虚吾欲仙。

［注释］

①浮玉亭：亭名，在镇江金山上。　②"乾坤"句：本杜甫《登岳阳楼》"吴楚东南坼，乾坤日夜浮"。　③"白日"句：鱼龙，原指鱼形龙形之灯。辛弃疾《青玉案》："玉壶光转，一夜鱼龙舞。"此指江上风浪。

菩萨蛮

雪消墙角收灯后，野梅官柳春全透。池阁又东风，烛花烧夜红。　　一尊留好客，皷尽阑干月。已醉不须归，试听乌夜啼。

菩萨蛮

溶溶花月天如水，阑干小倚东风里。夜久寂无人，露浓花气清。　　悠然心独喜，此意知何意。不似隐墙东[1]，烛花围坐红。

[注释]

①隐墙:矮墙。

菩萨蛮

夜坐清心阁

暗潮清涨蒲塘晚,断云不隔东归眼。堂上晚风凉,藕花开处香。　　夜航人不渡,白鹭双飞去。待得月华生,携筇独自行。

菩萨蛮

缥缈飞来双彩凤,雨疏云澹撩清梦。兰薄未禁秋[①],月华如水流。　　采香溪上路,愁满参差树。独倚晚楼风,断霞萦素空。

[注释]

①"兰薄"句:兰秋为农历七月。薄为帘子。谓帘子遮挡不住初秋之凉意。

菩萨蛮

蘼芜白芷愁烟渚,曲琼细卷江南雨[①]。心事怯衣单,楼高生晚寒。　　云鬟香雾湿[②],翠袖凄馀泣。春去有来时。春从沙际归。

[注释]

①曲琼:玉质钩帘。　②云鬟香雾湿:本杜甫《月夜》诗"香雾云鬟湿,清辉玉臂寒"。

菩萨蛮

舣舟采石[①]

十年长作江头客，樯竿又挂西风席。白鸟去边明，楚山无数青。　　倒冠仍落珮[②]，我醉君须醉。试问识君不，青山与白鸥。

[注释]

①采石：采石矶，在今安徽当涂，长江边上。　②"倒冠"句：倒冠、落珮，皆指去官。张孝祥于乾道三年（1167）五月起知潭州。此词当在落职闲散时作。

菩萨蛮

和州守胡明秀席上[①]

乳羝属国归来早，知君胆大身犹小。一节不须论，功名看致君。　　镇西楼上酒[②]，父老为公寿。更祝太夫人，年年封诏新。

[注释]

①胡明秀：胡昉，字明秀，历任直秘阁、和州太守等职。胡昉曾于隆兴元年（1163）出使金国，被抓不屈，旋得释归来。词中"乳羝属国归来早"即指此事。胡昉任和州太守时，曾率官民开通千秋、姥下、石跋三条河道。水利工程成功庆典，张孝祥亦回乡参加，时为乾道二年（1166）。　②镇西楼：镇西，和州城门名。庆典盛宴设于镇西门城楼上。

菩萨蛮

胭脂浅染双珠树，东风到处娇无数。不语恨厌厌[①]，何人思故园。　　故园花烂熳，笑我归来晚。我老只思归，故园花雨时。

［注释］

①厌厌：委顿无力貌。

菩萨蛮

与同舍游湖归

吴波细卷东风急，斜阳半落苍烟湿。一棹采菱歌，倚栏人奈何。　　天公怜好客，酒面风吹白。更引十玻璃[①]，月明骑鹤归。

［注释］

①玻璃：酒也。陆游《凌云醉归作》有“玻璃春满琉璃钟”。玻璃春酒，为湄州名酒。

菩萨蛮

冥濛秋夕刬清露[①]，玉绳耿耿银潢注。永夜滴铜壶，月华楼影孤。　　佳人纡绝唱，翠幕丛霄上。休劝玉东西[②]，乌鸦枝上啼。

［注释］

①刬清露：露水很重。　刬：凝聚成堆。　②玉东西：玉质酒杯。

西江月[①]

问讯湖边春色，重来又是三年。东风吹我过湖船，杨柳丝丝拂面。　世路如今已惯，此心到处悠然。寒光亭下水如天[2]，飞起沙鸥一片。

[注释]

①《于湖先生长短句》有词题作“丹阳湖”，湖在今安徽当涂东南，原为水道。别本作“题溧阳三塔寺”。　②寒光亭：亭名，在江苏溧阳三塔寺。

西江月

风定滩声未已，雨来篷底先知。岸边杨柳最怜伊，忆得船儿曾系。　湖雾平吞白塔，茅檐自有青旗。三杯村酒醉如泥，天色寒呵且睡。

西江月

冉冉寒生碧树，盈盈露湿黄花。故人玉节有光华[1]，高会仍逢戏马。　万事只今如梦，此身到处为家。与君相遇更天涯，拚了茱萸醉把[2]。

[注释]

①玉节：玉制之符节，为地方官吏信物。故人，指仲弥性，时任蕲州太守。　②“茱萸”句：重阳登高，倒插茱萸。杜甫《九日蓝田崔氏庄》有“明年此会知谁健，醉把茱萸子细看”。

西江月

张钦夫寿

诸老何烦荐口，先生自简渊衷。千年圣学有深功，妙处无非日用。　　已授一编圯下[①]，却须三顾隆中[②]。鸿钧早晚转春风，我亦从君贾勇。

[注释]

①圯下：用黄石老人在圯下桥传张良兵法事，见《史记》。　②三顾隆中：用刘备三顾草庐请诸葛亮事，见《三国志》。

西江月

代五三弟为老母寿

慈母行封大国，老仙早上蓬山。天怜阴德遍人间，赐与还丹七返。　　莫问清都紫府，长教绿鬓朱颜。年年今日彩衣斑[①]，兄弟同扶酒盏。

[注释]

①彩衣斑：相传春秋老莱子行年七十，犹衣彩衣作童子戏，以娱父母，为孝子典型。事见《初学记》。

西江月

蕲倅李君达才，当靖康、建炎之间，以诸生起兵河东，屡摧强敌，盖未知其事，重为感叹，赋此

不识平原太守[①]，向来水北山人[②]。世间功业谩亏成，华髮萧萧满镜。　　幸有田园故里，聊分风月江城。西湖西畔晚波平，袖手时来照影。

[注释]

①平原太守：唐颜真卿，任平原太守。安史之乱时领兵反抗，十七郡响应，史称忠义。　②水北山人：疑指张镃，字功甫，号约斋，斋名水北书

院。官奉议郎，直秘阁，著有《仕学规范》。

西江月[①]

楼外疏星印水，楼头画烛烘帘。凭高举酒恨厌厌，征路虚无指点。　酒兴因君开阔，山容向我增添。一钩新月弄纤纤，浓雾花房半敛。

[注释]

①《于湖先生长短句》题作"庾楼陪诸公饮，醉甚。和向巨源、任子严、陶茂安韵，呈周悦道使刻之楼上"。庾楼，庾公楼，此当指在江西九江市之楼。

西江月

阻风三峰下[①]

满载一船秋色，平铺十里湖光。波神留我看斜阳，放起鳞鳞细浪。　明日风回更好，今宵露宿何妨。水晶宫里奏霓裳，准拟岳阳楼上[②]。

[注释]

①三峰：在湖南湘阴，山名。《名家词》词题作"黄陵庙"。黄陵庙在湖南湘阴北四十里。宛敏灏《张孝祥词笺校》笺作"乾道二年(1166)秋罢静江东归将过洞庭前阻风三峰下作"。　②岳阳楼：在湖南岳阳，洞庭湖畔。

西江月

桂州同僚饯别[①]

窗户青红尚湿，主人已作归期。坐中宾客尽邹枚[②]，盛事它年应记。　　别酒深深但劝，高歌缓缓休催。扁舟明日转青溪，好月相望千里。

[注释]

①桂州：今广西桂林。《于湖先生长短句》题作“同僚饮饯宜斋”。　②邹枚：邹阳、枚乘，皆汉代才辩之士。

西江月

以隋索靖小字法华经及古器为老人寿[①]

汉铸九金神鼎，隋书小字莲经。刚风劫火转青冥[②]。护守应烦仙圣。　　昨梦归来帝所，今朝寿我亲庭。只将此宝伴长生，谈笑中原底定。

[注释]

①索靖：晋代书法家，尤善章草。　法华经：为《妙法莲华经》简称。此处曰隋，实为隋代之拓本。《于湖先生长短句》题作“以宝鼎、隋人写小字莲经为总得寿”。总得，总得居士张祁，张孝祥之父。　②刚风劫火：佛家言火、风、水为三灾，荡尽世界。

西江月

饮百花亭[①]，为武夷枢密先生作[②]。亭望庐山双剑峰，为恶竹所蔽，是夕尽伐去

落日熔金万顷，晴岚洗剑双峰。紫枢元是黑头公，佳处因君愈重。　　分得湖光一曲，唤回庐岳千峰。清尊今夜偶然同，早晚商岩有梦[③]。

[注释]

①百花亭：在江西南昌百花洲上，地近东湖。　②武夷枢密先生：刘珙，福建崇安人，故称武夷。历任州府至参知政事。　③商岩：喻在野贤士。商武丁梦见傅说，得之傅岩，遂作相。事见《书经·说命》。

西江月

为枢密太夫人寿

畴昔通家事契，只今两镇交承。起居枢密太夫人，绿鬓斑衣相映。　乞得神仙九酝，祝教福禄千春。台星直上寿星明[1]，长见门阑鼎盛[2]。

[注释]

①台星：三台星，位于紫微宫帝坐之前，以喻宰辅大臣。　②门阑鼎盛：刘珙父刘子羽，抗金建功，仕至徽猷阁待制。刘珙祖父刘韐，仕至资政殿学士。一门三代，俱为显宦。

减字木兰花

江阴州治漾花池

佳人绝妙，不惜千金频买笑。燕姹莺娇，始遣清歌透碧霄。　主人好事，更倒一尊留客醉。我醉思家，月满南池欲漾花。

减字木兰花

一尊留夜，宝蜡烘帘光激射。冻合铜壶[1]，细听冰檐夜剪酥。　清愁冉冉，酒唤红潮登玉脸。明日重看，玉界琼楼特地寒。

[注释]

①冻合:犹冰封。

减字木兰花

爱而不见[①],立马章台空便面。想像娉婷,只恐丹青画不成[②]。　　诗人老去,恰要莺莺相伴住。试与平章[③],岁晚教人枉断肠。

[注释]

①爱而不见:“爱而不见,搔首踟蹰”,见《诗经·邶风·静女》。指对方躲藏起来。　②“只恐”句:“世间无限丹青手,一片伤心画不成。”见唐代高蟾《金陵晚望》。　③平章:品评。辛弃疾《水调歌头》:“在家贫亦好,此语试平章。”

减字木兰花

阿谁曾见,马上墙阴通半面。玉立娉婷,一点灵犀寄目成。　　明朝重去,人在横溪溪畔住。乔木千章[①],摇落霜风只断肠。

[注释]

①章:大木曰章。

减字木兰花

琵琶亭林守、玉倅送别[①]

江头送客,枫叶荻花秋索索[②]。弦索休弹,清泪无多怕湿衫。　　故人相遇,不醉如何归得去。我醉忘归,烟满空江月满堤。

[注释]

①琵琶亭：在江西江州（今九江）长江边上。 林守：林栗，字黄中，绍兴进士，时任江州知府。 王倅：不详，当为江州属官。 ②“枫叶”句：“浔阳江头夜送客，枫叶荻花秋瑟瑟。……江州司马青衫湿。”见唐白居易《琵琶行》。

减字木兰花

二十六日立春①

春如有意，未接年华春已至。春事还新，多得年时五日春。　　春郊便绿，只向腊前春已足。屈指元宵，正是新春二十朝。

[注释]

①立春：原为一岁节气之首。此次立春于腊月二十六日，故有“多得年时五日春”，及元宵“正是新春二十朝”之语。

减字木兰花

黄坚叟母夫人①

慈闺生日，见说今年年九十。戏彩盈门，大底孩儿七个孙。　　人间喜事，只这一般难得似。愿我双亲，都似君家太淑人。

[注释]

①黄坚叟：黄仁荣，字坚叟，福建邵武人，时任两浙转运副使。当时张孝祥任左宣教郎试起居舍人兼玉牒郎检讨官兼权中书舍人。《于湖先生

长短句》词题作“上黄倅宅太淑人寿”。因黄仁荣为副使,故称为倅。黄仁荣于绍兴三十年为临安知府,而张孝祥于绍兴二十九年即被罢官,不可称黄仁荣为倅矣。

减字木兰花

赠尼师,旧角奴也①

吹箫泛月,往事悠悠休更说。拍碎琉璃,始觉从前万事非。　　清斋净戒,休作断肠垂泪债。识破嚣尘,作个逍遥物外人②。

[注释]

①角奴:即角妓,艺妓也。　②物外人:世外之人,僧尼也。

减字木兰花

人间奇绝,只有梅花枝上雪。有个人人,梅样风标雪样新。　　芳心不展,嫩绿阴阴愁冉冉。一笑相看,试荐冰盘一点酸。

减字木兰花

枷花搦柳①,知道东君留意久。惨绿愁红,憔悴都因一夜风。　　轻狂蝴蝶,拟欲扶持心又怯。要免离披,不告东君更告谁。

[注释]

①枷花搦柳:束缚着花柳。　枷:枷锁。　搦:握束。

清平乐

殿庐有作[①]

光尘扑扑，宫柳低迷绿。鬥鸭阑干春诘曲[②]，帘额微风绣蹙。　　碧云青翼无凭，困来小倚银屏。楚梦未禁春晚[③]，黄鹂犹自声声。

[注释]

①殿庐：宫殿。时张孝祥除中书舍人，直学士院。　②诘曲：同"诘诎"，曲折。　③楚梦：宋玉《高唐赋序》有楚王梦巫山神女事，以此形容好事不长。

清平乐

杨侯书院闻酒所奏乐[①]

油幢画戟[②]，玉铉调春色[③]。勋阀诸郎俱第一，风流前辈敌。　　玉人双鞚华镳[④]，翠云深处消摇。有客留君东阁，时闻风下笙箫。

[注释]

①杨侯书院：不详。南宋杨氏封侯王者有杨沂中。位居殿岩，府第宏丽，或即此人。　酒所：似指其酒馆厅堂。　②油幢画戟：出行前列之仪仗。　③玉铉：铉为鼎扛，在鼎最高处，喻大臣。　④华镳：镳同"镳"，马衔。华贵之马衔。

清平乐

梅

吹香嚼蕊，独立东风里。玉冻云娇天似水，羞杀夭桃秾李。　　如今见说阑干，不禁月冷霜寒。垅上驿程人远，楼头戍角声乾。

清平乐

寿叔父[1]

英姿慷慨，独立风尘外。湖海平生豪气在[2]，行矣云龙际会。　　充庭兰玉森森[3]，一觞共祝修龄。此地去天尺五[4]，明年持橐西清[5]。

［注释］

①叔父：张郯，南渡后居浙江萧山。曾知真州、鄂州。　②“湖海”句：许汜议论陈登，云：“陈元龙湖海之士，豪气未除。”事见《三国志·魏书·陈登传》。　③“充庭”句：谢安教育子侄，谢玄曰：“譬如芝兰玉树，欲使其生于庭阶耳。”事见《晋书·谢玄传》。　④去天尺五：极言亲近宫廷。⑤持橐西清：持橐簪笔，近臣侍帝左右，以随时笔记。橐为盛书纸橐。西清为宫内游宴之处。

清平乐

向来省户[1]，谋国参伊吕[2]。暂借良筹非再举，谈笑肃清三楚[3]。　　良辰上客徜徉，奏篇犹记传香。此日一尊相属，它时同在岩廊[4]。

［注释］

①省户：宫禁中枢任职者。　②伊吕：伊尹佐商汤，吕尚佐周武王，皆开国元勋重臣。　③三楚：战国楚地，分西、东、南，泛指湘鄂。　④岩廊：朝廷。

点绛唇

赠袁立道[①]

四到蕲州，今年更是逢重九。应时纳祐[②]，随分开尊酒。　　屡舞婆娑，醉我平生友。休回首。世间何有，明月疏疏柳。

［注释］

①袁立道：不详。为张孝祥在蕲州之友人。　②纳祐：受福祉。

点绛唇

饯刘恭父

绮燕高张[①]，玉潭月丽玻璃满。旆霞行卷，无复长安远。　　夏木阴阴，路袅薰风转。空留恋。细吹银管，别意随声缓。

［注释］

①绮燕：盛宴。

点绛唇

萱草榴花，画堂永昼风清暑。麝团菰黍[①]，助泛菖蒲醑。　　兵辟神符，命续同心缕。宜欢聚。绮筵歌舞，岁岁酬端午。

［注释］

①麝团菰黍：当时民俗，家家买桃柳葵榴、蒲叶、茭（菰黍）、粽等，以酬端午佳节。麝团即香包也，挂胸前以辟瘟疾。事见吴自牧《梦粱录》。

卜算子

雪月最相宜,梅雪都清绝。去岁江南见雪时,月底梅花发。　　今岁早梅开,依旧年时月。冷艳孤光照眼明,只欠些儿雪。

诉衷情

中秋不见月

晚烟斜日思悠悠,西北有高楼。十分准拟明月,还似去年游。　　飞玉斝[①],卷琼钩[②],唤新愁。姮娥贪共,暮雨朝云,忘了中秋。

[**注释**]

①玉斝:斝,酒器。玉斝为玉制酒杯。　②琼钩:新月。

诉衷情

牡　丹

乱红深紫过群芳,初欲减春光。花王自有标格,尘外锁韶阳。　　留国艳[①],问仙乡,自天香。翠帷遮日,红烛通宵,与醉千场。

[**注释**]

①"艳国"三句:形容牡丹。语出唐李正封诗"天香夜染衣,国色朝酣酒"。

好事近

木　犀

一朵木犀花,珍重玉纤新摘。插向远山深处,占十分秋色。　　满园桃李闹春风，漫红红白白。争似淡妆娇面，伴蓬莱仙客。

好事近

冰　花

万瓦雪花浮，应是化工融结。仍看牡丹初绽，有层层千叶。　　镂冰剪水更鲜明，说道真奇绝。来报主人佳兆，庆我公还阙。

南歌子

仲弥性席上①

曾到蕲州不，人人说使君。使君才具合经纶。小试边城、早晚上星辰。　　佳节重阳近，清歌午夜新。举杯相属莫辞频。后日相思、我已是行人。

[注释]

①仲弥性：仲并，字弥性，扬州人，绍兴进士。孝宗时知蕲州，主抗金，有政绩。有《浮山集》。

南歌子

赠吴伯承①

人物羲皇上②，诗名沈谢间③。漫郎元自谩为官④。醉眼瞢腾、只拟看湘山。　　小隐今成趣⑤，邻翁独往还。野堂梅柳尚春寒。且趁华灯、频泛酒船宽。

[注释]

①吴伯承:名铨,已前见。　②"人物"句:指隐士生活。晋陶潜曰:"五六月中,北窗下卧,遇凉风暂至,自谓是羲皇上人。"　③沈谢:南朝诗人沈约、谢朓。　④"漫郎"句:唐元结自称浪士。后为郎官,时人以浪者漫为官呼?遂见呼为漫郎。事见颜真卿《元次山表墓碑铭序》。后喻放浪形骸之士。　⑤小隐:隐居山林。见晋王康琚《反招隐》诗。

霜天晓角

柳丝无力,冉冉萦愁碧。系我船儿不住,楚江上、晚风急。　　棹歌休怨抑,有人离恨极。说与归期不远,刚不信、泪偷滴。

生查子

远山眉黛横[①],媚柳开青眼。楼阁断霞明,帘幕春寒浅。　　杯延玉漏迟,烛怕金刀剪。明月忽飞来,花影和帘卷。[②]

[注释]

①远山眉黛:《京西杂记》有文君"眉色如望远山"。　②唐氏按:此首别又误作秦观词,见《续选草堂诗馀》卷上。

长相思

小楼重,下帘栊。万点芳心绿间红,秋千图画中。
草茸茸,柳松松。细卷玻璃水面风,春寒依旧浓。

忆秦娥

元　夕①

元宵节，凤楼相对鳌山结。鳌山结，香尘随步，柳梢微月。　　多情又把珠帘揭，游人不放笙歌歇。笙歌歇，晓烟轻散，帝城宫阙。

[注释]

①元夕：吴自牧《梦粱录》载，“元夕节……大内前缚山棚，对宣德楼，悉以彩结，山棚上皆画群仙故事。……舞队不下数十……府第中有家乐儿童，亦各动笙簧琴瑟，清音嘹亮，最可人听。拦街嬉耍，竟夕不眠。”《于湖先生长短句》题作“上元游西山作”。

苍梧谣

饯刘恭父

归。十万人家儿样啼。公归去，何日是来时。

苍梧谣

归。猎猎薰风飐绣旗。拦教住，重举送行杯。

苍梧谣

归。数得宣麻拜相时①。秋前后，公衮更莱衣②。

（以上《于湖居士文集》卷三十四）

[注释]

①宣麻:唐宋拜相时,诏书用黄、白麻纸书写。 ②"公衮"句:公衮,大臣服饰。莱衣,用春秋时老莱子年老尚彩衣娱亲事,莱衣遂成孝子之服,示老年孝顺不衰。

水调歌头

天上掌纶手[①],阃外折冲才[②]。发踪指示,平荡全楚息氛埃。缓带轻裘多暇,燕寝森严兵卫,香篆几徘徊。襦袴见歌咏[③],桃李藉栽培。　紫泥封[④],天笔润,日边来。趣装入觐,和矣归去作盐梅。祖帐不须遮道,看取眉间一点,喜气入尊罍。此去沙堤路,平步上三台[⑤]。

[注释]

①掌纶手:重臣,指刘珙。乾道二年(1166)以敷文阁待制知潭州、荆湖南路安抚使,因平定李金之乱,晋敷文阁直学士。此词为祝贺刘珙作。 ②阃外:统兵在外。 ③"襦袴"句:东汉廉范任蜀太守,有政绩,百姓歌颂云云:"廉叔度,何来暮。不禁火,民安作。平生无襦今五袴。"襦袴之歌喻地方官惠民德政。 ④紫泥封:皇帝诏令,紫泥封口加印章。 ⑤三台:喻掌军政最高官员。原为星名,列抵太微,以星象征人事,称三公为三台。

水调歌头

送谢倅之临安

客里送行客,常苦不胜情。见公秣马东去,底事却欣欣。不为青毡俯拾[①],自是公家旧物,何必更关心。且喜谢安石[②],重起为苍生。　圣天子,方侧席[③],选豪英。日边仍有知己,应刬荐章间[④]。好把文经武略,换取碧幢红旆[5]，谈笑扫胡尘。勋业在此举，莫厌短长亭。

[注释]

①“青毡俯拾”二句：晋王献之家，有偷儿夜入盗窃。王献之徐曰：“偷儿，青毡我家旧物，可特置之。”偷儿惊走。事见《晋书·王羲之传》。后青毡遂为故家物品之意。　②谢安石：东晋大臣谢安，字安石，原隐居东山，年四十始出仕，多次建功立业，淝水之战大破苻坚，保卫东晋，以功拜太保。　③侧席：坐不正席，以待贤良。　④剡荐章间：以奏章推荐贤良。“间”字失韵，疑为“闻”字之讹，与下“尘”字相押。　⑤碧幢红旆：军营及旗帜，泛指军事活动。

木兰花

拥貔貅万骑，聚千里、铁衣寒。正玉帐连云，油幢映日，飞箭天山。锦城起方面重，对筹壶[1]、尽日雅歌闲。休遣沙场虏骑，尚馀匹马空还。　那看。更值春残。斟绿醑、对朱颜。正宿雨催红，和风换翠，梅小香悭。牙旗渐西去也，望梁州、故垒暮云间。休使佳人敛黛，断肠低唱阳关。　（以上《于湖先生长短句》卷一）

[注释]

①筹壶：古人投壶，以筹马作计胜之具。军中投壶，亦见从容闲雅风度。

雨中花

一舸凌风，斗酒酹江，翩然乘兴东游。欲吐平生孤愤，壮气横秋。浩荡锦囊诗卷，从容玉帐兵筹[1]。有当时桥下，取履仙翁[2]，谈笑同舟。　先贤济世，偶耳功名，事成岂为封留[3]。何况我、君恩深重,欲报无由。长望东南气王,从教西北云浮。断鸿万里,不堪回首,赤县神州。

[注释]

①玉帐:军中主将所居帐篷。 ②"有当"二句:指黄石公、张良故事。张良游下邳桥时,有老人堕其履桥下,命张良取并为其穿上。后老人授张良《太公兵法》,卒佐刘邦成大业。老人即黄石公,为仙人。事见《史记·留侯世家》。 ③封留:张良被封为留侯。

鹧鸪天

可意黄花人不知,黄花标格世间稀。园葵裛露迎朝日,槛菊迎霜媚夕霏。 芍药好,是金丝。绿藤红刺引蔷薇。姚家别有神仙品[1],似着天香染御衣。

[注释]

①姚家:宋代姚家培植千叶黄色牡丹,与五代魏家培育千叶肉红色牡丹,俱为牡丹上品。牡丹花名贵,称国色天香。

眼儿媚[1]

晓来江上荻花秋,做弄个离愁。半竿残日,两行珠泪,一叶扁舟。 须知此去应难遇,直待醉方休。如今眼底,明朝心上,后日眉头。 (以上《于湖先生长短句》卷二)

[注释]

①唐氏按:此首别误作贺铸词,见《阳春白雪》卷三。别又误作明人钟惺词,见《古今别肠词选》卷二。

虞美人

清宫初入韶华管，宫叶秋声满。满庭芳草月婵娟，想见明朝喜色、动天颜。　持杯满劝龙头客[①]，荣遇时难得。词源三峡泻瞿塘，便是醉中空去、也无妨。

[注释]

①龙头客：科举时中状元称龙头。

菩萨蛮

林柳州生朝[①]

史君家枕吴波碧，朱门铺手摇双戟[②]。也到岭边州，真成汗漫游。　归期应不远，趁得东江暖。翁媪雪垂肩，双双平地仙。

[注释]

①林柳州：不详。　②铺手：一作铺首，门上兽形衔环之底盘。

临江仙

罨画楼前初立马[①]，隔帘笑语相亲。铅华洗尽见天真。衫儿轻罩雾，髻子直梳云。　翠叶银丝簪末利[②]，樱桃澹注香唇。见人不语解留人。数杯愁里酒，两眼醉时春。

（以上《于湖先生长短句》卷三）

[注释]

①罨画：彩色画。　②末利：即茉莉花。

浣溪沙

过临川席上赋此词[1]

我是临川旧史君，而今欲作岭南人。重来辽鹤事犹新[2]。　去路政长仍酷暑，主公交契更情亲。横秋阁上晚风匀。

[注释]

①临川：今江西抚州。　②辽鹤：用丁令威化鹤归辽东故事，喻重来意。

浣溪沙

同　前

康乐亭前种此君[1]，重来风月苦留人。儿童竹马笑谈新。　今代孟士仍好客[2]，政成归去眷方新。十眉环坐晚妆匀。

[注释]

①此君：竹。　②孟士：三国吴人孟宗，以孝著称，有泣竹生笋之传说。后官至司空。"士"字失律，疑当作平声之"宗"字。此喻今代行政长官。

西江月

十里轻红自笑，两山浓翠相呼。意行着脚到精庐[1]，借我绳床小住。　解饮不防文字，无心更狎鸥鱼。一声长啸暮烟孤，袖手西湖归去。

[注释]

①意行：随意而行。

忆秦娥

天一角，南枝向我情如昨。情如昨，水寒烟淡，雾轻云薄。　　吹花嚼蕊愁无托，年华冉冉惊离索。惊离索，倩春留住，莫教摇落。

浣溪沙

湓浦从君已十年[①]，京江仍许借归船[②]。相逢此地有因缘。　　十万貔貅环武帐，三千珠翠入歌筵[③]。功成去作地行仙。

[注释]

①湓浦：地名，在今江西九江，为湓水入长江处。　君：镇江知府方滋，此时将离任。　②京江：长江下游亦称京江。　③"三千"句：方滋，字务德，任镇江知府时，重修甘露寺多景楼。落成之日，士宦毕至，大宴于多景楼上，有红罗百匹犒妓之豪举。"三千珠翠入歌筵"乃指此事，时为隆兴二年（1164）。

柳梢青

碧云风月无多，莫被名缰利锁。白玉为车，黄金作印，不恋休呵。　　争如对酒当歌，人是人非恁么。年少甘罗[①]，老成吕望[②]，必竟如何。　　（以上《于湖先生长短句》卷四）

[注释]

①甘罗:战国时秦人,年十二即事秦相吕不韦,后出使赵国,说赵五城与秦,封上卿。甘罗为历史上年少立功者表率。 ②吕望:周朝姜尚,吕氏。相传钓于渭滨,遇周文王,立为师,号太公望,年已八十。后佐武王灭殷,建立周朝。后世以姜太公八十遇文王为年老尚有巨大功业者楷模。

卜算子

万里去担簦[①],谁识新丰旅[②]。好事些儿说与郎,奴是姮娥侣。　　若到广寒宫,但道奴传语。待我仙郎折桂枝,拣个高枝与。

[注释]

①担簦:打着伞(簦)奔走跋涉。 ②新丰:在陕西临潼北,汉高祖迁丰所建。唐人马周有才学,过新丰,逆旅主人不理。后获大用。见《新唐书·马周传》。

柳梢青[①]

草底蛩吟。烟横水际,月澹松阴。荷动香浓,竹深凉早,销尽烦襟。　　髮稀浑不胜簪。更客里、吴霜暗侵。富贵功名,本来无意,何况如今。

[注释]

①唐氏按:此首又见袁去华《宣卿词》。

瑞鹧鸪

香珮潜分紫绣囊,野塘波急折鸳鸯。春风灞岸空回首[①],落日西陵更断肠[②]。　　雪下哦诗怜谢女[③],花间为令胜潘郎[④]。从今千里同明月，再约圜时拜夜香。

[注释]

①灞岸：灞水之岸，实指今陕西西安一带。 ②西陵：浙江杭州钱塘江对岸渡口，即西兴。 ③谢女：晋谢安侄谢道蕴，王凝之妻。有咏飞雪诗句“未若柳絮因风起”，时人称之咏絮才。 ④潘郎：晋潘岳，美姿仪，妇女爱慕，常掷果盈车。任河阳令时，在县中满种桃李，一时传为美谈。

青玉案

送频统辖行[①]

相春堂上闻莺语。正花柳、芳菲处。有底尊前欢且舞。满堂宾客，紫泥丹诏，衮衮烟霄路。　君王天纵资仁武。要尺箠[②]、平骄虏。思得英雄亲驾驭。将军行矣，九重虚宁[③]，谈笑清寰宇。　（以上《于湖先生长短句》卷五）

[注释]

①频统辖：不详何人。 统辖：武将之名。 ②尺箠：一尺长之马鞭，喻挥军策马。 ③虚宁（zhù）：指虚心听取意见。宁，皇帝立朝之位。

念奴娇

海云四敛，太清楼[①]、极目一天秋色。明月飞来云雾尽，城郭山川历历。良夜悠悠，西风袅袅，银汉冰轮侧。云霓三弄，广寒宫殿长笛。　偏照紫府瑶台[②]，香笼玉座，翠霭迷南北。天上人间凝望处，应有乘风归客。露滴金盘[③]，凉生玉宇，满地新霜白。壶中清赏[④]，画檐高挂虚碧。

[注释]

①太清楼:北宋汴京宫内楼名,为皇帝宴近臣宗室之所。此指行在宫殿。 ②紫府:道家谓仙人所居。瑶台亦神仙之地。 ③露滴金盘:汉长安建章宫有捧露盘铜人,魏时被装车送往魏都邺城。此事成为王朝兴废故事。 ④壶中:仙境。

念奴娇

风帆更起,望一天秋色,离愁无数。明日重阳尊酒里,谁与黄花为主。别岸风烟,孤舟灯火,今夕知何处。不如江月,照伊清夜同去。 船过采石江边[①],望夫山下,酌水应怀古。德耀归来虽富贵[②],忍弃平生荆布。默想音容,遥怜儿女,独立衡皋暮。桐乡君子[③],念予憔悴如许[④]。

[注释]

①采石:采石矶,在今安徽马鞍山,长江边上。附近有望夫山,传说为妇女望夫归来处。 ②德耀:孟光字德耀,与梁鸿相敬如宾。荆布裙钗,不以为苦。 ③桐乡:指今安徽桐城北。 ④据宛敏灏《张孝祥词笺校》云,此词写张孝祥与情侣李氏婚姻悲剧事。李氏因故不能与张孝祥结合,隐桐城浮山学道。张一生怀念旧好,情见于词。

蓦山溪

雄风豪雨,时节清明近。帘幕起轻寒,暖红炉、笑翻灰烬。阴藏迟日[①],欲验几多长[②],绣工慵,围棋倦,香篆频销印。 茂林芳径,绿变红添润。桃杏意酣酣,占前头、一番花信。华堂尊酒,但作艳阳歌,禽声喜,流云尽,明日春游俊。

［注释］

①阴藏:阴气收藏。　迟日:春日明媚。　②"欲验"句:《岁时记》云,"魏宫中以红线量日影。冬至后,日添长一线。"

［集评］

沈雄云:"此调第四句作七字折腰句而平仄或异。如张于湖'暖红炉、笑翻灰烬'、'占前头、一番花信'。"(《古今词话·词辩》卷下)

拾翠羽

春入园林,花信总诸迟速。听鸣禽、稍迁乔木。夭桃弄色,海棠芬馥。风雨霁,芳径草心频绿。　禊事才过[①],相次禁烟追逐。想千岁、楚人遗俗。青旗沽酒,各家炊熟。良夜游,明月胜烧花烛[②]。

［注释］

①禊事:古时三月上巳日,众人于水滨洗濯野炊,祓除不祥。　②"青旗沽酒"四句:吴自牧《梦粱录》载,清明节官员士庶,俱出郊省坟。"醧酒贪欢,不觉日晚。红霞映水,月挂柳梢,歌韵清圆,乐声嘹亮,此时尚犹未绝。"

蝶恋花

秦乐家赏花

烂烂明霞红日暮。艳艳轻云,皓月光初吐。倾国倾城恨无语,彩鸾祥凤来还去。　爱花常为花留住。今岁风光,又是前春处。醉倒扶归也休诉,习池人笑山翁语[①]。

[注释]

①习池:习池即习家池,又称高阳池,在今湖北襄阳。晋山简镇守于此,性爱酒。当地士族习家,有园林好酒,山简每游必饮,每饮必醉。儿童歌之曰:“山公出何许,往至高阳池。日夕倒载归,酩酊无所知。”山公,又称山翁。

渔家傲

红白莲不可并栽,用酒盆种之,遂皆有花,呈周倅

红白莲房生一处,雪肌霞艳难为喻。当是神仙来紫府。双禀赋,人间相见犹相妒。　　清雨轻烟凝态度,风标公子来幽鹭[①]。欲遣微波传尺素。歌曲误,醉中自有周郎顾[②]。

[注释]

①风标公子:白鹭。杜牧《晚晴赋》:“白鹭潜来兮,邈风标之公子。”　②周郎:三国时吴大将周瑜。精音律,当时有“曲有误,周郎顾”之语。

夜游宫[①]

句景亭[②]

听话危亭句景。芳郊迥、草长川永。不待崇冈与峻岭。倚栏杆,望无穷,心已领。　　万事浮云影。最旷阔、鹭闲鸥静。好是炎天烟雨醒。柳阴浓,芰荷香,风日冷。

[注释]

①唐氏按:“游”原作“莲”,据目录改。　②句景亭:未详。

鹧鸪天

咏桃菊花

桃换肌肤菊换妆，只疑春色到重阳。偷将天上千年艳，染却人间九日黄[1]。　新艳冶，旧风光。东篱分付武陵香。尊前醉眼空相顾，错认陶潜是阮郎[2]。

[注释]

①唐氏按：《百菊集谱拾遗》引“偷将天上”二句，作唐与之词。九日：重阳节，九月九日。　②陶潜：晋朝诗人，《饮酒》诗有“采菊东篱下，悠然见南山”之句。　阮郎：阮肇。相传东汉浙江剡县刘晨、阮肇入天台山采药，遇仙女。半年后归家，已过七代。有《阮郎归》词牌。

鹧鸪天

送陈倅正字摄峡州

人物风流册府仙，谁教落魄到穷边。独班未引甘泉伏[1]，三峡先寻上水船。　斟楚酒，扣湘弦。竹枝歌里意凄然[2]。明时合下清猿泪，闲日须题采凤笺[3]。

[注释]

①独班：意未详。　甘泉：秦汉宫名：在长安。扬雄有《甘泉赋》。本名臣文士效绩之地。而文彩斐然之陈倅，不能伏拜斯地以展其才，而独远放穷，是以惜之。此或孝祥之意。　②竹枝歌：即竹枝词，乐府名。唐诗人刘禹锡所创，多写羁旅愁情。　③闲日：唐皇帝单日视朝，双日宴勋臣。双日为闲日。采凤笺为皇帝诏书，意谓必会征召也。

菩萨蛮

回　文

落霞残照横西阁,阁西横霞残霞落。波浅戏鱼多,多鱼戏浅波。　　手携行客酒,酒客行携手。肠断九歌长,长歌九断肠。

菩萨蛮

回　文

渚莲红乱风翻雨,雨翻风乱红莲渚。深处宿幽禽,禽幽宿处深。　　澹妆秋水鉴,鉴水秋妆澹。明月思人情,情人思月明。

菩萨蛮

回　文

晚花残雨风帘卷,卷帘风雨残花晚。双燕语虚窗,窗虚语燕双。　　睡醒风惬意,意惬风醒睡。谁与话情诗,诗情话与谁。

菩萨蛮

回　文

白头人笑花间客,客间花笑人头白。年去似流川,川流似去年。　　老羞何事好,好事何羞老。红袖舞香风,风香舞袖红。

南歌子

过严关[①]

路尽湘江水，人行瘴雾间。昏昏西北度严关，天外一簪初见、岭南山。　　北雁连书断，秋霜点鬓斑。此行休问几时还，唯拟桂林佳处、过春残[②]。

［注释］

①唐氏按：此首别又见向滈《乐斋词》。　严关：地名，今广西兴安县西，古时人以为南北之限。　②桂林：今广西桂林，在兴安县南。

燕归梁

风柳摇丝花缠枝，满目韶辉。离鸿过尽百劳飞，都不似、燕来归。　　旧来王谢堂前地[①]，情分独依依。画梁雕拱启朱扉，看双舞、羽人衣[②]。

［注释］

①"旧来"句：唐刘禹锡《乌衣巷》有"旧时王谢堂前燕，飞入寻常百姓家"之句。　②羽人：仙人，喻燕。

卜算子

风生杜若洲，日暮垂杨浦。行到田田乱叶边[①]，不见凌波女。　　独自倚危栏，欲向荷花语。无奈荷花不应人，背立啼红雨。

［注释］

①田田：荷叶盈满上貌。六朝古辞："莲叶何田田。"

点绛唇

秩秩宾筵[①],玉潭春涨玻璃满。旆霞风卷[②],可但长安远。　　夏木成阴,路袅薰风转。空留恋。细吹银管,别意随声缓。

[注释]

①秩秩:众多貌。　②旆霞:彩色旗帜。

水调歌头

过岳阳楼作

湖海倦游客,江汉有归舟。西风千里,送我今夜岳阳楼。日落君山云气,春到沅湘草木,远思渺难收[①]。徙倚栏杆久,缺月挂帘钩。　　雄三楚[②],吞七泽[③],隘九州。人间好处,何处更似此楼头。欲吊沉累无所[④],但有渔儿樵子,哀此写离忧。回首叫虞舜,杜若满芳洲。

（以上《于湖先生长短句拾遗》）

[注释]

①"远思"句:柳永《八声甘州》有"不忍登高临远,望故乡渺邈,归思难收"之句。　②三楚:战国楚地,有西楚、东楚、南楚之分。　③七泽:古时楚地湖泊,以云梦泽为最。　④沉累:指屈原。屈原沉于湘江,被称湘累。后又引指因罪废弃之官员。

锦园春

醉痕潮玉。爱柔英未吐,露花如簇。绝艳矜春,分流芳金谷[①]。　　风梳雨沐。偏只欠、夜阑清淑。杜老情疏[②]，黄州恨冷[③]，谁怜幽独。

（《全芳备祖》前集卷七“海棠门”）

[注释]

①金谷：园林名，晋石崇建，在河南洛阳西北。 ②杜老：唐诗人杜甫。杜甫《乐游园歌》咏春游，有“此身饮罢无归处，独立苍茫自咏诗”之句。 ③黄州恨冷：苏轼谪黄州，作《卜算子》有“谁见幽人独往来，缥缈孤鸿影”、“拣尽寒枝不肯栖，寂寞沙洲冷”之句。

天仙子

三月灞桥烟共雨，拂拂依依飞到处。雪球轻飏弄精神，扑不住，留不住，常系柔肠千万缕[①]。 只恐舞风无定据，容易著人容易去。肯将心绪向才郎，待拟处，终须与，作个罗帏收拾取。（《全芳备祖》前集卷十八“杨花门”）

[注释]

①柔肠：喻柳丝。苏轼《水龙吟》有“抛家傍路，思量却是，无情有思。萦损柔肠，困酣娇眼，欲开还闭”句。

鹧鸪天

春 情

日日青楼醉梦中，不知楼外已春浓。杏花未遇疏疏雨，杨柳初摇短短风。 扶画鹢[①]，跃花骢。涌金门外小桥东[②]。行行又入笙歌里，人在珠帘第几重。

（《中兴以来绝妙词选》卷二）

[注释]

①画鹢:船,船头彩画鹢鸟。 ②涌金门:地名,杭州城门之一,门外为西湖。

风入松

蜡 梅

玉妃孤艳照冰霜,初试道家妆。素衣嫌怕姮娥妒,染成宫样鹅黄。宫额娇涂飞燕[①],缕金愁立秋娘[②]。 湘罗百濯蹙香囊,蜜露缀琼芳。蔷薇水蘸檀心紫,郁金薰染浓香[③]。萼绿轻移云袜[④],华清低舞霓裳[⑤]。

(《永乐大典》卷二千八百十一“梅”字韵)

[注释]

①宫额:妇女额上涂的黄色妆。 飞燕:赵飞燕,泛指宫廷妇女。②秋娘:泛指美人。唐有杜秋娘,原为节度使李锜妾,曾入宫,后回乡,穷老无依。曾作《金缕衣》云:“劝君莫惜金缕衣,劝君惜取少年时。花开堪折直须折,莫待无花空折枝。” ③郁金:香草,可作染料,入药。 ④萼绿:萼绿华,传说中晋代得道女郎。又有绿色萼片之梅花,古时亦以女仙比之,称萼绿梅。 ⑤华清:华清池,唐宫囿。杨贵妃善作霓裳羽衣舞,深得玄宗宠爱。

【补 辑】

南歌子[①]

俭德仁诸族,阴功格上清。焚香扫地夜朝真。看取名花浮玉、鉴齐精。 宝篆融融满,□流细细倾[②]。双亲俱寿八千龄[③]。却捧紫皇飞诏、上蓬瀛[④]。

(见《诗渊》第二十五册,引自孔凡礼《全宋词补辑》)

[注释]

①孔凡礼按:本词,《诗渊》谓“宋张安国”作。 ②孔凡礼按:此处脱一字,补“□”。 ③八千龄:庄子《逍遥游》中言有大椿树八千岁为春,八千岁为秋。后以之谓长寿。 ④蓬瀛:蓬莱、瀛洲,为神话中的仙岛。

存目词

调名	首句	出处	附注
生查子	宫纱峰赶梅	《于湖先生长短句》卷三	朱翌词,见《容斋四笔》卷十三
忆秦娥	云垂幕	《中兴以来绝妙词选》卷二	朱熹作,见《晦庵词》
同上	梅花发	同上	同上
柳梢青	湖岸千峰	《永乐大典》卷二千二百六十五“湖”字韵	曹冠作,见《燕喜词》
满江红	斗帐高眠	《类编草堂诗馀》卷三	无名氏作,见《草堂诗馀后集》卷上
感皇恩	常岁海棠时	《广群芳谱》卷三十六	晁补之词,见《晁氏琴趣外篇》卷二
浣溪沙	脚上鞋儿四寸罗	《古今词选》卷二	秦观词,见《淮海居士长短句》卷中
多丽	小庭阶	《古今词选》卷十二	张翥作,《蜕岩词》卷上,词附录于后
临江仙	误入蓬莱仙境	张于湖误宿女(贞观杂剧)	依托之词。词附录于后

调名	首句	出处	附注
杨柳枝	碧玉冠簪金缕衣	张于湖误宿女（贞观杂剧）	依托之词。词附录于后
鹧鸪天	脱却麻衣换绣裙	同上	同上
西江月	半旧鞋儿著稳	张于湖宿女(贞观平话)	同上

多丽

小庭阶，帘栊婀娜蓬莱。恨匆匆、归鸿度影，东风摇荡情怀。不多时、见他行过，霎儿后、依旧回来。银铤双鬟，玉丝头道，一尖生色合欢鞋[①]。麝香粉、绣茸衫子，窄窄可身裁。偶回头，笑涡透脸，蝉影笼钗。　忆疏狂、随车信马，那知沦落天涯。豆蔻初、可怜春早[②]，菖蒲晚[③]、难见花开。红叶波深，彩楼天远，浪凭青鸟信音乖[④]。等闲是、这番迷眼，无处可安排。行云断、梦魂不到，空赋阳台。

[注释]

①合欢鞋：合欢花色的绣鞋。　②豆蔻初：豆蔻花早开，喻青春少女。唐杜牧《赠别》诗有“娉娉袅袅十三馀，豆蔻梢头二月初”之句。　③菖蒲：香草。　④青鸟：传说中仙禽，引为使者。

临江仙

误入蓬莱仙境，松风十里凄凉。众中仙子淡梳妆。瑶琴横膝上，一曲泛宫商。　独步寂寥归去睡，月华冷淡高堂。觉来犹惜有馀香。有心归洛浦，无计梦襄王。

杨柳枝

碧玉簪冠金缕衣，雪如肌。从今休去说西施，怎如伊。　　杏脸桃腮不傅粉，貌相宜。好对眉儿共眼儿，觑人迟。

鹧鸪天

脱却麻衣换绣裙[①]，仙凡从此两俱分。蛾眉再画当时柳，蝉鬓仍梳旧日云。　　施玉粉，点朱唇。星冠不戴貌超群。枕边一任潘郎爱，再也无心恋老君。

[注释]

①麻衣：道人服装，与下文星冠，皆指女道士还俗更衣。

西江月

半旧鞋儿着稳，重糊纸扇多风。隔年煮酒味偏浓，雨过樱桃色重。　　有距公鸡快鬥，尾长山雉枭雄。烧残银烛焰头红，半老佳人可共。

【补 辑】

高伯达

南渡初人,与张孝祥同时。

汉宫春[①]

寿张安国舍人

降阙朝元。倦飞鸾控鹤,来寓人间。天教散舒和气,好与春还。蓬瀛罢宴,褪仙裳、欲冠貂蝉。应是念、潇湘胜概,来与蕃宣。 宣室向来初见,叹不如、文帝夜半虚前。多情吊沉赋罢,莫负留连。经纶事叶,向朝廷、谁与争先。明岁好,云屏间坐,十分宣劝金船。

[注释]

①孔凡礼按:此词原脱去调名,今补。 又按:安国,名孝祥。《建炎以来系年要录》卷一百八十二绍兴二十九年(1159)六月癸酉,有"起居舍人张孝祥试中书舍人"之记载。此词之作,当在其时或稍后。

千秋岁

影摇波动,晓日浮华栋。庆麟绂,征兰梦。绿擎龟叶小,红拂莲腮重。帘幕外,半天仙驭来飞鞚。 两两骖鸾凤,□窣珠衣纵。香雾散,祥云拥。□传金母信,酒为麻姑送。休惜醉,与君更下蟠桃种。

鹧鸪天

海上蟠桃月样圆,从头屈指几千年。双成已报春消息，输与萧郎半月前。　　风露晓，月华鲜。兽炉烟袅水沉烟。骑鸾跁鹤休归去①，留取人间作女仙。

（以上三首俱见《诗渊》第二十五册）

[注释]

①跁：孔凡礼按，疑为"鞚"。

郭世模

郭世模(?—1160),字从范,与张孝祥相善。

瑞鹧鸪

席上

倾城一笑得人留[①],舞罢娇娥敛黛愁。明月宝鞲金络臂[②],翠琼花珥碧搔头。 晴云片雪腰支袅,晚吹微波眼色秋。清露亭皋芳草绿,轻绡软挂玉帘钩。

(《回文类聚》卷四)

[注释]

①倾城一笑:《汉书·外戚传》载李延年歌,"北方有佳人,绝世而独立。一顾倾人城,再顾倾人国。"后因以倾国倾城形容绝色女子。 ②鞲(gōu):革制臂衣,打猎时用以停立猎鹰。

瑞鹤仙

云阶连月地。记旧游、身在温柔乡里[①]。花阴透窗绮。罗衾拥残梦,流莺惊起。银瓶水沸。待梳妆、屏风共倚。看情眉恨眼,宿粉剩香,乱愁无际。 长记。多情消减,宋玉连墙[②],茂陵同里[③]。离怀似水。天涯路,叹愁悴。想鸳机织锦[④],鸾台窥镜,秦丝幽怨未已。好归去、共把琴书,倚娇扶醉。

[注释]

①温柔乡:喻美色迷人之境。旧题汉伶玄《飞燕外传》:"是夜进合德,帝大悦,以辅属体,无所不靡,谓为温柔乡。谓嫕曰:'吾老是乡矣,不

能效武皇求白云乡也。'" ②宋玉连墙：用宋玉东邻女事。宋玉东邻之女美绝天仙，属意于宋玉，而宋玉终不为所动，事见宋玉《登徒子好色赋》。词中喻女方有情，对方无意。 ③茂陵同里：用卓文君事。《西京杂记》记司马相如曾拟聘茂陵人女为妾，卓文君作《白头吟》以自绝，相如乃止。词用此典，与"宋玉连墙"之意相同。 ④鸳机织锦："织锦曲兮泣已尽，回文诗兮影独伤。"见《文选·江淹〈别赋〉》。李善注引《织锦回文诗序》："窦滔秦州被徙外漠，其妻苏氏。秦州临去别苏，誓不更娶；至沙漠，便娶妇。苏氏织锦，端中作此回文诗以赠之。"据《晋书·列女列传·窦滔妻苏氏》称，其辞甚凄婉，凡八百四十字。后以此为女子表达闺怨或寄赠丈夫诗文之典。 鸾台窥镜："昔罽宾王获一鸾鸟，王甚爱之，欲其鸣而不致也，乃饰以金樊，飨以珍羞，对之愈戚，三年不鸣。其夫人曰：'尝闻鸟见其类而鸣，何不悬镜以映之？'王从其意，鸾睹形悲鸣，哀响中宵，一奋而绝。"见《艺文类聚》卷九十引南朝宋范泰《鸾鸟诗序》。后常以此为夫妻情侣生离死别、孤独悲伤之典。

朝中措

青灯听雨夜荒凉，归梦苦难长。坐想玉奁鸳锦，空馀臂粉衣香。 枕边共语，窗前执手，帘外啼妆。也是平生薄幸，须还几度思量。

南歌子

玉醆浮琼蚁，金奁吐翠虬。醉乡归路接温柔。暗卜幽期低约、笑藏阄。 索去眉先锁，将言泪已流。小窗移火更迟留。自剔灯花油涴、玉搔头。

（以上三首见《阳春白雪》卷三）

念奴娇

光风转蕙[①]，泛崇兰、漠漠满城飞絮[②]。金谷楼危山共远[3],几点亭亭烟树。枝上残花,胭脂满地,乱落如红雨。青春将暮,玉箫声在何处。　　无端天与娉婷,帘钩鹦鹉,梦断闻残语。玉骨瘦来无一把,手挹罗衣看取。江北江南,灵均去后[4],谁采蘋花与。香销云散,断魂分付潮去。

[注释]

①"光风"句:本宋玉《招魂》"光风转蕙,泛崇兰些"。光风,雨止日出,日丽风和的景象。转,摇动。　②泛:摇动貌。崇:通作"丛",聚。③金谷:地名,也称金谷涧,晋石崇筑园林于此,即世所谓金谷园者。④灵均:屈原字灵均。

浣溪沙

几点胭脂印指红,一双蛾绿敛眉浓[1]。夜寒绡帐烛花融。　　剩炷龙涎熏骨冷,旋调银液镇心忪[2]。整鬟羞顾半娇慵。　　(以上二首见《阳春白雪》卷四)

[注释]

①娥绿:妇女画眉用的青黑颜料。词中指女子娥眉。　②银液:指酒。　心忪:心惶遽。

黄仁荣

黄仁荣，字释之，号坚叟，邵武（今属福建）人。曾守永嘉。绍兴、隆兴年间，曾除度支郎，两为两浙路转运副使，两守临安。

木兰花

监郡风流欢洽。　　　　（《清波杂志》卷九①）

［注释］

①《清波杂志》原云黄坚叟作。

许左之

许左之，绍兴年间天台人。

失调名

谁知花有主，误入花深处。放直下、酒杯干、便归去。

失调名

忆你当初，惜我不去。伤我如今，留你不住。

（以上见《深雪偶谈》）

黄　谈

黄谈，生卒不详，字子默，自号涧壑居士，分宁（今江西修水）人，黄庭坚侄孙。受知于胡寅。刘珙、张孝祥帅湖南，辟为属，后官止榷务，年未满五十而卒。有《涧壑诗馀》，今不传。

念奴娇

过西湖

午风清暑，过西湖隐约，曾游堤路。云径烟扉人境绝，直是珠宫玄圃。倦倚阑干，笑呼艇子，同入荷花去。一杯相属，恍然身在何许。　　休怪梦入巫云，凌波罗袜[1]，我在迷湘浦。缥缈惊鸿飞燕举，却怨严城钟鼓。百斛明珠[2]，千金骏马，豪气今犹故。归来清晓，幅巾犹带香露。　　（《永乐大典》二千二百六十五"湖"字韵）

［注释］

①凌波罗袜："……其形也，翩若惊鸿，婉若游龙……体迅飞凫，飘忽若神。凌波微步，罗袜生尘。"见曹植《洛神赋序》。后常以比喻女子、仙女美妙神情、体态。　②百斛明珠："绿珠井，在白州双角山下。昔梁氏之女有容貌，石秀伦（石崇）为交趾采访使，以珍珠三斛买之。"见唐刘恂《岭表录异》。后常以为达官贵显豪奢淫逸之典。

【补 辑】

卫时敏

卫时敏(1132—1180),字子修,苏之昆山人。仕至宣教郎知临安府仁和县。

水调歌头[①]

骑鲸紫霞客,来作世耆英。襟怀金玉循良,名字古无人。所至民歌遗爱,脱屣归来绿野,笑傲乐天真。不学渭滨老,公子自长生。　一杯酒,再三祝,八十春。从今细数庆集,百度似今辰。绿鬓朱颜长好,何事紫芝仙草,兰玉自诜诜。盛事有如此,谁道四难并。

[注释]

①孔凡礼按:此词《诗渊》谓"宋卫子修"作。下首同。

念奴娇

春风桃李,问耐寒何似,霜松雪柏。珍重拨烦京兆手,早岁声名霹雳。收卷经论[①],摆遗荣利,物外多间适[②]。熊经龟咽,真传秘诀消息。　寿秩初满华严,韶颜转映,绿鬓方瞳碧。况□□云供宴几[③],静对凫翁鹤客。只恐日边,蒲轮催动,密侍均天席。上玉卮尧殿,长生倍注仙籍。

(以上二首俱见《诗渊》第二十五册)

[注释]

①论:孔凡礼按,似应为"纶"字。 ②间:孔凡礼按,当为"闲"字之误。 ③孔凡礼按:"况"下缺二字,今补"□□"。

张　栻

张栻(1133—1180),字敬夫,广汉(今属四川)人,浚之子,以荫补官。孝宗朝,历左司员外郎,卒年四十八岁。学者称南轩先生。

水调歌头

联句问讯罗汉同朱熹

雪月两映,水石互悲鸣。不知岩上枯木,今夜若为情。应见尘中胶扰,便道山间空旷,与么了平生。与么了平生,□水不流行。(熹)　　起披衣,瞻碧汉,露华清。寥寥千载,此事本分明。若向乾坤识易,便信行藏无间,处处总圆成。记取渊冰语[①],莫错定盘星。(栻)

(朱熹《晦庵词》)

[注释]

①渊冰:本《诗经·小雅·小旻》"战战兢兢,如临深渊,如履薄冰"。意谓不忘艰危,心怀戒惧。

存目词

本书(今按:指《全宋词》)初版卷一百五十五据《花草粹编》卷十一收张栻向湖边"万里烟堤"一首,据《花草粹编》原书,乃张拭作。

阎苍舒

阎苍舒，原名安中，字惠夫，一字才元。绍兴二十七年(1157)进士。累迁中书舍人，出知晋州。又曾仕吏部侍郎、荆州安抚使。淳熙中，以试吏部尚书使金。嘉泰初，焕章阁学士，谥恭惠。

水龙吟[①]

少年闻说京华，上元景色烘晴昼。朱轮画毂，雕鞍玉勒，九衢争骤。春满鳌山[②]，夜沉陆海，一天星斗。正红球过了[③]，鸣鞘声断，回鸾驭、钧天奏。　谁料此生亲到，十五年、都城如旧。而今但有，伤心烟雾，萦愁杨柳。宝箓宫前，绛霄楼下，不堪回首。愿皇图早复，端门灯火，照人还又。

（《芦浦笔记》卷十）

［注释］

①《词苑萃编》卷二十三记："蜀人阎侍郎苍舒使北，过汴京，赋《水龙吟》。"　②鳌山：宋时元宵节夜，放花灯庆祝，堆叠彩灯为山形，称为鳌山。陆海：大高原，旧指关中一带。《汉书·东方朔传》："汉兴……都泾渭之南，此所谓天下陆海之地。"　③红球："至三鼓，楼上以小红纱灯球缘索而至半空。都人皆知车驾还内矣。"见《东京梦华录》。

存目词

《烬馀录》甲编有阎苍舒《念奴娇》"疏眉秀目"一首，据《归潜志》卷八，乃宇文虚中作，据《朝野遗记》，乃张孝纯作。《烬馀录》不甚可信，必非阎作。今附录于后。

念奴娇

疏眉香目，向尊前、依旧宣和妆束。贵气盈盈风韵爽，举止知非凡俗。宋室宗姬，陈王爱女，曾嫁貂蝉族。干戈浩荡，事随天地翻覆。　珠泪揾了偷弹，劝人饮尽，愁怕吹笙竹。流落天涯俱是客，何必平生相熟。旧日繁华，如今憔悴，付与杯中醁。兴亡休问，为予具嚼船玉。

崔敦礼

崔敦礼（？—1181），字仲由，河北人，本通州静海人，居溧阳，与其弟敦诗同登绍兴三十年（1160）进士。历江宁尉、平江府教授、江东安抚司干官、诸王宫大小学教授。后官至宣教郎。有《宫教集》。

柳梢青

寿　词

惊世文章，门户照人，外家衣钵[①]。多谢温存[②]，相期宅相[③]，此恩难说。　　今朝祝寿樽前，共拜舞，诸孙下列，但愿从今，一年强似，一年时节。

［注释］

①外家：外祖父母家，舅家。　②温存：指抚慰。　③宅相："（舒）少孤，为外家宁氏所养。宁氏起宅，相宅者云：'当出贵甥。'舒曰：'当为外氏成此宅相。'"见《晋书·魏舒传》。相期宅相，谓外祖家对其寄予厚望。

西江月

寿　词

暖日江南梅柳，春风堂上笙歌。满斟醽醁笑声〔哗〕（谨）。再拜千年寿嘏[①]。　　清健非缘服玉[②]，红颜不是苍霞。仙姿福禄自无涯，要看沧溟绿野。

［注释］

①寿嘏（gǔ）：寿与福。　②服玉：服食琼浆玉液。

鹧鸪天

时夫人寿

本是瑶台月里仙，笑麾鸾鹤住人间。蟠桃一熟三千岁[①]，剩对春风日月闲。　　缡绶结，彩衣斑。孙枝相应傍门阑。年年同上长生酒，得见沧溟几度干[②]。

［注释］

①“蟠桃”句：“海变桑田都不记，蟠桃一熟三千岁。”见宋晏殊《鹊踏枝》。旧题汉班固《汉武内传》记西王母赐汉武蟠桃，汉武食辄收其核。西王母告诉汉武：“此桃三千年一生实，中夏地薄，种之不生。”　②“年年”二句：传说东汉桓帝时，仙人王远（方平）降于蔡经家，召麻姑至，年十八九，甚美，自云：“接待以来，已见东海三为桑田。向到蓬莱，水又浅于往昔会时略半也，岂将复为陵陆乎？”词以麻姑仙子颂长寿。

鹧鸪天

王母瑶池景物鲜，蟠桃华实不知年。天教把定春风笑，来作人间长寿仙。　　披蕊笈[①]，诵云篇[②]。朝朝香火篆炉烟。只将清静为真乐，合住春秋岁八千。

［注释］

①蕊笈：道家传说神仙世界有蕊珠宫。蕊笈，当指仙笈。笈，本指书箱。　②云篇：道家符箓之字，其形如云，故常称道书为云箓、云篇。

念奴娇

和徐尉

吴松江畔，对烟波浩渺，相忘鸥鸟[①]。日日篮舆湖上路[2]，十里珠帘惊笑。高下楼台，浅深溪坞，著此香山老[3]。辋川图上[4]，好风吹梦曾到。　　不用金谷繁华[5]，碧城修竹[6]，自比封君号。万壑千岩天付与，一洗寒酸郊岛。霖雨方思，烟尘未扫，合挽三江倒。功成名遂，却来依旧华表。

[注释]

①相忘鸥鸟："海上之人有好鸥鸟者，每旦之海上，从鸥鸟游。鸥鸟之至者，百住而不止。其父曰：'吾闻鸥鸟皆从汝游，汝取来，吾玩之。'明日之海上，鸥鸟舞而不下也。"见北齐刘昼《刘子·黄帝》。后以此指隐居自乐，不以世事为怀，所谓鸥鸟忘机者是也。　②篮舆：竹轿，俗亦称滑竿。③香山老：指唐白居易。白青年时期曾漫游江南，其后又在杭苏为官，后居洛阳龙门山东之香山，号香山居士，有《忆江南》词三首。《忆江南》一名《梦江南》。　④辋川图：唐王维晚年居蓝田辋川，水环舍下，风景奇胜，与其友裴迪等浮舟往来其间，曾自图其山水，号辋川图。后常以辋川图为隐居别业的通名。　⑤金谷：金谷园，晋石崇所构园林，曾繁华一时。⑥碧城：碧霞为城，常指神仙所居之城。词中谓隐居处乃人间仙境。

水调歌头

垂虹桥亭词[1]

倚棹太湖畔，踏月上垂虹。银涛万顷无际，渺渺欲浮空。为问瀛洲何在，我欲骑鲸归去，挥去谢尘笼。未得世缘了，佳处且从容。　　饮湖光，披晓月，抹春风。平生豪气安用，江海兴无穷。身在冰壶千里，独倚朱栏一啸，惊起睡中龙。此乐岂多得，归去莫匆匆。

[注释]

①垂虹桥亭：江苏吴江有垂虹桥。本名利虹桥，俗名长桥。桥有十二

孔，上有亭，即垂虹亭。

江城子

送凌静之[①]

吴王台上雨初晴。远烟横，柳如云。门外西风，催踏马蹄尘。声断阳关人去□，遮落日，向西秦。　不教容易纵归程[②]。语酸辛，黯消魂。且共一尊，相属莫辞频。后夜月明千里隔，君忆我，我思君。　（以上见《宫教集》卷三）

［注释］

①凌静之：崔敦礼友人，年里不详。　②容易：轻易、不在乎。

陈 造

陈造（1133—1203），字唐卿，高邮（今属江苏）人。淳熙二年（1175）进士，调繁昌尉，寻宰定海、倅房陵，至淮浙安抚使参议。晚年号江湖长翁，有《江湖长翁集》。

诉衷情

西 湖

今朝人自藕州来，花意尚迟回。几时画船同载，云锦照樽罍。　铃斋外，已全开，是谁催。诗仙住处，和气回春，羯鼓如雷。

（《永乐大典》卷二千二百六十五"湖"字韵引《江湖长翁集》）

蝶恋花

范参政游石湖作，命次韵①

山立翠屏开几面。画舸经行，蒲葺□□岸②。相过溪门帆影转，湖光忽作浮天远。　诗卷来时春畹晚③。愁把钓游，佳处寻思遍。不许冷官人所贱④，拘缠自叹冰蚕茧。（《永乐大典》卷二千二百六十六"湖"字韵引《江湖长翁集》）

[注释]

①范参政：指范成大。　石湖：在江苏苏州西南，范成大晚年居此，随地势高下、面湖筑亭榭，孝宗亲书"石湖"二字以赐。　②唐氏按：此处原无空格，据律补。　③畹晚：日将晚、迟暮。　④冷官：职位不重要、清闲冷落的官。

洞仙歌

赵史君送红梅[1]

蝶狂风闹，不到凝香地。谁见飞琼巧梳洗。厌孤标冷艳，不入时宜，银烛底，酒沁冰肌未睡。　　东君怜索寞，分寄寒斋，闹耐残醒嗅芳蕊。费西湖东阁，多少诗愁，援彩笔、重与江梅品第。算肯容、丹杏接仙游，又却要蕊宫，侍香扶醉。

[注释]

①史君:犹使君,汉时指刺史,汉以后为州郡长官之尊称。

水调歌头

千叶红梅送史君

胜日探梅去，邂逅得奇观。南枝的皪[1]，陡觉品俗又香悭。曾是瑶妃清瘦，帝与金丹换骨，酒韵上韶颜。百叠侈罗袂，小立耐春寒。　　凝香地，古仙伯，玉尘闲。烦公持并三友[2]，秀色更堪餐。定笑芙蓉骚客，认作东风桃杏，醉眼自相谩[3]。想见落诗笔，字字漱龙兰。　　(以上二首见《永乐大典》卷二千八百零九“梅”字韵引《江湖长翁集》)

[注释]

①的皪(lì):犹的历,光亮鲜明貌。　②三友:所指不一。有指云山、松竹、琴酒;有指琴、酒、诗;有指梅、竹、石。亦有以松、竹、梅为岁寒三友,词所指当即此。　③相谩:相瞒。

菩萨蛮

十月十三日，宝应宰招饮[1]，弟子常盼酒所，指屏间画梅乞词

冰花的皪冰蟾下，松烟竹雾谿桥夜。斜倚小峰峦，依依同岁寒。　　生绡明粉墨，浅笑犹倾国。恰似野桥看，飘零只等闲。

（《永乐大典》卷二千八百十三“梅”字韵引《江湖长翁集》）

[注释]

①宝应：县名，属江苏扬州。

虞美人

呈赵帅

凝香仙伯莺花主[1]，雅意怜羁旅。略分春色便浓欢。街吏何妨日日、报平安。　　诗人一醉龙公妒[2]，恰限今朝雨。关门独酌强伸眉，也胜栖栖腰铺、守风时[3]。

[注释]

①凝香：本韦应物《郡斋雨中与诸文士宴集》“兵卫森画戟，燕寝凝清香”，指赵帅风流儒雅。　②龙公：龙王，指下雨。　③栖栖：指奔走守望。

鹧鸪天

闲去街头赏大花[1]，翟帷珠幰护豪华。西真宴罢群仙醉[2]，千尺黄云错紫霞。　　团粉黛，闹箫笳。使星躔处驻灵槎。定知今夜游仙梦，不落西京姚魏家。

[注释]

①大花：词中指牡丹。　②西真：仙人聚会处。

鹧鸪天

遍赏扬州百种花，因循忘却鬓苍华。客闲惯刻分题烛[①]，坐久还生醉眼霞。　　催掺鼓，趁鸣笳。未应回首问归槎。清明寒食风烟地，判到今春不著家。

[注释]

①刻分题烛：南齐竟陵王萧子良曾夜集学士作诗，刻烛计时，作四韵诗者，刻烛一寸为准。事见《南史·王僧孺传》。

鹧鸪天

醉阅东风百种花，醒来长悔误随车。须知绿幕黄帘底，别有春藏姚魏家。　　空想像，剩惊嗟。梦云从此漫天涯。二年得趁花前约，潘鬓缘愁恐更华。

（以上四首见《永乐大典》卷一万五千一百三十八“帅”字韵）

江神子

席上史君令谢芷索词作[①]

歌筵当日小蓬瀛。晚妆明，识芳卿。挽袖新词，曾博遏云声。又侍仙翁灯夕饮，红雾底，沸箫笙。　　催人刻烛待诗成。捧雕觥，媚盈盈。不道醉魂，入夜已瞢腾。墨涴香罗回盼处[②]，和笑道，太狂生。

（《永乐大典》卷二万零三百五十三“席”字韵引《江湖集陈唐卿词》）

（以上陈造词十首，用赵万里辑《江湖长翁词》增补）

[注释]

①谢芷：史君家之歌女。　②“墨涴”句：墨汁染污了罗裙。

黄　定

黄定(1133—?)，字泰之，永福(今福建永泰)人。乾道八年(1172)进士第一，淳熙三年(1176)为秘书省校书郎。八年，为工部员外郎。九年，为军器监，国子司业。十年，直显谟阁，知温州。

鹧鸪天

寿能左史

间世文章万选钱[①]。清时半步八花砖[②]。大开紫府瑶池宴，正是橙黄橘绿天。　金烛里，玉堂前。翰林元是武夷仙。雍容草罢明堂诏，留取天香馥寿筵。

（《翰墨大全》丙集卷十三）

[注释]

①间世：不是每世。　②八花砖：指学士入朝之时。李程贪睡，日至八砖始入朝。见《翰林志》。

王自中

王自中(1134—1199),字道甫,号厚轩,平阳(今属浙江)人。淳熙中登进士乙科,官怀宁主簿,分水令。王蔺荐其才,召对称旨,改籍甲令,迁通判郢州、知光化军。光宗朝,召为郎,固辞。命知信州,再加邵州。庆元五年(1199)终知兴化军。有《孙子新略注》、《厚轩集》。

念奴娇

题钓台

扁舟夜泛,向子陵台下,偃帆收橹。水阔风摇舟不定,依约月华新吐。细酌清泉,痛浇尘臆,唤起先生语。当年纶钓,为谁高卧烟渚。　还念古往今来,功名可共,能几人光武。一旦星文惊四海[①],从此故人何许。到底轩裳,不如蓑笠,久矣心相与。天低云淡,浩然吾欲高举。

(嘉靖本《钓台集》卷六)

[注释]

①“一日”句:传严光(子陵)少与光武同游学相知。光武即位,曾引入论道故旧,晚共卧,光以足加帝腹,明日太史奏客星犯帝座甚急。

李处全

李处全（1134—1189），字粹伯，号晦庵，徐州丰县人。绍兴三十年（1160）进士。历殿中侍御史、侍御史，知袁州、处州、舒州。有《晦庵词》一卷。

水调歌头

丁丑岁，吴门为外舅蒋宣卿寿[①]

金节照南国，画戟壮陪都[②]。严谯鼓角霜晓，雄胜压全吴。葱茜采香古径，缥缈折梅新奏，春事早关渠。谁识使君意，行乐与民俱。　　披绣幌，薰宝篆，引琼酥。黄堂富暇[③]，宾幕谈笑足欢娱。看取十行丹诏，遥指五云深处，归路接亨衢。玉佩映鸳缀，不老奉轩虞。

[注释]

①吴门：苏州的别称。古吴县城（今江苏苏州）为春秋时吴国都城，习惯上称吴县为吴门。《韩诗外传》："颜回从孔子登日观，望吴门焉。"　蒋宣卿：词中指蒋璨。蒋璨字宣卿，曾历平江、临江二府，锄刈强梗，豪黠畏之。又官敷文阁待制。善书，怪奇璋丽，独步一时。有《景坡堂诗》。　②陪都：国都之外另设的都城。　③黄堂：太守办事的厅堂。

水调歌头

送王景文[①]

上马趣携酒，送客古朱方[②]。秋风斜日山际，低草见牛羊[③]。酩酊不知更漏，但见横江白露，清映月如霜。平睨广寒殿，谁说路歧长。　　醉还醒，时起舞，念吾乡。

江山尔尔，回首千载几兴亡。一笑书生事业，谁信管城居士，不换碧油幢[4]。好在中泠水[5]，击楫奏伊凉[6]。

［注释］

①王景文：王质字景文，绍兴进士，曾为太学正。孝宗朝，为枢密院编修，有《雪山集》。 ②朱方：地名，在今江苏丹徒。 ③草低见牛羊：本北朝乐府《敕勒歌》"天苍苍，野茫茫，风吹草低见牛羊"。 ④"一笑"三句：以班超投笔之史事，感叹大丈夫当效傅介子、张骞立功异域，投笔从戎，立取军功。 管城居士："毛颖者，中山人也。……秦始皇时，蒙将军恬南伐楚，次中山……遂猎，围毛氏之族，拔其豪，载颖而归，献俘于章台宫，聚其族而加束缚焉。秦皇帝使恬赐之汤沐，而封诸管城，号曰管城子。"见唐韩愈《毛颖传》。后遂以之借指毛笔。 碧油幢：指绿色军幕。 ⑤中泠水：中泠泉，在今江苏镇江西北石山，原在长江中，至冬季枯水期，可以汲水，为泡茶名泉，有天下第一泉之称。词中借指镇江段长江，兼寓茗茶之意。 ⑥伊凉：曲名，即伊州、凉州二曲。

水调歌头

明月浸瑶碧，河汉水交流。偏来照我，知我白发不胜愁。客里山中三载，枕上人间一梦，曾忆到瀛洲。矫首蓬壶路[1]，两腋已飕飗[2]。 记扁舟，浮震泽[3]，趁中秋。垂虹亭上，与客千里快凝眸。看剑引杯狂醉，饮水曲肱高卧，鹏鹞本同游[4]。起舞三人耳[5]，横笛唤沙鸥。

［注释］

①壶：山名，即蓬莱、方壶（方丈），传说中的海外神山。 ②飕飗（sōu liú）：风声。谓想象中已乘风驰去。 ③震泽：太湖之古称。 ④鹏鹞本同游：《庄子·逍遥游》记鹏鸟高飞九万里而自北溟徙于南溟、斥鹞翱翔于蓬蒿之间。二者大小不同，所游迥异，然都借助于风力，飞行于天地间，故词中说"本同游"。 ⑤三人：本唐李白《月下独酌》"举杯邀明月，

对影成三人”。

水调歌头

冒大风渡沙子[1]

落日暝云合，客子意如何。定知今日，封六巽二弄干戈[2]。四望际天空阔，一叶凌涛掀舞，壮志未消磨。为向吴儿道，听我扣舷歌。　我常欲，利剑戟，斩蛟鼍。胡尘未扫，指挥壮士挽天河。谁料半生忧患，成就如今老态，白髮逐年多。对此貌无恐，心亦畏风波。

［注释］

①沙子：疑指沙子关，在今四川，接湖北恩施。　②封六：即滕六，指雪神。　巽二：风神。

水调歌头

春事已如许，柳眼早依依。故园桃李何似，芳蕊想团枝。此地嵩高名里，信美元非吾土，清梦绕瀍涧[1]。扶杖欲行乐，还使我心悲。　对琴书，歌一阕，引千卮。昔曾击楫[2]，今日投老叹吾衰。睡起推窗凝睇，失喜柔桑微绿[3]，便拟作春衣。搔首长吟处，此意有谁知。

［注释］

①瀍涧：瀍水和涧水。瀍水在洛阳西北，涧水经洛阳后由河南陆浑山入河。词中借指中原故土。　②击楫：用《晋书·祖逖传》祖逖中流击楫事，表示收复失土的雄心壮志。　③失喜：喜极而不能自禁。

水调歌头

咏　梅

微雨眼明处，春信著南枝。百花头上消息，为我赴襟期[①]。松下凌霜古干，竹外横窗绿影，同是岁寒姿。唤取我曹赏，莫使俗流知。　　对风前，看雪后，总相宜。碧天如洗，何许羌笛月连吹。一段出群标格，合得水仙兄事，千古豫章诗。鼎鼐付佳实[②]，终待麦秋时。

[注释]

①襟期：情怀，抱负。　②鼎鼐：皆为烹饪器，鼎用以和五味。大鼎为鼐。

水调歌头

前篇既出，诸君皆有属和，因自用韵

飞雪已传信，端叶未分枝。莫嫌开晚，前月曾付小春期[①]。谁道梳风洗雨，不许调脂弄粉，容易涴天姿[②]。眼界未多见，鼻观已先知[③]。　　昔西湖，今北客，各从宜。要渠烂熳，趣得暖律为渠吹[④]。犹记石亭攀折，浑似扬州观赏，清兴欲寻诗。三嗅不离手，如得和篇时。

[注释]

①小春期：指小阳春。明谢肇淛《五杂俎·天》："即天地之气，四月多寒，而十月多暖，有桃李生华者，俗谓之小阳春。"　②涴：污染。　③鼻观：鼻子。　④暖律：古时以时令合乐律。暖律，指温暖的季节。

水调歌头

除　夕

今夕定何夕，今夕岁还除。团栾儿女，尽情灯火照围炉。但惜年从节换，便觉身随日老，踪迹尚沉浮。万事古如此，聊作旧桃符[①]。　任东风，吹缟鬓，戏臞儒。韶颜壮齿[②]，背人去似隙中驹[③]。杯酌犹倾腊酒，漏箭已传春夜，何处不歌呼。惟愿长穷健，命釂且欢娱。

[注释]

①桃符：传东海度朔山有大桃树，其下有神荼、郁櫑二神，能食百鬼，故俗于农历元旦，用桃木板画二神于其上，悬于门户，以驱鬼辟邪，号为桃符，以后逐渐演变为今之春联。　②壮齿：壮年。　③隙中驹：白驹过隙，比喻光阴迅速。《庄子·知北游》："人生天地之间，若白驹之过隙，忽然而已。"

水调歌头

处州烟雨楼落成[①]，欲就中秋，后值雨

楼观数南国，烟雨压东州。溪山雄胜，天开图画肖瀛洲[②]。我破瀛洲客梦，来剖仙都符竹[③]，乐岁又云秋。聊作幻师戏[④]，肯遗后人愁。　趁佳时，招我辈，共凝眸。君侯胸次丘壑，意匠付冥搜。刻日落成华栋，对月难并清景，千丈素光流。老子兴何极，小子趣觥筹。

[注释]

①处州：即今浙江丽水。　②肖瀛洲：好似仙界。肖，似也。　③来剖仙都符竹：指来处州为官。古代以竹为符证，剖而为二，授官时，一给本人，一留官府，因以剖竹为授官之称。　④幻师：善作幻术的人。

满江红

镇安女兄生日

清晓高堂,春晚处、旧红新绿。耸曩昔、蟠桃初种,更并潭菊。强健老人松下鹤,森荣孙子霜中竹。看共持、寿斝祝期颐[1],倾醽醁。　烘晴昼,炉烟馥。连永夜,笙歌簇。喜一时欢意,何人兼足。早愿诸甥成宅相,便从明岁开汤沐[2]。向年年、今日度新腔,调仙曲。

[注释]

①寿:唐氏按,原误“筹”,从吴讷本。　②汤沐:汤沐邑。赐封国夫人,可食汤沐邑。

临江仙

木　犀

畴昔方壶游戏地[1],群仙步履相从。明黄衫子御西风。佩环金错落,羽葆翠璁珑。　骑鹄翩然归去路[2],吹箫横度青峰[3]。夜深河汉冷秋容。前驱香十里,飘堕月轮东。

[注释]

①方壶:传说中之海外仙山,即方丈山。　②骑鹄:传说古仙子安骑鹄过黄鹄山(即今湖北武汉蛇山),以后骑鹄遂为仙人之典。　③吹箫:用秦穆公女弄玉事。弄玉善吹箫,后妻萧史,加筑凤台以居,一夕吹箫引凤,双双升天仙去。

念奴娇

京口上元雪夜招唐元明[1]

一天春意,趁东皇幽赏[2],重飞端叶[3]。造物有心成伟观[4]，来伴红蕖开彻。桂魄初圆，梅腮全放，节物俱奇绝。冷官门巷，望中北固楼堞。　遐想篷底高人，拥衾无寐，九曲肠增结。我亦低窗翻蠹纸，失喜瑶花盈尺。拥鼻孤吟，搔头危坐[5]，所欠惟佳客。须君来此，脸纹相对生缬。

［注释］

①京口：在今江苏镇江，为古代长江下游军事重镇。　唐元明：李处全友，年里未详。　②东皇：传说中司春之神。　③端叶：即瑞叶，指雪片。　④唐氏按："伟"，原作"律"，从吴讷本。　⑤唐氏按：原作"扶头兀坐"，从吴讷本。

满庭芳

初　春[1]

乳燕将雏，啼莺求友，江南梅子黄时。欲晴还雨，烟外看成丝。迎袂风来麦陇，吹饼饵、香入书帷。行吟处，溪翁说我，不似去年衰。　方池。荷出水，朱榴倚槛，粉箨穿篱。有吾曹我辈，把酒寻诗。醉去黑甜一枕，炉烟袅、花影斜晖。家山乐，南窗寄傲，唯有晦庵知[2]。

［注释］

①从词意看，所写不类初春景物，题疑有误。　②晦庵：词人自号。

鹧鸪天

社日落成烟雨楼二首[1]

烟雨溟溟趁落成，只应天欲称佳名。万丝明灭青山映，匹素浓纤渌水萦。　民亦乐，美能并。酒杯莫惜十分倾。要知社下平生志,觞政聊须为主盟[②]。

[注释]

①社日:古代祀社神之日。汉以后,一般用戊日,以立春后第五个戊日为春社,立秋后第五个戊日为秋社。词中当为秋社。 ②觞政:宴会中执行觞令(酒令)。汉刘向《说苑》:"魏文侯与大夫饮酒,使公孙不仁为觞政。曰:'饮不釂(犹干杯)者,浮以大白。'文侯饮酒不尽釂,公孙不仁举白浮君。"

鹧鸪天

缥缈危数百尺雄,淡烟疏雨暗帘栊。偶妨清赏中秋夕,为忆名言玉局翁[①]。 贤达意,古今同。凉天佳月会相逢。老蟾一跃三千丈,却唤姮常驾阆风[②]。

[注释]

①玉局翁:指苏轼。宋祠官有玉局观提举,轼曾任此职,因称苏玉局。苏轼《水调歌头·丙辰中秋欢饮达旦大醉作此篇兼怀子由》:"我欲乘风归去,惟恐琼楼玉宇,高处不胜寒。起舞弄清影,何似在人间。……但愿人长久,千里共婵娟。" ②姮常:姮娥,月亮。

柳梢青

茶

九天圆月。香尘碎玉,素涛翻雪。石乳香甘[①],松风汤嫩,一时三绝[②]。 清宵好尽欢娱,奈明日、扶头怎说[③]。整顿颓山,殷勤春露,馀甘齿颊。

[注释]

①石乳:茶名。宋时茶分二类:片茶和散茶,片茶有龙、凤、石乳

等。 ②三绝：色香味三绝。 ③扶头：扶头酒，一种易醉之酒，常省作扶头。

柳梢青

汤

馀甘齿颊。酒□半酣，漏声频促。月下传呼，风前掺别，无因留客[1]。 丁宁玉笋磨香，为料理、十分醒著。后会何时，前欢未尽，明朝重约。

［注释］

①唐氏按："无"，原作"况"，从吴讷本。

朝中措

夜坐有感

晦庵四至似天宽，生计有心田。闲弄炉薰茗碗，困寻纸帐蒲团。 商山橘隐[1]，须弥芥纳[2]，容与湖天。谁笑先生贫窭，东篱无数金钱[3]。

［注释］

①商山：《荆州记》云"上络有商山，高士传谓地肺，即此也"。《史记·留侯世家》："及燕，置酒，太子侍。四人从太子，年皆八十有馀，鬚眉皓白，衣冠甚伟。上怪之，问曰：'彼何为者？'四人前对，各言名姓，曰东园公、角里先生、绮里季、夏黄公。" 橘隐："有巴邛人，不知姓名，家有橘园，因霜后，诸橘尽收，余有两大橘，如三斗盎。巴人异之，即令攀橘下，轻得亦如常橘。剖开，每橘有二老叟，鬓眉皤然，肌体红润，皆相对象戏，身长尺馀，谈笑自若，剖开后亦不惊怖，但相与决赌。一叟曰：'君输我海上龙王第七女髲发十两……后日于王先生青城草堂还我耳。'又一叟曰：'王先生许来，竟待不得。橘中之乐，不减商山，但不得深根固蒂，为愚人摘下

耳。’”见唐牛僧儒《玄怪录》。后以此咏仙人事或指弈棋。　②须弥芥纳:“诸佛菩萨有解脱名不可思议,若菩萨住是解脱者,以须弥之高广,内芥子中,无所增减……”见《维摩诘所说经·不思议品》。后常以须弥芥子指佛法高妙,诸相皆空。须弥,佛教传说中山名。　③金钱:词中指菊花。戏用陶渊明《饮酒》诗意。

朝中措

初　夏

薰风庭院燕双飞,园柳啭黄鹂。是处蜂狂蝶乱,元来绿暗红稀。　　衫笼白苎,琴推绿绮[1],满眼新诗。好个江南风景,杜鹃犹自催归。

[注释]

①绿绮:古琴名。

菩萨蛮

续前意,时溧阳之行有日矣

杜鹃只管催归去,知渠教我归何处。故国泪生痕,那堪枕上闻。　　严装吾已具,泛宅吴中路。弭棹唤东邻,江东日暮云。

菩萨蛮

中秋已近,木犀未开,戏作菩萨蛮以催之。西湖有月轮山名[1],柳氏云[2],三秋桂子,山名载于图经,余顷为郡掾,尝见之

唵庵老子修行久,问禅金粟曾回首。截竹是禅机,吹破粟玉枝。　　西湖秋好处,承得昭阳露。香透月轮低,

来薰打坐时。

[注释]

①月轮山：山名，在浙江杭州西湖之南，钱塘江之北岸，麓有六和塔。 ②柳氏：指柳永，永有《望海潮》咏临安风物，中有名句云“有三秋桂子，十里荷花”。

菩萨蛮

菊 花

四时皆有司花女，杪秋犹见花如许[①]。想得紫金丹，工夫造化间。 春莺留弱羽，更渍蔷薇露。莫取落英餐[②]。留供醉眼看。

[注释]

①杪秋：暮秋，农历九月。 ②“莫取”句：“朝饮木兰之坠露兮，夕餐秋菊之落英。”见屈原《离骚》。 唐氏按：“落”，原作“薄”，从吴讷本。

浣溪沙

儿辈欲九日词而尚远，用“满城风雨近重阳”填成浣溪沙[①]

宋玉应当久断肠[②]，满城风雨近重阳。年年戏马忆吾乡。 催促东篱金蕊放，佳人更绣紫萸囊。白衣才到共飞觞[③]。

[注释]

①满城风雨近重阳：宋潘大临句。潘寄谢无逸书云：“秋来景物，件件是佳句，恨为俗气蔽翳。昨日清卧，闻搅林风雨声，遂题其壁云云。忽催

租人至,遂败意,止此一句奉寄。" ②"宋玉"句:宋玉有《九辩》,悲叹秋色凄凉,年光易逝,云:"悲哉秋之为气也,……憭慄兮若在远行,登山临水兮送将归。" ③白衣:未仕者着白衣,犹布衣。

西江月

重阳再作

窗午风薰端午,楼台月满中秋。阴晴寒暑总无忧,几事不如重九。　　落帽何羞种种[1],看山都付悠悠。黄花已作醉乡游,梦觉黄花在手。

[注释]

①落帽:龙山落帽。晋陶渊明《晋故征西大将军长史孟府君(嘉)传》:"(孟嘉为)征西大将军谯国桓温参军。君色和而正,温甚重之。九月九日,温游龙山,参佐毕集;四弟二甥咸在坐。时佐吏并着戎服,有风吹君帽堕落,温目左右及宾客勿言,以观其举止。君初不自觉,良久,如厕。温命取以还之。廷尉太原孙盛,为咨议参军,时在坐,温命纸笔令嘲之。文成示温,温以着坐处。君归,见嘲笑而请纸笔作答,了不容思,文辞超卓,四座叹之。"后以此为文雅倜傥或形容宴饮佳会之典,也用以咏重阳秋景、秋思等。词以之咏重阳。

西江月

芍　药

婥婥妆楼红袖[1],亭亭将阃青油[2]。东皇天巧世无俦,定有司花妙手。　　十里香风晓霁,千家绮陌春游。竹西路转古扬州[3],歌吹只应如旧。

[注释]

①婥婥:美好貌。 ②将阃(kǔn):统兵在外的将帅。阃,国门。

青油：青油幕，以青绸制作的帐幕，供歇息或迎客用。 ③竹西路：本唐杜牧《题扬州禅智寺》“谁知竹西路，歌吹是扬州”。后常借以指扬州或繁华游冶之地。竹西，古亭名，在今扬州市北。

西江月

二月旦侍女兄游高斋

南国一分春色，东窗八面风光。女兄欢笑酒尊同，满眼儿孙群从。 但愿年逾百岁，何防时醉千钟。朱颜绿髪照青铜，要看如龙如凤。

生查子

拒霜花[①]

庭户晓光中，帘幕秋光里。曲沼绮疏横，几处新妆洗。 红脸露轻匀，翠袖风频倚。鸾鉴不须开，自有窗前水。

[注释]

①唐氏按：此首别误作朱熹词，见《永乐大典》卷五百四十“蓉”字韵。拒霜花：指木芙蓉。木芙蓉一名拒霜花，仲秋开花，耐寒不落，因名。

生查子

正月十六日周仲先劝酒

温柔属东南，和冷经三五[①]。几夜德星明[②]，果应荀陈聚[③]。 分虎屈雄姿[④]，展骥淹遐步。除诏已涂芝[⑤]，便看朝天去。

[注释]

①经三五:时为正月十六日,故曰经三五。 ②德星明:东汉陈寔从诸子侄造荀淑父子,于时德星聚,太史奏:"五百里内有贤人聚。"德星,常指景星、岁星等,古人认为德星常出于有道之国。 ③荀陈聚:指荀淑父子与陈寔相会。荀陈皆为贤人的代表,词中借指周仲先等聚会。 ④分虎:犹分符,受命为将。虎,虎符。 展骥:指施展才能。《三国志·蜀书·庞统传》:"先主领荆州,统以从事守耒阳令,在县不治,免官。吴将鲁肃遗先主书曰:'庞士元非百里才也,使处治中、别驾之任,当展其骥足耳'。" ⑤涂芝:即涂紫。古诏书以锦囊盛紫泥封口。

减字木兰花

预作菊词,俾歌之,至时以侑酒

今年菊早,想到重阳花正好。玉冷金寒,全似东篱挹露看。 色庄香重,直与梅花堪伯仲。待唤渊明,三友相从盏为倾。

减字木兰花

咏木犀

谁将翡翠,闲屑黄金摅巧思。缀就花钿,飞上秋云入鬓蝉。 一枝斜倚,披拂香风多少意。午镜重匀,娇额妆成宫样新。

减字木兰花

甲午九月末在婺州韩守坐上和陈尚书韵[①]

更生观尽[②],双璧蒹葭那敢并[③]。四海无人,笑语从容许我亲。 平生此客,复与太丘登醉白[④]。病里颦眉,贪看惺惺骑马归。

[注释]

①甲午：指淳熙元年，即公元1174年。 ②更生：菊花别名。 ③双璧：美称韩陈。 蒹葭：谦称自己。 ④太丘：地名，在今河南永城县西北。汉陈寔曾为太丘长，词中借指陈尚书。

相见欢

见月闻笛八月五夜

新凉襟袂泠然。乍晴天，风送谁家羌管、月婵娟。 云散尽，秋空碧，玉钩悬[①]。洗耳时听三弄、等团圆[②]。

[注释]

①玉钩：指眉月。 ②三弄：梅花三弄，汉横吹曲，本笛中曲。

江城子

重 阳

一番风雨一番凉。炯秋光，又重阳，潇洒东篱，浑学汉宫妆。今日且须开口笑，花露袅[①]，鬓云香。 泼醅新取谈鹅黄。趁幽芳，趣飞觞，落帽当时，□发少年狂。万事破除惟有此[②]，尘外客，醉中乡。

[注释]

①袅（niǎo）：颤动。 ②破除：除去。唐韩愈《赠郑兵曹》："杯行到君莫停手，破除万事无过酒。"

阮郎归

寮生朝

佳人偏爱菊花天，玉钗金附蝉。歌声缥缈紫云边，博山沉水烟。　　须斗酒，泛觥船，乃翁能百篇。高堂此会看年年，夜深人醉眠。

忆秦娥

海　棠

春山寂，佳人凝笑山南陌。山南陌，东风寒浅，绛罗衫窄。　　阑干倚处云如幂，晚来雨过胭脂滴。胭脂滴，啼妆难劝，且须欢伯[①]。

[注释]

①欢伯：酒的别名。汉焦延寿《易林》："酒为欢伯，除忧来乐。"

忆秦娥

莺花寂，为渠游冶长安陌。长安陌，今朝风景，酒肠宽窄。　　锦茵闲把薰笼幂[①]，嫩红倚绿娇如滴。娇如滴，古今高咏，老泉仙伯。

[注释]

①锦茵：锦制的垫褥。

好事近

荼　蘼

香雪弄春妍，柳外黄昏池阁。要看月华相映，卷东风帘幕。　　更倾壶酒伴芳姿，名字胜桑落。直与岭梅兄弟，是醍醐酥酪。

蓦山溪

梨花过雨，已是春强半。花恼欲颠狂，兴浑在、秋千架畔。搔头无语，斜日上帘栊，飞上下，语呢喃，又见双双燕。　　鱼吹细浪，镜面摇歌扇。藉草倒芳尊，衬香茵、落红千片。追奔蜗角[①]，回首醉初醒，逢节物，且欢娱，莫待流年换。

[注释]

①追奔蜗角：即争蜗角，喻指争小利。典出《庄子·则阳》。

卜算子

春事忆松江，江上花无数。一枕匆匆醉梦中，芳草臞庵路[①]。　　携手度虹梁，洗眼看渔具。盐豉莼羹是处无[②]，早买扁舟去。

[注释]

①臞庵：臞仙之庵，指隐士居所。臞，清瘦貌。《史记·司马相如列传》："相如以为列仙之传居山泽间，形容甚臞，此非帝王之仙意也。乃遂作《大人赋》。"　②盐豉莼羹："武子（王济）前置数斛羊酪，指以示陆（机）曰：'卿江东何以敌此？'陆云：'有千里莼羹，但未下盐豉耳。'"见《世说新语·言语》. 后常以为表示欲归隐或形容南方家乡风味之典，词中指欲归隐。盐豉，即豆豉，古时用以调味。莼羹，江南水葵所作的羹。莼，一种水生植物，一名水葵。《晋书·张翰传》记张翰见秋风起而思家乡莼羹鲈脍，遂辞官归吴中。

卜算子

即席奉女兄寿

芍药斗新妆，杨柳飞轻雪。著意留连不放春，已向东皇说。　　况是谪仙家，自有长生诀。方士呼来借玉蟾，要吸杯中月。

诉衷情

疏烟明淡雨膏如，青入烧痕初。开到无言桃李[1]，春事喜敷腴[2]。　　随杖履，有琴书，酒盈壶。风前花下，睡起醒时，著我篮舆。

[注释]

①无言桃李：本《史记·李将军列传》"桃李无言，下自成蹊"。②敷腴：神采焕发貌。

醉蓬莱

毛氏女兄生朝三月二十八日[1]

政馀春眷眷[2]，首夏骎骎[3]，清和时候。晓色曈昽[4]，瑞霭凝轩牖。著子青梅，袅枝红药，物物俱情厚。绿绮朱弦，檀槽铁拨[5]，华堂称寿。　　季父高怀，庆钟吾姊，富贵长年，自应兼有。更看诸郎，谢砌芝兰秀[6]。蚤晚成名，雁行亲膝，无忌胜如舅。沆瀣朝霞，蓬莱弱水，酿为春酒。

[注释]

①毛氏女兄：嫁至毛姓人家的姐姐。　②眷眷：依恋。　③"首夏"

句：女兄生日在三月二十八日，夏季第一月（四月）很快就要到了。骎骎，急迫。④曈昽：暗而渐明貌。⑤檀槽：檀木做的琵琶、琴等弦乐器上架弦的格子。词中借指弦乐器。⑥谢砌芝兰：形容子弟优异超群。《艺文类聚》卷八十一引晋裴启《语林》："谢太傅问诸子侄曰：'子弟何预人事，而政欲使其佳？'诸人莫有言者，车骑谢玄答曰：'譬如芝兰玉树，欲使生于阶庭。'"

贺新郎

和俞叔夜七夕[1]

秋意生何许。对玉钩、微云避舍，素风吹暑。银汉桥成天路稳，乾鹊声声媚妩。送仙仗、年年须度。离合悲欢多少话，想今宵、缱绻难深诉。千古恨，无新故。　聊须作意成欢绪。为佳时、金针戏把，翠觞频举。莫念匆匆轻掺袂，天上元无间阻。况好是、新凉庭户。倦客天涯嗟老大，趁珠帘、绣额高楼处。乞些巧，调儿女。

[注释]

①俞叔夜：李处全友，年里未详。

贺新郎

再　和

心事知谁许。政吾曹、摛辞弄翰，邀凉蠲暑。节物于人俱可喜[1]，今夕渠偏媚妩。笑曝腹[2]、书生风度。河鼓天孙非世欲[3]，纵惊云、急雨休轻诉。忆倾盖[4]，便如故。良辰欢意宽离绪。称仙家、瑶台缥缈，霓裳掀举。应想尘寰空怅望，月路谁曾隔阻。是处有、绮窗朱户。我爱五湖烟水阔，待扁舟、寻到搘机处[5]。访婺女[6]，共嫛女。

[注释]

①节物：应时节的景物，指七夕夜。 ②曝腹：即晒腹。《世说新语·排调》："郝隆七月七日出日中卧，人问其故，答曰：'我晒书。'" ③河鼓天孙：指牵牛织女。河鼓，星名，一说又名黄姑、天鼓，即牵牛。天孙，星名，即织女星。《文选·曹植〈洛神赋〉》："叹匏瓜之无匹兮，织女为妇，织女牵牛之星，各处河鼓之旁，七月七日，乃得一会。"明冯应京《月令广义·七月令》引《小说》："天河之东有织女，天帝之子也。" ④倾盖：行道相遇，停车而语，车盖接近，因称初交相得、一见如故为倾盖。 ⑤楮机：支机。 楮：支撑。 ⑥婺女：星名，即女宿，又名婺女。

四和春

立 春

香雪新苞偏胜韵[1]，领袖催花信。华节良辰人有分。看士女，幡垂鬓。 莫向春风寻旧恨，乐事随方寸。眉寿故应天不吝。浮大白、吾无闷。

[注释]

①唐氏按："新"，原作"渐"，从吴讷本。

玉楼春

守 岁

年光箭脱无留计，才过立春还守岁。要知一岁已寻侬，听打个惊人喷嚏。 椒盘荐寿休辞醉[1]，坐听爆竹浑无寐。明朝末后饮屠苏[2]，白髮从渠相点缀。

[注释]

①椒盘：古时农历正月初一日用盘进椒，饮酒则取椒置酒中，称椒盘。 ②屠苏：酒名，即"酴酥"。古代风俗于农历正月初一饮屠苏酒，谓

可不病瘟疫。

南乡子

除夕又作

和气作春妍，已作寒归塞地天。岁月翩翩人老矣，华颠，胆冷更长自不眠。　　节物映椒盘，柏酒香浮白玉船①。捧劝大家相祝愿，何言，但愿今年胜去年。

（以上四印斋所刻词本《晦庵词》）

[注释]

①柏酒：古代习俗，以柏叶后凋而耐久，因取其叶浸酒。元旦共饮，以祝长寿。　白玉船：白玉所制酒杯。

韩仙姑

苏幕遮

不忧贫，不恋富。大悟之人，开著波罗铺[1]。内有真如无价宝，欲识真如[2]，正照菩提路。　贪爱心，须除去。清净法身，直是堪凭据。忍辱波罗为妙药，服了一圆，万病都新愈。

（《成都文类》卷十五）

[注释]

①波罗：果名，原产印度。又，指波罗蜜，为梵语音译，意为度、到彼岸。波罗铺，隐含摆脱各种欲念，度人的意思。　②真如：佛教指永恒常在的实体、实性。

周　颉

周颉，生卒不详，字元吉，长兴人。绍兴十五年（1145）进士，曾出知德安府。淳熙十二年（1185）为右司郎中。十四年，为湖北转运判官，又曾官两浙提刑。

朝中措

饮饯元龄诸公席上戏作①

郧城清胜压湖湘②，人物镇相望。秀气谁符楚泽，建安诸子文章。　　东风得意，青云路稳，好去腾骧。要识登科次第，待看北斗光芒。

（《永乐大典》二万零三百五十三“席”字韵）

［注释］

①元龄：疑为楼大年。大年字元龄，朱熹弟子，曾知遂安、南昌县。　②郧城：春秋时曾为郧国国都。楚昭王十年，吴入郢，昭王逃云梦，走郧。晋太元八年，苻坚大举伐晋，慕容垂进拔郧城，皆为此城。在今湖北安陆县境。

王彭年

朝中措

彭年不学空疏,才无足取。蒙赖教养,更叨荐送。而燕饯之日,曲尽礼意。至于篇章重斿[①],褒宠勤至。闻诸乡老,谓:在承平时,亦无此作。退自揆度,不知何以得之!铭佩厚德,无以自见。敢借所赐词韵,少信悃愊[②]。僭越犯分,悚恐无地。尚祈恕采

人才七泽盛三湘,前辈敢追望。惭愧史君劝驾,杯前重赐篇章。 雷风断送,鱼龙变化,云路蜚骧[③]。德意如何报称,短歌莫写毫芒。

(《永乐大典》卷二万零三百五十三“席”字韵)

[注释]

①重斿:斿,同“颁”,发布。 ②少信:少伸。“信”,通“伸”。 悃愊:恳挚之怀抱。 ③蜚骧:飞腾。蜚,通“飞”。

李伯虎

朝中措

伯虎伏以判府中大先生，二年边城，作成士类。既著文以励学者，又复增请荐名，为邦人无穷之利。兵祸荒凉之余，遽能复承平之旧数。非思造特达，何以得此！乡闾大夫，庠序诸生等方日颂盛德，而讴歌之私，恨未有称塞。既而燕饯礼颁，复以佳词光贲行李。学校晚生，荣于拜赐。伯虎铭镂之馀，敢以俚语，仰继严韵，少见谢意之万一。伏惟台慈恕其狂僭渎尊之罪，而采目之。伯虎下情无任悚惧之至

史君清德比清湘，妙政古相望。闲暇恩波万井，笑谈风月千章。　　殷勤劝驾，几人怀德，刻意腾骧[①]。试问匣中长剑，也应增焕光芒。

（《永乐大典》卷二万零三百五十三"席"字韵）

［注释］

①腾骧：超越。

丘　崈

丘崈(chóng)(1135—11209),字宗卿,江阴(今属江苏)人。隆兴元年(1163)进士。为建安府观察推官,除国子博士。光宗时,除四川安抚制置使,兼知成都府。官至同知枢密院事。有《文定公词》一卷。

水调歌头

登赏心亭怀古①

一雁破空碧,秋满荻花洲。淮山淡扫,欲颦眉黛唤人愁。落日归云天外,目断清江无际,浩荡没轻鸥。有恨寄流水,无泪学羁囚。　　望石城②,思东府③,话西州④。平芜千里,古来佳处几回秋。歌舞当年何在,罗绮一时同尽,梦幻两悠悠。杯到莫停手,唯酒可忘忧⑤。

[注释]

①赏心亭:当指建康(今江苏南京)赏心亭,下临秦淮,尽观赏之胜。历代骚人词客多登临于此。　②石城:石头城简称,指南京。战国楚威王灭越,置金陵邑。汉建安十六年,孙权徙治秣陵,改名石头。唐武德九年,城废。故址在今南京市西石头山后。见《读史方舆纪要·江宁府》。　③东府:东晋南朝时扬州刺史治所,在今江苏南京市东。　④西州:晋宋间扬州刺史治所,以治所在城西,故名。晋谢安扶病还都经西州,安薨,其甥羊昙行不由西州路,尝游石头大醉,不觉至西州门,左右提醒,昙悲感不已,诵曹子建诗“生存华屋处,零落归山丘”,恸哭而去。　⑤“唯酒”句:本曹操《短歌行》“何以解忧,惟有杜康”。

水调歌头

为赵漕德庄寿①

人物冠江左②，正始有遗音③。谪仙风味④，洒然那受一尘侵。倚马文章天与⑤，霏屑谈辞云委⑥，宣室为虚襟⑦。小驻外台节，聊屈济时心。　记长庚，曾入梦⑧，恰而今。橙黄橘绿⑨，可人风物是秋深。九日明朝佳节⑩，得得天教好景，供与醉时吟。从此寿千岁，一岁一登临。

[注释]

①赵德庄：赵彦端（1121—1175），字德庄，鄱阳人。曾以直显谟阁为江南东路转运副使，福建路转运副使，因以谓“漕”。其词《全宋词》有录。漕：宋代称转运使、转运副使、转运判官为漕。　②江左：长江下游以东地区，今江苏一带。　③“正始”句：正始，三国魏齐王芳年号。魏晋之际尚玄学清谈，后人称当时的风尚谈论为正始之音。刘义庆《世说新语·赏誉》：“王敦为大将军，镇豫章，卫玠避乱，从洛投敦，相见欣然，谈话弥日。于时谢鲲为长史，敦谓琨曰：‘不意永嘉之中，复闻正始之音。’”　④谪仙风味：指才华超群，放浪诗酒之风情韵意。唐李白有谪仙之称。　⑤“倚马”句：《世说新语·文学》载，晋桓温北征，袁宏倚马前草拟文告，顷刻写成七纸，谓才思敏捷。　⑥霏屑谈辞：指谈吐不凡，滔滔不绝。《晋书·胡毋辅之传》王澄与人书：“彦国吐佳言，如锯木屑，霏霏不绝，诚为后进领袖也。”《世说新语·赏誉》作“吐佳言如屑”。　⑦“宣室”句：《史记·屈原贾生列传》载，“汉孝文帝于宣室殿召见贾谊，问鬼神事，至夜半，虚前席。叹曰：‘吾久不见贾生，自以为过之。今不及也。’”　⑧“记长庚”二句：相传李白之母梦见长庚星而生李白。见唐李阳冰《唐翰林李太白诗序》。后以“长庚梦”喻非凡之人降生。　⑨橙黄橘绿：本苏轼《赠刘景文》“一年好景君须记，最是橙黄橘绿时”。　⑩九日：指九月九日重阳节。

水调歌头

戊戌迓客回程至松江作[①]

小队拥龙节[②],三度过鲈乡[③]。烟波万顷,縠纹轻皱湿斜阳。何处渔舟唱晚,最是芦花风断,欸乃一声长[④]。矫首望空阔,逸兴堕微茫。　笑尘缨,何日许,濯沧浪[⑤]。天随甫里[⑥],相寻无处一凄凉。会把水光山色,收入烟蓑短艇,胜世作清狂。举酒属公子,富贵未渠央[⑦]。

[注释]

①戊戌:淳熙戊戌年,即1178年。　迓客:迎客。　松江:即吴淞江,太湖支流三江之一。　②龙节:符节,古时使臣执以示信之物。　③鲈乡:此指吴江。　④欸乃:摇橹声。柳宗元《渔翁》诗:“欸乃一声山水绿。”　⑤“笑尘缨”三句:避世之意。《孟子·离娄》:“有孺子歌曰:‘沧浪之水清兮,可以濯我缨;沧浪之水浊兮,可以濯我足。’”　⑥甫里:地名。在今江苏吴县东南。唐陆龟蒙曾隐居于此,自号甫里先生。　⑦未渠央:未能仓猝完结。渠,通“遽”。

水调歌头

秋日登浮远堂作

一叶下林表,秋色满蘅皋。江风吹雨初过,天宇一何高。蜡屐径来堂上,倚杖翛然长啸,万里看云涛。逸兴浩无际,安得驾灵鳌[①]。　叹吾生,天地里,一秋毫。江山如传[②],古来阅尽几英豪。回首只今何在,举目依然风景,此意属吾曹。欲去重惆怅,松径冷萧骚。

[注释]

①灵鳌:传说中海上巨龟。　②如传:如经过传舍。驿馆谓“传舍”。

水调歌头

鄂渚忆浮远

彩舰驾飞鹢[①]，帆影漾江乡。肥梅天气[②]，一声横玉换新阳[③]。惊起沙汀鸥鹭，点破暮天寒碧，极目楚天长。一抹残霞外，云断水茫茫。　溯清风[④]，歌白雪[⑤]，和沧浪。枕流亭馆[⑥]，昔年行处半荒凉。我欲骖风游戏[⑦]，收拾烟波佳景，一一付词章。闻说洞天好，何处水中央。

[注释]

①飞鹢：船。古画鹢首于船头，故名。　②肥梅天气：指梅雨天气。宋周邦彦《满庭芳》词："风老莺雏，雨肥梅子。"　③横玉：横笛。　④溯（sù）：向，面临。　⑤白雪：犹《阳春》《白雪》。泛指高雅的诗词歌曲。　⑥枕流：犹言"枕流漱石"，比喻归隐山林。　⑦骖风：乘风。

满江红

驻马江头，聊自放、尘劳踪迹。身渐老、尊前羞见，异乡风物。雪柳垂金幡胜小[①]，钗头又报春消息。记去年、持酒觅新词，人疏隔。　时序好，今犹昔。携赏处，空追忆。都如梦才觉，悄然难觅。且饮不须论许事，从今煞有佳天色。但官闲、有酒便嬉游，愁无益。

[注释]

①"雪柳"句：雪柳、幡胜皆元宵节妇人头饰。

满江红

和梁漕次张韵

玉宇无尘，斜阳外、江楼伫立。人正远、骑鲸南去[①]，笑言难挹。冰雪生寒烟瘴冷，海山著处恩波湿。问碧门、金阙待君来，何时入。　犹自有，新篇什。应念我，相思急。满乌丝挥遍，麝煤香浥[②]。尊酒相逢佳□□，十年一梦长川吸[③]。想上都、风月未盟寒[④]，追良集。

[注释]

①骑鲸：指隐遁。汉扬雄《羽猎赋》："乘巨鳞，骑鲸鱼。"　②麝煤：制墨原料，代指墨。　③长川吸：喻豪饮。杜甫《饮中八仙歌》："饮如长鲸吸百川。"　④上都：指京都。汉班固《西都赋》："实用西迁，作我上都。"　盟寒：背弃盟约，失言。

满江红

和范石湖[①]

十载重游，愧好在、吴中父老。官事里、空然痴绝，竟何曾了[②]。赖有平生知己地，全胜末路依刘表[③]。竟此身、还复雁门踦[④]，宁论早。　蓬仙语，开朕兆[⑤]。郇翰洒[⑥]，增荣耀。倚先声风动[⑦]，了然家晓。翘馆每烦尘想□，宾筵更著红妆绕。算从前、得此慰初心，于人少。

[注释]

①范石湖：范成大，石湖为号。与作者俱为江苏人氏。　②"官事"二句：本《晋书·傅咸传》"生子痴，了官事，官事未易了也"。言只有痴儿方避免官事牵累。此反用其义，更进一层。　③依刘表：三国时王粲曾依附

荆州刘表。见《三国志·魏书·王粲传》。后常以"依刘"指不由己或暂时依附有权势之人。　④雁门踦：踦，同"奇(jī)"，谓命运不顺。《汉书·段会宗传》载《谷永与会宗书》："原吾子因循旧贯，毋求奇功，终更亟还，亦足以复雁门之踦。"注："会宗从沛郡下为雁门，又坐法免，为踦只不偶也。"　⑤朕兆：朕，缝隙；兆，龟坼。皆极细微。比喻事物的征兆。　⑥郇翰：犹郇笺。唐韦陟封郇国公，书札精美，称五云体。此指荐举之书札。⑦倚先声：即填词。凡填词多依前人词调，而词调乃依歌声节奏而作，故称倚声。

满江红

余以词为石湖寿，胡长文见和[1]，复用韵谢之

冠盖吴中，羡来往、风流二老。谈笑处、清风满座，倡酬不了。琪树相鲜崑阆里[2]，玉山高并云烟表[3]。叹□时、顿有古来无，功名早。　膺帝眷[4]，符梦兆。为国镇，腾光耀。更宁容秀野，醉眠清晓。麟组已联方面重，衮衣行接天香绕[5]。计畸人、巾履奉英游[6]，荣多少。

[注释]

①胡长文：未详。　②琪树：神话中玉树。　崑阆：传说神仙栖居地。③玉山：喻人品德仪容之美。　④膺：蒙受。　⑤衮衣：古代帝王及上公绣龙的礼服。　⑥畸人：不拘于礼教的奇特之人。《庄子·大宗师》："畸人者，畸于人而侔于天。"

满江红

渚宫怀古即事，用二干韵[1]

楚甸云收，歌舞地、依然江渚。嗟往事、豪华无限，梦回何许。翠被那知思玉度[2]，绣袿漫说为行雨[3]。悄不禁、

俯仰一凄凉,成千古。　吴蜀会,襟喉处。据胜势,开天府。著诗书元帅,笑谈尊俎。步障月明翻鼓吹[4],华榱雾湿披窗户[5]。把胜游、都与旧风光,湔尘土。

[注释]

①渚宫:春秋时楚之别宫。故址在今湖北江陵县城内。　二千:未详。　②"翠被"句:谓夫妻之离,独宿独眠。意同"翡翠衾寒"。白居易《长恨歌》:"翡翠衾寒谁与共。"　③绣袿:女子绣衣。　行雨:喻男女欢情。　④步障:用以遮避风尘或隐蔽内外的屏幕。　⑤华榱(cuī):犹言"华屋"、"华檐"。　榱:椽子。

满江红

癸亥九日[1]

平楚苍然,烟霭外、飞鸿冥灭。身老矣、登临感慨,几时当彻。痛饮从教吹帽落[2],悲歌莫击壶边缺[3]。算人生、任运复何为,伤情切。　功名事,休谩说。渠有命,谁工拙。且随宜鬥健,强酬佳节。九月从今知几度,试看镜里头如雪。向醉中、赢取万缘空,真蝉脱[4]。

[注释]

①癸亥:指公元1203年。时作者年六十九。　②吹帽落:晋孟嘉重九日随桓温游龙山,帽被风吹落而不觉。温令孙盛作文嘲嘉,嘉答文甚美。见《晋书·孟嘉传》。　③"悲歌"句:晋王敦常于酒后咏曹操"老骥伏枥,志在千里。烈士暮年,壮心不已"诗句,并以铁如意击唾壶为节,壶边尽缺。见《晋书·王敦传》。　④蝉脱:犹"蝉蜕",喻解脱。《淮南子·精神训》:"蝉脱蛇解,游于太清。"

洞仙歌

为叶梦锡总领寿[①]

一番好景，近莺花时候。才过收灯便晴昼。正熊罴、占梦日[②]，戏彩称觞[③]，当此际，须信人间未有。　光华分瑞节，粉署兰台[④]，谁出如公望郎右。气如虹，才吐凤，指掌功名，馀事也，千载犹当不朽。待辟国、清边取封侯[⑤]，看肘后、黄金印悬如斗[⑥]。

［注释］

①叶梦锡：叶衡（1122—1183），字梦锡。婺州金华（今浙江金华）人。负才足智，理兵事甚悉。由小官不十年至宰相，颇得爱重。《宋史》有传。总领：南宋赵鼎议置总领一司，由朝官充任，以总制财赋为名，专掌报发御前军马文字，旨在稍分诸大将兵权。　②熊罴占梦：生男之兆。常用作祝寿典事。语出《诗经·小雅·斯干》："吉梦维何，维熊维罴……大人占之，维熊维罴，男子之祥。"　③戏彩：相传老莱子年七十着五彩衣效小儿状以娱双亲。此颂叶儿女孝养。　④粉署：尚书省。　兰台：御史台。皆朝廷政要。　⑤辟国：封开国公。　⑥"看肘后"句：意谓封官加爵。《晋书·周𫖮传》："（𫖮）顾左右曰：'今年杀诸贼奴，取金印如斗大系肘。'"

洞仙歌

辛卯嘉禾元夕作[①]

江城梅柳，惯得春先处。催趁风光上歌舞。见九衢、车马流水如龙[②]，喧笑语，罗绮香尘载路。　欢娱多暇日，尊俎风流，重见承平旧官府。有多少、佳丽事，堕珥遗簪[③]，芳径里，瑟瑟珠玑翠羽。好惜取、韶华醉连宵，更莫待、收灯酒阑人去。

[注释]

①辛卯:公元1171年。　②九衢:四通八达的道路。　车马流水如龙:“见外家问起居者,车如流水,马如游龙。”见《后汉书·明德马皇后纪》。　③堕珥遗簪:语出吴自牧《梦粱录》,书中记南宋临安元宵盛况:“公子王孙,五陵年少,更以纱笼喝道,将带佳人美女,遍地游赏。人都道玉漏频催,金鸡屡唱,兴犹未已。甚至饮酒醺醺,倩人扶著。堕翠遗簪,难以枚举。”

洞仙歌

元宵词

□□春□,□昼□□处。十里红莲照歌舞[1]。望鳌山天际[2],宝篆翻空,看未了,涌出珠宫贝宇[3]。　锦江桥那畔[4],罗绮重重,曲巷深坊暗香度。玉相辉,花并艳,明月随人,归去也,零落珠玑翠羽。先如许、风光更元宵,算却好、图将凤城夸去[5]。

[注释]

①红莲:指莲花形的灯笼。　②鳌山:神话传说,海中仙山,由巨鳌顶托于水面。　③珠宫贝宇:水神宫殿。屈原《九歌·河伯》:“鱼鳞屋兮龙堂,紫贝阙兮朱宫。”　④锦江:在四川成都南。传说蜀人织绵濯其中则锦色鲜艳,濯于他水则锦色暗淡,故名。　⑤凤城:指京城。

洞仙歌

庚申乐净锦棠盛开作[1]

花中尤物,欲赋无佳句。深染燕脂浅含露[2]。被春寒无赖,不放全开,才半吐,翻与留连妙处。　人间称绝色,倾国倾城,试问太真似花否[3]。最娉婷,偏艳冶,百媚千娇[4]，谁道许，须要能歌解舞[5]。算费尽、春工到开时，甚却付、连宵等闲风雨。

[注释]

①庚申：公元1200年。　乐净：寺名。　②燕脂：同“胭脂”。　③“人间”三句：以杨贵妃比称海棠。　倾国倾城：出《汉书·外戚传》李延年歌，“北方有佳人，绝世而独立，一顾倾人城，再顾倾人国。”　太真似花：“上皇尝登沉香亭，召妃子。妃子时卯酒未醒，高力士侍儿扶掖而至。上皇笑曰：‘岂是妃子醉邪？海棠睡未足耳。’”见郑处晦《明皇杂录》。　④百媚：“回眸一笑百媚生，六宫粉黛无颜色。”见白居易《长恨歌》。　⑤能歌解舞：杨贵妃善为霓裳羽衣舞。

洞仙歌

咏金林檎

半肌腻体，雅澹仍娇贵。不与群芳竞姝丽。向琼林珠殿，独占春风，仙仗里，曾奉三宫燕喜[1]。　低回如有恨，失意含羞，乐事繁华竟谁记。应怜我，空老去，无句酬伊，吟未就，不觉东风又起。镇独立黄昏怯轻寒，这情绪、年年共花憔悴。

[注释]

①燕喜：同“宴喜”。

沁园春

景明告行，颇动怀归之念。得帅卿词，因次其韵。前阕奉送，后阕以自见云

雨趣轻寒，风作秋声，燕归雁来。动天涯羁思，登山

临水,惊心节物,极目烟埃。客里逢君,才同一笑,何遽言归如此哉。别离久,算不应兴尽,却棹船回。　主人下榻高斋。更点检笙歌频宴开。便留连不到,迎春见柳,也须小驻,度腊观梅。花上盈盈,闺中脉脉,应念胡麻正好栽[①]。从教去。正危阑望断,小倚徘徊。

[注释]

①胡麻:即芝麻,相传汉张骞得其种于西域,故名。唐民俗种胡麻时,须夫妇二人同时下地播种,方能得丰收。故"胡麻"一词常语关别离念远之意。葛鸦儿《怀良人》:"胡麻好种无人种,正是归时底不归。"

沁园春

匏系弥年[①],江北江南,羡君去来。笑山横南浦,朝来爽致,文书堆案,胸次生埃。放旷如君,拘縻如我,试问人生谁乐哉。真难学,是得留且往,欲去须回。　何时竹屋茅斋。去相傍为邻三径开[②]。撰小窗临水,危亭当巘,随宜有竹,著处须梅[③]。坐读黄庭[④],手援紫蘁[⑤],一寸丹田时自栽[⑥]。当馀暇,更与君来往,林下徘徊[⑦]。

[注释]

①匏系:喻依人为生。《论语·阳货》:"吾岂匏瓜也哉,焉能系而不食!"　匏(páo):葫芦之属。此指出仕为官。　②三径:隐士之径。陶渊明《归去来兮辞》:"三径就荒,松菊犹存。"　③"撰小窗"四句:意境同辛弃疾《沁园春》(三径初成)"好都把、轩窗临水开。……疏篱护竹,莫碍观梅"。　④黄庭:即《黄庭经》。讲道家养生修炼之道。　⑤蘁(lěi):通"蕾",花蕾。宋秦观《早春题僧舍》:"东园紫梅初破蘁。"　⑥一寸丹田:指心。心位于胸中方寸之地,故曰寸心。《抱朴子·地真》分丹田为三:脐下者为下丹田,心下者为中丹田,眉间者为上丹田。　⑦林下:借指隐逸之所。

千秋岁

用秦少游韵[①]

梅妆竹外，未洗唇红退。酥脸腻[②]，檀心碎[③]。临溪闲自照，爱雪春犹带。沙路晓，亭亭浅立人无对。　似恨谁能会，迟见江头盖[④]。和鼎事[⑤]，终应在。落残知未免，韵胜何曾改。牵醉梦，随香欲渡三山海。

[注释]

①秦少游：即秦观，字少游，一字太虚。　②酥脸：指花瓣。　③檀心：浅红色花心。　④"迟见"句：久不见重用义。　⑤和鼎：同"和羹"，喻执政。古代以鼎鼐比喻丞相之位。

千秋岁

征鸿天外，风急惊飞退。云彩重，窗声碎。初凝铺径絮，渐卷随车带[①]。凝望处，巫山秀耸寒相对。　高卧传都会[②]，茅屋倾冠盖。空往事，今谁在。梅梢春意动，泽国年华改。楼上好，与君浩荡浮银海。

[注释]

①"初凝"二句：言雪初下如柳絮铺径。渐大则如缟带随马蹄而延伸。　②高卧：指袁安僵卧室中，不外出求人。

千秋岁

窥檐窗外，酒力冲寒退。风絮乱，琼瑶碎[①]。凌波争缭绕，点舞相萦带。应惬当，凝香燕寝佳人对[②]。　恰与花时会，小阻寻芳盖[③]。犹自得，春多在。日烘梅柳竞，翠入山林改。但只恐，别离恨远如云海。

[注释]

①琼瑶碎："可惜一溪明月，莫教踏破琼瑶。"见苏轼《西江月》(照野弥弥浅浪)。　②燕寝：周制王有六寝，一名正寝，馀五寝在后，通名燕寝。③芳盖：指女子乘坐之车。　盖：车盖，指车。

汉宫春

乙未正月和李汉老韵，简严子文[1]

横笛吹梅[2]，记南楼夜月[3]，疏蕊纤枝。香尘软红自暖，不怕寒欺。人归梦悄，怅凭阑、密约深期。身渐老，风流纵在，逢花那似当时。　　东阁占春宜早，甚开迟也似，雪屋疏篱。须公彩毫度曲，锦帐题诗。多应见我，怪尊前、华髮其谁。烦道与，巡檐共笑[4]，元是旧日相知。

[注释]

①乙未：公元1175年。　李汉老：李邴，字汉老，济州任城人。累迁翰林学士，擢兵部侍郎，兼直学士院，后为资政殿学士。著有《草堂集》一百卷。《宋史》有传。　②吹梅：笛曲有《梅花落》。　③南楼：在鄂州。晋庾亮治武昌，与僚属殷浩等人秋夜登南楼赏月，咏谑甚乐。后以"南楼"为赏月欢会之典。　④巡檐：指燕子。

汉宫春

和辛幼安秋风亭韵，癸亥中秋前二日[1]

闻说瓢泉[2]，占烟霏空翠，中著精庐[3]。旁连吹台燕榭，人境清殊。犹疑未足，称主人、胸次恢疏。天自与，相攸佳处[4]，除今禹会应无[5]。　　选胜卧龙东畔，望蓬莱对起，岩壑屏如。秋风夜凉弄笛，明月邀予[⑥]。三英笑粲，更吴天、不隔莼鲈。新度曲，银钩照眼，争看阿素工书[⑦]。

[注释]

①辛幼安：辛弃疾，字幼安。　癸亥：公元1203年。　②瓢泉：辛弃疾铅山居处名。　③精庐：学舍。　④攸：悠然自得貌。　⑤禹会：一名禹墟。在今安徽怀远东南，相传为禹会诸侯之地。　⑥"明月"句：本李白《月下独酌四首》（其一）"举杯邀明月，对影成三人"。　⑦阿素：工书侍女，其名未详。

水龙吟

为建康史帅志道寿[①]

蕊珠仙籍标名[②]，绛纱覆玉云霞里。銮坡凤掖[③]，丝絇鸣佩[④]，甘泉近侍。濯柳临春，饤梨照座[⑤]，绝尘风味。记青蒲、夜半论兵[⑥]，万人惊诵回天意。　麟组遥临万里。谈笑处、江山增丽。遐冲坐折[⑦]，风流馀事，唯应燕喜。新筑沙堤[⑧]，暂占熊梦，恰经长至[⑨]。过佳辰献寿，双旌便好[⑩]，作朝天计。

[注释]

①帅：宋代称安抚使为帅。史志道名正志。乾道三年（1167）帅建康。　②蕊珠：蕊珠宫。道家传说，神仙居此。　③銮坡：指翰林院。凤掖：指中书、门下二省。　④丝絇（qú）：贵官所穿之丝履。　⑤饤（dìng）梨：饤座梨，席间供陈设之梨，喻珍贵。《新唐书·崔珙传》附崔远："有文而风致整峻。世慕其为，目曰饤座梨，言座所珍也。"　⑥青蒲：指承蒙皇帝特殊亲宠。《汉书·史丹传》："丹从亲密臣得侍视疾。候上间独寝时，丹直入卧内，顿首伏青蒲上。"注引应劭曰："以青规地曰青蒲，自非皇后不得至此。"　⑦遐冲坐折：谓谈笑间击退敌军。折冲，使敌军战车后撤，即退敌。冲，战车之一种。　⑧新筑沙堤：表示拜相。唐李肇《国

史补》:“凡拜相,礼绝班行,府县载沙填路,自私第至子城东街,名曰沙堤。” ⑨长至:夏至。 ⑩双旌:唐制,节度使初授,诣兵部辞见,赐双旌双节。

念奴娇

烛花渐暗,似梦来非梦,今夕何夕。帘幕生香人醉里,家住深深密密①。送客难为,独留无计,此意谁知得。相看无语,可怜心绪如织。 缓辔踏月归来,空馀襟袖,有多情脂泽②。浅笑轻颦追想处,眼底如今历历。著意新词,于人好语,过后应难必。今宵酒醒,断肠人正愁寂。

[注释]

①深深密密:本欧阳修《蝶恋花》“庭院深深深几许”。 ②脂泽:女子脂粉。

扑蝴蝶

蜀中作

鸣鸠乳燕,春在梨花院。重门镇掩,沉沉帘不卷。纱窗红日三竿,睡鸭馀香一线①。佳眠悄无人唤。 谩消遣。行云无定,楚雨难凭梦魂断②。清明渐近,天涯人正远。尽教闲了秋千,觑着海棠开遍。难禁旧愁新怨。

[注释]

①睡鸭:造型如凫鸭之香炉。 ②“行云”二句:此以“行云”、“楚雨”分指男、女双方。昔楚怀王游高唐,梦巫山神女侍寝,自言“旦为朝云,暮为行雨”,后以云雨喻男女私情。

祝英台

成都牡丹会

聚春工，开绝艳，天巧信无比。旧日京华，应也只如此。等闲一尺娇红，燕脂微点，宛然印、昭阳玉指[1]。

最好是，乐岁台府官闲，风流剩欢意。痛饮连宵，花也为人醉。可堪银烛烧残，红妆归去，任春在、宝钗云髻。

[注释]

①“燕脂”二句：牡丹有名一捻红者，相传献花时，杨贵妃正上妆，手染唇脂，印于花上，来年花开，瓣印指痕，因以名之。　昭阳：汉宫殿名，赵飞燕居之。此指杨贵妃。

江城梅花引

枕　屏

轻煤一曲染霜纨[1]。小屏山，有无间。宛是西湖，雪后未晴天。水外几家篱落晚，半天关。有梅花、傲峭寒。

渐看，渐远，水漏漫。小舟轻，去又还。野桥断岸，隐萧寺、□出晴峦[2]。忆得孤山[3]，山下竹溪前。佳致不防随处有，小窗闲。与词人、伴醉眠。

[注释]

①轻煤：指淡墨。制墨之烟称煤，引申作墨之代称。　②萧寺：佛寺。相传梁武帝萧衍造佛寺，命萧子云飞白大书曰“萧寺”，后因称佛寺为萧寺。　③孤山：在浙江杭州西湖，一山耸立，旁无联附。宋林逋曾隐居于此，植梅养鹤。

西　河

钱钱漕仲耕移知婺州奏事[①],用幼安韵

清似水,不了眼中供泪。今宵忍听唱阳关,暮云千里。可堪客里送行人,家山空老春荠。　道别去、如许易。离合定非人意。几年回首望龙门[②],近才御李[③]。也知追诏有来时,匆匆今见归骑。　整弓刀、徒御喜。举离觞、饮醽无味。端的慰人愁悴[④]。想天心,注倚方深,应是日日传宣、公来未。

[注释]

①钱仲耕:钱佃,字仲耕。弱冠入太学,绍兴十五年登进士第。累迁左右司检正,兼权吏、兵、工三侍郎。出为江西路转运副使,继使福建、江西等地,终于中奉大夫、秘阁修撰。有《文集》二十卷。　婺州:今浙江金华。　②龙门:喻声望高之人。　③御李:东汉李膺有重名,荀爽往见,为李驾车,引以为荣,谓人曰:"今日得御李君矣!"事见《后汉书·李膺传》。　④端的:实在,果真。

夜合花

雨过凉生,风来香远,柳塘池馆清幽。圆荷万柄,芙蓉困倚轻柔。暮霞映,日初收。更满意、绿密红稠。是牵情处,低回照影,特地娇羞。　惆怅好景难酬。慰家山梦绕,十顷新秋。庭空吏散,依然兴在沧洲。未容短棹轻舟。谩赢得、终日迟留。笑空归去,篮舆路转[①],月上西楼。

[注释]

①篮舆:竹轿。《宋书·陶潜传》:"潜有脚疾,使一门生二儿举篮舆,

既至，便欣然共饮酌。"

垂丝钓

戊戌迓客。自入淮南，多所感怆作①

夕烽戍鼓，悲凉江岸淮浦。雾隐孤城，水荒沙聚。人共语。尽向来胜处，谩怀古。　问柳津花渡，露桥夜月，吹箫人在何许。缭墙禁籞②，粉黛成黄土。惟有江东注。都无虏，似旧时得否。

[注释]

①戊戌：公元1178年。　②禁籞：禁苑。

黄河清

为史帅寿

彭角清雄占云祲①。喜边尘、今度还静。一线乍添，长觉皇州日永②。楼外崇牙影转③，拥千骑、欢声万井。太平官府人初见，梦熊三占佳景。　皇恩夜出天闱，云章粲、凤鸾飞动相映④。宝带万钉⑤，与作今朝佳庆。勋业如斯得也，况整顿、江淮大定。这回恰好，归朝去、共调金鼎。

[注释]

①占云祲："相阴阳，占祲兆……知其吉凶妖祥，伛巫跛击之事也。"见《荀子·王制》。　祲（jìn）：阴阳二气相侵所形成的不祥之云气。　②皇州：帝都。　③崇牙：旌旗的齿状边饰，指代旌旗。　④云章：指御书笔迹。欧阳修《仁宗御书飞白记》："而云章烂然，辉映日阴。"　凤鸾飞动：喻书法笔势之妙。　⑤宝带万钉：宝带上镶有众多珠宝，此为贵官所服。

蓦山溪

为叶总领寿

风传芳信，晓色便清霁。帘幕护春寒，篆香温、笙簧韵美。使华容与[①]，星动帝王州，花上脸，柳边眉，竞报占熊喜。　　欢娱好是，玉塞无尘起。鞭计小迟留，要长折、遐冲万里。传闻有诏，宣室待归来[②]，醽醁满[③]，叵罗深[④]，莫负春葱指[⑤]。

[注释]

①使华：朝廷派遣的使者称“使星”，亦称使华。　容与：缓缓起伏貌。　②宣室：汉未央宫中有宣室殿，孝文帝曾于此召见贾谊，问鬼神事。　③醽醁（líng lù）：酒名。　④叵罗：古酒具。　⑤春葱指：指美丽女子手指。《孔雀东南飞》：“指如削葱根。”形容女子手指纤细柔嫩。

鹧鸪天

和严倅二秦同集席上赋

怀抱瓌奇懒叩阍[①]，朝阳独赋远人村[②]。即看飞上芝封诏[③]，会见趣归金马门[④]。　　今夕饮，拚濡裙，一时尊俎尽诗人。唯馀阿买真才劣，醉后犹能写八分[⑤]。

[注释]

①叩阍：吏民有冤向朝庭申诉。　阍：宫门。　②朝阳：即“朝阳凤”，喻希世之才。本《诗经·大雅·卷阿》“凤皇鸣矣，于彼高冈。梧桐生矣，于彼朝阳”。　③芝封诏：本北周庾信《汉武帝聚书赞》“芝泥印上，玉匣封来”。此指帝王诏书。　④金马门：官署代称。汉武帝得大宛马，以铜铸像，立于鲁班门外，因称金马门。昔东方朔等人皆曾待诏金马门，此用其意。　⑤阿买：韩愈侄名。“阿买不识字，颇知书八分。”见《醉赠张秘书》。

鹧鸪天

陆海蓬壶自有山，光风霁月未应悭。但将歌舞酬佳节，却信阴晴是等闲。　　花照夜[1]，烛烘盘，明年公更酒肠宽。奉陪黄伞传柑宴[2]，莫忘红妆拥座欢。

[注释]

①花：花烛。　②传柑宴：国宴嘉席。苏轼《上元侍饮楼上三首呈同列》："归来一盏残灯在，犹有传柑遗细君。"自注："侍饮楼上，则贵戚争以黄柑遗近臣，谓之传柑，听携以归，盖故事也。"

鹧鸪天

乙未钱守登君山[1]

准拟关门度一秋，强扶衰病起相酬。不辞酩酊还吹帽[2]，自笑髟鬙怯露头[3]。　　江日晚，更迟留，争传五马足风流[4]。论车载酒浑闲事，著笼藏花说未休[5]。

[注释]

①乙未：公元1174年。　钱守：即钱仲耕。　钱佃，字仲耕。弱冠入太学，绍兴十五年登进士第。累迁左右司检正，兼权吏、兵、工三侍郎。出为江西路转运副使，继使福建、江西等地，终于中奉大夫、秘阁修撰。有《文集》二十卷。　君山：在江苏江阴北，突起平野，俯视长江，形势险要。宋南渡后，在此设置营塞，为防守要地。见《舆地纪胜》。　②吹帽：用重九"孟嘉吹帽"典。　③髟鬙（péng sēng）：髮乱貌。　④五马：指太守。此指钱。　⑤著笼：著笼巾。宋代朝服冠饰之一种。笼巾一名貂蝉冠。织藤漆之，形正方。前饰银花，上缀玳瑁蝉，左右三小蝉，衔玉鼻，左插貂尾。三公、亲王侍祠大朝会，则加于进贤冠而服之。见《宋史·舆服志》四。

鹧鸪天

采莲曲

两两维舟近柳堤，菱歌迤逦过前溪。曲中自诉衷肠事，岸上行人那得知。　金齿屐，翠云篦，女萝为带蕙为衣[1]。惜花贪折归时晚，急桨相呼入翠微[2]。

[注释]

①女萝为带：本屈原《九歌·山鬼》"若有人兮山之阿，被薜荔兮带女萝"。　蕙：香草，喻美也。　②翠微：碧波。

鹧鸪天

咏绿荔枝

玳瑁筵中见绿珠[1]，淡然高韵胜施朱。揉蓝雾縠蔷薇浅[2]，半露冰肌玉不如。　餐秀色，味肤腴，轻红端合与为奴。只愁宴罢翻成恨，赢得偏怜不似初。

[注释]

①玳瑁筵：以玳瑁装饰坐具，指盛宴。　绿珠：晋石崇歌伎，貌美善吹笛，此以喻绿荔枝。　②揉蓝：古代一种浸染法，指绿色。　縠（hú）：绉纱，轻薄如雾。

夜行船

越上作

水满平湖香满路，绕重城、藕花无数。小艇红妆，疏帘青盖，烟柳画桥斜渡。　恣乐追凉忘日暮，箫鼓动、月明人去。犹有清歌，随风迢递，声在芰荷深处[1]。

［注释］

①芰(jì)荷:荷花。

夜行船

和朱茶马

昨醉中说越上旧词,相与一笑。乃烦和章狎至,愧不可言,聊复戏作以谢。尘务满前,略无佳语,惟一过目,幸甚

一舸鸱夷云水路[1],贪游戏、悄忘尘数。明月长随,清风满载,那向急流争渡。 邂逅占星来已暮,芝封待、却催归去。倚玉蒹葭[2],论文尊俎,回首笑谈何处。

［注释］

①一舸鸱夷:春秋越国范蠡佐勾践成霸业后,功成身退,“浮江湖,变姓名。适齐,为鸱夷子皮”。见《汉书·货殖传·范蠡》。颜师古注:“范蠡自号鸱夷子皮者,言若盛酒之鸱夷,多所容受而可卷怀,与时张弛也。”②倚玉蒹葭:喻两人对比,美恶不相称。《世说新语·容止》:“魏明帝使后弟毛曾与夏侯玄共坐,时人谓蒹葭倚玉树。”

夜行船

和成都王漕巽泽[1]

飞舄朝天云作路[2],长安近、更无程数[3]。梧竹当年,丝纶奕世[4],咫尺凤池平渡[5]。 青眼相逢何太暮[6],眉黄透、却愁君去[7]。官事无多,丰年有暇,莫负赏尽心佳处。

［注释］

①王巽泽:未详。 ②飞舄朝天:用王乔典。《后汉书·方术传·王

乔》:"王乔者,河东人也。显宗世,为叶令。乔有神术,每月朔望,常自县诣台朝。帝怪其来数而不见车骑,密令太史伺望之。言其临至,辄有双凫从东南飞来。于是候凫至。举罗张之,但得一只舄焉。"后以"飞舄"为地方官掌实。　③长安:汉都城,此指代南宋皇城临安(今浙江杭州)。　④"丝纶"句:谓累世为朝廷重用。　丝纶:本《礼记·缁衣》"王言如丝,其出如纶"。后称帝王诏书为丝纶。　奕世:累世。　⑤凤池:即凤凰池。唐以后指宰相之职。　⑥青眼:尊敬,重视。晋阮籍能为青白眼,遇喜欢或尊敬之人用青眼。遇厌恶轻视之人用白眼。见《晋书·阮籍传》。　⑦眉黄:古面相术士以眉间透黄视为回朝预兆。唐韩愈《赠马侍郎冯李二员外》:"城上赤云呈胜气,眉间黄色见归期。"

夜行船

怀越中[①]

万柄荷花红绕路,锦连空、望无层数。照水旌旗,临风鼓吹,行遍月桥烟渡。　　堪笑年华今已暮,身西上、梦魂东去。一曲亭边,五云门外[②],犹记最花多处。

[注释]

①越中:此指浙江绍兴。隋初改会稽郡为越州,宋废。　②五云:指帝所。南宋建都临安(今浙江杭州)。

临江仙

乙未,高宗庆七十,母氏封宜人作[①]

天上玉卮称万寿,人间湛露初匀。种萱堂上阅青春[②]。薰风频送喜,同日拜丝纶。　　班在蕊珠仙缀立,等闲历遍燕秦。紫皇先付与佳名[③]。宜家更宜国,宜子又宜孙。

[注释]

①乙未：公元1175年。 高宗：宋高宗赵构。 宜人：旧时妇女因夫因子而得的一种封号。 ②种萱堂：古时母居北堂，后以萱堂为母亲或母亲居处代称。《诗经·卫风·伯兮》："焉得谖草，言树之背。"《传》："背，北堂也。"意谓于北堂种萱草。 ③紫皇：道教之皇。此指高宗。

感皇恩

庚申为大儿寿[①]

时节近中秋，桂花天气。忆得熊罴梦呈瑞。向来三度，恨被一官萦系。今朝称寿，也休辞醉。　斑衣戏彩，薄罗初试。华髮双亲剩欢喜[②]。功名荣贵，未要匆匆深计。一杯先要祝，千百岁。

[注释]

①庚申：公元1200年。 ②剩：尽。

蝶恋花

为钱守寿

梅子著花当献寿。得得天工[①]，有意还知否。教在岁寒霜雪后，长年不羡松筠茂。　莫厌杯深歌舞奏。约略丝纶，正是来时候。富贵明年公自有，天香宫烛黄封酒[②]。

[注释]

①得得：特特。 ②黄封酒：宫廷酿造之酒以黄罗帕封存，故称。

蝶恋花

送岳明州

鼓吹东方天欲晓。打彻伊州[①]，梅柳都开了。尽道鄞江春许早[②]，使君未到春先到。　　号令只凭花信报。旗垒精明，家世临淮妙[③]。遥想明年元夕好，玉人更著华灯照。

[注释]

①伊州：曲调名，商调大曲。　②鄞江：在浙江宁波，即甬江。　③家世临淮：武将勋臣世家。唐李光弼以功封临淮郡王。此岳明州当是岳武穆王后人。

蝶恋花

西堂竹阁，日气温然，戏作

逼砌�窗围小院。日照花枝，疏影重重见。金鸭无风香自暖，腊寒才比春寒浅。　　昼景温温烘笔砚[①]。闲把安西，六纸都临遍[②]。茗碗不禁幽梦远，鹊来唤起斜阳晚。

[注释]

①昼景：日影。景，同“影”。　②安西六纸：晋庾翼为安西将军，善书。苏轼《答舒教授观余所藏墨》：“暮年却得庾安西，自厌家鸡题六纸。”

一剪梅

梅

潇洒佳人淡淡妆。特地凌寒，秀出孤芳。雪为肌体练为裳[①]。韵处天姿，不御铅黄[②]。　　古样铜壶湿篆章[③]。浅浸横斜，净几明窗。何防三弄点苔苍[④]。但有疏枝，依旧清香。

［注释］

①练：白色的熟绢。　②不御铅黄：意谓不施脂粉。　铅黄：铅粉与雌黄，古时女子用来化妆。曹植《洛神赋》："芳泽无加，铅华不御。"　③铜壶：古代铜制计时器，亦称"漏壶"，以滴水计时。　篆章：此指钟带。《考工记·凫氏》："钟带谓之篆。"　④三弄：用笛吹奏三遍《梅花落》曲。李清照《孤雁儿》："笛里三弄，梅心惊破，多少春情意。"

天仙子

畏暑只嫌秋较晚，不道玉楼人渐远。此情那解却清凉，肠欲断。愁无限，安得冰壶还照眼[①]。　　妙舞蹁跹歌宛转，走遍京华何处见。清眠无梦到西州[②]，馀香浅，银钩软，唯仗锦书聊自遣[③]。

［注释］

①冰壶：盛冰的玉壶。表里莹彻。　②西州：此指情牵之地。　③锦书：情书。窦滔为秦州刺史，被徙流沙，其妻苏氏思之，织锦为回文诗以赠，词甚凄惋。见《晋书·列女列传·窦滔妻苏氏》。后以"锦书"为书信代称。

朝中措

绍兴末太学作[①]

晚风斜日折梅花，楼外卷残霞。领略一城春气，华灯十万人家。　　轻衫短帽[②]，风前趁马，月下随车。道个小来脚定[3]，那人笑隔笼纱。

[注释]

①绍兴末：当指1162年。作者时年二十八岁。　②轻衫短帽：年轻人的装束。　③道个小：意谓作自我介绍。

朝中措

几回相与叹高才，忽报驭风来[1]。谁道亟朝天阙，更能同上春台[2]。　主人早晚，班联玉笋[3]，行听连催。湖上饱赓新唱[4]，思堂快泻深杯。

[注释]

①驭风："可以邀御风之客，会绝尘之子。"见唐卢鸿一《倒景台序》。原指仙人，此喻指友人。　②春台：旧称礼部为春台。　③班联玉笋：喻人才济济，如笋并立。《新唐书·李宗闵传》："俄复为中书舍人，典贡举，所取多知名士，若唐冲、薛庠、袁都等，世谓之'玉笋'。"　④饱赓新唱：尽情唱和。

朝中措

尊前宾主角多才，亦许我同来。诗思竞翻三峡，酒狂欲拗连台[1]。　身闲有限，莫辞光景，刻烛相催[2]。沙路即看联辔，上林趁赏流杯[3]。

[注释]

①"诗思"二句：意谓酒后诗兴大发，敢押险韵作拗体。　②刻烛相催：南朝齐竟陵王萧子良，曾夜集才子学士饮酒赋诗，刻烛限时，规定烛燃一寸，诗成四韵。见《南史·王僧孺传》。　③上林：秦旧苑，汉武帝扩建，周围三百里，内养禽兽，供帝王玩赏、打猎。此借指游玩的林苑。　流杯：

即“流觞曲水”。于水滨宴集，水面放置酒杯，杯流行停其前，当即取饮。晋王羲之等人曾于兰亭流觞曲水，歌咏相嬉。

菩萨蛮

再登赏心用林子长韵

壶边击断歌无节，山川一带伤情切。依旧石头城，夕阳天外明。　行人谁是侣，遗唱今何许。对酒转愁多，愁多奈酒何。

菩萨蛮

甲午秋作①

秋声夜到秋香院，重帘试卷都开遍。只似旧时香，更添些子黄。　绮窗人共赋，犹忆分香句②。别后几回秋，见花空复愁。

［注释］

①甲午：公元1174年。　②分香：指男女偷情密约。《晋书·贾充传》载，贾充属吏韩寿貌美。充女与之私通，并密盗武帝赐充之西域奇香赠寿，充闻寿芳馥，察女情怀，遂以女妻寿。

菩萨蛮

次朱都大韵送王漕行

云林带水山横阁，故人去尽添萧索。反照射微茫，临分愁夕阳。　传柑当令节，连璧朝天阙①。还有雁西飞，慰人新别离。

[注释]

①连璧:两玉并联。喻并美之人。

西江月

恰好轻篷短棹,绝胜锦缆牙樯。一声横笛起微茫,十里红莲步障。　　小待山头吐月,何妨说剑杯长[①]。更看风露洗湖光,水底金盘滉漾。

[注释]

①说剑:谈论兵事国情。　杯长:频频饮酒。

西江月

明日又还重九,黄昏小雨疏风。菊英萸糁一尊同[①],付与今宵好梦。　　寒意梧桐叶上,客愁画角声中。小楼何日却从容,千里此情应共。

[注释]

①萸糁(sǎn):指茱萸。味香烈。古俗重阳日须登高饮酒戴茱萸,以辟邪祸。

梅弄影

雨晴风定,一任春寒逞。要勒群芳未醒[①]。不废梅花,晚来妆面靓[②]。　　曲阑斜凭,水槛临清镜。翠竹萧骚相映。付与幽人,巡池看弄影。

[注释]

①勒：抑制。　②妆面靓：妆饰艳丽。　靓（jìng）：美丽。

诉衷情

癸未团司归舟中作[①]

东风卷岸进船难，酒醒篆香残。不堪客里无绪，那更晚来寒。　思往事，耿无眠，掩屏山。夜深人静，何处一声，月子弯弯[②]。

[注释]

①癸未：公元1163年。作者于是年登进士第。　②月子弯弯：宋赵彦卫《云麓漫钞》九，记吴中舟师歌，"月子弯弯照九州，几家欢乐几家愁。"

诉衷情

丙申中秋[①]

素衣苍狗不成妍[②]，何意妒婵娟。不知高处难掩，终自十分圆。　涵万象，独当天，照无边。乾坤呈露，何况人间，大地山川。

[注释]

①丙申：公元1176年。　②素衣苍狗：指天上云彩。唐杜甫《可叹》诗："天上浮云如白衣，斯须改变如苍狗。"

诉衷情

荆南重湖作①

芙蓉深径小肩舆②，相并语徐徐。红妆著处迎笑，遮路索踟蹰。　　锦步障，绣储胥③，绕重湖。更添月照，人面花枝，疑在蓬壶。

［注释］

①重湖：二湖相接之谓。洞庭、青草，即重湖也。　②肩舆：人力抬扛的代步工具。指竹轿。　③"锦步障"二句：指道旁花枝繁茂，如锦似绣，牵人眼目。　锦步障：语出《晋书·石崇传》，晋人石崇与王恺斗富，恺以紫丝布作步障四十里，崇遂作锦步障五十里以压倒对方。　储胥：藩篱之属，作守卫距障之用。

诉衷情

因见早梅作

十分风味似诗人，有些子太清生。只应最嫌俗子，消瘦却盈盈。　　风乍静，雪初晴，月微明。泊然疏淡，莫是无情，作个关情。

锦帐春

己未孟冬乐净见梅英作①

翠竹如屏，浅山如画，小池面、危桥一跨。著棕亭临水，宛然郊野，竹篱茅舍。　　好是天寒，倍添幽雅。正雪意、垂垂欲下。更朦胧月影，弄明初夜，梅花动也。

[注释]

①己未:公元1199年。

谒金门

送林子长同年起官宣城[①]

风又雨,吹面落花红舞。把酒不禁春思苦,别离闻杜宇。　　叠嶂楼头佳处,犹想襞笺容与[②]。思入云山便好语,莫辞频寄取。

[注释]

①宣城:今属安徽。　②襞(bì)笺:摺纸作书。

谒金门

为韩漕无咎寿[①]

槐阴绿,帘卷翠屏山曲。照眼冰壶寒并玉,赐衣便雾縠。　　熊梦又惊初卜,好在掖垣梧竹[②]。应讶人归犹未速,已颁新诏墨。

[注释]

①韩无咎:韩元吉,字无咎,号南涧。雍丘(今河南杞县)人,徙居信州上饶(今属江西)。历权礼部侍郎、吏部侍郎。曾为吏部尚书。能诗词,著有《南涧甲乙稿》、《桐荫旧话》等。　②掖垣梧竹:喻韩为朝中杰出人选。掖垣:宫殿围墙。　梧竹:梧桐、竹子,喻美才。

谒金门

罗袖薄,玉臂镂花金约[①]。起晚欠伸莲步弱[②],倚床娇韵恶[3]。　　独自青楼珠箔，怎向日长花落。门掩东风春寂寞，误人瞋喜鹊。

［注释］

①金约：金镯子。　②莲步：喻女子行走之美。《南史·齐东昏侯纪》："又凿金为莲花以贴地，令潘妃行其上，曰：'此步步生莲花也。'"　③恶：甚，很。

谒金门

为尤郎中延之寿[1]

花雨润，烟锁玉炉香韵。笑度华年春不尽，寿觞寒食近。　　甲子才周一瞬[2]，争羡朱颜青鬓。咫尺朝元仙路稳[3]，碧云新有信。

［注释］

①尤延之：尤袤，字延之。无锡人。以诗名，与杨万里、范成大、陆游并称尤杨范陆。《全宋词》录词二首。　②甲子：干支纪年。亦以称年月。六十年为甲子一轮回。　③朝元：道教徒礼拜神仙。

好事近

留幹家咏方响[1]

空涧落鸣泉，千骑雨霖衣铁。金奏欲终人醉，有玉声清越。　　夜深纤手怯轻寒，馀韵寄愁绝。玉树梦回何处[2]，但满庭霜月。

［注释］

①方响：古打击乐器，磬类。以十六枚铁片组成，其制上圆下方，大小

相同,厚薄不一。分两排悬于一架,以小铜槌击之,其声清浊不等。 ②玉树:喻姿容秀美、才干优异之人。

好事近

辛西二月望日雨中作[①]

整整一冬晴,雨后不论朝夕。麦陇救得一半,莫妨他寒食。 试看天气定乘除[②],宽更待三日。桃李且须宁耐[③],有无边春色。

[注释]

①辛酉:公元1201年。 望日:月圆之时,常指农历每月十五日。 ②定乘除:看究竟。 ③宁耐:忍耐。

浣溪沙

即席和徐守元宵

铁锁星桥永夜通,万家帘幕度香风。俊游人在笑声中。 罗绮十行眉黛绿,银花千炬簇莲红。座中争看黑头公[①]。

[注释]

①黑头公:谓少壮而属高位者。

浣溪沙

迎春日作

胜子幡儿袅鬓云[①],钗头绝唱旧曾闻[②]。江城喜见又班春[③]。 拂柳和风初有信,欺梅残雪已无痕。只应笑语作春温。

［注释］

①胜子幡儿：幡胜。唐宋旧俗每逢立春日，用金银箔罗剪作饰物或小幡，戴在头上以庆春日来临。 ②钗头绝唱："藕丝秋色浅，人胜参差剪。双鬓隔香红，玉钗头上风。"见温庭筠《菩萨蛮》。又吴文英《祝英台近·除夜立春》："剪红情，裁绿意，花信上钗股。" ③班春：颁布春令。班，通"颁"。

浪淘沙

朱都大和荆州作，次韵谢之

潇洒五湖仙，踏遍尘寰。吟哦长忆两松闲。邂逅天涯还一笑，璧合珠连[①]。 风采照衰残，妙语泠然[②]。妓围香暖簇金蝉[③]。端为故人情未减，醉玉颓山[④]。

［注释］

①璧合珠连：喻双美会聚，完满无缺。 ②泠然：轻妙貌。 ③妓围：唐朝诸王荒淫豪奢，冬天令官妓密围于坐侧，以挡寒气，称妓围。见五代王仁裕《开元天宝遗事》。 金蝉：汉侍中、中常侍、唐散骑常侍，皆以金蝉为冠饰。 ④醉玉颓山：喻人醉态。用"玉山倒"典。南朝宋刘义庆《世说新语·容止》："嵇叔夜之为人也，岩岩若孤松之独立；其醉也，傀俄若玉山之将崩。"

定风波

咏丹桂

月殿移根入帝乡[①]，风流犹是旧时妆。猩血染成丹杏脸，浓点。郁金笼就赭衣黄[②]。 浪说锦城元自少[③]，不道。只今何啻五枝芳[④]。试问司花谁是主，传语。且烦都与十分香。

[注释]

①月殿移根:古神话传月中有桂树,吴刚常执斧斫之,树创随合。帝乡:指京城。 ②郁金:黄色染料。 郁金黄:花名,即金桂。 ③锦城:即锦官城,成都别称。此指京城。 ④五枝芳:五,言数之多。

卜算子

翠被怯轻寒,花气撩幽梦。梦蹑飞云驾彩鸾,惊觉花枝动。　宿酒未全醒[1],屋角闻晴哢[2]。爱著荼蘼彻骨香,齅了还重□[3]。

[注释]

①宿酒:昨夜喝下之酒。 ②晴哢(lòng):晴天鸟鸣。 ③唐氏按:空格原作"齅",未叶韵,疑误。

柳梢青

和胡夫人[1]

风佩珊珊,云屏曲曲,愁绝春悭。无赖馀寒,半醒宿酒,御夹成单[2]。　深沉院落人闲。凭阑处、眉颦黛残。彩笔慵拈,新声微度,兴入云山。

[注释]

①胡夫人:疑为胡长文妻。 ②御夹成单:将夹衣换为单衣。

点绛唇

戊子之春[1]，同官皆拘文，不暇游集。春暮，皆兴牢落之叹。予亦颇叹之，作此，乃三月九日也。是日，杨花甚盛，盖风云

花落花开，等闲不管流年度。旧游何处，浅立空凝伫[2]。　惊拍阑干，忽见春将暮。凭风絮，为人飞去。散作愁无数。

[注释]

①戊子：公元1168年。　②凝伫：出神，发愣。

醉花阴

木　犀[1]

碧玉槎枒金粟小[2]，山路惊秋老。倒倚湿寒烟，似怯秋风，阁泪啼清晓。　铜壶冷浸宜深窈，人试新妆巧。云鬓一枝斜，小阁幽窗，是处都香了。

[注释]

①木犀：桂花。　②槎枒：错落不齐貌。

愁倚阑

丙申重九和钱守[1]

风雨骤，妒花黄，忽斜阳。急手打开君会否，是伊凉。　深深密密传觞。似差胜、落帽清狂。满引休辞还醉倒，却何妨。

[注释]

①丙申：公元1176年。

如梦令

元宵席上口占

门外绮罗如绣，堂上华灯如昼。领略一番春，共醉连宵歌酒。今后，今后。如此遨头少有[1]。

[注释]

①遨头：宋代成都自正月至四月十九日浣花，太守出游宴饮，士女纵观，称太守为遨头。

如梦令

小小峰峦对起，芳树重重相倚。清溜绕阶除[1]，聊备一池春水。游戏，游戏。适意随缘足矣。

（以上《彊村丛书》本《丘文定公词》）

[注释]

①阶除：阶沿。

太常引

仲履席上戏作[1]

僧人虎豹守天关，（并）嗟蜀道、十分难[2]。说与沐猴冠[3]，这富贵、于人怎谩[4]。　忘形尊俎，能言桃李，日日在东山[5]。不醉有馀欢，唱好个、风流谢安[6]。

（《永乐大典》卷二万零三百五十三“席”字韵）

[**注释**]

①仲履:其人不详。　②"僧人"二句:"一夫当关,万夫莫开。所守或非亲,化为狼与豺。朝避猛虎,夕避长蛇。……蜀道之难,难于上青天。"见唐李白《蜀道难》。　③沐猴冠:沐猴,即猕猴。猕猴戴帽,徒具人形。以喻人之徒有仪表,实无人性。　④谩:简慢,怠慢。　⑤东山:在浙江上虞西南。晋谢安早年曾隐居于此。又临安、金陵均有东山,也是谢安游憩之地。后因以东山为隐者之居。　⑥风流谢安:谢安,字安石,晋阳夏人。少有重名,屡诏不仕。每游赏,必携妓以从。年四十方有仕宦意。《晋书》有传。

存目词

调名	首句	出处	附注
鹧鸪天	南浦舟中两玉人	《永乐大典》卷二万零三百五十三"席"字韵	陆游词,见《渭南文集》卷四十九
清平乐	清歌逐酒	同上	张先词,见《张子野词》卷一

朱晞颜

朱晞颜(1133—1200)，字子囦(yuān)，休宁(今属安徽)人，隆兴元年(1163)进士。历吉州守，直秘阁，京西通判。直焕章阁、知静江府。绍熙中，广西漕使。

南歌子

□□桂林，过□□玉堂仙，景卢饯别野处。壁间歌姬所作墨竹，上有同年傅景仁长短句，走笔次韵，既抵峤南，回首野处，后会之期未卜也。因锲石湘漓江上，以寓万里之思云。绍熙五年清明后二日

影落三秋月，寒生六月霜[①]。是谁幻出玉篔筜[②]。乞与一枝和雪、钓漓湘。　　劲节依琳馆，虚心陋草堂。笔端元自有雌黄。疑是化龙蜚到、葛仙旁[③]。

（《粤西诗载》卷二十五）

[注释]

①六月霜："昔者贱臣叩心，飞霜击于燕地。"见江淹《诣建平王上书》。李善注引《淮南子》："邹衍尽忠于燕惠王，惠王信谮而系之。邹衍仰天而哭，正夏而天为之降霜。"后以喻冤狱、冤情。张说《狱箴》："匹夫结愤，六月飞霜。"　②篔筜：竹名。　③葛仙：指晋葛洪，好神仙导养之法，从郑隐学炼丹之术。

吕胜己

吕胜己(约1173年前后在世),字季克,建阳人,后家邵武。父祉,绍兴七年迁兵部尚书。胜己曾从张栻、朱熹讲学,工汉隶。以荫为湖南干官,历倅江州,知杭州,官至朝请大夫。有别业二洲,可五百亩,植花竹其上,称小渭川,因自号渭川居士。有《渭川居士词》一卷。

沁园春

月晃虚窗,风掀斗帐,晓来梦回。见满川惊鹭,长空瑞鹤,联翩来下,翔舞徘徊。旋放金盘承积块,更轻撼琼壶撩冻澌①。毡帷小,近宝炉兽炭②,沉水兰煤③。

寒威。酒力相欺。荐绿蚁霜螯左右持④。问岁岁祯祥,如何中断,年年梅月,因甚愆期。上绀碧楼,城高百尺,看白玉虬龙奔四围⑤。纷争罢,正残鳞败甲⑥,天上交飞。

[注释]

①冻澌:指冰柱。　②兽炭:做成兽形的炭。亦泛指炭或炭火。《晋书·外戚传·羊琇》:“琇性豪侈,费用无复齐限,而屑炭和作兽形以温酒,洛下豪贵竞效之。”　③沉水:即沉香。　兰煤:兰状香料。罗烨《醉翁谈录·张氏夜奔吕星哥》:“金兽之兰煤已烬,斗转星移。”　④绿蚁:酒面上浮起的绿色泡沫。此借指酒。　霜螯:蟹到霜降季节才肥美,故称。晋毕卓嗜酒,曾说:“一手持蟹螯,一手持酒杯,拍浮酒池中,便足了一生。”见《世说新语·任诞》。　⑤虬龙:比喻盘曲的树枝。　⑥残鳞败甲:指雪片。

醉桃源[1]

山翁可是爱登台，看云日几回。恨无语似谪仙才，空教云去来。　　思往事，引深杯，长歌感壮怀。霜风晚下扫阴霾，天心宝鉴开[2]

[注释]

①醉桃源：词牌名，即《阮郎归》。　②宝鉴：此指月亮。

醉桃源

题清晖阁

马蹄西路赏春妍，重来十五年。好山如带水如环，红楼罨画间[1]。　　人易老，景如前，停杯俯逝川。归舟回首望云烟，秦人隔洞天[2]。

[注释]

①罨（yǎn）画：色彩鲜明的绘画，此指自然美景。　②秦人：即桃源中人。陶渊明《桃花源记》："自云先世避秦时乱，率妻子邑人来此绝境，不复出焉，遂与外人间隔。"故桃源洞又称秦人洞。梅尧臣《依韵和吴正仲屯田重台梅花》诗："桃源已满秦人洞，杏花犹存董奉祠。"

醉桃源

去年手种十株梅，而今犹未开。山翁一日走千回，今朝蝶也来。　　高树杪，暗香微[1]，悭香越恼怀[2]。更烧银烛引春回，英英露粉腮。

[注释]

①暗香:指梅的幽香。林逋《山园小梅》:“暗香浮动月黄昏。” ②悭香:淡香。 恼:逗引,撩拨。杨万里《钓雪舟倦睡》:“无端却被梅花恼,特地吹香破梦魂。”

蝶恋花

墙角栽梅分两下。夹竹穿松,巧傍柴门亚。不似西湖明月夜,展开一片江南画。 老子寻芳心已罢。为爱孤高,结约如莲社。清静界中观物化,憧憧门外驰车马[1]。

[注释]

①憧憧(chōng):往来不绝貌。

蝶恋花[1]

长沙作

天际行云红一缕。无尽青山,江水悠悠去。更上层楼凭远处,凄凉今古悲三楚[2]。 心事多端谁共语。酒醒愁来,望望家何所。薄宦漂零成久旅,天涯却羡鸿遵渚[3]。

[注释]

①蝶恋花:词牌名,一名《凤栖梧》。 ②三楚:战国时楚地疆域广阔,秦汉时分为西楚、东楚、南楚,合称三楚。后泛指湖南湖北一带。 ③鸿遵渚:鸿沿着水畔飞行。

蝶恋花

观雪作

姑射真仙蓬海会[①]。驭气乘龙，作意游方外。冬后翦花飞素彩，腊前陨璞抛团块[②]。　幂幂绵云相映带。川谷林峦，混一乾坤大。白玉装成全世界，江湖点染微瑕颣[③]。

[注释]

①姑射（yè）：传说中神山名。此指神仙美女。　②陨璞：此指玉一样的雪花飘落。　③颣：唐氏按，原作“类”，从《彊村丛书》本《渭川居士词》。

蝶恋花

长沙送同官先归邵武

屈指瓜期犹渺渺[①]。羡子征鞍，去上长安道。到得故园春正好。桃腮杏脸迎门笑。　闻道难兄登显要。雁字云霄。花萼应同调。旧恨新愁须拚了。功名趁取方年少。

[注释]

①瓜期：交班的期限。“及瓜而代”，见《左传》。

蝶恋花

眼约心期常未足[①]。邂逅今朝，暂得论心曲。忽堕鲛珠红簌簌[②]，双眸翦水明如烛。　可恨匆匆归去速。去去行云，望断凄心目。何似当初情未熟，免教添得愁千斛。

[注释]

①眼约心期:形容双方心愿一致,精神互相沟通。 ②鲛珠:本张华《博物志》"南海水有鲛人,水居如鱼,不废织绩,其眼能泣珠"。此指眼泪。

蝶恋花

霰雨雪词

天色沉沉云色赭。风搅阴寒,浩荡吹平野。万斛珠玑天弃舍,长空撒下鸣鸳瓦[①]。 玉女凝愁金阙下。褪粉残妆,和泪轻挥洒。欲降尘凡飙驭驾,翩翩白凤先来也[②]。

[注释]

①鸳瓦:即鸳鸯瓦。一俯一仰的屋瓦。 ②白凤:传说中的神鸟。相传扬雄著《太玄经》时梦吐白凤。

长相思

体夭夭,步飘飘,绶带金泥缕绛绡,珑璁趁步摇[①]。

浅霞消,两峰遥,斜插层楼金系腰,花羞人面娇。

[注释]

①步摇:首饰,即金步摇。

长相思

效南唐体

展颦蛾,抹流波,并插玲珑碧玉梭,松分两髻螺。

晓霜和,冻轻呵,拍罢阳春白雪歌[①],偎人春意多。

［注释］

①阳春白雪：古乐曲名。宋玉《对楚王问》："客有歌于郢中者……其为《阳春》《白雪》，国中属而和者不过数十人。"此泛指高雅之曲。

长相思

探梅摘归

冒寒吹，访琼姬[①]，行到青山遇玉肌[②]，凝情欲待谁。

出疏篱，手同携，踏月随香清夜归，乘欢拨冻醅[③]。

［注释］

①琼姬：传说芙蓉城中仙女名。此借指梅花。　②玉肌：犹言玉容。此指花瓣。苏轼《红梅》诗："寒心未肯随春态，酒晕无端上玉肌。"　③拨冻醅：拨，疑为"泼"字之讹。　冻醅：冷酒。李白《襄阳歌》："恰似葡萄初泼醅。"

浣溪沙

浅著铅华素净妆，翩跹翠袖拂云裳。傍人作意捧金觞。　曲度清悲云冉冉，花飞零乱月茫茫。梦回人去似高唐[①]。

［注释］

①高唐：楚台观名，在云梦泽中。宋玉有《高唐赋序》，描写楚襄王游高唐时梦中与巫山神女欢会情景。

浣溪沙

直系腰围鹤间霞，双垂项帕凤穿花。新妆全学内人家。　惠性芳心谁得似，饶嗔恶□也还他。只消凡事与饶些。

清平乐

红尘久住，仙驭凌波去。本似行云无定处，那更腊残风雨。　　瑶芳片片轻飞，但留青子栾枝。孤负岁寒幽意，如今却与春宜。

清平乐

咏木犀

灵心暗属，髻垒黄金粟。寂静虚堂情不足，微步徘徊山麓。　　蕊珠宫里新妆，生香全似瑶芳。应为莺花留恋，人间暂歇鸾凰。

促拍满路花[1]

瑞　香

名花无影迹，寒气日凄凉。人间千万树，歇芬芳。紫微宫女，仙驭降霓裳。名在仙班簿，不属尘凡，洞天密锁云窗。　　遗珰连宝珥，人世识天香。凝寒承雨露，傲冰霜。凌波仙子，邂逅水云乡。更约南枝友，游遍江南，共归三岛扶桑。

[注释]

①促拍满路花：《历代诗馀》无“促拍”两字。

谒金门

闻莺声作

花满树，两个黄鹂相语[1]。恰似碧城双玉女，对歌还对舞。　可惜娟娟楚楚，同伴彩云归去。居士心如泥上絮，那能无恨处。

[注释]

①两个黄鹂：语出杜甫《绝句》四首之一“两个黄鹂鸣翠柳，一行白鹭上青天”。

谒金门

嗟久客，又见他乡寒食。流水断桥春寂寂，孤村烟火息。　白去红飞无迹，千树总成新碧。醉里伤春愁似织，东风欺酒力。

谒金门

芳思切，旧事不堪重说。浓露凝香花喷血，花心双蛱蝶。　燕语莺啼都歇，又过清明时节。记得离歌三两阕，未歌先哽咽。

谒金门

春又过，那更雨摧风挫。留得浅红三两朵，竹梢烟雾锁。　把酒对花危坐，多病多愁都可。舞蝶游蜂迷道左，惜春忙似我。

谒金门

秋夜静，屋上狂风初定。两两啼蛄相答应[①]，灯蛾摇烛影。　枕上鸡声遥听，起舞良宵偏永。明日谩寻弓剑整，衰颜重揽镜。

[注释]

①啼蛄:蟪蛄鸣叫。蟪蛄，蝉之一种。

谒金门

早　梅

芳信拆，漏泄东君消息。帝殿宝炉烟未熄，龙香飘片白。　点缀枯梢的皪[①]，疏影荡摇寒碧。指与纤纤教自摘，枝横云鬓侧。

[注释]

①的皪:花色鲜明貌。

谒金门

天气暖，开了荼蘼一半。红日迟迟风拂面，阶前花影乱。　俊雅风流不见[①]，定被莺花留恋。千尺游丝舒又罥[②]，系人心上线。

[注释]

①俊雅风流:《历代诗馀》作“俊逸风神”。　②罥:挂住。

谒金门

歌罢奏，敛步拂开罗袖。宝扇轻摇香汗透，软香沾素手。　小立偎人良久，一寸娇波横溜。心事未言眉已皱，无端催劝酒。

南乡子

斗笠棹扁舟，碧水湾头放自流。尽日垂丝鱼不上，优游，更觉心松耐得愁。　行客语沧洲[1]，笑道渔翁太拙休。万事要求须有道，何由，教与敲针换曲钩。

［注释］

①沧洲：滨水之地。古称隐者所居。

南乡子

纵棹越溪船，破浪冲涛到碧湾。种就长堤千亩竹，无边，插玉屯云满渭川[1]。　平日乐归田，不恋荣华不慕仙。得个容身栖隐处，宽闲，每日江边理钓竿。

［注释］

①渭川：即渭河，上游有磻溪，吕尚垂钓之处。

减字木兰花

烟云变化，面面青山如展画。俯对平川，野水烟村远接天。　有时纵目，景物繁华观不足。月下风头，一曲清讴博见楼[1]。

[注释]

①博见楼:作者自家楼名。

瑞鹤仙

栽梅

南州春又到。向腊尽冬残,冰姑先报。芳心爱春早。露生香馥馥,靓妆皎皎。诗人最巧,道竹外、斜枝更好。旋移根引水,浇培松竹,凑成三妙。　　回首当年客里,荆棘途中,幸陪欢笑。闲愁似扫。记风雪、关山道。待飘花结子,和羹煮酒[①],还我山居送老。那青红、浪蕊浮花,尽锄去了。

[注释]

①和羹:配以不同调味品而制成羹汤。《尚书·说命》:"若作和羹,尔惟盐梅。"

瑞鹤仙

嘲博见楼[①]

倚阑观四远。近有客登临,故相磨难[②]。山形欠舒展。小峰峦云树,晦明更变。江淮楚甸,又何曾、分明在眼。但临深、自觉身高,未可便名博见。　　休辨,吾心乐处,不要他人,共同称善。痴儿浅浅。因他谩说一遍。问还知宴坐,回光收视[③],大地河山尽现。待于中、会得些时,举觞奉劝。

[注释]

①博见楼:作者自家楼名。 ②磨难:此指辩驳。 ③回光收视:比指自我反省。"相聚不回光反照作自己工夫",见《朱子语类》一二一卷。

瑞鹤仙

众会谢右司赵鄂州劝酒二首　右司

人生如意少。谁得似仙翁,身名俱好。亨衢腾踏早[①]。驾双旌五马[②],便居蓬岛。闽山蜀道,秉玉节[③],油幢屡到[④]。号当今、有脚阳春[⑤],处处变愁成笑。　尤妙,晚陪论道。密赞调元[⑥],虎符重剖。去劳自保。奉香火、归来了。见煌煌甲第,两两龙驹,绿鬓朱颜未到。是平生、种德阴功,自天有报。

[注释]

①亨衢:四通八达的大道,常比喻美好的前程。 ②五马:汉代太守乘坐的车用五匹马,后借指太守车驾。此泛指官车。 ③玉节:古代天子、王侯的使者所持之信节。 ④油幢:油布帐幕,借指将帅幕府。 ⑤有脚阳春:对官吏施行德政的颂词。典出王仁裕《开元天宝遗事》,"宋璟爱民恤物,朝野归美。时人咸谓璟为有脚阳春,言所至之处,如阳春煦物也。" ⑥调元:喻宰相调和阴阳,执掌政柄。

瑞鹤仙

鄂　州

金枝联玉叶。世代有宗英,声华烨烨。君侯更超绝。抱不群才气,壮图英发。津途轨辙。□武上、青霄迥别。自玉阶、契合君王,拍拍满怀风月。　奇绝,身居萧散,志在功名,眼高天阔。恩来魏阙。长江上、驻旌节。待胡尘有警[①],纶巾羽扇,谈笑周郎事业[②]。恁时看、国倚强宗,诏褒伟烈。

[注释]

①胡尘:胡人兵马扬起的沙尘。喻胡兵的凶焰。 ②周郎:指三国吴将周瑜。苏轼《念奴娇·赤壁怀古》有“故垒西边,人道是三国周郎赤壁”及“羽扇纶巾,谈笑间强虏灰飞烟灭”之句。

瑞鹤仙

渭川行乐词 予有一洲,可五百亩,植花竹其上,号小渭川,春月游人多于其上,藉草酌酒歌乐[①]

残梅飘簌簌。看柳上春归,柔条新绿。娇莺离幽谷。弄弹簧清响,飞迁乔木[②]。年华迅速。叹浮生、流晖转烛。自春来、每每遨游,多办九霞醽醁[③]。 溪北,踏青微步,鬥草慵眠,锦茵花褥。铅华簇簇。歌声妙、间丝竹。爱一川好处,高山流水,不减城南杜曲[④]。笑平生、卓地无锥,老来富足。

[注释]

①藉草:坐地席草。 ②“娇莺”三句:语出《诗经·小雅·伐木》“伐木丁丁,鸟鸣嘤嘤。出自幽谷,迁于乔木”。 ③九霞醽醁(líng lù):美酒名。 ④城南杜曲:地名,在今陕西长安东南,樊川、御宿川流经其间。唐代大姓杜氏世居于此,故名。

满江红

往事千端,都笑道、衰翁宦拙。今会得、人情物态,尽皆休说。广厦尽堪舒笑傲,层楼又见凌空阔。试闲思、画戟比衡门[①]，谁优劣。　尘里事，无休歇。楼上趣，真奇绝。有一川虚旷，万山环列。识破古今如旦暮，肯将物我刚分别。愿时时、与客坐楼心，谈风月。

［注释］

①画戟：古兵器名，此代指武功。　衡门：横木为门，指简陋的房屋。此借指隐者所居。

满江红

中秋日

屈指重阳，有半月、犹零九日。且停待、今宵月上，宝轮飞出[①]。有客最谙闲况味，无人会得真消息。算何须、抵死要荣华，劳心力。　楼观迥，遥山碧。槽醡小[②]，真珠滴[③]。随分赏、闲亭别圃，好天良夕。篱畔行看金蕊耀[④]，林梢便见瑶芳白[⑤]。玩春来、夏去复秋冬，尘中客。

［注释］

①宝轮：指月亮。　②槽醡（zhà）：榨酒的槽。　③真珠：指酒。李贺《将进酒》："琉璃钟，琥珀浓，小槽酒滴真珠红。"　④金蕊：菊的异名。萧统《七契》："玉树始落，金蕊初荣。"　⑤瑶芳：玉白色的花。

满江红

登长沙定王台和南轩张先生韵

小立危亭，风惨淡、斜阳满目。望渺渺、湘江一派，楚山千簇。芳草连云迷远树，断霞散绮飞孤鹜[①]。感骚人、赋客向来词，愁如束。　嗟远宦，甘微粟。惊世事，伤浮俗。且经营一醉，未怀荣辱。君不见、渊明归去后[②]，一觞自泛东篱菊。仰高风、寂寞奠生刍,人如玉[3]。

[注释]

①“断霞”句:化用谢朓《晚登三山还望京邑》中“馀霞散成绮”和王勃《秋日登洪府滕王阁饯别序》中“落霞与孤鹜齐飞”之意境。 ②君不见:《历代诗馀》无“君”字。 ③奠生刍:刍,新鲜花草,用以祭奠。“生刍一束,其人如玉。”见《诗经·小雅·白驹》。

满江红

辛丑年假守沅州,蒙恩贬罢,归次长沙道中作[1]

忆昔西来,春已暮、馀寒犹力。正迤逦、登山临水,未嗟行役。云笈偶寻高士传[2],桃川又访秦人迹[3]。向此时、游宦兴阑珊,归无策。 归计定,归心迫。惊换岁,犹为客。还怅望、家山千里,迥无消息。□□不堪泥路远,烟林赖有梅花白。为孤芳、领略岁寒情,谁人识。

[注释]

①辛丑:淳熙八年(1181)。 假守:代理州官。 沅州:今湖南沅陵县治。 作者原注:“于时部使者一二人,修私怨,攘微功,阴加中伤,不遗馀力。有当道,甚怜无辜,津送之意甚勤,逆旅不至狼狈者,故人之恩也,遂发兴于风雨梅花之间。” ②高士传:晋皇甫谧撰,载古高隐之士七十二人。 ③秦人迹:指桃花源。陶渊明《桃花源记》谓桃花源中有秦避世人居之。沅水经沅陵县东北流向桃源,故云。

满江红

题博见楼

物理分明,人事巧、元来是拙。常自觉、满怀春意,向他谁说。剩喜登临频眺望，那知出处成迂阔。细闲思、萧散较贪痴，谁为劣。　　高楼上，蝉声歇。飞栋外，云行绝。见明河星斗，半空森列。领略光阴成赋咏，等闲酬唱休旌别[①]。要良辰、把酒倩佳宾，嘲风月。

［注释］

①旌别：辨别，分别。　旌：旗帜，用以识别，此反其意。

满江红

赴长沙幕府，别饯，送客

拍碎红牙，一声上、梁尘暗落[①]。纨扇掩、雏莺叶下，巧呈绰约[②]。字字只愁郎幸浅[③]，声声似怨年华薄。坐中人、相顾感幽怀，添萧索。　　歌暂阕，杯交错。人又去，情怀濩[④]。那堪听风雨，渭城吹角。去去已离闽岭路，行行渐近滕王阁。便无情、山海会相逢，坚心著。

［注释］

①梁尘暗落：形容歌声美妙。《西京杂记》："东方生善啸，每曼声长啸，则尘落帽。"　②绰约：娇美貌。　③幸浅：犹薄幸，爱得不深。　④濩：落魄。

满江红

郡集观舞

檀板频催，双捻袖、飞来趁拍。锦茵上、娇抬粉面，浅蛾脉脉。鸾觑莺窥秋水净，鸿惊凤翥祥云白。看妖娆、体态与精神，天仙谪。　　鞋带紧[①]，弓靴窄[②]。花压帽，云垂额。□回雪、定拚醉倒[3],厌厌良夕。明日恨随芳草远,回头目断遥山隔。料多情、应也念行人,思佳客。

[注释]

①鞓(tīng)带:皮带。 ②靴:弓鞋。旧时缠脚女子穿的鞋子。 ③□:原无空格,从《彊村丛书》本。 回雪:形容舞姿如雪飞舞回旋。

满江红

墙下松筠,并手种、花窠尽著。试屈指、一年前事,恍然如昨。繁杏新荷春夏景,疏梅细菊秋冬约。渭川翁、随分小生涯[1],些官爵。 分物我,争强弱。都做梦,谁先觉。好一条平路,是人迷却。斑鬓已灰心里事,瘦藤谩挂瓢中药。愿当今、四海九州人,同欢乐。

[注释]

①渭川翁:作者有别业一洲,称小渭川,自号渭川居士。参见作者小传。

满江红

观雪述怀

雪压山颓,谁撒下、琼花玉蕊。寒气凛、沉沉天籁,望迷千里。群雀耐寒枯树顶,扁舟独钓平沙觜。把江南、图画展开看,都难比。 台榭远,登临喜。楼阁上,歌声起。赏时光,居士独怜愁底。安得四方寒畯彦[1],归吾广厦千间里。但今生、此愿得从心,心休矣。

[注释]

①“安得”句：化用杜甫《茅屋为秋风所破歌》中“安得广厦千万间，大庇天下寒士俱欢颜”诗意。　寒畯彦：出身寒微而才能杰出的人。

满江红

惨惨枯梢，初疑似、真酥点滴。见深红蒂萼，方认早梅消息。粉艳牵连春意动，冰姿照映霜华白。伴苍松、修竹似幽人，相寻觅。　香远近，枝南北。幽涧畔，疏篱侧。便佣儿贩妇，也知怜惜。渭水渔翁方入社[①]，西湖处士成陈迹[②]。爱平生、炯炯岁寒心，无今昔。

[注释]

①渭水渔翁：作者自指。　②西湖处士：指北宋诗人林逋（和靖），隐居西湖二十年，有“梅妻鹤子”之说。

江城子

盆中梅

年年腊后见冰姑[①]。玉肌肤，点琼酥。不老花容，经岁转敷腴。向背稀稠如画里，明月下，影疏疏。　江南有客问征途。寄音书，定来无。且傍盆池，巧石倚浮图。静对北山林处士[②]，妆点就、小西湖。

[注释]

①冰姑：指梅花。　②林处士：即林逋。

江城子

一钩新月下庭西。绣帘底，漏声迟。小宴幽欢，依约似当时。娇盼注人都不语，眉黛蹙，鬓云敧。　　街槐阴下玉骢嘶[1]。苦相催，醉中归。可惜明朝，秋色满东篱[2]。只恐又成轻别也，情脉脉，恨凄凄 。

[注释]

①街：《历代诗馀》作"绿"。　②秋色：暗指菊花。陶渊明《饮酒》诗其五："采菊东篱下，悠然见南山。"

满庭芳

乙巳八月十日登博见楼作[1]

丹雘浮空[2]，琉璃耀日，上云楼阁眈眈。□□居士，燕坐息玄谈。十载劳心问道，今悟罢、截日停参[3]。凝神处，九苞丹凤[4]，翔舞在山南。　　喃喃。成障碍，千经万论，从此休贪。且陶陶兀兀[5]，对酒醺酣。清兴有时狂放，扁舟上、绿水澄潭。渔歌起，从他两岸，齐笑老翁憨。

[注释]

①乙巳：淳熙十二年（1185）。时赋闲家居。　②丹雘：红色油彩。③截日：即日。　④九苞：凤的九种特征。　⑤陶陶兀兀：酒醉貌。

卜算子

人事几时穷，我性偏宜静。世上谁无富贵心，到了须由命。　　闲里且偷安，醉后休教醒。醉里高歌妙入神，妙处君须听。

卜算子

梅蕾破香时，雪月交光夜。何处飞来两玉娥，体态双闲雅。　　纵目碧城楼，劝酒留云榭。唱底仙家古道情，分付知音者。

瑞鹧鸪

登博见楼作

与君蹑足共凭阑，俯视周回四面山。目静鲁邦心渺渺，气吞梦泽意闲闲。　　烟云变化更明晦，乌鹊忘机互往还。唤取黄尘冠盖客，暂来徙倚片时间。

瑞鹧鸪

几时芟棘翦蒿蓬[①]，付我天然地一弓[②]。乔木茂林森耸耸，遥岑叠嶂碧重重。　　水心台榭超尘表，楼上乾坤跨域中。黄鹤巴陵千古事，那知不是此衰翁。

［注释］

①芟：铲草。　②弓：计量单位。　一弓：犹言一块土地。

感皇恩

雁汊泊舟作

秋意满江湖，雨轻风熟。上水扁舟片帆速。远山低岸，贪看浅江深绿。不知回柁尾，沧湾宿。　　推枕起来，举杯相属。休叹风尘为微禄。几年行路，但觉登临不足。且翻楚调入[①]，清江曲[②]。

[注释]

①楚调:楚地的曲调,后为乐府相和调之一。 ②清江曲:词牌名,因其为苏庠泛舟清江所作,故名。此借指本词。

临江仙

同王侯二公登裴公亭[1]

忽忆裴公台上去,远空秋气棱棱。万山一水秀还明。此时三楚客,何意续骚经。 爱竹子猷参杖履[2],能诗侯喜同登[3]。赓酬不尽古今情。清风生白麈[4],侧月照疏星。

[注释]

①裴公亭:唐裴休建,在长沙橘子洲。 ②爱竹子猷:晋书法家王羲之之子徽之,字子猷,性爱竹,寄居空宅中,便令种竹,曰:"何可一日无此君?"此借指同登者王公。 ③能诗侯喜:唐代贞元进士。家贫力学,能古文,又工诗,为韩愈弟子,官终国子主簿。此借指同登者侯公。 ④白麈:以麈尾做的拂尘,古人用以助谈兴。

好事近

和人题渭川钓渔图韵

风景好樵川,郭外三洲烟渚。过尽古今清逸,奈天公不与。 地灵人意会符同[1],留待烟霞侣[2]。一棹轻舟开岸,弄滩声风雨。

[注释]

①符同:相同。 ②烟霞侣:游山玩水的伴侣。

好事近

宿面浅匀妆[1]，梅粉旋生春色。绣草冠儿宫样，系丁香新缬。　　凤檀槽上四条弦，轻□□□撷。恰似浔阳江畔，话长安时节。

[注释]

①宿面：经宿未洗之脸。

鹊侨仙

乙巳第四次雪[1]

银花千里，玉阶三尺，远近高低一色。天公今岁被诗催，特地放、冬前四白[2]。　　梅梢竹外，频频轻撼，嫌乱瑶芳素质。耐寒相对不胜清，毡帐底、偎红未得[3]。

[注释]

①乙巳：淳熙十二年(1185)。　②四白：第四次下雪。　③偎红：指亲狎女色。

木兰花慢

残红吹尽了，换新绿、染疏林。正杜宇催归，行人贪路，天气轻阴。江亭旧游宴处，但遥山、数叠晚云深。犹忆佳人敛黛，为予别泪盈襟。　　而今，旅况难禁[1]。逢胜概、懒登临[2]。念景熟难忘，情多易感，取次关心[3]。平明又西去也，望关山，古道马骎骎。回首当年一梦，笑将浊酒重斟。

[注释]

①旅况难禁:《历代诗馀》及丁绍仪《听秋声馆词话》作“旅况苦难禁”。 ②逢胜概:《历代诗馀》及《听秋声馆词话》无“概”字。 ③取次:挨次,逐一。

木兰花慢

登楼观稼作

无言凭燕几[①],爱香袅、博山炉[②]。正暖日辉辉[③],晴云淡淡,千里平芜。田家尽收刈了,见牛羊、下垅暝烟孤。闻说丰年景致,老农击壤呜呜[④]。　狂夫[⑤],素乏良图。从上策、赋归欤。有千亩松筠,三洲风月,尽遂吾初。凭谁去西塞岸,问玄真、此意果何如[⑥]。寂寞无人共乐,醉乡是我华胥[⑦]。

[注释]

①燕几:用以靠着休息的小桌子。 ②博山炉:古香炉名。因炉盖造型似传闻中海上名山博山而得名。后亦泛指名贵香炉。 ③辉辉:明亮貌。 ④击壤:古代一种游戏。《艺文类聚》引皇甫谧《帝王世纪》,“(帝尧之世)天下大和,百姓无事,有五十老人击壤于道。”后以“击壤”为称颂太平盛世之典。 ⑤狂夫:此指放荡不羁的人,作者自谓。 ⑥玄真:即玄真子。唐张志和,肃宗时待诏翰林,授左金吾卫录事参军。坐事贬官,后不复仕,放浪江湖间,自称烟波钓徒。著《玄真子》,亦以自号。其《渔歌子》之一有“西塞山前白鹭飞”之句。西塞山,即湖州磁湖镇道士矶,在浙江吴兴西南。 ⑦华胥:“(黄帝)昼寝,而梦游华胥氏之国……其国无帅长,自然而已;其民无嗜欲,自然而已……黄帝既寤,怡然自得。”见《列子·黄帝》。后用以指理想的安乐和平之境。

木兰花慢

思旧事有作

对轩辕古镜[1]，照华髮、短刁骚[2]。念壮岁心情，平生志气，可笑徒劳。云中谩夸魏尚[3]，请休论、定远说班超[4]。总是黄粱一梦[5]，怎如尘外逍遥。　　蛮傜[6]。洞入云霄。算无分、到仙曹。愿归隐闽山，来临渭水[7]，葺个云巢。楼居共、真仙伴侣，又有时、混迹入渔樵。且恁随缘玩世，帝乡路觉迢迢。

［注释］

①轩辕古镜：镜名，其形如球。古人谓用之可以辟邪。　②刁骚：髮稀落貌。　③魏尚：汉文帝时任云中太守，爱惜士卒，优待军吏，匈奴远避。　④班超：东汉明章两帝时出征西域，历官军司马、将军长史、西域都尉，安集五十馀国，封定远侯。　⑤黄粱一梦：沈既济《枕中记》叙述卢生于邯郸客店梦中历尽富贵荣华，及醒，主人炊黄粱尚未熟。此喻指梦想破灭。　⑥蛮傜：指少数民族瑶族。　⑦渭水：指作者别业小渭川。

木兰花慢

朝天门外路，路坦坦、走瑶京[1]。悔年少狂图，争名远宦，为米孤征。星星。半凋鬓髮，事千端、回首只堪惊。居士新来悟也，渭川小隐初成。　　临清。巧创幽亭。真富贵、享安荣。有猿鸟清讴，松篁森卫，桧柏双旌。蛙鸣。自然鼓吹，粲林华、前后锦围屏。须信早朝鸡唱，未如夜枕滩声。

［注释］

①走：原注，“去声”。离开之意。　瑶京：繁华的京城。

木兰花慢

看春有感

平生花恨少，又那得、酒中愁。自禅板停参，蒲团悟罢，身世忘忧。南柯旧时太守[①]，尽当年、富贵即时休。莫羡痴儿小子，心心念念封侯。　优游。取次凝眸。春浩浩、思悠悠。爱万木欣荣，幽泉流注，好鸟勾舟。感生生、自然造化，玩吾心、此外复何求。应有知音共赏，定当一语相投。

[注释]

①南柯太守：李公佐《南柯太守传》叙述淳于棼梦至槐安国，封南柯太守，荣华富贵，显赫一时。醒后，在庭前槐树下掘得蚁穴，即梦中之槐安国。南柯郡为槐树南枝下另一蚁穴。后因以指梦境，喻人生无常。

柳梢青

叶下云行，亭皋风静，凉雨丝丝。断雁孤鸣，寒蛩相应，寂寂书帏。　蒲团纸帐兰台[①]。梦不到、邯郸便回[②]。蚁穴荣华[③]，人间功业，都恼人怀。

[注释]

①蒲团：僧人坐禅或跪拜时所用的以蒲草编成的垫子。　纸帐：以藤皮茧纸缝制的帐子。　兰台：汉代宫内收藏典籍之处。此戏指自己藏书处。　②“梦不到”句：暗用沈既济《枕中记》黄粱梦典故。　③“蚁穴”句：暗用李公佐《南柯太守传》典故。

鹧鸪天

城南书院饯别张南轩赴阙奏事知严州

竹树萧萧屋数椽，平湖漫漫纳通川。有时竹杖芒鞋至[①]，醉著山光水色间。　成小隐[②]，未经年。功名夷路稳加鞭。逢时且数中书考[③]，他日还寻独乐园[④]。

[注释]

①芒鞋：指草鞋。　②小隐：归隐。白居易《中隐》诗："大隐住朝市，小隐处丘樊。"　③中书考：中书省即唐之相府，总揽政务。郭子仪任中书令二十四考（年）。　④独乐园：司马光之名园，故址在洛阳市南郊。

鹧鸪天

记得追游故老家，红莲幕府在长沙[①]。放船桥口秋随月，走马春园夜踏花[②]。　思往昔，谩咨嗟。几番魂梦转天涯。葵轩老子今何在[③]，岳麓风雩噪暮鸦[④]。

[注释]

①红莲幕府：南齐王俭于高帝时为卫将军，即宰相之职，领朝政，一时所辟，皆才名之士，时人以入俭府为入莲花池，言如红莲绿水，交相辉映。后因称幕府为莲幕。　②作者原注："马氏故宫有会春园。"　③葵轩：未详何人。　④作者原注："岳麓书院旁有风雩亭。"

鹧鸪天

一夜春寒透锦帏，满庭花露起多时。垒金梳子双双耍，铺翠花儿袅袅垂[①]。　人去后，信来稀。等闲屈指数归期。门前恰限行人至，喜鹊如何圣得知[②]。

[注释]

①铺翠花儿:镶翡翠珠子的首饰。 ②圣:精灵,敏锐。

鹧鸪天

日日楼心与画眉,松分蝉翅黛云低。象牙白齿双梳子,驼骨红纹小棹篦。 朝暮宴,浅深杯。更阑生怕下楼梯。徐娘怪我今梳懒[①],不及卢郎年少时[②]。

[注释]

①徐娘:本《南史 · 梁元帝徐妃》“徐娘虽老,犹尚多情”。后因以称尚有风韵的中老年妇女。 ②卢郎:传说唐时有卢家子弟,为校书郎时年已老,晚娶崔氏女而遭妻怨。崔有词翰,曾作诗曰:“不怨卢郎年纪大,不怨卢郎官职卑。自恨妾身生较晚,不见卢郎年少时。”见钱易《南部新书》。

鹧鸪天

纸帐虚明好醉眠,博山轻袅水沉烟[①]。了知世上都如梦,须信壶中别有天[②]。 知我者,为君言。道人有个好因缘。丹成有日归云路[③],且醉梅花作地仙[④]。

[注释]

①博山:指博山炉。 水沉烟:指水沉香点燃时的烟或香气。 ②壶中天:传说东汉费长房为市掾时,见一老翁在市口卖药,悬一壶于肆头。市罢跳入壶中。次日,长房与翁俱入壶中,见玉堂严丽,旨酒甘肴盈衍其中,共饮毕而出。见《后汉书 · 方术传下 · 费长房》。后即以壶中天为仙境、胜境。 ③云路:指天上。 ④地仙:此比喻闲散享乐的人。《新五代史 · 杂传 · 张筠》:“筠居洛阳,拥其赀,以酒色声妓自娱足者十馀年,人谓之‘地仙’。”

点绛唇

长沙送同官先归邵武

满路梅花，为谁开遍春风萼。短亭萧索，草草传杯酌。　送子先归，我羡辽东鹤[①]。他年约，瘦藤芒屩[②]，共子同丘壑。

[注释]

①辽东鹤：传说辽东人丁令威，学道于灵虚山，后化鹤归辽，集城门华表柱。时有少年，举弓欲射之。鹤飞空中言曰："有鸟有鸟丁令威，去家千年今始归。城郭如故人民非，何不学仙冢垒垒。"遂高上冲天。见《搜神后记》。　②屩（juē）：草鞋。

点绛唇

日月无根，循环常共天难老。世间扰扰，只见闲烦恼。　满酌高吟，便是今生了。还知道，旧时官好，几个新华表[①]。

[注释]

①华表：宫殿外的大柱，象征帝王权威。

点绛唇

一叶扁舟，浮家来向江边住[①]。这回归去，作个渔樵侣。　不挂征帆，也莫摇双橹。天涯路，云山烟渚，总是留人处。

[注释]

①浮家:谓以船为家,浪迹江湖。

点绛唇

桂子飘香,江南秋老霜风作。自怜漂泊,几度伤离索。　　孤馆迢迢,满引村醪酌。情无著,好音难托,又失黄花约[①]。

[注释]

①黄花:即菊花。菊花秋开,而秋令在金,以黄色为正,故称黄花。

点绛唇

代作,贺生子

瑞气盈门,神仙谪下看看到[①]。已知消耗[②],弧矢呈祥了[③]。　　种德阴功,自有多男报。还知道,果生蓬岛,不比人间早。[④]

[注释]

①看看:估量时间之词。有眼看着、转瞬间之意。　②消耗:犹消息、音讯。　③弧矢:古代国君世子生,以桑弧蓬矢射天地四方,期其有远大之志。后以弧矢喻生男孩。　④作者原注:"刘梦得诗云:海中仙果子生迟。"

鱼游春水

林梢听布谷,郭外舒怀仍快目。平田浩荡,瀌瀌泉鸣暗谷[①]。香稻吐芒针棘细,秀麦摇风浪波绿。山童野老,意亲情熟。　　我待休官弃禄，屏迹幽闲安退缩。渭川千亩修篁，巑巑绀玉[2]。顾盼滩流萦八节[3]，呼吸湖光穿九曲。贪求自乐，尽忘尘俗。

[注释]

①濩濩（huò）：水流声。　②巑巑（cuán）：高峻貌。　③八节：滩名，在桂林漓江上。

霜天晓角

题九里驿

晓来风作，病怯春衫薄。郭外溪山明秀，红尘里、自拘缚[1]。　　村酒频斟酌，野花偏绰约。十载人非物是，惊回首、梦初觉。

[注释]

①缚：《历代诗馀》作"束"。

虞美人

咏　菊

疏风摆撼芙蓉沼[1]，垅上梅英小。谁家姊妹去寻芳。粉面云鬟参杂、汉宫妆。　　邯郸奏罢宫中乐，邂逅同杯酌。老来花酒治颓龄[2]，为爱嫣然娇靥、斗盈盈。

[注释]

①摆撼：摇动。　②颓龄：衰暮之年。

虞美人

年年冬后心情快，常是留宾醉。尊前笑靥粲金钿，更有半黄枨橘、满堆盘[①]。　　人人爱道休官去，总是闲言语。古今文士与贤才，为甚独高陶令、赋归来[②]。

[注释]

①枨橘：橙橘类的果品。　②陶令：东晋诗人陶渊明，曾任彭泽令，在官八十馀日即解印绶去职，赋《归去来辞》。

虞美人

月下听琴，西湖作

横波清翦西湖水，黛拂吴山翠。藕丝衫子水沉香，坐久冰肌玉骨、起微凉。　　金徽泛柳听佳句[①]，叠叠胎仙舞。曲终松下小盘桓，风露泠泠、直欲便骖鸾[②]。

[注释]

①金徽：用金属镶制的琴面音位的标识。此借指琴声。　②骖鸾：本韩愈《送桂州严大夫》诗“远胜登仙去，飞鸾不假骖”。此喻登仙之意。

菩萨蛮

遥山几叠天边碧，故教遮断天涯客。楼倚暮云端，春风罗袖寒。　　与君千里别，共此关山月。皓月一般明，君心怎敢凭。

菩萨蛮

题莲花庵

岭猿啸罢千山碧，小庵虚室团团白。庵在小山头，从来少客游。　　道人方打坐，举袖来迎我。问我此来因，拈花与道人①。

［注释］

①拈花：释迦牟尼在灵山会上拈花示众，众皆默然，唯迦叶尊者破颜微笑。后以喻心心相印。

南歌子

湛露凉亭馆，香风散芰荷。晚来月色似金波，间绿围红、同伴雪儿歌①。　　年少风流足，情深欢会多。佳人月下拜嫦娥，不似隔年牛女、望星河。

［注释］

①雪儿：歌女。隋末李密之爱姬善歌，故称。

八声甘州

怀渭川作

自秋来、多病意无聊，不作渭川游。想兰菊凋疏，松筠茂密，亭馆清幽。四望遥山万叠，叠叠翠光浮。人道蓬莱岛，仿佛瀛洲。　　居士心迷丘壑，念迂疏老懒，难觅封侯。看才能成事业，且自抽头①。携老稚、团栾百口，要他年、在此作菟裘②。无言也，此生心事，都付东流。

[注释]

①抽头:抽身,脱身。 ②菟裘:地名,在山东泗水县境。《左传·隐公十一年》:"使营菟裘,吾将老焉。"后泛指告老退隐的居处。

如梦令

花上娇莺哑咤,著色江南图画。可惜好春风,有酒无人同把。拚舍[1],拚舍,独醉好天良夜。

[注释]

①拚舍:割舍,放下。

如梦令

同官新得故官故姬

王谢堂前旧燕[1],毕竟情高意远。只恐宠恩深,后会不教人见。深劝,深劝,不枉追欢一遍。

[注释]

①王谢:东晋丞相王导、将军谢安的并称,泛指名门世族。刘禹锡《乌衣巷》诗中有"旧时王谢堂前燕,飞入寻常百姓家"句。此取其故旧之意。

如梦令

催梅雪

梅雪渐当时候,访问全无消耗。凭仗小阳春,催取南之枝先到。然后,然后,雪月交光同照。

西江月

为内子寿

日日齐眉举案[①]，年年劝酒持觥。今年著意寿卿卿，幼稚绵绵可庆[②]。　官冷未尝贫贱，家肥胜似功名。所为方便合人情，管取前途更永。

[注释]

①齐眉举案：东汉梁鸿为人赁舂，每归，妻孟光为具食，举案齐眉。见《后汉书·梁鸿传》。后因谓夫妻间相互敬爱。　②"幼稚"句：此指儿孙满堂。

渔家傲

沅州作

长忆浔阳江上宴，庾公楼上凭阑遍[①]。北望淮山连楚甸。真伟观，中原气象依稀见。　漂泊江湖波浪远，依然身在蛮溪畔。愁里不知时节换。春早晚，杜鹃声里飞花满。

[注释]

①庾公楼：在江西九江。相传为晋庾亮镇江州（按当作鄂州）时所建。

渔家傲

闻道西洲梅已放[①]，几时乘兴同寻访。稚子携壶翁策杖。徐徐往，青山绿水皆堪赏。　满月当空川晃晃，却呼艇子摇双桨。几阵浓香新酝酿。波溶漾，宛然身在西湖上。

[注释]

①西洲:南朝乐府《西洲曲》有"忆梅下西洲,折梅寄江北"之句。后泛指情人所在或相别之地。

渔家傲

特为梅花来渭水,有人折得横梢至。粉毖香悭春意未[1]。多应是,江南信息争先寄。　　水绿山青风日美,此时正惬幽人意。驱使风光佳句里。□满纸,却将旧日诗词比。

[注释]

①粉毖香悭(qiān):花未开放。　毖:谨慎。　悭:缺少。

杏花天

当年悔我抛生计,趁升斗、蛮乡远地。谁知事向无心起,回首邯郸梦里。　　风雪满□□□□,最好处、吴头楚尾。青山本是强人意,更时见、梅花助美。

(以上武进陶氏景汲古阁抄本《渭川居士词》)

唐致政

唐致政，金华人，生平不详。

感皇恩[①]

君欲问予年，八十有七。百岁十分尚留一。世间滋味，尝尽酸咸苦涩。时今倒食蔗、无甜汁[②]。（下缺）

（《鲁斋王文宪公文集》卷十一）

［注释］

①感皇恩：原无调名。　②倒食蔗：由“蔗境”一语转换。《世说新语·排调》：“顾长康啖甘蔗，先食尾。人问所以，云：‘渐至佳境。’”后因用“蔗境”比喻老来幸福，或处境逐渐好转。此处犹言虽入蔗境，但已无“甜头”了。

楼　锷

楼锷,生卒未详,字巨山,一字景山。楼钥堂兄。鄞县(今浙江宁波)人。绍兴三十年(1160)登进士第,乾道五年(1169)太学正,七年(1171)湖北路安抚司准备差遣。淳熙元年(1174)枢密院编修官,出知江阴军,移知武昌府。

南唐浣溪沙①

双桧堂

夏半阳乌景最长②,小池不断藕花香。电影雷声催急雨,十分凉。　　芡剥明珠随意嚼,瓜分琼玉趁时尝③。双桧堂深新酿好,且传觞。　　(《词综》卷十四)

[注释]

①《南唐浣溪沙》:《全宋词》作《浣溪沙》,此据《历代诗馀》改。《历代诗馀》注:"《南唐浣溪沙》,双调,四十八字。一名《山花子》,又名《摊破浣溪沙》。以'摊破'名者,就《浣溪沙》结句破七字为十字也。称'南唐'者,以李词'细雨小楼'二句脍炙人口得名也。"　②阳乌:神话传说中太阳里的三足乌,此借指白日。　景:同"影"。　③芡:芡实。水生植物。

林　外

林外，生卒未详，字岂尘。福建晋江人。绍兴三十年(1160)进士，官兴化令。自号懒窟（谢章铤《赌棋山庄词话》卷四《闽南钞》作“懒窝”）。有《懒窟类稿》，不传。

洞仙歌[①]

飞梁压水[②]，虹影澄清晓[③]。橘里渔村半烟草[④]。今来古往[⑤]，物是人非[⑥]，天地里，唯有江山不老。　雨巾风帽[⑦]，四海谁知我[⑧]。一剑横空几番过[⑨]。按玉龙、嘶未断，月冷波寒，归去也、林屋洞天无锁[⑩]。认云屏烟障是吾庐[⑪]，任满地苍苔[⑫]，年年不扫。　（《四朝闻见录》丙集）

[注释]

①唐氏按：此首别误作苏轼词，见《翰墨大全》后乙集卷十三。别又误作李山民词，见《烬馀录》乙编。或又云吕洞宾作，见《苕溪渔隐丛话》前集卷五十八。　②飞梁压水：胡仔《苕溪渔隐丛话》（下简称《丛话》）作“蜚梁敧水”。张思岩、宗椂《词林纪事》作“飞梁敧水”。　③澄清：《丛话》作“清光”。　④村：《丛话》作“乡”。　⑤今来古往：《丛话》作“看来今往古”，《词林纪事》作“叹来今往古”。唐圭璋《宋词纪事》作“叹今来古往”。　⑥是：《词林纪事》、杨湜《古今词话》作“换”。　⑦巾：《丛话》作“衣”。　⑧我：《丛话》作“道”。　⑨过：《丛话》作“到”。　⑩林屋：《丛话》作“琳宇”。　天：《古今词话》作“关”。　⑪认：《丛话》作“指”。　障：《丛话》作“嶂”。　⑫任：《丛话》作“但”。

[集评]

叶绍翁云：“绍兴间，有题《洞仙歌》于垂虹者，不系其姓名，龙蛇飞动，真若不烟火食者。时皆喧传，以为洞宾所为。浸达于高宗，天颜辗然而笑曰：‘是福州秀才云尔。’左右请圣谕所以然，上曰：‘以其用韵盖闽音云。'久而知为闽士林外所为,圣见异矣。盖林以巨舟,仰面书于桥梁,水天渺然,旁无外路,故世人益神之。"(《四朝闻见录》丙集)

宗楙云:"《古今词话》作'孝宗笑曰:以锁字押若字,则锁当音扫,乃闽音也。'与《闻见录》稍异。又按此阕后段第二三句'我'字、'过'字,亦哿箇二韵中字,不独一'锁'字也。盖古以鱼、虞、萧、肴、豪、歌、麻、尤八韵为鱼韵,皆可通转。此用古韵,不特方言也。"(《词林纪事》卷十)

冯煦云:"后山、懒窟、审斋、石屏诸家,并娴雅有馀,绵丽不足,与卢叔阳、黄叔旸之专尚细腻者,互有短长。"(《蒿庵论词》)

【补 辑】

存目词

《诗渊》第二十五册载林外《洞仙歌》"江头父老"一首,乃辛弃疾词。

梁安世

梁安世，生卒未详，字次张，括苍人。少颖异，读书过目成诵，与张孝祥为忘年友。淳熙间以进士自大农丞出守韶州，累官转运使。有《远堂集》。

西江月

淳熙庚子重九[①]，梁次张拉韩廷玉、但能之、陈颖叔同游临桂栖霞洞，赋西江月词

南国秋光过二[②]，宾鸿未带初寒。洞中驼褐已嫌单，洞口犹须挥扇。　夕照千峰互见，晴空万象都还。羡他渔艇系澄湾，攲枕玻璃一片[③]。　（《粤西金石略》卷九）

［注释］

①淳熙庚子：即淳熙七年（1180）。　②秋光过二：三分秋色，已过二分。　③攲枕：倚枕。　玻璃：喻指平静澄澈的水面。

黄岩叟

黄岩叟[1]，生卒未详，四明人，绍兴三十年(1160)进士。

望海潮

梅天雨歇，柳堤风定，江浮画鹢纵横[2]。瀛女弄箫[3]，冯夷伐鼓[4]，云间凤咽鼍鸣。波面走长鲸。卷怒涛来往，搅碎沧溟。两岸游人笑语，罗绮间簪缨。　灵均逝魄无凭。但湘沅一水，到底澄清。菰黍万家，丝桐五彩，年年吊古深情。锦帜片霞明。使操舟妙手，翻动心旌。向晚鱼龙戏罢，千里浪花平。　（《阳春白雪》卷二）

[注释]

①唐氏按：岩叟似非名，葛天民《无怀小集》中已有《上巳呈黄岩叟》诗，绍兴三十年进士之黄岩叟，疑或是另一人。　注者按：清张德瀛《词徵》卷三云，"姜尧章、黄岩老同出于萧千岩之门，皆号白石，时谓之双白石。姜白石歌曲，至今传之。若黄岩老，则几不能举其姓字焉。"此黄岩老与黄石叟是否有关，录以待考。　②画鹢：船。古代画鹢首于船头，故称。　③瀛女：仙女。　④冯夷：传说中的水神。

富 㨨

富㨨(1137—1186)，字修仲，洛阳人。富弼四世孙，以荫入仕，曾官知县，贰乌程，守一军垒。有《富修仲家集》，不传。

多 丽

寿刘帅

淡云收、晓来春满湘中。柳如烟、花枝如糁，万红千翠纤浓。照帘旌、微穿丽日，动罗幕、轻转香风。天上良辰，人间淑景，生贤和气显殊钟。映时表，南山北斗，相并两穹崇。须知道、英明罕比，文武谁同。　奉慈亲、承颜戏彩[①]，更闻吉梦占熊[②]。扫蛮氛、遂清三楚，定徐方、行策元功[③]。趣召遄归[④]，康时佐主，指挥谈笑虏巢空。寿觞举、器舟斟海，不用水精钟。休辞醉，千龄会遇，美事重重。

（《翰墨大全》丙集卷十三）

［注释］

①"奉慈亲"句：相传春秋时楚国老莱子事亲至孝，年七十，常着五色斑斓衣，作婴儿戏。上堂，故意仆地，以博父母一笑。　②古梦占熊：指生男孩的喜梦。《诗经·小雅·斯干》："吉梦维何，维熊维罴，维虺维蛇……维熊维罴，男子之祥。"　③徐方：古徐国。约在今江苏、山东、安徽的部分地区。　④遄(chuán)：快，迅速。

邵怀英

邵怀英，生卒字里不详。其词寿刘珙，盖孝宗时人。张孝祥有《送邵怀英分鲁直诗韵人间风日不到处，天上玉堂森宝书得书字》诗，又有《元宵同张钦夫邵怀英分韵得红旗字》诗。

水调歌头

寿刘帅

香衬紫荷陌，和气满长沙。黄堂庶寝春晓，风软碧幢遮。天遣武夷仙客[①]，来掌元戎金印，千骑拥高牙[②]。收了绿林啸[③]，喜动紫薇花[④]。　　青藜杖，鸿宝略，属公家。长城应与借一，天语屡褒嘉。且伴彩衣行乐[⑤]，指日丝纶飞诏[⑥]，归去凤池夸[⑦]。千岁祝眉寿[⑧]，福海浩无涯。

（《翰墨大全》丙集卷十三）

[注释]

①武夷仙客：刘珙为福建崇安人，县南武夷山为道家胜地。　②千骑(jì)："东方千馀骑，夫婿居上头……三十侍中郎，四十专城居。"见汉乐府《陌上桑》。宋朝州郡长官兼知州军事，故以"千骑"为言。　牙：牙旌，将军用的旌旗，杆上以象牙饰之，故云。柳永《望海潮》有"千骑拥高牙"句。　③绿林啸：指聚集在山林间的武装集团。　④紫薇花：暗指中书省，因中书省中多种紫薇花。　⑤彩衣行乐：即彩衣娱亲。相传春秋时楚国老莱子事亲至孝，年七十，常着五色斑斓衣，作婴儿戏。上堂，故意仆地，以博父母一笑。　⑥丝纶：指帝王的诏书。《礼记·缁衣》："王言如丝，其出如纶。"　⑦凤池：凤凰池的省称。唐以前指中书省，唐以后指宰相之职。此泛指朝廷。柳永《望海潮》有"归去凤池夸"之句。　⑧眉寿：长寿。

赵长卿

赵长卿，生卒不详，宋宗室，居南丰，恬于仕进，自号仙源居士，约宋宁宗嘉定末年（1224）前后在世。有《惜香乐府》九卷传于世。

春景

水龙吟

酴醾

韶华迤逦三春暮[①]，飞尽繁红无数。多情为与，牡丹长约，年年为主。晓露凝香，柔条千缕，轻盈清素。最堪怜，玉质冰肌婀娜，江梅谩休争妒。　翠蔓扶疏隐映，似碧纱笼罩，越溪游女。从前爱惜娇姿，终日愁风怕雨。夜月一帘，小楼魂断，有思量处。恐因循易嫁，东风烂熳，暗随春去。

［注释］

①迤逦：此指春光逐渐流逝。

念奴娇

梅

小春时候，见早梅吐玉，裁琼妆白。点点枝头光照眼，恼损柔肠情客。暗里芳心，出群标致，经岁成疏隔。如今风韵，何人依旧冰雪。　冷艳潇洒天然，香姿肯易许，游蜂狂蝶。夜半黄昏担带了，多少清风明月。宋玉虽悲[①]，元超虽恨[②]，见了千愁歇。东君还许，有情取次攀折。

[注释]

①“宋玉”句:战国时辞赋家宋玉作《九辩》,首句为“悲哉,秋之为气也”!后人遂以宋玉为悲秋悯志之代表。杜甫《垂白》有“清秋宋玉悲”之句。 ②“元超”句:晋司马越,字元超,元嘉初为丞相,讨石勒战败,数十万众战死,三十六王同被锋刃。

满庭芳

元　日

爆竹声飞,屠苏香细[1],华堂歌舞催春。百年消息,经半已凌人。念我功名冷落,又重是、一岁还新。惊心事,安仁华鬓[2],年少已逡巡。　　明知生似寄,何须苦苦,役慕蹄轮[3]。最难忘、通经好学沉沦。况是读书万卷,辜负他、此志难伸。从今去,灯窗勉进,云路岂无因[4]。

[注释]

①屠苏:药酒名。古代风俗,农历正月初一饮屠苏酒。 ②安仁华鬓:指鬓髮初白。晋潘岳,字安仁,其《秋兴赋序》曰:“余春秋三十有二,始见二毛。” ③蹄轮:借指车马。此暗指高官。 ④云路:比喻仕途、高位。

花心动

客中见梅寄暖香书院

风软寒轻,暗香飘、扑面无限清楚。乍淡乍浓,应想前村,定是早梅初吐。马儿行过坡儿下,危桥外、竹梢疏处。半斜露,花花蕊蕊,灿然满树。　　一饷看花凝伫[1]。因念我西园,玉英真素。最是系心,婉娩精神[2],伴得水云仙侣[3]。断肠没奈人千里,无计向、钗头频觑。泪如雨,那堪又还日暮。

［注释］

①一晌：一阵子。 ②婉娩（wǎn wǎn）：柔顺貌。 ③水云仙侣：此指隐居的朋友。

踏莎行

春 暮

柳暗披风，桑柔宿雨[1]。一番绿遍江头树。莺花已过苦无多，看看又是春归去。 病酒情怀，光阴如许。闲愁俏没安排处。新来著意与兜笼[2]，身心苦役伊知否。

［注释］

①宿雨：前夜之雨。此言雨使桑叶更加柔肥。 ②兜笼：汇合。

南歌子

早 春

春色烘衣暖，宫梅破鼻香。尽驱和气入兰堂，又是轻云微雨、下巫阳[1]。 酒带欢情重，醺醺气味长。晚来拂拭略梳妆，笑指一钩新月、上回廊。

［注释］

①巫阳：巫山之阳。宋玉《高唐赋序》谓楚襄王梦中与巫山之女欢会，女曰："妾在巫山之阳，高丘之阻。"此泛指山头。

蝶恋花

春　深

宿雨新晴天色好。秾李夭桃，一霎都开了。燕子归来深院悄，柳绵铺径无人扫。　　咫尺莺花还又老，绿入闲阶，只有青青草。参揣前期谁可表[①]，此情不语知多少。

［注释］

①参揣：揣摸。

鹧鸪天

荼　蘼

镂玉裁琼莫比香，娉婷枝上殢春光。风流别有千般韵，割舍昏沉入醉乡。　　蜂共蝶，尽干忙，檀心知未肯寻常[①]。从来诗苦人消瘦，乞与幽窗富锦囊[②]。

［注释］

①檀心：浅红色的花蕊。　②锦囊：以锦制成用以藏诗稿的袋子。《新唐书·文艺传下·李贺》："每旦日出，骑弱马，从小奚奴，背古锦囊，遇所得，书投囊中。"此借指诗作。

鹧鸪天

春　暮

蜂蜜酿成花已飞，海棠次第雨胭脂[①]。园林检点春归也[②]，只有萦风柳带垂。　　情默默，恨依依，可人天气日长时。东风恰好寻芳去，何事驱驰作别离。

[注释]

①次第：连续相继。 ②检点：查看。

江神子

梅

年年长见傲寒林，压群英，有馀清。曾被芳心，红日恼诗情。玉质暗香无限意，偏婉娩[1]，尽轻盈。 今年潇洒照岐亭[2]。更芳馨，也峥嵘。无奈多情，终是惜飘零。谁与东君收拾取，怕风雨，挫瑶琼。

[注释]

①婉娩：柔顺貌。 ②岐亭：犹离亭。

南歌子

荆溪寄南徐故人[1]

春思浓如酒，离心乱似绵。一川芳草绿生烟，客里因循重过、艳阳天。 屈指归期近，愁眉泪洒然。无端还被此情牵，为问桃源、还有再逢缘。

[注释]

①荆溪：在江苏宜兴，周处斩蛟于此。 南徐：京口（今镇江）。

临江仙

赏 花

忆昔去年花下饮，团栾争看酴醿。酒浓花艳两相宜。醉中尝记得，裙带写新诗。 还是春光惊已暮，此身犹在天涯。断肠无奈苦相思。忧心徒耿耿，分付与他谁。

一丛花

杏 花

柳莺啼晓梦初惊，香雾入帘清。胭脂淡注宫妆雅，似文君、犹带春酲[①]。芳心婉娩、媚容绰约，桃李总消声。

相如春思正萦萦[②]，无奈惜花情。曲栏小槛幽深处，与殷勤、遮护娉婷。姚黄魏紫[③]，十分颜色，终不似轻盈。

[注释]

①文君：卓文君。汉临邛富翁卓王孙之女，貌美，有才学。新寡，词赋家司马相如以琴曲挑之，双双私奔，当垆卖酒。 ②相如：司马相如。③姚黄魏紫：牡丹花的两个名贵品种。 姚黄：为千叶黄华。出于民姚氏家。 魏紫：千叶肉红花，出于相魏仁溥家。

青玉案

春 暮

天涯目断江南路，见芳草、迷风絮。绿暗花梢春几许。小桃寂寞，海棠零乱，飞尽胭脂雨。 子规声里山城暮，月挂西南梦回处。满抱离愁推不去。双眉百皱，寸肠千缕，若事凭鳞羽[①]。

[注释]

①鳞羽：鱼鸟之类。《南齐书·宗测传》："性同鳞羽，爱止山壑，眷恋松筠，轻迷人路。"

醉蓬莱

赏郡圃芍药

是三春已暮，浪蕊凋残，牡丹零落。独殿清和[1]，有佳名芍药。浅浅芳丛，绣幢鼎鼎[2]，更艳香绰约。浑似扬州，画楼卷起，翠帘红幕。　倚槛轻盈，万娇千媚，故整霞裙，笑花寂寞。太守风流，拥笙歌围著。坐上诗人，二千里外，念此身飘泊。客眼看花，归心对酒，番成萧索。

［注释］

①殿：最后。　清和：春天。　②绣幢：形容芍药美如锦绣般的旗幢。

雨中花慢

春　雨

宿霭凝阴，天气未晴，峭寒勒住群葩。倚栏无语，羞幸负年华。柳媚梢头翠眼，桃蒸原上红霞。可堪那、尽日狂风荡荡，细雨斜斜。　东君底事，无赖薄幸[1]，著意残害莺花。惟是我，惜春情重，说奈咨嗟。故与殷勤索酒，更将油幕高遮。对花欢笑，从教风雨，著醉酬他。

［注释］

①薄幸：无情。

蓦山溪

早　春

晓来雨霁，弱柳摇新翠。丽日媚东风，正不暖不寒天气。幽禽弄舌，花上诉春光，高一饷，低一饷，清哓圆还碎。　　那知时势，春亦元无意。草木自敷荣[1]，似人生、功名富贵。我咱谙分[2]，随有亦随无，不妒富，不憎贫，歌酒闲游戏。

[注释]

①敷荣：开花。　②谙分：知本分。

蝶恋花

暮　春

芍药开残春已尽。红浅香干，蝶子迷花阵。阵是清和人正困[1]，行云散后空留恨。　　小字金书频与问。意曲心诚，未必他能信。千结柔肠愁寸寸，钿钗几日重相近。

[注释]

①阵是：正是。

虞美人

清婉亭赏酴醿

江梅虽是孤芳早，争似酴醿好。凡红飞尽草萋迷。婀娜枝头才见、细腰肢。　　玉容消得仙源惜，满架香堆白。檀心应共酒相宜[1]，割舍花前猛饮、倒金卮。

[注释]

①檀心：浅红色的花蕊。

虞美人

深　春

冰塘浅绿生芳草，枝上青梅小。柳眉愁黛为谁开，似向东君、喜见故人来。　碧桃销恨犹堪爱，妃子今何在[1]。风光小院酒尊同，向晚一钩新月、落花风。

[注释]

①妃子：指桃花夫人，即息夫人。春秋时，楚文王灭息，以息侯夫人息妫归。息妫因国灭夫亡而终日不与楚文王通言语。杜牧《题桃花夫人庙》诗原注："即息夫人。"

江神子

忆梅花

小溪清浅照孤芳。蕊珠娘，暗传香[1]。春染粉容，清丽傅宫妆[2]。金缕翠蝉曾记得，花密密、过彫墙。　而今冷落水云乡。念平康[3]，转情伤。梦断巫云，空恨楚襄王[4]。冰雪肌肤消瘦损，愁满地、对斜阳。

[注释]

①"小溪"三句：化用林逋《山园小梅》中"疏影横斜水清浅，暗香浮动月黄昏"两句诗意。　②"春染"二句：用梅花妆典故。《太平御览》引《宋书》："武帝女寿阳公主，人日卧于含章檐下，梅花落公主额上，成五出之花，拂之不去，皇后留之。自后有梅花妆，后人多效之。"　③平康：唐代长安丹凤街有平康坊，为妓女聚居之地。后泛称妓女居住之所。　④"梦断"二句：宋玉《高唐赋序》谓楚怀王游高唐，梦中与巫山之女欢会。女辞曰："妾在巫山之阳，高丘之阻，旦为朝云，暮为行雨。"

醉蓬莱

春　半

是平分春色，梦草池塘[①]，暖风帘幕。昨夜三台，灿天边芝角。自是君家，庆流泽远，降生申崧岳[②]。厚德温良，高才粹雅，渊源学博。　　何事丹墀，尚淹阔步，未许中原，少勤方略。且对笙歌，醉黄金错落。蕊洞珠宫，媚人桃李，趁青春绰约。绿意红情，成阴结子，五云楼阁。

[注释]

①“是平分”二句：言春半之景。相传谢灵运梦族弟谢惠连而得“池塘生春草，园柳变鸣禽”之佳句。　②“降生”句：“崧高维岳，骏极于天。维岳降神，生甫及申。”见《诗经·大雅·崧高》。言岳山高大，降其神灵和气，以生甫侯申伯。此泛指山之高大而有神灵。

临江仙

暮　春

春事犹馀十日，吴蚕早已三眠。多情忍对落花前。酴醾飘暖雪，荷叶媚晴天。香淡无心浸酒，绿浮可意邀船[①]。时光堪恨也堪怜。单衣三月暮，歌扇一番圆。

[注释]

①邀船：约人喝酒。　船：酒钟之别名。

青玉案

社日客居[①]

去年社日东风里，向三径、开桃李。脆管危弦随意起[2]。绿阴红影，暖香繁蕊，伴我醺醺醉。　今年社日空垂泪，客舍看花甚情意。江上危楼愁独倚。欲将心事，巧凭来燕，说与人憔悴。

［注释］

①社日：此指春社，立春后第五个戊日，为祭土地神之节日。　②脆管：笛。　危弦：急弦。

南歌子

春暮送别

枝上红飞尽，梢头绿已匀。游丝柳絮媚青春，向晚暖风帘幕、练光新。　春已匆匆去，那堪话别情。刘郎几日便登程，告你觅些欢笑、送行人。

醉落魄

春　深

麦畦匀绿，枝头屑屑飞梅玉。伤心何事人南北，断尽回肠，忍听阳关曲[1]。　倚窗青荫亭亭竹，好风敲动声相续。夜阑怕见银台烛。会得离情，他也泪速速。

［注释］

①阳关曲：古曲名。即《阳关三叠》，又称《渭城曲》。

点绛唇

春　寒

密雨随风，昨来一夜檐声溜。奈何僝僽[1]，官路梅花瘦。　　赋得多情，怕到春时候。如今一[2]。病非因酒[3]，试问君知否。

[注释]

①僝僽(chán zhòu)：烦恼，愁苦。　②一：唐氏按，“一”疑“又”字之误。陆校，“一”字宜作韵。　③病非因酒：言外之意为离别。李清照《凤凰台上忆吹箫·香冷金猊》：“新来瘦，非干病酒，不是悲秋。”

点绛唇

早　春

春到垂杨，嫩黄染就金丝软。丽晴新暖，涌翠千山远。　　为甚年年，眉向东风展。闲消遣，欲归犹懒，渔笛天将晚。

点绛唇

春　半

轻暖轻寒，赏花天气春将半。柳摇金线，求友莺相唤。　　玉腕蛾眉，意眼频频眄。歌喉软，玉卮受劝，一醉应相拚。

点绛唇

春　雨

夜雨如倾，满溪添涨桃花水。落红铺地，枝上堆浓翠。　　去年如今，常伴酴醾醉。今年里，离家千里，独猛东风泪。

点绛唇

春　暮

啼鸟喃喃，恨春归去春谁管。日和风暖，绿暗闲庭院。　还忆当年，绮席新相见。人已远，水流云散，空结多情怨。

鹧鸪天

咏荼蘼五首　（一）

弱质纤姿俪素妆，水沉山麝郁幽香。直疑姑射来天上[1]，要恼人间傅粉郎[2]。　简酿酒[3]，枕为囊。更馀风味胜糖霜。肯如红紫空姚冶[4]，谩惹游蜂戏蝶忙。

［注释］

①唐氏按："姑"原作"始"，陆校云：疑"姑"。　姑射（yè）：即姑叶山，在山西临汾县西。《庄子·逍遥游》："藐姑射之山，有神人居焉，肌肤若冰雪，淖约若处子。"此代指仙女。　②傅粉郎：刘义庆《世说新语·容止》载：何晏美姿仪，魏明帝疑其傅粉，世称傅粉何郎。此泛称美男子。　③简酿酒：似为"简酿酒"之讹。《酉阳杂俎》有"碧简酒"。　④姚冶：《历代诗馀》作"妖冶"。

鹧鸪天

咏荼蘼五首　（二）

玉容应不羡梅妆[1]，檀心特地赛炉香。半藏密叶墙头女，勾引酡颜马上郎[2]。　樽乏酒，且倾囊。蟹螯糟熟似黏霜。一年光景浑如梦，可惜人生忙处忙。

[注释]

①梅妆:梅花妆。古代女子描梅花状于额上为饰。 ②"半藏"二句:指男女相爱慕。白居易《井底引银瓶》诗:"妾弄青梅凭短墙,君骑白马傍垂杨。墙头马上遥相顾,一见知君即断肠。" 酡颜:饮酒脸红貌。此泛指脸红。

鹧鸪天

咏荼蘼五首 (三)

洗尽铅华不著妆,一般真色自生香。飘飘何处凌波女[①],故故相迎马上郎。 寻谱谍,发诗囊。绝胜梅萼嫁冰霜。故山寒食依然在,勾引东坡旅兴忙。

[注释]

①凌波女:步履轻盈如乘碧波而行的美女。曹植《洛神赋》:"凌波微步,罗袜生尘。"

鹧鸪天

咏荼蘼五首 (四)

镂玉裁琼学靓妆,不须沉水自然香[①]。好随梅蕊妆宫额,肯似桃花误阮郎[②]。 羞傅粉,贱香囊。何劳傲雪与凌霜。新来勾引无情眼,拚为东风一晌忙。

[注释]

①沉水:即沉香。 ②桃花误阮郎:汉明帝永平五年,会稽郡剡县刘晨、阮肇共入天台山采药,在桃花洞遇两丽质仙女,被邀至家中,并招为婿。见刘义庆《幽明录》。

鹧鸪天

咏荼蘼五首（五）

绰约肌肤巧样妆，风流元自有清香。未应傅粉疑平叔，却笑荷花似六郎[①]。　　浮蚁瓮，入诗囊。学人消瘦怯风霜。午窗一枕庄周梦[②]，甘作花心粉蝶忙。

[注释]

①"却笑"句：唐武后朝张昌宗排行第六，称六郎。以姿貌见宠幸，杨再思又谀之曰："人言六郎面似莲花，再思以为莲花似六郎，非六郎似莲花也。"见《旧唐书·杨再思传》。　②庄周梦：庄周梦为蝴蝶，栩栩然蝴蝶也。不知周之梦为蝴蝶，还是蝴蝶之梦为周。见《庄子·齐物论》。后常用以比喻虚幻的事物。

探春令

元　夕

去年元夜，正钱塘，看天街灯烛。闹蛾儿转处，熙熙语笑，百万红妆女。　　今年肯把轻辜负，列荧煌千炬[①]。趁闲身未老，良辰美景，款醉新歌舞[②]。

[注释]

①荧煌：灯火通明。　炬：蜡烛。　②款醉：慢慢地醉饮。

小重山

残　春（一）

清晚窗前杜宇啼。游仙惊梦醉，断魂迷。起来窗下看盆池。伤春去，消瘦不胜衣。　　柳陌记年时。行云音信杳、与心违。空教攒恨入双眉，人已远，红叶莫题诗[①]。

［注释］

①“红叶”句：唐宣宗时，舍人卢渥偶临御沟，得一红叶，上题诗云：“流水何太急，深宫尽日闲。殷勤谢红叶，好去到人间。”归藏于箱。后来宫中放出宫女择配，归卢渥者竟是红叶题诗之人。见范摅《云溪友议》卷十。后以“红叶题诗”为托物传情之典。

小重山

残　春（二）

绿树阴阴春已休。群花飘尽也，不胜愁。游丝飞絮两悠悠。迷芳草，日暖雨初收。　　深院小迟留。好香烧一炷，细烟浮。更听羯鼓打梁州[①]。恼人处，宿酒尚扶头[②]。

［注释］

①羯鼓：一名两杖鼓，传自西域，其音高亢，为八音领袖。　梁州：曲名，亦称《梁州令》。　②宿酒：宿醉。

菩萨蛮

赏　梅

梅花有意舒香粉，舒香已得先春信。香与露华清，露浓愁杀人。　　酒多愁愈重，此意谁能共。泪湿染衣斑，夜霜金缕寒。

菩萨蛮

梅

梅花枝上东风软，朝来吹散真香远。雅淡有馀清，客心和泪倾。　美人临别夜，月晃灯初灺[①]。玉枕小屏山，眉尖曾细看。　　（以上《惜香乐府》卷一）

[注释]

①灺（xiè）：灯烛熄灭。

水龙吟

梅　词

烟姿玉骨尘埃外，看自有神仙格。花中越样风流，曾是名标清客。月夜香魂，雪天孤艳，可堪怜惜。向枝间且作，东风第一，和羹事、期他日[①]。　闻道春归未识。问伊家、却知消息。当时恼杀林逋[②]，空绕团栾千百。横管轻吹处，馀香散、阿谁偏得。寿阳宫、应有佳人，待与点、新妆额[③]。

[注释]

①和羹：配以盐梅等调味品而制成的羹汤。后以喻宰辅之职。②林逋：北宋诗人林逋，以咏梅著称。　③"寿阳宫"二句：指南朝宋寿阳公主梅花落额上成梅花妆事。

水龙吟

李　词

苇绡开得仙花，就中最有佳人似。香肌胜雪，千般揉缚，禁他风雨。缟夜精神[①]，繁春标致，忍教孤负。怅潘郎去后，河阳满县，知他是、谁为主。　多谢文章吏部。遇衔杯、不曾轻许[②]。应知这底，无言情绪，难为分付。吹遍春风，耀残明月，总伤心处。待闲亭夜永，游人散后，作飞仙去。

[注释]

①缟夜：把夜晚照得如同白昼。杨万里《读退之李花诗并序》："而李独明，乃悟其妙，盖炫昼缟夜云。"　②"多谢"二句：韩愈曾任吏部侍郎，有《李花》诗二首。

水龙吟

莺　词

天教占得如簧，巧声乍啭娇媚。金衣衬著[①]，风流模样，于中可是。红杏香中，绿杨阴处，多应饶你。向黄昏、苦苦娇啼怨别，那堪更、东风起。　别有诗肠鼓吹[②]。未关他、等闲俗耳。双柑斗酒，当时曾是，高人留意。南国春归，上阳花落[③]，止添憔悴。念啼声欲碎，何人解作留春计[④]。

[注释]

①金衣：黄莺别称金衣公子。　②诗肠鼓吹：戴颙携双柑斗酒，往听黄鹂，曰："此俗耳针砭，诗肠鼓吹。"见《云仙杂记》。　③上阳：唐宫名，高宗时建于洛阳。　④唐氏按：陆校，结句疑脱一字，下首同。

水龙吟

雨　词

淡烟轻霭濛濛，望中乍歇凝晴昼。才惊一霎催花，还又随风过了。清带梨梢，晕含桃脸，添春多少。向海棠点点，香红染遍，分明是、胭脂透。　　无奈芳心滴碎，阻游人、踏青携手。檐头线断，空中丝乱，才晴却又。帘幕闲垂处，轻风送、一番寒峭。正留君不住，潇潇更下黄昏后。

[集评]

周笃文云："上片写春雨之催花、润物、活色、生香，可谓精丽之极。下片写其阻游踪、添寒峭，又是一番笔墨。'线断'以下数句，一波三折，极尽腾挪，堪称妙绝。"

胜胜慢

草　词

浓芳满地，秀色连天，和烟带雨萋萋。几许芳心，还解报得春晖①。当时谢郎梦里，似殷勤、传与新诗②。却为甚、动长门怨感③，南浦伤离④。　　追想天涯行客，应解拥车轮，步步相随。惆怅如丝，正是欲断肠时。凭高望中不见，路悠悠、南北东西。春去也，怨王孙、犹自未归⑤。

[注释]

①"几许"二句：用孟郊《游子吟》"谁言寸草心，报得三春晖"意。　②"当时"二句：南朝诗人谢灵运对族弟惠连特加赞赏，云每有篇章，对惠连辄得佳句。尝云："彼有神助，非吾语也。"　③长门怨感：汉武帝陈皇后失宠后退居长门宫，愁闷悲思，闻司马相如工文章，奉黄金百斤，令为解愁之辞。司马相如遂作《长门赋》代陈皇后诉失宠独居之怨，内有"抟芬若

以为枕兮,席荃兰而茝香”之句。后人因其赋而作《长门怨》。 ④南浦伤离:南浦,泛指送别之地。南朝江淹《别赋》:“春草碧色,春水渌波。送君南浦,伤如之何。” ⑤“春去”二句:引动归隐之意。《楚辞·招隐士》:“王孙游兮不归,春草生兮萋萋。”

[集评]

俞陛云云:“上阕运用春草故事,藻不妄抒。下阕虽咏本题,而纯从送远、怀人着笔,一气贯注,与上阕散整相间,自成章法。”(《唐五代两宋词选释》)

胜胜慢

柳 词

金垂烟重,雪飏风轻,东风惯得多娇。秀色依依,偏应绿水朱楼。腰肢先来太瘦,更眉尖、惹得闲愁。牵情处,是张郎年少,一种风流[①]。 别后长堤目断,空记得当时,马上墙头[②]。细雨轻烟,何处夕系扁舟。叮咛再须折赠[③],劝狂风、休挽长条。春未老,到成阴、终待共游。

[注释]

①“牵情”三句:谓风姿清雅。语本《南史·张绪传》:“张绪吐纳风流,齐武帝常嗟赏灵和殿前蜀柳曰:‘此杨柳风流可爱,似张绪当年时。’” ②马上墙头:指男女互相爱慕。 ③折赠:折柳赠别。《三辅黄图·桥》:“霸桥在长安东,跨水作桥。汉人送客至此桥,折柳赠别。”

南歌子

暮春值雨

黯霭阴云覆[①],滂沱急雨飞。洗残枝上乱红稀。恰是褪花天气、困人时。 向晓春酲重,偎人起较迟。薄罗初见试轻衣。笑拭新妆、须要剪酴醾。

[注释]

①黯霭:浓黑的云气。

浣溪沙

春　深

寒食风霜最可人，梨花榆火一时新。心头眼底总宜春。　　薄暮归吟芳草路，落红深处鹧鸪声。东风疏雨唤愁生。

浣溪沙

春　暮

柳老抛绵春已深，夹衣初试晓寒轻。别离无奈此时情。　　先自愁怀容易感，不堪闻底子规声[①]。西楼料得数回程。

[注释]

①底:此。

浣溪沙

早　春

不愤江梅喷暗香，春前腊后正凄凉。霜风雪月忍思量。　　斜倚幽林如有恨，玉鳞飞后转堪伤[①]。时人那解惜孤芳。

[注释]

①玉鳞:雪花。

朝中措

梅

别来无事不思量,霜日最凄凉。凝想倚栏干处,攒眉应为萧郎[①]。　　梅花岂管人消瘦,只恁自芬芳。寄语行人知否,梅花得似人香。

[注释]

①萧郎:女子爱恋的男子。唐崔郊之姑有一婢女卖给连帅,郊赠诗曰:"侯门一入深如海,从此萧郎是路人。"见范摅《云溪友议》。

昭君怨[①]

春日寓意

隔叶乳鸦声软,啼断日斜影转[②]。杨柳小腰肢,画楼西。　　役损风流心眼[③],眉上新愁无限。极目送云行,此时情。

[注释]

①唐氏按:此首误入汲古阁本《淮海词》。　②唐氏按:"啼"原作"号",从汲古阁本《淮海词》。　③役损:劳损,因相思而苦恼。

桃源忆故人

初　春

夜来一夜东风暖,春到桃腮柳眼。对景可堪肠断,强把愁眉展。　　花期惹起归期念，前事从头忖遍。凝想水遥山远，空结相思怨。

长相思

春　浓

花飞飞，柳依依，帘卷东风日正迟，社前双燕归[①]。药栏东，药栏西，记得当时素手携，弯弯月似眉。

[注释]

①社前：春社之前，约在春分左右。

感皇恩

柳

景物一番新，熙熙时候。小院融和渐长昼。东君有意，为怜纤腰消瘦。软风吹破眉间皱。　　袅袅枝头，轻黄微透。舞到春深转清秀。锦囊多感，又更新来伤酒。断肠无语凭栏久。

探春令

早　春

笙歌间错华筵启，喜新春新岁。菜传纤手青丝细，和气入、东风里。　　幡儿胜儿都姑娣[①]，戴得更忔戏[②]。愿新春已后，吉吉利利。百事都如意。

[注释]

①幡儿:小旗。 胜儿:妇人的首饰。 姑嫜:指妇女。 ②忔(qì)戏:可爱,美好。

[集评]

李调元云:“赵长卿《探春令》后段云:‘幡儿胜儿都姑嫜,戴得更忔戏。’忔戏,市语。观下云:‘愿新春以后,吉吉利利,百事都如意。’可知。”(《雨村词话》卷二)

菩萨蛮

春 深

赤栏干外桃花雨,飞花已觉春归去。柳色碧依依,浓阴春昼迟。 海棠红未破,匀糁胭脂颗。风雨也相饶,应怜粉面娇。

丑奴儿

春 残

牡丹已过酴醾谢,飞尽繁花,浓翠啼鸦。绿水桥边卖酒家。 年时携手寻春去,满引流霞,往事堪嗟。犹喜潘郎鬓未华[1]。

[注释]

①潘郎鬓未华:谓青春年少,鬓发未白。 潘郎:指晋潘岳。

浣溪沙

宠姬小春

帘卷轻风怜小春，荷枯菊悴正愁人。江梅喜见一枝新。　　料得主人偏爱惜，也应冰雪好精神。故园桃李莫生嗔[①]。

[注释]

①故园桃李：指代家中妻妾。

清平乐

问讯梅花

楚梅娇小，好是霜天晓。宿酒恼人香暗绕，浸影碧波池沼。　　生成素淡芳容，不须抹黛匀红。准拟成阴结子，莫教枉费春工。

清平乐

早起闻莺

绮疏新晓，学语雏莺巧。烟暖瑶阶梧叶老，满地东风芳草。　　少年不合风流，偿他酒债花愁。望断绿芜春去，销魂懒上层楼[①]。

[注释]

①“少年”四句：化用辛弃疾《丑奴儿》“少年不识愁滋味，爱上层楼，爱上层楼，为赋新词强说愁”之意。

更漏子

暮春

日彤彤，风荡荡，帘外柳花飞飏。红有限，绿无穷，雨晴芳径中。　　肠寸结，萦离别，还是去年时节。春暮也，子规啼，伤春三月时。

诉衷情

重台梅[①]

檀心刻玉几千重，开处对房栊。黄昏淡月笼艳，香与酒争浓。　　宜轻素，鄙轻红，思无穷。化工著意，南南北北，一种东风。

［注释］

①重台梅：复瓣的梅花。

小重山

杨花

枝上杨花糁玉尘[①]。晚风扶起处，雪轻盈。扑人点点细无声。谁能惜，撩乱满江城。　　忍泪未须倾。十年追往事，叹流莺。晓来雨过转伤情。铺池绿，遗恨寄浮萍。

［注释］

①糁玉尘：散作玉屑。

蝶恋花

春残

绿尽烧痕芳草遍。不暖不寒，切莫辜良宴。罨画屏风开羽扇[①]，薄罗衫子仙衣练。　晚雨小池添水面。戏跃赪鳞，又向波心见。持酒伊听声宛转，樽前唱彻昭阳怨[②]。

[注释]

①罨画：杂彩鲜明的绘画。　②昭阳怨：泛指宫怨。　昭阳：汉宫殿名，后妃所居。

鹧鸪天

咏燕

梁上双双海燕归，故人应不寄新诗。柳梧阴里高还下，帘幕中间去复回。　追盛事，忆乌衣。王家巷陌日沉西[①]。兴亡无限惊心语，说向时人总不知。

[注释]

①"追盛事"三句：化用刘禹锡《乌衣巷》"朱雀桥边野草花，乌衣巷口夕阳斜。旧时王谢堂前燕，飞入寻常百姓家"诗意。

鹧鸪天

春残

谡谡东风作雨寒[①]，无言独自凭栏干。绿肥红瘦春归去，恨逼愁侵酒怎宽。　追往事，惜花残。残花往事总相关。风光台上伤心处，此意人休作等闲[②]。

[注释]

①谡谡(sù):风声。 ②等:原作“算”。

探春令

寻 春

新元才过[1],渐融和气,先到帘帏。谩闲绕、柳径花蹊里。探看试、春来未。　年时曾把春抛弃,与春光陪泪。待今春、日日花前沉醉,款细偎红翠。

[注释]

①新元:正月十五日,又称上元。

探春令

立 春

数声回雁,几番疏雨,东风回暖。甚今年、立得春来晚。过人日、方相见[1]。　缕金幡胜教先办,著工夫裁剪。到那时睹当,须教滴惜,称得梅妆面[2]。

[注释]

①人日:旧俗以农历正月初七为人日。以七种菜为羹,剪彩为人或镂金箔为人,以帖屏风,亦戴之头鬓。又造华胜相送,登高赋诗。见梁宗懔《荆楚岁时记》。 ②梅妆:梅花妆。

探春令

赏 梅 (一)

冰檐垂箸[1],雪花飞絮,时方严肃。向寻常摇曳,凡花野草，怎生敢夸红绿。　　江海孤洁无拘束，只温然如玉。自一般天赋，风流清秀，总不同粗俗。

［注释］

①垂箸：形容檐冰如垂直悬挂的筷子。

探春令

赏　梅　（二）

而今风韵，旧时标致，总皆奇绝。再相逢还是，春前腊后，粉面凝香雪。　　芳心自与群花别，尽孤高清洁。那情怀最是，与人好处，冷淡黄昏月。

探春令

赏　梅　（三）

彫墙风定，绮窗烛灺，沉吟独坐。料雪霜深处，司花神女，暗里焚百和[①]。　　恼人一阵香初过，把清愁薰破。更那堪得，冰姿玉貌，痛与惜则个[②]。

［注释］

①百和：即百和香。由各种香料和成的香。　②则个：表示动作进行时之语助词，近于“着”或“者”。

探春令

赏　梅　（四）

龟纱隔雾[①]，绣帘钩月，那时曾见。照影儿，觑了千回百转，素艳明于练。　　柔肠堆满相思吏，更重看几遍。

是天然不用，施朱梳翠，羞损桃花面。

［注释］

①龟纱：纱眼织成八角，其形如龟的纱帘。

探春令

赏　梅（五）

疏篱横出，绿枝斜露，笑盈盈地。悄一似、初睹东邻女[①]，有无限、风流意。　半开折得琼瑰蕊，惹新香沾袂。放曲屏珠幌[②]，胆瓶儿里[③]，伴我醺醺睡。

［注释］

①东邻女：本宋玉《登徒子好色赋》"楚国之丽者，莫若臣里；臣里之美者，莫若臣东家之子"。后因以"东邻"指美女。　②唐氏按："幌"原作"晃"，陆校"晃"应"幌"。　③胆瓶：长颈大腹的花瓶，因形如悬胆而名。

探春令

赏　梅（六）

冰澌池面，柳摇金线，春光无限。问梅花底事，收香藏蕊，到此方舒展。　百花头上俱休管，且惊开俗眼。看绿阴结子，成功调鼎[①]，有甚迟和晚。

［注释］

①调鼎：烹调食物。吴曾《能改斋漫录·事始》："《左传》：'晏子曰：水火醯醢盐梅，以烹鱼肉。'是古人调鼎用梅醢也。"后喻治理国事。

探春令

赏　梅（七）

溪桥山路，竹篱茅舍，凄凉风雨。被摧残沮挫，精神依旧，无奈相思苦。　　东君故与收拾取，忍教他尘土。向绿窗绣户，朱栏小槛，做个名花主。

探春令

赏　梅（八）

雨孱风瘦，雪欺霜妒，时光牢落[1]。怎奈向、天与孤高出众，一任傍人恶。　　凡花且莫问嘲谑，尽强伊寂寞。便饶他、百计千方做就，酝藉如何学。

[注释]

①牢落：孤寂。

探春令

赏　梅（九）

楼头月满，栏干风度，有人肠断。为多情、役得神魂撩乱[1]，又被梅萦绊。　　对花沉醉应须拚，且尊前相伴。恨无端玉笛，穿帘透幕，好梦还惊散。

[注释]

①役得：驱遣、折磨得。

探春令

赏 梅 （十）

清江平淡，暗香潇洒，满林风露。渐枝上、也学杨花柳絮，轻逐春归去。　　东君著意勤遮护，总留他不住。幸西园别有，能言花貌，委曲关心愫。

（以上《惜香乐府》卷二）

宝鼎现

上 元

嚣尘尽扫，碧落辉腾，元宵三五。更漏永、迟迟停鼓。天上人间当此遇。正年少、尽香车宝马，次第追随士女。看往来、巷陌连甍[①]，簇起星球无数。　　政简物阜清闲处[②]。听笙歌、鼎沸频举。灯焰暖、庭帏高下，红影相交知几户。恣欢笑、道今宵景色，胜前时几度。细算来、皇都此夕，消得喧传今古。　　排备绮席成行，炉喷臯、沉檀轻缕。睹遨游彩仗，疑是神仙伴侣。欲飞去、恨难留住。渐到蓬瀛步[③]。愿永逢、恁时恁节，且与风光为主。

［注释］

①连甍：华美的屋脊一个挨着一个。　②政简：政不烦苛。　物阜：物产丰饶。　③蓬瀛：蓬山瀛岛，指仙境。

青玉案

残 春

梅黄又见纤纤雨，客里情怀两眉聚。何处烟村啼杜宇。劝人归去，早思家转，听得声声苦。　　利名萦绊何时住，恼乱愁肠成万缕。满眼兴亡知几许。不如寻个，老松石畔，作个柴门户。

烛影摇红

深　春

梅雪飘香，杏花开艳燃春昼。铜驼烟淡晓风轻[1]，摇曳青青柳。海燕归来未久，向雕梁、初成对偶。日长人困，绿水池塘，清明时候。　　帘幕低垂，麝煤烟喷黄金兽。天涯人去杳无凭，不念东阳瘦[2]。眉上新愁压旧，要消遣、除非殢酒。酒醒人静，月满南楼，相思还又。

[注释]

①铜驼：铜驼陌在洛阳为晋都宫前饰物，本极繁华。此指行在临安。②东阳瘦：形容日渐消瘦。东阳指南朝梁诗人沈约。《梁书·沈约传》："永明末，出守东阳……百日数旬，革带常应移孔；以手握臂，率计月小半分。"

念奴娇

梅　影

银蟾光满，弄馀辉、冷浸江梅无力。缓引柔条浮素蕊，横在闲窗虚壁。染纸挥毫，粉涂墨晕，不似今端的。天然造化，别是一般，清瘦踪迹。　　今夜翠葆堂深[1]，梦回风定，因月才相识。先自离愁，那更被、晓角残更催逼。曙色将分，轻阴移尽，过眼难寻觅。江南图上，画工应为描得。

［注释］

①翠葆：绿树笼阴。

［集评］

卓人月云："江妃有'梅精'之号，拈来最雅，句句是影。"(《古今词统》卷十三)

念奴娇

落 梅

玉龙声杳，正瑶台曲舞，香山初彻。褪粉掐酥千万颗，满地平铺银雪。草褥香茵，苔钱买住，留待黄昏月①。有人妆罢，对花凝伫愁绝。　　休更恨落羞开，东君情分，自古多离别。好把芳心收拾取，与个和羹人说②。摆脱风尘，消停酸苦，终有成时节。浮花浪蕊，到头不是生活。

［注释］

①黄昏月：用林逋《山园小梅》"暗香浮动月黄昏"句意。　②和羹人：喻指有治理国事才能之人。

阮郎归

咏 春

和风暖日小层楼，人闲春事幽。杏花深处一声鸠，花飞水自流。　　寻旧梦，续扬州，眉山相对愁。忆曾和泪送行舟，清江古渡头。

虞美人

春　寒

东风卷尽辛夷雪[①]，逆旅清明节。黄昏烟雨失前山，陟遍朱栏、酒噤不禁寒。　　归来谁护衣篝火，倒拥文鸳卧[②]。可堪连夜子规啼，唤得春归、人却未成归。[③]

[注释]

①辛夷雪：白色的辛夷花，又称玉兰。王安石《乌塘》诗："试问春风何处好？辛夷如雪柘冈西。"　②文鸳：即鸳鸯，以其羽毛华美，故称。此指绣有文鸳之被。　③唐氏按：此下原有《渔家傲》（蕙死兰枯金菊槁）一首，乃无名氏作，见《梅苑》卷九。今存目。

念奴娇

梅

兰枯菊槁，是返魂香入[①]，江南春早。谷静林幽人不见，梦与梨花颠倒。雪刻檀心，玉匀丰颊，妆趁严钟晓[②]。海山么凤[③]，绿衣何处飞绕。　　竹外孤袅一枝，古今解道，只有东坡老。莫倚广平心似铁[④]，闲把珠玑挥扫。桃李舆台[⑤]，冰霜宾客，月地还凄悄。暗香消尽，和羹心事谁表。

[注释]

①返魂香：形容一岁再开的梅花。韩偓《湖南梅花一冬再发偶题于花援》："玉为通体依稀见，香号返魂容易回。"苏轼《岐亭道上见梅花戏赠季常》："蕙死兰枯菊亦摧，返魂香入岭头梅。"　②严钟：此指晨钟。　③唐氏按："山"原作"仙"，陆校"仙"疑"山"。　么凤：鸟名，又称桐花凤。羽毛五色，体型比燕子小。苏轼《次韵李公择梅花》："故山亦何有，桐花集

么风。” ④广平:此指宋璟《梅花赋》以清艳见称,与其严毅风格有别。⑤舆台:仆役,言桃李只可充当梅之仆人。

玉楼春

春　半

江村百六春强半[①],拍拍池塘春水满。风团柳絮舞如狂,雨压橘花香不散。　　阴阴巷陌闲庭院,小立危栏羞燕燕。不知何事未还乡,除却青春谁作伴。

[注释]

①百六:寒食日的别称。

谒金门

暮　春

风又雨,满地残红无数。花不能言莺解语,晓来啼更苦。　　把酒东皋日暮,抵死留春春去。拟倩杨花寻去处,杨花无定据。[①]

[注释]

①唐氏按:此下原有《眼儿媚》(楼上黄昏杏花寒)一首,乃阮阅作,见《苕溪渔隐丛话》前集卷十一,今存目。

菩萨蛮

残　春

杨花飞尽莺声涩,杜鹃唤得春归急。病酒起来迟,娇慵懒画眉。　　宝奁金鸭冷[①],重唤烧香饼。著意炼龙涎[②],纤纤手逴烟[③]。

[注释]

①金鸭:一种镀金的鸭形铜香炉。 ②龙涎:香名。抹香鲸病胃的一种分泌物。以得于海上,因称龙涎,和以其他香物,其香物加烈,历久不散,为一种珍贵香料。 ③手逴(chuò)烟:以手驱散烟缕。

画堂春

长新亭小饮

小亭烟柳水溶溶,野花白白红红。恼人池上晚来风,吹损春容。 又是清明天气,记当年、小院相逢[①]。凭栏幽思几千重,残杏香中。

[注释]

①《词综》无"记"字。

画堂春

赏海棠

夜来暖趁海棠时,脸边匀透胭脂。乱红娇影困垂垂,睡损杨妃[①]。 多少肉温香润,朱唇绿鬓相偎。晚风何苦过台西,断送春归。

[注释]

①杨妃:杨玉环。《太真外传》云,明皇召太真、鬓乱钗横,不能再拜。明皇曰:"岂妃子醉,是海棠睡未足耳。"

卜算子

春 景

春水满江南，三月多芳草。幽鸟衔将远恨来，一一都啼了。 不学鸳鸯老，回首临平道[1]。人道长眉似远山，山不似长眉好。[2]

[注释]

①临平：在浙江馀杭县境。 ②唐氏按：此下原有《念奴娇》（见梅惊笑）一首，乃朱敦儒作，见《樵歌》卷上，今存目。

念奴娇

梅

水边篱落独横枝，冉冉风烟岑寂。踏雪寻芳村路永，竹屋西头遥识。蕙草香销，小桃红未，醉眼惊春色。离愁何处，断肠无限陈迹。 憔悴素脸朱唇，天寒日暮，倚阑干无力。岁晚天涯驿使远，难寄江南消息。自笑平生，怜清惜淡，故园曾亲植。百花虽好，问还有恁标格。

[集评]

沈雄云："（《念奴娇》）换头亦有语意参差者……赵长卿云：'憔悴素脸朱唇，天寒日暮，倚阑干无力。'"（《古今词话·词辨》下卷）

菩萨蛮

梅

肩舆晓踏江头月[1]，月华冷浸消残雪。雪月照疏篱，梅花三两枝。 人怜花淡薄，花恨人牢落[2]。不似那回时，醺醺醉玉肌。

［注释］

①肩舆：用人力扛抬的代步工具。其用二长竿，中设软椅以坐人。②牢落：无所寄托貌。

点绛唇

梅

开尽梅花，雪残庭户春来早。岁华偏好，只恐催人老。　惟有诗情，犹被花枝恼。金樽倒，共成欢笑，终是清狂少。

鹧鸪天

梅

手种梅花三四株，要看冰霜照清臞。朝来几朵茅檐下，竹外江头恐不如。　凝玉面，吐香须。莫嫌孤瘦渐丰馀。化工不肯辜人意，做底欢娱报答渠[①]。

［注释］

①做底：犹言做甚。　渠：他，此指春工。

鹧鸪天

送　春

只惯娇痴不惯愁，离情浑不挂眉头。可怜恼尽尊前客，却趁东风上小舟。　真个去，不忺留[①]。落花流水一春休。自怜不及春江水，随到滕王阁下流[②]。

［注释］

①忺(xiān):欲,愿。 ②滕王阁:旧址在江西新建县西章江门上,西临大江。唐滕王元婴都督洪州时建。

瑞鹤仙

暮春有感

海棠花半落。正蕙圃风生,兰亭香扑。青英暝池阁。任翻红飞絮,游丝穿幕。情怀易著。奈宿酲、情绪正恶。叹韶光渐改,年华荏苒,旧欢如昨。 追念凭肩盟誓,枕臂私言,尽成离索。记得忘却,当时事,那时约。怕灯前月下,得见则个[①],厌厌只待觑著。问新来、为谁萦牵,又还瘦削。

［注释］

①则个:表示动作时的语助词。意如"着",即见得着之意。

临江仙

暮 春

过尽征鸿来尽燕,故园消息茫然。一春憔悴有谁怜。怀家寒食夜,中酒落花天。 见说江头春浪渺,殷勤欲送归船。别来此处最萦牵。短篷南浦雨,疏柳断桥烟。

［集评］

俞陛云云:"上下阕结句皆能情寓景中。《惜香集》中和雅之音也。"(《唐五代两宋词选释》)

一丛花

暮春送别

阶前春草乱愁芽，尘暗绿窗纱。钗盟镜约知何限①，最断肠、湓浦琵琶。南渚送船，西城折柳，遗恨在天涯②。

夜来魂梦到侬家，一笑脸如霞。莺啼燕恨西窗下，问何事、潘鬓先华③。钟动五更，魂归千里，残角怨梅花。④

［注释］

①钗盟镜约：指男女定情的盟约。　②“最断肠”四句：指贬官离别，沦落天涯种种失意情事。　湓浦琵琶：“元和十年，予左迁九江郡司马。明年秋，送客湓浦口，闻舟中夜弹琵琶者。”见白居易《琵琶行》序。　③“潘鬓”句：用潘岳年过三十即生白发之典。　④唐氏按：此下原有《清平乐·春景》（雾光摇目）一首，又有《朝中措·咏春》（乱山叠叠水泠泠）一首，并附二跋，云是张孝祥降乩之作。此二首俱石孝友词，见《金谷遗音》，今存目。

柳梢青

春　词

桃杏舒红，迟迟暖日，媚景芳浓。紫燕穿帘，香泥著地，未乳巢空。　千山万水重重，烟雨里、王维画中。芳草斜阳，无人江渡，蓑笠渔翁。（以上《惜香乐府》卷三）

夏　景

花心动

荷　花

绿水平湖，浸芙渠烂锦，艳胜倾国。半敛半开，斜立斜敧，好似困娇无力。水仙应赴瑶池宴[1]，醉归去、美人扶策。驻香驾、拥波心媚容，倩妆颜色。　　曾见苕川澄碧。匀粉面、溪头旧时相识。翠被绣茵，彩扇香篝，度岁杳无消息。露痕滴尽风前泪，追往恨、悠悠踪迹。动怨忆，多情自家赋得。

[注释]

①瑶池宴："乙丑，天子觞西王母于瑶池之上。"见《穆天子传》。此泛指神仙宴会。

鼓笛慢

甲申五月，仙源试新水[1]。雨过丝生，荷香袭人，因感而赋此词。　时病眼

暑风吹雨仙源过，深院静，凉于水。莲花郎面，翠幢红粉，烘人香细。别院新番，曲成初按，词清声脆[2]。奈难堪羞涩，朦松病眼，无心听、笙簧美。　　还记当年此际。叹飘零、萍踪千里。楚云寂寞，吴歌凄切，成何情意。因念而今，水乡潇洒，风亭高致，对花前可是，十分蒙斗，肯辜欢醉。

[注释]

①仙源：赵长卿自号仙源居士。　②唐氏按："脆"原作"腕"，陆校云"腕"应"婉"，应用韵，疑"脆"。

念奴娇

碧含笑

晚妆才罢，见栊丝匀玉，一团娇秀。趁得年光，长是

向、金谷无花时候[①]。不比莺莺，不关燕燕[②]，不似章台柳[③]。清凉无汗，雪肌潇洒难偶。　　好是斜月黄昏，瑶阶钿砌，百媚初含酒。恼杀多情香喷喷，双靥盈盈回首。倾国倾城，千金莫惜，兰蕙应难友。沈郎拚了[④]，为花一味销瘦。

［注释］

①金谷：在河南洛阳西北，谷中有水，自新安洛阳东南流，经此谷。晋石崇之金谷园在此。此泛指豪华的园林。　②莺莺、燕燕：喻春光物候。③章台柳：唐韩翃有姬柳氏，以艳丽称，安史乱中失散。韩有诗曰："章台柳，章台柳，昔日青青今在否？纵使长条似旧垂，亦应攀折他人手。"此泛指窈窕美丽女子。　④沈郎：指沈约，以清瘦闻名。

满庭芳

荷　花

竹飐斜梢，荷倾馀沥，晚风初到南池。雨收池上，高柳乱蝉嘶。冉冉莲香满院，夕阳映、红浸庭闱。凉生到，碧瓜破玉，白酒酌玻璃。　　思量，浮世事，枯荣辱宠，欢喜忧悲。算劳心劳力，得甚便宜。粗有田园笑傲，拣些个、朋友追随。好时景，莫教挫过[①]，撞著醉如泥。

［注释］

①挫过：失去时机。挫，通"错"。

满庭芳

对　景

红藕洲塘，黄葵庭院，渚风时动清飔。素纨轻飐，凉色爽征衣。一一光阴日月，关情处、前事难期。空凝想，临鸾有恨，谁与画新眉。　　刀头[1]，心寸折，江南厚约，惟是侬知。念默歌停舞，冷落屏帏。何日朱笼鹦鹉，迎门报、金勒东归。罗弦管，合欢声里，烂醉玉东西[2]。

[注释]

①刀头：刀环。表示还归之意。　②玉东西：玉质酒杯。

好事近

雨过对景

山路乱蝉吟，声隐茂林修竹。恰值快风收雨，递荷香芬馥。　　破除愁虑酒宜多，把酒再三嘱。遥想溪亭潇洒，称晚凉新浴。

虞美人

双　莲

二乔姊妹新妆了[1]，照水盈盈笑。多情相约五湖游，似向群花丛里、骋风流。　　丁香枝上千千结，怨惹相思切。争如特地嫁薰风，吐尽芳心点点、绛唇红。

[注释]

①二乔：三国吴乔公二女大乔、小乔，皆国色，孙策纳大乔，周瑜纳小乔。此喻指双莲。

醉蓬莱

新荔枝

正火山槐夏[1]，黛叶缃枝，荔子新摘。千里驰驱，荐仙源佳席。浪比龙睛，未输崖蜜，灿烂然红摘[2]。满贮雕盘，纤纤素手，丹苞新擘。　　梨栗粗疏，带酸橘柚，凡品多般，总羞标格。何似浓香，洗烦襟仙液。为爱真妃[3]，再三珍重，价倾城倾国。玉骨冰肌，风流酝藉，直宜消得。

[注释]

①"火山"句：形容酷暑炽如火山。　②摘：《历代诗馀》作"滴"。唐氏按：陆校"摘"重押，疑"滴"。　③真妃：杨太真为明皇宠妃。

醉蓬莱

端　午

见浴兰才罢[1]，拂掠新妆，巧梳云髻。初试生衣[2]，恰三裁贴体。艾虎宜男[3]，朱符辟恶[4]，好储祥纳吉。金凤钗头，应时戴了，千般忔戏[5]。　　那更殷勤，再三祝愿，斗巧合欢，彩丝缠臂。刻玉香蒲，泛金觥迎醉。午日熏风，楚词高咏[6]，度遏云声脆[7]。赤口白舌，从今消灭，诸馀可意。[8]

[注释]

①浴兰：用香草水洗澡。古人以兰汤洁斋祭祀，《大戴礼记·夏小正》："五月……蓄兰，为沐浴也。"吴自牧《梦粱录·五月》："五日重午节，又曰'浴兰令节'。"　②生衣：夏衣。　③艾虎：古俗，端午日采艾制成虎形饰物佩戴，以辟邪祛秽。　④朱符：用朱墨写的符箓。　⑤忔戏：可爱，美好。⑥楚词：楚地歌谣。此泛指歌谣。　⑦遏云：使云停止不前。形容歌声响

亮动听。 ⑧唐氏按:此下原有《贺新郎》(篆缕销金鼎)一首,据《唐宋诸贤绝妙词选》卷八或《阳春白雪》卷一,乃李玉或潘汾作,今存目。

踏莎行

夜　凉

树影将圆,林梢不动。汗珠浥透纱衣重。荷风忽送雨飞来,晚凉习习生幽梦。　　珠箔高钩,瑶琴闲弄。移樽邀取婵娟共。今宵拚著醉眠呵,夜香闻早添金凤[①]。

[注释]

①金凤:金质或金饰的凤形熏炉。

醉落魄

重　午

淡妆浓抹,西湖人面两奇绝。菖蒲角黍家家节。水戏鱼龙,十里画帘揭。　　凌波无限生尘袜[①],冰肌莹彻香罗雪。游船且莫催归楫。遮莫黄昏[②],天外有新月。[③]

[注释]

①"凌波"句:言美女之多。曹植《洛神赋》:"凌波微步,罗袜生尘。"②遮莫:任凭,尽管。 ③唐氏按:此下原有《卜算子》(新月挂林梢)一首,乃叶梦得作,见《石林词》,今存目。

阮郎归

送别有感,因咏莺作

东城沙软马蹄轻,清和雨乍晴。柳阴曲径泣流莺,凄凉不忍听。　　休苦怨，莫悲鸣。何须雨泪倾。但将巧语写心诚，东君肯薄情。

蝶恋花

初　夏

乱叠青钱荷叶小。浓绿阴阴，学语雏莺巧。小树飞花芳径草，堆红衬碧于中好。　　梅子弄黄枝上早。春已归时，戏蝶游蜂少。细把新词才和了，鸡声已唤纱窗晓。

鹧鸪天

夜钓月桥赏荷花

新晴水暖藕花红，烘人暑意晚来浓。共携纤手桥东路，杨柳青青一径风。　　深翠里，艳香中。双鸾初下蕊珠宫[①]。月笼粉面三更露，凉透萧萧一梦中。

［注释］

①双鸾：指仙女的鞋履。　蕊珠宫：仙宫。

江神子

夜凉对景

彩云飞尽楚天空。碧溶溶，一帘风。吹起荷花，香雾喷人浓。明月凄凉多少恨，恨难许，我情钟。　　相思魂梦几时穷。洞房中，忆从容。须信别来，应也敛眉峰。好景良宵添怅望，无计与，一樽同。

新荷叶

咏 荷

冷彻蓬壶[①]，翠幢鼎鼎生香。十顷琉璃，望中无限清凉。遮风掩日，高低衬、密护红妆。阴阴湖里，羡他双浴鸳鸯。　猛忆西湖，当年一梦难忘。折得曾将盖雨，归思如狂。水云千里，不堪更、回首思量。而今把酒，为伊沉醉何妨。

［注释］

①蓬壶：本指仙境，此指莲花湖里风光之美。

临江仙

初 夏

帘幕清风洒洒，园林绿荫垂垂。楝花开遍麦秋时[①]。雨深芳草渡，蝴蝶正慵飞。　憔悴三春心事，风流一弄金衣。韶光老尽起深思。日长庭院里，徙倚听催归[②]。

［注释］

①唐氏按："楝"原作"练"，陆校："练"，应"楝"。　②催归：听杜鹃啼唤，声如"不如归去"。

朝中措

首 夏

荷钱浮翠点前溪，梅雨日长时。恰是清和天气，雕鞍又作分携。　别来几日愁心折[①]，针线小蛮衣[②]。羞对绿阴庭院，衔泥燕燕于飞[③]。

[注释]

①愁心折：中心摧折，形容伤感到极点。江淹《别赋》："使人意夺神骇，心折骨惊。"　②小蛮：白居易家伎名。此泛指姬妾。　③于飞：指飞。于，语助词。《诗经·周南·葛覃》："黄鸟于飞，集于灌木，其鸣喈喈。"《左传·庄公二十二年》："初，懿氏卜妻敬仲，其妻占之曰：'吉。是谓凤皇于飞，和鸣锵锵……'"杜预注："雄曰凤，雌曰皇。雌雄俱飞，相和而鸣锵锵然。犹敬仲夫妻和睦，适齐有声誉。"

减字木兰花

咏　柳

柳丝摇翠，翠幄笼阴无限意。不绊行舟，只向江边绊客愁。　　月明风细，分付一江流去水。娇眼伤春，谁是章台欲折人[①]。

[注释]

①章台：长安街名。此借指折柳。

卜算子

夏日送吴主薄

执手送行人，水满荷花浦。旧恨新愁不忍论，泪压潇潇雨。　　行计已匆匆，无计留伊住。一点相思万里心，谁怕关山阻。

临江仙

赏 兴

柳上斜阳红万缕，烘人满院荷香。晚凉初浴略梳妆。冠儿轻替枕，衫子染莺黄。　　蓄意新词轻缓唱，殷勤满捧瑶觞。醉乡日月得能长。仙源正闲散，伴我老高唐[1]。

[注释]

①高唐：即高唐观。昔宋玉陪楚王游高唐咏神女之事即是。

雨中花令

初夏远思

绿锁窗纱梧叶底。麦秋时、晓寒慵起。宿酒厌厌，残香冉冉，浑似那时天气。　　别日不堪频屈指。回头早、一年不啻[1]。搔首无言，栏干十二，倚了又还重倚。

[注释]

①不啻（chì）：不止。

画堂春

辇下游西湖有感

湖光乘雨碧连天。绕堤映、草色芊芊。舞风杨柳欲撕绵，依依起翠烟[1]。　　还是春风客路，对花时、空负婵娟。暮寒楼阁碧云间，罗袖成斑。

[注释]

①唐氏按：陆校，“依依”句止应四字。

浣溪沙

夜凉小饮

露挹新荷扑鼻香，恼人更漏响浪浪。柳梳斜月上纱窗。　　小醉耳边私语好，五云楼阁羡刘郎[①]。酒阑烛暗断回肠。

[注释]

①刘郎：东汉刘晨入天台山采药，为仙女所邀，留半年始归。后用以借指情郎。

西江月

邀蔡坚老忠孝堂观书[①]

水满平塘过雨，洗妆红褪芙蕖。绿荷美影荫龟鱼。无限闲中景趣。　　潇洒高堂邃馆，那堪左右图书。凌云赋得似相如。多少风流态度。

[注释]

①蔡坚老：蔡枬，字坚老，南城人，号云壑道人。　忠孝堂：赵长卿书斋名。

卜算子

四明别周德远

闲路踏花来，闲逐清和去。来去虽然总是闲，有多少伤心处。　　红碧好池塘，朱绿深庭户。随分山歌社舞中，且乐陶陶趣。

清平乐

忠孝堂雨过,荷花烂然,晚晴可人,因呈李宜山同舍

水乡清楚,襟袖销袢暑①。绰约藕花初过雨,出浴杨妃无语②。　葡萄满酌玻璃,已拚一醉酬伊。浪卷夕阳红碎,池光飞上帘帏。

[注释]

①袢暑:犹溽暑,炎暑。　②出浴杨妃:本白居易《长恨歌》"侍儿扶起娇无力,始是新承恩泽时"。此喻出水荷花。

[集评]

卓人月云:("浪卷"二句)"苔痕上阶、草色入帘都成拙语。"(《古今词统》卷五)

清平乐

初夏舞宴

清和时候,底事休交瘦①。满酌流霞看舞袖,步步锦茵红皱。　六么舞到虚催②。几多深意徘徊。拚了明朝中酒,为伊更饮琼杯。

[注释]

①休交瘦:莫教(让)瘦了。　②六么:曲名。　虚催:大曲术语。

浣溪沙

初　夏

雾透龟纱月映栏①,麦秋天气怯衣单。楝花风软晓来

寒[2]。　懒起麝煤重换火[3]，暖香浓处敛眉山。眼波横浸绿云鬟。

[注释]

①龟纱：纱眼织成八角，其形如龟的纱帘。　②唐氏按："楝"原作"练"，陆校"练"疑"楝"。　③麝煤：制墨的原料。此借指麝制成的香料。

浣溪沙

初夏有感

薄雾轻阴酿晓寒，起来宿酒尚酡颜。柳莺何事苦关关[1]。新恨旧愁俱唤起，当年紫袖看弓弯。泪和梅雨两潸潸。

[注释]

①关关：鸟鸣声。

鹧鸪天

初夏试生衣[1]，而婉卿持素扇索词，因作此书于扇上

牙领番腾一线红[2]，花儿新样喜相逢。薄纱衫子轻笼玉[3]。削玉身材瘦怯风。　人易老，恨难穷。翠屏罗幌两心同。既无闲事萦怀抱，莫把双蛾皱碧峰。

[注释]

①生衣：夏衣。　②牙领：白色衣领。　③纱：《历代诗馀》作"罗"。玉：《历代诗馀》作"雪"。

菩萨蛮

初 夏

方池新涨蒲萄绿，晓来雨过花如浴。测测杏园风[1]，梢头一捻红。　　危楼愁独倚，一寸心千里。宿酒尚微醺，懒装堆髻云。

[注释]

①测测：寒凉貌。

西江月

夏日有感

稳唱巧翻新曲，灵犀密意潜通。荷花香染晚来风，相对恍然如梦。　　有恨眉尖皱碧，多情酒晕生红。此愁不是等闲浓，应为仙源倾动[1]。

[注释]

①仙源：作者自号仙源居士。

浣溪沙

初 夏

睡起风帘一派垂，失巢燕子傍人飞。日长深院委香泥。　　绿笋出林翻锦箨[1]，红葵著雨褪胭脂。微风度竹入轻衣。

[注释]

①锦箨(tuò)：笋壳。

蝶恋花

和任路分荷花

忆昔临平山下过[①]，无数荷花，照水无纤黦[②]。短艇直疑天上坐，醉眠花里香无那。　雨浥红妆娇娜娜。脉脉含情，欲向风前破。莫道晚来风景可，青房著子千千颗[③]。

［注释］

①临平山：在浙江馀杭东北，平旷逶迤，无崇冈修阜。后为临平镇。②黦（yuè）：污迹。　③青房：莲花，莲蓬。

浣溪沙

为王参议寿

密叶阴阴翠幄深，梅黄弄雨正频频。榴花照眼一枝新。　缑岭有人今毓粹[①]，飞凫不日簉严宸[②]。一樽敬寿太夫人。

［注释］

①缑岭：即缑氏山。在河南偃师。据传周灵王太子晋即王子乔，游伊洛之间，道士浮丘公接以上嵩高山。三十年后，求之于山上，见桓良曰："告我家：七月七日待我于缑氏山巅。"至时果乘白鹤驻山头，举手谢时人，数日而去。后多指修道成仙处。　毓粹：诞育美才。　②簉严宸：簉通"造"，往。　严宸：父亲生辰。

浣溪沙

呈赵状元[1]

雨过西湖绿涨平，环湖密柳暗藏莺。麦秋天气似清明。　　对策有人新切直，逢春不日尽施行。扁舟未用速归程。

[注释]

①赵状元：赵逵，字庄叔，兴绍中状元。以忤秦桧，罢去。

青玉案

压波觞客[1]

结堂雄占云烟表，万象争呈巧。老木参天溪四绕[2]，乱山横秀，一湖澄照，天付阴晴好。　　夜空唤客清樽倒，明月飞来上林杪。凉满九霄风露浩，酒慵起舞，一声清啸。平压波声小。

[注释]

①压波：当是湖上堂名。　②唐氏按："四"原作"西"，陆校，"西"疑"四"。

青玉案

和

恍如辽鹤归华表[1]，阅尽人间巧。天乞一堂山对绕。微波不动，岸巾时照[2]，照见星星好。　　舞风荷盖从攲倒，碧树生凉自天杪。谁识元龙胸次浩[3]，骑鲸欲去，引杯独啸，醉眼青天小。

［注释］

①辽鹤归华表：用丁令威化鹤归辽事。 ②岸巾：掀起头巾，露出前额。形容态度洒脱不拘。 ③元龙：东汉陈登，字元龙，深沉有大略，历任广陵太守，以平吕布功封伏波将军。许汜对刘备说："陈元龙湖海之士，豪气不除。"见《三国志·魏书·陈登传》。

谒金门

一雨扫烦暑，自漉玉友[1]，醉馀因次韵

今夜雨，扫尽一番袢暑[2]。宛似潇潇鸣远浦，短篷何日去。　　自漉床头玉醑，清兴有谁知否。反笑功名能几许，槐宫非浪语[3]。　　（以上《惜香乐府》卷四）

［注释］

①玉友：以糯米和酒麯所制之酒，色莹白如玉，故名。亦作美酒的通称。 ②袢暑：炎暑。 ③槐宫：三公之官署。《北史·邢邵传》："美榭高墉，庄严于外；槐宫棘寺，显丽于中。" 浪语：空话。

秋　景

念奴娇

客豫章秋雨怀归[1]

江城向晓，被西风揉碎，一天丝雨。乱织离愁千万缕，多少关心情绪。促织鸣时，木犀开后，秋色还如许。那堪飘泊，异乡千里孤旅。　　应想帘幕闲垂，西楼东院，齐把归期数。记得临岐收泪眼，执手叮咛言语。白酒红萸，黄花绿橘，莫等闲辜负。朱笼归骑[2]，甚时先报鹦鹉。

［注释］

①豫章：地名，即今江西南昌。 ②朱笼：红色灯笼开道，贵官之仪仗。

念奴娇

秋日牡丹

花王有意，念三秋寂寞，凄凉天气。木落烟深山雾冷，不比寻常风味。勒驾闲来，柳蒲憔悴，无限惊心事。仙容香艳，俨然春盛标致。 雅态出格天姿，风流酝藉，羞杀岩前桂。寄语芙蓉临水际，莫骋芳颜妖丽。一朵凭栏，千花退避，恼得骚人醉[1]。等闲风雨，更休僝僽容易[2]。

［注释］

①恼：惹，逗引，撩拨。 ②僝僽（chán zhòu）：摧折，折磨。 容易：轻率，随意。

声声慢

府判生辰[1]

金风玉露，绿橘黄橙，商秋爽气飘逸[2]。南斗腾光[3]，应是间生贤出。照人紫芝眉宇[4]，更仙风、谁能俦匹。细屈指，到小春时候，恰则三日。 莫论早年富贵，也休问文章，有如椽笔。尧舜逢君，启沃定知多术。而今且张锦幄，麝煤泛、暖香郁郁。华堂里，听瑶琴轻弄，水仙新律[⑤]。

[注释]

①府判：犹府佐，州长官的僚属。 ②商秋：古时以宫、商、角、徵、羽五声配四时，秋天为商声，故称。 ③“南斗”句：传说晋武帝时，斗牛间常有紫气，雷焕望气而知丰城有宝剑，掘之果得龙泉、太阿二剑。见《晋书·张华传》。此以宝剑喻贤才。 ④紫芝：比喻贤人。《淮南子·俶真训》：“巫山之上，顺风纵火，膏夏紫芝与萧艾俱死。”高诱注：“膏夏、紫芝皆喻贤智。萧、艾，贱草，皆喻不肖。” ⑤水仙：琴曲名，《水仙操》的简称。

瑞鹤仙

张宰生辰

西风蘋末起，动院落清秋，新凉如水。纤歌遏云际[①]。正美人翻曲，阳春轻丽。兰衣玉佩。拥南斗、光中一醉。有邦人、万口同声，赞叹我公恺悌[②]。　百里。年丰谷稔，事简刑清，颂声盈耳。鹏程九万，摩空展、垂天翼[③]。定丹书飞下[④]，彤墀归去，秘略家传小试[⑤]。看封留、亘古功名[⑥]，未容退避。

[注释]

①遏云：阻遏行云，喻歌声响亮美妙。《列子·汤问》：“薛谭学讴于秦青……抚节悲歌，声振林木，响遏行云。” ②恺悌：温良和易。 ③“鹏程”二句：喻前程远大，壮志凌云。语本《庄子·逍遥游》“北冥有鱼……化而为鸟，其名为鹏……怒而飞，其翼若垂天之云……抟扶摇而上者九万里”。 翼：《历代诗馀》作“翅”。 ④丹书：帝王颁发给功臣的证书。⑤秘略：深藏的谋略。张孝祥《水调歌头》：“家传《鸿宝》秘略，小试不言功。” ⑥封留：汉高祖本拟封张良三万户，良曰：“臣愿封留足矣，不敢当三万户。”乃封张良为留侯。后以“封留”喻功成身退。

满庭芳

七　夕

雨洗长空，风清云路，又还准备佳期。夜凉如水，一似去秋时。渺渺银河浪静，星桥外、香霭霏霏[①]。霞轺举[②]，鸾骖鹊驭，稳稳过飞梯。　　经年，成间阻，相逢无语，应喜应悲。怕玉绳低处[③]，依旧睽离。和我愁肠万缕，嫦娥怨、底事来迟。广寒殿，春风桂魄，首与慰相思。

[注释]

①霏霏(fēi)：香气散逸貌。　②霞轺：云车。　③玉绳：星名，低则天将晓。

水调歌头

中　秋

今夕知何夕[①]，秋色正平分。嫦娥此际、底事越样好精神[②]。已是天高气肃，那更清风洒洒，万里没纤云。把酒临风饮，酒面起红鳞。　　歌一曲，舞一曲，捧金樽。从他妄想，老兔憔悴正纷纷。我为桂花拚醉[③]，明日扶头不起，颠倒白纶巾。天若知人意，夜雨莫倾盆。

[注释]

①"今夕"句：本《诗经·唐风·绸缪》"今夕何夕，见此良人"。后多用作赞叹语。　②嫦：《历代诗馀》作"姮"。　嫦娥：传说为月中女神，本作恒娥，俗作姮娥，因避汉文帝刘恒讳而作常娥，通作嫦娥。相传为后羿之妻，羿请不死之药于西王母，姮娥窃食以奔月。　③拚醉：不惜一醉。拚，豁出去。

蓦山溪

忆古人诗云"满城风雨近重阳"，因成此词[①]

满城风雨，又是重阳近。黄菊媚清秋，倚东篱、商量开尽。红萸白酒，景物一年年，人渐远，梦还稀，赢得无穷恨。　钗分镜破，一一关方寸[②]。强醉欲消除，醉魂醒、凄凉越闷。鸳鸯宿债，偿了恶因缘，当时事，只今愁，斑尽安仁鬓[③]。

[注释]

①满城风雨近重阳：宋潘大临诗句。葛立方《韵语阳秋》卷二载，谢无逸问潘大临云："近日曾作诗否？"潘云："秋来日日是诗思，昨日捉笔得'满城风雨近重阳'之句，忽催租人至，令人意败，辄以此一句奉寄。"　②唐氏按："关"原作"开"，陆校"开"疑"关"。　③安仁鬓：用潘岳年过三十而生白髮典。

洞仙歌

木　犀

芰荷已老，菊与芙蓉未。一夜秋容上岩桂。间蘩芜、嫩黄染就琼瑰[①]，开未足，已早香传十里。　从前分付处，明月清风，不用斜晖照佳丽。叹浮花，徒解咤[②]，浅白深红，争似我、潇洒堆金积翠。看天阔、秋高露花清，见标致风流，更无尘意。

[注释]

①蘩芜：白蒿丛生。蘩，白蒿。　②解咤：只会慨叹。咤，怒声。

虞美人

中秋无月

西风明月临台榭，准拟中秋夜。一年等待到而今。为甚今宵陡顿、却无情。　　姮娥应怨孤眠苦[1]，取次为云雨。素蟾特地暗中圆[2]，未放清光容易、到仙源[3]。

[注释]

①《后汉书·天文志》："言其时星辰之变。"刘昭注："羿请无死之药于西王母，姮娥窃之以奔月……遂托身于月，是为蟾蜍。"　②素蟾：指月中蟾蜍。　③仙源：作者居处。

醉蓬莱

七月命赴漕试[1]，兰台主人饯于法回寺[2]，侍儿才卿乞词，因此赋之，题于壁

正金风无露，玉宇生凉，楚郊无暑。催起行人，恰槐黄时序[3]。万里晴霄，几人争睹，快鹏抟一举[4]。明月圆时，素秋中夜，凌云新赋。　　那更渊源，词锋轻锐，笔阵纵横，学通今古。誉望飞腾，是麟宗文虎[5]。魁荐归来，华堂香里，与管弦为主。待看明年，彤墀射策，鳌头独步[6]。

[注释]

①漕试：宋贡举考试方式之一。由转运司聚本路现任官所牒送随侍子弟和五服内亲戚，以及寓居本路士人，有官文武举人，宗女夫等，举行考试，试法同州府解试。漕试合格，即赴省试。　②兰台：御史台。　③槐黄："槐花黄"之省，古指士子忙于准备科举考试季节。唐李淖《秦中岁时记》："进士下第，当年七月复献新文求拔解，曰：'槐花黄，举子忙。'"　④"快鹏"句：用《庄子·逍遥游》鹍鹏"抟扶摇而上者九万里"之典，喻远大前

程。　⑤麟宗：此指宗室。　文虎：文场英杰。　⑥鳌头独步：状元及第。

洞仙歌

残　秋

黄花满地，庭院重阳后。天气凄清透襟袖。动离情、最苦旅馆萧条，那堪更、风剪凋零飞柳。　临岐曾执手。祝付叮咛，知会别来念人否。为多情、生怕分离，祆知道、准拟别来消瘦[①]。甚苦苦、促装赴归期，要趁他、橘绿橙黄时候。

［注释］

①祆：其义未详。《集韵》："关中谓天为祆。"

夏云峰

初秋有作

露华清。天气爽、新秋已觉凉生。朱户小窗，坐来低按秦筝。几多妖艳，都总是、白雪馀声。那更、玉肌肤韵胜，体段轻盈。　照人双眼偏明，况周郎、自来多病多情。把酒为伊，再三著意须听。销魂无语，一任侧耳与心倾。是我不卿卿，更有谁可卿卿[①]。

［注释］

①"是我"二句：王安丰对其妻曰："妇人卿婿，于礼为不敬。"其妻曰："我不卿卿，谁当卿卿。"后以喻夫妻恩爱。见《世说新语·惑溺》。

感皇恩

送林县尉

碧水浸芙容，秋风楚岸。三岁光阴转头换。且留都骑[①]，未许匆匆分散。更持杯酒殷勤劝。　休作等闲，别离人看。且对笙歌醉须拚。如君才调，掌得玉堂词翰[②]。定应不久劳州县。

[注释]

①都骑：对他人坐骑的美称。　②玉堂：宋称翰林院为玉堂。

瑞鹤仙

残秋有感

败荷擎沼面，红叶舞林梢，光阴何速。碧天静如水[①]，金风透帘幕，露清蝉伏。追思往事，念当年、悲伤宋玉[②]。渐危楼向晚，魂销处、倚遍阑干曲[③]。　凝目。一霎微雨，塞鸿声断，酒病相续。无情赏处，金井梧[④]，东篱菊[⑤]。渐兰桡归去，银蟾满夜，水村烟渡怎宿。负伊家、万愁千恨，甚时是足。

[注释]

①静：《历代诗馀》作“净”。　②悲伤宋玉：宋玉，战国时楚人。其《九辩》：“悲哉秋之为气也！萧瑟兮，草木摇落而变衰。”意为睹秋景而生悲怀伤别之情。　③处：《历代诗馀》作“空”。　④金井梧：宫廷园林中的梧桐。梧桐落叶最早，有“梧桐叶落，天下知秋”之说。　⑤东篱菊：语出陶渊明《饮酒》诗之五“采菊东篱下，悠然见南山”。

临江仙

送宜春令

万里西风吹去旆，满城无奈离情。甘棠也似戴公深[1]。晓来风露里，叶叶做秋声。　十载两番遗爱在，须知愁满宜春。楚天低处是归程。夕阳疏雨外，莫遣乱蝉鸣。

［注释］

①甘棠："周武王之灭纣，封召公于北燕……召公巡行乡邑，有棠树，决狱政事其下，自侯伯至庶人各得其所，无失职者。召公卒，而民人思召公之政，怀棠树不敢伐，歌咏之，作《甘棠》之诗。"见《史记·燕召公世家》。后以称颂循吏的美政和遗爱。

临江仙

秋日有感

枫叶白蘋秋未老，晚风吹泛轻艎。青山沥沥水茫茫。情随流水远，恨逐暮山长。　一点相思千点泪，眼前无限情伤。佳人犹自捧离觞。阳关休唱彻[1]，唱彻断人肠。

［注释］

①阳关：《阳关曲》，亦名《渭城曲》。唐诗人王维《送元二使安西》诗："渭城朝雨浥轻尘，客舍青青柳色新。劝君更尽一杯酒，西出阳关无故人。"后遂作送别之曲。　彻：结束，完。唐元稹《琵琶歌》："逡巡弹得《六玄》彻，霜刀破竹无残节。"

鹧鸪天

深秋悲感

亭树萧萧生暮凉，安排清梦到胡床[①]。楚山楚水秋江外，江北江南客恨长。　蘋渚冷，橘汀黄。断魂残梦更斜阳。欲将此日悲秋泪，洒向江天哭楚狂[②]。

[注释]

①胡床：一种可以折叠的轻便坐具。　②楚狂：本《论语·微子》"楚狂接舆歌而过孔子"。后用作狂士的通称。

蓦山溪

秋日贺张公生辰

木犀开了，还是生辰到。一笑对西风，喜人与、花容俱好。寿筵开处，香雾扑帘帏，笙簧奏[①]，星河晓，拚取金罍倒。　当年仙子，容易抛蓬岛[②]。月窟与花期，要同向、人间不老。拈枝弄蕊，此乐几时穷，一岁里，一番新，莫与蟠桃道。[③]

[注释]

①簧：原作"篁"。　②蓬岛：即蓬莱山。相传为海中仙岛。　③蟠桃道：传说西王母在瑶池举行蟠桃盛会，此借指仙境。　唐氏按：此下原有《水调歌头》（江水浸云影）一首，乃朱熹作，见《晦庵词》；又有《踏莎行》（弄影阑干）一首，乃辛弃疾作，见《稼轩长短句》卷七；又有《临江仙》（猎猎风蒲初暑过）一首，乃苏庠词，见《乐府雅词》卷下。今俱存目。

醉落魄

初夜感怀

伤离恨别，愁肠又似丁香结。不应斗顿音书绝[1]。烟水连天，何处认红叶。　　残更数尽银缸灭，边城画角声呜咽。罗衾泪滴相思血。花影移来，摇碎半窗月。

［注释］

①斗顿：突然。

好事近

秋　残

初过菊花天，饯送月宫仙客。丹桂拒霜浓淡，映眉间黄色。　　红裙歌夜饮离觞，努力赴劲敌。惟愿捷书来到，道一声都得。

菩萨蛮

七　夕

绮楼小小穿针女，秋光点点蛛丝雨。今夕是何宵[1]，龙车乌鹊桥。　　经年谋一笑，岂解令人巧[2]。不用问如何，人间巧更多。

［注释］

①“今夕”句：本《诗经·唐风·绸缪》“今夕何夕，见此良人”。　②令人巧：相传农历七月七日牛郎织女向人间传授智巧，故民间有乞巧的风俗。

卜算子

秋 深

凉夜竹堂空，小睡匆匆醒。庭院无人月上阶，满地栏干影。　　何处最知秋，风在梧桐井[1]。夜半骖鸾弄玉笙[2]，露湿衣裳冷。

[注释]

①梧桐井：种植梧桐的庭院。　②“夜半”句：本韩愈《送桂州严大夫》诗“远胜登仙去，飞鸾不暇骖”。

点绛唇

蓼岸西风，小舟江上渔歌唱。倚栏凝想。幂幂云垂帐。　　好事因循，寂寞闲惆怅。如何向[1]，又来心上，空向高亭望。

[注释]

①如何向：犹如之何。向，语尾助词。

好事近

秋 晚

淅淅蓼花风，怪道晓来凄恻。翻见密云抛雨，动一山秋色。　　从前多感为伤时，无处顿然寂。个事已寒前约[1]，只晚阴凝碧。

[注释]

①寒前约：终止盟约。《左传·哀公十二年》：“寡君以为苟有盟焉，

弗可改也已……若可寻也，亦可寒也。”杜预注：“寒，歇也。”

品令

秋日感怀

情难托。离愁重、悄愁没处安著。那堪更、一叶知秋后，天色儿、渐冷落。　　马上征衫频揾泪，一半斑斑污却。别来为、思忆叮咛语，空赢得、瘦如削。

[集评]

丁绍仪云：“词中换头句扼一篇之要，故分段不容稍混。乃《词律》有不知旧本之误，而误分未分者。亦有明知其误而未经订正者。……赵长卿‘情难托’、‘好事客’二词，调系《品令》，乃沿汲古阁谬注，误列《思越人》又一体。”（《听秋声馆词话》卷十四）

小重山

秋　雨

一夜西风响翠条。碧纱窗外雨，长凉飙。朝来绿涨水平桥[①]。添清景，疏韵入芭蕉[②]。　　坐久篆烟销。多情人去后，信音遥。即今消瘦沈郎腰[③]。悲秋切，虚度可人宵。

[注释]

①唐氏按：“朝”原作“潮”，陆校“潮”疑“朝”。　②唐氏按：“疏”下原有“雨”字。陆校“雨”字重上，且按调宜去。　③沈郎腰：《梁书·沈约传》载，沈约以书向徐勉陈情，言己老病，曰：“百日数旬，革带常应移孔，以手握臂，率计月小半分。”后以“沈郎腰”指腰围瘦减。

采桑子

岩 桂

去年岩桂花香里，著意非常。月在东厢，酒与繁华一色黄。　今年杯酒流连处，银烛交光。往事难忘，待把真诚问阿郎。

朝中措

曾端行，予与之往还。一日作楼于南山，仙源醉赏，酒中作词，书于壁。坐前数妓乞词而歌，以劝大白①。因有所感，再和前韵。　秋景

柳林幂幂暮烟斜，秋水浅平沙。楼外碧天无际，紫山断处横霞。　星稀渐觉，东檐隐月，凉到窗纱。多少伤怀往事，隔溪灯火人家。

[注释]

①大白：大酒杯。刘向《说苑·善说》："魏文侯与大夫饮酒，使公乘不仁为觞政，曰：'饮不酹者，浮以大白。'"

朝中措

和

征帆一缕转弯斜，惊鹭起汀沙。点点随风逆上，满江飞破残霞。　楼前光景，楼心红粉，蝉翼轻纱①。却忆钱塘江上②，曲栏横槛他家。

[注释]

①蝉翼：借指蝉鬓，两鬓薄如蝉翼，故称。　②钱塘江：浙江至旧钱塘

县（今杭州市）境称钱塘江。

洞仙歌

东园朱去年三兄弟，同处十年，俱取乡荐[①]，故余与之为莫逆交。园有岩桂数亩，至秋日花开月满，携壶来赏，如到广寒宫殿，因赋此

广寒宫殿，不在人间世。分付天香与岩桂。向西风、摇曳处，数十里知闻，金翠里、别有出群标致。　东园盛事[②]。五亩浓阴芘[③]。必以诗书取荣贵。况一门，三秀才，未足钦崇，那更是、异性同居兄弟。更细把、繁英祝姮娥，看禹浪飞腾[④]，定应来岁。

[注释]

①乡荐：唐代应进士试，由州县地方官荐举称乡荐，后用以称乡试中试。　②东园：在今江苏仪征市东。宋施昌言建。欧阳修作《真州东园记》，蔡襄书。后人称园、记、书为三绝。此代指朱氏园。　③芘：通“庇”，遮蔽。　④禹浪：比喻时势际会，人得因缘升迁。禹门，又称龙门，水险浪急，传说鱼鳖之类皆不能上，上即成龙，后喻科举及第为冲禹门，亦称登龙门。范仲淹《赠范秀才》诗：“明年桃李开，禹浪如霞高。之子可变化，咫尺登金鳌。”

似娘儿

残　秋

橘绿与橙黄。近小春、已过重阳[①]。晚来一霎霏微雨，单衣渐觉，西风冷也，无限情伤。　孤馆最凄凉。天色儿、苦恁悽惶。离愁一枕灯残后，睡来不是，行行坐坐，月在迴廊。

[注释]

①小春:农历十月,也称小阳春,欧阳修《渔家傲》词:“十月小春梅蕊绽,红炉画阁新装遍。”

蝶恋花

深 秋

一梦十年劳忆记。社燕宾鸿,来去何容易。宿酒半醒便午睡,芭蕉叶映纱窗翠。　　衬粉泥书双合字[1]。鸾凰鸳鸯,总是双双意。已作吹箫长久计,鸳衾空有中宵泪。

[注释]

①泥书:泥封的书函。

夜行船

送胡彦直归槐溪

泪眼江头看锦树,别离又还秋暮。细水浮浮,轻风冉冉,稳送扁舟去。　　归去江山应得助,新诗定须多赋。有雁南来,槐溪千万,寄我惊人句。

清平乐

秋 暮

鸿来燕去,又是秋光暮。冉冉流年嗟暗度,这心事还无据。　　寒窗露冷风清,旅魂幽梦频惊。何日利名俱赛[1],为予笑下愁城[2]。

[注释]

①俱赛：俱已实现。赛，噉通，甚也。　②愁城：喻愁苦难消的心境，庾信《愁赋》："攻许愁城终不破，荡许愁门终不开。"

清平乐

秋容眼界，随寓浑堪爱。远岫连天横淡霭，望断孤鸿飞外。　夕阳红树林坰[①]，重重锦障横陈。一段江南景色，倩谁为下丹青。

[注释]

①林坰：郊野。《尔雅》："野外谓之林，林外谓之坰。"

一剪梅

秋雨感悲

霁霭迷空晓未收。羁馆残灯，永夜悲秋。梧桐叶上三更雨，别是人间一段愁[①]。　睡又不成梦又休。多愁多病，当甚风流。真情一点苦萦人，才下眉尖，恰上心头[②]。

[注释]

①"梧桐"二句：语出温庭筠《更漏子》词"梧桐树，三更雨，不道离情正苦"。　②"真情"三句：语出李清照《一剪梅》词"此情无计可消除，才下眉头，却上心头"。

南歌子

道中直重九

此日知何日，他乡忆故乡。乱山深处过重阳。走马吹花、无复少年狂。　　黄菊擎枝重，红茱湿露香。扁舟随雁过潇湘。遥想莱庭、应恨不同觞①。

[注释]

①莱庭：代指家中。老莱子孝养典，见《艺文类聚》引《列女传》。

醉花阴

建康重九

老去悲秋人转瘦，更异乡重九。人意自凄凉，只有茱萸，岁岁香依旧。　　登高无奈空搔首，落照归鸦后。六代旧江山①，满眼兴亡，一洗黄花酒。

[注释]

①六代：指东晋、吴、宋、齐、梁、陈六朝，均都建康，故址在今江苏南京。

菩萨蛮

秋雨船中

西风转柂蒹葭浦①，客愁生怕秋阑雨②。衾冷梦魂惊，声声滴到明。　　不眠欹枕听，故故添新恨③。新恨有谁知，天寒雁正稀。

[注释]

①转柂：转舵。　②秋阑：秋末，深秋。　③故故：常常、屡屡。

菩萨蛮

秋老江行

炊烟一点孤村迥，娇云敛尽天容净。雁字忽横秋，秋江泻客愁。　银钩空寄恨[①]，恨满凭谁问。袖手立西风，舟行秋色中。

[注释]

①银钩：指斜月。李弥逊《游梅坡席下杂酬》诗："竹篱茅屋倾樽酒，坐看银钩上晚川。"铁雪银钩，亦指书法遒劲。

浣溪沙

早　秋

雨滴梧桐点点愁，冷催秋色上帘钩。蛩声何事早知秋。　一夜凉风惊去燕，满川晴涨漾轻鸥。怀人千里思悠悠。

（以上《惜香乐府》卷五）

冬　景

满庭芳

十月念六日大雪，作此呈社人[①]

晚色沉沉，雨声寂寞，夜寒初冻云头。晓来阶砌，一捻冷光浮。目断江天霭霭，低迷映、绿竹修修。多才客，高吟柳絮，还更上层楼。　烹茶，新试水，人间清楚，物外遨游。胜似他、销金暖帐情柔。细看流风回舞，终日价、浅酌轻讴[②]。醺醺地，美人翻曲，消尽古今愁。

[注释]

①念六:廿六,二十六。 社人:同社诗友。

御街行

夜雨

晚来无奈伤心处。见红叶、随风舞。解鞍还向乱山深,黄昏后、不成情绪。先来离恨,打叠不下,天气还凄楚。 风儿住后云来去,装撰些儿雨[①]。无眠托首对孤灯,好语向谁分付。从来烦恼,吓得胆碎,此度难担负。

[注释]

①装撰:酝酿出。

有有令

岁残

前山减翠。疏竹度轻风,日移金影碎。还又年华暮,看看是、新春至。那更堪、有个人人,似花似玉,温柔伶俐。 准拟。思情忔戏[①]。拈弄上、则人难比[②]。我也埋根竖柱,你也争些气。大家一捺头地。美中更美。厮守定、共伊百岁。

[注释]

①忔戏:可爱,美满。 ②唐氏按:陆校"则"疑"别"。

摊破丑奴儿

梅词

树头红叶飞都尽，景物凄凉，秀出群芳，又见江梅浅淡妆。也啰，真个是、可人香。　　兰魂蕙魄应羞死，独占风光，梦断高堂，月送疏枝过女墙。也啰，真个是、可人香。

［集评］

李调元云："赵长卿《摊破丑奴儿》词'也啰，真个是可人香'，'也啰'二字，乃歌词助语辞。南曲《水红花》亦用此二字。按佛经，啰作罗打切，俗语亦有啰哩啰嗹之说。而向来南曲俱唱作'罗'字音。按《浣沙记》有唱'一声水红花也啰'，不知曲中有'月明千里故人来也啰'，仍叶罗打切也。"（《雨村词话》卷一）

临江仙

日暮舟中，月明，寒甚，忆暖春围炉

日欲低时江景好，暮山紫翠重重。钓筒收尽碧潭空。一船霜夜月，两岸荻花风。　　遥忆暖春新向火，黄昏下了帘栊。水村渔浦舣孤篷①。单衾愁梦断，无梦转愁浓。

［注释］

①舣孤篷：船靠岸曰舣。

南歌子

夜坐

霜结凝寒夜，星辉识晓晴。兰膏重剔且教明。为照梢头香缕、一丝轻。　坐久看看困，新词缀未成。梅花熏得酒初醒。更向耳边低道、月三更。

永遇乐

霜　词

宵露珠零，溅冰花薄，凝瑞偏早。月练轻翻，风刀碎剪，青女呈纤巧[①]。微丹枫缬[②]，低摧蕉尾，不觉半池莲倒。最好是、千林橘柚，轻黄一村封了。　佳人指冷，暗惊罗幕，一夜斜飞多少。怕倚银屏，愁看玉砌，金菊鲜鲜晓。伤嗟傅粉[③]，佳期还未，何处冷沾衣透。争知人、临鸾试罢，与梅共瘦。

[注释]

①青女：神话中的霜雪之神。《淮南子·天文训》："至秋三月……青女乃出，以降霜雪。"　②缬(xié)：彩色花纹。　③傅粉：搽粉。

玉蝴蝶

雪　词

片片空中剪水，巧妆春色，照耀江湖。渐觉花球转柳，荚阵飞榆。散银杯、时时逐马[①]。翻缟带、一一随车[②]。遍帘隅。寒生冰箸，光剖明珠。　应须。浅斟低唱，毡垂红帐，兽爇金炉。更向高楼，纵观吟醉谢娘扶。静时闻、竹声岩谷，漫不见、禽影江湖。尽踌躇。歌阑宝玉，赋就相如。

[注释]

①唐氏按："马"原作"鸟"，陆校"鸟"疑"马"。　银杯：马在雪上踏出的蹄印。　②缟带：指翻飞的雪花。韩愈《咏雪赠张籍》："随车翻缟带，逐马散银杯。"

潇湘夜雨

灯　词

斜点银釭，高擎莲炬，夜寒不奈微风。重重帘幕掩堂中。香渐远、长烟袅穟，光不定、寒影摇红。偏奇处，当庭月暗，吐焰如虹。　红裳呈艳丽。□娥一见[1]，无奈狂踪。试烦他纤手，卷上纱笼。开正好、银花照夜，堆不尽、金粟凝空[2]。叮咛语，频将好事，来报主人公。

[注释]

①唐氏按：陆校"娥"字上疑脱一字。　②金粟：灯花。韩愈《咏灯花同侯十一》诗："黄里排金粟，钗头缀玉虫。"

念奴娇

夜寒有感

据炉肃坐，听瓶笙、别有天然宫徵[1]。纸帐屏山浑不俗，写出江南烟水。爇短灯青，灰闲香软，所欠惟梅矣。风飞无定，数声时颤窗纸。　试问夜已何其，呼童起看，月上东墙未。天外忽闻征雁过，还把音书来寄。短笠埋烟，轻蓑鸣雨，已办征船计。放教归去，故乡江上鱼美。

[注释]

①瓶笙：水沸作声，美名之曰瓶笙。　宫徵（zhǐ）：宫、商、角、徵、羽，

为古乐音阶,此指乐声。

[集评]

卓人月云:“《水经注》:‘倾涧怀烟,泉溪引雾。’此‘埋’字尤奇。”(《古今词统》卷十三)

摊破丑奴儿

冬日有感

又是两分携。憔悴损、看怎医治。烟村一带寒红绕[1],悲风红叶,残阳暮草,还似年时。　　愁绪暗犹夷。谩屈指、数遍归期。短檠灯烬无人问,此时只有,窗前素月,刚伴相思。

[注释]

①《全宋词》注:“红”字疑“江”字之讹。

柳梢青

过何郎石见早梅[1]

云暗天低。枫林凋翠,寒雁声悲。茅店儿前,竹篱巴后,初见横枝。　　盈盈粉面香肌。记月榭,当年见伊。有恨难传,无肠可断,立马多时。

[注释]

①何郎石:地名,未详所在何地。

祝英台近

武陵寄暖红诸院

记临歧，销黯处，离恨惨歌舞。恰是江梅，开遍小春暮。断肠一曲金衣[1]，两行玉箸[2]，酒阑后、欲行难去。　恶情绪。因念锦幄香奁，别来负情素。冷落深闺，知解怨人否。料应宝瑟慵弹，露花懒傅，对鸾镜、终朝凝伫。

[注释]

①金衣：《金缕衣》曲。　②玉箸：喻眼泪。梁刘孝威《独不见》诗："谁怜双玉箸，流面复流襟。"

点绛唇

夜饮青云楼，闻更漏近，如在脚底，因思向事[1]，追念故作

瓦湿鸳鸯，夜深霜重江风冷。月华明映，清浸梅梢粉。　漏断寒浓，惹起当年恨。君休问，雁飞欲尽。没个南来信。

[注释]

①向事：前事，往事。

点绛唇

当日相逢，枕衾清夜纱窗冷。翠梅低映，汗湿香腮粉。　美满风情，结下无穷恨。凭谁问，此心难尽，说与他争信[1]。

[注释]

①争信:怎信。

点绛唇

对景有感

雪霁山横,翠涛拥起千重恨。砌成愁闷,那更梅花褪。　　凤管云笙,无不萦方寸。叮咛问,泪痕羞揾,界破香腮粉[①]。

[注释]

①界破:划破。指露出泪痕。

柳梢青

东园醉作梅词

千林落叶声声悲,听凄惨、江皋雁飞。难似玉肌,总惊花貌,压倒芳菲。　　香心吐尽因谁,料调鼎、工夫易期。休唱阳关,莫歌白雪,雨泪沾衣。

西江月

雪江见红梅对酒

背日犹馀残雪,向阳初绽红梅。腊寒那事更相宜,醉了还醒又醉。　　堪笑多愁早老,管他闲是闲非。对花酌酒两忘机,唱个哩啰啰哩[①]。

[注释]

①哩啰啰哩:歌曲泛声衬字,犹言这个那个。

眼儿媚

霜夜对月

一钩新月照西楼，清夜思悠悠。那堪更被，征鸿嘹唳，绊惹离愁。　　倚栏不语情如醉，都总寄眉头。从前只为，惜他伶俐，举措风流。

别　怨

霜　寒

娇马频嘶，晓霜浓、寒色侵衣。凤帏私语处，翻成离怨不胜悲。更与叮咛祝后期。　　素约谐心事，重来了、比看相思。如何见得，明年春事浓时。稳乘金腰袅[1]，来烂醉、玉东西[2]。

[注释]

①金腰袅(niǎo)：骏马名。　②玉东西：玉酒杯。

减字木兰花

冬日饮别赵德远[1]

小春天气[2]，未唱阳关心已醉。红蓼秋容，后会何时得再逢。　　归朝好事，仰看皇州扬雨露。百里恩波，拟欲留公无奈何。

[注释]

①赵德远：名楷，仁和县丞。　②小春：十月小阳春。

好事近

饯赵知丞席上作

去路马蹄轻，正是小春时节。爱日暖烘江树，缀梅梢新雪。　　范滂揽辔正澄清[1]，知我公明洁。分此仁风恺悌[2]，济邻邦欢悦。

[注释]

①范滂：东汉汝南人，举孝廉。时冀州饥荒，民所至起义。滂为清诏使，有意澄清吏治。每至州境，贪污之守令皆闻风离去。以得罪宦官，系黄门北封狱，事释得归。灵帝建宁二年，大杀党人，诏下急捕滂等，自诣狱。滂母与诀，曰："汝今得与李（膺）杜（密）齐名，死亦何恨！"见《后汉书·党锢传》。　②仁风：形容恩泽如风之流布。旧时多用以颂扬帝王或地方长官的德政。《后汉书·章帝纪》："功烈光于四海，仁风行于千载。"恺悌：和乐简易。《左传·僖公十二年》："恺悌君子，神所劳矣！"注："恺，乐也；悌，易也。"

霜天晓角

霜夜小酌

閤儿幽静处[1]，围炉面小窗。好是鬥头儿坐[2]，梅烟炷、返魂香。　　对火怯夜冷，猛饮消漏长。饮罢且收拾睡，斜月照、满帘霜。

[注释]

①閤：阁。　②鬥头：头碰头，脸对脸。

鹧鸪天

腊　夜

宝篆龙煤烧欲残①，细听铜漏已更阑。纱窗斜月移梅影，特地笼灯仔细看。　　幽梦断，旧盟寒。那时屈曲小屏山。风光得似而今不，肯把花枝作等闲。

[注释]

①宝篆：形容香炉之烟曲折上升，状如篆体。秦观《海棠春》词："翠被晚寒轻，宝篆沉烟袅。"　龙煤：香料。

蓦山溪

和曹元宠赋梅韵①

玉妃整佩②，绛节参差御。一笑唤春回，正江南、天寒岁暮。孤标独立，占断世间香，云屋冷，雪篱深，长记西湖路。　　人间尘土，不是留花处。羌管一声催，碎琼瑶、纷纷似雨。枝头著子，聊与世调羹③，功就后，盍归休，还记来时不。

[注释]

①曹元宠：即曹组，原唱见其《蓦山溪·洗妆真态》。　②玉妃：指梅花。唐皮日休《行次野梅》："茑拂萝捎一树梅，玉妃无侣独裴回。"　③调羹：典出《尚书·说命》，宰辅理政。

浣溪沙

赋　梅

雪压前村曲径迷，万山寒立玉参差。孤舟独钓一蓑归[①]。　别坞时听风折竹，断桥闲看水流澌。一枝冻蕊出疏篱。

［注释］

①"雪压"三句：化用柳宗元《江雪》"千山鸟飞绝，万径人踪灭。孤舟蓑笠翁，独钓寒江雪"诗意。　玉：指积雪。

浣溪沙

初　冬

风卷霜林叶叶飞，雁横寒影一行低。淡烟衰草不胜诗。　白酒已篘浮蚁熟[①]，黄鸡未老藁头肥。问侬不醉待何时。

［注释］

①篘：滤酒竹器。　浮蚁：酒沫。

浣溪沙

腊　梅

忆为梅花醉不醒，断桥流水去无声。鹭翘沙嘴亦多情。　疏影卧波波不动，暗香浮月月微明[①]。高楼羌管未须横。

［注释］

①"疏影"二句：化用林逋《山园小梅》"疏影横斜水清浅，暗香浮动月黄昏"句意。

点绛唇

月　夜

离绪千重，角声偏著羁人枕。那堪酒醒，句引愁难整[1]。　门锁黄昏，月浸梅花冷。人初静，斗垂天迥[2]，雁落清江影[3]。

[注释]

①句引：勾引。“句”通“勾”。　②斗：指北斗星。

鹧鸪天

霜　夜

门外寒江泊小船，月明留客小窗前。夜香烧尽更声远，斗帐低垂暖意生[1]。　醺著酒，炙些灯。伴他针线懒成眠。情知今夜鸳鸯梦，不似孤篷宿雁边。

[注释]

①斗帐：小帐。形如覆斗，故称。　注者按：此句以“生”字收韵，与前词不合，下句“灯”字亦同。

望江南

霜天有感

山又水，云岫插峰峦。断雁飞时霜月冷，乱鸦啼处日衔山，疑在画图间。　金乌转，游子损朱颜。别泪盈襟双袖湿，春心不放两眉闲。此去几时还。[1]

[注释]

①唐氏按:此下原有《玉楼春》"寻真误入桃源洞"一首,乃石孝友作,见《金谷遗音》;又有《鹊桥仙》"溪清水浅"一首,乃朱敦儒作,见《樵歌》卷上,今存目。

菩萨蛮

初冬旅思

枫林飒飒凋寒叶,汀蘋败蓼遥相接。景物已非秋,凄凉动客愁。　还家贫亦好,肯厌杯中草[①]。香饭滑流匙,三登快乐时。[②]

[注释]

①杯中草:劣酒。　②三登:指三秋五谷丰登。

菩萨蛮

霜天旅思

霜风飒飒溪山碧,寒波一望伤行色。落日淡荒村,人家半掩门。　孤舟移野渡,古木栖鸦聚。著雨晚风酸[①],貂裘不奈寒。

[注释]

①酸:悲凄刺人。李贺《金铜仙人辞汉歌》:"东关酸风射眸子。"

菩萨蛮

初　冬

败荷倒尽芙蓉老,寒光黯淡迷衰草。行客易销魂,笛飞何处村。　云寒天借碧，树瘦烟笼直。若个是乡关，夕阳西去山。

阮郎归

客中见梅

年年为客遍天涯，梦迟归路赊。无端星月浸窗纱，一枝寒影斜。　肠未断，鬓先华，新来瘦转加。角声吹彻小梅花①，夜长人忆家。

[注释]

①彻：完，结束。　小梅花：笛曲名。《乐府诗集·梅花落》郭茂倩题解："《梅花落》本笛中曲也。按唐大角曲，亦有《大单于》、《小单于》、《大梅花》、《小梅花》等曲，今其声犹有存焉。"

霜天晓角

咏　梅

香来不歇，谁把南枝折。的砾疏花初破①，都因是、夜来雪。　清绝，十分绝，孤标难细说。独立野塘清浅，谁作伴②，空夜月。

[注释]

①的砾：光亮，鲜明貌。　②唐氏按："伴"原作"半"，陆校"半"疑"伴"。

霜天晓角

和　梅

雪花飞歇，好向前村折。行至断桥斜处①，寒蕊瘦，不禁雪。　　韵绝，香更绝，归来人共说。最爱夜堂深迥，疏影占、半窗月。

[注释]

①断桥：在浙江杭州西湖白沙堤上，林逋居处孤山附近。

菩萨蛮

初冬旅中

客帆卸尽风初定，夜空霜落吴江冷。幸自不思归，无端乌夜啼。　　鸡鸣残月落，到枕秋声恶。有酒不须斟，酒深愁转深。

忆秦娥

初　冬

寒萧索，征鸿过尽离怀恶。离怀恶，江空天迥，夜寒枫落。　　有人应误刀头约[1]，情深翻恨郎情薄。郎情薄，梦回长是，半床闲却。

[注释]

①刀头："还"的隐语，还归之意。刀头有环，环、还音同。唐徐彦伯《鼓吹曲辞·芳树》："蒿砧刀头未有时，攀条拭泪坐相思。"

如梦令

汉上晚步

何处一声鸣橹，惊起满川寒鹭。一著画难成，雪霁乱山无数。且住，且住，数遍溪南烟树。

（以上《惜香乐府》卷六）

总　词

水龙吟

仙源居士有武林之行，因与一二友携酒赏月，饮于县桥之中，乃即事为之词

危楼横枕清江上，两岸碧山如画。夕烟幂幂，晚灯点点，楼台新夜。明月当天，白沙流水，冷光连野。浸栏干万顷，琉璃软皱，打渔艇、相高下①。　何处一声羌管，是谁家、倚楼人也②。多情对景，无言有恨，欲歌还罢。把酒临筵，阿谁知我，此怀难写。忍思量后夜，芳容不似，暗尘随马③。

[注释]

①渔：《历代诗馀》作“鱼”。　②“何处”二句：化用赵嘏《长安秋望》“长笛一声人倚楼”句意。　③暗尘：积尘。前蜀薛昭蕴《小重山》词：“思君切，罗幌暗尘生。”

[集评]

俞陛云云：“《惜香集》中长调，虽转折分明而少蕴藉。此词清空一气，‘阑干’、‘渔艇’句写水边风物如画。下阕结句愿作‘暗尘随马’，似《闲情赋》之‘愿在屦而为丝’，皆情至之语。誉之者谓视徽宗‘则迥出云霄’。然如徽宗词之‘和梦也新来不做’，其情文不让长卿也。”（《唐五代两宋词选释》）

水调歌头

元日客宁都①

离愁晚如织，托酒与消磨。奈何酒薄愁重，越醉越愁多。忍对碧天好夜，皓月流光无际，光影转庭柯。有恨空垂泪，无语但悲歌。　　因凝想，从别后，蹙双[蛾]②。春来底事，孤负紫袖与红靴③。速整雕鞍归去，著意浅斟低唱，细看小婆娑。万蕊千花里，一任玉颜酡④。

[注释]

①宁都：在今江西宁都县。　②蹙：原作“促”。　蛾：原作“娥”。《历代诗馀》作“促双蛾”。　③唐氏按：“红”原作“江”，陆校“江”疑“红”。　④唐氏按：“酡”原作“驼”，陆校“驼”疑“酡”。

水龙吟

江楼席上，歌姬盼盼翠鬟侑樽，酒行。弹琵琶曲，舞梁州，醉语赠之①

酒潮匀颊双眸溜。美映远山横秀。风流俊雅，娇痴体态，眼前稀有。莲步弯弯，移归拍里，凌波难偶。对仙源醉眼，玉纤笼巧，拨新声、鱼纹皱。　　我自多情多病，对人前、只推伤酒。瞒他不得，诗情懒倦，沈腰消瘦②。多谢东君③，殷勤知我，曲翻红袖。拚来朝又是，扶头不起，江楼知不。

[注释]

①梁州：唐教坊曲名。顾况《李湖州孺人弹筝歌》：“独把梁州凡几拍，风沙对面胡秦隔。”　②沈腰：用南朝梁沈约消瘦，腰带日渐宽长之典。　③东君：司春之神。唐成彦雄《柳枝词》：“东君爱惜与先春，草泽

无人处也新。"

念奴娇

小饮江亭有作

夕阳低尽，望楚天空阔，稀星帘幕。暮霭横江烟万缕，照水参差楼阁。两两三三，楼前归鹭，飞过栏干角。霜风何事，绕檐吹动寂寞。　消散我已忘机[1]。而今百念，灰了心头火。对酒当歌浑冷淡。一任他懑嗔恶[2]。松竹园林，柳梧庭院，自有人间乐。闲云休问，去来本是无著。

[注释]

①忘机：忘却巧诈之机，与世无争。　②他懑：同"他们"。

水调歌头

遣　怀

贪痴无了日，人事没休期。白驹过隙[1]，百岁能得几多时。自古腰金结绶，著意经营辛苦，回首不胜悲。名未能安稳，身已致倾危。　空剜刻，休巧诈，莫心欺。须知天定，只见高冢与新碑。我已从头识破，赢得当歌临酒[2]，欢笑且随宜。较甚荣和辱，争甚是和非。

[注释]

①白驹过隙：形容时间过得极快。语出《庄子·知北游》"人生天地之间，若白驹之过隙，忽然而已"。　②当歌临酒：本曹操《短歌行》"对酒当歌，人生几何"。

水龙吟

自　遣

嗾曾著意斟量过[①],天下事、无穷尽。贪荣贪富,朝思夕计,空劳方寸。蹑足封王,功名盖世,谁如韩信[②]。更堆金积玉,石崇豪侈[③],当时望、倾西晋。　　长乐宫中一叹[④],又何须累累悬印[⑤]。坠楼效死[⑥],轻车东市[⑦],头膏血刃。尤物虚名于身何补[⑧],一齐休问。遇当歌临酒,舒眉展眼,且随缘分。

[注释]

①嗾(shà):连词,相当于"虽然"。　②韩信:秦末淮阴人,初从项羽,后归刘邦,拜为大将,汉五年与汉师败项羽于垓下,信封楚王。六年,有人告信谋反,降为淮阴侯。十一年为吕后所杀。　③石崇:晋南皮人,历任散骑常侍、荆州刺史等职。于河阳置金谷园,奢靡成风,与贵戚王恺、羊琇等以豪侈相尚。永嘉元年赵王司马伦废杀贾后等,崇以党与免官,后被杀。　④"长乐"句:长乐宫为太后居地,故址在今陕西西安市西北郊。此句暗指赵王司马伦杀贾后事。　⑤唐氏按:"累累"原作"累",陆校"累"疑"累累"。　⑥"坠楼"句:石崇有歌伎绿珠,善吹笛。赵王司马伦嬖臣孙秀向崇求绿珠,崇不许,后石崇被逮,绿珠跳楼自杀。见《晋书·石崇传》。　坠:原作"吹"。　⑦"轻车"句:汉李广从弟李蔡为郎,事武帝。元朔中,为轻车将军,击右贤王,有功,封安乐侯,为丞相,位至三公。后坐侵景帝园壖地,当下吏,遂自杀。　东市:汉代于长安东市处决犯人。汉景帝时,御史大夫晁错衣朝衣斩于东市。　⑧尤物:指绝色美女。

蓦山溪

午坐壶天冰雪[①],风传琵琶,有感而作

壶天冰雪,消尽虚堂暑。多谢故人风,送花香传小树[②]。香风初过,一曲断肠声,如怨诉。诉闲愁,落落琵琶

语。　　江边马上，弹指成千古。泪眼与啼妆，叹风流、只今何处。芳心役损，触事起悲酸，招玉素。拨檀槽[3]，整理金衣缕[4]。

［注释］

①壶天冰雪：当是赵长卿消暑堂名。　②唐氏按：陆校，有脱字，应在“花”字上下。　③檀槽：以紫檀木为琵琶等乐器上架弦的槽格。此代指琵琶。　④金衣缕：即《金缕衣》，曲名。

念奴娇

席上即事

精神俊雅，更那堪、天与风流标格。罗绮丛中偏艳冶，偷处教人怜惜。目剪秋波，指纤春笋，新样冠儿直。高唐云雨[1]，甚人有分消得。　　忔戏笑里含羞[2]，回眸低盼，此意谁能识。密约幽欢空怅望，何日能谐端的[3]。玳席歌馀，兰堂香散，此际愁知织。人归空对，晚阴庭树横碧。

［注释］

①高唐云雨：楚台观名，在云梦泽中。宋玉有《高唐赋》，描写楚襄王游高唐时梦中与巫山神女欢会情景。　②忔戏：可爱，美好。　③端的：真的。此指男女欢爱。

瑞鹤仙

归宁都，因成，寄暖香诸院

无言屈指也。算年年底事，长为旅也。悽惶受尽也。把良辰美景，总成虚也。自嗟叹也。这情怀、如何诉也。

谩愁明怕暗，单栖独宿，怎生禁也。　　闲也。有时临镜，渐觉形容，日消减也。光阴换也。空辜负、少年也。念仙源深处，暖香小院，赢得群花怨也。是亏他见了，多教骂几句也。

［集评］

张德瀛云："福唐体者，即独木桥体也，创自北宋。黄鲁直《阮郎归》用'山'字，辛稼轩《柳梢青》用'难'字，赵惜香《瑞鹤仙》用'也'字，均然。……此亦如今体诗之辘轳格、壶卢格，乃偶然托兴者。必踵其辙，则为恶境矣。"(《词徵》卷一)

蓦山溪

遣　怀

无非无是，好个闲居士。衣食不求人，又识得、三文两字。不贪不伪，一味乐天真，三径里，四时花，随分堪游戏。　　学些沓拖，也似没意志。诗酒度流年，熟谙得、无争三昧[①]。风波岐路，成败霎时间，你富贵，你荣华，我自关门睡。

［注释］

①三昧：佛教为"正定"之意，此指奥妙、诀窍。

青玉案

德远归越，因作此饯行

东门杨柳空盈路，系得征鞍能驻不。暗绿枝头新过雨。柔丝千尺，乱莺百啭，似怨行人去。　　行人去后知何处，去向天边篷鹓鹭[①]。瑶管琼台多雅趣。花砖稳上[②]，玉阶阔步，肯念人尘土。

[注释]

①天边：指朝廷。　簉（zào）鹓鹭：形容百官朝见时整齐的行列。簉：至。　②花砖：唐时上朝，有花砖道通向班列。为学士入值之道。花砖稳上：指官运亨通。

虞美人

江乡对景

雨声破晓催行桨，拍拍溪流长。绿杨绕岸水痕斜。恰似画桥西畔、那人家。　　人家楼阁临江渚，应是停歌舞。珠帘整日不闲钩，目断征帆、犹未识归舟①。

[注释]

①"目断"句：化用谢朓《之宣城郡出新林浦向板桥》诗"天际识归舟，云中辨江树"，温庭筠《梦江南》词"过尽千帆皆不是，斜晖脉脉水悠悠"之意。

[集评]

俞陛云云："偶写舟行所见，与唐人诗'正是客心孤迥处，谁家红袖倚江楼'其闲情相似。但诗则仅言倚楼人，此则并为楼中人设想。结句有温飞卿'过尽千帆皆不是'之意。前、后段贯注一气，是其胜处。"（《唐五代两宋词选释》）

虞美人

送　别

灯前忍见啼红面，别酒频斟劝。愁蛾敛翠不胜情①，报道看看天色、待平明。　　殷勤重把阳关唱，休要教人望。出门犹自尚叮咛,厮养频催恰好、趁凉行[②]。

[注释]

①蛾:原作“娥”。 ②厮养:犹厮役。

临江仙

杨 柳

十里春风杨柳路,年年带雨披云。柔条万缕不胜情。还将无意眼,识遍有心人。　　饿损宫腰终不似[①],效颦总是难成[②]。只愁秋色入高林。残蝉和落叶,此际不堪论。

[注释]

①饿损宫腰:“楚王好细腰,宫中多饿死。”见《后汉书·马廖传》。②效颦:“故西施病心而颦其里,其里之丑人见而美之,归亦捧心而颦其里,其里之富人见之,坚闭门而不出,贫人见之,挈妻子而去之。彼知颦美而不知颦之所以美。”见《庄子·天运》。

渔家傲

旅中远思

客里情怀谁可表,凄凉举目知多少。强饮强歌还强笑。心悄悄,从头彻底思量了。　　当日相逢非草草,果然恩爱成烦恼。稳整征鞍归去好。重厮守[①],相期待与同偕老。

[注释]

①厮守:互相作伴。

江神子

述　情

当时得意两心齐。绮窗西，共于飞[1]。拂掠宫妆，长与画新眉[2]。一自别来烟水阔，愁易积，梦还稀。　相逢恰似旧家时。恨依依，语低低。多少关情，冷暖有谁知。只此定应谐素愿，但指日，约鸾栖[3]。

[注释]

①于飞：比翼而飞。两相恩爱之意。　②画新眉：用《汉书·张敞传》“为妇画眉”典。喻恩爱。　③鸾栖：双栖。

御街行

柯山故人别后改图[1]，因作此

香熏斗帐相逢乍，正宫漏、沉沉夜。月飞梅影上帘栊，标致风流娇雅。眼波横浸，照人百媚，无限叮咛话。

玉鞍门上嘶归马，趱行色、难留也[2]。别来花艳不禁春，浪向东风轻嫁。空馀小院，博山修竹，依旧窗儿下。

[注释]

①柯山故人：据词意当指已改嫁之旧日情侣。　②趱（zǎn）：加快。

一丛花

和张子野[1]

当歌临酒恨难穷。酒不似愁浓。风帆正起归与兴[2]，岸东西、芳草茸茸。楚梦乍回[3]，吴音初听[4]，谁念我孤踪。

藏春小院暖融融。眼色与心通。乌云有意重梳掠，便按排、金屋房栊[⑤]。云雨厚因，鸳鸯宿债，作个好家风。

[注释]

①张子野：北宋词人张先，字子野，浙江湖州乌程人，曾任吴江知县，官至尚书都官郎中。此为追和其“伤高怀远几时穷”之作。 ②归与兴：归隐之意。 唐氏按：“兴”字陆校所增，自注，臆增。 ③楚梦：暗用楚襄王游高唐梦巫山神女事，下“云雨”句亦同。 ④吴音：吴语，张先为吴人，故云。 ⑤金屋：极言屋之华丽。汉武帝为太子时，长公主欲以女阿娇配之，武帝曰：“若得阿娇作妇，当作金屋贮之。”见汉班固《汉武帝故事》。后用以指娶妻或纳妾。

天仙子

寓意

眼色媚人娇欲度，行尽巫阳云又雨[①]。花时还复见芳姿，情几许，愁何许，莫向耳边传好语。　　往事悠悠曾记否，忍听黄鹂啼锦树。啼声惊碎百花心，分付与，谁为主，落蕊飞红知甚处。

[注释]

①“行尽”句：用巫山云雨事。

瑞鹧鸪

遣情

宝奁常见晓妆时，面药香融傅口脂。扰扰亲曾撩绿鬓，纤纤巧与画新眉。　　浓欢已散西风远，忆泪无多为你垂。各自从今好消遣，莫将红叶浪题诗[①]。

[注释]

①"莫将"句:用红叶题诗故事。

瑞鹧鸪

寓　意

结丝千绪不胜愁,莫怪安仁鬓早秋[①]。檀口未歌先揾泪[②],柳眉将敛半凝羞。　杯倾潋滟送行酒,岸舣飘飖欲去舟。待得名登天府后,归来茱萸映钗头。

[注释]

①安仁鬓早秋:喻中年白发。　安仁:晋潘岳,字安仁。　②檀口:浅红色的嘴唇,形容女性嘴唇之美。韩偓《余作探使以缭绫手帛子寄贺因而有诗》:"黛眉印在微微绿,檀口消来薄薄红。"

行香子

马上有感

骄马花骢,柳陌经从。小春天、十里和风[①]。个人家住,曲巷墙东。好轩窗,好体面,好仪容。　烛灺歌慵[②],斜月朦胧。夜新寒、斗帐香浓。梦回画角,云雨匆匆[③]。恨相逢,恨分散,恨情钟。

[注释]

①小春:十月小阳春。　②烛灺(xiè):烛将尽。　③"梦回"二句:用巫山云雨事。

夜行船

咏美人

龟甲炉烟轻袅，帘栊静、乳莺啼晓。拂掠新妆，时宜头面，绣草冠儿小。　　衫子揉蓝初著了，身材称、就中恰好。手捻双纨，菱花重照，带朵宜男草[1]。

[注释]

①宜男草:萱草的别名。传说孕妇佩之则生男，故名。曹植《宜男花颂》:“草号宜男，既晔且贞。”

采桑子

寓　意

疏帘乍卷孜孜看[1]，冰玉精神，体白停匀，端的于人不薄情。　　更无背约和燋燥，各表真诚，才得相亲，切莫分张向别人[2]。

[注释]

①孜孜:仔细。　②分张:分开。　向:对。

蝶恋花

登楼晚望，闻歌声清婉而作此

闲上西楼供远望，一曲新声，巧媚谁家唱。独倚危栏听半饷，长江快泄澄无浪。　　清泪恰同春水涨，拭尽重流，触事如何向[1]。不觉黄昏灯已上，旧愁还是新愁样。

［注释］

①如何向：如何办。向，语气词。

蝶恋花

天净姮娥初整驾，桂魄蟾辉[1]，来趁清和夜。费尽丹青无计画，纤纤侧向疏桐挂。　　人在扶疏桐影下，耳畔轻轻，细说家常话。年少难留应不借[2]，未歌先咽歌还罢。

［注释］

①桂魄蟾辉：指月光。　②不借：比指青春不再。

蝶恋花

宁都半岁归家，欲别去而意终不决也

叶底蜂衙催日晚[1]，向晚匀妆，巧画宫眉浅。翠幕无风香自远，金船酌酒须教满。　　未说别离魂已断，雨幌云屏，只恐良宵短。心事不随飞絮乱，宦情肯把恩情换。

［注释］

①蜂衙：众蜂簇拥蜂王，如朝拜屏卫，称蜂衙。陆游《青羊宫小饮赠道士》："微雨晴时看鹤舞，小窗幽处听蜂衙。"

鹧鸪天

晨起，忽见大镜，睹物思人，有感而作

睡觉扶头听晓钟[1]，隔帘花雾湿香红。翠摇钿砌梧桐影，暖透罗襦芍药风。　　闲对影，记曾逢。画眉临镜霎时同。相思已有无穷恨，忍见孤鸾宿镜中。

[注释]

①扶头:易醉之酒名。此言醉态。

鹧鸪天

月夜诸院饮酒行令

宝篆烟消香已残[①],婵娟月色浸栏干。歌喉不作寻常唱,酒令从他各自还。　传杯手,莫教闲。醉红潮脸媚酡颜。相携共学骖鸾侣[②],却笑卢郎旧约寒[③]。

[注释]

①宝篆:形容香炉之烟曲折上升,状如篆体。秦观《海棠春》词:"翠被晚寒轻,宝篆沉烟袅。" ②骖鸾:驾鸾登仙。韩愈《送桂州严大夫》诗:"远胜登仙去,飞鸾不暇骖。" ③卢郎:此指晚年娶妇之人。见钱易《南部新书》。 寒:冷淡下来。此指违约。

鹧鸪天

暇日泛舟,游客有叹居士鬓白者。未竟,忽见临江倚楼人,因思向来有感作此

绿水澄江得胜游,浪平风软称轻舟。樽前我易伤前事,柳外人谁独倚楼。　空感慨,惜风流。风流赢得谩多愁。愁多著甚消磨得,莫怪安仁鬓早秋[①]。

[注释]

①安仁鬓早秋:喻指中年白髮。

鹧鸪天

偶有鳞翼之便，书以寄文卿

一曲清歌金缕衣[①]，巧佼心事有谁知[②]。自从别后难相见，空解题红寄好诗[③]。　忆携手，过阶墀。月笼花影半明时。玉钗头上轻轻颤，摇落钗头豆蔻枝[④]。

[注释]

①金缕衣：曲名。　②佼：《历代诗馀》作"传"。　③题红：即红叶题诗。　④豆蔻：又名草果，常用以形容少女少妇。杜牧《赠别》诗："娉娉袅袅十三馀，豆蔻稍头二月初。"

眼儿媚

东院适人乞词，醉中书于裙带三首　（一）

人随社节去匆匆，此恨几时穷。阳台寂寞，巫山凄惨，云雨成空[①]。　芭蕉密处窗儿下，冷落旧香中。黄昏静也，蛩声满院，明月清风。

[注释]

①"阳台"三句：用巫山神女事。

眼儿媚

东院适人乞词，醉中书于裙带三首　（二）

槐阴密处啭黄鹂，午日正长时。一番过雨，绿荷池面，冷浸琉璃。　红尘不到华堂里[①]，纤楚对蛾眉。笑偎人道，新词觅个，美底腔儿[②]。

[注释]

①红尘:飞扬的尘土。 ②腔儿:词调。

[集评]

李调元云:“填词调一名牌儿,又名腔儿。赵长卿《惜香乐府·眼儿媚》有句云:‘纤楚对蛾眉。笑偎人道,新词觅个,美底腔儿。’腔儿谓调名也。”(《雨村词话》)

眼儿媚

东院适人乞词,醉中书于裙带三首 (三)

当年策马过钱塘[①],曲径小平康[②]。繁红酽白,娇莺姹燕[③],争唤何郎[④]。 而今又客东风里,浑不似寻常。只愁别后,月房云洞[⑤],啼损红妆。

[注释]

①钱塘:今浙江杭州。 ②平康:唐长安丹凤街有平康坊,为妓女聚居之处。后作妓女居处的泛称。 ③姹:原作“咤”。 ④何郎:三国魏何晏平日喜修饰,粉白不去手,行步顾影,人称“傅粉何郎”。后以称喜欢修饰的青年男子。 ⑤月房云洞:指内房、女眷居室。

临江仙

笙妓梦云,对居士忽有剪髮齐眉修道之语

蕊嫩花房无限好,东风一样春工。百年欢笑酒樽同。笙吹雏凤语,裙染石榴红。 且向五云深处住[①],锦衾绣幌从容。如何即是出樊笼。蓬莱人少到,云雨事难穷。

[注释]

①五云深处:指仙人居处。

临江仙

予买一妾，稍慧，教之写东坡字。半年，又工唱东坡词。命名文卿。元约三年。文卿不忍舍主，厥母不容与议，坚索之去。今失于一农夫，常常寄声，或片纸数字问讯，仙源有感，遂和其韵

破靥盈盈巧笑，举杯滟滟迎逢。慧心端有谢娘风[①]。烛花香雾，娇困面微红。　　别恨彩笺虽寄，清歌浅酌难同。梦回楚馆雨云空[②]。相思春暮，愁满绿芜中。

［注释］

①谢娘：晋王凝之妻谢道韫有文才，人称谢娘。　②"梦回"句：指巫山神女事。

临江仙

夜坐更深，烛尽月明，饮兴未阑，再酌，命诸姬唱一词

夜久笙箫吹彻，更深星斗还稀。醉拈裙带写新诗。锁窗风露，烛灺月明时。　　水调悠扬声美，幽情彼此心知。古香烟断彩云归。满倾蕉叶，齐唱传花枝[①]。

［注释］

①传花枝：宴会时一种游戏。

惜奴娇

赋水仙花

洛浦娇魂[①]，恐得到、人间少[②]。把风流、分付花貌。六出精神[③]，腊寒射、香试到。清秀。与江梅、争相先后。

簷蔔粗疏，怎似妖娆体调。比山樊、也应错道。最是殷勤，捧出金盏银台笑[4]。拚了。仙源与、奇葩醉倒。

（以上《惜香乐府》卷七）

[注释]

①洛浦：洛水之滨。张衡《思玄赋》："载太华之玉女兮，召洛浦之宓妃。" ②唐氏按："恐"原作"怨"，陆校"怨"应"恐"。 ③六出：雪的别名。 ④唐氏按：陆校，"捧出"句有误。

水龙吟

无情风掠芭蕉响，还是重门已闭。银釭独对，相思方切，教人怎睡。解叹从前事，解叹了、依前鳖气[1]。想他家那里，知人憔悴，相应是、睡也未。　且恁和衣强寝，奈无寐、依前重起。起来思想，当初与你，忒煞容易。及至而今也[2]，半头天眼[3]，不存不济[4]，最消魂苦是，黄昏前后，冷清清地。

[注释]

①鳖气：生气，别扭。 ②唐氏按：陆校，"多一字"。 ③天眼：佛教所说五眼之一，即天趣之眼。 ④不存不济：不死不活。

水调歌头

赏　月

把酒相劳苦，月色耀天章[1]。冰轮碾破寒碧，飞入酒樽凉。击节词人妙句，吸此清辉万丈，肺腑亦生光。揽袂欲仙举，逸兴共天长。　日边客，幕中俊，坐间狂。浩歌清啸，恍然云海渺茫茫。唤醒谪仙苏二[2]，何事常愁客少，更恐被云妨。月与人长好，广大醉为乡。

［注释］

①天章：犹言天文。指分布在天空的日月星辰等。　②谪仙：谪居世间的仙人，往往称誉才行高迈的人。　苏二：指苏轼。在“三苏”中，居洵之后，辙之前。

水龙吟

云　词

先来天与精神[①]，更因丽景添殊态。拖轻苒苒[②]，才凝一段，还分五彩。毕竟非烟，有时为雨，惹情无奈。道无心，怎被歌声遏断，迟迟向、青天外。　　宜伴先生醉卧，得饶到、和山须买[③]。也曾恼杀襄王，谁道依前不会。我欲乘风归去，翻怅恨、帝乡何在。念佳期未展，天长莫合[④]，尽空相对。

［注释］

①先来：本来。　②拖轻：犹言轻轻地飘过天空。　③得饶到：得办到，得做到。　④莫：《历代诗馀》作“暮”。

诉衷情

花前月下会鸳鸯，分散两情伤。临行祝付真意，臂间皓齿留香。　　还更毒，又何妨，尽成疮。疮儿可后[①]，痕儿见在，见后思量。

［注释］

①可后：好后。

满江红

懊恼平生，奈天赋、恩情太薄。二三岁、看伊受尽，眼尖眉角。记得当初低耳畔，是谁先有于飞约[1]。惟到今、划地误盟言，还先恶。　天眼见[2]，人难度。天易感，人难托。人心险，天又怎生捉摸。莫问傍人非与是，手儿但把心儿托。便不成、厮守许多时，干休却。

[注释]

①于飞：指飞。于，语助词。《诗经·周南·葛覃》："黄鸟于飞，集于灌木，其鸣喈喈。"《左传·庄公二十二年》："初，懿氏卜妻敬仲，其妻占之曰：'吉。是谓凤皇于飞，和鸣锵锵……'"杜预注："雄曰凤，雌曰皇。雌雄俱飞，相和而鸣锵锵然。犹敬仲夫妻和睦，适齐有声誉。"　②天眼：天趣之眼，佛教所说五眼之一。

贺新郎

负你千行泪。大都来、一寸心儿，万般萦系。似恁愁烦那里洎。故自三年二岁。为你后、甘心憔悴。终待说、山盟海誓[1]。这恩情、到此非容易。拚做个，久长计。
紧要事须评议。怕人人、蓦地知时，怎生处置。毒害心肠袄知是[2]，怕你生烦到底。便莫待、将人轻弃。不是我多疑你。被傍人、赚后失圈圚[3]。经一事，长一智。[4]

[注释]

①唐氏按：原无"海"字，从汲古阁刊本。　②袄（yāo）知：情知。③失圈圚（huì）：中了圈套。　④唐氏按：此下原有《好事近》（喜气拥门阑）一首，乃王昂作，见《陶朱新录》，今存目。

眼儿媚

连沧危观暮江前，几醉使君筵。少年俊气，曾将吟笔，买断江天。　　重来细把朋游数，回首一辛酸。兰成已老[①]，文园多病[②]，负此江山。

[注释]

①唐氏按："成"原作"城"，陆校"城"疑"成"。　兰：北周庾信小字兰成。庾信《哀江南赋》："王子洛滨之岁，兰成射策之年。"陆龟蒙《小名录》："庾信幼而俊迈，聪敏绝伦，有天竺僧呼信为兰成，因以为小字。"

②文园：指司马相如，因其曾任文园令，故称。见《史记·司马相如列传》。

簇　水

长忆当初，是他见我心先有。一钩才下，便引得鱼儿开口。好是重门深院，寂寞黄昏后。厮觑著、一面儿酒[①]。

试挪就[②]。便把我、得人意处，闵子里、施纤手[③]。云情雨意，似十二巫山旧。更向枕前言约，许我长相守。忺人也[④]，犹自眉头皱。

[注释]

①厮觑着：相互瞅着。　②挪（ruó）就：温存。　③闵子里：即酩子里，暗地里。　④忺（xiān）：适意，高兴。

摊破丑奴儿

最苦是离愁。行坐里、只在心头。待要作个巫山梦，孤衾展转，无眠到晓，和梦都休。　　梦里也无由。谁敢望、真个绸缪。暂时不见浑闲事，只愁柳絮杨花，自来摆荡难留。[1]

[注释]

①唐氏按:此首别见《金谷遗音》乃石孝友作,今存目。

更漏子

烛消红,窗送白,冷落一衾寒色。鸦唤起,马�行[1],月来衣上明。　　酒香唇,妆印臂,忆共人人睡[2]。魂蝶乱,梦鸾孤,知他睡也无。

[注释]

①跎(tuò):驮运。　②唐氏按:陆校,应于“人人”下脱一字。

浣溪沙

一味风流一味香,十分浓艳十分妆。自然娇态自然芳。　　楼上好风楼下水,雪前栏槛竹前窗。也宜单著也宜双。

浣溪沙

恻恻笙竽万籁风,阳关叠遍酒尊空。相逢草草别匆匆。　　满眼泪珠和雨洒,一襟愁绪抵秋浓。相思今夜五云东[1]。

[注释]

①五云:五色的瑞云。

汉宫春

讲柳谈花，我从来口快，忺说他家[①]。眼前见了，无限楚女吴娃[②]。千停万稳，较量来、终不如他。便做得，宫仪院体[③]，歌谈不带烟花。　从前万事堪夸。爱拈笺弄管，锦字敧斜。新来与人臑著[④]，不许胡巴[⑤]。噱濹谩惹[⑥]，料福缘、浅似他些[⑦]。谁为我，传诗递曲，殷勤题上窗纱。

[注释]

①忺：喜。　②唐氏按："娃"原作"姬"，陆校"姬"应用韵，疑"娃"。③宫仪院体：宫体诗。　④臑（nào）著：粘着。　⑤胡巴：胡搞。　⑥噱濹谩惹：胡说八道。皆当时方言土语。　⑦唐氏按："他"原作"地"，陆校"地"疑"他"。

雨中花慢

帊子分香[①]，罗巾拭泪，别来时、未觅凄惶。上得船儿来了，刬地凄凉[②]。可惜花前月里，却成水远山长。做成恩爱，如今赢得，万里千乡。　情知这场寂寞，不干你事，伤我穷忙。不道是、久长活路，终要称量。我则匆匆归去，知你且、种种随娘。下梢睚彻[③]，有时共你风光。

[注释]

①帊（pà）：巾帕。　分香：东汉末，曹操造铜雀台，临终时吩咐诸妾："汝等时时登铜雀台，望吾西陵墓田。"又云："馀香可分与诸夫人，诸舍中无为，学作履组卖也。"见陆机《吊魏武帝文》序。后喻临死不忘妻妾。②刬地：依旧，照样。　③下梢睚彻：即捱到最后。捱，通"睚"。

柳梢青

小窗闲适。云髻亸肩，香肌偎膝。玉局无尘[1]，明琼欲碎，春纤同掷。　不争百万呼卢[2]，赌今夜、鸳帏痛惜。好忍马儿[3]，若还输了，当甚则剧[4]。[5]

[注释]

①局：原作“扃”。　②呼卢：古时一种赌博方式。　③马儿：筹码。④则剧：嬉戏作乐。　⑤唐氏按：此下原有《玉团儿》（铅华淡伫新妆束）一首，乃周邦彦作，见《片玉集抄补》，今存目。

南歌子

梅萼和霜晓，梨花带雪春。玉肌琼艳本无尘。肯把铅华容易、污天真[1]。　汤饼尝初罢[2]，罗巾拭转新。几回贪耍失黄昏。月里归来无处、觅精神。

[注释]

①容易：轻易，草率。　②汤饼：汤煮的面食。

临江仙

人在梦云楼上别，残灯影里迟留。依稀绿惨更红羞。露痕双脸湿，山样两眉愁。　几幅片帆天际去，云涛烟浪悠悠。今宵独立古江头。水腥鱼菜市，风碎荻花舟。[1]

[注释]

①唐氏按：此下原有《鹧鸪天》（只有梅花似玉容）、（小院深明别有天）二首，乃向子諲作，见《酒边集》，今存目。

浣溪沙

画角声沉卷暮霞，寒生促索锦屏遮。沉檀半爇髻堆鸦[1]。　蝴蝶梦回馀烛影[2]，子规啼处隔窗纱。夜深明月浸梨花。

［注释］

①沉檀：沉香与檀香。　②蝴蝶梦：犹庄周梦。见《庄子·齐物论》。

浪淘沙

帘卷露花容，几度相逢。他知我意欲相通。偏奈天教多阻间，积恨何穷。　云雨杳无踪，愁怕东风。时闻语笑恣欢浓。惟有俺咱真分浅[1]，往事成空。[2]

［注释］

①俺咱：我自己。　②唐氏按：此下原有《眼儿媚》（云间一点飞鸦）一首，乃某教授或陈诜作，见《贵耳集》卷上或《山房随笔》，今存目。

如梦令

竹外半窥娇面，真个出尘体段。没处可偷怜，空恁眼穿肠断。休恋，休恋，只是与伊分浅。

浣溪沙

闲理丝簧听好音，西楼剪烛夜深深[1]。半嗔半喜此时心。　暖语温存无恙语，韵开香靥笑吟吟。别来烦恼到如今。

[注释]

①西楼剪烛:“何当共剪西窗烛,却话巴山夜雨时。”见唐李商隐《巴山夜雨》。

减字木兰花

阳关唱彻[1],断尽离肠声哽咽。酒已三巡,今夜王孙是路人。　此情难说,莫负等闲风与月。欲问归期,来戴钗头艾虎儿[2]。

[注释]

①阳关唱彻:唱完《阳关曲》。　②艾虎儿:用艾蒿做成的虎。旧俗端午节佩戴艾虎,以辟邪除秽。

减字木兰花

半窗斜月,茅店萧条灯已灭。床下蛩声,声动凄凉不忍听。　终宵无寐,覆去翻来真个是。屈指归期,应是梅花烂熳时。

夜行船

送胡彦直归郡醉中作

短棹轻舟排办了,歌声断、晚霞残照。红蓼坡头,绿杨堤外,离恨知多少。　别后莫教音信杳,叹光阴、初自来堪笑。画角谯门[1],槐溪归路,正是楚天清晓。

[注释]

①画角:军号。　谯门:城门上的望楼。

眼儿媚

玉楼初见念奴娇[①]，无处不妖饶。眼传密意，樽前烛外，怎不魂消。　西风明月相逢夜，枕簟正凉宵。殢人记得，叮咛残漏，且慢明朝。

［注释］

①念奴：唐代天宝年间著名歌女。

品　令

黄昏时候，诮不语、心如醉[①]。无眠凝想，别来绣阁，多应憔悴。上了灯儿，知是睡哩坐哩。　蓦思归计，又还是重屈指。从今已后，睽离千万[②]，且休容易。这底凄惶，你看是谁不是。

［注释］

①诮：犹浑、直。　②睽离：分离。

柳梢青

甜言软语。长记那时，萧娘叮嘱。清管危弦，前欢难断，鳞鸿无据。　纷纷眼底浮花，拈弄动、几多思虑。千结丁香[①]，且须珍重，休胡分付。

［注释］

①千结丁香：丁香的花蕾称丁香结，常用以喻愁思固结不解。牛峤《感思多》词："自从南浦别，愁见丁香结。"

浣溪沙

金兽喷香瑞霭氛[①],夜凉如水酒醺醺。照人娇眼媚生春。　　我自愁多魂已断,不禁楚雨带巫云[②]。人情又是一番新。

［注释］

①金兽:兽形的铜香炉。　②楚雨带巫云:用楚襄王、巫山神女典。

浣溪沙

坐看销金暖帐中[①],羔儿酒美兽煤红[②]。浅斟低唱好家风。　　爱客东君多解事,晚妆新与画眉峰。便须催唤出房栊。

［注释］

①销金:销金帐,嵌金色线的精美的帷帐、床帐。《事文类聚》云:"陶谷得党太尉姬,问党解雪水烹茶之乐否?姬曰:彼粗人,但知销金帐里饮羊羔美酒耳。"　②兽煤:一种兽形的香炭。

浣溪沙

堆枕冠儿翡翠钗,蒙金领子满绑鞋[①]。于中沉净好情怀。　　新浴晚凉梳洗罢,半娇微笑下堂来。莲花因甚未曾开。

［注释］

①绑(bēng):用杂色线织的布。

临江仙

天外浓云云外雨，雨声初上檐牙。红蕖应褪洗妆花[①]。晚凉如有意，霤霤到山家[②]。　为唤山童多索酒，金钟细酌流霞。晕生玉颊酒潮斜。闲中无宠辱，醉里是生涯。

［注释］

①红蕖：荷花。　②霤霤（xí）：雨降貌。

夜行船

送张希舜归南城

绿盖红幢笼碧水。鱼跳处、浪痕匀碎。惜别殷勤，留连无计，歌声与、泪和柔脆。　一叶扁舟烟浪里。曲滩头、此情无际。窈窕眉山，暮霞红处，雨云想、翠峰十二[①]。

［注释］

①翠峰十二：指巫山十二峰。见《方舆胜览》。

浪淘沙

窈窕绣帏深，窈窕娉婷[①]。梅花初试晚妆新，那更娇痴年纪小，冰雪精神。　举措忒轻盈，歌彻新声。柔肠魂断不堪听，但恐巫山留不住，飞作行云[②]。

［注释］

①《全宋词》注：陆校，重“窈窕”，有误。　②巫山、行云：用楚襄王、巫山神女高唐会之典。

如梦令

居士年来懒散[1],凡事只从宽简。身外更无求,只要夏凉冬暖。美满,美满,得过何须积攒。

[注释]

①居士:自指。赵长卿自号仙源居士。

卜算子

十载仰高明,一见心相许。来日孤舟西水门,风饱征帆腹。　　后夜起相思,明月清江曲。若见秋风寒雁来,能寄音书否[1]。

[注释]

①"若见"二句:用雁足传书典。见《汉书·苏武传》。

眼儿媚

先来客路足伤悲,那更话别离。玉骢也解,知人欲去,骧首频嘶。　　马蹄动是三千里,后会莫相违。切须更把,丁香珍重[2],等我重期。　（以上《惜香乐府》卷八）

[注释]

①先来:本来。　②丁香:喻愁思。丁香花蕾如结,常用以喻愁结。

南乡子

楚楚窄衣裳[1],腰身占却,多少风光。共说春来春去事，凄凉，懒对菱花晕晓妆。　　闲立近红芳，游蜂戏蝶，误采真香。何事不归巫峡去，思量，故来尘世断人肠。

［注释］

①楚楚：鲜艳、华丽。

南乡子

月转水晶盘，楼上初闻一鼓残。又是去年天气好，栏干，风动梅梢玉鬥寒。　　无奈壮情阑，对酒如何欲强欢。谁道破愁须仗酒，君看，酒到愁多破亦难。

谒金门

和德远

灯乍灭，忽见一天明月。恰舞霓裳歌未歇，露寒回绛阙。　　羽服明晖玉雪，笑语轻参环玦。香泽恼人情不彻，夜长窗自白。①

［注释］

①唐氏按：此下原有《谒金门·和宗人》（伤离索）一首，乃毛幵作，见《樵隐诗馀》；又有《一剪梅》（红藕香残碧树秋）一首，乃李清照作，见《乐府雅词》卷下。今存目。

点绛唇

云鬟宫鬟，淡黄衫子轻香透。晚凉时候，睡起新妆就。　　冰枕生寒，玉浸纤纤手。沉吟久，眉山敛秀，爱道奴家瘦。①

[注释]

①唐氏按:此下原有《点绛唇》(烟洗风梳)一首,乃孙惔(肖之)作,见《乐府雅词拾遗》卷上;又有《浣溪沙》(月样婵娟雪样清)、(水北烟寒雪似梅)二首,乃毛滂作,见《东堂词》;又有《菩萨蛮》(江城烽火连三月)一首,乃无名氏作,见《乐府雅词拾遗》卷上。今并存目。

菩萨蛮

春山已蹙眉峰绿,春心骀荡难拘束[①]。惆怅为春伤,惜花心更狂。　对花深有意,且向花前醉。花作有情香,与人相久长。

[注释]

①骀荡:放纵。

画堂春

当时巧笑记相逢,玉梅枝上玲珑。酒杯流处已愁浓,寒雁横空。　去程无记更从容,到归来好事匆匆。一时分付不言中,此恨难穷。

如梦令

寄蔡坚老

居士年来病酒[①],肉食百不宜口。蒲合与波蔆,更着同蒿葱韭。亲手,亲手,分送卧龙诗友[②]。

[注释]

①居士:作者自指。　②卧龙:喻隐居之人。

如梦令

别恨眉尖无数，后夜王孙何处[1]。歌馆与妆楼，目断行云凝伫。凝伫，凝伫，忆泪千行红雨。

[注释]

①王孙：多指贵游公子。

菩萨蛮

隔江一带春山好，平林新绿春光老。休去倚阑干，飞红不忍看[1]。　　东流何处去，便是归舟路。芳草外斜阳，行人更断肠。

[注释]

①唐氏按："不"原作"一"，陆校"一"疑"不"。

长相思

敛愁眉，恨依依，肠断关情怨别离，云中过雁悲。

瘦因谁，病因谁，屈指无言忖后期，此时人怎知。

柳梢青

潇洒仙源[1]。夭桃秾李，曾对华筵。歌媚惊尘，舞弯低月，满劝金船[2]。　　鉴湖烟水连天[3]。政归棹、红妆鬥妍。花雾香中，人询居士[4]，切莫多传。

[注释]

①仙源:赵长卿住处。 ②金船:一种金质的盛酒器。庾信《北园新斋应赵王教》:“玉节调笙管,金船代酒卮。” ③鉴湖:即镜湖,在浙江绍兴城西。 ④居士:作者自指。

贺生辰

好事近

贺德远

不羡八千椿[①],不羡三偷桃客[②]。也不羡他龟鹤[③],一总为凡物[④]。 羡君恰似老人星,长明无休息。好与中兴贤主,立维城勋绩[⑤]。

[注释]

①八千椿:“上古有大椿者,以八千岁为春,八千岁为秋。”见《庄子·逍遥游》。 ②三偷桃客:传说西王母种桃,三千年一结子,东方朔曾三次偷食,乃被谪降人间。 ③龟鹤:即龟龄鹤算,喻长寿。郭璞《游仙》诗:“借问蜉蝣辈,宁知龟鹤年。” ④唐氏按:原本无“一”,此从汲古阁刊本。 ⑤维城:连城以卫国。《诗经·大雅·板》:“怀德维宁,宗子维城。”

朝中措

上钱知郡、符主管、朱知录三首[①]

南楼风物一番新,春暮畀斯民[②]。岂但仁人恺弟[③],更兼政事如神。 人生最贵,荣登五马[④],千里蒙恩。只恐促归廊庙,去思有脚阳春[⑤]。

[注释]

①唐氏按："郡"原作"群"，陆校"群"疑"郡"。②畀：付与。③恺弟：即恺悌，和易亲民。④五马：太守的代称。汉乐府《陌上桑》："使君从南来，五马立踟蹰。"⑤有脚阳春：对官吏施行德政的颂词。典出王仁裕《开元天宝遗事》："宋璟爱民恤物，朝野归美。时人咸谓璟为有脚阳春，言所至之处，如阳春煦物也。"

朝中措

上钱知郡、符主管、朱知录三首

文章学业继家声，名誉压群英。早岁掀腾膴仕[①]，如公富贵难并。　　定膺丹诏[②]，朱轮迅召，陶冶苍生。自是盐梅姿质，伫看大手调羹[③]。

[注释]

①膴（wǔ）仕：高官厚禄。《诗经·小雅·节南山》："琐琐姻亚，则无膴仕。"②膺：获得。丹诏：此指朝廷诏书。③盐梅、调羹：喻宰相之职。

朝中措

上钱知郡、符主管、朱知录三首[①]

先生德行冠南丰[①]，锦绣作心胸。暂屈徒劳州县，文章后进宗工。　　督邮纲纪，才高幕府，雅望尤崇。此去定膺光宠，且须满醉西东[②]。

[注释]

①南丰：今江西南丰。南丰先生，曾巩别号，即八大家之曾子固。②西东：即玉西东，酒杯之别称。

念奴娇

上张南丰生日

桂华蟾魄，到中秋、只有人闻一六。浩渺清风因唤起，千里吹飞鸿鹄。碧落翻花，瑶空隐瑞，声节琅玕筑。板怀玉燕，此时嘉梦重育。　始信名在丹台[①]，瞳方八百，子已三千熟。麟脯灵瓜那更有[②]，琼斝神仙醽醁[③]。秋水春山，柳腰花面，一醉霓裳曲[④]。长生清净，自然何用辟谷[⑤]。

[注释]

①唐氏按："名"原作"石"，陆校"石"应"名"。　丹台：指帝王为功臣绘制画像的台阁。　②麟脯：麟肉。　灵瓜：传说中的仙瓜。王嘉《拾异记·后汉》："明帝阴贵人梦食瓜甚美，帝使求诸方国。时敦煌献异瓜种……父老云：'昔道士从蓬莱山得此瓜，云是崆峒灵瓜，四劫一实，西王母遗于此地。'"　③琼斝(jiǎ)：玉制的酒杯。江淹《飨神歌辞》："琼斝既饰，绣簋以陈。"　醽醁：美酒名。　④《霓裳曲》：即《霓裳羽衣曲》，乐曲名。⑤辟谷：古称行导引之术，不食五谷，可以长生。

好事近

江上一江楼[①]，楼上远山横翠。还更腰金骑鹤，引竹西歌吹[②]。　寿君春酒遣双壶，满引见深意。肯向龟荷香里，唤侬来同醉。

[注释]

①唐氏按：原本无"一"字，此从汲古阁刊本。　②"还更"二句：形容想入非非。　腰金：喻身居高官，古代朝服的腰带镶以金饰。　骑鹤："有客相从，各言所志：或愿为扬州刺史，或愿多赀财，或愿骑鹤上升。其一人

曰:‘腰缠十万贯,骑鹤上扬州。’欲兼三者。”见梁殷芸《殷芸小说》。　竹西:古亭名,在今江苏扬州北。杜牧《题扬州禅智寺》诗:“谁知竹西路,歌吹是扬州。”

好事近

剑水霭欢声,喜庆间生人杰。一段葱葱佳气,扇熏风时节。　今朝银艾佐琴堂[①],争把寿香爇。去去凤皇池上[②],见龟巢连叶[③]。

[注释]

①银艾:银印绿绶。绶以艾草染为绿色,故称艾。汉制,吏秩比二千石以上皆银印青绶。　②凤皇池:禁苑池沼。晋中书省设于禁苑。后指宰相。见《晋书·荀勖传》。　③“龟巢”句:千岁之龟,巢于莲叶,见《抱朴子》。

柳长春

上董倅

梅喜先春,雁惊未腊,于门瑞气浮周匝[①]。正当月应上弦时,长庚梦与良辰合。　螺水恩浓[②],盱江德洽[③],寿杯劝处燃红蜡。明年此际祝遐龄[④],贺宾一一趋东阁。

[注释]

①于门:于定国之父为狱吏,决狱公平。治屋时高大其门,以容驷马,曰子孙必有兴者。见《汉书·于定国传》。　②螺水:福建有螺江。　③盱江:今江西抚河。　④遐龄:高龄,长寿。

武陵春

上马宰

又是新逢三五夜，瑞气霭氤氲。万点灯和月色新，桃李倍添春。　　花县主人情思好[1]，行乐逐良辰。满引千钟酒又醇，歌韵动梁尘[2]。

[注释]

①花县：今河南河阳。　②“歌韵”句：形容歌声嘹亮，梁尘振落。典出《文选·陆士衡〈拟东城一何高〉》注。

临江仙

上祝丞

天祐炎图生国瑞[1]，蓝田暂屈英僚[2]。始知文宿降璇霄[3]。中元前五日[4]，七夕后三朝。　　江敩风流临此政[5]，少年潇洒奇标。行看峻擢相熙朝。功名前稷契[6]，寿算等松乔[7]。

[注释]

①天祐：上天佑助。　炎图：指因火德而兴的帝业。五行家谓刘汉、赵宋皆以火德王。《宋史·乐志八》：“神之言归，化斯有光；相我炎图，万世无疆。”　②蓝田：县名，在陕西，以产美玉闻名。　③文宿（xiù）：即文星，主文才，亦指有文才之人。　④中元：农历七月十五日。　⑤江敩：南齐济阳考城人，字叔文，南朝宋文帝外孙，娶宋孝武帝女临汝公主。好文辞，少有美誉，袁粲称为“风流不坠，政在江郎”。见《南齐书》。　⑥稷：后稷，周的先祖，为舜的农官，教人稼穑。　契（xiè）：商的祖先，舜时助禹治水有功，任为司徒。　⑦松：赤松子，传说中仙人。《史记·留侯世家》：“愿弃人间事，欲从赤松子游耳。”　乔：传说中仙人。《列仙传》：“仙人王子乔者，太子晋也，道人浮丘公接以上嵩高山。”《淮南子·齐俗训》：“今

夫王(子)乔,赤诵(松)子,吹呕呼吸,吐故纳新;遗行去智,抱素返真,以游无眇,上通云天。”

喜迁莺

上魏安抚

商飙轻透。动帘幕飞梧,乱飘庭甃。瑞气氤氲,沉檀初爇[1],烟喷宝台金兽[2]。黄花美酒。天教占得,先他时候。诞元老,庆有声,此夕降生华胄[3]。　欢笑,宜称寿。弦管鼎沸,宫商方频奏。满捧瑶卮,华堂歌舞,拍转金钗斜溜。朱颜绿鬓,殷勤深愿,镇长如旧[4]。叹滨海,道难留,指日荣迁飞骤。

[注释]

①沉檀:沉香与檀香。　②金兽:兽形铜香炉。　③华胄:世家贵族的后代子孙。　④镇长(cháng):经常。韩愈《杏花》诗:“浮花浪蕊镇长有,才开还落瘴雾中。”

鹊桥仙

上张宣机

云峰初敛,秋容如洗,庭院金风初扇。葱葱佳气霭侯门,信天上、麒麟乍见。　祝君此去,飞黄腾踏[1],日侍凝旒邃冕[2]。和羹调味早归来[3],坐看取、蓬莱清浅[4]。

[注释]

①飞黄腾踏:犹飞黄腾达。　②凝旒邃冕:指皇帝。　唐氏按:“冕”原作“晃”,陆校“晃”疑“冕”。　③和羹:喻宰相之职。　④坐看:行看,旋见。形容时间短暂。　蓬莱:传说渤海中仙人所居神山。

拾遗

柳梢青

晴雪楼台，试灯帘幕，适是元宵。罗绮娇春，帝城风景，今夜应饶。　争知我系如匏[①]，便佳月良天任教[②]。早闭柴门，从他萧鼓，细打轻敲。

［注释］

①系如匏：比喻人伏处一隅，未出仕或被弃置。《论语·阳货》：“吾岂匏瓜也哉，焉能系而不食。”匏瓜苦不可食，无所用处，故云。　②佳：同“陛”，阶也。　佳月：阶前月色。

贺新郎

世谛人多错[①]。阿谁将、虚名微利，放教轻著。万事莫非前定了，选甚微如饮酌。算徒诧、龙韬豹略[②]。纵使龙头安尺木[③]，更从教、豹变生三角。浑是梦，恍如昨。　吾庐自笑常虚廓。对残编、磨穿枯砚，生涯微薄。负郭田园能有几，随分安贫守约。要不改、箪瓢颜乐[④]。西掖北扉终须到，且嘲风咏月常相谑。更要甚，万金药。

［注释］

①世谛：世道。　②龙韬豹略：古兵书《六韬》篇名。泛指兵略。庾信《从驾观讲武》诗：“豹略推全胜，龙韬揖所长。”　③尺木：龙升天时凭依的小木。“龙无尺木，无以升天。”见《论衡·龙虚》。　④箪瓢颜乐：孔子学生颜回安贫乐道。《论语·雍也》：“一箪食，一瓢饮，在陋巷，人不堪其忧，回也不改其乐。”

东坡引

茅斋无客至，冰砚冻寒泚。南枝喜入新诗里，恼人频嚼蕊。恼人频嚼蕊。　　因思去腊江头醉，倚动客兴伤春意。经年自叹人如寄[①]。光阴如捻指[②]，光阴如捻指。

[注释]

①如寄：犹如暂时寄居，形容时间短促。《古诗十九首》："人生忽如寄，寿无金石固。"　②捻指：犹弹指，形容时间短暂。张孝祥《蝶恋花》（怀于湖）词："恰则杏花红一树，捻指来时，结子青无数。"

满庭芳[①]

风力驱寒，云容呈瑞，晓来到处花飞。遍装琼树，春意到南枝。便是渔蓑旧画，纶竿重、横玉低垂。今宵里，香闺邃馆，幽赏事偏宜。　　风流金马客[②]，歌鬟醉拥，乌帽斜攲。问人间何处，鹏运天池[③]。且共周郎按曲，音微误、首已先回[④]。同心事，丹山路稳，长伴彩鸾归。

[注释]

①唐氏按：此首又见汲古阁刻《宋六十名家词》本《山谷词》，而他本《山谷词》集未见有此首，未必为黄庭坚作。　②金马客：指翰林学士。③鹏运天池：典出《庄子·逍遥游》。　④"且共"二句："瑜少精意于音乐，虽三爵之后，其有阙误，瑜必知之，知之必顾。故时人谣曰：'曲有误，周郎顾。'"见《三国志·吴书·周瑜传》。后用为精于音乐者善辨音律的典故。

杏花天

乍凉淅淅风生幕，人独在、朱栏翠阁。吹箫信杳炉香薄，眉上新愁又觉。　从前事、拟将拚却[1]。梦不断、花梢柳萼。一杯睡起谁同酌，斜日阴阴转角。

[注释]

①拚却：舍去。

临江仙

远岫螺头湿翠，流霞赪尾疏明[1]。断虹斜界雨新晴。烟村灯火晚，江浦画难成。　我向其间泛叶[2]，终朝露渚风汀。老来心事最关情。不堪三弄笛，吹作断肠声。

[注释]

①赪(chēng)尾：赤色的鱼尾。《诗经·周南·汝坟》："鲂鱼赪尾，王室如燬。"此形容霞色。　②泛叶：犹泛舟。

辊绣球

和康伯可韵[1]

流水奏鸣琴，风月净、天无星斗。翠岚堆里，苍岩深处，满林霜腻，暗香冻了，那禁频嗅。　马上再三回首。因记省、去年时候。十分全似，那人风韵，柔腰弄影，冰腮退粉[2]，做成清瘦。

[注释]

①康伯可：康与之字伯可，号顺庵，为秦桧十客之一。　②唐氏按：原无"粉"字，据《词谱》卷十四补。

眼儿媚

南枝消息杳然间，寂寞倚雕栏。紫腰艳艳，青腰袅袅，风月俱闲。　　佳人环珮玉䐢珊，作恶探花还[1]。玉纤捻粟，樱唇呵粉，愁点眉弯。

[注释]

①作恶：心情抑郁不快。《世说新语·言语》："谢太傅语王右军曰：'中年伤于哀乐，与亲友别，辄作数日恶。'"

菩萨蛮

日高犹恋珊瑚枕，羞红不忿花如锦。双燕运芹泥，燕归人未归。　　纵饶梳洗罢，朱户何曾跨。寂寞小房栊，回文和泪封[1]。

[注释]

①"回文"句：前秦苏蕙因其夫窦滔远徙流沙，而织锦为回文旋图诗以赠。

鹧鸪天

落魄东吴二十春，风流诗句得清新。今年却恨花星照，再见温卿与远真。[1]　　分楚佩，染巫云。赤绳结得短花茵[2]。若非京口初相识[3]，安得毗陵作故人[4]。

[注释]

①原注："京口妓魁赵柔、陈玉。"　②赤绳：指月下老人袋中的红绳。　③京口：今江苏镇江。　④毗陵：郡名，治所在今江苏常州。

浪淘沙

绿树转鸣禽，已是春深。杨花庭院日阴阴。帘外飞来双语燕，不寄归音。　旧事懒追寻，空惹芳心。天涯消息远沉沉。记得年时中酒后，直至而今。

谒金门

春睡足，帘卷翠屏山曲。芳草沿阶横地轴，垂杨相映绿。　暗忆旧欢难续，又是禁烟传烛①。陌上踏青新结束，秋千谁共促。

[注释]

①禁烟：指寒食节禁火。　传烛：即传火。旧时寒食节禁烟后重行举火，宫中以烛赐近臣，故称。

侍香金童

一种春光，占断东君惜。算秾李、昭华争并得，粉腻酥融娇欲滴。端的尊前，旧曾相识。　向夜阑、酒醒霜浓寒又力。但只与、冰姿添夜色。绣幕银屏人寂寂，只许刘郎①，暗传消息。

[注释]

①刘郎：所指不一。李商隐《无题》诗："刘郎已恨蓬山远，更隔蓬山一万重。"此指刘晨。

[集评]

谢章铤云："(冯)柳东于词非上乘，而校谱龤律，颇为精审。……考

《词综》脱误甚多，如蔡伸《侍香金童》'更柳下人家似相识'，脱'相'字，《词律》另收赵长卿多一字（注者按，指'但只与冰姿添夜色'句）为别体。"（《赌棋山庄词话》卷二）

菩萨蛮

新晴庭户春阴薄，东风不度重帘幕。第几小兰房，雏莺初弄黄。　悄寒春未透，不解寻花柳。只恐渐春深，愁生求友心。

清平乐

紫箫声断，窗底春愁乱。试著春衫羞自看，窄似年时一半。　一春长病厌厌[1]，新来愁病重添。香冷倦熏金鸭[2]，日高不卷珠帘。

［注释］

①厌厌：精神不振貌。　②金鸭：一种镀金的鸭形铜香炉。

好事近

齿颊带馀香，謦咳总成珠玉[1]。剪碎袖罗花片，点金觥春绿。　玉鱼花露自清凉[2]，涓涓在郎腹。犹胜望梅消渴[3]，对文君眉蹙[4]。

［注释］

①"謦咳"句：指谈吐皆如珠玉。汉赵壹《刺世疾邪赋》："势家多所宜，咳吐自成珠。"　謦(qǐng)：原作"罄"。　②玉鱼：美玉雕成的鱼形珍玩。　花露：花上的露水。王仁裕《开元天宝遗事》卷下："贵妃素有肉

体,至夏苦热,常有肺渴。每日含一玉鱼儿于口中,盖藉其凉津沃肺也。"又,"贵妃每宿,酒初消,多苦肺热,尝凌晨独游后苑,傍花树,以手攀枝,口吸花露,藉其露液,润于肺也。" ③望梅消渴:比喻以妄想安慰自己。《世说新语·假谲》:"魏武行役失汲道,军皆渴。乃令曰:'前有大梅林,饶子,甘酸可以解渴。'士卒闻之,口皆出水,乘此得及前源。" ④文君:卓文君。事见《史记·司马相如列传》。

品 令

好事客。宫商内、吟得风清月白。主人幸有豪家意,后堂煞有春色。 花压金翘俏相映,酒满玉纤无力。你若待我些儿酒,尽吃得、尽吃得[1]。

[注释]

①唐氏按:陆校云,按"得"字下原作"二二",盖重上"尽吃得"三字句耳。今作"得得"(指汲古阁本)理既难通,调亦不叶。

武陵春

落了丹枫残了菊,秋色苦无多。谁唤西风泣泪罗,吹恨了星河。 碧枝头金粟闹[1],曾捶翠云窝[2]。重揉檀英忆两娥[3],无奈冷香何。

(以上《惜香乐府》卷九,从陆敕先校《汲古阁》本录出)

[注释]

①唐氏按:陆校,"碧"字上下脱一字。 金粟:指桂花。 ②捶:笃文按,疑为"插"之坏字。 翠云窝:绿髮。曾插桂花其上也。 ③两娥:指娥皇、女英,舜的妻妃。见汉刘向《列女传·母仪传》。

存目词

调名	首句	出处	附注
渔家傲	蕙死兰枯金菊槁	《惜香乐府》卷三	无名氏词，见《梅苑》卷九
眼儿媚	楼上黄昏杏花寒	同上	阮阅词，见《苕溪渔隐丛话》前集卷十一
念奴娇	见梅惊笑	同上	朱敦儒词，见《樵歌》卷上
清平乐	霁光摇目	同上	石孝友词，见《金谷遗音》
朝中措	乱山叠叠水泠泠	同上	同上
贺新郎	篆缕销金鼎	《惜香乐府》卷四	李玉词，见《唐宋诸贤绝妙词选》卷八或潘汾词，见《阳春白雪》卷一
卜算子	新月挂林梢	《惜香乐府》卷四	叶梦得词，见《石林词》
水调歌头	江水浸云影	《惜香乐府》卷五	朱熹词，见《晦庵词》
踏莎行	弄影阑干	同上	辛弃疾词，见《稼轩长短句》卷七
临江仙	猎猎风蒲初暑过	同上	苏庠词，见《乐府雅词》卷下
玉楼春	寻真误入桃源洞	《惜香乐府》卷六	石孝友词，见《金谷遗音》

调　名	首　句	出　处	附　注
鹊桥仙	溪清水浅	《惜香乐府》卷六	朱敦儒词，见《樵歌》卷上
好事近	喜气拥门阑	《惜香乐府》卷八	王昂词，见《陶朱新录》
玉团儿	铅华淡伫新妆束	同上	周邦彦词，见《片玉集》抄补
鹧鸪天	只有梅花似玉容	同上	向子諲词，见《酒边集》
鹧鸪天	小院深明别有天	同上	同上
眼儿媚	云间一点飞鸦	同上	某教授词，见《贵耳集》卷上或陈诜词，见《山房随笔》
谒金门	伤离索	《惜香乐府》卷九	毛幵词，见《樵隐诗馀》
一剪梅	红藕香残碧树秋	同上	李清照词，见《乐府雅词》卷下
点绛唇	烟洗风梳	同上	孙惔词，见《乐府雅词拾遗》卷上
浣溪沙	月样婵娟雪样清	同上	毛滂词，见《东堂词》
浣溪沙	水北烟寒雪似梅	同上	同上
菩萨蛮	江城烽火连三月	同上	无名氏词，见《乐府雅词拾遗》卷上

罗　愿

罗愿（1136—1184），字端良，号存斋，歙县（今属安徽）人，乾道二年（1166）进士，博学好古，文法秦汉，为朱熹所称。曾任赣州通判，秩满，差知南剑州，改知鄂州，有治绩。以父汝楫依附秦桧，故父子为时论所不与。著有《尔雅翼》、《鄂州小集》、《新安志》。

水调歌头

中秋和施司谏[①]

秋宇净如水，月镜不安台。郁孤高处张乐[②]，语笑脱氛埃。檐外白毫千丈，坐上银河万斛，心境两佳哉。俯仰共清绝，底处著风雷。　问天公，邀月姊，愧凡才。婆娑人世，羞见蓬鬓漾金罍。来岁公归何处，照耀彩衣簪橐，禁直且休催。一曲庾江上，千古继韶陔[③]。

（《鄂州小集》卷一）

[注释]

①施司谏：施元之，字德初，绍兴进士，官至左司谏。　②郁孤：即郁孤台，在今江西赣州西南贺兰山顶，隆阜郁然孤起，故名。唐郡守李勉登此台北望，改名望阙。　③韶陔：犹韶乐，传说为舜所作。《尚书·益稷》："箫韶九成，凤凰来仪。"

失调名

九月江南秋色，黄雀雨，鲤鱼风。

（《岁时广记》卷三）

楼 钥

楼钥(1137—1213),字大防,自号攻媿主人,明州鄞县(今浙江宁波)人。隆兴元年(1163)进士,试教官,调温州教授,历知温州。光宗立,除考功郎,改国子司业,擢起居郎,兼中书舍人。缴奏无所回避。禁中或私请,帝曰:"楼舍人朕亦惮之,不如且已。"累迁给事中。与韩侂胄不合,以显谟阁学士提举江州太平兴国宫,寻知婺州,移宁国府罢,夺职。及韩侂胄诛起为翰林学士,迁吏部尚书,除端明殿学士、签书枢密院事。八同知,进参知政事。累疏求去,除资政殿学士,进大学士,提举万寿观。卒谥宣献。楼钥通贯经史,文辞精博,有《范文正年谱》、《攻媿集》,并行于世。

醉翁操

七月上浣游裴园①

茫茫,苍苍。青山绕,千顷波光。新秋露风荷吹香。悠飏心地翛然②,生清凉。古岸摇垂杨。时有白鹭飞来双。　隐君如在,鹤与翱翔。老仙何处,尚有流风未忘。琴与君兮宫商,酒与君兮杯觞。清欢殊未央,西山忽斜阳。欲去且徜徉,更将霜鬓临沧浪。

[注释]

①上浣:农历每月初一至初十日。亦称上澣。唐宋官员行旬休,即在官九日,休息一日。休息日多行浣洗,故称上旬休日为上浣或上澣。　②翛(xiāo)然:无拘无束貌。《庄子·大宗师》:"翛然而往,翛然而来而已矣。"

[集评]

丁绍仪云:"余于历代《词综》向有续补之愿……今就所见笔之于

此……楼钥七月上浣游斐园《醉翁操》云：垂杨，千章，刚刚，绕廻塘。波光。新秋露荷时吹香，翛然心地清凉。听悠扬，夹岸摇修篁。惊起白鹭飞来双。隐居如在，鹤与翱翔。隐君何处，尚有流风未忘。琴与奏兮宫商，酒与共兮杯觞。清欢殊未央。西山忽斜阳，欲去且徜徉，更将霜鬓临沧浪。"（《听秋声馆词话》卷七）

醉翁操

和东坡韵咏风琴

泠然，清圆。谁弹，向屋山。何言，清风至阴德之天。悠飏馀响婵娟。方昼眠，迥立八风前[①]。八音相宣知孰贤[②]。　　有时悲壮，铿若龙泉[③]。有时幽杳，仿佛猿吟鹤怨，忽若巍巍山巅。荡荡几如流川，聊将娱暮年。听之身欲仙。弦索满人间，未有逸韵如此弦。

（以上二首见《攻媿集》卷六）

［注释］

①八风：八方之风。见《吕氏春秋·有始》。　②八音：八风之音，阴阳家以八风分属八卦，故又谓八卦之音。　③龙泉：剑名。见《晋书·张华传》。

孝宗皇帝虞主自浙江还重华宫鼓吹导引曲[①]

孝宗纯孝，前圣更何加。高蹈处重华。丹成仙去龙輴远[②]，越岸暮山遐。　　波臣先为卷寒沙，来往护灵槎。九虞礼举神祇乐[③]，万世佑皇家。

［注释］

①孝宗皇帝：指宋孝宗赵昚（shèn），字元永，宋太祖七世孙，宋高宗之侄。高宗无子，立为皇太子。即位后，有意恢复失地，命张浚北伐抗金，

大败于符离，从此一意求和。在位二十七年。 虞主：古代葬后虞祭时所立的神主。 重华宫：宋代宫殿名。宋孝宗传位给光宗后所居。《宋史·孝宗纪三》：(淳熙十六年春正月)己未，更德寿宫为重华宫……(二月壬戌)下诏传位皇太子……帝素服驾之重华宫。"故址在今浙江杭州。《导引》：古乐曲名。《宋史·乐志十五》："皇太后恭谢宗庙，悉用正宫《降仙台》、《导引》、《六州》、《十二时》，凡四曲。" ②龙輴(chūn)：帝王的柩车。殡时輴车载柩，而画辕为龙，故云。 ③九虞：九次虞祭。古丧礼，天子九虞。

孝宗皇帝神主自重华宫至太庙祔庙鼓吹导引曲[①]

吾皇尽孝，宗庙务崇尊。钜典备弥文[②]。巍巍东向开基主，七世祔神孙[③]。 追思九闰整乾坤[④]，环宇慕洪恩。从今密迩高宗室[⑤]，千载事如存[⑥]。

(以上二首见《攻媿集》卷四十八)

[注释]

①太庙：天子的祖庙。 祔庙：祔祭后死者于先祖之庙。 ②钜典：朝廷大法。 弥文：谓富于文采。苏辙《乞御制集叙状》："臣等恭惟神宗皇帝天纵弥文，神授英略，词章渊妙，不学而能，筹策纵横，绝人远甚。" ③"七世"句：宋孝宗为宋太祖七世孙，故云。 ④闰：闰位。古人称非正统的帝位为闰位。 ⑤密迩：贴近。《尚书·太甲上》："予弗狎于弗顺，营于桐宫，密迩先王其训，无俾世迷。" 高宗：指宋高宗。 ⑥唐氏按：以上二首原见《宋史》卷一百四十一《乐志》十七，无撰人姓名，绍熙五年作。

张良臣

张良臣，字武子，一字汉卿，号雪窗。大梁（今河南开封）人，避地家于鄞（今浙江宁波）。（一说襄邑人，家于四明）。生卒年不详，约宋孝宗淳熙初（1174 年前后）在世。隆兴元年（1163）登进士第，官止监左藏库。笃学好古，室无长物，妻子不免饥寒。性嗜诗，但不强作，或终年无一句，故所作必绝人。学者称雪窗先生。有《雪窗集》十卷。今不传。

失调名

昨日豆花篱下过，忽然迎面好风吹。独自立多时。

（《攻媿集》卷七十）

[集评]

楼钥云："张武子尝自哦其诗曰：'客向愁中都老尽，只留平楚伴销凝。'又哦其词云：'昨日豆花篱下过，忽然迎面好风吹。独自立多时。'其大约可见矣。闭门读书，室中无一物，性嗜诗，未尝强作，或终岁无一语，故所作必绝人。妻孥至不免饥寒。或谓君子为岁晚计。君曰：'水禽有信天公（翁）者，食鱼而不能捕，凝立沙上，它禽过，偶坠鱼于前，乃拾之，然未闻有饿死者。'其夷淡类此。"（冯金伯《词苑萃编》卷十四，辑自《攻媿集》）

西江月

四壁空围恨玉，十香浅捻啼绡。般云度雨井桐凋[①]，雁雁无书又到。　　别后钗分燕股[②]，病馀镜减鸾腰。蛮江豆蔻影连梢，不道参横易晓[③]。　（《阳春白雪》卷二）

[注释]

①井桐：庭院中的梧桐。　②钗分燕股：金钗歧出如燕尾，喻夫妻或

情人分离。 ③参横:参星已落,形容夜深。曹植《善哉行》:“月没参横,北斗阑干。”

[**集评**]

况周颐云:“张武子《西江月》过拍云:‘殷云度雨井桐凋,雁雁无书又到。’昔人句云:‘江头数尽南来雁,不寄西风一幅书。’此词括以六字,弥觉沉顿。”(《蕙风词话续编》卷一)

采桑子

佳人满劝金蕉叶,夜玉春温。别后黄昏,燕子楼高月一痕。 年年依旧梨花雨,粉泪空存。流水孤村,不著寒鸦也断魂。 (《阳春白雪》卷四)

舒邦佐

舒邦佐（1137—1124），字辅国，后更字平叔，隆兴府靖安（今属江西南昌）人。淳熙八年（1181）进士，授鄂州蒲圻簿，改潭州善化簿，迁衡州录事参军，俱以廉称。尝言“吏蠹易滋，民冤难伸”。去官，民为之流涕。邦佐工词，有《双峰猥稿》（一作《双峰存稿》）。

水调歌头

寿衡守季国正[1]

问讯金华伯[2]，自是地行仙。只为朱轮画戟，句引到湘川。用个狎鸥心地[3]，做就烹鲜时政[4]，民化我何言。但贵衡阳纸，纸落尽云烟。　对湖天，梅索笑，月还圆。旧时岳生申甫[5]，重到是前缘。快洗瑶觥一醉，唤个鹤仙起舞，骑取上花砖。春秋更多少，庄木八千年[6]。

（《双峰猥稿》卷八）

[注释]

①衡守：衡阳知州。　②金华伯：指居住金华石室的仙人黄初平。③狎鸥：指隐逸。《列子·黄帝》：“海上之人有好鸥鸟者，每旦之海上，从鸥鸟游，鸥鸟之至者百住而不止。”　④烹鲜：语本《老子》“治大国若烹小鲜”。言烹小鱼不事割鳞剖腹，意在简便，后以比治国便民之道。　⑤岳生申甫：本《诗经·大雅·崧高》“崧高维岳，骏极于天。维岳降神，生甫及申”。言岳山高大，降其神灵和气，以生甫侯申伯。此泛指山之高大而有神灵。　⑥庄木：即庄椿。此指长寿。

张孝忠

张孝忠,生卒不详,字正臣,历阳(今安徽和县)人,约宋孝宗淳熙中(1182年前后)在世。隆兴元年(1163)进士。曾知郴州。开禧初,守荆门,三年(1207)京西运判。嘉定元年(1208),直显谟阁,落职放罢。(1215),新知金州,放罢。孝忠工词,著有《野逸堂词》一卷。

杏花天

刘司法喜咏北湖次其韵

爱寻水竹添情况。任云卧、溪边石上。衔杯乐圣成游荡[①],不为弓弯舞样。　　北湖迥、风飘彩舫。□笑击、冯夷薄相[②]。致身福地何萧爽,莫道居夷太枉[③]。

[注释]

①乐圣:《三国志·魏书·徐邈传》云,“平日醉客谓酒清者为圣人,浊者为贤人”,后因称嗜酒为“乐圣”。杜甫《饮中八仙歌》:“左相日与费万钱,饮如长鲸吸百川,衔杯乐圣称避贤。”　②唐氏按:原无空格,据律补。　冯夷:水神名。　③居夷:本指居住在东方九夷之地,后泛指居住在少数民族地区。

杏花天

看花随柳湖边去,似邂逅、水晶宫住[①]。刘郎笔落惊风雨[②],酒社诗盟心许[③]。　　玉关外、不辞马武[④]。便好展、云霄稳步。郴江自绕郴山路[⑤],欲问功名何处。

[注释]

①唐氏按："逅"原误作"垢"，改从赵万里校。　②"刘郎"句：刘郎指刘司法。杜甫《寄李十二白二十韵》："笔落惊风雨，诗成泣鬼神。"③唐氏按："社"原误作"杜"，从赵万里校。　诗盟：诗人的盟会。苏轼《答仲屯田次韵》："秋来不见渼陂岑，千里诗盟忽重寻。"　④马武：东汉湖阳人，从光武破王寻等，击破群贼。光武即位，封扬虚侯。永平初拜捕虏将军，破西羌。为人嗜酒，闳达敢言。尝醉，在帝前面折同列，言其短长，帝故纵之，以为笑乐焉。　⑤郴江：源出湖南郴县黄岑山，下流会来水及白豹水入湘江。秦观《踏莎行》："郴江幸自绕郴山，为谁流下潇湘去？"

破阵子

北湖次唐教授韵

占气中涵清淑[1]，征诗古富篇章。杖屦闲随鱼□乐[2]，怀抱清如湖水凉。何殊吴越乡。　风柳春容袅袅，水花月影汪汪。且把清尊浇磊块，莫为浮名愁肺肠。星星白发长。

[注释]

①占气：观云气风色以测吉凶。　②唐氏按：原无空格，据律补。

玉楼春

泛北湖次唐教授韵

绿波春早青烟暮，翠幕船如天上去。深杯浊酒醉贤人，隔岸幽花怜静女。　浮云散乱流萍聚，恨满韩张离合处。欲招骑龙帝乡人[1]，来咏叉鱼春岸句。

（以上四首见《永乐大典》卷二千二百六十五"湖"字韵引张孝忠《野逸堂集》）

[注释]

①帝乡:神话中天帝居住之地。

鹧鸪天

豆蔻梢头春意浓,薄罗衫子柳腰风。人间乍识瑶池似,天上浑疑月殿空。　眉黛小,髻云松。背人欲整又还慵。多应没个藏娇处,满镜桃花带雨红。

(《永乐大典》卷六千五百二十三“妆”字韵引张孝忠《野逸堂长短句》)

菩萨蛮

即席次王华容韵

娇红隐映花稍雾,金莲容与歌声度[1]。得句写香笺,江山此意传。　醉当春好处,不道因风絮。去并锦闱眠,青绫被底仙。

[注释]

①金莲:指女子的纤足。见《南史·齐东昏侯记》。

西江月

即席次王华容韵

堂上簪缨交错,花间帘幕高张。与君一咏一飞觞,莫笑诗狂饮畅。　满路光风转蕙,吟边宫柳斜行。新词妙绝动宫墙,紫诰黄麻天上[1]。

[注释]

①紫诰：皇帝的诏书。盛以锦囊，紫泥封口，故称。　黄麻：用黄麻纸誊写的诏书。

霜天晓角

汉阳王守席上

楚山浮碧，江汉无终极。鄂渚几行云树，天何意、限南北。　使君觞醉客，健倒曾何惜[1]。三国英雄谁在，斜阳外、尽陈迹。　（以上三首见《永乐大典》卷二万零三百五十三“席”字韵引张孝忠词）

[注释]

①健倒：滑倒，翻倒。卢仝《村醉》诗：“昨夜村饮归，健倒三四五。摩挲青莓苔，莫嗔惊着汝。”

方有开

方有开,生卒不详,字躬明,号堂溪,歙州(今安徽歙县)人(一说浙江淳安人)。隆兴元年(1163)进士,授南丰尉,屡迁司农丞、转运判官,兼庐州帅。历官中外,必求其尽职,官至户部侍郎。每奏对辄陈恢复大计。有《堂溪集》,不传。

点绛唇

钓 台[①]

七里滩边[②],江光漠漠山如戟。渔舟一叶,径入寒烟碧。 笑我尘劳,羞对双台石[③]。身如织,年年行役,鱼鸟浑相识。

[注释]

①钓台:指严子陵钓台。在浙江桐庐。东汉严光(字子陵),少与光武帝刘秀同游学,有高名。秀称帝,召为谏议大夫,不受,退隐于富春山。后人称他居游之地为严陵山、严陵濑、严陵钓台。 ②七里滩:在浙江桐庐严陵山西,一名七里濑,即富春渚。两山耸起壁立,连亘七里,土人谓之泷,故又称七里泷。 ③双台:严光垂钓处有两座高台,分称东台、西台。

满江红

钓 台[①]

跳出红尘,都不顾、是非荣辱。垂钓处、月明风细,水清山绿。七里滩头帆落尽[②],长山泷口潮回速。问有谁、特为上钩来,刘文叔[③]。 貂蝉贵[④],无人续。金带重[⑤],难拘束。这白麻黄纸[⑥],岂曾经目。昨夜客星侵帝座，且容伸脚加君腹[⑦]。问高风、今古有谁同[⑧]，先生独。

（以上二首《新安文献志》甲卷六十）

［注释］

①钓台：指严子陵钓台。 ②七里滩：参见上词注②。 ③刘文叔：刘秀。 ④貂蝉：即貂蝉冠。貂尾与蝉羽，皆古代显官冠上之饰物。此喻达官显贵。 ⑤金带：金饰腰带。古代帝王、后妃、文武百官所服腰带。此代指高官。 ⑥白麻黄纸：指诏书。用黄色麻纸书写，故称。 ⑦"客星"二句：《后汉书·严光传》："（光武帝）复引光入，论道旧故……因共偃卧，光以足加帝腹上。明日，太史奏客星犯御座甚急。帝笑曰：'朕故人严子陵共卧耳。'" 客星：忽隐忽现之星。 ⑧高风：高卓之风范。范仲淹《严先生祠堂记》："云山苍苍，江水泱泱，先生之风，山高水长。"

存目词

本书（今按：指《全宋词》）初版卷一百七十五载方有开《点绛唇》"燕子依依"一首，乃《能改斋漫录》卷十六无名氏词。

许及之

许及之(？—1209),字深甫,号涉园,永嘉(今浙江温州)人。隆兴元年(1163)进士,知分宜县,迁宗正丞。乾道元年(1165)与薛叔似同擢为拾遗。光宗时屡有迁贬。宁宗即位,除吏部尚书,兼给事中。党事起,叔似累被斥逐,及之则谄事韩侂胄,无所不至。未几,得同知枢密院事,后又兼参知政事。侂胄诛,降两官,贬泉州居住。及之工诗文,著有文集三十卷,《涉斋课稿》九卷。

贺新郎

旧俗传荆楚。正江城、梅炎藻夏[1],做成重午。门艾钗符关何事,付与痴儿騃女。耳不听、湖边鼍鼓。独炷炉香薰衣润,对潇潇、翠竹都忘暑。时展卷,诵骚语。

新愁不障西山雨。问楼头、登临倦客,有谁怀古。回首独醒人何在[2],空把清尊酹与。漾不到、潇湘江渚。我又相将湖南去,已安排、吊屈嘲渔父。君有语,但分付。

(《阳春白雪》外集)

[注释]

①梅炎藻夏:五月梅子熟,水藻绿,正端午时节。 ②独醒人:屈原有“举世皆醉我独醒”之语。

傅大询

傅大询，生卒不详，字公谋，号铃冈，宜春（今属江西）人。

水调歌头

草草三间屋，爱竹旋添栽。碧纱窗户，眼前都是翠云堆。一月山翁高卧，踏雪水村清冷，木落远山开。唯有平安竹，留得伴寒梅。唤家童①，开门看，有谁来。客来一笑，清话煮茗更传杯②。有酒只愁无客，有客又愁无酒，酒熟且徘徊。明日人间事，天自有安排。

（《鹤林玉露》卷十七）

［注释］

①唐氏按："唤"字原脱，据《词品》卷二补。　注者按：丁绍仪《听秋声馆词话》卷十三曰，"脱一字'唤'字或'呼'字。"

［集评］

罗大经云："此词清甚，末句尤达，可歌也。"（《鹤林玉露》丙编卷五）

杨慎云："宋傅公谋《水调歌头》曰（略）。每独行吟歌之，不惟有隐士出尘之想，兼如仙客御风之游矣。昔人谓'诗情不似曲情多'，信然。"（《词品》卷二）

锦堂春

寿许宰

梅要疏开，雪教迟下，怕他寒入江天。有月桥仙客，相伴婵娟。巷陌升平气象，一时都在鸣弦。望东家锦里，雁到云边，书到云边。　尊前翠眉环唱，道新腔字稳，花折声圆。此去凤池游戏[①],碧波添插金莲。看长生叶上,龟寿千年[②],人寿千年。

[注释]

①凤池:凤凰池。本皇帝禁苑中池沼,此泛指朝廷。 ②龟寿千年:本徐照诗“龟巢莲叶上,公见却千年”。

柳梢青

庆叶丞

春到江南,今年寒少,早有疏梅。相伴双松,吟哦风月,着意花开。 天香甚处安排,便何似、调羹去来[①]。劲节仙姿,玉堂难老,身在蓬莱[②]。 (以上二首见《截江网》卷五)

[注释]

①调羹:谓出任宰相。 ②蓬莱:传神海上三神山之一。

念奴娇

江梅破腊,把一枝来报,□春消息[①]。锦帐银瓶龙麝暖[②],画烛光摇金碧。两径桃花,一溪流水,路入神仙宅。云裳羽佩,洞天相会今夕。 堂下乐问灵鼍,玉人清唱,舞袖低回雪。富贵风流须道是,天上人间难得。玉镜台边[③],琼浆盏畔,共说春心切。百年偕老,凤凰楼上风月。 (《翰墨大全》乙集卷十七)

[注释]

①唐氏按:原无空格,据律补。 ②龙麝:以麝香入熏笼燃点。 ③玉镜台:温峤以玉镜台为礼,聘得佳妇。此指成亲。

行香子

寿邓宰母　二月初五

玉佩簪缨，罗袜生尘[①]。问何时、来到湘滨。尧蓂五叶[②]，二月阳春。一霎时风，一霎时雨，一霎时晴。　有子鸣琴[③]，有路登瀛。戏斑衣、温酒重斟。蟠桃难老，相伴长生。一千年花，一千年果，一千年人。[④]（《翰墨大全》丁集卷一）

[注释]

①"罗袜"句：喻指美女。曹植《洛神赋》："凌波微步，罗袜生尘。"②尧蓂：瑞草，每月朔生一荚。五叶：指初五。　③鸣琴：琴堂为县令之代称。　④唐氏按：以上二首原题作铃冈作。

存目词

本书（今按：指《全宋词》）初版卷一百零五另载有傅大询《沁园春》"天下知名"一首，原注出《截江网》卷五，而据《截江网》原书，实无撰人姓名。

刘德秀

刘德秀(？—1208),字仲洪,自号退轩,丰城(今属江西)人,隆兴元年(1163)进士。淳熙八年(1181),户部犒赏酒库所干办公事。庆元元年(1195),右正言。二年(1196)谏议大夫。开禧元年(1205),签书枢密院事。著有《退轩遗稿》,《墨轩词》。

贺新郎

西　湖

雨沐秋容薄。莹湖光、琉璃千顷,浪平如削。步绕湖边佳绝处,时涌琼楼珠阁。记一一、经行皆昨。十万人家空翠里[①],借姮娥、玉鉴相依约[②]。卷雾箔,飞烟幕。

天机云锦才收却。放芙蓉、岸花十里[③],翠红成幄。向晚买舟撑月去,笑引银汉共酌。醉欲起、骑鲸碧落[④]。试唤坡仙哦妙句,问淡妆、此夕如何著[⑤]。只云月,是梳掠。

(《永乐大典》卷二千二百六十五“湖”字韵引《刘德秀词》)

[注释]

①“十万”句:语出柳永《望海潮》(东南形胜)“烟柳画桥,风帘翠幕,参差十万人家”。　②姮娥:相传为月神。　玉鉴:指月亮。　③“放芙蓉”句:语出柳永《望海潮》(东南形胜)“有三秋桂子,十里荷花”。　④骑鲸:骑鲸背游海上,喻仙家、豪客。李白自署“骑鲸客”,陆游《八十四吟》诗:“饮敌骑鲸客,行追缩地仙。”　⑤“试唤”二句:苏东坡《饮湖上初晴后雨》诗有“欲把西湖比西子,淡妆浓抹总相宜”之句。

吴　镒

吴镒（？—1197），字仲权，自号敬斋，崇仁（今属江西）人，隆兴元年（1163）进士，知宜章县。十六年（1189），秘书省正字。知武冈军，司封郎中，广西运判，湖南转运判官。著有《云岩集》、《敬斋词》。

水调歌头

柳州北湖

澄彻北湖水，圆镜莹青铜。客槎星汉天上[①]，隐隐暗朝通。六月浮云落日，十顷增冰积雪，胜绝与谁同。罗袜步新月[②]，翠袖倚凉风。　子韩子，叫虞帝，傲祝融[③]。御风凌雾来去，邂逅此从容。欲问骑驎何处，试举叉鱼故事，惊起碧潭龙。乞我飞霞佩，从子广寒宫[④]。

[注释]

①客槎：指升天所乘之槎。张华《博物志》载，去年八月有浮槎往来于天河与大海，人有奇志者乘槎而去。　②"罗袜"句：喻指美女。曹植《洛神赋》："凌波微步，罗袜生尘。"　③"子韩子"三句：指韩愈。有诗云："暂欲系船韶石上，上宾虞舜整冠裾。"又有"紫盖连延接天柱，石廪腾掷堆祝融"之句。　祝融：指辛氏火正，相传死后为火神。　④广寒宫：指月宫。

水调歌头

三楚上游地，五岭翠眉横。杜诗韩笔难尽，身到眼增明[①]。最好流泉百道，漉漉绕城萦市[②]，唯见洛阳城。化鹤三千岁[③]，橘井尚凄清。　阆风客，紫贝阙，白玉京。不堪天上官府，时此驻霓旌。岁晚朔云边雪，压尽蛮烟瘴雨，过雁落寒汀[4]。况有如泉酒，细与故人倾。

（以上二首见《永乐大典》卷二千二百六十五"湖"字韵）

[注释]

①唐氏按："眼增明"原误倒作"增明眼"，今正。　②漷漷（guó）：水流声。　③化鹤：用丁令威学道化鹤事。　④句下自注："目所观前人，盖以词寓其意。"

林　淳

林淳，生卒不详，字太冲，三山（今福建福州）人，乾道八年（1172）以奉议郎为泾县令。修复古塘，民多称之。工词，有《定斋诗馀》一卷，今不传。

水调歌头

温陵东湖次陈休斋体仁韵

潇洒东湖上，夜雨洗清秋。朝来尘霁，凝望千里兴悠悠。山色挼蓝深染，波影青铜新铸，□冷翠光浮。蓑笠真吾事，聊整钓鱼钩。　坐中客，凌王谢[①]，更风流。一觞一咏[②]，豪俊谈笑气吞牛。花月连环长好，到处名园池□，遇景且遨游。试问陶元亮，底事赋归休[③]。

（《永乐大典》卷二千二百六十二"湖"字韵）

[注释]

①王谢：东晋宰相王导与大将军谢安，为世族大家。　②一觞一咏：指饮酒赋诗。语出王羲之《兰亭集序》："虽无丝竹管弦之盛，一觞一咏，亦足以畅叙幽情。"　③"试问"二句：陶元亮，东晋诗人陶渊明，字元亮，曾为彭泽令，因不愿为五斗折腰，赋《归去来辞》弃官归隐。

鹧鸪天

西　湖

天近祆知雨露浓[①]，湖山无日不春风。闲花野草皆掀舞，曾在君王顾盼中。　时易得，会难逢，朝为逆旅暮三公[②]。蛟龙得雨飞无便，鸡犬腾云夙有功。

[注释]

①袄知:情知。　②逆旅:客舍。此代指行旅之人。　三公:辅助国君掌握军政大权的最高官员。

柳梢青

富贵园林,清虚清馆,随意登临。物外风光,云明花媚,鸟语烟深。　　徐徐缓辔微吟,迤逦度、松间柳阴。览遍幽奇,小舟归晚,月映波心。

浣溪沙

忆西湖

却忆西湖烂漫游,水涵山影翠光浮。轻舟短棹不惊鸥。　　带露精神花妩媚,依风情态柳温柔。莺歌燕语巧相留。

水调歌头

次赵帅开西湖韵[①]

湖波涨新绿,环绕越王山[②]。棠斋清昼馀暇,赢得静中观。四面屏围碧玉,十里障开云锦,冰鉴倒晴澜。目送孤鸿远,心与白鸥闲。　　隘游人,喧鼓吹,杂歌讙。晓天澄霁,花羞柳妒怯春寒。好在风光满眼,只恐阳春有脚[③],催诏下天关。剩写鹅溪幅[④],归去凤池看。

[注释]

①赵帅:似指赵汝愚,绍熙初(1190)曾帅福州。此咏福建闽侯县西湖。　②越王山:在福建闽侯县城内北隅,即越王无诸旧城。　③阳春有

脚：即有脚阳春。对官吏施行德政的颂词。典出王仁裕《开元天宝遗事》，“宋璟爱民恤物，朝野归美。时人咸谓璟为有脚阳春，言所至之处，如阳春煦物也。” ④鹅溪：在四川盐亭县西北，以产绢著名，称鹅溪绢，唐时即为贡品，宋时书画尤重之，为宋绢之佳者。

水调歌头

疏水绕城郭，农利遍三山[①]。使君重本，雅志初不在游观。化出玉壶境界，挥洒锦囊词翰，笔下涌波澜。天巧无馀蕴，意匠自舒闲。　拥鳌头[②]，民同乐，颂声讙。养花天气，云柔烟腻护朝寒。桃李满城阴合，杨柳绕堤绿暗，幽鸟语间关。似诉风光好，留与后人看。

[注释]

①三山：指福州。城中有三山，东曰九仙山，西曰闽山，北曰越王山，故名。 ②拥鳌头：唐宋翰林学士、承旨等官朝见皇帝时立于镌有巨鳌的殿陛石正中，因称入翰院为上鳌头。

水调歌头

螺水亘千古[①]，鳌顶冠三山[②]。年丰帅阃尘静，栏槛纵遐观。四望潮登浦溆，万顷绿浮原野，堤岸溢波澜。畎浍皆沾足，日永橘槔闲。　肆华筵，鱼鸟乐，众宾讙。良辰好景，年年莫放此盟寒[③]。且念新湖遗爱，莫作故园遐想，到处是乡关。勋业知非晚，聊把镜频看。

（以上七首见《永乐大典》卷二千二百六十五“湖”字韵引《定斋集》）

[注释]

①螺水:螺女江,在福州西北,闽江支流。 ②三山:九仙、闽山、越王山,皆在福州城中。 ③寒:冷却,指违约。

菩萨蛮

鹅溪净称烟笼月[①],澄心白称光浮雪[②]。净白两俱宜,天然浓淡枝。 花光神意远,吮墨含毫浅。依约有香来,春风随手开。

(《永乐大典》卷二千八百十三“梅”字韵)

[注释]

①鹅溪:在四川盐亭县西北,以产绢著名,称鹅溪绢,唐时即为贡品,宋时书画尤重之,为宋绢之佳者。 ②澄心:即澄心堂纸,南唐后主李煜造。

减字木兰花

郑尚书席上借前韵

嫣然笑粲,醉靥融滋春意烂。侍宴终宵,欢动帘帏酒易消。 尊前狂客,惊见蕊仙新谪籍[①]。珠阁深关,丹就同归海上山[②]。

[注释]

①蕊仙:蕊宫仙女。 ②丹就:修道炼丹成功。

减字木兰花

烛花呈灿,瑞气满筵春欲烂。月色中宵[①],疑是阶前雪未消。　　骚人词客，魂断蜡梅香已籍[②]。谁更情关，一点新愁人远山。

[注释]

①中宵：半夜。　②籍：通"藉"，狼藉，衰败。

浣溪沙

郑尚书席上再作

冒雪休寻访戴船[①]，红炉剩爇宝香然[②]。阁儿煨暖两三椽。　　更有玉杯传素手，梅花相对两争妍。停杯听唱月娟娟。

[注释]

①访戴船：王子猷雪夜兴起，笃舟至剡访戴逵。至门不进而返。事见《世说新语·任诞》。　②爇（ruò）：燃烧。

（以上三首见《永乐大典》卷二万零三百五十三"席"字韵引《林定斋集》）

（以上林淳词十一首，用周泳先辑《定斋诗馀》增补）

存目词

《永乐大典》卷二千二百六十五"湖"字韵载林淳《柳梢青》"水月光中"一首，乃赵汝愚作，见《阳春白雪》卷二。

廖行之

廖行之(1137—1189),字天民,其先延平(今福建南平),徙衡州(今湖南衡阳)。淳熙十一年(1184)进士,官岳州巴陵尉,以亲老辞归。授宁乡主簿,不赴。生平内行修饬,留心经济,入仕多著政绩。著有《省斋集》十卷、《省斋诗馀》一卷。

洞仙歌

寿老人

虞弦挥按[①],甫奏薰风曲[②]。两两尧蓂长新绿。揖鳌峰、连雁峤[③],缪辐圆融[④],总里许、北郭门围全属。 年年才见夏,喜溢枌榆[⑤],龙穴霏烟霭晴谷。向氤氲和气里,岁奉瑶觞,试屈指、几阅梅林初熟。待一品官高见玄孙,算八十彩衣[⑥],更饶遐福。

[注释]

①虞弦:指琴。语本《礼记·乐记》“昔者舜作五弦之琴,以歌《南风》”。 ②薰风曲:指《南风歌》。《孔子家语·辨乐解》:“昔者舜弹五弦之琴,造《南风》之诗。其诗曰:‘南风之薰兮,可以解吾民之愠兮。南风之时兮,可以阜吾民之财兮。’” ③鳌峰:朝廷中镌有巨鳌的殿陛石,此代指京城、朝廷。 雁峤:犹雁峰,指湖南衡阳市南之回雁峰。此代指湖南。 ④缪辐(jiāo gé):广大深远貌。司马相如《上林赋》:“置酒乎昊天之台,张乐乎缪辐之宇。” ⑤枌榆:汉高祖刘邦为丰枌榆乡人,初起兵时祷于枌榆社,后以枌榆为故乡的代称。 ⑥八十彩衣:指老莱子彩衣娱亲事。

念奴娇

寿四十叔

薰风庭院[1]，报槐阴拥翠，池波凝绿。瑞气葱葱浮燕寝，羽仗霓旌相属。鹫鹫开祥[2]，长庚入梦[3]，诧列仙图箓。林泉高迈，肯应轩冕尘俗。　好是妙舞清歌，浮瓜沉李，荐杯中醽醁[4]。鹊尾炉生香篆细[5]，又作如何祈祝。试问蓬莱，丹崖胜处，几摘蟠桃熟。东方何在[6]，凛然能继高躅[7]。

[注释]

①薰风：参见上词注②。　②鹫鹫（yuè zhuó）：凤之别名。《国语·周语上》："周之兴也，鹫鹫鸣于岐山。"　③长庚：金星昏见者为长庚，旦见者为启明。　④醽醁：酒名。　⑤香篆：香炷，点燃时烟上升缭绕如篆文，故称。　⑥东方：指东方朔。　⑦躅（zhú）：足迹。

贺新郎

和狄志父秋日述怀

玉宇□蓬户。渺凉声、箾椮梧井[1]，乱零枫浦。得得西山朝来爽[2]，碧瘦千崖万树。清兴在、烟霞深处。拄笏风流今谁是[3]，但闻鸡、夜半犹狂舞[4]。试举看，渠多许。　青云万里君夷路。肯区区、辆张兔穴[5]，沉迷金坞。流水高山真难料[6]，休把朱弦浪抚。任展转、翻云覆雨。且对佳时随意乐，更从今、莫问惊人句。算万事，总天赋。

[注释]

①箾椮：高长貌。　梧井：种植梧桐的庭院。　②得得：自然任意貌。　西山朝来爽气：语出《世说新语·简傲》。王子猷为桓冲参军，冲

谓王曰:“卿在府久,比当相料理。”初不答,直高视,以手版柱颊云:“西山朝来致有爽气。”爽气,指清晨峰峦间清新的空气。 ③拄笏:即拄笏看山,言虽在官而有闲情逸致。笏,即手版。 ④“但闻鸡”句:用祖逖闻鸡起舞事。《晋书·祖逖传》:“与司空刘琨俱为司州主簿,情好绸缪,共被同寝。中夜闻荒鸡鸣,蹴琨觉曰:‘此非恶声也。’因起舞。” ⑤钠张:嚣张。 ⑥流水高山:喻知音。《列子·汤问》:“伯牙善鼓琴,钟子期善听。伯牙鼓琴志在登高山,钟子期曰:‘善哉,峨峨兮若泰山。’志在流水,钟子期曰:‘善哉,洋洋兮若江河。’”

贺新郎

赋木犀①

修月三千户②。拥冰轮、同游碧落③,问津牛浦④。上界真仙多才思,乞与瑶阶玉树。渺万里、人间何处。云叶依依分清荫,忆当时、掩映霓裳舞。算万木,宁如许。 年年萧爽幽岩路。倚西风、吹香金粟⑤,超然云坞。一洗纷纷凡花尽,堪写清商对抚。为豁散、蛮烟瘴雨。脱俗高标谁能领,向骚人、正欠题新句。须大手⑥,与君赋。

[注释]

①木犀:桂花的别称。 ②修月:古代传说月由七宝合成,人间常有八万二千户给它修治。见段成式《酉阳杂俎·天咫》。 ③冰轮:指明月。碧落:指天空。 ④牛浦:即牛津,指天河。 ⑤金粟:指桂花。其色黄如金,花小如粟,故称。 ⑥大手:大手笔,文章大家。

水调歌头

寿外舅①

林梢挂弦月,江路粲寒梅。一年清绝,好是造物巧安排。今日不知何日，佳气更随喜气，满室已春回。欢事一时足，黄色两眉开[②]。　紫髯公[③]，平日事，亦高哉。都将功业，分付兰玉满庭阶。慈爱浑嗤张傅，信义更高吴季[④]，别是一襟怀。岁岁长生酒，剩□紫霞杯。

[注释]

①外舅：岳父。　②"黄色"句：眉间黄色，谓吉兆。"眉间黄色见归期"，见韩愈《郾城晚饮》诗。　③紫髯公：本张辽谓孙权之语。此言其外舅相貌非凡。　④吴季：指吴公子季札，吴王季子。吴王欲传以位，辞不受。

水调歌头

寿长兄

天下伟人物，荆楚号名流。幅员千里，英气磅礴岳南州。雁峤高参翼轸[①]，石鼓下盘朱府[②]，衮衮应公侯。常记生申旦[③]，明日是中秋。　挈明月，翳翔凤，驷飞虬。东南一尉，何事三载漫淹留。谈笑洞庭青草[④]，从此阆风阊阖[⑤]，高处看鳌头[⑥]。更种阶庭玉[⑦]，慈母念方稠。

[注释]

①雁峤：回雁峰。　参：参宿，二十八星宿之一。　轸：轸宿，二十八星宿之一。　②石鼓：指湖南衡阳石鼓山。　③申旦：生申之日，指生日。申：周代名臣申伯。见《诗经·大雅·崧高》。　④洞庭青草：洞庭湖在湖南岳阳市西南，青草湖在洞庭湖之南，二湖相通，总称洞庭湖。　⑤阆风：山名，相传为仙人所居，在昆仑之巅。　阊阖：天门。　⑥鳌头：唐宋翰林学士、承旨等官朝见皇帝时立于镌有巨鳌的殿陛石正中，因称入翰院为上鳌头。　⑦阶庭玉："（谢）安尝戒约子侄，因曰：'子弟亦何豫人事，而正欲使其佳？'诸人莫有言者。玄答曰："譬如芝兰玉树，欲使其生于庭阶耳。'安悦。"见《晋书·谢玄传》。

水调歌头

寿汪监

祥起玉龙甲[①],庆衍紫枢垣[②]。奎文得岁,佳气磅礴斗牛间[③]。天意方扶兴运,贤业更看奕世[④],衮衮照英躔。四海具瞻久,膏泽满湘川。　岁六月,苏大旱,作丰年。喁喁百万生齿,何处不沾恩。此是鸿钧事业[⑤],那更青毡步武[⑥],早晚即调元[⑦]。混一车书了[⑧],还领赤松仙[⑨]。

[注释]

①玉龙甲:指瑞雪。　②紫枢:朝廷中枢部门。　③奎:星名,主文运。　④奕世:累世,一代接一代。　⑤鸿钧事业:治理国家之大业。⑥青毡:王献之夜卧斋中,有人入室盗物,献之徐曰:"偷儿,青毡我家旧物,可特置之。"群偷惊走。见《晋书·王羲之传附王献之》。后以青毡代指士人故家旧物。　步武:古代以六尺为步,半步为武,形容相距甚近。　⑦调元:喻宰相调和阴阳,执掌政柄。　⑧混一:统一。　⑨赤松仙:指赤松子。

水调歌头

寿□守

黄色起犀表[①],紫绶照金章。两朝耆德,应是南国旧龚黄[②]。曾上方壶蓬岛[③],万里鲸波不作,炎海赖清凉。缓造鹓鸿地[④],高卧水云乡[⑤]。　近新来,春色好,遍潇湘。不知今日何日,佳气拥高堂。竞把芳尊为寿,细祝遐龄难老,福禄未渠央。国栋欠元老,仙桂看诸郎[⑥]。

[注释]

①犀表:对武将容仪的敬称。　②龚黄:指汉代循吏龚遂、黄霸。

龚遂：山阳南平阳人，仕昌邑王刘贺。贺行多不正，遂累引经义，陈祸福，谏诤忘己。贺废，髡为城旦。宣帝时，为渤海太守，时值饥荒，遂单车至郡，开仓济贫，劝民农桑。民皆卖剑买牛、卖刀买犊，境内大治。见《汉书·龚遂传》。黄霸：淮阴阳夏人，少学律令，武帝末补侍郎谒者，历河南太守丞。时吏尚严酷而霸独用宽和为名。宣帝时，为廷尉正，后擢颍川太守、扬州刺史，官至御史大夫、丞相，封建成侯。汉史言治民吏，以霸为第一。见《汉书·循吏传》。 ③方壶：古代传说中的仙山，即方丈山。 蓬岛：即蓬莱仙岛。 ④鹓鸿地：喻朝廷。 鹓鸿：鸟群飞有序，因以喻朝官班行。 ⑤水云乡：指隐者居游之地。 ⑥仙桂：喻指科第、仕进。晋郤诜累迁雍州刺史，武帝于东堂会送，向诜曰："卿以为何如？"诜对曰："臣举贤良对策，为天下第一，犹桂林之一枝，昆山之片玉。"

水调歌头

寿邓彦鳞

凉吹起空阔，疏雨敛轻阴。潇湘江上秋色，佳处不胜清。拄笏西山一望，气与千崖高爽①，天意属奇英。威凤下瑶阙，丹桂矗云根②。 汉元侯③，流德厚，在云孙④。金昆玉季，曾共接武上青云。堂上瑶池仙姥⑤，庭下芝兰玉树，好事萃于门。剩讲经纶事，早晚自公卿。

［注释］

①"拄笏"二句：即拄笏看山，言虽在官而有闲情逸致。笏，即手版。 ②丹桂：参见上词注⑥。 ③元侯：指重臣大吏。 ④云孙：八代后之孙，泛指远孙。 ⑤瑶池仙姥：指西王母。

水调歌头

寿欧阳景明

苍立箨龙秀①，青压雨梅肥。清和天气，无限佳景属斯时。试听虞弦初理,便有薰兮入奏[②],风物正熙熙。此日定何日,香篆袅金猊[③]。　记当年,蓂两荚[④],应熊罴[⑤]。男儿壮志,端在伊傅与皋夔[⑥]。况是从容书史,养就经纶功业,早晚帝王师。但了公家事,方与赤松期。

[注释]

①箨龙:破土而出的新竹。　箨(tuò):笋壳。　②薰兮:指《南风歌》。　③香篆:香烟,燃时上升缭绕如篆文,故称。　金猊:猊形铜香炉。　④蓂荚:古代传说中的一种瑞草,农历每月从初一至十五,每日结一荚;从十六至月终,每日落一荚,从荚数多少,可推知何日,故一名历荚。⑤熊罴:生男之兆。《诗经·小雅·斯干》:"吉梦维何,维熊维罴……大人占之,维熊维罴,男子之祥。"　⑥伊:伊尹,商汤臣佐汤伐桀,被尊为阿衡(宰相)。　傅:傅说(yuè),殷商名相,佐武丁中兴。　皋:皋陶(yāo):舜臣,掌刑狱之事。　夔:传说舜时乐官。以上四人均为古代著名贤臣。

水调歌头

寿武公望

韩国武中令,公望乃云孙[①]。平生壮志,凛凛长剑倚天门。郁积胸中谋虑,慷慨尊前谈笑,袖手看风云。唾手功名事,诗句自朝昏。　况高怀,吾所敬,果难能。千金生产,一笑推尽与诸昆[②]。所至才成辄去,不为区区芥蒂,此意有谁论。且举杯中酒,今日是生辰。

[注释]

①云孙:八代后之孙,泛指远孙。　②诸昆:诸位兄弟。昆为兄,仲为弟。

沁园春

和苏宣教韵

直下承当，本来能解，莫遣干休。算如今蹉过，峥嵘岁月，分阴可惜，一日三秋[①]。闹里偷声，日中逃影，用尽机关无少留。争知道，是沤生即水，水外无沤[②]。世人等是悠悠。谁著个工夫向里求。但掩耳窃钟，将泥洗块，觅花空里，舐蜜刀头[③]。何以忙中，尻舆浸假[④]，邀取三彭同载游[⑤]。真如界[⑥]，向毗卢顶上[⑦]，荐取无忧。

[注释]

①一日三秋：语本《诗经·王风·采葛》"一日不见，如三秋兮"。②"是沤"二句：喻世事变幻。　沤：水中浮泡。　③"掩耳窃钟"四句：喻自欺欺人。　掩耳窃钟：见《吕氏春秋·自知》，"范氏之亡也，百姓有得钟者，欲负而走，则钟大不可负，以椎毁之，钟况然有音，恐人闻之而夺己，遽掩其耳。"后多作"掩耳盗铃"。　④尻舆浸假：语出《庄子·大宗师》"浸假而化予之尻以为轮，以神为马，予因以乘之，岂更驾哉"，喻随心所欲遨游自然。　尻（kāo）：臀部。　⑤三彭：即三尸神。张读《宣室志》："夫彭者，即三尸之姓，常居人身中，伺察功罪，每至庚申日，籍于上帝。故凡学仙者，当先绝其三尸，如是则神仙可得，不然虽苦其心无补也。"　⑥真如：佛教语。谓永恒存在的实体、实性，亦即宇宙万有之本体。　⑦毗卢顶：指毗庐帽。放焰火时主座和尚所戴的一种绣有毗卢佛家的帽子，亦泛指僧帽。

千秋岁

寿外姑[①]

腊馀时候，天意收寒早。梅信动，春先到。晓来湘水上，有底风光好。春有意，惯随仙仗来蓬岛。　一念到人间,依约瑶池道。心好在,慈为宝。蟠桃多岁月,不数如瓜枣[2]。千岁也,朱颜绿鬓人难老。

[注释]

①外姑:岳母。 ②如瓜枣:仙果。安期生食巨枣大如瓜。见《史记·封禅书》。

青玉案

书七里桥店

片帆稳送扁舟去,又还踏、江湖路。回首京城旧游处。断魂南浦,满怀装恨,别后凭谁诉。 长歌击剑论心素[1],有志功名未应暮。自诵百僚端复许。归来犹记,东坡诗语,但草凌云赋[2]。

[注释]

①心素:素心,本愿。 ②草:写。

青玉案

重九忆罗舜举

家山此去无多路,久没个、音书去。一别而今佳节度。黄花开未,白衣到否[1],篱落荒凉处。 峥嵘岁月还秋暮,空腹便便无好句。菊意愆期浑未许。那堪惹恨,年来此日,长是潇潇雨。

[注释]

①白衣:送酒人。重阳节陶潜无酒,忽有白衣人至,乃刺史王宏送酒者。见《续晋阳秋》。

满庭芳

丁未生朝和韵酬表弟武公望

五甲科名[1]，半生蹭蹬，胸中可谓忘奇。荣华外物，算岂是人为。自有吾身事业，最难得、□养亲时。萱堂好[2]，紫鸾重诰[3]，寿与岳山齐。　世间，欢乐事，争名蜗角[4]，伐性蛾眉[5]。谩须臾变化，苍狗云衣[6]。那似千秋寿母，功名事、分付吾儿。从今去，捧觞戏彩[7]，双绶更相宜。

[注释]

①五甲：宋代科举考试分一至五等。　②萱堂：代指母亲。　③紫鸾：传说中的神鸟。　④争名蜗角：为微不足道的虚名而争鬥。　⑤蛾眉：代指美女。　⑥苍狗云衣：比喻世事变幻无常。杜甫《可叹》诗："天上浮云似白衣，斯须改变如苍狗。"　⑦戏彩：指彩衣娱亲。用老莱子孝亲之典。

凤栖梧

寿长嫂

吾母慈祥膺上寿。福庇吾家，近世真希有。丘嫂今年逾六九[1]，康宁可嗣吾慈母。　我愿慈闱多福厚。更祝遐龄，与母齐长久。鸾诰联翩双命妇，华堂千岁长生酒。

[注释]

①丘嫂：长嫂，大嫂。

凤栖梧

寿外舅

破腊先春梅有意。管领年华,总在清香蕊。不逐浮花红与紫,岁寒来寿仙翁醉。　　衮衮诸公名又利。谁似高标,摆却人间事。长对南枝添兴致,尊前好在三千岁。

临江仙

元宵作

春意茫茫春色里,又还几度花期。淡晴时候尽融怡。梅腮翻白后,柳眼弄青时①。　　正是江城天气好,楼台灯火星移。相逢无处不相宜。轻狂行乐处,明月夜深归。

［注释］

①唐氏按:"青"原作"晴",从《省斋集》卷四。

西江月

舟中作

绀滑一篙春水,云横几里江山。一番烟雨洗晴岚,向晓碧天如鉴。　　客枕谩劳魂梦,心旌长系乡关。封姨悭与送归帆①,愁对绿波肠断。

［注释］

①封姨:亦作封夷,古代传说中的风神。此代指风。

西江月

寿友人

试数阶蓂有几[1]，昨朝看到今朝。南薰早动舜琴谣[2]，端为熊罴梦兆[3]。　学粹昔人经制，文高古乐箫韶。天风从此上扶摇，回首不劳耕钓。

［注释］

①阶蓂：即蓂荚。古代传说中的一种瑞草，农历每月从初一至十五，每日结一荚；从十六至月终，每日落一荚，从荚数多少，可推知何日，故一名历荚。　②"南薰"句："昔者舜弹五弦之琴，造《南风》之诗。其诗曰：'南风之薰兮，可以解吾民之愠兮。南风之时兮，可以阜吾民之财兮。'"见《孔子家语·辨乐解》。　③熊罴梦兆：生男之兆。《诗经·小雅·斯干》："吉梦维何，维熊维罴……大人占之，维熊维罴，男子之祥。"

鹧鸪天

寿四十舅

飞尽林花绿叶丝，十分春色在荼蘼。多情几日风朝雨，留恋东风未许归。　天意好，与君期，如今且醉□蛾眉。明年上国春风里，赏遍名花得意时。

鹧鸪天

寿外舅[1]

腊月今朝恰一旬，梅花开遍陇头春。篆烟起处人称寿[2]，从昔家和福自生。　新喜事，得佳姻，贤郎顺妇正充庭。从今更祝千千岁，要与邦人作典型[3]。

[注释]

①外舅:岳父。 ②篆烟:指香烟。 ③典型:榜样。

鹧鸪天

寿外姑[1]

细数元正隔两朝,眼看杨柳又新条。岁寒独有江梅耐,曾伴瑶池下绛霄。 香篆袅[2],烛花烧。团栾喜气沸欢谣。慈祥自是长生乐,不用春醪飶与椒[3]。

[注释]

①外姑:岳母。 ②香篆:指香烟。 ③飶(bì):食物的香气。

鹧鸪天

代人寿欧阳景明

送了春归雨未收,雨肥梅子满枝头。心知办此和羹品[1],正为和羹国手谋。 蓂两荚,岁千秋。崧高神气禀公侯[2]。好将一卷周公礼[3],起佐皇家定九州。

[注释]

①和羹品:指梅。 ②崧高:山高大貌。 ③周公礼:周公助武王灭纣,辅成王政,制礼作乐,天下大治。

鹧鸪天

寿叔祖母

曾宴瑶池万玉宫,鸾骖此日自从容。杓携鹑首坤维外[1],岁在降娄虎坎中[2]。 生指李,寿方瞳[3]。云仍今有鹊巢风[4]。传家自得长年诀，安用人祈鹤与松[5]。

[注释]

①坤维：指地。　②降娄：星宿名。奎、娄各为二十八星宿之一，与此两宿相当之次，曰降娄。　坎：卦名。　③方瞳：方形瞳孔。道家谓方眼者寿千岁，因以方瞳为仙人之征。　④鹊巢：《诗经·召南·鹊巢》序，"鹊巢，夫人之德也。国君积行累功以致爵位，夫人起家而居有之，德如鸤鸠，乃可以配焉。"后指妇人之德。　⑤鹤、松：喻高寿。

鹧鸪天

寿外舅

兰谷清香入岭梅，多根应尔暖先回。腊前似得真消息，争逐尧蓂十叶开[1]。　春满室，酒盈杯，百花宁许到尊罍。仙姿要是仙家伴，长为遐龄岁一来。

[注释]

①尧蓂：相传尧阶前所生的瑞草。

鹧鸪天

寿邓孺人[1]

畴昔君王庆诞辰，欢传金母下瑶城。只应仙子陪仙仗，却向人间作寿星。　萧史伴[2]，更和鸣。殷勤好嗣太夫人。直须同饮长生酒，剩看芝兰照谢庭[3]。

[注释]

①孺人：宋代用为通直郎等官员的母亲或妻子的封号。此指妻子。②萧史：春秋时人，善吹箫，作凤鸣。秦穆公以女弄玉妻之，为作凤台以

居。一夕吹箫引凤,与弄玉共升天仙去。后亦作夫婿的通称。 ③芝兰照谢庭:喻指其后代优秀子孙。

卜算子

元夜观灯

云破露新晴,月上输清气。最是江城有底佳,灯火人烟沸。 行乐尽欢娱,眼界尤妍媚。多少江滨解佩人[1],邂逅无穷意[2]。

[注释]

①解佩人:解佩玉以赠情人。见刘向《列仙传》。 ②邂逅:不期而遇。

点绛唇

和梁从善

屈指家山,匆匆又数今朝过。客情那可,愁似天来大。 烟雨濛濛,细浥轻尘堕。君知么,却成甚个,春暮犹江左[1]。

[注释]

①江左:江东,指长江中下游以东地区。

点绛唇

赠别李唐卿

秋兴连天,又还不分秋光老。莼鲈犹好[1],莫落秋归后。 有底从人,上马皆东首。君知否,阳关三奏,消黯情多少。

[注释]

①莼鲈：晋张翰辟齐王东曹掾，在洛。见秋风起，因思吴中菰菜、莼羹、鲈鱼脍曰："人生贵得适意耳，何能羁宦数千里以要名爵！"遂命驾便归。见《世说新语·识鉴》。

点绛唇

送人归新城

音信西来，匆匆思作东归计。别怀萦系，为个人留滞。　　尊酒团栾[①]，莫惜通宵醉。还来未，满期君至，只在初三四。

[注释]

①团栾：此言团聚。

点绛唇

贺四十五舅授室四阕[①]

年少清新，襟裾那受红尘污。还他礼数，莫遣衣冠粗。　　拟倩东风，西逐轮蹄去。泠然御[②]，飘飘仙趣，直到骖鸾处。

[注释]

①授室：娶妻。　②泠然：轻妙的样子。

点绛唇

此去何之，骈阗车马朝来起[①]。扬鞭西指，意气眉间是。　　闾里儿童，竞瞩秦萧史[2]。归时几，快瞻行李，还看如云喜。

[注释]

①骈阗：络绎不绝。　②萧史：春秋时人，善吹箫，作凤鸣。秦穆公以女弄玉妻之，为作凤台以居。一夕吹箫引凤，与弄玉共升天仙去。后亦作夫婿的通称。

点绛唇

玳席华筵，嘉宾环集三千履[1]。兰膏芬芷，一簇红莲里。　　花覆玉郎，苒苒青衫媺[2]。咸倾企，小登科第[3]，有底新桃李。

[注释]

①三千履：本《史记·春申君列传》"春申君客三千馀人，其上客皆蹑珠履以见赵使"。此极言其多。　②媺：同"美"。　③小登科第：指娶妻。

点绛唇

玉树芝兰[1]，冰清况有闺房秀。画堂如昼，相对倾醇酎[2]。　　合卺同牢，二姓欢佳耦。凭谁手，鬓丝同纽，共祝齐眉寿。

[注释]

①玉树芝兰："（谢）安尝戒约子侄，因曰：'子弟亦何豫人事，而正欲使其佳？'诸人莫有言者。玄答曰：'譬如芝兰玉树，欲使其生于庭阶耳。'安悦。"见《晋书·谢玄传》。　②酎（zhòu）：醇酒。

丑奴儿

庆邓彦鳞生子

一春底事多佳气，非雾非云，郁郁氲氲，端为君家诞阿兴。　庆源衮衮由高密，福有多根，百子千孙，此是元侯嫡耳孙[①]。

［注释］

①元侯：重臣大吏。　耳孙：说法不一，泛指远代子孙。

如梦令

记　梦

雨歇凉生枕簟，不梦大槐宫殿[①]。惟对谪仙人，一笑高情眷眷。离恨，离恨，无奈晓窗鸡啭。

［注释］

①大槐宫：即南柯梦，言淳于棼梦到槐安国事。

如梦令

咏　梅

应是南枝向暖，那更青春未晚。竹外见红腮，芳意与香撩乱。肠断，肠断，无奈东风独占。

鹧鸪天

咏梅菊呈抚州葛守

九日东篱已泛觞，陇头犹待返魂香。那知此日花神约,得得同登君子堂。　　迎腊雪,傲晴霜。西湖风韵接柴桑[①]。寿潭更酌长生水,岁岁和羹入帝乡[②]。

[注释]

①西湖风韵:暗指林逋隐居西湖植梅咏梅事。　柴桑:暗指陶渊明归隐柴桑咏菊事。　②和羹:配以不同调味品而制成羹汤。《尚书·说命》:“若作和羹,尔惟盐梅。”

减字木兰花

送　别

相从归去,行尽江吴到湘楚。欲话离怀,万事须凭酒一杯。　　临歧握手,赠子一言君听否。舌在何忧,莫作人间儿女愁。

(以上《彊村丛书》本《省斋诗馀》)

京 镗

京镗(1138—1200),字仲远,豫章(今江西南昌)人,绍兴二十七年(1157)进士,乾道三年(1167)星子令。淳熙五年(1178),监察御史。十三年(1186),右司员外郎中。高宗之丧,金人遣使来吊,镗受命使金报谢。金赐宴汴亭,京以丧故,不受宴乐。金甲士露刃闭门,京排之而出。有诗云:“假令耳与笙镛未,只愿身靡鼎镬中。”使还,擢工部侍郎,出为四川安抚使,庆元二年(1196)拜左丞相,唯韩侂胄之命是听,后以年老乞休。卒谥文穆,改谥文忠,复改庄定。著有《松坡集》七卷,《松坡词》一卷。

醉落魄

观碧鸡坊王园海棠次范石湖韵[①]

芳尘休扑,名花唤我相追逐。浅妆不比梅敧竹。深注朱颜[②],娇面称红烛。　　阿娇合贮黄金屋[③],是谁却遣来空谷。酡颜遍倚阑干曲。一段风流,不枉到西蜀。

[注释]

①范石湖:范成大,号石湖居士。　②唐氏按:原缺,从《全芳备祖》前集卷七“海棠门”补。　③“阿娇”句:用汉武帝金屋藏娇事。

好事近

次卢漕国华七夕韵

急雨逐骄阳,洗出长空新月。更对银河风露,觉今宵都别。　　不须乞巧拜中庭[①],枉共天孙说[②]。且信平生拙极,耐岁寒霜雪。

[注释]

①乞巧:古代风俗,农历七月七日晚上妇女搭彩楼,设瓜果向织女乞取智巧。 ②天孙:星名,即织女星。

好事近

同茶漕二使者登大慈寺楼[1],次前韵

杰阁耸层霄,几度晓风残月。同是鹓行旧侣,慰十年离别。 一杯相属莫留残,试倚阑干说。趁取簪花绿鬓,未骎骎如雪[2]。

[注释]

①茶漕:官名。 大慈寺:在今四川成都城区东隅。 ②骎骎:疾速,急迫。

定风波

次杨茶使七夕韵

何必穿针上彩楼,剖瓜插竹诉穷愁[1]。闻道天孙相会处[2],银汉无津,不待泛兰舟。 动是隔年寻素约,何似,每逢清梦且嬉游。但得举杯开笑口,对月临风,总胜鹊桥秋[3]。

[注释]

①"何必"二句:古代风俗,农历七月七日晚上妇女搭彩楼,设瓜果向织女乞取智巧。 ②天孙:织女星。 ③鹊桥:"织女七夕当渡河,使鹊为桥。"见《风俗通》。

定风波

次　韵

休卧元龙百尺楼[①]，眼高照破古今愁。若不擎天为八柱[②]，且学鸱夷，归泛五湖舟[③]。万里西南天一角，骑气乘风，也作等闲游。莫道玉关人老矣[④]，壮志凌云，依旧不惊秋。

［注释］

①“休卧”句：三国魏陈登，字元龙。《三国志·魏书·陈登传》载，许汜过下邳，见元龙。元龙久不相与语，自上大床卧，使许汜卧下床。许告刘备，备曰：“君有国士之名，今天下大乱，帝主失所，望君忧国忘家，有救世之意。而君求田问舍，言无可采，是元龙所讳也，何缘当与君语！如小人（备自称），欲卧百尺楼上，卧君于地，何但上下床之间耶。”　②八柱：古代神话中撑天的八根支柱。　③鸱夷：春秋时越大夫范蠡既佐越王勾践灭吴，即变姓名，自号鸱夷子皮，隐居五湖。　④玉关人老：蔡挺《喜迁营》有“谁念玉关人老也”，伤远戍边关。神宗知之，批云：“玉关人老，朕甚念之。相管有阙，留以待女。”见《挥麈馀话》。

水调歌头

次卢漕韵呈茶漕二使

杨卢万人杰，见我眼俱青[①]。锦官城里胜概[②]，在在款经行[③]。笔底烟云飞走，胸次乾坤吐纳，议论总纵横。觉我形秽处，相并玉壶清[④]。　二使者，弦样直，水般平。岷峨洗净凄怆，威与惠相并。闻道东来有诏，却恐西留无计，顿使雪山轻。滚滚蜀江水，不尽是声名。

[注释]

①眼青:看重。晋阮籍会青白眼,见凡俗之士,以白眼相对。嵇康挟琴来访,籍大悦,乃对以青眼。见《世说新语·简傲》。　②锦官城:在今四川成都南。成都旧有大城、少城,少城在大城西,即锦官城,简称锦城,又称锦里。　③在在:处处,到处。　④玉壶:喻高洁。鲍照《代白头吟》:“直如朱丝绳,清如玉壶冰。”

满江红

中秋前同二使者赏月

乘兴西来,问谁是、平生相识。算惟有、瑶台明月,照人如昔。万里清凉银世界,放教千丈冰轮出。便招邀、我辈上层楼,横孤笛。　　阴晴事,人难必。欢乐处,天常惜。幸星稀河澹,云收风息。更著两贤陪胜赏,此身如与尘寰隔。笑谪仙、对影足成三,空孤寂[1]。

[注释]

①“笑谪仙”二句:谪仙指李白,其《月下独酌》诗云“花间一壶酒,独酌无相亲。举杯邀明月,对影成三人”。

满江红

中秋邀茶漕二使者,不见月

喜见中秋,急载酒、登楼邀月。谁料得、狂风作祟,浮云为孽。孤负阑干凝望眼,不教宝鉴悬银阙。但筵前、依旧舞腰斜,歌喉咽。　　阴与霁,圆并缺。难指准,休分别。况赏心乐事,从来磨折。常把一尊陪笑语,也胜虚度佳时节。怪坡仙、底事太愁生,惊华发[1]。

[注释]

①“怪坡仙”二句：坡仙，指苏东坡，其《念奴娇 · 赤壁怀古》词曰“故国神游，多情应笑我，早生华髮”。

满江红

次卢漕高秋长短句，并呈都大①

才近重阳，喜风露、酝成爽气。应料有、悲秋情绪，澹妆慵试。黄菊篱边开遍否，紫鸿塞外归来未。但倚阑、高处望长空，无穷意。　名利鼎，从渠沸。穷达路，非人致。又何须咄咄，向空书字②。西风正好狂吹帽③，庾尘那解关吾事④。纵嬉游、也不学山翁，如泥醉⑤。

[注释]

①都大：官名，即成都秦川置司，管茶马贸易事。　②“又何须”二句：晋殷浩被桓温废免，整天用手在空中写“咄咄怪事”四字，以示出乎意料，令人惊异。　③“西风”句：晋孟嘉为桓温参军，九月九日宴龙山，风至，嘉帽落，不觉。温命孙盛作文嘲嘉。嘉答文甚美，四座嗟叹。见《晋书 · 孟嘉传》。　④“庾尘”句：东晋庾亮，字元规。成帝初，以帝舅为中书令，在朝权重，足倾宰相王导。时庾在石头（今南京），王在冶城坐，大风扬尘，王以扇拂尘曰：“元规尘污人。”见《世说新语 · 轻诋》。　⑤“纵嬉游”二句：晋山简性好酒。于永嘉三年，出任征南将军，镇守襄阳。荆州豪族习氏佳有园地，简常出嬉游，每醉酒而归。见《世说新语 · 任诞》。李白《襄阳歌》：“襄阳小儿齐拍手，拦街争唱白铜鞮。旁人借问笑何事，笑杀山公醉似泥。”

木兰花慢

重　九

算秋来景物，皆胜赏、况重阳。正露冷欲霜，烟轻不雨，玉宇开张。蜀人从来好事，遇良辰、不肯负时光。药市家家帘幕，酒楼处处丝簧。　婆娑老子兴难忘，聊复与平章。也随分登高，茱萸缀席，菊蕊浮觞。明年未知谁健，笑杜陵、底事独凄凉[①]。不道频开笑口，年年落帽何妨。

[注释]

①"明年"二句：本杜甫《九日蓝田崔氏庄》诗"明年此会知谁健？醉把茱萸仔细看"。

绛都春

元　宵

升平似旧。正锦里元夕[①]，轻寒时候。十里轮蹄[②]，万户帘帷香风透。火城灯市争辉照，谁撒□、满空星斗。玉箫声里，金莲影下，月明如昼。　知否。良辰美景，□丰岁乐国，从来希有。坐上两贤，白玉为山联翩秀。笙歌一片围红袖。切莫遣、铜壶催漏。杯行且与邦人，共开笑口。

[注释]

①锦里：即锦官城。　②轮蹄：车轮马蹄，指车辆。

满江红

浣花因赋

锦里先生[①]，草堂筑、浣花溪上[②]。料饱看、阶前雀食，篱边渔网。跨鹄骑鲸归去后，桥西潭北留佳赏[③]。况依然、一曲抱村流[④]，江痕涨。　鱼龙戏，相浩荡。禽鸟乐，增舒畅。更绮罗十里，棹歌来往。上坐英贤今李郭，邦人应作仙舟想。但□呼、落日未西时，船休放。

[注释]

①锦里先生：杜甫《南邻》诗有“锦里先生乌角巾”句。此代指邻居。②“草堂”句：杜甫曾在浣花溪筑草堂卜居。 ③桥西潭北：语出杜甫《狂夫》诗“万里桥西一草堂，百花潭水即沧浪”。 ④“况依然”句：杜甫《江村》诗有“清江一曲抱村流，长夏江村事事幽”之句。

念奴娇

七夕，是年七月九日方立秋

扪参历井[①]，恰匆匆三见，西州七夕。怪得骄阳回避晚，犹去新秋两日。天上良宵，人间佳节，初不分今昔。夜来急雨，洗成风露清绝。 因念万里飘零，君平何在，谁识乘槎客[②]。插竹剖瓜休妄想，巧处那容人乞。院宇初凉，楼台不夜，漫说经年隔。引杯长啸，醉看天地空阔。

[注释]

①扪参历年：由秦入蜀。秦属井宿分野，蜀属参宿分野。语出李白《蜀道难》诗“扪参历井仰胁息，以手抚膺坐长叹”。 ②“君平”二句：张华《博物志》载，旧说天河与海通，有人居海渚者年年八月有浮槎去来不失期……至一处，有城郭状，层舍甚严，遥望宫中多织妇，见一丈夫牵牛渚次饮之……问此是何处。答曰：“君还至蜀郡访严君平则知之。”……后至蜀问君平，曰：“某年月日有客星犯牵牛宿。”计年月，正是此人到天河时。

水调歌头

中　秋

明月四时好，何事喜中秋。瑶台宝鉴，宜挂玉宇最高头。放出白毫千丈[①]，散作太虚一色，万象入吾眸。星斗避光彩，风露助清幽。　　等闲来，天一角，岁三周。东奔西走，在处依旧若从游。照我尊前只影，催我镜中华发，蟾兔漫悠悠。连璧有佳客，乘兴且登楼。

[注释]

①白毫：银光。

洞仙歌

重九药市

三年锦里[①]，见重阳药市。车马喧阗管弦沸。笑篱边孤寂，台上疏狂，争得似，此日西南都会。　　痴儿官事了，乐与民同，况值高秋好天气。□不羞华发，不照衰颜，聊满插、黄花一醉。道物外、高人有时来，问混杂龙蛇，个中谁是。[②]

[注释]

①锦里：即锦官城。　②原注："唐司空图《重阳山居》诗：'满日秋光还似镜，殷勤为我照衰颜。'"

水龙吟

寿王漕，是日冬至

夜来井络参躔[①]，使星一点明如昼。谁将天上麒麟，钟作人间英秀。从橐仪刑[②]，御屏名姓[③]，暂烦衣绣。问西川父老，新来喜跃，缘何事、曾知否。　　今代澄清妙手。为公家、忧心如疚。几年繁赋，一朝输代[④]，恩民特厚。初度佳辰，恰逢长至，从来希有。但只将一部，欢声百万，与公为寿。

[注释]

①井络参躔：即分野在井参之间。　络缠：星辰运行之轨迹。　②从橐：甲兵武士。　仪刑：典型。　③“御屏”句：帝王屏风上记有姓名。　④唐氏按：“输”原作“轮”，从《彊村丛书》本《松坡居士乐府》。

汉宫春

寿李都大

看透尘寰。更禅心似水，道力如山。前身青冥跨鹄，紫府乘鸾。世缘一念，便等闲、游戏人间。须信道，云霄步武，不应权牧西南。　　此日重临初度[①]，正绣衣辉映，彩服斓斑。人生显途易到，荣养难攀。一时庆事，问谁家、得似门阑。知未艾[②]，百千寿算，慈闱长奉亲欢。

[注释]

①初度：指生日。　②未艾：未央，没完。

汉宫春

元宵十四夜作，是日立春

暖律初回[①]。又烧灯市井，卖酒楼台。谁将星移万点，月满千街。轻车细马，隘通衢、蹴起香埃。今岁好，土牛作伴，挽留春色同来。　　不是天公省事，要一时壮观，特地安排。何妨彩楼鼓吹，绮席尊罍。良宵胜景，语邦人、莫惜徘徊。休笑我、痴顽不去，年年烂醉金钗[②]。

[注释]

①暖律：古代以时令合乐律。暖律，指温暖的节候。　②金钗：此指同饮之女。

洞仙歌

次王漕邀赏海棠韵

东皇著意，妙出妆春手。点缀名花胜于绣。向鱼凫国里[①]，琴鹤堂前，仍共赏，蜀锦堆红炫昼。　　妖娆真绝艳，尽是天然，莫恨无香欠檀口[②]。幸今年风雨，不苦摧残，还肯为、游人再三留否。算魏紫姚黄号花王[③]，若定价收名，未应居右。

[注释]

①鱼凫：指蜀地。古蜀王名鱼凫。　②檀口：浅红色嘴唇，此形容海棠之美。　③魏紫姚黄：牡丹名花。魏紫为五代时魏仁溥培育的千叶肉红花。姚黄为北宋姚姓人家培植的千叶黄牡丹。见欧阳修《洛阳牡丹记》。

念奴娇

上巳日游北湖[1]

锦城城北，有平湖、仿佛西湖西畔。载酒郊坰修禊事[2]，雅称兰舟同泛。麦垅黄轻，桤林绿重，莫厌春光晚。棹歌声发，飞来鸥鹭惊散。　好是水涨弥漫，山围周匝，不尽青青岸。除却钱塘门外见，只说此间奇观。句引游人，追陪佳客，三载成留恋。古今陈迹，从教分付弦管。

[注释]

①上巳日：农历三月初三为上巳节。　②郊坰：野外。　修禊：古代风俗，农历三月三日到水边嬉游采兰，以驱除不祥，称修禊。

满江红

次宇文总领上巳日游湖韵[1]

雨后晴初，觉春在、桤村柳陌。修禊事、郊坰寻胜，特邀君出。缭绕群山疑虎踞，弥漫一水容鲸吸。怪西湖、底事却移来，龟城北[2]。　酬令节，逢佳日。风递暖，烟凝碧。趁兰舟游玩，尽杯中物。十里轮蹄尘不断，几多粉黛花无色。笑杜陵、昔赋丽人行，空遗迹[3]。

[注释]

①上巳：参见上词注。　②龟城：成都城的别称。又名龟化城。相传战国时秦张仪、司马错取蜀后，在成都筑城，屡颓不立。时有大龟出于江，周行旋走，随而筑之，遂成，因以为名。　③“笑杜陵”二句：杜甫有《丽人行》诗，从曲江春游的贵族妇女写起，反映统治集团腐朽侈靡的生活。

念奴娇

次宇文总领游北湖韵,并引

伏蒙宫使总领郎中再宠赓郿句为贶,愈出愈奇。辄复赋一首以谢万分,并述所怀

郎闱夙望[①],问何因袖手,双流溪畔。忆昔班行曾接武[②],今喜一尊同泛。骥枥难淹,鹏程方远,大器成须晚。等闲访我,又惊云雨分散。 最是游子悲乡,小人怀土,梦绕江南岸。楚尾吴头家住处[③],满目山川遐观。归兴虽浓,俞音尚闷[④],此地非贪恋。东西惟命,去留迟速休管。

[注释]

①唐氏按:"夙"各本俱作"风",从《永乐大典》二二六五号"湖"字韵改。 郎闱:犹郎署。 ②班行:朝班的行列。 ③楚尾吴头:作者故乡在豫章地为吴楚交接处,故云。 ④俞音:帝王的谕旨。 闷:同"秘"。即帝命未下达。

水调歌头

并 序

伏蒙都运、都大、判院以某新建驷马楼落成有日,宠赐佳词,为郡邑之光。辄勉继严韵,以谢万分

百堞龟城北[①],江势远连空。杠梁济涉,浑似溪涧饮长虹。覆以翚飞华宇,载以鱼浮叠石,守护有神龙。好看发源水,滚滚尽流东。 司马氏,凌云气,盖群公。当年题柱,从此奏赋动天容。果驾轺车使蜀,能致诸蛮臣汉,邛笮道仍通[②]。寄语登桥者,努力继前功。

[注释]

①龟城：即成都。　②“司马”八句：司马相如往长安，过成都升仙桥，题柱曰“不乘高车驷马，不过此桥”。汉武帝时，因献赋任命为郎，曾通使邛（今四川西昌县东南）、笮（今四川汉源县东南）有功。

念奴娇

并　引

某丐归得请[①]，有旨候代者入境方许其去。适修浣花故事，因成长短句，呈都运、都大、判院，伏翼一噱[②]

绣天锦地，浣花溪风物，尤为奇绝。无限兰舟相荡漾，缯彩重重装结。冀国遗踪[③]，杜陵陈迹，疑信俱休说。笙歌丛里，旌旗光映林樾[④]。　自笑与蜀缘多，沧浪亭下，饱看烟波阔。屡疏求归才请得，知我家山心切。已是行人，犹陪佳客，莫放回船发。来年今日，相思惟共明月。

[注释]

①丐归得请：请求辞官归田得到皇帝恩准。　②一噱（xué）：一笑。③冀国遗踪：北周以茂县一带为冀州。　④林樾：林荫。

洞庭春色

次宇文总领韵

命驾访嵇[①]，泛舟思戴[②]，此兴甚浓。料情侔杨恽，乌乌拊缶[③]，意轻殷浩，咄咄书空[④]。莫讶群芳淹速异[⑤]，到时序推排元自同。休怅望，任春来桃李，秋后芙蓉。
因嗟锦城四载，漫赢得、齿豁头童。叹里门密迩，易成间阔，诗筒频寄，难续新工。我已怀归今得请，念此地迟回谁似公。经济手，看鸾台凤阁，晚节收功。

[注释]

①"命驾"句:"嵇康与吕安善,每一相思,千里命驾。"见《世说新语·简傲》。　②"泛舟"句:王子猷居山阴,夜大雪……忽忆戴安道(逵)。时戴在剡,即便夜乘小船就之。经宿方至,造门不前而返。人问其故,王曰:'吾本乘兴而行,兴尽而返,何必见戴。'"见《世说新语·任诞》。后泛称访友。　③"料情伴"二句:汉代杨恽,宣帝时任左曹,封平通侯,迁中郎将。酒后耳热,仰天拊缶而呼呜呜。见《汉书·杨恽传》。　④"意轻"二句:晋殷浩被桓温废免,整天用手在空中写"咄咄怪事"四字,以示出乎意料,令人惊异。　⑤淹速异:指升迁有慢(淹)有快。

满江红

壬子年成都七夕①

雨洗新秋,遣凉意、驱除残暑。还又是、天孙河鼓②,一番相遇。银汉桥成乌鹊喜,金奁丝巧蜘蛛吐。见几多、结彩拜楼前,穿针女③。　舟楫具,将归去。尊俎胜,休匆遽。被西川七夕,四回留住。此地关心能几辈,他年会面知何处。更倚阑、豪饮莫辞频,歌金缕。

[注释]

①壬子:绍熙三年(1192)。　②天孙:织女星。　河鼓:牵牛星。

③"见几多"二句:指妇女结彩楼,穿针向织女乞巧事。

贺新郎

中　秋

试与姮娥语①。问因何、年年此夜,月明如许。万顷镕成银世界,是处玉壶风露。又岂比、寻常三五②。变化乾坤同一色,觉星躔、斗柄皆回互。须要我,共分付。

平生脚踏红尘处。漫纷纷、鸡虫厚薄[3]，燕鸿来去。只有婵娟多情在，依旧当时雅素。空自叹、归心难住。留取清光岷江畔，照扁舟、送我章江路[4]。频引满，莫匆遽。

［注释］

①姮娥：传说月女神。 ②三五：指农历每月十五。 ③鸡虫厚薄：鸡虫得失，喻细微差别。“鸡虫得失无了时，注目寒江倚山阁。”见杜甫《缚鸡行》。 ④章江：江西赣江西源。

雨中花

重 阳

玉局祠前，铜壶阁畔，锦城药市争奇。正紫萸缀席，黄菊浮卮。巷陌联镳并辔，楼台吹竹弹丝。登高望远，一年好景，九日佳期。　自怜行客，犹对佳宾，留连岂是贪痴。谁会得、心驰北阙[1]，兴寄东篱[2]。惜别未催鹢首[3]，追欢且醉蛾眉[4]。明年此会，他乡今日，总是相思。

［注释］

①北阙：指朝廷。 ②东篱：语出陶渊明《饮酒》诗“采菊东篱下，悠然见南山”。此暗指隐居。 ③鹢首：画有鹢首之船，此泛指船。 ④蛾眉：代指美女。

雨中花

次阎侍郎韵

跨鹤仙姿[1]，掣鲸老手[2]，从来眼赤腰黄[3]。更词源峡水[4]，才刃干将[5]。处处欢谣载路，时时秀句盈囊。牛头山畔[6]，烦公敛惠，许我分光。　逢迎锦里，话旧从容，谁知各整行装。况正好、登高怀古,择胜寻芳。少缓红莲开幕[7],何妨黄菊浮觞。等闲分首,征尘去后,目断斜阳。

[注释]

①跨鹤:乘鹤,骑鹤飞升。 ②掣鲸:喻才大气雄。语本杜甫《戏为六绝句》诗"或看翡翠兰苕上,未掣鲸鱼碧海中"。 ③眼赤腰黄:宋制翰林学士以上出行有朱衣引马,谓之眼赤。腰悬金带,谓之腰黄。 ④词源峡水:喻滔滔不绝的文词。语出杜甫《醉歌行》"词源倒流三峡水,笔阵独扫千人军"。 ⑤干将:古剑名,相传春秋时吴人干将与妻子莫邪善铸剑。铸有二剑,锋利无比,一名干将,一名莫邪,献给吴王阖闾。见《吴越春秋·阖闾内传》四。 ⑥牛头山:四川、甘肃等地都有牛头山。 ⑦红莲开幕:喻出任幕府僚佐。

瑞鹤仙

次宇文总领韵

鸳行旧俦侣。问底事、迟回西州西处。闲居久如许。想邻翁对饮,诗人联句。夤缘会遇[1],过高轩、相逢喜舞。正菊天、景物澄鲜[2],切莫趣归言去。 看取,星扉月户。雾阁云窗,非公孰住,从容笑语。人生易别难聚。恨分违有日,留连无计,满目离愁忍觑。若他时、鱼雁南来[3],把书寄与。

[注释]

①夤缘:攀附。 ②菊天:秋天。 ③鱼雁:代指传递书信的使者。

水调歌头

次王运使韵

身去日华远，举首望长安。四年留蜀，那复有梦到金銮。遥想将芜三径[①]，自笑已穷五技[②]，无语倚阑干。欲作天涯别，犹对俎尊闲。　秋意晚，风色厉，叶声乾。阳关三叠缓唱[③]，一醉且酡颜。聚散燕鸿南北[④]，得失触蛮左右[⑤]，莫较去仍还。后日相思处，烟水与云山。

[注释]

①三径：指归隐者的家园。陶渊明《归去来辞》："三径就荒，松竹犹存。"　②五技：谓多能而不精一技。《荀子·劝学》："螣蛇无足而飞，鼫鼠五技而穷。"　③阳关三叠：即《渭城曲》。　④燕鸿：燕为夏候鸟，鸿为冬候鸟。因多以喻相距之远，相见之难。　⑤触蛮：语出《庄子·则阳》"有国于蜗之左角者曰触氏，有国于右角者曰蛮氏。时相与争地而战，伏尸数万"。后以称因争细微私利而兴师动众。

水龙吟

次利漕范右司韵

四年留蜀惭无补，好是求归得去。风帆百尺，烟波万里，宁辞掀舞。楚尾吴头，我家何在，西山南浦。想珠帘画栋，倚阑凝望，依然卷云飞雨[①]。　最好九霞光处[②]。见当时、结知明主。冰霜节操，斗星词采，羽仪朝路。邂逅开怀，等闲分手，满斟绿醑。道日边好语，相将飞下，有人知否。

［注释］

①"楚尾"六句:作者家住豫章(今江西南昌)。王勃《滕王阁诗》有"画栋朝飞南浦云,珠帘暮卷西山雨",词中化用其意。　②九霞:朱太宗制曲有《九霞觞双调》。此指帝王赐宴。

满江红

次潼川漕刘殿院韵

外省抡才,诏书下、芝泥犹湿[①]。应料得、出奇锦绣,争辉金碧。三级浪高鱼已化[②],九霄路远鹏方息[③]。有宗工、此地独持衡[④],将专席。　岁月晚,霜风急。嗟老子,为行客。念昔陪班缀,今亲辞色。握手方成同社款,消魂又作歧亭别。也不须、因赋大刀头[⑤],归心折。

［注释］

①芝泥:朝廷缄封书札物件用的封泥。　②"三级"句:古人谓科第得中为跳龙门。龙门在陕西韩城县与山西河津县间,大鱼积龙门数千不得上,上者为龙。　③"九霄"句:用《庄子·逍遥游》鹏飞九万里之意。④宗工:犹重臣巨匠。　⑤大刀头:"还"字的隐语。刀头有环,环、还同音。

念奴娇

次洋州王郎中韵

文章太守,问何事、犹带天庭黄色。上界一时官府足,聊下神仙宫阙。剖竹新游[①],握兰旧梦[②],此意谁人识。千军笔阵,争先曾夺矛槊。　好是万里相逢,一尊同醉,倾吐平边策。聚散人生浑惯见,莫为分襟呜咽。借箸机筹[③],著鞭功业,只合从君说。明朝回首,天涯何处风月。

[注释]

①剖竹：古时授官，有以剖竹为符，以取信者。 ②握兰："尚书郎怀香握兰，趋走丹墀"，见《汉官仪》。后以代郎官之称。 ③借箸机筹：指代为策划军机。见《史记·留侯世家》。

水调歌头

次果州冯宗丞韵[1]

衮衮长江水，策策晓霜风[2]。求归得请，特地送我布帆东。出处何关轻重，去住不拘淹速，社燕与秋鸿。父老休相恋，四载愧无功。 谁知有，楼百尺，卧元龙。来从天上，一麾游戏斗牛中。闻道君王前席[3]，见说从臣虚位，变化待鲲鸿。一笑同锦里，万事付金钟[4]。

[注释]

①果州：今四川南充。 ②策策：瑟瑟，风声。 ③前席：移座向前。汉文帝召见贾谊虚位以待，移席向前，表示尊重。 ④金钟：酒杯。

水龙吟

次邛州赵守韵

推移随牒红尘里，试问几时肩息。家乡何在，烟迷波渺，云横山屹。分阃无功，临民有愧，衿今襦昔[1]。想征帆万里，阳关三叠[2]，肠空断、人谁忆。 多谢殷勤绮席。苦留连、不容浮鹢[3]。九霞光外[4]，五云深畔，君宜鹄立。自笑衰迟，未能轩轾，漫劳嘘吸[5]。愿锋车趣召[6]，吴天楚地，相逢他日。

[注释]

①袴今襦昔:东汉廉范,字叔度,为蜀郡太守,有善政。百姓歌曰:“廉叔度,来何暮。不禁火,民安作。平生无襦今五袴。” ②阳关三叠:即《渭城曲》。 ③浮鹢:泛船。 ④九霞:此指朝廷。 ⑤唐氏按:“劳”,别本作“荣”字。 ⑥锋车:即追锋车。指朝廷用以征召的疾驰之车。

酹江月

次眉州李大著韵

蟆颐江畔[1],问收拾多少,山光水色。此是朝宗东去路,准拟鸣鼍浮鹢。儒馆英游,侯藩贤望,便合还丹极[2]。九重渴想,甘泉闻道虚席[3]。 因念北阙同朝,西州联事,久矣心相得。邂逅天涯掀一笑,洗我尘胸俗臆。报国无功,归田有兴,寤寐松坡侧。他时音问,且凭来信鳞翼[4]。

[注释]

①莫颐江:四川眉山车有蟆颐山,下有玻璃江,渡口名蟆颐。 ②丹极:皇宫,指朝廷。 ③“九重”二句:“(上)召雄待诏承明之庭。正月,从上甘泉,还奏《甘泉赋》以风……天子异焉。”见《汉书·扬雄传上》。后以“甘泉”喻指进献主上而受到赏识的文章。 虚席:空位以待,表示礼贤。④鳞翼:鱼雁,代指书信。

水调歌头

次永康白使君韵[1]

与蜀有缘法,见我眼俱青。征车到处,弦管无限作离声。自笑四年留滞,漫说三边安静,分阃愧长城[2]。一念天地阔,万事羽毛轻。 欲归去,诗入社,酒寻盟。骎骎双鬓，老矣只觉壮心惊。虽是东西惟命，已断行藏在己，何必问君平。举似铜梁守[③]，怀抱好同倾。

[注释]

①永康：宋设永康军，治所在今四川都江堰。 ②分阃：城门曰阃。城外之军政事务交大员处置曰分阃。 ③铜梁：四川地名。此指白使军。

水调歌头

奉陪永康白使君游青城再次韵

雪岭倚空白，霜柏傲寒青。千岩万壑奇秀，禽鸟寂无声。好是群贤四集，同访宝仙九室，中有玉京城。眼底尘嚣远，胸次利名轻。　　云山旁，烟水畔，肯渝盟[①]。传呼休要喝道[②]，方外恐猜惊。雅羡林泉胜概，倘遂田园归计，志愿足平生。此意只自解，聊复为君倾。

[注释]

①渝盟：违约。 肯：犹不肯，不会。 ②喝道：官员出行，衙役高声开路曰喝道。

水调歌头

留别茶漕二使者

数月已办去，今日始成行。天公怜我，特地趁晓作霜晴。万里奔驰为米，四载淹留为豆，自笑太劳生。父老漫遮道，抚字愧阳城[①]。　　君有命，难俟驾，合兼程。故山心切，猿鹤应是怨仍惊。多谢使华追路[②]，不忍客亭分袂、已醉酒犹倾。莫久西南住，汉代急公卿。

[注释]

①抚字:对百姓的安抚体恤。　字:养育。　阳城:唐北平人。为道州刺史,治民如治家,税赋不能如额,观察使数皆责让,自署其考曰:"抚字心劳,摧科政拙,考下下。"因载妻子弃官而去。　②使华:朝廷的使者。

满江红

次杨提刑韵

道骨仙风,合笞凤、鞭鸾归去①。底事为、三峨九顶②,等闲留住。揽辔聊施经济手,凝旒屡出褒嘉语③。算只今、人物更谁归,心如许。　嗟我拙,才不武。惭我陋,文非古。纵策迟鞭钝,也难追步。虽喜故人逢异县,却嫌游子贪行路。但著公、西掖北门中,相期处。

[注释]

①"笞凤鞭鸾"句:驱驾鸾凤归乡之意。　②三峨九顶:泛指四川。③凝旒:帝冠,此指君王。

水调歌头

四载分蜀阃,万里下吴樯。老怀易感,厌听催别笛横羌。自愧谋非经远,更笑才非任剧①,安得召公棠②。有志但碌碌,无绩可章章。　汉嘉守③,明似月,洁如霜。邦人鼓舞,爱戴惟恐趣归忙。况是水曹宗派④,仍得苏州句法⑤,燕寝昼凝香。且趁东风去,步武近明光。

[注释]

①任剧:能任繁剧政务。　②召公棠:喻善政。　③汉嘉守:汉嘉,四川郡名,此指作者友人。　④水曹宗派:何逊为水曹参军。此似指汉嘉守

姓何。 ⑤苏州句法：指韦应物，曾知苏州。有句曰“燕寝凝清香”。

水调歌头

次前黄州李使君见赠韵

挺挺祖风烈，再岁滞偏州。元龙豪气，宜卧百尺最高楼①。万丈文章光焰②，一段襟怀洒落，风露玉壶秋。乱石惊涛处③，也作等闲游。 适相逢，君去骑，我归舟。清都绛阙密迩，切莫小迟留。趁取亲庭强健④，好向圣朝倾吐，事业肯悠悠。回首藩宣地⑤，恩与大江流。

（以上吴讷《唐宋名贤百家词》本《松坡居士词》，讹字据《彊村丛书》本《松坡词》改正）

[注释]

①“元龙”二句：三国魏陈登，字元龙。《三国志·魏书·陈登传》载，许汜过下邳，见元龙。元龙久不相与语，自上大床卧，使许汜卧下床。许告刘备，备曰：“君有国士之名，今天下大乱，帝主失所，望君忧国忘家，有救世之意。而君求田问舍，言无可采，是元龙所讳也，何缘当与君语！如小人（备自称），欲卧百尺楼上，卧君于地，何但上下床之间耶。” ②“万丈”句：本韩愈《调张籍》诗“李杜文章在，光焰万丈长”。 ③“乱石”句：苏轼《念奴娇·赤壁怀古》词有“乱石崩云，惊涛拍岸，卷起千堆雪”之句。 ④亲庭：指父母。 ⑤藩宣：喻卫国重臣，语本《诗经·大雅·崧高》“四国于蕃，四方于宣”。“宣”为“垣”的假借。

张　震

张震,生卒不详,字东父,自号无隐居士,龙湖人。庆元三年(1197)守湖州,五年(1199)福建提刑,开禧元年(1205)江西提刑,与祠。嘉定元年(1208),右司郎中。

蝶恋花

惜　春

梅子初青春已暮。芳草连云,绿遍西池路。小院绣垂帘半举,衔泥紫燕双飞去。　　人在赤阑桥畔住。不解伤春[1],还解相思否。清梦欲寻犹间阻,纱窗一夜萧萧雨。

[注释]

①解:知道。

鹧鸪天

怨　别

宽尽香罗金缕衣,心情不似旧家时。万丝柳暗才飞絮,一点梅酸已着枝。　　金底背,玉东西[1]。前欢赢得两相思。伤心不及风前燕,犹解穿帘度幕飞。

[注释]

①玉东西:玉质酒杯。

鹧鸪天

春　暮

横素桥边景最佳，绿波清浅见琼沙。衔泥燕子迎风絮，得食鱼儿趁浪花。　春已暮，日初斜。画船箫鼓是谁家。阑桡欲去空留恋，醉倚阑干看晚霞。

蓦山溪

春　半

青梅如豆，断送春归去。小绿间长红，看几处、云歌柳舞。偎花识面，对月共论心，携素手[①]，采香游，踏遍西池路[②]。　水边朱户，曾记销魂处。小立背秋千，空怅望、娉婷韵度。杨花扑面，香糁一帘风，情脉脉，酒厌厌[③]，回首斜阳暮。

[注释]

①素手：女子纤白的手。　②西池：在今江苏丹阳。后泛指游乐之所。　③厌厌：精神不振貌。

[集评]

沈际飞云："'小绿间长红'，确乎春半。'偎花'二句，暗对可味。前段殊不俗，几为腐儒抹倒。……顾风流旖旎，信乎赋梅花者不独广平也。"(《草堂诗馀正集》卷二)

蓦山溪

初　春

春光如许，春到江南路。柳眼弄晴晖[①]，笑梅老、落英无数[②]。峭寒庭院，罗幕护窗纱，金鸭暖[③]，锦屏深，曾记看承处。　　云边尺素[④]，何计传心缕。无处说相思，空惆怅、朝云暮雨[⑤]。曲阑干外，小立近黄昏，心下事，眼边愁，借问春知否。

（以上五首见《中兴以来绝妙词选》卷三）

[注释]

①柳眼：柳树刚发的小芽。　②落英：落花。　③金鸭：镀金的鸭形铜香炉。　④尺素：书信。　⑤朝云暮雨：喻男女欢会。语出宋玉《高唐赋序》。

张 颀

张颀（wěi），槜李（今浙江嘉兴西南）人。生卒不详。曾守高邮，其姓氏屡见陈造《江湖长翁集》中。

水调歌头

徐高士游洞霄[①]

雨后烟景绿，春水涨桃花。系舟溪上，笋舆十里达平沙[②]。路转峰回胜处，无数青荧玉树，缥缈羽人家。楼观倚空碧，水竹湛清华。　纵幽寻，携蜡屐[③]，上苍霞。古仙何在，空馀药灶委岩洼。他日倘然归老，乞取一庵云卧，随分了生涯[④]。底用更辛苦，九转炼黄芽[⑤]。

（《洞霄诗集》卷三）

［注释］

①洞霄：即洞霄宫，道观名。在今浙江馀杭县南大涤、天柱山之间。道教列为三十六小洞天、七十二福地之一。　②笋舆：竹舆，一称编舆。③蜡屐：涂蜡之屐。　④随分：随便。　⑤黄芽：道家炼丹所用的铅华。

王 炎

王炎(1138—1218),字晦叔,婺源(今属江西)人。所居在武水之阳,双溪合流,因以自号。乾道五年(1169)进士,调崇阳主簿。张栻帅江陵,闻其贤,邀入幕府。秩满授潭州教授,改知临湘县。积官至军器监,中奉大夫,赐金紫,封婺源县男。与朱熹交谊颇笃。炎著作甚丰,总题曰《双溪类稿》,博雅精深,惜已亡佚,仅存诗文《双溪集》二十七卷。

蝶恋花

崇阳县圃夜饮①

纤手行杯红玉润。满眼花枝,雨过胭脂嫩。新月一眉生浅晕,酒阑无奈添春困。　　唤起醉魂君不问。憔悴颜容,羞与花相近。人自无情花有韵,风光易老何须恨。

[注释]

①崇阳:县名,在今湖北东南。

蝶恋花

柳暗西湖春欲暮。无数青丝,不系行人住。一点心情千万绪,落花寂寂风吹雨。　　唤起声中人独睡。千里明驼①,不踏山间路。谩道遣愁除是醉,醉还易醒愁难去。

[注释]

①明驼:善走的骆驼。驼卧时,腹不贴地,屈足漏明,则行千里,故称。

点绛唇

崇阳野次

雨湿东风，谁家燕子穿庭户。孤村薄暮，花落春归去。　浪走天涯，归思萦心绪。家何处，乱山无数，不记来时路。

水调歌头

夜泛湘江

江月冷如水，江水碧于空。晚来一霎过雨，为我洗秋容。悄悄四山人静，凛凛三更露下，天阔叫孤鸿。唤醒蓬窗梦，身在水晶宫。　揖湘妃[①]，招月娣[②]，御清风。素琴韵远，不觉醉眼杏花红。禹穴骑鲸仙去[③]，东海钓鳌人远[④]，此意与谁同。倚柁一长啸，出壑舞鱼龙。

[注释]

①湘妃：相传舜死于苍梧之野，娥皇、女英二妃没于湘水，遂为湘水之神。　②月娣：即月娥。月中仙子。　③禹穴：在浙江绍兴之会稽山，传说为夏禹葬地。　骑鲸：指隐逸。扬雄《羽猎赋》："乘巨鳞，骑京（鲸）鱼。"　④钓鳌：《列子·汤问》记渤海之东有五山，天帝使巨鳌十五，举首负戴。龙伯国有大人，举足数步而至五山，一钓连六鳌，于是岱舆、员峤二山流于北极，沉于大海。后以"钓鳌"喻抱负远大或举止豪迈。

水调歌头

登石鼓合江亭

千里倦游客，老眼厌尘烟。蒸湘平远[①]，他处无此好江山。把酒一听欸乃，过了黄花时节，水国倍生寒。输与沧浪叟，长伴白鸥闲。　　傍江亭，穷杳霭，踞巉岩。水深石冷，闻道别有洞中天。待倩灵妃调曲[②]，唤起冯夷短舞[③]，从此问群仙。云海渺无际，波涌缓移船。

[注释]

①蒸湘：湘江至衡阳石鼓山与蒸水合，称蒸湘。　②灵妃：指仙女宓妃。　③冯夷：河神，即河伯。

念奴娇

菊[①]

小妆朱槛，护秋英千点，金钿如簇。黄叶白蘋朝露冷，只有孤芳幽馥。华髮苍头，宦情羁思，来伴花幽独。巡檐无语，清愁何啻千斛[②]。　　因念爱酒渊明，东篱雅意[③]，千载无人续。身在花边须一醉，小覆杯中醽醁。过了重阳，捻枝嗅蕊，休叹年华速。明年春到，陈根更有新绿。

[注释]

①唐氏按：此首别误作杜旃词。见《历代诗馀》卷六十八。　②何啻：何止。　③"因念"二句：陶渊明隐居后以菊酒自娱，其《饮酒》诗曰"采菊东篱下，悠然见南山"。

鹧鸪天

梅

淡淡疏疏不惹尘，暗香一点静中闻。人间怪有晴时雪[①]，天上偷回腊里春。　　疑浅笑，又轻颦。虽然无语意相亲。老来尚可花边饮，惆怅相携失玉人。

[注释]

①晴时雪:指白梅。

阮郎归

落花时节近清明,南园芳草青。东风料峭雨难晴,那堪中宿酲。　　回首处,自销凝。谁知人瘦生[1]。倚阑无语不禁情,杜鹃啼数声。

[注释]

①生:助词,唐宋人常用。

青玉案

深红数点吹花絮,又燕子、飞来语。远水平芜春欲暮。年年长是,清明时候,故遣人憔悴。　　竹鸡啼罢山村雨,正寥落、无情绪。猛省从前多少事。绿杨堤上,楼台如画,此景今何处。

浪淘沙令

开禧丙寅在大坂作[1]

流水绕孤村,杨柳当门。昔年此地往来频。认得绿杨携手处,笑语如存。　　往事不堪论,强对清尊。梅花香里月黄昏[2]。白首重来谁是伴,独自销魂。

[注释]

①丙寅:宋宁宗开禧二年(1206)。　②"梅花"句:化用北宋林逋《山园小梅》"暗香浮动月黄昏"句意。

木兰花慢

缃桃花树下，记罗袜、昔经行[1]。至今日重来，人惟独自，花亦凋零。青鸟杳无信息[2]，遍人间、何处觅云軿[3]。红锦织残旧字，玉箫吹断馀声。　　销凝，衣故几时更。又谁复卿卿[4]。念镜里琴中，离鸾有恨，别鹄无情。齐眉处同笑语，但有时、梦见似平生。愁对婵娟三五，素光暂缺还盈。

[注释]

①罗袜：代指女子。　②青鸟：传说为西王母的使者。此借指信使。③云軿：贵族妇女乘坐之有帷幕的车子。　④卿卿："王安丰妇常卿安丰。安丰曰：'妇人卿婿，于礼为不敬，后勿复尔。'妇曰：'亲卿爱卿，是以卿卿。我不卿卿，谁当卿卿。'遂恒听之。"见《世说新语·惑溺》。后"卿卿"成为男女间的昵称。

清平乐

越上作

呢喃燕语，共诉春归去。春去从他留不住，落尽枝头红雨。　　老翁袖手优游，闲愁不到眉头。过了麦黄椹紫，归期只在新秋。

清平乐

儿曹耳语，借问何处去。家在翠微深处住。生计一犁春雨。　　客中且恁浮游，莫将事挂心头。纵使人生满百，算来更几春秋。

浪淘沙

辛未中秋与文尉达可饮[1]

月色十分圆，风露娟娟。木犀香里凭阑干。河汉横斜天似水，玉鉴光寒[2]。　　草草具杯盘，相对苍颜。素娥莫惜少留连。秋气平分蟾兔满，动是经年。

［注释］

①辛未：宋宁宗嘉定四年（1211）。　尉：县尉。　②玉鉴：指明月。

卜算子

嘉定癸酉二月雨后到双溪[1]

渡口唤扁舟，雨后青绡皱。轻暖相重护病躯，料峭还寒透。　　老大自伤春，非为花枝瘦。那得心情似少年，双燕归时候。

［注释］

①癸酉：宋宁宗嘉定六年（1213）。　双溪：作者家乡溪名。

卜算子

散策问芳菲[1]，春半花犹未。蓓蕾枝头怯苦寒，恰似人憔悴。　　人莫恨花迟，天自催寒去。雨意才收日气浓，玉靥红如醉[2]。

［注释］

①散策：拄杖散步。策，手杖。　②靥（yè）：酒窝。

江城子

癸酉春社

清波渺渺日晖晖。柳依依,草离离。老大逢春,情绪有谁知。帘箔四垂庭院静,人独处,燕双飞。　　怯寒未敢试春衣。踏青时,懒追随。野蔌山殽[①],村酿可从宜。不向花边拚一醉,花不语,笑人痴。

[注释]

①野蔌:野菜。蔌,同“蔬”。

虞美人

甲戌正月望后燕来[①]

镜中失画双青鬓,懒更占花信。小梅半谢雨垂垂。未许轻红破蕾、缀桃枝。　　社前归燕穿帘语,似说人憔悴。自缘老去少欢悰,不是春寒料峭、怯东风。

[注释]

①甲戌:嘉定七年(1214)。　望后:十六日。

南乡子

甲戌正月

云淡日昽明,久雨潺潺乍得晴。社近东皋农务急[①],催耕。又见菖蒲出水清。　　池面縠纹平,掠水迎风燕羽轻。试出访寻春色看,相迎。巧笑花枝似有情。

[注释]

①社近:此指日近春社。

忆秦娥

甲戌赏春

胭脂点,海棠落尽青春晚。青春晚,少年游乐,而今慵懒。　春光不可无人管,花边酌酒随深浅。随深浅,牡丹红透,荼蘼香远。

临江仙

吴宰生日

欲近上元人意好[①],月如人意团圆。暖风催趣养花天。三山来鹤驾,万户识凫仙[②]。　手种河阳桃李树[③],暂时来看春妍。彩衣一笑棹觥船。明年当此日,人到凤池边[④]。

[注释]

①上元:农历正月十五日为上元节。　②凫仙:王乔为叶县令,有神术。上朝时化作双凫而往。见《后汉书·方术传上》。　③河阳桃李树:晋潘岳为河阳县令时,于一县之内遍种桃花,一时传为美谈。庾信《枯树赋》:"若非金谷满园树,即是河阳一县花。"　④凤池:代指朝廷。

好事近

同　前

时节近元宵,天意人情都好。烟柳露桃枝上,觉今年春早。　遏云一曲凤将雏[①],疑是在蓬岛。玉笋扶杯潋滟[2],愿黑头难老。

[注释]

①遏云:响遏云霄,指歌声嘹亮。 凤将雏:乐曲名。 ②玉笋:喻女子手指之美。

水调歌头

留宰生日

爱日护轻暖,酝造小春时[1]。桃溪云敛,一点郎星吐青辉[2]。炼玉颜容难老[3],点漆精神如旧[4],不用摘霜髭。厌薄蓬莱景,戏踏两凫飞。 潘花底[5],陶柳外[6],细民肥。万家喜色,融瑞气拥牙绯[7]。凭仗春葱洗玉[8],领略朱樱度曲[9],引满又何辞。只待琴歌毕,安步上丹墀。

[注释]

①小春:指农历十月小阳春。 ②郎星:郎官的美称。 ③炼玉颜容:指经过修炼而常保青春的容颜。 ④点漆:"王右军(羲之)见杜弘治叹曰:'面如凝脂,眼如点漆,此神仙中人。'"见《世说新语·容止》。 ⑤潘花:晋潘岳为河阳县令时,于一县之内遍种桃花,一时传为美谈。庾信《枯树赋》:"若非金谷满园树,即是河阳一县花。" ⑥陶柳:陶渊明宅旁有五棵柳树,作《五柳先生传》。 ⑦唐氏按:"融"字上下缺一字。 ⑧春葱:喻手指之美。 洗玉:洗涤酒杯。 ⑨朱樱:口如樱桃。 度曲:唱歌。

念奴娇

海棠时过江潭

晓来雨过,正海棠枝上,胭脂如滴。桃杏不堪来比似,信是倾城倾国[1]。藏韵收香,谁能描貌,阁尽诗人笔。

从教睡去，为留银烛终夕[2]。　　不待过了清明，绿阴结子，无处寻春色。簌簌轻红飞一片，便觉临风凄恻。莫道无情，嫣然一笑，也似曾相识。惜花无主，自怜身是行客。

［注释］

①倾城倾国：形容绝色女子，此用以喻海棠之美。　②“从教”二句：化用苏轼《海棠》诗“只恐夜深花睡去，故烧高烛照红妆”句意。

浪淘沙令

菊

秋色满东篱，露滴风吹。凭谁折取泛芳卮。长是年年重九日，苦恨开迟。　　因记得当时，共捻纤枝。而今寂寞凤孤飞。不似旧来心绪好，惟有花知。

采桑子

秋日丁香

一番飞次春风巧，细看工夫，点缀红酥，此际多应别处无。　　玉人不与花为主，辜负芳菲，香透帘帏，谁向钗头插一枝。

好事近

早　梅

玉颊映红绡，搀报东风消息[1]。虽则清臞如许[2]，有生香真色。　　相看动是隔年期，忍不饮涓滴。莫待轻飞一片，却说花堪惜。

[注释]

①唐氏按:"搀"原作"才",从《永乐大典》卷二千八百零八"梅"字韵。　②清臞:清瘦。

临江仙

落　梅

雪片幻成肌骨,月华借与精神。一声羌笛怨黄昏。吹香飘缟袂,脱迹委红裙。　　枝上青青结子,子中白白藏仁。那时别是一家春。劈泥尝煮酒①,拂席卧清阴。

[注释]

①"劈泥"句:剥离酒坛封泥,以青梅煮酒而饮之。

卜算子

腻玉染深红,艳丽难常好。已是人间祓禊时①,花亦随春老。　　唤起曲生来②,醉赏惟宜早。此去阴晴十日间,点点黏芳草。

[注释]

①祓禊:古代民俗,三月三上巳日到水滨洗濯,洗去宿垢,称祓禊。②曲生:即麯可生,代指酒。有酒魅化为曲秀才,为叶法善识破。见《开天传信录》。

木兰花慢

暮春时在分宁

博山香雾冷①,新雨过、怯单衣。正飞絮濛濛,平芜杳杳，家在天涯。春难住、人易老，又等闲过了踏青时。枝上红稀绿暗，杜鹃刚向人啼。　依依。谩叹歌生弹铗[2]，尘满弦徽。想北山猿鹤，南溪鸥鹭，怪我归迟。青云事、今已晚[3]，倚小窗、谁与话襟期。对酒有愁可解，擘笺无怨休题[4]。

[注释]

①博山：指博山炉。　②弹铗：弹击剑把。战国时冯谖客孟尝君，因食无鱼，出无车，无以为家而弹铗而歌。后用以喻有所希求于人。　③青云事：指仕途通达。　④擘笺：打开信纸。　擘：原作“劈”。

小重山

至后一日[1]，长兴赵宰到郡，并招归安、乌程二宰及项广文同饭

日脚才添一线长[2]。葭灰吹玉管[3]，转新阳。老来添得鬓边霜。年华换，归思满沧浪。　唤客对凝香。公庭凫鹭散，缓行觞。何须红袖立成行。清淡好[4]，胜似听丝簧。

[注释]

①至后一日：冬至后一日。　②“日脚”句：谓冬至后白天日长一线。见《文昌杂录》。　③“葭灰”句：古以葭灰置律管中。冬至阳气至，葭灰自管中飞出。　④清淡：“淡”字失律，当作“谈”。

阮郎归

雪川作

几回幽梦绕家山，怯闻梅弄残[1]。潇潇黄落客毡寒，

不禁衣带宽。　　身外事，意阑珊，人间行路难。寻思百计不如闲。休贪朱两轓[2]。

[注释]

①梅弄：吹奏笛曲落梅花。　弄：一曲曰一弄。　②朱两轓：官员之车。轓：车的障蔽。《汉书·景帝纪》中六年："食长吏二千石车朱两轓。"

临江仙

莫子章郎中买妾佐酒，魏倅以词戏之，次韵

试问休官林下去，何人得似高年。壶中不记岁时迁。吹箫新有伴，餐玉共求仙[1]。　　有客尊前曾得见，月眉云鬓娟娟。断肠刺史独无眠。谁能闻一曲，偷向笛中传。

[注释]

①餐玉：古代相传以玉为屑，日日服食，可以延寿。

临江仙

思忆故园花又发，等闲过了流年。休论升擢与平迁。拂衣归去好[1]，无事即神仙。　　况是老人头雪白，羞看红粉婵娟。鸾孤凤只且随缘。莫将桃叶曲[2]，留与世人传。

[注释]

①拂衣：提衣而去，以示归隐。谢灵运《述祖德》诗："高揖七州外，拂衣五湖里。"　②桃叶曲：即《桃叶歌》，晋王献之作。　桃叶：献之爱妾。孟郊《答昼上人止谗作》诗："俗侣唱《桃叶》，隐仙鸣桂琴。"

水调歌头

送魏倅

新涨鸭头绿[①]，春满白蘋洲。小停画鹢[②]，莫使折柳话离愁。缥缈舳棱在望，不用东风借便，一瞬到皇州。别酒十分酌，何惜覆瑶舟。　从此去，上华顶，入清流。人门如许[③]，自合唾手复公侯。老我而今衰谢，梦绕故园松菊，底事更迟留。早晚挂冠去[④]，江上狎浮鸥[⑤]。

[注释]

①鸭头绿：绿色。此代指水。　②画鹢：画有鹢首的船。　③人门：人的才品和门阀地位。《陈书·蔡凝传》："黄散之职，固须人门兼美。"　④挂冠：辞官。《后汉书·逄萌传》："时王莽杀其子宇，萌谓友人曰：'三纲绝矣！不去，祸将及人。'即解冠挂东都城门，归将家属浮海，客于辽东。"　⑤狎浮鸥：指隐逸。

南柯子

天末家何许，津头客未归。柳梢绿暗早莺啼。蝴蝶不知春去、绕园飞。　选胜多游冶[①]，当垆有丽姝。青翰载酒泛晴晖[②]。不忍十分寥落、负花时。

[注释]

①选胜：选择名胜之地。　游冶：游戏作乐。　②青翰：船名。刻有鸟形涂以青色，故名。

好事近

闲日似年长，又在他乡春暮。柳外一声鶗鴂，怨落花飞絮。　　苎罗只似旧时村[①],佳人在何处。试问鸱夷因甚[②],载轻鞻同去。

[注释]

①苎罗村:在今浙江诸暨南。相传为西施的出生地。《吴越春秋·勾践外传》:"乃使相者国中,得苎萝出鬻薪之女曰西施郑旦。"　②鸱夷:春秋时越大夫范蠡既佐越王勾践灭吴,即变姓名,自号鸱夷子皮,隐居五湖。

朝中措

杜鹃声断日曈昽[①],过雨湿残红。老色菱花影里[②],客愁蕉叶香中[③]。　　柳梢飞絮,桃梢结子,断送春风。莫恨春无觅处,明年还在芳丛。

[注释]

①曈昽:由暗而渐明。　②菱花:菱花镜。　③蕉叶:形似蕉叶的浅酒杯。

南柯子

秀叔娶妇不令人知,以小词为贺,因戏之

对镜鸾休舞[①],求凰凤自飞[②]。珠钿翠珥密封题。中有鸾笺细字、没人知。　　环佩灯前结,辎軿月下归[③]。笑他织女夜鸣机。空与牛郎相望、不相随。

[注释]

①"对镜"句:"昔罽宾王得鸾鸟甚爱之,欲其鸣而不能致。夫人曰:'闻鸟得类而后鸣,何不悬镜以映之。'王从其言,鸾鸟睹影而鸣,一奋而绝。"见南朝宋范泰《鸾鸟诗序》。后以此事喻失偶。　②求凰:凤求凰。司马相如《琴歌》:"凤兮凤兮归故乡,遨游四海求其凰。"相传司马相如歌

此向卓文君求爱。后因称男子求偶为求凰。 ③辎軿:有帷蔽之车,多为妇人所乘。

朝中措

九月末水仙开

蔷薇露染玉肌肤,欲试缕金衣。一种出尘态度,偏宜月伴风随。 初疑邂逅,湘妃洛女[1],似是还非。只恐乘云轻举,翩然飞度瑶池。

[注释]

①湘妃:相传为舜的两个妃子娥皇、女英,其死后化为湘水之神。洛女:指洛水女神宓妃,相传伏羲之女,溺死洛水,遂为洛水之神。

西江月

用荼蘼酿酒饮尽,因成此,谩呈继韩

蔌蔌落红都尽,依然见此清姝。水沉为骨玉为肤[1],留得春光少住。 鸳帐巧藏翠幔,燕钗斜蝉纤枝。休将往事更寻思,且为浓香一醉。

[注释]

①水沉:即沉香。

柳梢青

郑宰母生日

葭管风微[1],莱衣香软[2],歌凤将雏[3]。笑酌流霞,问人何处,别有瑶池[4]。 相将月佩霞裾。领凫舄、归朝玉墀。管取长年，进封大国，稳住清都。

[注释]

①葭管：葭灰塞玉管以候节气。此指生日在冬至。　②莱衣：用老莱子彩衣娱亲事。　③凤将雏：乐曲名。　④瑶池：古代神话中神仙所居。

踏莎行

木落天寒，年华又暮，老来多病须调护。诗编酒榼总无缘，闲中赢得瞢腾睡。　尘暗犀梳，香消翠被，悄无音信来青羽[①]。新愁正上自眉峰，黄昏庭院潇潇雨。

[注释]

①青羽：青鸟，传信之使者。

清平乐

嘉定壬申除夜[①]

一杯椒醑[②]，惜饮难成醉。爆竹声中人未睡，共道今宵守岁[③]。　不如且就衾裯，谁能细数更筹。三百六旬过了，明朝却是年头。

[注释]

①壬申：宋宁宗嘉定五年（1212）。　除夜：除夕。　②椒醑：以椒浸制的芳烈之酒。　③守岁：旧俗，除夕终夜不睡，以待天明。

南柯子

山冥云阴重，天寒雨意浓。数枝幽艳湿啼红，莫为惜花惆怅、对东风。　　蓑笠朝朝出，沟塍处处通[1]。人间辛苦是三农[2]，要得一犁水足、望年丰。

[注释]

①塍(chéng)：田间的土埂子。　②三农：指春、夏、秋三个农时。

夜行船

贺将使叔成宝相寮[1]

淡饭粗衣随分过，新成就、庵寮一个。静处藏身，十分自在，只恁么、有何不可。　　过眼空花都看破。红尘外、独行独坐。也没筹量，也没系绊，更觅甚、三乘四果[2]。

[注释]

①将使：作者叔父之名。　宝相寮：庐舍名。　寮：多指庵堂，此为泛指。　②三乘：佛教语，一般指小乘、中乘、大乘，均为深浅不同的解脱之道。亦泛指佛法。　四果：佛教语，小乘圣果有四，故称。

临江仙

和将使许过双溪

鹍鸠一声春事了[1]，不知苦劝谁归。花梢香露染蔷薇。小梅酸著齿，酒榼正堪携。　　鸭绿一篙新雨过[2]，远山半出修眉。仙翁理棹欲来时。绕檐乌鹊喜，报与主人知。

[注释]

①鹍鸠：一名杜鹃，至三月鸣，昼夜不停，夏末乃止。　②鸭绿：绿色，指水。

蓦山溪

巢安寮毕工[1]

莺啼花谢，断送春归去。雨后听鹃声，恰似诉、留春不住。韶光易迈，暗被老相催，无个事，没些愁，方是安身处。　栽松种菊，相对为宾主。终日掩柴扉，但只有、清风时度。不忺把酒，又不喜观书，饥时饭，饱时茶，困即齁齁睡[2]。

［注释］

①巢安寮：词人草房名。　毕工：完工。　②齁齁（hōu）：鼾声。

忆秦娥

头如雪，尘缘滚滚无休歇。无休歇，买田筑屋，是何时节。　从今事事都休说，巢安寮里藏疏拙。藏疏拙，许谁为伴，溪山风月。

满江红

至日和黄伯威

宦海浮沉，名与字、不能彰彻。青云上、诸公衮衮，难登狭劣。结绶弹冠成底事[1]，解颐折角皆虚说[2]。待黄粱、梦觉始归来，非明哲。　易消释，空中雪。多亏缺，天边月。算人生必有，衰羸时节[3]。恁是一阳来复后[4]，梅花柳眼先春发。料明年、又老似今年，当休歇。

［注释］

①结绶：佩系印绶，谓出仕为官。　弹冠：弹去帽上灰尘，准备出仕。

《汉书·萧育传》:"(萧育)少与陈咸、朱博为友,著闻当世。往者有王阳、贡公,故长安语曰:'萧朱结绶,王贡弹冠',言其相荐达也。" ②解颐:大笑不止。《汉书·匡衡传》:"匡说诗,解人颐。" 折角:喻指雄辩。《汉书·朱云传》载,汉元帝时,少府五鹿充宗治梁丘《易》,以贵幸善辩,诸儒莫敢与抗论。唯朱云昂首论难,驳得充宗无言以对。诸儒曰:"五鹿岳岳,朱云折其角。" ③衰羸(léi):衰弱。 羸:瘦。 ④一阳来复:古人认为天地间有阴阳二气,每年至夏至日,阳气尽而阴气始生。至冬至日,则阴气尽而阳气开始复生,谓之"一阳来复"。

玉楼春

丙子十月生[①]

往年餬口谋升斗,朱墨尘埃黏两袖[②]。黄粱梦断始归来,依旧琴书当左右。　　而今藏取持螯手[③]。林下独居闲散又。问之何以得长年,寡欲少思安老朽。

[注释]

①丙子:宋宁宗嘉定九年(1216)。 ②朱墨:古代官府文书,用朱墨二色。此代指文书。 ③持螯:吃蟹。晋毕卓嗜酒,曰:"一手持蟹螯,一手持酒杯,拍浮酒池中,便足了一生。"见《世说新语·任诞》。

玉楼春

大都四绪阴晴半[①],天上油云舒又卷。若还心也似云闲,老色何由来上面。　　生平辛苦今潇散,得丧荣枯皆历遍。人言不死是神仙,我但耳闻非眼见。

(以上劳巽卿校旧抄本《双溪诗馀》五十二首)

[注释]

①四绪:即四序,指春夏秋冬四季。

杨冠卿

杨冠卿(1138—?),字梦锡,江陵(今属湖北)人,尝举进士及第,出知广州,以事罢。侨居临安,闭门不出,与姜夔等相倡和。著有《客亭类稿》。

如梦令

满院落花春寂,风絮一帘斜日。翠钿晓寒轻,独倚鞦韆无力。无力,无力。蹙破远山愁碧。

生查子

闻莺用竹坡韵[1]

娇莺恰恰啼[2],过水翻回去。欲共诉芳心,故绕池边树。　　人去绮窗闲,弦断秦筝柱。百啭听新声,总是伤心处。

[注释]

①竹坡:周紫芝,号竹坡。此和周紫芝《生查子》"春寒入翠微"词韵。

②恰恰:莺啼声。杜甫《江畔独步寻花七绝句》诗:"留连戏蝶时时舞,自在娇莺恰恰啼。"

生查子

忠甫持梅水仙研笺索词[1]

消瘦不胜寒,独立江南路。罗袜暗生尘,不见凌波步。　　兰佩解鸣珰,往事凭谁诉。一纸采云笺,好寄青鸾去[2]。

[注释]

①忠甫:张淳,字忠甫,永嘉人。 梅水仙砑笺:指印有梅花、水仙图案之诗笺。 ②青鸾:传说中的神鸟。此指信使。

生查子

赋湘妃鼓瑟笺,湘妃泛莲叶,上有片云擎月

潇湘日暮时,倚棹蒹葭浦。不见独醒人[1],愁对湘妃语。　壁月送归云,一叶莲舟举。宝瑟奏清商,波底鱼龙舞。

[注释]

①独醒人:指屈原,有“众人皆醉我独醒”之诗。

浣溪沙

洞口春深长薜萝,幽栖地僻少经过。一溪新绿涨晴波。　惊梦觉来啼鸟近,惜春归去落花多。东风独倚奈愁何。

浣溪沙

次韩户侍[1]

银叶香销暑簟清,枕鸳醉倚玉钗横。起来红日半窗明。　多病情怀无可奈,惜花天气恼馀酲。瑶琴谁弄晓莺声。

[注释]

①韩户侍:当是姓韩之户部侍郎,其人未详。

霜天晓角

次韵李次山提举渔社词①

渔舟簇簇,西塞山前宿②。流水落红香远,春江涨、葡萄绿。 蕲竹,奏新曲。惊回幽梦独。却把渔竿远去,骑鲸背、钓璜玉③。

[注释]

①李次山:李结,字次山,与杨冠卿等结诗社,有渔社词,和者甚众。②西塞山:有多处,张志和《渔歌子》有"西塞山前白鹭飞,桃花流水鳜鱼肥"之句。似指浙江湖州慈湖镇道山矶。 ③骑鲸:指隐逸。 璜玉:玉名。相传姜太公未遇文王时在渭水磻溪钓得玉璜。

[集评]

范成大云:"成大辱示杨君,诗词趣高有韵,甚不易得。渔社有此客,可以豪也。"(《客亭类稿》)

卜算子

秋晚集杜句吊贾傅①

苍生喘未苏②,贾笔论孤愤③。文采风流今尚存④,毫发无遗恨⑤。 凄恻近长沙⑥,地僻秋将尽⑦。长使英雄泪满襟⑧,天意高难问⑨。

[注释]

①贾傅:贾谊于汉文帝时为太中大夫,为大臣所谗,谪长沙王太傅,后

又为梁怀王太傅。怀王堕马死，谊郁郁自伤，年馀亦死，仅三十三岁。②“苍生”句：出自杜甫《行次昭陵》“往者灾犹降，苍生喘未苏”。　③“贾笔”句：出自杜甫《寄岳州贾司马大巴州严八使君两阁老五十韵》“贾笔论《孤愤》，严诗赋几篇”。　④“文采”句：出自杜甫《丹青引》“英雄割据虽已矣，文采风流今尚存”。　⑤“毫髮”句：出自杜甫《敬赠郑谏议十韵》“毫髮无遗憾，波澜独老成”。　⑥“凄恻”句：出自杜甫《八乔口》“贾生骨已朽，凄恻近长沙”。　⑦“地僻”句：出自杜甫《秦州杂诗》十八“地僻秋将尽，山高客未归”。　⑧“长使”句：出自杜甫《蜀相》“出师未捷身先死，长使英雄泪满襟”。　⑨“天意”句：出自杜甫《暮春江陵送马大卿公恩命追赴阙下》“天意高难问，人情老易悲”。

垂丝钓

翠帘昼卷，庭花日影初转。酒力未醒，眉黛还敛。停歌扇，背画阑倚遍。情无限，怅韶华又晚。　　锦鞯去后，愁宽珠袖金钏。碧云信远，难托西楼雁。空写银筝怨。肠欲断，更落红万点。

菩萨蛮

春日呈安国舍人①

飞云障碧江天暮，杏花帘幕黄昏雨。翠袖怯春寒，有人愁倚阑。　　天涯芳草路，目送征鸿去。人远玉关长，尺书难寄将。

[注释]

①安国：张孝祥，字安国，曾官中书舍人。

菩萨蛮

春日西湖用吴监簿韵

春山愁对修眉绿，春衫谁为裁冰縠。日暮倚阑干，不禁烟雾寒。　　湖边归去路，犹记传觞处。往事等空花，客心惊岁华。

菩萨蛮

冰肌玉衬香绡薄，无言独倚阑干角。相见又还休，可堪归去愁。　　碧波溪上路，几阵黄昏雨。归去断人肠，纱厨枕簟凉。

菩萨蛮

雪中呈李常门

玉妃夜宴瑶池冷①，翩然飞下霓旌影。天阔水云长，风飘舞袖香。　　姑山人似旧②，清压红梅瘦。同凭玉阑干，光摇银海寒。

[注释]

①玉妃：喻雪。　②姑山：藐姑射山，有神人肌肤若冰雪。见《庄子·逍遥游》。

好事近

代人书扇

晚起倦梳妆，斜压翠鬟云鬓。手捻花枝辄笑，问青鸾音信[①]。　绣帘慵卷玉钩垂，风篁奏馀韵。灯火黄昏院落，报雕鞍人近[②]。

[注释]

①青鸾：青鸟，传信之使者。　②雕鞍人：贵人，思妇之夫。

好事近

细雨落檐花，帘卷金泥红湿。楼外远山横翠，染修眉愁碧。　旧游春梦了无痕，香尘暗瑶瑟。凭仗青鸾飞去，问新来消息。

谒金门

春暮有感

伤漂泊，负了花前期约。寒食清明都过却，愁怀无处著。　晴日柳阴池阁，风絮斜穿帘幕。帘外秋千闲彩索，断肠人寂寞。

忆秦娥

雪中拥琴对梅花寓言

东风恶，雪花乱舞穿帘幕。穿帘幕，寒侵绿绮[①]，音断弦索。　宫梅已破香红萼，梅妆想称伊梳掠。伊梳掠[②]，十分全似，旧时京洛。

[注释]

①绿绮：琴名。　②伊梳掠：唐氏按，此三字原无，按律应叠。下首同。

忆秦娥

云垂幕,江天雪似杨花落。杨花落,翠衾不暖,晓寒偏觉。 起来独倚西楼角,客怀无耐伤离索。伤离索,蛮笺欲寄[①],塞鸿难托。

[注释]

①蛮笺:彩色笺纸,多产高丽、巴蜀。

清平乐

翠团嘉树,杜宇呼春去[①]。帘卷金泥凝望处,几点红薇香雨。 等闲过了花时,殷勤来问酴醾。恰有一枝春在,画楼红日林西。

[注释]

①杜宇:古蜀帝。号望帝,相传死后化为杜鹃鸟。此代指杜鹃。

柳梢青

红药翻阶。天香国艳,辉映楼台。解语浑如[①],三千粉黛,十二金钗。 青鞋踏破苍苔。趁舞蝶、游蜂去来。宿粉偷香,也应难似,年少情怀。

[注释]

①解语:会说话。王仁裕《开元天宝遗事》:“明皇秋八月,太液池有千叶白莲数枝盛开,帝与贵戚赏焉。左右皆叹羡久之。帝指贵妃示于左右曰:‘争如我解语花?’”后多喻美女,此又以美女喻红药花。

柳梢青

咏鸳鸯菊、双心而白、秋晚始开

金蕊飘残，江城秋晚，月冷霜寒。一种幽芳，雕冰镂玉，舞凤翔鸾。　悠然静对南山。笑琼沼、鸳飞翠澜。小玉惊呼[①]，太真娇困[②]，俯槛慵看。

[注释]

①小玉：吴王夫差之女名小玉。　②太真：杨贵妃，道号太真。

柳梢青

为丁明仲纪梦

归梦迢迢。分明曾见，舞遍云韶[①]。解道相思，愁宽金钏，瘦损宫腰。　觉来情绪无聊。正戍角、声翻丽谯[②]。楚塞山长，巫阳人远[③]，斗帐香消。

[注释]

①云韶：黄帝《云门》、虞舜《大韶》乐的合称。　②丽谯：壮美的城楼。　③巫阳：巫山之阳，用巫山神女事。

西江月

秋晚白菊丛开，有傲视冰霜之兴。李渔社赋长短句云："若将花卉论行藏。盍在凌烟阁上。"因次其韵

妙墨龙蛇飞动，新词雪月交光。论文齿颊带冰霜，凤阁从来宫样。　寿菊丛开三径[①]，清姿高压群芳。折花聊尔问行藏[②]，会见横飞直上。

[注释]

①三径:泛指隐士庭院。 ②聊尔:姑且。

西江月

罗袜浪传仙子[1],宫梅休写华光。人言寿客饱经霜[2],不趁凡花入样。 万玉森罗素节,一枝剩有馀芳。孤高肯使蝶蜂藏,特立甘泉顶上。

[注释]

①罗袜:出自曹植《洛神赋》"凌波微步,罗袜生尘"。 ②寿客:菊花之别称。

西江月

咏黄菊

昨梦钧天帝所[1],曾陪奏赋明光[2]。玉除金蕊映秋霜,尽道宫花别样。 娇额涂黄牢就[3],金莲衬步齐芳。舞鸾仪凤巧难藏,羞杀繁红陌上。

[注释]

①梦钧天:梦闻钧天广乐(仙乐)。 ②明光:明光殿。《三辅黄图·汉宫》:"未央宫渐台西有桂宫,中有明光殿,皆金玉珠玑为帘箔,处处明月珠,金陛玉阶,昼夜光明。"此泛指宫殿。 ③娇额涂黄:额上饰以黄色梅花之妆,即寿阳妆。

东坡引

岁癸丑季秋二十六日，夜梦至一亭子，榜曰朝云。见二少年公子云："久诵公乐章，愿得从容笑语。"因举似离筵旧作，称赞久之。余谢不能。公子咈然不乐[1]，命小吏呼姝丽十数辈至，围一方台而立，相与群唱，声甚凄楚。俄顷，歌者取金花青笺所书词展于台上。熟视字画，乃余作也。读未竟，一歌者从旁攫取词置袖中，举酒相劳苦云："钗分金半股之句，朝夕诵之，胡为念不及此耶。"公子云："左验如此、奚事多逊[2]。"抵掌一笑而寤，恍然不晓所谓。戏用其语，缀东坡引歌之

绿波芳草路。别离记南浦。香云剪赠青丝缕。钗分金半股。钗分金半股。　阳关一曲声凄楚。惹起离筵愁绪。梦魂拟逐征鸿去。行云无定据。行云无定据。

[注释]

①咈然：乖戾，相忤逆貌。　②左验：验证。　奚事：为什么。　多逊：过分谦虚。

鹧鸪天

次韵宝溪探梅未放

岁月如驰乌兔飞[1]，情怀著酒强支持。经年不见宫妆面，秾碧谁斟翡翠卮。　江路晚，夕阳低。奚奴空负锦囊归[2]。欲凭驿使传芳信，未放东风第一枝。

[注释]

①乌兔：指日月。相传太阳中有三足乌，因以乌为太阳的代称。又传月中有玉兔，因以兔代指月亮。　②"奚奴"句：李贺从小奚奴，骑距驴，背一古破锦囊，遇有所得，即书投囊中。及暮归，从婢取书，研墨叠纸足成之，投他囊中。见李商隐《李长吉小传》。

小重山

一笑回眸百媚生[①]。娇羞佯不语，艳波横。缓移莲步绕阶行。凝情久，幽怨托银筝。　　些事那回曾。水晶双枕冷，簟纹平。窥人燕子苦无情。惊梦断，何处觅云行。

[注释]

①“一笑”句：本白居易《长恨歌》“回眸一笑百媚生，六宫粉黛无颜色”。

蝶恋花

次张俊臣韵

舞处曾看花满面。独倚东风，往事思量遍。绿怨红愁春不管，天涯芳草人肠断。　　一纸云笺鱼雁远。归凤求凰，谁识琴心怨。臂枕香消眉黛敛，也应为我宽金钏。

蝶恋花

月冷花寒宫漏促，人在虚檐，玉体温无粟。弦断鸾胶还再续，娇云时霎情难足。　　解道双鸳愁独宿。宿翠偎红，蛱蝶元相逐。蓬海路遥天六六[①]，终须伴我骑黄鹄[②]。

[注释]

①六六：六的六倍，三十六，极言其甚，此言路远。　②黄鹄：天鹅。

水调歌头

春日舟行

春涨一篙绿，江阔暮涛寒。龙骧万斛飞举[①]，鲸饮酒杯宽。醉倚柁楼清啸，目送孤鸿杳霭，景意与俱闲。恍若驭风去，蓬岛旧家山。　记吾庐，环翠竹，拱苍官。碧云信杳，谁为日日报平安。桂棹桃溪归后，流水落红香寂，春事想阑珊。赖有锦囊句[②]，写向此中看。

［注释］

①龙骧：代称大船。晋龙骧将军王濬受命伐吴，预修舟舰，大船连舫，一舟可载两千馀人。后因以龙骧称大船。　②"锦囊"句：指优美诗文。用李贺之典。

水调歌头

赠维扬夏中玉

形胜访淮楚，骑鹤到扬州[①]。春风十里帘幕[②]，香霭小红楼。楼外长江今古，谁是济川舟楫，烟浪拍天浮。喜见紫芝宇[③]，儒雅更风流。　气吞虹，才倚马[④]，烂银钩。功名年少馀事，雕鹗几横秋。行演丝纶天上，环倚玉皇香案，仙袂揖浮丘[⑤]。落笔惊风雨[⑥]，润色焕皇猷[⑦]。

［注释］

①"骑鹤"句："有客相从，各言所志：或愿为扬州刺史，或愿多赀财，或愿骑鹤上升。其一人曰：'腰缠十万贯，骑鹤上扬州。'欲兼三者。"见梁殷芸《殷芸小说》。　②"春风"句：本杜牧《赠别》诗"春风十里扬州路，卷上珠帘总不如"。　③紫芝宇：即紫芝眉宇。《新唐书·卓行传·元德秀》："元德秀字紫芝，河南人。质厚少缘饰……善文辞……房琯每见德

秀,叹息曰:‘见紫芝眉宇,使人名利之心都尽。’”后因以称颂人德行高洁。 ④倚马:晋袁宏,小字虎,为桓温记室,被责免官,会须露布文,唤袁倚马前令作。手不辍笔,俄得七纸,绝可观。见《世说新语·文学》。后以“倚马”形容才思敏捷。 ⑤浮丘:浮丘公,古仙人。 ⑥“落笔”句:杜甫《寄李十二白二十韵》有“笔落惊风雨,诗成泣鬼神”句。 ⑦皇猷:帝王的谋略或教化。沈约《齐太尉文宪王公墓铭》:“帝图必举,皇猷谐焕。”

水调歌头

次吴斗南登云海亭①

年少青云客,怀抱百忧宽。北窗醉卧春晓,归梦趁吴帆。来访鸱夷仙迹②,极目平湖烟浪,万象一毫端。云海渺空阔,咫尺是蓬山。 佩飞霞,囊古锦,几凭阑。赤城应有居士③,凤举更龙蟠④。待向玉霄东望,相与神游八极,身未似云闲。长剑倚天外⑤,功业镜频看。

[注释]

①吴斗南:吴仁杰,字斗南,淳熙进士。 云海亭:在今江苏无锡西。②鸱夷:春秋时越大夫范蠡既佐越王勾践灭吴,即变姓名,自号鸱夷子皮,隐居五湖。 ③赤城:山名。在今浙江天台北。 ④凤举:喻高尚的举止。龙蟠:喻豪杰之士隐伏待时。 ⑤“长剑”句:语本宋玉《大言赋》“方地为车,圆天为盖,长剑耿耿倚天外”。

水调歌头

归自罗浮①,舟过于湖②,哭张安国。至采石③,吊李谪仙,悼今昔二贤豪之不复见也。月夜酹酒江渍,慨然而去,作长短句

曳杖罗浮去,辽鹤正南翔④。青鸾为报消息,岩壑久相望。无奈渔溪欸乃,唤起蘋洲昨梦,风雨趁归航。万里

家何许，天阔水云长。　　历五湖，转湘楚，下三江。兴亡千古馀恨，收拾付诗囊。重到然犀矶渚[5]，不见骑鲸仙子[6]，客意转凄凉。举酒酹江月，襟袖泪淋浪。

[注释]

①罗浮：山名，在广东增城、博罗、河源等县间。　②于湖：在安徽当涂县。为张孝祥故里。　③采石：采石矶，在安徽当涂县。　④辽鹤：传说辽东人丁令威，学道于灵虚山，后化鹤归辽，集城门华表柱。时有少年，举弓欲射之。鹤飞空中言曰："有鸟有鸟丁令威，去家千年今始归。城郭如故人民非，何不学仙冢垒垒。"遂高上冲天。见《搜神后记》。　⑤然犀：温峤过牛渚采矶，点燃犀角，照见水怪。见《晋书·温峤传》。　⑥骑鲸仙子：指李白。相传李白于采石矶骑鲸仙去。

水龙吟

金陵作[1]

渡江天马龙飞，翠华小驻兴王地。石城钟阜[2]，雄依天堑，鼎安神器。鳷鹊楼高，建章宫阔，玉绳低坠。望郁葱佳气，非烟非雾，方呈瑞、璇霄际。　　貔虎云屯羽卫[3]。壮金汤、更隆国势。天骄胆落，狼烽昼熄，玉门晏闭，衹谒陵园，长安□远，中兴可冀。笑六朝旧事[4]，空随流水，千古恨、无人记。

[注释]

①金陵：今江苏南京。　②石城：金陵一名石头城。　钟阜：指钟山。③貔虎：貔与虎皆猛兽，用以喻勇士。　④六朝：指东吴、东晋、宋、齐、梁、陈，皆建都金陵。王安石《桂枝香》词："六朝旧事随流水。"

贺新郎

秋日乘风过垂虹时，与一羽士俱，因泛言弱水蓬莱之胜[1]。旁有溪童，具能歌张仲宗目尽青天等句[2]，音韵洪畅，听之慨然。戏用仲宗韵呈张君量府判

薄暮垂虹去。正江天、残霞冠日，乱鸿遵渚。万顷云涛风浩荡，笑整羽轮飞渡。问弱水、神仙何处。翳凤骑麟思往事[3]，记朝元、金殿闻钟鼓。环佩响，翠鸾舞。　梦中失却江南路。待西风、长城饮马，朔庭张弩。目尽青天何时到，赢得儿童好语。怅未复、长陵抔土[4]。西子五湖归去后，泛仙舟、尚许寻盟否。风袂逐，片帆举。

（以上《客亭类稿》卷十四）

[注释]

①弱水：古代神话传说中称险恶难渡的河海。《海内十洲记》："凤麟洲……四面有弱水绕之，鸿毛不浮，不可越也。"苏轼《金水妙高台》诗："蓬莱不可到，弱水三万里。"　②张仲宗：南宋词人张元幹，字仲宗。枢密院编修官胡铨上书反对和议，被贬送新州编管。张元幹作《贺新郎》送别，中有"目尽青天怀今古，肯儿曹恩怨相尔汝"等句。　③翳凤骑麟：喻仙去。　④长陵抔土：指汉高祖葬地，故址在今陕西咸阳市北。此泛指中原地带。

崔敦诗

崔敦诗(1139—1182)，字大雅，本河北人，南渡后居溧阳。绍兴三十年(1160)与兄敦礼同登进士，召试馆职，授秘书省正字，除翰林权直，又历中书舍人，加侍讲，直学士院，特赠中大夫。著有《玉堂类稿》二十卷、《西垣类稿》二卷。

六 州

商秋吉[①]，嘉会协中辛[②]。涓路寝[③]，修禋祀[④]，圣德昭清。端志虑，罄竭斋精。锦绣排天仗，羽卫缤纷。朝太室、返中宸[⑤]。被衮接神明。时平天时俱清晏，兼丰年和气，品物达芳馨。　　瞻熉座[⑥]，春容娭燕三灵[⑦]。奠瑶爵，荐量币，清思呦冥冥。望昆仑。嘉祥塞烟煴。诚殚礼洽庆休成[⑧]。润泽被生民。端门肆眚[⑨]，昕庭称贺[⑩]，俱将景福万寿、祝双亲。

[注释]

①商秋：秋天。　②中辛：中新。国运再新。《尔雅·释天》："辛，新也。"　③涓路寝：打扫君王的寝宫。　涓：清扫。　④修禋祀：虔诚地举行祭祀。　⑤反中宸：返回内宫(中宸)。　⑥熉(yǔn)：暗黄色。　⑦娭(xī)燕：喜乐。　春容：敬穆从容。　三灵：指天、地、人。或说指日、月、星。　⑧休成：圆美。　⑨肆眚(shěng)：免去灾殃。　⑩昕：早上。　庭：庭院。

十二时

勋华并、天胙昌期[①]。圣德茂重离[②]。英明经远，濬哲昭微。宝俭更深慈。观万国、累洽重熙[③]。对明时，报礼秩神祇[4]。玉帛奏华夷。雍肃显相，百辟各钦祗[5]，奄嘉虞英璧奠华滋[6]。　神安坐、景气澄虚。极光焰、烛长丽，展诗应律，万舞逶迟[7]。三献洽皇仪，垂露寖庆祜来宜[8]。礼无违。鸣鸾临帝阙，飞凤下天倪[9]。清和寰宇，霈泽一朝驰。醇化无为，万祀巩洪基[10]。

（以上二首见《玉堂类稿》卷十八）

[注释]

①勋华：尧称放勋，舜号重华。　天胙：上天赐福。　②重离：重光，重遇。　③累洽：累逢。　重熙：累世圣明。　④礼秩：按时祭礼。　秩：常。　神祇：神灵。　⑤百辟：百官。　钦祗：钦敬。　⑥奄：全、都。嘉虞：嘉誉，赞美。　英璧：美玉。　华滋：丰美茂盛。　⑦万舞：古代大舞之名。　逶迟：迂回曲折。　⑧寖：渐渐渗透。　祜：福。　⑨天倪：天边、天际。　⑩洪基：伟大的基业。

赵汝愚

赵汝愚(1140—1196),字子直,宋太宗子汉王元佐七世孙,居饶州之馀干县(今属江西),乾道二年(1166)进士第一。四年(1168),召试馆职。光宗朝,累除同知枢密院事。宁宗朝,权参知政事,拜右丞相。韩侂胄忌之,诬以谋危社稷,谪宁远军节度副使,永州安置。至衡州,为守臣钱鍪所窘。暴卒。理宗朝,赠太师,追封沂国公,谥忠定,配享宁宗庙庭。汝愚著有诗文十五卷,类宋朝诸臣奏议三百卷,及《太宗实录举要》若干卷。

柳梢青[①]

西　湖

水月光中,烟霞影里,涌出楼台。空外笙箫,云间笑语,人在蓬莱。　　天香暗逐风回[②]。正十里、荷花盛开[③]。买个扁舟,山南游遍,山北归来。

（《阳春白雪》卷二）

[注释]

①唐氏按:按此首《永乐大典》卷二千二百六十五"湖"字韵误引作林淳词。　②天香:宋之问(一说骆宾王)《灵隐寺》诗有"桂子月中落,天香云外飘"之句。　③"正十里"句:柳永《望海潮》有"有三秋桂子、十里荷花"之句。

辛弃疾

辛弃疾(1140—1207),字幼安,号稼轩,济南历城人。早年率众抗金,曾生擒叛徒张安国南归。后历任建康通判,江阴签判,广德军通判,江西提点刑狱以及湖南、江西、福建安抚使等职。临事英毅果断,精明豪迈;并上《美芹十论》等奏议,提出了总揽全局、积极稳健,切实有力的恢复大略。然一再遭受谤议,几起几落,在江西铅山、上饶投闲置散二十年之久。晚年出任浙东安抚使和镇江知府,不久被劾,郁郁以终。著有《稼轩长短句》,今人邓广铭《稼轩词编年笺注》增订本收有六百二十九首,数量之多为两宋词人之冠。

摸鱼儿

淳熙己亥,自湖北漕移湖南,同官王正之置酒小山亭,为赋①

更能消、几番风雨②,匆匆春又归去。惜春长怕花开早③,何况落红无数。春且住。见说道、天涯芳草迷归路。怨春不语。算只有殷勤,画檐蛛网,尽日惹飞絮。　长门事,准拟佳期又误。蛾眉曾有人妒。千金纵买相如赋,脉脉此情谁诉④。君莫舞。君不见、玉环飞燕皆尘土⑤。闲愁最苦。休去倚危楼,斜阳正在,烟柳断肠处⑥。

[注释]

①淳熙己亥:淳熙六年(1179)。是年三月,稼轩奉命由湖北转运副使改调湖南转运副使,同僚饯行,作此词(按:此词及以下词之编年,均据《稼轩词编年笺注》增订本)。　漕:漕司,用以称主管漕运的转运使。王正之:王正己字正之,淳熙六年接任湖北转运副使。楼钥《攻媿集》卷九十九有《王正之墓志铭》。　小山亭:在湖北转运使官署内,官署在今湖北武汉。　②“更能消”句:谓再也经受不住几番风雨吹打了。　消:

经得住。 ③怕：《全宋词》作“恨”，此据《稼轩词编年笺注》改（按以下词之正文及题序均从《稼轩词编年笺注》，不再出校语）。 ④“长门事”五句：谓遭人嫉妒，势难再度邀宠，喻小人弄权，复国大业难成。 长门：陈皇后失宠于汉武帝，幽居长门宫，“闻蜀郡成都司马相如天下工为文，奉黄金百斤，为相如、文君取酒。因于解悲愁之辞，而相如为文以悟主上，陈皇后复得亲幸。”见司马相如《长门赋》。案序文虽出《文选》，殆出后人依托，史传亦不载陈皇后复得亲幸事。此借以抒怀。 蛾眉：形容女子眉如飞蛾触鬚，代指美人。此承上指陈皇后，实喻爱国之士，案稼轩淳熙己亥《论盗贼札》有“臣孤危一身久矣”、“年来不为众人所容”诸语，可参看。 ⑤玉环：唐玄宗宠妃杨贵妃小字玉环，后死于马嵬兵变，事详见《新唐书·后妃传》。 飞燕：汉成帝宠妃赵后号飞燕，失宠后废为庶人，自杀。见《汉书·外戚传》。 ⑥“斜阳”二句：上片结句言残景仅在蛛网，春残不堪入目；此言斜阳已挂烟柳，日残更须伤心，词意更进一层，盖喻劫后湖山，岌岌可危矣。故传说孝宗“见此词颇不悦”，见罗大经《鹤林玉露》卷四。

［集评］

张侃云：“康伯可《曲游春》词头句云：‘脸薄难藏泪，恨柳风不与，吹断行色。’惜别之意已尽。辛幼安《摸鱼儿》词头句云：‘更能消、几番风雨，匆匆春又归去。’惜春之意亦尽。二公才调绝人，不被腔律拘缚。至‘但掩袖，转面啼红，无言应得’与‘闲愁最苦。休去倚危栏，斜阳正在，烟柳断肠处’，其惜别惜春之意愈无穷。”（《拙轩集》卷五）

沈际飞云：“李涉诗：‘野寺寻花春已迟，背岩惟有两三枝。明朝携酒犹堪赏，为报春风且莫吹。’辛用其意。稼轩中年被劾，凡十六章，自况凄楚。‘斜阳’、‘烟柳’，词意怨甚，与‘未须愁日暮，天际乍轻阴’者异矣。设在汉、唐时，不几种豆种桃之祸哉。闻寿王见之，颇不悦，终不加罪，怜其才耶。”（《草堂诗馀正集》卷五）

陈廷焯云：“‘更能消’三字，是千回万转中倒折出来，有力如虎。怨而怒矣，姿态飞动，极沉郁顿挫之致。结得怨愤。”（《词则》上《大雅集》卷二）

梁启超云：“回肠荡气，至于此极。前无古人，后无来者。”（《饮冰室评词》丙集）

陈洵云:"时春未去也,然'更能消、几番风雨'乎。言只消几番风雨,则春去矣。倒提起。'惜春'七字,复用逆溯,然后跌落下句,思力沉透极矣。'春且住',咽住。'无归路',复为春计不得。'怨春不语',又咽住。'蛛网'、'飞絮',复为怨春者计亦不得,极力逼下阕'佳期'。果有佳期,则不怨春矣,如又误何。至佳期之误,则以蛾眉之见妒也。纵有相如之赋,亦无人能谅此情者,然后佳期真无望矣。'君'字承'谁'字来。既无诉矣,则君亦安所用舞乎?咽住。环燕尘土,复推开,言不独长门一事也,亦以提为勒法。然后以'闲愁最苦'四字,作上下脱卸。言此皆往事,不如眼前春去之闲愁为最苦耳。斜阳烟柳,便无风雨,亦只匆匆。如此开合,全自龙门得来,为词家独辟之境。'佳期'二字,是全篇点睛。时稼轩南归十八年矣,《应问》三篇、《美芹十论》,以讲和方定议,不行。佳期之误,谁误之乎?读公词,为之三叹。寓意幽咽怨断于浑灏流转中,此境亦惟公有之,他人不能为也。然苟于此中求索消息,而以不似学之,则亦何不可学之有。"(《海绡说词·宋辛弃疾稼轩词》)

摸鱼儿

观潮上叶丞相①

望飞来、半空鸥鹭,须臾动地鼙鼓②。截江组练驱山去③。鏖战未收貔虎④。朝又暮。诮惯得、吴儿不怕蛟龙怒。风波平步。看红旆惊飞,跳鱼直上,蹙踏浪花舞⑤。

凭谁问,万里长鲸吞吐。人间儿戏千弩⑥。滔天力倦知何事,白马素车东去⑦。堪恨处。人道是、子胥冤愤终千古,功名自误⑧。谩教得陶朱,五湖西子,一舸弄烟雨⑨。

[注释]

①作于淳熙三年(1176)。是年秋,辛弃疾由江西提点刑狱改官京西路转运判官。赴任途中,过临安述职,正值钱塘观潮,作此词上叶衡。观潮:看潮水。钱塘潮为"天下伟观也。自既望以至十八日为最盛",见周密《武林旧事》卷三。　叶丞相:指叶衡。叶衡字梦得,婺州金华人,著名

抗金人物。淳熙元年，任建康安抚使，辛弃疾再官建康，即出其引荐。同年赴京，先后任参知政事、右丞相兼枢密使。淳熙二年九月，被劾罢相。此称前职。 ②动鼙鼓：形容江潮疾至，如战鼓齐擂，声撼大地。周密《武林旧事》卷三："方其（江潮）远出海门，仅如银线；既而渐近，则玉城雪岭际天而来，大声如雷震，震撼激射，吞天沃日，势极雄豪。" ③组练："组甲披练"之简称，原指军士护服之两种衣甲，此喻潮水如一队队身穿衣甲之军士，相逐而至。苏轼《催试官考较戏作》诗："八月十八潮，壮观天下无。鹍鹏水击三千里，组练长驱十万夫。" ④"鏖战"句：谓江潮汹涌而至，如貔虎激战未休。 貔虎：承上"组练"喻勇猛之士。貔，即白熊。 ⑤"消惯得"五句：状当地青年弄潮情景。周密《武林旧事》卷三："吴儿善泅者数百，皆披发纹身，手持十幅大彩旗，争先鼓勇，溯迎而上，出入于鲸波万仞中，腾身百变，而旗略不沾湿。" 消贯得：何其纵容自得。"消"，犹直也，浑也。 ⑥儿戏千弩：指千弩射潮事。梁开平中，吴越王钱镠筑钱塘江堤，为阻潮水冲击，"命强弩数百以射潮头"，见《宋史·河渠志》。 ⑦白马素车：喻江潮。枚乘《七发》谓曲江波涛"浩浩溰溰，如素车白马帷盖之张"。《太平广记》卷二百九十一：伍子胥死后，吴人"时有见子胥乘素车白马立潮头之中，因立庙以祠焉"。 ⑧"堪恨处"三句：谓伍子胥忠而见谗，遗恨千古。 ⑨"谩教得"三句：谓范蠡助越灭吴后，即身隐自退。 谩教得：空教得。 陶朱：即朱陶公。范蠡为越国大夫，曾施美人计献西施于吴王夫差。助越灭吴后，自意"大名之下，难以久居。且勾践为人，可与同患，难与处安乐"，便收拾珠宝，携西施，泛五湖而去。"止于陶，以为此天下之中，交易有无之通路，为生可以致富矣，于是自谓陶朱公"。见《史记·越王勾践世家》。 五湖：江苏太湖之别称。 西子：即西施。

[集评]

俞陛云云："前半叙述观潮，未风警动。下阕笔势纵横，借江潮往事为喻。……词为上叶丞相而作，其蒿目时艰，意有所讽耶？"（《唐五代两宋词选释》）

沁园春

带湖新居将成①

三径初成②,鹤怨猿惊③,稼轩未来。甚云山自许④,平生意气,衣冠人笑⑤,抵死尘埃⑥。意倦须还,身闲贵早,岂为莼羹鲈鲙哉⑦。秋江上,看惊弦雁避,骇浪船回⑧。

东冈更葺茅斋,好都把轩窗临水开⑨。要小舟行钓,先应种柳,疏篱护竹,莫碍观梅。秋菊堪餐,春兰可佩⑩,留待先生手自栽。沉吟久,怕君恩未许,此意徘徊。

[注释]

①作于淳熙八年(1181)秋,时辛弃疾在江西安抚使上。 带湖:位于信州(今江西上饶)城北灵山下。是年春,辛弃疾于此始营家园,更辟田一片,以便来日躬耕之需;又临田作屋,取名“稼轩”,并自号“稼轩居士”,见洪迈《文敏公集》卷六《稼轩记》。作此词时,带湖新居即将告成。 ②三径:西汉末年,兖州刺史蒋诩辞官归隐,于院中辟三径,唯与高人雅士交往,见赵岐《三辅决录》。后遂以指隐者家园。陶渊明《归去来辞》:“三径就荒,松菊犹存。” ③鹤怨猿惊:喻欲隐之情。孔稚珪《北山移文》:“蕙帐空兮夜鹤怨,山人去兮晓猿惊。” ④甚:犹云为何。 ⑤衣冠人:泛指官僚士绅。《论语·尧曰》:“君子正其衣冠。” ⑥抵死:犹云总是。尘埃:指官场。 ⑦莼羹鲈脍:西晋张翰在淮阳为官,见秋风起,因思吴中莼菜羹、鲈鱼脍,遂弃官南归,并云:“人生贵得适意耳,何能羁宦数千里以要名爵。”见刘义庆《世说新语·识鉴》。 ⑧“看惊弦”二句:《战国策·魏策》载,更羸与魏王立京台下,仰见飞鸟,更羸自谓“能引弓虚发而射鸟”,时有鸟自东方来,果然虚发而下。魏王问其故,答曰:此箭伤未愈之孤雁,闻弓响而欲高飞,以致伤口迸裂,应声而下。此与下句自喻忧谗畏讥之心理。 ⑨“好都把”句:“贺家湖上天花寺,一一轩窗向水开。不用闭门防俗客,爱闲能有几人来。”见吕文靖《题天花寺》诗。 ⑩“秋菊”二句:“朝饮木兰之坠露兮,夕餐秋菊之落英。”见屈原《离骚》。

[集评]

沈际飞云："功名一鸡肋，世路九羊肠。张翰莼鲈，有托而逃，稼轩识得。救蚁养鱼亦经纶，种柳观梅皆事业。忠爱有馀。"（《草堂诗馀正集》卷六）

黄苏云："稼轩忠义之气，当高宗初南渡，由山东间道奔行在，竭蹶间关，力图恢复，岂是安于退闲者。自秦桧柄用，而正人气沮矣。所谓'惊弦'、'骇浪'，迫于不得已而思退，心亦苦矣。末又云'怕君恩未许，此意徘徊。'退不能退，何以为情哉！"（《蓼园词评》）

陈廷焯云："起笔高绝，洒落如此，真名士也。抑扬顿挫，跌宕生姿。字字幽雅，不减陶令。款款深情，一往不尽。"（《云韶集》卷五）

又云："抑扬顿挫。急流勇退之情，以温婉之笔出之，姿态愈饶。"（《词则》上《放歌集》卷一）

沁园春

送赵江陵东归，再用前韵[①]

伫立潇湘，黄鹄高飞，望君不来[②]。被东风吹堕，西江对语，急呼斗酒，旋拂征埃。却怪英姿，有如君者，犹欠封侯万里哉。空赢得，道江南佳句，只有方回[③]。　锦帆画舫行斋，怅雪浪黏天江影开。记我行南浦，送君折柳[④]，君逢驿使，为我攀梅[⑤]。落帽山前[⑥]，呼鹰台下[⑦]，人道花须满县栽[⑧]。都休问，看云霄高处，鹏翼徘徊。

[注释]

①与前首《带湖新居将成》作于同时。　赵江陵：即赵奇玮，字景明，与辛弃疾、叶适、丘密等俱相友善。淳熙六年知湖北江陵，八年任满东归。参见邓广铭《辛弃疾年谱》。　②"望君"句：本屈原《九歌·湘君》"望夫君兮未来，吹参差兮谁思"。　③方回：贺铸字方回，其《青玉案》词"一川烟草，满城风絮，梅子黄时雨"被誉为喻愁绝唱、"江南断肠句"。黄庭坚《寄方回》诗："少游醉卧古藤下，谁与愁眉唱一杯。解道江南断肠句，只

今惟有贺方回。” ④“记我”二句:忆别。 南浦:代指送别地点。 折柳:古有折柳赠别之俗。 ⑤“君逢”二句:用陆凯诗意,言别后寄情。吴陆凯与范晔相善,自江南寄梅花一枝,诣长安与晔,并赠诗曰“折梅逢驿使,寄与陇头人。江南无所有,聊寄一枝春”。事见《太平御览》卷九百七十引《荆州记》。 ⑥落帽山:即龙山。孟嘉赴九月九日桓温在龙山之宴集,兴致甚高,风吹帽落而不觉。事见陶渊明《晋故征西大将军长史孟府君传》。 ⑦呼鹰台:即景升台。襄阳城东之沔水南,有层台号景升台,“盖刘表治襄阳之所筑也。表性好鹰,尝登此台歌《野鹰来曲》。”见郦道元《水经注·沔水》。 ⑧花须满县栽:晋潘岳为河阳县令,于县境内遍植桃李。时有“河阳一县花”之称。见白居易《白氏六帖》卷二十一。

水龙吟

甲辰岁寿韩南涧尚书①

渡江天马南来②,几人真是经纶手③。长安父老④,新亭风景⑤,可怜依旧。夷甫诸人,神州沉陆⑥,几曾回首。算平戎万里⑦,功名本是,真儒事、君知否。 况有文章山斗⑧。对桐阴、满庭清昼⑨。当年堕地,而今试看,风云奔走⑩。绿野风烟⑪,平泉草木⑫,东山歌酒⑬。待他年,整顿乾坤事了⑭,为先生寿。

[注释]

①甲辰岁:淳熙十一年(1184),时辛弃疾罢居带湖。 韩南涧尚书:韩元吉,字无咎,号南涧,河南许昌人。南渡后,徙家信州。孝宗初年,曾任吏部尚书,主抗金,政绩、文学俱有名。晚年退居信州,详见《宋史》本传。 ②“渡江”句:西晋沦亡,晋元帝司马睿偕四王南渡,在建康建立东晋王朝。时童谣云:“五马浮渡江,一马化为龙。”见《晋书·元帝纪》。此借指宋室南渡。 ③经纶手:指治国人才。 ④长安父老:晋桓温率军北伐,途经长安。当地父老携酒相劳,感泣曰:“不图今日复见官军。”见《晋书·桓温传》。此指金人统治下之中原百姓。 ⑤新亭风景:东晋初,南

渡士大夫常骤会新亭，触景生情，无限感慨。周顗曰：“风景不殊，正自有山河之异。”众皆相对而泣，唯丞相王导云：“当共戮力王室，克复神州，何至作楚囚相对。”见刘义庆《世说新语·言语》。 新亭：三国时吴国所建，在今江苏南京。 ⑥“夷甫”二句：西晋王衍字夷甫，官居相位，崇尚清谈，不理国政，导致西晋覆灭。王衍兵败临死前曰：“向若不祖尚浮虚，戮力以匡天下，犹不可至今日。”桓温北伐时亦曾感慨曰：“遂使神州沉陆，百年丘墟，王夷甫诸人不得不任其责。”详《晋书》王衍、桓温二传。 ⑦平戎万里：指驱逐金人，恢复故土。 ⑧文章山斗：《新唐书·韩愈传》谓，“学者仰之如泰山、北斗。”黄昇《花庵词选》亦称韩元吉“政事文章为一代冠冕”。 ⑨桐阴：韩元吉家为北宋望族，在汴京府门前广植桐树，世称“桐木世家”。韩元吉有《桐阴旧话》十卷，记其家世旧事。 ⑩风云奔走：指韩元吉为国操劳，身手非凡。 ⑪绿野风烟：唐相裴度因宦官横行，退隐山林，于洛阳建绿野别墅，号绿野堂。与白居易、刘禹锡等诗酒相娱，不问政事，见《新唐书》本传。 ⑫平泉草木：唐相李德裕曾于洛阳建平泉庄别墅。墅内“卉木台榭，若造仙府”。见康骈《剧谈录》。 ⑬东山歌酒：晋谢安字安石，早年隐居会稽东山，以妓、酒自娱，见《晋书》本传。 ⑭“整顿”句：本杜甫《洗兵马》诗“二三豪俊为时出，整顿乾坤济时了”。辛弃疾《千秋岁·金陵寿史帅致道》：“从容帷幄去，整顿乾坤了。”

[集评]

杨慎云：“庆寿词有许多成招，当南渡时作。所谓直抵黄龙府，与诸君痛饮耳。”（《批点草堂诗馀》）

沈际飞云：“《指迷》云：‘寿词尽言富贵则尘俗，尽言功名则谀佞，尽言神仙则迂诞，言功名而慨叹寓之寿词中，合踞上座。’寿今日反言寿他年，盖欲其竖功立名，与夫功成名遂身退，又寓规讽。”（《草堂诗馀正集》卷五）

黄苏云：“幼安助耿京起义，克复东平。由山东间道赴行在奏事。忠义之气根于肺腑，见南涧而劝以功名，亦犹寿史致远之意也。”又云：“《草堂诗馀》载《指迷》云：（从略）。此犹刻舟求剑之说也。幼安忠义之气，由山东间道归来，见有同心者，即鼓其义勇。辞似颂美，实句句是规励，岂可以寻常寿词例之。诵其诗，读其书，不知其人可乎？是以论其世。不能知人论世，又岂能以论文。”（《蓼园词评》）

水龙吟

次年南涧用前韵为仆寿,仆与公生日相去一日,再和以寿南涧[①]

玉皇殿阁微凉,看公重试薰风手[②]。高门画戟[③],桐阴阁道[④],青青如旧。兰佩空芳,蛾眉谁妒[⑤],无言搔首。甚年年却有,呼韩塞上[⑥],人争问、公安否。　金印明年如斗[⑦]。向中州、锦衣行昼[⑧]。依然盛事,貂蝉前后[⑨],凤麟飞走[⑩]。富贵浮云[⑪],我评轩冕,不如杯酒[⑫]。待从公痛饮、八千馀岁,伴庄椿寿[⑬]。

[注释]

①作于淳熙十二年(1185)。　南涧:指韩元吉。　南涧用前韵为仆寿:指韩元吉《水龙吟·寿辛侍郎》词。　②"玉皇殿"二句:唐文宗尝召柳公权联句,曰:"人皆苦炎热,我爱夏日长。"柳公权属曰:"薰风自南来,殿阁生微凉。"他学士亦属继。文宗独赏柳句,以为情词皆足,命题于殿壁。见《旧唐书·柳公权传》。　玉皇殿:指宫廷。　薰风:《文选·琴赋》注引《尸子》,"舜作五弦之琴以歌南风:'南风之薰兮,可以解吾民之愠。'"　③高门画戟:唐制,三品以上,门前树戟。后用以指达官显贵之家,此指韩元吉家世之贵。　④桐阴:韩元吉家为北宋望族,在汴京府门前广植桐树,世称"桐木世家"。韩元吉有《桐阴旧话》十卷,记其家世旧事。　⑤蛾眉:形容女子眉如飞蛾触鬚,代指美人。此实喻爱国之士。⑥呼韩:汉时匈奴有呼韩单于。　⑦"金印"句:"明年杀诸贼奴,当取金印如斗大,系肘后。"见刘义庆《世说新语·尤悔》。　⑧"向中州"句:韩元吉本为中州颍川人,南渡后居信州。　中州:在河、济间,为金人所占。锦衣行昼:即荣归故里。《史记·项羽本纪》:"富贵不归故乡,如锦衣夜行,谁知之者。"此盖祝颂之辞,则含恢复中原故土之志。　⑨貂蝉:冠上之饰,其制为冠上加黄金珰,附蝉为饰,并插以貂尾。《南齐书·周盘龙传》谓周因年老求解职,见许,世祖戏之曰:"卿著貂蝉,何如兜鍪?"对曰:"此貂蝉从兜鍪中出耳。"　⑩凤麟飞走:犹言麟笔飞走。传说《春秋》为

孔子据《鲁史记》修订而成，经文终止于“十有四年春，西狩获麟”，故杜预《左传·序》云：“麟凤五灵，王者之嘉瑞也。今麟出非时，虚其应而失其归，此圣人所以为感也。绝笔于‘获麟’之一句者，所感而起，固所以为终也。”后遂以代指史官或中书舍人。吴融任中书舍人时作《送弟东归》诗云：“偶持麟笔侍金闺，梦想三年在故溪。”即其例。韩元吉曾为中书舍人，掌侍进奏，参议表章，故云。　⑪“富贵”句：本《论语·述而》“不义而富且贵，于我如浮云”。　⑫“我评”二句：西晋张翰纵任不拘，时号“江东步兵”。或谓之曰：“卿乃可纵适一时，独不为身后名耶？”答曰：“使我有身后名，不如即时一杯酒。”见刘义庆《世说新语·任诞》。　⑬“八千”二句：“上古有大椿者，以八千岁为春，八千岁为秋。”见《庄子·逍遥游》。

水龙吟

登建康赏心亭①

楚天千里清秋，水随天去秋无际。遥岑远目②，献愁供恨，玉簪螺髻③。落日楼头，断鸿声里，江南游子④。把吴钩看了⑤，栏干拍遍，无人会、登临意。　休说鲈鱼堪脍。尽西风、季鹰归未⑥。求田问舍，怕应羞见，刘郎才气⑦。可惜流年，忧愁风雨，树犹如此⑧。倩何人唤取⑨，盈盈翠袖⑩，揾英雄泪⑪。

[注释]

①作于孝宗淳熙元年(1174)秋，是年春，辛弃疾由滁州知府改调江东安抚司参议官，重返建康。　赏心亭：位于建康下水门城上，下临秦淮河，为北宋丁谓重建。　②遥岑远目：极目眺望远山。　③“献愁”二句：为“玉簪螺髻，献愁供恨”之倒装。　玉簪螺髻：形容群山美如碧色玉簪和螺形髮髻。　④江南游子：作者家在北地济南，而宦游江南，故云。　⑤吴钩：春秋时吴地人所铸弯形如钩之宝刀，见《吴越春秋·阖闾内传》。此泛指佩剑。　⑥“休说”三句：西晋张翰在淮阳为官，见秋风起，因思吴中莼菜羹、鲈鱼脍，遂弃官南归，并云：“人生贵得适意耳，何能羁宦数千里以要

名爵。"见刘义庆《世说新语·识鉴》。 季鹰:张翰字季鹰。 ⑦"求田"三句:三国时,许汜见陈登,陈登久不与语,使许睡下床,而自卧大床。许汜诉于刘备,刘备曰:"君有国士高名,今天下大乱,帝王失所,望君忧国忘家,有救世之意。而君求田问舍,言无可采。是元龙(陈登字)所讳也,何缘当与君语。如小人,欲卧百尺楼上,卧君于地,何但上下床之间耶!" 刘郎:刘备。 ⑧树犹如此:晋桓温北伐,途经金城,见前种柳树已皆十围,慨然曰:"木犹如此,人何以堪!"见刘义庆《世说新语·言语》。 ⑨倩:烦,央求。 ⑩盈盈翠袖:一作"红巾翠袖",指歌舞伎女。 ⑪揾:擦,揩拭。

[集评]

谭献云:"(楚天千里清秋)裂竹之声,何尝不潜气内转。"(《复堂词话》)

陈廷焯云:"雄奇可喜。一结风流悲壮。"(《词则》上《大雅集》卷一)

蔡嵩云云:"填词,一调有一调体制,一调有一调之气象,即一调有一调之作法。《水龙吟》本非难调,亦无难句,惟前后遍中四字组成之六排句,太整太板,不易讨好。词中遇此等句法,须于整中寓散,板中求活。换言之,即各句下字时,须将实字、虚字、动词、静字,分别错综组织以尽其变。前言字法须讲侔色揣称,此其一端也。细玩东坡'似花还似非花'一首,稼轩'楚天千里清秋'一首,于此前后六排句,手法何等灵变。又此调二、二组成之四字句太多,故讲究作法者,末尾四字句,多用一、三句法,亦无非取其变化之意。词之句法,故不嫌变化多方也。如东坡之'是离人泪',稼轩之'揾英雄泪',即其一例。"(《柯亭词论》)

满江红

贺王宣子平湖南寇[①]

笳鼓归来,举鞭问、何如诸葛[②]。人道是、匆匆五月,渡泸深入[③]。白羽风生貔虎噪[④],青溪路断猩鼯泣[⑤]。早红尘、一骑落平冈[⑥],捷书急。 三万卷,龙韬客[⑦]。浑未得[⑧],文章力。把诗书马上[⑨],笑驱锋镝。金印明年如斗大[⑩]，貂蝉却自兜鍪出[⑪]。待刻公、勋业到云霄，浯溪石[⑫]。

[注释]

①作于孝宗淳熙六年(1179)。是年正月，湖南郴州宜章县民寇陈峒窃发，旬日拥众数千，杀掠吏民，死且不顾；五月，潭州知州王佐奉命讨捕，陈峒败获，郴州寇平。时辛弃疾在湖南转运副使任上，作此词以贺。 王宣子：王佐字宣子，会稽山阴人，绍兴十八年进士第一。平定陈峒等湖南贼寇后，超拜显谟阁待制，进权户部尚书，见陆游《渭南文集》卷三十四《尚书王公墓志铭》。 ②"笳鼓"二句：南朝梁天监五年，魏中山王英围徐州刺史昌义之。梁武帝诏曹景宗督众军援义之，凯旋之后，武帝于华光殿宴饮连句。景宗依"竞"、"病"二韵作："去时儿女悲，归来笳鼓竞。借问行路人，何如霍去病。"见《南史·曹景宗传》。 诸葛：指诸葛亮。③"人道是"二句：诸葛亮《出师表》云，"受命以来，夙夜忧叹，恐托付不效，以伤先帝之明。故五月渡泸，深入不毛。"王佐于五月朔日分五路进兵，讨捕陈峒，同月乙亥寇平(见陆游《尚书王公墓志铭》、《宋史·孝宗本纪》)，盖其事始末亦与诸葛亮渡泸南征之时令相同矣。 ④白羽：相传诸葛亮常乘素车，葛巾白羽扇，指挥三军，见裴秀《语林》。 貔虎：指勇猛之士。此句指王佐率军征讨贼寇情景。 ⑤青溪：未详所在，当指王佐行军所经之路。 猩鼯：对贼寇之贬称。 ⑥"早红尘"句：谓坐骑迅捷。杜牧《过华清宫》诗："一骑红尘妃子笑，无人知是荔枝来。"此指寇平后，快马加鞭，向朝廷报捷，故下曰"捷书急"。 落：下。 平冈：湖南长沙南十里有平冈，见《荆州记》。 ⑦"三万"二句：谓王佐胸有韬略。 龙韬：兵书有《六韬》篇名，后遂以龙韬泛指兵略。李白《送外甥郑灌从军》诗："破胡必用龙韬策，积甲应将熊耳齐。" ⑧浑：全。 ⑨诗书马上：用陆贾之典。汉高帝曾斥陆贾曰："乃公居马上而得之，安事诗书。"陆对曰："居马上得之，宁可马上治之乎？"见《史记·郦生陆贾列传》。此借以指王佐亦文亦武，文武双全。 ⑩"金印"句："明年杀诸贼奴，当取金印如斗大，系肘后。"见刘义庆《世说新语·尤悔》。 ⑪"貂蝉"句：冠上之饰，其制为冠上加黄金珰，附蝉为饰，并插以貂尾。《南齐书·周盘龙传》谓周因年老求解职，见许，世祖戏之曰："卿著貂蝉，何如兜鍪？"对曰："此貂蝉从兜鍪中出耳。" ⑫浯溪石：湖南祁阳西南五里有浯溪，溪中石崖天齐。元结《大唐中兴颂》谓浯溪石"可磨可镌，刊此颂焉，可千万年"。

满江红

送汤朝美司谏自便归金坛[1]

瘴雨蛮烟，十年梦、尊前休说[2]。春正好、故园桃李，待君花发[3]。儿女灯前和泪拜，鸡豚社里归时节[4]。看依然、舌在齿牙牢[5]，心如铁。　治国手[6]，封侯骨[7]。腾汗漫，排阊阖[8]。待十分做了，诗书勋业。常日念君归去好，而今却恨中年别。笑江头、明月更多情，今宵缺。

[注释]

①作于淳熙十年(1183)春，时辛弃疾罢官家居。　汤朝美：汤邦彦字朝美，镇江金坛人。《京口耆旧传》卷八谓其任左司谏时，“论事风生，权幸侧目”。后因使金不力，有辱气节，编管新州，又量移汝州。淳熙十年逢赦，得以返家。　自便：撤销编管，自行居住。　②十年：刘宰《颐堂集序》谓汤朝美“一谪八年乃始归”，此盖举成数而言。　③“春正好”二句：暗用韩愈《镇州初归》“惟有小园桃李在，留花不发待郎归”句意，喻汤朝美家人急盼其归。　④鸡豚：用于祭社之鸡与猪。　社里：社日里，此指春社，即春天祭土地神之节日。　⑤舌在齿牙牢：战国纵横家张仪游说入秦，首创连横之说，任秦相。当其未仕秦前，曾遭楚人痛打。“其妻曰：‘子毋读书游说，安得此辱乎？’仪曰：‘视吾舌头尚在不？’妻笑曰：‘舌在也。’仪曰：‘足矣。’”见《史记·张仪列传》。　⑥治国手：《稼轩词编年笺注》作“活国手”，用王珍国事。珍国为南谯太守时，曾以私人米财赈济穷人，高宗手敕云：“卿爱人活国，甚副吾意。”见《南史·王广之传》。汤朝美亦有以私积赈穷乏之事，事见《京口耆旧传》。　⑦封侯骨：汉蔡父为小史翟方进相面，曰：“小史也，而有封侯骨，当以经术进。”见《汉书·翟方进传》。　⑧“腾汗漫”二句：腾身太空，推开天门。喻仕途腾达。　汗漫：指茫无边际之太空。　阊阖：指天门。

满江红

送李正之提刑入蜀[①]

蜀道登天[②]，一杯送、绣衣行客[③]。还自叹、中年多病，不堪离别[④]。东北看惊诸葛表[⑤]，西南更草相如檄[⑥]。把功名、收拾付君侯，如椽笔[⑦]。　儿女泪，君休滴。荆楚路，吾能说[⑧]。要新诗准备，庐江山色。赤壁矶头千古浪[⑨]，铜鞮陌上三更月[⑩]。正梅花、万里雪深时，须相忆[⑪]。

［注释］

①作于淳熙十一年(1184)。是年冬，李正之入蜀，任利州路提点刑狱使，辛弃疾在上饶作此词送行。　李正之：李大正字正之，曾为会稽令，两度任江淮、荆楚、福建、广南路提点坑冶铸钱公事，常驻信州。见《建安县志》卷六、赵蕃《淳熙稿》、韩元吉《南涧甲乙稿》诸籍。　提刑：提点刑狱使之简称。　②蜀道登天：本李白《蜀道难》诗"蜀道之难难于上青天"。③绣衣：汉武帝时设置绣衣直指官，审理各地重大案件；官员穿绣衣，以示尊贵。见《汉书·百官公卿表》颜师古注。宋提点刑狱使主管一路司法、刑狱、监察诸事务。故以"绣衣"称李正之。　④"还自叹"二句：晋谢安对王羲之曰，"中年伤于哀乐，与亲友别，辄作数日恶"。见《世说新语·言语》。　⑤"东北"句：诸葛亮出师北伐曹魏，曾上《出师表》以明心志。东北看惊：指曹魏有惊于西蜀北伐。此寓辛弃疾北上伐金之志向。⑥"西南"句：汉武帝时，唐蒙不恤民意，蜀中骚乱。武帝命相如作《喻巴蜀檄》，斥唐蒙而安抚蜀民。见《史记·司马相如列传》。　⑦"把功名"二句：祝颂之辞。　君侯：列侯之尊称，此指李正之。　如椽笔：晋王珣"梦人以大笔如椽与之。既觉，语人曰：'此当有大手笔事。'俄而帝崩，哀册谥议，皆珣所草"。见《晋书·王珣传》。　⑧荆楚路：在今湖南、湖北，为李正之由江西入蜀必经之地。辛弃疾曾官两湖，故云"吾能说"。　⑨赤壁矶：一名赤鼻矶，在湖北黄冈县西北，苏轼以为是周瑜破曹之地，曾作《赤壁赋》与《念奴娇》词凭吊之。　千古浪：即自苏词"大江东去，浪淘尽、千古风流人物"化出。　⑩铜鞮：在湖北襄阳。唐雍陶《送客归襄阳旧居》诗："唯有白铜堤上月，水楼闲处待君归。"　⑪"正梅花"二句：暗用陆凯寄梅事。

[集评]

卓人月、徐士俊云:"'诸葛表'、'相如檄',俱切蜀事。"(《古今词统》卷十二)

陈廷焯云:"'东北看惊诸葛表,西南更草相如檄。把功名、收拾付君侯,如椽笔。'又云:'赤壁矶头千古恨,铜鞮陌上三更月。正梅花、万里雪深时,须相忆。'龙吟虎啸之中,却有多少和缓。不善学之,狂呼叫嚣,流弊何极。"(《白雨斋词话》卷六)

又云:"气魄之大,突过东坡,古今更无敌手。想其下笔时,早已目无馀子矣。"(《词则》上《放歌集》卷一)

满江红

中秋寄远[①]

快上西楼,怕天放、浮云遮月。但唤取、玉纤横笛,一声吹裂[②]。谁做冰壶浮世界,最怜玉斧修时节[③]。问常娥、孤冷有愁无,应华发[④]。 云液满,琼杯滑。长袖起,清歌咽。叹十常八九,欲磨还缺[⑤]。若得长圆如此夜[⑥],人情未必看承别[⑦]。把从前、离恨总成欢,归时说。

[注释]

①自孝宗淳熙九年(1182)至光宗绍熙二年(1191),辛弃疾罢居上饶带湖。此当闲居带湖之作。 ②"但唤取"二句:暗用晏殊中秋赏月事。晏殊留守南郡时,遇中秋阴晦,不欢而寝。部属王君玉呈诗曰:"只在浮云最深处,试凭弦管一吹开。"晏殊于枕上读此诗,大喜即起,径召客治具,大奏乐,至夜分,月果出,遂乐饮达旦。事见叶梦得《石林诗话》卷上。 但:原注:"平声"。 ③玉斧修时节:传说月亮乃七种宝石合成,表面凸凹不平,常有八万二千名匠人执玉斧修磨,见段成式《酉阳杂俎·天咫门》。④"问常娥"二句:化用李商隐《嫦娥》"嫦娥应悔偷灵药,碧海青天夜夜心"。 常娥:即嫦娥。 ⑤"叹十常"二句:谓明月十有八九悖人心意,欲圆还缺,即苏轼《水调歌头》"何事常向别时圆"之意。 ⑥"若得"

句:本苏轼《水调歌头》“但愿人长久,千里共婵娟”。 若得:一作“但愿”。 ⑦看承别:犹言别样看待。郭应祥《鹧鸪天》亦云“自缘人意看承别,未必清辉减一分”。

满江红

建康史致道留守席上赋①

鹏翼垂空②,笑人世、苍然无物。还又向、九重深处,玉阶山立③。袖里珍奇光五色,他年要补天西北④。且归来、谈笑护长江,波澄碧。 佳丽地⑤,文章伯⑥。金缕唱⑦,红牙拍⑧。看尊前飞下,日边消息⑨。料想宝香黄阁梦⑩,依然画舫青溪笛⑪。待如今、端的约钟山⑫,长相识。

[注释]

①作于孝宗乾道四年(1168)至五年(1169)间,时辛弃疾通判建康。史致道:史正志字致道,扬州人。绍兴二十一年进士,除枢密院编修。曾上《恢复要览》五篇,主抗金复国。乾道三年九月至乾道六年二月知建康府,兼建康行宫留守、沿江水军制置使等职,见《扬州府志》卷二十八《人物门》、《景定建康志》卷十四《建炎以来年表》。 留守:即行宫留守。宋室南渡初,高宗曾一度驻跸建康,后迁都临安,故有行宫留守之职。
②“鹏翼”句:本《庄子·逍遥游》“有鸟焉,其名为鹏,背若泰山,翼若垂天之云”。 ③九重:本《楚辞·九辩》“君之门兮九重”。 玉阶:指宫殿。
④“袖里”二句:女娲氏末年,共工与祝融战,不胜而怒,以头撞不周山,天柱折,地维绝,女娲以五色石补之,“于是地平天成,不改旧物”。见《史记补·三皇本纪》。此借以抒发北定中原,光复故土之理想。 ⑤佳丽地:本谢朓《入朝曲》诗“江南佳丽地,金陵帝王州”。此指建康。 ⑥文章伯:对善写文章者之尊称。孙逖《张丞相燕公挽歌词》:“海内文章伯,朝端礼乐英。” ⑦金缕:即《金缕衣》,曲调名。杜牧《杜秋娘》诗:“秋持玉斝醉,与唱金缕衣。” ⑧红牙拍:红色拍板,乐器名,宋代唱词,例用拍板。王禹偁《拍板谣》:“麻姑亲采扶桑木,镂脆排焦其数六。……划然一声送曲彻,由基射透七重札。金罍冷落阒无闻,陇头冻把泉声绝。律吕与我数

自齐，丝竹望我为宗师。总驱节奏在术内，歌舞之人无我欺。” ⑨日边：喻京都。晋元帝曾问明帝：“汝意谓长安何如日远?”答曰：“日远。不闻人从日边来。居然可知。”见《世说新语·夙惠》。后遂以喻指京都或帝王左右。 ⑩黄阁：指宰相官署。“丞相听事门曰黄阁。不敢洞开朱门，以别于人主，故以黄涂之，谓之黄阁。”见《汉旧仪》卷上。 ⑪青溪：水名，在今江苏南京东北，溪泄玄武湖水，南入秦淮河，其河两岸，歌楼骈立，游船画舫，纷集其间，为游乐之所。 ⑫端的：犹真个、的确。 钟山：即蒋山，又名紫金山，在今江苏南京中山门外。

[集评]

陈廷焯云：“幼安《满江红》、《水调歌头》诸阕，俱能独辟机杼，极沉着痛快之致。”(《云韶集》卷五)

满江红

赣州席上呈太守陈季陵侍郎①

落日苍茫，风才定、片帆无力。还记得、眉来眼去，水光山色②。倦客不知身近远，佳人已卜归消息。便归来、只是赋行云，襄王客③。 些个事④，如何得。知有恨，休重忆。但楚天特地⑤，暮云凝碧。过眼不如人意事，十常八九今头白。笑江州、司马太多情，青衫湿⑥。

[注释]

①作于孝宗淳熙二年(1175)，时在江西提点刑狱任上。 赣州：为章、贡二水合流之地，在今江西南部。 陈季陵：陈天麟字季陵，宣城人，绍兴进士。由广德簿知襄阳，淳熙二年改知赣州；是年九月，辛弃疾平江西茶寇，得其谋划颇多。次年罢知赣州。见《赣州府志》卷四十二、《宋会要辑稿·职官七十二》。 ②“还记得”二句：“水是眼波横，山是眉峰聚。欲问行人去那边，眉眼盈盈处。”见王观《卜算子》。 ③“只是”二句：楚襄王与宋玉游于云梦之台，望高唐之观，其上独有云气，崒兮直上，忽兮

改容,须臾之间,变化无穷。襄王问此何气,玉对曰:“巫山之女也,为高唐之客。”并作《高唐赋序》纪其事。　④些个:犹云这点。　⑤特地:犹云特别。　⑥“笑江州”二句:唐白居易贬江州司马,因送客湓浦,得闻长安倡女夜弹琵琶,始觉有迁谪意。遂作《琵琶行》诗,其结句云“座中泣下谁最多,江州司马青衫湿”。

满江红

江行,简杨济翁、周显先①

过眼溪山,怪都似、旧时曾识。是梦里、寻常行遍,江南江北。佳处径须携杖去,能消几两平生屐②。笑尘埃、三十九年非,长为客③。　　吴楚地,东南坼④。英雄事,曹刘敌⑤。被西风吹尽,了无陈迹。楼观才成人已去,旌旗未卷头先白⑥。叹人间、哀乐转相寻,今犹昔。

[注释]

①孝宗淳熙五年(1178),辛弃疾自临安大理寺少卿出领湖北转运副使,途经扬州,作此词。　杨济翁:杨炎正字济翁,吉水人,杨万里族弟。年五十二登进士,曾任吏部阁架、大理司直,并历藤、琼等州。见杨万里《诚斋诗话》、《宋会要·职官门》各卷。一题作“江行,和杨济翁、周显先”。　周显先:不详其人。　②“能消”句:阮孚好屐,曾叹曰:“未知一生当着几两屐。”见《世说新语·方正》。　几两:犹言几双。　屐:木底有齿之鞋。③“笑尘埃”二句:自笑半生辛劳,长年为客。　尘劳:风尘劳辛,指其宦游生涯。　三十九年非:回顾三十九年,一切皆非。《淮南子·原道训》:“蘧伯玉年五十而知四十九年非。”时作者三十九岁,套用此语自叹。　④“吴楚”二句:化用杜甫《登岳阳楼》诗“吴楚东南坼,乾坤日夜浮”。　⑤“英雄”二句:曹操与刘备论时事,曰:“今天下英雄,唯使君与操耳。”见《三国志·蜀书·先主传》。此颂曹、刘,亦暗扬孙权。盖当时堪与曹、刘争雄天下者唯孙权,而他正霸居吴楚地,与作者《南乡子》“天下英雄谁敌手,曹刘。生子当如孙仲谋”意同。　⑥“楼观”二句:感叹宦迹不定,事业未就。　楼观才成:本苏轼《送郑户曹》诗“楼成君已去,人

事固多乖”。 旌旗未卷：战事未休，喻复国大业未了。

［集评］

卓人月、徐士俊云：“长使英雄泪满襟。”（《古今词统》卷十二）

陈廷焯云：“回头一击，龙蛇飞舞。悲壮苍凉，却不粗卤。改之、放翁辈，终身求之不得也。”（《词则》上《放歌集》卷一）

满江红

送信守郑舜举郎中被召①

湖海平生，算不负、苍髯如戟②。闻道是、君王著意，太平长策。此老自当兵十万，长安正在天西北③。便凤凰、飞诏下天来，催归急④。 车马路，儿童泣。风雨暗，旌旗湿⑤。看野梅官柳，东风消息⑥。莫向蔗庵追语笑⑦，只今松竹无颜色。问人间、谁管别离愁，杯中物。

［注释］

①作于孝宗淳熙十三年（1186），时居上饶带湖。 信守：信州太守。 郑舜举：郑汝偕字舜举，号东谷居士，浙江青田人。淳熙十二年知信州，次年冬被召入京。见《青田县志·人物志》。 ②苍髯如戟：花白鬓髯，其硬如戟，形容郑舜举有大丈夫气概。《南史·褚彦回传》：“公主谓曰：‘君鬓髯如戟，何无丈夫意。” ③“此老”二句：谓郑舜举熟谙韬略，自当筹划收复西北故都。 自当兵十万：北宋初年，范仲淹帅边，西夏不敢来犯，并传云范“胸中自有甲兵数万”。 长安：借指北宋故都汴京。 ④“便凤凰”二句：指朝廷传诏，催郑入京。 凤凰飞诏：皇帝诏书。传说“石季龙与皇后在观上”，有凤凰衔诏，自天飞来，见《邺中记》。 ⑤旌旗湿：以雨湿旌旗喻离愁。杜甫《对雨》诗：“不愁巴道路，恐湿汉旌旗。” ⑥“看野梅”二句：本杜甫《西郊》诗“市桥官柳细，江路野梅香”。 ⑦蔗庵：郑舜举于信州建宅第，取名“蔗庵”，又为其小阁取名“卮言”。辛弃疾有《千年调·蔗庵小阁曰卮言作此词以嘲之》。

满江红

游南岩和范廓之韵①

笑拍洪崖②，问千丈、翠岩谁削。依旧是、西风白马，北村南郭。似整复斜僧屋乱，欲吞还吐林烟薄。觉人间、万事到秋来，都摇落③。　呼斗酒，同君酌。更小隐，寻幽约。且丁宁休负，北山猿鹤④。有鹿从渠求鹿梦⑤，非鱼定未知鱼乐⑥。正仰看、飞鸟却应人，回头错⑦。

［注释］

①作于孝宗淳熙九年（1182）至淳熙十四年（1187）间，时闲居上饶带湖。　南岩：在上饶县治西南十四里，有朱文公祠、大义石、一滴泉、千人室、五级峰、百丈壁、开鉴塘、濯缨井八景，见《上饶县志·山川志》。　廓之，一作"先之"，即范开。范开于淳熙九年从辛弃疾学，淳熙十五年赴秋试，同年，为辛弃疾编成《稼轩词甲集》，并为之作序。　②洪崖：仙人名，称洪崖先生，传说尧帝时已三千岁，居西山洪崖，见《江西通志》。郭璞《游仙》诗："左挹浮丘袖，右拍洪崖肩。"　③"觉人间"二句：化用《楚辞·九辩》"悲哉秋之为气也，萧瑟兮草木摇落而变衰"句意。　④北山猿鹤：喻欲隐之情。孔稚珪《北山移文》："蕙帐空兮夜鹤怨，山人去兮晓猿惊。"　⑤"有鹿"句：郑人有薪于野者，遇骇鹿，击而杀之，藏于隍中，俄而忘其所藏之处，遂以为梦。顺途咏其事，闻者据其梦中所咏，取其所藏之鹿，归告其室人曰："向薪者梦得鹿而不知其处，吾今得之，彼真真梦者矣。"室人曰："若将是梦见薪者之得鹿耶，讵有薪者耶？今真得鹿，是若之梦真耶？"夫曰："吾据得鹿，何用知我梦彼梦耶。"见《列子·周穆王》。　⑥"非鱼"句：庄子与惠子游于濠梁之上，庄子曰："鯈鱼出游从容，是鱼之乐也。"惠子曰："子非鱼，安知鱼之乐！"见《庄子·秋水》。　⑦"正仰看"二句：化用杜甫《漫成》"仰面贪看易，回头错应人"诗句。

［集评］

卓人月、徐士俊云："稼轩作词，俱似胸中有成竹一挥而就者，不复知

协律之苦。”(《古今词统》卷十二)

满江红

病中俞山甫教授访别,病起寄之[①]

曲几蒲团[②],方丈里、君来问疾[③]。更夜雨、匆匆别去,一杯南北。万事莫侵闲鬓髮,百年正要佳眠食[④]。最难忘、此语重殷勤,千金直。　　西崦路,东岩石。携手处,今陈迹。望重来犹有,旧盟如日[⑤]。莫信蓬莱风浪隔[⑥],垂天自有扶摇力。对梅花、一夜苦相思,无消息[⑦]。

[注释]

①俞山甫:未详其人。　②“曲几”句:本黄庭坚《茶》诗“曲几团蒲听煮汤”。　团蒲:用蒲织成之圆垫。　③方丈:本指堵一丈、高一丈之室,此犹寒室、陋室。　④“万事”二句:为俞山甫访别时相劝之语。　⑤“旧盟”句:本《诗经·王风·大车》“谓予不信,有如皎日”。　⑥蓬莱风浪隔:汉威宣燕昭遣人入东海,访蓬莱、方丈、瀛洲三神山,“未至,望之如云,及到,三神山反居水下,临之,风辄引去,终莫能至去”。见《史记·封禅书》。　⑦“对梅花”二句:化用卢仝《有所思》“想思一夜梅花发,忽到窗前疑是君”诗意。

水调歌头

盟　鸥[①]

带湖吾甚爱,千丈翠奁开[②]。先生杖屦无事,一日走千回。凡我同盟鸥鸟,今日既盟之后,来往莫相猜[③]。白鹤在何处,尝试与偕来。　　破青萍、排翠藻,立苍苔。窥鱼笑汝痴计,不解举吾杯[④]。废沼荒丘畴昔,明月清风此夜,人世几欢哀。东岸绿阴少,杨柳更须栽。

[注释]

①作于孝宗淳熙九年(1182)春,时带湖新居初成,作者罢官家居。作者自淳熙八年冬于两浙西路提点刑狱被劾罢官,至绍熙二年(1191)冬,在上饶带湖投闲置散,凡十年整。　盟鸥:与鸥鸟结盟,表示摆脱官场,隐居水云之乡。　②翠奁:谓带湖象绿色的镜匣。　③“今日”二句:戏拟古代盟辞“凡我同盟之人,既盟之后,言归于好”。见《左传·僖公九年》。　④“窥鱼”二句:笑鹭鹚但知窥鱼求食,不解举杯遣怀。

[集评]

卓人月、徐士俊云:“文胜质则史,此妙在文中带质。”(《古今词统》卷十二)

陈廷焯云:“稼轩词以朴处见长,愈觉情味不尽者。如《水调歌头》结句云:‘东岸绿阴少,杨柳更须栽。’信手拈来,便成绝唱,后人亦不能学步。”(《白雨斋词话》卷六)

又云:“一气舒卷,参差中寓整齐,神乎技矣。一结愈朴愈妙,看似不经意,非有力如虎者不能。”(《词则》上《放歌集》卷一)

水调歌头

汤朝美司谏见和,用韵为谢①

白日射金阙,虎豹九关开②。见君谏疏频上,高论挽天回③。千古忠肝义胆,万里蛮烟瘴雨,往事莫惊猜④。政恐不免耳,消息日边来⑤。　笑吾庐,门掩草,径封苔。未应两手无用,要把蟹螯杯⑥。说剑论诗馀事⑦,醉舞狂歌欲倒,老子颇堪哀⑧。白髪宁有种,一一醒时栽⑨。

[注释]

①与前首同作于熙宁九年。　汤朝美:汤邦彦字朝美,镇江人,任司谏时,“论事风生,权幸侧目”。后因使金不力,有辱气节,编管新州(今广东新兴县),又量移信州。见《京口耆旧传》卷八。朝美在信州结识稼轩,稼轩作

《水调歌头·盟鸥》,朝美和之;稼轩再用原韵作此词,以示答谢。 ②虎豹九关:“魂兮归来,君无上天些。虎豹九关,啄害下人些。”见《楚辞·招魂》。 ③“见君”二句:谓汤朝美屡屡进谏,挽回君意。汤朝美贬前深受重用,“言听谏行”,孝宗曾手书“以身许国,志若金石;协济大计,始终不移”以赐。“圣意所疑辄以诹问”。见《漫塘集·颐堂集序》、《京口耆旧传》。 ④“千古”三句:指汤朝美忠心耿耿,不想贬谪蛮荒,但又劝他休提往事。 蛮烟瘴雨:指贬所新州。 ⑤“政恐”二句:谓汤朝美不久将被朝廷重用。政恐不免,做官在所不免。东晋谢安未仕前,弟兄有富贵者,倾动乡里。刘夫人戏谓安曰:“大丈夫不当如此乎?”谢安曰:“但恐不免耳。”见《世说新语·排调》。 日边:皇帝身边。 ⑥“未应”二句:自谓英雄无用武之地。毕茂世为人旷达,曾曰:“一手持蟹螯,一手持酒杯……便足了一生。”见《世说新语·任诞》。 ⑦“说剑”句:“将军破贼自草檄,论诗说剑均第一。”见苏轼《与梁左藏会饮傅国博家》。 馀事:闲事。 ⑧“老子”句:诸曹时白外事,马援曰:“此丞掾之任,何足相烦,颇哀老子,使得遨游。”见《后汉书·马援传》。 ⑨“白髮”二句:反用黄庭坚《次韵裴仲谋同年》“白髮齐生如有种,青山好去坐无钱”诗意。

水调歌头

淳熙已亥,自湖北漕移湖南,周总领、王漕、赵守置酒南楼,席上留别①

折尽武昌柳②,挂席上潇湘。二年鱼鸟江上,笑我往来忙③。富贵何时休问④,离别中年堪恨,憔悴鬓成霜。丝竹陶写耳⑤,急羽且飞觞。 序兰亭⑥,歌赤壁⑦,绣衣香⑧。使君千骑鼓吹⑨,风采汉侯王。莫把骊驹频唱⑩,可惜南楼佳处⑪,风月已凄凉。在家贫亦好⑫,此语试平章。

[注释]

①淳熙六年(1179)作。 周总领:即周嗣武,字功甫,浦城人,因祖荫补官,淳熙四年为四川总领,旋为湖广总领,召为户部侍郎,寻卒。见《宋会要·职官》、《八闽通志》。 王漕:即王正己,字正之,淳熙六年接任湖北转

运副使。楼钥《攻媿集》卷九十九有《王正之墓志铭》。　赵守：赵善括，字无咎，太宗第四子商王元份六世孙，江西隆兴人。淳熙六年九月，罢知鄂州，"以总领周嗣武、漕臣陈延年言赵善括增起税务课额至十倍，多添民间赁地钱，强令拍户沽买私酒，白纳利钱，侵都统司课额故也"。见《宋会要·职官》。　南楼：在鄂州郡治正南黄鹄山顶，后改为白云阁，元祐年间知州方泽重建，复旧名。　②武昌柳：晋陶侃尝课诸营种柳，都尉复施盗官柳植之于己门。侃见后，驻车问曰："此是武昌门前柳，何因盗来此种？"见《晋书·陶侃传》。　③"二年"句："二年饮泉水，鱼鸟亦相知。"见苏轼《留别雩泉》诗。　④"富贵"句："人生行乐耳，须富贵何时。"见杨恽《报孙会宗书》。　⑤"离别"三句：晋谢安语王羲之曰，"中年伤于哀乐，与亲友别辄作数日恶。"王曰："年在桑榆，自然至此。正赖丝竹陶写。"见《世说新语·言语》。　⑥序兰亭：晋永和九年，谢安、王羲之诸人会集会稽兰亭，王作《兰亭集序》以志此会之盛。　⑦歌赤壁：苏轼有前后《赤壁赋》、《念奴娇·赤壁怀古》词，借三国赤壁之事以抒情志。　按：周瑜大破曹军之赤壁，在今湖北嘉鱼县东北江滨，武昌东南有地曰赤矶，亦名赤壁。⑧绣衣香：汉武帝时置绣衣直指官，衣绣衣，分部讨奸治狱。宋代各路提点刑狱使即其官也。　⑨千骑：罗敷自夸其夫婿曰："东方千馀骑，夫婿居上头。"后以"千骑"代指郡州长官。　⑩骊驹频唱：指离别。服虔注《汉书·王式之传》之《歌骊驹》曰："逸诗篇名也，见《大戴礼》，客欲去歌之。文颖曰：其辞云：'骊驹在门，仆夫具存，骊驹在路，仆夫整驾。'"　⑪南楼佳处：晋庾亮在武昌，诸佐吏殷浩之徒乘秋夜往共登南楼。俄而不觉庾亮至，徐曰："老子于此兴复不浅。"见《晋书·庾亮传》。　⑫"在家"句："远客归去来，在家贫亦好。"见戎昱《中秋感怀》诗。

水调歌头

九日游云洞，和韩南涧尚书韵①

今日复何日，黄菊为谁开。渊明漫爱重九②，胸次正崔嵬③。酒亦关人何事，正自不能不尔④，谁遣白衣来⑤。醉把西风扇，随处障尘埃⑥。　为公饮，须一日，三百杯⑦。此山高处东望，云气见蓬莱⑧。翳凤骖鸾公去⑨，落佩倒冠吾事[⑩],抱病且登台[⑪]。归路有明月,人影共徘徊。

[注释]

①作淳熙九年(1182)罢居上饶带湖时。 云洞:在今江西上饶西三十里,据《上饶县志》卷五,云洞于天欲下雨时则兴云。 韩南涧:即韩元吉,字无咎,号南涧,河南许昌人。南渡后,徙家信州。孝宗初年,曾任吏部尚书,主抗金,政绩、文学俱有名。晚年退居信州,详见《宋史》本传。 南涧韵:见韩元吉《水调歌头·云洞》(今日我重九)词。 ②"渊明"句:陶渊明爱重九,曾作《九日闲居》诗序云:"余闲居,爱重九之名。"诗有"日月依辰至,举俗爱其名"之句。 ③"胸次"句:谓胸中郁结不平。黄庭坚《次韵子瞻武昌西山》诗:"平生四海苏太史,酒浇不下胸崔嵬。" ④"正自"句:谢安"谓温曰:'安闻诸侯有道,守在四邻,明公何须壁后置人邪?'温笑曰:'政自不能不耳。'遂笑语移日"。见《晋书·谢安传》。 ⑤白衣:酒使。"陶潜九日无酒,出篱边怅望久之,见白衣人至,乃王弘送酒使也。"见《续晋阳秋》。 ⑥"醉把"二句:以扇挡风尘。晋庾亮权重,足倾王公。一日,因大风扬尘,王以扇拂尘曰:"元规尘污人。"见《世说新语·轻诋》。 ⑦"须一日"二句:"百年三万六千日,一日须倾三百杯。"见李白《襄阳歌》。 ⑧"云气"句:"蓬莱、方丈、瀛洲,此三神山者,其传在勃海中,未至,望之如云。"见《史记·封禅书》。 ⑨"翳凤"句:谓驾鸾凤而登仙。 ⑩落佩倒冠:隐居不仕。"若予者则谓何如?倒冠落佩兮与世阔疏,敖敖休休兮真徇其愚而隐居者乎?"见杜牧《晚晴赋》。 ⑪"抱病"句:"重阳独酌杯中酒,抱病起登江上台。"见杜甫《重九五首》之一。

水调歌头

再用韵答李子永提干[①]

君莫赋幽愤[②],一语试相开。长安车马道上,平地起崔嵬[③]。我愧渊明久矣,独借此翁湔洗,素壁写归来[④]。斜日透虚隙,一线万飞埃[⑤]。 断吾生,左持蟹,右持杯[⑥]。买山自种云树[⑦],山下劚烟莱。百炼都成绕指[⑧]。万事直须称好[⑨]，人世几舆台[⑩]。刘郎更堪笑，刚赋看花回。

[注释]

①此与前首《九日游云洞……》作于同时。 李子永：李泳字子永，其籍有异说，楼钥《攻媿集》卷五十二《檗庵居士文集序》称其为扬州人。曾为坑冶司干官，分局信州，见《弋阳县志》。 ②赋幽愤：晋吕安为兄所枉诉，以事系狱，并累及其友嵇康。嵇康性慎言行，一旦缧绁狱中，乃作《幽愤诗》。又刘琨虑及国家危亡而大耻不雪，"每见将佐，发言慷慨，悲其道穷，欲率部曲死于贼垒，斯谋未果，竟为匹磾所拘"，因作五言诗，"诧意非常，摅畅幽愤"。见《晋书·嵇康传》与《刘琨传》。 ③"长安"二句：谓仕途每多意外风波。 长安：代指南宋京城。 崔嵬：平地忽起高山，以喻仕途忽起风波。 ④素壁：晋王子敬过戴安道，饮酣，安道求子敬文，子敬曰："我辞翰虽不如古人，与君一扫素壁。"见《白氏六帖》。 ⑤"斜日"二句：佛语。《景德传灯录》卷十三："虚隙日光，纤埃扰扰；清潭水底，影像昭昭。" ⑥"左持蟹"二句：自谓英雄无用武之地。毕茂世为人旷达，曾曰："一手持蟹螯，一手持酒杯……便足了一生。"见《世说新语·任诞》。 ⑦"买山"句：谓隐居。"支道林因人就深公买印山，深公答曰：'未闻巢由买山而隐。'"见《世说新语·言语》。 ⑧"百炼"句：本刘琨《赠卢谌》诗"何意百炼刚，化为绕指柔"。 ⑨"万事"句：汉末司马徽有人伦鉴，有以人物问徽，初不辨高下，每辄言佳。其妇谏曰："人质所宜，君宜辨论，而一皆言佳，岂人所以咨君之意乎？"徽曰："如君所言亦复佳。"见《世说新语》注引《司马徽别传》。后遂有"万事称好司马公"之说，见黄庭坚《次韵任道食荔枝有感》诗。 ⑩舆台：古时将人分十等，"舆"为六等，"台"为十等。见《左传·昭公七年》。

水调歌头

和王正之右司吴江观雪见寄[①]

造物故豪纵，千里玉鸾飞。等闲更把，万斛琼粉盖颇黎。好卷垂虹千丈[②]，只放冰壶一色，云海路应迷[③]。老子旧游处，回首梦耶非。 谪仙人[④]，鸥鸟伴，两忘机[⑤]。

掀髯把酒一笑，诗在片帆西。寄语烟波旧侣，闻道莼鲈正美⑥，休制芰荷衣⑦。上界足官府⑧，汗漫与君期⑨。

［注释］

①作于淳熙二、三年(1175—1176)间。王正之，即王正己。淳熙二年九月，右司员外郎王正己放罢，“以言者论其 所居之职废法徇情，为害滋甚，故有此命”。见《宋会要辑稿·职官》七十二。此首内容，与此有关。吴江：即松江，南接太湖。　②垂虹：桥名，又名利往桥、长桥 ，庆历八年县尉王廷坚建，因桥上有垂虹亭，故名。桥“东西千馀尺，前临太湖洞庭三山，横跨松江，行者晃漾天光水色中，海内绝景。”见《吴郡图经续志》卷下、《吴郡志》卷七。　③“云海路”句：因漫天雪飘，故云。“路漫漫，玉花翻，云海光宽，何处是超然。”见苏轼东武雪中送客《江城子》词。　④谪仙人：李白至长安，往见贺知章，知章见其文，叹曰：“子谪仙人也。”见《新唐书·李白传》。　⑤“鸥鸟伴”二句：《列子·黄帝》载，海上有人好鸥鸟，每天清晨至海上，便有数百鸥鸟和他相游为乐。其父闻之，命他捉几只供玩耍。次日，鸥鸟便起机心，飞舞不下。谓忘却机心，人鸟为伍，实则忘却尘世之心。　⑥“闻道”句：西晋张翰在淮阳为官，见秋风起，因思吴中莼菜羹、鲈鱼脍，遂弃官南归，并云：“人生贵得适意耳，何能羁宦数千里以要名爵。”见刘义庆《世说新语·识鉴》。　⑦芰荷衣：《文选·孔稚圭〈北山移文〉》李善注“焚芰制而裂荷衣”曰，“芰制荷衣，隐者之服。言皆焚裂之，举骋尘俗之容状。”　⑧“上界”句：“上界真人足官府。”见韩愈《奉酬卢给事》诗。　⑨“汗漫”句：卢敖游乎北海，见一士曰：“吾与汗漫期于九垓之外，吾不可以久驻。”见《淮南子·道应训》。

［集评］

卓人月、徐士俊云：“（‘诗在’句）佳句忽来，正如一片远帆从天际落。”（《古今词统》卷十二）

水调歌头

舟次扬州和杨济翁、周显先韵①

落日塞尘起，胡骑猎清秋②。汉家组练十万，列舰耸高楼③。谁道投鞭飞渡④，忆昔鸣髇血污，风雨佛狸愁⑤。季子正年少，匹马黑貂裘⑥。　今老矣，搔白首，过扬州⑦。倦游欲去江上，手种橘千头⑧。二客东南名胜，万卷诗书事业⑨，尝试与君谋。莫射南山虎，直觅富民侯⑩。

［注释］

①淳熙五年（1178）作。杨济翁、周显先：杨炎正字济翁，吉水人，杨万里族弟。年五十二登进士，曾任吏部阁架、大理司直，并历藤、琼等州。见杨万里《诚斋诗话》、《宋会要·职官门》各卷。一题作"江行，和杨济翁、周显先"。　周显先：不详其人。　②"落日"二句：言金人于清秋之际大举来犯，即绍兴三十一年金兵南侵。　③"汉家"二句：言南宋雄兵十万，列舰江面，严阵以待，即指绍兴三十一年虞允文采石矶抗金事。　组练：指军队。　④"谁道"句：以前秦苻坚事喻完颜亮南侵时之气焰。前秦苻坚举兵南侵东晋，号称九十万大军，并自夸曰："以吾之众旅，投鞭于江，足断其流。"见《晋书·苻坚载记》。　⑤"忆昔"二句：喻完颜亮兵败后，被部属杀于扬州瓜洲镇之龟山寺事。　鸣髇：鸣镝、鸣箭。鸣髇血污，指被响箭射死。匈奴头曼单于之太子冒顿欲弑父夺位，作鸣镝，当其随父出猎时，率先射出鸣镝，部下随之，其父终死于箭下。见《史记·匈奴列传》。　风雨佛狸愁：谓佛狸死于非命。　佛狸：后魏太武帝拓跋焘小字，曾南侵刘宋，受挫北撤后，死于宦官之手。　⑥"季子"二句：以苏秦自喻。苏秦字季子，战国时著名纵横家，佩六国相印。当其未得志时，赵国李兑曾资助他黑貂裘，使其西去说秦王。见《战国策·赵策》。稼轩生于北地，绍兴三十一年，金主完颜亮大举南侵。时稼轩二十二岁，与耿京举义山东，次年奉命南归，亦壮声英概。　⑦"今老矣"三句：谓今过扬州，人已中年，不堪回首当年。　搔白首：暗用杜甫《梦李白》"出门搔白首，若负平生志"诗意。⑧"倦游"二句：欲退隐江上，种橘消愁。　橘千头：三国时丹阳太守李衡曾遣人至武陵龙阳种橘千株。临终时谓其儿曰：吾家有"千头木奴

(橘)”,足够汝岁岁使用。见《襄阳耆旧传》。　⑨“二客”二句:谓杨济翁、周显先学富志高。　东南名胜:江东人士,其名位通显于时者,率谓之佳胜、名胜,见胡三省注《资治通鉴》卷一百一十二《晋纪》。　⑩“莫射”二句:劝友人宁当太平侯相,不作战时李广。李广闲居蓝田南山时,曾射猎猛虎,见《史记·李将军列传》。又“汉武帝末年,悔征伐之事,乃封丞相为富民侯”。见《汉书·食货志》。此借以劝友,实牢骚语,以讽刺自“隆兴和议”以来朝廷轻视战备,不思北伐,致使爱国之士虚度年华,请缨无门之现实。词中白首之叹,归隐之思,盖源于此。

[集评]

陈廷焯云:“笔力高绝。落地有声,字字警绝。笔致疏散,而气甚遒炼。结笔有力如虎。”(《云韶集》卷五)

又云:“稼轩《水调歌头》诸阕,直是飞行绝迹,一种怨愤慷慨郁结于中。虽未能痕迹消融,却无害其为浑雅,后人未易摹仿。”(《词则》上《放歌集》卷一)

水调歌头

和郑舜举蔗庵韵①

万事到白髮,日月几西东②。羊肠九折歧路③,老我惯经从。竹树前溪风月,鸡酒东家父老,一笑偶相逢。此乐竟谁觉,天外有冥鸿。　味平生,公与我,定无同④。玉堂金马⑤,自有佳处著诗翁。好锁云烟窗户,怕入丹青图画,飞去了无踪⑥。此语更痴绝,真有虎头风⑦。

[注释]

①作于淳熙十二年(1185)。广信书院本题作“和信守郑舜举蔗庵韵”。　郑舜举蔗庵:郑汝偕字舜举,号东谷居士,浙江青田人。淳熙十二年知信州,次年冬被召入京。见《青田县志·人物志》。　②“万事”二句:意本王安石《愁台》诗“万事因循今白髮,一年容易即黄花”。　③“羊

肠”句：用《列子》故事自喻仕途坎坷不畅。古有杨子者，曾为邻人追亡羊，不获而归。邻人问其故，答曰：“歧路之中又有歧焉，吾不知所之，所以反（返）也。”见《列子·说符》。　④定无同：语出《世说新语·文学》，“阮宣子有令闻，太尉王夷甫见而问曰：‘老庄与圣教同异？’对曰：‘将无同？’”意谓恐怕是相同的。　⑤玉堂金马：汉有大、小玉堂殿，官署有金马门。见《三辅黄图》及《史记·滑稽列传》。此泛指南宋朝廷。　⑥“好锁”三句：当为原唱中语。　云烟窗：同凌烟阁、麒麟阁，汉唐时为表彰功臣而建之阁，阁中画有功臣图像。见《汉书·苏武传》、《旧唐书·太宗纪下》。　⑦“此语”二句：晋顾恺之字长康，小号虎头，有三绝：画绝、文绝、痴绝。“曾以一厨画寄桓玄，皆其绝者。深所珍惜，悉糊题其前。桓乃发厨后取之，好加理复。恺之见封题如初，而画并不存，直云‘妙画通灵，变化而去，如人之登仙矣。’”见《世说新语·巧艺》。

水调歌头

庆韩南涧尚书七十①

上古八千岁，才是一春秋②。不应此日，刚把七十寿君侯。看取垂天云翼，九万里风在下③，与造物同游。君欲计岁月，当试问庄周。　醉淋浪④，歌窈窕⑤，舞温柔⑥。从今杖履南涧，白日为君留⑦。闻道钧天帝所⑧，频上玉卮春酒⑨，冠珮拥龙楼⑩。快上星辰去，名姓动金瓯⑪。

［注释］

①作于淳熙十四年（1187）。　韩南涧：韩元吉，字无咎，号南涧，河南许昌人。南渡后，徙家信州。孝宗初年，曾任吏部尚书，主抗金，政绩、文学俱有名。晚年退居信州，详见《宋史》本传。　②“上古”二句：“上古有大椿者，以八千岁为春，八千岁为秋。”见《庄子·逍遥游》。　③“看取”二句：“鹏之背不知其几千里也，怒而飞，其翼若垂天之云”，“抟扶摇而者九万里”，“风之积也不厚，则其负大翼也无力，故九万里则风斯在下矣”。见《庄子·逍遥游》。　④淋浪：犹乱。　醉淋浪：酩酊大醉。“淋浪身上衣，颠倒笔下字。”见韩愈《醉客》诗。　⑤窈窕：《诗经·陈风·月出》第

一章，诗中有“舒窈纠兮”句：窈窕与窈纠音近。 ⑥舞温柔：汉赵飞燕善舞，与女弟合德并得宠，成帝谓为温柔乡。见《赵飞燕外传》。 ⑦“白日”句：犹言延年益寿。 ⑧钧天帝所：赵简子疾，五日不知人事。寤后语人曰：“我之帝所甚乐，与百神游于钧天，广乐，九奏万舞。”见《史记·赵世家》。 ⑨玉卮：汉高帝置酒未央宫殿前，“奉玉卮为太上皇寿”。见《汉书·高帝纪》。 春酒：“为此春酒，以介眉寿。”见《诗经·豳风·七月》。 ⑩龙楼：汉成帝为太子时，“居桂宫，上尝急召，太子出龙楼门，不敢绝驰道”。见《汉书·成帝纪》。 注者按：宋高宗赵构无嗣，选孝宗赵昚为子，遂得以外藩承大统，而始终奉身以尽宫庭之孝，父子怡愉，同享高寿，最为一时所称颂。此词“闻道”以下三语，当亦指此。 ⑪金瓯：唐明皇每命相，先书其名。一日，书崔琳等名，覆以金瓯，会太子入，曰：“此宰相名，若自意之，谁乎？”太子曰：“非崔琳、卢从愿乎？”见《新唐书·崔琳传》。

贺新郎

赋水仙①

云卧衣裳冷②。看萧然、风前月下，水边幽影。罗袜生尘凌波去③，汤沐烟波万顷。爱一点、娇黄成晕。不记相逢曾解佩④，甚多情、为我香成阵。待和泪，收残粉。 灵均千古怀沙恨⑤，记当时、匆匆忘把，此仙题品。烟雨凄迷僝僽损⑥，翠袂摇摇谁整。谩写入、瑶琴幽愤⑦。弦断招魂无人赋，但金杯的皪银台润⑧。愁殢酒，又独醒。

［注释］

①作于淳熙九年至十四年（1182—1187）置闲上饶带湖时。 ②“云卧”句：语本杜甫《游龙门奉先寺》诗“云卧衣裳冷”。 ③“罗袜”句：以曹植《洛神赋》中“凌波微步，罗袜生尘”之仙子喻水仙。“凌波仙子生尘袜，水上盈盈步微月。是谁招此断肠魂，种作寒花寄幽绝。”见黄庭坚《王充道送水仙花》诗。 ④“不记”句：传说江妃二神女，游于江滨，逢郑交甫。交甫不知其何人，目而挑之，女遂解佩与之。行数步，空怀无佩，女亦不

见。见《神仙传》。 ⑤“灵均”句：屈原字灵均，忠而见斥，至江滨，作《怀沙》之赋而自尽。“楚人思慕，谓之水仙。”见王嘉《拾遗记》卷十。 ⑥僝僽：折磨，烦恼。 ⑦瑶琴幽愤：琴曲有《水仙操》。晋嵇康有《幽愤诗》。⑧“但金杯”句：“世以水仙为金盏玉台，盖单叶者甚似真有一酒斛，深黄而金色。至千叶水仙，其中花片卷皱密蹙，一片之中，下轻黄而上淡白，如染一截者，与酒杯之状殊不相似，而千叶者乃真水仙云。”见杨万里《千叶水仙花》诗序。

[集评]

俞陛云云：“咏花而兼咏古，便有寄托。”（《唐五代两宋词选释》）

念奴娇

和韩南涧载酒见过雪楼观雪①

兔园旧赏②，怅遗踪、飞鸟千山都绝③。缟带银杯江上路④，惟有南枝香别⑤。万事新奇，青山一夜，对我头先白⑥。倚岩千树，玉龙飞上琼阙⑦。 莫惜雾鬓雪鬟，试教骑鹤，去约尊前月。自与诗翁磨冻砚，看扫幽兰新阕⑧。便拟明年，人间挥汗，留取层冰洁⑨。此君何事，晚来还易腰折⑩。

[注释]

①韩南涧：即韩元吉，字无咎，号南涧，河南许昌人。南渡后，徙家信州。孝宗初年，曾任吏部尚书，主抗金，政绩、文学俱有名。晚年退居信州，详见《宋史》本传。 雪楼：稼轩在上饶的楼名。 ②“兔园”句：梁孝王好营宫室苑囿之乐，作曜华之宫，筑兔园，园中有百灵山、雁池等，其诸宫观相连延，亘数十里。见《西京杂记》卷二。谢惠连《雪赋》：“岁将暮，时既昏，寒风积，愁云繁，梁王不悦，游于兔园。……俄而微霰零，密雪下。王乃歌《北风》于卫《诗》，咏《南山》于周《雅》。” ③“怅遗踪”句：本柳宗元《江雪》诗“千山鸟飞绝，万径人踪灭。孤舟蓑笠翁，独钓寒江雪”。

④“缟带”句:本韩愈《咏雪赠张籍》诗“随车翻缟带,逐马散银杯”。 ⑤南枝:谓梅。“大庾岭上梅,南枝落,北枝开。”见《白孔六帖》。 ⑥“青山”二句:本刘禹锡《苏州白舍人寄新诗有叹早白无儿之句因以赠之》诗“雪里高山头白早,海中仙果子生迟”。 ⑦“玉龙”句:华州张元,天圣间坐累终身,每托兴吟咏,有《雪》诗“战罢玉龙三百万,败鳞残甲满空飞”。见蔡絛《西清诗话》。 ⑧幽兰:曲名。宋玉《讽赋》:“臣尝行至,主人独有一女,置臣兰房之中。臣援琴而鼓之,为《幽兰白雪》之曲。” ⑨层冰:本《楚辞·招魂》“层冰峨峨,飞雪千里”。 ⑩“此君”二句:谓积雪厚重,竹为之弯曲。 君:指竹。王子猷曾暂寄人空宅住,便令种竹,或问:“暂住何烦尔?”王则指竹曰:“何可一日无此君?”见《世说新语·任诞》。

念奴娇

赋白牡丹和范廓之韵[①]

对花何似,似吴宫初教,翠围红阵[②]。欲笑还愁羞不语,惟有倾城娇韵[③]。翠盖风流,牙签名字,旧赏那堪省。天香染露,晓来衣润谁整[④]。 最爱弄玉团酥,就中一朵,曾入扬州咏[⑤]。华屋金盘人未醒[⑥],燕子飞来春尽。最忆当年,沉香亭北,无限春风恨[⑦]。醉中休问,夜深花睡香冷。

[注释]

①范廓之:范开,稼轩门生。 ②“似吴宫”二句:孙武以兵法见吴王阖庐,试以宫中美女百八十八人。见《史记·孙子吴起列传》。 ③“惟有”句:以绝代佳人喻牡丹。汉李延年侍上起舞,歌曰“北方有佳人,绝世而独立。一顾倾人城,再顾倾人国”。见《汉书·李夫人传》。 ④“天香”二句:本唐李正封《牡丹》诗“国色朝酣酒,天香夜染衣”。 ⑤“就中”二句:唐崔涯与张祜齐名,每题一诗于娼肆,无不诵之于衢路。誉之则车马继来,毁之则杯盘失错。有嘲李端端云:“黄昏不语不知行,鼻似烟囱耳似珰。”端端得此诗,忧心如病。使院饮回,遥见崔、张,再拜伏望哀

之，于是重赠一绝云：“觅得黄骝被绣鞍，善和坊里取端端。扬州近日浑成诧，一朵能行白牡丹。”此诗一出，大贾巨豪竞臻其户。见《云溪友议》卷五。 ⑥华屋金盘：本苏轼《咏定惠院东山海棠》诗“自然富贵出天姿，不待金盘荐华屋”。 ⑦“沉香”二句：开元中，禁中初种牡丹，后移植于兴庆池东沉香亭前。会花方繁开，上乘月夜，合太真妃，以步辇从，命李龟年持花笺宣赐翰林学士李白，白进《清平乐》三章，中有“解释春风无限恨，沉香亭北倚阑干”之语。见《松窗杂录》。

念奴娇

登建康赏心亭，呈史留守致道①

我来吊古，上危楼、赢得闲愁千斛。虎踞龙蟠何处是，只有兴亡满目②。柳外斜阳，水边归鸟，陇上吹乔木。片帆西去，一声谁喷霜竹③。 却忆安石风流，东山岁晚，泪落哀筝曲④。儿辈功名都付与，长日惟消棋局⑤。宝镜难寻，碧云将暮，谁劝杯中绿⑥。江头风怒，朝来波浪翻屋⑦。

[注释]

①作于乾道五年(1169)任建康通判时。 赏心亭：位于建康下水门城上，下临秦淮河，为北宋丁谓重建。 史致道：史正志字致道，扬州人。绍兴二十一年进士，除枢密院编修。曾上《恢复要览》五篇，主抗金复国。乾道三年九月至乾道六年二月知建康府，兼建康行宫留守、沿江水军制置使等职，见《扬州府志》卷二十八《人物门》、《景定建康志》卷十四《建炎以来年表》。 ②“虎踞”二句：点出古今兴亡之感。 虎踞龙蟠：指建康(金陵)城地势之险要，气势之峥嵘。诸葛亮曾对孙权曰：“秣陵(金陵)地形，钟山龙蟠，石城虎踞，真帝王之都也。”见《金陵图经》。 兴亡：指六朝兴亡古迹。 ③“柳外”五句：登临所见黄昏景色。 喷霜竹：谓吹笛。“孙郎微笑，坐来声喷霜竹。”见黄庭坚《念奴娇·八月十七日同诸甥待月有客孙彦立者善吹笛有名酒酌之》词。 ④“却忆”三句：言谢安一代风

流，晚年仍不免忧谗畏讥，致有泪落哀筝之悲。谢安字安石，曾隐居东山(今浙江上虞西南)，故以"东山"代之。谢安位高遭忌，桓伊曾抚筝而歌曰："为君既不易，为臣良独难。忠信事不显，乃有见疑患。"安闻之而触动心事，不觉潸然泪下，语桓伊云："使君于此不凡。"见《晋书·桓伊传》。 ⑤"儿辈"二句：太元八年，前秦苻坚大军南下，谢安遣其弟谢石、其侄谢玄迎战于淝水，以少胜多，大败秦军。捷报传相府，安正与客下棋，闻后脸无喜色，弈棋如故。客问之，答曰："小儿辈遂已破贼。"见《晋书·谢安传》。 ⑥"宝镜"三句：谓耿耿心曲难为人知，而时不待我，唯借酒浇愁。传说有渔人于秦淮河得一古铜宝镜，能照人肺腑。后不慎坠入水中，遍寻不得。见《松窗杂录》。此喻知音难觅。 杯中绿：指酒。"行看鬓间白，谁劝杯中绿。"见白居易《和梦得游春诗一百韵》诗。 ⑦"江头"二句：江头风急浪高，直有摧房倾屋之势。

[集评]

沈际飞云："愤气直发千古豪，贪人冰冷。词至稼轩一变，其源实自苏长公，至刘改之诸公而极。抚时之作，意存感慨，然浓情致语，几于尽矣。"(《草堂诗馀续集》卷下)

陈廷焯云："老辣。"(《词则·放歌集》卷一)

念奴娇

书东流村壁①

野棠花落，又匆匆、过了清明时节。刬地东风欺客梦，一夜云屏寒怯②。曲岸持觞，垂杨系马，此地曾轻别③。楼空人去，旧游飞燕能说④。 闻道绮陌东头，行人长见，帘底纤纤月⑤。旧恨春江流未断，新恨云山千叠⑥。料得明朝，尊前重见，镜里花难折⑦。也应惊问，近来多少华发⑧。

[注释]

①作于淳熙五年(1178)。此年自江西召为大理少卿,时值清明时节。东流:旧县名,在今安徽南部,地处长江边。 东流村壁:东流县境内之某村。 ②"野棠"四句:当脱胎于李煜《相见欢》词"林花谢了春红,太匆匆。常恨朝来寒雨晚来风"。 划地:犹言无端,平白无故。 云屏:饰有云母之类的屏风。 ③"曲岸"三句:言当年曾和伊人在此分别,系马饯行情景历历在目。苏轼《渔家傲》感旧词:"垂杨系马恣轻狂。" ④"楼空"二句:化用苏轼《永遇乐·夜宿燕子楼》"燕子楼空,佳人何在,空锁楼中燕"词意。 按:唐时彭城有燕子楼,为张尚书爱妓盼盼所居,白居易有《燕子楼诗序》。 ⑤"行人"二句:周密谓此"以月喻足,无乃太亵乎",见《浩然斋雅谈》。 按:诗词中以月喻美人之足者,亦有以月喻美人之眉或姿容者。此"帘下纤纤月"当与李清照《永遇乐》"不知向帘儿底下,听人笑语"相近,指帘底下之美人。而非专谓其足。 ⑥"旧恨"二句:谓旧恨未断,新恨相继。语本秦、苏诗词。秦观《江城子》词:"便做春江都是泪,流不尽,许多愁。"苏轼《书王定国所藏烟江叠嶂图》诗:"江上愁心千叠山,浮空积翠如云烟。" ⑦"料得"三句:即便明日尊前重逢,怕也欢梦难继。 镜里花难折:如镜中之花,可望不可即。意谓伊人当已有归宿,遂以镜中花相喻。 ⑧"也应"二句:谓如再相逢,伊人也应有惊于词人白髮频生。

[集评]

沈际飞云:"安'欺'字妙。'一枕'句,纤妍。合江水云山,言恨。天才骏发。"(《草堂诗馀正集》卷四)

谭献云:(起句)"大踏步出来,与眉山同工异曲。然东坡是衣冠伟人,稼轩则弓刀游侠。"(《谭评词辨》卷二)

陈廷焯云:"起笔愈直愈妙。不减清真,而俊快过之。'旧恨'二语,矫首高歌,淋漓悲壮。悲而壮,是陈其年之祖。"(《云韶集》卷五)

梁启勋云:"相传此词乃写徽、钦二宗北迁之痛心事。一种幽愤之情,而以曼声出之。缠绵悱恻,真所谓回肠荡气者矣。"(《词学》下编)

念奴娇

西湖和人韵①

晚风吹雨,战新荷、声乱明珠苍壁。谁把香奁收宝镜,云锦红涵湖碧②。飞鸟翻空,游鱼吹浪,惯趁笙歌席。坐中豪气,看公一饮千石。　　遥想处士风流,鹤随人去③,老作飞仙伯④。茅舍疏篱今在否⑤,松竹已非畴昔。欲说当年,望湖楼下⑥,水与云宽窄。醉中休问,断肠桃叶消息⑦。

[注释]

①约作于乾道六年至七年(1170—1171)任司农主簿期间。　唐氏按:此首别误作辛次膺词,见《古今图书集成·山川典·西湖部艺文》四。　②"云锦"句:指荷叶与荷花。文同《题守居园池横湖》诗:"一望见荷花,天机织云锦。"　③"遥想"二句:林逋字君复,杭州钱塘人。结庐西湖孤山,二十年足不及城市,号西湖处士。"常畜两鹤,纵之则飞入云霄盘旋,久之复入笼中。逋常泛小艇游西湖,有客至逋所居,则一童子出,应门延客坐,为开笼放鹤,良久,逋必棹小船而归,盖尝以鹤飞为验也。"见沈括《梦溪笔谈》卷十。　④飞仙:传说仙岛蓬莱山周围五千里,有圆海回绕,无风而洪波百丈,不可往来,唯飞仙能到其处。见《十洲记》。　⑤"茅舍"句:孤山有巢居阁、林处士庐,南宋不存。见周密《武林旧事》卷五《湖山胜概》。　⑥望湖楼:在杭州钱塘门外一里,一名看经楼,乾德五年钱忠懿王建。苏轼《六月二十七日望湖楼醉书五绝》其一:"黑云翻墨未遮山,白雨跳珠乱入船。卷地风来忽吹散,望湖楼下水如天。"　⑦桃叶:晋王献之爱妾名桃叶。献之曾作《情人桃叶歌》二首,其一云"桃叶复桃叶,渡江不用楫。但渡无所苦,我自迎接汝"。见《乐府诗集》卷四十五。

[集评]

沈际飞云:"字字敲得响。胜览。"(《草堂诗馀正集》卷四)

念奴娇

赋雨岩[1]

近来何处有吾愁，何处还知吾乐。一点凄凉千古意，独倚西风寥廓。并竹寻泉，和云种树，唤做真闲客。此心闲处，不应长藉丘壑。　休说往事皆非，而今云是[2]，且把清尊酌。醉里不知谁是我，非月非云非鹤。露冷风高，松梢桂子，醉了还醒却。北窗高卧[3]，莫教啼鸟惊著。

[注释]

①作于淳熙九年至十四年（1182—1187）罢居上饶期间。广信书院本题作“赋雨岩，效朱希真体”。　雨岩：在江西上饶博山。朱敦儒字希真，河南人。南渡初以词章擅名，有《樵歌》三卷行于世。《宋史》有传。其词“多尘外之想，虽杂以微尘而清气不可没”。见汪莘《方壶诗馀自序》。　②“休说”二句：本陶渊明《归去来兮辞》“实迷途其未远，觉今是而昨非”。　③“北窗”句：本陶渊明《与子俨等疏》“常言五六月中，北窗下卧，遇凉风暂至，自谓是羲皇上人”。

新荷叶

和赵德庄韵[1]

人已归来，杜鹃欲劝谁归[2]。绿树如云，等闲借与莺飞[3]。兔葵燕麦，问刘郎、几度沾衣[4]。翠屏幽梦，觉来水绕山围。　有酒重携。小园随意芳菲。往日繁华，而今物是人非[5]。春风半面，记当年、初识崔徽[6]。南云雁少，锦书无个因依[7]。

[注释]

①作于淳熙元年（1174）。　赵德庄：赵彦端字德庄，魏王廷美七世

孙,鄱阳人。有《介庵词》。赵德庄原唱有二首。 ②“人已归来”二句:赵彦端原唱有“曾几何时,故山疑梦还非”与“可人怀抱,晚期莲社相依”句,时已闲退,故此有“人已归来”数语相和。 杜鹃:又名子规,其声如“不如归去”。 ③等闲:随便。 ④“兔葵”二句:据《本事诗》载,刘禹锡贬郎州返京,重游玄都观赏桃,因作《赠看花诸君》诗讥刺朝政,又放外任。十四年后再返京城,玄都观已一片荒芜,感而赋诗云“种桃道士归何处,前度外郎今又来”。诗前序云“重游玄都,荡然无复一树,唯兔葵燕麦动摇于春风耳”。 兔葵燕麦:野草、野麦。 ⑤物是人非:本曹丕《与朝歌令吴质书》“节同时异,物是人非,我劳如何”。 ⑥崔徽:唐河中府妓女,与裴敬中相爱。敬中罢知河中,还,崔徽不能相从,情怀怨抑,数月后,托人写真,并作书一封寄敬中。元稹为作《崔徽歌》。 ⑦因依:依托,凭籍。

[集评]

周济云:“以闲居反映朝局,一语便透。”(《宋四家词选·目录序论》)

新荷叶

再和前韵①

春色如愁,行云带雨才归。春意长闲,游丝尽日低飞。闲愁几许,更晚风,特地吹衣②。小窗人静,棋声似解重围。　　光景难携。任他鶗鴂芳菲③。细数从前,不应诗酒皆非。知音弦断,笑渊明、空抚馀徽④。停杯对影,待邀明月相依⑤。

[注释]

①此与前首“人已归来”同作于淳熙元年。 ②特地:特别。 ③鶗鴂:又名子规、杜鹃。屈原《离骚》:“恐鹈鴂之先鸣兮,使夫百草为之不芳。” ④“知音”二句:陶渊明“性不解音,而蓄素琴一张,弦徽不具。每朋酒之会,则抚而和之,曰:‘但识琴中趣,何劳弦上声。’”见《晋书·陶潜传》。 ⑤“停杯”二句:语出李白《月下独酌》诗“举杯邀明月,对影成三人”。

最高楼

醉中有索四时歌者，为赋

长安道[①]，投老倦游归。七十古来稀。藕花雨湿前湖夜，桂枝风澹小山时。怎消除，须殢酒，更吟诗。　也莫向、竹边孤负雪。也莫向、柳边孤负月。闲过了，总成痴。种花事业无人问，对花情味只天知。笑山中，云出早，鸟归迟[②]。

[注释]

①长安：借指南宋京城临安。　②"云出早"二句：意本陶渊明《归去来兮辞》"云无心以出岫，鸟倦飞而知还"。

[集评]

沈际飞云："任达不拘，悠悠荡荡，大落便宜。"（《草堂诗馀别集》卷三）

最高楼

和杨民瞻席上用前韵，赋牡丹[①]

西园买，谁载万金归[②]。多病胜游稀。风斜画烛天香夜，凉生翠盖酒酣时[③]。待重寻，居士谱[④]，谪仙诗[⑤]。　看黄底、御袍元自贵。看红底、状元新得意[⑥]。如斗大，只花痴。汉妃翠被娇无奈[⑦]，吴娃粉阵恨谁知[⑧]。但纷纷，蜂蝶乱，送春迟。

[注释]

①约作于淳熙十四年（1187）前数年间。　杨民瞻：生平不详。据赵蕃《以归来后与斯远倡酬诗卷寄辛卿》诗"宾朋杂遝孰为佳，咸推杨范工

词华”云云,杨、范当指杨民瞻与范开,则杨、范二人同从游稼轩者。②万金:谓牡丹。唐执金吾有种牡丹以求利,“一本有值数万者”。见李肇《国史补》卷中。 ③天香夜、酒酣时:本唐李正封《牡丹》诗“国色朝酣酒,天香夜染衣”。 ④居士谱:欧阳修号六一居士,著有《洛阳牡丹记》。⑤谪仙诗:指李白《清平调》。 ⑥“看黄底”二句:指牡丹中之两品种。“御袍黄,千叶黄花也。色与开头大率类女真黄”;“状元红,千叶深红花也。色类丹砂而浅,叶梢微淡,近萼渐深。有紫檀心,开头可七八寸。其色甚美,迥出众花之上,故洛人以状元呼之”。见欧阳修《洛阳牡丹记》。⑦汉妃翠被:不详。 ⑧“吴娃”句:孙武以兵法见吴王阖庐,试以宫中美女百八十八人。见《史记·孙子吴起列传》。

洞仙歌

寿叶丞相作[①]

江头父老,说新来朝野。都道今年太平也。见朱颜绿鬓,玉带金鱼[②],相公是,旧日中朝司马[③]。 遥知宣劝处[④],东阁华灯[⑤],别赐仙韶接元夜[⑥]。问天上、几多春,只似人间,但长见、精神如画。好都取、山河献君王,看父子貂蝉[⑦],玉京迎驾。

[注释]

①此首于淳熙二年(1175)在建康为祝叶衡五十四寿辰而作。 ②玉带金鱼:三品以上官之服饰,见《宋史·职官志》。 ③中朝司马:指北宋司马光。神宗熙宁四年,司马光因反对王安石新法退居洛阳,共十五年。然“天下以为真宰相,田夫野老皆号为司马相公”,“所至民遮道聚观,马至不得行”。见《宋史·司马光传》。 ④宣劝:指寿筵劝酒。 ⑤东阁:汉公孙弘至宰相封侯后,“起客馆,开东阁,以延贤人”。见《汉书·公孙弘传》。 ⑥仙韶:曲名。唐文宗开成三年,诏太常卿采开元雅乐,制《云韶法曲》,遇内宴乃奏。乐成,改法曲为《仙韶曲》。见《新唐书·礼乐志》。 ⑦貂蝉:侍从贵臣所着冠上之饰,上有黄金珰,附蝉为饰,并插以貂尾。

洞仙歌

访泉于奇师村，得周氏泉，为赋[①]

飞流万壑，共千岩争秀[②]。孤负平生弄泉手。叹轻衫短帽，几许红尘。还自喜，濯髮沧浪依旧[③]。　人生行乐耳，身后虚名，何似生前一杯酒。便此地、结吾庐，待学渊明，更手种，门前五柳。且归去、父老约重来。问如此青山，定重来否。

［注释］

①词约作于淳熙十二、十三年（1185—1186），时稼轩罢居带湖。②“飞流”二句：“千岩竞秀，万壑争流，草木蒙茏其上，若云兴霞蔚。”见《世说新语·言语篇》。　③“濯髮”句：“沧浪之水清兮，可以濯我缨；沧浪之水浊兮，可以濯我足。”见《孟子·离娄》载《孺子歌》。后喻隐居或清高之意。

［集评］

陈廷焯云：“于萧散中见笔力。”（《词则·放歌集》卷一）

八声甘州

寿建康胡长文留守寿[①]。时方阅《拆红梅》之舞，且有锡带之宠[②]

把江山好处付公来，金陵帝王州。想今年燕子，依然认得，王谢风流。只用平时尊俎，弹压万貔貅[③]。依旧钧天梦[④]，玉殿东头。　看取黄金横带，是明年准拟，丞相封侯。有红梅新唱，香阵卷温柔。且华堂、通宵一醉，待从今、更数八千秋。公知否，邦人香火，夜半才收。

[注释]

①词作于淳熙元年(1174),时稼轩在健康任江东安抚使参议官。胡长文:名元质,时知健康府。 ②锡带:宋制凡各路抚帅政绩卓著者,赐金带。锡,通“赐”。 ③貔貅:喻勇猛之士。 ④钧天梦:指天上仙乐。见《史记·赵世家》。

声声慢

赋红木犀。余儿时尝入京师禁中凝碧池,因书当时所见[①]

开元盛日[②],天上栽花,月殿桂影重重。十里芬芳,一枝金粟玲珑。管弦凝碧池上,记当时、风月愁侬[③]。翠华远[④],但江南草木,烟锁深宫[⑤]。 只为天姿冷澹,被西风酝酿,彻骨香浓。枉学丹蕉,叶展偷染妖红[⑥]。道人取次装束[⑦],是自家、香底家风[⑧]。又怕是,为凄凉、长在醉中。

[注释]

①木犀:桂花的别称。红木犀,即丹桂。 凝碧池:在开封城南门之一陈州门里繁台之东南。唐为牧泽,宋真宗改为池。见李濂《汴京遗迹志》卷八《台池园苑》。此泛指北宋京师开封。稼轩谓“儿时尝入京师”,指随其祖父辛赞居汴京事,见其《美芹十论》。 ②开元:唐玄宗年号,其时唐称极盛。此喻北宋盛时。 ③“管弦”二句:天宝末,安禄山陷西京,大会凝碧池,梨园子弟欷歔泣下。乐工雷海清掷乐器西向大恸。时王维陷贼中,潜赋诗云:“秋槐零落深宫里,凝碧池头奏管弦。”见《明皇杂录》。比喻汴京沦陷。 ④翠华:皇帝之旗以翠华为饰。翠华远,指宋徽宗、钦宗为金人所虏北去事。 ⑤江南草木:徽宗、钦宗二朝,以华靡相夸胜,大兴池苑景观,移江南珍异花木竹石以置其中。见《宋稗类钞》卷二。落成后,“恍如见玉京广爱之旧,而东南万里,天台雁荡,凤凰庐阜之奇伟,二川三峡云梦之旷荡,四方之远且异,徒各擅其一美”。见王明清《挥麈后录》卷二。 ⑥偷染妖红:犹丹桂天香真色。 ⑦取次:随便,草草。 ⑧“是自家”句:晦堂禅师为黄庭坚说法曰,“闻木犀香

乎?"庭坚曰:"闻。"晦堂曰:"吾无隐乎尔。"庭坚欣然领解。见释晓莹《罗湖野录》。后因常以"木犀香"为禅宗教门中典故,词中遂有"道人家风"之联想。

江神子

和人韵

梅梅柳柳鬥纤秾。乱山中,为谁容[1]。试著春衫,依旧怯东风。何处踏青人未去,呼女伴,认骄骢。　儿家门户几重重[2]。记相逢,画桥东。明日重来,风雨暗残红。可惜行云春不管[3],裙带褪,鬓云松。

[注释]

①为谁容:化用"女为悦己者容"句意。　②"儿家"句:本唐蒋维翰《春女怨》"儿家门户重重闭"。　③行云:暗喻词中女子。

江神子

和陈仁和韵[1]

玉箫声远忆骖鸾[2]。几悲欢,带罗宽。且对花前,痛饮莫留残[3]。归去小窗明月在,云一缕,玉千竿[4]。　吴霜应点鬓云斑[5]。绮窗闲,梦连环[6]。说与东风,归意有无间。芳草姑苏台下路[7],和泪看,小屏山[8]。

[注释]

①作于淳熙十四年(1187)。　陈仁和:陈德明,字光宗,宁德人,寓居吴中。淳熙十三年坐事罢知仁和县,刺面配信州。见《淳熙三山志》卷二十九、《八琼室金石补正》卷一百一十六、《皇宋中兴两朝圣政》卷六十三。②"玉箫"句:秦穆公时有萧史者善吹箫,穆公以女弄玉妻之。萧史日教弄

玉吹箫,居数年,凤凰来止;又数年夫妻皆随凤凰飞去。见刘向《列仙传》。鸾:谓凤凰。 ③“痛饮”句:本庾信《舞媚娘》诗“少年唯有欢乐,饮酒那得残留”。 ④“云一缕”二句:谓对竹烧香。王安石《金陵报恩大师西堂方丈》诗:“萧萧出屋千竿玉,霭霭当窗一炷云。” ⑤“吴霜”句:本李贺《还自会稽歌》“吴霜点归鬓,身与塘蒲晚”。 ⑥连环:连接成串而不可解之玉环,此喻盼归。黄庭坚《次韵斌老赠子舟归》诗:“昨宵连环梦,秣马待君发。” ⑦姑苏台:遗址在今江苏苏州姑苏山上,为吴王阖闾所筑。⑧小屏山:屏风。

江神子

博山道中书王氏壁[①]

一川松竹任横斜[②]。有人家,被云遮[③]。雪后疏梅,时见两三花。比著桃源溪上路[④],风景好,不争多[⑤]。 旗亭有酒径须赊。晚寒些,怎禁他。醉里匆匆,归骑自随车。白髮苍颜吾老矣,只此地,是生涯。

[注释]

①作于淳熙九年至十四年(1182—1187)间。 博山:在上饶永丰西二十里。 ②一川:一片,满地。 ③“有人家”二句:见杜牧《山行》诗“白云深处有人家”。 ④桃源溪:传说晋太元中,一武陵人缘溪而行,“忽逢桃花林,夹岸数百步,中无杂树,芳草鲜美,落英缤纷”。见陶渊明《桃花源记》。稼轩有《江神子·送元济之归豫章》自注,“桃源乃王氏酒垆,与济之作别处。” ⑤不争多:差不多。

江神子

和人韵

剩云残日弄阴晴。晚山明,小溪横。枝上绵蛮[①],休作断肠声。但是青山山下路,春到处,总堪行。 当年彩笔赋芜城[②]。忆平生，若为情。试取灵槎，归路问君平[③]。花底夜深寒色重，须拚却，玉山倾[④]。

[注释]

①绵蛮：鸟鸣声。《诗经·小雅·绵蛮》："绵蛮黄鸟，止于丘隅。" ②赋芜城：南朝宋孝武帝时，临海王子顼镇荆州，鲍照为参军，随至广陵，子顼叛逆。鲍照见广陵故城荒芜，乃汉吴王濞所都，濞亦叛逆，为汉所灭，感此，遂作《芜城赋》，见《文选》五臣注。 ③"试取"二句："天河与海通，近世有人居海渚者，年年八月有浮槎去来不失期。人有奇志，立飞阁于槎上，多赍粮，乘槎而去。至一处，有城郭状，屋舍甚严，遥望宫中多织妇，见一丈夫牵牛渚次饮之，此人问此是何处，答曰：'君还至蜀都问严君平则知之。'"见张华《博物志》卷十。 ④玉山倾：嵇康为人"岩岩若孤松之独立。其醉也，傀俄若玉山之将崩"。见《世说新语·容止》。

六幺令

用陆氏事，送玉山令陆德隆侍亲东归吴中[①]

酒群花队，攀得短辕折[②]。谁怜故山归梦，千里莼羹滑[③]。便整松江一棹，点检能言鸭[④]。故人欢接。醉怀双橘，堕地金圆醒时觉[⑤]。　长喜刘郎马上，肯听诗书说[⑥]。谁对叔子风流，直把曹刘压[⑦]。更看君侯事业，不负平生学[⑧]。离觞愁怯。送君归后，细写茶经煮香雪[⑨]。

[注释]

①与次首同作于淳熙九年（1182）。 玉山：信州县名，今属江西。陆德隆：吴人，事历不详。 ②"攀得"句：典出《艺文类聚》卷七十一引《东观奏记》。 ③"千里"句：晋陆机诣王武子，武子置数斛羊酪，指以示陆曰："卿江东何以敌此？"陆曰："有千里莼羹，但未下盐豉耳。"见《世说新语·言语》。 ④"便整"二句：唐陆龟蒙居吴中，"有内养自长安使杭州，舟出舍下，小童以小舟驱群鸭出。内养弹其一绿头雄鸭，折头。龟蒙

遽舍出,大呼云:'此绿鸭有异,善人言,适将献状本州,贡天子。今持此死鸭以诣官自言耳。'内养少长宫禁,不知外事,信然,甚惊骇。厚以金帛遗之,龟蒙乃止"。见《甫里文集》附录《杨文公谈苑》。 ⑤"故人"三句:陆绩六岁时,于九江见袁术,术出橘,绩怀三枚,拜辞,坠地,术谓曰:"陆郎作宾客而怀橘乎?"绩跪而答:"欲归遗母。"术大奇之。见《三国志·吴书·陆绩传》。 ⑥"长喜"二句:用陆贾与汉高帝对言事。 ⑦"谁对"二句:羊祜字叔之,曾率兵五万出江陵,与吴将陆抗相对,"使命交通,抗称祜之德量虽乐毅、诸葛孔明不能过。抗尝病,祜馈之药,抗服之无疑心。人多谏抗,抗曰:'羊祜岂酖人者。'时谈以为华元,子及复见于今日。"见《晋书·羊祜传》。 曹刘:指魏与蜀。 ⑧"更看"二句:陆贽以受人主殊遇,不敢爱身,事有不可,极言无隐。朋友规之,以为太峻,贽曰:"吾上不负天子,下不负吾学,不恤其他。"见《旧唐书·陆贽传》。 ⑨"细写"句:唐陆羽字鸿渐,竟陵人,隐苕溪,著有《茶经》三卷。

[集评]

卓人月、徐士俊云:"珂月《赠野君》诗,取徐氏之见于史册者三十六人为赋,与辛词合券。"(《古今词统》卷十二)

六幺令

再用前韵

倒冠一笑,华发玉簪折。阳关自来凄断,却怪歌声滑[①]。放浪儿童归舍,莫恼比邻鸭[②]。水连山接。看君归兴,如醉中醒、梦中觉[③]。 江上吴侬问我,一一烦君说。坐客尊酒频空[④],剩欠真珠压[⑤]。手把渔竿未稳,长向沧浪学[⑥]。向愁谁怯。可堪杨柳,先作东风满城雪。

[注释]

①"阳关"二句:王维有《送元二使安西》诗,后人乐府,为送别之曲,因诗有"西出阳关无故人"句,名《阳关曲》。李商隐《赠歌妓》诗:"红绽樱桃含白雪,断肠声里唱阳关。" ②"放浪"二句:本杜甫《将赴成都草堂寄严郑公》诗

“休怪儿童延俗客,不教鹅鸭恼比邻”。 ③“如醉”句:本苏轼《江城子》词“梦中了了醉中醒”。 ④“坐客”句:孔融居闲,宾客日盈其门,常叹曰:“坐上客恒满,尊中酒不空,吾无忧矣。”见《后汉书·孔融传》。 ⑤“剩欠”句:犹言很少酿造。 真珠:喻酒。李贺《将进酒》诗:“琉璃钟,琥珀浓,小槽酒滴真珠红。” ⑥“手把”二句:意谓尚未习惯于赋闲生涯。 沧浪:渔父歌,其辞曰:“沧浪之水清兮,可以濯吾缨;沧浪之水浊兮,可以濯吾足。”见《楚辞·渔父》。

满庭芳

和洪丞相景伯韵,呈景庐舍人①

急管哀弦,长歌慢舞,连娟十样宫眉②。不堪红紫,风雨晓来稀。惟有杨花飞絮,依旧是、萍满芳池③。酴醾在④,青虬快剪,插遍古铜彝。 谁将春色去,鸾胶难觅⑤,弦断朱丝。恨牡丹多病,也费医治。梦里寻春不见,空肠断、怎得春知。休惆怅,一觞一咏,须刻右军碑⑥。

[注释]

①与次首同作于淳熙八年(1181)。 洪丞相景伯:洪适字景伯,乾道元年迁翰林学士,仍兼中书舍人,同年拜尚书右仆射,同中书门下平章事,兼枢密使。《宋史》有传。原唱有二首。 景庐舍人:洪迈字景庐,洪适弟。乾道三年,适起居郎,拜中书舍人,兼侍读,直学士院。《宋史》有传。广信书院本“舍人”作“内翰”。 ②连娟:眉美好貌。 十样宫眉:唐时宫女眉式有十:鸳鸯、小山、五岳、三峰、重珠、月稜、分稍、涵烟、拂云、倒晕。见《海录碎事》。 ③“惟有”二句:杨花(即柳絮)落水如浮萍。苏轼《水龙吟》咏杨花:“晓来雨过,遗踪何在,一池萍碎。” ④酴醾:花名,又名木香,以色似酴醾酒而名。 ⑤鸾胶:“西海献鸾胶,武帝弦断,以胶续之,弦两头遂相著,终射不断,帝大悦,名续弦胶。”见《汉武外传》。 ⑥“一觞”二句:晋王羲之为右军将军,曾作《兰亭集序》,序中有云:“一觞一咏,亦足以畅叙幽情。”

[集评]

卓人月、徐士俊云:“医花妙。既有养花天,不可无医花手。”(《古今词统》卷十二)

满庭芳[1]

柳外寻春,花边得句,怪公喜气轩眉。阳春白雪[2],清唱古今稀。曾是金銮旧客[3],记凤凰、独绕天池[4]。挥毫罢,天颜有喜[5],催赐上方彝。[6] 只今江海上,钧天梦觉[7],清泪如丝。算除非,痛把酒疗花治。明日五湖佳兴,扁舟去、一笑谁知[8]。溪堂好,且拚一醉,倚杖读韩碑[9]。

[注释]

①广信书院本有题曰:“游豫章东湖再韵。” ②阳春白雪:歌曲名。宋玉《楚辞·对楚王问》:“其曲弥高,其和弥寡。” ③金銮旧客:学士院在金銮殿侧,又“因金銮坡以为门名,与翰林院相接,故为学士者称金銮以美之”。见《文献通考·学士院》。按洪迈《容斋随笔》卷十九《兄弟直西垣》:“绍兴二十九年,予仲兄始入西省,至隆兴二年,伯兄继之,乾道三年予又继之,相距九岁,予作谢表云:‘父子相承,四上銮坡之直;兄弟在望,三陪凤阁之游。’” ④“记凤凰”句:天池谓禁中之池沼,亦称凤池或凤凰池。又中书省“以其地在枢近,多承宠任,是以人因其位谓之凤凰池焉”。见《文献通考·中书省》。 ⑤天颜有喜:本杜甫《紫宸殿退朝》诗“天颜有喜近臣知”。 ⑥原注:“公在词掖,尝拜尚方宝鼎之赐。” ⑦“钧天”句:赵简子疾,五日不知人事。寤后语人曰:“我之帝所甚乐,与百神游于钧天,广乐,九奏万舞。”见《史记·赵世家》。 ⑧“明月”二句:越国范蠡献西施于吴王,灭吴后,复取西施乘扁舟游五湖而不返。 五湖:太湖之又称。 ⑨韩碑:韩愈有《郓州溪堂》诗,诗前有长序,记溪堂修建原因,诗与序并刻石于郓州,此代指注中所谓“堂记”,即洪迈为司马汉章之山雨楼所作《山雨楼记》。洪适原唱有云:“珠帘暮卷,山雨拂崇碑。”并自注:“汉章作山雨楼,景庐为之记。” 原注:“堂记,公所制。”

鹧鸪天

鹅湖寺道中[①]

一榻清风殿影凉，涓涓流水响回廊。千章云木钩辀叫[②]，十里溪风稏稏香[③]。　冲雨急，趁斜阳。山园细路转微茫。倦途却被行人笑，只为林泉有底忙[④]。

[注释]

①作于淳熙九年至十四年（1182—1187）间。　鹅湖寺：上饶东北有鹅湖山，山上有湖，多生荷，名荷湖。因东晋龚氏居山蓄鹅，更名鹅湖。山麓有仁寿院，唐大历中大义智学禅师所建，又更名鹅湖寺。见《铅山县志》。　②“千章”句：林逋居杭州西湖孤山，曾作诗云“草泥行郭索，云木叫钩辀”。颇为士大夫所称。见欧阳修《归田录》卷二。　钩辀（zhōu）：鹧鸪声。　③稏稏（bà yà）：稻名。　④底忙：犹言如许忙。

鹧鸪天

代人赋

晚日寒鸦一片愁，柳塘新绿却温柔。若教眼底无离恨，不信人间有白头。　肠已断，泪难收。相思重上小红楼。情知已被山遮断，频倚阑干不自由。

[集评]

俞陛云云：“与东坡‘天一方’之歌同其寓感。”（《唐五代两宋词选释》）

鹧鸪天

鹅湖归病起作[①]

翠竹千寻上薜萝[②]，东湖经雨又增波[③]。只因买得青山好，却恨归来白髮多。　　明画烛，洗金荷。主人起舞客齐歌。醉中只恨欢娱少，明日醒时奈病何。

[注释]

①闲居带湖作。　鹅湖：上饶东北有鹅湖山，山上有湖，多生荷，名荷湖。因东晋龚氏居山蓄鹅，更名鹅湖。山麓有仁寿院，唐大历中大义智学禅师所建，又更名鹅湖寺。见《铅山县志》。　②翠竹：广信书院本作“翠木”。　③东湖：指带湖。

鹧鸪天

送　人[①]

唱彻阳关泪未干[②]，功名馀事且加餐。浮天水送无穷树，带雨云埋一半山。　　今古恨，几千般。只应离合是悲欢。江头未是风波恶，别有人间行路难[③]。

[注释]

①与次首同作于淳熙五年(1178)。　②“唱彻”句：王维有《送元二使安西》诗，后入乐府，为送别之曲，因诗有“西出阳关无故人”句，名《阳关曲》。李商隐《赠歌妓》诗：“红绽樱桃含白雪，断肠声里唱阳关。”　③“江头”二句：乐府杂曲有《行路难》，备述世路艰难，今不存。鲍照有《拟行路难》十八首，咏人世种种忧患，寄寓悲愤。

鹧鸪天

代人赋

扑面征尘去路遥，香篝渐觉水沉销。山无重数周遭碧，花不知名分外娇。　人历历[①]，马萧萧[②]。旌旗又过小红桥。愁边剩有相思句，摇断吟鞭碧玉梢。

[注释]

①人历历："历历山上人，一一遥可观。"见白居易《游悟真寺诗一百三十韵》。　②马萧萧："萧萧马鸣。"见《诗经·小雅·车攻》。

[集评]

陈廷焯云："信手拈来，自饶姿态，幼安小令诸篇，别有千古。"（《词则·放歌集》卷一）

鹧鸪天

鹅湖归，病起作[①]

枕簟溪堂冷欲秋，断云依水晚来收。红莲相倚浑如醉，白鸟无言定自愁。　书咄咄[②]，且休休[③]。一丘一壑也风流[④]。不知筋力衰多少，但觉新来懒上楼[⑤]。

[注释]

①闲居带湖作。　②书咄咄：晋殷浩放废后，口无怨言，但终日用手指在空中写"咄咄怪事"四字。见《晋书·殷浩传》。　③且休休：唐司空图隐居中条山，筑亭题名曰"休休"。并作文说明"休休"之意："量才一宜休，揣分二宜休，耄而聩，三宜休。"见《旧唐书·卓行传》。　④"一丘"句：晋顾恺之画谢琨在岩石里，人问其所以然，顾曰："谢云'一丘一壑，自谓过之'，此子宜置丘壑中。"见《世说新语·巧艺》。　⑤"不知"二句：俞文豹《吹剑录》谓为陈秋塘诗句。况周颐《蕙风词话》："按此二句仍稼轩

词《鹧鸪天》歇拍。稼轩倚声大家，行辈在秋塘稍前，何至取材秋塘诗句。秋塘平昔以才气自豪，亦岂肯沿袭近人所作。或者俞文豹氏误记辛词为陈诗耶？此二句入词则佳，入诗便稍觉未合。诗与词体格不同处，其消息即此可参。”

[集评]

沈际飞云：“生派愁怨与花鸟，却自然。”(《草堂诗馀正集》卷一)

谭献云：“周美成云：‘流潦妨车毂。’又云：‘衣润费炉烟。’辛幼安云：‘不知筋力衰多少，只觉新来懒上楼。’填词者试于此消息之。”(《复堂词话》)

黄苏云：“其有《匪风》、《下泉》之思乎？可以悲其志矣。妙在结二句放开写，不即不离尚含住。”(《蓼园词评》)

陈廷焯云：“信笔直写，似少陵一时挥洒之作。”(《云韶集》卷五)

又云：“壮志不已。稼轩胸中，有如许不平之气。”(《词则》上《放歌集》卷一)

张伯驹云：“稼轩鹅湖归病起作《鹧鸪天》词，‘不知筋力衰多少，但觉新来懒上楼。’谭仲修最赏此二语，谓学者当于此中消息之。余谓前阕‘红莲相倚浑如醉，白鸟无言定是愁。’写病起境尤胜。不有此语，不能衬出结拍二语也。又沈天羽云，后段一本作‘无限事，不胜愁。那堪鱼雁两悠悠。秋怀不识知多少。’未知何本。不惟与前段重‘愁’韵，较今本语意，差毫厘，缪千里矣。”(《丛碧词话》)

丑奴儿近

博山道中效李易安体[①]

千峰云起，骤雨一霎时价。更远树斜阳，风景怎生图画[②]。青旗卖酒[③]，山那畔、别有人间，只消山水光中，无事过这一夏。　午醉醒时，松窗竹户，万千潇洒。野鸟飞来，又是一般闲暇。却怪白鸥，觑着人、欲下未下。旧盟都在，新来莫是，别有说话[④]。

[注释]

①闲居带湖作。词调原脱“近”字。　李易安：李清照，号易安居士。其词婉约清丽，好“以寻常语度入音律”，“用浅俗之语，发清新之思”，人称“易安体”。　②怎生：犹言怎么。　③青旗：酒店用青色布招为标记，亦称青布。　④“旧盟”三句：责怪白鸥弃盟背约不来亲就。

蝶恋花

送祐之弟①

衰草残阳三万顷。不算飘零，天外孤鸿影②。几许凄凉须痛饮，行人自向江头醒。　　会少离多看两鬓，万缕千丝，何况新来病。不是离愁难整顿，被他引惹其他恨。

[注释]

①作于淳熙十四年（1187）前数年间。　祐之：辛次膺之孙，曾为钱塘令。　②“不算”二句：本苏轼《卜算子》词“谁见幽人独往来，飘渺孤鸿影”句意。

[集评]

卓人月云：“一句两‘他’字，妙。”（《古今词统》卷七）

蝶恋花

和杨济翁韵，首句用丘宗卿书中语①

点检笙歌多酿酒。蝴蝶西园，暖日明花柳。醉倒东风眠永昼，觉来小院重携手。　　可惜春残风雨又。收拾情怀，长把诗僝僽②。杨柳见人离别后，腰肢近日和他瘦。

[注释]

①约作于淳熙九年(1182)。 杨济翁:杨炎正字济翁,广陵人。 丘宗卿:丘崈字宗卿,江阴人,为人机神英悟,曾谓人曰:“生无以报国,死愿以猛将灭敌。” ②“长把”句:犹言“闲来只以诗为陶写之具”。 僝僽:折磨、烦恼。

蝶恋花

月下醉书雨岩石浪[①]

九畹芳菲兰佩好。空谷无人,自怨蛾眉巧[②]。宝瑟泠泠千古调,朱丝弦断知音少[③]。 冉冉年华吾自老[④]。水满汀洲,何处寻芳草。唤起湘累歌未了,石龙舞罢松风晓[⑤]。

[注释]

①闲居带湖时作。 雨岩:在上饶永丰博山。 石浪:巨大的怪石。②“九畹”三句:用屈原《离骚》“余既滋兰之九畹兮”、“纫秋兰以为佩”、“众女嫉余之娥眉兮”。乃杜甫《佳人》诗“绝代有佳人,幽居在空谷”句意,言美人佩兰虽好,却无人赏识,唯有深居幽谷,自伤美貌。 ③“宝瑟”二句:意同岳飞《小重山》结句“欲将心事付瑶琴,知音少,弦断有谁听”。④“冉冉”句:“老冉冉其将至兮,恐修名之不立。”见《离骚》。 ⑤“唤起”二句:唤起屈原同声浩歌,一曲未了,而天色已晓。 湘累:指屈原。无罪而死曰累,屈原负屈投湘江而死,故云。 石龙:即题中“石浪”。

蝶恋花

席上赠杨济翁侍儿[①]

小小华年才月半[②]。罗幕春风[③],幸自无人见。刚道羞郎低粉面,傍人瞥见回娇盼。 昨夜西池陪女伴。柳困花慵,见说归来晚。劝客持觞浑未惯,未歌先觉花枝颤。

［注释］

①此与前同调（点检笙歌多酿酒）作于同时。 ②“小小”句：谓年仅十五。 ③罗幕春风：形容侍儿备受娇宠之状。

定风波

暮春漫兴

少日春怀似酒浓，插花走马醉千钟。老去逢春如病酒，唯有。茶瓯香篆小帘栊。 卷尽残花风未定，休恨。花开元自要春风。试问春归谁得见，飞燕。来时相遇夕阳中。

［集评］

卓人月云：“过片三句，为风解嘲。”（《古今词统》卷十）

临江仙

探 梅[1]

老去惜花心已懒，爱梅犹绕江村。一枝先破玉溪春[2]。更无花态度，全是雪精神。 剩向空山餐秀色，为渠著句清新。竹根流水带溪云。醉中浑不记，归路月黄昏。

［注释］

①闲居带湖时作。 ②玉溪：即上饶信江。南宋周辉居上饶时，曾欲裒集寓士赋咏信江山水胜概之作为《玉溪酬唱》。见其《清波杂志》卷五。

临江仙

醉宿崇福寺，寄祐之弟。祐之以仆醉先归[①]

莫向空山吹玉笛，壮怀酒醒心惊。四更霜月太寒生[②]。被翻红锦浪，酒满玉壶冰。　小陆未须临水笑[③]，山林我辈钟情[④]。今宵依旧醉中行。试寻残菊处，中路候渊明[⑤]。

［注释］

①此与次首和前《蝶恋花·送祐之弟》作于同时。崇福寺在上饶，北宋淳化年间建。见《广信府志》。　②生：语助辞，无义。宋代诗词多与“太”字连用，如“太狂生”、“太忙生”。　③“小陆”句：陆云与其兄陆机齐名，时号“二陆”。吴平入洛，机初诣张华，华问云何在？机曰：“云有笑疾，未敢自见。”俄而云至。华为人多姿质，又好帛绳缠鬚。云见而大笑不能自已。先是，云曾着缞绖上船，于水中顾见其影，因大笑落水，人救获免。见《晋书·陆云传》。　④我辈钟情：晋王戎谓山简曰，“圣人忘情，最下不及情，情之所钟，正在我辈。”见《世说新语·伤逝》。　⑤“中路”句：江州刺史王弘欲识陶渊明而不能至。渊明曾往庐山，王弘令人赍酒具于中途邀之。渊明至，欣然饮酌。俄顷王弘至，相识无忤。见《宋书·陶潜传》。

临江仙

再用韵送祐之弟归浮梁[①]

钟鼎山林都是梦[②]，人间宠辱休惊。只消闲处过平生。酒杯秋吸露，诗句夜裁冰。　记取小窗风雨夜，对床灯火多情[③]。问谁千里伴君行。晚山眉样翠，秋水镜般明。

[注释]

①浮梁：宋属饶州。祐之父辛次膺，莱州人，靖康初，奉亲知浮梁，遂留居。 ②“钟鼎”句：本杜甫《清明》诗“钟鼎山林各天性，浊醪粗饮任吾年”。 ③“记取”二句：苏轼喜韦应物诗“宁知风雨夜，复此对床眠”之句，故在郑别弟苏辙云“寒灯相对记畴昔，夜雨何时听萧瑟”。在东府亦云“对床空悠悠，夜雨今萧瑟”。又云，“对床老兄弟，夜雨鸣竹屋。”为赋兄弟之情。见《王直方诗话》。

菩萨蛮[①]

稼轩日向儿童说，带湖买得新风月。头白早归来[②]，种花花已开。 功名浑是错，更莫思量着。见说小楼东[③]，好山千万重。

[注释]

①作于淳熙八年（1181）上饶带湖宅第已成而尚未归去之时。 ②“头白”句：“匡山读书处，头白好归来。”见杜甫《不见》诗。 ③小楼：指上饶集山楼。见洪迈《稼轩记》。

菩萨蛮

书江西造口壁[①]

郁孤台下清江水，中间多少行人泪[②]。西北是长安，可怜无数山[③]。 青山遮不住，毕竟东流去[④]。江晚正愁予，山深闻鹧鸪[⑤]。

[注释]

①作于淳熙二年至三年（1175—1176）江西提点刑狱任上。 造口：在今江西万安县西南，有皂口溪，水自此入赣江，皂口即造口。 ②“郁孤台”二句：用唐人故事兴起，以行人泪指去国怀乡之人，寄寓南渡之恨。

郁孤台:在今赣州西北,因其郁然孤峙而得名。唐代宗永泰、大历间(765—767),李勉自河南尹出为江西观察使。时吐蕃、回纥、党项分三道入边,进逼奉天,代宗下诏亲征,关中大乱,民众去乡奔走。李勉为此登台北望长安,表示忠于朝廷,因改名为“望阙台”,见《赣州府志》。清江:江西袁江与赣江合流处,旧称清江,此指赣江。赣江由南而北经赣州市,过郁孤台下,至造口入鄱阳湖。 行人:主要指当年金人骚扰下奔走流亡之人。 ③“西北”二句:用李勉望阙之意,言万山遮目,不见长安。 长安:借指北宋故都汴京。 ④“青山”二句:言江水东流,难以阻遏,犹百川归海,江汉朝宗,此心此志,终古不变。词意一波三折,上“西北”二句一折,此二句又一折也。 ⑤“江晚”二句:言心犹北向,身犹南行,愈离愈远,悲怆不已,此又一折也。 闻鹧鸪:鹧鸪声凄切,易触人伤感。“画中曾见曲中闻,不是伤情即断魂。北客南来心未稳,数声相对在前村。”见张咏《闻鹧鸪》诗。 注者按:罗大经《鹤林玉露》卷四:“南渡之初,虏人追隆祐太后御舟至造口,不及而还,幼安自此起兴。‘闻鹧鸪’之句,谓恢复之事行不得也。”此说与词意不合,与隆祐被追路线亦不尽合史实。隆祐被追路线,详《三朝北盟会编》、《宋史·后妃传》。

[集评]

沈际飞云:“无数山水,无数悲愤。伊文公云:‘若朝廷赏罚明,此等人皆可用。”(《草堂诗馀正集》卷一)

陈廷焯云:“血泪淋漓,古今让其独步。结二语号呼痛哭,音节之悲,至今犹隐隐在耳。”(《云韶集》卷五)

又云:“用意用笔,洗脱温、韦殆尽,然大旨正见吻合。”(《白雨斋词话》卷一)

梁启超云:“《菩萨蛮》如此大声镗鞳,未曾有也。”(《艺蘅馆词选》丙卷引)

陈匪石云:“温、韦小令作法,句句垂,句句缩,言尽意不尽,比兴之体,深厚之旨,以蕴藉出之。然太白此调,一片神行,千古绝唱,实与温、韦殊途同归,温、韦亦不袭太白之迹也。稼轩此词,盖师太白者。陈廷焯云:‘用意用笔,洗脱温、韦殆尽,然大旨正见吻合’,是也。《鹤林玉露》:‘南渡时,金人追隆裕太后至此,幼安因以起兴。闻鹧鸪,谓恢复行不得也。’寻造口、郁孤台,均在虔州,章、贡二江合流于此。首句从台上俯瞰所见,

‘多少行人泪’，包括不少伤心事，不专指隆祐而言。‘长安’指汴。遥望西北，无数之山隔之，喻恢复之难也。‘青山’二句，借水怨山。‘毕竟东流’，与望中之西北有南辕而北其辙之叹，且亦逝水不回之痛。‘江晚正愁予’承上开下，‘晚’字更饶迟暮之感。‘鹧鸪’为虔州山产，有‘行不得’之声。‘山深闻鹧鸪’者，言无知之鸟，亦作此声，则余愁更不堪说，进一层语。且亦师五代虚缩之法，以作收笔。全词就造口之所闻所见言，不加涂泽，而以劲气达之。如生铁铸成，不可移去，似浅近，实深厚，乐府中超越元著，实亦从《古诗十九首》得来。”（《宋词举》）

菩萨蛮

送祐之弟临浮梁[①]

无情最是江头柳，长条折尽还依旧[②]。木叶下平湖，雁来书有无[③]。　　雁无书尚可，妙语凭谁和。风雨断肠时，小山生桂枝[④]。

[注释]

①与前《蝶恋花·送祐之弟》、《临江仙·再用韵送祐之弟归浮梁》诸首作于同时。　②“长条”句：汉唐有折柳赠别之俗。白居易《青门柳》诗：“为近都门多送别，长条折尽减春风。”　③“雁来”句：传说雁能传书。见《汉书·苏武传》。　④“小山”句：本黄庭坚《题子瞻寺壁小山枯木》诗“却来献纳云台表，小山桂枝不相忘”。

菩萨蛮

金陵赏心亭为叶丞相赋[①]

青山欲共高人语[②]，联翩万马来无数。烟雨却低回，望来终不来。　　人言头上髮，总向愁中白。拍手笑沙鸥，一身都是愁[③]。

[注释]

①作于淳熙二年(1175)春。 叶丞相:叶衡。 ②高人:高雅之人,指叶衡。 ③"人言"四句:言白髮与愁无关,否则沙鸥通体皆白,岂非浑身是愁。白居易《白鹭》诗:"人生四十全未衰,我为愁多白髮垂。何故水边双白鹭,无愁头上也垂丝。"

[集评]

卓人月、徐士俊云:"趣语解颐。"(《古今词统》卷五)

菩萨蛮

席上分赋得樱桃[①]

香浮乳酪玻璃碗,年年醉里尝新惯。何物比春风,歌唇一点红。 江湖清梦断,翠笼明光殿。万颗写轻匀[②],低头愧野人[③]。

[注释]

①闲居带湖作。 ②"万颗"句:"汉家旧种明光殿,炎帝还书本草经。岂似满朝承雨露,共看传赐出青冥。香随翠笼擎初到,色映银盘写未停。食罢自知无所报,空然惭汗仰皇扃。"见韩愈《和张水部敕赐樱桃》诗。 写:同"泻",置物也。 ③"低头"句:"苦被微官缚,低头愧野人。"见杜甫《独酌成诗》。

西 河

送钱仲耕自江西漕移守婺州[①]

西江水[②],道是西风人泪。无情却解送行人,月明千里。从今日日倚高楼,伤心烟树如荠。 会君难,别君易。草草不如人意。十年著破绣衣茸[③],种成桃李[④]。问君可是厌承明[⑤],东方鼓吹千骑[⑥]。 对梅花、更消一醉。有明年、调鼎风味[7]。老病自怜憔悴。过吾庐、定有幽人相问，岁晚渊明归来未。

[注释]

①作于淳熙八年(1181)。　钱仲耕：钱佃字仲耕，累迁左右司检正、兼权史、兵、工三郎，出为江西路转运副使，淳熙八年赴守婺州（今浙江金华）。见《重修琴川志》继钱佃之后任江西漕使者为丘崈。故丘崈亦有和此韵送钱佃。　②西江水：指赣江。　③“十年”句：言钱佃两任江西。据《重修琴川志》，钱佃于淳熙初年出任江西副运，继使福建，再使江西，其间未到十年，此举成数。　绣衣：汉有绣衣直指官。　④种成桃李：唐狄仁杰喜荐士，当时有“天下桃李尽出公门”之誉。　⑤可：犹却。　承明：汉有承明庐，在石渠阁外，为文学侍臣值班和起草文稿之处。“君厌承明之庐，劳侍从之事。”见《汉书·严助传》。　⑥“东方”句：罗敷自夸其夫婿曰：“东方千馀骑，夫婿居上头。”后以“千骑”代指郡州长官。　⑦“对梅花”二句：祝颂之辞，谓钱佃将入官枢要。傅说作相，高宗以“若作和羹，尔惟盐梅”喻之。见《尚书·说命下》。

[集评]

陈廷焯云：“悲愤。似豪实郁。”（《词则》上《放歌集》卷一）

木兰花慢

席上送张仲固帅兴元[1]

汉中开汉业，问此地、是耶非[2]。想剑指三秦，君王得意，一战东归[3]。追亡事、今不见[4]，但山川满目泪沾衣[5]。落日胡尘未断，西风塞马空肥[6]。　一编书是帝王师，小试去征西[7]。更草草离筵，匆匆去路，愁满旌旗。君思我、回首处，正江涵秋影雁初飞[8]。安得车轮四角[9]，不堪带减腰围[10]。

[注释]

①作于淳熙六年冬或七年春(1179或1180)江西安抚使任上。 张仲固:张坚字仲固,原任江南路转运判官,时调守兴元府。 兴元:今陕西汉中,为南宋边防重地。 ②"汉中"二句:秦亡后,项羽负约,分封诸侯,立刘邦为汉王。刘邦建都南郑,统帅汉中,并以汉中为基地,开创汉家帝业。 ③"想剑指"三句:项羽为阻遏刘邦东向争霸,三分关中,立秦将章邯、司马欣、董翳为三王,称"三秦"。后刘邦灭三秦,一统关中。见《史记·高祖本纪》。 ④追亡事:韩信初归刘邦未得重用,一怒而去。萧何连夜追回韩信,力荐之。刘邦乃拜信为将,成就灭楚兴汉大业。见《史记·淮阴侯列传》。 ⑤"但山川"句:"山川满目泪沾衣。"唐李峤《汾阴行》诗。 ⑥"落日"二句:意近陆游《关山月》诗"和戎诏下十五年,将军不战空临边。朱门沉沉按歌舞,厩马肥死弓断弦"。 ⑦"一编书"二句:以张良相勉,愿友人西去大展奇才,为国立功。张良少时过下邳圯桥,遇一老人,赠良一编书,曰:"读此书,则为王者师矣。"良视之,乃《太公兵法》也。见《史记·留侯世家》。 ⑧"正江涵"句:"江涵秋影雁初飞。"见杜牧《九日齐山登高》诗。 ⑨"安得"句:幻想车轮生出四角,留住友人。"君心莫淡薄,妾意正栖托。愿得双车轮,一夜生四角。"见陆龟蒙《古意》诗。 ⑩"不堪"句:谓因思友人而渐渐消瘦。"懒慢头时栉,艰难带减围。"杜甫《伤秋》诗。

木兰花慢

滁州送范倅①

老来情味减,对别酒、怯流年。况屈指中秋,十分好月,不照人圆。无情水、都不管,共西风、只等送归船。秋晚莼鲈江上②,夜深儿女灯前③。 征衫,便好去朝天。玉殿正思贤。想夜半承明,留教视草,却遣筹边④。长安故人问我,道寻常、泥酒只依然⑤。目断秋霄落雁,醉来时响空弦⑥。

[注释]

①作于乾道八年(1172)。 滁州:今安徽滁县。 范倅:范昂,任滁州通判,是年秋任满,奉诏返京。见《宋会要辑稿·职官》一十。 ②“秋晚”句:西晋张翰在淮阳为官,见秋风起,因思吴中莼菜羹、鲈鱼脍,遂弃官南归,并云:“人生贵得适意耳,何能羁宦数千里以要名爵。”见刘义庆《世说新语·识鉴》。 ③“夜深”句:“弓刀陌上望行色,儿女灯前语夜深。”见黄庭坚《寄叔父夷仲》诗。 ④“想夜半”三句:悬想范昂为朝廷重用情景。 承明:汉有承明庐,在石渠阁外,为文学侍臣值班和起草文稿之处。“君厌承明之庐,劳侍从之事。”见《汉书·严助传》。 ⑤泥酒:同“殢酒”,沉溺于酒。广信书院本作“殢酒”。 ⑥“目断”二句:战国时更赢与魏王立京台下仰见飞鸟,更赢自称能“引弓虚发而射鸟”。时有雁自东方来,他果然虚发而下之。魏王问其故,答曰:此箭伤未愈之孤雁,闻响弓而欲高飞,以致伤口迸裂,应声而下。见《战国策·楚策四》。

[集评]

陈廷焯云:“此稼翁晚年笔墨。不必十分经营,只信手写去,如闻饿虎吼啸之声,古今词人焉得不望而却步。”(《云韶集》卷五)

又云:“一直说去,而语极浑成,气极团炼,总由力量大耳。”(《词则》上《放歌集》卷一)

朝中措[①]

绿萍池沼絮飞忙,花入蜜脾香[②]。长怪春归何处,谁知个里迷藏[③]。 残云剩雨,些儿意思,直恁思量。不是莺声惊觉,梦中啼损红妆。

[注释]

①闲居带湖作。 ②蜜脾:“蜜房如脾,谓之蜜脾。”见《埤雅》。③迷藏:唐明皇与玉真恒于皎月之下以锦帕裹目,在方丈之间互相捉戏,谓之捉迷藏。见《致虚阁杂俎》。

朝中措

崇福寺道中,归寄祐之弟①

篮舆袅袅破重冈,玉笛两红妆。这里都愁酒尽,那边正和诗忙。　为谁醉倒,为谁归去,都莫思量。白水东边篱落,斜阳欲下牛羊②。

[注释]

①与前《临江仙·醉宿崇福寺寄祐之弟》诸首作于同时。　②"斜阳"句:本《诗经·王风·君子于役》"日之夕矣,羊牛下来"。

祝英台近①

晚　春

宝钗分②,桃叶渡③,烟柳暗南浦④。怕上层楼,十日九风雨。断肠片片飞红,都无人管,倩谁唤、流莺声住。

鬓边觑。试把花卜心期,才簪又重数。罗帐灯昏,呜咽梦中语。是他春带愁来,春归何处。却不解、将愁归去。

[注释]

①原作"祝英台令"。　②宝钗分:古代女子有分钗赠别之俗,"南宋犹盛行"。见王明清《玉照新志》卷四。　③桃叶渡:在今南京秦淮河,晋王献之与爱妾作别处。　④南浦:因江淹《别赋》有"送君南浦,伤如之何"句,后泛指送别之处。

[集评]

张炎云:"皆景中带情,而存骚雅。故其燕酣之乐,别离之愁,回文题叶之思,岘首西州之泪,一寓于词。若能屏去浮艳,乐而不淫,是亦汉魏乐府之遗意。"(《词源》卷下)

沈际飞云:"妖艳。唐诗'莫作商人妇,金钗当卜钱',不能擅美。"又

云："怨春、问春，口快心灵，非关剿袭。"（《草堂诗馀正集》卷二）

黄苏云："按此闺怨词也。史称稼轩人材，大类温峤、陶侃。周益公等抑之，为之惜。此必有所托，而借闺怨以抒其志乎？言自与良人分钗后，一片烟雨迷离，落红已尽而莺声未止，将奈之何乎？次阕言问卜欲求会，而间阻实多，而忧愁之念，将不能自已矣。意致凄惋，其志可悯。史称叶衡入相，荐弃疾有大略。召见提刑江西，平剧盗，兼湖南安抚。盗起湖湘，弃疾悉平之。后奏请于湖南设飞虎军，诏委以规画。时枢府有不乐者，数阻挠之。议者以聚敛闻，降御前金字牌停住。弃疾开陈本末，绘图缴进，上乃释然。词或作于此时乎？"（《蓼园词评》）

陈匪石云："《贵耳集》：'吕正己为京畿漕，有女事辛幼安。因以微事触其怒，竟逐之。桃叶渡词，即因此而作。'……今案起二句，以词而言，与《贵耳集》说相似合。'烟柳'句，从江淹《别赋》中来，为惜别时光景。加一'暗'字，便有黯然魂销之意。以'烟柳'为登楼所见，故下句拍到自身，即说上楼。然'烟柳'之所以'暗'者，'十日九风雨'，几许春花，全被摧残。此一片愁惨气象中，'飞红'已'无人管'，'流莺'更谁解劝？层楼怕上，端为'断肠'。五句一气，由景入情，令读者亦为断肠。而所谓'风雨'、所谓'飞红'、所谓'流莺'，自当各有所喻，以逐妾为题，似说不到此种地步也。过变从送别而盼归期，遥承起句。'鬓边'之'花'，又由'飞红'想出，觑、卜、才簪、重数，辗转反侧之情，传神阿堵，语极痴，情极挚。稼轩词中，此种语实不多觏。真所谓摧刚为柔者。继之曰'罗帐灯昏，哽咽梦中语'，则直道相思了无益之意，且见归期仍是幻想，所'觑'所'卜'，都无着落可寻，为下文'愁'字摩空作势。于是欲驱此'愁'不得，则溯'愁'之来路，谋'愁'之去路，因从'烟柳'、'飞红'、'流莺'，觅得一'春'字，乃觉与春俱来，不与春俱去；不恨留春不住，只恨春去愁留；若能知春之去处，必将请其带愁而去者，言情可谓极工，且极曲折。而寻绎'春'字，又似当有所指也。张炎评之云：'景中带情而存骚雅。'沈东江评之云：'昵狎温柔，魂销意尽。'但愚细味此词，终觉风情旖旎中，时带苍凉凄厉之气，此稼轩本色未能脱尽者，犹之燕、赵佳人，风韵固与吴姬有别也。"（《宋词举》）

张伯驹云："结拍'是他春带愁来，春归何处，却不解带将愁去'，是从前'怕上层楼，十日九风雨。断肠片片飞红，而无人管'及过片'应把花卜归期，才簪又重数'，一波三折下来，如此作收，语尽意长。《耆旧续闻》

云:‘辛幼安词“是他春带愁来,春归何处,却不解带将愁去”,人皆以为佳。不知赵德庄《鹊桥仙》词云:“春愁元自逐春来,却不肯随春归去。”盖德庄又体。李汉老《杨花词》“蓦地便和春,带将归去。”大抵后辈作词,无非前人已道底句,特善能转换耳。’按前后人情景相同,而因景写情,则各有其境。语或有同,而意有不同。幼安‘春带愁来’与德庄‘愁逐春来’便不同,‘带将愁去’与‘随春归去’亦不同。观上‘怕上层楼’及‘花卜归期’等句可知矣。至幼安、德庄与李汉老词,又皆有不同矣,非剿袭也。”(《丛碧词话》)

乌夜啼

山行约范廓之不至①

江头醉倒山公②,月明中。记得昨宵归路、笑儿童。溪欲转,山已断,两三松。一段可怜风月、欠诗翁。

[注释]

①与次首同作于淳熙十五年(1188)前数年间。 范廓之:即范开。②山公:指晋山简。山简在荆州,时出酣畅。人为之歌曰:“山公时一醉,径造高阳池。日暮倒载归,酩酊无所知。复能乘骏马,倒着白接䍦。”见《世说新语·任诞》。

乌夜啼

廓之见和,复用前韵

人言我不如公①,酒频中。更把平生湖海、问儿童②。千尺蔓,云叶乱,击长松。却笑一身缠绕、似衰翁。

[注释]

①“人言”句:“王述转尚书令,事行便拜。文度曰:‘故应让杜、许。’蓝田云:‘汝谓我堪此不?’文度曰:‘何为不堪,但克让自是美事,恐不可

阙。'蓝田慨然曰：'既云堪，何为复让！人言汝胜我，定不如我。'"见《世说新语·方正》。　②平生湖海：用许汜谓陈登"湖海之士，豪气未除"语意。见《三国志·魏书·陈登传》。

鹊桥仙

为人庆八十，席上戏作

朱颜晕酒，方瞳点膝[①]，闲傍松边倚杖。不须更展画图看，自是个、寿星模样[②]。　今朝盛事，一杯深劝，更把新词齐唱。人间八十最风流，长帖在、儿儿额上[③]。

[注释]

①方瞳：道家谓瞳孔方形者寿千岁，因以方瞳为仙人之征。"山际逢羽人，方瞳好容颜。"见李白《游泰山》诗。　点漆：亦指眼睛。"面如凝脂，眼如点漆，此神仙中人。"见《世说新语·容止》。　②"不须"二句：宋人祝寿有献寿星图之习俗。　③"人间"二句：儿儿即孩儿。宋人祝寿时，每书"八十"字于孩儿额上，以求长生。"只比儿儿额上寿，尚有时光如许"。分见吴潜《贺新郎·丁巳寿叔之》词。

太常引

寿韩南涧尚书[①]

君王著意履声间[②]，便令押、紫宸班[③]。今代又尊韩，道吏部、文章泰山[④]。　一杯千岁，问公何事，早伴赤松闲[⑤]。功业后来看，似江左、风流谢安[⑥]。

[注释]

①作于淳熙九年(1182)。　南涧：韩元吉，字无咎，号南涧，河南许昌人。南渡后，徙家信州。孝宗初年，曾任吏部尚书，主抗金，政绩、文学俱有名。晚年退居信州，详见《宋史》本传。　②"君王"句：汉哀帝擢郑

崇为尚书仆射,每见其曳革履,笑曰:“我识郑尚书履声。”见《汉书·郑崇传》。 ③“便令”句:宋制,凡朝会奏事,例由参知政事、宰相分日知印押班,馀官则随班朝谒。押班即领班。 紫宸:殿名。 ④“今代”二句:韩愈官至吏部侍郎,“自愈之没,其言大行,学者仰之如泰山”。见《新唐书·韩愈传》。宋倡古文运动,以韩愈为尊。 ⑤赤松:张良“以三寸为帝者师,封万户,位列侯,此布衣之极,于良足矣,愿弃人间事,欲从赤松子游”。见《史记·留侯世家》。 ⑥“似江左”句:王俭曾谓人曰,“江左风流宰相惟有谢安。”见《南史·王俭传》。

昭君怨

豫章寄张定叟①

长记潇湘秋晚,歌舞橘洲人散。走马月明中,折芙蓉②。 今日西山南浦,画栋珠帘云雨③。风景不争多,奈愁何。

[注释]

①作于淳熙八年(1181)。 张定叟:张杓字定叟,张浚次子。张栻弟。《宋史》有传。 ②“长记”四句:张浚自绍兴末年即居家潭州,卒后归葬衡山。淳熙七年二月张栻卒,杓请祠营葬,即应家居潭州。时稼轩知潭州兼湖南安抚,故张杓得从游于潇湘橘洲。橘州,在湖南长沙湘江中。 ③“今日”二句:“滕王高阁临江渚,佩玉鸣鸾罢歌舞。画栋朝飞南浦云,珠帘暮卷西山雨。闲云潭影日悠悠,物换星移几度秋。阁中帝子今何在,槛外长江空自流。”见王勃《滕王阁诗》。

[集评]

陈廷焯云:“怨郁。”(《词则》上《放歌集》卷一)

丑奴儿

书博山道中壁[①]

烟迷露麦荒池柳，洗雨烘晴，洗雨烘晴，一样春风几样青。　　提壶脱袴催归去[②]，万恨千情，万恨千情，各自无聊各自鸣。

［注释］

①闲居带湖作。原据四卷本甲集作《采桑子》，兹据广信书院本。博山：在上饶永丰西二十里。　②提壶、脱袴、催归：三鸟名。王禹偁有《初入山闻提壶鸟》诗、苏轼《禽言》诗有“不辞脱袴溪水寒”句、《海碎录事·鸟兽》谓“催归，子规也”。盖以其鸣声而得名也。

杏花天[①]

病来自是于春懒，但别院、笙歌一片。蛛丝网遍玻璃盏，更问舞裙歌扇[②]。　　有多少、莺愁蝶怨，甚梦里、春归不管。杨花也笑人情浅，故故沾衣扑面[③]。

［注释］

①约作于淳熙十三年（1186）。原调下有题曰“无题”。　②更问：岂可问。　舞裙歌扇：指歌舞伎。　③故故：频频；亦可作“故意”解。

踏　歌

攧厥[①]。看精神、压一庞儿劣[②]。更言语、一似春莺滑[③]。一团儿、美满香和雪。　　去也。把春衫、换却同心结。向人道、不怕轻离别。问昨宵、因甚歌声咽。秋被梦，春闺月。旧家事、却对何人说。告弟弟莫趁蜂和蝶。

有春归花落时节。

[注释]

①撷厥:义同颠蹶,体态轻儇貌。 ②精神压一:精神饱满,压倒一切。 庞儿劣:谓脸儿俊俏。 劣:反训辞,好。 ③“更言语”句:“间关莺语花底滑。”见白居易《琵琶行》诗。

一络索

闺思

羞见鉴鸾孤却[①],倩人梳掠。一春长是为花愁,甚夜夜、东风恶。 行绕翠帘珠箔,锦笺谁托。玉觞泪满却停觞,怕酒似、郎情薄。

[注释]

①“羞见”句:传说孤鸾见镜,睹其影谓为雌,必悲鸣而舞。见《白氏六帖》。

[集评]

沈际飞云:“动手娇嫩,真伤心人个中语。”(《草堂诗馀别集》卷一)

陈廷焯云:“深情如见。情致婉转,而笔力劲直,自是稼轩词。”(《云韶集》卷五)

千秋岁

为金陵史致道留守寿[①]

塞垣秋草,又报平安好[②]。尊俎上,英雄表。金汤生气象[③],珠玉霏谭笑[④]。春近也,梅花得似人难老[⑤]。 莫惜金尊倒。凤诏看看到[⑥],留不住,江东小[⑦]。从容帷幄去⑧，整顿乾坤了⑨。千百岁，从今尽是中书考⑩。

［注释］

①作于乾道五年（1169）。广信书院本题作“金陵寿史帅致道。时有版筑役”。 史致道：史正志字致道，扬州人。绍兴二十一年进士，除枢密院编修。曾上《恢复要览》五篇，主抗金复国。乾道三年九月至乾道六年二月知建康府，兼建康行宫留守、沿江水军制置使等职，见《扬州府志》卷二十八《人物门》、《景定建康志》卷十四《建炎以来年表》。 ②“又报”句：唐“童子寺有竹一窠，才长数尺。相传其寺纲维每日报竹平安”。见《酉阳杂俎》续集卷十。 ③“金汤”句：金汤喻城池坚固。乾道四年与五年，史致道在金陵建亭修桥，又“因城坏，复加版筑，增立女墙”。见《景定建康志》卷十四。 ④“珠玉”句：言谈笑不绝。 珠玉：喻口沫。相传夏侯湛“咳唾成珠玉，挥袂出风云”。见《晋书·夏侯湛传》。 ⑤得似：怎似。 ⑥凤诏：朝廷诏书。 看看：犹言转眼间。 ⑦江东小：“江东虽小，地方千里。”见《史记·项羽本纪》。 ⑧“从容”句：房琯“遭时承平，从容帷幄，不失为名宰”。见《旧唐书·房琯传》。 ⑨“整顿”句：“二三豪俊为时出，整顿乾坤济时了。”见杜甫《洗兵马》诗。 ⑩中书考：中书为三省之一，令长为宰相。郭子仪“校中书令考（年）二十有四。富贵寿考，繁衍安泰”。见《旧唐书·郭子仪传》。

［集评］

沈际飞云：“伟丽。‘梅花似人’句法妙。闵刻抹‘凤诏’、‘中书’二句，谓其近俚，使并汾阳等事不用，又非寿词矣。况句子老辣，固异俗手。”（《草堂诗馀正集》卷二）

黄苏云：“沈际飞以闵刻本抹‘凤诏’、‘中书’二句，谓其近俚，是并未读史，仅以寻常寿词目之也。是时戎马倥偬，终日播迁。幼安一见史浩，而即以汾阳恢复规励之。义勇之气，溢于言表。史浩相孝宗，虽未能全行恢复，而得以安然。史称其忠，年八十九，卒谥文惠。此词未为失言矣。”（《蓼园词评》）

感皇恩

为范倅寿①

春事到清明，十分花柳。唤得笙歌劝君酒。酒如春好，春色年年如旧。青春元不老，君知否。　席上看君，竹清松瘦。待与青春鬥长久。三山归路②，明日天香襟袖。更持银盏起，为君寿。

[注释]

①与前《木兰花慢·滁州送范倅》作于同年。广信院本题作"滁州寿范倅"。　②三山：本指海上三仙山蓬莱、方壶、瀛洲，唐宋时称馆阁。揆句意，范昂带馆阁之职判滁州。

青玉案

元　夕①

东风夜放花千树，更吹落、星如雨②。宝马雕车香满路③。凤箫声动，玉壶光转。一夜鱼龙舞④。　蛾儿雪柳黄金缕⑤，笑语盈盈暗香去。众里寻他千百度，蓦然回首，那人却在，灯火阑珊处。

[注释]

①似于乾道后、淳熙初宦游临安时作。　元夕：元宵。　②"东风"二句：言焰火乍放如东风吹开千树火花，落时又似东风吹洒满天星雨。临安元夕，于"宫漏既深，始放焰火百馀架，于是乐声四起，烛影纵横，而驾始还矣。大率效宣和盛际，愈加精妙"。见周密《武林旧事》。一说"花树"、"星雨"，指树上彩灯和空中灯球。　③"宝马"句："倾城出宝马，匝路转香车。"见郭利贞《元夕》诗。　④"凤箫"三句：元夕乐声四起，鱼龙飞舞，彻夜狂欢。　玉壶：喻月，言月冰清玉洁。一说指白玉制成之灯。　鱼龙

舞：本为汉代“百戏”之一种，见《汉书·西域传赞》。此指扎成鱼龙鸟兽状之灯。“鱼龙漫衍六街呈，金锁通宵启玉京。”见夏竦《奉和御制上元观灯》诗。 ⑤蛾儿雪柳：女子盛装。北宋汴京元夕，“京师民有似雪浪，尽头上带着玉梅、雪柳、闹蛾儿，直到鳌山下看灯”。南宋临安元夕，“妇人皆戴珠翠、闹蛾、玉梅、雪柳”，“而衣多尚白，盖宜月下所宜也”。分别见《宣和遗事》、《武林旧事》。

[集评]

谭献云：“（起句）何尝不和婉。”（《复堂词话》）

陈廷焯云：“题甚秀丽，措辞亦工绝，而其气仍是雄劲飞舞，绝大手段。”（《云韶集》卷五）

又云：“艳语亦以气行之，是稼轩本色。”（《词则》下《闲情集》卷二）

王国维云：“古今之成大事业、大学问者，必经过三种之境界。‘昨夜西风凋碧树，独上高楼，望尽天涯路’，此第一境也。‘衣带渐宽终不悔，为伊消得人憔悴’，此第二境也。‘众里寻他千百度，回头蓦见，那人正在，灯火阑珊处’，此第三境也。此等语皆非大词人不能道。然遽以此意解释诸词，恐为晏、欧诸公所不许也。”（《人间词话》）

梁启超云：“自怜幽独，伤心人别有怀抱。”（《饮冰室评词》）

梁启勋云：“此词真可谓情文并茂者矣。‘众里寻他千百度。蓦然回首，那人却在、灯火阑珊处。’的是踏灯情事，而意境之高超，可谓独绝。”（《词学》下编）

霜天晓角

旅　兴[①]

吴头楚尾[②]，一棹人千里。休说旧愁新恨，长亭树、今如此[③]。　宦游吾倦矣，玉人留我醉。明日万花寒食，得且住、为佳耳[④]。

[注释]

①作于淳熙五年（1178）离豫章时。　②吴头楚尾：“豫章之地为楚

尾吴头。"见《方舆胜览》。 ③"长亭"句：晋桓温北伐，途经金城，见前种柳树已皆十围，慨然曰："木犹如此，人何以堪！"见刘义庆《世说新语·言语》。 ④"明日"二句："天气殊未佳，汝定成行否？寒食近，且住为佳尔。"见晋人帖。

[集评]

杨慎云："'天气殊未佳，汝定成行否。寒食近，且住为佳尔。'此晋无名氏帖中语也。辛稼轩融化作《霜天晓角》词云……晋人语本入妙，而词又融化之如此，可谓珠璧相照矣。"(《词品》卷一)

南乡子

舟中记梦[1]

欹枕舻声边，贪听咿哑聒醉眠。变作笙歌花底去，依然。翠袖盈盈在眼前[2]。 别后两眉尖，欲说还休梦已阑。只记埋冤前夜月[3]，相看。不管人愁独自圆。

[注释]

①似作于淳熙五年(1178)出领湖北漕途中。 ②翠袖：指歌伎。③埋冤：埋怨。

阮郎归

耒阳道中为张处父推官赋[1]

山前风雨欲黄昏，山头来去云[2]。鹧鸪声里数家村。潇湘逢故人。 挥羽扇，整纶巾，少年鞍马尘[3]。如今憔悴赋招魂，儒冠多误身[4]。

[注释]

①作于淳熙六七年(1179—1180)间。 耒阳：今湖南耒阳，宋属衡

州，隶属荆湖路。　张处父：不详。从词意推断，张处父青年时期曾有过一段军事生活，或彼时即任推官之职，现正归隐田园。　②云：《全宋词》误作“雪”，失韵。此据《宋六十名家词》。　③“挥羽扇”三句：忆及张氏青少年戎马生涯。　羽扇纶巾：手执羽毛扇，头戴青丝制成之帽。此为魏晋时代儒将之服饰。苏轼《念奴娇·赤壁怀古》词：“羽扇纶巾，谈笑间，樯橹灰飞烟灭。”　④“如今”二句：谓友人而今仕途失意，唯赋《招魂》之类诗赋而已。　招魂：楚辞篇名。　儒冠多误身：“纨袴不饿死，儒冠多误身。”见杜甫《赠韦左丞丈》诗。　儒冠：代指书生。

南歌子[1]

万万千千恨，前前后后山，傍人道我轿儿宽。不道被他遮得、望伊难[2]。　今夜江头树，船儿系那边。知他热后甚时眠，万万不成眠后、有谁扇[3]。

［注释］

①与前《南乡子》（鼓枕橹声边）作于同时。　②不道：不料。　③两“后”字：均作语气助辞，犹“啊”。

小重山

茉　莉

倩得薰风染绿衣。国香收不起，透冰肌。略开些子未多时。窗儿外，却早被人知。　越惜越娇痴。一枝云鬓上，那人宜。莫将他去比荼蘼。分明是，他更的些儿[1]。

［注释］

①的些儿：鲜亮、美丽些儿。

小重山

席上和人韵送李子永提干[①]

旋制离歌唱未成。阳关先画出[②],柳边亭。中年怀抱管弦声[③]。难忘处,风月此时情。　　夜雨共谁听[④]。尽教清梦去,两三程。商量诗价重连城[⑤]。相如老,汉殿旧知名[⑥]。

[注释]

①与前《水调歌头·再用韵答李子永提干》同作于淳熙九年。　②“旋制”二句:相传“京兆安汾叟赴辟临洮幕府。南舒李伯时自画《阳关图》并诗以送行”。李诗云:“画出离筵已怆神,那堪真别渭城春。渭城柳色休相恼,西出阳关有故人。”见查慎行注苏轼《书林次中所得李伯时归去来阳关二图后》诗。　③“中年”句:晋谢安语王羲之曰,“中年伤于哀乐,与亲友别辄作数日恶。”王曰:“年在桑榆,自然至此。正赖丝竹陶写。”见《世说新语·言语》。　④“夜雨”句:“与君对床听夜雨。”见苏轼《送刘寺丞赴余姚》。　⑤连城:秦昭王闻赵惠文王得和氏璧,使人遗赵王书,愿以十五城请易璧。见《史记·廉颇蔺相如列传》。　⑥“相如”二句:言李子永为朝廷所知,故召归。此用《史记·司马相如列传》故事,“相如既奏《大人》之颂,天子悦。……相如既病免,家居茂陵,天子曰:‘司马相如病甚,可往从悉取其书,若不然,后失之矣。’”

西江月

江行采石岸,戏渔父词[①]

千丈悬崖削翠,一川落日熔金。白鸥来往本无心,选甚风波一任[②]。　　别浦鱼肥堪脍,前村酒美重斟。千年往事已沉沉,闲管兴亡则甚[③]。

[注释]

①与前《南乡子》(敧枕橹声边)作于同时。　采石：在今安徽当涂西北，为江流最狭之地。历代南北征战，多于此渡江。绍兴三十一年虞允文邀击金主亮南犯之师，便在于此。　②"选甚"句：唐介曾挈家渡淮，至中流忽起大风，波涛汹涌，舟人甚恐。唐乃咏诗云："圣宋非狂楚，清淮异汨罗。平生仗忠信，今日任风波。"见李献民《云斋广录·唐御史》。　选甚：不论什么。　③"闲管"句："不会人间闲草木，豫人何事管兴亡。"见苏轼《将军树》诗。　则甚：做甚。

减字木兰花

纪壁间题①

盈盈泪眼，往日青楼天样远②。秋月春花，输与寻常姊妹家。　　水村山驿，日暮行云无气力。锦字偷裁，立尽西风雁不来。

[注释]

①作于淳熙六七年(1179—1180)间。广信书院本题作"长沙道中，壁上有妇人题字，若有恨者，用其意为赋"。　②青楼："借问女何居，乃在城南端。青楼临大路，高门结重关。"见曹植《美女篇》。

[集评]

卓人月、徐士俊云："('日暮'句)陈子高'东风无气力'并美。"(《古今词统》卷五)

清平乐

博山道中即事①

柳边飞鞚②，露湿征衣重。宿鹭惊窥沙影动，应有鱼虾入梦。　　一川淡月疏星，浣沙人影娉婷。笑背行人归去，门前稚子啼声。

[注释]

①作于淳熙十四年(1187)前数年间。 ②鞚：马勒。

[集评]

刘永济云："此亦农村图画也。……此词'宿鹭'二句，虽系眼前实景，而作者对此体会极深刻。"(《唐五代两宋词简析》)

清平乐[①]

茅檐低小，溪上青青草。醉里吴音相媚好[②]，白髮谁家翁媪。 大儿锄豆溪东，中儿正织鸡笼。最喜小儿亡赖[③]，溪头卧剥莲蓬。

[注释]

①闲居带湖作。 ②吴音：吴地口音。信州旧属吴地，故云。 ③亡赖：原意无聊，此引申为顽皮。《汉书·高帝纪》注："江淮之间，谓小儿多诈、狡狯为亡赖。"

清平乐

检校山园书所见[①]

断岸修竹，竹里藏冰玉。路绕清溪三百曲，香满黄昏雪屋[②]。 行人系马疏篱，折残犹有高枝。留得东风数点，只缘娇懒春迟。

[注释]

①此以下三首亦闲居带湖作。 检校：此有巡视游赏之意。 山园：稼轩带湖宅第建于灵山之麓，故云。 ②雪屋：疑以苏轼"雪堂"喻家园。

苏轼贬黄州时，寓居临皋亭，在东坡筑雪堂。并于雪堂前植梅一株，明嘉靖后始枯。参见《嘉靖一统志·黄州府》。

清平乐

独宿博山王氏庵

绕床饥鼠，蝙蝠翻灯舞。屋上松风吹急雨，破纸窗间自语。　　平生塞北江南[①]，归来华发苍颜。布被秋宵梦觉，眼前万里江山。

[注释]

①塞北：稼轩南归前，曾两随计吏北抵燕山，见其《美芹十论》，亦即此处所指之塞北。

[集评]

陈廷焯云："数语写景逼真，不减昌黎《山石》诗。语奇情至。"（《云韶集》卷五）

又云："短调中笔势飞舞，辟易千人。结尾更悲壮精警。读稼轩词，胜读魏武诗也。"（《词则》上《放歌集》卷一）

清平乐

检校山园，书所见

连云松竹，万事从今足。拄杖东家分社肉[①]，白酒床头初熟[②]。　　西风梨枣山园，儿童偷把长竿。莫遣旁人惊去，老夫静处闲看。

[注释]

①分社肉：古时乡俗，春秋两次祭土地神，称社日。据《荆楚岁时记》，每至社日，四邻集会，备牲祭神。祭毕，各家分飨其肉，祈求降福。　②床

头:糟床,酿酒器具。

生查子

山行,寄杨民瞻[1]

昨宵醉里行,山吐三更月。不见可怜人,一夜头如雪。　今宵醉里归,明月关山笛。收拾锦囊诗[2],要寄扬雄宅[3]。

[注释]

①此以下二首与前《最高楼·杨民瞻席上用韵赋牡丹》作于同时。②锦囊诗:李贺“每旦日出,骑距驴,从小奚奴,背古锦囊,遇所得,书投囊中,及暮归,足成之”。见《新唐书·李贺传》。　③扬雄宅:汉扬雄,成都人。于岷山有田一廛,有宅一区。左思《咏史》诗:“寂寂扬子宅,门无卿相舆。”

生查子

民瞻见和,复用前韵

谁倾沧海珠,簸弄千明月[1]。唤取酒边来,软语裁春雪[2]。　人间无凤凰[3],空费穿云笛[4]。醉倒却归来,松菊陶潜宅。

[注释]

①“谁倾”二句:赞美杨民瞻和词字字如珠。　②春雪:即《阳春》《白雪》。　③“人间”句:秦穆公时有萧史者善吹箫,穆公以女弄玉妻之。萧史日教弄玉吹箫,居数年,凤凰来止;又数年夫妻皆随凤凰飞去。见刘向《列仙传》。鸾:谓凤凰。　④穿云笛:本傅幹注苏轼《水龙吟·赠吹笛侍儿》“诸乐器中,惟笛有穿云裂石之声”。

山鬼谣

两岩有石，状怪甚，取《离骚·九歌》，名曰“山鬼”，因赋《摸鱼儿》，改今名[①]

问何年、此山来此，西风落日无语。看君似是羲皇上[②]，直作太初名汝。溪上路。算只有、红尘不到今犹古。一杯谁举。笑我醉呼君，崔嵬未起，山鸟覆杯去。　须记取。昨夜龙湫风雨[③]。门前石浪掀舞。四更山鬼吹灯啸[④]，惊倒世间儿女。依约处。还问我、清游杖屦公良苦。神交心许。待万里携君，鞭笞鸾凤[⑤]，诵我远游赋[⑥]。[⑦]

[注释]

①作于淳熙十四年(1187)前数年间。《九歌》凡十一篇，其第九篇名《山鬼》，描写山中一位神女。　②羲皇上：即羲皇上人，伏羲以前之人。③龙湫：龙潭，上有瀑布，下有深潭。　④“四更”句：“山鬼吹灯灭，厨人语夜阑。”见杜甫《移居公安山馆》诗。　⑤鞭笞鸾凤：乘鸾驾凤，遨游太空。　⑥远游：楚辞篇名。　⑦原注：“石浪，庵外巨石也，长三十馀丈。”

声声慢

旅次登楼作[①]

征埃成阵，行客相逢，都道幻出层楼。指点檐牙高处，浪拥云浮[②]。今年太平万里，罢长淮、千骑临秋[③]。凭栏望，有东南佳气[④]，西北神州。　千古怀嵩人去[⑤]，应笑我、身在楚尾吴头[⑥]。看取弓刀[⑦]，陌上车马如流。从今赏心乐事[⑧]，剩安排、酒令诗筹[⑨]。华胥梦，愿年年、人似旧游[⑩]。

[注释]

①乾道八年(1172)知滁州任上作。广信书院本题作“滁州旅次登奠枕楼作,和李清宇韵”。滁州为当时前线重镇,屡遭兵燹,民生凋敝。稼轩任后,“宽政薄赋,招流散,议屯田”(见《宋史》本传)。未几,“荒陋之气,一洗而空”(见崔敦礼《宫教集·滁州奠枕楼记》)。奠枕楼,建于乾道八年秋。友人周孚来滁相会,作《奠枕楼记》略记其始末。盖取天下太平,安居高处,登楼览胜,与民同乐之意。李清宇,延安人,生平不详。 ②“指点”二句:言奠枕楼耸入云天,层云似浪。 ③千骑:指金兵。金人常乘秋天粮足马肥之际南下侵宋。 ④东南佳气:东南方之帝王气象。此指南宋临安。 ⑤怀嵩:楼名。在州治后统军池上,唐李德裕贬滁州时建,取怀归嵩洛之意。见李德裕《李文饶文集别集·怀嵩楼记》。 ⑥楚尾吴头:滁州地处吴、楚两国交接处,故亦有称“楚尾吴头”。 ⑦弓刀:代指兵卒。稼轩在滁州曾“教民兵,议屯田”。 ⑧赏心乐事:“天下良辰、美景、赏心、乐事,四者难并。”见谢灵运《拟魏太子邺中集诗序》。 ⑨剩:作“尽”讲。 酒令:筵席上的一种游戏。 诗筹:标有诗韵之筹子,即席者或分筹,或抽筹,都必须按筹韵赋诗。 ⑩“华胥梦”二句:愿年年安定,人人欢乐。相传黄帝昼寝,梦游华胥之国。那里国无君长,一切安然自得。见《列子·黄帝》。

满江红

题冷泉亭①

直节堂堂,看夹道、冠缨拱立②。渐翠谷、群仙东下,珮环声急③。闻道天峰飞堕地④,傍湖千丈开青壁。是当年、玉斧削方壶⑤,无人识。 山木润,琅玕湿⑥。秋露下,琼珠滴。向危亭横跨,玉渊澄碧。醉舞且摇鸾凤影,浩歌莫遣鱼龙泣⑦。恨此中、风月本吾家⑧,今为客。

[注释]

①乾道六七年(1170—1171)司农寺主簿任上作。 冷泉亭:在杭州

西湖灵隐寺西南飞来峰下，唐刺史元舆所建，白居易作《冷泉亭记》，刻石亭上。见《咸淳临安志》卷二十三。 ②直节：指杉树。苏辙因其堂前有八株高大杉树，取堂名为"直节堂"。 冠缨：代指衣冠齐整之士大夫。③珮环声急：谓水声。柳宗元《小丘西小石潭记》："隔篁竹，闻水声，如鸣珮环。" ④"闻道"句：指飞来峰。传说东晋咸和中，有天竺僧慧理见此山曰："此是中天竺灵鹫山之小岭，不知何年飞来。"见《咸淳临安志》卷二十三。 ⑤"是当年"句：谓飞来峰系神仙玉斧削就。 方壶：传说中渤海东五座仙山之一，见《列子·汤问》。 ⑥琅玕：喻竹。 ⑦"浩歌"句：谓放声歌唱使水中鱼龙动情。 ⑧风月本吾家：指冷泉亭景色与家乡风光极为相似。吾家，即老家济南。济南有大明湖、趵突泉诸名胜，略似冷泉亭一带的湖光山色。一说此针对飞来峰而言，驳由天竺国飞来之谬说。

［集评］

卓人月、徐士俊云："前作富贵缠绵，后作萧散俊逸。"（《古今词统》卷十二）

满江红

再用前韵[①]

照影溪梅，怅绝代、幽人独立[②]。更小驻、雍容千骑[③]，羽觞飞急[④]。琴里新声风响珮，笔端醉墨鸦栖壁[⑤]。是使君、文度旧知名[⑥]，方相识。 清可漱，泉长滴。高欲卧，云还湿。快晚风吹赠，满怀空碧。宝马嘶归红旆动，团龙试碾铜瓶泣[⑦]。怕他年、重到路应迷，桃源客[⑧]。

［注释］

①当与上首作于同时。 ②"怅绝代"句："北方有佳人，遗世而独立。一顾倾人城，再顾倾人国。"见《汉书·孝武李夫人传》李延年歌。 ③千骑：罗敷自夸其夫婿曰"东方千馀骑，夫婿居上头"。后以"千骑"代指郡州长官。 ④羽觞：酒杯。李白《春夜宴桃李园序》："飞羽觞而醉月。"

⑤“笔端”句:“平生痛饮处,遗墨鸦栖壁。”见苏轼《次韵王巩南迁初归》诗。 ⑥文度:王坦之字文度,弱冠与郗超俱有重名。时人有云:“盛德绝伦郗嘉宾,江东独步王文度。”见《晋书·王坦之传》。 ⑦龙团:茶名。北宋建州岁贡大龙团茶。仁宗时,蔡襄又择茶之精者为小龙团以献。见欧阳修《归田录》卷三。 ⑧“怕他年”二句:武陵人捕鱼至桃花源,既出,便扶向路处处志之。欲重入时,遂迷不复得路。见陶渊明《桃花源记》。

满江红

暮 春

可恨东君,把春去春来无迹。便过眼、等闲输了,三分之一[①]。昼永暖翻红杏雨,风晴扶起垂杨力。更天涯、芳草最关情,烘残日。 湘浦岸,南塘驿[②]。恨不尽,愁如积。算年年孤负,对他寒食。便恁归来能几许,风流已自非畴昔。凭画栏、一线数飞鸿,沉空碧。

[注释]

①“把春去”三句:李煜作红罗亭子,四面栽红梅花,作艳曲歌之。韩熙载亦歌云:“桃李不须夸烂漫,又输了春风一半。”时已割淮南与周矣。见毛先舒《南唐拾遗记》。 ②南塘驿:不详。

[集评]

陈廷焯云:“亦流宕,亦沉切。”(《云韶集》卷五)

满江红

和杨民瞻送祐之弟还侍浮梁[①]

尘土西风,便无限、凄凉行色。还记取、明朝应恨,今宵轻别。珠泪争垂华烛暗,雁行欲断哀筝切[②]。看扁舟、幸自涩清溪,休催发。 白首路,长亭仄。千树柳,千丝结。怕行人西去，棹歌声阕。黄卷莫教诗酒污[3]，玉阶不信仙凡隔[4]。但从今、伴我又随君，佳哉月。

[注释]

①与前《菩萨蛮·送祐之弟归浮梁》、《生查子·山行寄杨民瞻》作于同时。　②雁行：指兄弟。《礼记·曲礼》："兄之齿雁行。"　③黄卷：书籍。狄仁杰为儿时，门人有被害者。吏就诘，众争辩对，仁杰诵书不止。吏让之，答曰："黄卷中方与圣贤对，何暇偶俗吏语耶。"见《新唐书·狄仁杰传》。　④玉阶：指朝廷。

满江红

和廓之雪[1]

天上飞琼[2]，毕竟向、人间情薄。还又跨、玉龙归去，万花摇落。云破林梢添远岫，月临屋角分层阁。记少年、骏马走韩卢，掀东郭[3]。　吟冻雁，嘲饥鹊。人已老，欢犹昨。对琼瑶满地，与君酬酢。最爱霏霏迷远近，却收扰扰还寥廓。待羔儿、酒罢又烹茶[4]，扬州鹤[5]。

[注释]

①与前《念奴娇·赋白牡丹和范廓之韵》同作于淳熙十五年（1188）前数年间。　②飞琼：指降雪。琼与下片"琼瑶"均喻雪。　③"记少年"二句："韩子卢者，天下之疾犬也；东廓逡者，海内之狡兔也。韩子卢逐东郭逡，环山者三，腾山者五，兔极于前，犬废于后，犬兔俱罢，各死其处。田父见之，无劳倦之苦而擅其功。"见《战国策·齐策》。　④羔儿酒：用糯米、肥羊肉等与麹同酿而成之酒，见《本草纲目》。　⑤扬州鹤：相传有人各言其志：或愿为扬州刺史，或愿多赀财，或愿骑鹤上升，其一人曰："腰缠十万贯，骑鹤上扬州，欲兼三者。"见《殷芸小说》。

满江红

稼轩居士花下与郑使君惜别醉赋。侍者飞卿奉命书[①]

折尽荼蘼,尚留得、一分春色。还记得、青梅如弹,共伊同摘[②]。少日对花昏醉梦,而今醒眼看风月。恨牡丹、笑我倚东风,形如雪。　人渐远,君休说。榆荚阵,菖蒲叶。算不因风雨,只因鶗鴂[③]。老冉冉兮花共柳[④],是栖栖者蜂和蝶[⑤]。也不因、春去有闲愁,因离别。

[注释]

①淳熙十五年(1188)为送郑厚卿赴知衡州作。广信书院本题作"饯郑衡州厚卿席上再赋"。郑如崈字厚卿,生平始末不详。　②"还记取"二句:喻往日情谊。李白《长干行》诗:"郎骑竹马来,绕床弄青梅。"③"人渐远"六句:广信书院本作"榆荚阵,菖蒲叶。时节换,繁华歇。算怎禁风雨,怎禁鹈鴂"。　鶗鴂:释皎然《顾渚行寄裴方舟》诗:"鶗鴂鸣时芳草死。"　④老冉冉:"老冉冉其将至兮,恐修名之不立。"见屈原《离骚》。⑤"是栖栖"句:微生高谓孔子曰,"丘何为是栖栖者与? 无乃为佞乎?"孔子曰:"非敢为佞也,疾固也。"见《论语·宪问》。　栖栖:指为名利奔走不止。

满江红

席间和洪景庐舍人,兼简司马汉章大监[①]

天与文章,看万斛、龙文笔力[②]。闻道是、一诗曾赐,千金颜色。欲说又休新意思,强啼偷笑真消息。算人人、合与共乘鸾[③],銮坡客[④]。　倾国艳[⑤],难再得。还可恨,还堪忆。看书寻旧锦,衫裁新碧[⑥]。莺蝶一春花里活[⑦],可堪风雨飘红白。问谁家、却有燕归梁,香泥湿[⑧]。

(以上《稼轩词甲集》)

［注释］

①淳熙八年(1181)作。　洪景庐,洪适字景伯,乾道元年迁翰林学士,仍兼中书舍人,同年拜尚书右仆射,同中书门下平章事,兼枢密使。《宋史》有传。原唱有二首。　司马汉章:即司马倬,其父司马朴为司马光侄孙。朴官至兵部侍郎,靖康之乱,金人挟朴及其家小北去,赵鼎为匿其长子倬于蜀,因家叙州。倬曾知房州、德安府,乾道、淳熙中知襄阳府兼京西南路安抚使,任户部员外郎、江西京西湖总领、江南东路提点刑狱,见《宋会要辑稿》及《建炎以来系年要录》。　②"看万斛"句:"龙文百斛鼎,笔力可独扛。"见韩愈《病中赠张籍》诗。　③"算人人"句:秦穆公时有萧史者善吹箫,穆公以女弄玉妻之。萧史日教弄玉吹箫,居数年,凤凰来止;又数年夫妻皆随凤凰飞去。见刘向《列仙传》。鸾:谓凤凰。　人人:对女子之昵称。　④銮坡:指朝廷。　⑤倾国艳:"北方有佳人,遗世而独立。一顾倾人城,再顾倾人国。"见《汉书·孝武李夫人传》李延年歌。　⑥"衫裁"句:"为君裁春衫,高会开桂籍。"见苏轼《次韵王郎子立风雨有感》诗。⑦"莺蝶"句:化用李贺《秦宫》诗句"秦宫一生花底活"。秦宫,后汉梁冀之嬖奴,得宠内舍。　⑧"问谁家"二句:据洪适《满庭芳·景庐有南昌之行用韵惜别兼简司马汉章》词自注,司马汉章其时已作山雨楼。二句云云,盖即指山雨楼而言。

满江红

送徐抚干衡仲之官三山,时马叔会侍郎帅闽[①]

绝代佳人,曾一笑、倾城倾国[②]。休更叹、旧时清镜,而今华髪。明日伏波堂上客,老当益壮翁应说[③]。恨苦遭、邓禹笑人来,长寂寂[④]。　诗酒社,江山笔。松菊径[⑤],云烟屐。怕一觞一咏,风流弦绝。我梦横江孤鹤去[⑥],觉来却与君相别。记功名、万里要吾身,佳眠食。

［注释］

①淳熙十六年(1189)作。　徐衡仲:徐安国字衡仲,号西窗,上饶人。

年逾五十,为岳州学官,迁连山令。详《上饶县志》卷二十二。又据杨万里《题徐衡仲西窗诗编》诗,衡仲为江西诗派中人也。 三山:今福州,因城中有三山,东曰九仙,西曰闽山,北曰越王,故名,见曾巩《道山亭记》。马叔会:马大同字会叔,严州人,绍兴二十四年进士。后每对上,辄陈恢复大计。仕至户部侍郎。详《景定严州续志》卷三。题作"叔会",盖刻本误倒。 ②"绝代"二句:"北方有佳人,遗世而独立。一顾倾人城,再顾倾人国。"见《汉书·孝武李夫人传》李延年歌。 ③"明日"二句:马援常谓宾客曰,"丈夫为志,穷当益坚,老当益壮。"交趾徵侧自立为王,玺书拜马援伏波将军。见《后汉书·马援传》。 ④"恨苦遭"二句:王融躁于名利,自恃人地,三十内望为公辅。及为中书郎,曾抚案叹曰:"为尔寂寂,邓禹笑人。"见《南史·王融传》。 ⑤松菊径:"三径就荒,松菊犹存。"见陶渊明《归去来兮辞》。 ⑥横江孤鹤:"时夜将半,四顾寂寥,适有孤鹤,横江东来。"见苏轼《后赤壁赋》。

满江红

敲碎离愁,纱窗外、风摇翠竹。人去后、吹箫声断,倚楼人独[1]。满眼不堪三月暮,举头已觉千山绿。但试将、一纸寄来书,从头读。 想思字,空盈幅。相思意,何时足。滴罗襟点点,泪珠盈掬。芳草不迷行客路,垂杨只碍离人目。最苦是、立尽月黄昏,栏干曲。

[注释]

①"人去后"二句:化用萧史与弄玉故事。

[集评]

沈际飞云:"灵忿。虽刳心着地,不过与数斤肉相似,唯妙句足以自明。"(《草堂诗馀别集》卷二)

陈廷焯云:"起笔精湛。情致楚楚,那弗动心。低徊宛转,一往情深,非秦、柳所能及。"(《云韶集》卷五)

满江红[①]

倦客新丰，貂裘敝、征尘满目。弹短铗、青蛇三尺，浩歌谁续[②]。不念英雄江左老，用之可以尊中国。叹诗书、万卷致君人，番沉陆[③]。　休感叹，年华促。人易老，欢难足。有玉人怜我，为簪黄菊[④]。且置请缨封万户[⑤]，竟须卖剑酬黄犊[⑥]。叹当年、寂寞贾长沙，伤时哭[⑦]。

[注释]

①罢官家居时作，揆其语气，似为某仕途失意友人而赋。　②"倦客"四句：叠用三事，写友人怀才不遇情景。　倦客新丰：用马周事。相传马周失意潦倒时，曾客居新丰旅舍，悠然独酌，众人异之。后因代人呈事，得唐太宗赏识，任监察御史。见《新唐书·马周传》。　貂裘敝：暗用苏秦游说秦王不果事。　弹短铗：用冯谖事。齐人冯谖为孟尝君门下客，初不见重用，曾三次弹铗作歌以示不满欲去，见《战国策·齐策》。　青蛇三尺：指宝剑。　③"叹诗书"二句：谓读书万卷，志在报国，不想竟以隐退告终。诗书万卷致君人，化用杜甫《奉赠韦左丞》"读书破万卷，下笔如有神。……致君尧舜上，再使风俗淳"诗意。　番：反而。　沉陆：即陆沉，指隐居，谓"人中隐者，譬无人而没也"。"方且与世违，而心不屑与之俱，是陆沉者也。"见《庄子·阳则篇》。　④"有玉人"二句："美人怜我老，玉手簪黄菊。"见苏轼《千秋岁》词。　⑤"且置"句：言且罢请战立功、封侯万户之想。　请缨：汉帝令终军出使南越，劝说南越王来汉朝见。终军"自请受长缨，必羁南越王而致之阙下"。见《汉书·终军传》。　⑥"竟须"句：言直须卖剑买牛，解甲归田。相传龚遂劝齐民勤务农桑，"民有带持刀剑者，使卖剑买牛，卖刀买犊"。见《汉书·龚遂传》。　⑦"叹当年"二句：贾谊曾贬为长沙王太傅，人称贾长沙。是时匈奴强，侵边。贾谊为此屡上疏陈政事云："臣窃惟事势，可为痛哭者一，可为流涕者二，可为长太息者六。"见《汉书·贾谊传》。

[集评]

卓人月、徐士俊云："有经史气，然非老生常谈。"（《古今词统》卷十二）

满江红

暮　春[①]

家住江南，又过了、清明寒食。花径里、一番风雨，一番狼藉。流水暗随红粉去，园林渐觉清阴密。算年年、落尽刺桐花[②]，寒无力。　庭院静，空相忆。无说处，闲愁极。怕流莺乳燕，得知消息。尺素如今何处也[③]，彩云依旧无踪迹。谩教人、羞去上层楼，平芜碧。

[注释]

①似于隆兴二年（1164）签判江阴时作。　②刺桐花：一名海桐，早春开花，叶与梧桐相似而枝干带刺，故名。　③尺素：书信。古乐府《饮马长城窟行》："客从远方来，遗我双鲤鱼。呼童烹鲤鱼，中有尺素书。"

[集评]

陈廷焯云："亦流宕，亦沉切。"（《云韶集》卷五）

贺新郎[①]

陈同父自东阳来过余[②]，留十日，与之同游鹅湖，且会朱晦庵于紫溪[③]。不至，飘然东归。既别之明日，余意中殊恋恋，复欲追路。至鹭鹚林[④]，则雪深泥滑，不得前矣。独饮方村[⑤]，怅然久之，颇恨挽留之不遂也。夜半，投宿吴氏泉湖四望楼[⑥]，闻邻笛悲甚，为赋《贺新郎》以见意。又五日，同父来书索词，心所同然者如此，可发千里一笑

把酒长亭说。看渊明、风流酷似，卧龙诸葛。何处飞来林间鹊，蹙踏松梢微雪。要破帽、多添华发。剩水残山无态度[⑦]，被疏梅、料理成风月。两三雁，也萧瑟。　佳人重约还轻别。怅清江、天寒不渡，水深冰合。路断车轮

生四角[⑧]，此地行人销骨[⑨]。问谁使、君来愁绝。铸就而今相思错，料当初、费尽人间铁[⑩]。长夜笛，莫吹裂[⑪]。

[注释]

①淳熙十五年冬(1188)作。 ②陈同甫：陈亮字同甫（父）。著有《龙川词》。 东阳：今浙江东阳。 ③朱晦庵：朱熹字元晦。晚年自称晦庵。紫溪：镇名，在今江西铅山南，位于江西与福建交界处。 ④鹭鹚林：不详。《常山县志》载有鹭鹚山，谓在县治文笔峰西麓。常山县为信州入浙之道，疑鹭鹚林即在鹭鹚山附近。 ⑤方村：《常山县志》载有方村溪，谓在县西北四十里。方村或即指方村溪。 ⑥吴氏泉湖四望楼：不详。原据四卷本乙集作"泉湖吴氏四望楼"，兹从广信书院本。 ⑦无态度：无生气，不成模样。 ⑧"路断"句：幻想车轮生出四角，留住友人。"君心莫淡薄，妾意正栖托。愿得双车轮，一夜生四角。"见陆龟蒙《古意》诗。 ⑨销骨：谓极度悲伤。 ⑩"铸就"二句：言情谊之深，鹅湖之会犹如费尽人间之铁，铸就一把相思错刀。据《资治通鉴》卷二百六十五，唐末魏州节度使罗绍威为应付军内不协，请来朱全忠大军。朱在魏州半年，耗资无数。罗虽得以解危，但积蓄一空，军力自此衰弱，故悔之曰："合六州四十三县铁，不能为此错也。" ⑪"长夜"二句：相传唐笛师李謩于宴会遇独孤生者，李递过长笛请他吹笛。独孤曰："此至入破必裂。"见《太平广记》卷二百零四。

[集评]

卓人月、徐士俊云："两美必合（词后引《说海·同甫幼安论南北利害》），是为双跃之龙；两雄并栖，将有一伤之虎。使稼轩、龙川而得行其志，相遇中原，吾未知其何如也。"（《古今词统》卷十六）

贺新郎

同父见和，再用前韵答之[①]

老大犹堪说。似而今、元龙臭味[②]，孟公瓜葛[③]。我病君来高歌饮，惊散楼头飞雪。笑富贵、千钧如发[④]。硬语盘空谁来听[5],记当时、只有西窗月。重进酒,换鸣瑟。事无两样人心别[6]。问渠侬、神州毕竟[7],几番离合。汗血盐车无人顾[8],千里空收骏骨[9]。正目断、关河路绝[10]。我最怜君中宵舞[11],道男儿、到死心如铁。看试手,补天裂[12]。

[注释]

①淳熙十六年(1189)春作。去冬,陈亮来访,有“鹅湖之会”。别后,陈亮索词,稼轩作《贺新郎》(把酒长亭说)以寄。陈亮有和韵《寄辛幼安和〈见怀〉韵》词奉还,激昂慷慨,声震云天。稼轩因此再用前韵以答。陈亮得本词后,又作同调《酬辛幼安再用韵见寄》。 ②“似而今”句:言自己与陈亮臭味相投。 元龙:三国时陈登字元龙。 ③孟公:西汉名士陈遵字孟公。其性情豪爽,嗜酒好客,每宴宾客,总是关门取车辖投井中,便尽兴畅饮,见《汉书·游侠传》。此亦暗喻陈亮。 ④“笑富贵”句:犹言常人视富贵重如千金,我辈视之却轻如毛发。 ⑤“硬语”句:“横空盘硬语,妥帖力排奡。”见韩愈《荐士》诗。此用以指陈亮及自己的言语豪迈刚劲,但不合时宜。 ⑥“事无”句:国事不堪如故,但人心主战、主和不一。 ⑦渠侬:吴语称他人为“渠侬”。 ⑧“汗血”句:喻陈亮怀才不遇。 汗血:大宛名马,号称一日千里,据说“汗从前肩转出如血,故名”。见《汉书·武帝纪》应劭注。 盐车:相传战国时有一骏马拉着盐车上太行山,弄得膝折皮烂,仍不能上。见《战国策·楚策》。 ⑨“千里”句:讽刺执政者以招贤纳士自我标榜。 收骏骨:相传古时某国君愿以千金求千里马,三年不得。侍从以五百金购回千里马之头骨,王大怒。侍从对曰:“死马且买之五百金,况生马乎?天下必以王为能市马,马今至矣。”不到三年,果得三匹良马,见《战国策·燕策》。 ⑩“正目断”句:意谓北方疆土为金人所占。 ⑪中宵舞:祖逖与刘琨同为河南信阳县主薄,共被同寝,每闻中夜鸡鸣,即唤醒刘琨,同去舞剑,见《晋书·祖逖传》。 ⑫补天裂:用神话女娲炼石补天事,喻收复中原,统一河山。

贺新郎

用前韵送杜叔高[1]

细把君诗说。怅馀音、钧天浩荡[2]，洞庭胶葛[3]。千丈阴崖尘不到，惟有层冰积雪。乍一见、寒生毛髮。自昔佳人多薄命[4]，对古来、一片伤心月。金屋冷，夜调瑟。
去天尺五君家别[5]。看乘空、鱼龙惨淡，风云开合。起望衣冠神州路，白日销残战骨。叹夷甫、诸人清绝[6]。夜半狂歌悲风起，听铮铮、阵马檐间铁[7]。南共北，正分裂。

[注释]

①亦作于淳熙十六年春。杜斿字叔高，浙江金华人。兄弟五人俱博学工文，人称“金华五高”。陈亮称其诗“如干戈森立，有吞虎食牛之气，而左右发春妍以辉映于其间”，见《复杜仲高书》。继陈亮之后，来信州访辛，临别，稼轩作词以赠。 ②钧天：钧天广乐，指天上仙乐。 ③洞庭胶葛：黄帝曾于洞庭之野，演奏《咸池》之乐，“其声能短能长，能柔能刚，变化齐一，不主常故”。见《庄子·天运篇》。 胶葛：乐声悠悠荡漾。 ④佳人：指杜叔高。 ⑤“去天”句：谓杜叔高虽姓杜，但与历史上“去天尺五”之杜家有别。汉朝长安城南有杜、韦两大家族深受皇帝宠信，权势熏天，民谣称“城南韦杜，去天五尺”，见《辛氏三秦记》。 ⑥夷甫：西晋宰相王衍字夷甫，曾清谈误国。 注者按：南宋士大夫亦有清谈之风，故稼轩于此深致感叹。 ⑦檐间铁：悬于屋檐之铁片，风吹则互击作响，俗称铁马。

贺新郎

赋琵琶[1]

凤尾龙香拨[2]。自开元、霓裳曲罢[3]，几番风月。最苦浔阳江头客，画舸亭亭待发[4]。记出塞、黄云堆雪。马上离愁三万里，望昭阳、宫殿孤鸿没[5]。弦解语[6]，恨难说。

辽阳驿使音尘绝[7]。琐窗寒、轻拢慢捻[8]，泪珠盈睫。推手含情还却手，一抹梁州哀彻[9]。千古事、云飞烟灭。贺老定场无消息[10]，想沉香亭北繁华歇[11]。弹到此，为呜咽。

[注释]

①闲居带湖作。 ②“凤尾”句：琵琶槽似凤尾，拨弦之具以龙香柏木削就，故云。 ③开元：唐玄宗李隆基年号(713—741)。 霓裳：即《霓裳羽衣曲》，为唐代宫廷中著名琵琶乐曲，起于开元、盛于天宝。 霓裳曲破：暗用白居易《长恨歌》“渔阳鼙鼓动地来，惊破《霓裳羽衣曲》”诗意。含兴亡之感。 ④“最苦”二句：白居易贬居江州司马，送客江边，夜闻舟中琵琶声，慨然命笔作《琵琶行》，诗中有“浔阳江头夜送客”、“忽闻水上琵琶声，主人忘归客不发”诸句。 浔阳江：江名。指长江在今江西九江市北一段。 ⑤“记出塞”三句：用汉王昭君出塞和亲事。石崇《王明君辞序》：“昔公主嫁乌孙，令琵琶马上作乐，以慰其道路之思。其送明君，亦必尔也。”又欧阳修《明妃曲》：“不识黄云出塞路，岂知此声能断肠。” 昭阳：殿名，在未央宫，见《三辅黄图》卷二。 ⑥弦解语：言琵琶弦丝虽能传语，却诉不尽弹者心中之怨恨。 ⑦“辽阳”句：言遥望辽阳方向，亲人音讯全无。此句似用事，然不详出处。 ⑧拢、捻：以后指叩弦、揉弦，奏琵琶之两种手法。 ⑨“推手”二句：推手、却手、抹，琵琶指法。手指前弹曰“推手”，后拨曰“却手”，顺手而下曰“抹”。 梁州：唐教坊曲调名，亦名《凉州》。“逡巡大遍《梁州》彻，色色《龟兹》轰陆续。”见元稹《连昌宫词》。 ⑩贺老：开元、天宝间善弹琵琶之艺人贺怀智。 定场：谓奏乐者技艺高超，使场中人都无声倾听，俗称能压场子。元稹《连昌宫词》：“夜半月高弦索鸣，贺老琵琶定场屋。” ⑪沉香亭北：唐兴庆宫图龙池东有沉香亭。李白《清平调》：“解释春风无限恨，沉香亭北倚阑干。”

[集评]

卓人月、徐士俊云：“(白)玉蟾自称香山九世孙，再作《琵琶行》于亭下，二白一辛，三分千古，不怕星霜磨老。”(《古今词统》卷十六)

周济云：“(上片)谪逐正人，以致离乱。(下片)晏安江沱，不复北

望。”(《宋四家词选·目录序论》)

陈廷焯云:“此词运典虽多,却一片感慨,故不嫌堆垛。心中有泪,故笔下无一字不呜咽。哀感顽艳,笔力却高。”(《云韶集》卷五)

梁启超云:“琵琶故事,网罗胪列,杂乱无章,殆如一团野草。惟其大气足以包举之,故不觉粗率,非其人勿学步也。”(《饮冰室评词》)

贺新郎[①]

柳暗清波路[②]。送春归、猛风暴雨,一番新绿。千里潇湘葡萄涨[③],人解扁舟欲去。又樯燕、留人相语[④]。艇子飞来生尘步,唾花寒、唱我新番句[⑤]。波似箭,催鸣橹。

黄陵祠下山无数。听湘娥、泠泠曲罢,为谁情苦[⑥]。行到东吴春已暮,正江阔、潮平稳渡。望金雀、觚棱翔舞[⑦]。前度刘郎今重到,问玄都、千树花存否[⑧]。愁为倩,么弦诉[⑨]。

[注释]

①淳熙七年(1180)湖南安抚使任上送人归临安作。　②清波路:江边堤路。　③葡萄:形容水色碧绿。李白《襄阳歌》:“遥看汉水鸭头绿,恰似葡萄初酦醅。”　④“又樯燕”句:化用杜甫《发潭州》“岸花飞送客,樯燕语留人”诗意。　⑤“艇子”二句:歌女飞舟来到,唱我新词为之送行。　生尘步:与首句“凌波路”语出曹植《洛神赋》“凌波微步,罗袜生尘”。　番:通“翻”,依旧谱,写新词。　⑥“黄陵”三句:设想友人此去舟泊黄陵,倾听湘妃奏瑟。　黄陵祠:即二妃祠。传说帝舜南巡,娥皇、女英二妃从征,溺于湘江。民尊为湘水之神,立祠于江边黄陵山上,见《水经注·湘水》。山在湖南湘阴县北。　⑦金雀觚稜:饰有金凤之殿角飞檐,代指京都临安。《文选·班固〈西都赋〉》注:“觚稜,阙角也。角上栖金爵(雀),金雀,凤也。”　⑧“前度”二句,用刘禹锡桃花诗意。　⑨么弦:琵琶第四弦,最细,故称么弦。

[集评]

许昂霄云:“辛弃疾《金缕曲》(即《贺新郎》)通首寄概绝远。‘一番

新绿’,‘绿’字叶去,见《中原音韵》及《唐韵》。”(《词综偶评》)

陈廷焯云:“笔态恣肆,是幼安本色。字字有气魄,卓不可及。闲处亦不乏姿态。情景都绝。”(《云韶集》卷五)

王国维云:“稼轩《贺新郎》词‘柳暗凌波路。送春归、猛风暴雨,一番新绿。’又《定风波》词‘从此酒酣明月夜,耳热。’‘绿’、‘热’二字,皆作上、去用。与韩玉《东浦词·贺新郎》以‘玉’、‘曲’、叶‘注’、‘女’,《卜算子》以‘夜’、‘谢’叶‘食’、‘月’(‘食’当作‘节’)。已开北曲四声通押之祖。”(《人间词话删稿》)

水调歌头

严子文同傅安道和盟鸥韵,和以谢之①

寄我五云字②,恰向酒边来。东风过尽归雁,不见客星回③。闻道琐窗风月,更著诗翁杖屦,合作雪堂猜④。岁旱莫留客,霖雨要渠来⑤。 短灯檠⑥,长剑铗⑦,欲生苔。雕弓挂壁无用,照影落清杯⑧。多病关心药裹⑨,小摘亲鉏菜甲⑩,老子正须哀⑪。夜雨北窗竹,更倩野人栽。

[注释]

①与前《水调歌头·盟鸥》(带湖吾甚爱)同作于淳熙九年(1182)。严子文:严焕字子文,绍兴十二年进士及第,先后通判建康府、知江阴军。迁太常丞、出为福建市舶,终朝奉大夫。焕长于书,笔法尤精。见鲍廉《重修琴川志》。 傅安道:傅自得字安道,泉州人。历任福建转运副使、浙东提点刑狱等官。晚年闲废,杜门自守,客至则觞酒论文,道说古今,酬唱诗什,以相娱乐。淳熙十年卒,年六十八,见《朱文公文集·傅氏行状》。 ②“寄我”句:以唐韦陟故事代指严焕所寄之书。据《新唐书·韦陟传》,“常以五采笺为书记,使侍妾主之,其裁答受意而已,皆有楷法,陟唯署名。自谓所书陟字若五朵云,时人慕之,号郇公五云体”。陟为韦安石子,安石卒赠郇国公,陟袭封其号,故称郇公。 ③客星:汉严光与光武帝刘秀同寝,其足搁刘秀腹上。次日,太史奏曰:“客星犯御座甚急。”帝笑曰:“朕故人严子陵(光)共卧耳。”见《汉书·严光传》。此以严光喻严子文。

④雪堂:元丰二年,苏轼在贬所黄州东坡筑雪堂,此指严焕之雪斋。原注"子文作雪斋,寄书云:'近以旱,无以延客。'"按原从四卷本无注文,兹据广信书院本补入。 ⑤"霖雨"句:傅说筑傅岩之野,惟肖、爰立作相,王置诸左右,命之曰:"若岁大旱,命汝作霖雨。"见《尚书·说命上》。此句则以傅说况傅安道。 ⑥短灯檠:暗用韩愈《短灯檠歌》诗意。原诗:"太学儒生东鲁客,二十辞家来射策。夜书细字缀语言,两目眵昏头雪白。此时提携当案前,看书到晓那能眠。一朝富贵还自恣,长檠高张照珠翠。吁嗟世事无不然,墙角君看短檠弃。" ⑦长剑铗:齐人冯谖贫不能自存,后寄食孟尝君门下。居有顷,谖倚柱弹其剑歌曰:"长歌归来乎,食无鱼。"见《战国策·齐策四》。 ⑧"雕弓"二句:应劭谓其"祖父郴为汲令,以夏至日诣见主簿杜宣,赐酒。时北壁上有悬赤弩,照于杯,形如蛇,宣畏恶之,然不敢不饮,其日便得胸腹痛切。妨损饮食,大用羸露,攻治万端不为愈。后郴因事过至宣家窥视,问其变故,云畏此蛇,蛇入腹中。郴还听事,思惟良久,顾见悬弩,必是也。则使门下史将铃下侍,徐扶辇载宣于故处设酒,杯中故复有蛇。因谓宣曰:'此壁上弩影耳,非有他怪。'宣遂解,甚夷怿。由是瘳平"。见《风俗通义》卷九《世间多见怪惊怖以自伤者》。 ⑨"多病"句:"药裹关心诗总废,花枝照眼句还成。"见杜甫《酬郭十五判官》诗。 ⑩"小摘"句:"自锄稀菜甲,小摘为情亲。"见杜甫《有客》诗。 ⑪"老子"句:用马援语。相传诸曹时白外事,马援辄曰:"此丞掾之任,何足相烦,颇哀老子,使得遨游。"见《后汉书·马援传》。

水调歌头

送太守王秉①

酒罢且勿起,重挽史君须。一身都是和气,别去意何如。我辈情钟休问②,父老田头说尹,泪落独怜渠。秋水见毛发,千尺定无鱼③。 望清阙,左黄阁④,右紫枢⑤。东风桃李陌上,下马拜除书。屈指吾生馀几,多病故人痛饮,此事正愁余。江湖有归雁,能寄草堂无。

[注释]

①淳熙十六年(1189)作。广信书院本题作"送信守王桂发",知桂发为王秉字,时为信州知州,但《广信府志·职官志》未及其人。注者按:稼轩闲居带湖时,信守之更替大都可考,史阙无征者亦唯淳熙末之二三年,其时当即王秉为守时。 ②"我辈"句:晋王戎谓山简曰,"圣人忘情,最下不及情,情之所钟,正在我辈。"见《世说新语·伤逝》。 ③"秋水"二句:"水至清则无鱼,人至察则无徒。"见东方朔《答客难》。 ④黄閤:指中书门下省。 ⑤紫枢:谓枢密院。

水调歌头[①]

淳熙丁酉,自江陵移帅隆兴,到官之二月被召。司马监、赵卿、王漕饯别[②]。司马赋《水调歌头》,席间次韵。时王公明枢密薨,坐客终夕为兴门户之叹,故前章及之[③]

我饮不须劝,正怕酒尊空。别离亦复可恨,此别恨匆匆。头上貂蝉贵客,花外麒麟高冢,人世竟谁雄[④]。一笑出门去[⑤],千里落花风。 孙刘辈,能使我,不为公[⑥]。余发种种如是,此事付渠侬[⑦]。但觉平生湖海,除了醉吟风月,此外百无功[⑧]。毫发皆帝力,更乞鉴湖东[⑨]。

[注释]

①淳熙五年(1178)春作。据词序,稼轩去年冬由江陵知府改调隆兴(今江西南昌)知府兼江西安抚使。仅三月,又诏命入京。友人饯别,作此和韵。 ②司马监:司马倬字汉章。任江南东路提点刑狱,故称"司马监"。 赵卿:不详。 王漕:王希吕字仲衡,时任江西转运副使,故称"王漕",《宋史》有传。 ③王公明:即王炎,曾任枢密使。王炎生前与同僚多有不协,受人排挤(事详《宋史·孝宗本纪》、周必大《省斋文稿》十四《王炎除枢密使御笔跋》、《宋宰辅编年录》卷十七),故众人有门户之叹。 前章:指本词上阕。 ④"头上"三句:从词序"门户之叹"而来,言官高爵显者也难免归于黄土,谁能称雄一世? 貂蝉:即貂蝉冠。据《宋史·舆服志》,装饰极为华丽,唯三公大臣于国祀或大朝会时方冠戴。

麒麟高冢：立着石麒麟之高大坟墓。“江上小堂巢翡翠，苑边高冢卧麒麟。”见杜甫《曲江》诗。 ⑤“一笑”句：本黄庭坚《水仙花》诗“出门一笑大江横”。 ⑥“孙刘辈”三句：言此去宁可不作三公，决不媚事权贵。 孙、刘：三国时魏国中书监刘放和中书令孙资。《三国志·辛毗传》称孙、刘当政，唯辛不从。辛毗曾云：“吾之立身，自有本末，就与刘、孙不平，不过令吾不作三公而已，何危害之有焉。” ⑦“余发”二句：我已衰老，此事且凭他们。 种种：头发短少稀疏貌。据《左传·昭公三年》，卢蒲嫳请求归隐，对齐侯曰：“余发如此种种，余奚能为。” 此事：指相互排挤倾轧的门户之争。 ⑧“但觉”三句：自谓平生漂泊，于醉吟风月外，竟百事无成。此本苏轼《秀州报本禅院乡僧文长老方丈》诗：“我除搜句百无功。” ⑨“毫发”二句：一切来自帝力，我唯乞归山水。据《汉书·张耳陈馀传》，张耳之子张敖嗣立，高祖刘邦过赵，对赵王不敬，赵相贯高欲杀高祖，张敖说不可，谓赵所以能复国，“秋毫皆帝力也”。 鉴湖：一名镜湖，在今浙江绍兴南，唐贺知章晚年奉诏归隐于此。苏轼《次韵子由使契丹至涿州见寄四首》：“那知老病浑无力，欲向君王乞镜湖。”

水调歌头

送郑厚卿赴衡州①

寒食不小住②，千骑拥春衫。衡阳石鼓城下，记我旧停骖③。襟似潇湘桂岭④，带似洞庭春草⑤，紫盖屹东南⑥。文字起骚雅，刀剑化耕蚕⑦。 看使君，于此事，定不凡⑧。奋髯抵几堂上，尊俎自高谈⑨。莫信君门万里，但使民歌五袴⑩，归诏凤凰衔⑪。君去我谁饮，明月影成三⑫。

[注释]

①淳熙十五年（1188）作。 郑厚卿：疑即郑如崈。据《宋衡州府图经志》：“郑如崈，朝散郎，淳熙十五年四月到，绍熙元年正月罢。” 衡州：在今湖南省，治所衡阳。 ②“寒食”句：用晋人帖语。 ③“衡阳”二句：言石鼓山畔，衡阳城下，我曾停过马。 注者按：淳熙元年，稼轩曾任湖南转运副和湖南安抚使，衡阳为其属地，常去视察，故有此语。 石鼓：山名，

在衡州城东三里。 ④桂岭:亦名香花岭,在湖南临武县北。 ⑤洞庭春草:两湖名。张舜民《南迁录》:"岳州洞庭湖,南名青草,北名洞庭,所谓重湖也。" ⑥紫盖:山峰名。据《荆州记》和《长沙记》,紫盖是衡山七十二峰中最秀丽、最高大之一座山峰。 ⑦"刀剑"句:言直须卖剑买牛,解甲归田。相传龚遂劝齐民勤务农桑,"民有带持刀剑者,使卖剑买牛,卖刀买犊",见《汉书·龚遂传》。 ⑧"看使君"三句:借用晋谢安语,称颂郑厚卿之政事才干。 ⑨"奋髯"二句:着意整顿吏治,严肃果断而从容不迫。据《汉书·朱博传》,朱博初任琅琊太守,部属都怠惰称病。朱博奋髯抵几曰:"观齐儿欲以此为俗耶!" ⑩民歌五袴:汉蜀郡按旧制,为防火灾,禁民夜作。廉范(字叔度)任蜀郡太守后,撤消旧制,只是严令储水防火。蜀民因此作歌颂扬曰:"廉叔度,来何暮。不禁火,民安作。平生无襦今五袴。"见《后汉书·廉范传》。 ⑪"归诏"句:凤凰衔来归诏书。 ⑫"明月"句:化用李白《月下独酌》"举杯邀明月,对影成三人"诗意。

[集评]

陈廷焯云:"笔致疏放,而气绝遒炼。"(《词则》上《放歌集》卷一)

水调歌头

元日投宿博山寺,见者惊叹其老[①]

头白齿牙缺,君勿笑衰翁。无穷天地今古,人在四之中。臭腐神奇俱尽[②],贵贱贤愚等耳[③],造物也儿童[④]。老佛更堪笑,谈妙说虚空。 坐堆豗[⑤],行答飒[⑥],立龙钟。有时三盏两盏,淡酒醉蒙鸿[⑦]。四十九年前事,一百八盘狭路[⑧],拄杖倚墙东。老境何所似,只与少年同。

[注释]

①淳熙十六年(1189)作。 博山寺:在上饶西南崇善乡,本名能仁寺。五代时天台韶国师开山,有绣佛罗汉留传寺中。南宋绍兴间,悟本禅

师奉诏开堂，辛稼轩为记。旧有辛稼轩读书堂。见《广丰县志》及《嘉靖永丰县志》卷四。 ②臭腐神奇："故万物一也。是其所美者为神奇，其所恶者为臭腐；臭腐复化为神奇，神奇复化为臭腐。故曰通天下一气耳。圣人故贵一。"见《庄子·知北游》。 ③"贵贱"句：苏轼《任师中挽词》："贵贱贤愚同尽耳，君家不尽缘贤子。" ④"造物"句：杜审言病甚，宋之问、武平一等省候何如，答曰："甚为造化小儿所苦，尚可言。"见《新唐书·杜审言传》。 ⑤堆豗：没精打彩。欧阳修《清明前一日韩子华以靖节斜川诗见招邀李园》诗："三日不出门，堆豗类寒鸦。" ⑥苔飒：不振作，不得志。范泰曾众中诮郑鲜之曰："卿与傅（亮）、谢（晦）俱从圣主有功关洛，卿乃居僚首，今日苔飒，去人辽远，何不肖之甚！"见《南史·郑鲜之传》。 ⑦"有时"二句：暗用李清照《声声慢》词"三杯两盏淡酒，怎敌他、晚来风急"。蒙鸿：即鸿蒙。《庄子·在宥》"适遭鸿蒙"司马彪注："自然元气也。" ⑧一百八盘：黄庭坚《竹枝词》有"浮云一百八盘萦，落日四十八渡明"句，任渊注："一百八盘及四十八渡，皆自峡州往黔中路名。"此喻世路及本人生活历程之艰难。

［集评］

卓人月、徐士俊云："我疑稼轩不死，何惊其老耶？"（《古今词统》卷十二）

陈廷焯云："稼轩《水调歌头》诸阕，直是飞行绝迹。一种悲愤慷慨，郁结其中。虽未能痕迹消融，却无害其为浑雅。后人未易摹仿。"（《白雨斋词话》卷一）

水调歌头

和德和上南涧韵①

上界足官府，公是地行仙②。青毡剑履旧物③，玉立侍天颜。莫怪新来白髮，恐是当年柱下，道德五千言④。南涧旧活计，猿鹤且相安⑤。 歌秦缶⑥，宝康瓠⑦，世皆然。不知清庙钟磬，零落有谁编⑧。堪笑行藏用舍⑨，试问山林钟鼎⑩，底事有亏全。再拜荷公赐，双鹤一千年⑪。

[注释]

①淳熙十年(1183)作。广信书院本题作“席上用黄德和推官韵,寿南涧”,“王”误作“黄”。 王德和:王宁字德和,江阴人,终官中奉大夫、直徽猷阁。王宁于淳熙十年信州推官任上,曾作《修学记》一文(见《江阴县志》卷十六、《康熙上饶县志》卷十二)。韩元吉《南涧甲乙稿》卷七有《水调歌头·席上次韵王德和》一阕。本首亦和王韵。原唱已佚。 ②“上界”二句:本韩愈《酬卢给事曲江荷花行见寄》诗“上界真人是官府,岂是散仙鞭笞鸾凤终日相追陪”。又番阳仙人王遥琴子高言:“下界功满方超上界,上界多官府,不如地仙快活。”见顾况《五源诀》。 ③“青毡”句:相传王献之夜卧斋中,有贼入其室,盗物都尽,献之徐曰:“偷儿,青毡我家旧物,可特置之。”群盗惊走。《晋书·王羲之传》。 剑履:“上公九命则剑履。”见《汉官仪》。 ④“恐是”二句:周、秦皆有柱下史,所掌及侍立恒在殿柱之下。老子曾为周柱下史,作有《道德经》五千言。 ⑤“猿鹤”句:喻欲隐之情。孔稚珪《北山移文》:“蕙帐空兮夜鹤怨,山人去兮晓猿惊。” ⑥歌秦缶:缶为瓦器,用以盛酒浆。秦人鼓之以节歌。“夫击瓮扣缶、弹筝搏髀而歌呜呜快耳者,真秦之声也。”见李斯《谏逐客书》。 ⑦宝康瓠:康瓠即破瓠作壶用。“斡弃周鼎兮而宝康瓠。”见贾谊《吊屈原赋》。 ⑧“不知”二句:据《宋史·乐志》,北宋之乐凡六改作,至徽宗时制大晟乐,金部乐器有景钟、镈钟、编钟等。石部有特磬编磬。至靖康之难,乐器皆亡。南渡后,大抵用先朝之旧,而不详古今制作之本原。 ⑨“行藏”句:“子谓颜渊曰:‘用之则行,舍之则藏,唯我与尔有是夫。’”见《论语·子路》。 ⑩山林钟鼎:本杜甫《清明》诗“钟鼎山林各天性,浊醪粗饮任吾年”。此借指在野和在朝。 ⑪原注:“公以双鹤见寿。” 注者按:原据四卷本无此注文,兹从广信书院本补入。

念奴娇

双陆和坐客韵①

少年握槊②,气凭陵、酒圣诗豪馀事。缩手旁观初未识,两两三三而已。变化须臾,鸥飞石镜,鹊抵星桥外。捣残秋练,玉砧犹想纤指③。 堪笑千古争心,等闲一胜，拚了光阴费。老子忘机浑谩与[④]，鸿鹄飞来天际[⑤]。武媚宫中[⑥]，韦娘局上[⑦]，休把兴亡记。布衣百万[⑧]，看君一笑沉醉。

[注释]

①闲居带湖作。广信书院本题作"双陆，和陈仁和韵"。 双陆：博具，本出胡戏，"以异木为槊，槊中彼此内外各有六梁，故名。"见洪遵《双陆序》。 ②"少年"句：握槊为双陆之又称，见宋葛立方《韵语阳秋》卷十七。按此云"少年握槊，气凭陵、酒圣诗豪馀事"，则兼道自己南归前曾鸠众数千隶耿京军中，以奋力抗金之旧事。 槊：长矛。 ③"鸥飞"四句：当指戏双陆情状。《郡阁雅谈》载廖凝《咏棋》诗，有"满汀鸥不散，一局黑全输"之句，可参看。又双陆棋为杵状，故有"捣残秋练"之联想。 ④浑谩与：姑漫然应付之意。 ⑤"鸿鹄"句：相传善弈者弈秋教二人弈，"其一人专心致志，唯弈秋之为听；一人虽听之，一心以为有鸿鹄将至，思援弓缴而射之"。见《孟子·告子》。 ⑥武媚宫中：武媚即武则天。吴曾《能改斋漫录》卷六《双陆》条："《狄仁杰家传》载武后语仁杰曰：'朕昨夜梦与人双陆，频不胜，何也？'对曰：'双陆输者，盖谓宫中无子。此是上天之意，假此以示陛下，安可虚储位哉！'今《新唐书》淹去'宫中'二字，止云'双陆不胜，无子也'。余尝与善博者论之，博局有宫，其字不可削。盖削之则无以见宫中之意。" ⑦韦娘局上：据《新唐书·中宗后韦氏传》，"初，帝幽废，与后约：'一朝见天子，不相制。'至是，（武）三思升御床博戏，帝以旁典筹，不为忤。" ⑧布衣百万：相传刘毅"于东府聚摴蒱，大掷，一判应至数百万"。见《晋书·刘毅传》。

念奴娇

用东坡赤壁韵[①]

倘来轩冕[②]，问还是、今古人间何物。旧日重城愁万里，风月而今坚壁。药笼功名[③]，酒垆身世[④]，可惜蒙头雪[⑤]。浩歌一曲，坐中人物三杰[⑥]。 堪叹黄菊凋零，孤标应也有，梅花争发[⑦]。醉里重揩西望眼，惟有孤鸿明灭[⑧]。世事从教，浮云来去，枉了冲冠髮[⑨]。故人何在，长歌应伴残月。

[注释]

①与次首同作于绍熙元年至二年(1190—1191)间。广信书院本题作"飘泉酒酣，和东坡韵"。东坡韵即苏轼《念奴娇·赤壁怀古》韵。 ②倘来轩冕：用《庄子·缮性》"轩冕在身，非性命也。扬之倘来，寄者也"语意。意谓功名非人立身之根本，倘然一旦来到，也不过是寄身之物。 ③药笼功名：《旧唐书·元行冲传》载，元行冲对狄仁杰云，治理国家，必须储备各种人才，犹如治病需要各种药物，我愿作药物中最后一味。狄仁杰笑曰："君正在吾药笼中，何可一日无也。" ④酒垆身世：汉代司马相如和妻子卓文君居蜀时，曾当垆卖酒。本意指出身低微，此或寓自己系北人南来，在朝中遭人猜忌之意。 ⑤蒙头雪：满头白髮。 ⑥人物三杰：汉高祖曾称张良、韩信、萧何三人为"人杰"，后世因称"三杰"。稼轩同时又有《念奴娇》词，题作"三友同饮，借赤壁韵"。此处"三杰"即指"三友"，但所指不详。"三"字原据四卷本乙集作"之"，兹从广信书院本。 ⑦"堪叹"三句：黄菊虽然凋零，但严冬之际尚有寒梅争相开放。喻爱国后继有人，疑即指坐中三友。 孤标：孤傲之风采品格。 ⑧"醉里"二句：言思乡念国之情。 ⑨冲冠髮：即怒髮冲冠。

[集评]

俞陛云云："此作和东坡，其激昂雄逸，颇似东坡。"(《唐五代两宋词选释》)

念奴娇

用前韵和丹桂[①]

道人元是[②]，道家风，来作烟霞中物。翠幰裁犀遮不定，红透玲珑油壁。借得春工，惹将秋露，薰做江梅雪。

我评花谱，便应推此为杰。　憔悴何处芳枝，十郎手种[③]，看明年花发。坐对虚空香色界，不怕西风起灭。别驾风流[④]，多情更要，簪满姮娥鬓。等闲折尽，玉斧重倩修月[⑤]。

[注释]

①广信书院本题作“再用前韵，和洪莘之通判丹桂词”。洪莘之：洪梓字莘之，洪迈长子。绍熙初，通判信州，见洪迈《夷坚志》支丁卷七《信州鹿鸣燕》。　②道人：据《列仙传》，入道为仙之人桂父，“常服桂及葵，以龟脑和之，千丸千斤桂，累世见之”。此切题意。　③十郎：不详。　④别驾：官名，汉置，为州刺史之佐吏。从刺史行部，别乘传车，故称。宋命朝臣通判州军事，与知州知军共治政事，改称通判。　⑤玉斧：传说月亮乃七种宝石合成，表面凸凹不平，常有八万二千名匠人执玉斧修磨，见段成式《酉阳杂俎·天咫门》。

念奴娇

赠妓，善作墨梅[①]

江南尽处，堕玉京仙子，绝尘英秀。彩笔风流，偏解写、姑射冰姿清瘦[②]。笑杀春工，细窥天巧，妙绝应难有。丹青图画，一时都愧凡陋。　还似篱落孤山，嫩寒清晓，只欠香沾袖[③]。淡伫轻盈，谁付与、弄粉调朱纤手。疑是花神，揭来人世[④]，占得佳名久。松篁佳韵，倩君添做三友。

[注释]

①汲古阁影抄本“妓”字原作“奴”，后用粉墨涂去，只剩“女”旁。一题作“戏赠善作墨梅者”。　②“姑射”句：“藐姑射之山，有神人居焉，肌肤若冰雪，淖约若处子。”见《庄子·逍遥游》。　③“还似”三句：相传衡

州花光仁老以墨为梅花，黄庭坚观之，叹曰：“如嫩寒春晓，行孤山篱落间，但欠香耳。”见胡仔《苕溪渔隐丛话》前集卷五十六引惠洪《冷斋夜话》。④“朅来”句：“朅”为发语词，以“来”为义，言疑是花神来到人世。

念奴娇

梅[①]

疏疏淡淡，问阿谁、堪比天真颜色。笑杀东君虚占断[②]，多少朱朱白白[③]。雪里温柔，水边明秀，不惜春工力。骨清香嫩，迥然天与奇绝。　尝记宝籞寒轻[④]，琐窗人睡起，玉纤轻摘。漂泊天涯空瘦损，犹有当年标格。万里风烟，一溪霜月，未怕欺他得。不如归去，阆苑有个人忆[⑤]。

[注释]

①广信书院本题作“韵梅”；四印斋本作“题梅”。　②东君：司春之神。　③朱朱白白：本韩愈《感春》诗“春游百花林，朱朱与白白”。　④宝籞：即名园。　⑤阆苑：传说中仙女所居之处，在昆仑山，见《神仙传》。

水龙吟[①]

盘园[②]，任帅子严安抚挂冠得请，取执政书中语，以“高风”名其堂，来索词，为赋《水龙吟》。芗林[③]，侍郎向公告老所居，高宗皇帝御书所赐名也，与盘园相并云

断崖千丈孤松，挂冠更在松高处。平生袖手，故应休矣，功名良苦。笑指儿曹，人间醉梦，莫嗔惊汝[④]。问黄金馀几，旁人欲说，田园计、君推去[⑤]。　叹息芗林旧隐，对先生、竹窗松户。一花一草，一觞一咏[⑥]。风流杖屦。野马尘埃，扶摇下视，苍然如许[⑦]。恨当年、九老图中[⑧]，忘却画、盘园路。

[注释]

①淳熙十三四年(1186—1187)左右作。 ②盘园:园名,在临江军(今江西清江),任子严所居。据范成大《骖鸾录》,原地有古梅,"盘结如盖,可覆一亩,枝四垂,以木架之,如坐大酴醿下。子严以为天下奇物,买得之"。后经营建,"种植大盛,桂径梅坡,极其繁庑"。扁曰"盘园",堂曰"高风"。郡人南安太守章茂献作《高风堂记》,执政周必大有《跋临江军任盘园高风堂记》。任诒,字子严。时人项世安作有《任安抚挽诗》,自注:"诒,上蔡人。"诗中又有"新息任夫子"、"只馀盘叟在"诸句,则《隆庆临江府志》卷十三作蜀人盖误。又周必大跋文谓"其才高志大,以是屡起屡仆,在官之日少,闲居之日多,敛藏智略,尽力斯园,殆与芗林为鸿雁行,数上书致仕。予顷在榻前,明言其才,愿勿听其所请,仍畀祠禄待它日之用。天子然之,而侯必欲希踪向公,恳请弗已,后二年竟伸其志。" ③芗林:园名,亦在临江军。据范大成《骖鸾录》,芗林去盘园里许,"故户部侍郎向公伯恭所作,本负郭平地,旧亦人家阡陇,故多古木修篁"。向子諲,字伯恭,绍兴初除户部侍郎,以议迎金使忤秦桧,致仕家居十五年,号所居为芗林。《宋史》有传,有《酒边词》。 ④"莫嗔"句:"昨夜村饮归,健倒三四五。摩娑青莓苔,莫嗔惊着汝。"见卢仝《村醉》诗。 ⑤"问黄金"三句:用《汉书·疏广传》事。"广既归乡里,日令家具设酒食,请族人故旧宾客与相娱乐。居岁馀,广子孙窃谓其昆弟老人曰:'宜从丈人所,劝说君买田宅。'老人即以闲暇为广言此计。广曰:'此金者圣主所以惠养老臣也。故乐与乡宗共飨其赐,以尽吾馀日。'" ⑥一觞一咏:"一觞一咏,亦足以畅叙幽情。"见王羲之《兰亭集序》。 ⑦"野马"三句:"野马也,尘埃也。生物之以息相吹也。天之苍苍,其正色耶?其远而无所至极耶?其下视也亦若是则已矣。"见《庄子·逍遥游》。 ⑧九老图:相传白居易晚年与年高置闲者胡杲、吉旼、郑据、刘真、卢真、张浑、狄兼谟、卢贞燕集,时人慕之,绘为《九老图》,见《新唐书·白居易传》。

水龙吟

寄题京口范南伯家文官花[1],花先白次绿、次绯、次紫,《唐会要》载学士院有之倚栏看碧成朱[②]，等闲褪了香袍粉。上林高选[③]，匆匆又换，紫云衣润。几许春风，朝薰暮染，为花忙损。笑旧家桃李，东涂西抹[④]，有多少、凄凉恨。　拟倩流莺说与，记荣华、易消难整。人间得意，千红百紫，转头春尽[⑤]。白发怜君[⑥]，儒冠曾误[⑦]，平生官冷[⑧]。算风流未减，年年醉里，把花枝问。

［注释］

①京口：即今江苏镇江。　范南伯：范如山字南伯，邢台人，稼轩妻之兄。庆元二年五月卒，官终忠训郎，刘宰有《故公安范大夫及夫人张氏行述》。牟巘《题范氏文官花》云："邢台范氏文官花，粉碧绯紫见于一日之间，变态尤异于腰金紫。辛稼轩尝为赋《水龙吟》，'白发儒冠误'，盖属卢溪令君。……休宁令君，卢溪孙而稼轩外诸孙，刻其词置花右，至今尤存，若有护持者。其子雷卿遂以斯文发祥。领学事，主文盟，文官之应不虚矣。人皆曰：'花，范氏瑞也。'夫以雷卿之贤，两家百年忠义之脉。文物之传，在其一身，宜造物以功名事业付之。花本出唐翰苑中，雷卿既为翰林主人，花亦荣耀。吾方贺兹花之遭。然则花瑞范氏乎？范氏瑞花乎？"　②看碧成朱：本王僧孺《夜愁示诸宾》诗"谁知心眼乱，看朱忽成碧"。　③上林高选：上林即上林苑，汉武帝初修此苑时，"群臣远方，各献名果异卉三千馀种植其中。亦有制为美名，以标奇异，见《三辅黄图》卷四。　④东涂西抹：薛逢晚年厄于宦途。尝策羸赴朝，值新进士榜下缀行而出。时进士团所由辈数十人，见逢行李萧条，前导曰："回避新郎君。"逢辗然，即遣一介语之曰："报道莫贫相，阿婆三五少年时，也曾东涂西抹来。"见王定保《唐摭言》卷三。　⑤"人间"三句：孟郊及第，"有诗云：'青春得意马蹄疾，一日看尽长安花。'一日之间，花即看尽，何其速也"。见《唐诗纪事》卷三十五。　⑥白发怜君：本苏轼《次韵刘景文西湖席上》诗"白发怜君略相似，青山许我定相从"。　⑦儒冠曾误：本杜甫《奉赠韦左丞丈》诗"纨袴不饿死，儒冠多误身"。　⑧平生官冷：本杜甫《醉时歌》"诸公衮衮登台省，广文先生官独冷"。按，范南伯一生唯曾任卢溪及公安令，官终忠训郎，故云。

[集评]

张伯淳云："殆与《麻姑坛》所记红莲白变碧者同一奇也。鲁公之记，稼轩之词，皆非食烟火人语。"《养蒙集》卷五《题范雷卿二卷》。

水龙吟

题雨岩，岩类今所画观音补陀。岩中有泉飞出，如风雨声①

补陀大士虚空，翠岩谁记飞来处。蜂房万点，似穿如碍，玲珑窗户②。石髓千年，已垂未落，嶙峋冰柱。有怒涛声远，落花香在，人疑是、桃源路③。　又说春雷鼻息，是卧龙、弯环如许。不然应是，洞庭张乐④，湘灵来去⑤。我意长松，倒生阴壑，细吟风雨。竟茫茫未晓，只应白发，是开山祖⑥。

[注释]

①闲居带湖作。　雨岩：在江西上饶博山。　补陀：即补陀落伽山，佛经谓观音菩萨说法之处。按，本词首句称观音为补陀大士，不确。　②"蜂房"三句：本黄庭坚《题落星寺》诗"蜂房各自开户牖"。　③桃源路：陶渊明《桃花源记》谓武陵渔人误入桃花源。其中风景绝胜，人居隔世，和平美好，不知人间事。　④洞庭张乐：本《庄子·天运》"帝张咸池之乐于洞庭之野"。　⑤湘灵：湖水女神。《楚辞·远游》："使湘灵鼓瑟兮。"　⑥开山祖：佛教称建寺创业之僧人为开山祖师，后泛指各行各业之创始者。

[集评]

卓人月、徐士俊云："'不然应是，洞庭张乐，湘灵来去'，'不然鸣珂游帝都'，'不然绝粒升天衢'，为此'不然'二字之祖。"(《古今词统》卷十四)

水龙吟

题瓢泉[①]

稼轩何必长贫，放泉檐外琼珠泻。乐天知命[②]，古来谁会，行藏用舍[③]。人不堪忧，一瓢自乐，贤哉回也[④]。料当年曾问，饭蔬饮水[⑤]，何为是、栖栖者[⑥]。　且对浮云山上，莫匆匆、去流山下。苍颜照影，故应流落，轻裘肥马[⑦]。绕齿冰霜[⑧]，满怀芳乳，先生饮罢。笑挂瓢风树[⑨]，一鸣渠碎，问何如哑。

[注释]

①闲居带湖作。　瓢泉：在江西铅山县东二十五里之期思村，直规如瓢。周围皆石径，广四尺许，水从半山喷下，流入臼中，后入瓢，其水清可鉴。稼轩访期思时买得而名之，见《铅山县志》。　②“乐天”句：本《易经·系辞》“旁行而不流，乐天知命故不忧”。　③行藏用舍：“子谓颜渊曰：‘用之则行，舍之则藏，唯我与尔有是夫。’”见《论语·子路》。　④“人不”三句：“子曰：贤哉回也，一箪食，一瓢饮，在陋巷，人不堪其忧，回也不改其乐，贤哉回也！”见《论语·雍也》。　⑤饭蔬饮水：“子曰：“饭疏食饮水，曲肱而枕之，乐亦在其中矣。”见《论语·述而》。　⑥“何为”句：微生高谓孔子曰，“丘何为是栖栖者与？无乃为佞乎？”孔子曰：“非敢为佞也，疾固也。”见《论语·宪问》。　栖栖：指为名利奔走不止。　⑦轻裘肥马：“赤之适齐，乘肥马，衣轻裘。”见《论语·雍也》。　⑧绕齿冰霜：“诗成锦绣开胸臆，论极冰霜绕齿牙。”见苏轼《寄高令》诗。　⑨“笑挂瓢”句：许由手捧饮水，人遗一瓢，饮毕，挂瓢于树上，风吹有声，许由以为烦，去之。见《逸士传》。

[集评]

李调元云：“辛稼轩词肝胆激烈，有奇气。腹有诗书，足以运之，故喜用《四书》成语，如自己出。……然学之稍粗则堕恶道。”（《雨村词话》卷三）

卓人月、徐士俊云："蝉蜕浊秽之中，以庶几乎沧浪孺子、江潭渔父，幼安非晚近人。"（《古今词统》卷十四）

水龙吟

用些语再题瓢泉，歌以饮客，声韵甚谐，客皆为之釂①

听兮清佩琼瑶些②，明兮镜秋毫些③。君无去此，流昏涨腻④，生蓬蒿些。虎豹甘人，渴而饮汝，宁猿猱些⑤。大而流江海，覆舟如芥，君无助、狂涛些⑥。　路险兮、山高些。愧余独处无聊些。冬槽春盎，归来为我，制松醪些⑦。其外芳芬，团龙片凤⑧，煮云膏些。古人兮既往，嗟余之乐，乐箪瓢些⑨。

[注释]

①约于庆元元年(1195)自闽罢居带湖作。　些语：《楚辞·招魂》通篇以"些"字作语尾，表声无义。"客"下，广信书院、四印斋诸本有"皆"字。　②"听兮"句：本柳宗元《小石潭记》"闻水声，如鸣珮环"。　③"明兮"句：本《孟子·梁惠王》"明足以察秋毫之末"。　④流昏涨腻：杜牧《阿房宫赋》指污浊之水。"渭流涨腻，弃脂水也。"　⑤"虎豹"三句：与其为食人之虎豹解渴，宁肯让食果之猿猱饮用。《招魂》有"此皆甘人"句，谓地下幽都之魔鬼，皆以食人为甘美。　⑥"大而"三句：谓瓢泉勿流入江海，助狂涛以颠覆舟楫。　⑦松醪：松子酿成之酒。　⑧团龙片凤：茶名。据张舜民《画墁录》，北宋丁谓为福建转运使，始制为凤团，后又为龙团。⑨"乐箪"句：用颜回箪食瓢饭，不改其乐之典。

[集评]

卓人月、徐士俊云："当与《醉翁操》同诵。"（《古今词统》卷十四）

沈际飞云："《招魂篇》丰蔚幽秀，先驱枚、马而走班、扬，景差祖之作《大招》，寒俭迫促，大不相及，见遗于萧统。《瓢泉》、《落梅》（按：指蒋捷《水龙吟·招落梅魂效稼轩体》）二词，辛犹之屈，蒋犹之宋耶。蝉脱于浊

秽之中,以庶几乎沧浪孺子,江潭渔父,幼安非晚近人。"(《草堂诗馀别集》卷四)

最高楼

送丁怀忠[①]

相思苦,君与我同心。鱼没雁沉沉[②]。是梦他松后追轩冕[③],是化为鹤后去山林[④]。对西风,直怅望,到如今。

待不饮、奈何君有恨。待痛饮、奈何吾有病。君起舞,试重斟。苍梧云外湘妃泪[⑤],鼻亭山下鹧鸪吟[⑥]。早归来,流水外,有知音。

[注释]

①淳熙十六年(1189)春作。广信书院、四印斋诸本题作"送丁怀忠教授入广。渠赴调都下,久不得书,或谓从人辟置,或谓径归闽中矣"。丁怀忠:丁朝佐字怀忠,福建邵武人,曾与曾三异等同编校《欧阳文忠公文集》。 ②"鱼没"句:无音讯,即广信书院本题中所谓"渠赴调都下,久不得书"。 ③"是梦"句:用《吴录》所载丁固故事,丁固初为尚书,梦松树生其腹上,谓人曰:"松字,十八公也;后十八岁,吾其为公乎?"卒如梦焉。"后"字,略似今口语中之"啊",不作先后解。 ④"是化"句:辽东人丁令威学道于灵虚山。后化鹤归辽,集郡门华表柱。时有少年举弓欲射之,鹤乃飞,徘徊空中曰:"有鸟有鸟丁令威,去家千年今始归。城郭如故人民非,何不学仙冢累累。"见陶潜《搜神后记》。 ⑤"苍梧"句:帝舜南巡,崩于苍梧之野,二妃追至,哭之甚哀,后投水而死,为湘水之神,遂称湘妃。 ⑥鼻亭山:湖南道州境内有庳墟,相传舜封其弟象于此。其地有山,原名鼻墟山,《括地志》作鼻亭山,山下有象庙,唐元和中道州刺史薛伯高撤其屋,墟其地。柳宗元为作《道州毁鼻亭山神记》以刻于山石。

最高楼

吾拟乞归，犬子以田产未置止我，赋此骂之[①]

吾衰矣，须富贵何时[②]。富贵是危机[③]。暂忘设醴抽身去，未曾得米弃官归。穆先生，陶县令，是吾师[④]。

待葺个、园儿名佚老[⑤]。更作个、亭儿名亦好。闲饮酒，醉吟诗。千年田换八百主[⑥]，一人口插几张匙[⑦]。休休休，更说甚，是和非。

[注释]

①约于绍熙五年(1194)帅闽被劾之际作。　②"须富贵"句："人生行乐耳，须富贵何时。"见杨恽《报孙会宗书》。　③"富贵"句：葛长民曾云："贫贱常思富贵，富贵必履危机。"见《晋书》本传。　④"暂忘"五句：用穆生与陶潜事。"穆生不嗜酒，元王每置酒，常为穆生设醴。及王戊即位，常设，后忘设焉。穆生退而曰：'可以逝矣。醴酒不设，王之意怠。不去，楚人将钳我于市。'遂称疾卧。"见《汉书·楚元王传》。陶潜任彭泽令时，县吏请他束带见郡府所遣督邮。陶叹曰："我不能为五斗米折腰向乡里小人。"即日解绶而去，赋《归去来》。见《晋书》本传。　⑤"待葺"句：北宋陈尧佐以使相致仕，筑亭号"佚老"。后归致者往往多效之。见刘攽《中山诗话》。　⑥"千年"句：有僧问韶州灵树如敏禅师："如何是和尚家风?"答云："千年田，八百主。"又问："如何是千年田、八百主?"答云："郎当屋舍勿人修。"见《景德传灯录》卷一。　⑦"一人"句：范成大于《丙午新正书怀》"口不两匙休足谷，身能几屐莫言钱"句下自注，"吴谚云：'一口不能着两匙。'"

最高楼

答晋臣[①]

花好处，不趁绿衣郎[②]。缟袂立斜阳[③]。面皮儿上因谁白，骨头儿里几多香。尽饶他、心似铁[④]，也须忙。

甚唤得、雪来白倒雪。更唤得、月来香杀月。谁立马,更窥墙[⑤]。将军止渴山南畔[⑥],相公调鼎殿东厢[⑦]。忒高才,经济地,战争场。

[注释]

①晋臣:赵不遇,字晋臣,上饶人。绍兴二十四年进士,曾官中奉大夫、直敷文阁学士,见《上饶县志》、《铅山县志》。广信书院、四印斋诸本题作"用韵答赵晋臣敷文"。 ②绿衣郎:指绿叶。 ③缟袂:指白梅花。苏轼《次韵杨公济奉议梅花》诗:"月黑林间逢缟袂。" ④心似铁:唐宋璟为相,贞姿劲质,刚态毅状,人疑其铁心肠,而其《梅花赋》,则吐辞婉媚,清便富艳,得南朝徐庾体,不类其为人。 ⑤"谁立马"二句:化用白居易《井底引银瓶》"墙头马上遥相顾"语。 ⑥"将军"句:曹操率部行军时,士皆渴,乃令曰:"前有大梅林,饶子,甘酸可以解渴。"士闻之,口皆出水。见《世说新语·假谲》。 ⑦"相公"句:祝颂之辞,谓晋臣将入官枢要。傅说作相,高宗以"若作和羹,尔惟盐梅"喻之。见《尚书·说命下》。

最高楼

为洪内翰庆七十[①]

金闺老[②],眉寿正如川[③]。七十且华筵。乐天诗句香山里[④],杜陵酒债曲江边[⑤]。问何如,歌窈窕,舞婵娟。

更十岁、太公方出将[⑥]。又十岁、武公才入相[⑦]。留盛事,看明年。直须腰下添金印,莫教头上欠貂蝉[⑧]。向人间,长富贵,地行仙[⑨]。

[注释]

①绍兴三年(1133)春作。广信书院、四印斋诸本题作"庆洪景庐内翰七十"。洪景庐,洪适字景伯,乾道元年迁翰林学士,仍兼中书舍人,同年拜尚书右仆射,同中书门下平章事,兼枢密使。《宋史》有传。原唱有二首。 景庐舍人:洪迈字景庐,洪适弟。乾道三年,适起居郎,拜中书舍

人,兼侍读,直学士院。《宋史》有传。广信书院本“舍人”作“内翰”。②金闺:江淹《别赋》有“金闺之诸彦,兰台之群英”句,《文选》李善注本“金闺”作“金门”。注云:“承明金马,著作之庭。东方朔云公孙弘等待诏金马门是也。” ③“眉寿”句:祝辞,同苏轼《次韵郑介夫》“祝君眉寿似增川”句意。人年老者,其眉必有毫毛秀出,故曰“寿眉”。 如川:语出《诗经·小雅·天保》“天保定尔,以莫不兴。……如川之方至,以莫不增”。 ④“乐天”句:白居易字乐天,晚年居洛阳履道里,“疏沼种树,构石楼,香山凿八节滩,自号醉吟先生,为之传。莫节惑浮道尤甚,至经月不食荤,称香山居士。”曾与年高置闲者胡杲、吉旼等九人燕集,时人为之绘《九老图》。见《新唐书》本传。 ⑤“杜陵”句:杜甫居杜陵,自称杜陵布衣。其《曲江》诗二有“酒债寻常行处有”之句。 ⑥“更十岁”句:世传姜太公年八十馀钓于渭滨,其后周文王出猎,遇于渭水之阳,载与俱归,立为师。 ⑦“又十岁”句:《史记·卫世家》载,卫武公即位,百姓和集,“四十二年犬戎杀周幽王,武公将兵往佐周,平戎,甚有功。周平王命武公为公”。又《国语·楚语上》,武公年至九十五,犹箴儆于国曰:“自卿以下,至于师长士,无谓我老耄而舍我,必恭恪于朝,朝夕以交戒我。” ⑧貂蝉:即貂蝉冠。据《宋史·舆服志》,装饰极为华丽,唯三公大臣于国祀或大朝会时方冠戴。 ⑨地行仙:“上界真人是官府,岂是散仙鞭笞鸾凤终日相追陪。”见韩愈《酬卢给事曲江荷花行见寄》诗。又番阳仙人王遥琴子高言:“下界功满方超上界,上界多官府,不如地仙快活。”见顾况《五源诀》。

[集评]

张仲宗云:“寿词最难得佳者,太泛则疏,太著则拘。惟稼轩庆洪内翰云:‘更十岁太公方出将。又十岁、武公方入相。’工夫直在‘方’字,事意俱佳,未易及也。”(《中兴词话》)

瑞鹤仙

上洪倅寿①

黄金堆到斗。怎得似、长年画堂劝酒。蛾眉最明秀。

向水沉烟里[②]，两行红袖[③]。笙歌搁就[④]。争说道、明年时候。被姮娥、做了殷勤，仙桂一枝入手[⑤]。 知否。风流别驾[⑥]，近日人呼，文章太守。天长地久。岁岁上，乃翁寿。记从来人道，相门出相[⑦]，金印累累尽有[⑧]。但直须，周公拜前，鲁公拜后[⑨]。

［注释］

①绍兴二年(1132)作。广信书院、四印斋诸本题作“寿上饶倅洪莘之，时摄郡事，且将赴漕举”。洪莘之：洪槔字莘之，洪迈长子。绍熙初，通判信州，见洪迈《夷坚志》支丁卷七《信州鹿鸣燕》。 ②水沉：香名。 ③两行红袖：两排歌舞伎女。 ④搁就：犹言温存体贴。 ⑤“仙桂”句：犹言折桂，喻科举及第。见《晋书·郤诜传》。 ⑥别驾：即通判，官名，汉置，为州刺史之佐吏。从刺史行部，别乘传车，故称。宋命朝臣通判州军事，与知州知军共治政事，改称通判。 ⑦相门出相：语出《史记·孟尝君列传》“将门必有将，相门必有相”。 ⑧“金印”句：石显与中书仆射牢梁、少府五鹿充宗为党，附者得位，民歌之曰：“牢耶？石耶？五鹿客耶？印有累累，绶何若若耶？”见《汉书》本传。 ⑨“但直须”三句：语出《公羊传·文公十三年》“周公拜乎前，鲁公拜乎后”。按《史记·鲁周公世家》，“封周公旦于少昊之虚曲阜，是为鲁公。周公不就封，留佐武王。……而使其子伯禽代就封于鲁。”

汉宫春

即　事

行李溪头，有钓车茶具，曲几团蒲[①]。儿童认得，前度过者篮舆。时时照影，甚此身、遍满江湖。怅野老，行歌不住，定堪与语难呼[②]。 一自东篱摇落，问渊明岁晚，心赏何如。梅花正自不恶，曾有诗无。知翁止酒，待重教、莲社人沽[③]。空怅望，风流已矣，江山特地愁予。

[注释]

①“行李”三句:陆龟蒙“不喜与流俗交,虽造门不肯见。不乘马,升舟设蓬席,赍束书、茶灶、笔床、钓具往来。”见《新唐书》本传。 ②“怅野老”三句:林类年百岁,拾遗穗于故畦,并歌并进。孔子适卫,望之于野,顾谓弟子曰:“彼叟可与言者,试往讯之。”子贡前往,面对林类而叹曰:“先生曾不悔乎,而行歌拾穗。”林乃拾穗不停,歌不辍。见《列子·天瑞》。 ③“知翁”二句:陶渊明有《止酒》诗。然“远法师与诸贤结莲社,以书招渊明。渊明曰:‘若许饮则往。’许之,遂造焉”。见《莲社高贤传》。

沁园春

弄溪赋[①]

有酒忘杯,有笔忘诗,弄溪奈何。看纵横斗转,龙蛇起陆[②],崩腾决去,雪练倾河。袅袅东风,悠悠倒景,摇动云山水又波。还知否,欠菖蒲攒港,绿竹缘坡。 长松谁剪嵯峨,笑野老来耘山上禾。算只因鱼鸟,天然自乐,非关风月,闲处偏多。芳草春深[③],佳人日暮[④],濯发沧浪独浩歌[⑤]。徘徊久,问人间谁似,老子婆娑[⑥]。

[注释]

①弄溪:在湖南益阳西南,即桃花江,又名西溪,北宋置。此词当作于其任湖南安抚使期间。 ②龙蛇起陆:用《阴符经》中成语,形容弄溪纵横斗转貌。 ③“芳草”句:用《楚辞·招隐士》“春草生兮萋萋”而隐其上句“王孙游兮不归”。 ④“佳人”句:本江淹《拟休上人怨别》诗“日暮碧云合,佳人殊未来”。 ⑤“濯发”句:意谓尚未习惯于赋闲生涯。 沧浪:渔父歌,其辞曰:“沧浪之水清兮,可以濯吾缨;沧浪之水浊兮,可以濯吾足。”见《楚辞·渔父》。 ⑥“问人间”二句:本宋玉《神女赋》“又婆娑乎人间”。《晋书·陶侃传》:“疾笃,将归长沙……将出府门,顾谓愆期曰:‘老子婆娑,正坐诸君辈。’”

沁园春

再到期思卜筑①

一水西来，千丈晴虹，十里翠屏。喜草堂经岁，重来杜老，斜川好景，不负渊明②。老鹤高飞，一枝投宿，长笑蜗牛戴屋行③。平章了④，待十分佳处，著个茅亭⑤。青山意气峥嵘，似为我归来妩媚生⑥。解频教花鸟，前歌后舞，更催云水，暮送朝迎。酒圣诗豪，可能无势，我乃而今驾驭卿⑦。清溪上，被山灵却笑，白发归耕⑧。

[注释]

①绍熙五年(1194)秋冬之间作。是年秋，稼轩被劾罢任福建安抚使，又回信州闲居。稼轩罢居带湖时，曾在期思买得瓢泉。这次再到期思，意在营建新居。 ②"喜草堂"四句：以杜甫重归草堂、渊明游赏斜川作比，写自己再度隐居的喜悦。 草堂：杜甫于肃宗乾元二年(759)入蜀，次年在成都浣花溪筑草堂。后因兵乱，奔梓州避乱。广德二年(764)春，严武再度镇蜀，杜甫方得重归草堂。 经岁：一年之后，此泛指若干年后。斜川：在今江西都昌县，为风景优美之地。陶渊明居浔阳柴桑时，曾作《游斜川》诗。诗前有小序略记其与邻居同游斜川的情景。 ③"老鹤"三句：再到期思，意在觅一枝之栖，何必学蜗牛戴屋而行。 一枝投宿：用《庄子·逍遥游》"鷦鷯巢于深林，不过一枝"句意。 ④平章：筹划，品评。 ⑤著：着，建造。 ⑥"青山"二句：青山喜我归来，显得格外轩昂、秀美。稼轩《贺新郎》有"我见青山多妩媚，料青山见我应如是"句。⑦"酒圣"三句：诗酒之辈，唯一的权势是能统率山水自然。 酒圣诗豪：指酷爱诗酒的人。 "可能"二句：语出陶渊明《晋故征西大将军长史孟府君传》。东晋孟嘉为桓温部下长史，好游山水，至暮方归。桓温曾对他说："人不可无势，我乃能驾御卿！" 乃：却。 卿：指大自然。 ⑧"青溪"三句：反用《北山移文》嘲周颙事。周颙"假步于山扃"，实"情投于魏阙"，故"南岳献嘲，北陇腾笑"。稼轩自福建安抚使罢任而再到期思卜筑，为先官后隐，与周颙先隐后官不同，故山灵只能笑其白髪归耕也。

归朝欢

题赵晋臣敷文积翠岩[①]

我笑共工缘底怒，触断峨峨天一柱。补天又笑女娲忙，却将此石投闲处[②]。野烟荒草路。先生拄杖来看汝。倚苍苔，摩挲试问，千古几风雨[③]。　长被儿童敲火苦，时有牛羊磨角去[④]。霍然千丈翠岩屏，锵然一滴甘泉乳。结亭三四五。会相暖热携歌舞。细思量，古来寒士，不遇有时遇[⑤]。

[注释]

①庆元六年(1200)作。　赵晋臣：赵不遇，字晋臣，上饶人。绍兴二十四年进士，曾官中奉大夫、直敷文阁学士，见《上饶县志》、《铅山县志》。广信书院、四印斋诸本题作"用韵答赵晋臣敷文"。　积翠岩：一名观音石，在上饶。四卷本乙集题作"题晋臣积翠岩"，兹从广信书院诸本。　②"我笑"四句：女娲氏末年，共工与祝融战，不胜而怒，以头撞不周山，天柱折，地维绝，女娲以五色石补之，"于是地平天成，不改旧物"。见《史记补·三皇本纪》。此借以抒发北定中原，光复故土之理想。此以五色补天石比积翠岩。　③"倚苍苔"三句：问积翠岩千百年来，历经几多风雨侵蚀？　摩挲：抚摸。王安石《谢公墩》诗："摩挲苍苔石，点检屐齿痕。"　④"长被"二句：用韩愈《石鼓歌》"牧儿敲火牛砺角，谁复着手为摩挲"诗意。　⑤"细思量"三句：古人多有不遇之叹，如董仲舒作《士不遇赋》，司马迁有《悲士不遇赋》，陶渊明也有《感士不遇赋》。赵晋臣名不遇，故有此语。

[集评]

卓人月、徐士俊云："慰人穷愁，坚人壮志。"(《古今词统》卷十四)

水龙吟

过南剑双溪楼①

举头西北浮云②，倚天万里须长剑③。人言此地，夜深长见，斗牛光焰④。我觉山高，潭空水冷，月明星淡。待燃犀下看，凭栏却怕，风雷怒，鱼龙惨⑤。　峡束沧江对起，过危楼，欲飞还敛⑥。元龙老矣，不妨高卧，冰壶凉簟⑦。千古兴亡，百年悲笑，一时登览。问何人又卸，片帆沙岸，系斜阳缆。

[注释]

①闽中巡视途中作。　南剑：州名，州治在南平（今福建南平），有"登溪环其左，樵川带其右，汇为澄潭，是为宝剑化龙之津"。见王象之《舆地纪胜·南剑州》。二水交汇处有楼，名双溪楼。宋余良弼有《双溪楼记》。　②西北浮云：喻中原沦陷。　③倚天长剑：语出宋玉《大言赋》"长剑耿耿倚天外"。　④"人言"三句：相传晋张华看到牛斗之间常有紫气，向雷焕请教。雷焕说：这是宝剑神光冲天，宝剑当在江西丰城地区。于是张华派雷焕为丰城县令，前去寻剑，果然在地下觅得两剑，一名龙泉，一名太阿。见《晋书·张华传》。　⑤"待燃犀"四句：想点燃火把，窥潭觅剑，却怕惹起水底妖魔兴风作浪。　燃犀：点燃起牛角。传说燃犀照水，能使妖魔显出原形，见《晋书·温峤传》。　⑥"峡束"三句：谓剑溪、樵川二水汇合后，奔腾欲飞，然受峡谷约束而有所收敛。杜甫《秋日夔州咏怀》诗有"峡束苍江对起"句。　⑦"元龙"三句：三国时，许汜见陈登，陈登久不与语，使许睡下床，而自卧大床。许汜诉于刘备，刘备曰："君有国士高名，今天下大乱，帝王失所，望君忧国忘家，有救世之意。而君求田问舍，言无可采。是元龙（陈登字）所讳也，何缘当与君语。如小人，欲卧百尺楼上，卧君于地，何但上下床之间耶！"　刘郎：刘备。

[集评]

周济云："欲抉浮云，必须长剑。长剑不可得出，安得不恨鱼龙。"

（《宋四家词选·目录序论》）

陈廷焯云："词直气盛，宝光焰焰，笔阵横扫千军。雄奇之景，非此雄奇之笔，不能写得如此精神。"（《云韶集》卷五）

又云："雄奇兀奡，真令江山生色。"（《词则》上《放歌集》卷一）

水龙吟

别傅倅先之，时傅有召命[1]

只愁风雨重阳，思君不见令人老[2]。行期定否，征车几两，去程多少[3]。有客书来，长安却早[4]，传闻追诏。问归来何日，君家旧事，直须待、为霖了[5]。　从此兰生蕙长，吾谁与、玩兹芳草[6]。自怜拙者，功名相避，去如飞鸟。只有良朋，东阡西陌，安排似巧。到如今巧处，依前又拙，把平生笑。

[注释]

①疑嘉泰二年（1202）作。　傅先之：傅兆，字先之，上饶人。淳熙八年进士，庆元初，知龙泉县。见《铅山县志》卷十二、《龙泉县志》卷八。②"思君"句：本《古诗十九首》"思君令人老，岁月忽已晚"。　③"行期"三句：化用韩愈《送杨少尹序》"不知杨侯去时，城门外送者几人？车几辆？马几匹"句意。　两：辆。　④早：原注，"去声。"　⑤"君家"二句：指傅说。《尚书·说命》有"若岁大旱，用汝作霖雨"句。　⑥"吾谁"句：语出《楚辞·九章·思美人》"惜吾不及古之人兮，吾谁与玩此芳草"。

卜算子

用韵答赵晋臣敷文，赵有真得归、方是闲二堂[1]

百郡怯登年，千里输流马[2]。乞得胶胶扰扰身[3]，却笑区区者。　野水玉鸣渠，急雨珠跳瓦。一榻清风方是闲，真得归来也[4]。

[注释]

①四卷本乙集题作“答晋臣，渠有方是闲、真得归二堂”，兹从广信书院本。广信书院本“堂”前无“二”字，据四卷本补入。 ②输流马：木牛流马之法。诸葛亮“悉大众由斜谷出，以流马运”。见《三国志·蜀书·诸葛亮传》。赵晋臣曾任江西漕，故云。 ③“乞得”句：用王安石《芙蓉堂》诗“乞得胶胶扰扰身，五湖烟水替风尘”句。 胶胶扰扰：动乱不安貌。 ④“一榻”二句：指真得归、方是闲二堂。

江神子

和人韵

梨花著雨晚来晴。月胧明，泪纵横。绣阁香浓，深锁凤箫声[1]。未必人知春意思，还独自，绕花行。 酒兵昨夜压愁城[2]。太狂生[3]，转关情。写尽胸中，块磊未全平。却与平章珠玉价，看醉里，锦囊倾[4]。

[注释]

①“绣阁”二句：化用萧史与弄玉骑鸾成仙的故事。见刘向《列仙传》。 ②“酒兵”句：“酒犹兵也，兵可千日而不用，不可一日而不备；酒可千日而不饮，不可一饮而不醉。”见《南史·陈暄传》。 ③太狂生：“生”为语助字，常与“太”字连用，如“太憨生”、“太瘦生”。 ④“却与”三句：谓品评那些写尽胸中块磊之诗。 平章：品评。 锦囊：代指诗歌，用李贺之典。

江神子

和陈仁和韵[1]

宝钗飞凤鬓惊鸾。望重欢，水云宽。肠断新来，翠被粉香残。待得来时春尽也，梅著子，笋成竿。　　湘筠帘卷泪痕斑[②]。珮声闲，玉垂环。个里温柔，容我老其间[③]。却笑将军三羽箭，何日去，定天山[④]。

[注释]

①陈仁和：陈德明，字光宗，宁德人，寓居吴中。淳熙十三年坐事罢知仁和县，刺面配信州。见《淳熙三山志》卷二十九、《八琼室金石补正》卷一百一十六、《皇宋中兴两朝圣政》卷六十三。　②湘筠：即湘竹。湘竹有斑纹，相传其斑纹为湘妃的泪痕。　③"个里"二句：用《飞燕外传》故事，"后德嫕计，是夜进合德，帝大悦，以辅属体，无所不靡，谓为温柔乡。谓嫕曰：'吾老是乡矣，不能效武皇帝求白云乡也。'"　④"却笑"三句：唐薛仁贵诏副郑仁泰为铁勒道行军总管。时敌虏众十馀万，有骁骑数十来挑战，仁贵发三箭，辄杀三人。于是虏气震慑，皆降。仁贵虑为后患，皆埋之。军中歌曰："将军三箭定天山，壮士长歌入汉关。"见《新唐书·薛仁贵传》。

鹧鸪天

鹅湖归，病起作

著意寻春懒便回，何如信步两三杯。山才好处行还倦，诗未成时雨早催[①]。　　携竹杖，更芒鞋。朱朱粉粉野蒿开。谁家寒食归宁女[②]，笑语柔桑陌上来。

[注释]

①"诗未成时"句：借用杜甫《丈八沟纳凉遇雨》"片云头上黑，应是催雨诗"诗意。　②归宁：出门的闺女回娘家探望父母。

[集评]

沈际飞云："对句逼唐。诗翁酒客与怀春之女相值，何等风光。"（《草堂诗馀正集》卷一）

潘游龙云:“善读此词,便许评陶,评王、孟。”(《精选古今诗馀醉》卷一)

鹧鸪天

席上再用韵

水底明霞十顷光。天教铺锦衬鸳鸯。最怜杨柳如张绪[①],却笑莲花似六郎[②]。　方竹簟,小胡床。晚风消得许多凉。背人白鸟都飞去,落日残霞更断肠。

[注释]

①杨柳如张绪:南朝宋张绪字思曼,好清谈。刘悛之知益州,献柔柳数枝,状如丝缕,武帝植于灵和殿前,常玩赏,曰:“此杨柳风流可爱,似张绪当年时。”见《南史·张绪传》。　②莲花似六郎:唐张宗昌以姿貌见宠,上呼之为六郎。杨再思又谀之曰:“人言六郎面似莲花,再思以为莲花似六郎,非六郎似莲花也。”见《旧唐书·杨再思传》。

鹧鸪天

败棋,罚赋梅雨

漠漠轻云拨不开,江南细雨熟黄梅[①]。有情无意东边日[②],已怒重惊忽地雷。　云柱础,水楼台[③]。罗衣费尽博山灰[④]。当时一识和羹味,便道为霖消息来[⑤]。

[注释]

①“江南”句:本杜甫《梅雨》诗“四月熟黄梅,冥冥细雨来”。　②“有情”句:本刘禹锡《竹枝词》“杨柳青青江水平,闻郎江上唱歌声。东边日出西边雨,道是无晴却有晴”。　③“云柱”二句:谓江南黄梅时节多雨潮湿。宋陆佃《埤雅》:“江湘二浙,梅欲黄时,柱础皆汗,郁蒸成雨。”　④博山:香炉。《考古图》:“香炉象海中博山,下盘伫汤,使润气蒸香。”　⑤“当

时”二句：和羹，切梅字；为霖，切雨字。《尚书·说命上》：“若岁大旱，用汝作霖雨。”《说命下》：“若作和羹，尔惟盐梅。”

鹧鸪天

重九席上再赋

有甚闲愁可皱眉，老怀无绪自伤悲。百年旋逐花阴转，万事长看鬓发知。　　溪上枕[①]，竹间棋。怕寻酒伴懒吟诗。十分筋力夸强健，只比年时病起时。

［注释］

①溪上枕：“孙子荆年少时欲隐，语王武子当枕石漱流，误曰漱石枕流。王曰：‘流可枕，石可漱乎？’孙曰：‘所以枕流，欲洗其耳；所以漱石，欲砺其齿。’”见《世说新语·排调》。

鹧鸪天

石门道中[①]

山上飞泉万斛珠，悬崖千丈落鼪鼯[②]。已通樵径行还碍，似有人声听却无。　　闲略彴[③]，远浮屠[④]。溪南修竹有茅庐。莫嫌杖屦频来往，此地偏宜著老夫。

［注释］

①《大明一统名胜志》及《铅山县志》均谓此词咏铅山县女城山之蕊云洞。洞口如门。石门殆即蕊云洞之洞口。一说石门在庐山西南。②鼪：即鼬，俗称黄鼠狼。　鼯：鼠的一种，俗称飞鼠。　③略彴：小桥。④浮屠：佛塔。

鹧鸪天

送欧阳国瑞入吴中[①]

莫避春阴上马迟，春来未有不阴时[②]。人情展转闲中看，客路崎岖倦后知。　梅似雪，柳如丝。试听别语慰相思。短篷炊饭鲈鱼熟，除却松江枉费诗[③]。

[注释]

①欧阳国瑞：上饶人，其仕履不详。朱熹有《跋欧阳国瑞母氏锡诰》，陈文蔚有《送欧阳国瑞归铅山》诗。　②"春来"句：本杜甫《人日》诗"元日到人日，未有不阴时"。　③"短篷"二句：松江产鲈鱼，秋季肥大。张翰《思吴江歌》："秋风起兮佳景时，吴江水兮鲈鱼肥。三千里兮家未归，恨难得兮仰天悲。"

鹧鸪天

送廓之秋试[①]

白苎新袍入嫩凉[②]，春蚕食叶响回廊[③]。禹门已准桃花浪，月殿先收桂子香[④]。　鹏北海[⑤]，凤朝阳[⑥]。又携书剑路茫茫。明年此日青云上，却笑人间举子忙。

[注释]

①淳熙十三年(1186)作。　廓之：即范开，稼轩的学生。　②白苎新袍：宋代举子皆穿苎袍。梅尧臣在礼部考校时和欧阳修《春雪》诗云："有梦皆蝴蝶，逢袍只苎麻。"　③"春蚕"句：喻考场笔试情景。"无哗战士衔枚勇，下笔春蚕食叶声。"见欧阳修《礼部贡院阅进士就试》诗。　④"禹门"二句：龙门为禹治洪水时所凿，又称禹门。《三秦记》："河津一名龙门，桃花浪起，江海鱼集龙门下，跃而上之，跃过者化龙，否则点额暴腮。"此喻漕试通过。宋制：各州郡漕试解均于八月举行，正值桂花飘香时节。⑤鹏北海：北海有鱼，其名为鲲，化而为鸟，其名为鹏。见《庄子·逍遥

游》。 ⑥凤朝阳：语出《诗经·大雅·卷阿》"凤凰鸣矣，于彼高冈。梧桐生矣，于彼朝阳"。

鹧鸪天

用前韵，和赵文鼎提举赋雪①

莫上扁舟向剡溪②，浅斟低唱正相宜③。从教犬吠千家白，且与梅成一段奇④。 香暖处，酒醒时。画檐玉箸已偷垂⑤。笑君解释春风恨，倩拂蛮笺只费诗⑥。

[注释]

①疑淳熙十一年(1184)作。 前韵：即次首《徐衡仲惠琴不受》。赵文鼎：名善括，号解林居士，其曾任何路提举，不详。 ②"扁舟"句：用王徽之故事。王徽之居山阴，夜大雪，开室酌酒，咏左思《招隐》诗。忽忆戴逵，时戴在剡溪，即便夜乘舟前往，经宿方至，然造门不进而返。人问其故，徽之曰："吾本乘兴而行，兴尽而返，何必见戴？"见《世说新语·任诞》。 ③"浅斟"句：世传陶谷学士买得党太尉家故伎。遇雪，陶取雪水，烹团茶，谓伎曰："党家应不识此？"伎曰："彼粗人，安有此景，但能于销金暖帐下浅斟低唱，吃羔儿酒。"陶默然愧其言。见苏轼《赵成伯家有丽人，仆忝乡人不肯开尊，徒吟春雪美句次韵一笑》"何如低唱两三杯"句自注。 ④"从教"二句：指雪。 犬吠千家白：南方少雪，故犬见之多惊异而吠。柳宗元《答韦立中书》："仆来南二年，冬大雪，逾岭，被南越中数州。数州之犬皆苍黄吠噬狂走者累日。" ⑤玉箸：喻檐下冰溜。 ⑥"笑君"二句：指赵文鼎赋雪之作。 解释春风恨：语出李白《清平调》"解释春风无限恨，沉香亭北倚阑干"。 蛮笺：诗笺。

鹧鸪天

徐衡仲惠琴不受①

千丈阴崖百丈溪，孤桐枝上凤偏宜②。玉音落落虽难合,横理庚庚定自奇。[3]　人散后,月明时。试弹幽愤泪空垂[4]。不如却付骚人手,留和南风解愠诗[5]。

[注释]

①与前首同时作。　徐衡仲:徐安国字衡仲,号西窗,上饶人。年逾五十,为岳州学官,迁连山令。详《上饶县志》卷二十二。又据杨万里《题徐衡仲西窗诗编》诗,衡仲为江西诗派中人也。　②“孤桐”句:传说凤凰非梧桐不居。又古人以桐木制琴为贵。郭璞《梧桐赞》:“桐实嘉木,凤凰所栖,爰我琴瑟。”　③“玉音”二句:谓琴的声音、纹理都很奇特。　落落:孤独貌。　落落难合:指琴声与诸音不谐。　庚庚:横貌。　横理庚庚:指琴身的木质呈横向纹理。山谷《听摘阮歌》云:“玄璧庚庚有横理。”　④幽愤:即《幽愤》诗,晋吕安为兄所枉诉,以事系狱,并累及其友嵇康。嵇康性慎言行,一旦缧绁狱中,乃作《幽愤诗》。又刘琨虑及国家危亡而大耻不雪,“每见将佐,发言慷慨,悲其道穷,欲率部曲死于贼垒,斯谋未果,竟为匹磾所拘”,因作五言诗,“诧意非常,摅畅幽愤”。见《晋书·嵇康传》与《刘琨传》。　⑤南风解愠诗:相传舜作《五弦琴歌》曰,“南风之薰兮,可以解吾民之愠兮。南风之时兮,可以阜吾民之财兮。”见《文选·琴赋》注引《孔子家语》。

鹧鸪天

代人赋

陌上柔桑破嫩芽[1],东邻蚕种已生些。平冈细草鸣黄犊,斜日寒林点暮鸦。　山远近,路横斜。青旗沽酒有人家。城中桃李愁风雨,春在溪头荠菜花[2]。

[注释]

①桑破嫩芽:四卷本作“条初破芽”,兹从广信书院本。　②荠菜:四卷本作“野荠”,兹从广信书院本。

[集评]

卓人月、徐士俊云："春在梨花，春在荠花，仁见谓仁，智见谓智。"(《古今词统》卷七)

陈廷焯云："'斜阳'七字，一幅画图。以诗为词，词愈出色。"(《云韶集》卷五)

又云："'城中'二语，有多少感慨。信笔写去，格调自苍劲，意味自深厚，有不可强而致者。放翁、改之、竹山学之，已成效颦，何论馀子。"(《词则》上《放歌集》卷一)

鹧鸪天

游鹅湖，醉书酒家壁

春日平原荠菜花，新耕雨后落群鸦。多情白髮春无奈，晚日青帘酒易赊。　闲意态，细生涯。牛栏西畔有桑麻。青裙缟袂谁家女，去趁蚕生看外家。

鹧鸪天

元溪不见梅①

千丈清溪百步雷，柴门都向水边开。乱云剩带炊烟去，野水闲将日影来。　穿窈窕，历崔嵬②。东林试问几时栽。动摇意态虽多竹，点缀风流却少梅。

[注释]

①元溪：不详。　②"穿窈窕"二句：本陶渊明《归去来兮辞》"即窈窕以寻壑，亦崎岖而经丘"。广信书院本"历"作"过"。

鹧鸪天

送元济之归豫章[1]

攲枕婆娑两鬓霜,起听檐溜碎喧江[2]。那边玉箸销啼粉[3],这里车轮转别肠。　诗酒社,水云乡。可堪醉墨几淋浪。画图恰似归家梦,千里河山寸许长[4]。

[注释]

①元济之:不详。　②"起听"句:本韩愈、孟郊《雨中寄孟刑部联句》"檐泻碎江喧,街流浅溪迈"。　③玉箸:喻眼泪。　④"画图"二句:意谓画家能将千里江山缩写于寸幅之间,亦犹离家千里之旅客可于梦中迅速返抵家乡。

西江月

夜行黄沙道中[1]

明月别枝惊鹊,清风半夜鸣蝉。稻花香里说丰年,听取蛙声一片。　七八个星天外,两三点雨山前[2]。旧时茅店社林边,路转溪桥忽见。

[注释]

①黄沙:即黄沙岭,在上饶县西四十里乾元乡,见《上饶县志》。　②"七八个"二句:本卢延让《松寺》诗"两三条电欲为雨,七八个星犹在天"。

[集评]

许昂霄云:"后叠似乎太直,然确是夜行光景。"(《词综偶评》)

陈廷焯云:"的是夜景。所闻所见,信手拈来,都成异彩,总由笔力胜故也。"(《词则》下《闲情集》卷二)

菩萨蛮

淡黄弓样鞋儿小，腰肢只怕风吹倒。蓦地管弦催，一团红雪飞。　　曲终娇欲诉，定忆梨园谱①。指日按新声，主人朝玉京。

［注释］

①梨园：唐明皇选坐部伎子弟三百，教于梨园，号梨园弟子。

菩萨蛮

乙巳冬南涧举似前作，因和之①

锦书谁寄相思语，天边数遍飞鸿数。一夜梦千回，梅花入梦来②。　　涨痕纷树髮，霜落沙洲白。心事莫惊鸥，人间千万愁。

［注释］

①乙巳：淳熙十二年(1185)。　南涧：韩元吉之号。韩元吉，字无咎，号南涧，河南许昌人。南渡后，徙家信州。孝宗初年，曾任吏部尚书，主抗金，政绩、文学俱有名。晚年退居信州，详见《宋史》本传。　举似：举出而示之。　前作：指同调《金陵赏心亭为叶丞相赋》。广信书院本题作“用前韵”，兹从四卷本。四卷本“南涧”误作“前间”。　②“锦书”四句：追忆丞相叶衡。叶衡于淳熙二年罢右相，淳熙十年卒。此词盖因韩南涧淳熙十二年举似前作而寄追思。

菩萨蛮

双韵赋摘阮①

阮琴斜挂香罗绶，玉纤初试琵琶手。桐叶雨声乾，真珠落玉盘[②]。　朱弦调未惯，笑倩春风伴[③]。莫作别离声，且听双凤鸣。

[注释]

①摘阮：奏琵琶。　摘(tì)：奏。　阮：阮咸，阮籍之侄，竹林七贤之一。阮咸妙解音律，善弹琵琶。《新唐书·元行冲传》："有人得古铜器似琵琶，身正圆，人莫能辨，行冲曰：'此阮咸所作器也。'命易以木，弦之，其声亮雅，乐家谓之阮咸。"　②"真珠"句：喻琵琶乐声。白居易《琵琶行》："嘈嘈切切错杂弹，大珠小珠落玉盘。"　③春风：指琵琶。奏琵琶亦称"拨春风"。姜夔《解连环》词："为大乔能拨春风，小乔妙移筝，雁啼秋水。"

朝中措

为人寿[①]

年年金蕊艳西风，人与菊花同。霜鬓经春重绿，仙姿不饮长红。　焚香度日尽从容，笑语调儿童。一岁一杯为寿，从今更数千钟。

[注释]

①此首别误入《遗山新乐府》卷五。

鹊桥仙

和范先之送祐之弟归浮梁[①]

小窗风雨，从今便忆，中夜笑谈清软。啼鸦衰柳自无聊，更管得、离人肠断。　诗书事业，青毡犹在，头上貂蝉会见[②]。莫贪风月卧江湖，道日近、长安路远[③]。

[注释]

①与前《蝶恋花·送祐之弟》、《菩萨蛮·送祐之弟归浮梁》同时作。范先之：即范开。 ②青毡：相传王献之夜卧斋中，有贼入其室，盗物都尽，献之徐曰："偷儿，青毡我家旧物，可特置之。"群盗惊走。《晋书·王羲之传》。 貂蝉：即貂蝉冠。据《宋史·舆服志》，装饰极为华丽，唯三公大臣于国祀或大朝会时方冠戴。 ③"道日"句：借《世说新语·夙惠》晋明帝幼时与元帝对答长安与太阳谁远的故事，自述遥念中原之情。

鹊桥仙

己酉山行书所见[①]

松冈避暑，茅檐避雨，闲去闲来几度。醉扶孤石看飞泉[②]，又却是、前回醒处。 东家娶妇，西家归女，灯火门前笑语。酿成千顷稻花香，夜夜费、一天风露。

[注释]

①己酉：淳熙十六年（1189）。 ②"醉扶"句：当指博山雨岩景色。

临江仙

即席和韩南涧韵[①]

风雨催春寒食近，平原一片丹青。溪头唤渡柳边行。花飞蝴蝶乱，桑嫩野蚕生。 绿野先生闲袖手[②]，却寻诗酒功名。未知明日定阴晴。今宵成独醉，却笑众人醒[③]。

[注释]

①韩南涧：韩元吉。 ②绿野先生：裴度治第洛阳集贤里，沼石林丛，岑缭幽胜。又于午桥作别墅，具燠馆凉台，号绿野堂。与白居易、刘禹锡

把酒穷昼夜相欢,不问人间事。见《新唐书》本传。 ③"今宵"二句:本《楚辞·渔父》"举世皆浊我独清,众人皆醉我独醒"。

临江仙

为岳母寿①

住世都无菩萨行,仙家风骨精神。寿如山岳福如云。金花汤沐诰②,竹马绮罗群③。 更愿升平添喜事,大家祷祝殷勤。明年此地庆佳辰。一杯千岁酒,重拜太夫人。

[注释]

①约淳熙五年(1178)作。稼轩岳母张氏,钜鹿人,为赵士经之女。刘宰《漫塘文集》卷三十四有《故公安范大夫及夫人张氏行述》。 ②"金花"句:"凡官诰之制……郡夫人常使金花罗纸七张,法锦褾袋。"见宋敏求《春明退朝录》卷中。"邓皇后新野君汤沐邑万户。"见《汉书·外戚传》。颜师古注:"凡言汤沐邑者,谓以其赋税供汤沐之具也。"注者按:刘宰《行述》谓稼轩岳母为"皇叔士经之女,贵重",此盖谓其既享高寿,且将有封赏。 ③竹马:"童儿数百,各骑竹马。"见《后汉书·郭伋传》。

定风波

用药名招婺源马荀仲游雨岩。马善医①

山路风来草木香,雨馀凉意到胡床。泉石膏肓吾已甚②,多病。提防风月费篇章。 孤负寻常山简醉③,独自。故应知子草玄忙。湖海早知身汗漫,谁伴。只甘松竹共凄凉。

[注释]

①药名:词中嵌有木香、雨馀凉(禹馀粮)、石膏、防风、常山、知(栀)子、海早(藻)、甘松等药名。 婺源:今江西市名。 马荀仲:不详。 ②"泉

石”句：唐田游岩入箕山，居许由祠旁，自号由东邻。高宗幸嵩山，亲至其门，游岩野服出拜，高宗问：“先生比佳否?”答曰：“臣所谓泉石膏肓，烟霞痼疾者。”见《新唐书·田游岩传》。　③山简醉：指晋山简。山简在荆州，时出酣畅。人为之歌曰：“山公时一醉，径造高阳池。日暮倒载归，酩酊无所知。复能乘骏马，倒着白接䍦。”见《世说新语·任诞》。

定风波

席上送范廓之游建康[①]

听我尊前醉后歌，人生亡奈别离何。但使情亲千里近，须信。无情对面是山河。　寄语石头城下水[②]，居士[③]。而今浑不怕风波。借使未成鸥鸟伴，相惯[④]。也应学得老渔蓑。

[注释]

①淳熙十六年(1189)作。　范廓之：即范开。　②石头城：即南京。　③居士：稼轩《新居上梁文》自称“稼轩居士”。　④未成鸥鸟伴相惯：四卷本作“未如鸥鸟惯，相伴”，兹从广信书院本。

定风波

再和前韵，药名[①]

仄月高寒水石乡，倚空青碧对禅床。白发自怜心似铁，风月。使君子细与平章。　平昔生涯筇竹杖，来往。却惭沙鸟笑人忙。便好剩留黄绢句[②]，谁赋。银钩小草晚天凉[③]。

[注释]

①前韵：即前同调(山路风来草木香)。　药名：词中嵌有寒水石、空

青、发自(法子,即半夏)、怜(莲)心、使君子、筇(邛)竹、惭沙(蚕砂)、留(硫)黄、小草(即远志)等药名。 ②“剩留黄绢”句:曹操与杨修曾过曹娥碑下,见碑背有题“黄绢幼妇,外孙齑臼”八字,曹操谓杨修曰:“解不?”答曰:“解。”曹操曰:“卿未可言,待我思之。”行三十里,曹操乃曰:“吾已得。”命杨修别记所知。杨修曰:“黄绢,色丝也,于字为绝;幼妇,少女也,于字为妙;外孙,女子也,于字为好;齑臼,受辛也,于字为辞。所谓绝妙好辞也。”见《世说新语·捷悟》。 ③银钩:晋索靖草书绝代,名曰银钩虿尾。见《书苑》。

定风波

大醉归自葛园,家人有痛饮之戒,故书于壁①

昨夜山公倒载归,儿童应笑醉如泥②。试与扶头浑未醒,休问。梦魂犹在葛家溪。 千古醉乡来往路,知处。温柔东畔白云西③。起向绿窗高处看,题遍。刘伶元自有贤妻④。

[注释]

①葛园:似在词中所谓“葛家溪”附近。葛家溪在上饶县灵山侧,又名葛水。见《太平寰宇记·江南西道·信州》。四卷本乙集题作“大醉自诸葛溪亭归,窗间有题字令戒饮者,醉中戏作”,兹从广信书院本。 ②“昨夜”二句:用李白《襄阳歌》“襄阳小儿齐拍手,拦街争唱白铜鞮。傍人借问笑何事,笑杀山公醉似泥”句意。 ③“温柔”句:即“温柔乡”之简称。 ④“刘伶”句:刘伶病酒,其妻曾涕泣谏曰:“君饮太过,非摄生之道,必宜断之。”见《世说新语·任诞》。

[集评]

卓人月、徐士俊云:“更当合睡乡,来称四乡寓公。(引按:另三乡指词中所列醉乡、温柔乡、白云乡。)”(《古今词统》卷十)

定风波

施枢密圣与席上赋[①]

春到蓬壶特地晴[②]，神仙队里相公行。翠玉相挨呼小字，须记。笑簪花底是飞琼[③]。　　总是倾城来一处，谁妒。谁携歌舞到园亭。柳妒腰肢花妒艳，听看。流莺直是妒歌声。

[注释]

①绍熙二年（1191）作。　施枢密圣与：施师点，字圣与，上饶人，淳熙十四年除知枢密院事。《宋史》有传。　②蓬壶：即蓬莱，传说东海三仙山之一。　③飞琼：许飞琼，西王母之侍女，此喻指施圣与家伎中最美者。

定风波

赋杜鹃花

百紫千红过了春，杜鹃声苦不堪闻[①]。却解啼教春小住，风雨。空山招得海棠魂。　　一似蜀宫当日女[②]，无数。猩猩血染赭罗巾。毕竟花开谁作主，记取。大都花属惜花人。

[注释]

①杜鹃：鸟名，又名子规，传说为古蜀帝杜宇所化，故又称杜宇。杜鹃声哀，并有“杜鹃啼血”之说。　②“一似”句：“古时杜宇称望帝，魂作杜鹃何微细。……岂思昔日居深宫，嫔嫱左右如花红。”见司空曙《杜鹃行》。

浣溪沙

赠子文侍人,名笑笑[①]

侬是嵚崎可笑人[②],不妨开口笑时频。有人一笑坐生春。　　歌欲颦时还浅笑,醉逢笑处却轻颦。宜颦宜笑越精神。

[注释]

①乾道四年或五年(1168或1169)作。　子文:严焕,字子文,曾通判建康,与稼轩同官。　②嵚崎:桓彝字茂伦,为周𫖮所重。周𫖮曾叹曰:"茂伦嵚崎历落,固可笑人也。"见《晋书·桓彝传》。

浣溪沙

别成上人,并送性禅师[①]

梅子熟时到几回[②],桃花开后不须猜[③]。重来松竹意徘徊。　　惯听禽声浑可谱,饱观鱼阵已能排。晚云挟雨唤归来。

[注释]

①成上人、性禅师:不详。韩淲有《浣溪沙·和辛卿壁上韵》一首,原韵即此首。　②"梅子"句:明州大梅山法常禅师,初参大寂,问如何是佛?大寂曰:"即心是佛。"师即大悟。遂往四明梅子真旧隐处。大寂闻师住山,乃令僧问:"和尚见马大师(马祖,即大寂禅师)得个甚么?便住此山?"师曰:"大师向我道即心是佛,我便向这里住。"僧曰:"大师近日佛法又别。"师曰:"作么生?"曰:"又道非心非佛。"师曰:"这老汉惑乱人,未有了日。任他非心非佛,我只管即心即佛。"其僧回,举似马祖,马祖曰:"梅子熟也。"庞居士闻之,欲验师实,特去相访。才相见,便问:"人向大梅,未审梅子熟也未?"师曰:"熟也。你向甚么处下口?"庞居士曰:"百杂碎。"师伸手曰:"还我核子来。"居士无语。自此学者渐臻,师道弥著。见《五

灯会元》卷三。 ③"桃花"句：福州灵云志勤禅师初在沩山，因桃花悟道，有偈曰："三十年来寻剑客，几逢落叶几抽枝。自从一见桃花后，直到如今更不疑。"见《景德传灯录》卷十一。

浣溪沙

种梅菊

百世孤芳肯自媒，直须诗句与推排。不然唤近酒边来。 自有渊明方有菊，若无和靖即无梅。只今何处向人开。

浣溪沙

漫兴作

未到山前骑马回，风吹雨打已无梅。共谁消遣两三杯。 一似旧时春意思，百无是处老形骸。也曾头上带花来。

杏花天

嘲牡丹

牡丹比得谁颜色，似宫中、太真第一[①]。渔阳鼙鼓边风急[②]，人在沉香亭北[③]。 买栽池馆多何益[④]，莫虚把、千金抛掷[⑤]。若教解语倾人国[⑥]，一个西施也得[⑦]。

[注释]

①太真第一：杨贵妃号太真。李白《宫词》："宫中谁第一，飞燕在昭阳。" ②"渔阳"句：本白居易《长恨歌》"渔阳鼙鼓动地来，惊破霓裳羽衣曲"。 ③沉香亭：开元中，禁中初种牡丹，后移植于兴庆池东沉香亭前。

会花方繁开,上乘月夜,合太真妃,以步辇从,命李龟年持花笺宣赐翰林学士李白,白进《清平乐》三章。中有"解释春风无限恨,沉香亭北倚阑干"之语。见《松窗杂录》。 ④"买栽"句:本罗邺《牡丹》诗"买栽池馆恐无地,看到子孙能几家"。 ⑤"莫虚"句:张又新与杨凝齐名,友善。张曾谓杨曰:"我少年成美名,不忧仕矣,唯得美室,平生之望斯足。"既婚,殊不惬心,乃作诗曰:"牡丹一朵值千金,将谓从来色最深。今日满栏开似雪,一生辜负看花心。"见《本事诗·情感》。 ⑥"若教"句:《天宝遗事》载,唐明皇与妃子共赏太液池千叶白莲时,指妃子谓左右曰:"何如此解语花耶?"罗隐《牡丹》诗有"若教解语应倾国,任是无情亦动人"句。 ⑦"一个"句:卢任门族甲天下,三十尚未第,作一绝云:"惆怅兴亡系绮罗,世人犹自选青娥。越王解破夫差国,一个西施已是多。"见《诗话总龟》卷一《讽谕门》。

鹊桥仙

赠　人

风流标格,惺忪言语,真个十分奇绝①。三分兰菊十分梅②,斗合就、一枝风月。　笙簧未语,星河易转,凉夜厌厌留客③。只愁酒尽各西东,更把酒、推辞一霎。

［注释］

①"风流"三句:用周邦彦《望江南》词"浅淡梳妆疑见画,惺忪言语胜闻歌。何况会婆娑"句意。 ②十分梅:疑当作"七分梅"。此词唯见四卷本乙集,无可参校,姑仍之。 ③厌厌:安静貌。《诗经·小雅·湛露》:"厌厌夜饮,不醉无归。"

鹊桥仙

庆岳母八十①

八旬庆会,人间盛事,齐劝一杯春酿。胭脂小字点眉间[②]。犹记得、旧时宫样。　　彩衣更著，功名富贵，直过太公以上。大家著意记新词，遇著个、十字便唱[③]。

[注释]

①约淳熙十五年(1188)作。　岳母：稼轩岳母张氏，钜鹿人，为赵士经之女。刘宰《漫塘文集》卷三十四有《故公安范大夫及夫人张氏行述》。　②胭脂：指朱书“八十”字样于小孩额上，以祈长寿。此盖宋代习俗。陈藻《丘叔乔八十》诗“八十孩儿题向额”、周必大《三月三日会客》诗“兄弟相看俱八十，研朱赢得祝婴孩”、吴潜丁巳寿叔之《贺新郎》词“只比儿儿额上寿，尚有时光如许”，均指此俗。　③十字：指逢十整寿。

鹊桥仙

寿余伯熙察院[①]

豸冠风采[②]，绣衣声价[③]，曾把经纶少试。看看有诏日边来，便入侍、明光殿里[④]。　　东君未老，花明柳媚，且引玉船沉醉[⑤]。好将三万六千场[⑥]，自今日、从头数起。

[注释]

①余伯熙：事历不详。据稼轩《渔家傲》题序，其为信州人。　察院：官署名。监察御史，属察院。察院为御史台所属三院之一。　②豸冠：獬豸冠之简称，为汉时执法官之服，见《汉书·舆服志》。　③绣衣：绣衣使者，汉代执法官名。　④明光殿：汉宫殿名，为尚书奏事之所，见《汉官仪》。　⑤玉船：酒器名。　⑥三万六千场：本苏轼《满庭芳》词“百年里，浑教是醉，三万六千场”。

鹊桥仙

送粉卿行[①]

轿儿排了，担儿装了，杜宇一声催起。从今一步一回头，怎睚得、一千馀里。　旧时行处，旧时歌处，空有燕泥香坠。莫嫌白髮不思量，也须有、思量去里[②]。

[注释]

①粉卿：当为稼轩家伎之名。　②“也须有”句：犹言也自有思量之处。

虞美人

送赵达夫[①]

一杯莫落吾人后，富贵功名寿。胸中书传有馀香。看写兰亭小字、记流觞。　问谁分我渔樵席，江海消闲日。看君天上拜恩浓，却恐画楼无处、著东风。

[注释]

①赵达夫：赵充夫，字可大，魏悼王七世孙，始名达夫，字兼善，孝宗为更名。寓居铅山。袁燮《絜斋集》卷十八有《运判龙图赵公墓志铭》。

虞美人

寿赵文鼎提举[①]

翠屏罗幕遮前后，舞袖翻长寿。紫髯冠佩御炉香，看取明年归奉、万年觞[②]。　今宵池上蟠桃席[③]，咫尺长安日。宝烟飞焰万花浓，试看中间白鹤、驾仙风。

[注释]

①赵文鼎：名善扛，号解林居士。　②“看取”句：班超使西域，欲因此荡平诸国，乃上书请兵曰：“窃冀未便僵仆，目见西域平定，陛下举万年之觞，荐勋祖庙，布大喜于天下。”见《后汉书·班超传》。“传闻汉都护，归

奉万年觞”。见滕甫《西旅来王》诗。 ③池上蟠桃：池谓瑶池。《十洲记》：“东海有山，名度索山，上有大桃树，蟠屈三千里，曰蟠桃。”

虞美人

夜深困倚屏风后，试请毛延寿[①]。宝钗小立白翻香，旋唱新词犹误、笑持觞。 四更山月寒侵席，歌舞催时日。问他何处最情浓，却道小梅摇落、不禁风。

[注释]

①毛延寿：汉元帝时，有杜陵毛延寿，善画人形，丑好老少，必得其真。见《西京杂记》卷二。

虞美人

赋荼蘼[①]

群花泣尽朝来露，争奈春归去。不知庭下有荼蘼，偷得十分春色、怕春知。 淡中有味清中贵，飞絮残英避。露华微渗玉肌香，恰似杨妃初试、出兰汤[②]。

[注释]

①荼蘼：亦作“酴醾”，又名独步春、雪缨络、沉香密友等。开时色带浅碧，大朵千瓣，香微而清，盘作高架，三月间，尤烂漫可观。 ②“恰似”句：唐杨贵妃“鬒髮腻理，纤秾中度，举止闲冶，如汉武帝李夫人。别疏汤泉，诏赐藻莹。既出水，体弱力微，若不任罗绮，光彩焕发，转动照人，上甚悦”。见陈鸿《长恨歌传》。

蝶恋花

用前韵,送人行[①]

意态憨生元自好。学画鸦儿,旧日偏他巧[②]。蜂蝶不禁花引调,西园人去春风少[③]。　春已无情秋又老。谁管闲愁,千里青青草[④]。今夜倩簪黄菊了,断肠明月霜天晓。

[注释]

①前韵:指同调《月下醉书雨岩石浪》(九畹芳菲兰佩好)。　②"意态"三句:隋炀帝幸江都,洛阳人献合蒂迎辇花。炀帝令御车女子袁宝儿持之,号曰司花女。时召虞世南草《征辽指挥德音勅》于帝侧,宝儿注视久之,炀帝谓世南曰:"昔传飞燕可掌上舞,朕常谓儒生饰于文字,岂能若此乎?及今见宝儿,方昭前事,然多憨态。今注目于卿,卿才人,可便嘲之。"世南应诏为绝句曰:"学画鸦黄半未成,垂肩亸袖太憨生。缘憨却得君王惜,长把花枝傍辇行。"见《隋遗录》。　③西园:曹植《公宴》诗有"清夜游西园,飞盖相追随"之句,后遂以西园代指游宴行乐之所。　④"千里"句:据《后汉书·五行志》,献帝践阼之初,京师童谣曰:"千里草,何青青;十日卜,不得生。"案"千里草"为"董","十日卜",为"卓"。疑稼轩此词,为送董姓侍女而作。

蝶恋花

戊申元日立春,席间作[①]

谁向椒盘簪彩胜[②]。整整韶华,争上春风鬓。往日不堪重记省,为花长把新春恨。　春未来时先借问。晚恨开迟,早又飘零近。今岁花期消息定,只愁风雨无凭准。

[注释]

①戊申：淳熙十五年(1188)。　②椒盘：正月初一用盘进椒，饮酒则取椒置酒中，称椒盘。　彩胜：即幡胜。宋代士大夫家于立春多剪彩绸为春幡，或插于妇女鬓髮，或用于点缀花枝。

[集评]

沈际飞云："椒盘彩胜之外，不纯用时事，甚脱。为花恨春，为春惜花，说开一步，所以脱俗。"（《草堂诗馀正集》卷二）

周济云："（末二句）然则依然不定。"（《宋四家词选·目录序论》）

谭献云："（起句）旋撇旋挽。"（复堂词话》）

陈廷焯云："只是惜春，却写得姿态如许！笔致伸缩，真神品也。"（《云韶集》卷五）

又云："荣辱不定，迁谪无常，言外有多少哀怨，多少疑惧。"（《词则》上《大雅集》卷二）

蝶恋花

和赵景明知县韵①

老去怕寻年少伴。画栋珠帘，风月无人管。公子看花朱碧乱②，新词搅断相思怨。　凉夜愁肠千百转。一雁西风，锦字何时遣。毕竟啼乌才思短，唤回晓梦天涯远。

[注释]

①淳熙八年(1181)作。四卷本乙集题作"和江陵赵宰"，兹从广信书院诸本。　②"公子"句：本王僧孺《夜愁示诸宾》诗"谁知心眼乱，看朱忽成碧"。

蝶恋花

用赵文鼎提举送李正之提刑韵,送郑元英[①]

莫向城头听漏点。说与行人,默默情千万。总是离愁无近远,人间儿女空恩怨。　锦绣心胸冰雪面[②]。旧日诗名,曾道空梁燕[③]。倾盖未偿平日愿[④],一杯早唱阳关劝。

[注释]

①淳熙十一年(1184)作。　郑元英:事迹不详,据稼轩《归朝欢》(万里康成西走蜀)与《玉楼春》(悠悠莫向文山去)二词题语,知其为福建文山人。　②锦绣心胸:意同苏轼《寄高令》诗"诗成锦绣开胸臆"句。　冰雪面:指肌肤如冰玉莹净。　③"旧日"二句:隋薛道衡有"暗牖悬蛛网,空梁落燕泥"之句,最为一时所传诵。　④"倾盖"句:孔子遇齐程本子于郯,倾盖而语终日,顾谓子路曰:"夫《诗》不云乎:'邂逅相遇,适我愿兮。'"见《韩诗外传》卷二。

感皇恩

寿范倅[①]

七十古来稀[②],人人都道。不是阴功怎生到。松姿虽瘦,偏耐云寒霜晓。看君双鬓底,青青好。　楼雪初晴,庭闱嬉笑。一醉何妨玉壶倒。从今康健,不用灵丹仙草。更看一百岁,人难老[③]。

[注释]

①范倅:与《木兰花慢·滁州送范倅》及《感皇恩·滁州寿范倅》中之范倅疑非同一人,此范倅不详。　②"七十岁"句:本杜甫《曲江》之二"人生七十古来稀"。　③人难老:本《诗经·鲁颂·泮水》"既饮旨酒,永锡难老"。

一枝花

醉中戏作

千丈擎天手，万卷悬河口[①]。黄金腰下印，大如斗[②]。更千骑弓刀[③]，挥霍遮前后。百计千方久。似鬥草儿童[④]，赢个他家偏有。　算枉了、双眉长恁皱。白髮空回首。那时闲说向，山中友。看丘陇牛羊，更辨贤愚否。且自栽花柳。怕有人来，但只道、今朝中酒。

[注释]

①悬河口：郭象言谈，如悬河泻水，注而不竭。见《晋书·郭象传》。②"黄金"二句：王敦起事，丞相兄弟诣阙谢，周顗深忧诸王。始入，甚有忧色。丞相呼周顗曰："百口委卿。"周直过不应。既入，苦相存救。既释，周大悦，饮酒。及出，诸王故在门。周曰："今年杀诸贼奴，当取金印如斗大，系肘后。"见《世说新语·尤悔》。　③千骑弓刀：本晁无咎《摸鱼儿·东皋寓居》"弓刀千骑成何事，荒了邵平瓜圃"。　④鬥草：五月五日有鬥百草之戏。

[集评]

卓人月、徐士俊云："'千丈'数语入他手，如何耐得。放翁所谓'王侯蝼蚁，毕竟成灰。'"（《古今词统》卷十）

永遇乐

送陈仁和自便东归。陈至上饶之一年，得子，甚喜[①]

紫陌长安，看花年少[②]，无限歌舞。白髮怜君[③]，寻芳较晚[④]，卷地惊风雨。问君知否，鸱夷载酒，不似井瓶身误[⑤]。细思量，悲欢梦里，觉来总无寻处。　芒鞋竹杖，天教还了，千古玉溪佳句[⑥]。落魄东归，风流赢得，掌上明珠去[⑦]。起看清镜，南冠好在[⑧]，拂了旧时尘土。向君道，云霄万里，这回稳步。

[注释]

①淳熙十四年(1187)作。　陈仁和：即陈德明，曾为仁和县令。②"紫陌"二句：用刘禹锡"紫阳红尘拂面来，无人不道看花回"诗意。③"白髮"句：用苏轼《次韵刘景文西湖席》诗"白发怜君略相似，青山许我定相从"句意。　④"寻芳"句：用杜牧《叹花》诗"自是寻春去较迟，不须惆怅怨芳时"句意。　⑤"鸱夷"二句："身提黄泉，骨肉为肉。自用如此，不用鸱夷。鸱夷滑稽，腹如大壶。尽日盛酒，人复借酤。"见扬雄《酒赋》。释宝月《估客乐》："有信数寄书，无信心相忆。莫作瓶落井，一去无消息。"毛幵《玉楼春》词："金瓶落井翻相误，可惜馨香随手故。"　⑥"芒鞋"三句：谓信江胜概，遇陈氏诗句方得摹写。　玉溪：即上饶信江。南宋周辉居上饶时，曾欲裒集寓士赋咏信江山水胜概之作为《玉溪酬唱》。见其《清波杂志》卷五。　⑦"掌上"句：本杜甫《戏作寄上汉中王》诗"掌中贪看一珠新"。　自注："王新诞明珠。"　⑧南冠："晋侯观于军府，见钟仪，问之曰：'南冠而系者谁？'有司对曰：'郑人所献楚囚也。'"见《左传·成公九年》。

御街行

山中问盛复之提干行期[①]

山城甲子冥冥雨[②]，门外青泥路。杜鹃只是等闲啼，莫被他催归去。垂杨不语，行人去后，也会风前絮。
情知梦里寻鹓鹭，玉殿追班处[③]。怕君不饮太愁生[④]，不是苦留君住。白头自笑，年年送客，自唤春江渡。

[注释]

①约淳熙末年作。　盛复之：盛庶，字复之，丽水人。淳熙五年进士，曾仕信州，官至福建提举。见洪迈《夷坚志》支丁卷七、《丽水县志·选举

门》。 ②“山城”句：张鷟《朝野佥载》卷一载谚语“春雨甲子，赤地千里。夏雨甲子，乘船入市。秋雨甲子，禾头生耳”。杜甫《雨》诗有“冥冥甲子雨，已度立春时”句。 ③“情知”二句：鹓鹭谓朝官之行列，因其整齐有序如鹓与鹭也。《隋书·音乐志》：“怀黄绾白，鹓鹭千行；文赞百揆，武镇四方。” ④生：语助词，无义。

御街行

无　题

阑干四面山无数，供望眼、朝与暮。好风催雨过山来，吹尽一帘烦暑。纱厨如雾，簟纹如水，别有生凉处。

冰肌不受铅华污，更旎旎、真香聚。临风一曲最妖娇，唱得行云且住①。藕花都放，木犀开后，待与乘鸾去②。

[注释]

①“唱得”句：秦青饯薛谭于郊衢，“抚节悲歌，声振林木，响遏行云”。见《列子·汤问》。 ②乘鸾：相传唐明皇与申天师游月中，见素娥十馀人，皓衣乘白鸾，笑舞于广庭大桂树下，音乐嘈杂清丽。明皇归制《霓裳羽衣曲》，见《异闻录》。

生查子

独游雨岩①

溪边照影行，天在清溪底。天上有行云，人在行云里。　高歌谁和余，空谷清音起。非鬼亦非仙②，一曲桃花水③。

[注释]

①雨岩：在上饶博山。 ②非鬼非仙：本苏轼《夜泛西湖五绝》“湖光非鬼亦非仙，风恬浪静光满川”。 ③桃花水：桃花开时，河水瀑涨，谓之桃花水。

渔家傲

为余伯熙察院寿[①]。信之谶云:“水打乌龟石[②],三台出此时[③]。”伯熙旧居城西,直龟山之北,溪水啮山足矣,意伯熙当之耶?伯熙学道有新功,一日语余云:“溪上尝得异石,有文隐然,如记姓名,且有‘长生’等字。”余未之见也。因其生朝,姑摭二事为词以寿之

道德文章传几世,到君合上三台位。自是君家门户事[④]。当此际,龟山正抱西江水。　　三万六千排日醉[⑤],鬓毛只恁青青地。江里石头争献瑞。分明是,中间有个长生字。

[注释]

①余伯熙:事历不详。　②乌龟石:上饶西南五里有乌龟山,一名五桂山。见《广信府志》。　③三台:后汉称尚书为中台,御史为宪台,谒者为外台,合称三台。宋称监察御史隶察院。属御史台。四卷本乙集“为余伯熙察院寿”作“为余伯熙寿”。　④“自是”句:孙盛著《晋阳秋》,词直理正,咸称良史。后桓温见之,怒谓盛子曰:“枋头诚为失利,何至乃如尊君所说?若此史遂行,自是关君门户事。”见《晋书·孙盛传》。　⑤“三万”句:本李白《襄阳歌》“百年三万六千日,一日须倾三百杯”。

好事近

席上和王道夫赋元夕立春[①]

彩胜鬥华灯[②],平地东风吹却。唤取雪中明月,伴使君行乐。　　红旗铁马响春冰,老去此情薄。惟有前村梅在,倩一枝随著[③]。

[注释]

①绍熙三年(1192)正月作。王道夫,王自中,字道夫(一作“道

甫”）。淳熙五年进士，绍熙二年知信州。魏了翁《鹤山大全集》卷七十六有《宋故藉田令知信州王公墓志铭》、陈傅良《止斋集》卷五十有《王道甫圹志》。 ②彩胜：剪彩绸为春幡，插于鬟鬓的妆饰品。 ③“惟有”二句：僧齐己作《早梅》诗，有“前村深雪里，昨夜数枝开”之句，郑谷笑谓齐己曰：“数枝非早，不若一枝则佳。”见陶岳《五代史补》卷三。

好事近

送李复州致一席上和韵[①]

和泪唱阳关，依旧字娇声稳。回首长安何处，怕行人归晚。　　垂杨折尽只啼鸦，把离愁勾引。却笑远山无数，被行云低损。

[注释]

①李复州致一：李致一，名籍不详。复州，南宋属荆湖北路，即今湖北沔阳县。四卷本乙集无题，兹从广信书院诸本。

行香子[①]

归去来兮。行乐休迟，命由天、富贵何时[②]。百年光景，七十者稀。奈一番愁，一番病，一番衰。　　名利奔驰，宠辱惊疑[③]。旧家时、都有些儿[④]。而今老矣，识破关机。算不如闲，不如醉，不如痴。

[注释]

①庆元元年或二年（1195或1196）作。 ②“行乐”二句：本杨恽《报孙会宗书》“人生行乐耳，须富贵何时”。 ③“宠辱”句：本《老子》“宠辱若惊，贵大患若身”。 ④旧家：犹言“旧来”、“从前”。

南歌子

独坐蔗庵[①]

玄入参同契[②]，禅依不二门[③]。细看斜日隙中尘[④]，始觉人间何处、不纷纷。　　病笑春先到[⑤]，闲知懒是真[⑥]。百般啼鸟苦撩人，除却提壶、此外不堪闻[⑦]。

[注释]

①疑淳熙十三年(1186)作。　蔗庵：郑舜举，字蔗庵。　②参同契：书名。葛洪《神仙传》称魏伯阳作。名《参同契》者，谓以《周易》、黄老、炉火三家相参同，归于一方，契大道也。　③不二门：佛家语，即"不二法门"。佛家谓有八万四千法门，不二法在诸法门之上，能直见圣道。《维摩经》："文殊师利问维摩诘：'何等是不二法门？'维摩默然不应。殊曰：'善哉善哉，无有文字言语，是真不二法门也。'"　④"细看"句：本刘禹锡《有僧言罗浮事》诗"下视生物息，霏如隙中尘"。四卷本乙集"细看"作"静看"，兹从广信书院诸本。　⑤春先到：四卷本乙集作"春先老"，兹从广信书院诸本。　⑥"闲知"句：本杜甫《漫成》诗"近识峨嵋老，知余懒是真"。四卷本乙集"闲知"作"闲怜"，兹从广信书院诸本。　⑦提壶：鸟名。王禹偁《初入山闻提壶鸟》诗："迁客由来长合醉，不烦幽鸟道提壶。"

[集评]

沈际飞云："禅悦逍遥，悠悠世路，谁可与语。"(《草堂诗馀别集》卷二)

南歌子

山中夜坐

世事从头减，秋怀彻底清。夜深犹道枕边声。试问清溪底事、不能平。　　月到愁边白，鸡先远处鸣。是中无有利和名。因甚山前未晓、有人行。

清平乐

寿信守王道夫[①]

此身长健，还却功名愿。枉读平生三万卷[②]，满酌金杯听劝。　男儿玉带金鱼[③]，能消几许诗书。料得今宵醉也，两行红袖争扶[④]。

［注释］

①绍熙二年或三年（1191—1192）作。　王道夫：即王自中，曾知信州。　②"枉读"句：本陈师道《送苏尚书知定州》诗"枉读平生三万卷，貂蝉当复作兜鍪"。　③玉带金鱼：官饰。韩愈《示儿》诗："不知官高卑，玉带悬金鱼。"　④红袖：歌舞伎。

清平乐

寿赵民则提刑，时新除，且素不喜饮[①]

诗书万卷，合上明光殿[②]。案上文书看未遍，眉里阴功早见。　十分竹瘦松坚，看君自是长年。若解尊前痛饮，精神便是神仙。

［注释］

①绍熙五年（1194）作。　赵民则：赵象之，字民则，秦悼王六世孙，居江西高安。绍兴进士，官至军器少监。杨万里《诚斋集》卷一一九有《朝请大夫将作少监赵公行状》。　②明光殿：汉殿名，此指南宋朝廷。

清平乐

题上卢桥[①]

清溪奔快，不管青山碍。千里盘盘平世界，更著溪山襟带。　　古今陵谷茫茫，市朝往往耕桑[2]。此地居然形胜，似曾小小兴亡。

［注释］

①上卢桥：在上饶境内。　②“古今”二句：谓世事变化。　陵谷：本指地面高低形势的变动。“高岸为谷，深谷为陵。”见《诗经·小雅·十月之交》。后喻世事的变化。“眼看朝市变陵谷。”见韩偓《乱后春日途经野塘》诗。

浪淘沙

送吴子似县尉[1]

金玉旧情怀，风月追陪。扁舟千里兴佳哉。不似子猷行半路，却棹船回[2]。　　来岁菊花开，记我清杯。西风雁过瑱山台[3]。把似倩他书不到，好与同来。

［注释］

①庆元六年(1200)作。　吴子似：吴绍古，字子似，鄱阳人，通经术，始从陆九渊游。授承直郎，尉铅山县。《安仁县志·人物志》及《铅山县志·名宦》均有小传。赵蕃《刘之道祠记》谓子似尉铅山县始于庆元四年。　②“不似”二句：用王子猷雪夜棹舟访戴逵事。见《世说新语·任诞》。　③瑱山台：安仁县治后有玉真山，左右石趾如钳，瞰临锦江。顶有石壁，高数仞。壁上有镌字曰“玉真”，世传仙人指书。进士柳敬德寓此读书，并刻“玉真台”三字于石壁，见《安仁县志》卷四《山川志》、同书卷七《古迹》。注者按：“瑱”字为“玉真”二字之合体，当时或亦有此称。

浪淘沙

赋虞美人草[1]

不肯过江东[2]，玉帐匆匆。至今草木忆英雄[3]。唱著虞兮当日曲[④]，便舞春风。　　儿女此情同，往事朦胧。湘娥竹上泪痕浓[⑤]。舜盖重瞳堪痛恨，羽又重瞳[⑥]。

[注释]

①与次首《虞美人》同作于庆元元年、二年(1195、1196)。　虞美人草："高邮桑景舒性知音，旧传有虞美人草，闻人作《虞美人曲》则枝叶皆动，他曲不然。景舒试之，诚如所传。详见曲声，皆吴音也。"见沈括《梦溪笔谈·乐律》。　②"不肯"句：项羽兵败，退至乌江。乌江亭长劝羽渡江，以王江东。羽曰："纵江东父老怜而王我，我何面目见之！"乃自刎而死。见《史记·项羽本纪》。李清照《绝句》有"至今思项羽，不肯过江东"之句。　③"玉帐"二句："三军散尽旌旗倒，玉帐佳人坐中老。香魂夜逐剑光飞，青血化为原上草。"见曾布妻魏氏《虞美人草行》。四卷本乙集"只今"作"至今"，兹从广信书院诸本。　④虞兮曲：即垓下歌。项羽兵围垓下，四面楚歌，夜起饮帐中。有美人名虞，常幸从；骏马名骓，常骑之。于是悲歌慷慨，自为诗曰："力拔山兮气盖世，时不利兮骓不逝。骓不逝兮可奈何，虞兮虞兮奈若何。"见《史记·项羽本纪》。　⑤"湘娥"句："尧之二女，舜之二妃，曰湘夫人。舜崩苍梧，二妃追至，哭帝极哀，泪染于竹，故斑斑如泪痕。"见《博物志》。　⑥"舜盖"二句：太史公曰，"吾闻之周生曰：舜目盖重瞳子。又闻项羽亦重瞳子，羽岂其苗裔也，何兴之暴也。"见《史记·项羽本纪》。

[集评]

卓人月、徐士俊云："忽用《史记》项羽赞，巧合。"(《古今词统》卷七)

虞美人

赋虞美人草

当年得意如芳草，日日春风好。拔山力尽忽悲歌，饮罢虞兮从此、奈君何[①]。　　人间不识精诚苦，贪看青青舞。蓦然敛袂却亭亭，怕是曲中犹带、楚歌声。

[注释]

①"拔山"二句:项羽兵败,退至乌江。乌江亭长劝羽渡江,以王江东。羽曰:"纵江东父老怜而王我,我何面目见之!"乃自刎而死。见《史记·项羽本纪》。李清照《绝句》有"至今思项羽,不肯过江东"之句。

新荷叶

赵茂嘉、赵晋臣和韵,见约初秋访悠然,再用韵①

物盛还衰②,眼看春叶秋萁。贵贱交情,翟公门外人稀③。酒酣耳热,又何须、幽愤裁诗④。茂林修竹,小园曲径疏篱。　秋以为期,西风黄菊开时。拄杖敲门,从他颠倒裳衣。去年堪笑,醉题诗、醒后方知。而今东望,心随去鸟先飞⑤。

[注释]

①疑庆元六年(1200)作。　赵茂嘉:赵不逷,字茂嘉。徐元杰《梅埜集》卷十八《嘉遯赵公赞》谓其登进士第,初为清湘令,庆元间,诏除直秘阁,继升华文阁,年八十馀而终。　赵晋臣:赵不遇,字晋臣,铅山人。悠然:阁名,上饶傅岩叟所建。陈文蔚《题傅岩叟悠然阁》有"但见登阁时,山高白云深"之句。　②"物盛"句:"物盛而衰,乐极则悲。"见《淮南子·道应训》。　③"贵贱"二句:"下邽翟公为廷尉,宾客亦填门。及废,门外可设雀罗。后复为廷尉,客欲往,翟公大署其门曰:'一死一生,乃知交情。一贫一富,乃知交态。一贵一贱,交情乃见。'"见《汉书·郑当时传》。　④幽愤裁诗:晋吕安为兄所枉诉,以事系狱,并累及其友嵇康。嵇康性慎言行,一旦缧绁狱中,乃作《幽愤诗》。又刘琨虑及国家危亡而大耻不雪,"每见将佐,发言慷慨,悲其道穷,欲率部曲死于贼垒,斯谋未果,竟为匹磾所拘",因作五言诗,"诧意非常,摅畅幽愤"。见《晋书·嵇康传》与《刘琨传》。　⑤"心随"句:"旋吟佳句还鞭马,恨不身先去鸟飞。"见韩愈《奉使镇州行次承天行营奉酬裴司空》诗。

生查子

独游西岩[①]

青山非不佳，未解留侬住。赤脚踏沧浪，为爱清溪故。　　朝来山鸟啼，劝上山高处。我意不关渠，自要寻兰去。

[注释]

①西岩：在上饶县南六十里，岩石拔起，中空如洞，内有悬石如螺，滴水垂下，味甘冷。见《上饶县志·山川门》。

西江月

和杨民瞻牡丹韵[①]

宫粉厌涂娇额，浓妆要压秋花。西真人醉忆仙家，飞珮丹霞羽化[②]。　　十里芬芳未足，一亭风露先加。杏腮桃脸费铅华，终惯秋蟾影下。

[注释]

①杨民瞻：作者友人，与范廓之同游于稼轩门，其他不详。　②"西真人"二句：贤鸡君鲁敢遇仙女西真，西真与之同跨彩麟，进瑶池，升西真阁，见西王母。须臾，觥筹递举，霞衣吏请奏《鸾凤和鸣曲》，又奏《云雨庆先期曲》。酒酣，复入一洞，碧桃艳杏，香凝如雾，西真曰："他日与君人间还，双栖于此。"见曾慥《类说》卷四十六引《续青琐高议·贤鸡君传》。

糖多令

淑景鬥清明，和风拂面轻。小杯盘、同集郊坰。著个篙儿不肯上，须索要、大家行[①]。　　行步渐轻盈，行行笑语频。凤鞋儿、微褪些根[②]。忽地倚人陪笑道，真个是、脚儿疼。

[注释]

①须索：犹言须得。 ②"凤鞋"句：意谓因难忍窄鞋束缚之苦，故褪足移后，致后跟露出，刘过《沁园春·咏美人足》有"销金样窄……笑教人款捻，微褪些根"之句。

王孙信

调陈莘叟忆内[①]

有得许多泪，又闲却、许多鸳被[②]。枕头儿、放处都不是，旧家时、怎生睡[③]。 更也没书来，那堪被、雁儿调戏。道无书、却有书中意，排几个、人人字[④]。

[注释]

①陈莘叟：事历不详。陈傅良《止斋集》中与陈莘叟唱和诗甚多，均称"莘叟兄"。傅良为温州瑞安人，莘叟是其同族兄弟，则亦应为瑞安人。②"有得"二句：唐朱滔括兵，不择士族。有士子，容止可观，滔召问有妻否？曰有。即令作《寄内》诗，曰："握笔题诗易，荷戈征戍难。惯从鸳被暖，怯向雁门寒。瘦尽宽衣带，啼多渍枕檀。试留青黛着，回日画眉看。"滔遗以束帛，放归。见《本事诗·情感篇》。 ③旧家时：犹旧时、从前。④人人：对所昵者之称。晏几道《醉落魄》词："断尽柔肠归思切。都为人人，不许多时别。"

[集评]

沈际飞云："妙全在俚。古诗有'老女不嫁，蹋天唤地'等语。"（《草堂诗馀别集》卷一）

陈廷焯云："一味古质，自是绝唱。通首缠绵尽致，语挚情真，愈朴愈妙。于此见稼轩真面目。"（《云韶集》卷五）

刘永济云："此亦戏谑词也。代陈写其思念妻子之情，即寓嘲笑之意。"（《唐五代两宋词简析》）

一剪梅

记得同烧此夜香。人在回廊，月在回廊，而今独自睚昏黄。行也思量，坐也思量，　锦字都来三两行[①]。千断人肠，万断人肠，雁儿何处是仙乡。来也恓惶，去也恓惶。

[注释]

①"锦字"句：窦滔妻苏蕙善属文，滔被徙流沙，蕙思之，织锦为回文旋图诗以赠滔，宛转循环读之，词甚凄惋。见《晋书·列女列传》。

一剪梅

游蒋山，呈叶丞相[①]

独立苍茫醉不归。日暮天寒，归去来兮。探梅踏雪几何时。今我来思，杨柳依依[②]。　白石冈头曲岸西[③]。一片闲愁，芳草萋萋。多情山鸟不须啼。桃李无言，下自成蹊[④]。

[注释]

①淳熙九年(1182)作。　蒋山：即钟山，在今江苏南京中山门外。叶丞相：即叶衡，淳熙间为相。　②"今我"二句："昔我往矣，杨柳依依。今我来思，雨雪霏霏。"见《诗经·小雅·采薇》。　③白石冈：李璧注王安石《出金陵》、《中书即事》诗中之"白石冈"，谓建康东有白土冈，江宁县城南十五里有石子冈，而不详白石冈之所在。按此词云"白石冈头曲岸西"，此地必在蒋山之西，与曲折北流之秦淮河相邻，则白石冈殆即石子冈。四卷本乙集"白石冈"作"白石江"，兹从广信书院诸本。　④"桃李"二句：用《史记·李将军列传》所引谚语之成句。

玉楼春

席上赠别上饶黄倅。宠炊,雨岩堂名。通判雨,当时民谣。吏垂头,亦渠摄郡时事①

往年宠炊堂前路,路上人夸通判雨。去年拄杖过瓢泉,县吏垂头民笑语。　　学窥圣处文章古,清到穷时风味苦。尊前老泪不成行,明日送君天上去。

[注释]

①淳熙末年作。　黄倅:不详。四卷本乙集"席上赠别上饶黄倅"作"席上为黄倅赋"。

玉楼春

客有游山者,忘携具,以词来索酒,用韵以答。时余有病不往

山行日日妨风雨,风雨晴时君不去。墙头尘满短辕车,门外人行芳草路。　　城南东野应联句,好记琅玕题字处①。也应竹里著行厨②,已向瓮头防吏部③。

[注释]

①"城南"二句:韩愈、孟郊有《城南联句》,又韩愈《游城南赠张十八助教》诗有"喜君眸子重清朗,携手城南历旧游。忽见孟生题竹处,相看泪落不能收"之句。　②"也应"句:"竹里行厨洗玉盘,花边立马簇金鞍。"见杜甫《严公仲夏枉驾草堂兼携酒馔》诗。　③"已向"句:吏部郎毕卓因酒醉,夜至其瓮间取饮之,主者谓是盗,执而缚之,知为吏部也。释之,卓遂引主人燕瓮侧,取醉而去。见《世说新语·任诞》注引《晋中兴书》。

玉楼春

再　和

人间反覆成云雨[①]，凫雁江湖来又去。十千一斗饮中仙[②]，一百八盘天上路[③]。　旧时枫叶吴江句[④]，今日锦囊无著处[⑤]。看封关外水云侯[⑥]，剩按山中诗酒部[⑦]。

[注释]

①"人间"句：本杜甫《贫交行》"翻手作云覆手雨，纷纷轻薄何须数"。　②十千一斗：本白居易《自劝》诗"十千一斗犹赊饮，何况官供不著钱"。　③"一百"句：本黄庭坚《次韵楙宗送别》诗"一百八盘天上路，去年明日送流人"。　④"旧时"句：崔明信蹇亢以门望自负，尝矜其文。扬州录事参军郑世翼者，骜倨，遇信明于江中，谓曰："闻公有'枫落吴江冷'，愿见其馀。"信明欣然多出众篇，世翼览未终，曰："所见不逮所闻。"投诸水，引舟去。见《新唐书·崔信明传》。　⑤锦囊：诗囊。　⑥关外水云侯：曹魏置关外侯，位次关内侯及关中侯，不食租，为虚封。此谓爵位为虚封，所管领者为水与云，实即放浪江湖之意。　⑦"剩按"句：宋代各路使臣按视所属州邑，称曰按部。

南乡子

赠　妓[①]

好个主人家，不问因由便去嗏。病得那人妆晃子，巴巴。系上裙儿稳也哪。　别泪没些些，海誓山盟总是赊[②]。今日新欢须记取，孩儿。更过十年也似他。

[注释]

①四卷本乙集无题；上片"晃子"作"晃了"，兹从《稼轩集钞存》。②赊：意谓渺茫难凭。

南乡子

隔户语春莺[①]，才挂帘儿敛袂行。渐见凌波罗袜步[②]，盈盈。随笑随颦百媚生。　　著意听新声，尽是司空自教成[③]。今夜酒肠还道窄，多情。莫放笼纱蜡炬明。

[注释]

①语春莺：北宋王诜有歌伎名啭春莺。此处意含双关。　②凌波罗袜步：化用曹植《洛神赋》“凌波微步，罗袜生尘”之句。　③“尽是”句：刘禹锡谓宾友曰，“昔赴吴台，扬州大司马杜公鸿渐为余开宴，沉醉归驿亭。似醒，见二女子在旁，惊非我有也，乃言：‘郎中席上与司空诗，特令二乐伎侍寝。’且醉中之作都不记忆。明旦修启陈谢，杜公亦优容之。”诗曰：“高髻云鬟宫样妆，春风一曲《杜韦娘》。司空见惯寻常事，断尽苏州刺史肠。”见《云溪友议》卷中。

忆王孙

秋江送别，集古句

登山临水送将归[①]，悲莫悲兮生别离[②]。不用登临怨落晖[③]。昔人非[④]，惟有年年秋雁飞[⑤]。

[注释]

①“登山”句：用《楚辞·九歌》成句。　②“悲莫”句：用《楚辞·少司命》成句。　③“不用”句：用杜牧《九日齐山登高》诗成句。　④昔人非：截自苏轼《陌上花》诗“江山犹自昔人非”句。　⑤“惟有”句：用李峤《汾阴行》诗成句。

柳梢青

和范先之席上赋牡丹[1]

姚魏名流[2]。年年揽断，雨恨风愁。解释春光[3]，剩须破费，酒令诗筹。　　玉肌红粉温柔。更染尽、天香未休。今夜簪花，他年第一，玉殿东头。

［注释］

①范先之：即范开，稼轩之学生。　②“姚魏”句：“姚黄者千叶黄花，出于民姚氏家。魏家花者千叶肉红花，出于魏相仁溥家。”见欧阳修《洛阳牡丹记》。　③“解释”句：用李白《清平调》“解释春风无限恨”句意。

惜分飞

惜　春

翡翠楼前芳草路，宝马坠鞭曾驻。最是周郎顾[1]，尊前几度歌声误。　　望断碧云空日暮，流水桃源何处。闻道春归去，更无人管飘红雨[2]。

（以上《稼轩词乙集》）

［注释］

①周郎顾：周瑜精音乐，虽三爵之后，其有阙误，必知之，知之必顾。时有谣曰：“曲有误，周郎顾。”见《三国志·吴书·周瑜传》。　②飘红雨：本李贺《将进酒》诗“桃花乱落如红雨”。

六州歌头[1]

西湖万顷，楼观矗千门。春风路，红堆锦，翠连云，俯层轩。风月都无际，荡空蔼，开绝境，云梦泽，饶八九，不须吞②。翡翠明珰，争上金堤去，勃窣媻姗③。看贤王高会，飞盖入云烟。白鹭振振，鼓咽咽④。 记风流远，更休作，嬉游地，等闲看。君不见，韩献子，晋将军，赵孤存⑤。千载传忠献，两定策，纪元勋⑥。孙又子，方谈笑，整乾坤⑦。直使长江如带⑧，依前是、存赵须韩⑨。伴皇家快乐，长在玉津边⑩。只在南园⑪。

[注释]

①开禧二年(1206)作。注者按:此词与后《西江月》(堂上谋臣帷幄)、《清平乐》(新来塞北)两阕,因皆颂韩侂胄功业,或存"不知究系稼轩所作否"之疑。 ②"云梦"三句:"臣闻楚有七泽,尝见其一,未睹其馀也。臣之所见盖特其小小者耳,名曰云梦。云梦者方九百里,其中有山焉。……秋田乎青丘,徬徨乎海外,吞云梦者八九于其胸中,曾不蒂芥。"见司马相如《子虚赋》。 ③"翡翠"三句:"于是郑女曼姬,被阿緆,揄纻缟,……错翡翠之葳蕤,缪绕玉绥,眇眇忽忽,若神仙之仿佛。于是乃相与獠于蕙圃,媻姗勃窣而上乎金堤。"见《子虚赋》。 勃窣媻姗:形容女子步态娇美摇曳。 ④"白鹭"二句:"夙夜在公,在公明明。振振鹭,鹭于下,鼓咽咽,醉言舞。于胥乐兮。"见《诗经·鲁颂·有駜》。 咽咽:有节奏的鼓声。 ⑤"韩献子"三句:韩厥,号献子。晋景公三年,晋司寇屠岸贾诛赵盾,继而欲诛其子赵朔,韩厥止之,不听。"厥告赵朔令亡,朔曰:'子必不能绝赵氏,死不恨矣。'韩厥许之。及贾诛赵氏,厥称疾不出。程婴公孙杵臼之藏赵孤赵武也,厥知之。"至景公十七年,"卜大业之不遂者为祟,韩厥称赵成季之功,今后无祀,以感景公。景公问曰:'尚有世乎?'厥于是言赵武,而复与故赵氏田邑,续赵氏祀。"见《史记·韩世家》。 ⑥"千载"三句:韩琦,谥忠献。至和中,仁宗"得疾不能御殿,中外惴恐,争以立嗣固根本为言",韩琦遵仁宗之嘱,辅立英宗。英宗寝疾,"琦入问起居,言曰:'陛下久不视朝,愿早建储以安社稷。'帝颔之,即召学士草制立颍王"。神宗立,拜司空兼侍中。熙宁八年卒,神宗致哀苑中,并"发两河卒为治冢,瑑其碑曰'两朝顾命定策元勋'"。见《宋史·韩琦传》。 ⑦"孙又子"三句:谓韩侂胄。韩琦曾孙,宁宗时执政十三年。开禧二年请宁宗

下诏，出兵北伐，初战获胜，旋以部署失宜而溃败。见《宋史·韩侂胄传》。据词意，当作于未败时。案韩侂胄谈兵北伐之际，欲起用稼轩，而稼轩垂殁时谓政府曰："侂胄岂能用稼轩以立功名者乎？稼轩岂能依侂胄以求富贵乎？"见谢枋得《祭辛稼轩先生墓》。 ⑧长江如带："岂可以一衣带水拯之乎？"见《南史·陈后主传》。 ⑨存：《全宋词》原缺，兹从《稼轩词编年笺注》补。 ⑩玉津：园名，在嘉会门外，为御园之一。见周密《武林旧事》卷四。 ⑪南园：韩侂胄园名，陆游有《南园记》。

六州歌头

属得疾，暴甚，医者莫晓其状。小愈，困卧无聊，戏作以自释

晨来问疾，有鹤止庭隅[①]。吾语汝。只三事，太愁予。病难扶。手种青松树，碍梅坞，妨花径，才数尺，如人立，却须锄。 秋水堂前，曲沼明于镜，可烛眉须。被山头急雨，耕垄灌泥涂。谁使吾庐，映污渠[②]。 叹青山好，檐外竹，遮欲尽，有还无。删竹去，吾乍可，食无鱼。爱扶疏。又欲为山计，千百虑，累吾躯[③]。 凡病此，吾过矣，子奚如[④]。口不能言臆对[⑤]，虽扁鹊、药石难除。有要言妙道，往问北山愚，庶有瘳乎[⑥]。[⑦]

［注释］

①"晨来"二句：谓清晨有鹤飞来探病。以下至"子奚如"，便是词人对鹤讲的话。 ②"秋水"七句：言山水带泥，污染了堂前明澈如镜的水池。 秋水堂：即秋水观。徐元杰《辛家传》谓"所居有瓢泉、秋水"。稼轩另有《哨遍·秋水观》、《菩萨蛮·昼眠秋水》两阕。《铅山县志》卷八谓"秋水观，在期思"。 吾庐：即指临水的秋水堂。 ③"叹青山"十一句：言竹林遮住青山，待伐竹，又不忍割爱。 乍可：宁可。 ④"凡此病"三句：向鹤请教治病之法。 吾过矣："子夏投其杖而拜曰：'吾过矣，吾过矣，吾离群而索居，亦已久矣。'"见《礼记·檀弓》。 ⑤"口不"句："鹏乃叹息，举首奋翼，口不能言，请对以臆。"见贾谊《鹏鸟赋》。 臆对：心里

回答。 ⑥"虽扁鹊"四句:为鹤臆对的话。 扁鹊:古代名医,以其家于卢,又称卢扁。 要言妙道:语出枚乘《七发》,吴客谓楚太子曰:"今太子之病,可无药名,针刺、灸疗而已,可以要言妙道说而去也。" 北山愚:"北山愚公"事,见《列子·汤问》。 瘳:病愈。案北山愚公无仙丹妙药,唯其移山一事,知其不可为而为之,然精诚所至,天亦助之。此盖借鹤语而曲传其未忘国忧之意,婉陈其不甘寂寞之志也。 ⑦原注:事见《七发》。

[集评]

沈际飞云:"直作一篇说。松欲锄难锄,沼欲清难清,竹欲删难删,此等正累心处。此等曰累,可知天下事无问大小、轻重、道俗,一切着心不得。"(《草堂诗馀别集》卷四)

满江红

卢国华由闽宪移漕建宁,陈端仁给事同诸公饯别,余为酒困,卧青涂堂上,三鼓方醒。国华赋词留别,席上和韵。青涂,端仁堂名也①

宿酒醒时,算只有、清愁而已。人正在、青涂堂上,月华如洗。纸帐梅花归梦觉②,莼羹鲈脍秋风起③。问人生、得意几何时,吾归矣。 君若问,相思事。料长在,歌声里。这情怀只是,中年如此④。明月何妨千里隔⑤,顾君与我何如耳⑥。向尊前、重约几时来,江山美。

[注释]

①卢国华:卢彦德,字国华,浙江丽水人。绍兴二十四年进士,绍熙间(1190—1194),任福建提点刑狱。见《丽水县志》及《福建通志·职官志》。 陈端仁:陈岘,字端仁,福建闽县人。绍兴二十七年进士,曾守江中,帅四川。见《淳熙三山志》卷二十九、《朝野杂记》甲集卷十七、同书乙集卷十二。 ②纸帐梅花:"法用独床,旁置四黑漆柱,各挂以半锡瓶,插梅数枝,后设黑漆极约二尺,自地及顶,欲靠以清坐。左右设横木一,可挂衣,角安斑竹书橱一,藏书三四,挂白麈一。上作大方目顶,用细白楮衾作

帐罩之。前安小踏床，于左植绿漆小荷叶一，寘香鼎，燃紫藤香。中只用布单、楮衾、菊枕、蒲褥，乃相称‘道人还了鸳鸯债，纸帐梅花醉梦间’之意。”见宋林洪《山家清事·梅花纸帐》。 ③“莼羹”句：用张翰弃官返吴事。见《世说新语·识鉴》。 ④“中年”句：晋谢安语王羲之曰，“中年伤于哀乐，与亲友别辄作数日恶。”王曰：“年在桑榆，自然至此。正赖丝竹陶写。”见《世说新语·言语》。 ⑤“何妨”句：“美人迈兮音尘阙，隔千里兮共明月。”见谢庄《月赋》。 ⑥“顾君”句：用《汉书·陈平传》吕太后面质吕嬃之语中的成句。

[集评]

卓人月、徐士俊云：“如听琴中作客窗夜话。”（《古今词统》卷十二）

满江红

山居即事①

几个轻鸥，来点破、一泓澄绿。更何处、一双鸂鶒，故来争浴。细读离骚还痛饮②，饱看修竹何妨肉③。有飞泉、日日供明珠，三千斛。 春雨满，秧新谷。闲日永，眠黄犊。看云连麦垄，雪堆蚕簇。若要足时今足矣，以为未足何时足。被野老、相扶入东园，枇杷熟。

[注释]

①庆元二、三年(1196、1197)作。 ②“细读”句：“王孝伯言：名士不必奇才，但使常得无事，痛饮酒，熟读《离骚》，便可称名士。”见《世说新语·任诞》。 ③“饱看”句：用苏轼《于潜僧绿筠轩》诗“可使食无肉，不可居无竹”、“无肉令人瘦，无竹使人俗”句意。

[集评]

卓人月云：“无处着一分缘饰，是山居真色。”（《古今词统》卷十二）

潘游龙云：“‘若要足’二语，抑扬得妙。”（《精选古今诗馀醉》卷十五）

沈际飞云:"整暇。知足,有不尽安闲恬适。未足,有不尽焦劳抢攘。何时足。命有时尽,可不为大哀耶?"(《草堂诗馀别集》卷三)

永遇乐

检校停云新种杉松,戏作。时欲作亲旧报书,纸笔偶为大风吹去,末章因及之①

投老空山,万松手种,政尔堪叹。何日成阴,吾年有几,似见儿孙晚。古来池馆,云烟草棘,长使后人凄断。想当年、良辰已恨,夜阑酒空人散。　停云高处、谁知老子,万事不关心眼②。梦觉东窗,聊复尔耳,起欲题书简③。霎时风怒,倒翻笔砚,天也只教吾懒。又何事,催诗雨急,片云斗暗④。

[注释]

①约庆元三、四年间(1197—1198)作。　停云:瓢泉新居中的堂名。陶渊明有《停云》诗四章,并自序曰:"思亲友也。"稼轩借以用作堂名,亦兼取其"思亲友"之意。　②"万事"句:化用王维《酬张少府》诗"晚来惟好静,万事不关心"句意。　③"梦觉"三句:梦醒无他事,惟思亲友。此化用陶渊明《停云》诗"闲饮东窗"而思良朋之意。　聊复尔耳:"阮仲容家贫居道南,诸阮家富居道北。七月七日,北阮晒衣,皆纱罗锦绮。仲容用竹杆挂出一件布制短裤。人怪而问之,答曰:'未能免俗,聊复尔耳。'"见《世说新语·任诞》。　④"又何事"二句:化用杜甫《陪诸贵公子八沟携妓纳凉晚际遇雨》诗"片云头上黑,应是雨催诗"句意。

兰陵王

赋一丘一壑①

一丘壑,老子风流占却。茅檐上、松月桂云,脉脉石泉逗山脚。寻思前事错。恼杀晨猿夜鹤②。终须是、邓禹辈人，锦绣麻霞坐黄阁[3]。　长歌自深酌。看天阔鸢飞，渊静鱼跃[4]。西风黄菊芗喷薄。怅日暮云合，佳人何处[5]，纫兰结佩带杜若[6]。入江海曾约。　遇合[7]。事难托。莫击磬门前，荷蒉人过[8]，仰天大笑冠簪落[9]。待说与穷达，不须疑著。古来贤者，进亦乐，退亦乐[10]。

［注释］

①庆元元年(1195)作。　一丘一壑：《汉书·叙传》谓班氏虽修儒学，然亦崇尚老庄之术，其报桓生书曰："若夫严(庄)子者……渔钓于一壑，则万物不奸其志；栖迟于一丘，则天下不易其乐。不挂贤人之罔，不齅骄君之饵，荡然肆志，谈者不得而名焉，故可贵也。"又《晋书·谢鲲传》，明帝问谢鲲："论者以君方庾亮，自谓何如？"答曰："端委庙堂，使百僚准则，臣不如亮；一丘一壑，自谓过之。"稼轩借以自名其瓢泉居第附近的溪山。　②晨猿夜鹤：喻欲隐之情。孔稚珪《北山移文》："蕙帐空兮夜鹤怨，山人去兮晓猿惊。"　③"终须"二句：用"邓禹笑人"故事，意谓邓禹辈人方能早登公辅之位。麻霞：即履，李贺《秦宫》诗有"紫绣麻霞踏虎啸"句。　④"看天阔"二句：本《诗经·大雅·旱麓》"鸢飞戾天，鱼跃于渊。岂弟君子，遐不作人"。　⑤"怅日暮"二句：本江淹《拟休上人怨别》诗"日暮碧云合，佳人殊未来"。　⑥"纫兰"句：本《离骚》"纫秋兰以为佩"。《九歌·湘夫人》"采芳洲兮杜若，将以遗兮下女"。　⑦遇合：用《史记·佞幸列传》所载谚语"力田不如逢年，善仕不如遇合"之意。　⑧"莫击磬"二句：用《论语·宪问》故事，孔子击磬于卫，有荷蒉者过孔氏门，曰："有心哉，击磬乎。"又曰："鄙者硁硁乎，莫己知也。"子曰："果哉，末之难矣。"　⑨"仰天"句：齐王使淳于髡往赵请救兵，淳于髡仰天大笑，冠缨索绝，见《史记·滑稽列传》。　⑩"古来"三句：化用《庄子·让王》子贡语"古之得道者，穷亦乐，通亦乐；所乐非穷通也。道德于此，则穷通为寒暑风雨之序矣"。

蓦山溪

昌父赋一丘一壑,格律高古,因效其体①

饭蔬饮水②,客莫嘲吾拙。高处看浮云,一丘壑、中间甚乐。功名妙手,壮也不如人,今老矣③,尚何堪,堪钓前溪月。　　病来止酒,辜负鸬鹚杓④。岁晚念平生,待都与、邻翁细说。人间万事,先觉者贤乎⑤,深雪里,一枝开,春事梅先觉。

[注释]

①庆元三年(1197)作。　昌父:赵蕃,字昌父,号章泉,玉山章泉人。不乐仕进。其诗有平淡之趣,"读者以为有陶靖节之风"。见刘宰《漫塘文集》卷三十二《章泉赵先生墓表》。　②"饭蔬"句:用《论语·述而》"饭疏食饮水,曲肱而枕之,乐亦在其中矣"句意。　③"壮也"二句:语出《左传·僖公三十年》,郑伯使烛之武见秦君,烛之武辞曰:"臣之壮也,犹不如人;今老矣,无能为也已。"　④鸬鹚杓:酒具。李白《襄阳歌》:"鸬鹚杓,鹦武杯,百年三万六千日,一日须倾三百杯。"　⑤"先觉"句:语出《论语·宪问》"不逆诈,不亿不信,抑亦先觉者,是贤乎"。

[集评]

卓人月、徐士俊云:"一部《四书》通入四声谱,惟稼轩能之。"(《古今词统》卷十一)

蓦山溪

停云竹径初成①

小桥流水,欲下前溪去。唤取故人来,伴先生、风烟杖屦。行穿窈窕,时历小崎岖②,斜带水,半遮山,翠竹栽成路。　　一尊遐想,剩有渊明趣。山上有停云,看山下、濛濛细雨[3]。野花啼鸟，不肯入诗来，还一似，笑翁诗，句没安排处。

［注释］

①庆元三四年间（1197—1198）作。 ②“行穿”二句：本陶渊明《归去来兮辞》“既窈窕以寻壑，亦崎岖而经丘”。 ③“山上”二句：陶渊明《停云》诗“霭霭停云，濛濛时雨”。

满庭芳

和洪丞相景伯韵[1]

倾国无媒，入宫见妒，古来颦损蛾眉[2]。看公如月，光彩众星稀[3]。袖手高山流水，听群蛙、鼓吹荒池[4]。文章手，直须补衮，藻火粲宗彝[5]。 痴儿。公事了，吴蚕缠绕，自吐馀丝[6]。幸一枝粗稳，三径新治[7]。且约湖边风月，功名事、欲使谁知。都休问，英雄千古，荒草没残碑。

［注释］

①淳熙八年（1181）作。 洪丞相景伯：即洪适。 ②“倾国”三句：喻贤才遭忌，写出洪适境遇。 倾国：倾国之貌，代指绝代佳人。 入宫见妒：“传曰：女无美恶，入室见妒；士无贤不肖，入朝见妒。”见《史记·外戚世家》。 颦损：指佳人受到伤害。 ③“看公”二句：“百星之明，不如一月之光。”见《淮南子·说林训》。 ④“袖手”二句：言景伯隐居田园。 高山流水：暗用伯牙、钟子期相知事。伯牙善琴，寓情高山流水，唯子期为知音。子期死，伯牙终身不抚琴。见《吕氏春秋·本味》。 听群蛙鼓吹荒池：孔稚圭不乐世务，庭院中荒草丛生，有蛙鸣其中。稚珪笑谓人曰：“我以此当作两部鼓吹。”见《南齐书·孔稚珪传》。 ⑤“文章手”三句：谓景伯文章高手，足以辅君治国。 补衮：补救、规谏帝王过失。《诗经·大雅·烝民》：“衮职有阙，唯仲山甫补之。” 藻火粲宗彝：绣画水藻、火焰、宗彝于衮服，使衮服益发光辉灿烂，喻有辅君治国之才。 宗彝：宗庙

祭祀用的礼器,此代指器上兽饰。　⑥“痴儿”四句:言景伯隐居田园,仍关心国家大事。痴儿公事了,《晋书·傅咸传》谓友人与傅咸书云:“生子痴,了公事,官事未易了也。”黄庭坚《登快阁》诗有“痴儿了却公家事”之句,此借言归隐。　⑦“幸一枝”二句:谓景伯幸得归隐之所,一切整治停当。　一枝:《庄子·逍遥游》谓许由曰,“鷦鷯巢于深林,不过一枝。”三径:《三辅决录》载,西汉末年,兖州刺史蒋诩辞官归隐,于园中辟三径,唯与高人雅士交往。陶渊明《归去来兮辞》有“三径就荒,松菊犹存”之句。

满庭芳

和章泉赵昌父[①]

西崦斜阳[②],东江流水,物华不为人留。铮然一叶,天下已知秋[③]。屈指人间得意,问谁是、骑鹤扬州[④]。君知我,从来雅意,未老已沧洲[⑤]。　无穷身外事,百年能几,一醉都休。恨儿曹抵死,谓我心忧[⑥]。况有溪山杖屦,阮籍辈、须我来游[⑦]。还堪笑,机心早觉,海上有惊鸥。

[注释]

①庆元二、三年(1196或1197)作。　赵昌父:即赵蕃。　②西崦:西方的崦嵫山,在今甘肃天水西,古人常以此为日落之处。　③“铮然”二句:“以小明大,见一叶落,而知岁之将暮。”见《淮南子·说山训》。《岁时广记》引唐人诗:“山僧不解数甲子,一叶落知天下秋。”　④骑鹤扬州:相传有人各言其志,或愿为扬州刺史,或愿多赀财,或愿骑鹤上升,其一人曰:“腰缠十万贯,骑鹤上扬州,欲兼三者。”见《殷芸小说》。　⑤沧洲:犹言江湖,此泛指高士隐居之所。　⑥抵死:总是,老是。　谓我心忧:语出《诗经·王风·黍离》“知我者谓我心忧,不知我者谓我何求”。⑦“阮籍辈”句:魏晋之交,有阮籍、嵇康等七人常集于竹林之下,肆意酣畅,谓之“竹林七贤”。见《世说新语·任诞》。

最高楼

客有败棋者，代赋梅

花知否，花一似何郎[1]。又似沈东阳[2]。瘦棱棱地天然白，冷清清地许多香。笑东君，还又向，北枝忙[3]。

著一阵、霎时间底雪。更一个、缺些儿底月。山下路，水边墙。风流怕有人知处，影儿守定竹旁厢。且饶他[4]，桃李趁，少年场。

[注释]

①何郎：何晏。《世说新语·容止》谓何晏美姿仪，面至白，魏文帝疑其傅粉。宋璟《梅花赋》有“俨如傅粉，是谓何郎”之句。 ②沈东阳：沈约。《梁史·沈约传》谓隆昌元年约除吏部侍郎，出为东阳太守。李商隐《寄呈韩冬郎兼呈畏之员外》诗：“为凭何逊休联句，瘦尽东阳姓沈人。”自注：“沈东阳尝谓何逊曰：‘吾每读卿诗，一日三复，终未能到。’余虽无东阳之才，而有东阳体瘦矣。” ③北枝忙：“大庾岭上梅，南枝落，北枝开。”见《白孔六帖》。 ④且饶：犹言且让、且任。

[集评]

沈际飞云：“梅花定本。跅跎不羁之才，而驰驱入范。”（《草堂诗馀别集》卷三）

卓人月、徐士俊云：“梅花被宋人做坏，□条可憎而香影无味矣。诵稼轩句，庶洗梅花之辱。”（《古今词统》卷十）

最高楼

闻前冈周氏旌表有期[1]

君听取，尺布尚堪缝。斗粟也堪舂。人间朋友犹能合，古来兄弟不相容[2]。棣华诗，悲二叔，吊周公[3]。

长叹息、脊令原上急[4]。重叹息、豆萁煎正泣[5]。形则异，气应同。周家五世将军后，前江千载义居风。看明朝，丹凤诏，紫泥封[⑥]。

[注释]

①庆元四年(1198)作。　周氏：世为舒潜人，继迁金陵，避五季之乱，徙居上饶鹅峰山下。有祠号将军者，始祖也。至处士周钦若，字彦恭，教子读书，不专利禄，孝以事母，义以协居。藻、芸、苾、芾四子，守遗训同居。至庆元，已三世。庆元三年，州以状闻，朝廷旌表其闾。见韩元吉《南涧甲乙稿》卷十六《铅山周氏义居记》及《江西通志》。　②"尺布"四句：汉淮南厉王长，高祖少子。孝文帝初即位，淮南王自以为最亲，骄横不法，并自为法令，拟于天子。以辇车四十乘，反于谷口。事觉，治之，乃不食而死。孝文十二年，民有作歌，歌淮南厉王曰："一尺布，尚可缝；一斗粟，尚可舂。兄弟二人，不能相容。"见《史记·淮南衡山列传》。　③"棣华"三句："常棣之华，鄂不韡韡。凡今之人，莫如兄弟。"见《诗经·小雅·常棣》。序云："《棠棣》，燕兄弟也。闵管、蔡之失道，故作《常棣》焉。"管、蔡，即管叔鲜、蔡叔度(周文王第三、五子)，周公，文王第四子。　④脊令原上："脊令在原，兄弟急难。每有良朋，况也永叹。"见《诗经·小雅·常棣》诗。　⑤豆萁煎正泣：相传曹丕曾令其弟曹植七步之中作诗，不成者行大法。植应声便为诗曰："煮豆持作羹，漉菽以为汁。萁在釜下燃，豆在釜中泣。"见《世说新语·文学》。　⑥"丹凤"二句：谓朝廷诏书。《天中记》："唐时将相官诰用金凤纸书之。"《汉旧仪》："皇帝六玺，玺皆以武都紫泥封，青布囊。"

江神子

送元济之归豫章[①]

乱云扰扰水潺潺。笑溪山，几时闲。更觉桃源，人去隔仙凡[②]。万壑千岩楼外雪[③]，琼作树，玉为栏。　倦游回首且加餐。短篷寒，画图间。见说娇颦，拥髻待君看[④]，二月东湖湖上路，官柳嫩，野梅残。

[注释]

①元济之：不详。　②“更觉”二句：用刘晨、阮肇入天台山采药遇仙女故事。详见《太平御览》卷四十一引刘义庆《幽明录》。　原注：“桃源乃王氏酒垆，与济之作别处。”　③万壑千岩：“千岩竞秀，万壑争流，草木蒙笼其上，若云兴霞蔚。”见《世说新语·言语》。　④“见说”二句：《赵飞燕外传》附《玄伶自叙》谓通德占袖，顾视烛影，以手拥髻，凄然泣下，不胜其悲。

木兰花慢

寄题吴克明广文菊隐[①]

路傍人怪问，此隐者，姓陶不。甚黄菊如云，朝吟暮醉，唤不回头。纵无酒成怅望，只东篱、搔首亦风流[②]。与客朝餐一笑，落英饱便归休[③]。　古来尧舜有巢由[④]，江海去悠悠。待说与佳人，种成香草，莫怨灵修[⑤]。我无可无不可[⑥]，意先生、出处有如丘。闻道问津人过，杀鸡为黍相留[⑦]。

[注释]

①吴克明：不详。　②“纵无酒”二句：酒使。“陶潜九日无酒，出篱边怅望久之，见白衣人至，乃王弘送酒使也。”见《续晋阳秋》。　③“与客”二句：“朝饮木兰之坠露兮，夕餐秋菊之落英。”见屈原《离骚》。　④巢由：即巢父与许由，尧、舜时隐者。尧欲以天下致之，均辞而不受。见《高士传》。　⑤“种成”二句：“树蕙之百晦。”又：“怨灵修之浩荡兮，终不察乎民心。”见屈原《离骚》。王逸注：“灵，神也；修，远也，能神明远见者君德也，故以谕君。”　⑥“我无可”句：“子曰：‘不降其志，不辱其身，伯夷、叔齐与。……我则异于是，无可无不可。’”见《论语·微子》。　⑦“闻道”二句：“长沮、桀溺耦而耕。孔子过之，使子路问津焉。”又，“子路从而后，遇丈人，以杖荷蓧。……止子路宿，杀鸡为黍而食之。”见《论语·微子》。

木兰花慢

题上饶郡圃翠微阁①

旧时楼上客，爱把酒、向南山。笑白髮如今，天教放浪，来往其间。登楼更谁念我，却回头、西北望层栏。云雨珠帘画栋②，笙歌雾鬓风鬟。　近来堪入画图看，父老愿公欢。甚拄笏悠然，朝来爽气③，正尔相关。难忘使君后日，便一花一草报平安④。与客携壶且醉，雁飞秋影江寒⑤。

[注释]

①庆元间(1195—1200)作。　翠微阁：在上饶县治南，庆元间知州赵伯瓒建。见《上饶县志·古迹》。　②"云雨"句："画栋朝飞南浦云，珠帘暮卷西山雨。"见王勃《滕王阁诗》。　③"甚拄笏"二句：《世说新语·简傲》谓王子猷为桓玄参军，桓玄欲委其事，子猷"初不答，直高视，以手版柱颊云：'西山朝来，致有爽气。'"　④报平安：唐"童子寺有竹一窠，才长数尺。相传其寺纲维每日报竹平安"。见《酉阳杂俎》续集卷十。　⑤"与客"二句："江涵秋影雁初飞。"见杜牧《九日齐山登高》诗。

木兰花慢

中秋饮酒将旦，客谓前人诗词有赋待月，无送月者，因用《天问》体赋①

可怜今夕月，向何处、去悠悠。是别有人间，那边才见，光影东头。是天外空汗漫，但长风，浩浩送中秋。飞镜无根谁系，姮娥不嫁谁留②。　谓经海底问无由，恍惚使人愁。怕万里长鲸，纵横触破，玉殿琼楼③。虾蟆故堪浴水，问云何、玉兔解沉浮④。若道都齐无恙，云何渐渐如钩。

[注释]

①天问：《楚辞》篇名，屈原作，向天发出一百七十多个奇问。及柳柳宗作《天对》，对《天问》之问逐一作答。稼轩仿《天问》体，一气提出九问。词中“姮娥”、“谓经”，四卷本分作“嫦娥”、“谓洋”，兹从广信书院诸本。　②姮娥：月中嫦娥。传说她偷食丈夫后羿的仙药，乘风奔月，永居月宫。见张衡《灵宪》。　③玉殿琼楼：传说月中自有“琼楼玉宇灿烂”。见《拾遗记》。　④“虾蟆”二句：传说月宫中有金蟾（即虾蟆）戏水，白兔捣药。

[集评]

王国维云：“稼轩中秋饮酒达旦，用《天问》体作《木兰花慢》以送月，云：‘可怜今夜月，向何处、去悠悠。是别有人间，那边才见，光景东头。’词人想象，直悟月轮绕地之理，与科学家密合，可谓神悟。”（《人间词话》）

声声慢

隐括渊明《停云》诗①

停云霭霭，八表同昏，尽日时雨濛濛。搔首良朋，门前平陆成江。春醪湛湛独抚，限弥襟、闲饮东窗。空延伫，恨舟车南北，欲往何从。　　叹息东园佳树，列初荣枝叶，再竞春风。日月于征，安得促席从容。翩翩何处飞鸟，息庭树、好语和同。当年事，问几人、亲友似翁。

[注释]

①陶渊明《亭云》诗序云：“停云，思亲友也。罇湛新醪，园列初荣，愿言不从，叹息弥襟。”诗凡四首。

八声甘州

夜读《李广传》,不能寐,因念晁楚老、杨民瞻约同居山间,戏用李广事,赋以寄之①

故将军、饮罢夜归来,长亭解雕鞍②。恨灞陵醉尉,匆匆未识,桃李无言③。射虎山横一骑,裂石响惊弦④。落托封侯事,岁晚田间⑤。　谁向桑麻杜曲,要短衣匹马,移住南山。看风流慷慨,谈笑过残年⑥。汉开边、功名万里,甚当时、健者也曾闲。纱窗外、斜风细雨,一障轻寒⑦。

[注释]

①《李广传》:即《史记·李将军列传》。　李广:西汉名将,陇西成纪人。历经汉文帝、景帝、武帝三朝,英勇善战,用兵神速,屡败匈奴,被誉为"飞将军"。武帝初,因作战失利,废为庶人,闲居蓝田终南山。后从卫青击匈奴,以迷路无功受责,愤而自杀。　晁楚老、杨民瞻:稼轩友人。　②"故将军"二句:《史记·李将军列传》谓李广闲居终南山,一次深夜饮归,路经灞陵亭,恰亭尉醉酒,不准李广通过。李广随从申称是"故将军"。亭尉曰:"今将军尚不得夜行,何况故将军。"乃令李广宿于亭下。　长亭:路傍供行人歇脚的亭子。此指灞陵亭。　③"恨灞陵"二句:叹恨亭尉醉眼匆匆,不识英雄。　灞陵:即霸陵,汉文帝陵墓。　桃李无言:民谚"桃李无言,下自成蹊"之省语。见《史记·李将军列传》。④"射虎"二句:《史记·李将军列传》载,李广任右北平太守时,一次出猎,误认草中一石为猛虎,引弓劲射,箭进石中。　⑤"落托"二句:言李广屡建战功而无封侯之赏,晚年一度闲居田园。据《史记·李将军列传》,李广一生经历大小七十馀战,"自汉击匈奴,而广未尝不在其中",战绩卓著,但终不封侯,而其部下"以击胡军功取侯者数十人"。　⑥"谁向"五句:化用杜甫《曲江》诗"自断此生休问天,杜曲幸有桑麻田。故将移住南山边,短衣匹马随李广,看射猛虎终残年"之意。　⑦"纱窗外"二句:用苏轼《和刘道原咏史》诗"独掩陈编吊兴废,窗前山雨夜浪浪"。

水调歌头

送施枢密圣与帅江西。信之谶云："水打乌龟石，方人也大奇。""方人也"实"施"字①

相公倦台鼎，要伴赤松游②。高牙千里东下③，笳鼓万貔貅。试问东山风月，更著中年丝竹，留得谢公不④。孺子宅边水，云影自悠悠⑤。　占古语，方人也，正黑头⑥。穹龟突兀千丈，石打玉溪流⑦。金印沙堤时节⑧，画栋珠帘云雨，一醉早归休。贱子亲再拜⑨，西北有神州。

[注释]

①绍熙二年(1191)作。　施枢密圣与：施师点，字圣与，上饶人，淳熙十四年除知枢密院事。《宋史》有传。　②相公倦台鼎：用韩愈《送郑十校理》诗中成句。　相公：宰相。　③高牙：牙为军用的旗帜，以象牙饰之，又称牙旗。柳永《望海潮》有"千骑拥高牙"之句。此代指施圣与。④"试问"三句：言谢安一代风流，晚年仍不免忧谗畏讥，致有泪落哀筝之悲。谢安字安石，曾隐居东山(今浙江上虞西南)，故以"东山"代之。谢安位高遭忌，桓伊曾抚筝而歌曰："为君既不易，为臣良独难。忠信事不显，乃有见疑患。"安闻之而触动心事，不觉潸然泪下，语桓伊云："使君于此不凡。"见《晋书·桓伊传》。　⑤"孺子"二句：后汉徐稚，字孺子，南昌人。《太平寰宇记》："洪州南昌县徐孺宅，在州东北三里。孺子美梅福之德，于福宅东立宅。"王勃《滕王阁序》："人杰地灵，徐孺下陈蕃之榻。"诗云："闲云潭影日悠悠，物换星移几度秋。"　⑥黑头："诸葛道明初过江左，自名道明，名亚王、庾之下。先为临沂令，丞相谓曰：'明府当为黑头公。'"见《世说新语·识鉴》。　⑦玉溪：信江源出怀玉山，故亦称玉溪。⑧金印："相国、丞相皆秦官，金印、紫绶。"见《汉书·百官公卿表》。　沙堤：唐故事，宰相初拜，京兆使人载沙填路，自私邸至子城东街，名沙堤。见李肇《唐国史补》卷下。　⑨贱子：自谦之词。

水调歌头

壬子三山被召,陈端仁给事饮饯席上作①

长恨复长恨,裁作短歌行②。何人为我楚舞,听我楚狂声③。余既滋兰九畹,又树蕙之百亩,秋菊更餐英④。门外沧浪水,可以濯吾缨⑤。　一杯酒,问何似,身后名⑥。人间万事,毫髮常重泰山轻⑦。悲莫悲生离别,乐莫乐新相识⑧,儿女古今情。富贵非吾事,归与白鸥盟⑨。

[注释]

①壬子:即绍熙三年(1192)。是年冬,稼轩自福建奉诏赴临安,陈端仁为其饯行,作此词。　陈端仁:名岘,官给事中,时废退在家。　②短歌行:汉乐府曲调名。　③"何人"二句:感叹世无知音。　为我楚舞:《史记·留侯世家》载,戚夫人泣,高祖安慰她说:"为我楚舞,吾为若(你)楚歌。"　楚狂:春秋时楚国的狂人,姓陆名通,因昭王政令无常,乃佯狂不仕,时人称楚狂。又称接舆。据《论语·微子》,他曾当面嘲笑孔子作《凤兮歌》曰:"……已而,已而,今之从政者殆而。"　④"余既"三句:用屈原《离骚》"余既滋兰之九畹兮,又树蕙之百亩"、"朝饮木兰之坠露兮,夕餐秋菊之落英"句意。　⑤"门外"二句:语出《孟子·离娄上》所载歌谣"沧浪之水清兮,可以濯我缨;沧浪之水浊兮,可以濯我足"。　⑥"一杯酒"三句:西晋张翰放纵不拘,有人问他:你只图一时放纵之乐,难道不考虑死后声名不好?张翰答曰:"使我有身后名,不如即时一杯酒。"见《世说新语·任诞》。　⑦"人间"二句:化用《庄子·齐物论》"天下莫大于秋毫之末,而泰山为小"之句,谓当今社会轻生倒置,是非混淆。⑧"悲莫"二句:本《楚辞·九歌·少司命》"悲莫悲兮生别离,乐莫乐兮新相知"。　⑨"富贵"二句:不愿涉足官场,但求归隐山水。陶渊明《归去来兮辞》:"富贵非吾愿,帝乡不可期。"

[集评]

卓人月、徐士俊云:"几不欲自作一语。"(《古今词统》卷十二)

陈廷焯云："一片悲郁，不可遏抑。运用成句，长袖善舞。郁勃肮脏，笔力恣肆，声情激越。"（《云韶集》卷五）

水调歌头

将迁新居不成，有感戏作。时以病止酒，且遣去歌者，末章及之①

我亦卜居者，岁晚望三闾②。昂昂千里，泛泛不作水中凫③。好在书携一束，莫问家徒四壁，往日置锥无④。借车载家具，家具少于车⑤。　舞乌有，歌亡是，饮子虚⑥。二三子者爱我，此外故人疏。幽事欲论谁共，白鹤飞来似可，忽去复何如。众鸟欣有托，吾亦爱吾庐⑦。

［注释］

①庆元二年（1196）作。　新居：指瓢泉住所。　②卜居者：择地而居者。楚辞有《卜居》，相传为屈原所作。王逸《卜居序》认为是屈原放逐后作："卜己居世，何所宜行。"稼轩绍熙五年（1194）秋冬之间，二度罢官后，曾卜筑期思，颇类屈原，故云。　三闾：屈原曾作三闾大夫。　③"昂昂"二句："宁昂昂若千里之驹乎？将泛泛若水中凫，与波上下，偷以全吾躯乎？"见《楚辞·卜居》。　④"好在"三句：所好家境清寒，搬迁不难。　家徒四壁：《史记·司马相如列传》谓卓文君夜奔相如，相如带她回家，"家居徒四壁立"。　置锥无：无立锥之地。　⑤"借车"二句：用孟郊《迁居》诗中成句。案稼轩由带湖移居瓢泉，正在其旧居雪楼遭火灾之后，故兴"家徒四壁"及"家具少于车"之叹。　⑥"舞乌有"三句：乌有、亡是、子虚，都是司马相如《子虚赋》中虚构的三个人物名，三个人名之本意都是"虚空"、"没有"。　⑦"众鸟"二句：用陶渊明《读山海经》诗中成句。

水调歌头

醉　吟

四坐且勿语，听我醉中吟[①]。池塘春草未歇，高树变鸣禽[②]。鸿雁初飞江上，蟋蟀还来床下[③]，时序百年心[④]。谁要卿料理，山水有清音[⑤]。　欢多少，歌长短，酒浅深。而今已不如昔，后定不如今[⑥]。闲处直须行乐，良夜更教秉烛[⑦]，高会惜分阴。白髮短如许，黄菊倩谁簪[⑧]。

[注释]

①《古诗》："四座且莫喧，愿听歌一言"。　②谢灵运《登池上楼》诗："池塘生春草，园柳变鸣禽。"　③《礼记·月令》："季秋之月……鸿雁来宾。"《诗经·豳风·七月》："十月蟋蟀入我床下。"　④杜甫《春日江村》诗："乾坤万里眼，时序百年心。"　⑤左思《招隐》诗："非必丝与竹，山水有清音。"　⑥白居易《东城寻春》诗："今既不如昔，后当不如今。"　⑦《古诗》："昼短苦良夜，何不秉烛游。"　⑧杜甫《春望》诗："白头搔更短，浑欲不胜簪。"

[集评]

陈廷焯云："若整若散，一片神行，非人力可到。"（《诗则》上《放歌集》卷一）

水龙吟

爱李延年歌、淳于髡语，合为词，庶几《高唐》、《神女》、《洛神》赋之意云

昔时曾有佳人，翩然绝世而独立。未论一顾倾城，再顾又倾人国。宁不知其，倾城倾国，佳人难得[①]。看行云行雨，朝朝暮暮，阳台下、襄王侧[②]。　堂上更阑烛灭，

记主人、留髡送客。合尊促坐，罗襦襟解，微闻芗泽[③]。当此之时，止乎礼义，不淫其色[④]。但啜其泣矣，啜其泣矣，又何嗟及。

[注释]

①“昔时”七句：化用李延年歌词，李延年歌曰：“北方有佳人，遗世而独立。一顾倾人城，再顾倾人国。”见《汉书·孝武李夫人传》。 ②“看行云”三句：“昔者先王尝游高唐，怠而昼寝，梦见一妇人，曰：‘妾巫山之女也，为高唐之客，闻君游高唐，愿荐枕席。’王因幸之，去而辞曰：‘妾在巫山之阳，高丘之阻，旦为朝云，暮为行雨，朝朝暮暮，阳台之下。’”见宋玉《高唐赋序》。 ③“堂上”五句：《史记·滑稽列传》载，齐之赘婿淳于髡，长不满七尺，滑稽多辩。一次，威王置酒后宫，召髡，问曰：“先生能饮几何而醉？”对曰：“臣饮一斗亦醉，一石亦醉……若乃州间之会，男女杂坐，行酒稽留，六博投壶，相引为曹，握手无罚，目眙不禁，前有坠珥，后有遗簪，髡窃乐此，饮可八斗而醉二参。日暮酒阑，合尊促坐。男女同席，履舄交错。杯盘狼藉，堂上烛火。主人留髡而送客。罗襦襟解，微闻芗泽。当此之时，髡心最欢，能饮一石。” ④“止乎礼义”二句：“变风发乎情，止乎礼义。发乎情，民之性也；止乎礼义，先王之泽也。……《周南》、《召南》，正始之道，王化之基，是以《关雎》乐得淑女以配君子，忧在进贤，不淫其色，哀窈窕，思贤才，而无伤害之心焉。”见《毛诗·关雎序》。

[集评]

吴世昌云：“殊无谓，不意稼轩作此乏味之词。”（《词林新话》）

贺新郎

三山雨中西湖，有怀赵丞相经始[①]

翠浪吞平野。挽天河、谁来照影，卧龙山下[②]。烟雨偏宜晴更好，约略西施未嫁[③]。待细把、江山图画。千顷光中堆滟滪，似扁舟、欲下瞿塘马[④]。中有句，浩难写[⑤]。

诗人例入西湖社⑥。记风流、重来手种，绿阴成也⑦。陌上游人夸故国，十里水晶台榭。更复道、横空清夜。粉黛中洲歌妙曲，问当年、鱼鸟无存者⑧。堂上燕，又长夏。⑨

[注释]

①绍熙三年(1192)作于福州。　三山：因城有九仙、赵王、乌龟山而得名。　西湖：在城西三里。　赵丞相：指赵汝愚。《宋史》有传。据《淳熙三山志》及《宋中兴百官题名》，赵汝愚于淳熙九年除集英殿修撰帅福建，到任半年后，上疏论福州便民事，其首项即为"疏浚西湖旧迹"事。绍熙二年入京，为吏部尚书，除同知枢密院事，绍熙五年官至光禄大夫丞相，时稼轩已罢闽任，丞相之称，谅必后改。　②卧龙山："卧龙山在北关外。旧《记》云：'陈宝应时，此山有巨石，无故自移。'有得爱亭、笺经台。"见《淳熙三山志》。　③"烟雨"二句：苏轼《饮湖上初晴后雨》诗谓杭州西湖"水光潋滟晴方好，山色空濛雨亦奇。欲把西湖比西子，淡妆浓抹总相宜。"此处用来喻福州西湖。　④堆滟滪：即滟滪堆。《太平寰宇记》："滟滪堆周围二十丈，在蜀江中心瞿塘峡。"李肇《唐国史补》卷下载有"滟滪大如马，瞿唐(塘)不可下；滟滪大如牛，瞿唐不可留"之谚语。注者按：此处滟滪指三山西湖中之孤山。　⑤"中有句"二句：谓西湖景色优美，难以用诗句表达。或据朱熹《朱文公大全集》卷二十九《与赵汝愚书》，谓此二句指赵汝愚疏浚西湖时所遭之若干责难。　⑥西湖社：南宋杭州有西湖诗社。见《梦粱录》卷十九《社会》条。　⑦"记风流"二句：据《淳熙三山志》，赵汝愚第一次帅福建在淳熙九年至十二年，第二次在绍熙元年至二年。此谓赵氏再帅福建时，原先所种杉柳，已绿树成阴。　⑧"陌上"五句：五代时王审知受梁封为闽王，所据地即在福州。其子�更称国称帝，为其时十国之一，故云故国。据《十国春秋》及《闽中记》，西湖周围十数里，闽王延钧筑室其上，号水晶宫，时携后庭游宴，其后陈金凤制《游乐曲》，宫女倚声歌之。其游不出庄陌，乃由子城复道跨罗城而下，不数十步至其所。　⑨唐氏按：此首别误作辛次膺词，见《古今图书集成·山川典》卷二百九十一《西湖部·艺文四》。

［集评］

沈际飞云："'若将西湖比西子，淡妆浓抹总相宜。'尚隔分黍。奇险灏瀚之致，笔舌间足以副之。真有关情，繁促伤听。"（《草堂诗馀续集》卷下）

卓人月、徐士俊云："'约略西湖未嫁'，淡妆浓抹之喻，重为洗出。"（《古今词统》卷十六）

贺新郎

和前韵[①]

觅句如东野[②]。想钱塘、风流处士，水仙祠下[③]。更隐小孤烟浪里，望断彭郎欲嫁[④]。是一色、空濛难画。谁解胸中吞云梦，试呼来、草赋看司马。须更把、上林写[⑤]。

鸡豚旧日渔樵社。问先生、带湖春涨，几时归也。为爱琉璃三万顷[⑥]，正卧水亭烟榭。对玉塔、微澜深夜[⑦]。雁鹜如云休报事[⑧]，被诗逢敌手皆勍者。春草梦，也宜夏[⑨]。

［注释］

①绍熙三年（1192）作。　②东野：唐孟郊字东野，其诗均苦思而得，深为韩愈所重。又《三山志》谓福州东禅院有东野亭，蔡襄书额。③"想钱塘"二句：指林逋。苏轼《题林逋诗》："不然待配水仙王，一盏寒泉荐秋菊。"《咸淳临安志》卷七十一《祠祀》："水仙王庙，在西湖第三桥北。"　④"更隐"二句："江南有大小孤山，在江水中，嶕然独立。而世俗转孤为姑。江侧有一石矶，谓之澎浪矶，遂转为澎郎矶。云彭郎者，小姑婿也。"见欧阳修《归田录》卷二。注者按：小孤山在今江西彭泽县北，安徽宿松县东。彭郎矶在其对岸。二山与此词自不相及，盖借指福州西湖。《读史方舆纪要》卷九十六谓福州西湖中有孤山，辛词因由此而及彼。　⑤"谁解"三句：司马相如作有《子虚赋》、《上林赋》。《子虚赋》借子虚谓楚，"云梦者方九百里"，又借乌有先生曰"齐东陼巨海，南有琅琊……秋田乎青丘，傍徨乎海外，吞云梦者八九，于其胸中曾不蒂芥"。据《史记·司马相

如列传》，汉武帝读《子虚赋》而喜之，乃召问相如。相如曰："此乃诸侯之事，未足观也，请为天子游猎赋。"于是作《上林赋》。其辞有曰："楚则失矣，齐亦未为得也。……独不闻天子之上林乎？"此用《子虚》、《上林》事，其意即以福州西湖方之临安西湖。 ⑥琉璃：喻波面。杜甫《渼陂行》有"波涛万顷堆琉璃"句。 ⑦"正卧"二句：用苏轼惠州作《江月五首》其一"五更山吐月，玉塔卧微澜。正如西湖上，涌金门外看"诗意，谓福州西湖亦似杭州西湖。 玉塔：指月在水中之倒影。陆游《入蜀记》七月十六日："是夜月明如昼，影入溪中，摇荡如玉塔，始知东坡'玉塔卧微波'之句为妙也。" ⑧雁鹜：喻文吏。韩愈《蓝田县丞厅壁记》："文书行吏抱成案诣丞。卷其前，钳以左手，右手摘纸尾，雁鹜行以进。"陆游《送张叔潜编修造朝》"安用雁行排院吏"，亦用韩文。 ⑨"春草梦"二句：《南史·谢惠连传》，惠连年十岁能属文，族兄灵运加赏之，云："每有篇章，对惠连辄得佳句。"出守永嘉时，忽梦见惠连，即得"池塘生春草"句。后常云："此语有神工，非吾语也。"

［集评］

卓人月、徐士俊云："沦涟浩瀚之致，笔舌间足以副之。"（《古今词统》卷十六）

贺新郎

别茂嘉十二弟。鹈鴂、杜鹃实两种，见《离骚补注》①

绿树听鹈鴂。更那堪、鹧鸪声住，杜鹃声切。啼到春归无寻处，苦恨芳菲都歇②。算未抵、人间离别。马上琵琶关塞黑，更长门、翠辇辞金阙③。看燕燕，送归妾④。将军百战身名裂。向河梁、回头万里，故人长绝⑤。易水萧萧西风冷，满座衣冠似雪。正壮士、悲歌未彻⑥。啼鸟还知如许恨，料不啼清泪长啼血。谁共我，醉明月。

[注释]

①茂嘉：稼轩族弟，生平不详。据刘过《沁园春·送辛稼轩赴桂林官》词意，当是勉力抗金而重忠义节气之人。 《离骚补注》：宋人洪兴祖著，谓“子规、鹈鴂二物也”。 ②“啼到”二句：“恐鹈鴂之先鸣兮，使夫百草为之不芳。”见《离骚》。《广韵》谓鹈鴂“春分鸣则众芳生，秋分鸣则众芳歇”。 ③“马上”二句：指人间离别第一事。 马上琵琶：言昭君辞别汉家宫阙，在琵琶声中远离故国。石崇《王明君辞序》：“昔公主嫁乌孙，令琵琶马上作乐，以慰其道路之思。其送明君，亦必尔也。”李商隐《王昭君》诗：“马上琵琶行万里，汉宫长有隔生春。” 长门：汉武帝曾废陈皇后于长门宫，后泛指失意后妃所居之地。此处借言昭君辞汉。按或谓此即用长门本事，与昭君无涉。 ④“看燕燕”二句：指人间离别第二事。《诗经·邶风·燕燕》：“燕燕于飞，差池其羽。之子于归，远送于野。”《毛传》以为此“卫庄姜送归妾也”。据《左传》隐公三四年，卫庄公妻庄姜无子，以庄公妾戴妫之子完为子。完即位未久，就在一次政变中被杀，戴妫遂被遣返。庄姜送于野，作《燕燕》诗以别。 ⑤“将军”三句：指人间离别第三事。将军，指李陵。 故人：指苏武。李陵数与匈奴战终降匈奴，故谓为“身名裂”。苏武出使匈奴，羁北不降，北海牧羊十九年而持节不屈，终得返汉。苏武归汉，李陵饯别河梁。《文选·李陵〈与苏武〉》：“携手上河梁，游子暮何之。”又《汉书·苏武传》载李陵送别语：“异域之人，一别长绝。” ⑥“易水”三句：指人间离别第四事。《史记·刺客列传》载，战国末年，燕太子丹命荆轲出使秦国，相机刺杀秦王。临行之际，太子丹及众宾客皆白衣素服相送于易水之上。有高渐离者击筑起乐，荆轲和乐而歌：“风萧萧兮易水寒，壮士一去兮不复返。”众皆瞋目，髮尽上指冠。于是荆轲就车而去，终已不顾。

[集评]

陈模云：“此词尽集许多怨事，全与太白《拟恨赋》手段相似。”（《怀古录》卷中）

陈廷焯云：“悲郁，沉郁顿挫，姿态绝世。换头处，起势崚嶒。”（《云韶集》卷五）

又云：“稼轩词自以《贺新郎·别茂嘉十二弟》一篇为冠。沉郁苍凉，跳跃动荡，古今无此笔力。”（《白雨斋词话》卷一）

王国维云:“章法绝妙,且语语有境界,此能品而几于神者。然非有意为之,故后人不能学也。”(《人间词话删稿》)

陈匪石云:“杨慎《词品》‘谓尽集许多怨事’,全与李白《拟恨赋》相似。寻江淹《别赋》、《恨赋》,皆首尾述意,中间历叙若干事,而此则拟《别赋》者。在词自属变格(案许昂霄《词综偶评》亦有此评)。盖冶前后遍为一炉,前起后束,中列离别四事,前二者属女子,后二者属男子,末句归到自身以结之。……只末二句,张惠言(《词选》)谓‘茂嘉以得罪谴徙,故有是言’,固嫌穿凿;周济(《宋四家词选·目录序论》)谓‘马上琵琶’为北都旧恨,‘易水萧萧’,为南都新恨,亦似附会。在稼轩只因茂嘉而广征古事,言离别之恨耳。……愚谓稼轩以生龙活虎之才,为铸史熔经之作,格调不惮其变,隶事不厌其多,其佳者竟成古今绝唱,却不容人学步。并世如陈同甫、刘龙洲,后世如陈其年,善学辛者亦多杰作,然究涉粗犷。学者读稼轩词,宜取神遗貌,藉药纤弱之病,而发风动气,则所当慎矣。”(《宋词举》)

张伯驹云:“稼轩《贺新郎》‘别茂嘉十二弟’一阕,先从听啼鴂说起,又听到杜鹃、鹧鸪,直到春归无啼处,芳菲都歇。而忽一转到‘算未抵人间离别’,真是笔力扛鼎。到此已有‘山穷水尽疑无路’之感,后面甚难接下。然实写琵琶马上、河梁万里、易水衣冠,后归到啼鸟以离别作结,章法奇绝。必是意有所触,情有所激,如骨鲠在喉,不能不吐,遂脱口而出,随笔而下,奔放淋漓。刘公勇云:‘与《恨赋》相似,非词家本色。’尚未为知者。岳珂《桯史》云,曾指摘稼轩词之失,稼轩乃自改其语,日数十易,累月未竟。如词绝非日数十易而与剪红刻翠雕辞饰句者比也。”(《丛碧词话》)

吴世昌云:“此词下片以荆卿收束,岂是谪徙?又下片以李陵、荆轲故事咏别,无乃不可。前人读词,每赏其声情俱茂,而不问内容,一味赞扬,似乎大家决无败笔,殊不然也。”(《词林新话》)

贺新郎

邑中园亭,仆皆为赋此词。一日,独坐停云,水声山色,竞来相娱,意溪山欲援例者,遂作数语,庶几仿佛渊明思亲友之意云①

甚矣吾衰矣②。怅平生、交游零落,只今馀几。白髮空垂三千丈[③]，一笑人间万事。问何物、能令公喜[④]。我见青山多妩媚，料青山、见我应如是。情与貌，略相似。
一尊搔首东窗里。想渊明、停云诗就[⑤]，此时风味。江左沉酣求名者，岂识浊醪妙理[⑥]。回首叫、云飞风起[⑦]。不恨古人吾不见，恨古人、不见吾狂耳[⑧]。知我者，二三子。

[注释]

①嘉泰元年(1201)作。 邑中园亭：指铅山园亭。 ②“甚矣”句：葛长民曾云“贫贱常思富贵，富贵必履危机”。见《晋书》本传。 ③“白髮”句：化用李白《秋浦歌》“白髮三千丈，缘愁似个长”句意。 ④能令公喜：《世说新语·宠礼》谓王恂、郗超皆有奇才，均受到大司马桓温之喜爱。恂为主簿，超为参军。超多鬚，恂矮小。荆州为之语曰：“髯将军、短主簿，能令公喜，能令公怒。” ⑤“一尊”二句：陶渊明《亭云》诗序云，“停云，思亲友也。罇湛新醪，园列初荣，愿言不从，叹息弥襟。”诗凡四首。 ⑥“江左”二句：“道丧士失已，出语辄不情。江左风流人，醉中亦求名。渊明独清真，谈笑得此生。”见苏轼《和渊明饮酒诗》。“浊醪有妙理，庶用慰沉浮。”见杜甫《晦日寻崔戢李封》诗。 ⑦“回首叫”句：“大风起兮云飞扬，威加海内兮归故乡，安得猛士兮守四方。”见刘邦《大风歌》。 ⑧“不恨”二句：《南史·张融传》谓融善草书，常自美其能，并叹曰：“不恨我不见古人，所恨古人不见我。”

[集评]

卓人月云：“此词稼轩自拟彭泽诗意。然彭泽一爵酣如，二爵訚訚，如此则‘坎坎鼓我，蹲蹲舞我’矣。幽燕老将，气韵沉雄；三河少年，风流自赏。惟辛与岳各据一坛，尔无老老，我无少少。”（《古今词统》卷十六）

沈际飞云：“稼轩每燕，辄命侍妓歌此，拊髀自笑，坐客叹誉，如出一口。岳亦斋云：‘待制词句，豪视一世，独首尾二腔，警语相似。’稼轩慨然云：‘夫君实中予痼’，乃咏改其语。不知改者若何，惜未见之。”（《草堂诗馀别集》卷四）

沁园春

和吴子似县尉[①]

我见君来，顿赏吾庐，溪山美哉。怅平生肝胆，都成楚越[②]，只今胶漆，谁是陈雷[③]。搔首踟蹰，爱而不见[④]，要得诗来渴望梅[⑤]。还知否、快清风入手[⑥]，日看千回。
直须抖擞尘埃。人怪我柴门今始开[⑦]。向松间乍可，从他喝道[⑧]，庭中且莫，踏破苍苔[⑨]。岂有文章，谩劳车马，待唤青刍白饭来[⑩]。君非我，任功名意气，莫恁徘徊。

[注释]

①庆元四年至六年(1198—1200)间作。　吴子似:即吴绍古，时任铅山县尉。　②“怅平行”二句:“自其异者视之，肝胆楚越也。”见《庄子·德充符》。此喻旧日密友如今业已疏远。　③“只今”二句:陈雷，即陈重与雷义。据《后汉书·雷义传》，雷义与陈重为友，太守举陈重为孝廉，他让雷义;举雷义为茂才，雷义让给陈重。故乡人赞曰:“胶膝自谓坚，不如陈与雷。”　④“搔首”二句:语出《诗经·邶风·静女》“静女其姝，俟我于城隅。爱而不见，搔首踟蹰”。此喻作者与吴子似之友情。　⑤渴望梅:化用白居易《井底引银瓶》“墙头马上遥相顾”语。　⑥清风:喻诗篇。《诗经·大雅·烝民》:“吉甫作诵，穆如清风。”　⑦柴门今始开:本杜甫《客至》诗“花径不曾缘客扫，蓬门今始为君开”。　⑧“向松间”二句:松间，指松前花下。乍可，犹言宁可。喝道，指官吏出行，先有执事鸣锣开道。《义山杂纂》:“杀风景事……一曰花间喝道。”此反用其意，是说我虽爱松间幽静环境，只要朋友前来，宁愿让差役喝道。　⑨“庭中”二句:承上谓只是不要破坏庭之苍苔。　⑩“岂有”三句:言虽无惊人之文章，但能好好招待。杜甫《宾至》诗:“岂有文章惊海内，谩劳车马驻江干。”又《入秦行》:“为君沽酒满眼酤，与奴白饭马青刍。”

[集评]

卓人月、徐士俊云:“撮古句如数家珍。”(《古今词统》卷十五)

沁园春

将止酒，戒酒杯使勿近[①]

杯汝来前，老子今朝，点检形骸[②]。甚长年抱渴，咽如焦釜，于今喜睡，气似奔雷。汝说刘伶，古今达者，醉后何妨死便埋[③]。浑如此，叹汝於知己，真少恩哉。　更凭歌舞为媒，算合作平居鸩毒猜[④]。况怨无大小，生于所爱，物无美恶，过则为灾。与汝成言，勿留亟退，吾力犹能肆汝杯[⑤]。杯再拜，道麾之即去，招则须来[⑥]。

[注释]

①庆元三年(1197)年作。　②点检形骸：检查身体。意谓自我保养，不再纵酒伤身。　③"汝说"三句：《晋书·刘伶传》谓刘伶纵酒放荡，常乘一鹿车，携一壶酒，命人带锄跟随，并曰："死便掘地以埋。"　④"更凭"二句：谓酒与歌舞相谋，害人犹甚，直似鸩毒。　鸩毒：用鸩羽毛制成的剧毒，放入酒中，饮之立死。　⑤"与汝"三句：与酒杯约定，勿留急去，否则，我尚有馀力把你砸个粉碎。　成言：说定，约定。　肆：原意处死后陈尸示众，此作砸碎讲。　⑥"麾之"二句：《汉书·汲黯传》谓汲黯辅佐少主，严守城池时，"招之不来，麾之不去"。此反用其意。

[集评]

陈模云："此又如《答宾戏》、《解嘲》等作，乃是把古文手段寓之于词。"(《怀古录》卷中)

沈际飞云："时说以东坡为词诗，稼轩为词论，甚当。'怨无大小'四句可箴。终破酒戒在此句。"(《草堂诗馀别集》卷四)

卓人月、徐士俊云："'怨无大小'四句，如箴如铭，末句便为次作埋根(次作指同调'杯汝知乎')。"(《古今词统》卷十五)

沁园春

城中诸公载酒入山，余不得以止酒为解，遂破戒一醉，再用韵①

杯汝知乎，酒泉罢侯，鸱夷乞骸②。更高阳入谒，都称虀臼③，杜康初筮，正得云雷④。细数从前，不堪余恨，岁月都将麹蘖埋。君诗好，似提壶却劝，沽酒何哉⑤。　君言病岂无媒，似壁上雕弓蛇暗猜⑥。记醉眠陶令，终全至乐⑦，独醒屈子，未免沉灾。欲听公言，惭非勇者，司马家儿解覆杯⑧。还堪笑，借今宵一醉，为故人来⑨。

［注释］

①庆元二年(1196)作。　②"酒泉"二句：酒泉侯已罢免，盛酒之皮袋也乞求告老退休。比喻业已戒酒。　酒泉侯：指酒泉郡守。《汉书·地理志》："酒泉郡，武帝太初元年开。"注云："城下有金泉，味如酒。"《拾遗记》："羌人姚馥嗜酒，武帝擢为朝歌宰，迁酒泉太守。"　鸱夷："鸱夷滑稽，腹如大壶，尽日盛酒，人复借酤。"见《汉书·游侠传》。注云："鸱夷，韦囊，以盛酒。"　乞骸：指官员自请退休。　③"更高阳"二句：《史记·郦生陆贾列传》载，汉高祖刘邦过高阳，高阳酒徒郦其食去见他。守门人谢曰：刘邦"未暇见儒人"。郦食其怒曰："吾高阳酒徒也，非儒人也。"虀臼：暗含"辞"字，曹操与杨修曾过曹娥碑下，见碑背有题"黄绢幼妇，外孙齑臼"八字，曹操谓杨修曰："解不？"答曰："解。"曹操曰："卿未可言，待我思之。"行三十里，曹操乃曰："吾已得。"命杨修别记所知。杨修曰："黄绢，色丝也，于字为绝；幼妇，少女也，于字为妙；外孙，女子也，于字为好；齑臼，受辛也，于字为辞。所谓绝妙好辞也。"见《世说新语·捷悟》。④"杜康"二句：杜康，周朝人，善于酿酒。云雷，《易·屯卦·大象》："云雷，屯"。屯，前途多艰。此处意谓杜康筮仕而得不吉利之卦，亦即预示酒及造酒之人均将遭受拒绝。　⑤"似提壶"二句：本黄庭坚《演雅》诗"提壶犹能劝沽酒"。任渊注："提壶，鸟名，梅圣俞《四禽言》云：'提壶芦，沽美酒，风为宾，树为友。山花撩乱目前开，劝尔今朝千万寿。'"　⑥"似壁上"句：应劭

谓其“祖父郴为汲令，以夏至日诣见主簿杜宣，赐酒。时北壁上有悬赤弩，照于杯，形如蛇，宣畏恶之，然不敢不饮，其日便得胸腹痛切。妨损饮食，大用羸露，攻治万端不为愈。后郴因事过至宣家窥视，问其变故，云畏此蛇，蛇入腹中。郴还听事，思惟良久，顾见悬弩，必是也。则使门下史将铃下侍，徐扶辇载宣于故处设酒，杯中故复有蛇。因谓宣曰：‘此壁上弩影耳，非有他怪。’宣遂解，甚夷怿。由是瘳平”。见《风俗通义》卷九《世间多见怪惊怖以自伤者》。 ⑦“记醉眠”二句：陶令，指陶渊明。据《晋书·陶潜传》，渊明辞官归田后，寄情于酒，不加检括，有酒便醉。“潜若先醉，便语客‘我醉欲眠，卿可去。’” ⑧“司马”句：司马家儿，指晋元帝司马睿。《世说新语·规箴》注引邓粲《晋纪》，谓司马睿“身服俭约，以先时务。性素好酒，将渡江，王导深以劝，帝乃令左右进觞，饮而覆之，自是遂不复饮。克己复礼，官修其方，而中兴之业隆焉。” ⑨原注：“用邴原事。”按《三国志》注引《邴原别传》：“原旧能饮酒，后八九年间，酒不向口。单步负笈，苦身持力。临别，师友人以原不饮酒，会米肉送原。原曰：‘本能饮酒，以荒思废业，故断之耳。今当远别，固见贶饯，可一饮燕。’于是共坐饮酒，终日不醉。”

哨　遍

秋水观①

蜗角鬥争，左触右蛮，一战连千里②。君试思、方寸此心微。总虚空、并包无际③。喻此理。何言泰山毫末，从来天地一稊米④。嗟大小相形，鸠鹏自乐，之二虫又何知⑤。记跖行仁义孔丘非⑥。更殇乐长年老彭悲⑦。火鼠论寒，冰蚕语热，定谁同异⑧。　噫。贵贱随时⑨。连城才换一羊皮⑩。谁与齐万物，庄周吾梦见之⑪。正商略遗篇，翩然顾笑，空堂梦觉题秋水。有客问洪河，百川灌雨，泾流不辨涯涘。於是焉河伯欣然喜。以天下之美尽在己。渺沧溟望洋东视。逡巡向若惊叹，谓我非逢子。大方达观之家，未免长见，犹然笑耳⑫。北堂之水几何其，但清溪一曲而已。

[注释]

①庆元五年(1199)作。　秋水观:即筑于瓢泉之秋水堂。　②"蜗角"三句:"有国于蜗之左角者曰触氏,有国于蜗之右角者曰蛮氏,时相与争地而战,伏尸数万,逐北旬有五日而后反。"见《庄子·则阳》。　③"君试思"二句:"吾见子之心矣,方寸之地虚矣。"见《列子·仲尼》。　④"何言"二句:"计中国之在海内,不似稊米在太仓乎?……知天地之为稊米也,知豪末之在丘山也,则差数等矣。"见《庄子·秋水》。《庄子·齐物论》:"天下莫大于秋毫之末,而泰山为小。"　⑤"鸠鹏"二句:"鹏之徙于南冥也,水击三千里,抟扶摇而直上九万里。……蜩与鸠笑之曰:'我决起而飞,枪榆枋,时则不至,而控于地而已矣;奚以九万里而南为?'适莽苍者,三飡而反,腹犹果然;适百里者,宿舂粮;适千里者,三月聚粮。之二虫又何知。"见《庄子·逍遥游》。　⑥"记跖行"句:《庄子·盗跖》谓盗跖怒曰,"丘来前……盗莫大于子,天下何故不谓子为盗丘,而乃谓我为盗跖。"　⑦"更殇乐"句:"莫寿于殇子而彭祖为夭。"见《庄子·齐物论》。　⑧"火鼠"三句:"冰蚕不知寒,火鼠不知暑。"见苏轼《徐大正闲轩》诗。《拾遗记》卷十:"员峤山有冰蚕……以霜雪覆之,然后作茧,长一尺,其色五采,织为文锦,入水不濡,以火投之,经宿不燎。"《太平御览》引《吴录》:"日南比景县有火鼠,取毛为布,烧之而精,名火浣布。"　⑨"贵贱"句:"以道观之,物无贵贱;以物观之,自贵而相贱;以俗观之,贵贱不在己。"见《庄子·秋水》。　⑩"连城"句:"携持琬琰,易一羊皮。"见韩愈《送穷文》。"鼂采琬琰,和氏出焉。"司马相如《子虚赋》。琬琰即和氏璧。《史记·廉颇蔺相如列传》:"赵惠文王时得楚和氏璧,秦昭王闻之,使人遗赵王书,愿以十五城请易璧。"后遂称其璧为连城璧。　⑪"谁与"二句:《庄子》有《齐物论》。　⑫"有客问"十一句:"秋水时至,百川灌河。泾流之大,两涘渚涯之间不辨牛马。于是焉河伯欣然自喜,以天下之美为尽在己。顺流而东行,至于北海,东面而视,不见水端,于是河伯始旋其面目,望洋向若而叹曰:'……吾非至于子之门则殆矣。吾长见笑于大方之家。'"见《庄子·秋水》。

[集评]

卓人月、徐士俊云："向秀注《庄》，独无《秋水》一篇，而郭象补之。即此篇，向秀之注不亡矣，焉用郭？"（《古今词统》卷十六）

哨遍

用前韵[①]

一壑自专，五柳笑人，晚乃归田里[②]。问谁知、几者动之微[③]。望飞鸿、冥冥天际[④]。论妙理，浊醪正堪长醉[⑤]。从今自酿躬耕米。嗟美恶难齐，盈虚如代，天耶何必人知。试回头五十九年非[⑥]。似梦里欢娱觉来悲。夔乃怜蚿，谷亦亡羊，算来何异[⑦]。　　嘻。物讳穷时[⑧]，丰狐文豹罪因皮[⑨]。富贵非吾愿，皇皇乎欲何之[⑩]。正万籁都沉，月明中夜，心弥万里清如水。却自觉神游，归来坐对，依稀淮岸江涘。看一时鱼鸟忘情喜，会我已忘机更忘己[⑪]。又何曾物我相视。非会濠梁遗意，要是吾非子[⑫]。但教河伯、休惭海若，大小均为水耳。世间喜愠更何其，笑先生三仕三已[⑬]。

[注释]

①庆元五年（1199）作。　②"一壑"三句：言归隐之乐。《庄子·秋水》："且夫擅一壑之水，而跨跱埳井之乐，此亦至矣。"　五柳："先生不知何许人，亦不详其姓字，宅边有五柳树，因以为号焉。"见陶渊明《五柳先生传》。　③几者动之微："几者动之微，吉之先见者也。"见《易·系辞》。　④"望飞鸿"句：言天鹅飞于高天，自由自在。　冥冥：沉远貌。⑤"论妙理"二句："浊醪有妙理，庶用慰沉浮。"见杜甫《晦日寻崔戢李封》诗。　⑥"试回头"句："孔子行年六十而六十化。始时所是，卒而非子，未知今之所谓是之非五十九年非也。"见《庄子·寓言》。　⑦"夔乃"三句："夔怜蚿。……夔谓蚿曰：'吾以一足趻踔而行，予无如矣，今子之使万

足独奈何?'蚿曰:'今予动吾天机而不知其所以然。'"见《庄子·秋水》。"臧与谷二人相与牧羊,而俱亡其羊。问臧奚事,则挟策读书;问谷奚事,则博塞以游。二人者,事业不同,其于亡羊均也。"见《庄子·骈拇》。⑧物讳穷时:"孔子曰:"我讳穷久矣,而不免,命也;求通久也,而不得,时也。"见《庄子·秋水》。⑨"丰狐"句:"夫丰狐文豹,栖于山林,伏于岩穴,静也;夜行昼居,戒也;虽饥渴隐约,犹旦胥疏于江湖之上而求食焉,定也;然且不免于罔罗机辟之患,是何罪之有哉,其皮为之灾也。"见《庄子·达生》。⑩"富贵"二句:"已矣乎,寓形宇内复几时,曷不委心任去留。胡为乎遑遑欲何之?富贵非吾愿,帝乡不可期。"见陶渊明《归去来辞》。⑪"会我"句:见前《水调歌头》(造物故豪纵)注。⑫"非会"二句:仙人名,称洪崖先生,传说尧帝时已三千岁,居西山洪崖,见《江西通志》。郭璞《游仙》诗:"左挹浮丘袖,右拍洪崖肩。"⑬"世间"二句:"令尹子文三仕为令尹,无喜色;三已之,无愠色。"见《论语·公冶长》。

[集评]

卓人月、徐士俊云:"东坡隐括《归去来兮辞》作《哨遍》,不过得其皮毛,此乃得其神髓。"(《古今词统》卷十六)

念奴娇

赋傅岩叟香月堂两梅①

未须草草,赋梅花,多少骚人词客。总被西湖林处士,不肯分留风月。疏影横斜,暗香浮动,把动春消息②。尚馀花品,未忝今古人物。 看取香月堂前,岁寒相对,楚两龚之洁③。自与诗家成一种,不系南昌仙籍④。怕是当年,香山老子,姓白来江国⑤。谪仙人,字太白、还又名白⑥。

[注释]

①傅岩叟:名为栋,上饶人。曾为鄂州学讲书,陈克斋有《傅讲书生祠

记》。 陈克斋《答赵昌甫送徐天锡》诗自注："双梅在岩叟家香月堂，清古可爱，昌甫每与稼轩同领略之，柱为稼轩题。" ②"总被"五句：林逋结庐杭州西湖之孤山，二十岁足不及城市，喜作诗，有《山园小梅》诗云"众芳摇落独暄妍，占尽风情向小园。疏影横斜水清浅，暗香浮动月黄昏"。③"楚两龚"句："两龚，皆楚也。胜字君宾，舍字君倩，二人相友，并著名节，故世谓之楚两龚。"见《汉书·两龚传》。《法言·向明》："楚两龚之絜，其清矣乎。" ④南昌仙籍："梅福字子真，九江寿春人也。……为郡文学，补南昌尉。后去官归寿春。居家常读书养性为事。至元始中，王莽颛政，福一朝弃妻子去九江，至今传以为仙。"见《汉书·梅福传》。此谓香月堂两梅唯应诗人歌咏，不与他梅同一族类。 ⑤"香山"二句：白居易曾被谪为江州司马，晚年自号香山居士。 ⑥"谪仙"二句：李白字太白，以诗谒贺知章，贺曰："子谪仙人也。"香月堂之梅当为白色，故云。

念奴娇

和赵国兴知录韵[1]

为沽美酒，过溪来、谁道幽人难致。更觉元龙楼百尺，湖海平生豪气[2]。自叹年来，看花索句，老不如人意。东风归路，一川松竹如醉。　怎得身似庄周，梦中蝴蝶，花底人间世[3]。记取江头三月暮，风雨不为春计。万斛愁来[4]，金貂头上，不抵银瓶贵[5]。无多笑我，此篇聊当宾戏[6]。

[注释]

①赵国兴：不详。 ②"更觉"二句：用三国陈登（字元龙）典。见《三国志·魏书·陈登传》。 ③"怎得身似"三句："昔者庄周梦为蝴蝶，栩栩然胡蝶也。"见《庄子·齐物论》。 ④万斛愁来："且将一寸心，能容万斛愁。"见庾信《愁赋》。 ⑤"金貂"二句：《晋书·阮孚传》谓孚迁黄门侍郎散骑常侍，常以金貂换酒。 银瓶：指酒器。 ⑥宾戏：东汉班固所撰文名。固自以与父彪两世皆有才术，而位不过郎。感东方朔、扬雄所作，

仿之撰《宾戏》以自遣。

感皇恩

寿铅山陈丞及之[①]

富贵不须论，公应自有。且把新词祝公寿[②]。当年仙桂，父子同攀希有[③]。人言金殿上，他年又。　冠冕在前，周公拜手。同日催班鲁公后[④]。此时人羡，绿鬓朱颜依旧。亲朋来贺喜，休辞酒。

[注释]

①陈丞及之:《淳熙三山志》卷三载绍熙元年余复傍，“陈与行，字叔达，罗源人。子拟，同榜。”又，“陈拟，字及之，罗源人，父与行，同榜。终通直郎。”　②“富贵”三句:《史记·范雎蔡泽列传》谓泽游学于诸侯，不遇，而从唐举相，乃曰:“富贵吾所自有，吾所不知者寿也，愿闻之。”　③“当年”二句:谓陈及之父子于绍熙元年同榜进士及第。　④“冠冕”三句:“周公何以称大庙于鲁？封鲁公以为周公也。周公拜乎前，鲁公（周公之子伯禽）拜乎后。”见《公羊传·文公十三年》。

感皇恩

读《庄子》，闻朱晦庵即世[①]

案上数编书，非庄即老。会说忘言始知道[②]。万言千句，自不能忘堪笑。朝来梅雨霁，青青好。　一壑一丘，轻衫短帽。白髮多时故人少。子云何在，应有玄经遗草[③]。江河流日夜，何时了[④]。

[注释]

①庆元六年（1200）作。　朱晦庵:朱熹，号晦庵，据《朱子年谱》，朱

熹卒于庆元六年三月。四卷本丙集题作“读《庄子》有所思”，兹从广信书院诸本。 ②“会说”句：“言者所以在意，得意而忘言；吾安得失忘言之人而与之言哉。”见《庄子·外物》。 ③“子云”二句：扬雄，字子云。欲求文章成名于后世，以为经莫大于《易》，故作《太玄》。见《汉书·扬雄传》。 ④“江河”二句：同杜甫《戏为六绝句》“尔曹身与名俱灭，不废江河万古流”之意，谓朱熹与扬雄一样名垂不朽。

感皇恩

庆婶母王恭人七十[①]

七十古来稀，未为稀有。须是荣华更长久。满床靴笏[②]，罗列儿孙新妇[③]。精神浑是个，西王母。 遥想画堂，两行红袖，妙舞清歌拥前后。大男小女，逐个出来为寿。一个一百岁，一杯酒。

[注释]

①王恭人：疑为辛祐之之母，辛次膺之子媳。四卷本丙集题作“为婶母王氏庆七十”，兹从广信书院诸本。 ②“满床”句：《旧唐书·崔神庆传》谓，开元中，神庆子琳等皆至大官，每岁时家宴，以一榻置笏，重叠其上。 ③新妇：“今之尊者斥卑者之妇曰新妇，卑对尊称其妻及妇人自称则亦然。”见王得臣《麈史》卷中。

南乡子

庆前冈周氏旌表[①]

无处著春光，天上飞来诏十行[②]。父老欢呼童稚舞，前江。千载周家孝义乡。 草木尽芬芳，更觉溪头水也香。我道乌头门侧畔，诸郎。准备他年昼锦堂[③]。

[注释]

①庆元四年(1198)作。　周氏旌表:周氏:世为舒潜人,继迁金陵,避五季之乱,徙居上饶鹅峰山下。有祠号将军者,始祖也。至处士周钦若,字彦恭,教子读书,不专利禄,孝以事母,义以协居。藻、芸、苾、芾四子,守遗训同居。至庆元,已三世。庆元三年,州以状闻,朝廷旌表其闾。见韩元吉《南涧甲乙稿》卷十六《铅山周氏义居记》及《江西通志》。　②"天上"句:谓从朝廷传来诏旌。韩愈《忆昨行和张十一》诗有"忽有飞诏从天来"之句。　③昼锦堂:韩琦有昼锦堂,欧阳修为作记。昼锦堂谓富贵而归故乡,似衣锦昼行。

小重山

三山与客泛西湖[①]

绿涨连云翠拂空,十分风月处,著衰翁。垂杨影断岸西东。君恩重,教且种芙蓉[②]。　十里水晶宫[③]。有时骑马去,笑儿童。殷勤却谢打头风[④]。船儿住,且醉浪花中。

[注释]

①绍熙三年(1192)作。　四卷本丙集题无"三山"二字,"泛"作"游",兹从广信书院诸本。　②"君恩"二句:陈与义"甲寅岁出守湖州,道中荷花无复存者,乙卯岁以病得请奉祠,卜居青墩"之《虞美人》词"今年何以报君恩,一路荷花相送到青墩"。　③"十里"句:五代时王审知受梁封为闽王,所据地即在福州。其子遅更称国称帝,为其时十国之一,故云故国。据《十国春秋》及《闽中记》,西湖周围十数里,闽王延钧筑室其上,号水晶宫,时携后庭游宴,其后陈金凤制《游乐曲》,宫女倚声歌之。其游不出庄陌,乃由子城复道跨罗城而下,不数十步至其所。　④打头风:犹言顶头风。

婆罗门引

别杜叔高。叔高长于楚词[①]

落花时节，杜鹃声里送君归。未消文字湘累[②]。只怕蛟龙云雨[③]，后会渺难期。更何人念我，老大伤悲。已而已而[④]。算此意、只君知。记取岐亭买酒，云洞题诗[⑤]。争如不见，才相见、便有别离时。千里月、两地相思。

[注释]

①约庆元六年(1200)作。 杜叔高：杜斿(yóu)，字叔高，金华人。四卷本丙集题无"杜"字。 ②湘累："钦吊楚之湘累。"见扬雄《反离骚》。注云："诸不以罪死曰累。屈原赴湘死，故曰湘累。" ③蛟龙云雨：周瑜上疏谓刘备得关羽、张飞熊虎之将，"恐蛟龙得云雨，终非池中物也"。见《三国志·吴书·周瑜传》。 ④"已而"句："已而已而，今之从政者殆而。"见《论语·微子》。 ⑤"记取"二句：苏轼《岐亭》诗有"三年黄州城，饮酒但饮湿。……定应好人事，千石供李白"诸句。按此指淳熙十六年杜叔高至上饶与稼会晤事，别时稼轩作《贺新郎》(细把君诗说)一词相送。云洞：在上饶县西三十里开化乡，天欲雨则兴云。见《上饶县志》卷五。

婆罗门引

用韵别郭逢道[①]

绿阴啼鸣，阳关未彻早催归[②]。歌珠凄断累累[③]。回首海山何处，千里共襟期。叹高山流水，弦断堪悲[④]。中心怅而[⑤]。似风雨，落花知[⑥]。更拟停云君去[⑦]，细和陶诗[⑧]。见君何日，待琼林、宴罢醉归时[⑨]。人争看、宝马来思[⑩]。

[注释]

①郭逢道:未详。稼轩有《和郭逢道韵》诗二首,其中“莫为梅花费诗,细思丹桂是天香”诸句,有劝其应试之意,可与此词相参。 ②阳关:即离歌《阳关曲》。 ③歌珠:“累累乎端如贯珠。”见《礼记·乐记》。元稹有《善歌如贯珠赋》。 ④“叹高山”二句:言景伯隐居田园。 高山流水:暗用伯牙、钟子期相知事。伯牙善琴,寓情高山流水,唯子期为知音。子期死,伯牙终身不抚琴。见《吕氏春秋·本味》。 听群蛙鼓吹荒池:孔稚圭不乐世务,庭院中荒草丛生,有蛙鸣其中。稚珪笑谓人曰:“我以此当作两部鼓吹。”见《南齐书·孔稚珪传》。 ⑤“中心”句:“静言孔念,中心怅而。”见陶渊明《荣木》诗。 ⑥“似风雨”二句:“夜来风雨声,花落知多少。”见孟浩然《春晓》诗。 ⑦停云:陶渊明诗篇句。 ⑧细和陶诗:“饱吃惠州饮,细和渊明诗。”见黄庭坚《跋子瞻和陶诗》。 ⑨琼林宴:琼林即琼林苑,在汴京顺天门大街,乾道中置为新进士宴集之所。此借以预祝郭逢道进士及第。 ⑩“人争”句:谓新进士宴罢骑马而归。 思:语助词。

婆罗门引

赵晋臣敷文张灯甚盛[①],索赋,偶忆旧游,末章因及之

落星万点,一天宝焰下层霄。人间叠作仙鳌。最爱金莲侧畔[②],红粉袅花梢。更鸣鼍击鼓,喷玉吹箫。

曲江画桥[③]。记花月、可怜宵。想见闲愁未了,宿酒才消。东风摇荡,似杨柳、十五女儿腰[④]。人共柳、那个无聊。

[注释]

①赵晋臣:赵不遇,字晋臣,曾任敷文阁学士。 ②金莲:即莲花灯。范成大《上元吴中节物》诗自注谓上元所张彩灯中莲花灯最多。 ③曲江:在长安东南,为唐代游赏之地。此殆指北宋汴京开封。 ④“似杨柳”句:“隔户杨柳弱袅袅,恰似十五女儿腰。”见杜甫《绝句漫兴九首》之一。

行香子

三山作[①]

好雨当春[②]，要趁归耕。况而今、已是清明。小窗坐地[③]，侧听檐声。恨夜来风，夜来月、夜来云。　花絮飘零，莺燕丁宁[④]。怕妨侬、湖上闲行。天心肯后，费甚心情。放霎时阴，霎时雨，霎时晴。

［注释］

①绍熙五年（1194）作。四卷本丙集作"福州作"。　②"好雨"句："好雨知时节，当春乃发生。"见杜甫《春夜喜雨》诗。　③坐地：犹言坐着。　④"莺语"句："莺语丁宁已怪迟。"见杨巨源《早春》诗。

［集评］

梁启超云："此告归未得请时之作也。发端云'好雨当春，要趁归耕。况而今已是清明。'直出本意，文意甚明。次云：'小窗坐地，侧听檐声。恨夜来风，夜来月，夜来云。'谓受谗迫扰，不能堪忍也。下半阕云：'花絮飘零，莺语丁宁，怕妨侬湖上闲行。'尚虑有种种牵制，不得自由归去也。次云：'天心肯后，费甚心情。放霎时阴，霎时雨，霎时晴。'谓只要俞旨一允，万事便了。却是君意难测，然疑间作，令人闷杀也。此诗人比兴之旨，意内言外，细绎自见。先生虽功名之士，然其所惓惓者，在雪大耻，复大仇，既不得所藉手，则区区专阃虚荣，殊非所愿。……盖已知报国夙愿不复能偿，而厌弃此官抑甚矣。度自去冬今春，已累疏乞休，而朝旨沉吟，久无所决，故不免焦虑也。"（《辛稼轩先生年谱·绍熙五年》）

行香子

山居客至

白露园蔬，碧水溪鱼。笑先生、钓罢还锄[①]。小窗高卧，风展残书。看北山移，盘谷序，辋川图[②]。　白饭青刍[③]，赤脚长鬅[④]。客来时、酒尽重沽。听风听雨，吾爱吾庐。笑本无心，刚自瘦，此君疏[⑤]。

［注释］

①钓罢：四卷本丙集作“网钓”，兹从广信书院本。 ②北山移：即孔稚珪之《北山移文》。 盘谷序：即韩愈为送李愿归隐而作之《送李愿归盘谷序》。 辋川图：王维居辋川时，曾作辋川诗二十首，并自画《辋川图》。 ③“白饭”句：言虽无惊人之文章，但能好好招待。杜甫《宾至》诗：“岂有文章惊海内，谩劳车马驻江干。”又《入秦行》：“为君沽酒满眼酤，与奴白饭马青刍。” ④“赤脚”句：本韩愈《寄卢仝》诗“一奴长髮不裹头，一婢赤脚老无齿”。 ⑤“笑本”三句：大徐本《说文解字》“竹”部“笑”字下引李阳冰刊定《说文》：“从竹从夭。义云：竹得风，其体夭屈，如人高笑。”“无心”、“此君”亦指竹言。

行香子

云岩道中[①]

云岫如簪，野涨挼蓝。向春阑、绿醒红酣。青裙缟袂，两两三三。把麴生禅[②]，玉版句[③]，一时参。 拄杖弯环，过眼嵌岩。岸轻乌、白髮鬖鬖[④]。他年来种，万桂千杉。听小绵蛮，新格磔，旧呢喃[⑤]。

［注释］

①云岩：在上饶县西十八里，有松径始至其巅。两岸怪石峻嶒，有一穴，可容百人，云出则降雨。见《铅山县志》。 ②麴生：指酒。郑棨《开天传信记》载，叶法善会朝客数十人于玄真观，思饮酒。忽有一人傲睨直入，自云麴秀才。与诸人论难，词锋敏锐。法善疑魍魅为惑，密以小剑击之，坠阶下，视之乃盈瓶醲酝。皆大笑，饮之味甚嘉，因揖其瓶曰：“麴生风味，不可忘也。”陆游《初春怀成都》诗有“病来几与麴生绝，禅榻茶烟双鬓丝”句。 ③玉版：竹笋的别名。《冷斋夜话》：苏轼曾邀刘器之同参玉版

和尚，至廉泉寺，烧笋而食。器之觉笋味殊佳，问此笋何名，轼曰："即玉版也。此老师善说法，要能令人禅悦之味。" ④"岸轻乌"句：岸作"上推"解，乌纱帽质轻，故曰轻乌，帽本覆其髮，上推之，则可见白髮鬖鬖。⑤"听小绵蛮"三句："绵蛮黄鸟，止于丘隅。"见《诗经·小雅·绵蛮》。"鹧鸪生江南，鸣曰钩辀格磔。"见《本草》。 呢喃：指燕子。

粉蝶儿

和赵晋臣敷文落梅①

昨日春如、十三女儿学绣。一枝枝、不教花瘦。甚无情，便下得，雨僝风僽②。向园林、铺作地衣红绉。 而今春似、轻薄荡子难久。记前时、送春归后。把春波，都酿作，一江春酎。约清愁，杨柳岸边相候。

[注释]

①赵晋臣：即赵不遇，已见前。 ②"便下得"二句：犹言便忍使风雨来相折磨。

[集评]

陈廷焯云："稼轩《粉蝶儿》（落梅）起句云：'昨日春如十三女儿学绣。'后半起句云：'而今春似轻薄荡子难久。'两喻殊觉纤陋，令人生厌，后世更欲效颦，真可不必。"（《白雨斋词话》卷七）

锦帐春

席上和杜叔高韵①

春色难留，酒杯常浅。把旧恨、新愁相间。五更风，千里梦，看飞红几片，这般庭院。 几许风流，几般娇懒。问相见、何如不见。燕飞忙，莺语乱。恨重帘不卷，翠屏平远。

[注释]

①庆元六年(1200)作。

夜游宫

苦俗客

几个相知可喜。才厮见、说山说水[①]。颠倒烂熟只这是。怎奈向[②],一回说,一回美。　　有个尖新底[③]。说底话、非名即利。说得口干罪过你[④]。且不罪,俺略起,去洗耳[⑤]。

[注释]

①才厮见:一相见。　②奈向:奈何。　③尖新底:犹言特殊的、别致的。　④罪过你:意谓咎由自取。　⑤去洗耳:《高士传》谓尧致天下而让许由,“由以为污,乃去洗耳”。

浪淘沙

山寺夜半闻钟[①]

身世酒杯中,万事皆空。古来三五个英雄。雨打风吹何处是,汉殿秦宫。　　梦入少年丛,歌舞匆匆。老僧夜半误鸣钟[②]。惊起西窗眠不得,卷地西风。

[注释]

①约熙淳十四年(1187)作。　②“老僧”句:“欧公言,唐人有‘姑苏城外寒山寺,夜半钟声到客船’之句,说者云:‘句则佳也,其如三更不是撞钟时!’”见《王直方诗话》。“与老杜‘欲觉闻晨钟,令人发深省’同意。”见许昂霄《词综偶评》。

[集评]

陈廷焯云："沉郁顿挫中，自觉眉飞色舞，笔力雄大，辟易千人。结数语，如闻霜钟，如听秋风，读者神色都变。"（《云韶集》卷五）

又云："才气虽雄，不免粗鲁，世人多好读之，无怪稼轩为后世叫嚣者作俑矣。读稼轩词者，去取严加别白，乃所以爱稼轩也。"（《白雨斋词话》卷一）

唐河传

效花间体①

春水，千里。孤舟浪起，梦携西子。觉来村巷夕阳斜，几家。短墙红杏花。　　晚云做造些儿雨。折花去，岸上谁家女。太狂颠，那边。柳绵，被风吹上天。

[注释]

①花间：即《花间集》，词集名。五代赵崇祚编，欧阳炯作序。其为体多浓艳秀丽。四卷本丙集，"体"作"集"，下片"那边"作"那岸边"，兹从广信书院诸本。

西江月

题可卿影像①

人道偏宜歌舞，天教只入丹青。喧天画鼓要他听，把著花枝不应。　　何处娇魂瘦影，向来软语柔情。有时醉里唤卿卿，却被傍人笑问。

[注释]

①可卿：当为歌伎之名。下片"卿卿"对可卿之昵称。

西江月

示儿曹，以家事付之

万事云烟忽过，一身蒲柳先衰[①]。而今何事最相宜，宜醉宜游宜睡。　　早趁催科了纳，更量出入收支。乃翁依旧管些儿，管竹管山管水。

[注释]

①蒲柳：即水杨。顾悦谓简文曰："蒲柳之姿，望秋而落；松柏之质，经霜弥茂。"见《世说新语·言语》。

[集评]

卓人月云："此词意极超脱，其人可想见矣。"（《古今词统》卷六）

丑奴儿

书博山道中壁

少年不识愁滋味，爱上层楼，爱上层楼。为赋新词强说愁。　　而今识尽愁滋味，欲说还休。欲说还休，却道天凉好个秋。

[集评]

卓人月、徐士俊云："前是强说，后是强不说。"（《古今词统》卷四）

破阵子

赠　行

少日春风满眼，而今秋叶辞柯。便好消磨心下事，莫忆寻常醉后歌。可怜白发多。　　明日扶头颠倒，倩谁伴舞婆娑。我定思君拚瘦损[①]，君不思兮可奈何。天寒将息呵。

［注释］

①拚：甘愿之意。

破阵子

峡石道中有怀吴子似县尉[①]

宿麦畦中雉鷕[②]，柔桑陌上蚕生。骑火须防花月暗[③]，玉唾长携彩笔行[④]。隔墙人笑声。　莫说弓刀事业，依然诗酒功名。千载图中今古事，万石溪头长短亭。小塘风浪平。[⑤]

［注释］

①庆元四年至六年（1198—1200）作。　峡石：在上饶县西二十里，两崖对峙，苍翠壁立，中有泉石之胜。见《铅山县志》。　吴子似：吴绍古字子似，曾任铅子县尉。　②雉鷕（gòu）：本《诗经·邶风·匏有苦叶》"有鷕雉鸣"。毛《传》："鷕，雌雉声也。"　③骑火：夜骑时用以照明之物。韩愈《夜次襄城》诗："欲知迎候盛，骑火万星转。"　④"玉唾"句：稼轩《鹧鸪天》（叹息频年廪未高）有"乾玉唾，秃锥毛"句，均以毛笔与玉唾连举，因疑"玉唾"应指砚滴而言。　⑤原注："时修图经，筑亭堠。"　注者按：《铅山县志》吴子似小传谓纂有《永平志》。此所谓图经，当即指《永平志》言。残存《永乐大典》卷二千二百六十三、二千二百六十五、二千五百三十五引录《广信府永平志》凡五条疑即吴子似所撰。铅山有永平溪，故志以永平名。

定风波

三山送卢国华提刑，约上元重来①

少日犹堪话别离，老来怕作送行诗。极目南云无过雁，君看。梅花也解寄相思。　无限江山行未了，父老。不须和泪看旌旗。后会丁宁何日是。须记。春风十日放灯时②。

[注释]

①绍熙四年(1193)作。　②"春风"句：风俗，上元张灯。郡州张灯多自正月十四始，十七日止。见陈元靓《岁时广记》。

[集评]

卓人月、徐士俊云："写讽解嘲。"(《古今词统》卷十)

定风波

再用韵。时国华置酒，歌舞甚盛①

莫望中州叹黍离②，元和圣德要君诗③。老去不堪谁似我，归卧。青山活计费寻思。　谁筑诗坛高十丈，直上。看君斩将更搴旗④。歌舞正浓还有语，记取。鬚髯不似少年时。

[注释]

①亦绍熙四年(1193)作。四卷本丙集题作"再用韵。卢置歌舞甚盛"，下片"诗坛"作"诗墙"，兹从广信书院诸本。　②黍离：《诗经·王风》中一诗，其首章有"彼黍离离"句。《毛诗序》谓此诗"闵宗周也。周大夫行役，至于宗周。过故宗庙宫室，闵周室之颠覆。彷徨不忍去而作是诗也"。　③"元和"句：唐宪宗李纯即位之明年，改号元和。元和年间，唐

王朝曾平定淮西吴元济之乱，威慑各地藩镇割据势力，使国内稍趋统一。诗人纷纷作诗以颂。韩愈有《元和圣德诗》。 ④斩将搴旗：《史记·货殖列传》谓军士“陷阵却敌，斩将搴旗”。此喻在诗坛上大显身手。

踏莎行

赋稼轩，集经句①

进退存亡②，行藏用舍③。小人请学樊须稼④。衡门之下可栖迟，日之夕矣牛羊下⑤。 去卫灵公，遭桓司马。东西南北之人也⑥。长沮桀溺耦而耕，丘何为是栖栖者⑦。

[注释]

①约淳熙九年（1182）作。 稼轩：作者为屋舍所取之名，时人洪迈有《稼轩记》略记其事，后作者即以此为己号。 ②进退存亡：“知进退存亡而不失其正者，其惟圣人乎。”见《易·乾文言》。 ③行藏用舍：“子谓颜渊曰：‘用之则行，舍之则藏，唯我与尔有是夫。’”见《论语·子路》。 ④“小人”句：“樊迟请学稼，子曰：‘吾不如老农。’……樊迟出。子曰：‘小人哉，樊须也。’”见《论语·述而》。 ⑤“衡门”二句：安贫寡欲，便可怡然自乐。《诗经·陈风·衡门》：“衡门之下，可以栖迟。泌之洋洋，可以乐饥。”又同书《王风·君子于役》：“日之夕矣，羊牛下来。” ⑥“去卫”三句：不学孔子到处奔波，四面碰壁。 去卫灵公：离开卫国。《论语·卫灵公》：“卫灵公问陈于孔子。对曰：‘俎豆之事则尝闻之，军旅之事未之学也。’明日遂行。” 遭桓司马：“孔子不悦于鲁、卫，遭宋桓司马，一将要而杀之，微服而过宋。是时孔子当阸。”见《孟子·万章》。《礼记·檀弓上》记孔子语云：“今丘也，东西南北之人也。” ⑦“长沮”二句：愿学长沮、桀溺躬耕田园，不师孔子奔走劳心。《论语·微子》：“长沮、桀溺耦而耕。孔子过之，使子路问津焉。” 丘：孔丘。 栖栖者：奔走不息貌。

[集评]

卓人月、徐士俊云：“百宝装成无缝塔。”（《古今词统》卷九）

沈雄云:“徐士俊谓集句有六难:属对,一也;协韵,二也;不失粘,三也;切题意,四也;情思联续,五也;句句精美,六也。……余更增其一难,曰打成一片。稼轩俱集经语,尤为不易。”(《古今词话·词品》上卷)

汉宫春

立春日①

春已归来,看美人头上,袅袅春幡②。无端风雨,未肯收尽馀寒。年时燕子,料今宵、梦到西园③。浑未办、黄柑荐酒,更传青韭堆盘④。　却笑东风从此,便薰梅染柳,更没些闲。闲时又来镜里,转变朱颜。清愁不断,问何人、会解连环⑤。生怕见,花开花落,朝来塞雁先还。

[注释]

①隆兴元年(1163)作。稼轩于时犹寓居京口。　②“春已”三句:暗用薛道衡《人日思归》诗“人归落雁后,思发在花前”句意。　春幡:剪彩绸为花状,插于妇之鬓。　③西园:北宋汴京西门外之琼林苑,亦称西园。西园供皇帝打猎游赏和新及第进士宴集。见《东京梦华录》。　④“浑未办”二句:言愁绪满怀,无心置办应节之物。　黄柑荐酒:黄柑酿制的腊酒,立春日用以互献致贺。据苏轼《洞庭春色引》,安定郡王以黄甘酿酒谓之洞庭春色,色香味三绝。　青韭堆盘:《四时宝鉴》谓“唐人立春日作春饼生菜,号春盘”;又《本草纲目·菜部》:“五辛菜,乃元旦、立春以葱、蒜、韭、蓼蒿、芥辛嫩之菜和食之,取迎新之意,号五辛盘。”按五辛盘,元日故事。春盘,立春故事。　⑤解连环:秦昭王遣使齐国,送上玉连环一串,请人解环,群臣莫解。齐后以椎击破之,曰:“谨以解矣。”见《战国策·齐策》。此用喻忧愁难解。

[集评]

沈际飞云:“无迹有象,无象有思,精于观化者。”(《草堂诗馀续集》卷下)

周济云："'春幡'九字，情景已极不堪。燕子犹记年时好梦。黄柑、青韭，极写宴安酖毒。换头又提动党祸，结用'雁'字，与燕激射，却捎带五国城旧恨。辛词之怨，未有甚于此者。"（《宋四家词选·目录序论》）

谭献云：（起句）"以古文长篇法行之。"（《夏堂词话》）

梁启勋云："无甚本事，然可谓极回荡之致。"（《词学》下编）

归朝欢

灵山齐庵菖蒲港，皆长松茂林。独野梅花一株，山上盛开，照映可爱；不数日，风雨摧败殆尽。意有感，因效介庵体为赋，且以"菖蒲绿"名之。丙辰岁三月三日也①

山下千林花太俗，山上一枝看不足。春风正在此花边，菖蒲自蘸清溪绿②。与花同草木，问谁风雨飘零速。莫怨歌，夜深岩下，惊动白云宿。　病怯残年频自卜，老爱遗编难细读③。苦无妙手画於菟，人间雕刻真成鹄④。梦中人似玉，觉来更忆腰如束⑤。许多愁，问君有酒，何不日丝竹⑥。

[注释]

①庆元二年(1196)作。　灵山：在上饶，高千有馀丈，绵亘百馀里，见《广信府志》。　齐庵：据后《沁园春·灵山齐庵赋时筑偃湖未成》"吾庐小，在龙蛇影外"，而菖蒲港与偃湖亦必在灵山之下。　介庵：赵彦端之号。　丙辰岁：即庆元二年。四卷本丙集题无"灵山"二字，"樱花"作"梅花"，词中"悲歌"作"怨歌"，兹从广信书院诸本。　②"菖蒲"句：本赵彦端《看花回》词"看波面垂杨蘸绿"。　③遗编：指赵彦端《介庵集》。彦端卒于淳熙二年，至庆元二年已二十一年。　④"苦无"二句：承上"老爱遗编"句，言效介庵体而不得。　画於菟：即画虎。《左传·宣公四年》："楚人谓乳，谷；谓虎，於菟。"　刻鹄："效伯高不得，犹为谨勅之士，所谓刻鹄不成尚类鹜者也。"见马援《诫兄子书》。　⑤"梦中"二句：赵彦端《秦楼月》词咏睡香，"酒愁花暗，沈腰如束。……一春幽梦，与君相续。"　⑥"问君"

二句:用谢安与王羲之“中年伤于哀乐”、“正赖丝竹陶写”语意。

玉蝴蝶

追别杜叔高[①]

古道行人来去,香红满树,风雨残花。望断青山,高处都被云遮。客重来、风流觞咏[②],春已去、光景桑麻。苦无多,一条垂柳,两个啼鸦。　人家。疏疏翠竹,阴阴绿树,浅浅寒沙。醉兀篮舆,夜来豪饮太狂些。到如今、都齐醒却,只依旧、无奈愁何。试听呵,寒食近也,且住为佳[③]。

[注释]

①庆元六年(1200)年作。　②“客重来”句:杜叔高于淳熙十六年春曾至上饶与稼轩会晤,故云。　③“寒食”二句:“天气殊未佳,汝定成行否?寒食近,且住为佳耳。”见晋人帖。

雨中花慢

登新楼,有怀赵昌甫、徐斯远、韩仲止、吴子似、杨民瞻[①]

旧雨常来,今雨不来,佳人偃蹇谁留[②]。幸山中芋栗,今岁全收[③]。贫贱交情落落,古今吾道悠悠[④]。怪新来却见,文反离骚,诗发秦州[⑤]。　功名只道,无之不乐,那知有更堪忧。怎奈向、儿曹抵死,唤不回头[⑥]。石卧山前认虎,蚁喧床下闻牛[⑦]。为谁西望,凭栏一饷[⑧],却下层楼。

[注释]

①庆元六年(1200)作。　徐斯远:名文卿,上饶人。叶适《叶水心文集·徐斯远文集序》赞其淡功名,乐山水,“以文达志,为后生法”。　韩

仲止：名淲，韩元吉之子，自号涧泉，有诗名，与赵昌父并称“信上二泉”。②“旧雨”三句：言已孤独思友，切盼友人来会。　旧雨、今雨：“秋，杜子卧病长安旅次，多雨生鱼，青苔及榻，常时车马之客。旧，雨来，今，雨不来。”见杜甫《秋述》。后遂以“旧雨”喻故人；以“今雨”喻新交。范成大《新正书怀》诗：“人情旧雨非今雨，老境增年是减年。”　佳人：指词序中所言诸友人。　今雨：《全宋词》作“今□”，据《稼轩词编年笺注》改。③“幸山中”二句：“锦里先生乌角巾，园收芋栗未全贫。”见杜甫《南邻》诗。　④“贫贱”二句：叹人情淡薄，古道渺茫难求。贫贱交情落落。　吾道悠悠：本杜甫《发秦州》诗“大哉乾坤内，吾道长悠悠”。　⑤“怪新来”三句：惊讶自己近来竟写出类似《反离骚》、《发秦州》之作。　反离骚：汉扬雄作。《汉书·扬雄传》谓悼屈原之作。曰，扬雄以为君子得时则行，不得时则隐，何必自伤其身，“往往摭《离骚》文而反之”。　发秦州：为杜甫离秦州入蜀途中所写，凡二十四首，备述一路所见所感。　⑥“怎奈向”二句：《苕溪渔隐丛话》载雪窦禅师偈语，“三分光阴三分过，灵台一点不揩磨。贪生逐日区区去，唤不回头怎奈何。”　怎奈向：同“怎奈何”。抵死：总是，老是。　⑦“石卧”二句：谓儿辈对功名事实难辨真假虚伪。石卧山前认虎：《李将军列传》载，李广任右北平太守时，一次出猎，误认草中一石为猛虎，引弓劲射，箭进石中。　蚁喧床下闻牛：“殷仲堪父病虚悸，闻床下蚁动，谓是鬥牛。”见《世说新语·纰漏》。　⑧一饷：一会儿。

［集评］

卓人月、徐士俊云：“（‘功名’三句）蛮语亦自可人。”（《古今词统》卷十二）

临江仙

侍者阿钱将行，赋钱字以赠之①

一自酒情诗兴懒，舞裙歌扇阑珊。好天良夜月团团。杜陵真好事，留得一钱看②。　　岁晚人欺程不识，怎教阿堵留连③。杨花榆荚雪漫天④。从今花影下，只看绿苔圆⑤。

[注释]

①约庆元二年(1196)作。　阿钱:据《书史会要》卷六,“田田、钱钱,辛弃疾二妾也。皆因其姓而名之。皆善笔札,常代弃疾答尺牍。”阿钱即钱钱。　②“杜陵”二句:杜陵,指杜甫。杜甫《空囊》诗有“囊空恐羞涩,留得一钱看”之句。　③“岁晚”二句:言人老遣妾。　程不识:《史记·魏其武安侯列传》载,魏其侯为寿,“行酒次至临安侯,临汝侯方与程不识耳语,又不避席,夫无所发怒,乃骂临汝侯曰:‘生平毁程不识不值一钱,今日长者为寿,乃效女儿呫嗫耳语。’”　阿堵:《世说新语·规箴》谓王衍“常嫉其妇贪浊,口未尝言钱字。妇欲试之,令婢以钱绕床不得行”,次日晨起,见钱阂行,呼婢曰:“举却阿堵物。”　④“杨花”句:“杨花榆荚无才思,惟解漫天作雪飞。”见韩愈《晚春》诗。榆荚亦称榆钱。　⑤绿苔:又名绿藓,亦名绿钱。

[集评]

卓人月、徐士俊云:“若使稼轩妇作《白头吟》,又将曰‘何用刀钱为’矣。”(《古今词统》卷九)

临江仙

簪花屡坠,戏作

鼓子花开春烂漫[①],荒园无限思量。今朝拄杖过西乡。急呼桃叶渡[②],为看牡丹忙。　　不管昨宵风雨横,依然红紫成行。白头陪奉少年场[③]。一枝簪不住,推道帽檐长。

[注释]

①鼓子花:即旋花。蔓生,叶狭长,花红白色,形似鼓。参《政和证类本草》卷七《旋花》。　②桃叶渡:晋王献之爱妾名桃叶。献之曾作《情人桃叶歌》二首,其一云“桃叶复桃叶,渡江不用楫。但渡无所苦,我自迎接汝”。见《乐府诗集》卷四十五。　③“白头”句:“还似今朝歌酒席,白头翁入少年场。”见白居易《重阳席上赋白菊》诗。

玉楼春

三三两两谁家女，听取鸣禽枝上语。提壶沽酒已多时[①]，婆饼焦时须早去[②]。　醉中忘却来时路，借问行人家住处。只寻古庙那边行，更过溪南乌桕树。

［注释］

①提壶沽酒："提壶犹能劝沽酒。"见黄庭坚《演雅》诗。任渊注："提壶，鸟名，梅圣俞《四禽言》云：'提壶芦，沽美酒，风为宾，树为友。山花撩乱目前开，劝尔今朝千万寿。'"　②婆瓶焦：禽言。梅尧臣《禽言》诗："婆瓶焦，儿不食。尔父向何之？尔母山头化为石。"

［集评］

卓人月云："竟是白话。"（《古今词统》卷八）

南歌子

新开池，戏作[①]

散髪披襟处，浮瓜沉李杯[②]。涓涓流水细侵阶。凿个池儿，唤个月儿来。　画栋频摇动，红蕖尽倒开。鬥匀红粉照香腮。有个人人[③]，把做镜儿猜。

［注释］

①约庆元二年（1196），稼轩作《沁园春·灵山齐庵赋时筑偃湖未成》。此曰"新开池"，疑即偃湖。　②"散髪"二句：散髮敞怀，食瓜果而饮佳酿。　浮瓜沉李："浮甘瓜于清泉，沉朱李于寒水。"见曹丕《与吴质书》。　③人人：对人之昵称，犹人儿。

［集评］：

卓人月、徐士俊云："四'个'、四'儿'，但见其雅，不见其稚。"（《古今

词统》卷七）

品　令

族姑庆八十，来索俳语[①]

更休说，便是个、住世观音菩萨。甚今年、容貌八十岁，见底道、才十八。　莫献寿星香烛，莫祝灵龟椿鹤[②]。只消得、把笔轻轻去，十字上、添一撇。

［注释］

①俳语：戏谑之语。　②：唐氏按："灵"原作"重"，从吴讷本。

武陵春

春　兴[①]

桃李风前多妩媚，杨柳更温柔。唤取笙歌烂漫游，且莫管闲愁。　好趁春晴连夜赏，雨便一春休。草草杯盘不要收[②]，才晓便扶头。

［注释］

①四卷本丙集无题，兹从王诏校本及四印斋本补。　②"草草"句：用王安石《示长安君》诗"草草杯盘供笑语，昏昏灯火话平生"句意。

鹧鸪天

离豫章，别司马汉章大监[①]

聚散匆匆不偶然，二年遍历楚山川[②]。但将痛饮酬风月，莫放离歌入管弦。　萦绿带，点青钱，东湖春水碧连天[③]。明朝放我东归去，后夜相思月满船。

[注释]

①淳熙五年(1178)作。 豫章:今江西南昌。 司马汉章大监:司马倬,字汉章。 ②"聚散"二句:言二年内聚散无常,宦踪不定。稼轩于淳熙三年由江西提刑调京西转运判官,四年差知江陵府兼湖北安抚,其年秋又迁至隆兴兼江西安抚,二年之内所至莫非楚地。 聚散匆匆:本欧阳修《浪淘沙》"聚散匆匆,此恨无穷"。 ③"萦绿带"三句:言豫章秀丽景色。 点青钱:指稠密的荷。杜甫《漫兴》诗有"点溪荷叶叠青钱"句。东湖:在今南昌市东南,为名胜之地。 春水碧连天:本韦庄《菩萨蛮》"春水碧于天,画船听雨眠"。

鹧鸪天

席上吴子似诸友见和,再用韵答之[①]

翰墨诸君久擅场。胸中书传许多香。苦无丝竹衔杯乐,却看龙蛇落笔忙[②]。 闲意思,老风光。酒徒今有几高阳[③]。黄花不怯秋风冷,只怕诗人两鬓霜。

[注释]

①庆元四年至六年(1198—1200)作。四卷本丙集题作"席上子似诸公和韵",兹从广信书院诸本。 ②"却看"句:"已闻龟策通神话,更看龙蛇落笔痕。"见苏轼《偶至野人汪氏居乃用前韵》诗。 ③高阳:郦食其见刘邦自称高阳酒徒。见《史记·郦生陆贾列传》。

鹧鸪天

和章泉赵昌父[①]

万事纷纷一笑中。渊明把菊对秋风。细看爽气今犹在[②],惟有南山一似翁。 情味好,语言工。三贤高会古来同。谁知止酒停云老[③],独立斜阳数过鸿。

[注释]

①约庆元三年(1197)作。 章泉:在今江西上饶,亦为赵昌父之号。戴复古《石屏诗集》卷二有题云:"玉山章泉,本章氏所居,赵昌甫(父)迁居于此,章泉之名遂显。"诗云:"兹山自开辟,有此一泓泉。姓自章而立,名因赵而传。源从番水出,地与瑞峰连。" ②爽气:高爽的秋气。 ③止酒停云老:陶渊明有《止酒》、《停云》诗。稼轩则有停云堂。此借渊明以自况。

鹧鸪天[①]

点尽苍苔色欲空,竹篱茅舍要诗翁。花馀歌舞欢娱外,诗在经营惨澹中。 听软语,笑衰容。一枝斜坠翠鬟松。浅颦轻笑谁堪醉,看取萧然林下风[②]。

[注释]

①与次首同作于绍熙四年(1193)帅福建时。 ②萧然林下风:《世说新语·贤媛》谓"王夫人神情散朗,故有林下风"。苏轼《题王逸少帖》诗有"谢家夫人淡丰容,萧然自有林下风"之句。

鹧鸪天

用前韵赋梅。三山梅开时,犹有青叶甚盛,余时病齿[①]

病绕梅花酒不空[②],齿牙牢在莫欺翁[③]。恨无飞雪青松畔,却放疏花翠叶中。 冰作骨,玉为容。当年宫额鬓云松[④]。直须烂醉烧银烛,横笛难堪一再风。

[注释]

①三山:即福州。 余时病齿:"辛帅旧患伤寒。方愈,食青梅,既而牙疼甚。有道人为之灸,屈手大指本节后陷中,灸三壮,初灸觉病牙痒,再灸觉牙有声,三壮痛止,今二十年矣。"见王执中《针灸资生经》卷六《牙

疼》。王执中，瑞安人，乾道五年进士。《温州府志》卷十九有传。《针灸资生经》作于嘉定初，上距绍熙初约二十年，其所记"辛帅牙痛"事，与此题参看，正稼轩帅福建时事。　②酒不空：孔融曾曰，"樽中酒不空，吾无忧矣。"见《后汉书·孔融传》。　③"齿牙"句：谓身体尚健。　④宫额：指梅花妆。南朝宋武帝女寿阳公主，人日卧于含章殿，梅花落其额上，成五出花。宫女奇其异，竞效之，称梅花妆。见《太平御览·时序部》引《杂五行书》。

鹧鸪天

黄沙道中即事[①]

句里春风正剪裁，溪山一片画图开。轻鸥自趁虚船去，荒犬还迎野妇回。　松菊竹，翠成堆。要擎残雪鬥疏梅。乱鸦毕竟无才思，时把琼瑶蹴下来。

[注释]

①黄沙：即黄沙岭。《上饶县志》："黄沙岭在县西四十里乾元乡，高约十五丈。……下有两泉，水自石后流出，可溉田十馀亩。"陈文蔚《克斋集·游山记》谓于嘉定乙未"过黄沙辛稼轩之书堂，感物怀人，凝然以悲"。

鹧鸪天

石壁虚云积渐高，溪声绕屋几周遭。自从一雨花零落，却爱微风草动摇。　呼玉友[①]，荐溪毛[②]。殷勤野老苦相邀。杖藜忽避行人去，认是翁来却过桥。

[注释]

①玉友："以糯米药麹作白醪，号玉友。"见《珊瑚钩诗话》卷三。
②荐溪毛："苟有明信，涧溪沼沚之毛，蘋蘩薀藻之菜……可荐于鬼神，可

羞于王公。”见《左传·隐公三年》。

鹧鸪天[①]

自古高人最可嗟，只因疏懒取名多[②]。居山一似庚桑楚[③]，种树真成郭橐驼[④]。　云子饭，水晶瓜[⑤]。林间携客更烹茶。君归休矣吾忙甚，要看蜂儿趁晚衙[⑥]。

［注释］

①约于庆元间(1195—1200)作。　②“只因”句：“疏懒为名误，驱驰丧我真。”见杜甫《寄张彪三十韵》。　③“居山”句：“老聃之役，有庚桑楚者，偏得老聃之道以北，居畏垒之山。……居三年，畏垒大穰。……吾闻其人，尸居环堵之室。”见《庄子·庚桑楚》。　④“种树”句：柳宗元有《种树郭橐驼传》，谓其以种树为业，“凡长安富人为观游及卖果者，皆争迎取养，视驼所种树，或移徙，无不活”。有人问之，对曰：“橐驼非能使木寿且孳也，能顺木之天，以致其性焉尔。”　⑤“云子饭”二句：“应为西陂好，金钱罄一餐。饭抄云子白，瓜嚼水精寒。”见杜甫《与鄠县源大少府宴渼陂》诗。　⑥“要看”句：蜂众绕蜂房，有如衙参；蜂房族聚，又似官衙，故云。《埤雅》有“蜂有两衙应潮”之说。

鹧鸪天

寻菊花无有，戏作[①]

掩鼻人间臭腐场，古来惟有酒偏香。自从归住云烟畔，直到而今歌舞忙。　呼老伴，共秋光。黄花何事避重阳。要知烂漫开时节，直待西风一夜霜。

［注释］

①庆元四年至六年(1198—1200)作。

鹧鸪天

和吴子似山行韵[①]

谁共春光管日华，朱朱纷纷野蒿花。闲愁投老无多子[②]，酒病而今较减些。　山远近，路横斜。正无聊处管弦哗。去年醉处犹能记，细数溪边第几家。

[注释]

①庆元四年至六年（1198—1200）作。　②“闲愁”句：意谓老来闲愁不多。王安石《拟寒山拾得》诗：“佛法无多子。”

鹧鸪天

祝良显家牡丹一本百朵[①]

占断雕栏只一株，春风费尽几工夫。天香夜染衣犹湿，国色朝酣酒未苏[②]。　娇欲语，巧相扶，不妨老干自扶疏。恰如翠幕高堂上，来看红衫百子图。

[注释]

①祝良显：不详。　②“天香”二句：唐文宗内殿赏牡丹，问程修己：“今京邑传唱牡丹花诗，谁为首出？”对曰：“臣尝闻公卿间多吟赏中书舍人李正封诗曰：‘天香夜染衣，国色朝酣酒。’”见李濬《松窗杂录》。

鹧鸪天

赋牡丹。主人以谤花，索赋解嘲

翠盖牙签几百株，杨家姊妹夜游初。五花结队香如雾[①]，一朵倾城醉未苏。　闲小立，困相扶。夜来风雨有情无。愁红惨绿今宵看，却似吴宫教阵图[②]。

[注释]

①“杨家”二句：杨贵妃有姊三人，皆有才貌。玄宗并封国夫人之号。每年十月，玄宗幸华清池，“杨国忠姊妹五家扈从，每家为一队，着一色衣，五家合队，照映如百花之焕发”。见《旧唐书·杨贵妃传》。苏轼有《虢国夫人夜游图》诗。 ②吴宫教阵：用孙武教宫女练阵之事。

鹧鸪天

再 赋

浓紫深红一画图，中间更著玉盘盂[①]。先裁翡翠装成盖，更点胭脂染透酥。 香潋滟，锦模糊。主人长得醉工夫。莫携弄玉栏边去[②]，羞得花枝一朵无。

[注释]

①玉盘盂：此用以名白牡丹。苏轼《玉盘盂》诗序云：“东武旧俗，每岁四月大会于南禅、资福两寺，以芍药供佛。而今岁最盛，凡七千馀朵，皆重跗累萼，繁丽丰硕。中有白花，正圆如覆盂，其下十馀稍大，承之如盘，姿格绝异，独出于七千朵之上。”诗云：“两寺妆成宝幡珞，一枝争看玉盘盂。” ②弄玉：稼轩《念奴娇》（对花何似）咏白牡丹有“最爱弄玉团酥，就中一朵，曾入扬州咏”诸句，疑弄玉即一种白牡丹之名称。

鹧鸪天

不 寐

老病那堪岁月侵，霎时光景值千金。一生不负溪山债，百药难治书史淫[①]。 随巧拙，任浮沉。人无同处面如心[②]。不妨旧事从头记，要写行藏入笑林[③]。

[注释]

①书史淫：“谧耽玩典籍，忘寝与食，人谓之书淫。”见《晋书·皇甫谧

传》。②“人无”句:《左传·襄公十三年》记子产语“人心之不同,如其面焉。”③笑林:书名。后汉、唐、宋三代皆有《笑林》,今佚。现仅存后汉邯郸淳《笑林》一卷。

鹧鸪天

戏题村舍①

鸡鸭成群晚不收,桑麻长过屋山头。有何不可吾方羡,要底都无饱便休。　新柳树,旧沙洲。去年溪打那边流。自言此地生儿女,不嫁金家即聘周。

[注释]

①寓居带湖最初之三年内作。

鹧鸪天

博山寺作①

不向长安路上行②,却教山寺厌逢迎。味无味处求吾乐,材不材间过此生③。　宁作我④,岂其卿⑤。人间走遍却归耕⑥。一松一竹真朋友,山鸟山花好弟兄。

[注释]

①淳熙十四年(1187)前作。②长安路:京城路。以唐京城长安代指南宋京城临安。③“味无味”二句:在味与无味之处探索人生乐趣,于材与不材之间度过一生。味无味:语出《老子》“为无为,事无事,味无味”。材不材:语出《庄子·山木》。庄子的弟子问庄子:“昨日山中之木以不材得终其天年,今主人之雁以不材死,先生将何处?”庄子笑曰:“将处乎材与不材之间。”④宁作我:语出《世说新语·品藻》,桓公少与殷侯齐名,常有竞心。桓问殷:“卿何如我?”殷云:“我与我周旋久,宁作我。”⑤岂其卿:语出扬雄《法言·问神》,扬雄曰,君子应该以德而名,有人很

富贵,但无名声,而郑子真躬耕岩石,却名震京师,“岂其卿,岂其卿”。⑥“人间”句:本苏轼《江城子》词“走遍人间,依旧却躬耕”。

鹧鸪天

寄叶仲洽①

是处移花是处开,古今兴废几池台。背人翠羽偷鱼去②,抱蕊黄鬚趁蝶来③。　　掀老瓮,拨新醅。客来且尽两三杯。日高盘馔供何晚,市远鱼鲑买未回。

[注释]

①庆元元年至二年间(1195—1196)作。　叶仲洽:不详。　②翠羽偷鱼:捉鱼鸟。　③黄鬚:谓黄蜂。

浣溪沙

黄沙岭①

寸步人间百尺楼,孤城春水一沙鸥。天风吹树几时休。　　突兀趁人山石狠,朦胧避路野花羞。人家平水庙东头。

[注释]

①黄沙岭:在上饶,作者建有书堂。

浣溪沙

壬子春,赴闽宪,别瓢泉①

细听春山杜宇啼,一声声是送行诗。朝来白鸟背人飞。　　对郑子真岩石卧②,趁陶元亮菊花期。而今堪诵北山移[3]。

[注释]

①壬子：光宗绍熙三年(1192)。　闽宪：指福建提点刑狱。　②郑子真岩石卧：汉代隐士。见扬雄《法言·问神》。　③北山移：即《北山移文》，孔稚珪著。文中借山灵口吻，讥周颙初隐钟山，后应诏出仕之举。

[集评]

沈雄云："周晋客(在濬)曰：稼轩对句，如'对郑子真岩石卧，趁陶元亮菊花期'生硬不可按歌。"(《古今词话·词品》卷上)

浣溪沙

种松竹未成[1]

草木于人也作疏，秋来咫尺共荣枯。空山晚翠孰华余。　孤竹君穷犹抱节[2]，赤松子嫩已生鬚[3]。主人相爱肯留无。

[注释]

①疑庆元三、四年间(1197—1198)作。　②孤竹君：《史记·伯夷列传》谓伯夷、叔齐"孤竹君之二子"，此谓竹。　③赤松子：《史记·留侯世家》谓张良"愿弃人间事，欲从赤松子游"，此谓松。

浣溪沙[1]

答傅岩叟酬春之约[2]

艳杏夭桃两行排，莫携歌舞去相催。次第未堪供醉眼[3]，去年栽。　春意才从梅里过，人情都向柳边来。咫尺东家还又有，海棠开。

[注释]

①唐氏按:以下三首调为《摊破浣溪沙》。 ②庆元二年(1196)作。 ③次第:光景,情形。

浣溪沙

与客赏山茶,一朵忽堕地,戏作

酒面低迷翠被重[①],黄昏院落月朦胧。堕髻啼妆孙寿醉,泥秦宫[②]。 试问花留春几日,略无人管雨和风。瞥向绿珠楼下见[③],坠残红。

[注释]

①酒面:喻茶花。 低迷:即模糊。 ②"堕髻"二句:汉梁冀妻孙寿,色美而善为妖态,作堕马髻,愁眉啼妆。"冀爱监奴秦宫,官至太仓令,得出入寿所。寿见宫辄屏御者,托以言事,因与私焉。"见《后汉书·梁冀传》。 ③绿珠:石崇家奴名绿珠。美而艳,善吹笛,孙秀欲得之,矫诏收石崇。"崇正宴于楼上,介士到门,崇谓绿珠曰:'我今为尔得罪。'绿珠泣曰:'当效死于官前。'因自投于楼下而死。"见《晋书·石崇传》。

浣溪沙

病起,独坐停云[①]

强欲加餐竟未佳,只宜长伴病僧斋。心似风吹香篆过,也无灰[②]。 山上朝来云出岫,随风一去未曾回。次第前村行雨了[③],合归来。

[注释]

①停云:作者之厅堂名。 ②"心似"二句:言未灰心。风吹香篆过,歇后"无灰"。 ③次第:此作"待到"讲。

浣溪沙

瓢泉偶作[1]

新葺茅檐次第成，青山恰对小窗横。去年曾共燕经营。　病怯杯盘甘止酒，老依香火苦翻经。夜来依旧管弦声。

[注释]

①庆元二年(1196)作。四卷本丙集无题，兹从广信书院诸本。

[集评]

卓人月、徐士俊云："禅心艳思，夹杂不清。英雄本色。"(《古今词统》卷四)

浣溪沙

偕杜叔高、吴子似宿山寺戏作[1]

花向今朝粉面匀，柳因何事翠眉颦。东风吹雨细于尘。　自笑好山如好色[2]，只今怀树更怀人[3]。闲愁闲恨一番新。

[注释]

①庆元六年(1200)年。　四卷本丙集无"杜"、"吴"二字。　②好山如好色：化用《论语·子罕》"吾未见好德如好色者也"之语，又脱胎于苏轼《自径山回和吕察推》诗"多君贵公子，爱山如爱色"句。　③怀树更怀人：朱熹注《诗经·召南·甘棠》云，"召伯循行南国，以布文王之政。或舍甘棠之下。其后人思其德，故爱其树而不忍伤也。"谓因怀人而爱树。此则云由怀树而怀人。

浣溪沙

席上赵景山提干赋溪台,和韵[①]

台倚崩崖玉灭瘢[②],青山却作捧心颦[③]。远林烟火几家村。　　引入沧浪鱼得计,展成寥阔鹤能言。几时高处见层轩[④]。

[注释]

①赵景山、溪台:不详。　提干:官名。某一提举司之干办公事。在南宋唯有提举坑冶司置于信州境内。　②玉灭瘢:“后莽疾,孔休候之。莽缘恩意,进其玉具宝剑,欲以为好,休不肯受。莽因曰:‘诚见君面有瘢,美玉可以灭瘢。’”见《汉书·王莽传》。　瘢:创痕。　③捧心颦:“西施病心而颦其里,其里之丑人见而美之,归亦捧心而颦其里。”见《庄子·天运》。　④“引入”三句:引入沧浪,切“溪”字;展成寥阔,则谓台高且广。鹤能言:相传丁令威学道于灵虚山。后化鹤归家,时有少年举弓射之,鹤乃飞,徘徊空中,曰:“有鸟有鸟丁令威,去家千年今始归。城郭如故人民非,何不学仙冢累累。”见陶渊明《搜神后记》。

浣溪沙

简傅岩叟[①]

总把平生入醉乡,大都三万六千场[②]。今古悠悠多少事,莫思量。　　微有寒些春雨好,更无寻处野花香。年去年来还又笑,燕飞忙。[③]

[注释]

①庆元二年(1196)作。　②“总把”二句:“百年三万六千日,一日须倾三百杯。”见李白《襄阳歌》。　③唐氏按:此首调名为《摊破浣溪沙》。

浣溪沙

常山道中即事[1]

北陇田高踏水频，西溪禾早已尝新。隔墙沽酒醉纤鳞。　忽有微凉何处雨，更无留影霎时云。卖瓜声过竹边村。

[注释]

①嘉泰三年(1203)作。　常山：今浙江常山。以境内有常山而得名。常山绝顶有湖，亦称湖山。

[集评]

俞陛云云："咏乡村景物，潇洒出尘。"（《唐五代两宋词选释》）

新荷叶

上巳日，吴子似谓古今无此词，索赋[1]

曲水流觞，赏心乐事良辰。兰蕙光风[2]，转头天气还新[3]。明眸皓齿，看江头、有女如云。折花归去，绮罗陌上芳尘。　能几多春。试听啼鸟殷勤。览物兴怀，向来哀乐纷纷[4]。且题醉墨，似兰亭、列叙时人。后之览者，又将有感斯文[5]。

[注释]

①庆元四年至六年(1198—1200)作。　上巳：三月三日为上巳节。　②兰蕙光风："光风转蕙，泛崇兰些。"见《楚辞·招魂》。王逸注："光风谓雨已日出而风，草木皆有光也。"五臣注："日光风气，转泛于兰蕙之丛。"　③天气还新："三月三日天气新，长安水边多丽人。"见杜甫《丽人行》。　④"览物"二句："向之所欣，俯仰之间，已为陈迹，犹不能不以

之兴怀。"见王羲之《兰亭序》。 ⑤"似兰亭"三句:"故列叙时人,录其所述。虽世殊事异,所以兴怀,其致一也。后之览者,亦将有感于斯文。"见《兰亭序》。

生查子

和赵晋臣敷文春雪[1]

漫天春雪来,才抵梅花半。最爱雪边人,楚些裁成乱[2]。 雪儿偏解歌[3],只要金杯满。谁道雪天寒,翠袖阑干暖[4]。

[注释]

①赵晋臣:即赵不遇之字,铅山人。 ②"楚些"句:《楚辞·招魂》句末均用"些"字,又多用"乱曰"作结。 ③雪儿:唐李密爱姬雪儿,善歌舞,"每见宾僚文章有奇丽入意者,即付雪儿叶音律歌之"。见孙光宪《北梦琐言》。此谓尊前歌者。 ④"谁道"二句:反用杜甫《佳人》诗"天寒翠袖薄"句意。

生查子

去年燕子来,帘幕深深处。香径得泥归,都把琴书污。 今年燕子来,谁听呢喃语。不见卷帘人,一阵黄昏雨。

昭君怨

人面不如花面[1],花到开时重见。独倚小阑干,许多山。 落叶西风时候,人共青山都瘦。说道梦阳台,几曾来[2]。

[注释]

①"人面"句："去年今日此门中，人面桃花相映红。人面只今何处去，桃花依旧笑春风。"见唐崔护《题都城南庄》诗。 ②"说道"二句："濠州有高唐馆，俯近淮水，御史阎钦授宿此馆，题诗曰：'借问襄王安在哉？山川此地胜阳台。今朝寓宿高唐馆，神女何曾入梦来。'"见《诗话总龟》前集卷三十五。

乌夜啼

晚花露叶风条，燕飞高。行过长廊西畔、小红桥。
歌再起，人再舞，酒才消。更把一杯重劝、摘樱桃。

朝中措

九日小集，时杨世长将赴南宫①

年年团扇怨秋风②，愁绝宝杯空。山下卧龙丰度③，台前戏马英雄④。 而今休矣，花残人似，人老花同。莫怪东篱韵减⑤，只今丹桂香浓⑥。

[注释]

①杨世长：不详。 南宫：谓礼部。礼部贡举，皆秋取解，冬集礼部，春考试。见《宋史·选举志》。四卷本丙集题作"九日小集，世长将赴省"，兹从广信书院本。 ②"年年"句：借用汉班婕妤《怨歌行》"新裂齐纨素，皎洁如霜雪。裁为合欢扇，团团似明月。出入君怀袖，动摇微风发。常恐秋节至，凉风夺炎热。弃捐箧笥中，恩情中道绝"诗意。 ③卧龙：诸葛亮。 ④戏马台："彭城西南有项羽戏马台，宋武帝尝九日登之。"见《山川古今记》。 ⑤东篱：作者自谓。陶渊明《饮酒》诗有"采菊东篱下"句。⑥丹桂香浓：谓杨世长得乡荐，亦即得解送参与礼部之考试。

朝中措

夜深残月过山房，睡觉北窗凉。起绕中庭独步，一天星斗文章。　　朝来客话，山林钟鼎[①]，那处难忘。君向沙头细问，白鸥知我行藏。

[注释]

①山林钟鼎:山林与官场。

河渎神

女誐词效花间体[①]

芳草绿萋萋，断肠绝浦相思。山头人望翠云旗，蕙香佳酒君归。　　惆怅画檐双燕舞，东风吹散灵雨。香火冷残箫鼓，斜阳门外今古。

[注释]

①唐氏按:"誐"字为字不成，吴讷本作"诫"。

太常引

建康中秋夜为吕叔潜赋[①]

一轮秋影转金波，飞镜又重磨[②]。把酒问姮娥，被白髮、欺人奈何。　　乘风好去，长空万里，直下看山河。斫去桂婆娑，人道是、清光更多[③]。

[注释]

①淳熙元年(1174)作。　吕叔潜:名大虬，生平仕履不详。据吕祖谦《东莱集》卷九《吕氏家传》，大虬为吕好问孙，乃祖谦诸父。　②"一轮"

二句：状月。　金波："月穆穆以金波。"见《汉书·礼乐志·郊祀歌》。　飞镜："破镜飞上天，言月半当还也。"见吴兢《乐府古题要解·蒿砧今何在》。此句指月重圆。　③"斫去"二句："斫却月中桂，清光应更多。"见杜甫《一百五日夜对月》诗。

[集评]

陈廷焯云："以劲直胜，后人自是学不到。"（《词则·放歌集》卷一）

清平乐

忆吴江赏木犀①

少年痛饮，忆向吴江醒。明月团圆高树影，十里蔷薇水冷。　大都一点宫黄②，人间直恁芳芬。怕是九天风露，染教世界都香。

[注释]

①木犀：桂花。　②大都：不过。　宫黄：宫中妇女化妆用的黄粉，此借指黄色桂花，俗称金桂。

清平乐

再　赋①

东园向晓，阵阵西风好。唤起仙人金小小②。翠羽玲珑装了。　一枝枕畔开时，罗帏翠幕低垂。恁地十分遮护，打窗早有蜂儿。

[注释]

①再赋：词人先有《清平乐·赋木樨词》（月明秋晓），故云"再赋"。　②金小小：不详。

清平乐

春宵睡重，梦里还相送。枕畔起寻双玉凤[①]，半日才知是梦。　　一从卖翠人还，又无音信经年。却把泪来做水，流也流到伊边。

[注释]

①双玉凤：指玉凤钗。

菩萨蛮

和卢国华提刑[①]

旌旗依旧长亭路，尊前试点莺花数。何处捧心颦[②]，人间别样春。　　功名君自许，少日闻鸡舞[③]。诗句到梅花，春风十万家。[④]

[注释]

①卢国华：时任闽宪，移官建安。　②捧心颦："西施病心而颦其里，其里之丑人见而美之，归亦捧心而颦其里。"见《庄子·天运》。　③闻鸡舞：此用祖逖闻鸡起舞之典。　④原注："时籍中有放自便者。"　籍：即歌伎乐籍，宋地方官妓求脱籍者，须郡州长官批准，见赵令畤《侯鲭录》卷七。

菩萨蛮

赠周国辅侍人[①]

画楼影蘸清溪水，歌声响彻行云里。帘幕燕双双，绿杨低映窗。　　曲中特地误，要试周郎顾[②]。醉里客魂消，春风大小乔[③]。

［注释］

①周国辅：不详。 ②"曲中"二句：用"曲有误，周郎顾"之典。③大小乔："乔公两女皆国色也，策自纳大乔，瑜纳小乔。"见《三国志·吴书·周瑜传》。此借指题中"侍人"，乃姊妹。

菩萨蛮

赠张医道服为别，且令馈河豚[①]

万金不换囊中术，上医元自能医国[②]。软语到更阑，绨袍范叔寒[③]。 江头杨柳路，马踏春风去。快趁两三杯，河豚欲上来。

［注释］

①张医：不详。 ②"上医"句："平公有疾，秦景公使医和视之。……赵文子曰：'医及国家乎？'对曰：'上医医国，其次医人，固医官也。'"见《国语·晋语》八。 ③"绨袍"句："范睢既相秦，秦号曰张禄，而魏不知，以为范睢已死久矣。魏闻秦且东伐韩、魏，魏使须贾于秦。范睢闻之，为微行，敝衣闲步至邸，见须贾，须贾见之而惊曰：'范叔固无恙乎？'范睢曰：'然。'须贾笑曰：'范叔有说于秦耶？'曰：'不也。睢前日得过于魏相，故亡逃至此，安敢说乎？'须贾曰：'今叔何事？'范睢曰：'臣为庸赁。'须贾意哀之，留与坐，饮食，曰：'范叔一寒至此哉！'乃取其绨袍以赐之。"见《史记·范睢蔡泽列传》。

菩萨蛮

赵晋臣席上。时张菩提叶灯，赵茂嘉扶病携歌者[①]

看灯元是菩提叶，依然会说菩提法。法似一灯明，须臾千万灯[②]。 灯边花更满，谁把空花散。说与病维摩，而今天女歌[③]。

[注释]

①赵茂嘉:赵不遏字茂嘉,官即中,除直秘阁。 菩提:传说释迦牟尼在菩萨树下成道。 菩提叶灯:“有五色腊纸菩提叶,若沙戏影灯,马骑人物,旋转如飞。”见周密《武林旧事》卷二《灯品》。四卷本丙集题作“晋臣张菩提叶灯,席上赋”;词末有注文“赵茂中扶病携歌者来”。 ②“法似”二句:“有法门名无尽灯。无尽灯者,譬如一灯然千百灯,冥者皆明,明终不尽。”见《楞严经》。 ③“谁把”三句:“维摩诘以身疾,广为说法。佛告文殊师利:‘汝诣问疾。’时维摩室有一天女,见诸大人,闻所说法,便现其身,即以天花散诸菩萨大弟子上。花至诸菩萨即皆坠落,至大弟子便着不坠。”见《维摩诘所说经观众生品》第七。

菩萨蛮

题云岩[①]

游人占却岩中屋,白云只向檐头宿[②]。谁解探玲珑,青山十里空。 松篁通一径,噤嗲山花冷[③]。今古几千年,西乡小有天[④]。

[注释]

①云岩:上饶山名。 ②“白云”句:“青松夹路生,白云宿檐端。”见陶渊明《拟古》诗。 ③噤嗲:即寒噤。 ④小有天:“大天之内有洞三十六所,第一王屋山之洞,周回万里,名曰小有青虚之天。”见《茅君内传》。此指云岩洞。

菩萨蛮

昼眠秋水[①]

葛巾自向沧浪濯,朝来漉酒那堪著[②]。高树莫鸣蝉[③],晚凉秋水眠。 竹床能几尺,上有华胥国[④]。山上咽飞泉[⑤],梦中琴断弦。

[注释]

①秋水:观名。 ②“葛巾”二句:《宋书·陶潜传》谓“郡将候潜,值其酒熟,取头上葛巾漉酒,毕,还复着之”。 沧浪濯:渔父歌,其辞曰:“沧浪之水清兮,可以濯吾缨;沧浪之水浊兮,可以濯吾足。”见《楚辞·渔父》。 ③“高树”句:“夫秋蝉登高树,饮清露,随风为挠,长吟悲鸣,自以为安,不知螳螂超枝缘条,曳腰耸距而稷其形。”见《吴越春秋·夫差内传》。 ④华胥国:指作梦。 ⑤“山上”句:章谦亨《摸鱼儿》过期思稼轩之居,曹留饮于秋水观,赋一词谢之。下片有云:“秋水观,环绕滔滔瀑,参天林木奇石。云雨只在阑干角,生出晚来微雨。”

柳梢青

辛酉生日前两日,梦一道士话长年之术,梦中痛以理折之,觉而赋八难之辞①

莫炼丹难②。黄河可塞,金可成难③。休辟谷难④。吸风饮露⑤,长忍饥难。 劝君莫远游难。何处有、西王母难⑥。休采药难。人沉下土,我上天难。

(以上《稼轩词》丙集)

[注释]

①辛酉:宁宗嘉泰元年(1201)。 八难:“郦食其欲立六国后以树党。汉王刻印,将遣食其立之。以问张良,良发八难。汉王辍饭吐哺曰:‘竖儒几败公事。’令趋销印。”见《汉书·张良传》。此词以八“难”为韵,一韵到底,为词之一体。词每句均指道家一事,即所谓“痛以理折之”。 ②炼丹:道家修炼丹药,食之以谋长生。 ③“黄河”二句:栾大敢为大言,曾谓皇上曰:“臣常往来海中,见安期、羡门之属。……臣之师曰:黄金可成而河决可塞,不死之药可得,仙人可致也。”见《汉书·礼乐志》。苏轼《寄吴德仁兼简陈季常》诗有“东坡先生无一钱,十年家火烧凡铅。黄金可成河可塞,惟有双鬓无由玄”诸句。 ④辟谷:道有谓神仙以辟谷为下,然却粒则无滓浊,无滓浊则不漏,由此可以入道。《史记·留侯世家》谓张良“乃学辟谷,道引轻身”,《集解》云:“服辟谷之药,而静居行气。” ⑤吸风饮

露:《庄子·逍遥游》谓藐姑射山之神“不食五谷,吸风饮露”。⑥“劝君”二句:“闻赤松之清尘兮,愿承风乎遗则。”见《楚辞·远游》。朱熹《集注》:“《列仙传》赤松子至昆山上,西王母石室,随风雨上下。炎帝少女追之,说得仙俱去。”

[集评]

卓人月、徐士俊云:“周穆、汉武,不免鬼迷。”(《古今词统》卷五)

张德瀛云:“福唐体者,即独木桥体也,创自北宋。黄鲁直《阮郎归》用‘山’字,辛稼轩《柳梢青》用‘难’字,赵惜香《瑞鹤仙》用‘也’字……此亦如今体诗之辘轳格、壶卢格,乃偶怨托兴者,必踵其辙,则为恶境矣。”(《词徵》卷一)

贺新郎

严和之好古博雅,以严本庄姓,取蒙庄、子陵四事:曰濮上、曰濠梁、曰齐泽、曰严濑,为四图,属于赋余①。余谓蜀君平之高,扬子云所谓“虽隋和何以加诸”者,班孟坚独取子云所称述为王贡诸传《序引》,不敢以其姓名列诸传,尊之也②。故余以谓和之当并图君平像,置之四图之间,庶几严氏之高节备焉。作《乳燕飞》词使歌之③

濮上看垂钓。更风流、羊裘泽畔,精神孤矫。楚汉黄金公卿印,比著渔竿谁小。但过眼、才堪一笑。惠子焉知濠梁乐,望桐江、千丈高台好④。烟雨外,几鱼鸟。　　古来如许高人少。细平章、两翁似与,巢由同调。已被尧知方洗耳,毕竟尘污人了⑤。要名字、人间如扫。我爱蜀庄沉冥者⑥,解门前、不使征车到。君为我,画三老。

[注释]

①严和之:不详。陆游有《别严和之》绝句二首,其一云:“器之魂逝已难招,尚有和之慰寂寥。今夜月明空叹息,想君孤棹泊溪桥。”其二云:

“千里风烟行路难，旅舟应过子陵滩。人间富贵知何物，莫负君家旧钓竿。” 严本庄姓：汉明帝名庄，其时姓庄者遂大都改姓严，其后亦多有复其原姓者。 蒙庄：庄子为蒙人，故后世因称庄子为蒙庄。 濮上：《庄子·秋水》：“庄子钓于濮水，楚王使大夫二人往先焉，曰：‘愿以境内累矣。’庄子持竿不顾。” 濠梁：指庄子与惠子关于知鱼乐之对话，见《庄子·秋水》。 齐泽、严濑：指子陵事。《后汉书·逸民传》：“严光字子陵，一名遵，会稽馀姚人也。少有高名，与光武同游学。及光武即位，乃变名姓，隐身不见。帝思其贤，乃令以物色访之。后齐国上言有一男子披羊裘钓泽中。帝疑其光，乃备安车玄纁，遣使聘之，三反而后至。……除为谏议大夫，不屈，乃耕于富春山。后人名其钓处为严陵濑焉。建武十七年，复特征不到。” ②蜀君平：《高士传》载，“严遵字君平，蜀人也。隐居不仕。尝卖卜于成都市，日得百钱以自给。卜讫，则闭肆下帘，以著书为事。” 扬子云：扬雄字子云。 班孟坚：班固字孟坚。其《汉书》王吉、贡禹诸人列传之《序引》，均录自扬雄《法言》。《法言》称述郑子真等人事迹，谓：“谷口郑子真不诎其志，耕于岩石之下，名震市师，岂其卿？岂其卿？楚两龚之絜其清矣乎！蜀严湛冥，不作苟见，不治苟得，久幽而不改其操，虽隋和何以加诸？举兹以旃，不亦宝乎。” ③乳燕飞：《贺新郎》又名《乳燕飞》。 注者按：四卷本丁集题 中“余”字皆作“予”，“以谓”作“谓”，“高节”下有“者”字，下片“征车”作“征书”。 ④桐江：即富春山，为严子陵钓鱼台所在。 ⑤“细平章”四句：言庄子、严光与巢父、许由同调。据《高士传》，尧以天下让巢父，巢不受，更让许由，由以为污己，乃临池洗耳。 ⑥“我爱”句：“蜀庄沉冥，蜀庄之才珍也。”见扬雄《法言·问明》。

贺新郎

题赵兼善龙图东山园小鲁亭①

下马东山路。恍临风、周情孔思，悠然千古②。寂寞东家丘何在③，缥缈危亭小鲁。试重上、岩岩高处④。更忆公归西悲日，正濛濛、陌上多零雨⑤。嗟费却，几章句。

谢安雅志还成趣。记风流、中年怀抱，长携歌舞⑥。政尔良难君臣事,晚听秦筝声苦[⑦]。快满眼、松篁千亩。把似渠垂功名泪,算何如、且作溪山主。双白鸟,又飞去。

[注释]

①绍熙四年至五年间(1193—1194)作。 赵兼善龙图:即赵达夫。袁燮《絜斋集》有《赵兼善墓志铭》,谓赵氏"守吴兴时,忤时宰之亲,遄回故里,结亭二十有五,放怀岩壑,若将终身。强而后起"。赵氏守吴兴,事在绍熙四年,于三月到任,至九月罢去。见《嘉泰吴兴志·郡守题名》。东山园:在上饶县东三里,"翠微间有亭,绍圣五年县尹苏坚题曰携游。宋春陵赵充夫治其地为东国"。见《铅山县志·山川志》。 小鲁亭:取《孟子·尽心下》"孔子登东山而小鲁"之意。 ②"恍临风"二句:"日光玉洁,周情孔思,千态万貌。"见李汉《韩吏部文集序》。按周公东征,三年而归,士大夫美之,为赋"我徂东山"之诗。孔子登东山而小鲁。赵兼善既建亭于东山,且以"小鲁"为名,故引周、孔以褒美之。 ③东家丘:"孔子西家有愚夫,不知孔子为圣人,乃曰:'彼东家丘。'"见《孔子家语》。又《三国志注》引《邴原别传》,"原远游学,诣安丘孙崧,崧辞曰:'君乡里郑君,学者之师模也,君乃舍之,蹑屣千里,所谓以郑为东家丘也。'原曰:'人各有志,所规不同,君谓仆以郑为东家丘,君以仆为西家愚夫耶?'" ④岩岩:"泰山岩岩,鲁邦所瞻。"见《诗经·鲁颂·閟宫》。此谓既已登东山而小鲁,更含登泰山而小天下之意。 ⑤"更忆"二句:"我徂东山,慆慆不归。我来自东,零雨其濛。我东曰归,我心西悲。"见《诗经·豳风·东山》。 ⑥"谢安"三句:"谢公(安)在东山,朝命屡降而不动。后出为桓宣武司马,将发新亭,朝士咸出瞻。高灵时为中丞,亦往相祖。先时多少饮酒,因倚如醉,对曰:'卿屡违朝旨,高卧东山,诸人每相与言:安石不肯出,将如苍生何。今亦苍生将如卿何?'谢笑而不答。"见《世说新语·排调》。 ⑦"政尔"二句:用桓伊抚筝歌《怨诗》(实为曹植《怨歌行》句)。

贺新郎

和徐斯远下第谢诸公载酒相访韵[①]

逸气轩眉宇。似王良、轻车熟路,骅骝欲舞[②]。我觉君非池中物，咫尺蛟龙云雨[③]。时与命、犹须天付。兰佩芳菲无人问，叹灵均、欲向重华诉[④]。空壹郁[⑤]，共谁语。

儿曹不料扬雄赋。怪当年、甘泉误说，青葱玉树[⑥]。风引船回沧溟阔，目断三山伊阻[⑦]。但笑指、吾庐何许。门外苍官千百辈，尽堂堂、八尺鬒髯古[⑧]。谁载酒，带湖去。

［注释］

①庆元二年(1196)作。 徐斯远：名文卿，玉山人。 下第：指礼部考试不中。黄机有《乳燕飞·次徐斯远韵寄稼轩》一阕。 ②"似王良"二句：喻徐斯远具有驾驭文字的高强本领。《淮南子·览冥训》："昔在王良、造父之御也，上车摄辔，马为整齐而敛谐，投足调均，劳逸若一，心怡气和，体便轻毕，安劳乐进，驰骛若灭。"高诱注："王良，晋大夫邮无恤子良也。所谓御良也。一名孙无政，为赵简子御。"韩愈《送石处士序》："先生居嵩邙之瀍谷间，……与之语道理，辨古今事当否，论人高下，事后当成败，若河决下流而东注，若驷马驾轻车、就熟路，而王良、造父为之先后也。" ③"我觉"二句：言徐斯远不是长期屈居人下之人。《三国志·吴书·周瑜传》："刘备以枭雄之姿，而有关羽、张飞熊虎之将，必非久屈为人用者。恐蛟龙得云雨，终非池中物也。" ④"兰佩"二句：以屈原被逐比徐斯远落第。据《离骚》，屈原，字灵均，楚怀王时做过左徒，因反对向秦屈服而被放逐，其身佩秋兰、薜芷，"芳菲菲其弥章"，渡过洞庭"济沅湘以南征兮，就重华而陈"。 重华："虞舜，名曰重华。"见《史记·五帝本纪》。 ⑤壹：同"抑"。 ⑥"儿曹"三句：借用左思对扬雄《甘泉赋》之错误批评，暗指由于试官不能识别徐斯远文章的好处，而错误地将他黜落。扬雄《甘泉赋》："翠玉树之青葱兮，壁马犀之璘瑸。"左思《三都赋序》："扬雄赋《甘泉》而陈玉树青葱，假称珍怪，以为润色，考之果木则生非其壤，校之神物则出非其所。于辞则易为藻饰，于义则虚而无征。" ⑦"风引"二句：借往三山求长生不老之药然阻于风而达不到目的的故事，喻徐斯远因落第而不能实现自己的理想。《史记·封禅书》："自威、宣、燕昭使人入海求蓬莱、方丈、瀛洲，此三神山者，其传在渤海中，去人不远。患且至则船风引而去。盖尝有至者，诸仙人及不死之药皆在焉。其物禽兽尽白而黄，金银为宫

阙。未至,望之如云;及到,三神山反居水下;临之,风辄引去,终莫能至云。” ⑧苍官:指松柏。樊宗师《绛守居园池记》:“苍官青士,杈列与槐朋友。” 八尺鬚髯古:高大而古老的松柏。苏轼《游蒋山》诗:“夹路苍髯古,迎人翠麓偏。”

贺新郎

题傅岩叟悠然阁①

路入门前柳。到君家、悠然细说,渊明重九②。岁晚凄其无诸葛③,惟有黄花入手。更风雨、东篱依旧。斗顿南山高如许,是先生、拄杖归来后④。山不记,何年有。

是中不减康庐秀⑤。倩西风、为君唤起,翁能来否。鸟倦飞还平林去,云肯无心出岫⑥。剩准备、新诗几首⑦。欲辨忘言当年意,慨遥遥、我去羲农久⑧。天下事,可无酒⑨。

[注释]

①庆元六年(1200)前罢居瓢泉期间作。 傅岩叟:傅栎,字岩叟,铅山人。 悠然阁:岩叟庭院中的一座亭阁。 ②“路入”三句:穿柳入门,共话渊明重九轶事。 渊明重九:萧统《陶渊明传》,九月九日,渊明出外采菊,恰好王弘送酒至此。渊明即地而饮,大醉始归。 ③“岁晚”句:同黄庭坚《宿彭泽怀陶令》“岁晚以字行,更始号元亮。凄其无诸葛,肮脏(刚直倔强貌)犹汉相”诗意。谓渊明晚年以“元亮”为号,颇有以诸葛自喻之意。但同为刚直不阿,诸葛犹得以官至汉蜀丞相,而渊明却生不逢时,凄其终身。 ④“斗顿”二句:渊明弃官归来,顿使南山变得高洁起来。斗顿:同“陡顿”,突然变化。一作“陡顿”。 ⑤是中:指悠然阁。 康庐:即江西庐山。陶渊明隐居柴桑,正在庐山脚下。陶诗所谓“悠然见南山”,即指庐山言。庐山,亦名匡山、匡庐。宋人因避宋太祖赵匡胤讳,改称康庐。 ⑥“鸟倦”二句:化用渊明《归去来兮辞》“云无心以出岫,鸟倦飞而知还”语。 ⑦“剩准备”句:稼轩有《贺新郎》二首、《水调歌头》一首、《新荷叶》一首赋悠然阁,故有此语。 ⑧“欲辨”二句:化用渊明《饮

酒》（第五首）“此中有真意，欲辨已忘言”，《饮酒》（第二十首）“羲农去我久，举世少复真”诗意。 ⑨“天下”二句：天下事不堪一提，唯有饮酒。渊明《饮酒》（第二十首）：“若复不快饮，空负头上巾。但恨多谬误，君当恕醉人。”

[集评]

卓人月、徐士俊云：“西山采薇歌意。”（《古今词统》卷十六）

贺新郎

题傅君用山园①

曾与东山约。为鯈鱼、从容分得②，清泉一勺。堪笑高人读书处，多少松窗竹阁。甚长被、游人占却。万卷何言达时用，士方穷、早与人同乐③。新种得，几花药。

山头怪石蹲秋鹗。俯人间、尘埃野马，孤撑高攫。拄杖危亭扶未到，已觉云生两脚。更换却、朝来毛髮④。此地千年曾物化，莫呼猿、且自多招鹤⑤。吾亦有，一丘壑。

[注释]

①庆元六年（1200）作。 傅君用：不详，似与上饶傅岩叟同族。 ②鯈（tiáo）鱼从容：“鯈鱼出游从容，是鱼之乐也。”见《庄子·秋水》。鯈鱼：小白条鱼。 ③早：作者自注，“去声。” ④“更换”句：孔子东望吴阊门外有系白马，引颜渊指以示之，曰：“门外何物？”对曰：“有如系练之状。”孔子抚其目而止之。因与俱下。下而颜渊髮白齿落。见《论衡·书虚》。 ⑤“莫呼猿”句：喻欲隐之情。孔稚珪《北山移文》：“蕙帐空兮夜鹤怨，山人去兮晓猿惊。”

贺新郎

用韵题赵晋臣敷文积翠岩,余欲令筑陂于其前[①]

拄杖重来约。对东风、洞庭张乐,满空箫勺[②]。巨海拔犀头角出,来向此山高阁。尚两两、三三前却。老我伤怀登临际,问何方、可以平哀乐。唯酒是,万金药。

劝君且作横空鹗。便休论、人间腥腐,纷纷乌攫。九万里风斯在下,翻覆云头雨脚[③]。更直上、昆仑濯发。好卧长虹陂十里,是谁言、听取双黄鹤[④]。推翠影,浸云壑。

[注释]

①庆元六年(1200)作。 ②洞庭张乐:"帝张咸池之乐于洞庭之野。"见《庄子·天运》。 箫勺:"行乐交逆,箫勺群慝。"见《汉书·礼乐志》载《安世房中歌》。注:"箫,舜乐也;勺,周乐也。" ③"九万里"二句:谓世道险恶。杜甫《贫交行》:"翻手作云覆手雨。" ④"好卧"二句:"汝南旧有鸿隙大陂,郡以为饶。成帝时关东数水,陂溢为害。方进为相……以为决去陂水,其地肥美,省堤防费而无水忧,遂奏罢之。……王莽时常枯旱,郡中追怨方进。童谣曰:'坏陂谁,翟子威(方进字子威)。饭我豆食羹芋魁。反乎覆,陂当复。谁云者,两黄鹄。'"见《汉书·翟方进传》。

贺新郎

韩仲止判院山中见访,席上用前韵[①]

听我三章约[②]。有谈功、谈名者舞,谈经深酌。作赋相如亲涤器[③],识字子云投阁[④]。算枉把、精神费却。此会不如公荣者[⑤],莫呼来、政尔妨人乐。医俗士,苦无药[⑥]。

当年众鸟看孤鹗。意飘然、横空直把,曹吞刘攫[⑦]。老我山中谁来伴,须信穷愁有脚。似剪尽、还生僧发。自断此生天休问[⑧],倩何人、说与乘轩鹤[⑨]。吾有志,在沟壑。

[注释]

①亦庆元六年(1200)作。　韩仲止:名淲,韩元吉之子,自号涧泉,有诗名,与赵昌父并称“信上二泉”。　②“听我”句:原注,“用《世说》语。”按虞存谓魏长齐曰:“与君约法三章:谈者死,文笔者刑,商略抵罪。”见《世说新语·排调》。　③“作赋”句:此指司马相如曾卖酒市中,亲自涤器,生活贫困。　④“识字”句:子云,扬雄字。据《汉书·扬雄传》,王莽为巩固其统治地位,大批诛杀异己。时扬雄校书天禄阁上,治狱使者来,欲收雄;雄恐不能自免,乃从阁上跳下,几乎摔死。扬雄在《解嘲》中曾以“惟寂惟寞,守德之宅”自许,故京师人讥之曰:“惟寂寞,自投阁。”⑤“此会”句:“王戎弱冠诣阮籍,时刘公荣在坐。阮谓王曰:‘偶有二斗美酒,当与君共饮,彼刘公荣者无预焉。’二人交觞酬酢,公荣遂不得一杯,而言语谈戏,二人无异。或有问之者,阮答曰:‘胜公荣者不得不与饮,不如公荣者不可不与饮,唯公荣不与饮酒。’”见《世说新语·排调》。　⑥“医俗士”二句:化用苏轼《于潜僧绿筠轩》“人瘦尚可肥,士俗不可医”诗意。⑦“当年”三句:孔融曾上书荐祢衡曰,“挚鸟累百,不如一鹗。使衡立朝,必有可观”。见《后汉书·祢衡传》。　曹吞刘攫:当指祢衡辱骂曹操及侮慢刘表事。此借指自己当年之英雄气概。　⑧“自断”句:“自断此生休向天,杜曲幸有桑麻田。”见杜甫《杜曲三章》。　⑨乘轩鹤:喻无功受禄之人。《左传·闵公三年》:“狄人伐卫,卫懿公好鹤,鹤有乘轩者。将战,国人受甲者皆曰:‘使鹤。鹤实有禄位,余焉能战。’”

贺新郎

赋滕王阁①

高阁临江渚。访层城、空馀旧迹,黯然怀古。画栋珠帘当日事,不见朝云暮雨。但遗意、西山南浦②。天宇修眉浮新绿③,映悠悠、潭影长如故。空有恨,奈何许。

王郎健笔夸翘楚。到如今、落霞孤鹜,竞传佳句④。物换星移知几度,梦想珠歌翠舞⑤。为徙倚、阑干凝伫。目断平芜苍波晚,快江风、一瞬澄襟暑。谁共饮,有诗侣。

[注释]

①淳熙八年(1181)首次帅江西作。　滕王阁:故址在今江西南昌,前临赣江,为游览胜地。唐贞观十三年高祖子李元婴封为滕王,他曾官洪州都督,滕王阁是他在洪州所建。唐王勃曾作《秋日登洪府滕王阁饯别序》(简称《滕王阁序》)及诗。　②“高阁”六句:“滕王高阁临江渚,佩玉鸣鸾罢歌舞。画栋朝飞南浦云,珠帘暮卷西山雨。闲云潭影日悠悠,物换星移几度秋。阁中帝子今何在,槛外长江空自流。”见王勃《滕王阁诗》。此借以怀古。　西山:“西山在新建西大江之外,高二千丈,周三百里。《寰宇记》云:‘又名南昌山。’”见《舆地纪胜·江南路隆兴府》。　南浦:“南浦亭在隆兴府广润门外,下瞰南浦,往来舟舣于此。”　③“天宇”句:“天宇浮修眉,浓绿画新就。”见韩愈《南山》诗。　④“王郎”三句:王郎,指王勃。唐高宗时,洪州官吏于滕王阁大宴宾客,王勃路过其间,参预宴会,作《滕王阁序》。写至“落霞与孤鹜齐飞,秋水共长天一色”时,阎公矍然而起曰:“此真天才,当垂不朽矣。”见《唐摭言》卷五《新唐书·王勃传》。　翘楚:语出《诗经·周南·汉广》,喻杰出人物。　⑤“物换”二句:化用王勃《滕王阁序》中句。

水龙吟

老来曾识渊明,梦中一见参差是①。觉来幽恨,停觞不御,欲歌还止。白髮西风,折腰五斗,不应堪此②。问北窗高卧,东篱自醉③,应别有、归来意。　须信此翁未死。到如今、凛然生气。吾侪心事,古今长在,高山流水④。富贵他年,直饶未免⑤,也应无味。甚东山何事,当时也道,为苍生起。

[注释]

①参差是:仿佛是。　②“折腰”二句:“不为五斗米折腰”,见陶渊明《归去来兮辞》。　③“问北窗”二句:指陶渊明归隐生活。渊明《与子俨等疏》:“常言五六月中,北窗下卧,遇凉风暂至,自谓是羲皇上人。”又《续晋阳秋》谓陶渊明“九日无酒,出篱边怅望久之,见白衣人至,乃王

弘送酒使也。即便就酌，醉而后归。”　④高山流水：暗用伯牙、钟子期相知事。伯牙善琴，寓情高山流水，唯子期为知音。子期死，伯牙终身不抚琴。见《吕氏春秋·本味》。　⑤“富贵”二句：“谢安在东山居布衣时，兄弟已有富贵者，翕集家门，倾动人物。刘夫人戏谓安曰：‘大丈夫不当如此乎？’谢乃捉鼻曰：‘但恐不免耳。’”见《世说新语·排调》。　直饶：即使。

水龙吟

用瓢泉韵，戏陈仁和兼简诸葛元亮，且督和词[1]

被公惊倒瓢泉，倒流三峡词源泻[2]。长安纸贵[3]，流传一字，千金争舍。割肉怀归，先生自笑，又何廉也[4]。但衔杯莫问，人间岂有，如孺子、长贫者[5]。　谁识稼轩心事，似风乎、舞雩之下[6]。回头落日，苍茫万里，尘埃野马[7]。更想隆中，卧龙千尺，高吟才罢[8]。倩何人与问，雷鸣瓦釜，甚黄钟哑[9]。

[注释]

①淳熙十四年(1187)作。　瓢泉韵：指《水龙吟·题瓢泉》(稼轩何必长贫)。　陈仁和：陈德明，字光宗，宁德人，寓居吴中。淳熙十三年坐事罢知仁和县，刺面配信州。见《淳熙三山志》卷二十九、《八琼室金石补正》卷一百一十六、《皇宋中兴两朝圣政》卷六十三。　诸葛元亮：不详。　②“倒流”句：化用杜甫《醉歌行》“词源倒流三峡水”句意，形容陈仁和善于作词。　③长安纸贵：左思用十年时间，作成《三都赋》。皇甫谧为之作序，张载为之注《魏都赋》，刘逵为之注《吴都赋》和《蜀都赋》。于是豪贵之家竞相传写，洛阳为之纸贵。见《晋书·左思传》。　④“割肉”三句：原注，“渠坐事失官。”《汉书·东方朔传》：“伏日，诏赐从官肉，大官丞日晏不来。朔独拔剑割肉，谓其同官曰：‘伏日当早归，请受赐。’即怀肉去。大官奏之。朔入，上曰：‘昨赐肉，不待诏，以剑割肉而去之，何也？’朔免冠谢。上曰：‘先生起自责也。’朔再拜曰：‘朔来朔来，受赐不待诏，何无礼也；拔剑割肉，壹何壮也；割之不多，又何廉也；归遗细君，又何仁也！’上笑曰：

'使生自责,乃反自誉。'复赐酒一石,肉百斤,归遗细君。"作者借此说明陈仁和虽坐事失官,但知廉耻,且有豪气。 ⑤"人间"二句:用陈平故事,谓陈仁和不会长期贫贱,陈平字孺子。张负之孙女嫁了五个丈夫而五夫皆死,人莫敢娶。陈平欲娶之,张负之子张仲却嫌陈平家穷。张负曰:"人固有好美如陈平而长贫贱者乎?"便将孙女嫁陈平。见《史记·陈丞相世家》。 ⑥"似风"句:"浴乎沂,风乎舞雩,咏而归。"见《论语·先进》。 ⑦尘埃野马:语出《庄子·逍遥游》。王先谦《庄子集解》引成玄英语:"青春之时,阳气发动,遥望薮泽,犹如奔马,故谓之野马。" ⑧"更想"三句:以诸葛亮喻诸葛元亮。东汉末,诸葛亮居隆中,好为《梁父吟》,人称卧龙先生。 ⑨"雷鸣"二句:"世溷浊而不清,蝉翼为重,千钧为轻;黄钟毁弃,瓦釜雷鸣;谗人高张,贤者无名。吁嗟默默兮,谁知吾之廉贞?"见《楚辞·卜居》。

[集评]

卓人月、徐士俊云:"因二君姓,用献侯、武侯事,甚化。"(《古今词统》十四)

水调歌头

题张晋英提举玉峰楼①

木末翠楼出,诗眼巧安排②。天公一夜,削出四面玉崔嵬③。畴昔此山安在,应为先生见晚④,万马一时来。白鸟飞不尽,却带夕阳回。 劝公饮,左手蟹,右手杯⑤。人间万事变灭,今古几池台。君看庄生达者,犹对山林皋壤,哀乐未忘怀⑥。我老尚能赋,风月试追陪。

[注释]

①绍熙五年(1194)作。 张晋英:张涛字晋英,武进人。楼钥《攻媿集》卷三十九有《福建提举张涛提点坑冶铸钱制词》。蔡戡《张晋英侍郎挽诗》二首其一:"当代推耆旧,如公能几人。典型唐国老,风采汉廷臣。

直笔书青史，巍冠侍紫宸。壶公非不遇，犹未究经纶。”其二：“贾傅方年少，词场屡策勋。贤关驰隽誉，仕路蔼清芬。德望三朝重，声名四海闻。仙游向何许，地下亦修文。” 玉峰楼：未详。 ②诗眼：“天工争向背，诗眼巧增损。”见苏轼《僧清顺新作垂云亭》诗。 ③“天公”二句：言天降大雨。玉崔嵬：“奔走风云四面来，坐看山陇玉崔嵬。”见王安石《次韵和甫咏雪》。 ④见晚：四卷本丁集作“见挽”。 ⑤“左手蟹”二句：自谓英雄无用武之地。毕茂世为人旷达，曾曰：“一手持蟹螯，一手持酒杯……便足了一生。”见《世说新语·任诞》。 ⑥“君看”三句：“山林与！皋壤与！使我欣欣然而乐与！乐未毕也，哀文继之。哀乐之来，吾不能御！其去，弗能止。悲夫，世人直为物逆旅耳。”见见《庄子·知北游》。

[集评]

张德瀛云：“稼轩词，趣昭事博，深得漆园遗意，故篇首以“秋水观”冠之。其题张提举玉峰楼词，借庄叟自喻，意已可知。它如《兰陵王》引梦蝶事，《水调歌头》引吓鼠、鹍鹏事，此类不一而足。其词凌高厉空，殆夸而有节者也。”（《词徵》卷五）

水调歌头

题永丰杨少游提点一枝堂①

万事几时足，日月自西东。无穷宇宙，人是一粟太仓中②。一葛一裘经岁，一钵一瓶终日，老子旧家风③。更著一杯酒，梦觉大槐宫④。 记当年，吓腐鼠，叹冥鸿⑤。衣冠神武门外⑥，惊倒几儿童。休说须弥芥子⑦，看取鹍鹏斥鷃，小大若为同⑧。君欲论齐物⑨，须访一枝翁。

[注释]

①疑绍熙二、三年（1191—1192）作。 永丰：县名，宋属信州。 杨少游：不详。 ②“人是”句：“计中国之在海内，不似稊米之在太仓乎？”见《庄子·秋水》。 ③“一钵”二句：《景德传灯录》卷二十二《泉州招庆

和尚》载,"问:'如何是和尚家风?'师曰:'一瓶兼一钵,到处是生涯。'" ④"梦觉"句:李公佐《南柯太守传》谓有淳于棼者,吴楚游侠之士,一日酒醉,梦有二紫衣使才邀彼至槐安国,至则尚公主,并奉命为南柯郡太守。凡二十馀年,郡政大理。梦醒时日尚未斜,往寻梦中所至之地,乃古槐一穴。⑤吓腐鼠二句:"夫鹓鸰发于南海而飞于北海,非梧桐不止,非练实不食,非醴泉不饮。于是鸱得腐鼠,鹓鸰过之,仰而视之,曰:'吓!'"见《庄子·秋水》。 冥鸿:高飞的鸿雁天的飞鸿。 ⑥"衣冠"句:陶弘景善琴棋书法,未成年时,被引荐为诸王侍读。陶虽身居显贵,却长期闭门杜客,后挂官服于神武门上,上表辞官离去。见《南史·陶弘景传》。此借以指理当急流勇退,及时挂冠归去。 ⑦须弥介子:"若菩萨信是解脱者,以须弥之高旷,内芥子中,无所增减。"见《维摩诘经》卷中《不思议品》。须弥即是须弥山,喻高大,芥子喻渺小。 ⑧"看取"句:有鱼名鲲,其广数千里;有鸟名鹏,背如泰山,翼似垂云,"斥鷃笑之曰:'彼且奚适也?我腾跃而上,不过数仞而下,翱翔蓬蒿之间,此亦飞之至也。而彼且奚适也?'此小大之辨也。"见《庄子·逍遥游》。 ⑨论齐物:《庄子》有《齐物论》。

水调歌头

题吴子似县尉瑱山经德堂。堂,陆象山所名也①

唤起子陆子②,经德问何如。万钟于我何有③,不负古人书。闻道千章松桂,剩有四时柯叶,霜雪岁寒馀④。此是瑱山境,还似象山无⑤。 耕也馁,学也禄,孔之徒⑥。青衫毕竟升斗,此意正关渠⑦。天地清宁高下⑧,日月东西寒暑,何用著工夫。两字君勿惜,借我榜吾庐。

[注释]

①庆元四年至六年(1198—1200)作。 经德堂:"堂名取诸《孟子》'经德不回,非以干禄也'。……云锦吴生绍古而来从余游,求名其读书之堂,余既名而书之,且为其说,使归而求之。"见陆九渊《经德堂记》。楼钥《寄题吴绍古县尉经德堂》诗:"问舍玉真下,读书经德中。心期知共远,臭味许谁同。吹笛夜凉月,舞雩春暮风。直须涵咏熟,毋负象山翁。" 陆象山:陆九

渊字子静，自号象山翁，学者称象山先生。《宋史》有传。 ②"唤起"句：据《象山先生年谱》，陆九渊卒于绍熙三年十二月，吴子似尉铅山时，陆氏卒已数年，故云。 ③万钟："万钟则不辨礼义而受之，万钟于我何加焉。"见《孟子·告子上》。 ④"闻道"三句："堂前有松桂，年年长柯枝。生意不自已，何心论报施。请子对佳木，长哦经德诗。"见陈文蔚《寄题吴子似所居》二首其一。 ⑤象山：在江西贵溪县，原名应天山。淳熙十四年，陆九渊登此山讲学，并建精舍居焉。淳熙十年易应天山名为象山。见《象山先生年谱》。 ⑥"耕也馁"三句："子曰：君子谋道不谋食。耕也馁在其中矣，学也禄在其中矣。君子忧道不忧贫。"见《论语·卫灵公》。 ⑦"青衫"二句："《孟子》曰：'古之人修其天爵而人爵从之，今之人修其天爵以要人爵，既得人爵而弃其天爵，则惑之甚者也。'后世发策决科而高第可以文艺取，积资累考而大官可以岁月致，则又有不必修其天爵者矣。生其早辨而谨思之。"见《经德堂记》。此当隐括这段文字之意旨，谓科名之无足轻重。 ⑧天地清宁："天得一以清，地得一以宁，王侯得一以为天下贞。"见《老子》。

水调歌头

题赵晋臣敷文真得归、方是闲二堂[①]

十里深窈窕，万瓦碧参差。青山屋上，流水屋下绿横溪[②]。真得归来笑语，方是闲中风月，剩费酒边诗。点检歌舞了，琴罢更围棋。 王家竹，陶家柳，谢家池[③]。知君勋业未了，不是枕流时。莫向痴儿说梦[④]，且作山人索价，颇怪鹤书迟[⑤]。一事定嗔我，已办北山移[⑥]。

[注释]

①赵晋臣：即赵不遇。 ②"青山"二句："青山在屋上，流水在屋下。"见苏轼《司马君实独乐园》诗。 ③"王家"三句：此三句借指真得归、方是闲二堂周围环境。王家竹：《世说新语·任诞》谓王徽之暂寄人空宅，便令种竹。并曰"何可一日无此君"。 陶家柳：陶渊明《五柳先生传》谓"门前有五柳"。 谢家池：谢灵运《登池上楼》诗有"池塘生春草"句。

④“莫向”句：黄庭坚论陶渊明《责子》诗有云，“观渊明此诗，想见其人慈祥戏谑。俗人便谓‘渊明诸子皆不肖，而渊明愁叹见于诗’，所谓痴人前不得说梦也。”　⑤“且作”二句：言归隐为了入仕。　山人索价：“少室山人索价高，两以谏官征不起。”见韩愈《寄卢仝》诗。少室山人指李渤、李涉兄弟，初偕隐庐山，后徙隐终南少室山。　鹤书：征辟贤士的诏书。孔稚圭《北山移文》：“及其鸣驺入谷，鹤书赴陇，形驰魄散，志变神动。”⑥“已办”句：谓坚定归隐之志。　北山移：即孔稚圭的《北山移文》。

水调歌头

席上为叶仲洽赋[①]

高马勿捶面，千里事难量。长鱼变化云雨，无使寸鳞伤[②]。一壑一丘吾事[③]，一斗一石皆醉[④]，风月几千场。须作猬毛磔[⑤]，笔作剑锋长。　我怜君，痴绝似，顾长康[⑥]。纶巾羽扇颠倒，又似竹林狂[⑦]。解道澄江如练，准备停云堂上[⑧]，千首买秋光。怨调为谁赋，一斛贮槟榔[⑨]。

［注释］

①庆元元年至二年间(1195—1196)作。　②“高马”四句：化用杜甫《三韵三篇》其一“高马勿捶面，长鱼无损鳞。辱马马毛焦，困鱼鱼有神。君看磊落士，不肯易其身”诗意。　③“一壑”句：“风流丘壑真吾事。”见陈与义《山中》诗。　④“一斗”句：《史记·滑稽列传》载，齐之赘婿淳于髡，长不满七尺，滑稽多辩。一次，威王置酒后宫，召髡，问曰：“先生能饮几何而醉?”对曰：“臣饮一斗亦醉，一石亦醉……若乃州闾之会，男女杂坐，行酒稽留，六博投壶，相引为曹，握手无罚，目眙不禁，前有坠珥，后有遗簪，髡窃乐此，饮可八斗而醉二参。日暮酒阑，合尊促坐。男女同席，履舄交错。杯盘狼藉，堂上烛火。主人留髡而送客。罗襦襟解，微闻芗泽。当此之时，髡心最欢，能饮一石。”　⑤“须作”句：桓温豪气有风概，刘惔曾称之曰：“温眼如紫石棱，须作猬毛磔，孙仲谋、晋王宣之流亚也。”见《晋书·桓温传》。此喻叶仲洽。　⑥“痴绝”二句：用顾恺之三绝之典。⑦竹林狂：阮籍、嵇康等七人“常集于竹林之下，肆意酣畅，故世谓之竹林

七贤”。见《世说新语·任诞》。　⑧“解道”二句：谢朓《晚登三山还望京邑》诗有“馀霞散成绮，澄江净如练”诸句。李白《金陵城西楼月下吟》：“解道澄江净如练，令人长忆谢玄晖。”　⑨“一斛”句：“穆之少时家贫，诞节嗜酒食，不修拘检。好往妻兄家乞食，多见辱，不以为耻。其妻江嗣女，甚明识，每禁不令往。江氏后有庆会，属令勿来，穆之犹往。食毕，求槟榔，江氏兄弟戏之曰：‘槟榔消食，君乃常饥，何忽须此。’妻复截髮市肴馔，为其兄弟以饷穆之，自此不对穆之梳沐。及穆之为丹阳尹，将召妻兄弟，妻泣而稽颡以致谢。穆之曰：‘本不匿怨，无所致忧。’及至，醉，穆之乃令厨人以金柈贮槟榔一斛以进之。”见《南史·刘穆之传》。

[集评]

卓人月、徐士俊云：“此调第五、第六句最难安置。世有稼轩，可谓悉新于辛。”（《古今词统》卷十二）

水调歌头

赵昌父七月望日用东坡韵，叙太白、东坡事见寄，过相褒借，且有秋水之约。八月十四日，余卧病博山寺中，因用韵为谢，兼简吴子似[1]

我志在寥阔，畴昔梦登天。摩娑素月，人世俯仰已千年。有客骖麟并凤，云遇青山赤壁[2]，相约上高寒。酌酒援北斗，我亦虱其间[3]。　少歌曰[4]，神甚放，形则眠。鸿鹄一再高举，天地睹方圆[5]。欲重歌兮梦觉，推枕惘然独念，人事底亏全。有美人可语，秋水隔娟娟[6]。

[注释]

①庆元四年至六年（1198—1200）作。　赵昌父：即赵蕃，信州玉山人。东坡韵：指苏轼《水调歌头》词，题为“丙辰中秋，欢饮达旦，大醉，作此篇。兼怀子由”。　秋水：即秋水观。　②青山赤壁：指李白和苏轼。李白墓在青山，苏轼作《赤壁赋》，故云。　③“酌酒”二句：分别化用《楚辞·九歌》“援北斗兮酌桂浆”和韩愈《泷吏篇》“得无虱其间，不文亦不

武”语句。 ④少歌:小声歌唱。 ⑤“鸿鹄”二句:“黄鹄之一举兮,知山川之纡曲,再举兮睹天地之圆方。”见贾谊《惜誓》。 ⑥“有美人”二句:本杜甫《寄韩谏议》诗“美人娟娟隔秋水”。此指吴子似。

念奴娇

赵晋臣敷文十月望生日,自赋词,属余和韵[①]

看公风骨,似长松磊落,多生奇节[②]。世上儿曹都蓄缩[③],冻芋旁堆秋瓞[④]。结屋溪头[⑤],境随人胜,不是江山别。紫云如阵[⑥],妙歌争唱新阕。 尊酒一笑相逢,与公臭味,菊茂兰须悦。天上四时调玉烛[⑦],万事宜询黄髮[⑧]。看取东归,周家叔父,手把元龟说[⑨]。祝公长似,十分今夜明月。

[注释]

①赵晋臣:四卷本丁集题无“赵”、“敷文”三字。 ②“看公”三句:“目(温)峤森森如千丈松,虽礧砢多节,施之大厦,有栋梁之用。”见《晋书·庾凯传》。 ③蓄缩:退缩,懈怠。《汉书·息夫躬传》:“方今丞相王嘉健而蓄缩,不可有。”注云:“蓄缩,谓乹于事也。” ④“冻芋”句:“秋瓜未落蒂,冻芋强抽萌。”见韩愈《石鼎联句》。 瓞(dié):小瓜。 ⑤结屋溪头:赵晋臣临彭溪而居,故云。 ⑥紫云:唐李愿家伎名紫云,见《唐诗纪事》卷五十六。此借寿筵间唱词贺寿之歌者。 ⑦玉烛:“四时和谓之玉烛。”见《尔雅·释夫》。 ⑧黄髮:谓老年。《尚书·泰誓》:“尚犹询兹黄髮,则罔所愆。”此含长寿之意。曹植《赠白马王彪》“共享黄髮期。” ⑨“看取”三句:周武王去世,三监及淮夷叛,周公相成王,将东征,作《大诰》,中有云:“宁王遗我大宝龟,绍天明即命。” 元龟:即“宝龟”。

念奴娇

重九席上①

龙山何处，记当年高会，重阳佳节②。谁与老兵供一笑，落帽参军华发。莫倚忘怀，西风也会，点检尊前客。凄凉今古，眼中三两飞蝶③。　须信采菊东篱，高情千载，只有陶彭泽④。爱说琴中如得趣，弦上何劳声切⑤。试把空杯，翁还肯道，何必杯中物。临风一笑，请翁同醉今夕。

［注释］

①庆元、嘉泰间作。　②“龙山”三句：龙山在湖北江陵，即重九日孟嘉落帽处。　③“谁与”七句：“桓温雄猛盖一时，为嘉作《传》，称其在朝正顺，门无杂宾。则嘉亦一时之望，乃肯从温，何也？温尝从容曰：‘人不可无势，我乃能驾驭卿。’亦颇有相靳之意。辛幼安《九日》词云：‘谁与老兵供一笑，落帽参军华发。莫倚忘怀，西风也解，点检尊前客。凄凉今古，眼中三两飞蝶。’意谓嘉不当从温，故西风落其帽以贬之，若免冠然。”见罗大经《鹤林玉露》甲编卷一《落帽》条。　老兵：“与桓温善，温辟为安西司马，犹推布衣好。……尝逼温饮，温走入南康主门避之。……奕遂携酒就听事引一兵帅共饮，曰：‘失一老兵，得一老兵，亦何所怪。’温不之责。”见《晋书·谢奕传》。　④“须信”三句：陶渊明《饮酒》诗有“采菊东篱下，悠然见南山”诸句。　陶彭泽：即陶渊明。　⑤“爱说”二句：“性不解音，而蓄琴一张，弦徽不具。每朋酒之会，则抚而和之，曰：‘但识琴中趣，何劳弦上声。’”见《晋书·陶潜传》。

［集评］

顾随云：“此词后片，忽然借了重九一个题目，一把抓住彭泽老子，大开顽笑。不但句句天真，而且语语尖刻。即起陶公于九源，巩亦将无以自解。”（《稼轩词说》）

念奴娇

用韵答傅先之[①]

君诗好处，似邹鲁儒家[②]，还有奇节。下笔如神强压韵[③]，遗恨都无毫髮。炙手炎来，掉头冷去，无限长安客。丁宁黄菊，未消勾引蜂蝶。　天上绛阙清都[④]，听君归去，我自癯山泽。人道君才刚百炼，美玉都成泥切[⑤]。我爱风流，醉中颠倒，丘壑胸中物。一杯相属，莫孤风月今夕。

[**注释**]

①亦庆元、嘉泰间作。　傅先之：即傅兆，信州人，曾官龙泉令。②邹鲁：邹，孟子故乡。鲁，孔子故乡。　③“下笔”句：“读书破万卷，下笔如有神。”见杜甫《奉赠韦左丞丈》诗。《南史·王筠传》：“筠又尝为诗，能用强韵，每公宴并作，辞必妍靡。”　④绛阙清都：“清都紫微，钧天广乐，帝之所居。”见《列子·周穆王》。　绛阙：即高阙。　⑤“美玉”句：喻傅先之之才。《十洲记》谓流洲有昆吾石，“冶其石成铁，作剑，光明洞照，如水精状，割玉物如切泥”。

新荷叶

徐思上巳乃子似生朝，因改定[①]

曲水流觞，赏心乐事良辰。今几千年，风流禊事如新。明眸皓齿，看江头、有女如云。折花归去，绮罗陌上芳尘。　丝竹纷纷，杨花飞鸟衔巾[②]。争似群贤，茂林修竹兰亭。一觞一咏，亦足以畅叙幽情[③]。清欢未了，不如留住青春。

［注释］

①庆元四年至六年(1198—1200)作。前有同调《上巳日吴子似谓古今无此词,索赋》,本词即据此改定,上片基本相同。　②“杨花”句:“杨花雪落覆白苹,青鸟飞去衔红巾。”见杜甫《丽人行》。　③“争似”四句:“永和九年,岁在癸丑,暮春之初,会于会稽山阴之兰亭,修禊事也。群贤毕至,少长咸集。此地有崇山峻岭,茂林修竹……一觞一咏,亦足以叙幽情。”见王羲之《兰亭集序》。

新荷叶

再题傅岩叟悠然阁[①]

种豆南山,零落一顷为萁。岁晚渊明,也吟草盛苗稀[②]。风流刬地[③],向尊前、采菊题诗。悠然忽见,此山正绕东篱[④]。　千载襟期。高情想象当时。小阁横空,朝来翠扑人衣。是中真趣,问骋怀、游目谁知[⑤]。无心出岫,白云一片孤飞。

［注释］

①庆元六年(1200)前罢居瓢泉期间作。　傅岩叟:即傅楝,铅山人。悠然阁:傅岩叟园中阁名。　②“种豆”四句:“种豆南山下,草盛豆苗稀。”见陶渊明《归田园居》诗。杨恽《报孙会宗书》:“其诗曰:‘田彼南山,芜秽不治。种一顷豆,落而为萁。’”　③刬地:犹言依旧。　④“向尊前”三句:化用陶渊明《饮酒》诗“采菊东篱下,悠然见南山”句意。　⑤“是中”二句:“此中有真意,欲辩已忘言。”见陶渊明《饮酒》诗。王羲之《兰亭集序》:“所以游目骋怀,足以极视听之娱,信可乐也。”

婆罗门引

用韵答傅先之,时傅宰龙泉归[①]

龙泉佳处,种花满县却东归[②]。腰间玉若金累[③]。须信功名富贵，长与少年期，怅高山流水，古调今悲。卧龙暂而。算天上，有人知。最好五十学易[④]，三百篇诗。男儿事业，看一日、须有致君时。端的了、休更寻思[⑤]。

［注释］

①与前《念奴娇·用韵答傅先之》同时作。《龙泉县志》卷八《政绩》，庆元初先之知龙泉县，为民备荒。　②种花满县：晋潘岳为河阳县令，于县境内遍种桃李，时人称为花县。　③"腰间"句：石显与中书仆射牢梁、少府五鹿充宗为党，附者得位，民歌之曰："牢耶？石耶？五鹿客耶？印有累累，绶何若若耶？"见《汉书》本传。　④"最好"句："子曰：'假我数年，五十以学《易》，可以无大过矣。'"见《论语·述而》。　⑤端的了：犹言真明白。

行香子

博山戏简赵昌父、韩仲止[①]

少日尝闻，富不如贫。贵不如、贱者长存[②]。由来至乐，总属闲人。且饮瓢泉、弄秋水，看停云[③]。　岁晚情亲，老语弥真。记前时、劝我殷勤。都休殢酒，也莫论文[④]。把相牛经[⑤]，种鱼法，教儿孙。

［注释］

①赵昌父：赵蕃，字昌父。　韩仲止：韩淲字仲止，元吉之子。　②"富不如贫"二句：逸民向长读《易》至《损益》时，喟然叹曰："吾已知富不如贫，贵不如贱，但未知死何如生耳。"见《后汉书·逸民传》。　③秋水：即秋水观。　停云：稼轩瓢泉居处之堂名。　④"也莫"句：反用杜甫《春日忆李白》诗"何时一尊酒，重与细论文"之意。　⑤相牛经：《唐书·艺文志》有宁戚《相牛经》一卷。

江神子

闻蝉蛙戏作

簟铺湘竹帐垂纱。醉眠些，梦天涯。一枕惊回，水底沸鸣蛙。借问喧天成鼓吹[①]，良自苦，为官哪[②]。　心空喧静不争多。病维摩，意云何。扫地烧香，且看散天花。斜日绿阴枝上噪，还又问，是蝉麽。

[注释]

①"水底"二句：孔稚珪宅居盛营山水，草莱不剪，中有鸣蛙，或戏之曰："欲为陈蕃乎？"稚珪笑曰："我以此当两部鼓吹，何必期效仲举。"见《南齐书·孔稚珪传》。苏轼《赠王子直秀才》诗："水底笙歌蛙两部。"　②为官哪：晋惠帝常在华林园闻虾蟆声，曾谓左右曰："此鸣者为官乎私乎？"或对曰："在官地为官，在私地为私。"见《晋书·惠帝纪》。

[集评]

卓人月、徐士俊云："歌、麻二韵，稼轩往往通用。"（《古今词统》卷十）

江神子

侍者请先生赋词自寿[①]

两轮屋角走如梭[②]。太忙些，怎禁他。拟倩何人，天上劝羲娥[③]。何似从容来小住，倾美酒，听高歌。　人生今古不须磨。积教多，似尘沙。未必坚牢，刬地事堪嗟。漫道长生学不得，学得后，待如何。

[注释]

①嘉泰元年（1201）作。　②"两轮"句："天提两轮光，环我屋角走。"见王安石《客至当饮酒》。　③羲娥：日神羲和，月神嫦娥。

沁园春

灵山齐庵赋。时筑偃湖未成①

叠嶂西驰，万马回旋，众山欲东。正惊湍直下，跳珠倒溅，小桥横截，缺月初弓。老合投闲，天教多事，检校长身十万松②。吾庐小，在龙蛇影外③，风雨声中。　争先见面重重。看爽气朝来三数峰④。似谢家子弟，衣冠磊落，相如庭户，车骑雍容⑤。我觉其间，雄深雅健，如对文章太史公⑥。新堤路，问偃湖何日，烟水濛濛。

[注释]

①约庆元二年(1196)作。　灵山齐庵：在上饶境内。　②"检校"句：稼轩同期所作《归朝欢》词题序云"灵山齐庵菖蒲港，皆长松茂林"。检校：巡察。　③龙蛇影：松林影。《诗话总龟》后集卷二十八载宋人《咏松》诗有"影摇千尺龙蛇动，声撼半天风雨寒"之句。　④"看爽气"句：高秋之气。　⑤"似谢家"四句：用人物丰神及车骑仪态形容群山气象。谢家是晋代望族，其子弟十分讲究服饰仪表，有俊伟大方之度。司马相如到四川临邛，"从车骑，雍容闲雅甚都"。见《史记·司马相如列传》。⑥"我觉"三句：以文风喻山。韩愈评柳宗元文章曰："雄深雅健，似司马子长。"见《新唐书·柳宗元传》。　太史公：司马迁，字子长，任太史令，所作《史记》自称《太史公书》。

[集评]

陈模云："说松而及谢家子弟、相如车骑、太史公文章，自非脱落故常者，未易闯其堂奥。刘改之所作《沁园春》，虽颇似其豪，而未免于粗。"(《怀古录》卷中)

卓人月、徐士俊云："'雄深雅健'四字，幼安可以自赠。"(《古今词统》卷十五)

先著、程洪云："稼轩词于宋人中自辟门户，要不可少。有绝佳者，不得以粗、豪二字蔽之。如此种创见，以为新奇，流传遂成恶习。存一以概

其馀。世以苏、辛并称，辛非苏类。稼轩之次则后村、龙洲，是其偏裨也。”（《词洁辑评》卷六）

沁园春

寿赵茂嘉郎中，时以制置兼济仓赈济里中，除直秘阁[1]

甲子相高，亥首曾疑，绛县老人[2]。看长身玉立，鹤般风度，方颐鬚磔[3]，虎样精神。文烂卿云，诗凌鲍谢，笔势骎骎更右军[4]。浑馀事，羡仙都梦觉[5]，金阙名存。　门前父老忻忻。焕奎阁新褒诏语温[6]。记他年帷幄，须依日月，只今剑履，快上星辰[7]。人道阴功，天教多寿，看到貂蝉七叶孙[8]。君家里，是几枝丹桂，几树灵椿[9]。

[注释]

①庆元五年(1199)作。　赵茂嘉：赵不遏，字茂嘉。　兼济仓：据《铅山县志》卷八《仓储志》，“兼济仓在天王寺之左，直华文阁赵不遏（茂嘉）所立”。《永乐大典》卷七千五百一十四“仓”字韵引《广信府永平志》载有赵茂嘉《兼济仓文》。　②“甲子”三句：“晋悼大夫食舆人之城杞者，绛县人或年长矣，无子，而往与于食。有与疑年，使之年，曰：‘臣小人也，不知纪年。臣生之岁，正月甲子朔，四百有四十五甲子矣。其季于今，三之一也。’吏走问诸朝，师旷曰：‘……七十三年矣。’史赵曰：‘亥有二首六身，下二如身，是其日数也。’士文伯曰：‘然则二万二千六百有六旬也。’”见《左传·襄公三十年》。　③鬚磔：桓温豪气有风概，刘惔曾称之曰：“温眼如紫石稜，鬚作猬毛磔，孙仲谋、晋王宣之流亚也。”见《晋书·桓温传》。此喻叶仲洽。　④“文烂卿云”三句：言赵茂嘉文章、诗歌和书法之美。　卿云：指司马长卿与杨子云。　鲍谢：指鲍照、谢灵运、谢朓。　右军：指王羲之。　⑤仙都梦觉：天廷梦醒。　⑥奎阁：文章之府，此指秘阁。　⑦“只今”二句：“持衡留藻鉴，听履上星辰。”见杜甫《上韦左相》诗。《杜诗镜铨》注谓“殿廷象太微帝座，故曰上星辰”。星辰剑履意谓剑履上殿。《宋史·职官志》十大臣之奉特旨者，有“剑履上殿”之赐。　⑧貂蝉

七叶孙:《汉书·金日磾传》谓“七世内侍,何其盛也”。戴逵《释疑论》谓张汤“七世珥貂”。左思《咏史》诗:“金张籍旧业,七叶珥汉貂。” ⑨“是几枝”二句:丹桂指中第,灵椿指长寿。窦仪兄弟五人相继登科,冯道曾赠诗云:“灵椿一株老,丹桂五枝芳。”见《宋史》本传。 注者按:赵茂嘉兄弟六人皆中进士,历任显秩,故云。

喜迁莺

谢赵晋臣敷文赋芙蓉词见寿,用韵为谢①

暑风凉月,爱亭亭无数②。绿衣持节,掩冉如羞,参差似妒,拥出芙渠花发。步衬潘娘堪恨,貌比六郎谁洁③。添白鹭,晚晴时,公子佳人并列④。 休说,搴木末。当日灵均,恨与君王别。心阻媒劳,交疏怨极,恩不甚兮轻绝⑤。千古离骚文字,芳至今犹未歇。都休问,但千杯快饮,露荷翻叶⑥。

[注释]

①赵晋臣:赵不遇字晋臣。 ②亭亭:耸立貌。周敦颐《爱莲说》:“中通外直,不蔓不枝。香远益清,亭亭净植。” ③“步衬”二句:以人物形态喻芙蓉。 潘娘:“凿金为华莲以帖地,令潘妃行其上,曰:‘此步步生莲华也。’”见《南史·齐东昏侯纪》。 六郎:唐张宗昌貌美如莲,人言莲花似六郎以谄之。见《新唐书》。 ④“添白鹭”三句:“白鹭忽东,似风标之公子。”见杜牧《晚晴赋》。 ⑤“搴木末”六句:“采薜荔兮水中,搴芙蓉兮木末。心不同兮媒劳,恩不甚兮轻绝。”见《楚辞·九歌·湘君》。 ⑥“露荷”句:荷叶喻酒杯。隋殷英童《采莲曲》有“莲叶捧成杯”句。露荷翻叶谓一饮倾杯。

永遇乐

赋梅雪

怪底寒梅,一枝雪里①,直恁愁绝。问讯无言,依稀似妒，天上飞英白。江山一夜，琼瑶万顷，此段如何妒得[②]。细看来，风流添得，自家越样标格。　晓来楼上，对花临镜，学作半妆宫额[③]。著意争妍，那知却有，人妒花颜色。无情休问，许多般事，且自访梅踏雪。待行过溪桥，夜半更邀素月。

［注释］

①"怪底"二句：本唐释齐己《早梅》诗"前村深雪里，昨夜一枝开"。②此段：犹言"此"。陆游《书适》诗："此段家风君试看。"　③半妆宫额：《南史·梁元帝徐妃传》谓徐妃"以帝眇一目，每知帝至，必为半面妆以俟，帝见则大怒而去"。

永遇乐

戏赋辛字，送茂嘉十二弟赴调[①]

烈日秋霜，忠肝义胆，千载家谱[②]。得姓何年，细参辛字，一笑君听取。艰辛做就，悲辛滋味，总是辛酸辛苦。更十分，向人辛辣，椒桂捣残堪吐[③]。　世间应有，芳甘浓美，不到吾家门户。比著儿曹，累累却有，金印光垂组[④]。付君此事，从今直上，休忆对床风雨[⑤]。但赢得，靴纹绉面，记余戏语[⑥]。

［注释］

①茂嘉赴调：指茂嘉调官桂林事。　②"烈日"三句：谓辛家世代为人刚烈正直，对君国忠心耿耿。　烈日秋霜："英烈言言，如严霜烈日，可畏而仰哉！"见《新唐书·颜真卿传》。　家谱：指辛氏家谱。　③"更十分"二句：言辛字本义为辛辣，如食椒桂欲吐。苏轼《再和曾布〈从驾〉》诗："最后数篇君莫厌，捣残椒桂有馀辛。"　④累累：多貌。　⑤"付君"三句：望茂嘉此去官林戮力政事，勿以兄弟情谊为念。　对床风雨：唐韦应物

《与元常全真二生》诗云"宁知风雨夜,复此对床眠"。苏轼兄弟读此诗有感,曾相约早退,共为闲居之乐。见苏辙《逍遥堂》诗引,此即用以言手足之情。 ⑥"但赢得"三句:谓族弟日后饱经官场风霜,自将记取我今天之临别戏言。 靴纹绉面:欧阳修《归田录》卷二,谓田元均在三司供职,权贵家子弟亲友多有求托。元均虽内心厌恶而不从其请,但总是强作笑容把他们送走。因此曾对人说:"作三司使数年,强笑多矣,直笑得面似靴皮。"

归朝欢

寄题三山郑元英文山巢经楼。楼之侧有尚友斋,欲借书者就斋中取读,书不借出①

万里康成西走蜀,药市船归书满屋②。有时光彩射星躔③,何人汗简雠天禄④。好之宁有足。请看良贾藏金玉。记斯文,千年未丧,四壁闻丝竹⑤。 试问辛勤携一束,何似牙签三万轴⑥。古来不作借人痴,有朋只就云窗读⑦。忆君清梦熟,觉来笑我便便腹。倚危楼,人间何处,扫地八风曲⑧。

[注释]

①约淳熙十六年(1189)作。 三山:指福州。 郑元英:福建文山人。 巢经楼、尚友斋:迹址无可考。 ②"万里"二句:言郑氏巢经所藏,多从蜀中得来。 康成:后汉郑玄字,此喻郑元英。 药市:成都九月九日有药市。见陆游《老学庵笔记》卷六。 ③星躔:星宿之位置、序次。 ④汗简:亦称杀青,即书籍。 天禄:阁名。汉刘向曾校书天禄阁。 ⑤"记斯文"三句:谓郑氏所藏的经书。《论语·子罕》:"天将丧斯文也,后死者不得与斯文也。天之未丧斯文也。"又《水经注·泗水》:"汉武帝时,鲁恭王坏孔子旧宅,得《尚书》、《春秋》、《论语》、《孝经》,于时闻上有金石丝竹之音,乃不坏。" ⑥"何似"句:"邺侯家多书,插架三万轴。一一悬牙签,新若手未触。"见韩愈《送诸葛觉往随州读书》诗。 ⑦"古来"二句:即题中"欲借书者就斋中取读,书不出借"之意。 借人痴:"借借书籍:俗曰

借一痴，与二痴，索三痴，还四痴。”见唐李匡乂《资暇集》。 ⑧“觉来”四句：自谦之辞，谓己懒读书。《后汉书 · 边韶传》谓边韶弟子曾嘲之曰：“边孝先，腹便便。懒读书，但欲眠。”又《新唐书 · 祝钦明传》，钦明擢明经，业奥六经。后“人食禁中，帝与群臣宴，钦明自言能《八风舞》，帝许之。钦明体肥丑，据地摇头睆目，左右顾眄，帝大笑，吏部侍郎卢藏用叹曰：‘是举五经扫地矣。’” 八风曲：即指八风舞。

瑞鹤仙

南剑双溪楼①

片帆何太急。望一点须臾，去天咫尺。舟人好看客②。似三峡风涛，嵯峨剑戟。溪南溪北。正遐想、幽人泉石。看渔樵、指点危楼，却羡舞筵歌席。 叹息。山林钟鼎③，意倦情迁，本无欣戚。转头陈迹。飞鸟外，晚烟碧。问谁怜旧日，南楼老子，最爱月明吹笛④。到而今、扑面黄尘，欲归未得。

[注释]

①闽中巡视途中作。 南剑双溪楼：楼在南平剑溪之上。 ②“舟人”句：“过江风急浪如山，寄语舟人好看客。”见苏轼《送杨杰》诗。 ③山林钟鼎：指归田园与出仕朝廷。 ④“南楼”二句：“老子平生，江南江北，最爱临风笛。”见黄庭坚《念奴娇》。

[集评]

陈廷焯云：“笔势如涛奔涌，不可遏抑，极尽词中能事。短句字字跳掷。‘问谁怜旧日’以下，合坡翁、山谷为一手。”（《云韶集》卷五）

玉蝴蝶

叔高书来戒酒，用韵①

贵贱偶然，浑似随风帘幌，篱落飞花②。空使儿曹，马上羞面频遮③。向空江、谁捐玉珮④，寄离恨、应折疏麻⑤。暮云多，佳人何处，数尽归鸦。　侬家。生涯蜡屐，功名破甑，交友抟沙⑥。往日曾论，渊明似胜卧龙些。记从来，人生行乐，休更问、日饮亡何⑦。快斟呵。裁诗未稳，得酒良佳。

[注释]

①庆元六年(1200)作。　叔高：即杜叔高，屡见。　②“贵贱”三句：“人生如树花同发，随风而坠，自有拂帘幌坠于茵席之上，自有关篱墙落于粪溷之中。坠茵席者殿下是也；落粪溷者下官是也。贵贱虽复殊途，因果竟在何处。”见《南史·范缜传》。　③羞面频遮：“司徒褚彦入朝，以腰扇障日。祥从侧过，曰：‘作如此举止，羞面见人，扇障何益？’”见《南史·刘祥传》。　④“向空江”句：《楚辞·九歌·湘君》“捐余玦兮江中，遗余佩兮醴浦”洪兴祖补注，“捐玦遗佩，以贻湘君，与骚经‘解佩纕以结言’同意，喻求贤也。”　⑤“寄离恨”句：《九歌·大司命》“折疏麻兮瑶华，将以遗兮离居”王逸《楚辞章句》，“言己虽出阴入阳，涉因殊方，犹思离居隐士，将折神麻采玉华以遗与之，明己行度如玉，不以苦乐易其志也。”　⑥“生涯”三句：谓不慕名利，唯广交朋友。　生涯蜡屐：阮孚好屐，曾叹曰：“未知一生当着几两屐。”见《世说新语·方正》。　几两：犹言几双。　屐：木底有齿之鞋。　功名破甑：“功名一破甑，弃置何用顾。”见苏轼《游径山》。交友抟沙：谓易散如沙，不能牢固。　⑦日饮亡何：据《汉书·袁盎传》，盎“能日饮，亡何，说王毋而反已，如此幸得脱”。　亡何：同“无何”，指除饮酒外什么事都不做。

满江红

寿赵茂嘉郎中。前章记兼济仓事[1]

我对君侯，长怪见、两眉阴德。更长梦、玉皇金阙，姓名仙籍[2]。旧岁炊烟浑欲断，被公扶起千人活[3]。算胸中、除却五车书[4]，都无物。　溪左右，山南北。花远近，云朝夕。看风流杖屦，苍髯如戟[5]。种柳已成陶令宅[6]，散花更满维摩室[7]。劝人间、且住五千年，如金石[8]。

［注释］

①庆元二年至三年（1196—1197）作。　兼济仓："兼济仓在天王寺之左，直华文阁赵不遏（茂嘉）所立。"见《铅山县志》卷八《仓储志》。《永乐大典》卷七千五百一十四"仓"字韵引《广信府永平志》载有赵茂嘉《兼济仓文》。　②"更长梦"二句："木公亦云东王父，亦号玉皇君。真僚仙官……皆禀其命而朝奉翼卫，故男子得道名籍隶焉。"见《神仙传拾遗》。曹唐《小游仙》诗："外人欲压长生籍，拜请飞琼报玉皇。"　③"旧岁"二句：指淳熙十五年赵茂嘉置兼济仓事。　千人活：《汉书·元后传》谓王贺叹曰，"吾闻活千人者有封子孙，吾所活万人，后世其兴乎"。　④五车书："惠施多方，其书五车。"见《庄子·天下》。　⑤苍髯如戟："公主谓曰：'君鬚髯如戟，何无丈夫意。'"见《南史·褚彦回传》。　⑥"种柳"句：陶令即陶渊明。其《五柳先生传》有"宅边有五柳树"句。　⑦"散花"句：言如天女散花，形容其功德高，得福根。　⑧"劝人间"二句：反用《古诗十九首》"人生非金石，岂能长寿考"之意。

雨中花慢

吴子似见和，再用韵为别[1]

马上三年，醉帽吟鞭，锦囊诗卷长留。怅溪山旧管，风月新收[2]。明便关河杳杳，去应日月悠悠。笑千篇索价，未抵蒲萄，五斗凉州[3]。　停云老子，有酒盈尊，琴书端可消忧[④]。浑未办、倾身一饱,淅米矛头[⑤]。心似伤弓塞雁,身如喘月吴牛[⑥]。晚天凉也,月明谁伴,吹笛南楼。

[注释]

①庆元六年(1200)作。 ②“怅溪山”二句:“旧管新收几妆镜,流行坎止一虚舟。”见黄庭坚《赠李辅圣》诗。任渊注:“‘旧管’、‘新收’本吏文书中语,山谷取用,所谓以俗为雅也。” ③“笑千篇”三句:“中常侍张让专朝政,孟他以蒲桃酒一斛遗让,即拜凉州刺史。”见《三国志·魏书·明帝纪》注引《三辅决录》。 注者按:一斛为十斗,孟他以一斛换得凉州刺史,而千篇诗价犹不能抵其半,语寓嘲讽。 ④“停云”三句:“三径就荒,松菊犹存。携幼入室,有酒盈尊。……悦亲戚之情话,乐琴书以消忧。”见陶渊明《归去来兮辞》。 停云:陶渊明有《停云》诗,稼轩有停云堂。 ⑤“浑未办”二句:“倾身一营饱,少许更有馀。”见陶渊明《饮酒》诗。《晋书·顾恺之传》:“桓玄时与恺之同在仲堪坐,共作了语……复作危语。玄曰:‘矛头淅米剑头炊。’仲堪曰:‘百岁老人攀枯枝。’” ⑥“心似”二句:“雁从东方来,更羸以虚发而下之。……故疮未息,而惊心未去也。闻弦者,音烈而高飞,故疮陨也。”见《战国策·楚策》四。又《世说新语·语言》:“满奋畏风。在晋武帝坐,北窗作琉璃屏,实密似疏,奋有难色。帝笑之,奋答曰:‘臣犹吴牛,见月而喘。’”

洞仙歌

开南溪初成赋[①]

婆娑欲舞,怪青山欢喜。分得清溪半篙水。记平沙鸥鹭,落日渔樵,湘江上,风景依然如此。 东篱多种菊[②],待学渊明,酒兴诗情不相似。十里涨春波,一棹归来[③],只做个、五湖范蠡。是则是、一般弄扁舟,争知道,他家有个西子。

[注释]

①淳熙十年(1183)初居带湖时作。 ②“东篱”句:陶渊明《饮酒》诗有“采菊东篱下”句。 ③一棹:一桨荡舟。

洞仙歌

赵晋臣和李能伯韵,属余同和。赵以兄弟皆有职名为宠,词中颇叙其盛,故末章有“裂土分茅”之句①

旧交贫贱,太半成新贵。冠盖门前几行李。看匆匆西笑,争出山来,凭谁问,小草何如远志②。 悠悠今古事。得丧乘除,暮四朝三又何异③。任掀天勋业,冠古文章,有几个、笙歌晚岁。况满屋貂蝉未为荣,记裂土分茅,是公家世。

[注释]

①李能伯:名处端,原籍洛阳,累官签判镇江府。见《宋诗纪事补遗》卷五十二。赵以兄弟皆有职名:指赵晋臣(不遇)兄弟六人先后登进士第,均历显秩。见《宋史·世系表》。 裂土分茅:裂土指裂地受封;分茅,古代王者均封五色土为社,建诸侯则各割其土与之,使立社。见《尚书·禹贡》。 ②“看匆匆”四句:“谢公(安)始有东山之志,严命屡臻,势不获已,始就桓公司马。时人有饷桓公药草,中有远志,公取以问谢:‘此药又名小草,何一物而有二称?’谢未即答。时郝隆在坐,应声答曰:‘此甚易解,处则为远志,出则为小草。’谢甚有愧色。”见《世说新语·排调》。 ③“得丧”二句:“无善名以闻,无恶声以扬,名声相乘除,得少失有馀。”见韩愈《三星行》。又《庄子·齐物论》:“劳神明为一,而不知其同也,谓之朝三。何谓朝三?狙公赋芧曰:‘朝三而暮四。’众狙皆怒。曰:‘然则朝四而暮三。’众狙皆悦。名实未亏而喜怒为用,亦因是也。”

洞仙歌

浮石山庄,余友月湖道人何同叔之别墅也。山类罗浮,故以名。同叔尝作《游山次序榜》示余,且索词,为赋《洞仙歌》以遗之。同叔顷游罗浮,遇一老人,庞眉幅巾,语同叔云:"当有晚年之契。"盖仙云①

松关桂岭,望青葱无路。费尽银钩榜佳处②。怅空山岁晚,窈窕谁来,须著我,醉卧石楼风雨③。　仙人琼海上,握手当年,笑许君携半山去。劖叠嶂,卷飞泉,洞府凄凉,又却怪、先生多取。怕夜半、罗浮有时还,好长把云烟,再三遮住。

［注释］

①庆元五年至六年(1199—1200)作。　何同叔:何异字同叔,抚州崇仁人,绍兴二十四年进士,卒年八十一,著有《月湖诗集》。《宋史》有传。罗浮:山名。在广东增城、博罗、河源等县间,长达百馀公里。相传罗山之西有浮山,为蓬莱之一阜,浮海而至,与罗山并体,故曰罗浮。山上有洞,道教列为第七洞天。　游山次序榜:已佚。陈振孙《直斋书录解题》卷八:"《何氏山庄次序本末》一卷,尚书崇仁何同叔撰。其别墅曰三山小隐。三山者:浮石山、岩石山、玲龙山,其实一也。周回数里。叙其景物次序为此编。自号月湖,标韵清绝如神仙中人,膺高寿而终。"何同叔游罗浮事,《夷坚三志》辛集卷三有详载,可参看。　②银钩:书法笔姿遒劲貌。《晋书·索靖传》谓其草书"婉若银钩,飘若惊鸾"。　③石楼:"山高三千六百丈,袤直五百里,周三百里。上有大小石楼,相去五里,皆高云表,登之可望沧海,夜半见日初出。"见施元之注苏轼《游罗浮山一首示儿子过》引郑师正《罗浮指掌图》。

鹧鸪天

欲上高楼去避愁,愁还随我上高楼。经行几处江山改，多少亲朋尽白头。　　归休去，去归休。不成人总要封侯[1]。浮云出处元无定，得似浮云也自由。

[注释]

①不成：犹言难道。

鹧鸪天

一片归心拟乱云，春来谙尽恶黄昏。不堪向晚檐前雨，又待今宵滴梦魂。　　炉烬冷，鼎香氛。酒寒谁遣为重温。何人柳外横双笛，客耳那堪不忍闻。

卜算子[1]

修竹翠罗寒，迟日江山暮。幽径无人独自芳，此恨知无数。　　只共梅花语，懒逐游丝去。著意寻春不肯香，香在无寻处。

[注释]

①唐氏按：此首《阳春白雪》卷四作曹组词。

卜算子[1]

欲行且起行，欲坐重来坐。坐坐行行有倦时，更枕闲书卧。　　病是近来身，懒是从前我。静扫瓢泉竹树阴，且恁随缘过。

[注释]

①广信书院中本调下有题曰"闻李正之茶马讣音"。然词中语意，与

题语不相应,非追悼李氏之作。疑另有闻讣之《卜算子》,广信书院本编刊时偶夺落。

卜算子

为人赋荷花

红粉靓梳妆,翠盖低风雨。占断人间六月凉,明月鸳鸯浦。　　根底藕丝长,花里莲心苦。只为风流有许愁,更衬佳人步①。

[注释]

①“更衬”句:以人物形态喻荷花。

点绛唇

身后功名,古来不换生前醉①。青鞋自喜,不踏长安市。　　竹外僧归,路指霜钟寺②。孤鸿起,丹青手里,剪破松江水③。

[注释]

①“身后”二句:西晋张翰纵任不拘,时号“江东步兵”。或谓之曰:“卿乃可纵适一时,独不为身后名耶?”答曰:“使我有身后名,不如即时一杯酒。”见刘义庆《世说新语·任诞》。　②霜钟寺:“月落乌啼霜满天,江枫渔火对愁眠。姑苏城外寒山寺,夜半钟声到客船。”见张继《枫桥夜泊》。　③“丹青”二句:“安得并州快剪刀,剪取吴淞半江水。”见杜甫《题王宰画山水图歌》。

谒金门

和廓之五月雪楼小集韵[①]

遮素月，云外金蛇明灭[②]。翻树啼鸦声未彻，雨声惊落叶。 宝蜡成行嫌热，玉腕藕花谁雪[③]。流水高山弦继绝，怒蛙声自咽。

[注释]

①约淳熙十五年(1188)作。 廓之：即范开，稼轩门生。 ②金蛇：闪电貌。苏轼《望湖楼晚景五绝》："电光时掣紫金蛇。" ③"玉腕"句：谓歌舞伎。杜甫《陪诸贵公子丈八沟携妓纳凉》诗："佳人雪藕丝。" 藕丝：指其白色衣装。

谒金门[①]

山吐月[②]，画烛从教风灭。一曲瑶琴才听彻，金蕉三两叶[③]。 骤雨微凉还热，似欠舞琼歌雪。近日醉乡音问绝，有时清泪咽。

[注释]

①约淳熙十五年(1188)作。 ②山吐月："四更山吐月。"见杜甫《月》诗。 ③"金蕉"句：言饮酒三两杯。金蕉谓酒杯。

东坡引

玉纤弹旧怨，还敲绣屏面。清歌目送西风雁。雁行吹字断。雁行吹字断， 夜深拜月，琐窗西畔。但桂影、空阶满。翠帏自掩无人见。罗衣宽一半，罗衣宽一半。

［集评］

沈际飞云："不可使人独居深念。"（《草堂诗馀别集》卷二）

醉花阴

为人寿

黄花谩说年年好，也趁秋光老。绿鬓不惊秋，若鬥尊前，人好花堪笑。　　蟠桃结子知多少，家住三山岛[①]。何日跨归鸾。沧海飞尘[②]，人世因缘了。

［注释］

①三山：即瀛洲、方壶、蓬莱三神山，传说居其地者皆长生不老。　②沧海飞尘："麻姑自说云：'接待以来，已见东海三为桑田。向到蓬莱，又水浅于往日会时略半耳，岂将复为陵陆乎？'（王）远叹曰：'圣人皆言海中行复扬尘也。'"见《神仙传》。

清平乐

清词索笑，莫厌银杯小。应是天孙新与巧[①]，剪恨裁愁句好。　　有人梦断关河，小窗日饮亡何[②]。想见重帘不卷，泪痕滴尽湘娥。

［注释］

①天孙：传说织女为天帝孙女，善织云锦。柳宗元《乞巧文》："窃闻天孙专巧于天，轇轕璇玑，经纬星辰，能成文章，黼黻帝躬。"　②日饮亡何：据《汉书·袁盎传》，盎"能日饮，亡何，说王毋而反已，如此幸得脱"。亡何：同"无何"，指除饮酒外什么事都不做。

清平乐

为儿铁柱作[①]

灵皇醮罢，福禄都来也[②]。试引鹓雏花树下，断了惊惊怕怕[③]。　　从今日日聪明，更宜潭妹嵩兄。看取辛家铁柱，无灾无难公卿[④]。

［注释］

①淳熙十年（1183）前作。　铁柱：乳名。稼轩诗集有《哭𨱔十五章》，其中有"汝方游浩荡，万里挟雄铁"诸句，据此辛𨱔即乳名铁柱。　②"灵皇"二句：当系宋代为儿童祈福之习俗。　③"试引"二句：当系宋代为儿童避除惊吓之习俗。据此亦知铁柱多病易受惊。《哭𨱔》诗"昨宵北窗下，不敢高声语。悲深意颠倒，尚疑惊看汝"数句可参。　④"无灾"句："人皆养子望聪明，我被聪明误一生。惟愿孩儿愚且鲁，无灾无难到公卿。"见苏轼《洗儿戏作》诗。

清平乐

赋木犀词

月明秋晓，翠盖团团好。碎剪黄金教恁小，都著叶儿遮了。　　折来休似年时，小窗能有高低。无顿许多香处，只消三两枝儿。

醉翁操[①]

顷余从廓之求观家谱，见其冠冕蝉联，世载勋德。廓之甚文而好修，意其昌未艾也。今天子即位[②]，覃庆中外，命国朝勋臣子孙之无见仕者官之。先是，朝廷屡诏甄录元祐党籍家[③]。合是二者，廓之应仕矣。将告诸朝，行有日，请予作歌以赠。属予避谤，持此戒甚力，不得如廓之请。又念廓之与予游八年,日从事诗酒间,意相得欢甚,于其别也,何独能恝然。顾廓之长于楚词而妙于琴,辄拟《醉翁操》,为之词以叙别。异时廓之绾组东归,仆当买羊沽酒,廓之为鼓一再行④,以为山中盛事云

长松,之风,如公⑤。肯余从,山中。人心与吾兮谁同⑥。湛湛千里之江,上有枫⑦。噫,送子东。望君之门兮九重⑧。女无悦己,谁适为容⑨。　不龟手药,或一朝兮取封⑩。昔与游兮皆童,我独穷兮今翁。一鱼兮一龙⑪,劳心兮忡忡⑫。噫,命与时逢,子取之食兮万钟⑬。

[注释]

①淳熙十六年(1189)作。　②今天子即位:淳熙十六年二月初二,孝宗禅位于皇太子惇,是为光宗。见《宋史·孝宗纪》。　③元祐党籍:徽宗崇宁元年九月,籍元祐及元符司马光、文彦博以下宰执、侍从、馀官、内侍、武臣一百二十人为奸党,立党人碑于端礼门。高宗即位,诏还元祐党人及上书人恩数,后又屡诏追复。　④买羊沽酒:"买羊沽酒谢不敏。"见韩愈《寄卢仝》诗。　鼓一再行:指弹琴。《史记·司马相如列传》:"酒酣,临邛令前奏琴曰:'窃闻长卿好之,愿以自娱。'相如辞谢,为鼓一再行。"《索隐》:"乐府《长歌行》、《短歌行》,行者曲也。此言'鼓一再行',谓一两曲。"　⑤"长松"三句:"刘伊云:人想王荆产佳,此想长松下当有清风耳。"见《世说新语·言语》。　⑥"人心"句:"何灵魂之信直兮,人之心不与吾心同。"见《楚辞·九章·抽思》。　⑦"湛湛"二句:"湛湛江水兮上有枫,目极千里兮伤春心。"见《楚辞·招魂》。　⑧"望君"句:"岂不郁陶而思君兮,君之门以九重。"见《楚辞·九辨》。　⑨"女无悦己"二句:"士为知己者用,女为悦己者容。"见司马迁《报任少卿书》。　⑩"不龟手"二句:"宋人有善为不龟手之药者,世世以洴澼絖为事。客闻之,请买其方百金。聚众而谋曰:'我世世为洴澼絖,不过数金,今一朝而鬻技百金,请与之。'客得之,以说吴王。越有难,吴王使之将,冬与越人水战,大败越人。裂地而封之。能不龟手一也,或以封,或不免于洴澼絖,则所用之异也。"见《庄子·逍遥游》。　⑪"一鱼"句:龙可飞腾于天,鱼则只能浮沉水中,亦犹云泥异路之意。　⑫"劳心"句:"未见君子,忧心忡忡。"见

《诗经·召南·草虫》。 ⑬万钟："（齐）王谓时子曰：'我欲中国而授孟子之室，养弟子以万钟，使诸大夫皆有所矜式，子盍为我言之。'"见《孟子·公孙丑下》。

［集评］

卓人月、徐士俊云："小词中之《离骚》也。"（《古今词统》卷十）

张德瀛云："《醉翁操》乃琴调泛声。欧阳文忠公初作醉翁亭于滁州，既为之记。时太常博士沈遵游焉，为作《醉翁吟》三叠，写以琴。然有声无辞，故文忠复为《醉翁述》以补之。或病其琴声为词所绳约，殆非天成。后三十馀年，有庐山玉涧道人崔闲，工鼓琴，请于苏东坡为之词，律吕和协。辛稼轩'长松之风'一阕，其和章也。元明人无赋此调者，惟于本朝得三阕焉。其一为陈砥中作，见《松风阁琴谱》；其一为凌次仲作，见《梅边吹笛谱》；其一为女史吴蘋香作，见《花帘词》。"（《词徵》卷一）

西江月

为范南伯寿[①]

秀骨青松不老，新词玉佩相磨。灵槎准拟泛银河[②]，剩摘天星几个。 莫枕楼东风月[③]，驻春亭上笙歌[④]。留君一醉意如何，金印明年斗大[⑤]。

［注释］

①乾道八年（1172）作。 范南伯："公讳如山，字南伯，邢台人。……女弟归稼轩先生辛公弃疾，辛与公皆中州之豪，相得甚。"见刘宰《故公安范大夫行述》。 ②"灵槎"句："天河与海通，近世有人居海渚者，年年八月有浮槎去来，不失期。人有奇志，立飞阁于槎上，多赍粮，乘槎而去。"见《博物志》卷十。 ③奠枕楼：在滁州，稼轩建。 ④驻春亭：未详，疑亦滁州之一亭。 ⑤"金印"句：极言功勋卓伟。用东晋人周𫖮事。见《世说新语·尤悔》。

丑奴儿

和铅山陈簿韵二首[①]

鹅湖山下长亭路[②],明月临关,明月临关,几阵西风落叶干。　　新词谁解裁冰雪,笔墨生寒,笔墨生寒,会说离愁千万般。

[注释]

①陈簿:不详。另一首为《丑奴儿》(年年索尽梅花笑)。　②鹅湖山:在上饶县东北。山上有湖多生荷,故名荷湖。东晋人龚氏居此山蓄鹅,更名鹅湖。见《铅山县志》。

破阵子

为范南伯寿。时南伯为张南轩辟宰泸溪,南伯迟迟未行,因赋此词勉之[①]

掷地刘郎玉斗[②],挂帆西子扁舟[③]。千古风流今在此,万里功名莫放休。君王三百州[④]。　　燕雀岂知鸿鹄,貂蝉元出兜鍪[⑤]。却笑泸溪如斗大,肯把牛刀试手不[⑥]。寿君双玉瓯。

[注释]

①淳熙五年(1178)作。　张南轩:张栻字南轩,抗金名将张浚之子,时任荆湖北路转运副使。《宋史》有传。　泸溪:县名。宋属辰州,今属湖南。　②"掷地"二句:用范姓事规勉南伯。《史记·项羽本纪》:鸿门宴上,项羽不听范增劝谏,放走刘邦。范增怒将刘邦送给自己的一双玉斗(玉制酒杯)掷于地,使剑击碎,愤愤而去。　③挂帆西子扁舟:用范蠡破吴后载西施泛舟五湖事。范蠡为越国大夫,曾施美人计献西施于吴王夫差。助越灭吴后,自意"大名之下,难以久居。且勾践为人,可与同患,难与处安乐",便收拾珠宝,携西施,泛五湖而去。见《史记·越王勾践世

家》。 ④三百州：泛指宋室国土，但主要指北方故土。 ⑤“燕雀”二句：谓人当有鸿鹄之志，公侯将相原出于普通士卒。秦末起义领袖陈涉少时与人佣耕，谓同伴曰：“燕雀安知鸿鹄之志。”见《史记·陈涉世家》。 貂蝉：即貂蝉冠，代指大官。 兜鍪（dōu móu）：士兵头盔，代指士卒。 ⑥“却笑”二句：劝南伯勿嫌地小职微，正可大才初试。 如斗大：形容泸溪小如斗。《南史·宗悫传》记宗悫语：“我年六十，得一州如斗大。” 牛刀：喻大才。孔子曰：“割鸡焉用牛刀。”见《论语·阳货》。

破阵子

为陈同甫赋壮词以寄之①

醉里挑灯看剑，梦回吹角连营②。八百里分麾下炙，五十弦翻塞外声③。沙场秋点兵。 马作的卢飞快，弓如霹雳弦惊④。了却君王天下事，赢得生前身后名。可怜白发生。

［注释］

①陈同甫：陈亮，字同甫。 ②“醉里”二句：夜醉入梦，梦醒似乎犹闻连营吹角之声。以下即借梦境而写理想之境。 挑灯看剑：《青琐高议》卷三载高言诗，“男儿慷慨平生事，时复挑灯把剑看。” ③“八百里”二句：谓奏乐啖肉、豪迈热烈之军营生活。 八百里：牛名。晋王恺有牛名八百里驳。王济与王恺比射，以此牛为赌物。恺输，于是杀牛作炙。见《世说新语·汰侈》。苏轼《约公择饮是日大风》：“要当啖公八百里，豪气一洗儒生酸。” 五十弦：指瑟。古瑟用五十弦。此泛指军中乐器。 塞外声：指雄浑悲壮之军乐。 ④“马作”二句：言鏖战场景。 的卢：一种烈性快马。相传刘备在荆州遇危，所骑的卢“一跃三丈”，因而脱险，见《三国志·蜀书·先主传》注引《世语》。 霹雳：喻弓弦声。《南史·曹景宗传》：曹在乡里“与年少辈数十骑，拓弓弦作霹雳声，箭似饿鸱叫”。

［集评］

卓人月云：“搔着同甫痒处。”（《古今词统》卷十）

陈廷焯云:“字字跳掷而出。‘沙场’五字,起一片秋声。沉雄悲壮,凌轹千古。”(《云韶集》卷五)

又云:“感激豪宕,苏、辛并峙千古。然忠爱恻怛,苏胜于辛;而淋漓怨壮,顿挫盘郁,则稼轩独步千古矣。稼轩词魄力雄大,如惊雷怒涛,骇人耳目,天地巨观也。后惟迦陵有此笔力,而郁处不及。”(《词则》上《放歌集》卷一)

梁启超云:“无限感慨,哀同甫亦自哀。”(《饮冰室评词》)

千年调

开山径得石壁,因名曰“苍壁”。事出望外,意天之所赐邪,喜而赋之[①]

左手把青霓,右手挟明月。吾使丰隆前导,叫开阊阖[②]。周游上下,径入寥天一[③]。览县圃[④],万斛泉,千丈石。 钧天广乐,燕我瑶之席[⑤]。帝饮予觞甚乐,赐汝苍壁。嶙峋突兀,正在一丘壑。余马怀,仆夫悲,下恍惚[⑥]。

[注释]

①移居瓢泉晚期之作。 ②“左手”四句:想象飞入天庭情景。 青霓:虹霓。 丰隆:雷神。《离骚》:“吾令丰隆乘云兮。” 阊阖:天门。《离骚》:“吾令帝阍开关兮,倚阊阖而望予。” ③“周游”二句:言游遍太空,直入天之最高处。 周游上下:“及余饰之方壮兮,周游观乎上下。”见《离骚》。 寥天一:空虚浑然一体之高天。《庄子·大宗师》:“安排而去化,乃入于寥天一。” ④县圃:即悬圃,传说在昆仑山上。《离骚》:“朝发轫于苍梧兮,夕余至乎县(悬)圃。” ⑤“钧天”二句:言天帝奏乐设宴招待自己。 钧天广乐:天上仙乐。 瑶:瑶池,传说中的仙池,亦在昆仑山上。 ⑥“余马怀”三句:“仆夫悲余马怀兮,蜷局顾而不行。”见《离骚》。王逸注:“屈原设去世离俗,周天匝地,意不忘旧乡,忽望见楚国,仆御悲感,我马思归,蜷局诘屈而不肯行。此终志不去,以词见义,以义自明也。”

[集评]

李佳云："用笔如龙跳虎卧，不可羁勒，才情横溢，海天鼓浪。然以音律绳之，岂能细意熨帖。"（《左庵词话》卷下）

祝英台近

与客饮瓢泉，客以泉声喧静为问，余醉，未及答，或者以"蝉噪林逾静"代对，意甚美矣，翌日，为赋此词以褒之也①

水纵横，山远近。拄杖占千顷。老眼羞明②，水底看山影。试教水动山摇，吾生堪笑，似此个、青山无定。　一瓢饮③。人问翁爱飞泉，来寻个中静。绕屋声喧，怎做静中境。我眠君且归休④，维摩方丈，待天女、散花时问⑤。

[注释]

①约庆元元年（1195）作。是年瓢泉新居初成。　蝉噪林逾静：梁王藉《入若耶溪》诗中一句，与下句"鸟鸣山更幽"合成一联，有动中见静之意境。四卷本丁集"余醉，未及答"作"予未及答"、"以褒之"作"褒之也"，上片"羞明"作"羞将"。　②羞明：谓怕见日光。　③一瓢饮：语出《论语·雍也》，谓一瓢清水，是孔子赞扬颜回安贫乐道之语。此借指一瓢酒，即题中"饮瓢泉"。　④"我眠"句：据《宋书·陶潜传》，无论贵贱来访，陶只要有酒，就取出共饮。他若先醉，便谓客曰："我醉欲眠，卿可去。"　⑤"维摩"二句："维摩诘以身疾，广为说法。佛告文殊师利：'汝诣问疾。'时维摩室有一天女，见诸大人，闻所说法，便现其身，即以天花散诸菩萨大弟子上。花至诸菩萨即皆坠落，至大弟子便着不坠。"见《维摩诘所说经观众生品》第七。

[集评]

卓人月、徐士俊云："《婆罗清话》云：'月随云走，月竟不移；岸逐舟行，岸终自若。'于此可以语禅。"（《古今词统》卷七）

祝英台近

绿杨堤，青草渡，花片水流去。百舌声中，唤起海棠睡。断肠几点愁红，啼痕犹在，多应怨、夜来风雨。　别情苦。马蹄踏遍长亭，归期又成误。帘卷青楼，回首在何处。画梁燕子双双，能言能语，不解说、相思一句。

江神子

别吴子似，末章寄潘德久[①]

看君人物汉西都。过吾庐，笑谈初。便说公卿，元自要通儒。一自梅花开了后，长怕说，赋归欤[②]。　而今别恨满江湖。怎消除，算何如。杖屦当时，闻早放教疏[③]。今代故交新贵后，浑不寄，数行书[④]。

[注释]

①庆元六年(1200)作。　潘德久：潘柽字德久，号转庵，永嘉人。著有《转庵集》。光绪《永嘉县志》卷十七有小传。　②赋归欤："子在陈曰：'归欤，归欤，吾党之小子狂简，斐然成章，不知所以裁之。'"见《论语·公冶长》。　③闻早：趁早。　放教疏：意同苏轼《送杨奉礼》诗"今得放疏慵"。　④"今代"三句："旧交新贵音书绝。"见苏轼《醉落魄》词。

清平乐

呈赵昌父。时仆以病止酒。昌父日作诗数篇，末章及之[①]

云烟草树，山北山南雨。溪上行人相背去，惟有啼鸦一处。　门前万斛春寒，梅花可瞰摧残[②]。使我长忘酒易，要君不作诗难。

[注释]

①庆元三年(1197)作。 赵昌父:赵蕃。 ②“门前”二句:赵蕃居处有梅。赵蕃有《梅花》诗二首,其一云“我家绕屋碧玉椽,下有独树争婵娟。平安无使信莫传,疏枝冷蕊真凄然。” 可曒:即可煞,犹言可是,疑问辞。

临江仙

苍壁初开,传闻过实,客有来观者,意其如积翠、清风、岩石、玲珑之胜,既见之,乃独为是突兀而止也,大笑而去。主人戏下一转语,为苍壁解嘲[①]

莫笑吾家苍壁小,棱层势欲摩空。相知惟有主人翁。有心雄泰华[②],无意巧玲珑。 天作高山谁得料[③],解嘲试倩扬雄[④]。君看当日仲尼穷。从人贤子贡,自欲学周公。

[注释]

①苍壁:石壁名。 积翠:即积翠岩。 清风:即清风峡。《铅山县志·山川志》:“状元山,在县西北五里,有清风洞,宋状元刘辉读书其中。东即龙窟山,西有清风峡,空嵌崭嵒,寒气逼人。” 岩石、玲珑:谓何异别墅所在之浮石山。 ②泰华:泰山与华山。 ③天作高山:“天作高山,大王荒之。”见《诗经·周颂·天作》。 ④“解嘲”句:扬雄作有《解嘲》赋。

临江仙

和信守王道夫韵,谢其为寿,时仆作闽宪[①]

记取年年为寿客,只今明月相随。莫教弦管便生衣[②]。引壶觞自酌,须富贵何时[③]。 入手清风词更好[④],细书白茧乌丝[⑤]。海山问我几时归[⑥]。枣瓜如可啖,直欲觅安期[7]。

[注释]

①绍熙三年(1192)夏作。 ②弦管生衣:指弦管久置不用,蛛网尘封。苏轼《次韵刘贡父李公择见见寄二首》其一:“弦管生衣甑有埃。” ③“须富贵”句:“人生行乐,须富贵何时。”见杨恽《报孙会宗书》。 ④“入手”句:“吉甫作诵,穆如清风。”见《诗经·大雅·烝民》。 ⑤白茧乌丝:谓蚕茧纸,用于书写。详李肇《唐国史补》卷下。 ⑥“海山”句:唐李师稷为浙东观察使时,闻一商人在海中遇蓬莱山,山中有一宫阙为“白乐天院”,以待乐天前来之事,并告白居易。白居易作诗答李师稷曰:“近有人从海上回,海山深处见楼台。中有仙龛开一室,皆言此待乐天来。”又曰:“吾学空门不学仙,恐君此语是虚传。海山不是吾归处,归即应归兜率天。”见《太平广记》卷四十八《逸史》。 ⑦“枣瓜”二句:《史记·封禅书》记李少君语上言,“臣尝游海上,见安期生,安期生食巨枣大如瓜。安期生仙者,通蓬莱中,合则见人,不合则隐。”于是上遣方士入海觅蓬莱,寻安期。

临江仙

和叶仲洽赋羊桃[1]

忆醉三山芳树下,几曾风韵忘怀。黄金颜色五花开。味如卢橘熟,贵似荔枝来[2]。 闻道商山馀四老,橘中自酿秋醅[3]。试呼名品细推排[4]。重重香腑脏,偏殢圣贤杯[5]。

[注释]

①庆元元年至二年(1195—1196)作。 叶仲洽:上饶人,事历不详。羊桃:果名。《游宦纪闻》:“闽中有嘉果,荔枝、龙眼、橄榄之外,又有……羊桃,皆他处所无。”《竹窗杂录》:“三山羊桃,七八月熟,味酸而有韵。” ②荔枝来:用杨贵妃喜食荔枝典。《新唐书·杨贵妃传》:“妃嗜荔枝,必欲生致之。乃致骑传送,走数千里,味未变已至京师。”杜牧《过华清宫》

诗："一骑红尘妃子笑，无人知是荔枝来。" ③"闻道"二句：有一巴人有橘园，秋霜后诸橘尽收，惟馀两橘，大如三斗盎。众人异之，即令摘下，剖之，每橘有二叟，鬓眉皤然，肌体红润。有一叟曰："橘中之乐，不减商山，但不得深根固蒂，为愚人摘下耳。"见牛僧孺《玄怪录》卷三。 ④推排：考校，评定。 ⑤圣贤杯："时科禁酒，而邈私饮至于沉醉，校事赵达问以曹事，邈曰：'中圣人。'达白之太祖，太祖甚怒。度辽将军鲜于辅进曰：'平日醉客谓酒清者为圣人，浊者为贤人。邈性修慎，偶醉言耳。'竟坐得免。……车驾幸许昌，问邈曰：'颇复中圣人不？'邈曰：'不能自惩，时复中之。然宿瘤以丑见传，而臣以醉见识。'帝大笑。"见《三国志·魏志·徐邈传》。

临江仙

诸葛元亮席上见和，再用韵[①]

夜语南堂新瓦响，三更急雨珊珊[②]。交情莫作细沙团。死生贫富际，试向此中看[③]。 记取他年耆旧传，与君名字牵连[④]。清风一枕晚凉天。觉来还自笑，此梦倩谁圆[⑤]。

[注释]

①庆元二年（1196）作。 ②"夜语"二句："他时夜雨困移床，坐厌愁声点客肠。一听南堂新瓦响，似闻东坞小荷香。"见苏轼《南堂》诗。 ③"交情"三句："下邽翟公为廷尉，宾客亦填门。及废，门外可设雀罗。后复为廷尉，客欲往，翟公大署其门曰：'一死一生，乃知交情。一贫一富，乃知交态。一贵一贱，交情乃见。'"见《汉书·郑当时传》。 ④"记取"二句：耆旧传即《襄阳耆旧记》，又名《襄阳耆旧传》，晋习凿齿撰。诸葛亮少时家襄阳邓县，《耆旧传》中有记诸葛亮生平事迹。此谓诸葛元亮事迹将继诸葛亮之后而见载于史传之中。 ⑤"此梦"句：谓占梦以占凶吉。

南乡子

送赵国宜赴高安户曹,赵乃茂嘉郎中之子。茂嘉尝为高安幕官,题诗甚多[1]

日日老莱衣[2],更解风流蜡凤嬉[3]。膝上放教文度去[4],须知。要使人看玉树枝[5]。 剩记乃翁诗,绿水红莲觅旧题[6]。归骑春衫花满路,相期。来岁流觞曲水时。

[注释]

①赵国宜:不详。 高安:郡名。宋曰筠州高安郡,今江西高安。四卷本丁集题作“送筠州赵司户。茂中之子。茂中尝为筠州幕官,题诗甚多”。 ②老莱衣:“老莱子至孝,年七十,着五色斑斓衣,弄雏乌于亲侧。”见《老子传》。 ③“更解”句:“僧虔,僧绰弟也。父昙首与兄弟集会子孙,任其戏。…… 僧绰采蜡烛珠为凤凰,僧达夺取打坏,亦复不惜。……或云僧虔采烛珠为凤凰,弘称其长者云。”见《南史·王僧虔传》。 ④“膝上”句:“王文度为桓公长史,时桓为儿求王女,王许咨蓝田。即还,蓝田爱念文度,虽长大犹抱膝上。”见《世说新语·方正》。文度为王坦之字,蓝田谓其父王述。 ⑤玉树:形容人的体貌气质。见《世说新语·言语》。 ⑥绿水红莲:“(王俭)乃用杲之为卫将军长史。安陆侯萧缅与俭曰:‘盛府元僚,实难其选,庾景行泛绿水,依芙蓉,何其丽也。时人以入俭府为莲花池,故缅书美之。’”见《南史·庾杲之传》。

玉楼春

乐令谓卫玠:“人未尝梦捣齑、餐铁杵,乘车入鼠穴。”以谓世无是事故也。余谓世无是事而有是理,乐所谓无,犹云有也。戏作数语以明之[1]

有无一理谁差别,乐令区区犹未达。事言无处未尝无,试把所无凭理说。 伯夷饥采西山蕨[2],何异捣齑餐杵铁。仲尼去卫又之陈[3],此是乘车穿鼠穴。

[注释]

①“乐令”四句：“卫玠总角时，问乐令梦，乐云：‘是想。’卫曰：‘形神所不接而梦，岂有想邪？’乐云：‘因也。未尝梦乘车入鼠穴，捣齑噉铁杵，皆因无想无故也。’”见《世说新语·文学》。四卷本丁集“犹云”作“犹之”，上片“犹未”作“浑未”，下片“穿鼠穴”作“入鼠穴”。　②“伯夷”句：“伯夷、叔齐，孤竹君之子也。……武王已平殷乱，天下宗周，而伯夷、叔齐耻之。义不食周粟，隐于首阳山，采薇而食之。及饿且死，作歌，其辞曰：‘登彼西山兮，采其薇矣。以暴易暴兮，不知其非矣。神农、虞、夏，忽焉没兮，我安适归矣。于嗟徂兮，命之衰矣。’遂饿死于首阳山。”见《史记·伯夷列传》。　③“仲尼”句：“居卫月馀，灵公与夫人同车，宦者雍渠参乘车，使孔子为次乘，招摇市过之，孔子曰：‘吾未见好德如好色者也。’于是去卫。……遂至陈，主于司城贞子家。”见《史记·孔子世家》。

玉楼春

隐湖戏作①

客来底事逢迎晚②，竹里鸣禽寻未见。日高犹苦圣贤中，门外谁酣蛮触战③。　多方为渴寻泉遍，何日成阴松种满。不辞长向水云来，只怕频频鱼鸟倦。

[注释]

①约庆元三年至四年（1197—1198）作。　隐湖：地名。《铅山县志·山川志》：“隐湖山在崇义乡，去县东二十里。”注者按：稼轩所居瓢泉，即在铅山县东二十五里处，盖与隐湖相连。此词有“多方为渴泉寻遍，何日成阴松种满”二句，与前《永遇乐》（停云新种杉松）词中“何日成阴”云云，所指正为一事，因知停云堂应为稼轩在隐湖山上所葺造之建筑。　②底事：犹言何事。　③蛮触战：“有国于蜗之左角者曰触氏，有国于蜗之右角者曰蛮氏，时相与争地而战，伏尸数万，逐北旬有五日而后反。”见《庄子·则阳》。

玉楼春

戏赋云山

何人半夜推山去，四面浮云猜是汝。常时相对两三峰，走遍溪头无觅处。　　西风瞥起云横度，忽见东南天一柱①。老僧拍手笑相夸，且喜青山依旧住。

［注释］

①天一柱：指浮云被西风吹散，云山露出，犹如天柱一样，矗立在面前。或谓指铅山县南旌孝乡之天柱峰。

［集评］

卓人月、徐士俊云："一气呵成，无穷转折。"（《古今词统》卷八）

玉楼春

用韵答傅岩叟、叶仲洽、赵国兴①

青山不会乘云去，怕有愚公惊著汝②。人间踏地出租钱③，借使移将无著处。　　三星昨夜光移度，妙语来题桥上柱④。黄花不插满头归⑤，定倩白云遮且住。

［注释］

①傅岩叟：即傅栎，屡见。　四卷本丁集题作"用韵答国兴、仲洽、岩叟"。　②愚公：《列子·汤问》载有愚公移山之故事。汝指山。　③"人间"句：唐武宗年间，茶商过江淮州县之地，皆"有重税。或掠夺车马，露积雨中，诸道置邸以抽税，谓之蹋地钱"。见《新唐书·食货志》。　④"三星"二句：谓题中三人所赋之句。据《太平御览》卷七十三引《华阳国志》司马相如曾题词于成都升仙桥柱。　⑤"黄花"句："菊花须插满头归。"见杜牧《九日齐山登高》诗。黄花即菊花。

玉楼春

效白乐天体[①]

少年才把笙歌盏，夏日非长秋夜短。因他老病不相饶，把好心情都做懒。　　故人别后书来劝[②]，乍可停杯强吃饭[③]。云何相遇酒边时，却道达人须饮满。

[注释]

①与次二首同作于庆历六年(1046)。　白乐天体：当指白居易的闲适诗。　②"故人"二句：故人指杜叔高。前《玉蝴蝶》有题曰"叔高书来戒酒"。　③乍可：宁可。

玉楼春

用韵答吴子似县尉[①]

君如九酝台黏盏[②]，我似茅柴风味短[③]。几时秋水美人来，长恐扁舟乘兴懒。　　高怀自饮无人劝，马有青刍奴白饭。向来珠履玉簪人，颇觉斗量车载满。

[注释]

①四卷本丁集题作"用韵答子似"。　②"君如"句："汉制，宗庙八月饮酎，用九酝、太牢。以正月旦作酒，八月成，名曰酎，一曰九酝。"见《西京杂记》卷一。白居易《蔷薇正开春酒初熟招同僚饮》诗："如饧气味绿粘台。"　③茅柴：指恶酒。韩驹《茅柴酒》诗："惯饮茅柴谙苦硬，不知如蜜有香醪。"

玉楼春

用韵答叶仲洽[①]

狂歌击碎村醪盏，欲舞还怜衫袖短。心如溪上钓矶闲,身似道旁官堠懒。　　山中有酒提壶劝[2],好语多君堪鲊饭。至今有句落人间,渭水西风黄叶满。[3]

[注释]

①叶仲洽:不详。四卷本丁集题作“用韵呈仲洽”;上片“心如”、“身似”作“身如”、“心似”;“叶满”下无注文。　②“山中”句:“提壶犹能劝沽酒。”见黄庭坚《演雅》诗。任渊注:“提壶,鸟名,梅圣俞《四禽言》云:‘提壶芦,沽美酒,风为宾,树为友。山花撩乱目前开,劝尔今朝千万寿。’”　③原注:“谚云:馋如鹞子,懒如堠子。”

鹧鸪天

和人韵,有所赠[1]

趁得东风汗漫游,见他歌后怎生愁[2]。事如芳草春长在,人似浮云影不留。　　眉黛敛,眼波流。十年薄幸谩扬州[3]。明朝短棹轻衫梦,只在溪南罨画楼[4]。

[注释]

①绍熙元年至二年(1190—1191)作。　②后:即今口语之啊。③“十年”句:“十年一觉扬州梦。”见杜牧《遣怀》诗。　④罨画楼:彩画楼。高似孙《纬略》卷七《彩画》条:“《墨客挥犀》曰:‘罨画,今之生色也。’余尝谓五彩彰施于五服,此固生色之始也。”

鹧鸪天

过峡石,用韵答吴子似[1]

叹息频年廪未高[2],新词空贺此丘遭。遥知醉帽时时落,见说吟鞭步步摇。　　乾玉唾,秃锥毛[3]。只今明月费招邀[4]。最怜乌鹊南飞句,不解风流见二乔[5]。

[注释]

①庆元四年至六年(1198—1200)作。 ②“叹息”句:谓连年未获丰收。苏轼《东坡八首》其一:“喟然释来叹,我廪何时高。” ③“乾玉唾”二句:指砚与笔。 ④明月费招邀:化用李白《月下独酌》诗“举杯邀明月”句。 ⑤“最怜”二句:曹操《短歌行》有“月明星稀,乌鹊南飞”二句。杜牧《赤壁》诗:“东风不与周郎便,铜雀春深锁二乔。”此盖化用杜牧诗句,嘲曹操不能得二乔。

鹧鸪天

重九席上作

戏马台前秋雁飞[①],管弦歌舞更旌旗。要知黄菊清高处,不入当年二谢诗[②]。 倾白酒,绕东篱。只于陶令有心期[③]。明朝重九日浑潇洒,莫使尊前欠一枝。

[注释]

①戏马台:彭城西南有项羽戏马台,宋武帝曾于重九登之。 ②“要知”二句:二谢即谢灵运、谢朓。二谢不咏菊花。 ③“倾白酒”三句:指陶渊明。陶《饮酒》诗有“采菊东篱下”之句。

鹧鸪天

睡起即事[①]

水荇参差动绿波,一池蛇影噤群蛙。因风野鹤饥犹舞,积雨山栀病不花。 名利处,战争多。门前蛮触日干戈[②]。不知更有槐安国,梦觉南柯日未斜。

[注释]

①与次首同作于庆元中。 ②“名利处”三句:指庆元党禁。庆元元年韩侂胄贬逐赵汝愚之后,复于以后三四年间设置伪学籍,申严伪学之

禁。稼轩于家居之际亦复为言路弹击。

鹧鸪天

有　感

出处从来自不齐，后车方载太公归①。谁知孤竹夷齐子，正向空山赋采薇②。　黄菊嫩，晚香枝。一般同是采花时。蜂儿辛苦多官府③，蝴蝶花间自在飞。

[注释]

①"后车"句："太公望吕尚者，东海上人。……周西伯猎，果遇太公于渭之阳，与语，大说。曰：'……吾太公望子久矣。'故号之曰太公望，载与俱归，立为师。"见《史记·齐太公世家》。　②"谁知"二句："伯夷、叔齐，孤竹君之子也。……武王已平殷乱，天下宗周，而伯夷、叔齐耻之。义不食周粟，隐于首阳山，采薇而食之。及饿且死，作歌，其辞曰：'登彼西山兮，采其薇矣。以暴易暴兮，不知其非矣。神农、虞、夏，忽焉没兮，我安适归矣。于嗟徂兮，命之衰矣。'遂饿死于首阳山。"见《史记·伯夷列传》。　③"蜂儿"句：蜂儿辛苦是由于蜂衙过多。　官府：借指蜂衙，即蜂房。

鹧鸪天

吴子似过秋水①

秋水长廊水石间，有谁来共听潺湲。羡君人物东西晋，分我诗名大小山②。　穷自乐，懒方闲。人间路窄酒杯宽。看君不了痴儿事，又似风流靖长官③。

[注释]

①庆元四年至六年(1198—1200)作。　秋水：即秋水观。　②大小山："《招隐士》者，淮南小山之所作也。昔淮南王安博雅好古，招怀天下

俊伟之士，自八公之徒，咸慕其德而归其仁。各竭才智，著作篇章。分造辞赋，以类相从，故或称小山，或称大山，其义犹《诗》有小雅、大雅也。”见王逸《楚辞章句》。 ③靖长官：“靖不知何许人，唐僖宗时为登封令，既而弃官学道，遂仙去，隐其姓而以名显，故世谓之靖长官。”见曾慥《集仙传》。

［集评］

卓人月、徐士俊云：“‘味无味、材不材’，‘东西晋，大小山’等语，凌云台铢两均平，而常随风摇动。”（《古今词统》卷七）

鹧鸪天

有客慨然谈功名，因追念少年时事，戏作①

壮岁旌旗拥万夫，锦襜突骑渡江初②。燕兵夜娖银胡騄，汉箭朝飞金仆姑③。 追往事，叹今吾。春风不染白髭须④。却将万字平戎策，换得东家种树书⑤。

［注释］

①约庆元六年（1200）作。 少年时事：指青年时期的一段抗金经历。稼轩生于北地，宋高宗绍兴三十一年，金主亮大举南侵，时稼轩二十二岁，聚众起义，后归耿京，为掌书记。次年春，奉表归宋，于北返海州途中，闻叛将张安国杀耿投金，遂率轻骑五十馀夜袭金营，捉叛张而兼程南渡，献俘朝廷。事详《宋史》本传。时人洪迈《稼轩记》誉之云：“壮声英概，懦士为之兴起，圣天子一见三叹息。”本词上片正是回忆这一段英雄往事。 ②锦襜突骑：襜为短上衣；突骑指突击敌军的骑兵。张孝祥《水调歌头》：“少年荆楚剑客，突骑锦襜红。” ③“燕兵”二句：描述夜闯金营，活捉叛将之场面。 燕兵：即金兵。 银胡騄：银色的箭袋。既用以盛箭，又兼用于夜测远处声响。杜佑《通典·守拒法》：“令人枕空胡騄卧，有人马行三十里外，东西南北皆响于胡騄中，名曰‘地听’，则先防备。” 娖（chuò）：谨慎貌。 金仆姑：箭名。《左传·庄公十一年》：“公以金仆姑射南宫长万。” ④“春风”句：“好景能消光景，春风不染髭鬚。”见欧阳修

《圣无忧》词。 ⑤“却将”二句：谓空有壮志宏略，只落得种树田园。万字平戎策：稼轩南归后，曾先后上《美芹十论》和《九议》，力陈抗金战略，但未得朝廷重视。 种树书：研究栽培树木之书。《史记·秦始皇本纪》记始皇焚书“所不去者，医书、卜筮、种树之书”。 却：《全宋词》作“都”。

[集评]

卓人月、徐士俊云：“（‘燕兵’二句）用珠玉金银，最忌浓俗，若尧章‘剪烛屡呼金凿落，倚窗闲品玉参差’，与此并雅。”（《古今词统》卷七）

陈廷焯云：“‘却将万字平戎策，换得东家种树书。’哀而壮，得毋有烈士暮年之慨耶？”（《白雨斋词话》卷一）

又云：“放翁《蝶恋花》云：‘早信此生终不遇，当年悔草《长杨赋》。’情见乎词，更无一毫含蓄处。稼轩《鹧鸪天》云：‘却将万字平戎策，换得东家种树书。’亦即放翁之意，而气格迥乎不同。彼浅而直，此郁而厚也。”（《白雨斋词话》卷八）

鹧鸪天

寿吴子似县尉，时摄事城中[①]

上巳风光好放怀，故人犹未看花回[②]。茂林映带谁家竹，曲水流传第几杯[③]。 摛锦绣，写琼瑰[④]。长年富贵属多才。要知此日生男好，曾有周公祓禊来[⑤]。

[注释]

①庆元四年至六年（1198—1200）作。 四卷本丁集题无“吴”、“县尉”三字，上片“故人”作“忆君”。 ②“故人”句：赵彦端原唱有“曾几何时，故山疑梦还非”与“可人怀抱，晚期莲社相依”句，时已闲退，故此有“人已归来”数语相和。 杜鹃：又名子规，其声如“不如归去”。 ③“茂林”二句：“此地有崇山峻岭，茂林修竹；又有清流激湍，映带左右，引以为流觞曲水，列坐其次。”见王羲之《兰亭集序》。 ④写琼瑰：“声伯梦涉洹，或与己琼瑰食之，泣而为琼瑰，盈其怀。从而歌之曰：‘济洹之水，赠我

以琼瑰。归乎归乎，琼瑰盈我怀。'"见《左传·成公十七年》。苏轼《送郑户曹》诗："迟君为坐客，新诗出琼瑰。" ⑤"要知"二句："昔周公成洛邑，因流水以泛酒，故逸诗曰：'羽觞随波流。'"见《续齐谐》。吴子似上巳生日，故云。

鹧鸪天

再赋牡丹①

去岁君家把酒杯，雪中曾见牡丹开。而今纨扇薰风里，又见疏枝月下梅。　　欢几许，醉方回。明朝归路有人催。低声待向他家道，带得歌声满耳来。

[注释]

①庆元四年至六年(1198—1200)作。

鹊桥仙

赠鹭鸶

溪边白鹭，来吾告汝。溪里鱼儿堪数。主人怜汝汝怜鱼，要物我、欣然一处。　　白沙远浦，青泥别渚。剩有鰕跳鳅舞。任君飞去饱时来，看头上、风吹一缕。

西江月

寿钱塘弟，正月十六日，时新居成①

画栋新垂帘幕，华灯未放笙歌。一杯潋滟泛金波，先向太夫人贺。　　富贵吾应自有，功名不用渠多。只将绿鬓抵羲娥②，金印须教斗大。

[注释]

①庆元四年至六年(1198—1200)作。　钱塘弟:指知钱塘县之弟。据《咸淳临安志》所载钱塘县令姓名,程松之后为辛助。《宋史·程松传》谓程于庆元中知钱塘县,知县期间因谄事吴曦以结韩侂胄,迁监察御史,除同知枢密院事。“自宰邑至执政才四年”。据《宋史·宰辅表》,程松降同知枢密院在嘉泰元年八月,则其由钱塘知县而得迁除,在庆元四、五年间,辛助知钱塘应为庆元五、六年间。刘宰《范南伯行述》谓辛助为范氏四婿之一,或谓辛助即辛祐之。广信书院本题作“寿祐之,时新居落成”。　②羲娥:羲和、嫦娥,指日月,意即光阴。

西江月

癸丑正月四日,自三山被召,经从建安,席上和陈安行舍人韵[①]

风月亭危致爽,管弦声脆休催。主人只是旧情怀。锦瑟旁边须醉。　　玉殿何须侬去,沙堤正要公来[②]。看看红药又翻阶[③],趁取西湖春会。

[注释]

①癸丑:绍熙四年(1193)。　三山:指福州。　建安:唐为建安郡,南宋改建宁府,在今福建省。　陈安行:陈居仁字安行,莆田人。绍熙三年进焕章阁待制,移建宁府。楼钥《攻媿集》卷八十九有《华文阁直学士奉政大夫致仕赠金紫光禄大夫陈公行状》。四卷本丁集题作“正月四日和建宁陈安行舍人,时被召”,上片“情怀”作“时怀”,下片“正要”作“只要”。　②沙堤:唐时初拜宰相,使人载沙填路,由府邸至城东街,曰沙堤。　③看看:转眼之间。

西江月

三山作[1]

贪数明朝重九，不知过了中秋。人生有得许多愁。惟有黄花如旧。　万象亭中殢酒[2]，九江阁上扶头[3]。城鸦唤我醉归休，细雨斜风时候[4]。

[注释]

①绍熙三年(1192)帅闽时作。　②万象亭："万象亭，燕堂之北。绍兴十四年叶梦得创建。"见《淳熙三山志·公厅》。　③九江阁："九仙楼，楼下东衣锦阁，西五云阁。旧小厅之西南有清风楼、爽心阁，即此也。楼，旧有之；阁，嘉祐八年元给事绛创。熙宁间更名九仙楼、赏心阁。"见《淳熙三山志·公厅》。　④"细雨"句："斜风细雨不须归。"见张志和《渔歌子》。

西江月

遣　兴

醉里且贪欢笑，要愁那得工夫。近来始觉古人书，信著全无是处[1]。　昨夜松边醉倒，问松我醉何如。只疑松动要来扶，以手推松曰去。

[注释]

①"近来"二句："尽信《尚书》则不如无《尚书》，吾于《武成》，取二三策而已矣。仁人无敌于天下，以至仁伐至不仁，而何其血之流杵也。"见《孟子·尽心》。

西江月

和晋臣登悠然阁[1]

一柱中擎远碧，两峰旁倚高寒。横陈削就短长山。

莫把一分增减[2]。　　我望云烟目断,人言风景天悭。被公诗笔尽追还,更上层楼一览。

[注释]

①晋臣:赵不遇字晋臣。　②“莫把”句:“增之一分则太长,减之一分则太短。”见宋玉《登徒子好色赋》。

西江月

堂上谋臣帷幄,边头猛将干戈。天时地利与人和[1],燕可伐与曰可[2]。　　此日楼台鼎鼐,他时剑履山河。都人齐和大风歌[3],管领群臣来贺。

[注释]

①“天时”句:“天时不如地利,地利不如人和。”见《孟子·公孙丑下》。②“燕可”句:“沈同以其私问曰:‘燕可伐与?’孟子曰:‘可。’”　③大风歌:刘邦酒酣击筑自歌,“大风起兮云飞扬,威加海内兮归故乡,安得猛士兮守四方。”见《史记·高祖本纪》。

生查子

独游西岩[1]

青山招不来,偃蹇谁怜汝。岁晚太寒生[2],唤我溪边住。　　山头明月来,本在高高处。夜夜入清溪,听读离骚去。

[注释]

①西岩:在上饶县南。　②太寒生:“生”字在此为语助词。

生查子

简吴子似县尉[①]

高人千丈崖，太古储冰雪。六月火云时，一见森毛髮。　俗人如盗泉[②]，照眼都昏浊。高处挂吾瓢[③]，不饮吾宁渴。

[注释]

①庆元六年(1200)作。四卷本丁集题无“吴”、“县尉”三字，上片“太古”作“千古”。　②盗泉：“孔子过于盗泉，渴矣而不饮，恶其名也。”见《尸子》。下文“不饮吾宁渴”句亦出于此。　③挂瓢：“许由手捧水饮，人遗一瓢，饮讫，挂木上。风吹有声，由以为烦，去之。”见《逸士传》。

卜算子

饮酒败德[①]

盗跖倘名丘[②]，孔子还名跖。跖圣丘愚直至今，美恶无真实。　简册写虚名，蝼蚁侵枯骨。千古光阴一霎时，且进杯中物。

[注释]

①与下二首同作于庆元元年(1195)。　②盗跖：“柳下季之弟名曰盗跖。盗跖从卒九千人，横行天下，侵暴诸侯，穴室枢户，驱人牛马，娶人妇女，贪得忘亲，不顾父母兄弟，不祭先祖，所过之邑，大国守城，小国入保，万民苦之。”见《庄子·盗跖》。

卜算子

饮酒成病

一个去学仙，一个去学佛。仙饮千杯醉似泥，皮骨如金石。　　不饮便康强，佛寿须千百。八十馀年入涅槃[①]，且进杯中物。

[注释]

①"八十"句：佛家谓释迦牟尼年八十，圆寂于跋陀河之遮罗双树间。涅槃，谓永离诸趣，入不生不灭之门，亦曰圆寂。

卜算子

饮酒不写书

一饮动连宵，一醉长三日。废尽寒暄不写书，富贵何由得。　　请看冢中人，冢似当时笔[①]。万札千书只恁休，且进杯中物。

[注释]

①"请看"二句："长沙僧怀素，好草书，自言得草圣三昧。弃笔堆积，埋于山下，号曰笔冢。"见《国史补》卷中。

卜算子

齿　落

刚者不坚牢，柔者难摧挫。不信张开口了看，舌在牙先堕[①]。　　已阙两边厢，又豁中间个。说与儿曹莫笑翁，狗窦从君过[②]。

[注释]

①"刚者"四句：刚者指牙，柔者指舌。　②"狗窦"句："张吴兴年八岁，齿亏，先达知其不常。故戏之曰：'君口中何为开狗窦。'张应声答曰：'正使君辈从此中出入。'"见《世说新语·排调》。

卜算子

用庄语

一以我为牛，一以吾为马[①]。人与之名受不辞[②]，善学庄周者。　江海任虚舟[③]，风雨从飘瓦。醉者乘车坠不伤，全得于天也[④]。

[注释]

①“一以”二句：“泰氏，其卧徐徐，其觉于于，一以己为马，一以己为牛，其知情信，其德甚真，而未始入于非人。”见《庄子·应帝王》。　②“人与”句：“昔者子呼我牛也而谓之牛，呼我马也而谓之马。苟有其实，人与之名而弗受，再受其殃。”见《庄子·天道》。　③“江海”句：“君其涉于江而浮于海，望之而不见其崖，愈往而不知其所穷。……方舟而济于河，有虚船来触舟，虽有忮心之人不怒。人能虚己以游，世其孰能害之。”见《庄子·山木》。　④“风雨”三句：“夫醉者之坠车，虽疾不死。骨节与人同而犯害与人异，其神全也。……彼得全于酒而犹若是，而况得全天乎？圣人藏于天，故莫之能伤也。复仇者不折镆干，虽有忮心者不怨飘瓦。是以天下平均，故无攻战之乱。”见《庄子·达生》。

[集评]

卓人月、徐士俊云：“四词（按：另三首指同调‘夜雨醉瓜庐’、‘珠玉作泥沙’、‘千古李将军’）意气所寄，可击唾壶而歌之。”（《古今词统》卷四）

卜算子

夜雨醉瓜庐[①]，春水行秧马[②]。点检田间快活人，未有如翁者。　秃尽兔毫锥[③]，磨透铜台瓦[④]，谁伴扬雄作解嘲，乌有先生也。

[注释]

①瓜庐:"焦先及杨沛并作瓜牛庐止其中。……瓜当作蜗,……先等作圜舍形如蜗牛蔽,故谓之蜗牛庐。"见《三国志·魏书·管宁传》裴注。②秧马:拔秧苗时用的坐具。苏轼有《秧马歌》。 ③"秃尽"句:谓毛笔。李白《醉后赠王历阳》诗:"书秃千兔毫,诗裁两牛腰。" ④铜台瓦:指砚。相传用曹操所筑铜雀台之遗瓦做成。见《春渚纪闻》卷九。

卜算子

珠玉作泥沙[①],山谷量牛马[②]。试上累累丘垄看,谁是强梁者[③]。 水浸浅深檐,山压高低瓦。山水朝来笑问人,翁早归来也[④]。

[注释]

①"珠玉"句:"鼎铛玉石,金块珠砾……奈何取之尽锱铢,用之若泥沙。"见杜牧《阿房宫赋》。 ②"山谷"句:"乌氏倮畜牧,及众,斥卖。求奇缯物,间献遗戎王。戎王什倍其偿。与之畜,畜至用谷量马牛。"见《史记·货殖列传》。 ③强梁:"强梁者不得其死。"见《老子》。 ④早:早晚,何时。 原注:"早,去声。"

卜算子

千古李将军,夺得胡儿马。李蔡为人在下中,却是封侯者[①]。 芸草去陈根,笕竹添新瓦[②]。万一朝家举力田,舍我其谁也[③]。

(以上《稼轩词》丁集)

[注释]

①"千古"四句:李将军即李广,李蔡为李广从弟。李广英勇善战,一次伤病被俘时,"暂腾而上胡儿马,因推坠儿,取其弓,鞭马南驰数十里,复

得其馀军”，战功卓著，然不得爵邑，官不过九卿；而李蔡“名声出广下甚远”，却为列侯，位至三公。详见《史记·李将军列传》。　②笕竹：引水之管。　③“舍我”句：用《孟子·公孙丑》成句。

［集评］

先著云：“南渡以后名家，长词虽极意琱镌，小调不能不敛手。以其工出意外，无可著力也。稼轩本色自见，亦足赏心。”（《词洁辑评》卷一）

哨　遍

赵昌父之祖季思学士，退居郑圃，有亭名鱼计，宇文叔通为作古赋[①]。今昌父之弟成父[②]，于所居凿池筑亭，榜以旧名。昌父为成父作诗，属余赋词，余为赋《哨遍》。庄周论“于蚁弃知，于鱼得计，于羊弃意”，其义美矣。然上文论虱托于豕而得焚，羊肉为蚁所慕而致残，下文将并结二义，乃独置豕虱不言。而遽论鱼，其义无所从起。又间于羊蚁两句之间，使羊蚁之义离不相属，何耶？其必有深意存焉，顾后人未之晓耳。或言蚁得水而死，羊得水而病，鱼得水而活，此最穿凿，不成义趣。余尝反复寻绎，终未能得，意世必有能读此书而了其义者，他日倘见之而问焉。姑先识余疑于此词云尔

池上主人，人适忘鱼，鱼适还忘水。洋洋乎，翠藻青萍里。想鱼兮、无便于此。尝试思，庄周正谈两事。一明豕虱一羊蚁。说蚁慕于膻，于蚁弃知，又说于羊弃意。甚虱焚于豕独忘之，却骤说于鱼为得计[③]。千古遗文，我不知言，以我非子。　子固非鱼，噫。鱼之为计子焉知[④]。河水深且广，风涛万顷堪依。有网罟如云，鹈鹕成阵，过而留泣计应非[⑤]。其外海茫茫，下有龙伯[⑥]，饥时一啖千里。更任公五十犗为饵，使海上人人厌腥味[⑦]。似鹍鹏、变化能几[⑧]。东游入海，此计直似命为嬉。古来谬算狂图，五鼎烹死[⑨]，指为平地。嗟鱼欲事远游时。请三思而行可矣[⑩]。

[注释]

①赵昌父:赵蕃字昌父。 季思学士:指赵叡,为昌父之高祖,曾作鱼计亭。周必大《平园续稿·跋鱼计亭赋》:"蜀人宇文公虚中为荥阳赵公叡作《鱼计亭赋》,引物连类,开阖古今,深得东坡、颍滨之笔势。" 宇文叔通:宇文虚中字叔通,华阳人,大观进士。宋室南渡,使金被留,金人号为国师。后被诬谋反,全家焚死。宋人以其不忘故国,赠谥肃愍。《宋史》、《金史》皆有传。 ②成父:昌父之弟,号定庵,见戴复古《二老歌》,叶适《鱼计亭》诗。 ③"甚虱"二句:庄周论豕虱羊蚁及鱼得计,见《庄子·徐无鬼》。 ④"子固非鱼"三句:《庄子·秋水》记惠子语,"我非子,固不知子矣;子固非鱼矣,子之不知鱼之乐全矣。" ⑤"有网"三句:"鱼不畏网而畏鹈鹕。"见《庄子·外物》。又《古乐府》:"枯鱼过河泣,何时悔复及。" ⑥龙伯:"龙伯之国有大人,举足不盈数步,而暨五山之所,一钓而连六鳌,合负而趣归其国。"见《列子·汤问》。 ⑦"更任公"二句:"任公子为大钩巨缁,五十犗以为饵,蹲乎会稽,投竿东流,旦旦而钓,期年不得鱼。已而大鱼食之,牵巨钩錎没而下,骛扬而奋鬐,白波若山,海水震荡。……任公子得若鱼,离而腊之,自此河以东,苍梧以北,莫不厌其鱼者。"见《庄子·外物》。 ⑧"似鹍鹏"句:"北冥有鱼,其名曰鲲。鲲之大不知其几千里也。化而为鸟,其名为鹏。鹏之背不知其几千里也。"见《庄子·逍遥游》。 ⑨"五鼎"句:"丈夫生不五鼎食,死则五鼎烹耳。"见《汉书·主父偃传》。 ⑩"请三思"句:《论语·公冶长》谓季文子"三思而后行"。

[集评]

卓人月、徐士俊云:"逸趾方外,纵在矩中。远而望之,隺焉若沮岑崩崖;就而察之,一字不可移。"(《古今词统》卷十六)

兰陵王

己未八月二十日夜[①],梦有人以石研屏见饷者,其色如玉,光润可爱,中有一牛,磨角作鬥状。云:"湘潭里中有张其姓者,多力善鬥,号张难敌。一日,与人搏,偶败,忿赴河而死,居三日,其家人来视之,浮水上,则牛耳。自后,并水之山,往往有此石,或得之,里中辄不利。"梦中异之,为作诗数百言,大抵皆取

古之怨愤变化异物等事，觉而忘其言，后三日，赋词以识其异

恨之极，恨极销磨不得。苌弘事，人道后来，其血三年化为碧[②]。郑人缓也泣，吾父攻儒助墨。十年梦，沉痛化余，秋柏之间既为实[③]。　相思重相忆。被怨结中肠，潜动精魄。望夫江上岩岩立[④]。嗟一念中变，后期长绝。君看启母愤所激，又俄顷为石[⑤]。　难敌，最多力。甚一忿沉渊，精气为物。依然困鬥牛磨角。便影入山骨[⑥]，至今雕琢。寻思人世，只合化，梦中蝶[⑦]。

[注释]

①己未：庆元五年（1199）。　②“苌弘”三句：“苌弘死于蜀，藏其血，三年化而为碧。”见《庄子·外物》。　③“郑人”五句：“郑人缓也，呻吟裘氏之地，只三年而缓为儒。河润九里，泽及三族。使其弟墨。儒墨要与辩，其父助翟，十年而缓自杀。其父梦之，曰：‘使而子为墨者予也，盍释胡尝视其良，既为秋柏之实也。’”见《庄子·列御寇》。注：“缓见梦其父，言弟之为墨，是我之力，何不试视我冢上，所种秋柏已结实矣。冤魂告语，深致其怨。”　④“望夫”句：“武昌北山上有望夫石。相传昔有贞女，携子饯夫从役，立而望死，形化为石。”见《幽明录》。　⑤“君看”二句：“朕用事华山，至于中岳，见夏后启母石。”见《汉书·武帝本纪》。注：“启生而母化为石。”　⑥山骨：指石。韩愈《石鼎联句》诗有“巧匠斫山骨”句。　⑦“只合化”二句：“昔者庄周梦为蝴蝶，栩栩然蝴蝶也。……俄然觉，则蘧蘧然周也。”见《庄子·齐物论》。

[集评]

沈曾植云：“《兰陵王》，己未八月二十日。按己未为庆元五年，是时侂胄方严伪学之禁，赵忠简卒于贬所。苌弘血碧，儒墨相争，托意甚微，非偶然涉笔也。”（《稼轩长短句小笺》）

梁启超云：“词文恢诡冤愤，盖借以摅其积年胸中块磊不平之气。”（《辛稼轩先生年谱》）

贺新郎

赋海棠[①]

著厌霓裳素。染胭脂、苎罗山下[②]，浣沙溪渡。谁与流霞千古酝[③]，引得东风相误。从臾入、吴宫深处[④]。鬓乱钗横浑不醒[⑤]，转越江、刬地迷归路。烟艇小，五湖去[⑥]。

当时倩得春留住。就锦屏一曲，种种断肠风度[⑦]。才是清明三月近，须要诗人妙句。笑援笔、殷勤为赋。十样蛮笺纹错绮[⑧]，粲珠玑、渊掷惊风雨。重唤酒，共花语。

［注释］

①约淳熙九年至十四年(1182—1187)间作。　②苎罗山：在浙江诸暨市南五里，西施所居之处。下临浣江，江中有浣纱石。　③流霞千古酝：《论衡·道虚》记好道学仙者项曼斯语，"去时有数仙人，将我上天，离月数里而止。居月之旁，其寒凄怆。口饥欲食，辄饮我流霞一杯。每饮一杯，数月不饥。"　④从臾：怂恿，鼓动。　吴宫深处：越王勾践为吴所败，乃以西施献于吴王夫差，深得宠幸。　⑤"鬓乱"句："上皇登沉香亭，召太真妃子，妃子时卯醉未醒，命力士从侍儿持掖而至。妃子醉颜残妆，鬓乱钗横，不能再拜。上皇笑曰：'岂是妃子醉，直海棠睡未足耳。'"见《太真外传》。　⑥"转越江"三句：世传越复平吴，西施乃随范蠡去，后随范蠡泛舟湖中。　刬地：犹言无端。　⑦断肠风度："昔有妇人思所欢不见，辄涕泣，恒洒泪于北墙之下。后洒处生草，其花甚媚，色如妇面……名断肠花，又名八月春，即今之秋海棠也。"见《嫏嬛记》卷中引《采兰杂志》。⑧十样蛮笺：杨慎《升庵诗话》卷一引《成都古今记》谓十样笺为"深红、粉红、杏红、明黄、深青、浅青、深绿、浅绿、铜绿、浅云十色"。

贺新郎

又　和[①]

碧海成桑野。笑人间，江翻平陆，水云高下。自是三山颜色好[②]，更著雨婚烟嫁。料未必、龙眠能画[③]。拟向诗人求幼妇[④]，倩诸君、妙手皆谈马[⑤]。须进酒，为陶写。

回头鸥鹭瓢泉社[⑥]。莫吟诗、莫抛尊酒，是吾盟也。千骑而今遮白髮，忘却沧浪亭榭[⑦]。但记得、灞陵呵夜[⑧]。我辈从来文字饮，怕壮怀、激烈须歌者。蝉噪也，绿阴夏。

[注释]

①绍熙三年(1192)作。原唱为前《贺新郎》(翠浪吞平野)。 ②三山：指福州。 ③龙眠：北宋画家李公麟，字伯时，晚号龙眠。 ④幼妇：曹操与杨修曾过曹娥碑下，见碑背有题"黄绢幼妇，外孙齑臼"八字，曹操谓杨修曰："解不？"答曰："解。"曹操曰："卿未可言，待我思之。"行三十里，曹操乃曰："吾已得。"命杨修别记所知。杨修曰："黄绢，色丝也，于字为绝；幼妇，少女也，于字为妙；外孙，女子也，于字为好；齑臼，受辛也，于字为辞。所谓绝妙好辞也。"见《世说新语·捷悟》。 ⑤谈马：一碑阴面有"谈马砺毕，壬田数七"八字，人皆不能晓。徐延休一见为之解曰：谈马，言午；言午，许字。砺毕，石碑；石碑，碑字。壬田，千里；千里，重字。数七，是六一；六一，立字。"此碑文原为汉许劭为太守许馘所撰，开元中许氏子孙重刻之。见《青箱杂记》卷七。 ⑥鸥鹭瓢泉社：稼轩有《水调歌头·盟鸥》、《水龙吟·题瓢泉》二词。 ⑦沧浪亭：借指带湖家园。 ⑧灞陵呵夜：叹恨亭尉醉眼匆匆，不识英雄。 灞陵：即霸陵，汉文帝陵墓。

[集评]

卓人月、徐士俊云："'但记得、灞陵呵夜'，繁促伤听。"(《古今词统》卷十六)

贺新郎

再用前韵[①]

鸟倦飞还矣[②]。笑渊明、瓶中储粟，有无能几[③]。莲社高人留翁语[④]，我醉宁论许事。试沽酒、重斟翁喜。一见萧然音韵古,想东篱、醉卧参差是。千载下,竟谁似。　元龙百尺高楼里[⑤]。把新诗、殷勤问我,停云情味[⑥]。北夏门高从拉攞,何事须人料理[⑦]。翁曾道、繁华朝起[⑧]。尘土人言宁可用,顾青山、与我何如耳。歌且和,楚狂子[⑨]。

[注释]

①嘉泰元年(1201)作。前韵:指《贺新郎》(甚矣吾衰矣)。　②“鸟倦”句:“云无心以出岫,鸟倦飞而知还。”见陶渊明《归去来兮辞》。　③“笑渊明”二句:“予偶读渊明《归去来辞》云:‘幼稚盈室,瓶无储粟。’乃知俗传信而有征。此翁平生只于瓶中见粟也耶!”见苏轼《书渊明〈归去来辞序〉》。　④“莲社”句:陶渊明有《止酒》诗。然“远法师与诸贤结莲社,以书招渊明。渊明曰:‘若许饮则往。’许之,遂造焉”。见《莲社高贤传》。⑤“元龙”句:三国时,许汜见陈登,陈登久不与语,使许睡下床,而自卧大床。许汜诉于刘备,刘备曰:“君有国士高名,今天下大乱,帝王失所,望君忧国忘家,有救世之意。而君求田问舍,言无可采。是元龙(陈登字)所讳也,何缘当与君语。如小人,欲卧百尺楼上,卧君于地,何但上下床之间耶!”　⑥“停云”句:“停云,思亲友也。罇湛新醪,园列初荣,愿言不从,叹息弥襟。”诗凡四首。　⑦“北夏”二句:“任恺既失权势,不复自检括。或谓和峤曰:‘卿何以坐视元裒(任恺字)败而不救?’曰:‘元裒如北夏门,拉攞自欲坏,非一木所能支。’”见《世说新语·任诞》。拉攞:破败。　⑧“翁曾道”句:“采采荣荣,于兹托根。繁华朝起,慨暮不存。”见陶渊明《荣木》诗。　⑨“歌且和”二句:“楚狂接舆歌而过孔子曰:‘凤兮凤兮,何德之衰。往者不可谏,来者犹可追。已而,已而,今之从政者殆而!’”见《论语·微子》。

贺新郎

用前韵再赋[①]

肘后俄生柳[②]。叹人生、不如意事,十常八九。右手淋浪才有用,闲却持螯左手[③]。谩赢得、伤今感旧。投阁先生惟寂寞，笑是非、不了身前后[4]。持此语，问乌有。　　青山幸自重重秀。问新来、萧萧木落，颇堪秋否。总被西风都瘦损，依旧千岩万岫。把万事、无言搔首。翁比渠侬人谁好，是我常、与我周旋久。宁作我，一杯酒。

（以上《稼轩长短句》卷一）

[注释]

①前韵：指前《贺新郎》（路入门前柳）。　②"肘后"句："支离叔与滑介叔观冥伯之丘、昆仑之虚，黄帝之所休。俄而柳生其左肘。"见《庄子·至乐》。柳，指瘤。　③"右手"二句：自谓英雄无用武之地。毕茂世为人旷达，曾曰："一手持蟹螯，一手持酒杯……便足了一生。"见《世说新语·任诞》。　④"投阁"二句：子云，扬雄字。据《汉书·扬雄传》，王莽为巩固其统治地位，大批诛杀异己。时扬雄校书天禄阁上，治狱使者来，欲收雄；雄恐不能自免，乃从阁上跳下，几乎摔死。扬雄在《解嘲》中曾以"惟寂惟寞，守德之宅"自许，故京师人讥之曰："惟寂寞，自投阁。"

念奴娇

和信守王道夫席上韵[1]

风狂雨横，是邀勒园林[2]，几多桃李。待上层楼无气力，尘满栏干谁倚。就火添衣，移香傍枕，莫卷朱帘起。元宵过也，春寒犹自如此。　　为问几日新晴，鸠鸣屋上[3]，鹊报檐前喜[4]。揩拭老来诗句眼，要看拍堤春水。月下凭肩，花边系马，此兴今休矣。溪南酒贱，光阴只在弹指。

[注释]

①绍熙三年（1192）作。　王道夫：名自中，时知信州。　②邀勒：犹

言箝制、抑勒。 ③"鸠鸣"句:"鸠,阴则屏逐其妇,晴则呼之。语曰:天欲雨,鸠逐妇;既雨,鸠呼妇。"见陆佃《埤雅》。 ④"鹊报"句:鹊遇雨后新晴,则喜而噪。又《田家杂占》:"鹊噪檐前,主有佳客及喜事。"

念奴娇[①]

洞庭春晚,旧传恐是,人间尤物。收拾瑶池倾国艳,来向朱栏一壁。透户龙香[②],隔帘莺语,料得肌如雪。月妖真态,是谁教避人杰[③]。 酒罢归对寒窗,相留昨夜,应是梅花发[④]。赋了高唐犹想像[⑤],不管孤灯明灭。半面难期,多情易感,愁点星星髮。绕梁声在,为伊忘味三月[⑥]。

[注释]

①与前《念奴娇·瓢泉酒酣和东坡韵》同韵,同作于绍熙元年或二年(1190—1191)。 ②龙香:即龙涎香。 ③"月妖"二句:唐武三思得一妓女素娥,善弹五弦,世之殊色。曾宴集公卿大夫,唯狄仁杰称疾未至。后数日复宴,仁杰至。三思特延之坐于内寝,请先出素娥,以观其色艺。然素娥匿而不知所至,三思寻之,于堂奥隙中闻其语:"某非他怪,乃花月之妖。上帝遣来,亦以多言荡公之兴,将兴李氏。今梁公(仁杰)乃时之正人,某固不敢见。"见《甘泽谣》。 ④"相留"二句:"相思一夜梅花发,忽到窗前疑是君。"见卢仝《有所思》。 ⑤"赋了"句:"报道金钗坠也,十指露笋纤长。亲曾见,全胜宋玉,想象赋高唐。"见苏轼《满庭芳·佳人》。此谓不见伊人,虽已赋词,意犹未尽。 ⑥"绕梁"二句:谓歌声动听。绕梁:战国歌者韩娥鬻歌乞食,馀音绕梁,三日不绝。见《列子·汤问》。忘味三月:孔子闻韶音,三月不知肉味。见《论语·述而》。

念奴娇

余既为傅岩叟两梅赋词,傅君用席上有请云:"家有四古梅,今百年矣,未有以品题,乞援香月堂例。"欣然许之,且用前

篇体制戏赋[①]

是谁调护，岁寒枝、都把苍苔封了。茅舍疏篱江上路，清夜月高山小。摸索应知，曹刘沈谢[②]，何况霜天晓。芬芳一世，料君长被花恼。　　惆怅立马行人，一枝最爱，竹外横斜好[③]。我向东邻曾醉里，唤起诗家二老[④]。拄杖而今，婆娑雪里，又识商山皓[⑤]。请君置酒，看渠与我倾倒。

[**注释**]

①庆元六年(1200)前作。　傅君用：不详。　前篇体制：指前同调《赋傅岩叟香月堂两梅》。　②"摸索"二句：《隋唐嘉话》卷中记许敬宗语，"卿自难记，若遇何(逊)、刘(孝绰)、沈(约)、谢(朓)，暗中摸索着亦可识。"此云"曹、刘"，当误记为曹植、刘桢。　③"惆怅"三句："东坡先生心已灰，为爱君诗被花恼。多情立马待黄昏，残雪消迟月早出。江天千树春欲闇，竹外一支斜更好。"见苏轼《和秦太虚梅花》诗。　④"我向"二句：谓傅岩叟香月堂两梅花事。诗家二老即李白及白居易。　⑤商山皓：商山四皓，秦始皇时见政虐，共入商雒，隐地肺山。见《高士传》。傅君用家有四古梅，皆白色，故以商山四皓作比。

沁园春

戊申岁，奏邸忽腾报，谓余以病挂冠，因赋此[①]

老子平生，笑尽人间，儿女怨恩。况白头能几，定应独往，青云得意，见说长存。抖擞衣冠，怜渠无恙，合挂当年神武门[②]。都如梦，算能争几许，鸡晓钟昏[③]。　　此心无有新冤。况抱瓮年来自灌园[④]。但凄凉顾影，频悲往事，殷勤对佛，欲问前因。却怕青山，也妨贤路，休鬥尊前见在身[⑤]。山中友，试高吟楚些，重与招魂[⑥]。

[注释]

①淳熙十五年(1188)作。"奏邸"句:宋于京城置进院,诸路州郡各有进奏吏,以传朝廷命令,称邸报或朝报。至南宋乃有小报,时有撰造命令,妄传事端。稼轩于淳熙八年冬被劾罢官闲居上饶已有七年,忽有邸报"以病挂冠"之谣,因有此作。 ②"抖擞"三句:陶弘景善琴棋书法,未成年时,被引荐为诸王侍读。陶虽身居显贵,却长期闭门杜客,后挂官服于神武门上,上表辞官离去。见《南史·陶弘景传》。此借以指理当急流勇退,及时挂冠归去。 ③"都如梦"三句:谓纵然邸奏给自己延官七年,又有什么意思。 ④"此心"二句:谓心境清澈,一无亲怨之别,何况隐居多年。新冤:邓本作亲冤。《五灯会元》:"佛教慈悲,亲怨平等。" 抱瓮灌园:《庄子·天地》谓子贡过汉阴,见一老人在菜园"抱瓮而出灌"。 ⑤"休鬥"句:"休论世上升沉事,且鬥尊前见在身。"见牛僧孺《赠刘梦得》诗。⑥"山中友"三句:"楚些"即《楚辞》,《楚辞》有《招魂》,此借喻招归田园。

沁园春

期思旧呼奇狮,或云棋帅,皆非也。余考之荀卿书云:"孙叔敖,期思之鄙人也。"期思属弋阳郡。此地旧属弋阳县。虽古之弋阳、期思,见之图记者不同,然有弋阳则有期思也。桥坏复成,父老请余赋,作《沁园春》以证之①

有美人兮,玉佩琼琚,吾梦见之。问斜阳犹照,渔樵故里,长桥谁记,今古期思。物化苍茫,神游仿佛,春与猿吟秋鹤飞②。还惊笑,向晴波忽见,千丈虹霓。 觉来西望崔嵬。更上有青枫下有溪。待空山自荐,寒泉秋菊,中流却送,桂棹兰旗。万事长嗟,百年双鬓,吾非斯人谁与归。凭阑久,正清愁未了,醉墨休题。

[注释]

①与下二首同于绍熙三年(1192)前作。荀卿语,见《荀子·非相》。桥即期思桥,在县东二十里,见《铅山县志》。 ②"春与"句:本韩愈《罗

池庙碑》"侯出游兮暮来归，春与猿吟兮秋鹤与飞"。

沁园春

答余叔良[1]

我试评君，君定何如，玉川似之[2]。记李花初发，乘云共语，梅花开后，对月相思[3]。白发重来，画桥一望，秋水长天孤鹜飞[4]。同吟处，看珮摇明月，衣卷青霓。　相君高节崔嵬。是此处耕岩与钓溪[5]。被西风吹尽，村箫社鼓，青山留得，松盖云旗。吊古愁浓，怀人日暮，一片心从天外归[6]。新词好，似凄凉楚些，字字堪题。

[注释]

①余叔良：不详。　②玉川：唐诗人卢仝自号玉川子，其诗为韩愈所赏识。　③"记李花"四句：用卢仝事。韩愈《李花》诗："夜领张彻投卢仝，乘云共至玉皇家。"卢仝《有所思》："相思一夜梅花发，忽到窗前疑是君。"　④"秋水"句：化用王勃《滕王阁序》"落霞与孤鹜齐飞，秋水共长天一色"语。　⑤耕岩与钓溪：耕岩谓傅说于相殷之前隐于傅岩之下；钓溪指吕尚于相周之前，年老而隐居垂钓渭南之磻溪。　⑥"一片"句：刘禹昭为诗刻苦，不惮风雪，有句云："句向夜深得，心从天外归。"见《诗话总龟》卷十。

沁园春

答杨世长[1]

我醉狂吟，君作新声，倚歌和之。算芬芳定向，梅间得意，轻清多是，雪里寻思。朱雀桥边，何人会道，野草斜阳春燕飞[2]。都休问，甚元无霁雨，却有晴霓。　诗坛千丈崔嵬。更有笔如山墨作溪。看君才未数，曹刘敌手，风骚合受，屈宋降旗[③]。谁识相如，平生自许，慷慨须乘驷马归。长安路，问垂虹千柱，何处曾题[④]。

（以上《稼轩长短句》卷二）

[注释]

①杨世长：不详。 ②"朱雀桥"三句："朱雀桥边野草花，乌衣巷口夕阳斜。旧时王谢堂前燕，飞入寻常百姓家。"见刘禹锡《乌衣巷》诗。 ③"看君才"四句：谓杨世长可与曹植、刘桢、屈原、宋玉匹敌。 ④"谁识"六句："城北十里有升仙桥，有送客观。司马相如初入长安，题市门曰：'不乘高车驷马，不过汝下也。'"见《华阳国志》卷三《蜀志》。

[集评]

卓人月、徐士俊云："倚韵和歌，辛词最盛，无不天然辐辏，有水到渠成之趣。"（《古今词统》卷十五）

水调歌头[①]

落日古城角，把酒劝君留。长安路远[②]，何事风雪敝貂裘。散尽黄金身世，不管秦楼人怨[③]，归计狎沙鸥[④]。明夜扁舟去，和月载离愁。　功名事，身未老，几时休。诗书万卷，致身须到古伊周[⑤]。莫学班超投笔，纵得封侯万里，憔悴老边州[⑥]。何处依刘客，寂寞赋登楼[⑦]。

[注释]

①淳熙元年（1174）作。 ②长安：借指南宋京师临安。 ③"散尽"二句："洛阳苏季子，剑戟森词锋。……黄金数百镒，白璧有几双。散尽空掉臂，高歌赋还邛。"又《忆秦楼》词："箫声咽，秦娥梦断秦楼月。"见李白《魏郡别苏明府因北游》。 ④"归计"句：《列子·黄帝》载，海上有人好鸥鸟，每天清晨至海上，便有数百鸥鸟和他相游为乐。其父闻之，命他捉几只供玩耍。次日，鸥鸟便起机心，飞舞不下。谓忘却机心，人鸟为伍，实

则忘却尘世之心。 ⑤“诗书”二句：意同杜甫《奉赠韦左丞丈二十二韵》“读书破万卷，下笔如有神。……致君尧舜上，再使风俗淳”。 伊周：指伊尹与周公旦，分别为商、周之开国勋臣。 ⑥“莫学”三句：班超家贫，常为官佣书。曾辍投笔叹曰：“大丈夫无他志略，犹当效傅介子、张骞，立功异域，以取封侯，安能久事笔砚间乎？”后从窦固击北匈奴贵族，并坚守于疏勒等地。永元三年，任西域都护，后封定远侯。在西域生活达三十一年。详《后汉书·班超传》。 ⑦“何处”二句：指王粲。董卓作乱，王粲避难荆州，依刘表十二年置闲不用。遂登江陵城楼，抒还归之心。危惧之情，作《登楼赋》。

水调歌头

和赵景明知县韵①

官事未易了②，且向酒边来。君如无我，问君怀抱向谁开。但放平生丘壑③，莫管旁人嘲骂，深蛰要惊雷。白髮还自笑，何地置衰颓。 五车书，千石饮，百篇才。新词未到，琼瑰先梦满吾怀④。已过西风重九，且要黄花入手，诗兴未关梅⑤。君要花满县，桃李趁时栽⑥。

［注释］

①淳熙七年(1180)作。 赵景明：名奇伟，曾宰江陵县。 ②“官事”句：袭用杨济与傅咸书中语，见《晋书·傅咸传》。 ③平生丘壑：“渔钓于一壑，则万物不奸其志；栖迟于一丘，则天下不易其乐。”见《汉书·叙传》。 ④“琼瑰”句：指名文章瑰丽如珍宝。 ⑤“诗兴”句：反用杜甫《和裴迪逢早梅相忆见寄》诗“东阁官梅动诗兴”句。 ⑥“君要”二句：指晋潘岳为河阳令，种桃李满县。

水调歌头

寿赵漕介庵[①]

千里渥洼种，名动帝王家[②]。金銮当日奏草，落笔万龙蛇[③]。带得无边春下，等待江山都老，教看鬓方鸦。莫管钱流地，且拟醉黄花[④]。　　唤双成，歌弄玉，舞绿华[⑤]。一觞为饮千岁，江海吸流霞[⑥]。闻道清都帝所，要挽银河仙浪，西北洗胡沙[⑦]。回首日边去[⑧]，云里认飞车[⑨]。

［注释］

①乾道四年(1168)作。　赵介庵：名彦端，时任江南东路漕运副使。　②"千里"二句：渥种，天马神驹。《史记·武帝本纪》载，时有骏马生于渥洼水(今甘肃安西境内)中，人献于朝廷。武帝以为天马，并作《天马》歌。此喻赵介庵。　帝王家：赵系宋室宗亲，故云。　③龙蛇：喻笔势飞动。苏轼《西江月》："十年不见老仙翁，壁上龙蛇飞动。"　④"莫管"二句：暂却漕务，把酒对菊，一醉方休。　钱流地：《新唐书·刘晏传》谓刘晏善理财政，"能权万货轻重，使天下无甚贵贱而物常平，自言如见钱流地上"。此借以颂赵。　黄花：既指菊花以点节令(介庵生日在重阳节前一、二日)，又兼指黄花酒。许浑《寄题华严韦秀才院》诗："秋摘黄华酝酒浓。"　⑤双成、弄玉、绿华：神话传说中能歌善舞、才貌双绝之仙女。分别见《汉武内传》、《列仙传》、《真诰·运象》。此借指赵府中之歌舞伎。　⑥流霞：指美酒。　⑦"闻道"三句：谓近闻朝廷有北伐中原、驱金复国之意。　清都帝所：传说中天帝所居之处，此借指南宋朝廷。　"要挽"二句：化用杜甫《洗兵马》"安得壮士挽天河，净洗甲兵长不用"诗意。　⑧日边：君主身边。　⑨云里飞车："奇肱氏能为飞车，从风远行。"见《帝王世纪》。此喻赵氏青云直上。

水调歌头

再用韵，呈南涧[①]

千古老蟾口，云洞插天开。涨痕当日何事，汹涌到崔嵬。攫土抟沙儿戏，翠谷苍崖几变[②]，风雨化人来。万里须臾耳，野马骤空埃[③]。　笑年来，蕉鹿梦[④]，画蛇杯[⑤]。黄花憔悴风露，野碧涨荒莱。此会明年谁健[⑥]。后日犹今视昔，歌舞只空台。爱酒陶元亮[⑦]，无酒正徘徊。

[注释]

①淳熙九年(1182)作。原韵见前同调《九日游云洞和韩南涧尚书韵》(今日复何日)。　②"翠谷"句："百川沸腾，山冢崒崩，高岸为谷，深谷为陵。"见《诗经·小雅·十月之交》。　③"野马"句：语出《庄子·逍遥游》。王先谦《庄子集解》引成玄英语："青春之时，阳气发动，遥望薮泽，犹如奔马，故谓之野马。"　④蕉鹿梦：郑人有薪于野者，遇惊鹿，击而毙之。恐人见之，藏于隍中，覆之以蕉。俄而忘其所藏之处。遂以为梦，顺途而咏其事。傍有一人闻之，得鹿而归。见《列子·周穆王》。　⑤画蛇杯：应劭谓其"祖父郴为汲令，以夏至日诣见主簿杜宣，赐酒。时北壁上有悬赤弩，照于杯，形如蛇，宣畏恶之，然不敢不饮，其日便得胸腹痛切。妨损饮食，大用羸露，攻治万端不为愈。后郴因事过至宣家窥视，问其变故，云畏此蛇，蛇入腹中。郴还听事，思惟良久，顾见悬弩，必是也。则使门下史将铃下侍，徐扶辇载宣于故处设酒，杯中故复有蛇。因谓宣曰：'此壁上弩影耳，非有他怪。'宣遂解，甚夷怿。由是瘳平"。见《风俗通义》卷九《世间多见怪惊怖以自伤者》。　⑥"此会"句："阮籍九日会亲友曰：'人生如风中烛，尊酒何必拒其满。不知明年今日再开此会，是谁强健。'"见《五百家注杜诗》。　⑦"爱酒"句：袭用苏轼《乘舟过贾收》诗中句。

水调歌头

提干李君索余赋《秀野》、《绿绕》二诗，余诗寻医久矣，姑合二榜之意，赋《水调歌头》以遗之。然君才气不减流辈，岂求田问舍而独乐其身耶①

文字觑天巧②，亭榭定风流。平生丘壑③，岁晚也作稻粱谋。五亩园中秀野，一水田将绿绕，穲稏不胜秋④。饭饱对花竹，可是便忘忧⑤。　吾老矣，探禹穴，欠东游⑥。君家风月几许⑦，白鸟去悠悠。插架牙签万轴，射虎南山一骑，容我揽须不⑧。更欲劝君酒，百尺卧高楼。

［注释］

①淳熙九年(1182)作。　李君：即李泳，时为坑冶司干办官，分局信州。　秀野：《全宋词》作"野秀"。　求田问舍：与下片结句"百尺卧高楼"，三国时，许汜见陈登，陈登久不与语，使许睡下床，而自卧大床。许汜诉于刘备，刘备曰："君有国士高名，今天下大乱，帝王失所，望君忧国忘家，有救世之意。而君求田问舍，言无可采。是元龙(陈登字)所讳也，何缘当与君语。如小人，欲卧百尺楼上，卧君于地，何但上下床之间耶!"　②"文字"句："规模背时利，文字觑天巧。人皆馀酒肉，予独不得饱。"见韩愈《送孟东野》诗。　③"平生"句："渔钓于一壑，则万物不奸其志；栖迟于一丘，则天下不易其乐。"见《汉书·叙传》。　④"五亩"三句：赋题中"秀野"句与"绿绕"之意。苏轼《司马君实独乐园》诗有"中有五亩园，花竹秀而野"之句。王安石《书湖阳先生壁》诗有"一水护田将绿绕，两山排闼送青来"之句，此化用其意。　穲稏：稻名。　⑤可是：犹言岂能。　⑥"吾老矣"三句：意谓年纪已老，不能像司马迁那样四处考察，掌握写作素材。《史记·太史公自序》："二十而游江淮，上会稽，探禹穴。"　⑦"君家"句："翰林风月三千首，吏部文章二百年。"见欧阳修《寄王介甫》诗。翰林指李白，与李泳同姓，故云"君家"。　⑧"插架"三句：谓李泳文武双齐，令人仰慕。　"容我"句："潇洒使君殊不俗，尊前容我揽须不?"见苏轼《次韵答邦直子由》诗。

水调歌头

送杨民瞻[①]

日月如磨蚁，万事且浮休[②]。君看檐外江水，滚滚自东流。风雨瓢泉夜半[③]，花草雪楼春到[④]，老子已菟裘[⑤]。岁晚问无恙，归计橘千头[⑥]。　梦连环，歌弹铗，赋登楼[⑦]。黄鸡白酒，君去村社一番秋。长剑倚天谁问，夷甫诸人堪笑，西北有神州[⑧]。此事君自了，千古一扁舟。

[注释]

①淳熙末或绍熙初(1189或1190)作。　杨民瞻：不详。　②"日月"二句：言时光流逝，世间万事有生有灭，是自然规律。　日月如磨蚁：有人以磨盘喻宇宙，以磨盘上的蚂蚁喻日月，"磨左旋而蚁右去，磨急而蚁迟，故不得不随磨以左旋"。见《晋书·天文志》。　浮休：喻生、灭。《庄子·刻意》："其生若浮，其死若休。"　③瓢泉：稼轩于绍熙五年筑居瓢泉，庆元二年徙居于此。　④雪楼：稼轩带湖居所之楼名。　⑤菟裘：春秋时鲁地名，在今山东泰安东南。鲁隐公曾命人在菟裘建宅，以便隐退后居住。见《左传·隐公十一年》。　⑥橘千头：三国时丹阳太守李衡曾遣人至武陵龙阳种橘千株。临终时谓其儿曰：吾家有"千头木奴(橘)"，足够汝岁岁使用。见《襄阳耆旧传》。　⑦"梦连环"三句：谓杨民瞻如冯谖、王粲、怀才不遇，故日夜思念返回家乡。　梦连环：梦中还家。　歌弹铗：齐人冯谖贫不能自存，后寄食孟尝君门下。居有顷，谖倚柱弹其剑歌曰："长歌归来乎，食无鱼。"见《战国策·齐策四》。　赋登楼：指王粲。董卓作乱，王粲避难荆州，依刘表十二年置闲不用。遂登江陵城楼，抒还归之心。危惧之情，作《登楼赋》。　⑧"长剑"三句：谓执政清谈误国，爱国志士请缨无门。　长剑倚天："长剑耿耿倚天外。"见宋玉《大言赋》。

水调歌头

三山用赵丞相韵,答帅幕王君,且有感于中秋近事,并见之末章[1]

说与西湖客[2],观水更观山。淡妆浓抹西子[3],唤起一时观。种柳人今天上[4],对酒歌翻水调,醉墨卷秋澜。老子兴不浅[5],歌舞莫教闲。　看尊前,轻聚散,少悲欢。城头无限今古,落日晓霜寒。谁唱黄鸡白酒[6],犹记红旗清夜,千骑月临关。莫说西州路[7],且尽一杯看。

[注释]

①绍熙三年(1192)帅闽时作。　三山:福州。　赵丞相:指赵汝愚。　②西湖:赵汝愚帅福建时,曾浚疏福州西湖。　③"淡妆"句:"欲将西湖比西子,淡妆浓抹总相宜。"见苏轼《饮湖上初晴雨后》。苏轼咏杭州西湖。苏轼知杭时,也曾疏浚西湖。此借以赞美福州西湖,并兼有颂赵之意。　④种柳人:指赵汝愚。赵疏浚西湖时,曾筑堤栽柳,详刘光祖《宋丞相忠定赵公墓志铭》。　今天上:指赵汝愚今在朝供职。　⑤"老子"句:用庾亮登南楼与诸名士赏月事。老子,此用以自指。　⑥黄鸡白酒:谓隐退后之田园生活。李白《南陵别儿童入京》诗:"白酒新熟山中归,黄鸡啄黍秋正肥。"　⑦"莫说"句:西州路指西州城,故址在今江苏南京朝天宫西。东晋时城在台城西,又为扬州治所。晋谢安重于朝廷,但隐退东山之志,始终不渝。后病笃请求还乡,不许,诏还京师。当他路经西州门时,深感违志逆意之痛。他死后,其甥羊昙悲伤悼念,行不经西州门。事见《晋书·谢安传》。

水调歌头

即席和金华杜仲高韵,并寿诸友,惟酹乃佳耳[1]

万事一杯酒,长叹复长歌。杜陵有客,刚赋云外筑婆娑[2]。须信功名儿辈,谁识年来心事,古井不生波[3]。种种看余髮[4]，积雪就中多。　　二三子，问丹桂，倩素娥[5]。平生萤雪，男儿无奈五车何[6]。看取长安得意，莫恨春风看尽，花柳自蹉跎[7]。今夕且欢笑，明月镜新磨。

[注释]

①杜仲高：未详。或谓即杜叔高。　此词疑庆元六年（1200）前作。②“杜陵”二句：杜甫自称杜陵布衣，此借指杜仲高。刚赋句则指仲高原唱。　③“谁识”二句：“年来烦恼尽，古井无由波。”见苏轼《出都来陈所乘船上有小诗八首聊为和之》。　④“种种”句：头髮短少稀疏貌。据《左传·昭公三年》，卢蒲嫳请求归隐，对齐侯曰：“余髮如此种种，余奚能为。”　⑤“向丹桂”二句：意谓准备举业。世以登科第为折桂。又传说唐明皇游月宫，见素娥十馀人游于桂树之下，见《罗公远传》。　⑥“平生”二句：谓刻苦读书。　萤雪：晋车胤曾以囊盛萤照读，孙康曾于冬夜映雪读书。五车即五车书，喻书之多。　⑦“看取”三句：“孟郊及第，有诗云：‘……春风得意马蹄疾，一日看尽长安花。’一日之间，花却看尽，何其速也。”见《唐诗纪事》卷三十五。

水调歌头

赋傅岩叟悠然阁[1]

岁岁有黄菊，千载一东篱。悠然政须两字，长笑退之诗[2]。自古此山元有，何事当时才见，此意有谁知。君起更斟酒，我醉不须辞。　　回首处，云正出，鸟倦飞[3]。重来楼上，一句端的与君期[4]。都把轩窗写遍，更使儿童诵得，归去来兮辞。万卷有时用，植杖且耘耔。

[注释]

①庆元中作。　②“悠然”二句：韩愈有长诗《南山》，凡二百有二韵。③“云正出”二句：与下文“植杖且耘耔”均化用陶渊明《归去来兮辞》中语。　④端的：犹言真个。

水调歌头

赋松菊堂[①]

渊明最爱菊，三径也栽松[②]。何人收拾，千载风味此山中。手把离骚读遍，自扫落英餐罢[③]，杖屦晓霜浓。皎皎太独立，更插万芙蓉[④]。　　水潺湲，云澒洞[⑤]，石宠嵸[⑥]。素琴浊酒唤客，端有古人风。却怪青山能巧[⑦]，政尔横看成岭，转面已成峰[⑧]。诗句得活法，日月有新工[⑨]。

（以上《稼轩长短句》卷三）

［注释］

①松菊堂：不详。　②"渊明"二句："三径就荒，松菊犹存。"见陶渊明《归去来兮辞》。　③"手把"二句："夕餐秋菊之落英。"见屈原《离骚》。④"皎皎"二句：意谓松菊堂之倒影插入荷花丛中。　⑤澒洞：指弥漫。⑥宠嵸（lóng sǒng）：堆积貌。　⑦能：同"恁"。　⑧"政尔"二句："横看成岭侧成峰，远近高低各不同。"见苏轼《题西林壁》诗。　⑨"诗句"二句："自得之，忽然有入，然后惟意所出，万变不穷，是名活法。"见吕本中《江西宗派诗序》。黄庭坚《寄杜家父》诗："径欲题诗嫌浪许，杜郎觅句有新工。"

满江红

中　秋[①]

美景良辰，算只是、可人风月。况素节扬辉[②]，长是十分清彻。著意登楼瞻玉兔[③]，何人张幕遮银阙。倩飞廉、得得为吹开[④]，凭谁说。　　弦与望，从圆缺。今与昨，何区别。羡夜来手把，桂花堪折。安得便登天柱上[⑤]，从容陪伴酬佳节。更如今，不听麈谈清[⑥]，愁如髮。

[注释]

①乾道中作。　②素节：中秋节。　③玉兔：代指月。傅玄《拟天问》："月中有时？白兔捣药。"　④飞廉：一作"蜚帘"，指风伯。《汉书》卷八十七扬雄《反离骚》："鸾皇腾而不属兮，岂独蜚帘与云师。"注："应劭曰：'蜚帘，风伯也。'"　得得：犹言特地。　⑤登天柱：九华山有天柱峰。道士赵知微于中秋节遍召诸生，谓曰："能升天柱峰玩月不？"少顷，曳杖而出，诸生景从，及峰之巅，举卮酒，咏郭仆《游仙》诗数篇，以至月隐远山，方归山舍。见唐皇甫枚《三水小牍》卷上。　⑥麈谈清：魏晋名士清谈，常持麈尾。后因称客座清谈为麈谈。

满江红[1]

点火樱桃，照一架、荼蘼如雪。春正好，见龙孙穿破[2]，紫苔苍壁。乳燕引雏飞力弱，流莺唤友娇声怯。问春归、不肯带愁归，肠千结。　层楼望，春山叠。家何在，烟波隔。把古今遗恨，向他谁说。蝴蝶不传千里梦，子规叫断三更月。听声声、枕上劝人归，归难得[3]。

[注释]

①亦乾道中作。　②龙孙："俗间呼笋为龙孙。"见僧赞宁《笋谱·杂说》。　③"蝴蝶"四句："蝶蝴梦中家万里，杜鹃枝上月三更。……自是不归归便得，五湖烟景有谁争？"见唐崔涂《春夕旅怀》诗。蝴蝶梦，化用《庄子·齐物论》庄周梦为蝴蝶之典。子规又称杜鹃，其声犹"不如归去"。

满江红[1]

汉水东流，都洗尽、髭胡膏血。人尽说、君家飞将，旧时英烈[2]。破敌金城雷过耳，谈兵玉帐冰生颊[3]，想王郎、结髪赋从戎，传遗业[4]。　腰间剑，聊弹铗[5]。尊中酒，堪为别。况故人新拥,汉坛旌节[⑥]。马革裹尸当自誓,蛾眉伐性休重说[⑦]。但从今、记取楚楼风,裴台月[⑧]。

[注释]

①淳熙四年(1177)作。是年春,稼轩由京西路转运判官改官江陵知府兼湖北安抚使。据词意,当为送李姓友人去汉中作,然其人不详。 ②"人尽说"二句:言友人为李广之后,无愧于先人英烈。西汉名将李广,善于用兵,作战英勇,屡败匈奴,被匈奴誉为"飞将军"。 ③"破敌"二句:谓李广用兵神速,通晓兵机。 金城:言城之坚,如金铸成。 玉帐:主帅军帐之美称。颜之推《观我生赋》:"守金城之汤也,转绛宫之玉帐。" 冰生颊:言其谈兵论战明快爽利,辞锋逼人,如齿间喷射冰霜。苏轼《浣溪沙》词:"论兵齿颊带风霜。" ④"想王郎"二句:言友人少年从军,继承祖业。王郎:指王粲,他少年时曾避乱荆州,后随曹操西征汉中,作《从军》诗五首,此喻李姓友人。 结髮:束髮,表示成年。《汉书·李广传》谓李广"结髮与匈奴大小七十馀战"。 ⑤"腰间"二句:齐人冯谖贫不能自存,后寄食孟尝君门下。居有顷,谖倚柱弹其剑歌曰:"长歌归来乎,食无鱼。"见《战国策·齐策四》。 ⑥汉坛旌节:暗用刘邦筑坛拜韩信为大将事。见《汉书·高帝纪》。 ⑦"马革"二句:激励友人驰骋沙场,休恋儿女情事。《后汉书·马援传》记马援语:"男儿要当死于边,以马革裹尸还葬耳,何能卧床上在儿女子手中耶!"枚乘《七发》:"皓齿蛾眉,命曰伐性之斧。" ⑧"记取"二句:"楚台风,庾楼月,宛如昨。"见王安石《千秋岁引》。楚台,即兰台。故址在今湖北江陵。宋玉《风赋》云,他曾和楚襄王同游兰台,披襟迎风。庾楼,一称南楼,在今湖北鄂州市。东晋庾亮为荆州刺史时,曾偕部属登斯赏月,见《世说新语·容止》。

满江红[①]

风卷庭梧,黄叶坠、新凉如洗。一笑折、秋英同赏,弄香挼蕊。天远难穷休久望,楼高欲下还重倚。拚一襟、寂寞泪弹秋,无人会。 今古恨,沉荒垒。悲欢事,随流水。想登楼青鬓,未堪憔悴。极目烟横山数点,孤舟月淡人千里。对婵娟、从此话离愁,金尊里。

[注释]

①约淳熙六七年(1179—1180)作。

满江红[1]

紫陌飞尘,望十里、雕鞍绣毂。春未老、已惊台榭,瘦红肥绿[2]。睡雨海棠犹倚醉,舞风杨柳难成曲[3]。问流莺、能说故园无,曾相熟。　岩泉上,飞凫浴。巢林下,栖禽宿。恨荼蘼开晚,谩翻船玉。莲社岂堪谈昨梦[4],兰亭何处寻遗墨[5]。但羁怀、空自倚秋千,无心蹴。

[注释]

①嘉泰四年(1204)作。　②瘦红肥绿:"应是绿肥红瘦。"见李清照《如梦令》。　③"舞风"句:六朝有《折杨柳》曲,唐有《柳枝》曲。　④莲社:东晋远法师曾与诸贤结莲社。有《莲社高贤传》。　⑤"兰亭"句:王羲之曾与诸友于上巳日宴集于会稽山阴之兰亭,自为序文并书之。

满江红

和卢国华[1]

汉节东南,看驷马、光华周道。须信是、七闽还有,福星来到[2]。庭草自生心意足,榕阴不劝秋光好[3]。问不知、何处著君侯,蓬莱岛。　还自笑,人今老。空有恨,萦怀抱。记江湖十载,厌持旌纛[4]。濩落我材无所用,易除殆类无根潦[5]。但欲搜、好语谢新词,羞琼报[6]。

[注释]

①绍熙四年(1193)作。 卢国华:卢彦德,字国华,丽水人,曾任福建转运判官。 ②"汉节"四句:时卢国华任福建提点刑狱使,故云。 汉节:汉代置绣衣使者,均衣绣持节,捕逐盗贼。宋代提点刑狱使即其官。周道:东西大道。 七闽:"叔熊避难于濮蛮,随其俗后分七种,故谓之七闽。"见《周礼·职方氏》疏。后称福建为闽,亦称七闽。 ③榕阴:福州多榕树,故亦号榕阴。 ④"记江湖"二句:稼轩自乾道八年至淳熙八年,曾屡任郡守、提刑、漕使、安抚等职,为时十年左右,故云。 ⑤"易除"句:"潢潦无根源,朝满夕已除。"见韩愈《符读书城南》诗。 ⑥琼报:"投我以木桃,报之以琼瑶。匪报也,永以为好也。"见《诗经·卫风·木瓜》。

满江红

和傅岩叟香月韵[①]

半山佳句,最好是、吹香隔屋[②]。又还怪、冰霜侧畔,蜂儿成簇。更把香来薰了月,却教影去斜侵竹。似神清、骨冷住西湖,何由俗[③]。 根老大,穿坤轴[④]。枝夭袅,蟠龙斛。快酒兵长俊,诗坛高筑[⑤]。一再人来风味恶,两三杯后花缘熟。记五更、联句失弥明,龙衔烛[⑥]。

[注释]

①香月:即香月堂。原唱已佚。 ②"半山"二句:王安石号半山老人。其《金陵即事》诗云:"背人照影无穷柳,隔屋吹香并是梅。" ③"似神清"二句:"先生可是绝俗人,神清骨冷无由俗。"见苏轼《题林逋诗后》。 ④穿坤轴:"其顶也,上扶轴门黑帝之宫观;其足也,下捺坤轴元神之都符。"见张嘉贞《恒山碑铭》。此喻香月堂两梅。 ⑤"快酒兵"二句:"君家文律冠西京,旋筑诗坛按酒兵。"见苏轼《景贶履常屡有诗督叔弼季默唱和》诗。 ⑥"记五更"二句:"道士倚墙睡,鼻息如雷鸣,二子怛然失色,不敢喘。斯须,曙鼓动冬冬,二子亦困,遂坐睡。及觉,日已上,惊顾,觅道士不见。……尝闻有隐君子弥明,岂其人耶。"见韩愈《石鼎联句诗序》。 龙

衔烛：烛龙神所衔之烛。曹植《芙蓉赋》："焜焜韡韡，烂若龙烛。"

[集评]

卓人月、徐士俊云："《暗香》、《疏影》，脱胎换骨。"（《古今词统》卷十二）

满江红

呈赵晋臣敷文[①]

老子平生，原自有、金盘华屋。还又要、万间寒士，眼前突兀[②]。一舸归来轻似叶，两翁相对清如鹄[③]。道如今、吾亦爱吾庐，多松菊[④]。　人道是，荒年谷。还又似，丰年玉[⑤]。甚等闲却为，鲈鱼归速[⑥]。野鹤溪边留杖屦，行人墙外听丝竹。问近来、风月几篇诗，三千轴[⑦]。

[注释]

①赵晋臣：赵不遇字晋臣，曾任敷文阁学士。　②"还又要"二句："安得广厦千万间，大庇天下寒士尽欢颜，风雨不动安如山！呜呼，何时眼前突兀见此屋，吾庐独破受冻死亦足。"见杜甫《茅屋为秋风所破歌》。见杜甫《茅屋为秋风所破歌》。　③"两翁"句：用苏轼《题别子由诗后》中成句。④"道如今"二句：本陶渊明《读山海经》诗"吾亦爱吾庐"，又《归去来兮辞》"三径就荒，松菊犹存"。　⑤"人道是"四句："世称庾文康（亮）为丰年玉，稚恭（翼）为荒年谷。"见《世说新语·赏誉》。　⑥鲈鱼归速：用张季鹰因鲈鱼归隐之典，累见。　⑦"向近来"二句：化用欧阳修《寄王介甫》诗"翰林风月三千首"句意。

满江红

游清风峡，和赵晋臣敷文韵[①]

两峡崭岩，问谁占、清风旧筑。更满眼、云来鸟去，涧红山绿。世上无人供笑傲，门前有客休迎肃[②]。怕凄凉、无物伴君时，多栽竹。　　风采妙，凝冰玉。诗句好，馀膏馥。叹只今人物，一夔应足[③]。人似秋鸿无定住，事如飞弹须圆熟。笑君侯、陪酒又陪歌，阳春曲。

（以上《稼轩长短句》卷四）

[注释]

①清风峡：在铅山县。　②迎肃：迎拜。　③“一夔”句：“鲁公问孔子曰：‘吾闻夔一足，信乎？’对曰：‘夔人也，何故一足？彼其无他异而通于声。尧曰，如夔者一而足矣。使为乐正。非一足也。’”见《韩非子·外储说》。

永遇乐

京口北固亭怀古[①]

千古江山，英雄无觅，孙仲谋处[②]。舞榭歌台，风流总被，雨打风吹去。斜阳草树，寻常巷陌，人道寄奴曾住[③]。想当年，金戈铁马，气吞万里如虎[④]。　　元嘉草草，封狼居胥，赢得仓皇北顾[⑤]。四十三年[⑥]，望中犹记，烽火扬州路[⑦]。可堪回首，佛狸祠下[⑧]，一片神鸦社鼓[⑨]。凭谁问，廉颇老矣，尚能饭否[⑩]。

[注释]

①开禧元年(1205)作。　京口：即今江苏镇江。　北固亭：在镇江城北北固山上。晋蔡谟筑楼山上，名北固楼，亦称北固亭。　②孙仲谋：三国吴主孙权字仲谋。他承父兄基业，曾建都京口，后迁都建康，称霸江东。③寄奴：南朝宋武帝刘裕小字寄奴。刘裕先祖随晋南渡，世居京口。④“想当年”三句：指刘裕当年两度挥戈北伐南燕、后秦事。　⑤“元嘉”三句：用刘义隆事。　元嘉：刘裕之子宋文帝刘义隆年号。时北方已由拓

拔氏统一，建立北魏王朝。元嘉二十七年，文帝命王玄谟北伐。由于准备不足，又冒险贪功，败归。　封狼居胥：汉霍去病追击匈奴，至狼居胥（今内蒙古自治区西北部）封山而还。此即指宋文帝北伐事。《宋书·王玄谟》载文帝谓殷景仁语："闻玄谟陈说，使人有封狼居胥意。"　仓皇北顾：宋文帝北伐失败后，北魏太武帝拓拔焘乘胜追至长江边，扬言欲渡江。宋文帝登楼北望，深悔不已。见《南史·宋文帝纪》。此借古喻今，警告主战权臣韩侂胄。但韩未纳辛言，仓促出发，导致开禧二年北伐败绩和开禧三年宋金议和。　⑥四十三年：稼轩于绍兴三十二年奉表南渡，至开禧元年京口任上，正四十三年。　⑦烽火扬州路：自绍兴三十一年金主完颜亮大举南侵以来，扬州一带烽火不断。　⑧佛狸祠下：拓拔焘小字佛狸。元嘉二十七年，他追击宋军至长江瓜步山（今江苏六合县东南），并建行宫，后即于此建佛狸祠。　⑨神鸦社鼓：祭神时鼓声震天，乌鸦闻声而来争食祭品。　⑩"凭谁问"三句：以廉颇自况。　廉颇：赵国名将，晚年遭人谗害而出奔魏国。后赵王欲起用廉颇，先遣使者询其健壮否。廉颇当面一饭米斗肉十斤，并披甲上马，以示尚能作战。但使臣谎报赵王曰："与臣坐顷之，三遗矢矣。"赵王遂罢。见《史记·廉颇蔺相如列传》。

[集评]

岳珂云："稼轩有词名，每燕必命侍姬歌其所作。特好歌《贺新郎》一词，自诵其警句曰：'我见青山多妩媚，料青山见我应如是。'又曰：'不恨古人吾不见，恨古人不见吾狂耳。'每至此，辄拊髀自笑，顾问坐客何如？皆叹誉如出一口。既而又作一《永遇乐》，序北府事，首章曰：'千古江山，英雄无觅，孙仲谋处。'又曰：'寻常巷陌，人道寄奴曾住。'其寓感慨者则曰：'可堪回首，佛狸祠下，一片神鸦社鼓。凭谁问、廉颇老矣，尚能饭否。'特置酒召数客，使妓迭歌，益自击节。遍问客，必使摘其疵，逊谢不可。客或指一二辞，不契其意，又弗答，然挥羽四视不止。余时年少，勇于言。偶坐于席侧，稼轩因诵启语，顾问再四。余率然对曰：'待制词句，脱去今古轸辙，每见集中有'解道此句，真宰上诉，天应嗔耳'之序，尝以为其言不诬。童子何知，而敢有议？然必欲以范文正以千金求《严陵祠记》一字之易，则晚进尚窃有疑也。'稼轩喜，促膝亟使毕其说。余曰：'前篇豪视一世，独首尾二腔警语差相似；新作微觉用事多耳。'于是大喜，酌酒而谓坐中曰：'夫君实中予痼。'乃味改其语，日数十易，累月犹未竟。其刻意如

此。”(《程史·稼轩论词》)

杨慎云:“辛词当以京口北固亭怀古《永遇乐》为第一。”(《词苑萃编》卷五引《升庵词话》)

周济云:“(上片)有英主则可以隆中兴,此是正说;英主必起于草泽,此是反说。(下片)继世图功,前车如此。”(《宋四家词选·目录序论》

陈廷焯云:“稼轩词拉杂使事,而以浩气行之,如五都有中,百宝杂陈,又如淮阴将兵,多多益善,风雨纷飞,鱼龙百变,天地奇观也。岳倦翁讥其用事多,谬矣。”(《词则》上《放歌集》卷一)

陈洵云:“金陵王气,始于东吴。权不能为汉讨贼,所谓英雄,亦仅保江东耳。事随运去,本不足怀,‘无觅’亦何恨哉!至于寄奴王者,则千载如见其人。‘寻常巷陌’胜于‘舞榭歌台’远矣。以其能虎步中原,气吞万里也。后阕谓元嘉之政,尚足有为。乃草草三十年,徒忧北顾,则文帝不能继武矣。自元嘉二十九年,更谋北伐无功。明年癸巳,至齐明帝建武二年,此四十三年中,北师屡南,南师不复北。至于魏孝文济淮问罪,则元嘉且不可复见矣。故曰‘望中犹记’,曰‘可堪回首’。此稼轩守南徐日作,作为宋事寄慨。‘廉颇老矣,尚能饭否’,谓己亦衰老,恐无能为也。使事虽多,脉络井井可寻,是在知人论世者。”(《海绡说词·宋辛弃疾稼轩词》)

归朝欢

丁卯岁寄题眉山李参政石林[①]

见说岷峨千古雪[②],都作岷峨山上石。君家右史老泉公[③],千金费尽勤收拾。一堂真石室,空庭更与添突兀。记当时,长编笔砚[④],日日云烟湿。　野老时逢山鬼泣,谁夜持山去难觅[⑤]。有人依样入明光[⑥],玉阶之下岩岩立[⑦]。琅玕无数碧。风流不数平泉物[⑧]。欲重吟,青葱玉树,须倩子云笔。

[注释]

①丁卯岁:开禧三年(1207)。　眉山李参政:李壁,字季章,号雁湖,

又号石林，眉山丹陵（今属四川）人，李焘之子。开禧二年七月礼部尚书除参知政事，三年十一月罢。《宋史》有传。　石林：李璧眉山宅第堂名。程公许有《石林颂》。　②岷峨：岷山与峨眉山，两山相对如蛾眉。　③君家：苏洵家有老人泉。《宋史·李璧传》谓"璧父子与弟𡌴皆以文字知名，蜀人比之三苏"。故此以老泉比李焘；又焘屡为史官，故称右史。　④长编：书史。《宋史·李焘传》谓焘"博极载籍，搜罗百氏，慨然以史自任。本朝典故，尤悉力研核。仿司马光《资治通鉴》例，断自建隆，迄于靖康，为编年一书，名曰长编"。　⑤"谁夜"句："有人夜半持山去，顿觉浮岚暖翠空。"见黄庭坚《次韵东坡壶中九华》。　⑥明光：宫殿名。　⑦岩岩立：形容李璧风姿。《世说新语·容止》谓"嵇叔夜之为人也，岩岩若孤松之独立"。　⑧平泉物：平泉即平泉庄，唐相李德裕墅园。《唐语林》卷七谓园内"台榭十馀所，四方奇花异草与松石，靡不置其后"。此处借指石林，以切李姓。"平泉"原作"平原"，兹从王诏校刊本及四印斋本。

瑞鹤仙

赋　梅

雁霜寒透幕。正护月云轻，嫩冰犹薄。溪奁照梳掠，想含香弄粉，艳妆难学。玉肌瘦弱，更重重、龙绡衬著。倚东风，一笑嫣然，转盼万花羞落。　　寂寞。家山何在，雪后园林，水边楼阁①。瑶池旧约，鳞鸿更仗谁托。粉蝶儿只解，寻桃觅柳，开遍南枝未觉②。但伤心，冷落黄昏，数声画角。

［注释］

①"雪后"二句："雪后园林才半树，水边篱落忽横枝。"见林逋《梅花》诗。　②"开遍"句："夜阑风细得香迟，不道晓来开遍向南枝。"见黄庭坚《虞美人》宜州见梅作。

声声慢

送上饶黄倅秩满赴调[①]

东南形胜，人物风流，白头见君恨晚。便觉君家叔度[②]，去人未远。长怜士元骥足，道直须、别驾方展[③]。问个里，待怎生销杀，胸中万卷。　况有星辰剑履[④]，是传家合在，玉皇香案[⑤]。零落新诗，我欠可人消遣。留君再三不住，便直饶、万家泪眼，怎抵得，这眉间、黄色一点[⑥]。

（以上《稼轩长短句》卷五）

［注释］

①约淳熙末年作。　黄倅：不详。　②叔度：黄宪，字叔度。郭林宗曰："叔度汪汪若千顷陂，澄之不清，淆之不浊，不可量也。"见《后汉书》本传。　③"长怜"二句：庞统字士元，刘备领荆州，统以从事守耒阳令，在县不治，免官。吴将鲁肃遗刘备书曰："庞士元非百里才也，使治州中别驾之任，始当展其骥足耳。"见《三国志·蜀书·庞统传》。　④星辰剑履："持衡留藻鉴，听履上星辰。"见杜甫《上韦左相》诗。《杜诗镜铨》注谓"殿廷象太微帝座，故曰上星辰"。星辰剑履意谓剑履上殿。《宋史·职官志》十大臣之奉特旨者，有"剑履上殿"之赐。　⑤玉皇香案："我是玉皇香案吏，谪居犹得住蓬莱。"见元稹《以州宅夸乐天》诗。　⑥"这眉间"句："忽然眉上有黄气，吾君渐次收英髦。"见苏轼《送李公恕赴阙》诗。

汉宫春

会稽蓬莱阁怀古[①]

秦望山头[②]，看乱云急雨，倒立江湖。不知云者为雨，雨者云乎[③]。长空万里，被西风、变灭须臾。回首听、月明天籁，人间万窍号呼[④]。　谁向若耶溪上，倩美人西去，麋鹿姑苏[⑤]。至今故国人望，一舸归欤，岁云暮矣，问何不、鼓瑟吹竽。君不见、王亭谢馆，冷烟寒树啼乌。

[注释]

①与下三首均作于嘉泰三年(1203)浙东安抚使任上。　蓬莱阁：在会稽卧龙山下。　②秦望山：即会稽山。在今浙江绍兴东南四十里。相传秦始皇东游时曾登此山眺望东海。　③"不知云者"二句：用《庄子·天运》中成句。　④"回首"二句："汝闻天籁而未闻地籁，汝闻地籁而未闻天籁夫！……夫大块噫气，其名为风，是唯无作，作则万窍怒呺。"见《庄子·齐物论》。　⑤"谁向"三句：若耶溪在会稽南面，相传是西施浣纱之地。《吴越春秋》谓越王勾践进西施于吴王阖庐。吴王得之，为筑姑苏台，游宴其上。伍子胥谏之曰："臣今见麋鹿游姑苏之台也。"又相传勾践灭吴后，范蠡取西施泛舟五湖而去。

[集评]

俞陛云云："前半写景，后半书感，皆极飞动之致。……此作高唱入云，当以铜琶铁板和之。"(《唐五代两宋词选释》)

汉宫春

会稽秋风亭观雨①

亭上秋风，记去年袅袅，曾到吾庐。山河举目虽异，风景非殊②。功成者去③，觉团扇、便与人疏④。吹不断，斜阳依旧，茫茫禹迹都无⑤。　千古茂陵词在，甚风流章句，解拟相如⑥。只今木落江冷，眇眇愁余⑦。故人书报，莫因循、忘却莼鲈⑧。谁念我，新凉灯火，一编太史公书⑨。

[注释]

①秋风亭：遗址在今浙江绍兴。张镃和韵题序谓稼轩任浙东安抚使时修建。　②"山河"二句：东晋初，南渡士大夫常骤会新亭，触景生情，无

限感慨。周颛曰:"风景不殊,正自有山河之异。"众皆相对而泣,唯丞相王导云:"当共戮力王室,克复神州,何至作楚囚相对。"见刘义庆《世说新语·言语》。 ③"功成"句:《战国策·秦策》记蔡泽谓应侯曰,"四时之序,成功者去。"④"觉团扇"句:团扇因秋凉而遭弃置。见班婕妤《怨歌行》。 ⑤禹迹:大禹的遗迹。《史记·夏本纪》《集解》引《越传》,禹至会稽,"上苗山,大会计,爵有德,封有功,因而更名苗山曰会稽"。禹死后葬此。 ⑥"千古"三句:谓茂陵之词非模仿司马相如。 茂陵:指汉武帝。其《秋风辞》云:"秋风起兮白云飞,草木黄落兮雁南归。兰有秀兮菊有芳,怀佳人兮不能忘。泛楼船兮济汾河,横中流兮扬素波。箫鼓鸣兮发棹歌,欢乐极兮哀情多。少壮几时兮奈老何。" ⑦"只今"二句:崔明信蹇亢以门望自负,尝矜其文。扬州录事参军郑世翼者,骜倨,遇信明于江中,谓曰:"闻公有'枫落吴江冷',愿见其馀。"信明欣然多出众篇,世翼览未终,曰:"所见不逮所闻。"投诸水,引舟去。见《新唐书·崔信明传》。 ⑧莼鲈:西晋张翰在淮阳为官,见秋风起,因思吴中莼菜羹、鲈鱼脍,遂弃官南归,并云:"人生贵得适意耳,何能羁宦数千里以要名爵。"见刘义庆《世说新语·识鉴》。 ⑨太史公书:指司马迁《史记》。

[集评]

卓人月、徐士俊云:"读此结句,知幼安之门高于汉史之龙门;读后结句(按,指次首'心似孤僧'),知幼安之户冷于晋贤之凤户。"(《古今词统》卷十二)

陈廷焯云:"高绝,超绝。既沉着,又风流;既宛转,又直捷。句意深长,尤为千古杰作。迹似渊明,志如子美。"(《会韶集》卷五)

汉宫春

答李兼善提举和章[①]

心似孤僧,更茂林修竹,山上精庐。维摩定自非病,谁遣文殊[②]。白头自昔,叹相逢、语密情疏。倾盖处,论心一语[③],只今还有公无。 最喜阳春妙句,被西风吹堕,金玉铿如。夜来归梦江上,父老欢予。荻花深处,唤儿童、吹火烹鲈[4]。归去也，绝交何必，更修山巨源书[5]。

[注释]

①李兼善：李浃，字兼善。嘉泰三年十月以朝散大夫提举浙东。叶适《水心文集》卷十九有《太府少卿福建运判直宝谟阁李公墓志铭》。②“维摩”二句：维摩诘病中说法佛遣文殊师利问疾。见《维摩诘经》。③“白头”四句：《史记·邹阳列传》记谚语曰“白头如新，倾盖如故。何则？知与不知也”。《索引》引《家语》云“孔子遇程子于途，倾盖而语”。④“荻花”二句：“一尺鲈鱼新钓得，儿孙吹火荻花中。”见唐郑谷《渔者》诗。 ⑤“绝交”二句：山涛，字巨源，与嵇康友善，欲举嵇康自代。康怨其不知己，因自说其不堪流俗而致《绝交书》。

汉宫春

答吴子似总干和章[1]

达则青云，便玉堂金马[2]，穷则茅庐。逍遥小大自适，鹏鷃何殊[3]。君如星斗，灿中天、密密疏疏。荒草外，自怜萤火，清光暂有还无。 千古季鹰犹在[4]，向松江道我，问讯何如。白头爱山下去，翁定嗔予。人生谩尔[5]，岂食鱼、必鲙之鲈。还自笑，君诗顿觉，胸中万卷藏书[6]。

[注释]

①吴子似：吴绍古，字子似，铅山县尉。 ②玉堂：汉代殿名。 金马：即金马门，汉代宫门名，才能优异者待诏此门。 ③“逍遥”二句：隐括《庄子·逍遥游》之大意。郭象《逍遥游》注：“夫小大虽殊，而放于自得之场，则物任其性，事称其能，各当其分，逍遥一也。” ④季鹰：晋张翰字季鹰。以思松江鲈鱼辞官归家。 ⑤人生谩尔：人生聊且如此而已，“谩”同“漫”。 ⑥“胸中”句：化用杜甫《赠韦左丞丈》“读书破万卷，下笔如有神”句意。

洞仙歌

红　梅

冰姿玉骨，自是清凉□[①]。此度浓妆为谁改。向竹篱茅舍，几误佳期，招伊怪，满脸颜红微带。　寿阳妆鉴里[②]，应是承恩，纤手重匀异香在。怕等闲、春未到，雪里先开，风流噷、说与群芳不解[③]。更总做、北人未识伊，据品调，难作杏花看待[④]。

［注释］

①“冰姿”二句：“冰肌玉骨，自清凉无汗。”见苏轼《洞仙歌》。　②“寿阳”句：寿阳公主人日卧含章殿下，梅花点额，试之不去，宫人效之，曰寿阳妆。见《太平御览》引《宋书》。　③噷（shài）：甚。　④“更总做”三句：“红梅清艳两绝，昔独盛于姑苏，晏元献始移植西冈第中，特称赏之。……公与客饮花下，赋诗曰：‘若更迟开三二月，北人应作杏花看。’”又王安石《红梅》诗：“北人初未识，浑作杏花看。”见《西清诗话》。

洞仙歌

丁卯八月病中作[①]

贤愚相去，算其间能几。差以毫厘缪千里。细思量义利，舜跖之分，孳孳者，等是鸡鸣而起[②]。　味甘终易坏，岁晚还知，君子之交淡如水[③]。一饷聚飞蚊，其响如雷[④]，深自觉、昨非今是。羡安乐窝中泰和汤[⑤]，更剧饮，无过半醺而已。

［注释］

①丁卯：开禧三年（1207）。稼轩卒于是年九月，此为绝笔。　②“细思量”四句：“鸡鸣而起，孳孳为善者，舜之徒也。鸡鸣而起，孳孳为利者，跖之

徒也。欲知舜与跖分，无他，利与善之间也。”见《孟子·尽心上》。 ③“味甘”三句：“故君子之接如水，小人之接如醴。君子淡以成，小人甘以坏。”见《礼记·表记》。此盖有感于晚年再出之遭遇。谢枋得《祭辛稼轩先生墓记》载稼临终时谓枢府语：“侂胄岂能用稼轩以立功名者乎？稼轩岂依侂胄以求富贵者乎？”可与此参看。 ④“一饷”二句：“夫众煦漂山，聚蚊如雷，朋党执虎，十夫桡椎。”见《汉书·中山靖王传》。韩愈《醉赠张秘书》诗：“虽得一饷乐，有如聚蚊飞。” ⑤“羡安乐窝”句：宋人邵雍自号安乐先生，名其居为“安乐窝”。其《林下五吟》诗之一：“安乐窝深初起后，太和汤酽半醺时。” 泰和汤：又作太和汤，指酒。

上西平

会稽秋风亭观雪①

九衢中，杯逐马，带随车②。问谁解、爱惜琼华。何如竹外，静听窣窣蟹行沙。自怜是，海山头，种玉人家③。

纷如斗，娇如舞，才整整，又斜斜④。要图画，还我渔蓑⑤。冻吟应笑，羔儿无分谩煎茶⑥。起来极目，向弥茫、数尽归鸦。

[注释]

①嘉泰三年(1203)作。 秋风亭：作者园内亭名。 ②“杯逐马”二句：“随车翻缟带，逐马散银杯。”见韩愈《咏雪赠张籍》诗。 ③“种玉”句：《搜神记》卷十一载，杨伯雍家无终山，山上无水，汲水作义浆于阪头，行者皆饮之，三年坚持不懈。后有一神者，以一斗石子与之，使至高平好地有石处种之，并云：“玉当生其中。”杨伯雍未娶，试求徐氏女，徐笑以为狂，戏曰：“得白璧一双来，当听为婚。”杨至所种玉田中，得白璧五双以聘，徐以女妻之。 ④“才整整”二句：“夜听疏疏还密密，晓看整整复斜斜。”见黄庭坚《咏雪奉呈广平公》诗。 ⑤“要图画”二句：“江上晚来堪画处，渔人披得一蓑归。”见郑谷《雪中偶题》。 ⑥羔儿：羊羔美酒之简称。

上西平

送杜叔高[①]

恨如新，新恨了，又重新。看天上、多少浮云。江南好景，落花时节又逢君[②]。夜来风雨，春归似欲留人。
尊如海，人如玉，诗如锦，笔如神。能几字、尽殷勤。江天日暮，何时重与细论文[③]。绿杨阴里，听阳关、门掩黄昏[④]。

（以上《稼轩长短句》卷六）

［注释］

①庆元六年(1200)作。 ②"江南好"二句："正是江南好风景，落花时节又逢君。"见杜甫《江南逢李龟年》诗。 ③"江天"二句："渭北春天树，江东日暮云。何时一尊酒，重与细论文。"见杜甫《春日忆李白》诗。 ④阳关：曲名。

婆罗门引

用韵答赵晋臣敷文[①]

不堪鹍鸠，早教百草放春归[②]。江头愁杀吾累[③]。却觉君侯雅句，千载共心期。便留春甚乐，乐了须悲。
琼而素而[④]。被花恼、只莺知。正要千钟角酒，五字裁诗。江东日暮，道绣斧、人去未多时[⑤]。还又要、玉殿论思。

［注释］

①庆元六年(1200)作。 ②"不堪"二句：又名子规、杜鹃。屈原《离骚》："恐鹈鴂之先鸣兮，使夫百草为之不芳。" ③吾累：指屈原。无罪而死曰累，屈原负屈投湘江而死，故云。 ④琼而素而："俟我于著乎而，充耳以素乎而，尚之以琼华乎而。"见《诗经·齐风·著》。 琼：美玉。素：白绸。 ⑤"道绣斧"句：宋代各路提点刑狱及转运、常平通称监司，提

刑即汉代绣衣持斧使者。陈文蔚《送赵晋臣持闽宪节》诗："湘江之水碧悠哉，使君昔日曾徘徊。于今八州复延颈，洗冤择物须公来。"知赵晋臣曾任湖南、福建提刑。《福建通志》载赵晋臣《鼓山》诗，据诗后跋语，知其任福建提刑在庆元三年。

千年调

蔗庵小阁名曰卮言，作此词以嘲之[①]

卮酒向人时，和气先倾倒[②]。最要然然可可[③]，万事称好[④]。滑稽坐上，更对鸱夷笑[⑤]。寒与热，总随人，甘国老[⑥]。　　少年使酒，出口人嫌拗。此个和合道理，近日方晓。学人言语，未会十分巧。看他们，得人怜，秦吉了[⑦]。

［注释］

①约淳熙十二年(1185)前后作。　蔗庵：即郑汝谐，字舜举，号蔗庵。卮言：语出《庄子·寓言》"卮言日出"。　②"卮酒"二句：卮为圆酒器。酒满时向人倾倒，酒空时则仰起平坐，"非执一守固也。施之于言而随人从变，已无常主者也"。见《经典释文》卷二十八《庄子音义》。　③然然：对对。　可可：好好。　④万事称好：用司马徽事，汉末司马徽有人伦鉴，有以人物问徽，初不辨高下，每辄言佳。其妇谏曰："人质所宜，君宜辨论，而一皆言佳，岂人所以咨君之意乎？"徽曰："如君所言亦复佳。"见《世说新语》注引《司马徽别传》。后遂有"万事称好司马公"之说，见黄庭坚《次韵任道食荔枝有感》诗。　⑤"滑稽"二句：滑稽、鸱夷一唱一和，相对而笑，一路货色。　滑稽：斟酒器。　鸱夷：皮制酒袋。　⑥甘国老：中药甘草，味甘平，能调和众药，治疗百病，故享有"国老"之美称。　⑦秦吉了：鸟名，一名鹩歌，黑身黄眉，善学人语，尤胜鹦鹉。白居易《秦吉了》："且聪心慧舌端巧，鸟语人言无不通。"

江神子

赋梅,寄余叔良[①]

暗香横路雪垂垂。晚风吹,晓风吹[②],花意争春,先出岁寒枝。毕竟一年春事了,缘太早,却成迟。 未应全是雪霜姿。欲开时,粉面朱唇,一半点胭脂[③]。醉里谤花花莫恨,浑冷澹,有谁知。

[注释]

①余叔良:不详。 ②“暗香”三句:谓寒梅凌雪开放。 暗香:代指梅花。林逋《山园小梅》诗:“疏影横斜水清浅,暗香浮动月黄昏。” ③“未应”四句:用苏轼《红梅》“怕愁贪睡独开迟,自恐冰容不入时。故作小红桃杏色,尚馀孤瘦雪霜姿”诗意。

[集评]

沈际飞云:“作者多引古词义,稼轩洗尽。醉对梅花,在常情之外,谤殊深于誉。”(《草堂诗馀别集》卷三)

潘游龙云:“洗尽引古习气,读‘谤花’句,更妙于誉也。”(《精选古今诗馀醉》卷十三)

江神子

和李能伯韵呈赵晋臣[①]

五云高处望西清[②]。玉阶升[③],棣华荣[④],筑屋溪头,楼观画难成[⑤]。长夜笙歌还起问,谁放月,又西沉。 家传鸿宝旧知名[⑥]。看长生。奉严宸。且把风流,水北画耆英[⑦]。咫尺西风诗酒社,石鼎句,要弥明[⑧]。

[注释]

①李能伯:未详。 ②西清:指宫中。徐铉《茱萸》诗:“长宴菊花酒,高宴奉西清。” ③玉阶升:当谓赵晋臣曾为朝官或曾召对而言,其事莫考。 ④棣华荣:赵氏兄弟均有职。 棣华:喻兄弟。 ⑤“筑屋”二句:赵氏居临彭溪。稼轩《太常引》题云:“寿赵晋臣敷文。彭溪,晋臣所居。” ⑥鸿宝:书名。《汉书·刘向传》:“淮南有枕中《鸿宝苑秘》书。书言神仙使鬼物为金之术。” ⑦画耆英:“元丰中,文潞公留守西都,韩国富公纳政在里第,自馀士大夫以老自逸于洛者,于时为多。……一旦于韩公之第置酒相乐,宾主凡十有一人。既而图形妙觉僧舍,时人谓之洛阳耆英会。”见司马光《洛阳耆英会序》。 ⑧“石鼎”二句:韩愈《石鼎联句诗序》谓进士刘师服与校书郎夜间说诗,衡山道士弥明在侧。刘与侯皆赋十馀韵,弥明应之如响,皆颖脱含讥讽。夜尽三更,刘、侯思竭,因起谢曰:“尊师非世人也,某伏矣。愿为弟子,不敢更论诗。”

一剪梅

中秋无月

忆对中秋丹桂丛。花在杯中,月在杯中,今宵楼上一尊同。云湿纱窗,雨湿纱窗。 浑欲乘风问化工。路也难通,信也难通,满堂惟有烛花红。杯且从容,歌且从容。

踏莎行

庚戌中秋后二夕,带湖篆冈小酌[1]

夜月楼台,秋香院宇,笑吟吟地人来去。是谁秋到便凄凉,当年宋玉悲如许[2]。 随分杯盘,等闲歌舞,问他有甚堪悲处。思量却也有悲时,重阳节近多风雨。

[注释]

①庚戌:绍熙元年(1190)。 ②"当年"句:"悲哉秋之为气也,萧瑟兮草木摇落而变衰。"见宋玉《九辩》。

[集评]

陈廷焯云:"笔致疏宕,独有千古。合拍处妙不可思议。"(《云韶集》卷五)

又云:"郁勃以蕴藉出之。"(《词则》上《放歌集》卷一)

踏莎行

赋木犀

弄影阑干,吹香岩谷,枝枝点点黄金粟。未堪收拾付薰炉,窗前且把离骚读。 奴仆葵花,儿曹金菊,一秋风露清凉足。傍边只欠个姮娥,分明身在蟾宫宿。[①]

[注释]

①唐氏按:此首别误入赵长卿《惜香乐府》卷五。

踏莎行

和赵国兴知录韵[①]

吾道悠悠,忧心悄悄[②],最无聊处秋光到。西风林外有啼鸦,斜阳山下多衰草。 长忆商山,当年四老,尘埃也走咸阳道[③]。为谁书到便幡然,至今此意无人晓[④]。

(以上《稼轩长短句》卷七)

[注释]

①庆元中作。 赵兴国:不详。 ②"忧心"句:"忧心悄悄,愠于群小。"见《诗经·邶风·柏舟》。 ③"长忆"三句:商山四皓即东园公、用

里先生、绮里季、夏黄公，四人义不为汉臣。汉帝欲废太子，立戚夫人子赵如意。吕后恐，令吕泽使人奉太子书，卑辞厚礼，迎四皓入京，调护太子。太子得以不废。见《史记·留侯世家》。　④"为谁"二句："仰惟先生，秉超世之殊操，……而渊游山隐，窃为先生不取也。……不及省侍，展布腹心。略写至言，想料皤然，不猜其意。"见《殷芸小说》载张良《与商山四皓书》。　注者按：下片五句同元稹《四皓庙》诗，讥评商山四皓。

[集评]

卓人月、徐士俊云："所以后人有'假四皓'之说。"（《古今词统》卷七）

刘熙载云："辛稼轩风节建竖，卓绝一时，惜每有成功，辄为议者所沮。观其《踏莎行·和赵兴国》有云：'吾道悠悠，忧心悄悄。'其志与遇，概可知矣。《宋史》本传，称其雅善长短句，悲壮激烈。又称谢校勘过其墓旁，有疾声大呼于堂上，若鸣其不平。然则其长短句之作，固莫非假之鸣者哉！"（《艺概·词概》）

陈廷焯云："发难奇肆。"（《词则》上《放歌集》卷一）

定风波

自　和[①]

金印累累佩陆离[②]，河梁更赋断肠诗[③]。莫拥旌旗真个去，何处。玉堂元自要论思[④]。　且约风流三学士[⑤]，同醉。春风看试几枪旗[⑥]。从此酒酣明月夜。耳热。那边应是说侬时。

[注释]

①原唱为《定风波》(少日犹堪话别离)。　②"金印"句：贵官赐以金印，大者如斗。　③"河梁"句："携手河梁上，游子暮何之。"见李陵《与苏武诗》。　④"玉堂"句："岂敢便为鸡黍约，玉堂金殿要论思。"见苏轼《次韵蒋颖叔》诗。　⑤风流三学士："金马玉堂三学士，清风明月两闲人。"见欧阳修《会老堂口号》。　⑥枪旗：指嫩茶。叶梦得《避暑录话》卷四载，茶之"精者在嫩芽，取其初萌如雀舌者谓之枪，稍敷而为叶者谓之旗"。

定风波

再用韵和赵晋臣敷文

野草闲花不当春,杜鹃却是旧知闻。谩道不如归去住,梅雨,石榴花又是离魂。　前殿群臣深殿女[①],□数,赭袍一点万红巾[②]。莫问兴亡今几主,听取,花前毛羽已羞人。

[注释]

①深殿:深宫后殿。　②赭袍:天子之服。

破阵子

赵晋臣敷文幼女县主觅词[①]

菩萨丛中惠眼[②],硕人诗里娥眉[③]。天上人间真福相,画就描成好靥儿。行时娇更迟。　劝酒偏他最劣[④],笑时犹有些痴。更著十年君看取,两国夫人更是谁[⑤]。殷勤秋水词[⑥]。

[注释]

①县主:赵晋臣为宋宗室,故其幼女得封县主。　②惠眼:慧眼。《无量寿经》:"慧眼见真,能渡彼岸。"　③"硕人"句:"螓首蛾眉,巧笑倩兮,美目盼兮。"见《诗经·卫风·硕人》。　④最劣:最善于。　⑤两国夫人:据《建炎以来朝野杂论》甲集卷十二《两国夫人》及《宋史·宦者传》,徽宗崇宁中特封濮安懿王女安定、普宁两郡主。宣和五年童贯封徐、豫两国公。此后,方有封两国之制。高宗绍兴十二年,秦桧进封两国公,桧请改封其母为秦、魏国夫人,此封两国夫人之始。时韩世忠夫人梁氏亦封两国夫人。　⑥秋水:稼轩建有秋水观,此用以自称。

临江仙

小餍人怜都恶瘦[①]，曲眉天与长颦。沉思欢事惜腰身。枕添离别泪，粉落却深匀。　　翠袖盈盈浑力薄，玉笙袅袅愁新，夕阳依旧倚窗尘。叶红苔郁碧，深院断无人。

[注释]

①恶瘦：犹云怪瘦、好瘦。

临江仙

逗晓莺啼声昵昵，掩关高树冥冥。小渠春浪细无声。井床听夜雨，出藓辘轳青。　　碧草旋荒金谷路[①]，乌丝重记兰亭[②]。强扶残醉绕云屏。一枝风露湿，花重入疏棂[③]。

[注释]

①金谷路："崇有别馆在河阳之金谷。"见《晋书·石崇传》。此借以指所居之山园。　②"乌丝"句："《兰亭序》用鼠鬚笔书乌丝栏蚕纸。"见陈櫄《负暄野录》卷下。　③"一枝"二句："晓看红湿处，花重锦官城。"见杜甫《春夜喜雨》诗。

临江仙

春色饶君白髮了，不妨倚绿偎红。翠鬟催唤出房栊[①]。垂肩金缕窄，蘸甲宝杯浓[②]。　　睡起鸳鸯飞燕子，门前沙暖泥融[③]。画楼人把玉西东[④]。舞低花外月，唱彻柳边风[⑤]。

[注释]

①翠鬟:代指女子。黄庭坚《清人怨效徐庾慢体》:"秋水无言度,荷花趁意红。主人敬爱客,催唤出房栊。" ②"蘸甲"句:"酒斟酒,捧觞必蘸指甲。牧之云:'为君蘸甲十分饮。'"见《猗觉寮杂记》。 ③"睡起"二句:"泥融飞燕子,沙暖睡鸳鸯。"见杜甫《绝句》。 ④玉西东:即玉东西,谓酒杯,以叶韵故,作"玉西东"。 ⑤"舞低"二句:"舞低杨柳楼心月,歌尽桃花扇底风。"见晏几道《鹧鸪天》词。

临江仙

金谷无烟宫树绿[1],嫩寒生怕春风。博山微透暖薰笼[2]。小楼春色里,幽梦雨声中。 别浦鲤鱼何日到,锦书封恨重重[3]。海棠花下去年逢。也应随分瘦[4],忍泪觅残红。

[注释]

①金谷:"崇有别馆在河阳之金谷。"见《晋书·石崇传》。此借以指所居之山园。 ②博山:香炉。《西京杂记》卷一谓长安巧工丁缓,"作九层博香炉,镂为奇禽怪兽,穷诸灵异"。 ③"别浦"二句:"客从远方来,遗我双鲤鱼。呼童烹鲤鱼,中有尺素书。"见古乐府《饮马长城窟行》。 ④随分:犹言照例、相应。

[集评]

陈廷焯云:"宛雅芊丽。稼轩亦能为此种笔路,真令人心折。"(《词则》上《大雅集》卷二)

临江仙

戏为期思詹老寿[1]

手种门前乌柏树,而今千尺苍苍。田园只是旧耕桑。

杯盘风月夜，箫鼓子孙忙。　　七十五年无事客，不妨两鬓如霜。绿窗划地调红妆[②]。更从今日醉，三万六千场。

[注释]

①詹老：不详。　②划地：犹言依旧、照样。

[集评]

卓人月、徐士俊云："未尝不以百岁为祝，然不堕谄谀者，笔力高也。"(《古今词统》卷七)

临江仙

手捻黄花无意绪，等闲行尽回廊。卷帘芳桂散馀香。枯荷难睡鸭，疏雨暗池塘。　　忆得旧时携手处，如今水远山长。罗巾浥泪别残妆。旧欢新梦里，闲处却思量。

临江仙[①]

冷雁寒云渠有恨，春风自满余怀。更教无日不花开。未须愁菊尽，相次有梅来。　　多病近来浑止酒，小槽空压新醅。青山却自要安排。不须连日醉，且进两三杯。

[注释]

①庆元元年、二年(1195—1196)止酒期间作。

临江仙

壬戌岁生日书怀[①]

六十三年无限事，从头悔恨难追。已知六十二年非。

只应今日是,后日又寻思。　　少是多非惟有酒,何须过后方知。从今休似去年时。病中留客饮,醉里和人诗。

[注释]

①壬戌:嘉泰二年(1202)。

临江仙[1]

窄样金杯教换了,房栊试听珊珊[2]。莫教秋扇雪团团[3]。古今悲笑事,长付后人看。　　记取桔槔春雨后,短畦菊艾相连。拙于人处巧于天。君看流水地,难得正方圆[4]。[5]

[注释]

①庆元二年(1196)左右作。乃赠别侍者阿钱之作。邓本题下作"再用'圆'字韵"。　②"窄样"二句:谓已改变旧来把杯饮酒生涯,新来只坐小窗间听雨声。　③"莫教"句:团扇因秋凉而遭弃置。见班婕妤《怨歌行》。　④"君看"二句:"殷中军问:'自然无心于禀受,何以正善少,恶人多?'刘尹答曰:'譬如泻水著地,正自纵横流漫,略无正方圆者。'一时绝叹,以为名通。"见《世说新语·文学》。　⑤唐氏按:此首原与上首相衔接。

临江仙

醉帽吟鞭花不住,却招花共商量。人生何必醉为乡。从教斟酒浅,休便和诗忙。　　一斗百篇风月地[1],饶他老子当行。从今三万六千场。青青头上髮,还作柳丝长。

[注释]

①一斗百篇:"李白斗酒诗百篇,长安市上酒家眠。"见杜甫《饮中八仙歌》。

临江仙

昨日得家报，牡丹渐开。连日少雨多晴，常年未有。仆留龙安萧寺[①]，诸君亦不果来，岂牡丹留不住为可恨耶？因取来韵，为牡丹下一转语

只恐牡丹留不住，与春约束分明。未开微雨半开晴。要花开定准，又更与花盟。　魏紫朝来将进酒[②]，玉盘盂样先呈[③]。鞓红似向舞腰横[④]。风流人不见，锦绣夜间行[⑤]。

[注释]

①龙安萧寺：陈文蔚有《公美约同游龙安寺僧留小饮归途一绝》。稼轩《玉楼春》有"岭头拭目望龙安"句，知龙寺在铅山境内。　②魏紫：亦称魏红，牡丹之名贵品种，见欧阳修《洛阳牡丹记》。　③玉盘盂：指白色牡丹，稼轩《念奴娇》(对花何似)咏白牡丹有"最爱弄玉团酥，就中一朵，曾入扬州咏"诸句，疑弄玉即一种白牡丹之名称。　④鞓红：牡丹一种。因出青州，亦称青州红。见欧阳修《洛阳牡丹记》。　⑤"锦绣"句："富贵不归故乡，如锦衣夜行，谁知之者。"此盖祝颂之辞，则含恢复中原故土之志。见《史记·项羽本纪》。

临江仙[①]

老去浑身无著处[②]，天教只住山林。百年光景百年心。更欢须叹息，无病也呻吟。　试向浮瓜沉李处[③]，清风散髮披襟。莫嫌浅后更频斟。要他诗句好，须是酒杯深。

[注释]

①约开禧元年(1205)作。　②"老去"句："老去此身无处着，为翁栽插万松冈。"见苏轼《景纯见和复次韵赠之》诗。　③浮瓜沉李："浮甘瓜

于清泉，沉朱李于寒水。”见曹丕《与吴质书》。

临江仙

停云偶作①

偶向停云堂上坐，晓猿夜鹤惊猜②。主人何事太尘埃。低头还说向，被召又重来。　　多谢北山山下老③，殷勤一语佳哉。借君竹杖与芒鞋。径须从此去，深入白云堆。

[注释]

①停云：瓢泉新居中的堂名。陶渊明有《停云》诗四章，并自序曰：“思亲友也。”稼轩借以用作堂名，亦兼取其“思亲友”之意。　②“晓猿”句：喻欲隐之情。孔稚珪《北山移文》：“蕙帐空兮夜鹤怨，山人去兮晓猿惊。”　③北山山下老：用孔稚珪《北山移文》故实，借指铅山诸友。

蝶恋花

继杨济翁韵饯范南伯知县归京口①

泪眼送君倾似雨。不折垂杨，只倩愁随去。有底风光留不住②，烟波万顷春江橹。　　老马临流痴不渡，应惜障泥③，忘了寻春路。身在稼轩安稳处，书来不用多行数。

[注释]

①约淳熙九年(1182)作。　京口：即今江苏镇江。　②有底：犹言所有的。　③“老马”二句：“王武子善解马性，尝乘一马，着连钱障泥，前有水，终日不肯渡。王云：‘此必是惜障泥。’使人解去，便径渡。”见《世说新语·求解》。　障泥：马鞯两旁之下垂者，用以障蔽尘土，亦称蔽泥。

蝶恋花

客有“燕语莺啼人乍远”之句，用为首句[①]

燕语莺啼人乍远。却恨西园，依旧莺和燕。笑语十分愁一半，翠围特地春光暖。　只道书来无过雁，不道柔肠，近日无肠断。柄玉莫摇湘泪点[②]，怕君唤作秋风扇[③]。

［注释］

①“燕语”句：“燕语莺啼报新年”，皇甫冉《春思诗》句。客盖袭用其句。　②湘泪点：“高邮桑景舒性知音，旧传有虞美人草，闻人作《虞美人曲》则枝叶皆动，他曲不然。景舒试之，诚如所传。详见曲声，皆吴音也。”见沈括《梦溪笔谈·乐律》。　③“怕君”句：班婕妤《怨歌行》咏合欢扇云，“常恐秋节至，凉风夺炎热。弃捐箧笥中，恩情中道绝”。

蝶恋花[①]

洗尽机心随法喜[②]。看取尊前，秋思如春意。谁与先生宽发齿[③]，醉时惟有歌而已。　岁月何须溪上记。千古黄花，自有渊明比。高卧石龙呼不起，微风不动天如醉[④]。

［注释］

①与次首约同作于淳熙九年(1182)。　②机心：“有机械者必有机事，有机事者必有机心。”见《庄子·天地》。　法喜：《维摩诘所说经》卷中载其偈曰，“法善以为妻，慈悲心为女”。佛语法善，谓见法生欢喜。　③宽发齿：宽延齿落白发之期，亦即延年益寿之意。　④“微风”句：用黄庭坚《二月丁卯喜雨吴体为北门留守文潞公作》中成句。

蝶恋花

何物能令公怒喜[①]。山要人来，人要山无意。恰似哀筝弦下齿，千情万意无时已。 自要溪堂韩作记[②]。今代机云[③]，好语花难比。老眼狂花空处起，银钩未见心先醉[④]。

[注释]

①“何物”句：《世说新语·宠礼》谓王恂、郗超皆有奇才，均受到大司马桓温之喜爱。恂为主簿，超为参军。超多鬚，恂矮小。荆州为之语曰：“髯将军、短主簿，能令公喜，能令公怒。” ②“自要”句：韩愈《郓州溪堂》诗。此指韩元吉，元吉从兄名元龙，字子云，仕终直龙图阁，浙西提刑，与元吉俱以文学显名当世，故下句拟之陆机、陆云。 ③机云：即陆机字士衡，陆云字士龙。兄弟二人“文章冠世”，号曰二陆，见《晋书》本传。 ④银钩：指草书。

南乡子

登京口北固亭有怀[①]

何处望神州，满眼风光北固楼。千古兴亡多少事，悠悠。不尽长江衮衮流[②]。 年少万兜鍪，坐断东南战未休[③]。天下英雄谁敌手，曹刘。生子当如孙仲谋[④]。

（以上《稼轩长短句》卷八）

[注释]

①嘉泰四年(1204)作。 京口北固亭：在镇江北固山上。 ②“不尽”句：“无边落木萧萧下，不尽长江滚滚来。”见杜甫《登高》诗。 ③“年少”二句：孙权十九岁即继承父兄基业，独霸江东，称雄一时，故言“年少”。 ④“天下”三句：谓当时能与孙权匹敌称雄者，唯曹操和刘备。《三国志·蜀书·先主传》载，曹操曾与刘备论天下英雄，曰：“今天下英

雄惟使君（刘备）与操耳，本初（袁绍）之徒不足数也。”又《三国志·吴书·孙权传》注引《吴历》云，曹操曾与孙权对垒，见舟船、器仗、军伍整肃，喟然叹曰：“生子当如孙仲谋，刘景升子（刘琮）豚犬耳。”孙权字仲谋。

[集评]

陈廷焯云：“魄力雄大，虎视千古。东坡词极名士之雅，稼轩词极英雄之气，千古并称，而稼轩更胜。”（《云韶集》卷五）

又云：“信手拈来，自然合拍。”（《词则·放歌集》卷一）

鹧鸪天

和张子志提举[①]

别恨妆成白髮新，空教儿女笑陈人[②]。醉寻夜雨旗亭酒，梦断东风辇路尘。　骑騄駬[③]，䌽青云[④]。看公冠佩玉阶春。忠言句句唐虞际，便是人间要路津[⑤]。

[注释]

①与次首约同作于淳熙五年（1178）。　张子忠：不详。　②陈人：旧人、老人。苏轼《次韵答陈述古》诗：“但愁新进笑陈人。”　③騄駬：一作绿耳，周穆王八骏之一。　④䌽青云：䌽同“蹑”。《汉书·礼乐志·郊祀歌》：“䌽浮云，晻上驰。”　⑤“忠言”二句：“自谓颇挺出，立登要路津。致君尧舜上，再使风俗淳。”见杜甫《赠韦左丞丈》诗。

鹧鸪天

樽俎风流有几人，当年未遇已心亲。金陵种柳欢娱地，庾岭逢梅寂寞滨[①]。　樽似海，笔如神。故人南北一般春。玉人好把新妆样，淡画眉儿浅注唇。

[注释]

①金陵种柳:"益州献蜀柳数株,枝条甚长,状若丝缕。时芳林苑始成,武帝以植于灵和殿前,常玩赏。"见《南史·张绪传》。齐武帝芳林苑在金城。庾岭在江西南部。唐张九龄于开元四年开凿岭路,多植梅,因又称梅岭。张有《开凿大庾岭路序》。

鹧鸪天

指点斋尊特地开,风帆莫引酒船回。方惊共折津头柳,却喜重寻岭上梅。　　催月上,唤风来。莫愁瓶罄耻金罍[①]。只愁画角楼头起,急管哀弦次第催。

[注释]

①"莫愁"句:"瓶之罄矣,维罍之耻。"见《诗经·小雅·蓼莪》。

鹧鸪天

困不成眠奈夜何,情知归未转愁多。暗将往事思量遍,谁把多情恼乱他。　　些底事,误人哪。不成真个不思家。娇痴却妒香香睡[①],唤起醒松说梦些[②]。

[注释]

①香香:侍女名。　②醒松:同"惺忪",苏醒。

鹧鸪天

郑守厚卿席上谢余伯山,用其韵[①]

梦断京华故倦游[②],只今芳草替人愁。阳关莫作三叠唱[③],越女应须为我留[④]。　　看逸韵,自名流。青衫司马且江州[5]。君家兄弟真堪笑，个个能修五凤楼[6]。

［注释］

①绍熙元年至二年(1190—1191)作。　余伯山：余禹绩字伯山，上饶人，见《上饶县志·选举志》。　②故倦游：本《史记·司马相如列传》"长卿故倦游"，《集解》引郭璞云："厌游宦也。"　③"阳关"句：阳关即《阳关曲》，为送别曲，因反复诵唱，又谓之《阳关三叠》。苏轼《东坡志林》卷七："旧传《阳关三叠》，然今世歌者，每句再叠而已。若通首言之，又是四叠。皆非是。或每句三唱，以应三叠之说，则丛然无复节奏。……及在黄州，偶得乐天《对酒》诗云：'相逢且莫推辞醉，听唱阳关第四声。'注云：'第四声劝君更尽一杯酒。'以此验之，若一句再叠，则此句为第五声；今为第四声，则一句不叠审矣。"　④"越女"句："洪涛春天禹穴幽，越女一笑三年留。"见韩愈《刘生歌》。　⑤"青衫"句：唐白居易贬江州司马，因送客湓浦，得闻长安倡女夜弹琵琶，始觉有迁谪意。遂作《琵琶行》诗，其结句云："座中泣下谁最多，江州司马青衫湿。"按余伯山于绍熙中曾任江州州学教授。《永乐大典》卷六千六百九十七"江"字韵《九江府志·碑碣门》载有《江州重建烟水亭记》，末署"绍兴甲寅孟冬望日，文林郎充江州州学教授余禹绩撰"。　⑥"君家"二句："韩浦、韩洎能为古文，洎常轻浦，语人曰：'吾兄为文，譬如绳缚草舍，庇风雨而已，予之文造五凤楼。'浦闻其言，因人遗蜀笺，作诗与洎曰：'十样蛮笺出益州，寄来新自浣花头。老兄得此全无用，取尔添修五凤楼。"见《杨文公谈苑》。

鹧鸪天[1]

一夜清霜变鬓丝，怕愁刚把酒禁持。玉人今夜相思不，想见频将翠枕移。　真个恨，未多时。也应香雪减些儿。菱花照面须频记[2]，曾道偏宜浅画眉。

［注释］

①庆元二年(1196)止酒时作。　②菱花：菱花镜。

鹧鸪天[①]

木落山高一夜霜，北风驱雁又离行。无言每觉情怀好，不饮能令兴味长。　　频聚散，试思量。为谁春草梦池塘[②]。中年长作东山恨[③]，莫遣离歌苦断肠。

[注释]

①淳熙十四年(1187)前作。　②"为谁"句：喻波面。杜甫《渼陂行》有"波涛万顷堆琉璃"句。　③"中年"句：晋谢安语王羲之曰，"中年伤于哀乐，与亲友别辄作数日恶。"王曰："年在桑榆，自然至此。正赖丝竹陶写。"见《世说新语·言语》。

鹧鸪天

三山道中[①]

抛却山中诗酒窠，却来官府听笙歌。闲愁做弄天来大，白髮栽埋日许多。　　新剑戟，旧风波。天生予懒奈予何。此身已觉浑无事，却教儿童莫恁么。

[注释]

①与次首同作于绍熙四年(1193)帅闽时。　三山：福州。

鹧鸪天

桃李漫山过眼空，也宜恼损杜陵翁[①]。若将玉骨冰姿比[②]，李蔡为人在下中[③]。　　寻驿使，寄芳容[④]。垄头休放马蹄松。吾家篱落黄昏后，剩有西湖处士风[⑤]。

［注释］

①“桃李”二句：杜陵翁即杜甫，其《漫兴九首》有云“手种桃李非无主，野老墙低还是家。恰似春风相欺得，夜来吹折数枝花”。九首大意皆言春风暂留，风摧花败，不胜恼恨。 ②玉骨冰姿：谓梅花。 ③李蔡：李广弟。《史记·李将军列传》谓“蔡为人在下中，名声出广下远甚”。此借指桃李。 ④“寻驿使”二句：用陆凯寄梅事。 ⑤“吾家”二句：西湖处士即林逋，其《梅花》诗有云，“雪后园林才半树，水边篱落忽横枝”。《山园小梅》又有“暗香浮动月黄昏”句。

鹧鸪天

读渊明诗不能去手，戏作小词以送之①

晚岁躬耕不怨贫，只鸡斗酒聚比邻②。都无晋宋之间事，自是羲皇以上人③。 千载后，百篇存。更无一字不清真④。若教王谢诸郎在⑤，未抵柴桑陌上尘⑥。

［注释］

①与次首约同作于庆元中。 ②“晚岁”二句：陶渊明有《西田获稻》诗，备述晚年农耕之乐。结句云：“但愿长如此，躬耕非所叹。”又有《归田园居》诗：“漉我新熟酒，只鸡招近局。” 近局：比邻。 ③“都无”二句：陶渊明生活在东晋末年、刘宋初年，其时南北分裂，战乱不断，且多篡弑之祸。因作《桃花源记》，幻想出一个超现实的理想社会。桃源中人竟“不知有汉无论魏晋”，此化用其意。又陶渊明《与子俨等疏》自谓羲皇以上人，即上古以远的人。 ④“千载”三句：谓陶诗以清真流传千秋。 清真：清新纯真。苏轼《和陶渊明饮酒》诗：“渊明独清真。” ⑤王谢诸郎：王、谢两家子弟。王、谢是东晋两望族，其子弟以潇洒儒雅见称。 ⑥柴桑：在今江西九江市西南。陶渊明柴桑人，晚年也归耕于柴桑，又其《杂诗》自称“飘如陌上尘”。

［集评］

卓人月、徐士俊云：“‘胸中那可有一事，天下故应无两人。’惟放翁诗

配稼轩词。”(《古今词统》卷七)

鹧鸪天

髪底青青无限春,落红飞雪谩纷纷。黄花也伴秋光老,何似尊前见在身[①]。书万卷,笔如神[②]。眼看同辈上青云[③]。个中不许儿童会,只恐功名更逼人。

[注释]

①“何似”句:反用牛僧孺《席上赠刘梦得诗》“休论世上升沉事,且鬥尊前见在身”之意。 ②“书万卷”二句:“甫昔少年日,早充观国宾。读书破万卷,下笔如有神。”见杜甫《奉赠韦左丞丈》诗。 ③“眼看”句:“坐看同辈上青云。”见张元幹《陇头泉》词。

鹧鸪天

戊午拜复职奉祠之命[①]

老退何曾说著官,今朝放罪上恩宽。便支香火真祠俸,更缀文书旧殿班。扶病脚,洗衰颜。快从老病借衣冠。此身忘世浑容易,使世相忘却自难。

[注释]

①戊午:庆元四年(1198)。 复职:稼轩绍熙四年秋以集英殿修撰知福州,五年秋放罢,而集英殿之贴职尚在。又据上片“更缀文书旧殿班”,复职当为复集英殿修撰。 奉祠:指主管建宁府武夷山冲佑观。详邓广铭《辛稼轩年谱》。

鹧鸪天

和赵晋臣敷文韵[①]

绿鬓都无白发侵，醉时拈笔越精神。爱将芜语追前事，更把梅花比那人。　回急雪[②]，遏行云[③]。近时歌舞旧时情。君侯要识谁轻重，看取金杯几许深。

[注释]

①赵晋臣：即赵不遇，官至敷文阁学士。　②回急雪：谓舞态。③遏行云：《列子·汤问》载，秦青歌“声振林木，响遏行云”。

鹧鸪天

和傅先之提举赋雪[①]

泉上长吟我独清，喜君来共雪争明。已惊并水鸥无色，更怪行沙蟹有声。　添爽气，动雄情。奇因六出忆陈平[②]。却嫌鸟雀投林去，触破当楼云母屏。

[注释]

①傅先之：傅兆，字先之，曾官龙泉令。　②“奇因”句：《史记·陈丞相世家》谓陈平，“凡六出奇计，辄益邑，凡六益封。奇计或颇秘，世莫能闻”。此因雪花六出而联想及出六计之陈平。

[集评]

卓人月、徐士俊云：“梁园之赋，岂能有此。”（《古今词统》卷七）

鹧鸪天

登一丘一壑偶成[①]

莫殢春光花下游，便须准备落花愁。百年雨打风吹却，万事三平二满休[②]。　将扰扰，付悠悠。此生于世百无忧。新愁次第相抛舍，要伴春归天尽头。

[注释]

①庆元二年(1196)春作。　②“万事”句：“俗言三平二满，盖三遇平，二遇满，皆平稳得过之日。”见《颍川语小》卷下。黄庭坚《四休居士诗序》：“四休笑曰：‘粗羹淡饭饱即休，补破遮寒暖即休。三平二满过即休，不贪不妒老即休。’山谷曰：‘此安乐法也。’”

瑞鹧鸪

京口有怀山中故人[①]

暮年不赋短长词，和得渊明数首诗。君自不归归甚易，今犹未足足何时。　偷闲定向山中老，此意须教鹤辈知[②]。闻道只今秋水上[③]，故人曾榜北山移。

[注释]

①与下二首同作于嘉泰四年(1204)镇江任上。　②“此意”句：用孔稚珪《北山移文》意，谓既已决定回向山中度晚年，须将此意告知猿鹤，令其勿再怨惊。　③秋水：即稼轩在上饶所筑之秋水观。

瑞鹧鸪

京口病中起登连沧观偶成[①]

声名少日畏人知，老去行藏与愿违。山草旧曾呼远志②，故人今又寄当归③。　何人可觅安心法④，有客来观杜德机⑤。却笑使君那得似，清江万顷白鸥飞。

[注释]

①连沧观：“连沧观在府治，乃一郡之胜绝处也。”见《舆地纪胜》卷七《镇江府景物下》。　②“山草”句：“无善名以闻，无恶声以扬，名声相乘除，得少失有馀。”见韩愈《三星行》。又《庄子·齐物论》：“劳神明为一，而不知其同也，谓之朝三。何谓朝三？狙公赋芧曰：‘朝三而暮四。’众狙皆怒。曰：‘然则朝四而暮三。’众狙皆悦。名实未亏而喜怒为用，亦因是也。”　③“故人”句：“故人屡寄山中信，只有当归无别语。”见苏轼《寄刘孝叔》诗。　④安心法：“神光曰：‘我心未安，乞师与安。’尊者曰：‘将心来与汝安。’曰：‘觅心了不可得。’尊者曰：‘我与汝安心竟。’”见契嵩《传法正宗记·慧可传》。　⑤“有客”句：“郑有神巫曰季咸，知人之生死存亡、祸福寿夭。列子与之见壶子，出而谓列子曰：‘嘻，子之先生死矣，弗活矣。……’列子入，泣涕沾襟，以告壶子，壶子曰：‘向吾示之以地文，萌乎不震不止，是殆见吾杜德机也。’”见《庄子·应帝王》。杜即杜塞，德机不发，故曰杜德机。

[集评]

卓人月、徐士俊云：“西北禅师，南华秘旨，合之双美。”（《古今词统》卷七）

顾炎武云：“辛幼安词：‘小草旧曾呼远志，故人今有寄当归。’此非用姜伯约事也。《吴志》：‘太史慈，东莱黄人也。后立功于孙策，曹公闻其名，遗慈书，以箧封之。发省无所道，但贮当归。’幼安久宦南朝，未得大用，晚年多有沦落之感，亦廉颇思用赵人之意耳。观其与陈同甫酒后之言，不可知其心事哉。”（《日知录》卷十三《辛幼安》）

辛启泰云：“公词中‘故人今有寄当归’句，与苏长公‘山中故人应有招我归来篇’句，意正相同。当归故事，特泛用以对远志，非指金言也。乃顾亭林以为有廉颇思用赵人之意，而引稗说以证之，谬矣。公此词作于知镇江府时，年已六十馀，其仕宋亦几四、五十年，所不获大用者，徒以不能事时宰相韩侂胄耳。初，公以《周易》筮得《离》，为南方，志遂以定，金固非尝试之国也。其时金宰相亦未必不如韩侂胄也。以暮齿而违筮言，以直道而思他适，以旧人而切新图，虽庸夫且知其不可，况公常与晦庵、同甫诸贤道德仁义相与切劘者乎？余既斥稗说，因读《日知录》，遂并书其后。”（《稼轩集抄存》卷末《书顾亭林论稼轩词后》）

瑞鹧鸪

胶胶扰扰几时休[①]，一出山来不自由。秋水观中山月夜[②]，停云堂下菊花秋[③]。　随缘道理应须会[④]，过分功名莫强求。先自一身愁不了[⑤]，那堪愁上更添愁。

[注释]

①“胶胶”句：用王安石《芙蓉堂》诗“乞得胶胶扰扰身，五湖烟水替风尘”句。　胶胶扰扰：动乱不安貌。　②秋水观：徐元杰《辛家传》谓“所居有瓢泉、秋水”。稼轩另有《哨遍·秋水观》、《菩萨蛮·昼眠秋水》两阕。《铅山县志》卷八谓“秋水观，在期思”。　③停云堂：瓢泉新居中的堂名。陶渊明有《停云》诗四章，并自序曰：“思亲友也。”稼轩借以用作堂名，亦兼取其“思亲友”之意。　④“随缘”句：随缘即缘行，为佛家入道四行说之一。《景德传灯录》卷三十《菩提达摩略辩大乘入道四行》：“随缘行者，众生无我，并缘业所转，苦乐齐受，皆从缘生。若得胜报荣誉等事，且我过去宿因所感，今方得之，缘尽还无，何喜之有？得失从缘，心无增减，喜风不动，冥顺于道，是故说言随缘行也。”　⑤《全宋词》注：先，去声。

瑞鹧鸪

乙丑奉祠归舟次馀干赋[①]

江头日日打头风[②]，憔悴归来邴曼容[③]。郑贾正应求死鼠[④]，叶公岂是好真龙[⑤]。　孰居无事陪犀首[⑥]，未办求封遇万松[⑦]。却笑千年曹孟德，梦中相对也龙钟[⑧]。

[注释]

①乙丑:开禧元年(1205)。 奉祠:宋代安置五品以上退休官员的一种措施。《宋会要·职官》七五之三七:“开禧元年七月二日,新知隆兴府辛弃疾与宫观,理作自陈。” 馀干:县名,今属江西。 ②打头风:顶头风,逆风。 ③邴曼容:汉琅玡人,养志自修,为官不肯过六百石,辄自免去。见《汉书·两龚传》。 ④“郑贾”句:“郑人谓玉未理璞,周人谓鼠未腊者璞。周人怀璞过郑贾,曰:‘欲买璞乎?’曰:‘欲之。’出其璞。视之,乃鼠也,因谢不取。”见《战国策·秦策三》。 ⑤“叶公”句:“叶公子高之好龙,雕文画之,于是天龙闻而示之,窥头于牖,施尾于堂,叶公见之,五色无主。是叶公非好龙也,好其似龙非龙也。”见《新序·杂事》。 ⑥“孰居”句:犀首姓公孙,名衍。《史记·陈轸传》:“陈轸使于秦,过梁欲见犀首,……犀首见之,陈轸曰:‘公何好饮也?’犀首曰:‘无事也。’” ⑦“未办”句:“居摄元年四月,安众侯刘崇与相张绍谋曰:‘安汉公莽专制朝政,必危刘氏。……吾率宗族为先,海内必和。’绍等从者百馀人,遂进攻宛,不得入而败。绍者,张竦之从兄也。竦与崇父刘嘉诣阙自归,莽赦弗罪,竦因为嘉作奏……愿为宗室倡始,父子兄弟负笼荷锸,驰之南阳……于是莽大说……封嘉为师礼侯,嘉七子皆赐爵关内侯。又后封竦为淑德侯。长安为之语曰:‘欲求封,过张伯松;力战斗,不如巧为奏。’”见《汉书·王莽传》。 注者按:竦字伯松,词中作“万松”,不知何故。 ⑧“却笑”二句:意谓曹操所作《龟虽寿》中虽有“烈士暮年,壮心不已”之句,然与之梦中相遇,却已是老态龙钟之衰翁,此盖为自身暮年之出处遭遇作解嘲。

瑞鹧鸪[①]

期思溪上日千回,樟木桥边酒数杯[②]。人影不随流水去,醉颜重带少年来。 疏蝉响涩林逾静[③],冷蝶飞轻菊半开,不是长卿终慢世[④],只缘多病又非才[⑤]。

（以上《稼轩长短句》卷九）

[注释]

①开禧元年(1205)作。 ②“期思”二句:绍熙五年(1194)秋冬之

间，稼轩至期思，卜筑新居，作有《沁园春·再到期思卜筑》。此盖重归期思时之情形。 ③“疏蝉”句：“蝉噪林逾静，鸟鸣山更幽。”见王籍《若耶溪》诗。 ④“不是”句：“长卿慢世，越礼自放。犊鼻居市，不耻其状。托疾避官，蔑比卿相。乃赋《大人》，超然莫尚。”见《世说新语·品藻》注引《高士传·司马相如赞》。 ⑤“只缘”句：“明皇以张说之荐，召孟浩然，令诵所作，乃曰：“北阙休上书，南山归敝庐。不才明主弃，多病故人疏。……’帝曰：‘卿不求朕，岂朕弃卿？’”见《唐诗纪事》卷二十三。苏轼《乔太博见和复次韵答之》：“非才更多病，二事可并案。”

玉楼春

无心云自来还去[①]，元共青山相尔汝。霎时迎雨障崔嵬，雨过却寻归路处。 侵天翠竹何曾度，遥见屹然星砥柱。今朝不管乱云深，来伴仙翁山下住。

[注释]

①“无心”句：“云从无心来，还向无心去。无心无处寻，莫觅无心处。”见王安石《即事二首》之一。

玉楼春

瘦筇倦作登高去，却怕黄花相尔汝。岭头拭目望龙安[①]，更在云烟遮断处。 思量落帽人风度[②]，休说当年功纪柱[③]。谢公直是爱东山，毕竟东山留不住[④]。

[注释]

①龙安：陈文蔚有《公美约同游龙安寺僧留小饮归途一绝》。稼轩《玉楼春》有“岭头拭目望龙安”句，知龙寺在铅山境内。 ②落帽人：用东晋孟嘉重阳登高风吹落帽而不自知之典。前累见。 ③功纪柱：“建武十九年，马援树两铜柱于象林界，与西屠国分汉之南疆也。”见《水经注》

引《林邑记》。 ④“谢公”二句：言谢安一代风流，晚年仍不免忧谗畏讥，致有泪落哀筝之悲。谢安字安石，曾隐居东山（今浙江上虞西南），故以“东山”代之。谢安位高遭忌，桓伊曾抚筝而歌曰：“为君既不易，为臣良独难。忠信事不显，乃有见疑患。”安闻之而触动心事，不觉潸然泪下，语桓伊云：“使君于此不凡。”见《晋书·桓伊传》。

玉楼春

风前欲劝春光住，春在城南芳草路。未随流落水边花，且作飘零泥上絮。 镜中已觉星星误[1]，人不负春春自负。梦回人远许多愁，只在梨花风雨处。

[注释]

①星星：谓白髮。左思《白髮赋》：“星星白髮，生于垂鬓。”

玉楼春

寄题文山郑元英巢经楼[1]

悠悠莫向文山去，要把襟裾牛马汝[2]。遥知书带草边行[3]，正在雀罗门里住[4]。 平生插架昌黎句[5]，不似拾柴东野苦[6]。侵天且拟凤凰巢[7]，扫地从他鸜鹆舞[8]。

[注释]

①淳熙十六年（1189）作。 文山：据《大明一统名胜志·福州侯官县名胜》，“稍南为文山，宋隐士郑育居之，太守黄裳数造访焉，因砌石为路，榜曰文山”。黄裳北宋末知福州，则元英必郑育之后人。 巢经楼：迹址无可考。 ②“要把”句：“人不通古今，马牛而襟裾。”见韩愈《符读书城南》。 ③书带草：郑玄居不其城南山中教授，山下草茂盛，叶长尺馀，人号康成“书带草”。见《三齐纪略》。 ④雀罗门：汲黯与郑当时有势时宾客盈门，无势时门外可设雀罗。见《史记》本传。 ⑤“平生”句：谓郑氏所藏

的经书。《论语·子罕》:“天将丧斯文也,后死者不得与斯文也。天之未丧斯文也。”又《水经注·泗水》:“汉武帝时,鲁恭王坏孔子旧宅,得《尚书》、《春秋》、《论语》、《孝经》,于时闻上有金石丝竹之音,乃不坏。” ⑥“不似”句:孟郊字东野。张为《诗人主客图》取孟诗“食荠肠亦苦,强歌声无欢”诸句,以为清奇僻苦主。孟又有《喜卢仝书船归洛》诗云:‘我愿拾遗柴,巢经于空虚。” ⑦凤凰巢:“南山有高树,花叶何衰衰。上有凤凰巢,凤凰乳且栖。”见韩愈《南山有高树行》。此喻巢经楼。 ⑧“扫地”句:扫地用祝钦明舞《八风舞》事。 鸜鹆舞:“司徒王导辟为掾,始到府通谒,导谓曰:‘闻君能作鸲鹆舞,一座倾想,宁有此理不?’尚曰:‘佳。’便着衣帻而舞。”见《晋书·谢高传》。鸜鹆(qú yù),鸟名,又作“鸲鹆”。

玉楼春

有自九江以石中作观音像持送者,因以词赋之

琵琶亭畔多芳草[①],时对香炉峰一笑[②]。偶然重傍玉溪东[③],不是白头谁觉老。 普陀大士神通妙[④],影入石头光了了。看来持献可无言,长似慈悲颜色好。

[注释]

①琵琶亭:在江西九江市西江滨。白居易送客湓浦口,夜闻邻舟琵琶声,作《琵琶行》,后人因以名亭。 ②香炉峰:在九江西南,庐山之北,状如香炉。 ③玉溪:江西信江源出玉山县怀玉山,在玉山县境曰玉溪,折西南至上饶县境名上饶江。 ④补陀大士:即补陀落伽山,佛经谓观音菩萨说法之处。按,本词首句称观音为补陀大士,不确。

玉楼春

乙丑京口奉祠西归,将至仙人矶[①]

江头一带斜阳树,总是六朝人住处。悠悠兴废不关心,惟有沙洲双白鹭。 仙人矶下多风雨,好卸征帆留

不住。直须抖擞尽尘埃[②]，却趁新凉秋水去。

[注释]

①乙丑：开禧元年（1205）。　奉祠：宋代安置五品以上退休官员的一种措施。《宋会要·职官》七五之三七：“开禧元年七月二日，新知隆兴府辛弃疾与宫观，理作自陈。”　②“直须”句：“宦情抖擞随尘去。”见白居易《答州民》。

鹊桥仙

席上和赵晋臣敷文[①]

少年风月，少年歌舞，老去方知堪羡。叹折腰、五斗赋归来[②]。问走了、羊肠几遍。　高车驷马，金章紫绶[③]，传语渠侬稳便[④]。问东湖、带得几多春，且看凌云笔健[⑤]。

[注释]

①庆元六年（1200）作。　②“叹折腰”句：北宋陈尧佐以使相致仕，筑亭号“佚老”。后归致者往往多效之。见刘攽《中山诗话》。③金章紫绶：“凡列侯，金印紫绶。”见杜佑《通典》卷三十一《职官》。④“传语”句：谓必可取得。　⑤凌云笔健：“庾信文章老更成，凌云健笔意纵横。”见杜甫《戏为六绝句》。

西江月

用韵和李兼济提举[①]

且对东君痛饮，莫教华发空催。琼瑰千字已盈怀[②]，消得津头一醉。　休唱阳关别去[③]，只今凤诏归来[④]。五云两两望三台[⑤]，已觉精神聚会。

[注释]

①绍熙四年(1193)正月作。原韵即《西江月》(风月亭危致爽)。李兼济:李沐字兼济,德清人,乾道八年进士,绍熙间任福建提举,见《福建通志》卷九十《职官志·提举茶盐公事门》。 ②琼瑰:"声伯梦涉洹,或与己琼瑰食之,泣而为琼瑰,盈其怀。从而歌之曰:'济洹之水,赠我以琼瑰。归乎归乎,琼瑰盈我怀。'"见《左传·成公十七年》。苏轼《送郑户曹》诗:"迟君为坐客,新诗出琼瑰。" ③阳关:王维有《送元二使安西》诗,后入乐府,为送别之曲,因诗有"西出阳关无故人"句,名《阳关曲》。李商隐《赠歌伎》诗:"红绽樱桃含白雪,断肠声里唱阳关。" ④凤诏:朝廷诏书。 ⑤"五云"句:"三台六星,两两而居,起文星列抵太微,一曰天柱,三公之位也,在人曰三公,在天曰三台,主开德宣符也。"见《晋书·天文志》。

西江月

春 晚

剩欲读书已懒,只因多病长闲。听风听雨小窗眠。过了春光太半。 行事如寻去鸟,清愁难解连环[1]。流莺不肯入西园,唤起画梁飞燕。

[注释]

①解连环:秦昭王遣使齐国,送上玉连环一串,请人解环,群臣莫解。齐后以椎击破之,曰:"谨以解矣。"见《战国策·齐策》。此用喻忧愁难解。

西江月

木 犀

金粟如来出世[1],蕊宫仙子乘风[2]。清香一袖意无穷。洗尽尘缘千种。 长为西风作主,更居明月光中。十分秋意与玲珑。拚却今宵无梦。

[注释]

①金粟如来："梵语维摩诘，此云净名，般提之子。……过去成佛，号金粟如来。"见《净名经义钞》。木樨色黄似金，花小如粟，故拟之"金粟如来"。 ②蕊宫：蕊珠宫，道家上清境宫阙名。

西江月

和赵晋臣敷文赋秋水瀑泉[1]

八万四千偈后，更谁妙语披襟[2]。纫兰结佩有同心[3]，唤取诗翁来饮。 镂玉裁冰著句，高山流水知音[4]。胸中不受一尘侵[5]，却怕灵均独醒[6]。

[注释]

①赵晋臣：赵不遇，字晋臣，上饶人。绍兴二十四年进士，曾官中奉大夫、直敷文阁学士，见《上饶县志》、《铅山县志》。广信书院、四印斋诸本题作"用韵答赵晋臣敷文"。 秋水：即秋水观。 ②"八万"二句："东坡游庐山，至东林寺，作二偈，其一云：'溪声便是广长舌，山色岂非清净身。夜来八万四千偈，他日如何举似人。'……山谷云：'如老人于《般若》横说竖说，了无剩语，非其笔端有口，亦安能吐此不传之妙。'"见《冷斋夜话》卷七。 ③纫兰：用屈原《离骚》："纫秋兰以为佩"。 ④"高山"句：暗用伯牙、钟子期相知事。伯牙善琴，寓情高山流水，唯子期为知音。子期死，伯牙终身不抚琴。见《吕氏春秋·本味》。 ⑤"胸中"句："世态已更千变尽，心源不受一尘侵。"见黄庭坚《次韵盖郎中率郭郎中休官》。 ⑥灵均独醒："众人皆醉我独醒。"见屈原《渔父》。

西江月

粉面都成醉梦，霜髯能几春秋。来时诵我伴牢愁[1]，一见尊前似旧。　　诗在阴何侧畔[2]，字居罗赵前头[3]。锦囊来往几时休[4]，已遣蛾眉等候。

[注释]

①伴牢愁："又《旁惜诵》以下至《怀沙》为一卷，名曰《畔牢愁》。"见《汉书·扬雄传》。注引李奇云："畔，离也；牢，聊也。与君相离，愁而无聊也。"此用扬雄事，误"畔"为"伴"，盖传抄传刻致然。　②阴何：即南朝诗人阴铿与何逊。　③罗赵：即晋书家罗叔景与赵元嗣。卫恒曾作四体书势曰："罗叔景、赵元嗣者与张伯英并时，见称于西州，故英自称上比崔、杜不足，下方罗、赵有馀。"见《晋书·卫恒传》。　④锦囊：诗囊。

朝中措

为人寿

年年黄菊滟秋风，更有拒霜红[1]。黄似旧时宫额[2]，红如此日芳容。　　青青未老，尊前要看，儿辈平戎。试酿西江为寿，西江绿水无穷。

[注释]

①拒霜：芙蓉一名拒霜，艳如荷花，八、九月始开，故名。柳永《醉蓬莱》词："嫩菊黄深，拒霜红残。"　②宫额："汉宫娇额半涂黄，粉色凌寒透薄妆。"见王安石《与微之同赋梅花得香字》诗。

清平乐

书王德由主簿扇[1]

溪回沙浅，红杏都开遍。鸂鶒不知春水暖，犹傍垂杨春岸。　　片帆千里轻船，行人想见敧眠。谁似先生高举，一行白鹭青天[2]。

[注释]

①王德由：不详。 ②“一行”句：“两个黄鹂鸣翠柳，一行白鹭上青天。”见杜甫《绝句四首》之一。

好事近

中秋席上和王路铃[①]

明月到今宵，长是不如人约[②]。想见广寒宫殿[③]，正云梳风掠。 夜深休更唤笙歌，檐头雨声恶。不是小山词就，这一场寥索[④]。

[注释]

①王路铃：路铃为某路兵马铃辖之简称。王路铃，不详。 ②“明月”二句：意谓中秋无月。 ③广寒：传说中的月宫，又称“广寒清虚之府”。④“不是”二句：汉淮南王之客名小山作《招隐赋》，北宋晏几道有《小山词》。此言倘非词人赋词吟咏，则更难耐是夕之寂寞。

好事近

和城中诸友韵

云气上林梢，毕竟非空非色[①]。风景不随人去，到而今留得。 老无情味到篇章，诗债怕人索。却笑近来林下，有许多词客。

（以上《稼轩长短句》卷十）

[注释]

①非空非色：“色不异空，空不异色。色即是空，空即是色。受想行识，亦复如是。”见《心经》。

菩萨蛮[①]

江摇病眼昏如雾，送愁直到津头路。归念乐天诗，人生足别离[②]。　　云屏深夜语，梦到君知否。玉箸莫偷垂[③]，断肠天不知。

[注释]

①淳熙元年(1174)作。　②“归念”二句：武瓘《劝酒》诗有“花发多风雨，人生是别离”句，盖稼轩误记为乐天诗。　③玉箸：眼泪。刘孝威《独不见》诗：“谁怜双玉箸，流面复流襟。”

菩萨蛮

西风都是行人恨，马头渐喜归期近。试上小红楼，飞鸿字字愁[①]。　　阑干闲倚处，一带山无数。不似远山横[②]，秋波相共明。

[注释]

①“试上”二句：“困倚危楼，过尽飞鸿字字愁。”见秦观《减字木兰花》词。　②远山：指眉。《西京杂记》卷一：“文君姣好，眉色如望远山。”

菩萨蛮

功名饱听儿童说，看公两眼明如月。万里勒燕然[①]，老人书一编[②]。　　玉阶方寸地[③]，好趁风云会。他日赤松游，依然万户侯[④]。

[注释]

①“万里”句：谓建立破敌大功。《后汉书·窦宪传》载，窦宪追北单于，“登燕然山，去塞三千馀里，刻石勒功”而还。　②一编书：以张良相

勉，愿友人西去大展奇才，为国立功。张良少时过下邳圯桥，遇一老人，赠良一编书，曰："读此书，则为王者师矣。"良视之，乃《太公兵法》也。见《史记·留侯世家》。 ③"玉阶"句："陛下何惜玉阶方寸地，不使臣披露肝胆乎？"见《新唐书·员半千传》。 ④"他日"二句：《史记·留侯世家》记张良语，"家世相韩，今以三寸舌为帝者师，封万户，位列侯，此布衣之极，于良足矣。愿弃人间事，欲从赤松子游耳"。

菩萨蛮

送郑守厚卿赴阙①

送君直上金銮殿，情知不久须相见。一日甚三秋②，愁来不自由。　　九重天一笑，定是留中了③。白髮少经过，此时愁奈何。

［注释］

①郑厚卿：似即郑如密，曾知衡州。 ②"一日"句："一日不见，如三秋兮。"见《诗经·王风·采葛》。 ③留中：留在朝廷供职。

菩萨蛮

送曹君之庄所①

人间岁月堂堂去，劝君快上青云路。圣处一灯传②，工夫萤雪边③。　　麹生风味恶④，辜负西窗约⑤。沙岸片帆开，寄书无雁来。

［注释］

①曹君：不详。 ②一灯传：佛家以灯喻法，故纪其衣鉢相传之史迹者名《传灯录》。 ③萤雪：车胤家贫，灯无油，夏月则练囊盛萤火而照书，以夜继日，见《晋书》本传；晋孙康于冬日则映雪读书，见《尚友录》。 ④麹生：谓酒。 ⑤西窗约："君问归期未有期，巴山夜雨涨秋池。何当共剪西

窗烛,却话巴山夜雨时。”见李商隐《夜雨寄北》。

菩萨蛮

雪楼赏牡丹,席上用杨民瞻韵①

红牙签上群仙格,翠罗盖底倾城色。和雨泪阑干,沉香亭北看。　　东风休放去,怕有流莺诉。试问赏花人,晓妆匀未匀。

[注释]

①雪楼:稼轩在带湖的楼名。　杨民瞻:生平不详。据赵蕃《以归来后与斯远倡酬诗卷寄辛卿》诗“宾朋杂遝孰为佳,咸推杨范工词华”云云,杨、范当指杨民瞻与范开,则杨、范二人同从游稼轩者。

菩萨蛮

重到云岩,戏徐斯远①

君家玉雪花如屋②,未应山下成三宿③。啼鸟几曾催,西风犹未来。　　山房连石径,云卧衣裳冷④。倩得李延年,清歌送上天。

[注释]

①云岩:在上饶县西十八里,有松径始至其巅。两岸怪石崚嶒,有一穴,可容百人,云出则降雨。见《铅山县志》。　②徐斯远:徐文卿,字斯远。　②玉雪:“眼如画,髮漆黑,肌肉玉雪,可念殿中君也。”见韩愈《殿中少监马君墓志》。　③“未应”句:“浮屠不三宿桑下,不欲久生恩爱,精之至也。”见《后汉书·襄楷传》。　④“云卧”句:语本杜甫《游龙门奉先寺》诗“云卧衣裳冷。”

卜算子

万里�浮云，一喷空凡马[①]。叹息曹瞒老骥诗，伏枥如公者[②]。　山鸟哢窥檐，野鼠饥翻瓦。老我痴顽合住山，此地菟裘也[③]。

[注释]

①“一喷”句：《战国策·楚策四》载，伯乐遇老骥，“下车攀而哭之，解纻衣以幂之，骥于是俛而喷，仰而鸣，声达于天，若出金石声者”。　②“叹息”二句：“老骥伏枥，志在千里，烈士暮年，壮心不已。”见曹操《龟虽寿》诗。　③菟裘：隐居之地，春秋时鲁地名，在今山东泰安东南。鲁隐公曾命人在菟裘建宅，以便隐退后居住。见《左传·隐公十一年》。

丑奴儿

醉中有歌此诗以劝酒者，聊隐括之

晚来云淡秋光薄，落日晴天，落日晴天，堂上风斜画烛烟。　从渠去买人间恨，字字都圆，字字都圆，肠断西风十四弦[①]。

[注释]

①十四弦：指箜篌。陆游《长歌行》：“春入箜篌十四弦。”

丑奴儿

寻常中酒扶头后[①]，歌舞支持，歌舞支持，谁把新词唤住伊。　临岐也有旁人笑，笑己争知，笑己争知，明月楼空燕子飞[②]。

[注释]

①中酒:醉酒。杜牧《睦州四韵》诗:“残春杜陵客,中酒落花前。” ②“明月”句:化用苏轼《永遇乐·夜宿燕子楼》“燕子楼空,佳人何在,空锁楼中燕”词意。 按:唐时彭城有燕子楼,为张尚书爱妓盼盼所居,白居易有《燕子楼诗序》。

丑奴儿

此生自断天休问[1],独倚危楼,独倚危楼,不信人间别有愁。 君来正是眠时节,君且归休[2],君且归休,说与西风一任秋。

[注释]

①“此生”句:“自断此生休问天,杜曲幸有桑麻田。”见杜甫《曲江》三首之一。 ②“君来”二句:暗用陶渊明事。

丑奴儿[1]

近来愁似天来大,谁解相怜,谁解相怜,又把愁来做个天。 都将今古无穷事,放在愁边,放在愁边,却自移家向酒泉[2]。

[注释]

①庆元二年(1196)作。 ②“却自”句:“酒泉郡,武帝太初元年开。”见《汉书·地理志》。注云:“城下有金泉,味如酒。”

丑奴儿

年年索尽梅花笑,疏影黄昏,疏影黄昏,香满东风月一痕。 清诗冷落无人寄,雪艳冰魂,雪艳冰魂,浮玉溪头烟树村。

浣溪沙

寿内子①

寿酒同斟喜有馀，朱颜却对白髭须。两人百岁恰乘除②。　婚嫁剩添儿女拜③，平安频拆外家书。年年堂上寿星图。

[注释]

①淳熙十六年(1189)作。稼轩与范邦彦之女成婚，二人同龄。②乘除：平均，指两人年龄均为五十，即二乘五十为一百，一百除二为五十。据"朱颜却对白髭须"，知其夫人容颜尚好。　③剩添：犹言屡次、多次。

浣溪沙①

歌串如珠个个匀②，被花勾引笑和颦。向来惊动画梁尘③。　莫倚笙歌多乐事，相看红紫又抛人。旧巢还有燕泥新。

[注释]

①与次二首同作于庆元六年(1200)。　②"歌串"句："何郎小妓歌喉好，严老呼为一串珠。"见白居易《寄明州于驸马使君》诗。自注："严尚书与驸马诗云：'莫损歌喉一串珠。'"　③"向来"句："鲁人虞公，发声清哀，盖动梁尘。"见《艺文类聚》卷四十三引刘向《别录》。　向来：适来、适才。

浣溪沙

父老争言雨水匀，眉头不似去年颦。殷勤谢却甑中尘[1]。　　啼鸟有时能劝客，小桃无赖已撩人。梨花也作白头新。

[注释]

①甑中尘：范冉字史云，汉恒帝时为莱芜长，所止简陋，有时绝粒，穷居自若。里巷歌之曰："甑中生尘范史云，釜中生鱼范莱芜。"见《后汉书·独行传》。

[集评]

卓人月云："少游'晓阴无赖'，稼轩'小桃无赖'，一闷一喜。"（《古今词统》卷四）

浣溪沙

别杜叔高[1]

这里裁诗话别离，那边应是望归期。人言心急马行迟。　　去雁无凭传锦字，春泥抵死污人衣。海棠过了有荼蘼。

[注释]

①杜叔高：杜斿字叔高，浙江金华人。兄弟五人俱博学工文，人称"金华五高"。陈亮称其诗"如干戈森立，有吞虎食牛之气，而左右发春妍以辉映于其间"见《复杜仲高书》。

浣溪沙

妙手都无斧凿瘢，饱参佳处却成颦。恰如春入浣花村[1]。　　笔墨今宵光有艳，管弦从此悄无言。主人席次两眉轩[2]。

[注释]

①浣花村:杜甫入蜀,遂卜居成都浣花溪,为草堂以居。　②眉轩:举眉,谓喜悦。孔稚珪《北山移文》:“眉轩席次,袂耸筵上。”

添字浣溪沙

用前韵谢傅岩叟瑞香之惠[①]

句里明珠字字排,多情应也被春催。怪得名花和泪送,雨中栽。　赤脚未安芳斛稳[②],娥眉早把橘枝来。报道锦熏笼底下[③],麝脐开。

[注释]

①庆元二年(1196)作。　前韵:即前同调《艳杏妖桃两行排》。②赤脚:指婢。韩愈《寄卢仝》诗:“一奴长鬚不裹头,一婢赤脚老无齿。”③锦熏笼:瑞香一名锦熏笼。《咸淳临安志》卷五十八:“今马塍瑞香种最多,大者名锦熏笼。”

添字浣溪沙

三山戏作[①]

记得瓢泉快活时,长年耽酒更吟诗。蓦地捉将来断送,老头皮[②]。　绕屋人扶行不得,闲窗学得鹧鸪啼[③]。却有杜鹃能劝道,不如归[④]。

[注释]

①绍熙三年(1192)闽宪任上作。　三山:即福州。　②“长年”三句:“宋真宗既东封,访天下隐者,杞人杨朴能为诗,召对,自言不能。上问:‘临行有人作诗送卿否?’朴曰:‘惟臣妻有一首云:更休落魄耽杯酒,且莫猖狂爱咏诗。今日捉将官里去,这回断送老头皮。’上大笑,放还山。”见《苕溪渔隐丛话》前集卷四十二。　③“绕屋”二句:鹧鸪鸣声如云“行

不得也,哥哥”。故云。 ④“却有”二句:杜鹃声如云“不如归去”。

添字浣溪沙

日日闲看燕子飞,旧巢新垒画帘低。玉历今朝推戊己,住衔泥[①]。 先自春光留不住,那堪更著子规啼。一阵晚香吹不断,落花溪。

[注释]

①“玉历”二句:“燕衔泥避戊己日,则巢固而不倾。”见《续博物志》卷六。“戊、己,其日皆土,故燕之往来避社,而嗛土避戊己日。”见《埤雅》。

添字浣溪沙

用前韵谢傅岩叟馈名花鲜蕈[①]

杨柳温柔是故乡,纷纷蜂蝶去年场。大率一春风雨事,最难量。 满把携来红粉面,堆盘更觉紫芝香。幸自麴生闲去了[②],又教忙。才止酒。

[注释]

①庆元二年(1196)作。 前韵:即前同调(总把平生入醉乡)。

②麴生:谓酒。

减字木兰花

宿僧房有作

僧窗夜雨,茶鼎熏炉宜小住。却恨春风,勾引诗来恼杀翁。 狂歌未可,且把一尊料理我。我到亡何[①],却听侬家陌上歌。

[注释]

①亡何：意即更无馀事。

减字木兰花

昨朝官告，一百五年村父老。更莫惊疑，刚道人生七十稀[①]。　使君喜见，恰限华堂开寿宴。问寿如何，百代儿孙拥太婆。　（以上《稼轩长短句》卷十一）

[注释]

①“刚道”句：本杜甫《曲江》之二“人生七十古来稀”。　刚道：偏说、硬说。

醉太平

春　晚[①]

态浓意远[②]，眉颦笑浅。薄罗衣窄絮风软，鬓云欺翠卷。　南园花树春光暖，红香径里榆钱满。欲上秋千又惊懒，且归休怕晚。

[注释]

①春晚：《全宋词》无题，据《稼轩词编年笺注》补。　②“态浓”句：“态浓意远淑且真，肌理细腻骨肉匀。”见杜甫《丽人行》。

[集评]

俞陛云云：“此作情态俱妍。结句有絮飞春旦、日长人倦之意；且有少陵‘一卧沧江惊岁晚’、‘扁舟一系故园心’之感。”（《唐五代两宋词选释》）

太常引

赋十四弦①

仙机似欲织纤罗，仿佛度金梭。无奈玉纤何，却弹作、清商恨多。　　珠帘影里，如花半面，绝胜隔帘歌。世路苦风波，且痛饮、公无渡河②。

[注释]

①十四弦：指箜篌。　②公无渡河：曲调名。《古今注》卷中："霍里子高晨起刺船而棹，有一白首狂夫，乱流而渡，其妻随呼止之，不及，遂坠河水死。于是援箜篌而鼓之，作《公无渡河》之曲，声甚凄怆。曲终，自投河而死。"

太常引

寿赵晋臣敷文。彭溪，晋臣所居①

论公耆德旧宗英，吴季子，百馀龄。奉使老于行②。更看舞、听歌最精③。　　须同卫武，九十入相，菉竹自青青④。富贵出长生，记门外、青溪姓彭⑤。

[注释]

①赵晋臣：即赵不遇，赵敷文。　彭溪："彭溪，县北二里，源出龚潭陂，转彭溪桥六里至清风双峡，入于溪。桥本姓彭人造，传云彭篯之后也。"见《铅山县志》卷一。　②"吴季子"三句：吴季子于王馀祭四年出使鲁、齐、郑、卫、晋诸国，王僚十三年复使于晋。自诸樊即位至此已有四十七年。赵晋臣为宋宗室，故此用吴季子相况。　③"更看舞"句：王馀祭四年，吴使季子聘于鲁，听周乐，为歌《周南》、《召南》。季子曰："美哉，始基之甚矣，犹未也。然勤而不怨。"见《象箾》诸舞，曰："美哉！犹有憾。"见《史记·吴太伯世家》。　④"须同"三句："瞻彼淇奥，绿竹青青。"见《诗经·卫风·淇奥》。毛序："《淇奥》美武公之德也。有文章，又能听其规

谏，以礼自防，故能入相于周。”　⑤“富贵”二句：“彭祖，在商为守藏史，在周为柱下史。”见《庄子音义》引《世本》。传说彭祖享寿最高，凡数百岁。

东坡引

君如梁上燕，妾如手中扇。团团青影双双伴。秋来肠欲断，秋来肠欲断。　黄昏泪眼，青山隔岸。但咫尺、如天远，病来只谢傍人劝。龙华三会愿①，龙华三会愿。

[注释]

①“龙华”句：“四月八日，诸寺各设斋，以五香水浴佛，作龙华会，以为弥勒下生之征也。”见《荆楚岁时记》。冯延巳《长命女》词：“春日宴，绿酒一杯歌一遍。再拜陈三愿：一愿郎君千岁，二愿妾身长健，三愿如同梁上燕，岁岁长相见。”

[集评]

沈际飞云：“二段各复出一句，元词多有之。苦趣。”（《草堂诗馀别集》卷二）

东坡引

花梢红未足，条破惊新绿。重帘下遍阑干曲。有人春睡熟，有人春睡熟。　鸣禽破梦，云偏目蹙。起来香腮褪红玉，花时爱与愁相续。罗裙过半幅，罗裙过半幅①。

[注释]

①两“半幅”集俱作“一半”，改从汲古阁本《稼轩词》。

[集评]

沈际飞云:“爱愁相续,真不言瘦,妙。下词亦然(案指同调‘玉纤弹旧怨’)”(《草堂诗馀别集》卷二)

恋绣衾[1]

无　题

长夜偏冷添被儿,枕头儿、移了又移。我自是笑别人底,却元来、当局者迷。　如今只恨因缘浅,也不曾、抵死恨伊。合手下、安排了,那筵席、须有散时。

[注释]

①唐氏按:此首别双作陆游词,见《花草粹编》卷五。

杏花天[1]

牡丹昨夜方开遍,毕竟是、今年春晚。荼蘼付与薰风管,燕子忙时莺懒。　多病起、日长人倦。不待得、酒阑歌散。副能得见茶瓯面[2],却早安排肠断。

[注释]

①庆元元年至二年(1195—1196)间作。　②副能:甫能,犹言方才。

柳梢青

三山归途,代白鸥见嘲[1]

白鸟相迎,相怜相笑,满面尘埃。华髮苍颜,去时曾劝,闻早归来[2]。　而今岂是高怀,为千里、莼羹计哉[3]。好把移文[4],从今日日,读取千回。

[注释]

①绍熙五年(1194)秋作。　②"去时"二句:稼轩于绍熙三年赴闽宪之《浣溪沙》词有"细听春山杜宇啼,一声声是送行诗,朝来白鸟背人飞"诸句,此旧事重提。　③"而今"二句:稼轩帅闽,于绍熙五年秋为言者论劾放罢,非出于自身之乞请,故借白鸥之口而为此语以自嘲。　④移文:即孔稚珪《北山移文》。

武陵春

走去走来三百里,五日以为期。六日归时已是疑[①],应是望多时。　　鞭个马儿归去也,心急马行迟。不免相烦喜鹊儿,先报那人知[②]。

[注释]

①"五日"二句:"五日为期,六日不詹。"见《诗经·小雅·采绿》。②唐氏按:此首又见石孝友《金谷遗音》。

谒金门[①]

归去未,风雨送春行李。一枕离愁头彻尾,如何消遣是。　　遥想归舟天际[②],绿鬓珑璁慵理。好梦未成莺唤起,粉香犹有殢。

[注释]

①约庆元二年(1196)作。　②"遥想"句:"天际识归舟,云中辨江树。"见谢朓《之宣城出新林浦向板桥》诗。

酒泉子

无 题

流水无情，潮到空城头尽白[①]。离歌一曲怨残阳，断人肠。　　东风官柳舞雕墙，三十六宫花溅泪[②]。春声何处说兴亡，燕双双[③]。

[注释]

①“潮到”句：“山围故国周遭在，潮打空城寂寞回。”见刘禹锡《石头城》诗。　②“三十六宫”句：“汉家离宫三十六。”见骆宾王《帝京篇》。杜甫《春望》诗：“感时花溅泪，恨别鸟惊心。”　③“春声”二句：“燕子不知何世，向寻常巷陌、人家相对，如说兴亡斜阳里。”见周邦彦《西河》词咏金陵。

[集评]

陈廷焯云：“悲而壮，阅者谁不变色？无穷感喟，似老杜悲歌之作。”（《云韶集》卷五）

又云：“不必叫嚣，自然雄杰，此是真力量，古今一人而已。”（《词则·放歌集》卷一）

霜天晓角[①]

暮山层碧，掠岸西风急。一叶软红深处[②]，应不是、利名客。　　玉人还伫立，绿窗生怨泣。万里衡阳归恨，先倩雁、寄消息[③]。

[注释]

①淳熙六年或七年（1179—1180）作。　②软红：谓红尘。苏轼《次韵蒋颖叔钱穆从驾景灵宫》诗：“半白不羞垂领髪，软红犹恋属车尘。”自注：“前辈戏语：西湖风月，不如东华软红尘土。”　③“万里”二句：衡阳为县

名,宋属衡州。其地有回雁峰。杜甫《归雁》诗:“万里衡阳雁,今年又北归。”

点绛唇

留博山寺,闻光风主人微恙而归,时春涨断桥[①]

隐隐轻雷,雨声不受春回护。落梅如许,吹尽墙边去。　春水无情,碍断溪南路。凭谁诉,寄声传语,没个人知处。

[注释]

①淳熙十四年(1187)前闲居带湖时作。　光风主人:不详。

生查子[①]

梅子褪花时,直与黄梅接。烟雨几曾开,一春江里活。

富贵使人忙,也有闲时节。莫作路旁花,长教人看杀。

[注释]

①与次首同作于嘉泰四年(1204)知镇江时。

生查子

题京口郡治尘表亭[①]

悠悠万世功,矻矻当年苦。鱼自入深渊,人自居平土[②]。　红日又西沉,白浪长东去。不是望金山[③],我自思量禹。

[注释]

①尘表亭:“郡守宅在正峰腰。……尘表亭,旧名婆罗,元祐中守林希于广陵得婆罗三十本,植亭下。后陈居仁易名,在(丹阳)楼北隅。沈存中《丹阳楼》诗指此。”见《北固山志》卷二《建置郡守宅》。 ②“悠悠”四句:指夏禹治水事。据《史记·夏本纪》,禹父鲧因治水无功被诛,禹承父业,“劳身焦思,居外十三年,过家门不敢入”,终于驯服洪水。又《孟子·滕文公下》:“禹掘地而注之海,驱蛇龙而之菹。”“险阻既远,鸟兽之害人者消,然后人得平土而居之。” ③金山:在镇江西北的长江中。《舆地纪胜》卷七《镇江府景物》:“旧名浮玉,唐李琦镇润州,表名金山。因裴头陀开山得金,故名。”

昭君怨

送晁楚老游荆门[①]

夜雨剪残春韭,明日重斟别酒。君去问曹瞒,好公安[②]。 试看如今白髮,却为中年离别。风雨正崔嵬,早归来。

[注释]

①淳熙十四年(1187)前作。 晁楚老:不详。 荆门:在江陵府公安县北。 ②“君去”二句:“与曹公战于赤壁,大破之,焚其舟船。先主与吴军水陆并进,追到南郡。时又疾疫,北军多死,曹公引归。……群下推先主为荆州牧,治公安。”见《三国志·蜀书·先主传》。

一落索

信守王道夫席上,用赵达夫赋金林檎韵[①]

锦帐如云处,高不知重数。夜深银烛泪成行,算都把、心期付。 莫待燕飞泥污,问花花诉。不知花定有情无,似却怕、新词妒。

[注释]

①绍熙二年(1191)作。　王道夫:即王自中,字道夫。即赵兼善,始名达夫,后改名充夫,字可大。

如梦令

赋梁燕

燕子几曾归去,只在翠岩深处。重到画梁间,谁与旧巢为主。深许,深许,闻道凤凰来住。

（以上《稼轩长短句》卷十二）

生查子

和夏中玉①

一天霜月明,几处砧声起。客梦已难成,秋色无边际。

旦夕是重阳,菊有黄花蕊。只怕又登高,未饮心先醉。

[注释]

①夏中玉:不详。

满江红①

老子当年,饱经惯、花期酒约。行乐处、轻裘缓带,绣鞍金络。明月楼台箫鼓夜,梨花院落秋千索。共何人、对饮五三钟,颜如玉。　嗟往事,空萧索。怀新恨,又飘泊。但年来何待,许多幽独。海水连天凝望远,山风吹雨征衫薄。向此际、羸马独骎骎,情怀恶。

[注释]

①绍熙四年或五年(1193—1194)作。

菩萨蛮

和夏中玉

与君欲赴西楼约,西楼风急征衫薄。且莫上兰舟,怕人清泪流。　　临风横玉管,声散江天满。一夜旅中愁,蛩吟不忍休。

一剪梅

尘洒衣裾客路长。霜林已晚,秋蕊犹香。别离触处是悲凉。梦里青楼,不忍思量。　　天宇沉沉落日黄。云遮望眼,山割愁肠。满怀珠玉泪浪浪。欲倩西风,吹到兰房。

一剪梅

歌罢尊空月坠西。百花门外,烟翠霏微。绛纱笼烛照于飞[1]。归去来兮,归去来兮。　　酒入香腮分外宜。行行问道,还肯相随。娇羞无力应人迟。何幸如之,何幸如之。

[注释]

①于飞:夫妇和美相依貌。《诗经·邶风·燕燕》:"燕燕于飞,差池其羽。之子于归,远送于野。"

念奴娇

谢王广文双姬词[①]

西真姊妹[②]，料凡心忽起，共辞瑶阙。燕燕莺莺相并比[③]，的当两团儿雪[④]。合韵歌喉，同茵舞袖，举措□□别。江梅影里，迥然双蕊奇绝。　还听别院笙歌，仓皇走报，笑语浑重叠。拾翠洲边携手处[⑤]，疑是桃根桃叶[⑥]。并蒂芳莲，双头红药，不意俱攀折。今宵鸳帐，有同对影明月。

[注释]

①王广文：不详。　②"西真"句：贤鸡君鲁敢遇仙女西真，西真与之同跨彩麟，进瑶池，升西真阁，见西王母。须臾，觥筹递举，霞衣吏请奏《鸾凤和鸣曲》，又奏《云雨庆先期曲》。酒酣，复入一洞，碧桃艳杏，香凝如雾，西真曰："他日与君人间还，双栖于此。"见曾慥《类说》卷四十六引《续青琐高议·贤鸡君传》。　③燕燕莺莺：喻双姬。　④的当：犹言恰是。⑤拾翠洲：广州西南有拾翠洲。陆龟蒙《送李明甫之任南海》诗："居人爱近沉珠浦，候吏多来拾翠洲。"此喻指双姬活动之所。　⑥桃根桃叶："晋王献之爱妾名桃叶，其妹曰桃根，献之尝临渡歌以送之。"见《古今乐录》。

念奴娇

三友同饮，借赤壁韵[①]

论心论相，便择术满眼，纷纷何物[②]。踏碎铁鞋三百緉，不在危峰绝壁[③]。龙友相逢，洼樽缓举，议论敲冰雪[④]。何妨人道，圣时同见三杰[⑤]。　自是不日同舟，平戎破虏，岂由言轻发。任使穷通相鼓弄，恐是真□难灭。寄食王孙，丧家公子，谁握周公髪[⑥]。冰□皎皎，照人不下霜月。

[注释]

①约绍熙元年或二年(1190—1191)作。汉高祖曾称张良、韩信、萧何三人为“人杰”,后世因称“三杰”。稼轩同时又有《念奴娇》词,题作“三友同饮,借赤壁韵”。此处“三杰”即指“三友”,但所指不详。“三”字原据四卷本乙集作“之”,兹从广信书院本。 赤壁韵:即苏轼《念奴娇·赤壁怀古》。 ②“论心”三句:“相形不如论心,论心不如择术。”见《荀子·非相》。此借作评论人物之标准。 ③“踏碎”二句:用谚语“踏破铁鞋无觅处,得来全不费功夫”之意,谓今日有幸遇得三友。 ④“龙友”三句:与三友会饮,共同议时论政。 龙友:龙须友,原指笔,冯贽《云仙杂记》:“郤诜射策第一,再拜其笔曰:‘龙须友’使我至此。”此借指笔友、文友。 洼尊:酒杯。唐李适之登湖州岘山,见山上有石如酒尊,可注斗酒,因建亭曰“洼尊”。见《嘉泰吴兴志·事物杂志》。 ⑤三杰:汉高祖曾称张良、韩信、萧何三人为人杰,后因称三杰,此即指题中“三友”。 ⑥“寄食”三句:感叹友人虽具经世济国之才志,却潦倒江湖,不为朝廷重用。 寄食王孙:用韩信寄食事。据《史记·淮阴侯列传》,韩信未得志前,曾寄食于某亭长,因不堪羞辱而离去。后受饭于漂母,信谓漂母曰:“吾必有以重报母。”漂母怒曰:“大丈夫不能自食,吾哀王孙而进食,岂望报乎!” 丧家公子:指友人离家浪迹江湖。 谁握周公髮:《史记·周公世家》载周公语,“我一沐三握髮,一饭三吐哺,起以待士,犹恐失天下之贤人”。

念奴娇

赠夏成玉①

妙龄秀发,湛灵台一点②,天然奇绝。万壑千岩归健笔,扫尽平山风月③。雪里疏梅,霜头寒菊,迥与馀花别。识人青眼④。慨然怜我疏拙。 遐想后日蛾眉,两山横黛,谈笑风生颊。握手论文情极处,冰玉一时清洁。扫断尘劳,招呼萧散,满酌金蕉叶⑤。醉乡深处,不知天地空阔。

[注释]

①夏成玉：不详。 ②灵台："不可内于灵台，灵台者有持。"见《庄子·庚桑楚》。注云："灵台，心也。" ③平山：平山堂。欧阳修建，在扬州瘦西湖北蜀冈上，登堂可见江南诸山，故云平山。 ④青眼："籍能为青、白眼，见俚俗之士，以白眼对之。"见《晋书·阮籍传》。 ⑤金蕉叶：谓酒杯。

江城子

戏同官

留仙初试研罗裙[①]。小腰身，可怜人。江国幽香，曾向雪中闻。过尽东园桃与李，还见此，一枝春。 庾郎襟度最清真[②]。挹芳尘，便情亲。南馆花深，清夜驻行云。拚却日高呼不起，灯半灭，酒微醺。

[注释]

①"留仙"句："帝于太液池作千人舟，号合宫之舟。后歌舞《归风送远》之曲。侍郎冯无方吹笙以倚后歌。中流歌酣，风大起，后扬袖曰：'仙乎仙乎，去故而就新，宁忘怀乎？'帝令无方持后裙。风止，裙为之绉。他日，宫姝或襞裙为绉，号留仙裙。"见刘玄《飞燕传》。 ②庾郎：指庾杲之。《南齐书·庾杲之传》谓杲之"清贫自业，食惟有韭葅、瀹韭、生韭杂菜。或戏之曰：'谁谓庾郎贫？食鲑常有二十七种。'言三九也。""九"谐音"韭"。

惜奴娇

戏同官

风骨萧然，称独立、群仙首。春江雪、一枝梅秀。小样香檀[①]，映朗玉、纤纤手。未久。转新声、泠泠山溜。曲里传情，更浓似、尊中酒。信倾盖、相逢如旧。别后相思,记敏政堂前柳[2]。知否。又拚了、一场消瘦。

[注释]

①小样香檀:指扇。 ②敏政堂:《永乐大典》卷七千二百三十六"堂"字韵引《温州府志》,温州府厅曰敏政堂;同卷引《抚州罗山志》所载张季谟《敏政堂记》,谓敏政堂为崇仁县令张潇所建,记文自署淳熙十七年孟秋。不知二者孰是。

眼儿媚

妓

烟花丛里不宜他,绝似好人家。淡妆娇面,轻注朱唇,一朵梅花。 相逢比著年时节,顾意又争些[1]。来朝去也,莫因别个,忘了人咱[2]。

[注释]

①争些:犹言差些。 ②咱:语尾助词。

如梦令

赠歌者

韵胜仙风缥缈,的皪娇波宜笑[1]。串玉一声歌,占断多情风调。清妙,清妙,留住飞云多少[2]。

[注释]

①的皪:《汉书·司马相如传》"宜笑的皪",郭璞注:"的皪,鲜明貌。" ②"留住"句:用响遏行云意。《列子·汤问》谓秦青善歌,"声振林木,响遏行云"。

鹧鸪天

和陈提干[①]

剪烛西窗夜未阑，酒豪诗兴两联绵。香喷瑞兽金三尺，人插云梳玉一湾[②]。　倾笑语，捷飞泉。觥筹到手莫留连。明朝再作东阳约，肯把鸾胶续断弦[③]。

［注释］

①陈提干：不详。　②"香喷"二句："喷香瑞兽金三尺，舞雪佳人玉一围。"见罗隐诗。　瑞兽：兽形香炉。　③"明朝"二句：谓日后重聚。东阳：南朝萧齐时，沈约曾任东阳太守，人称沈东阳，沈集中有艳情诗多首。东阳属浙东路婺州，今浙江东阳市，建康之东有镇亦名东阳。　鸾胶："西海献鸾胶，武帝弦断，以胶续之，弦两头遂相著，终射不断，帝大悦，名续弦胶。"见《汉武外传》。

踏莎行

春日有感

萱草齐阶，芭蕉弄叶，乱红点点团香蝶。过墙一阵海棠风，隔帘几处梨花雪。　愁满芳心，酒潮红颊。年年此际伤离别。不妨横管小楼中，夜阑吹断千山月。

出　塞[①]

春寒有感

莺未老，花谢东风扫。秋千人倦彩绳闲，又被清明过了。　日长减破夜长眠，别听笙箫吹晓。锦笺封与怨春诗，寄与归云缥缈。

[注释]

①出塞:即《谒金门》之别称。

谒金门

和陈提干

山共水,美满一千馀里。不避晓行并早起,此情都为你。　　不怕与人尤殢[1],只怕被人调戏。因甚无个阿鹊地,没工夫说里[2]。

[注释]

①尤殢:即尤云殢雨。　②"因甚"二句:阿鹊即嚏声。里犹哩,意谓未被人说及,故无喷嚏。

好事近

春日郊游

春动酒旗风,野店芳醪留客。系马水边幽寺,有梨花如雪。　　山僧欲看醉魂醒,茗碗泛香白。微记碧苔归路,袅一鞭春色。

好事近

花月赏心天,抬举多情诗客[1]。取次锦袍须贳,爱春醅浮雪。　　黄鹂何处故飞来,点破野云白。一点暗红犹在,正不禁风色。

[注释]

①抬举:犹言赏识。

好事近[①]

春意满西湖[②]，湖上柳黄时节。濒水雾窗云户，贮楚宫人物[③]。　一年管领好花枝，东风共披拂。已约醉骑双凤，玩三山风月。

[注释]

①绍熙四年或五年(1193—1194)作。　②西湖：据下片“玩三山风月”，知指福州西湖。　③楚宫：“楚宫在巫山县西北二百步，在阳台古城内。即襄王所游之地。”见《太平寰宇记》。据宋玉《高唐赋序》，楚王曾于此艳遇巫山神女。

水调歌头

和马叔度游月波楼[①]

客子久不到，好景为君留。西楼著意吟赏，何必问更筹。唤起一天明月，照我满怀冰雪，浩荡百川流。鲸饮未吞海，剑气已横秋。　野光浮。天宇迥，物华幽。中州遗恨，不知今夜几人愁。谁念英雄老矣，不道功名蕞尔，决策尚悠悠。此事费分说，来日且扶头。

[注释]

①淳熙四年(1177)差知江陵府兼湖北安抚时作。　马叔度：不详。月波楼：当指湖北黄冈月波楼。王禹偁《黄冈竹楼记》：“因作小楼二间，与月波楼通。远吞山光，平浥江濑，幽阒辽敻，不可俱状。”与词中所写景象相合。

水调歌头

巩采若寿[1]

泰岳倚空碧,汶水卷云寒。萃兹山水奇秀,列宿下人寰。八世家传素业,一举手攀丹桂[2],依约笑谈间。宾幕佐储副,和气满长安[3]。 分虎符,来近甸,自金銮[4]。政平讼简无事,酒社与诗坛。会看沙堤归去[5],应使神京再复,款曲问家山。玉佩揖空阔,碧雾翳苍鸾。

[注释]

①淳熙三年或四年(1176—1177)作。 巩采若:名湘,武义人,廷芝之子。绍兴十二年进士及第,历任湖州守、明州长史,知广州兼广南东路安抚使等职。 ②"一举"句:犹言折桂,即进士及第。 ③"宾幕"二句:"淳熙四年六月十二日,诏明州长史巩湘除直敷文阁。以皇子魏王恺言湘赞佐有补故也。"见《宋会要·职官》八十四之三。又《咸淳临安志》谓乾道七年四月二十七日以皇太子领尹,置少尹。 长安:指西安。 ④"分虎符"三句:"巩湘,朝奉大夫,淳熙三年四月到,转朝散大夫,四年十二月除明州长史。"见《嘉泰吴兴志》卷十四《郡守题名》。注者按:巩湘佐治临安有补政教,至明州长史任内方授褒奖,知其知吴兴必与其佐治临安相衔接,则此诸语必指其守吴兴而言。 ⑤沙堤:唐故事,宰相初拜,京兆使人载沙填路,自私邸至子城东街,名沙堤。见李肇《唐国史补》卷下。

贺新郎

和吴明可给事安抚[1]

世路风波恶。喜清时、边夫袖手,□将帷幄。正值春光二三月,两两燕穿帘幕。又怕个、江南花落。与客携壶连夜饮,任蟾光、飞上阑干角。何时唱,从军乐[2]。 归欤已赋居岩壑。悟人世、正类春蚕,自相缠缚。眼畔昏鸦千万点，□欠归来野鹤。都不恋、黑头黄阁[3]。一咏一觞成底事，庆康宁、天赋何须药。金琖大，为君酌。

［注释］

①此词诸本俱不收，唯见辛启泰本补遗中，是否为稼轩所作，难以遽断。　吴明可：名芾，台州仙居人。前后守六郡，以龙图阁直学士致仕，后十年卒。《宋史》有传。朱熹《吴氏神道碑》谓吴芾卒于淳熙十年，其致仕当在淳熙初。此词有“归欤”云云，当作于吴氏归田之后，然题中仍以“给事安抚”相称，疑当作于吴氏以龙图阁致仕之前，即乾道六年至九年间。②从军乐：“从军有苦乐，但问所从谁。”见王粲《从军》诗。　③黑头：指壮年。　黄阁：谓三公。《世说新语·识鉴》：“诸葛道明初过江左，自名道明，名亚王、庾之下。先为临沂令，丞相谓曰：‘明府当为黑头公。’”黄阁：宰相厅堂。

渔家傲

湖州幕官作舫室

风月小斋模画舫，绿窗朱户江湖样。酒是短桡歌是浆，和情放。醉乡稳到无风浪[1]。　自有拍浮千斛酿[2]，从教日日蒲桃涨[3]。门外独醒人也访[4]，同俯仰。赏心却在鸱夷上[5]。

［注释］

①“醉乡”句：“醉乡路稳宜频到，此外不堪行。”见李煜《乌夜啼》。②“自有”句：《世说新语·任诞》记毕卓语“拍浮酒池中便足了一生”。③蒲桃涨：形容水色碧绿。李白《襄阳歌》：“遥看汉水鸭头绿，恰似葡萄初酦醅。”　④独醒：“众人皆醉我独醒。”见《楚辞·渔父》。　⑤鸱夷：范蠡佐勾践平吴后，化名鸱夷子皮，泛舟太湖归隐而去。

霜天晓角

赤 壁

雪堂迁客，不得文章力。赋写曹刘兴废，千古事、泯陈迹。　望中矶岸赤，直下江涛白。半夜一声长啸，悲天地、为予窄。

苏武慢

雪①

帐暖金丝②，杯干云液，战退夜□飂飅。障泥系马③，扫路迎宾④，先借落花春色。歌竹传觞，探梅得句，人在玉楼琼室。唤吴姬学舞，风流轻转，弄娇无力。　尘世换、老尽青山，铺成明月，瑞物已深三尺。丰登意绪，婉娩光阴⑤，都作暮寒堆积。回首驱羊旧节⑥，入蔡奇兵⑦，等闲陈迹。总无如现在，尊前一笑，坐中赢得。

[注释]

①疑绍熙五年(1194)作。　②帐暖金丝："元载所幸薛瑶英，处金丝之帐。"见《杜阳杂编》。　③障泥系马："王武子善解马性，尝乘一马，着连钱障泥，前有水，终日不肯渡。王云：'此必是惜障泥。'使人解去，便径渡。"见《世说新语·求解》。　障泥：马鞯两旁之下垂者，用以障蔽尘土，亦称蔽泥。　④扫路迎宾："巨豪王元宝每至冬月大雪之际，令仆夫自本家坊巷口扫雪为径路，躬亲立于坊巷前，迎揖宾客，就本家具酒炙宴乐之，为暖寒之会。"见《开元天宝遗事·扫路迎宾》。　⑤婉娩光阴：犹言大好光阴，光阴明媚。　⑥"回首"句：用苏武事。单于欲降苏武，幽之大窖，绝不饮食。天下雪，苏武卧吃雪，数日不死。后徙北海，杖汉节牧羊，卧起操持，节旄落尽。见《汉书》本传。　⑦入蔡奇兵：唐李愬善骑射，受命伐吴元济，会大雪，马皆缩慄，士抱戈冻死于道者十一二。吏请所向，

李愬曰："入蔡州取吴元济！"黎明雪止，愬入驻元济外宅。蔡吏惊曰："城陷矣！"见《旧唐书》本传。

绿头鸭

七夕

叹飘零，离多会少堪惊[①]。又争如、天人有信，不同浮世难凭[②]。占秋初、桂花散采，向夜久、银汉无声[③]。凤驾催云，红帷卷月，泠泠一水会双星。素杼冷，临风休织，深诉隔年诚。飞光浅，青童语款，丹鹊桥平[④]。　看人间、争求新巧，纷纷女伴欢迎。避灯时、彩丝未整，拜月处、蛛网先成[⑤]。谁念监州[⑥]，萧条官舍，烛摇秋扇坐中庭。笑此夕、金钗无据，遗恨满蓬瀛[⑦]。敧高枕，梧桐听雨，如是天明[⑧]。

[注释]

①"叹飘零"二句："七月七日河边渡，别多会少知奈何。"见张耒《七夕歌》。　②"又争如"二句：谓牛郎织女虽一年一会，然终有凭准，不似人间之反覆无常。　③"占秋初"二句：谓月光普洒。周邦彦《解花语》词："桂华流瓦，纤云散，耿耿素娥欲下。"　桂花：即月光。　④"泠泠"七句：相传织女为天帝孙女，善织云锦。天帝怜其长年独处，许嫁河西牛郎。嫁后，遂废织。天帝怒，责令归河东，唯每年七月七日夜渡河一会。织女当渡河，使鹊为桥。又陈邵《通幽记》载有天女青童与赵旭欢娱事。　⑤"看人间"四句："七夕，妇人结彩楼，穿七孔针，或以金银鍮石为针，陈瓜果于庭中以乞巧，有蟢子网于瓜上则以为得。"见《荆楚岁时记》。　⑥监州：即通判。　⑦"笑此夕"二句："含情凝睇谢君王，一别音容两渺茫。……惟将旧物表深情，钿合金钗寄将去。……七月七日长生殿，夜半无人私语时。在天愿作比翼鸟，在地愿为连理枝。天长地久有时尽，此恨绵绵无绝期。"见白居易《长恨歌》。　⑧"梧桐"二句："梧桐树，三更雨，不道离情正苦。一叶叶，一声声，空阶滴到明。"见温庭筠《更漏子》词。

乌夜啼

戏赠籍中人[①]

江头三月清明，柳风轻。巴峡谁知还是、洛阳城[②]。春寂寂，娇滴滴，笑盈盈。一段乌丝阑上、记多情[③]。

[注释]

①籍中人：指歌伎。宋代歌伎入乐籍。 ②"巴峡"句：苏轼《临江仙》题序云，"龙丘子自洛至蜀，载二侍女，戎装骏马，至溪山佳处，辄留数日，见者以为异人……"上片云："细马远驮双侍女，青山玉带红靴。溪山好处便为家。谁知巴峡路，却见洛城花。"辛词见巴峡江头景物似洛阳，故云"谁知还是洛阳城"。 ③乌丝阑："黄素细密，上下乌丝织成栏，其间用朱墨界行，此正所谓乌丝栏也。"见袁文《瓮牖闲评》卷六。

品　令

迢迢征路，又小舸、金陵去。西风黄叶，淡烟衰草，平沙将暮。回首高城，一步远如一步[①]。　江边朱户，忍追忆、分携处。今宵山馆，怎生禁得，许多愁绪。辛苦罗巾，搵取几行泪雨。

（以上《稼轩词补遗》）

[注释]

①"回首"二句："驱马渐觉远，回头长路尘。高城已不见，况复城中人。"见唐欧阳詹《赠太原妓》诗。

好事近[①]

医者索酬劳，那得许多钱物。只有一个整整，也盒盘盛得。　下官歌舞转凄惶，剩得几枝笛。觑著这般火色，告妈妈将息。

（《清波别志》卷下）

[注释]

①周煇《清波别志》卷下："（稼轩）在上饶，属其室病，呼医对脉。吹笛婢名整整者侍侧，乃指以谓医曰：'老妻病安，以此人为赠。'不数日，果勿药，乃践前约。整整既去，因口占《好事近》。"

金菊对芙蓉

重阳

远水生光，遥山耸翠，霁烟深锁梧桐。正零瀼玉露[①]，淡荡金风。东篱菊有黄花吐，对映水、几簇芙蓉。重阳佳致，可堪此景，酒酽花浓。　追念景物无穷。叹少年胸襟，忒煞英雄[②]。把黄英红萼，甚物堪同。除非腰佩黄金印，座中拥、红粉娇容。此时方称情怀，尽拚一饮千钟。

（《草堂诗馀后集》卷上）

[注释]

①零：落。　瀼：露重貌。　②忒煞：特别、分外。

贺新郎[①]

吉席[②]

瑞气笼清晓。卷珠帘、次第笙歌，一时齐奏。无限神仙离蓬岛。凤驾鸾车初到。见拥个、仙娥窈窕。玉珮玎珰风缥缈。望娇姿、一似垂杨袅。天上有，世间少。

刘郎正是当年少。更那堪、天教付与，最多才貌。玉树琼枝相映耀。谁与安排忒好。有多少、风流欢笑。直待来春成名了,马如龙,绿绶欺芳草[③]。同富贵,又偕老。

(《类编草堂诗馀》卷四)

[注释]

①唐氏按:此首不似辛弃疾作。惟"刘郎正是当年少"三句,宋人已歌之,见刘壎《水云村诗馀》,末句作"许多才调",稍有不同。此首必宋人作。姑附于此。 ②吉席:结婚喜宴。 ③绿绶:绿色系官印之绶带。

好事近

西 湖[①]

日日过西湖,冷浸一天寒玉[②]。山色虽言如画,想画时难邈[③]。 前弦后管夹歌钟,才断又重续。相次藕花开也,几兰舟飞逐。

(《永乐大典》卷二千二百六十五"湖"字韵)

[注释]

①西湖:当指杭州西湖。 ②寒玉:喻月光。李贺《江南弄》:"江上团团贴寒玉。" ③难邈:难以描绘。

生查子

重叶梅[①]

百花头上开[②],冰雪寒中见。霜月定相知,先识春风面。 主人情意深,不管江妃怨[③]。折我最繁枝,还许冰壶荐。

(《永乐大典》卷二千八百十"梅"字韵引《辛幼安稼轩集》)

[注释]

①重叶梅："重叶梅花头甚丰，叶重数层，盛开如小白莲，梅中之奇品。"见范成大《梅谱》。　②"百花"句："而今未问和羹事，且向百花头上开。"见王曾《梅花》诗。　③江妃：唐开元中，高力士使闽、粤，见江采萍少而丽，选归，侍明皇，大见宠幸。性喜梅，所居悉植之。帝以其所好，名曰梅妃。

【补　辑】

水调歌头[①]

簪履竞晴昼，画戟插层霄。红莲幕底风定[②]，香雾不成飘。螺髻梅妆环列[③]，凤管檀槽交奏[④]，回雪舞纤腰[⑤]。觞酒荡寒玉，冰颊醉江潮。　颂丰功，祝难老[⑥]，沸民谣。晓庭梅蕊初绽，定报鼎羹调[⑦]。龙衮方思勋旧，已覆金瓯名姓，行看紫泥褒[⑧]。重试补天手[⑨]，高插侍中貂[⑩]。

[注释]

①这是一首寿词，仅见《诗渊》，所寿者及作年均莫考。　②红莲幕："（王俭）乃用杲之为卫将军长史。安陆侯萧缅与俭曰：'盛府元僚，实难其选，庾景行泛绿水，依芙蓉，何其丽也。时人以入俭府为莲花池，故缅书美之。'"见《南史·庾杲之传》。　③梅妆：指梅花妆。南朝宋武帝女寿阳公主，人日卧于含章殿，梅花落其额上，成五出花。宫女奇其异，竞效之，称梅花妆。见《太平御览·时序部》引《杂五行书》。　④奏：原作"泰"，形近误。　⑤"回雪"句："裙似飞燕，袖如回雪。"见张衡《舞赋》。舞：原作"无"，误。　⑥祝难老："既饮旨酒，永锡难老。"见《诗经·鲁颂·泮水》。　⑦鼎羹调："若作和羹，尔惟盐梅。"见《尚书·说命》。后皆用以称美相业。　⑧"已覆"二句：谓将受到朝廷褒奖。　紫泥：指诏书。　⑨补天：女娲氏末年，共工与祝融战，不胜而怒，以头撞不周山，天柱折，地维绝，女娲以五色石补之，"于是地平天成，不改旧物"。见《史记补·三皇本纪》。此借以抒发北定中原，光复故土之理想。　⑩侍中貂："武冠，一曰武弁大冠，诸武臣冠之。侍中、中常侍加黄金珰，附蝉为文，貂

尾为饰,谓之赵惠文冠。”见《后汉书·舆服志》。王安石《贾魏公挽词》:“戎冠再插侍中貂。”

感皇恩[1]

露染武夷秋,千峦耸翠[2]。练色泓澄玉清水。十分冰鉴[3],未吐玉壶天地[4]。精神先付与,人中瑞[5]。 青琐步趋[6],紫微标致[7]。凤翼看看九千里[8]。任挥金碗[9],莫负凉飙佳致。瑶台人度曲,千秋岁。

[注释]

①此为寿词,仅见于《诗渊》,所寿者不详。 ②峦:原作“蛮”。唐氏按:“蛮”当为“峦”之误。是。 ③冰鉴:喻水面。 ④玉壶:指酒器。⑤人中瑞:世谓寿高者为人瑞。 ⑥青琐:宫门上镂有的青色图案。此代指宫殿。 ⑦紫微:唐开元元年改中书省为紫微省,中书令为紫微令。⑧“凤翼”句:“鸟有凤而鱼有鲲,凤凰上击九千里,绝云霓,负青天,足乱浮云,翱翔乎杳冥之上。”见宋玉《对楚王问》。 九千:原作“九十”,误。⑨金碗:酒杯。杜甫《崔附马山亭宴集》诗:“客醉挥金碗。”

蓦山溪[1]

画堂帘卷,驾燕双双语。花柳一番春,倚东风、雕红镂翠。草堂风月,还似旧家时,歌扇低,舞裀边,寿斝年年醉。 兵符传坐,已莅葵丘戍[2]。两手挽天河,要一洗、蛮烟瘴雨。貂蝉冠冕,应是出兜鍪,餐五鼎[3],梦三刀[4],侯印黄金铸。

[注释]

①此为寿词,仅见于《诗渊》,所寿者不详。 孔凡礼按:上下之间,原有一“又”字。 ②葵丘戍:“齐侯使连称、管至父戍葵丘,瓜时而往,曰:

‘及瓜而代。’”见《左传·庄公八年》。注：“葵丘，齐地。临淄县西有地名葵丘。” ③餐五鼎：“丈夫生不五鼎食，死即五鼎烹耳。”见《史记·平津侯主父列传》。 ④梦三刀：“濬夜梦悬三刀于卧屋梁上，须臾又益一刀。濬惊觉，意甚恶之。主簿李毅再拜贺曰：‘三刀为州字，又益一刀，明府其临益州乎？’……果迁濬为益州刺史。”见《晋书·王濬传》。

存目词

调名	首句	出处	附注
鹧鸪天	天上人间酒最尊	《稼轩词补遗》	朱敦儒词，见《樵歌》卷上
鹧鸪天	有个仙人捧玉卮	同上	同上
水龙吟	夜来风雨匆匆	《草堂诗馀续集》卷下	程垓词，见《书舟词》
菩萨蛮	东风约略吹罗幕	《历代诗馀》卷十	张孝祥词，见《于湖居士文集》卷三十四
断句	染柳烟轻吹梅角怨	《词品》卷二	刘过《柳梢青》词，见《龙川词》
满江红	浪蕊浮花	《续选草堂诗馀》卷下	无名氏作，见《新编事文类聚翰墨大全后甲集》卷十